Companhia Das Letras

FICÇÃO COMPLETA
Volume II

HOWARD PHILLIPS LOVECRAFT nasceu em 20 de agosto de 1890 em Providence, Rhode Island. Em 1893, seu pai sofre um colapso nervoso que o mantém durante cinco anos em um hospital, onde vem a falecer em 1898. Com a morte do pai, a educação do jovem recai sobre a mãe, duas tias e o avô. A saúde frágil e a solidão levam-no desde cedo a se interessar por poesia, ciência e mitologia. Em 1904, a morte do avô acarreta graves dificuldades financeiras à família. Quatro anos depois, é Lovecraft quem sofre um colapso nervoso, que o obriga a deixar a escola sem um diploma e impossibilita seu ingresso na faculdade que escolhera. Dedica-se a escrever ficção para revistas *pulp* como *Weird Tales* e *Astounding Stories* e faz pequenos trabalhos de datilografia e revisão para se sustentar. Em 1919, sua mãe adoece e fica internada até falecer em 1921. Logo após a morte dela, Lovecraft conhece Sonia Haft Greene, que se tornará sua esposa em 1924. O casal logo começa a enfrentar problemas financeiros. Sonia se muda para Cleveland a fim de encontrar emprego, deixando Lovecraft em um pequeno apartamento no Brooklyn, na área de Red Hook — que inspirou "O horror em Red Hook" (1925). Seu comportamento em relação aos estrangeiros se agrava nessa época: diversos de seus escritos possuem passagens preconceituosas contra negros, mexicanos, poloneses, portugueses e judeus. Em 1926, Lovecraft volta a morar em Providence, mas Sonia não o acompanha. Em 1929, separam-se. O período de 1926 a 1937 é o mais prolífico em sua carreira de escritor, durante o qual escreve seus contos mais conhecidos: "O chamado de Cthulhu" (1926), *Nas montanhas da loucura* (1931) e *A sombra de Innsmouth* (1931). Tido como um dos maiores escritores de terror do século XX e frequentemente comparado a Edgar Allan Poe pela influência que exerceu na cultura popular, Lovecraft nunca teve sua obra reconhecida em vida. Autor de poemas, ensaios e vasta correspondência — estima-se que tenha redigido quase 100 mil cartas —, morreu em 1937, aos 46 anos, vítima de câncer.

GUILHERME DA SILVA BRAGA é doutor e mestre em estudos de literatura pela Universidade Federal do Rio Grande do Sul (UFRGS) com pós-doutorado em tradução literária pela Universidade de Coimbra. Ofereceu palestras, oficinas e disciplinas relacionadas a tradução em instituições como Pontifícia Universidade Católica do Rio Grande do Sul (PUC-RS), Universidade de Caxias do Sul (UCS), Instituto Federal do Rio Grande do Sul (IFRS), Universidade de Coimbra e Trinity College Dublin. Como tradutor literário, teve publicadas mais de setenta traduções de obras clássicas e modernas feitas a partir do inglês, do sueco, do norueguês e do dinamarquês. Em 2023 recebeu o prêmio de tradução literária oferecido pela Norla (Noruega), e em 2024 ganhou o prêmio de tradução da APCA pela tradução de *É a Ales* (Companhia das Letras) de Jon Fosse.

H. P. LOVECRAFT

Ficção completa

Volume II

Tradução, organização e introdução de
GUILHERME DA SILVA BRAGA

COMPANHIA DAS LETRAS

Grafia atualizada segundo o Acordo Ortográfico da Língua Portuguesa de 1990, que entrou em vigor no Brasil em 2009.

Published by Companhia das Letras in association with Penguin Group (USA) Inc.

PREPARAÇÃO
Mariana Donner

REVISÃO
Huendel Viana
Jane Pessoa

Dados Internacionais de Catalogação na Publicação (CIP)
(Câmara Brasileira do Livro, SP, Brasil)

Lovecraft, H. P., 1890-1937.
Ficção completa : Volume II / H. P. Lovecraft ; tradução, organização e introdução de Guilherme da Silva Braga. — 1ª ed. — São Paulo : Penguin-Companhia das Letras, 2025.

ISBN 978-85-8285-233-0

1. Ficção norte-americana I. Título.

25-273156 CDD-813

Índice para catálogo sistemático:
1. Ficção : Literatura norte-americana 813

Aline Graziele Benitez — Bibliotecária — CRB-1/3129

EDITORA SCHWARCZ S.A.
Rua Bandeira Paulista, 702, cj. 32
04532-002 — São Paulo — SP
Telefone (11) 3707-3500
www.penguincompanhia.com.br
www.companhiadasletras.com.br
www.blogdacompanhia.com.br

Sumário

FICÇÃO COMPLETA — VOLUME II

Ficção completa

Volume II

Celephaïs

Em um sonho Kuranes viu a cidade no vale, e a costa mais além, e o pico nevado que sobranceia o mar, e as galeras de cores alegres que zarpam do porto rumo a regiões longínquas onde o mar encontra o céu. Foi também num sonho que recebeu o nome de Kuranes, pois em vigília era chamado por outro nome. Talvez fosse natural que sonhasse outro nome; pois era o último remanescente da família e, sozinho em meio à multidão indiferente em Londres, não havia muitas pessoas para falar-lhe e lembrá-lo de quem fora. O dinheiro e as terras haviam ficado para trás, e ele não se importava com as pessoas ao redor, mas preferia sonhar e escrever sobre os sonhos. Esses relatos suscitavam o riso em quem os lia, de modo que, passado algum tempo, guardava-os para si mesmo, e por fim parou de escrever. Quanto mais se afastava do mundo ao redor, mais exuberantes tornavam-se os sonhos; e seria inútil tentar descrevê-los no papel. Kuranes não era moderno e não pensava como outros escritores. Enquanto estes tentavam arrancar o manto encantado que recobre a vida e mostrar uma realidade abjeta em todo o seu horror, Kuranes ocupava-se apenas com a beleza. Quando a verdade e a experiência não eram suficientes para evocá-la, buscava-a na fantasia e na ilusão, e a encontrava batendo à porta, em meio a lembranças nebulosas de histórias e sonhos da infância.

Poucos conhecem as maravilhas que as histórias e visões da infância são capazes de revelar; pois quando em criança escutamos e sonhamos, pensamos meros pensamentos incompletos, mas quando na idade adulta tentamos relembrar, sentimo-nos prosaicos e embotados pelo veneno da vida. Mas há quem acorde na calada da noite com estranhas quimeras de jardins e colinas, de chafarizes que cantam ao sol, de penhascos dourados suspensos sobre o murmúrio do oceano, de planícies que se estendem até cidades adormecidas em bronze e pedra e de misteriosas companhias de heróis que montam cavalos brancos caparazonados nas orlas de densas florestas; e então sabemos ter olhado para trás através dos portões de marfim e visto o mundo incrível que nos pertencia antes de sermos sábios e infelizes.

E de repente Kuranes reencontrou o antigo mundo da infância. Tinha sonhado com a casa onde nasceu; a enorme casa de pedra recoberta de hera, onde treze gerações de antepassados haviam morado e onde esperava morrer. A lua brilhava no céu, e Kuranes havia saído para a fragrante noite de verão, cruzado os jardins, descido os terraços, passado os enormes carvalhos do parque e seguido a estrada branca até o vilarejo. O vilarejo parecia muito antigo, carcomido nas bordas como a lua que começava a minguar, e Kuranes imaginou se os telhados triangulares das casinhas esconderiam o sono ou a morte. Nas ruas a grama crescia alta, e as janelas de ambos os lados ou estavam quebradas ou espiavam com o olhar velado. Kuranes não se deteve, mas seguiu adiante como se atendesse a um chamado. Não ousou ignorá-lo por temer que fosse uma ilusão como os desejos e ambições da vida em vigília, que não conduzem a objetivo nenhum. Então seguiu por uma estradinha que deixava o vilarejo em direção aos penhascos do canal e chegou ao fim de todas as coisas — ao precipício e ao abismo onde todo o vilarejo e o mundo inteiro precipitavam-se de repente no nada silencioso da infinitude, e onde até mesmo o céu parecia escuro e vazio sem os raios da lua decrépita e das estrelas vigilantes. A fé o impeliu adiante, para além do precipício e rumo ao interior do abismo, por onde desceu, desceu e desceu, flutuando, passando por sonhos obscuros, amorfos, jamais sonhados, esferas cintilantes que poderiam ser partes de sonhos sonhados e coisas aladas e gargalhantes que pareciam zombar dos sonhadores de todos os mundos. Então um rasgo pareceu abrir-se na escuridão adiante, e Kuranes viu a cidade no vale, resplandecendo ao longe, lá embaixo, contra um fundo de céu e de mar com uma montanha nevada próxima à costa.

Kuranes acordou assim que divisou a cidade, mas o breve relance não deixava dúvidas de que era Celephaïs, no Vale de Ooth-Nargai, além das Colinas Tanarianas, onde seu espírito havia passado a eternidade de uma hora durante uma tarde de verão em tempos longínquos, quando fugiu da governanta e deixou a cálida brisa marítima embalar-lhe o sono enquanto observava as nuvens a partir do rochedo próximo ao vilarejo. Protestou quando encontraram-no, acordaram-no e levaram-no para casa, pois no instante em que despertou estava prestes a zarpar numa galera dourada rumo às alentadoras regiões onde o mar encontra o céu. E no presente sentiu o mesmo ressentimento ao despertar, pois havia reencontrado a cidade fabulosa após quarenta anos de enfado.

Mas passadas três noites Kuranes voltou mais uma vez a Celephaïs. Como da outra vez, sonhou primeiro com o vilarejo adormecido ou morto, e com o abismo que se desce flutuando em silêncio; então o rasgo abriu-se mais uma vez na escuridão e ele vislumbrou os minaretes reluzentes da cidade, e viu as graciosas galeras ancoradas no porto azul, e observou as árvores de ginkgo no Monte Aran balouçando ao sabor da brisa marítima. Mas dessa vez ninguém o acordou e, como uma criatura alada, Kuranes aos poucos se aproximou de uma colina verdejante até que seus pés estivessem firmes sobre a grama. De fato havia retornado ao Vale de Ooth-Nargai e à esplendorosa cidade de Celephaïs.

Kuranes desceu a colina por entre a grama perfumada e as flores resplendentes, cruzou os gorgolejos do Naraxa pela ponte de madeira onde havia entalhado seu nome tantos anos atrás e atravessou o bosque sussurrante até a grande ponte de pedra junto ao portão da cidade. Tudo era como nos velhos tempos: as muralhas de mármore seguiam imaculadas, e as estátuas de bronze que as encimavam permaneciam lustrosas. E Kuranes viu que não precisava temer pelas coisas que conhecia; pois até mesmo os sentinelas nas muralhas eram os mesmos, e permaneciam jovens como no dia em que os vira pela primeira vez. Quando entrou na cidade, além dos portões de bronze e das calçadas de ônix, os mercadores e os cameleiros saudaram-no como se jamais houvesse ido embora; o mesmo aconteceu no templo turquesa de Nath-Horthath, onde os sacerdotes com as frontes cingidas por orquídeas disseram-lhe que não existe tempo em Ooth-Nargai, apenas a juventude eterna. Então Kuranes andou pela Rua dos Pilares em direção à muralha junto ao mar, onde ficavam os comerciantes e marinheiros, e os estranhos homens das regiões onde o mar encontra o céu. E lá ficou por muito tempo, contemplando o porto esplendoroso onde as águas refletiam um sol desconhecido, e onde vogavam suaves as galeras vindas de mares longínquos. Contemplou também o Monte Aran, que se erguia altaneiro sobre o litoral, com as encostas mais baixas repletas de árvores balouçantes e o cume branco a tocar o céu.

Mais do que nunca, Kuranes queria navegar em uma galera até as terras distantes sobre as quais tinha ouvido tantas histórias singulares, e assim foi em busca do capitão que muito tempo atrás prometera levá-lo. Encontrou o homem, Athib, sentado no mesmo baú de especiarias onde estava da outra vez, e Athib parecia não perceber que o tempo havia passado. Os dois remaram juntos até uma galera no porto e, dando ordens aos remadores, singraram o Mar Cerenariano que conduz ao céu. Por vários dias o navio deslizou sobre as águas, até enfim alcançar o horizonte onde o mar encontra o céu. A galera não parou por um instante sequer e, sem a menor dificuldade, começou a flutuar pelo azul do céu em meio às felpudas nuvens rosadas. E sob a quilha Kuranes pôde ver a indolência de países estranhos, rios e cidades de beleza ímpar a banhar-se nos raios de um sol que parecia jamais enfraquecer ou sumir. Passado algum tempo Athib disse que a viagem estava chegando ao fim e que logo desembarcariam no porto de Serannian, a rósea cidade de mármore nas nuvens, construída no litoral etéreo onde o vento oeste adentra o céu; mas quando as mais altas torres lavradas da cidade surgiram no horizonte ouviu-se um som em um lugar no espaço, e Kuranes acordou no sótão onde morava em Londres.

Por vários meses a seguir Kuranes procurou em vão a resplendente Celephaïs e as galeras celestes; e ainda que os sonhos levassem-no a muitos lugares belos e inauditos, ninguém que avistasse pelo caminho sabia dizer como encontrar Ooth-Nargai além das Colinas Tanarianas. Certa noite voou sobre montanhas sombrias onde havia fogueiras solitárias e esparsas, e estranhas manadas de pelo desgrenhado e com sinetas no pescoço, e na parte mais selvagem dessa terra montanhosa, tão remota que poucos homens poderiam tê-la descoberto, encontrou uma terrível muralha ou barragem de pedra ancestral que ziguezagueava por entre cristas e vales, demasiado gigantesca para ter sido construída pelas mãos do homem e com uma extensão tão vasta que não se lhe via nem o começo nem o fim. Além da muralha, no amanhecer cinzento Kuranes chegou a um país de singulares jardins e cerejeiras e, quando o sol nasceu, vislumbrou uma beleza tão intensa de flores brancas e vermelhas, folhagens e gramados, estradinhas brancas, riachos cristalinos, lagoas azuis, pontes lavradas e pagodes de telhado vermelho que, por um instante, esqueceu de Celephaïs, tamanho seu deleite. Mas voltou a lembrar-se da cidade ao caminhar por uma estradinha branca em direção a um pagode de telhado vermelho, e teria perguntado o caminho aos habitantes dessa terra se não tivesse descoberto que no local não havia homens, apenas pássaros e abelhas e borboletas. Em outra noite Kuranes subiu uma interminável escadaria de pedra em espiral e chegou à janela de uma torre que dava para uma imponente planície e para um rio iluminado pelos raios da lua cheia; e na cidade silenciosa que se espraiava a partir da margem imaginou ter visto um detalhe ou uma configuração familiar. Teria descido e perguntado o caminho a Ooth-Nargai se não fosse pela temível aurora que assomou num lugar remoto para além do horizonte, revelando a ruína e a antiguidade do lugar, a estagnação do rio juncoso e a morte que pairava sobre aquela terra desde que o rei Kynaratholis voltara das batalhas e defrontara-se com a vingança dos deuses.

Então Kuranes procurou em vão pela maravilhosa cidade de Celephaïs e pelas galeras que singram o firmamento até Serannian, encontrando pelo caminho inúmeros prodígios; certa vez, escapou por um triz do alto sacerdote que não deve ser descrito, que usa uma máscara de seda amarela sobre o rosto e vive isolado em um pré-histórico monastério de pedra no inóspito platô gelado de Leng. No fim estava tão impaciente com os áridos intervalos entre uma noite e outra que decidiu comprar drogas para aumentar os períodos de sono. O haxixe ajudava um bocado, e certa vez mandou-o a uma zona do espaço onde não existem formas, mas gases cintilantes estudam os mistérios da existência. E um gás violeta disse-lhe que aquela zona do espaço estava além do que Kuranes chamava de infinitude. O gás nunca tinha ouvido falar em planetas e organismos, mas identificou Kuranes como originário da infinitude onde a matéria, a energia e a gravidade existem. Kuranes estava muito ansioso para rever os minaretes de Celephaïs e, para tanto, aumentou a dosagem; mas logo o dinheiro acabou e ele ficou sem drogas. Em um dia de verão, expulsaram-no do sótão e deixaram-no perambulando sem destino pelas ruas, até que ele atravessou uma ponte e chegou a um lugar onde as casas pareciam cada vez mais diáfanas. E foi lá que veio a realização e Kuranes encontrou o cortejo de cavaleiros de Celephaïs que o levaria de volta à cidade esplendorosa para sempre.

Os cavaleiros pareciam mui garbosos, montados em cavalos ruanos e vestidos com armaduras lustrosas e tabardos com brasões em filigrana. Eram tão numerosos que Kuranes quase os tomou por um exército, mas na verdade vinham para honrá-lo, uma vez que havia criado Ooth-Nargai em seus sonhos e, por isso, seria consagrado o deus mais alto do panteão para todo o sempre. Então deram um cavalo a Kuranes e puseram-no à frente do cortejo, e todos cavalgaram majestosamente pelas colinas de Surrey e avante, rumo às regiões onde Kuranes e seus antepassados haviam nascido. Era um tanto estranho, mas à medida que avançavam os cavaleiros pareciam voltar no Tempo a cada galope; pois quando passavam por vilarejos em meio ao crepúsculo viam-se apenas casas e aldeões como os que Chaucer ou os homens que viveram antes dele poderiam ter visto, e às vezes viam-se outros cavaleiros montados com um pequeno grupo de escudeiros. Quando a noite caiu, os homens aumentaram a marcha, e logo estavam num voo espantoso, como se os cavalos galgassem o ar. Com os primeiros raios da aurora todos chegaram ao vilarejo que Kuranes tinha visto cheio de vida ainda na infância, mas adormecido ou morto nos sonhos. O lugar estava mais uma vez cheio de vida, e os aldeões madrugadores faziam mesuras enquanto os cavalos estrondeavam rua abaixo e dobravam a ruela que conduz ao abismo dos sonhos. Como somente houvesse adentrado o abismo à noite, Kuranes pôs-se a imaginar que aspecto teria durante o dia; e então começou a observar, ansioso, enquanto o cortejo aproximava-se da beirada. Assim que chegaram ao aclive que antecedia o precipício um fulgor dourado veio do ocidente e envolveu todo o panorama ao redor em mantos refulgentes. O abismo era um caos fervilhante de esplendor róseo e cerúleo, e vozes invisíveis cantavam exultantes enquanto o séquito de cavaleiros precipitava-se além da beirada e descia flutuando, cheio de graça, por entre nuvens cintilantes e lampejos argênteos. A suave descida durou uma eternidade, e os cavalos galgavam o éter como se estivessem a galopar em areias douradas; e então os vapores luminosos se abriram para revelar um brilho ainda mais intenso, o brilho da cidade de Celephaïs, e a costa mais além, e o pico nevado que sobranceia o mar, e as galeras de cores alegres que zarpam do porto rumo a regiões longínquas onde o mar encontra o céu.

E desde então Kuranes reina sobre Ooth-Nargai e todas as regiões vizinhas ao sonho e preside a corte ora em Celephaïs, ora em Serannian, a cidade nas nuvens. Ainda hoje reina por lá, e há de reinar feliz por todo o sempre, embora sob os penhascos de Innsmouth as marés do canal tratassem com escárnio o corpo de um mendigo que havia atravessado o vilarejo quase deserto ao amanhecer; tratassem-no com escárnio e atirassem-no sobre as rochas ao lado das Trevor Towers cobertas de hera, onde um cervejeiro milionário, gordo e repulsivo desfruta a atmosfera comprada de uma nobreza extinta.

Os gatos de Ulthar

Dizem que em Ulthar, que se estende além do Rio Skai, nenhum homem pode matar gatos; e parece-me fácil acreditar nisso enquanto observo o espécime que ronrona em frente à lareira. O gato é um animal críptico e afeito a coisas estranhas, invisíveis ao homem. É a alma do antigo Egito e o guardião de histórias vindas de cidades esquecidas em Meroé e Ofir. É parente dos senhores da floresta e herdeiro dos segredos da África ancestral e sinistra. A Esfinge é prima dos gatos, que também falam sua língua; porém eles são ainda mais antigos do que a Esfinge, e lembram de coisas que mesmo ela esqueceu.

Em Ulthar, antes que os aldeões proibissem para sempre a matança de gatos, moravam um velho fazendeiro e a esposa; os dois adoravam prender e matar os gatos da vizinhança. Não sei por que o faziam, ainda que muitas pessoas detestem a voz dos gatos à noite e não gostem de vê-los correndo furtivamente por jardins e pátios ao entardecer. Fosse qual fosse a motivação, o velho e a velha compraziam-se em prender e matar qualquer gato que se aproximasse da cabana onde moravam; e, pelos sons que se ouviam após o cair da noite, muitos aldeões imaginavam que a matança assumisse formas bastante peculiares. Mas os aldeões não discutiam essas coisas com o velho e sua esposa devido à expressão no rosto encarquilhado de ambos, e também porque a cabana era muito pequena e ficava muito bem escondida sob a opulência dos carvalhos nos fundos de um pátio abandonado. Na verdade, por mais que os donos dos gatos odiassem o estranho casal, o medo que sentiam era ainda maior; e em vez de tratá-los como assassinos frios, apenas cuidavam para que nenhum animal de estimação fosse parar na remota cabana sob as árvores lúgubres. Se por obra de um descuido inevitável um gato desaparecesse, e à noite sons estranhos fossem ouvidos, só restava ao dono lamentar-se; ou consolar-se, agradecendo ao Destino que não fora um de seus filhos a desaparecer assim. Pois as pessoas de Ulthar eram humildes e não sabiam de onde todos os gatos haviam surgido no princípio das coisas.

Um dia uma caravana de andarilhos do Sul chegou às estreitas ruas de Ulthar. Eram andarilhos de tez escura, diferentes de outros viajantes que passavam pela aldeia duas vezes por ano. No mercado, leram a sorte em troca de prata e compraram miçangas coloridas dos mercadores. Ninguém sabia de onde tinham vindo; mas logo se notou que os andarilhos eram dados a rezar estranhas orações e que, na lateral dos carroções, haviam pintado estranhas figuras com corpos humanos e cabeças de gatos, águias, carneiros e leões. E o líder da caravana usava um adorno de cabeça com dois chifres e um curioso disco entre os chifres.

Na singular caravana havia um garotinho órfão de pai e mãe, que não tinha ninguém no mundo além de um minúsculo gatinho preto. A peste havia sido implacável com ele, mas no fim deixara aquela pequena criatura felpuda para mitigar-lhe o sofrimento; e, para uma criança, as travessuras de um gatinho preto podem ser um grande consolo. E assim o garoto, que os andarilhos de tez escura chamavam de Menes, ria mais do que chorava ao brincar com o gracioso animalzinho nos degraus de um carroção com as estranhas pinturas.

Na terceira manhã após a chegada dos andarilhos em Ulthar, Menes não encontrou o gatinho; e, enquanto chorava pelo mercado, os aldeões contaram-lhe sobre o velho e sua esposa, e também sobre os sons que se ouviam à noite. E quando escutou as histórias Menes interrompeu o choro e entregou-se à meditação, e por fim às preces. O menino estendeu os braços em direção ao sol e fez orações numa língua que nenhum dos aldeões era capaz de entender, ainda que não tenham feito grandes esforços para entendê-la, pois tinham a atenção voltada para o céu e para as estranhas configurações que as nuvens assumiam. Tudo era muito peculiar, mas quando o garoto deu voz ao pedido as nuvens pareceram formar a silhueta indistinta e nebulosa de coisas jamais vistas; de criaturas híbridas coroadas com discos ladeados por chifres. A natureza guarda muitas ilusões semelhantes para aqueles de imaginação fértil.

Naquela noite os andarilhos deixaram Ulthar, e ninguém jamais tornou a vê-los. Os moradores ficaram intrigados ao perceber que não se via mais um gato sequer em todo o vilarejo. Os gatos de estimação haviam sumido da lareira; grandes e pequenos, pretos, cinzentos, brasinos, amarelos e brancos. O velho burgomestre Kranon jurou que os andarilhos de tez escura tinham levado todos os gatos embora para vingar o gatinho de Menes; e amaldiçoou a caravana e o garoto. Mas Nith, o esguio notário, declarou que o velho fazendeiro e sua esposa eram os suspeitos mais prováveis; pois o ódio que tinham aos gatos era notório e cada vez mais ousado. Mesmo assim, ninguém ousou falar com o sinistro casal; nem quando o pequeno Atal, filho do estalajadeiro, jurou ter visto todos os gatos de Ulthar no pátio amaldiçoado sob as árvores, em uma ronda vagarosa e solene em torno da cabana, dois a dois, como se estivessem celebrando um rito animal desconhecido. Os aldeões não sabiam se deviam acreditar em um garoto tão pequeno; e, mesmo temendo que o maldoso casal tivesse enfeitiçado os gatos para depois matá-los, acharam melhor não repreender o velho fazendeiro até que o encontrassem longe do escuro e odioso pátio.

Então Ulthar foi dormir com a raiva contida; mas quando as pessoas acordaram ao raiar do dia — ah! Eis que todos os gatos haviam tornado ao lar! Grandes e pequenos, pretos, cinzentos, brasinos, amarelos e brancos — nenhum estava faltando. Os gatos pareciam todos gordos e bem cuidados e ronronavam de satisfação. Os habitantes puseram-se a comentar o incidente, bastante surpresos. O velho Kranon voltou a acusar os andarilhos, uma vez que os gatos jamais saíam com vida da cabana onde o velho fazendeiro morava com a esposa. Mas todos estavam de acordo em relação a um detalhe: a recusa dos gatos em comer porções de carne ou tomar o leite da tigela era deveras inusitada. E por dois dias e duas noites os lustrosos e preguiçosos gatos de Ulthar não tocaram na comida, mas passaram o tempo inteiro cochilando junto à lareira ou deitados ao sol.

Só uma semana mais tarde os aldeões perceberam que nenhuma luz aparecia nas janelas da cabana sob as árvores ao entardecer. Então o esguio Nith mencionou que ninguém avistara o velho nem sua esposa desde a noite em que os gatos haviam desaparecido. Depois de mais uma semana o burgomestre decidiu enfrentar o medo e fazer uma visita à silenciosa morada como parte do dever, embora tenha tomado a precaução de levar consigo o ferreiro Shang e o lapidador Thul como testemunhas. Depois de arrombar a frágil porta, tudo o que encontraram foram dois esqueletos humanos no chão de terra batida e um grande número de singulares besouros rastejando pelos recônditos escuros.

Muito se falou a respeito do ocorrido em Ulthar. Zath, o legista, discutiu por um longo tempo com Nith, o esguio notário; e Kranon e Shang e Thul tiveram de responder a inúmeras perguntas. Até o filho do estalajadeiro, o pequeno Atal, foi interrogado; como recompensa, ganhou um doce. As pessoas falavam sobre o velho fazendeiro e sua esposa, sobre a caravana dos andarilhos de tez escura, sobre o pequeno Menes e seu gatinho, sobre a oração de

Menes e as transformações ocorridas no céu durante aquela oração, sobre o comportamento dos gatos na noite em que a caravana foi embora e sobre a descoberta feita mais tarde na cabana sob as árvores lúgubres do odioso pátio.

E no fim os aldeões aprovaram a notável lei comentada por comerciantes em Hatheg e discutida por viajantes em Nir; a saber, que em Ulthar nenhum homem pode matar gatos.

Os outros deuses

No topo dos mais altos picos da Terra habitam os deuses terrestres, que não admitem olhares humanos. Outrora habitavam picos menos elevados; porém os homens das planícies sempre escalavam as encostas rochosas e nevadas, obrigando os deuses a buscar montanhas cada vez mais altas até que restasse apenas uma. Ao deixar os velhos picos levavam consigo todos os sinais da antiga presença, a não ser por uma única vez, quando segundo a lenda deixaram uma imagem entalhada na encosta da montanha que chamavam de Ngranek.

Porém hoje se encontram na desconhecida Kadath na desolação gelada onde nenhum homem caminha, e tornaram-se austeros, uma vez que não têm outro pico mais alto para onde fugir com a chegada dos homens. Tornaram-se austeros, e aos lugares de onde outrora haviam permitido que os homens afastassem-nos, hoje impedem que cheguem; ou, caso cheguem, que partam. Convém aos homens nada saber sobre Kadath na desolação gelada, pois de outro modo cometeriam a imprudência de tentar escalá-la.

Às vezes, quando sentem saudades de casa, os deuses terrestres visitam os picos que outrora habitaram na calada da noite, e choram em silêncio enquanto tentam brincar como em tempos antigos nas encostas lembradas. Os homens sentiram o pranto dos deuses na nevada Thurai, embora tenham acreditado que fosse chuva; e ouviram os suspiros dos deuses nos plangentes ventos matinais de Lerion. Os deuses são propensos a viajar em navios de nuvens, e os camponeses sábios conhecem lendas que os mantêm longe de certos picos elevados nas noites de névoa, pois os deuses já não são mais tolerantes como nos tempos antigos.

Em Ulthar, que se estende além do Rio Skai, outrora morava um velho que ansiava por contemplar os deuses terrestres; um homem profundamente versado nos sete livros crípticos de Hsan e conhecedor dos Manuscritos Pnakóticos da distante e gélida Lomar. Chamava-se Barzai, o Sábio, e os habitantes dos vilarejos contam histórias sobre a noite em que subiu a montanha durante um estranho eclipse.

Barzai conhecia os deuses tão a fundo que era capaz de prever suas idas e vindas, e adivinhou tantos segredos divinos que ele mesmo era considerado um semideus. Foi Barzai quem proferiu o sábio conselho aos aldeões de Ulthar quando passaram a notável lei contra a matança de gatos, e também quem primeiro contou ao jovem sacerdote Atal para onde os gatos pretos seguem à meia-noite na Véspera de São João. Barzai era versado na sabedoria dos deuses terrestres e nutria um profundo desejo de ver-lhes o rosto. Acreditava que o grande conhecimento secreto que detinha a respeito dos deuses conseguiria protegê-lo da ira divina, e assim resolveu subir até o cume da elevada e rochosa Hatheg-Kla em uma noite em que os deuses estariam presentes.

Hatheg-Kla situa-se no interior do deserto rochoso além de Hatheg, que lhe empresta o nome, e ergue-se como uma estátua de rocha em meio ao silêncio de um templo. Ao redor do pico as névoas ondulam sempre com tristeza, pois as névoas são as lembranças dos deuses, e os deuses amavam Hatheg-Kla quando a habitavam nos tempos antigos. Muitas vezes os deuses da Terra visitam Hatheg-Kla em navios de nuvens, projetando vapores pálidos acima das encostas enquanto executam danças reminiscentes no cume sob os raios da lua. Os habitantes de Hatheg dizem que é arriscado escalar Hatheg-Kla a qualquer hora, e mortal escalar a montanha à noite, quando vapores pálidos ocultam o cume e a lua; mas Barzai não lhes deu ouvidos quando chegou da vizinha Ulthar com o jovem sacerdote Atal, que era seu discípulo. Atal era o único filho de um estalajadeiro, e por vezes sentia medo; no entanto, o pai de Barzai fora um landgrave que morava em um antigo castelo, de modo que não trazia nenhuma superstição vulgar no sangue e ria dos temerosos camponeses.

Barzai e Atal deixaram Hatheg e adentraram o deserto rochoso a despeito das orações dos camponeses, e falaram sobre os deuses terrestres ao pé da fogueira durante a noite. Viajaram por muitos dias, e de longe viram a sobranceira Hatheg-Kla com a auréola de névoas tristes. No décimo terceiro dia chegaram à solitária base da montanha, e Atal falou sobre os temores que sentia. Mas Barzai era um homem vivido e erudito e não tinha medos, e assim desbravou o caminho da encosta que nenhum homem jamais havia escalado desde a época de Sansu, mencionado com espanto nos bolorentos Manuscritos Pnakóticos.

O caminho era rochoso e arriscado por conta de abismos, penhascos e pedras soltas. Mais tarde esfriou e começou a nevar; e Barzai e Atal muitas vezes escorregavam a caíam à medida que golpeavam e apoiavam-se com bastões e machados ao longo do caminho. Por fim o ar se rarefez, e a cor do céu se alterou, e os desbravadores tiveram dificuldades para respirar; mas continuaram sempre em frente, admirados com a estranheza do panorama e entusiasmados ao pensar no que aconteceria no cume quando a lua surgisse e os vapores pálidos se espalhassem. Por três dias subiram cada vez mais alto em direção ao topo do mundo; e então acamparam à espera das névoas que haviam de encobrir a lua.

Quatro noites se passaram sem que as nuvens viessem, enquanto a lua projetava o brilho frio através da triste névoa ao redor do silencioso pináculo. Por fim, na quinta noite, que era a noite de lua cheia, Barzai viu densas nuvens ao norte, e permaneceu desperto com Atal para vê-las se aproximar. Densas e majestosas deslizavam pelo céu, com vagar e deliberação; dispondo-se ao redor do pico muito acima dos observadores, e ocultando a lua e o cume de Hatheg-Kla. Por uma longa hora os observadores permaneceram atentos enquanto os vapores revoluteavam e a cortina de nuvens tornava-se mais densa e mais agitada. Como fosse versado na sabedoria dos deuses terrestres, Barzai apurou o ouvido em busca de certos sons, mas Atal sentiu o toque gelado dos vapores e o espanto da noite e encheu-se de temores. E quando Barzai começou a subir ainda mais alto e a fazer gestos entusiasmados, Atal levou um bom tempo até decidir segui-lo.

Os vapores eram densos a ponto de dificultar a escalada, e embora Atal por fim tenha seguido adiante, mal conseguia distinguir o vulto de Barzai na difusa encosta mais acima em meio ao luar encoberto. Barzai avançava muito à frente, e apesar da idade parecia escalar com mais facilidade do que Atal, sem temer as encostas que aos poucos tornavam-se íngremes a ponto de intimidar qualquer um, a não ser por um homem impávido e robusto, e sem deter-se ao encontrar abismos negros que Atal mal conseguia saltar. E assim continuaram a subida desvairada em meio a rochas e precipícios, com escorregões e tropeços, e por vezes espantados com a vastidão e o horrendo silêncio dos inóspitos pináculos de gelo e o mutismo das encostas graníticas.

De repente Barzai sumiu do campo de vista de Atal e escalou um formidável penhasco que parecia avolumar-se e bloquear o caminho de qualquer explorador que não fosse inspirado pelos deuses terrenos. Atal estava lá embaixo, planejando o que fazer quando chegasse àquele ponto, quando percebeu com singular curiosidade que a luz tornara-se mais forte, como se o pico desanuviado que era o local de encontro dos deuses ao luar estivesse muito próximo. E enquanto avançava com dificuldade rumo ao formidável penhasco e ao céu iluminado Atal sentiu temores ainda mais chocantes do que quaisquer outros que já houvesse sentido. Então, em meio às névoas altas, ouviu a voz de Barzai gritar em um deslumbramento incontrolável:

"Eu ouvi os deuses! Eu ouvi os deuses terrestres cantarem durante o recreio em Hatheg-Kla! As vozes dos deuses terrestres revelaram-se a Barzai, o profeta! As névoas estão finas e a lua está clara, e hei de ver os deuses dançarem com abandono na Hatheg-Kla que tanto amaram na juventude. A sabedoria de Barzai tornou-o maior do que os deuses terrenos, e contra a sua vontade magias e barreiras divinas são como nada; Barzai há de contemplar os deuses, os deuses orgulhosos, os deuses secretos, os deuses da Terra que desprezam a presença do homem!"

Atal não pôde ouvir as vozes que Barzai ouviu, mas nesse ponto estava próximo ao formidável penhasco enquanto o examinava em busca de apoios para os pés. Então tornou a ouvir a voz de Barzai, mais alta e mais estridente:

"As névoas estão finas e a lua projeta sombras na encosta; os deuses têm vozes altas e estridentes e temem aproximar-se de Barzai, o Sábio, que agora é maior do que os deuses... A luz da lua bruxuleia sobre os deuses terrestres que dançam; hei de ver os vultos dançantes dos deuses que saltam e uivam ao luar... A luz está mais tênue e os deuses começam a temer..."

Enquanto Barzai gritava essas coisas Atal percebeu uma mudança espectral em toda a atmosfera ao redor, como se as leis da Terra se curvassem perante leis maiores; pois embora o caminho fosse mais íngreme do que nunca, a escalada se havia tornado deveras fácil, e o formidável penhasco mal representou um obstáculo quando o alcançou e deslizou perigosamente sobre a face convexa. A luz da lua havia falhado, e enquanto disparava encosta acima através das névoas Atal ouviu Barzai, o Sábio, gritar em meio às sombras:

"A lua está escura, e os deuses terrestres dançam noite afora; o terror está no céu, pois sobre a lua abateu-se um eclipse que não foi previsto em nenhum livro dos homens ou dos deuses terrestres... Uma magia desconhecida atua sobre Hatheg-Kla, pois os gritos dos deuses assustados transformaram-se em riso, e as encostas geladas ergueram--se infinitamente rumo ao firmamento negro em que mergulho... Eia! Eia! Até que enfim! *Na luz difusa contemplo os deuses da Terra!*"

E nesse ponto Atal, deslizando vertiginosamente para cima e atravessando elevações inconcebíveis, ouviu em meio à escuridão gargalhadas odiosas, misturadas a um grito como nenhum homem jamais ouviu a não ser no Flegetonte de pesadelos indescritíveis; um grito que pôs a reverberar o horror e a angústia de uma vida inteira de assombro em um único momento atroz:

"Os *outros* deuses! Os *outros* deuses! Os deuses dos infernos siderais que guardam os fracos deuses da Terra...! Desvie o olhar... Volte... Não veja! Não veja! A vingança dos abismos infinitos... Aquele poço infausto e amaldiçoado... Piedosos deuses da Terra, *estou caindo rumo ao céu!*"

E enquanto Atal fechava os olhos e tapava os ouvidos e tentava descer, contrariando a terrível força que o puxava para cima desde alturas desconhecidas, ressoou em Hatheg-Kla o terrível ribombar do trovão que acordou os bons camponeses das planícies e os honestos aldeões de Hatheg, Nir e Ulthar e levou-os a contemplar por entre as nuvens o estranho eclipse da lua que nenhum livro jamais havia previsto. E quando a lua enfim surgiu Atal estava a salvo nas neves mais baixas da montanha, longe dos deuses da Terra e dos *outros* deuses.

Consta nos bolorentos Manuscritos Pnakóticos que Sansu não encontrou nada além de silêncio em meio ao gelo e às rochas quando escalou Hatheg-Kla na juventude do mundo. Mas quando os homens de Ulthar e Nir e Hatheg venceram os temores e subiram a encosta assombrada durante o dia em busca de Barzai, o Sábio, descobriram entalhado na pedra nua do cume um curioso e ciclópico símbolo com cinquenta cúbitos de largura, como se a rocha tivesse sido arrancada por um titânico cinzel. E o símbolo era similar a outro que os eruditos discerniram nas terríveis partes dos Manuscritos Pnakóticos antigas demais para que sejam lidas. Eis o que encontraram.

Mas Barzai, o Sábio, nunca foi encontrado, nem o sacerdote Atal jamais foi persuadido a rezar pela alma do antigo mestre. Até hoje os povos de Ulthar e de Nir e de Hatheg temem eclipses e rezam à noite quando vapores pálidos encobrem o topo da montanha e a lua. E acima das névoas em Hatheg-Kla, os deuses terrestres por vezes executam danças reminiscentes; pois sabem que estão a salvo, e amam vir desde a desconhecida Kadath em navios de nuvens para brincar como em tempos antigos, conforme faziam quando a Terra ainda era jovem e os homens não eram dados a escalar lugares inacessíveis.

O Navio Branco

Sou Basil Elton, faroleiro do farol de North Point, mantido por meu pai e meu avô antes de mim. Longe da orla ergue--se a construção cinza, acima de pedras musguentas visíveis na maré baixa, mas ocultas pela maré alta. Por este lume, durante um século singraram as majestosas barcas dos sete mares. Na época do meu avô eram muitas; na época do meu pai, nem tantas; e hoje são tão poucas que às vezes sinto uma estranha solidão, como se eu fosse o último homem em nosso planeta.

De praias distantes vinham os antigos galeões de velas brancas; de longínquas plagas orientais, onde o sol brilha e doces perfumes envolvem jardins exóticos e alegres templos. Os velhos lobos do mar amiúde vinham fazer visitas ao meu avô e contar histórias que mais tarde contou ao meu pai, e o meu pai a mim nas longas noites de outono quando escutávamos os uivos lúgubres do vento leste. E li mais sobre essas coisas, e sobre muitas outras, nos livros que os homens me deram quando eu era jovem e deslumbrado com o mundo.

Porém ainda mais deslumbrante do que a sabedoria dos anciões e a sabedoria dos livros é a sabedoria oculta do oceano. Azul, verde, cinza, branco ou preto; calmo, encapelado ou montanhoso; o oceano não se cala. Passei a vida inteira olhando e escutando o mar, e hoje o conheço bem. No início ele só me contava histórias simples sobre praias calmas e portos vizinhos, mas com o passar dos anos tornou-se meu amigo e falou sobre outras coisas; coisas mais estranhas e mais distantes no espaço e no tempo. Certas vezes, ao entardecer, os vapores gris do horizonte abriam-se para me oferecer uma visão dos caminhos além; e certas vezes, à noite, as águas profundas do oceano faziam-se claras e fosforescentes para me oferecer uma visão dos caminhos abaixo. E essas visões eram tanto dos caminhos que foram e poderiam ser como dos que ainda são; pois o oceano é mais antigo do que as montanhas e carrega as memórias e os sonhos do Tempo.

Do sul vinha o Navio Branco quando a lua cheia pairava nas alturas celestes. Do sul ele vogava suave e silente pelas águas do mar. E independente de o mar estar calmo ou agitado, e de os ventos serem favoráveis ou não, o Navio Branco sempre vogava suave e silente, com as velas distantes e as ordens de estranhos remos movendo-se em um único compasso. Certa vez, à noite, vi no convés um homem barbado e envolto por um manto, que com um aceno pareceu convidar-me para uma viagem rumo a plagas desconhecidas. Vi-o em muitas outras noites de lua cheia, e ele sempre acenava.

A lua estava muito clara na noite em que respondi ao chamado e caminhei pelas águas até o Navio Branco em uma ponte formada por raios de luar. O homem que havia acenado deu-me boas-vindas em uma língua suave que eu parecia conhecer bem, e as horas passaram em meio às doces canções dos remadores enquanto vogávamos rumo ao sul misterioso, tingido de ouro com o brilho cintilante da lua cheia.

E quando o dia alvoreceu, róseo e esplendoroso, vislumbrei a costa verdejante de terras longínquas, belas e vistosas, e a mim desconhecidas. Do mar erguiam-se terraços altaneiros com folhagens, repletos de árvores, que revelavam aqui e acolá os telhados brancos e as colunatas refulgentes de estranhos templos. Enquanto nos aproximávamos da costa verdejante o homem barbado falou sobre aquela terra, a terra de Zar, onde habitavam todos os sonhos e pensamentos belos que já ocorreram aos homens e foram mais tarde esquecidos. E quando olhei mais uma vez para os terraços vi que era verdade, pois no panorama diante dos meus olhos havia muitas coisas que outrora eu vira por entre as névoas do horizonte e nas profundezas fosforescentes do oceano. Havia também formas e fantasias mais esplêndidas do que qualquer outra que eu jamais houvesse vislumbrado — visões de jovens poetas que morreram na penúria antes que o mundo pudesse saber o que tinham visto e com o que tinham sonhado. Mas não desembarcamos nas pradarias de Zar, pois segundo a lenda os que pisam naquela terra podem nunca mais voltar ao porto de onde vieram.

Enquanto o Navio Branco se afastava em silêncio dos terraços de Zar, divisamos no horizonte à frente os coruchéus de uma cidade esplendorosa; e o homem barbado disse: "Eis Thalarion, a Cidade das Mil Maravilhas, onde moram todos os mistérios que o homem tentou desvendar em vão". Olhei outra vez, mais de perto, e notei que a cidade era maior do que qualquer outra que eu tivesse visto ou sonhado. Os coruchéus dos templos desapareciam nos céus, de modo que era impossível divisar os cumes; e além do horizonte estendiam-se as muralhas cinza e sombrias por detrás das quais se viam apenas alguns telhados, bizarros e soturnos, porém adornados com frisos trabalhados e formosas esculturas. Eu ansiava por entrar nessa cidade incrível e a um só tempo repelente, e implorei ao homem barbado que me deixasse no píer de pedra junto ao enorme portão lavrado Akariel; mas ele, cheio de bondade, negou meu pedido, dizendo: "Muitos já adentraram Thalarion, a Cidade das Mil Maravilhas, porém ninguém jamais retornou. Lá não há nada além de demônios e criaturas desvairadas que perderam a humanidade e ruas brancas com as ossadas insepultas dos que olharam para o *eídolon* Lathi, que preside a cidade". E o Navio Branco foi adiante até deixar para trás as muralhas de Thalarion e seguiu por muitos dias um pássaro que voava rumo ao sul, cuja plumagem reluzente tinha a mesma cor do céu de onde havia surgido.

Então chegamos a um litoral agradável com flores de todas as cores, onde lindos bosques e arvoredos radiantes estendiam-se até onde a vista alcançava sob o calor do sol meridional. Dos caramanchões para além do horizonte vinham explosões de música e trenos de harmonia lírica intercalados por risadas tão deliciosas que apressei os remadores para chegarmos o mais rápido possível àquela cena. O homem barbado não disse uma palavra, mas ficou me observando enquanto nos aproximávamos da costa salpicada de lírios. De repente uma brisa cruzou os prados floridos e os bosques folhosos e trouxe consigo um perfume que me fez estremecer. O vento ganhou força e o ar encheu-se com o odor letal e pútrido de cidades flageladas pela peste e sepulturas abertas. E enquanto nos afastávamos como loucos daquele litoral abominável o homem de barba enfim disse: "Eis Xura, a Terra dos Prazeres Inalcançados".

Mais uma vez o Navio Branco seguiu o pássaro celeste pelos mares cálidos e abençoados, impelido por suaves brisas fragrantes. Dia após dia e noite após noite navegamos, e quando a lua estava cheia escutávamos as doces canções dos remadores — doces como naquela noite distante em que zarpamos da minha longínqua terra natal. E foi ao brilho do luar que enfim lançamos âncora no porto de Sona-Nyl, guardado por promontórios gêmeos de cristal que se erguem do mar e encontram-se em uma arcada resplendente. Este é o País dos Devaneios, e caminhamos até a orla verdejante em uma ponte de luar dourado.

No País de Sona-Nyl não existe tempo nem espaço, sofrimento nem morte; e lá morei por muitos éons. Verdes são os bosques e arvoredos, claras e fragrantes as flores, azuis e musicais os córregos, límpidas e frias as fontes e opulentos e maravilhosos os templos, castelos e cidades de Sona-Nyl. Lá não existem fronteiras, pois além de cada panorama de beleza ergue-se outro ainda mais vistoso. Pelo campo afora e em meio ao esplendor das cidades, as pessoas felizes movem-se a seu bel-prazer, todas abençoadas com a graça imaculada e a mais pura felicidade. Pelos éons em que lá estive, vaguei cheio de alegria por jardins onde pagodes extravagantes espreitam por detrás de arbustos, e onde os passeios brancos são ladeados por flores delicadas. Subi colinas suaves e, das alturas, avistei panoramas de beleza encantadora, com vilarejos repletos de coruchéus aninhados em convales verdejantes, e as cúpulas douradas de cidades colossais a brilhar no horizonte infinitamente longínquo. E sob o brilho do luar eu pude ver o mar refulgente, os promontórios de cristal e o porto plácido onde o Navio Branco estava ancorado.

Foi contra a lua cheia que um dia, no ano imemorial de Tharp, divisei a silhueta do pássaro celestial que me chamava e senti os primeiros sinais de inquietude. Falei com o homem barbado e contei-lhe o desejo que eu sentia de viajar até a distante Cathúria, jamais vista por nenhum mortal, mas que se acreditava estar além dos pilares basálticos do Ocidente. É o País da Esperança, onde refulgem os ideais perfeitos de tudo o que se conhece em outros lugares; ou pelo menos é o que dizem. Mas o homem barbado disse-me: "Cuidado com os mares traiçoeiros onde dizem que Cathúria situa-se. Em Sona-Nyl não existe sofrimento nem morte, mas quem sabe ao certo o que se esconde além dos pilares basálticos do Ocidente?". Mesmo assim, quando a lua voltou a ficar cheia, embarquei no Navio Branco e, com o relutante homem barbado, deixei para trás o alegre porto rumo a mares jamais desbravados.

E o pássaro celeste voava à nossa frente e conduzia-nos aos pilares basálticos do Ocidente, mas dessa vez os remadores não cantavam canções doces sob a lua cheia. Em minha fantasia eu imaginava o desconhecido País de Cathúria com esplêndidos bosques e palácios e me perguntava que novas delícias estariam à minha espera. "Cathúria", eu dizia para mim mesmo, "é a morada dos deuses e o país das incontáveis cidades de ouro. As florestas são de aloé e sândalo, como os bosques fragrantes de Camorin, e por entre as árvores esvoaçam pássaros alegres, cheios de doçura e música. Nas montanhas verdes e floridas de Cathúria erguem-se templos de mármore rosa, que ostentam glórias entalhadas e pintadas e revelam fontes argênteas nos pátios, onde as águas fragrantes do Rio Narg, que nasce em uma gruta, sussurram melodias encantadoras. As cidades da Cathúria são cercadas por muros dourados, e as ruas também são de ouro. Nos jardins dessas cidades há estranhas orquídeas e lagos perfumados, cujos leitos são coral e âmbar. À noite as ruas e os jardins são iluminados por alegres lanternas feitas com o casco tricolor da tartaruga, e lá ressoam as notas suaves do cantor e do alaúde. E as casas nas cidades de Cathúria são todas palácios, construídas sobre um canal fragrante por onde correm as águas do sagrado Narg. De mármore e porfirito são as casas, cobertas por um ouro reluzente que reflete os raios do sol e aumenta o esplendor das cidades para que assim as vejam os deuses satisfeitos dos picos mais distantes. A mais bela construção é o palácio do grande monarca Dorieb, que uns dizem ser um semideus, outros, um deus. Altaneiro é o palácio de Dorieb, e várias são as torretas de mármore em suas muralhas. Nos amplos salões as multidões reúnem-se, e lá se encontram os troféus de todas as eras. E o teto é de ouro maciço, sustentado por altos pilares de rubi e lápis-lazúli com figuras entalhadas na forma de deuses e heróis, de modo que quem ergue os olhos àquelas alturas tem a impressão de vislumbrar o próprio Olimpo. O piso do palácio é de vidro, e por debaixo do cristal correm as águas iluminadas do Narg, alegres com peixes vistosos, desconhecidos de todos além das fronteiras da adorável Cathúria."

Era assim que eu falava comigo mesmo sobre Cathúria, mas o homem barbado sempre me aconselhava a voltar para o alegre litoral de Sona-Nyl; pois Sona-Nyl é conhecida dos homens, enquanto ninguém jamais vislumbrou Cathúria.

E no trigésimo primeiro dia seguindo o pássaro, divisamos os pilares basálticos do Ocidente. Surgiram envoltos em névoa, de modo que era impossível ver o que se escondia além deles ou mesmo seus cumes — que alguns dizem alçar-se até os céus. E o homem barbado mais uma vez implorou para que eu voltasse atrás, mas não lhe dei ouvidos; pois das névoas para além dos pilares basálticos imaginei ouvir as notas de cantores e alaúdes; mais doces do que as mais doces canções de Sona-Nyl, e soando minhas próprias loas; loas a mim, que tinha viajado para longe da lua cheia e visitado o País do Devaneio.

Assim, ao som da melodia o Navio Branco vogou rumo à névoa entre os pilares basálticos do Ocidente. E quando a música cessou e a névoa baixou, vislumbramos não o País de Cathúria, mas um mar de correnteza irresistível, que arrastava nossa nau indefesa rumo ao desconhecido. Logo nossos ouvidos captaram o troar de cachoeiras longínquas e, diante de nossos olhos, assomou no horizonte a espuma titânica de uma catarata monstruosa, na qual os oceanos do mundo deságuam em um vazio abissal. Foi então que o homem barbado disse-me, com lágrimas a rolar pelo rosto: "Nós rejeitamos a beleza do lindo País de Sona-Nyl, que podemos nunca mais rever. Os deuses são mais grandiosos que os homens, e eles venceram". Fechei meus olhos antes do estrondo que viria a seguir, perdendo de vista o pássaro celestial que ruflou as zombeteiras asas cerúleas sobre a borda da torrente.

Após o estrondo veio a escuridão, e ouvi gritos de homens e de coisas inumanas. Do Oriente sopraram ventos tempestuosos, que me enregelaram quando me agachei sobre a pedra úmida que havia se erguido sob os meus pés. Então, depois de mais um estrondo, abri os olhos e me vi na plataforma do farol, de onde eu havia zarpado tantos éons atrás. Na escuridão lá embaixo avultava a enorme silhueta difusa de uma embarcação que se chocava contra escolhos cruéis, e quando tirei os olhos do naufrágio percebi que o farol havia falhado pela primeira vez desde que o meu avô o tomara sob seus cuidados.

No avançado da ronda, entrei na torre e, na parede, descobri um calendário que permanecia tal como eu o havia deixado quando parti. Com o raiar do dia, desci da torre e fui procurar os destroços nos escolhos, mas só o que encontrei foi um estranho pássaro morto, azul como o céu, e uma única verga destroçada, de brancura mais intensa que a da espuma na crista das ondas e da neve nas montanhas.

E desde então o oceano jamais voltou a me contar segredos; e ainda que por muitas vezes a lua cheia tenha brilhado alta nos céus, o Navio Branco do sul nunca mais retornou.

A chave de prata

Aos trinta anos Randolph Carter perdeu a chave que abria o portão dos sonhos. Até então, fora-lhe possível compensar o prosaísmo da vida com excursões noturnas a cidades antigas e estranhas além do espaço, com paisagens de belíssimos e inacreditáveis jardins nas orlas longínquas de mares etéreos; porém, à medida que a meia-idade cristalizava-se, essas liberdades aos poucos escaparam-lhe, até que por fim se viu de todo isolado. As galés já não mais podiam singrar o Rio Oukranos para além dos coruchéus dourados de Thran, nem as caravanas de elefantes podiam atravessar a passos lestos as fragrantes selvas de Kled, onde palácios esquecidos sustentados por colunas de mármore dormem um sono tranquilo e contínuo sob os raios do luar.

Carter havia lido muito sobre as coisas e falado com demasiadas pessoas. Filósofos bem-intencionados haviam lhe ensinado a buscar as relações lógicas entre as coisas, bem como a analisar os processos que moldavam os pensamentos e as fantasias. O maravilhamento desaparecera, e Carter esquecera que a vida não passa de uma série de imagens no cérebro em meio às quais não existe diferença entre aquelas nascidas de coisas reais e aquelas nascidas de sonhos recônditos, nem causas mais valiosas do que outras. O hábito lhe havia impingido uma reverência supersticiosa por tudo aquilo que existe de maneira física e tangível, bem como uma vergonha secreta de entregar-

-se a visões. Os sábios disseram-lhe que devaneios eram coisas estúpidas e pueris, e ele acreditou porque viu que poderia ser assim. O que não lhe ocorreu foi que os fatos da realidade são igualmente estúpidos e pueris, e no entanto ainda mais absurdos porque os atores persistem em tratá-los como se viessem carregados de significado e propósito enquanto o cosmo avança às cegas do nada rumo a qualquer coisa e de qualquer coisa novamente rumo ao nada, sem jamais perceber ou conhecer os desejos ou sequer a existência das mentes que de quando em quando lampejam na escuridão.

Acorrentaram-no às coisas que são, e então lhe explicaram o funcionamento dessas coisas até que o mistério se retirasse do mundo. Quando ele protestou e ansiou por escapar rumo a reinos crepusculares onde a magia organizava todos os pequenos fragmentos vívidos e todas as associações valiosas de sua mente para apresentar-lhe panoramas repletos de expectativas surpreendentes e delícias intermináveis, mostraram-lhe o caminho dos mais recentes prodígios da ciência e instaram-lhe a descobrir o maravilhamento no vórtice do átomo e o mistério nas dimensões do firmamento. E quando ele fracassou em encontrar consolo em coisas regidas por leis conhecidas e mensuráveis, disseram-lhe que não tinha imaginação e taxaram-no de imaturo por preferir ilusões oníricas às ilusões de nossas criações físicas.

E assim Carter tentou fazer como os outros faziam, e passou a fingir que os acontecimentos comuns e as emoções das mentes terrenas eram mais importantes do que as fantasias de almas sutis e delicadas. Não discordou quando lhe disseram que a dor animal de um porco apunhalado ou de um camponês dispéptico na vida real eram coisas maiores do que a beleza de Narath com sua centena de portões entalhados e domos de calcedônia, que ele vagamente recordava dos sonhos; e, sob essa orientação, Carter passou a cultivar um elaborado sentimento de pesar e tragédia.

Por vezes, no entanto, não conseguia evitar a impressão de que as aspirações humanas são rasas, volúveis e desprovidas de sentido, e que nossos impulsos reais contrastam de maneira desconcertante com os ideais pomposos que professamos. Nessas horas, recorria ao riso educado que lhe haviam ensinado a empregar quando defrontado com a extravagância e a artificialidade dos sonhos; pois via que a vida cotidiana em nosso mundo é igualmente extravagante e artificial, e ainda menos digna de respeito devido à carência de beleza e à relutância obtusa em reconhecer a própria ausência de razão e propósito. E assim Carter tornou-se como que um humorista, pois não via que mesmo o humor é vazio em um universo irracional desprovido de qualquer critério real capaz de estabelecer limites entre a consistência e a inconsistência.

No início dessa prisão, voltou-se à suave fé eclesiástica que lhe fora inculcada pela crença ingênua dos antepassados, uma vez que esta apresentava veredas místicas que lhe acenavam com maneiras de escapar à vida. Somente em um exame mais atento Carter percebia a escassez de fantasia e beleza, a banalidade estagnada e prosaica e a gravidade sábia e grotesca nas reivindicações de verdade sólida que mantinham um reinado aborrecido e opressivo sobre a maioria dos que a professavam; ou sentia a inegável falta de jeito na pretensão de manter vivos, como fatos incontestáveis, os palpites e os medos superados de uma raça primitiva que se defrontara com o desconhecido. Para Carter era maçante ver os modos solenes com os quais as pessoas esforçavam-se por tratar como realidade sólida os antigos mitos que cada nova descoberta da tão propalada ciência refutava, e essa seriedade deslocada era o golpe de misericórdia no afeto que poderia ter nutrido pelas antigas crenças se tivessem lhe oferecido aqueles ritos sonoros e paroxismos emocionais na roupagem legítima de fantasias etéreas.

Mas, quando se dedicou ao estudo daqueles que haviam descartado os antigos mitos, descobriu que eram ainda mais feios do que aqueles que não o haviam feito. Não sabiam que a beleza reside na harmonia, e que a graça da vida não pode ser medida em um cosmo à deriva senão pela harmonia que mantém com os sonhos e os sentimentos que existiram antes e que às cegas moldaram nossas diminutas esferas a partir do caos. Não viam que o bem e o mal, a beleza e a feiura não passam de resultados ornamentais de perspectiva, cujo único valor reside na ligação que mantêm com aquilo que o acaso levou nossos pais a sentir e a pensar, e cujos detalhes são diferentes para cada raça e cultura. Em vez disso, ou negavam essas coisas de todo ou então as atribuíam aos instintos básicos e vagos que compartilhavam com as bestas e os camponeses; e assim viviam as próprias vidas em meio à dor, à feiura e à desproporção, porém sempre cheios de um orgulho ridículo por ter escapado de coisas nem um pouco menos incertas do que aquelas que ainda os prendiam. Haviam trocado as divindades falsas do medo e da devoção cega pelas divindades da licenciosidade e da anarquia.

Carter não provou dessas liberdades modernas, pois a frivolidade e a sordidez repugnavam um espírito que nada mais amava senão a beleza; e sua razão rebelava-se contra a lógica falha com a qual os defensores ferrenhos dessas liberdades tentavam dourar impulsos brutos com a mesma sacralidade negada aos ídolos que haviam descartado. Ele percebeu que muitos desses, além de terem abandonado o sacerdócio, eram incapazes de vencer a ilusão de que a vida tem qualquer tipo de sentido para além daquele que os homens infundem-lhe em sonho; e não conseguiam pôr de lado certas ideias grosseiras a respeito de ética e obrigações para além daquelas relacionadas à beleza, quando toda a Natureza brada a própria irracionalidade e a própria amoralidade impessoal à luz de todas as descobertas científicas. Tendenciosos e intolerantes, com ilusões preconcebidas de justiça, liberdade e consistência, esses homens abandonam a antiga sabedoria e os antigos costumes juntamente com as antigas crenças, sem jamais pensar que aquela sabedoria e aqueles costumes de outrora eram hoje os únicos marcadores dos pensamentos e dos juízos que os orientavam, bem como os únicos guias e padrões de um universo desprovido de sentido, sem objetivos determinados e sem pontos de referência fixos. Ao perder essas coordenadas artificiais, as vidas desses homens tornavam-se vazias de rumo e vazias de interesse dramático; até que por fim tentavam afogar o próprio *ennui* nas multidões e na pretensa utilidade, no barulho e na agitação, no exibicionismo bárbaro e na sensibilidade animalesca. Quando essas coisas esmaeciam, decepcionavam ou tornavam-se nauseantes em consequência da repulsa, passavam a cultivar a ironia e a amargura, e a apontar falhas na ordem social. Jamais eram capazes de perceber que as fundações brutas eram tão instáveis e tão contraditórias quanto os deuses de outrora, e que a satisfação de um momento é a ruína do próximo. A beleza serena e duradoura surge apenas nos sonhos, e esse bálsamo o mundo havia deitado fora quando, na adoração do real, deitara fora também os segredos da infância e da inocência.

Em meio a esse caos de vazio e de irrequietude, Carter tentava viver como um homem de intelecto sagaz e de bom quinhão. Com os sonhos cada vez mais desbotados sob o ridículo da época, não podia acreditar em nada, mas o amor à harmonia manteve-o sempre próximo dos costumes de sua raça e da posição que ocupava na vida. Caminhava impassível pelas cidades dos homens e suspirava porque nenhuma visão lhe parecia de todo real; pois cada reflexo de sol nos telhados e cada vislumbre de praças e balaustradas sob os primeiros lampiões do entardecer serviam apenas para lembrá-lo dos sonhos que outrora conhecera e para reavivar as saudades das plagas etéreas que já não mais sabia onde encontrar. As viagens não passavam de um escárnio; e mesmo a Grande Guerra causou-lhe pouca sensação, embora tivesse servido desde o princípio na Legião Estrangeira da França. Por um tempo ele buscou amigos, porém logo enfarou-se da crueza daquelas emoções, e também da mesmice e do mundanismo daquelas visões. Tinha uma impressão vaga de que todos os familiares mantinham-se distantes e avessos ao contato, pois ninguém era capaz de entender a vida mental que cultivava. Ou melhor: ninguém a não ser o avô e o tio-avô Christopher, e ambos estavam mortos havia longa data.

Então Carter dedicou-se novamente à escritura de livros, interrompida desde que os sonhos haviam-no deixado. Mas tampouco nisso houve satisfação ou realização; pois o toque da terra obscurecia-lhe os pensamentos, e não lhe era mais possível pensar em coisas belas como outrora fizera. O humor irônico derrubava todos os minaretes crepusculares que havia erguido, e o medo terreno da improbabilidade arrasava todas as incríveis e delicadas flores de seus jardins feéricos. A convenção da empatia pressuposta derramava sentimentalismo sobre os personagens, enquanto o mito de uma realidade importante e de acontecimentos e emoções humanas relevantes vilipendiava toda a alta fantasia, transformando-a em alegoria maldisfarçada e sátira social vulgar. Esses novos romances obtiveram mais sucesso do que todos os demais; e, como sabia o quanto tinham de ser vazios para agradar ao rebanho vazio, Carter decidiu queimá-los e abandonar a escrita. Eram romances graciosos, nos quais ele ria de maneira refinada desses sonhos que esboçava; porém tanta sofisticação havia-lhes exaurido toda a vida.

Depois Carter passou a cultivar a ilusão deliberada, e adotou ideias bizarras e excêntricas como um antídoto para o lugar-comum. A maior parte dessas, no entanto, não tardou a revelar-se pobre e estéril; e ele percebeu que as doutrinas populares do ocultismo são áridas e inflexíveis como as da ciência, embora não tragam sequer o escasso paliativo da verdade capaz de redimi-las. A estupidez grosseira, a falsidade e o juízo obscurecido não integram o sonho, e não oferecem nenhum escape da vida às mentes que se elevam acima desse nível. E assim Carter adquiriu livros estranhos e procurou homens mais profundos e mais terríveis de erudição fantástica, mergulhou nos segredos arcanos da consciência poucas vezes trilhados e aprendeu sobre os abismos secretos da vida, das lendas e da antiguidade imemorial que desde então o perturbam. Decidiu viver num plano mais elevado, e para esse fim mobiliou a morada em Boston e adequou-a ao temperamento inconstante; havia um cômodo para cada humor, pintado na cor apropriada, guarnecido com livros e objetos condizentes e equipado com fontes que produziam as sensações adequadas de luz, calor, som, gosto e cheiro.

Certa vez ouviu falar de um homem do Sul, evitado e temido em razão das coisas blasfemas sobre as quais havia lido em livros pré-históricos e em tábuas de barro contrabandeadas da Índia e da Arábia. Visitou-o, e viveu com ele e desses estudos compartilhou durante sete anos, até que o horror se abatesse sobre ambos certa meia-noite em um cemitério ignoto e arcaico — somente um saiu de onde dois haviam entrado. Depois Carter voltou a Arkham, a antiga e terrível cidade assombrada por bruxas onde seus antepassados haviam morado na Nova Inglaterra; lá, em meio às trevas, aos salgueiros ancestrais e às mansardas decrépitas, teve experiências que o levaram a lacrar para sempre certas páginas contidas no diário de um antepassado de imaginação desvairada. Mas esses horrores levaram-no somente até os confins da realidade, e não pertenciam ao verdadeiro país onírico que conhecera na juventude; de maneira que, aos cinquenta anos, desesperou-se por não encontrar paz nem satisfação em um mundo ocupado demais para a beleza e arguto demais para o sonho.

Ao perceber enfim o vazio e a futilidade das coisas reais, Carter passou dias recolhido, entregue às fragmentárias e contristadas memórias da juventude repleta de sonhos. Pensou que seria infrutífero dar-se ao trabalho de continuar vivendo, e assim obteve de um conhecido da América do Sul um curioso líquido que poderia consigná-lo ao olívio sem nenhum sofrimento. A inércia e a força do hábito, contudo, levaram-no a adiar o projeto; e assim ele se demorou em meio aos pensamentos de outras épocas, retirando as estranhas decorações das paredes e redecorando a casa da maneira como se apresentava na primeira infância — com direito a vidraças púrpura, móveis vitorianos e todo o restante.

Com a passagem do tempo, Carter sentiu-se quase alegre por haver se demorado, pois as relíquias da juventude e o afastamento do mundo faziam com que a vida e a sofisticação lhe parecessem muito distantes e irreais, de maneira que um toque de magia e de expectativa voltou a povoar seus devaneios noturnos. Por anos esses devaneios haviam conhecido somente os reflexos distorcidos do cotidiano que os mais vulgares devaneios conhecem, porém logo surgiu o lampejo de um elemento de maior estranheza e maior desvario; algo com um sentimento vago e reverencial de imanência, que assumiu a forma de imagens tensas da época de infância e levou-o a recordar pequenas coisas singelas das quais há muito se havia esquecido. Com frequência despertava chamando pela mãe e pelo avô, ambos descidos ao túmulo fazia mais de um quarto de século.

Mas certa noite o avô lembrou-o de uma chave. Esse acadêmico encanecido, vívido como fora em vida, fez um longo e sincero pronunciamento sobre a antiga linhagem da família e sobre as estranhas visões dos homens sensíveis que a compunham. Falou sobre o Cruzado de olhar chamejante que aprendera os segredos indômitos dos sarracenos que o mantiveram cativo; e do primeiro Sir Randolph Carter, que estudara magia quando Elizabeth ainda era rainha. Falou também sobre Edmund Carter, que logo após escapar do patíbulo no caso de bruxaria em Salém depôs numa antiga caixa uma grande chave de prata que lhe fora entregue pelos antepassados. Antes que Carter despertasse, esse gentil visitante contara-lhe onde encontraria a caixa;

aquela caixa entalhada em carvalho, de tantos portentos arcaicos, cuja grotesca tampa permanecera cerrada por dois séculos.

Em meio à poeira e à sombra do sótão ele por fim a encontrou, abandonada e esquecida atrás de uma gaveta em uma cômoda alta. A caixa era um quadrado com trinta centímetros de lado, com entalhes góticos tão horrendos que não chegava a causar espanto que ninguém a tivesse aberto desde a época de Edmund Carter. O objeto não fazia barulho ao ser balançado, mas revestia-se de um caráter místico em razão do cheiro de especiarias olvidadas. A chave que supostamente abrigava não passava de uma lenda diáfana, e o pai de Randolph Carter jamais soubera da existência daquela caixa. Era guarnecida com detalhes de ferro oxidado, e não houve maneira de vencer a horripilante fechadura. Carter entendeu de maneira vaga que lá dentro encontraria uma chave para o portão perdido dos sonhos, porém quanto a como e onde usá-la o avô nada lhe dissera.

Um antigo criado forçou a tampa esculpida, trêmulo ao ver os terríveis rostos que sorriam zombeteiramente nos entalhes da madeira enegrecida e ao pressentir uma inexplicável familiaridade. No interior, envolta num pergaminho manchado, estava uma enorme chave de prata escurecida ornada com arabescos crípticos; quanto a uma explicação legível, não havia nenhuma. O pergaminho era volumoso, porém trazia somente os hieróglifos misteriosos de uma língua ignota, escritos com bambu antigo. Carter reconheceu os caracteres como aqueles que vira num rolo de papiro que pertencia ao terrível acadêmico do Sul que desaparecera à meia-noite em um cemitério sem nome. O homem sempre tremia ao ler esse rolo, e Carter tremia naquele instante.

Mas ele limpou a chave e à noite manteve-a consigo na fragrante caixa de carvalho antigo. Nesse meio-tempo os sonhos ganharam em vividez, e embora não lhe revelassem nenhuma das estranhas cidades e incríveis jardins dos velhos tempos, ganharam um matiz definitivo cujo propósito era inconfundível. Estavam-no chamando rumo aos anos idos, e com a vontade conjunta de todos os antepassados puxavam-no em direção a uma fonte oculta e ancestral. Então Carter soube que teria de adentrar o passado e misturar-se às coisas antigas, e dia após dia pensava nas colinas ao norte, onde a assombrada Arkham, as águas velozes do Miskatonic e as rústicas moradas de sua gente situavam-se.

Em frente ao fogo pensativo do outono, Carter tomou o velho caminho ainda lembrado, que passava por graciosas linhas de colinas ondulantes e prados com muros de pedra, vales longínquos e bosques suspensos, estradas curvas e fazendas recônditas, e as cristalinas voltas do Miskatonic, cruzadas aqui e acolá por rústicas pontes de madeira ou de pedra. A certa altura viu um grupo de olmos gigantes em meio aos quais um ancestral desaparecera estranhamente um século e meio atrás e estremeceu ao perceber que o vento soprava cheio de propósito em meio às árvores. Além disso havia a fazenda em ruínas da velha bruxa Goody Fowler, com as janelinhas malévolas e o grande telhado inclinado que por pouco não tocava o chão na parede norte. Carter acelerou o carro ao passá-la, e não parou até que chegasse ao topo da colina onde a mãe e os antepassados que a precederam haviam nascido, e onde a velha casa branca ainda olhava cheia de orgulho para o outro lado da estrada, em direção ao panorama surpreendentemente gracioso da encosta rochosa e do vale viçoso, com os longínquos coruchéus de Kingsport no horizonte e sugestões de um mar arcaico e prenhe de sonhos no horizonte distante.

Depois veio a encosta mais íngreme que abrigava a antiga casa dos Carter, que ele não vira por mais de quarenta anos. A tarde cedera lugar ao anoitecer quando ele chegou ao sopé, e na curva a meio caminho ele deteve-se para observar a paisagem que se estendia dourada e glorificada sob os raios oblíquos de magia derramados pelo sol poente. Toda a estranheza e toda a expectativa dos sonhos recentes pareciam saturar aquele panorama silencioso e extraterreno, e Carter pensou nas solitudes ignotas de outros planetas enquanto corria os olhos pelos gramados desertos e aveludados que reluziam e ondulavam sob os muros em ruínas, os arvoredos feéricos que traçavam os longínquos contornos de colinas purpúreas atrás das colinas e o espectral vale arborizado que descia à sombra rumo a grutas úmidas onde filetes d'água murmuravam e gorgolejavam em meio a raízes túmidas e distorcidas.

Teve a impressão de que os motores não tinham lugar no reino que procurava, e assim deixou o carro na orla da floresta, guardou a grande chave no bolso do casaco e pôs-se a subir a colina. Os bosques logo o envolveram por completo, conquanto ele soubesse que a casa se localizava num outeiro de encosta nua, a não ser pela face norte. Perguntou-se como estaria a construção, que permanecera vazia e abandonada durante todo o período de negligência iniciado com a morte de seu estranho tio-avô Christopher, trinta anos atrás. Na meninice, Carter deliciava-se com as longas visitas, e havia descoberto estranhos portentos nos bosques para além do pomar.

As sombras adensaram-se ao redor, pois a noite estava próxima. A certa altura uma falha entre as árvores revelou-se à direita, e assim ele avistou quilômetros de prados crepusculares e divisou o velho coruchéu da igreja congregacional no alto de Central Hill, em Kingsport, rosada sob os últimos rubores do dia, com os vidros das janelinhas redondas a brilhar com reflexos de fogo. Depois, novamente envolto pelas sombras, sobressaltou-se ao lembrar que o vislumbre devia ter origem somente nas memórias de infância, uma vez que a velha igreja branca fora demolida muito tempo atrás para dar lugar ao Hospital Congregacional. Carter acompanhara essa notícia com interesse, pois os jornais haviam noticiado a existência de estranhas passagens ou galerias subterrâneas na colina rochosa.

No meio desse espanto uma voz soou, e ele mais uma vez sobressaltou-se com o tom familiar mesmo após tão longos anos. O velho Benijah Corey fora criado do tio Christopher, e tinha a mesma idade deste último naquelas distantes visitas da infância. Naquele momento devia ter mais de cem anos, mas a voz sonora não podia vir de mais ninguém. Não foi possível distinguir as palavras, mas o tom foi espantoso e inconfundível. E pensar que o velho "Benijy" ainda estava vivo!

"Sior Randy! Sior Randy! Onde está? O sior não qué matá a sua tia Marthy de susto, qué? Ela já não li disse pra não se afastá muito durante a tarde e pra voltá antes que a noite caia? Randy! Rannn... dy...! Esse minino tem u'a mania de se embrenhá no bosque como eu nunca vi; metade do tempo ele passa vadiando perto daquela toca de cobra no pátio de lenha...! Ei, Ran... dy!"

Randolph Carter deteve o passo em meio à negrura de breu e esfregou os olhos com a mão. Alguma coisa parecia estranha. Estava em um lugar onde não deveria estar; havia se afastado muito e chegado a lugares aos quais já não pertencia, e naquele momento era demasiado tarde. Não havia percebido a hora no coruchéu de Kingsport, embora facilmente pudesse havê-la discernido com a luneta de bolso; mas ele sabia que tamanho atraso era um evento estranho demais e sem precedentes. Carter não tinha certeza de que trazia a luneta consigo, e assim levou a mão ao bolso da blusa para conferir. Não, lá não havia luneta nenhuma, mas havia a grande chave de prata que encontrara numa caixa em um lugar qualquer. O tio Chris certa vez lhe contara uma história esquisita a respeito de uma caixa cerrada que guardava uma chave, mas a tia Martha havia-o interrompido de maneira abrupta, dizendo que aquilo não era coisa a se dizer para um menino que já tinha a cabeça cheia de ideias fantasiosas. Carter tentou lembrar-se de onde encontrara a chave, mas tudo parecia muito confuso. Imaginou ter sido no sótão da casa em Boston, e vagamente se lembrou de haver subornado Parks com metade do dinheiro que recebia semanalmente para ajudá-lo a abrir a caixa e manter sigilo a respeito; mas quando lembrou-se disso o rosto de Parks surgiu de maneira demasiado estranha, como se as rugas de longos anos se houvessem precipitado sobre o pequeno e ativo *cockney*.

"Ran...dy! Ran...dy! Ei! Ei! Randy!"

Uma lanterna balouçante surgiu em uma curva escura, e o velho Benijah lançou-se sobre a forma silente e confusa do peregrino.

"Maldição, garoto! Aí está você. Por acaso você não tem língua para respondê quando li falo? Passei a última meia hora chamando, e você deve tê me ovido muito tempo atrás! Não sabe que a sua tia Martha fica toda priocupada quando você não volta pra casa depois que a noite cai? Espere só até eu contar para o seu tio Chris! Você tem que saber que esse bosque não é um bom lugar pra você ficá zanzando a essa hora! Existem coisas à solta que não fazem nada de bom a ninguém, como o meu vô bem sabia. Venha, sior Randy, ou a Hannah não vai mais guardá o seu jantar!"

E assim Randolph Carter marchou pela estrada onde as estrelas pensativas cintilavam através dos mais altos galhos do outono. E os cães ladraram quando a luz amarela das pequenas vidraças brilhou na curva mais distante, e as Plêiades reluziram por sobre o outeiro nu onde uma grande mansarda erguia-se como uma sombra tendo ao fundo o ocidente difuso. A tia Martha estava na porta, e não o repreendeu com demasiada rispidez quando Benijah apresentou o fugitivo. Ela conhecia o tio Chris bem o suficiente para esperar coisas assim na família Carter. Randolph não mostrou a chave, limitando-se a jantar em silêncio e a protestar quando chegou a hora de ir para a cama. Por vezes ele sonhava melhor em vigília, e desejava usar aquela chave.

Randolph levantou-se cedo na manhã seguinte e teria corrido até o pátio de lenha se o tio Chris não o houvesse flagrado ainda cedo para obrigá-lo a tomar o desjejum na cadeira ao lado. Ele parecia impaciente naquela sala de teto baixo com o tapete puído e as vigas e colunas expostas, e sorria apenas quando os galhos do pomar arranhavam os vidros na janela dos fundos. As árvores e as colinas estavam próximas, e formavam os portões daquele reino atemporal que era sua verdadeira terra natal.

E assim, quando foi dispensado, Carter apalpou o bolso da blusa para sentir a chave; e, ao certificar-se de que lá se encontrava, atravessou o pomar a passos lépidos e subiu a elevação logo adiante, onde a colina arborizada novamente se erguia acima do outeiro nu. O chão da floresta estava coberto de musgo e parecia misterioso, e grandes rochas cobertas de líquen erguiam-se vagamente aqui e acolá sob a luz tênue, como monólitos druídicos em meio aos troncos inchados e retorcidos de um bosque sagrado. Ao subir, Randolph atravessou um córrego de águas ligeiras cujo salto logo adiante entoava cânticos rúnicos para os faunos e egipãs e dríades à espreita.

Depois veio a estranha caverna na encosta da floresta, a temida "toca da cobra" que os camponeses tanto evitavam, e a respeito da qual Benijah fizera inúmeras advertências. A caverna era profunda; bem mais profunda do que qualquer outra pessoa além de Randolph poderia suspeitar, pois o menino descobrira uma fissura no canto escuro mais distante que levava a uma gruta ainda mais ampla — um lugar sepulcral cujas muralhas graníticas traziam uma ilusão curiosa de engenho consciente. Nessa ocasião, pôs-se a engatinhar como de costume, iluminando o trajeto com fósforos surrupiados da caixa na sala de estar e avançando até a última fenda com uma avidez que nem mesmo ele próprio saberia explicar. Não sabia por que se aproximava da parede mais distante com tamanha confiança, nem por que instintivamente sacara do bolso a grande chave de prata enquanto avançava. Mas seguiu em frente e, quando voltou dançando para casa à noite, furtou-se a oferecer desculpas pelo atraso, e além disso ignorou por completo as reprimendas feitas por haver ignorado o chamado para o jantar.

É fato conhecido por todos os parentes distantes de Randolph Carter que no décimo ano do menino alguma coisa aguçou-lhe a fantasia. Seu primo, o sr. Ernest B. Aspinwall, de Chicago, é dez anos mais velho, e lembra-se claramente de uma mudança ocorrida no menino após o outono de 1883. Randolph observara cenas de fantasia que poucos jamais contemplaram, e ainda mais estranhas eram certas qualidades que exibia em relação a coisas deveras mundanas. Em resumo, ele parecia manifestar o estranho dom da profecia, e reagia de maneira pouco habitual a coisas que no momento dos fatos não tinham importância, porém mais tarde mostravam-se imbuídas de um sentido que justificava essas impressões singulares. Nas décadas subsequentes, enquanto novas invenções, novos nomes e novos eventos surgiam em sequência no livro da história, as pessoas de vez em quando lembravam-se admiradas de que em anos passados Carter fizera um comentário despretensioso que sem dúvida guardava relação com aquilo que se encontrava muito adiante no futuro. Ele mesmo não compreendia essas palavras nem por que determinadas coisas instilavam-lhe determinadas emoções; imaginava apenas que o responsável seria um sonho olvidado. Já em 1897 Carter empalidecera quando um viajante mencionou a cidade francesa de Belloy-en-Santerre, e os amigos lembraram-se do ocorrido quando lá ele recebeu um ferimento praticamente mortal em 1916 enquanto servia à Legião Estrangeira durante a Grande Guerra.

Os parentes de Carter falam muito sobre essas coisas, porque em tempos recentes ele desapareceu. O velho criado Parks, que por anos suportou pacientemente aquelas extravagâncias, viu-o pela última vez na manhã em que Carter pegou o carro sozinho, levando consigo uma chave recém-encontrada. Parks ajudara-o a retirar a chave da antiga caixa de madeira onde estava trancada e sentiu-se estranhamente afetado pelos entalhes grotescos na tampa e também por uma qualidade estranha que se disse incapaz de pôr em palavras. Ao partir, Carter disse que visitaria sua antiga terra natal nas proximidades de Arkham.

No meio da encosta de Elm Mountain, a caminho das ruínas da antiga casa da família, encontraram o carro, estacionado cuidadosamente na beira da estrada; e no interior havia uma caixa de madeira fragrante com entalhes que assustaram os camponeses que a descobriram. A caixa guardava apenas um pergaminho cujas inscrições nenhum linguista e nenhum paleógrafo conseguiu decifrar ou identificar. A chuva desde muito apagara as eventuais pegadas, embora os investigadores de Boston tivessem coisas a dizer sobre indícios de movimentação em meio às tábuas caídas na antiga casa da família Carter. Segundo afiançaram, era como se alguém tivesse revirado as ruínas em um momento recente. O lenço branco encontrado em meio às rochas da floresta na encosta mais adiante não pôde ser identificado como posse do homem desaparecido.

Já se fala em dividir a herança de Randolph Carter entre seus herdeiros, embora eu me ponha contra essa maneira de agir por não acreditar que esteja morto. Existem dobras no espaço e no tempo, na visão e na realidade, que somente um sonhador é capaz de explorar; e, pelo que conheço de Carter, acredito que tenha simplesmente encontrado uma forma de orientar-se nesses labirintos. Se deve ou não retornar, eu não saberia dizer. Ele desejava o país dos sonhos que havia perdido, e ansiava pelos dias de sua infância. Depois encontrou uma chave, e de uma forma ou de outra acredito que a tenha empregado para ganhar uma estranha vantagem.

Quando eu o vir hei de questioná-lo, pois tenciono encontrá-lo em breve numa cidade onírica que ambos costumávamos frequentar. Dizem que em Ulthar, que se estende além do Rio Skai, um novo rei governa a partir do trono de opala em Ilek-Vad, a fabulosa cidade dos torreões sobre as colinas ocas de vidro que dão para o mar crepuscular onde o barbado e ictíico Gnorri construiu singulares labirintos, e creio saber como interpretar esse rumor. Sem dúvida estou ansioso por contemplar a grande chave de prata, visto que em seus crípticos arabescos podem estar simbolizados todos os fitos e todos os mistérios de um cosmo cego e impessoal.

Nyarlathotep

Nyarlathotep... o caos rastejante... Eu sou o último... Hei de contar ao vazio que escuta...

Não me recordo muito bem de quando tudo começou, mas foi meses atrás. A tensão geral era horrível. Ao sentimento de convulsão política e social acrescentou-se a estranha e iminente apreensão relativa a um tremendo perigo físico; um perigo disseminado e onipresente, imaginável somente nas mais terríveis quimeras noturnas. Lembro-me de que as pessoas andavam de um lado para outro com semblantes pálidos e preocupados, sussurrando advertências e profecias que ninguém em sã consciência ousaria repetir para os outros ou mesmo admitir para si mesmo que as ouvira. Uma monstruosa sensação de culpa havia se precipitado sobre o país, e dos abismos interestelares sopravam ventos gélidos que punham os homens a estremecer em lugares escuros e solitários. Uma alteração demoníaca surgira no ciclo das estações — o calor do outono evidenciou uma terrível permanência, e todos sentiram que o controle do mundo e talvez do universo como um todo havia passado de deuses ou poderes conhecidos para deuses ou poderes ignotos.

E foi então que Nyarlathotep surgiu no Egito. Quem era, ninguém saberia dizer, mas tinha o sangue da antiga linhagem e o aspecto de um faraó. Os felás ajoelhavam-se ao vê-lo, embora não soubessem dizer por quê. Ele disse que havia se erguido das trevas de vinte e sete séculos, e que ouvira mensagens de lugares situados além deste planeta. Rumo às terras da civilização Nyarlathotep rumou, com a tez escura, o porte esbelto e o aspecto nefasto, sempre disposto a comprar peculiares instrumentos de vidro e metal para combiná-los em objetos ainda mais peculiares. Tinha grande apreço pelas ciências — discorria sobre eletricidade e psicologia — e fazia demonstrações de poderes que deixavam os espectadores sem palavras, que assim elevaram sua fama a uma enorme magnitude. Os homens recomendavam uns aos outros que fossem ao encontro de Nyarlathotep e estremeciam. E aonde quer que Nyarlathotep fosse, o sossego desaparecia: pois lá o silêncio da madrugada era rasgado por gritos de pesadelo. Jamais dantes os gritos de pesadelo haviam se revelado um problema coletivo; mas a partir de então os sábios quase desejaram ter a prerrogativa de proibir o sono durante a madrugada, para que assim o alarido das cidades não importunasse de maneira tão horrenda a pobre lua pálida que cintilava nas verdes águas sob as pontes e nos velhos coruchéus cujas silhuetas erguiam-se contra o céu enfermiço.

Lembro-me de quando Nyarlathotep chegou à minha cidade — a grande, velha e terrível cidade de incontáveis crimes. Um amigo havia me falado a respeito dele, e do fascínio e da atração irresistíveis contidos nas revelações que fazia, e vi-me arder de curiosidade por desvendar esses mistérios absolutos. Meu amigo disse que eram impressionantes e horrendos para muito além das mais desvairadas fantasias minhas; que aquilo que surgia em uma tela no recinto escuro trazia profecias que ninguém senão Nyarlathotep ousaria profetizar, e que no chamejar das labaredas era roubado tudo aquilo que jamais fora roubado de um homem, e que se revelava somente no olhar. E em terras longínquas ouvi rumores de que aqueles que conheciam Nyarlathotep viam coisas que outros homens não viam.

Foi no calor do outono que saí à noite com as multidões inquietas para ver Nyarlathotep; atravessei a noite abafada e subi os degraus intermináveis para enfim adentrar o recinto sufocante. E, projetados sobre uma tela, enxerguei vultos encapuzados em meio a ruínas, e rostos amarelos à espreita por trás de monumentos desabados. E vi o mundo investir contra a escuridão; contra as ondas de destruição vindas dos confins do supremo espaço, girando, agitando-se, debatendo-se ao redor de um sol cada vez mais tênue e cada vez mais frio. Por fim as faíscas executaram uma dança fantástica junto à cabeça dos espectadores, e senti meus cabelos se arrepiarem quando sombras mais grotescas do que eu poderia descrever apareceram e empoleiraram-se sobre as cabeças. E quando eu, que tinha uma predisposição mais fria e mais científica do que os demais, murmurei um trêmulo protesto em que mencionei "impostura" e "eletricidade estática", Nyarlathotep expulsou-nos a todos, pelas escadas vertiginosas, rumo às ruas quentes, úmidas e vazias da meia-noite. Aos gritos, afirmei que eu *não sentia medo*; que eu jamais haveria de sentir medo; e outros gritaram comigo a fim de consolar-se. Juramos uns perante os outros que a cidade permanecia *a mesma*, e que permanecia viva; e quando as luzes elétricas começaram a se apagar praguejamos repetidas vezes contra a companhia de luz e rimos das curiosas expressões que surgiam em nossos rostos.

Acredito que sentimos uma coisa descendo da lua esverdeada, pois assim que começamos a depender daquela luz dispusemo-nos em estranhas formações involuntárias e tivemos a impressão de conhecer nossos destinos, embora não ousássemos pensar a esse respeito. A certa altura olhamos para o calçamento e descobrimos que os blocos estavam soltos, deslocados pela grama, e que mal havia sequer um trilho de metal enferrujado para mostrar o caminho por onde os bondes seguiam. E logo vimos um bonde abandonado, sem vidraças, dilapidado, quase virado sobre a lateral. Quando olhamos para o horizonte, não encontramos a terceira torre junto à margem do rio, e percebemos que a silhueta da segunda torre estava quebrada próximo ao topo. Então nos dividimos em colunas estreitas, e cada uma parecia ver-se atraída rumo a um ponto distinto. Uma desapareceu pela ruela estreita logo à esquerda, deixando para trás somente o eco de um suspiro de espanto. Outra desceu por um acesso ao metrô tomado pela vegetação, uivando de rir como se todos estivessem loucos. A minha própria coluna foi atraída rumo a um espaço aberto, e logo sentimos uma rajada gélida, estranha ao calor do outono; pois, quando chegamos à gandra escura, divisamos ao nosso redor um luar infernal refletido por neves malignas. Neves sem rastros, inexplicáveis, perturbadas somente em uma direção, onde se abria um abismo tornado ainda mais negro em razão das paredes cintilantes. A coluna parecia demasiado fina enquanto avançava sonhadoramente rumo ao abismo. Fiquei para trás, pois a fenda negra sobre a neve de verdes reflexos parecia terrível, e imaginei ter ouvido as reverberações de um uivo inquietante à medida que meus companheiros desapareciam; mas o poder de manter-me firme no lugar foi por demais pequeno. Como que chamado por aqueles que haviam seguido à frente, avancei como se eu flutuasse em meio aos titânicos montes de neve, trêmulo e temeroso, rumo ao interior daquela inconcebível e impenetrável voragem de negrura.

Se vociferando por vontade ou delirando por doença — somente os deuses que foram saberiam dizer. Uma sombra enfermiça e suscetível, que se retorce em mãos que já não são mãos para a seguir lançar-se às cegas rumo à funesta meia-noite da criação pútrida, aos cadáveres de mundos defuntos com pústulas que outrora foram cidades e ventos mortuários que roçam as estrelas pálidas e fazem-nas reluzir nas franjas do céu. Para além dos mundos, vagos espectros de coisas monstruosas; colunas de templos profanos que repousam sobre rochas sem nome sob o próprio espaço e erguem-se aos vazios monumentais que sobranceiam as esferas de luz e de escuridão. E através desse repugnante cemitério do universo, as abafadas e enlouquecedoras batidas de tambores e o lamento monótono e estridente de flautas blasfemas, saídos das inconcebíveis e imperscrutáveis câmaras para além do Tempo; o odioso ritmo e os horrendos assovios ao som dos quais dançam, vagarosos, canhestros e absurdos, os gigantescos e tenebrosos deuses supremos — as gárgulas sem olhos, sem voz e sem mente cuja alma é Nyarlathotep.

O que a lua traz consigo

Odeio a lua — tenho-lhe horror — pois às vezes, quando ilumina cenas familiares e queridas, transforma-as em coisas estranhas e odiosas.

Foi durante o verão espectral que a lua brilhou no velho jardim por onde eu errava; o verão espectral de flores narcóticas e úmidos mares de folhagens que evocam sonhos extravagantes e multicoloridos. E enquanto eu caminhava pelo raso córrego cristalino percebi extraordinárias ondulações rematadas por uma luz amarela, como se aquelas águas plácidas fossem arrastadas por correntezas irresistíveis em direção a estranhos oceanos para além deste mundo. Silentes e suaves, frescas e fúnebres, as águas amaldiçoadas pela lua corriam a um destino ignorado; enquanto, dos caramanchões à margem, flores brancas de lótus desprendiam-se uma a uma no vento opiáceo da noite e caíam desesperadas na correnteza, rodopiando em um torvelinho horrendo por sob o arco da ponte entalhada e olhando para trás com a resignação sinistra de serenos rostos mortos.

E enquanto eu corria ao longo da margem, esmagando flores adormecidas com meus pés relapsos e cada vez mais desvairado pelo medo de coisas ignotas e pela atração exercida pelos rostos mortos, percebi que o jardim não tinha fim ao luar; pois, onde durante o dia havia muros, descortinavam-se novos panoramas de árvores e estradas, flores e arbustos, ídolos de pedra e pagodas, e curvas do regato iluminado para além das margens verdejantes e sob grotescas pontes de mármore. E os lábios daqueles rostos mortos de lótus faziam súplicas tristes e pediam que eu os seguisse, mas não parei de andar até que o córrego se transformasse em rio e desaguasse, em meio a pântanos de juncos balouçantes e praias de areia refulgente, no litoral de um vasto mar sem nome.

Neste mar a lua odiosa brilhava, e acima das ondas silentes estranhas fragrâncias pairavam. E lá, quando vi os rostos de lótus desaparecerem, ansiei por redes para que eu pudesse capturá-los e deles aprender os segredos que a lua havia confiado à noite. Mas quando a lua moveu-se em direção ao ocidente e a maré estagnada refluiu para longe da orla tétrica, pude ver sob aquela luz os antigos coruchéus que as ondas quase revelavam e colunas brancas radiantes com festões de algas verdes. E, sabendo que todos os mortos estavam congregados naquele lugar submerso, estremeci e não quis mais falar com os rostos de lótus.

Contudo, ao ver um condor negro ao largo descer do firmamento para descansar em um enorme recife, senti vontade de interrogá-lo e perguntar sobre aqueles que eu conhecera ainda em vida. Era o que eu teria perguntado se a distância que nos separava não fosse tão vasta, mas o pássaro estava demasiado longe e não pude vê-lo sequer quando se aproximou do gigantesco recife.

Então observei a maré vazar à luz da lua que aos poucos baixava, e vi os coruchéus brilhando, as torres e os telhados da gotejante cidade morta. E enquanto eu observava, minhas narinas tentavam bloquear a pestilência de todos os mortos do mundo; pois, em verdade, naquele lugar ignorado e esquecido reuniam-se todas as carnes dos cemitérios para que os túrgidos vermes marinhos desfrutassem e devorassem o banquete.

Impiedosa, a lua pairava logo acima desses horrores, mas os vermes túrgidos não precisam da lua para se alimentar. E enquanto eu observava as ondulações que denunciavam a agitação dos vermes lá embaixo, pressenti um novo calafrio vindo de longe, do lugar para onde o condor voara, como se a minha carne houvesse sentido o horror antes que meus olhos o vissem.

Tampouco a minha carne estremecera sem motivo, pois quando ergui os olhos percebi que a maré estava muito baixa, deixando à mostra boa parte do enorme recife cujo contorno eu já tinha avistado. E quando vi que o recife era a negra coroa basáltica de um horripilante ícone cuja fronte monstruosa surgia em meio aos baços raios do luar e cujos temíveis cascos deviam tocar o lodo fétido a quilômetros de profundidade, gritei e gritei com medo de que aquele rosto emergisse das águas, e de que os olhos submersos avistassem-me depois que a maligna e traiçoeira lua amarela desaparecesse.

E para escapar a essa coisa medonha, atirei-me sem hesitar nas águas pútridas onde, entre muros cobertos de algas e ruas submersas, os túrgidos vermes marinhos devoram os mortos do mundo.

Um sussurro nas trevas

I.

Tenha em mente que eu não presenciei nenhum horror visual no fim. Dizer que um abalo mental foi a causa do que supus — a gota d'água que me fez sair correndo para longe da solitária fazenda de Akeley por entre as colinas abobadadas de Vermont em um carro roubado à noite — é ignorar os fatos mais elementares do acontecimento final. Não obstante a abrangência com que revelei as informações e especulações de Henry Akeley, as coisas que vi e ouvi e a nitidez da impressão produzida em mim por essas coisas, não estou em condições de provar se eu estava certo ou errado na minha odiosa suposição. Afinal, o desaparecimento de Akeley não prova nada. Nada de anormal foi encontrado em sua casa afora as marcas de bala no exterior e no interior. Foi como se ele simplesmente tivesse saído para um passeio casual nas colinas e nunca mais voltado. Não havia sequer indícios de que um visitante estivera lá, nem de que horríveis cilindros e máquinas tivessem sido armazenados no estúdio. O medo mortal que sentia das colinas férteis e do incessante murmúrio dos riachos em meio aos quais havia nascido e crescido tampouco significa coisa alguma, pois milhares de pessoas veem-se presas destes mesmos temores mórbidos. A excentricidade, além do mais, oferecia uma explicação fácil para suas estranhas maneiras e apreensões logo antes do fim.

Até onde pude estabelecer, tudo começou com as enchentes históricas e sem precedentes que assolaram Vermont no dia 3 de novembro de 1927. Na época, como agora, eu era professor de literatura na Universidade do Miskatonic e um ávido diletante em assuntos ligados ao folclore da Nova Inglaterra. Logo após a enchente, em meio aos inúmeros relatos de agruras, sofrimentos e mutirões de ajuda que saíam na imprensa, surgiram estranhas histórias sobre coisas encontradas flutuando em alguns dos rios inundados, de modo que muitos dos meus amigos embarcaram em curiosas discussões e pediram-me para esclarecer o assunto da melhor forma possível. Senti-me lisonjeado ao ver os meus estudos folclóricos serem levados tão a sério e fiz o quanto pude a fim de minimizar a importância dessas histórias vagas e fantásticas, que pareciam claramente derivadas de antigas superstições rústicas. Diverti-me ao notar que várias pessoas cultas insistiam em dizer que haveria uma camada factual, por mais obscura e distorcida que fosse, subjacente aos rumores.

As histórias que chegaram a meu conhecimento vieram em boa parte por meio de recortes de jornal, embora um dos causos tivesse uma fonte oral e tenha sido repetido para um amigo meu em uma carta que recebeu da mãe, que morava em Hardwick, Vermont. Em essência, o tipo de coisa descrita era o mesmo em todos os casos, embora parecesse haver três instâncias distintas — uma ligada ao Rio Winooski, próximo a Montpelier, outra relacionada ao West River em Windham County, além de Newfane, e uma terceira centrada no Passumpsic, em Caledonia County, acima de Lyndonville. Claro está que muitos dos relatos particulares mencionavam outras instâncias, porém uma análise demonstrava que todos pareciam resumir-se a essas três. Em todos os casos, os moradores locais relatavam ter visto um ou mais objetos extremamente bizarros e perturbadores nas águas caudalosas que escorriam pelas colinas desabitadas, e havia uma tendência generalizada a associar essas aparições a um ciclo primitivo e parcialmente esquecido de lendas contadas aos sussurros que os habitantes mais velhos ressuscitaram para a ocasião.

O que as pessoas julgavam ter visto eram formas orgânicas diferentes de qualquer outra vista até então. Naturalmente, muitos corpos humanos foram arrastados pelas corredeiras durante esse trágico período; mas as pessoas que descreviam essas formas estranhas afirmavam ter certeza de que não eram humanas, apesar de algumas semelhanças superficiais no tamanho e no contorno geral. Ainda segundo as testemunhas, tampouco poderiam ser os corpos de quaisquer animais conhecidos em Vermont. Eram coisas rosadas que mediam cerca de um metro e meio, com corpos crustáceos que ostentavam enormes pares de nadadeiras dorsais ou asas membranosas e diversos membros articulados, providos de uma espécie de elipsoide convoluto, recoberto por miríades de antenas curtíssimas onde, em criaturas normais, seria o lugar da cabeça. Na época era impressionante notar como os detalhes de diferentes fontes tendiam a coincidir, embora o portento fosse diminuído pelo fato de que as antigas lendas, outrora conhecidas por toda a região das colinas, forneciam uma descrição morbidamente vívida que poderia muito bem ter colorido a imaginação de todas as testemunhas envolvidas. Concluí que as testemunhas — todas elas pessoas ingênuas e humildes de áreas remotas — haviam vislumbrado os corpos contundidos e inchados de seres humanos ou de animais do campo nas correntezas revoltas e permitido que o folclore revestisse esses tristes objetos de uma aura fantástica.

O folclore antigo, embora obscuro, fugaz e em boa parte esquecido pela geração de hoje, era dotado de um caráter altamente singular, e sem dúvida refletia a influência de lendas indígenas ainda mais antigas. Eu sabia dessas coisas mesmo sem nunca ter estado em Vermont graças à raríssima monografia de Eli Davenport, que reúne material colhido oralmente antes de 1839 entre os mais antigos habitantes do estado. Além do mais, o material coincidia em grade parte com as histórias que ouvira pessoalmente dos velhos rústicos que habitavam as montanhas de New Hampshire. Em suma, aludia-se à existência de uma raça oculta de seres monstruosos que estariam à espreita em meio às colinas mais remotas — nos bosques profundos situados nos mais altos cumes e nos vales escuros onde os riachos correm vindos de fontes ignotas. Essas criaturas eram raramente avistadas, mas evidências de sua presença apareciam em relatos feitos por aqueles que se aventuravam a subir certas escarpas montanhosas além do nível habitual ou a descer ao fundo de certos desfiladeiros íngremes que até mesmo os lobos evitavam.

Havia estranhas pegadas ou marcas de garras no barro à margem dos córregos e descampados, e curiosos círculos de pedra, com a grama desbastada ao redor, que não pareciam ter sido dispostos ou engendrados pela Natureza. Também havia certas cavernas de profundeza desconhecida nas laterais das colinas; com bocas fechadas por rochas de maneira dificilmente acidental e com uma espantosa profusão dos estranhos rastros que apontavam na direção das cavernas e também para o lado oposto — se de fato é possível estimar com certeza a direção desses rastros. E, como o pior de tudo, havia as coisas que os mais aventureiros avistavam em raras ocasiões durante o crepúsculo nos vales mais remotos e nos densos bosques perpendiculares além dos limites das escaladas habituais.

Teria sido menos perturbador se os relatos avulsos dessas coisas não houvessem coincidido de maneira tão exata. Da maneira como foi, quase todos os rumores apresentavam diversos aspectos em comum; e afirmavam que as criaturas eram uma espécie de enorme caranguejo de cor vermelho-clara com duas enormes asas de morcego no meio da carapaça. Às vezes caminhavam sobre todas as patas, às vezes apenas sobre o par traseiro, usando os demais apêndices para carregar grandes objetos de natureza indeterminada. Em uma ocasião, foram vistos em grande número, com um grupo atravessando um córrego a vau em três fileiras paralelas, sem dúvida mantendo uma formação organizada. Certa vez um espécime foi visto em pleno voo — lançando-se do topo de uma colina nua e solitária à noite para desaparecer no firmamento logo após traçar o contorno das enormes asas contra a lua cheia.

Em geral, essas coisas pareciam dispostas a deixar os humanos em paz; embora por vezes tivessem sido responsabilizadas pelo desaparecimento de indivíduos temerários — em particular aqueles que construíam casas próximas demais a certos vales ou demasiado alto em certas montanhas. Muitas localidades ganharam fama de desaconselháveis, e esse sentimento persistiu por muito tempo, mesmo depois de esquecida a causa. As pessoas estremeciam ao ver certas montanhas e precipícios da vizinhança mesmo que não recordassem quantos habitantes haviam se perdido ou quantas fazendas haviam queimado até virar cinzas nas encostas daquelas sinistras sentinelas verdejantes.

Segundo as lendas mais antigas, as criaturas atacavam apenas aqueles que invadiam seu território; no entanto, havia relatos mais recentes sobre a curiosidade que nutriam em relação aos homens e as tentativas de estabelecer postos avançados secretos no mundo humano. Circulavam histórias sobre estranhas marcas de garras descobertas ao redor das janelas de fazendas pela manhã e desaparecimentos ocasionais em pontos fora da região assombrada. E também histórias sobre zumbidos similares à fala humana, que faziam ofertas surpreendentes aos viajantes solitários nas estradas e nos caminhos dos bosques mais profundos, e sobre crianças aterrorizadas por coisas vistas ou ouvidas em locais onde a floresta primeva quase invadia o pátio das casas. Na camada final das lendas — a camada que precedeu o declínio da superstição e o abandono do contato mais estreito com os lugares temidos — encontram-se referências chocantes a ermitões e a fazendeiros de lugares remotos que, a certa altura da vida, parecem ter sofrido uma odiosa alteração mental e que então passaram a ser repelidos e mencionados aos sussurros como se houvessem se vendido às estranhas criaturas. Em um dos condados a nordeste parece que por volta de 1800 estava em voga acusar reclusos excêntricos e misantrópicos de serem aliados ou emissários daquelas coisas abomináveis.

Quanto à natureza daquelas coisas — obviamente havia diversas explicações. O termo comum que se usava para designá-las era "aquelas criaturas" ou "as criaturas antigas", embora também se registrassem outros termos de uso local e passageiro. Talvez tenham sido os colonizadores puritanos os primeiros a acusarem-nas de ter parte com o diabo e a basearem espantosas especulações teológicas em sua existência. Aqueles com lendas celtas na herança familiar — em especial os representantes escoceses e irlandeses de New Hampshire e os parentes estabelecidos em Vermont nas terras doadas pelo governador Wentworth — associavam os seres às fadas malignas e às outras "criaturinhas" dos pântanos e dos outeiros, e protegiam-se com resquícios de encantamentos passados de geração a geração. Os índios, no entanto, tinham as teorias mais fantásticas. Mesmo que as lendas tribais apresentassem diferenças entre si, havia uma crença unânime em certos detalhes vitais; e era universalmente aceito que aquelas criaturas não eram nativas da nossa terra.

Os mitos dos pennacook, que eram os mais consistentes e pitorescos, afirmavam que as Criaturas Aladas haviam descido da constelação de Ursa Maior e escavavam minas nas colinas terrestres, de onde extraíam uma pedra que não existia em nenhum outro mundo. Segundo os mitos, as criaturas não moravam nas minas, mas simplesmente mantinham postos avançados de onde voavam, com enormes carregamentos do mineral, de volta para as estrelas do norte. Só faziam mal àqueles que chegassem perto demais ou que as espiassem. Os animais evitavam-nas por um ódio instintivo, não porque fossem caçados. As criaturas não comiam as coisas nem os animais da terra, mas traziam consigo sua própria comida das estrelas. Era má ideia aproximar-se delas, e às vezes jovens caçadores faziam incursões às colinas para nunca mais voltar. Tampouco era boa ideia escutar o que sussurravam à noite na floresta, em zumbidos como o das abelhas, que no entanto tentavam parecer-se com a voz dos homens. Conheciam as línguas de todo tipo de homem — dos pennacook, dos huron, dos homens das Cinco Nações —, mas não pareciam ter nenhuma língua própria. Comunicavam-se através das cabeças, que assumiam diferentes cores para significar diferentes coisas.

Todas as lendas, claro, tanto as brancas como as indígenas, morreram durante o século XIX, salvo por eventuais ressurgimentos atávicos. Os costumes de Vermont estabeleceram-se; e depois que as estradas e as moradas habituais foram definidas de acordo com um plano determinado, as pessoas passaram a lembrar-se cada vez menos dos temores e aversões que haviam motivado o plano, e até mesmo da existência desses medos e aversões. A maioria das pessoas sabia apenas que certas regiões montanhosas eram tidas por insalubres, inférteis e agourentas demais para morar, e que em geral o melhor seria manter a maior distância possível. Com o tempo, as marcas da tradição e do interesse econômico tornaram-se tão profundas nos lugares estabelecidos que não havia mais motivo para sair daqueles limites, e as colinas assombradas foram abandonadas mais por acidente do que por desígnio. À exceção dos raros sustos locais, apenas avós com um gosto especial por histórias fantasiosas e nonagenários pensativos sussurravam alguma coisa a respeito de criaturas que viviam nas colinas; mas nesses mesmos sussurros admitiam que não havia muito por que temer aquelas coisas quando já estavam acostumadas à presença das casas e dos vilarejos, ainda mais quando os seres humanos haviam deixado o restante do território intocado.

Tudo isso eu sabia graças às minhas leituras e a algumas histórias folclóricas colhidas em New Hampshire; assim, quando os rumores começaram a aparecer na época da enchente, não tive dificuldade para descobrir que herança imaginativa as teria engendrado. Esforcei-me ao máximo para dar essa explicação aos meus amigos e mais uma vez achei graça ao perceber que diversos ânimos contenciosos insistiam em um possível elemento de verdade nos relatos. Essas pessoas afirmavam que as lendas primitivas tinham persistência e uniformidade notáveis e que, dada a natureza praticamente inexplorada das colinas de Vermont, seria pouco prudente manter posicionamentos dogmáticos em relação ao que podia ou não podia viver por lá; tampouco se deram por satisfeitas quando lhes assegurei que todos os mitos seguem um padrão bastante conhecido, comum a toda a espécie humana e determinado por certas fases incipientes da experiência criativa que sempre produzem o mesmo tipo de ilusão.

Foi inútil demonstrar a esses oponentes que os mitos de Vermont apresentavam poucas diferenças essenciais em relação às lendas universais que povoavam o mundo antigo de faunos e

dríades e sátiros, que sugeriam os *kallikantzaroi* da Grécia moderna e davam à natureza da Irlanda e do País de Gales as estranhas, pequenas e terríveis raças ocultas de trogloditas e outras criaturas subterrâneas. Igualmente inútil foi apontar a crença ainda mais semelhante das tribos que habitavam as montanhas do Nepal nos terríveis Mi-Go ou "Abomináveis Homens das Neves" que espreitam em meio ao gelo e às rochas íngremes nos picos do Himalaia. Quando apresentei esse argumento, meus oponentes usaram-no contra mim alegando que a evidência pressupunha uma inspiração histórica para as antigas lendas; que afirmava a existência real de alguma estranha raça primitiva na terra, levada a esconder-se após o surgimento e a ascensão da humanidade, que poderia muito bem ter sobrevivido em pequenos números até tempos recentes — ou mesmo até o presente.

Quanto mais eu ria dessas teorias, mais esses obstinados amigos reafirmavam-nas; acrescentando que, mesmo sem nenhuma relação com as lendas, os relatos eram demasiado claros, consistentes, detalhados e prosaicos no modo de narração para serem de todo ignorados. Dois ou três extremistas fanáticos chegaram ao ponto de sugerir uma possível verossimilhança das lendas indígenas que atribuíam aos seres ocultos uma origem extraterrestre, citando os extravagantes livros de Charles Fort e suas afirmações de que viajantes de outros mundos e do espaço sideral haviam visitado a terra inúmeras vezes. A maior parte dos meus inimigos, no entanto, eram meros românticos que insistiam em transferir para a vida real o folclore sobrenatural que versava sobre "pessoinhas" à espreita, popularizado graças à magnífica ficção de horror escrita por Arthur Machen.

II.

Como seria natural dadas as circunstâncias, o fervoroso debate chegou enfim aos jornais por meio de cartas ao *Arkham Advertiser*; e algumas destas foram reproduzidas na imprensa das regiões de Vermont onde as histórias sobre a enchente haviam se originado. O *Rutland Herald* publicou meia página com trechos das cartas de ambos os lados, enquanto o *Brattleboro Reformer* reproduziu um dos meus longos sumários históricos e mitológicos na íntegra e outros comentários pertinentes na ponderada coluna "The Pendrifter's", que apoiavam e aplaudiam as céticas conclusões a que eu havia chegado. Na primavera de 1928 eu era uma figura quase célebre em Vermont, apesar de jamais ter posto os pés no estado. Então vieram as cartas desafiadoras de Henry Akeley, que me causaram uma impressão muito profunda e que me levaram pela primeira e última vez àquele fascinante reino apinhado de precipícios verdes e córregos murmurantes em meio às florestas.

Quase tudo o que hoje sei a respeito de Henry Wentworth Akeley foi obtido através de correspondências com seus vizinhos e com seu único filho, que vive na Califórnia, após a minha experiência na solitária fazenda onde ele morava. Descobri que o homem era o último representante ainda em solo nativo de uma longa e distinta linhagem de juristas, administradores e agricultores aristocráticos. Com ele, no entanto, a constituição mental da família havia abandonado os assuntos práticos para dedicar-se à mais pura erudição; de maneira que fora um estudante de grande destaque em matemática, astronomia, biologia, antropologia e folclore na Universidade de Vermont. Eu jamais ouvira seu nome, e ele não fornecia muitos detalhes autobiográficos nas correspondências; mas desde o início eu o vi como um homem de caráter, cultura e inteligência, embora fosse ao mesmo tempo um recluso com pouca sofisticação em assuntos mundanos.

Apesar das hipóteses fantásticas que propunha, não pude deixar de levar Akeley muito mais a sério do que qualquer outro opositor até então. Para começar, ele estava muito próximo aos fenômenos — visíveis e tangíveis — a respeito dos quais fazia especulações tão grotescas; e, além do mais, estava disposto a deixar suas conclusões em um permanente estado de incerteza, como um verdadeiro homem de ciência. Não tinha nenhuma ideia preconcebida em relação ao assunto e guiava-se apenas pelo que considerava ser evidência sólida. Claro que à primeira vista julguei-o equivocado, porém dei-lhe crédito por ter cometido um equívoco inteligente; e em nenhum momento agi como parte de seus amigos, que atribuíam essas ideias e o pavor que sentia em relação às colinas solitárias à insanidade. Eu via que o homem tinha bons argumentos e sabia que suas conclusões deviam ser baseadas em estranhas circunstâncias merecedoras de uma análise minuciosa, ainda que não tivessem relação nenhuma com as causas fantásticas que lhes atribuía. Mais tarde recebi certas provas materiais que puseram o assunto em uma perspectiva diferente e consideravelmente bizarra.

Não posso fazer mais do que transcrever na íntegra, até onde me for possível, a longa carta em que Akeley se apresentou, que constituiu um importante marco na minha própria história intelectual. A missiva já não se encontra mais em minha posse, porém a memória guarda praticamente cada palavra da agourenta mensagem que continha; e mais uma vez reafirmo a minha crença na sanidade do homem que a escreveu. Eis aqui o texto — um texto que chegou até mim nas garatujas convulsivas e arcaicas de um homem que obviamente havia mantido pouco contato com o mundo ao longo de uma solene carreira acadêmica.

R.F.D. #2,
Townshend, Windham Co.,
Vermont.

5 de maio de 1928
Sr. Albert N. Wilmarth,
118 Saltonstall St.,
Arkham, Mass.,

Prezado senhor: —

Li com vivo interesse a reprodução, no *Brattleboro Reformer* (23 de abril de 1928), da carta em que o senhor discute as recentes histórias sobre estranhos corpos avistados nas águas de nossos córregos inundados no outono passado e o curioso folclore com o qual apresentam tantas semelhanças. Não é difícil compreender por que um forasteiro assumiria a posição que o senhor assume, nem por que o "Pendrifter" concorda com o senhor. Essa é a atitude geralmente adotada por pessoas cultas, tanto em Vermont quanto fora do estado, e foi a mesma atitude que adotei na minha juventude (hoje tenho 57 anos), até que os meus estudos, tanto os gerais quanto aqueles relativos ao livro de Davenport, levaram-me a explorar certos locais pouco conhecidos nas colinas da região.

Fui levado a esses estudos pelas antigas histórias que eu costumava ouvir de fazendeiros idosos e rústicos, mas hoje penso que teria sido melhor deixar o assunto de lado. Posso dizer, com a devida modéstia, que as disciplinas da antropologia e do folclore não me são estranhas. Estudei-as um bocado na universidade, e conheço muitos dos autores clássicos neste campo, tais como Tylor, Lubbock, Frazer, Quatrefages, Murray, Osborn, Keith, Boule, G. Elliot Smith e outros. Sei muito bem que histórias sobre raças ocultas são tão antigas quanto a humanidade. Li as reproduções das cartas escritas pelo senhor e por seus opositores no *Rutland Herald*, e julgo saber em que pé encontra-se a controvérsia neste exato instante.

O que pretendo dizer agora é que temo que seus adversários estejam mais certos do que o senhor, embora toda a razão pareça estar do seu lado. Eles estão mais próximos da verdade do que imaginam — pois é evidente que só podem orientar-se pela teoria e não têm como saber o que sei. Se eu soubesse tão pouco quanto eles a respeito do assunto, não chegaria às mesmas conclusões a que chegam. Sem dúvida eu estaria do seu lado.

Como o senhor percebe, estou tendo muita dificuldade para chegar até onde quero, talvez por medo de abordar o assunto; mas o essencial é que *tenho certos indícios de que coisas monstruosas de fato habitam os bosques das colinas mais altas às quais ninguém se aventura.* Não vi nenhum dos seres encontrados nos rios que os jornais noticiaram, mas *já vi criaturas semelhantes* em circunstâncias que menciono tomado por um profundo temor. Encontrei pegadas e, nos últimos tempos, avistei-as mais perto da minha casa (moro na antiga residência dos Akeley, ao sul de Townshend Village e na encosta da Montanha Sombria) do que eu gostaria de admitir para o senhor neste momento. E já escutei vozes em certos pontos do bosque que não pretendo sequer tentar reproduzir no papel.

Em um determinado local eu as ouvi tantas vezes que cheguei a levar um fonógrafo até lá — com um ditafone e um cilindro de cera virgem —, e pretendo arranjar um meio para que o senhor possa ouvir a gravação que fiz. Toquei-a no fonógrafo para alguns dos antigos habitantes daqui, e uma das vozes quase os paralisou de medo em virtude da semelhança com uma certa voz (o zumbido nos bosques citado por Davenport) que suas avós costumam imitar e mencionar em histórias. Sei o que a maioria das pessoas pensa de um homem que afirma "ouvir vozes" — mas, antes que o senhor tire qualquer conclusão, escute a gravação e pergunte aos habitantes das regiões mais afastadas o que pensam a respeito. Se puder encontrar uma explicação racional, muito bem; mas deve haver algo mais por trás. *Ex nihilo nihilo fit*, como o senhor bem sabe.

Meu objetivo com esta carta não é começar uma polêmica, mas apenas lhe fornecer informações que julgo serem profundamente interessantes a um homem como o senhor. *Esta correspondência é pessoal. Publicamente, estou do seu lado*, pois certos acontecimentos mostraram-me que não é nada bom oferecer às pessoas muitos detalhes sobre esses assuntos. Meus próprios estudos são totalmente sigilosos, e eu jamais cogitaria dizer qualquer coisa para chamar a atenção das pessoas e levá-las a visitar as regiões que explorei. A verdade — a terrível verdade — é que *existem criaturas inumanas observando-nos a cada passo*, graças a espiões que vivem coletando dados entre nós. Foi de um homem arruinado que, se ainda estava de posse das faculdades mentais (como julgo que estivesse), *trabalhava como um desses espiões* que obtive muitas das pistas relativas ao caso. Mais tarde o homem suicidou-se, mas tenho razões para crer que haja outros em seu lugar.

As criaturas vêm de outro planeta e são capazes de sobreviver no espaço interestelar e de atravessá-lo com asas poderosas que têm a capacidade de resistir ao éter, embora sejam demasiado canhestras para ter qualquer serventia aqui na Terra. Pretendo fornecer-lhe mais detalhes em uma ocasião vindoura se o senhor não me dispensar como sendo um louco. As criaturas vêm até aqui para extrair metais de jazidas profundas sob as colinas, e *imagino saber de onde vêm.* Não costumam ser agressivas, mas ninguém sabe o que pode acontecer se ficarmos demasiado curiosos. Claro, um exército de homens seria capaz de arrasar com a colônia mineradora. Eis o temor das criaturas. No entanto, se isso acontecesse, reforços viriam *de longe* — em número inimaginável. Não enfrentariam nenhum problema para dominar a Terra, mas até hoje não tentaram nada parecido por ausência de necessidade. Preferem deixar tudo como está a fim de evitar aborrecimentos.

Acho que pretendem livrar-se de mim em razão de tudo o que sei. Descobri uma grande pedra negra com inscrições hieroglíficas meio desgastadas nos bosques próximos a Round Hill, a leste daqui; e depois que a levei para casa tudo mudou. Se aquelas coisas acharem que sei demais, acabarão por matar-me, ou então por *levar-me da Terra para o lugar de onde vêm.* Elas gostam de levar homens com estudo de vez em quando para manterem-se informadas quanto ao estado de coisas no mundo humano.

Assim, chegamos ao meu segundo propósito ao escrever-lhe — a saber, uma súplica para que o senhor abafe o debate atual ao invés de promovê-lo. *Precisamos manter as pessoas longe das colinas*, e para atingir esse objetivo não podemos atiçar-lhes a curiosidade. Deus sabe que já existem riscos suficientes na situação atual, com investidores e agentes imobiliários enchendo Vermont de turistas ávidos por invadir os lugares ermos e salpicar as colinas de cabanas baratas no verão.

De bom grado receberei qualquer manifestação sua, e posso tentar enviar-lhe a gravação do fonógrafo e a pedra negra (tão desgastada que as fotografias não mostram muita coisa) por correio expresso se o senhor estiver interessado. Digo "tentar" porque acho que as criaturas encontraram uma forma de sabotar as coisas por aqui. Em uma fazenda perto do vilarejo mora um sujeito mal-humorado e furtivo chamado Brown, que imagino ser um espião. Aos poucos estou sendo isolado do nosso mundo por saber demais sobre o mundo das criaturas.

Elas têm uma maneira incrível de descobrir o que estou fazendo. Talvez o senhor nem sequer receba esta carta. Acho que, se as coisas piorarem, serei obrigado a deixar esta região do país para viver com o meu filho em San Diego, na Califórnia, mas não é fácil abandonar o lugar onde nasci e onde a minha família viveu por seis gerações. Eu tampouco me atreveria a vender minha residência para qualquer outra pessoa agora que as *criaturas* mantêm uma estreita vigilância sobre a casa. Parecem estar tentando recuperar a pedra negra e destruir a gravação do fonógrafo, mas farei todo o possível para impedir. Meus pastores-alemães sempre as mantêm afastadas, pois ainda são poucas e têm dificuldades para se deslocar. Como eu disse, as asas têm pouca utilidade para voos curtos na Terra. Estou prestes a decifrar as inscrições na pedra — de maneira terrível — e, com o seu conhecimento de folclore, talvez o senhor tenha condições de fornecer-me os elos que faltam na cadeia. Imagino que o senhor esteja a par dos terríveis mitos anteriores à chegada do homem à Terra — os ciclos de Cthulhu e de Yog-Sothoth insinuados no *Necronomicon*. Certa vez tive acesso a esse tomo, e ouvi dizer que o senhor mantém um exemplar guardado a sete chaves na biblioteca de sua universidade.

Para concluir, sr. Wilmarth, acho que podemos ser muito úteis um ao outro com nosso conhecimento em diferentes áreas de estudo. Não tenho a menor intenção de pôr o senhor em perigo, e devo alertá-lo de que a posse da pedra e da gravação não será exatamente segura; mas creio que o senhor esteja disposto a correr quaisquer riscos em nome do conhecimento. Irei até Newfane ou Brattleboro para enviar-lhe tudo o que o senhor autorizar-me a enviar, pois os correios expressos dessas cidades são mais confiáveis. Estou vivendo muito sozinho agora, uma vez que não tenho mais condições de manter criados. Eles recusam-se a permanecer aqui por causa das coisas que tentam aproximar-se da casa à noite e fazem os cães latir o tempo inteiro. Fico aliviado ao pensar que não investiguei o assunto tão a fundo enquanto a minha esposa era viva, pois ela sem dúvida teria enlouquecido.

Na esperança de não estar a incomodá-lo e de que o senhor resolva entrar em contato em vez de jogar esta carta no cesto de lixo por julgá-la obra de um lunático, permaneço sendo o seu

Henry W. Akeley

P.S. Estou providenciando reproduções de certas fotografias que tirei e que, segundo penso, ajudar-me-ão a provar algumas das alegações que fiz. Os habitantes mais antigos estão convencidos dessa monstruosidade. Hei de enviá-las ao senhor muito em breve caso esteja interessado. H.W.A.

Seria difícil descrever o que senti durante a primeira leitura desse estranho documento. Segundo o curso natural das coisas, eu deveria ter rido mais alto dessas extravagâncias do que das teorias bem mais comedidas que anteriormente me haviam provocado o riso; porém algo no tom da carta levou-me a encará-la com uma seriedade paradoxal. Não que eu tenha acreditado por um instante sequer na existência da raça estelar desconhecida que o meu correspondente mencionava; mas, após algumas dúvidas preliminares bastante sérias, comecei a acreditar cada vez mais na sanidade e na sinceridade daquele homem, e no confronto com um fenômeno genuíno, embora singular e aberrante, que não podia ser explicado senão em termos imaginativos. A situação não poderia ser aquela, mas, por outro lado, sem dúvida era digna de uma investigação mais detalhada. O homem parecia excessivamente perturbado e alarmado em relação a alguma coisa, mas seria difícil imaginar que não houvesse causa nenhuma. A maneira como se expressava era muito específica e lógica — e, além do mais, a história ajustava-se de forma impressionante aos velhos mitos — e até mesmo às mais delirantes lendas indígenas.

Que tivesse escutado vozes perturbadoras nas colinas e de fato encontrado a pedra negra que mencionava era totalmente possível, apesar das conclusões malucas que havia tirado — inferências provavelmente causadas pelo homem que se havia declarado espião dos seres extraterrenos e mais tarde cometido suicídio. Seria fácil deduzir que se tratava de um louco irremediável, conquanto uma lógica externa consistente fizesse com que o ingênuo Akeley — predisposto a essas coisas em virtude dos estudos de folclore — acreditasse na história. Quanto aos desdobramentos ulteriores — a impossibilidade de encontrar empregados dispostos a trabalhar fornecia indícios de que os vizinhos rústicos de Akeley também estavam convencidos de que sua casa sofria o cerco de criaturas fantásticas à noite. Também era verdade que os cães latiam.

Quanto à gravação do fonógrafo, eu não tinha motivo para acreditar que a tivesse obtido de outro modo senão como havia mencionado. Aquilo devia indicar a existência de alguma coisa; fosse um ruído animal enganosamente similar à voz humana, fosse a fala de um ser humano oculto e noctambulante reduzido a um estado pouco superior ao das bestas. Contudo, logo meus pensamentos voltaram-se à pedra negra com inscrições hieroglíficas e às especulações relativas ao seu significado. E quanto às fotografias que Akeley disse estar prestes a me enviar e que os moradores mais antigos haviam achado tão terríveis?

Enquanto eu relia aquela caligrafia convulsiva, senti com uma intensidade até então desconhecida que os meus crédulos oponentes poderiam ter mais coisas a seu favor do que eu estivera disposto a admitir até então. Afinal, poderiam existir párias estranhos e deformados por uma síndrome hereditária nas colinas inacessíveis, ainda que não constituíssem uma raça de monstros estelares como o folclore afirmava. E, caso existissem, então a presença de corpos estranhos nos córregos inundados não seria de todo implausível. Seria pretensão demais supor que tanto as velhas lendas quanto os relatos mais recentes estivessem calcados na realidade? Entretanto, ao mesmo tempo que as dúvidas surgiam, eu sentia vergonha ao perceber que haviam sido motivadas por um espécime de bizarria tão extravagante quanto a carta de Henry Akeley.

No fim, respondi a carta de Akeley em um tom de interesse amistoso, solicitando mais detalhes. A resposta veio quase no correio seguinte; e trouxe-me, conforme o prometido, algumas fotografias das cenas e objetos mencionados no relato anterior. Ao examinar as fotografias à medida que as retirava do envelope, fui tomado por uma sensação de pavor e de proximidade a conhecimentos ocultos; pois, apesar do caráter vago, quase todas as imagens tinham um espantoso poder sugestivo tornado ainda mais intenso pelo fato de serem fotografias genuínas — evidências que tinham uma ligação óptica factual com aquilo que representavam e produtos de um processo impessoal de transmissão, que excluía os preconceitos, as falhas e a mendacidade.

Quanto mais as observava, mais eu percebia que a minha avaliação séria a respeito de Akeley e da história que me havia oferecido não fora desprovida de fundamento. Aquelas fotografias eram provas conclusivas de que nas colinas de Vermont existia alguma coisa fora da esfera comum do conhecimento e das crenças humanas. O pior de tudo era a pegada — uma imagem captada no momento em que o sol brilhava sobre o barro em algum terreno elevado e deserto. Logo de cara pude perceber que não se tratava de uma falsificação; os cascalhos e as folhas de grama nitidamente visíveis ofereciam um índice claro em relação à escala e excluíam a possibilidade de uma montagem ardilosa. Embora eu tenha usado o termo "pegada", não se tratava do rastro deixado por um pé, mas por uma garra. Ainda hoje me é difícil descrevê-la, e pouco tenho a dizer além de que guardava uma semelhança horripilante com as marcas deixadas por um caranguejo e que não era possível determinar com certeza a direção do movimento. Não era um rastro muito profundo nem muito recente, mas parecia ter o tamanho aproximado de um pé humano. A partir de um apoio central, pares de garras serrilhadas projetavam-se em direções opostas — e a função daquilo parecia um tanto enigmática se, de fato, a estrutura fosse um órgão de locomoção.

Outra fotografia — sem dúvida tirada com exposição prolongada na escuridão profunda — mostrava a entrada de uma caverna na floresta, obstruída por uma enorme rocha de formato esférico. No chão nu, percebia-se um denso emaranhado de curiosos rastros, e, ao estudar a fotografia com uma lupa, tive uma certeza cada vez mais perturbadora de que os rastros eram como aqueles visíveis no outro cenário. Uma terceira fotografia mostrava um círculo de pedras ao estilo druídico no alto de uma colina inexplorada. Ao redor do misterioso círculo, a grama estava muito pisoteada e gasta, embora eu não tenha detectado nenhuma pegada sequer com a ajuda da lupa. O extremo isolamento do local ficava evidente a partir do verdadeiro oceano de montanhas desabitadas que ocupava o segundo plano e estendia-se em direção à névoa do horizonte.

Mas se a imagem mais perturbadora era a da pegada, a mais sugestiva era a da grande pedra negra encontrada nos bosques de Round Hill. Com certeza Akeley havia fotografado o objeto em cima da mesa de seu estúdio, pois fileiras de livros e um busto de Milton eram visíveis ao fundo. A coisa, até onde se podia supor, aparecia de frente para a câmera, em posição vertical e com uma superfície curva levemente irregular de trinta por sessenta centímetros; mas qualquer descrição mais exata da superfície ou do contorno geral daquela massa rígida quase extrapola os limites da linguagem. Que princípios geométricos extraordinários haveriam guiado a lapidação — pois com certeza tratava-se de uma lapidação artificial — eu não conseguia sequer imaginar; e jamais tinha visto qualquer outra coisa que me parecesse tão estranha e indubitavelmente alienígena. Quanto aos hieróglifos na superfície, consegui discernir poucos, mas houve um ou dois que me provocaram um choque nada desprezível. Claro que tudo poderia ser uma fraude, pois outros além de mim já haviam lido o monstruoso e abominável *Necronomicon*, escrito pelo árabe louco Abdul Alhazred; mesmo assim, estremeci ao reconhecer certos ideógrafos que o estudo fazia-me associar aos sussurros blasfemos de enregelar o sangue oriundos de coisas que haviam passado por uma espécie de semiexistência insana antes que a Terra e os demais mundos pertencentes ao sistema solar fossem criados.

Das cinco imagens restantes, três representavam pântanos e colinas que pareciam apresentar resquícios de uma habitação ignota e repulsiva. Outra mostrava uma estranha marca no chão próximo à casa de Akeley, que dizia tê-la fotografado pela manhã após uma noite em que os cães haviam latido com uma violência maior do que a habitual. A imagem era pouco nítida e não oferecia nenhuma resposta definitiva; mas era extremamente semelhante àquela outra marca, possivelmente de uma garra, registrada na desolação do terreno elevado. A última fotografia mostrava a residência de Akeley; uma casa branca bem conservada de dois andares e sótão, com cerca de um século e um quarto, com um gramado bem cuidado e uma estradinha ladeada por pedras que levava a um elegante pórtico entalhado no estilo georgiano. Havia enormes cães de guarda no gramado, sentados próximo a um homem de expressão simpática com uma barba grisalha de corte rente que julguei ser Akeley — ao mesmo tempo o fotógrafo da cena, como se podia deduzir a partir do dispositivo ligado a um tubo que segurava na mão direita.

Depois de examinar as fotografias, voltei minha atenção à carta de caligrafia miúda que as acompanhava; e pelas três horas seguintes afundei em um abismo de horror indescritível. Nessa segunda correspondência, Akeley ofereceu detalhes minuciosos em vez dos meros esboços de nosso primeiro contato; apresentou longas transcrições de palavras ouvidas à noite nos bosques, extensos relatos de monstruosos vultos rosados avistados entre os arbustos durante o crepúsculo nas colinas e uma terrível narrativa cósmica resultante de sua profunda e variada erudição aplicada aos intermináveis discursos proferidos pelo suposto espião louco que havia cometido suicídio. Vi-me diante de nomes e termos que eu sabia estarem associados a horrores indescritíveis — Yuggoth, Grande Cthulhu, Tsathoggua, Yog-

-Sothoth, R'lyeh, Nyarlathotep, Azathoth, Hastur, Yian, Leng, o Lago de Hali, Bethmoora, o Símbolo Amarelo, L'mur-Kathulos, Bran e o Magnum Innominandum — e fui levado de volta no tempo, através de éons inomináveis e dimensões inconcebíveis, até os mundos de entidade ancestral e extraterrena cuja existência o autor enlouquecido do *Necronomicon* havia insinuado apenas da maneira mais vaga possível. Li sobre os abismos da vida primitiva e os córregos que haviam fluído a partir de lá; e, por fim, sobre a minúscula ramificação de um desses córregos que se havia unido ao destino da nossa própria Terra.

Meus pensamentos rodopiavam; e, em vez de buscar as explicações anteriores, comecei a acreditar nos mais extraordinários e fantásticos portentos. O leque de evidências relevantes era amplo e contundente; e a postura científica e desapaixonada de Akeley — uma postura sem nenhum resquício de demência, fanatismo, histeria ou mesmo de especulações extravagantes — teve um efeito avassalador sobre os meus pensamentos e o meu juízo. Quando pus a horripilante carta de lado, finalmente compreendi os temores do meu correspondente, e senti-me disposto a fazer tudo o que estivesse ao meu alcance para manter as pessoas longe das colinas ermas e assombradas. Mesmo agora que o tempo já suavizou o choque e levou-me, de certo modo, a questionar a minha própria experiência e as minhas dúvidas atrozes, existem certas coisas na carta de Akeley que prefiro não mencionar, ou sequer traçar no papel. Sinto-me quase aliviado agora que a carta e a gravação e as fotografias se foram — e gostaria, por razões que logo ficarão claras, que o novo planeta além de Netuno não tivesse sido descoberto.

Após a leitura da carta, meu debate público sobre o horror de Vermont encerrou-se por completo. Os argumentos dos meus oponentes ficaram sem réplica ou tiveram a resposta postergada, e passado algum tempo a controvérsia foi esquecida. Durante o fim de maio e o mês de junho, mantive uma correspondência constante com Akeley, embora de vez em quando uma ou outra carta fosse extraviada — o que nos obrigava a retraçar o caminho percorrido e a ter o trabalho de providenciar novas cópias. Nosso objetivo mútuo era comparar anotações relativas à nossa erudição em assuntos mitológicos obscuros a fim de estabelecer uma correlação mais exata entre os horrores de Vermont e as características genéricas das lendas primitivas mundo afora.

Logo no início, concluímos que aquelas aberrações e os demoníacos Mi-Go do Himalaia pertenciam à mesma ordem de pesadelo encarnado. Também havia conjecturas zoológicas muito interessantes, que eu teria levado ao conhecimento do professor Dexter, meu colega na universidade, se não fosse pela ordem peremptória de Akeley para que eu não informasse mais ninguém a respeito do assunto sobre o qual nos debruçávamos. Se hoje pareço desobedecer a essa ordem, é apenas porque julgo que a essa altura um alerta relativo às colinas mais remotas de Vermont — e também àqueles picos do Himalaia que os exploradores parecem cada vez mais determinados a escalar — presta maior serviço à segurança pública do que o silêncio. Estivemos a ponto de decifrar os hieróglifos na infame pedra negra — uma descoberta que poderia muito bem ter nos revelado segredos mais profundos e mais vertiginosos do que qualquer outro conhecido pelo homem até então.

III.

No fim de junho, recebi a gravação do fonógrafo — enviada a partir de Brattleboro, uma vez que Akeley estava desconfiado em relação às condições do ramal ferroviário mais ao norte. Meu correspondente acreditava que a vigilância das criaturas estava cada vez mais rigorosa — um sentimento agravado pelo extravio de certas correspondências; e falou muito a respeito dos atos insidiosos de certos homens que julgava serem instrumentos e agentes das criaturas ocultas. Desconfiava sobretudo de Walter Brown, um fazendeiro rabugento que morava em uma casa decrépita numa encosta próxima aos bosques mais profundos e que muitas vezes era visto andando sem rumo pelas esquinas de Brattleboro, Bellows Falls, Newfane e South Londonderry nas circunstâncias mais inexplicáveis e imotivadas que se poderia imaginar. Akeley estava convencido de que a voz de Brown era uma das que havia escutado certa vez durante uma terrível conversa; e em outra oportunidade havia descoberto, próximo à casa do homem, o rastro de um pé ou de uma garra que poderia estar revestido de um significado fatídico. O rastro estava muito próximo a pegadas do próprio Brown — pegadas essas que estavam de frente para a coisa.

Assim, a gravação foi enviada de Brattleboro depois que Akeley dirigiu seu velho Ford até lá, em meio às solitárias estradas secundárias de Vermont. No bilhete que acompanhava o pacote, confessou-me que havia começado a temer as estradas e que não se atrevia mais a ir até Townshend para fazer as compras, salvo à luz do dia. Não se cansava de repetir que não valia a pena saber demais a não ser que estivesse muito longe daquelas colinas silentes e problemáticas. Logo iria morar na Califórnia com o filho, embora fosse difícil abandonar o lugar onde estavam concentradas todas as suas memórias e sentimentos ancestrais.

Antes de pôr o cilindro no equipamento que eu havia tomado de empréstimo à administração da universidade, recapitulei com grande atenção todas as explicações pertinentes contidas nas diversas cartas de Akeley. A gravação, segundo afirmava, fora obtida por volta da uma hora da manhã no dia 1º de maio de 1915, próximo à entrada bloqueada de uma caverna no ponto em que a encosta oeste da Montanha Sombria encontra o Pântano de Lee. O lugar sempre fora infestado por estranhas vozes, e foi este o motivo que inspirou Akeley a levar consigo o ditafone e um cilindro virgem na esperança de obter um registro. Experiências anteriores haviam demonstrado que a Noite de Walpurgis — a pavorosa noite do Sabá nas religiões europeias ocultas — provavelmente seria mais frutífera do que qualquer outra data, e o homem não se decepcionou. Entretanto, cabe notar que nunca mais ouviu vozes naquele local específico.

Ao contrário da maioria das vozes ouvidas na floresta, grande parte da gravação apresentava características quase rituais e incluía uma voz indubitavelmente humana que Akeley jamais conseguira identificar. Não era a de Brown, pois parecia ser a voz de um homem mais culto. A segunda voz, no entanto, era o ponto fulcral da coisa — pois se tratava do odioso *zumbido* que não tinha nenhuma semelhança com a voz humana, apesar das palavras humanas que pronunciava segundo as regras da gramática inglesa e com um sotaque erudito.

O fonógrafo e o ditafone não haviam funcionado bem o tempo inteiro, e o ambiente remoto e de acústica abafada onde o ritual foi gravado não contribuiu em nada; de modo que os trechos efetivamente registrados tinham um caráter muito fragmentário. Akeley forneceu-me uma transcrição do que acreditava serem as palavras proferidas, e mais uma vez lancei os olhos ao papel enquanto preparava a máquina para reproduzir os sons. O texto, em vez de apresentar horrores evidentes, parecia envolto em um mistério insondável, embora o conhecimento de sua origem e da maneira de sua obtenção conferisse-lhe um horror associativo que ultrapassava as meras palavras. Proponho-me a apresentá-lo aqui na íntegra da maneira como o recordo — e tenho a certeza de sabê-lo de cor, não apenas porque li a transcrição, mas porque escutei a gravação inúmeras vezes em sequência. Não é algo fácil de esquecer!

(SONS INDISTINTOS)

(VOZ DE UM HOMEM CULTO)

... é o Senhor do Bosque, até... e as dádivas dos homens de Leng... das origens da noite aos abismos do espaço, e dos abismos do espaço às origens da noite, louvor eterno ao Grande Cthulhu, e a Tsathoggua, e Àquele Que Não Se Deve Nomear. Louvor eterno a Eles, e abundância para o Bode Negro do Bosque. Iä! Shub-Niggurath! O Bode com a Prole de Mil Filhotes!

(ZUMBIDO IMITANDO A VOZ HUMANA)

Iä! Shub-Niggurath! O Bode Negro do Bosque com a Prole de Mil Filhotes!

(voz humana)

E sucedeu que o Senhor do Bosque, por ser... sete e nove, descendo os degraus de ônix... (tri)butos Àquele que Vive no Abismo, Azathoth, Aquele sobre Quem Tu contaste-nos marav(ilhas)... nas asas da noite para além do espaço, para além d... até Aquilo cuja cria mais nova é Yuggoth, que gira sozinho no longínquo éter negro...

(ZUMBIDO)

... andar entre os homens e descobrir o caminho, para que Aquele que Vive no Abismo possa saber. Para Nyarlathotep, o Poderoso Mensageiro, tudo deve ser dito! E Ele há de assumir a forma dos homens, a máscara pálida e o manto ocultador, para vir desde o mundo dos Sete Pecados escarnecer...

(VOZ HUMANA)

... (Nyarl)athotep, Grande Mensageiro, portador de estranhas alegrias para Yuggoth através do limbo! Pai do Milhão de Favorecidos, à espreita em meio...

(FALA CORTADA PELO TÉRMINO DA GRAVAÇÃO)

Eis as palavras que escutei ao ligar o fonógrafo. Foi com um sentimento de verdadeiro pavor e relutância que acionei a alavanca e escutei os chiados preliminares emitidos pela ponta de safira, e senti-me aliviado ao perceber que os primeiros fragmentos eram proferidos por uma voz humana — uma voz culta e mansa que parecia ter um leve sotaque de Boston e com certeza não pertencia a nenhum nativo das colinas de Vermont. Enquanto escutava o tênue e sugestivo registro, percebi que a fala correspondia exatamente à transcrição preparada com todo o cuidado por Akeley. Ouvi a entonação do cântico, feita com um suave sotaque bostoniano… "Iä! Shub-Niggurath! O Bode com a Prole de Mil Filhotes!…"

Então escutei *a outra voz*. Ainda estremeço ao recordar a maneira como aquilo me atingiu, embora eu estivesse preparado pelos relatos de Akeley. Todos aqueles para quem descrevi a gravação até hoje são categóricos em afirmar que me envolvi com um vigarista ou então com um louco; porém, *se pudessem ouvir aquela coisa maldita por si próprios*, ou ler toda a correspondência de Akeley (em particular a terrível e enciclopédica segunda carta), sei que mudariam de opinião. No fim, é uma grande lástima que eu não tenha desobedecido a Akeley e tocado a gravação para outras pessoas — e uma lástima igualmente grande que toda a correspondência dele tenha se perdido. Para mim, o contato direto com a gravação e o conhecimento a respeito da história e das circunstâncias que lhe diziam respeito conferiram ao zumbido o caráter de uma coisa monstruosa. Este se fez ouvir logo após a voz humana nas respostas rituais, mas na minha imaginação aquilo não passava de um eco batendo asas em meio a abismos inconcebíveis de infernos extraterrenos inconcebíveis. Faz mais de dois anos desde que toquei o blasfemo cilindro de cera pela última vez; mas, neste exato momento, bem como em qualquer outro, ainda posso ouvir aquele zumbido tênue e demoníaco tal como chegou até mim na primeira audição.

"*Iä! Shub-Niggurath! O Bode Negro do Bosque com a Prole de Mil Filhotes!*"

No entanto, mesmo que a voz ecoe o tempo inteiro em meus ouvidos, ainda não pude estudá-la o suficiente para empreender uma análise gráfica. Era como o zunido de um asqueroso inseto gigante moldado à fala articulada de uma espécie desconhecida, e tenho certeza de que os órgãos que o produziram não podem ter semelhança nenhuma com os órgãos vocais do homem, ou mesmo com os de qualquer outro mamífero. Havia certas singularidades de timbre, alcance e sobretons que punham o fenômeno completamente fora da esfera da humanidade e da vida terrena. Durante a primeira audição, a chegada súbita daquele som quase me fez desfalecer, e escutei o restante da gravação em uma espécie de estupor. Quando a passagem mais longa do zumbido tocou, percebi um considerável aumento na sensação de infinitude blasfema que havia se apoderado de mim durante a primeira passagem mais curta. Por fim a gravação terminou de maneira abrupta, em um trecho particularmente claro falado pela voz humana com sotaque de Boston; mas permaneci um longo tempo apenas olhando abismado depois que o mecanismo parou.

Mal preciso dizer que escutei a horripilante gravação várias outras vezes e que fiz tentativas minuciosas de análise e comentário comparando as minhas anotações às de Akeley. Seria não apenas inútil, mas também inquietante reproduzir todas as nossas conclusões; mas posso dizer que chegamos a um acordo quanto a ter obtido indícios relativos à origem de alguns dos costumes mais repulsivos e primordiais pertencentes às antigas religiões crípticas da humanidade. Também nos pareceu claro que existiam alianças elaboradas e ancestrais entre as criaturas siderais e certos membros da raça humana. Qual era o alcance dessas alianças e em que estado encontram-se hoje, quando comparadas às épocas passadas, não havia meio de descobrir; mas na melhor das hipóteses havia espaço para uma quantidade ilimitada de horrendas especulações. Parecia haver uma ligação pavorosa e imemorial em vários estágios definidos entre o homem e a infinitude inominável. As blasfêmias que apareceram na Terra, ao que tudo indicava, eram oriundas do negro planeta Yuggoth, nos confins do sistema solar; que, por sua vez, era apenas o posto avançado de uma pavorosa raça interestelar cujas origens últimas devem estar muito além até mesmo do *continuum* do espaço-tempo einsteiniano ou do mais vasto universo conhecido.

Nesse ínterim, continuamos a discutir a pedra negra e a melhor maneira de transportá-la até Arkham — pois Akeley julgava arriscado que eu o visitasse no local de seus infaustos estudos. Por um ou outro motivo, Akeley mostrava-se indisposto a confiar o objeto a qualquer rota de transporte corriqueira ou previsível. A ideia definitiva foi a de atravessar o condado até Bellows Falls para despachá-lo em um trem da Boston & Maine que passaria por Keene, Winchendon e Fitchburg, embora para tanto fosse necessário dirigir por estradas mais desertas, mais acidentadas e com mais florestas do que a autoestrada até Brattleboro. Akeley afirmou ter visto um homem rondando a agência postal de Brattleboro no dia em que me enviou a gravação do fonógrafo, com uma atitude e uma expressão que não contribuíram em nada para tranquilizá-lo. O homem parecia ansioso por falar com os atendentes, e pegou o mesmo trem em que a gravação foi despachada. Meu correspondente admitiu que ficou preocupado com a gravação até o dia em que acusei o recebimento.

Por essa época — na segunda semana de julho — outra carta minha foi extraviada, conforme fiquei sabendo por meio de um nervoso comunicado de Akeley. Após o incidente ele pediu que eu não mais enviasse correspondências ao endereço de Townshend, mas diretamente à Posta Restante de Brattleboro; encarregar-se-ia de fazer viagens frequentes até lá, fosse de carro ou com a linha de ônibus que pouco tempo atrás havia substituído o transporte de passageiros pelo ramal da ferrovia. Eu percebia que o homem estava cada vez mais angustiado, pois lançava-se em discussões minuciosas sobre o aumento no latido dos cachorros durante as noites sem lua e as marcas de garras que às vezes descobria na estrada e no barro atrás da propriedade quando o dia raiava. Certa vez, contou-me que um verdadeiro exército de rastros havia desenhado uma linha de frente para outra linha igualmente grossa e decidida de pegadas dos cães, e mandou uma inquietante fotografia à guisa de prova. Fora uma noite em que os cães haviam se superado nos latidos e nos uivos.

Na manhã de quarta-feira, dia 18 de julho, recebi um telegrama de Bellows Falls, no qual Akeley comunicava o envio da pedra negra pela B. & M. no trem de prefixo 5508, que sairia de Bellows Falls às 12h15 e deveria chegar à North Station, em Boston, às 16h12. Calculei que deveria chegar a Arkham até o meio-dia seguinte; e assim passei toda a manhã de quinta-feira em casa a fim de recebê-la. Mas a manhã passou sem que nada chegasse, e quando telefonei para o escritório dos correios fui informado de que não havia nenhum pacote em meu nome. Minha reação, em meio a uma inquietude cada vez maior, foi fazer um telefonema de longa distância para o agente dos correios na North Station de Boston; e não foi grande surpresa descobrir que a minha encomenda não havia aparecido. O trem de prefixo 5508 havia chegado com apenas trinta e cinco minutos de atraso no dia anterior, mas não continha nenhuma caixa endereçada a mim. O agente comprometeu-se, no entanto, a averiguar o ocorrido; e terminei o dia enviando uma carta noturna para Akeley com um resumo da situação.

Com louvável presteza, recebi um contato do escritório de Boston na tarde seguinte, assim que o agente inteirou-se dos fatos. O despachante do expresso 5508 recordava um incidente que poderia estar ligado ao extravio da minha encomenda — uma discussão com um homem de voz extremamente peculiar, magro, loiro e rústico, ocorrida enquanto o trem estava parado em Keene, New Hampshire, logo após a uma hora da tarde.

Esse homem, ainda segundo o relato, mostrou-se um tanto exasperado em relação a uma pesada caixa que afirmou estar esperando, mas que não estava no trem nem constava nos livros da companhia. Havia se identificado como Stanley Adams, e em sua voz havia um zumbido tão forte e tão pronunciado que o despachante sentiu-se zonzo e sonolento ao escutá-lo. O despachante não conseguia recordar como a conversa havia terminado, mas lembrava-se de ter acordado quando o trem voltou a andar. O agente de Boston acrescentou que o despachante em questão era um jovem da mais absoluta sinceridade e confiança, com antecedentes conhecidos e empregado havia tempo pela companhia.

Depois de obter o nome e o endereço do despachante com o escritório, fui na mesma noite até Boston para encontrá-lo. Era um sujeito franco e simpático, mas percebi que não teria nada a acrescentar ao relato inicial. Afirmou não ter certeza de que pudesse sequer reconhecer o estranho interlocutor. Ao perceber que o funcionário não teria nada mais a dizer, retornei a Arkham e permaneci sentado até o amanhecer escrevendo cartas para Akeley, para a companhia de correio expresso e para o departamento de polícia e o agente da estação em Keene. Senti que o homem de voz estranha que havia exercido uma influência tão incomum sobre o despachante deveria ocupar uma posição estratégica em todo aquele infausto negócio, e torci para que os empregados da estação de Keene e os registros telegráficos pudessem dizer-me alguma coisa sobre ele e sobre como havia feito seus questionamentos no lugar e na hora em que os fez.

Devo admitir, contudo, que as minhas investigações não deram em nada. O homem de voz estranha fora de fato avistado nos arredores da estação de Keene na tarde do dia 18 de julho, e um desocupado parecia ter uma vaga lembrança do homem e de uma pesada caixa; mas o sujeito era totalmente desconhecido, e não fora visto nem antes nem depois do episódio. Segundo as minhas apurações, não havia visitado o escritório de telégrafos nem recebido mensagem nenhuma, tampouco enviado qualquer mensagem que pudesse comunicar a presença da pedra negra no trem de prefixo 5508 para outra pessoa. Naturalmente, Akeley dispôs-se a me ajudar nas investigações e chegou a fazer uma viagem até Keene para entrevistar as pessoas ao redor da estação; mas a atitude que adotou em relação ao assunto foi mais fatalista do que a minha. Parecia considerar o extravio da caixa uma concretização agourenta e ameaçadora de tendências inevitáveis, e não tinha nenhuma esperança concreta de reavê-la. Falou sobre os indubitáveis poderes telepáticos e hipnóticos das criaturas nas colinas e de seus agentes, e em uma carta insinuou não acreditar que a rocha ainda estivesse na Terra. De minha parte, fui tomado por uma fúria compreensível, pois eu sentira que haveria pelo menos uma chance de aprender coisas profundas e impressionantes com aqueles hieróglifos antigos e desgastados. Eu teria ficado a ruminar o assunto se as cartas seguintes de Akeley não houvessem iniciado uma nova fase relativa ao horripilante problema das colinas que de pronto ocupou por completo a minha atenção.

IV.

As criaturas desconhecidas, escreveu Akeley em uma caligrafia trêmula digna de pena, haviam começado a se aproximar com uma determinação jamais vista. Os latidos noturnos dos cães eram horríveis nas noites de lua encoberta ou ausente, e as criaturas haviam tentado atacá-lo nas estradas solitárias que tinha de atravessar à luz do dia. No dia 2 de agosto, enquanto seguia até o vilarejo de carro, descobriu um tronco de árvore deixado pelo caminho em um ponto onde a estrada passava por um denso bosque; os latidos selvagens dos dois enormes cães que tinha consigo haviam dado sinais claros quanto à natureza das coisas que estavam à espreita nos arredores. O que teria acontecido se os cães não estivessem lá, não se atrevia a imaginar — e desde então não saiu mais sem a companhia de pelo menos dois animais de sua leal e robusta matilha. Outros incidentes na estrada ocorreram nos dias 5 e 6 de agosto; em uma ocasião, um tiro acertou o carro de raspão, e na outra o latido dos cães denunciou presenças blasfemas no bosque.

Em 15 de agosto recebi uma carta desesperada que me causou grandes perturbações e levou-me a desejar que Akeley esquecesse de toda aquela reticência solitária e invocasse o auxílio da lei. Na madrugada do dia 12 para o dia 13 aconteceram coisas terríveis; balas voaram ao redor da propriedade e, na manhã seguinte, três dos doze cães foram encontrados mortos. Na estrada havia miríades de rastros em formato de garras, em meio às quais percebiam-se as pegadas humanas de Walter Brown. Akeley havia telefonado para Brattleboro a fim de providenciar mais cães, mas a linha ficou muda antes que pudesse falar muita coisa. Mais tarde, foi a Brattleboro de carro, e lá o informaram de que três técnicos haviam descoberto que o principal cabo telefônico fora cortado no ponto em que passava pelas colinas desertas a norte de Newfane. Mesmo assim, resolveu voltar para casa com quatro novos cães e várias caixas de munição para o rifle de caça. A carta foi escrita na agência de correio de Brattleboro e chegou até mim sem demora.

Minha atitude em relação ao assunto logo deixou de ser científica e transformou-se em uma alarmante preocupação pessoal. Temi por Akeley naquela fazenda remota e solitária, e um pouco também por mim ao lembrar da minha ligação definitiva com o estranho problema das colinas. A coisa *aproximava-se aos poucos*. Será que também haveria de arrastar-me e engolir-me? Na minha resposta à carta, supliquei a Akeley que não tardasse em buscar ajuda, e insinuei que de outra forma eu mesmo poderia agir. Contrariando os desejos expressos do meu correspondente, dispus-me a fazer uma visita a Vermont para ajudá-lo a explicar a situação para as autoridades competentes. Como resposta, no entanto, chegou-me apenas um telegrama de Bellows Falls que dizia o seguinte:

> APRECIO A DISPOSIÇÃO MAS NADA POSSO FAZER. NÃO AJA SOZINHO POIS ISSO PREJUDICARIA A NÓS DOIS. AGUARDE MAIS EXPLICAÇÕES.
>
> Henry Akely

O assunto ficou cada vez mais misterioso. Quando respondi o telegrama, recebi um bilhete trêmulo de Akeley com a surpreendente notícia de que não apenas não havia mandado telegrama nenhum como tampouco havia recebido a carta que este respondia. Uma investigação feita às pressas em Bellows Falls relevou que a mensagem fora enviada por um estranho homem loiro com uma voz singularmente grave, que mais parecia um zumbido, embora não tenha revelado mais nada. O funcionário do balcão mostrou-lhe o texto original rabiscado a lápis pelo remetente, mas a caligrafia era-lhe completamente desconhecida. O nome também continha um erro — o telegrama fora assinado A-K-E-L-Y, sem o segundo "E". Certas conjecturas eram inevitáveis; porém, em meio à evidente crise, Akeley não se deteve para examiná-las em detalhe.

Falou sobre a morte de mais alguns cães e a compra de outros tantos, e sobre a troca de tiros que se havia tornado rotineira em todas as noites sem lua. As pegadas de Brown e de pelo menos mais um ou dois calçados diferentes haviam se tornado uma ocorrência rotineira entre as marcas de garras, tanto na estrada como nos fundos da propriedade. A situação, como o próprio Akeley reconhecia, não era nada boa; e ele provavelmente teria de ir morar com o filho na

Califórnia dentro de pouco tempo, a despeito de conseguir ou não vender a antiga residência. Mas não era fácil deixar o único lugar onde se sentia em casa. Tentaria resistir um pouco mais; talvez conseguisse afastar os intrusos — em especial se abandonasse explicitamente as tentativas de desvendar esses mistérios.

Ato contínuo, escrevi mais uma carta a Akeley e mais uma vez falei em visitá-lo e em ajudá-lo a convencer as autoridades do grave perigo que corria. Na resposta, meu correspondente pareceu menos intransigente do que sua atitude anterior levaria a crer, mas afirmou que gostaria de resistir por mais um tempo — tempo suficiente para pôr as coisas em ordem e fazer as pazes com a ideia de deixar para trás a terra natal que celebrava com uma obstinação quase mórbida. As outras pessoas torciam a cara para seus estudos e suas especulações, e seria melhor sair discretamente, sem começar um tumulto na região ou dar motivo para que lhe pusessem a sanidade em xeque. Akeley reconheceu que já estava farto da situação, mas, dentro do possível, gostaria de ir embora de maneira digna.

Essa carta chegou até mim no dia 28 de agosto, e logo tratei de escrever e enviar a resposta mais encorajadora que pude conceber. O incentivo parece ter funcionado, pois Akeley relatou menos terrores quando acusou o recebimento da minha correspondência. Mesmo assim, não pareceu muito otimista e manifestou a crença de que apenas a lua cheia era responsável pelo sumiço temporário das criaturas. Torcia para que não houvesse muitas noites de névoa e fez alguns comentários vagos sobre alojar-se em Brattleboro quando a lua sumisse. Mais uma vez escrevi dando-lhe forças, mas no dia 5 de setembro recebi uma correspondência que sem dúvida havia se cruzado com a minha carta nos correios, e à qual não pude oferecer respostas esperançosas. Em vista da importância desse documento, julgo ser mais apropriado apresentá-lo na íntegra — tentando reproduzir, da maneira mais exata possível, as minhas lembranças da trêmula caligrafia. O conteúdo era o seguinte:

Segunda-feira.

Prezado Wilmarth: —

Um P.S. bastante desanimador à minha última correspondência. A noite passada foi muito nebulosa — embora não tenha chovido —, e assim o luar ficou totalmente bloqueado. A situação piorou um bocado e acho que está próxima do fim, malgrado os nossos melhores votos. Depois da meia-noite alguma coisa pousou no telhado da casa e todos os cães foram correndo ver do que se tratava. Ouvi rosnados e sons de coisas se rasgando até que um dos animais, saltando a partir de uma ala mais baixa da casa, conseguiu chegar ao telhado. Houve um embate violento lá em cima, e escutei um *zumbido* horripilante que jamais hei de esquecer. Logo veio um forte odor nauseabundo. Quase ao mesmo tempo, balas perfuraram as vidraças e por pouco não me atingiram. Acho que a principal fileira das criaturas aproximou-se da casa quando os cães se dividiram por causa do tumulto no telhado. Ainda não sei ao certo o que aconteceu lá em cima, mas temo que as criaturas estejam aprendendo a manobrar melhor com as asas. Desliguei a luz e usei as janelas como seteiras, e então disparei meu rifle em todas as direções possíveis, mirando apenas alto o suficiente para não alvejar os cães. O expediente pareceu dar conta do recado, mas pela manhã descobri enormes poças de sangue no pátio, ao lado de poças de uma substância verde e viscosa com um odor repelente ao extremo. Subi até o telhado e encontrei mais da substância verde lá em cima. Cinco dos cães estavam mortos — acredito ter matado um deles ao mirar baixo demais, pois encontrei-o com um tiro nas costas. Agora estou arrumando as vidraças estilhaçadas pelos tiros para ir a Brattleboro em busca de mais cães. Acho que os donos dos canis devem me tomar por louco. Logo torno a dar notícias. Imagino que estarei pronto para a mudança dentro de uma ou duas semanas, embora eu quase morra só de pensar a respeito.

Às pressas —

Akeley

Mas essa não foi a única carta de Akeley a cruzar-se com a minha. Na manhã seguinte — no dia 6 de setembro —, recebi ainda outra; dessa vez garatujas frenéticas que me perturbaram ao extremo e deixaram-me sem saber o que dizer ou fazer a seguir. Mais uma vez, não tenho nada melhor a fazer senão citar o texto da maneira mais fiel possível.

Terça-feira.

As nuvens não se desfizeram, então nada de lua outra vez — e logo a seguir vem a lua minguante. Eu mandaria instalar uma fiação elétrica e um holofote se não soubesse que as criaturas cortariam os cabos assim que entrassem em funcionamento.

Acho que estou enlouquecendo — pode ser que tudo que eu já escrevi para o senhor não passe de um sonho ou de uma loucura. Antes já era ruim o suficiente, mas agora foi demais. *Aquelas coisas falaram comigo na noite passada* — falaram com aquele maldito zumbido e disseram-me coisas que *não me atrevo a repetir*. Eu pude escutá-las claramente em meio aos latidos dos cães, e quando o zumbido foi abafado pelo barulho *uma voz humana assumiu*. Não se envolva neste assunto, Wilmarth — é muito pior do que o senhor ou eu havíamos suspeitado. *Agora as criaturas não querem deixar que eu vá para a Califórnia — querem levar-me vivo, ou ao menos em uma condição que, em termos teóricos e mentais, equivale a "vivo"* — não apenas para Yuggoth, mas para ainda mais longe — para além dos confins da galáxia e *possivelmente para além dos limites últimos do universo*. Respondi que não irei, *muito menos da terrível maneira como pretendem levar-me*, mas temo que essas recusas sejam em vão. Minha casa fica em um lugar tão afastado que as criaturas podem vir a qualquer hora do dia ou da noite. Outros seis cães foram mortos, e hoje senti que eu estava sendo observado nas partes da estrada ladeadas por bosques quando dirigi até Brattleboro.

Foi um erro da minha parte tentar enviar-lhe a gravação do fonógrafo e a pedra negra. Aconselho-o a destruir a gravação antes que seja tarde demais. Tornarei a escrever amanhã se eu ainda estiver por aqui. Quisera eu dar um jeito de mandar os meus livros e as minhas coisas para Brattleboro e alojar-me por lá! Eu fugiria sem levar nada se pudesse, mas algo em meus pensamentos mantém-me preso aqui. Posso ir até Brattleboro, onde estaria a salvo, mas lá me sinto tão aprisionado quanto em casa. E tenho a impressão de saber que eu não chegaria muito longe, mesmo que largasse tudo e tentasse. É um horror — não se envolva neste assunto.

Cordialmente — Akeley

Não preguei os olhos à noite depois de receber essa terrível mensagem, e fiquei pasmo com o grau de sanidade de Akeley. O conteúdo da correspondência evidenciava a mais absoluta loucura, porém a maneira de se expressar — em vista de tudo o que ocorrera até então — parecia imbuída de um sinistro caráter persuasivo. Não enviei resposta nenhuma, pensando que seria melhor esperar até que Akeley encontrasse tempo para responder ao meu último comunicado. A resposta chegou no dia seguinte, embora o material mais recente ofuscasse qualquer um dos pontos levantados pela carta que respondia. Eis aqui o quanto me lembro do texto, todo rabiscado e borrado durante a composição sem dúvida apressada e frenética.

Quarta-feira.

W: —

Recebi sua carta, porém de nada mais adiantam as nossas discussões. Estou resignado. Admiro-me ao ver que ainda tenho força de vontade suficiente para combatê-las. Eu não poderia mais escapar nem que estivesse disposto a deixar tudo para trás e sair correndo. As criaturas haveriam de me alcançar.

Ontem recebi uma carta delas — um funcionário da R.F.D. a trouxe enquanto eu estava em Brattleboro. Datilografada e franqueada em Bellows Falls. Traz explicações sobre o que as criaturas pretendem fazer comigo — não ouso repetir. Tome cuidado! Destrua a gravação. As noites seguem enevoadas e a lua minguante está menor a cada dia que passa. Queria ter a coragem de providenciar ajuda — talvez fortalecesse a minha determinação — mas todos aqueles que estariam dispostos a vir chamar-me-iam de louco a não ser que houvesse uma prova. Não posso pedir às pessoas que venham sem motivo — faz anos que não tenho contato com ninguém que eu conheça.

Mas eu ainda não lhe falei do pior, Wilmarth. Prepare-se, pois sem dúvida será um grande choque. No entanto, é a mais pura verdade. Ei-la — *eu vi e toquei em uma daquelas coisas, ou ao menos em uma parte delas*. Meu Deus, que horror! Estava morta, é claro. Um dos cães estava com ela, e eu a encontrei perto do canil hoje pela manhã. Tentei guardá-la no galpão de lenha para convencer as pessoas do que está acontecendo, mas tudo evaporou dentro de poucas horas. Não sobrou nada. Como o senhor sabe, aquelas coisas nos rios foram vistas apenas na manhã seguinte às enchentes. E agora vem o pior. Tentei tirar uma fotografia para mostrar ao senhor, mas quando revelei o filme *não havia nada além do galpão*. Do que poderia ser feita aquela coisa? Eu a vi e a toquei, e todas as criaturas deixam rastros. Sem dúvida era feita de matéria tangível — mas que tipo de matéria? A forma não pode ser descrita. Era um enorme caranguejo com vários anéis ou protuberâncias carnudas de algum tecido grosso e filamentoso coberto por antenas que ocupavam o lugar da cabeça. A substância verde faz as vezes de sangue. Mais criaturas devem chegar à Terra a qualquer instante.

Walter Brown desapareceu — ultimamente ninguém o viu pelos recantos habituais dos vilarejos próximos. Devo tê-lo alvejado com um tiro, mas as criaturas sempre tentam levar os mortos e feridos embora.

Hoje à tarde fui ao vilarejo sem nenhum problema, mas temo que as criaturas tenham dado uma trégua por estarem certas quanto à minha captura. Estou escrevendo do correio de Brattleboro. Talvez isto seja um adeus — se for, escreva para o meu filho George Goodenough Akeley, 176 Pleasant St., San Diego, Cal., mas *não apareça por aqui*. Escreva para o garoto se o senhor não receber notícias minhas dentro de uma semana e fique atento às notícias de jornal.

Agora jogarei as minhas duas últimas cartas — se eu ainda tiver a determinação necessária. Primeiro tentarei usar gás venenoso contra as criaturas (obtive os insumos químicos necessários e providenciei máscaras para mim e para os cães) e, se não funcionar, chamarei o xerife. Que me tranquem num hospício se quiserem — será melhor do que ficar *à mercê das criaturas*. Talvez eu consiga chamar a atenção das pessoas para os rastros ao redor da casa — não são muito profundos, mas eu os encontro todas as manhãs. No entanto, imagino que a polícia diria que eu os forjei; pois todos acham que sou uma figura estranha.

Preciso convencer um policial a passar a noite aqui e ver com seus próprios olhos — embora também seja provável que as criaturas descobrissem e não aparecessem. Os fios do meu telefone são cortados toda vez que eu tento fazer uma ligação à noite — os técnicos dizem que o fenômeno é muito estranho e podem testemunhar a meu favor se a polícia não achar que eu mesmo me encarreguei de cortá-los. Faz uma semana que desisti dos reparos.

Eu poderia pegar alguns dos moradores ignorantes para atestar a realidade desses horrores, mas todos riem de tudo o que falam e, seja como for, a população evita a minha casa há tanto tempo que nem ao menos sabe dos últimos acontecimentos. O senhor não convenceria nenhum dos fazendeiros miseráveis a chegar a menos de um quilômetro e meio da minha casa nem que pagasse. O carteiro escuta o que dizem e faz gracejos comigo — Meu Deus! Se ao menos eu tivesse a coragem de dizer-lhe que tudo é real! Acho que vou tentar mostrar-lhe os rastros, mas ele chega à tarde e a essa hora as marcas em geral já desapareceram. Se eu preservasse uma delas colocando uma caixa ou uma panela em cima, com certeza o sujeito acharia que se trata de uma fraude ou então de uma piada.

Quisera eu não ser tão recluso! Assim as pessoas não aparecem com a mesma frequência de antes. Nunca me aventurei a mostrar a pedra negra ou as fotografias, tampouco a tocar a gravação para ninguém além das pessoas ignorantes. Outros diriam apenas que eu forjei tudo aquilo e não fariam nada além de rir. Mas eu ainda posso tentar mostrar as fotografias. Os rastros deixados pelas garras aparecem nitidamente, mesmo que as coisas que os deixaram não possam ser fotografadas. É uma lástima que ninguém tenha visto a *coisa* de hoje pela manhã antes que se desintegrasse!

Mas já nem sei mais se me importo. Depois de tudo pelo que passei, o hospício parece um lugar tão bom quanto qualquer outro. Os médicos podem me ajudar a sair desta casa, e essa é a minha única salvação possível.

Escreva para o meu filho George se o senhor não receber mais notícias em breve. Adeus, destrua a gravação e não se meta neste assunto.

Cordialmente — Akeley

A carta lançou-me no mais negro terror. Eu não sabia o que responder, mas rabisquei algumas palavras incoerentes à guisa de conselho e apoio e enviei-as por correio registrado. Lembro de ter pedido que Akeley fosse de uma vez para Brattleboro e pedisse proteção às autoridades; e acrescentei que eu iria até a cidade com a gravação do fonógrafo e tentaria ajudá-lo a convencer os magistrados de sua sanidade. Talvez eu também tenha sugerido que era hora de alertar as pessoas em geral para o perigo que rondava. Ficará claro que neste momento de tensão a minha própria crença em todos os relatos e alegações de Akeley era quase absoluta, muito embora eu achasse que o fracasso em obter uma fotografia do monstro não se devesse a uma aberração da Natureza, mas antes a um deslize nervoso de sua parte.

V.

Então, depois de cruzar-se com a minha nota incoerente e alcançar-me na tarde de sábado, dia 8 de setembro, chegou até mim aquela peculiar carta tranquilizadora, datilografada com todo o cuidado em uma máquina nova; aquela estranha carta convidativa e reconfortante que marcou uma transição deveras prodigiosa no pesadelo que assolava as colinas solitárias. Mais uma vez cito de memória — tentando com especial motivo preservar tanto quanto possível o estilo original. A carta fora franqueada em Bellows Falls, e tanto a assinatura como o conteúdo vieram batidos à máquina — como via de regra fazem os datilógrafos iniciantes. O texto, no entanto, era incrivelmente preciso para um catador de milho; e concluí que Akeley devia ter escrito à máquina em algum outro período — talvez na universidade. Seria razoável dizer que a carta aliviou minhas angústias, mas por baixo do meu alívio havia um substrato de inquietude. Embora Akeley houvesse mantido a sanidade perante o terror, será que a teria preservado também na hora da redenção? E a "relação aperfeiçoada" a que fazia alusão... o que seria? Tudo parecia implicar uma reviravolta diametralmente oposta ao comportamento anterior de Akeley! Eis aqui, no entanto, o conteúdo do texto, transcrito com todo o cuidado a partir de uma memória que — não escondo — é motivo de certo orgulho.

Townshend, Vermont.
Quinta-feira, 6 de setembro de 1928

Prezado Wilmarth: —

É com enorme satisfação que entro em contato para tranquilizá-lo em relação a todas as bobagens que eu vinha escrevendo para o senhor. Digo "bobagens", embora eu me refira mais à minha reação assustada do que às descrições que fiz de certos fenômenos. Os fenômenos são reais e importantes; meu erro consistiu na adoção de uma postura anômala diante dos fatos.

Lembro de ter mencionado que os meus estranhos visitantes começavam a ensaiar algum tipo de comunicação. Na noite passada esse contato concretizou-se. Em resposta a certos sinais, recebi em minha casa um mensageiro das criaturas lá fora — um humano, apresso-me em dizer. O homem contou-me muita coisa que nem o senhor nem eu jamais havíamos imaginado e mostrou claramente que nós dois estávamos completamente errados e equivocados em relação ao motivo que leva as Criaturas Siderais a manter uma colônia secreta em nosso planeta.

Parece que as lendas malignas sobre o que as criaturas ofereceram aos homens e o que desejam em relação à Terra são resultado da interpretação equivocada aplicada a um discurso alegórico — um discurso evidentemente moldado por uma cultura e uma forma de pensar muito diferentes de tudo o que podemos imaginar. Reconheço que as minhas próprias conjecturas passaram tão longe do alvo quanto os palpites dos fazendeiros analfabetos e dos índios selvagens. O que eu havia tomado por algo mórbido e humilhante e infame é na realidade extraordinário e transcendental e até mesmo *glorioso* — consistindo a minha avaliação prévia em não mais do que uma simples fase da eterna tendência humana a evitar e temer e odiar tudo aquilo que é *radicalmente diferente.*

Arrependo-me de todo o mal que infligi a esses incríveis seres alienígenas durante as nossas escaramuças noturnas. Se ao menos eu tivesse aceitado conversar de maneira pacífica e civilizada! Contudo, as criaturas não guardam nenhum rancor de mim, pois seus sentimentos organizam-se de maneira muito diferente dos nossos. Foi uma lástima que tivessem como agentes humanos em Vermont espécimes tão desprezíveis — como o finado Walter Brown, por exemplo. O homem foi responsável por muito do preconceito que eu nutria. Na verdade, os seres alienígenas nunca fizeram mal aos homens, porém muitas vezes foram importunados e injustiçados pela nossa espécie. Existe todo um culto secreto formado por homens maus (um estudioso com a sua erudição mística sem dúvida saberá ao que me refiro quando afirmo que o culto está ligado a Hastur e ao Símbolo Amarelo) devotado a perseguir e atacar essas criaturas em nome de poderes monstruosos de outras dimensões. É contra esses agressores — e não contra a humanidade como um todo — que os drásticos expedientes das Criaturas Siderais estão voltados.

A propósito, descobri que muitas das nossas cartas extraviadas foram roubadas não pelas Criaturas Siderais, mas por emissários desse culto maligno.

Tudo o que as Criaturas Siderais desejam da humanidade é a paz e o respeito mútuo e uma troca intelectual cada vez maior. Esta última é absolutamente necessária agora que as nossas invenções e dispositivos estão ampliando o nosso conhecimento e o nosso modo de agir, e tornando cada vez mais impossível a existência *secreta* dos postos avançados de Criaturas Siderais neste planeta. Os alienígenas desejam conhecer a humanidade mais a fundo e instruir alguns dos líderes filosóficos e científicos da humanidade em relação à sua raça. Graças a essa troca de conhecimento todos os perigos hão de passar, e um *modus vivendi* possível será alcançado. A ideia de que os alienígenas possam querer *escravizar* ou *degradar* a espécie humana é ridícula.

Para dar início a essa relação aperfeiçoada, as Criaturas Siderais escolheram-me — em vista dos conhecimentos razoáveis que já tenho sobre elas — como seu intérprete na Terra. Muitas coisas foram-me explicadas ontem à noite — fatos espantosos que descortinam novos e vastos panoramas —, e ainda outras serão transmitidas a mim por comunicações orais e escritas. Por enquanto não serei chamado a fazer nenhuma viagem *ao espaço sideral*, embora mais tarde eu *possa querer* empreender essa jornada — empregando meios especiais e transcendendo tudo aquilo que até hoje concebemos ser a experiência humana. Minha casa não está mais sitiada. Tudo voltou ao normal, e os cães não terão mais com o que se ocupar. Meu terror foi substituído por uma bênção de conhecimento e de aventura intelectual que poucos outros mortais tiveram a chance de encontrar.

As Criaturas Siderais talvez sejam as mais incríveis formas de vida orgânica em todo o espaço-tempo e além — membros de uma raça cósmica da qual todas as outras formas de vida são meras variações degeneradas. São mais vegetais do que animais, se é que esses termos podem ser aplicados à matéria que as compõe, e apresentam uma estrutura fungoide; embora a presença de uma substância parecida com a clorofila e a existência de um sistema nutritivo muito singular os distingam dos verdadeiros fungos cormofíticos. De fato, a espécie compõe-se de matéria totalmente desconhecida na região do espaço onde nós habitamos — com elétrons que vibram em frequências muito distintas. É por esse motivo que as criaturas não podem ser fotografadas com os filmes e as chapas tão comuns no universo conhecido, mesmo que os nossos olhos possam vê-las. Com o conhecimento adequado, no entanto, qualquer pessoa versada em química seria capaz de preparar uma emulsão a fim de registrar suas imagens.

O gênero tem a habilidade única de atravessar o frio e rarefeito vácuo interestelar na forma corpórea, mas algumas das variações precisam de suplementos mecânicos ou de outras curiosas transposições cirúrgicas para fazê-lo. Apenas umas poucas espécies apresentam as asas resistentes ao éter que caracterizam a variedade encontrada em Vermont. As que habitam certos picos remotos no Velho Mundo foram trazidas de outras maneiras. Mais do que qualquer parentesco, a evolução paralela é a verdadeira responsável pela semelhança externa que os alienígenas apresentam em relação à vida animal e ao tipo de estrutura que concebemos como sendo física. A capacidade cerebral de que são dotados ultrapassa a de qualquer outra forma de vida remanescente, embora os indivíduos alados presentes em nossas colinas não sejam de maneira nenhuma as formas mais desenvolvidas. Comunicam-se através da telepatia, embora sejam dotados de órgãos vocais rudimentares que, após uma cirurgia simples (pois esses procedimentos são algo muito corriqueiro e desenvolvido entre eles), conseguem reproduzir aproximadamente a fala de organismos que ainda se comunicam por meio de sons.

A principal morada das criaturas *em nossa proximidade* é um planeta ainda desconhecido e quase desprovido de luz nos confins do nosso sistema solar — além de Netuno, e o nono planeta a partir do Sol. Conforme havíamos pressuposto, trata-se do corpo celeste com o arcano nome de "Yuggoth" que aparece em certos escritos antigos e proscritos, onde logo ocorrerá uma estranha concentração de pensamentos focados em nosso mundo — uma tentativa de facilitar uma relação mental. Eu não ficaria surpreso se os astrônomos fossem influenciados por essas correntes mentais a ponto de descobrir Yuggoth quando as Criaturas Siderais assim desejarem. Mas Yuggoth, claro, é apenas o primeiro passo. A maior parte das criaturas vive em estranhos abismos que transcendem infinitamente o alcance da imaginação humana. O glóbulo do espaço-tempo que reconhecemos como sendo a totalidade de toda a existência cósmica não passa de um átomo na verdadeira infinitude que pertence às Criaturas Siderais. *O tanto dessa infinitude que pode ser concebido por um cérebro humano ainda me será revelado, tal como aconteceu a não mais do que cinquenta outros homens desde que a raça humana surgiu.*

A princípio pode parecer que estou delirando, mas no momento adequado o senhor poderá avaliar melhor a oportunidade titânica com a qual me deparei. Quero que o senhor compartilhe de tudo o que sei e, para tanto, preciso contar-lhe milhares de coisas que não serão confiadas ao papel. Eu havia pedido ao senhor que não viesse me ver. Agora que tudo está bem, retiro o alerta anterior e convido-o a fazer uma visita.

O senhor poderia fazer a viagem antes que o novo semestre universitário comece? Seria esplêndido se pudesse. Traga a gravação do fonógrafo e todas as cartas que lhe enviei para as nossas consultas — precisaremos de todo o material disponível para reconstruir esta incrível história. Por favor, traga também as fotografias, pois extraviei os negativos e as minhas cópias no calor dos últimos acontecimentos. Tenho uma grande riqueza de fatos para acrescentar a esse material incerto e duvidoso — *e um plano estupendo para suplementar os meus acréscimos!*

Não hesite — estou livre de qualquer espionagem, e o senhor não há de presenciar nada de estranho ou de perturbador. Posso buscá-lo de carro na estação de Brattleboro — fique tanto tempo quanto desejar e prepare-se para noites de discussão sobre coisas muito além das conjecturas humanas. Não conte nada a ninguém — o assunto não deve chegar ao público em geral.

Os trens para Brattleboro não são nada maus — o senhor pode pegar uma tabela de horários em Boston. Basta tomar o trem da B. & M. até Greenfield e lá fazer uma baldeação antes de percorrer o restante do caminho. Sugiro que o senhor tome o conveniente trem que sai de Boston às 16h10. Assim, chegará a Greenfield às 19h35, e às 21h19 o outro trem sai de lá e chega a Brattleboro às 22h01. Este é o horário dos dias úteis. Basta o senhor informar-me a data e estarei com o meu carro na estação.

Desculpe a carta datilografada, mas a verdade é que a minha caligrafia tornou-se bastante trêmula nos últimos tempos e não me sinto apto a escrever um texto tão longo à mão. Comprei esta Corona ontem em Brattleboro — a máquina parece funcionar muito bem.

No aguardo de mais notícias e na esperança de vê-lo dentro em breve com a gravação do fonógrafo e todas as minhas cartas — e também as fotografias —

Saudações cordiais
do seu
Henry W. Akeley

Para o sr. Albert N. Wilmarth,
Universidade do Miskatonic,
Arkham, Mass.

A complexidade das minhas emoções ao ler, reler e refletir sobre essa estranha e inesperada carta ultrapassa qualquer tentativa de descrição. Como eu afirmei, ao mesmo tempo senti-me aliviado e apreensivo, mas essa alegação não faz senão expressar de modo um tanto grosseiro certas nuances de sentimentos contraditórios e em grande parte subconscientes que integravam tanto o meu alívio como a minha apreensão. Para começar, tudo era diametralmente oposto a toda a cadeia de acontecimentos anteriores — pois a mudança do terror absoluto para uma sóbria tranquilidade e até mesmo exultação foi muito inesperada, muito súbita, muito completa! Eu mal conseguia acreditar que um único dia pudesse alterar daquela maneira a disposição psicológica do homem que havia escrito o comunicado frenético de quarta-feira, independentemente das revelações que aquele dia pudesse ter trazido. Em certos instantes o sentimento despertado pelas realidades conflitantes fazia-me pensar se toda aquela epopeia sobre forças fantásticas não seria uma espécie de sonho ilusório criado em boa parte pela minha própria imaginação. Ao pensar na gravação do fonógrafo eu sentia-me ainda mais estupefato.

A carta parecia totalmente contrária a tudo o que eu poderia esperar! Enquanto analisava as minhas próprias impressões, notei que se dividiam em duas fases distintas. Em primeiro lugar, se Akeley estava em perfeito juízo e assim permanecia, a mudança na situação era demasiado brusca e inconcebível. Em segundo lugar, a mudança nos modos, na atitude e no estilo de Akeley estava muito além do que seria normal ou previsível. Toda a personalidade daquele homem parecia ter sofrido uma mutação insidiosa — uma mutação tão profunda que mal seria possível conciliar os dois aspectos com a suposição de que ambos representassem um indivíduo em posse de todas as faculdades mentais. A escolha do vocabulário, a ortografia — tudo apresentava diferenças sutis. Com a minha sensibilidade acadêmica ao estilo da prosa, notei profundas discrepâncias nas reações e no ritmo do meu correspondente. Sem dúvida o cataclismo emocional ou a revelação deveria ter atingido um grau extremo para resultar em uma reviravolta tão profunda! Por outro lado, a carta parecia uma típica correspondência de Akeley. A mesma paixão de sempre pelo infinito — a mesma curiosidade erudita. Não houve um instante — ou pelo menos não mais do que um instante — durante o qual eu tenha dado crédito à ideia de falsidade ou de armação mal-intencionada. Afinal, o convite — a disposição em receber-me para que eu mesmo constatasse a verdade contida na carta — não provava justamente a autenticidade da correspondência?

Não me recolhi no sábado à noite, mas fiquei sentado, pensando nas sombras e nos prodígios por trás da carta que eu havia recebido. Meu juízo, desorientado pela rápida sucessão de noções monstruosas a que fora submetido ao longo dos últimos quatro meses, recebeu o novo e espantoso material em um ciclo de dúvida e aceitação que repetiu quase todas as fases observadas após o contato com os prodígios anteriores; até que, muito antes do raiar do dia, um interesse e uma curiosidade abrasadores começaram a assumir o lugar da inquietude e da perplexidade. Louco ou são, transformado ou simplesmente aliviado, tudo indicava que Akeley de fato houvesse adotado uma mudança radical de perspectiva na arriscada busca em que se havia lançado; uma mudança que a um só tempo aplacou seus temores — fossem esses reais ou imaginários — e abriu novos e vertiginosos panoramas de sabedoria cósmica e sobre-humana. Meus próprios anseios por conhecimento oculto igualaram-se aos dele em fervor, e senti-me tocado pelo contágio daquele mórbido contato. Livrar-se das exasperantes e enlouquecedoras limitações impostas pelo tempo e pelo espaço e pelas leis naturais — juntar-se à *vastidão do universo* — desvendar os mistérios noctíferos e abismais do infinito absoluto — sem dúvida essas aspirações justificariam pôr em risco a vida, a alma e a sanidade! E, segundo disse Akeley, não havia mais perigo — tanto que me convidou para visitá-lo em vez de pedir que eu me afastasse como antes. Senti calafrios só de imaginar as revelações que ele teria a me fazer — havia uma sensação quase paralisante na ideia de sentar-me naquela fazenda solitária e até pouco tempo sitiada na companhia de um homem que havia conversado com emissários do espaço sideral, tendo em mãos a terrível gravação e o maço de cartas nas quais Akeley havia resumido suas primeiras conclusões.

Assim, no fim da manhã de domingo mandei um telegrama para Akeley dizendo que eu o encontraria em Brattleboro na quarta-feira seguinte — dia 12 de setembro — se a data fosse conveniente. Divergi das sugestões feitas pelo correspondente em um único aspecto, relativo à escolha do trem. Para ser franco, não me agradava a ideia de chegar à região assombrada de Vermont tarde da noite; assim, em vez de tomar o trem que Akeley havia sugerido, telefonei para a estação e tracei outro plano de viagem. Se eu acordasse cedo e pegasse o trem das 8h07 para Boston, poderia tomar o das 9h25 para Greenfield; e então chegaria por volta das 12h22. Assim teria tempo de fazer a baldeação necessária e chegar a Brattleboro às 13h08 — um horário muito mais agradável do que 22h01 para encontrar Akeley e seguir até as misteriosas colinas.

Mencionei o horário de chegada no meu telegrama e alegrei-me ao saber que um novo contato, recebido ao entardecer, trazia a anuência do meu futuro anfitrião. O telegrama de Akeley dizia:

ARRANJO SATISFATÓRIO. ENCONTRO ÀS 13H08 NA QUARTA-FEIRA. NÃO ESQUEÇA DA GRAVAÇÃO E DAS CARTAS E DAS FOTOGRAFIAS. MANTENHA SIGILO SOBRE A VISITA. ESPERE GRANDES REVELAÇÕES.

AKELEY

O recebimento dessa mensagem em resposta ao telegrama enviado a Akeley — e necessariamente entregue em sua casa a partir da estação de Townshend por um mensageiro oficial ou por um serviço telefônico restabelecido — acabou com quaisquer dúvidas subconscientes que eu ainda pudesse ter em relação à autoria da carta. Meu alívio foi grande — a bem dizer, foi maior do que eu poderia explicar naquele momento, pois todas as minhas dúvidas tinham raízes profundas. De qualquer modo, tive uma longa e tranquila noite de sono e passei os dois dias seguintes bastante ocupado com os preparativos da viagem.

VI.

Na quarta-feira, parti no horário combinado, levando comigo uma valise cheia de objetos pessoais necessários e dados científicos, entre os quais se encontravam a pavorosa gravação do fonógrafo, as fotografias e toda a correspondência enviada por Akeley. Conforme a solicitação no telegrama, não mencionei o meu destino a ninguém, pois eu compreendia que o assunto exigia o mais absoluto sigilo, mesmo que tudo corresse bem. A ideia de estabelecer contato com entidades alienígenas do espaço sideral era um tanto desorientadora para a minha mente treinada e preparada; sendo assim, que efeitos esta aproximação não poderia ter sobre a grande massa de leigos desinformados? Não sei dizer se o meu sentimento dominante era pavor ou expectativa quando troquei de trem em Boston e comecei a percorrer o longo percurso em direção ao oeste, deixando para trás as regiões familiares para ir ao encontro de outras que eu conhecia em menor profundidade. Waltham — Concord — Ayer — Fitchburg — Gardner — Athol —

Cheguei a Greenfield com sete minutos de atraso, mas o trem expresso com destino ao norte esperou a conexão. Depois de fazer a baldeação às pressas, senti uma curiosa falta de ar à medida que os vagões estrondeavam no sol da tarde rumo a territórios sobre os quais eu sempre havia lido, mas onde jamais havia estado — pois eu sabia estar adentrando uma Nova Inglaterra mais antiga e mais primitiva do que as áreas urbanizadas e mecanizadas no litoral e ao sul, onde eu havia passado toda a minha vida; uma Nova Inglaterra ancestral e preservada, livre dos estrangeiros e da fumaça das chaminés, dos anúncios comerciais e das estradas asfaltadas, bem como de todos os outros aspectos da vida tocados pela modernidade. Haveria estranhas remanescências da vida nativa e das profundas raízes que fazem da localidade a mais autêntica evolução do panorama original — remanescências estas que mantêm vivas as memórias antigas e fertilizam o solo das crenças sombrias, maravilhosas e raras vezes mencionadas.

De vez em quando eu via o Rio Connecticut brilhando ao sol, e após sair de Northfield nós o atravessamos. À frente assomavam as crípticas colinas verdejantes, e quando o condutor apareceu eu percebi que enfim havia chegado a Vermont. O funcionário orientou-me a atrasar o relógio em uma hora, pois o norte recusava-se a adotar invencionices modernas como o horário de verão. Ao ajustar os ponteiros, tive a impressão de também estar retrocedendo um século no calendário.

O trem bordejava o rio, e enquanto atravessávamos New Hampshire pude ver a íngreme elevação do Wantastiquet, cercado de inúmeras lendas singulares. Logo ruas apareceram à minha esquerda, e uma ilha verdejante surgiu à minha direita. As pessoas ergueram-se e fizeram uma fila para descer, e eu as segui. O vagão parou e desci sob a longa cobertura da estação de Brattleboro.

Olhando para a linha de carros à espera, detive-me por um instante a fim de localizar o Ford de Akeley, mas fui reconhecido antes que eu pudesse tomar a iniciativa. Mesmo assim, ficou claro que não foi o próprio Akeley quem me recebeu com a mão estendida e uma solícita pergunta que visava confirmar se eu seria de fato o sr. Albert N. Wilmarth de Arkham. O homem não guardava nenhuma semelhança com o Akeley grisalho e barbado da fotografia; era mais jovem e mais urbano, vestia-se de acordo com a última moda e ostentava apenas um pequeno bigode escuro. Sua voz erudita tinha a nota estranha e quase perturbadora de uma vaga familiaridade, embora eu não soubesse dizer onde a havia escutado antes.

Enquanto eu o examinava, ouvi-o dizer que era amigo do meu futuro anfitrião e que tinha vindo de Townshend no lugar deste. Akeley, segundo me disse, fora acometido por uma crise de asma e não estava em condições de sair à rua. Entretanto, a situação do homem não era grave e em nada haveria de afetar os planos relativos à minha visita. Não consegui descobrir o quanto o sr. Noyes — foi assim que se apresentou — sabia a respeito das pesquisas e descobertas de Akeley, mas seus modos casuais deram-me a impressão de que permanecia alheio a quase tudo o que se passava. Lembrando-me da natureza solitária de Akeley, fiquei um pouco surpreso ante a disponibilidade de um amigo; mas não deixei que a surpresa impedisse-me de entrar no carro que ele me apontou. Não era o pequeno carro antigo que eu esperava depois de ler as descrições de Akeley, mas um modelo espaçoso e imaculado de fabricação recente — que, ao que tudo indicava, pertencia ao próprio Noyes e tinha placas de Massachusetts com o divertido "bacalhau sagrado" daquele ano. Concluí que o meu guia devia estar passando o verão em Townshend e arredores.

Noyes sentou-se ao meu lado e deu a partida no carro. Fiquei satisfeito ao perceber que não insistiria em conversar, pois uma tensão bastante curiosa levou-me a preferir o silêncio. O vilarejo pareceu-me muito atraente à luz do sol da tarde quando subimos uma encosta e dobramos à direita para pegar a avenida principal. Tudo parecia estar adormecido, como nas cidades mais antigas da Nova Inglaterra que lembramos da nossa infância, e algo na disposição dos telhados e coruchéus e chaminés e muros de tijolo formava contornos que tangiam as cordas mais profundas da emoção ancestral. Eu sabia estar adentrando uma região meio enfeitiçada pelo acúmulo ininterrupto de tempo; uma região onde coisas velhas e estranhas tiveram a chance de subsistir e desenvolver-se porque ninguém as havia perturbado.

Enquanto saíamos de Brattleboro o meu sentimento de inquietude e de mau agouro aumentou, pois uma qualidade vaga no cenário montanhoso com encostas sobranceiras, intimidantes e ameaçadoras de vegetação e granito insinuava segredos obscuros e remanescências imemoriais que poderiam ou não ser hostis à raça humana. Por algum tempo bordejamos um rio largo e raso que descia as colinas desconhecidas ao norte, e estremeci quando o meu guia afirmou tratar-se do West River. Eu sabia, graças às notícias dos jornais, que aquele fora um dos rios onde os corpos dos mórbidos crustáceos tinham sido avistados depois das enchentes.

Aos poucos a paisagem ao redor tornou-se mais selvagem e mais deserta. Vetustas pontes cobertas projetavam-se de maneira terrível desde o passado nos espaços entre as colinas, e a ferrovia semiabandonada paralela ao rio parecia irradiar uma visível aura de desolação. Havia espantosos panoramas de vales vívidos onde se erguiam enormes colinas, nas quais o granito virgem da Nova Inglaterra revelava-se cinza e austero em meio à vegetação que subia até os cumes. Havia desfiladeiros onde riachos corriam soltos, levando até o rio os segredos inconcebíveis de mil picos inexplorados. De vez em quando surgiam estradas secundárias estreitas e meio escondidas que atravessavam florestas densas e exuberantes, em cujas árvores ancestrais exércitos inteiros de espíritos elementais poderiam muito bem habitar. Ao vê-las, lembrei-me das ocasiões em que Akeley fora assaltado por forças invisíveis na mesma rota e não me surpreendi ao pensar que aquelas coisas pudessem mesmo existir.

O vistoso e pitoresco vilarejo de Newfane, ao qual chegamos em menos de uma hora, foi a nossa última visão do mundo que o homem pode com efeito chamar de seu em virtude da conquista e da ocupação absoluta. A partir daquele ponto, abandonamos toda a lealdade a coisas imediatas, tangíveis e temporais para adentrar um mundo fantástico de irrealidade silenciosa, no qual o caminho estreito subia e descia e fazia curvas ao sabor de caprichos quase propositais em meio a férteis pináculos ermos e vales praticamente desertos. Afora o ronco do motor e o parco movimento nas fazendas solitárias pelas quais passávamos a intervalos esparsos, o único som que chegava aos meus ouvidos era o ruído gorgolejante e insidioso das estranhas águas que corriam de incontáveis fontes ocultas em meio aos bosques ensombrecidos.

A iminência e a proximidade das colinas abobadadas tiraram-me o fôlego. O caráter íngreme e abrupto das encostas era muito mais intenso do que eu havia imaginado e não parecia ter nenhuma relação com o mundo prosaico e objetivo que conhecemos. Os bosques densos e ermos naquelas encostas inacessíveis pareciam servir de abrigo a incríveis criaturas alienígenas, e tive a impressão de que o próprio contorno das elevações encerrava um significado críptico e esquecido por éons, como se fossem enormes hieróglifos deixados por uma suposta raça de titãs cujas glórias vivessem apenas nos sonhos mais belos e profundos. Todas as lendas do passado e todas as alegações das cartas e evidências de Akeley ressurgiram na minha lembrança para intensificar a atmosfera de tensão e de ameaça iminente. O objetivo da minha visita e as terríveis anormalidades que postulava de repente atingiram-me com um calafrio que por pouco não fez esmorecer o meu ardor por estranhas descobertas.

Meu guia deve ter notado a minha inquietude; pois, quando a estrada tornou-se mais rústica e mais irregular, e o nosso progresso mais lento e mais sacolejante, ele expandiu os comentários ocasionais em um fluxo discursivo mais constante. Falou sobre a beleza e o caráter pitoresco da localidade e revelou algum conhecimento sobre os estudos folclóricos do meu futuro anfitrião. Com as educadas perguntas que me dirigiu, demonstrou saber que a minha visita tinha um propósito científico e que eu tinha comigo dados relevantes; mas não deu nenhum sinal de cogitar a profundidade e o espanto inerentes ao conhecimento que Akeley enfim havia obtido.

Os modos de Noyes eram tão afáveis, normais e refinados que seus comentários deveriam ter me transmitido calma e serenidade; mas, por estranho que pareça, senti-me ainda mais perturbado enquanto avançávamos aos solavancos pelo caminho em direção à natureza virgem e inexplorada de colinas e bosques. Às vezes o homem parecia estar me pressionando a fim de sondar o meu conhecimento em relação aos monstruosos segredos da região, e a cada nova frase a *familiaridade* vaga, provocativa e fugaz em sua voz aumentava. Não era uma familiaridade comum e sadia, apesar da natureza completamente salubre e erudita da voz. Por algum motivo eu a associava a pesadelos esquecidos e sentia que poderia enlouquecer caso a reconhecesse. Se houvesse algum pretexto razoável, acho que eu teria desistido da visita. Mas, da maneira como foi, a ocasião não se apresentou — e ocorreu-me que em breve uma conversa analítica e científica com Akeley poderia ajudar-me a recompor as minhas emoções.

Além do mais, havia um estranho elemento de beleza cósmica no cenário hipnótico por onde subíamos e descíamos de maneira fantástica. O tempo havia se perdido nos labirintos às nossas costas, e ao nosso redor estendiam-se apenas as ondulantes encostas em flor saídas do reino das fadas e a graça ressurgida de séculos extintos — bosques primevos, pastos imaculados repletos de alegres flores outonais e, a intervalos esparsos, pequenas fazendas pardas aninhadas entre enormes árvores sob precipícios verticais de gramados e espinheiros fragrantes. Até a luz do sol adquiria um encanto sobrenatural, como se uma atmosfera ou um clima peculiar envolvesse toda a região. Eu jamais tinha visto qualquer coisa parecida, a não ser nos cenários mágicos que por vezes aparecem no segundo plano em certas pinturas italianas. Sodoma e Leonardo conceberam vastidões similares, mas apenas ao longe, e sempre vistas de relance por entre arcadas renascentistas. Nós estávamos avançando fisicamente em meio à névoa do cenário, e tive a impressão de descobrir naquela necromancia algo sabido ou herdado de maneira inata que eu sempre buscara em vão.

De repente, logo após vencermos uma curva em ângulo obtuso no alto de uma escarpa, o carro parou. À minha esquerda, defronte a um belo gramado que ia até a estrada e ostentava um arremate de pedras caiadas, erguia-se uma casa branca de dois andares e sótão que apresentava um tamanho e uma elegância pouco comuns na região, com um conglomerado de celeiros e galpões, contíguos ou ligados por arcadas, e um moinho logo atrás e à direita. No mesmo instante reconheci a construção como sendo a mesma retratada na fotografia que me fora enviada, e não me surpreendi ao ler o nome de Henry Akeley na caixa postal de ferro galvanizado próxima à estrada. Atrás da casa estendia-se um terreno plano e pantanoso com umas poucas árvores, além do qual sobranceava uma encosta íngreme recoberta por densos bosques que terminava em um cume escarpado e verdejante. Este era o pico da Montanha Sombria, que já devíamos ter escalado até a metade.

Após descer do carro e pegar a minha valise, Noyes pediu que eu aguardasse enquanto entrava na casa para informar a Akeley que eu havia chegado. Acrescentou que também tinha negócios importantes em outra parte e, portanto, não se demoraria mais do que instantes. Enquanto ele seguia pela estradinha até a casa eu também desci do carro, pois queria esticar as pernas antes de entabular uma conversa sedentária. Meu sentimento de nervosismo e tensão chegou ao ápice quando me vi no local do mórbido cerco descrito de forma assombrosa na correspondência de Akeley, e honestamente temi as discussões que haveriam de abrir-me as portas de um mundo alienígena e proscrito.

O contato estreito com elementos absolutamente bizarros muitas vezes inspira mais terror do que enlevo, e não me animei ao pensar que aquela mesma estrada poeirenta fora o lugar onde Akeley encontrara rastros monstruosos e aquela fétida sânie esverdeada após noites sem lua de terror e morte. Notei que nenhum dos cães de Akeley parecia estar lá. Será que os havia vendido assim que as Criaturas Siderais propuseram uma trégua? Por mais que tentasse, eu não conseguia sentir a profunda e sincera paz mencionada na derradeira e radicalmente distinta carta de Akeley. Afinal, aquele era um homem muito simples, com poucas vivências mundanas. Será que não haveria algo de profundo e insondável por trás daquela nova aliança?

Levado pelos meus pensamentos, voltei os olhos para baixo, em direção à poeira da estrada que havia guardado evidências abomináveis. Os últimos dias tinham sido de tempo seco, e rastros de toda espécie amontoavam-se na estrada irregular e cheia de sulcos apesar do pouco movimento no distrito. Com uma vaga curiosidade, comecei a traçar o contorno de certas impressões heterogêneas, tentando ao mesmo tempo conter os voos macabros da imaginação suscitados pelo lugar e pelas memórias que evocava. Havia algo de ameaçador e de inquietante na atmosfera funesta, no escoar sutil e abafado de córregos longínquos e nos picos verdejantes amontoados e nos precipícios com bosques enegrecidos que sufocavam o estreito horizonte.

Então me ocorreu uma imagem que fez esses vagos pressentimentos e voos da imaginação parecerem insignificantes ao extremo. Como disse, eu examinava as várias marcas na estrada com uma espécie de curiosidade distraída — mas de repente essa curiosidade foi brutalmente sufocada por uma rajada súbita e paralisante de terror ativo. Pois, embora os rastros na poeira fossem em geral confusos e sobrepostos, e pouco propensos a chamar a atenção de um observador desavisado, minha visão percebeu certos detalhes próximos ao local onde o caminho até a casa saía da estrada principal; e reconheceu, para além de qualquer dúvida, o terrível significado daqueles detalhes. Para meu desespero, não foi em vão que me debruçara por horas sobre as fotografias com os rastros das Criaturas Siderais que Akeley havia me enviado. Eu conhecia muito bem as marcas deixadas por aquelas garras horripilantes e a incerteza sobre a direção do movimento que marcava aqueles horrores como a nenhuma outra criatura deste planeta. Não restava a menor chance de um engano misericordioso. De fato, lá estavam, materializadas diante dos meus olhos, e com certeza deixadas não muitas horas atrás, pelo menos três marcas que se destacavam pelo caráter blasfemo em meio à surpreendente pletora de rastros indiscerníveis que pareciam ter percorrido os dois sentidos do caminho até a residência de Akeley. *Eram os rastros infernais deixados pelos fungos de Yuggoth.*

Recompus-me ainda a tempo de sufocar um grito. Afinal, o que mais havia além do esperado, supondo que eu de fato tivesse acreditado nas cartas de Akeley? Ele havia falado sobre fazer as pazes com as criaturas. Neste caso, seria mesmo estranho que houvessem lhe feito uma visita? Independentemente da resposta, o terror foi mais forte. Afinal, seria justo esperar de um homem que não se abalasse ao ver pela primeira vez as marcas deixadas pelas garras de seres oriundos de longínquos abismos siderais? Nesse exato instante vi Noyes sair pela porta e aproximar-se com um passo apressado. Pensei que eu precisava me controlar, pois tudo indicava que o meu novo amigo não soubesse de coisa nenhuma em relação às investigações mais profundas e mais impressionantes levadas a cabo por Akeley.

Akeley, segundo Noyes me informou, estava feliz com a minha chegada e pronto para me ver; mas a súbita crise de asma não permitiria que fosse um anfitrião muito hábil nos dias a seguir. Essas crises prostravam-no de vez nas ocasiões em que apareciam, e vinham sempre acompanhadas por uma febre debilitante e uma fraqueza generalizada. O homem ficava quase incapacitado enquanto não convalescia — só conseguia falar aos sussurros e sentia-se muito desajeitado e fraco. Os pés e os tornozelos também inchavam, de modo que precisava envolvê-los em ataduras como fazem os que padecem de gota. Naquele dia o estado de Akeley era particularmente ruim, então eu teria de cuidar de quase todas as minhas necessidades; mesmo assim, meu anfitrião mostrava-se ansioso por conversar. Eu o encontraria no estúdio à esquerda do corredor de entrada — o aposento com as cortinas fechadas. Era necessário manter o cômodo às escuras durante os períodos de doença, pois seus olhos ficavam muito sensíveis.

Depois que Noyes se despediu de mim e acelerou rumo ao norte, comecei a caminhar vagarosamente em direção à casa. A porta fora deixada entreaberta para mim; porém antes de entrar lancei um olhar inquisitivo ao redor, tentando decidir o que me havia inspirado uma estranheza tão profunda naquele lugar. Os celeiros e galpões pareciam um tanto prosaicos, e percebi o Ford decrépito de Akeley no abrigo amplo e desprotegido. Foi quando desvendei o motivo da estranheza. Era o silêncio total. Via de regra, numa fazenda ouvem-se pelo menos os murmúrios dos animais, porém lá todos os sinais de vida estavam ausentes. O que havia acontecido às galinhas e aos porcos? As vacas, que segundo Akeley havia me dito eram numerosas, poderiam muito bem estar fora do pasto, e os cães poderiam ter sido vendidos; mas a total ausência de cacarejos e grunhidos era muito singular.

Não me detive por muito tempo no caminho, mas cruzei o limiar cheio de resolução e fechei a porta atrás de mim. Essa operação custou-me um considerável esforço psicológico, e assim que me vi encerrado no interior da residência tive um impulso momentâneo de bater em retirada. Não que o lugar apresentasse quaisquer sugestões visuais sinistras; pelo contrário, achei que o gracioso vestíbulo em estilo colonial tardio demonstrava muito bom gosto e admirei-me com o requinte do responsável pela decoração. O que me inspirou o desejo de fugir foi algo muito tênue e indefinível. Talvez tenha sido um certo cheiro peculiar que imaginei ter captado — embora eu soubesse muito bem que odores de mofo são comuns até mesmo nos melhores casarões antigos.

VII.

Avesso a deixar que essas angústias nebulosas dominassem-me, recordei as instruções de Noyes e abri a porta de seis painéis e o trinco de latão na porta branca à minha esquerda. O cômodo estava às escuras, conforme o esperado; e ao entrar percebi que o estranho odor era mais forte lá dentro. Também parecia haver um ritmo ou uma vibração quase imperceptível no ar. As cortinas fechadas não me permitiam ver muita coisa, porém logo uma espécie de tossido ou sussurro apologético chamou a minha atenção para uma grande poltrona no canto mais escuro e afastado do recinto. Na penumbra daquele recôndito, percebi o contorno claro do rosto e das mãos de um homem; e no instante seguinte eu me aproximei a fim de saudar o vulto que tentara dirigir-me a palavra. Por mais difusa que fosse a luminosidade, tive certeza de que aquele era o meu anfitrião. Eu havia estudado o retrato enviado pelo correio inúmeras vezes, e não me restavam dúvidas quanto à identidade daquele rosto firme e castigado com a barba curta e grisalha.

Mas, quando tornei a olhar, esse reconhecimento misturou-se à tristeza e à ansiedade; pois sem dúvida era o rosto de um homem muito doente. Senti que devia haver alguma coisa além da asma por trás daquela expressão tensa, rígida e impassível de olhar vidrado; e espantei-me com o terrível preço que as aterrorizantes experiências de Akeley haviam cobrado. Não bastava revelar a um ser humano qualquer — até mesmo a um homem mais jovem do que o intrépido pesquisador — os segredos do desconhecido? Temi que o estranho e súbito alívio houvesse chegado tarde demais para salvá-lo de um colapso total. A maneira como as mãos débeis e sem vida descansavam no colo era digna de pena. O homem trajava um roupão largo e tinha, ao redor da cabeça e do pescoço, um cachecol ou um manto amarelo.

E então vi que tentava falar comigo usando o mesmo tossido ou sussurro com que me havia recebido. Era um sussurro ríspido e a princípio difícil de captar, uma vez que o bigode grisalho ocultava todos os movimentos dos lábios, e alguma coisa no timbre causava-me extrema preocupação; mas, concentrando os meus esforços, logo pude entender com surpreendente eficiência o que pretendia comunicar. O sotaque não tinha nada de rústico, e a linguagem que empregava era ainda mais polida do que a correspondência havia me levado a esperar.

"Sr. Wilmarth, segundo imagino? Peço desculpas por não poder levantar. Estou muito enfermo, como o sr. Noyes deve lhe ter comunicado; mas não pude resistir à ideia de recebê-lo mesmo assim. O senhor sabe o que escrevi na minha última carta — tenho muitas coisas a lhe contar amanhã, quando eu estiver melhor. O senhor não imagina a felicidade que sinto ao vê-lo depois das tantas cartas que trocamos! Sem dúvida o senhor trouxe a correspondência consigo? E também as fotografias e a gravação? Noyes deixou a sua valise no vestíbulo — imagino que o senhor tenha visto. Lamento dizer, mas hoje o senhor terá de cuidar de si mesmo. O seu quarto fica no andar de cima — é logo acima deste — a porta do banheiro estará aberta quando o senhor chegar ao topo da escada. Sua refeição está servida na sala de jantar — logo depois da porta à direita — fique à vontade para comer quando quiser. Espero poder recebê-lo melhor amanhã — mas por hoje a doença acabou comigo.

"Sinta-se em casa — e o senhor bem que poderia tirar as cartas e as fotos e a gravação e deixá-las em cima desta mesa antes de subir com a sua bolsa. É aqui que vamos discuti-las — o fonógrafo fica ali naquele canto.

"Não, obrigado — não há nada que o senhor possa fazer por mim. Sei que tudo parece antigo. Peço apenas que me faça mais uma breve visita antes que a noite caia, e depois o senhor pode ir para a cama quando quiser. Eu ficarei por aqui — talvez para dormir a noite inteira. Pela manhã terei mais condições de fazer tudo o que temos a fazer. Sem dúvida o senhor percebe o caráter absolutamente espantoso da tarefa que temos pela frente. Para nós, como a poucos outros homens na Terra, estão prestes a revelar-se abismos do espaço e do tempo e um conhecimento além de todas as capacidades da ciência e da filosofia humanas.

"O senhor sabia que Einstein estava errado, e que certos objetos e certas forças *podem de fato* locomover-se a uma velocidade superior à da luz? Com o auxílio necessário eu espero avançar e retroceder no tempo, e até mesmo *ver* e *sentir* a Terra do passado remoto e de épocas futuras. O senhor não imagina a que ponto chegou a ciência dos seres alienígenas. Não existe nada que não possam fazer com o corpo e a mente dos organismos vivos. Espero visitar outros planetas e até mesmo outras estrelas e galáxias. A primeira viagem será para Yuggoth, o mais próximo mundo povoado pelas criaturas. É um estranho orbe negro nos confins do nosso sistema solar — ainda ignorado pelos astrônomos terrestres. Mas eu devia ter lhe escrito a respeito disso. Os alienígenas pretendem apontar correntes de pensamento na frequência certa em direção a nós e assim fazer com que o planeta seja descoberto — ou talvez permitam que um dos emissários humanos forneça uma pista aos cientistas.

"Existem grandes cidades em Yuggoth — longas fileiras de torres com terraços em pedra negra, como o espécime que eu tentei lhe enviar. Aquela pedra era de Yuggoth. Lá o sol não brilha mais do que uma estrela, mas as criaturas não precisam de luz. Elas têm outros sentidos, mais sutis, e não põem janelas nas enormes casas ou templos. A luz machuca e atrapalha e confunde os alienígenas, pois não existe no sombrio cosmo além do tempo e do espaço onde as criaturas originaram-se. Uma visita a Yuggoth enlouqueceria qualquer homem fraco — mesmo assim, irei até lá. Os negros rios de alcatrão que correm sob misteriosas pontes ciclópicas — estruturas construídas por uma raça ancestral extinta e esquecida antes que as criaturas chegassem a Yuggoth vindas do vazio absoluto — essas coisas seriam suficientes para transformar em um Dante ou em um Poe qualquer homem capaz de manter o juízo durante tempo suficiente para relatar o que viu.

"Mas lembre-se — o mundo obscuro dos jardins fungoides e das cidades sem janela não tem nada de terrível. É apenas a nós que parece assim. Talvez o nosso mundo tenha parecido igualmente terrível aos alienígenas quando o exploraram pela primeira vez na era primordial. Afinal, eles estavam aqui muito antes que a fabulosa era de Cthulhu chegasse ao fim e viram a cidade submersa de R'lyeh quando ainda estava acima das águas. Também estiveram no interior da Terra — existem aberturas que nenhum ser humano imagina — algumas bem aqui nas colinas de Vermont — e vastos mundos repletos de vida desconhecida lá embaixo; K'n-yan com as luzes azuis, Yoth com as luzes vermelhas e N'kai no escuro, sem luz. N'kai é o lugar de origem do pavoroso Tsathoggua — o senhor sabe, a criatura-deus amorfa e batráquia mencionada nos Manuscritos Pnakóticos, no *Necronomicon* e no ciclo mítico de Commoriom, preservado pelo alto sacerdote Klarkash-Ton de Atlântida.

"Mas nós falaremos sobre tudo isso mais tarde. Já devem ser quatro ou cinco horas. É melhor o senhor trazer as coisas da sua bolsa, fazer uma refeição e depois voltar para uma conversa."

Virei-me devagar para fazer a vontade do meu anfitrião; busquei a minha valise, peguei os itens solicitados, depositei-os sobre a mesa e por fim subi até o quarto que me fora indicado. Com a memória dos rastros na estrada ainda fresca, os parágrafos sussurrados por Akeley surtiram um estranho efeito sobre mim; e as insinuações de familiaridade com o mundo desconhecido da vida fungoide — com o sinistro planeta Yuggoth — provocaram-me mais arrepios do que eu gostaria de admitir. Lamentei com enorme pesar o estado de saúde em que Akeley se encontrava, mas tive de admitir que seus sussurros ríspidos tinham uma qualidade lamentável e ao mesmo tempo odiosa. Se ao menos o homem não se estendesse *tanto* ao falar sobre Yuggoth e seus mistérios obscuros!

Meu quarto era uma peça agradável e bem mobiliada, livre do odor de mofo e de qualquer vibração perturbadora, e após deixar a minha valise lá dentro eu tornei a descer para saudar Akeley e comer a refeição que estava à minha espera. A sala de jantar ficava logo após o estúdio, e percebi que uma cozinha anexa estendia-se ainda mais além naquela mesma direção. Na mesa, uma variada gama de sanduíches, bolos e queijos me aguardava, e uma garrafa térmica ao lado de uma xícara e de um pires indicava que o café quente não fora esquecido. Depois da refeição muito bem aproveitada, servi uma generosa xícara de café, mas percebi que o padrão culinário havia sofrido um lapso neste ponto. A primeira colherada trouxe um sabor acre levemente desagradável, e assim não bebi mais. Durante todo o almoço fiquei pensando em Akeley, postado em silêncio na poltrona do aposento escuro logo ao lado. Entrei uma vez para insistir em que me acompanhasse na refeição, mas o homem sussurrou que ainda não se sentia capaz de comer. Mais tarde, logo antes de dormir, tomaria um leite maltado — tudo o que haveria de consumir naquele dia.

Depois da refeição eu insisti em tirar a mesa e lavar os pratos na pia da cozinha — e por acaso esvaziei a térmica com o café que eu não havia apreciado. Então, de volta à penumbra do estúdio, puxei uma cadeira para junto do canto onde o meu anfitrião estava acomodado e preparei-me para entabular a conversa que desejasse. As cartas, as fotografias e a gravação ainda estavam na grande mesa de centro, mas naquele momento não seriam necessárias. Pouco tempo depois me esqueci do odor bizarro e das curiosas sensações vibratórias.

Como eu já disse, havia certas coisas nas cartas de Akeley — em especial na segunda, a mais extensa — que eu não me atreveria a mencionar ou sequer traçar no papel. Essa hesitação aplica-se ainda mais às coisas que me foram sussurradas durante a noite que passei naquele aposento escuro em meio às solitárias colinas assombradas. Não posso sequer insinuar a dimensão dos horrores cósmicos revelados por aquela voz ríspida. Akeley já estivera diante de coisas monstruosas em outras ocasiões, mas o que havia descoberto após o pacto com as Coisas Siderais estava quase além dos limites da sanidade humana. Até hoje me recuso terminantemente a acreditar nas insinuações que fez sobre a constituição última da infinitude, a justaposição das dimensões e a terrível posição ocupada pelo universo conhecido do espaço-tempo na infinita cadeia de átomos-cosmos que compõem o supercosmo imediato de curvas, ângulos e organizações eletrônicas materiais e semimateriais.

Nunca um homem são esteve tão perto dos mistérios arcanos da entidade primordial — nunca um cérebro orgânico esteve tão próximo da aniquilação total perante o caos que transcende as formas e as forças e as simetrias. Aprendi sobre as *origens* de Cthulhu e sobre o motivo que levou metade das grandes estrelas temporárias a se acender. Imaginei — a partir de insinuações que levavam o meu informante a fazer pausas tímidas — qual seria o segredo por trás das Nuvens de Magalhães e das nebulosas globulares, e a verdade negra oculta pelas alegorias imemoriais do Tao. A natureza dos Doels me foi revelada em toda a plenitude, e fui esclarecido quanto à essência (embora não em relação à origem) dos Cães de Tindalos. A lenda de Yig, Pai das Serpentes, despiu-se do caráter figurativo, e tive um sobressalto de repulsa quando ouvi detalhes a respeito do monstruoso caos nuclear além do espaço anguloso que o *Necronomicon* piedosamente oculta sob o nome de Azathoth. Foi assombroso ter os mais horripilantes pesadelos dos mitos ocultos explicados em termos concretos, cujo horror absoluto e mórbido ultrapassava até mesmo as mais ousadas insinuações dos místicos antigos e medievais. Defrontei-me com evidências inelutáveis de que os primeiros a sussurrar essas histórias amaldiçoadas tinham estabelecido contato com as Criaturas Siderais e talvez visitado reinos cósmicos longínquos, como o próprio Akeley propunha-se a visitar.

Ouvi histórias sobre a Pedra Negra e o significado que encerrava e senti um grande alívio por nunca a ter recebido. As minhas suposições acerca dos hieróglifos estavam todas corretas! No entanto, Akeley parecia estar em paz com todo o diabólico sistema que havia descoberto; em paz e ávido por sondar ainda mais fundo aquele monstruoso abismo. Comecei a imaginar com que criaturas haveria falado desde a última carta e também a pensar se muitas não teriam sido humanos, como aquele primeiro emissário. A tensão na minha cabeça atingiu níveis insuportáveis, e comecei a elaborar toda sorte de teorias improváveis a respeito do estranho e persistente odor e das tênues e insidiosas vibrações no aposento escuro.

A noite estava caindo e, quando recordei o que Akeley havia me escrito sobre as noites anteriores, estremeci ao pensar que não haveria lua. Tampouco me agradava a ideia de que a fazenda estivesse localizada na colossal encosta verdejante que levava até o pináculo deserto da Montanha Sombria. Com a permissão de Akeley, acendi uma pequena lamparina a óleo, diminuí a chama e coloquei-a em uma estante de livros afastada, ao lado de um fantasmagórico busto de Milton; mas logo depois me arrependi, pois a luz fazia o rosto tenso e impassível e as débeis mãos do meu anfitrião revestirem-se de um aspecto demoníaco e cadavérico. O homem parecia quase incapaz de se mover, embora eu percebesse que vez por outra meneava a cabeça.

Depois de tudo o que havia me dito eu mal conseguia imaginar que segredos mais profundos estariam guardados para a manhã; mas enfim ficou claro que a viagem para Yuggoth e além — *e a minha participação nela* — seria o assunto do dia seguinte. Akeley deve ter se divertido com o sobressalto de horror que tive ao receber o convite para uma viagem cósmica, pois balançou violentamente a cabeça quando demonstrei os meus temores. A seguir, falou com muita tranquilidade sobre como os seres humanos podem efetuar — e muitas vezes efetuaram — o voo aparentemente impossível através do vazio interestelar. Parece que *corpos humanos completos de fato não se prestam à viagem*, porém, graças a espantosas habilidades cirúrgicas, biológicas, químicas e mecânicas, as Criaturas Siderais haviam encontrado um modo de transportar cérebros humanos sem a estrutura física concomitante.

Era possível extrair um cérebro sem nenhum prejuízo ao hospedeiro e manter os resíduos orgânicos vivos durante sua ausência. A matéria cerebral pura e compacta era então imersa em um fluido nutritivo dentro de um cilindro à prova de éter feito com um metal encontrado em Yuggoth e provido de eletrodos que podiam ser conectados a complexos instrumentos capazes de duplicar as três habilidades essenciais da visão, da audição e da fala. Para os seres fungoides alados, carregar os cilindros cerebrais através do espaço era uma tarefa simples. Assim, em cada planeta já colonizado as criaturas encontravam vários instrumentos reguláveis que se ligavam aos cérebros conservados; de modo que, após certos ajustes, essas inteligências interestelares eram dotadas de uma vida sensória e articulada completa — embora incorpórea e mecânica — a cada passo da longa jornada rumo aos limites do *continuum* do espaço-tempo e além. Era tão simples quanto carregar um cilindro de cera e tocá-lo sempre que houvesse um fonógrafo de feitio correspondente. Quanto ao sucesso da experiência, não havia a menor sombra de dúvida. Akeley estava confiante. O processo já não fora levado a cabo incontáveis vezes, sempre de maneira brilhante?

Pela primeira vez, uma das mãos inertes e descarnadas ergueu-se e apontou para uma estante alta no outro lado do estúdio. Lá, em uma organizada fileira de livros, havia mais de uma dúzia de cilindros de um metal que eu jamais tinha visto — cilindros com cerca de trinta centímetros de altura e diâmetro um pouco menor, dotados de três singulares conectores dispostos em um triângulo isósceles na superfície convexa frontal. Um dos cilindros tinha dois conectores ligados a um par de estranhas máquinas um pouco mais ao fundo. Quanto ao propósito daquilo, nada mais precisava ser dito, e um arrepio fez-me estremecer. Então percebi que a mão apontou para um canto mais próximo onde estavam reunidos instrumentos complexos dotados de fios e conectores, muitos dos quais tinham uma notável semelhança com os dois dispositivos na estante.

"Aqui temos quatro tipos de instrumento, Wilmarth", sussurrou-me a voz. "Quatro tipos — três faculdades cada um — no total, doze peças. O senhor pode ver que existem quatro espécies diferentes naqueles cilindros lá em cima. Três humanos, seis criaturas fungoides que não podem navegar pelo espaço de maneira corpórea, dois seres de Netuno (Meu Deus! Não queira imaginar o aspecto das criaturas desse planeta!), e os restantes, entidades nativas às cavernas centrais de uma estrela negra particularmente interessante além dos confins da galáxia. No posto avançado principal no interior de Round Hill o senhor eventualmente poderá descobrir mais cilindros e máquinas — cilindros de cérebros extracósmicos com sentidos diferentes de tudo aquilo que conhecemos — aliados e exploradores do Universo longínquo — e máquinas especiais capazes de suprir a um só tempo a necessidade de impressões e de expressão necessária ao contato com diferentes tipos de interlocutor. Round Hill, como a maioria dos postos avançados que as criaturas estabeleceram por vários universos, é um lugar muito cosmopolita! Claro, consegui obter apenas as espécies mais comuns para os meus experimentos.

"Tenha a bondade de pôr aquelas três máquinas em cima da mesa. A alta com as duas lentes de vidro na frente — a caixa com as válvulas termiônicas e a placa de ressonância — e por último aquela com um disco de metal em cima. Agora pegue o cilindro com o rótulo B-67. Pode subir na cadeira Windsor para alcançar a estante. Está pesado? Não tem problema! Confira o rótulo — B-67. Não mexa no cilindro mais novo e reluzente conectado aos dois instrumentos de teste — esse que tem o meu nome. Ponha o B-67 em cima da mesa, ao lado das máquinas — e assegure-se de que os botões dos três aparelhos estejam totalmente virados para a esquerda.

"Agora ligue o fio da máquina com as lentes ao conector no alto do cilindro — assim! Ligue a máquina com as válvulas ao conector da esquerda e o dispositivo com o disco ao conector externo. Agora gire os botões das três máquinas para a direita — primeiro a da lente, depois a do disco e por último a das válvulas. Ótimo. Devo lhe dizer que este é um ser humano — como nós dois. Amanhã eu lhe darei uma demonstração das outras criaturas."

Até hoje não sei por que obedeci a esses sussurros, nem se achei que Akeley era louco ou são. Depois de tudo o que havia acontecido, eu devia estar preparado para qualquer coisa; mas aquela pantomima mecânica lembrou-me das típicas extravagâncias de inventores e cientistas malucos a ponto de fazer soar uma nota de dúvida que nem mesmo o discurso anterior havia despertado. As insinuações sussurradas pelo meu anfitrião desafiavam toda a crença humana — mas não havia coisas mais além, tornadas menos ridículas apenas pela distância que as separava de provas materiais concretas?

Enquanto os meus pensamentos rodopiavam em meio ao caos, percebi um ruído emitido pelas três máquinas recém-ligadas ao cilindro — um ruído que logo deu lugar ao silêncio quase absoluto. O que estaria prestes a acontecer? Será que eu haveria de escutar uma voz? Se assim fosse, como saber que não se tratava de um aparelho de rádio controlado por um operador oculto mas com plena visão da cena? Nem hoje me sinto à vontade para dizer com certeza o que ouvi ou para descrever com certeza o fenômeno que presenciei. Mas algo de fato pareceu acontecer.

Para ser breve e direto, a máquina com as válvulas e a placa de ressonância começou a falar, e demonstrou uma orientação e uma consciência que só poderiam ser admitidas se o interlocutor de fato estivesse atento e presente. A voz era alta, metálica, sem vida e mecânica em todos os aspectos sonoros. Mostrava-se incapaz de qualquer inflexão ou ênfase, porém seguia arranhando e chiando com precisão e deliberação fatais.

"Sr. Wilmarth", disse a coisa, "espero não o assustar. Sou um homem como o senhor, embora o meu corpo agora esteja descansando e recebendo todos os cuidados vitais necessários no interior de Round Hill, a pouco mais de dois quilômetros ao leste. Estou aqui, na presença do senhor — meu cérebro está dentro daquele cilindro e eu vejo, escuto e falo através destes instrumentos eletrônicos. Dentro de uma semana atravessarei o vazio como já fiz inúmeras outras vezes, e espero ser agraciado com a companhia do sr. Akeley. Eu também gostaria que o senhor fosse conosco, pois conheço-o de vista e de nome, e acompanhei com grande interesse as correspondências que o senhor trocou com o nosso amigo. Como o senhor pode imaginar, sou um dos homens que se aliou aos seres extraterrestres que chegaram ao nosso planeta. Encontrei-os pela primeira vez no Himalaia e, desde então, venho ajudando-os de diversas maneiras. Em troca, as criaturas propiciaram-me experiências que poucos homens já tiveram.

"O senhor tem noção da magnitude do que estou dizendo quando afirmo ter estado em trinta e sete corpos celestes diferentes — planetas, estrelas negras e outros objetos menos definíveis — incluindo oito fora da nossa galáxia e dois fora do universo curvo do espaço-tempo? Tudo sem nenhum risco para mim. Meu cérebro foi removido do corpo por meio de fissões tão hábeis que seria grosseiro chamar o procedimento de cirurgia. Os seres visitantes têm métodos que permitem realizar essas extrações de maneira simples e quase normal — e o corpo não envelhece enquanto o cérebro está fora. O cérebro, aliás, torna-se praticamente imortal graças às faculdades mecânicas e a um sistema nutritivo suprido mediante trocas ocasionais do fluido que o preserva.

"Em suma, espero que o senhor decida vir comigo e

com o sr. Akeley. Os visitantes estão ansiosos por conhecer homens de ciência como o senhor e mostrar-lhes os grandiosos abismos com que quase todos nós tivemos de sonhar em nossa ignorância fantasiosa. No início o contato pode parecer estranho, mas sei que o senhor logo estará acostumado. Acho que o sr. Noyes também vai nos acompanhar — o homem que o trouxe até aqui de carro. Ele tem nos ajudado há anos — imagino que o senhor tenha reconhecido a voz como sendo a mesma que aparece na gravação feita pelo sr. Akeley."

Ante o meu violento sobressalto, meu interlocutor deteve-se por um instante antes de concluir.

"Bem, sr. Wilmarth, cabe ao senhor decidir; eu apenas gostaria de acrescentar que, com o amor que tem às coisas estranhas e folclóricas, o senhor não deveria perder uma chance como esta. Não há nada a temer. Todas as transições são indolores, e há muito a apreciar no estado sensorial mecânico. Quando os eletrodos são desconectados, simplesmente dormimos um sono cheio de sonhos vívidos e fantásticos.

"E agora, se o senhor não se importa, deixaremos o resto para o encontro de amanhã. Boa noite — peço apenas que gire todos os botões mais uma vez para a esquerda; não se preocupe com a ordem, embora o senhor possa desligar a máquina com as lentes por último. Boa noite, sr. Akeley — e não se esqueça de tratar bem o nosso hóspede! Pronto para operar os botões?"

Isso foi tudo. Obedeci como um autômato e desliguei os três botões, embora assolado por inúmeras dúvidas em relação a tudo o que acabara de ocorrer. Meus pensamentos ainda rodopiavam quando ouvi a voz sussurrante de Akeley dizer que eu poderia deixar todo o aparato em cima da mesa. Ele não tentou fazer nenhum comentário em relação ao ocorrido, e de fato nenhum comentário poderia ter sido de grande valia para as minhas sobrecarregadas faculdades mentais. Ouvi-o dizer que eu poderia levar a lamparina para o meu quarto e deduzi que pretendia repousar sozinho no escuro. Sem dúvida o homem precisava descansar, pois o esforço para falar durante a tarde e a noite fora suficiente para exaurir até mesmo um homem robusto. Ainda estupefato, desejei boa noite ao meu anfitrião e subi a escada de lamparina em punho, ainda que eu tivesse uma excelente lanterna de bolso comigo.

Fiquei muito aliviado ao sair daquele estúdio de cheiro estranho e com vagas sugestões vibratórias no primeiro andar, mas não pude escapar a uma horrenda sensação de perigo e terror e anormalidade cósmica ao pensar no local em que eu me encontrava e nas forças com as quais me defrontava. A paisagem inexplorada e solitária, a misteriosa encosta negra coberta de bosques que se erguia logo atrás da casa, os rastros na estrada, os sussurros mórbidos do meu interlocutor imóvel na escuridão, os cilindros e as máquinas infernais e, acima de tudo, os convites para submeter-me a estranhas cirurgias e a jornadas ainda mais estranhas — essas coisas, tão novas e em tão rápida sucessão, precipitaram-se sobre mim com uma força capaz de solapar a minha determinação e por pouco não minaram o meu vigor físico.

A descoberta de que o meu guia Noyes era o participante humano no monstruoso Sabá registrado na gravação foi um golpe particularmente duro, embora eu já houvesse pressentido uma familiaridade tênue e odiosa em sua voz. Outro choque advinha dos meus próprios sentimentos em relação ao meu correspondente sempre que eu me dispunha a analisá-los; por mais que houvesse nutrido uma simpatia instintiva por Akeley durante a nossa troca de correspondências, descobri que o homem inspirava-me uma acentuada repulsa. Aquele homem enfermo deveria ter despertado a minha comiseração; antes, no entanto, proporcionava-me uma espécie de arrepio. Akeley tinha um aspecto demasiado rígido e inerte e cadavérico — e aqueles sussurros incessantes eram demasiado odiosos e inumanos!

Ocorreu-me que os sussurros eram diferentes de qualquer outra coisa que eu tivesse ouvido até então; que, apesar da curiosa imobilidade dos lábios cobertos pelo bigode, tinham um poder e uma força latente notáveis para os estertores de um asmático. Eu o havia escutado do outro lado do estúdio e, por uma ou duas vezes, tive a impressão de que a articulação suave mas penetrante seria resultado não da prostração física, mas antes de uma contenção deliberada — cujo propósito escapava-me de todo. Desde o primeiro instante notei uma qualidade perturbadora naquele timbre. Ora, quando refleti sobre o assunto, pensei que talvez pudesse atribuir essa impressão a uma espécie de familiaridade subconsciente, como a que me havia levado a perceber algo vagamente agourento na voz de Noyes. Mesmo assim, definir o momento e o local exatos em que eu poderia ter me deparado com a origem desse sentimento estava além da minha capacidade.

Uma coisa era certa — eu não passaria mais uma noite naquela casa. Meu fervor científico havia desaparecido em meio ao medo e à repulsa, e eu já não sentia mais nada além de um anseio por escapar daquela teia de morbidez e revelações assombrosas. Eu havia descoberto o suficiente. Deve ser verdade que ligações cósmicas existem — mas não cabe aos seres humanos normais envolver-se com elas.

Influências blasfemas pareciam impor um cerco cada vez mais fechado às minhas faculdades. Dormir estava fora de cogitação; então simplesmente apaguei a lamparina e atirei-me na cama ainda vestido. Pode parecer absurdo, mas eu quis estar preparado para qualquer emergência desconhecida; assim, fiquei com o revólver que havia levado na mão direita, e a lanterna de bolso na esquerda. Não ouvi nenhum som no térreo, onde imaginei que o meu anfitrião estivesse sentado com uma rigidez cadavérica no escuro.

Em um lugar qualquer ouvi o tique-taque de um relógio e fiquei aliviado ao reconhecer a normalidade daquele som. Em seguida, porém, um outro aspecto da localidade chamou-me a atenção — a absoluta ausência de vida animal. Não havia animais ao redor, e naquele instante percebi que até mesmo os sons costumeiros dos animais noturnos estavam ausentes. A não ser pelo gorgolejo de águas longínquas, tamanho silêncio pareceu-me anormal — interplanetário —, e perguntei-me que flagelo estelar e intangível estaria pairando sobre a região. Recordei que, segundo as lendas antigas, cães e gatos tinham horror às Criaturas Siderais, e indaguei-me sobre o significado dos rastros na estrada.

VIII.

Não me pergunte quanto tempo sucumbi a um sono inesperado nem quanto do que se seguiu foi apenas um sonho. Se eu disser que acordei em um determinado horário e vi e ouvi certas coisas, o senhor vai responder que na verdade eu não acordei; e que tudo não passou de um sonho até o momento em que saí correndo da casa, avancei aos tropeços até o galpão onde eu tinha avistado o velho Ford e usei o antigo veículo para empreender uma corrida frenética e sem rumo pelas colinas assombradas, que por fim levaram-me — após horas percorrendo terreno acidentado e curvas labirínticas em meio à floresta — até o vilarejo de Townshend.

Sem dúvida, o senhor também há de desconsiderar todo o restante do meu relato; e declarar que todas as fotografias, gravações, sons de cilindros e máquinas e evidências similares foram parte de um simples embuste armado pelo desaparecido Henry Akeley. Talvez o senhor chegue a insinuar que o meu anfitrião teve o auxílio de outros excêntricos para elaborar uma farsa complexa — que foi o responsável pelo sumiço do pacote em Keene e que teve a colaboração de Noyes para fazer aquela terrível gravação no cilindro de cera. Mesmo assim, é estranho que até hoje Noyes não tenha sido identificado; e que ninguém o conheça nos vilarejos perto da residência de Akeley, embora deva ter feito aparições frequentes nesses lugares. Às vezes pergunto-me por que não me ocorreu memorizar a placa daquele automóvel — mas talvez tenha sido melhor assim. Enfim, apesar de tudo o que o senhor possa dizer, e apesar de tudo o que eu mesmo às vezes tento me dizer, sei que pavorosas influências alienígenas devem estar à espreita nas colinas inexploradas — e que essas influências têm espiões e emissários no mundo dos homens. Tudo o que eu quero na vida de agora em diante é manter-me o mais longe possível dessas influências e desses emissários.

Quando a minha história desvairada convenceu o xerife a enviar um destacamento até a fazenda, Akeley havia desaparecido sem deixar vestígios. O roupão largo, o cachecol amarelo e as ataduras que usava nos pés foram encontrados no chão do estúdio, próximo à poltrona do canto, e não ficou claro se alguma outra coisa também havia sumido. Os cães e os outros animais tampouco foram localizados, e havia curiosas marcas de bala nas paredes externas e internas da casa; no mais, nada de estranho foi detectado. Nada de cilindros ou de máquinas, nada das evidências que eu havia transportado na minha valise, nada do odor ou das estranhas vibrações, nada das pegadas na estrada e nada relativo às coisas ainda mais problemáticas que presenciei nos últimos momentos da minha estada.

Passei uma semana em Brattleboro após a minha fuga, conduzindo investigações entre as pessoas que haviam conhecido Akeley; e os resultados convenceram-me de que o ocorrido não fora o fruto de um sonho ou de uma alucinação. Havia registros relativos às compras de cães e munições e produtos químicos e aos cortes na fiação telefônica de Akeley; e todos os que o conheceram — incluindo o filho na Califórnia — admitem que seus comentários ocasionais sobre os estranhos estudos que conduzia apresentavam uma certa consistência. Cidadãos confiáveis tinham-no por louco e sem nenhuma hesitação declaravam que todas as evidências eram uma simples farsa preparada com uma engenhosidade insana que talvez recebesse o apoio de outros comparsas excêntricos; porém os camponeses mais humildes confirmam todos os detalhes das alegações feitas. Akeley havia mostrado a alguns desses rústicos as fotografias e a pedra negra, havia tocado para eles a horrenda gravação; e todos disseram que as pegadas e os zumbidos estavam de acordo com as lendas ancestrais.

Disseram também que sons e visões suspeitas haviam se tornado mais frequentes nos arredores da casa depois que Akeley descobriu a pedra negra, e que o lugar passara a ser evitado por quase todo mundo a não ser o carteiro e outros visitantes ocasionais e céticos. Tanto a Montanha Sombria como Round Hill eram conhecidas como lugares assombrados, e não consegui encontrar ninguém que as houvesse explorado a fundo. O desaparecimento ocasional de pessoas na região era bem documentado na história do distrito, e entre os desaparecidos estava o andarilho Walter Brown, mencionado na correspondência de Akeley. Cheguei a descobrir um fazendeiro que imaginava ter visto um dos estranhos corpos arrastados pela enchente no West River, mas a história que contou era confusa demais para ter qualquer valor.

Saí de Brattleboro decidido a nunca mais retornar a Vermont, e até hoje a minha decisão permanece inalterada. Aquelas colinas inexploradas são com certeza o posto avançado de uma terrível raça interplanetária — e tenho ainda menos motivo para duvidar agora que um novo planeta acaba de ser descoberto além de Netuno, tal como as criaturas previram. Os astrônomos, com uma propriedade muito mais terrível do que poderiam imaginar, chamaram-no de "Plutão". Para mim não há dúvida de que se trata do sombrio planeta Yuggoth — e estremeço ao pensar sobre o *real motivo* que teria levado os alienígenas infernais a revelar a existência deste corpo celeste justo agora. Em vão tento assegurar-me de que as criaturas demoníacas não pretendem estabelecer uma nova ordem que seja danosa à Terra e à raça humana.

Mas ainda preciso relatar o desfecho da terrível noite que passei na fazenda. Como eu disse, passado algum tempo sucumbi a um sono intranquilo; um sono repleto de pesadelos com vislumbres de paisagens monstruosas. Não sei dizer o que me acordou, mas estou certo de ter acordado nesse ponto. Minha primeira impressão confusa foi a de ouvir leves rangidos no assoalho do corredor que levava até o meu quarto e uma canhestra e abafada manipulação do trinco. Mas logo tudo passou, de modo que as minhas impressões realmente nítidas começaram com as vozes que escutei no estúdio do térreo. Parecia haver vários interlocutores, e imaginei que estivessem discutindo um assunto controverso.

Bastou ouvir aquilo por alguns segundos para que eu despertasse com um sobressalto, pois a natureza das vozes era um acinte ao sono. Os timbres eram variados, e ninguém que houvesse escutado a gravação do fonógrafo poderia ter qualquer dúvida quanto à natureza de pelo menos dois falantes. Por mais horrenda que a ideia fosse, eu sabia estar sob o mesmo teto que abrigava criaturas inomináveis dos abismos siderais; e aquelas duas vozes decerto eram os zumbidos blasfemos que as Criaturas Siderais usavam no trato com os homens. As duas apresentavam diferenças entre si — diferenças de altura, sotaque e andamento —, porém eram manifestações de uma única espécie abominável.

Uma terceira voz com certeza vinha de uma placa de ressonância conectada a um dos cérebros conservados em cilindros. Esta última levantava tão poucas dúvidas quanto os zumbidos; pois seria absolutamente impossível esquecer aquela voz alta, metálica e sem vida da noite anterior, marcada por uma inflexão monótona e por chiados inexpressivos somados a uma precisão impessoal e absoluta deliberação. Por um tempo não me preocupei em averiguar se o intelecto por trás dos chiados seria o mesmo que havia falado comigo; mas logo depois pensei que *qualquer* cérebro haveria de emitir sons vocais da mesma qualidade se estivesse conectado à mesma placa de ressonância; as únicas diferenças possíveis estariam no vocabulário, no ritmo, na cadência e na pronúncia. Para completar o quimérico parlatório, havia duas vozes humanas — uma, a fala grosseira de um homem desconhecido e rústico; a outra, o suave sotaque bostoniano de Noyes, o meu guia de outrora.

Enquanto eu tentava captar as palavras que o grosso assoalho abafava de modo exasperante, tomei consciência de uma comoção com estrépitos e arranhões no piso inferior; assim, não pude escapar à impressão de que a casa estava repleta de seres vivos — em número muito maior do que as vozes que eu conseguia detectar. Descrever a natureza exata da comoção é difícil ao extremo, pois mal existem termos comparativos apropriados. De vez em quando, objetos pareciam mover-se de um lado a outro no cômodo como se fossem dotados de consciência; o som dos movimentos lembrava o ruído feito por um material solto e rígido — como o contato entre superfícies mal combinadas de chifre ou de borracha dura. Para fazer uma comparação mais concreta, embora menos exata, era como se pessoas arrastassem os pés calçados em sapatos de madeira rachados pelo assoalho de tábua polida. Quanto à natureza e ao aspecto das criaturas responsáveis pelos sons, não me atrevi a especular.

Logo percebi que seria impossível acompanhar o colóquio de maneira coerente. Palavras isoladas — incluindo o nome de Akeley e o meu — apareciam de vez em quando, em especial quando produzidas pela chapa de ressonância; mas o verdadeiro significado permaneceu além do meu alcance por falta de contexto. Hoje me recuso a tirar qualquer conclusão definitiva a partir do que ouvi, e mesmo o horripilante efeito que as palavras tiveram sobre mim foi mais uma *sugestão* do que uma *revelação*. Tive a certeza de que um conclave terrível e anômalo estava reunido no cômodo abaixo do meu quarto; mas para que apavorantes deliberações eu não sabia. Foi curioso perceber que esse inquestionável sentimento de estar na presença de algo maligno e blasfemo houvesse me invadido ainda que Akeley tivesse me asseverado que os alienígenas eram pacíficos.

Pus-me a escutar com paciência e logo comecei a distinguir as vozes umas das outras, embora eu não conseguisse entender boa parte do que diziam. Tive a impressão de captar emoções características por trás de certos interlocutores. Um dos zumbidos, por exemplo, manifestava uma autoridade inconfundível; enquanto a voz mecânica, a despeito da altura e da regularidade artificial, parecia estar em uma posição subordinada e suplicante. Os timbres de Noyes exsudavam uma espécie de atmosfera conciliatória. Não fiz nenhuma tentativa de interpretar as demais vozes. Não escutei o sussurro familiar de Akeley, mas eu sabia que um som como aquele jamais atravessaria o sólido piso do meu quarto.

Tentarei relatar algumas das palavras soltas e outros sons que ouvi, identificando as vozes da melhor maneira possível. As primeiras frases reconhecíveis que captei foram proferidas pela placa de ressonância.

(PLACA DE RESSONÂNCIA)

"... eu mesmo provoquei... as cartas e a gravação... acabar... recebidas... ver e ouvir... maldição... força impessoal, enfim... reluzente cilindro novo... grande Deus..."

(PRIMEIRO ZUMBIDO)

"... vez que paramos... pequeno e humano... Akeley... cérebro... dizendo..."

(SEGUNDO ZUMBIDO)

"... Nyarlathotep... Wilmarth... gravações e cartas... farsa qualquer..."

(NOYES)

"... (uma palavra ou um nome impronunciável, possivelmente *N'gah-Kthun*) ... inofensivo... paz... algumas semanas... teatral... havia dito antes..."

(PRIMEIRO ZUMBIDO)

"... sem motivo... plano original... efeitos... Noyes pode observar... Round Hill... cilindro novo... carro de Noyes..."

(NOYES)

"... bem... todo seu... por lá... descanso... paz..."

(DIVERSAS VOZES INCOMPREENSÍVEIS E SIMULTÂNEAS)

(INÚMERAS PASSADAS, INCLUINDO A COMOÇÃO OU O MOVIMENTO PECULIAR)

(ESTRANHO SOM DE ALGUMA COISA AGITANDO-SE)

(SOM DE UM AUTOMÓVEL DANDO PARTIDA E AFASTANDO-SE)

(SILÊNCIO)

Eis a essência do que os meus ouvidos comunicaram-me enquanto eu permanecia estirado na cama do andar superior daquela fazenda assombrada em meio às colinas demoníacas — deitado com todas as minhas roupas, um revólver na mão direita e uma lanterna de bolso na esquerda. Como eu já disse, despertei com um sobressalto; mas algo como uma paralisia obscura manteve-me inerte por muito tempo depois que os últimos ecos extinguiram-se. Escutei o tique-taque deliberado do antigo relógio de Connecticut vindo de algum lugar do térreo, e por fim notei os roncos irregulares de um homem adormecido. Akeley deve ter cochilado logo após a estranha sessão, e eu estava convencido de que aquele era um sono necessário.

Decidir o que pensar ou o que fazer parecia além das minhas capacidades. Afinal, *o que* havia em tudo aquilo para além do que as informações preliminares tinham me levado a esperar? Acaso eu não sabia que os Alienígenas sem nome tinham livre acesso à fazenda? Sem dúvida Akeley fora surpreendido por uma visita inesperada. No entanto, algo naquele discurso fragmentário havia me inspirado calafrios indescritíveis, levantado as mais grotescas e horríveis suspeitas e feito com que eu desejasse de todo o coração acordar e descobrir que tudo não passava de um sonho. Acho que o meu subconsciente deve ter captado algo que passou desapercebido ao meu intelecto. Mas e quanto a Akeley? Não era meu amigo, e não teria protestado se algum mal estivesse sendo tramado contra mim? O ronco tranquilo no andar de baixo parecia ridicularizar todos os meus temores subitamente agravados.

Seria possível que Akeley fosse a vítima inocente de uma farsa, usada como isca para me levar até as colinas com as cartas e as fotografias e a gravação do fonógrafo? Será que aquelas criaturas tinham a intenção de precipitar-nos a uma destruição comum em virtude de tudo o que havíamos descoberto? Mais uma vez refleti sobre a abrupta e inexplicável mudança que deve ter ocorrido no intervalo entre a penúltima e a derradeira carta de Akeley. Meu instinto dizia que alguma coisa estava muito errada. Nada era o que parecia. Aquele café com gosto acre que eu havia recusado — não fora obra de alguma entidade oculta e desconhecida no intuito de me drogar? Senti que eu precisava falar com Akeley o mais breve possível e abrir-lhe os olhos. As criaturas haviam-no hipnotizado com promessas de revelações cósmicas, mas estava na hora de voltar à razão. Precisávamos sair de lá antes que fosse tarde demais. Caso lhe faltassem forças para empreender a fuga rumo à liberdade, eu trataria de supri-las. Se eu não conseguisse persuadi-lo, ao menos poderia ir embora sozinho. Com certeza Akeley poderia emprestar-me o Ford se depois eu o deixasse em uma garagem em Brattleboro. Eu tinha visto o automóvel no galpão — mantido com a porta aberta agora que o perigo havia passado — e imaginei que haveria grandes chances de que estivesse pronto para uso imediato. A aversão momentânea que senti por Akeley durante e após nossa conversa noturna havia desaparecido. O coitado estava em uma posição semelhante à minha e precisávamos um do outro. Ciente da condição em que ele se encontrava, relutei em acordá-lo a uma hora daquelas, mas senti que era necessário. Eu não poderia ficar naquele lugar até o amanhecer.

Por fim, senti o impulso de agir e espreguicei-me com vontade para recobrar a força dos meus músculos. Depois de me levantar com uma cautela mais impulsiva do que deliberada, pus o chapéu na cabeça, peguei minha valise e comecei a descer as escadas com o auxílio da lanterna. Devido ao nervosismo, mantive o revólver empunhado na mão direita e dei um jeito de carregar a valise e a lanterna com a esquerda. Não sei ao certo por que tomei essas precauções, pois minha intenção era acordar o único outro ocupante da casa.

Ao descer os ruidosos degraus da escada em direção ao vestíbulo do térreo, pude ouvir os roncos com maior clareza e notei que pareciam vir do cômodo à minha esquerda — a sala de visitas onde eu não havia estado. À minha direita estavam as trevas impenetráveis do estúdio onde eu ouvira as vozes. Enquanto abria a porta que levava à sala, levei o facho da lanterna em direção à origem dos roncos e, por fim, projetei a luz no rosto do vulto que dormia. No instante seguinte, porém, afastei o facho e dei início a uma retirada furtiva em direção ao vestíbulo, motivada por uma precaução que dessa vez tinha origem não apenas no instinto mas também na razão — pois o homem adormecido no sofá não era Akeley, mas o meu antigo guia Noyes.

Não pude compreender qual era a situação de fato; mas o bom senso indicou-me que o mais seguro a fazer seria proceder à investigação mais completa possível antes de acordar quem quer que fosse. Ao ganhar mais uma vez o vestíbulo, em silêncio fechei e tranquei a porta da sala, diminuindo assim as chances de acordar Noyes. Logo adentrei com todo o cuidado as trevas do estúdio, onde eu esperava encontrar Akeley, desperto ou adormecido, na grande poltrona do canto que sem dúvida era o seu lugar favorito. À medida que eu avançava, o facho da lanterna caiu sobre a grande mesa de centro, revelando um dos cilindros infernais conectado às máquinas de visão e de audição e próximo a uma placa de ressonância, pronta para ser conectada a qualquer instante. Pensei que aquele deveria ser o cérebro que eu ouvira falar durante a horrenda conferência; e por um instante senti um impulso quase irresistível de conectar a placa de ressonância para saber o que haveria de dizer.

Imaginei que mesmo naquele momento o cérebro devia estar consciente da minha presença; pois as ligações da visão e da audição não falhariam em revelar o facho da minha lanterna e o leve estalar do assoalho sob os meus pés. Mas no fim não me atrevi a mexer naquela coisa. Notei que se tratava do reluzente cilindro novo com o nome de Akeley que eu havia percebido à noite na estante e no qual o meu anfitrião havia pedido que eu não mexesse. Ao recordar a cena, lamento a minha timidez e arrependo-me de não ter dado ao aparato a chance de falar. Só Deus sabe que mistérios e dúvidas atrozes e questões de identidade poderia ter esclarecido! Mesmo assim, talvez tenha sido melhor deixar aquilo em paz.

Voltei minha lanterna em direção ao canto onde imaginei que encontraria Akeley, porém descobri, para minha grande perplexidade, que a poltrona estava vazia de qualquer ocupante humano, desperto ou adormecido. O familiar e volumoso roupão estendia-se do assento até o piso, e logo ao lado estavam o cachecol amarelo e as enormes ataduras para os pés que eu havia achado tão estranhas. Enquanto eu hesitava, conjecturando onde Akeley poderia estar e por que havia abandonado de maneira tão súbita as vestes de enfermo, percebi que o estranho odor e a sensação vibratória já não se faziam presentes no recinto. Qual fora a causa daqueles fenômenos? Ocorreu-me que eu só os havia notado na proximidade de Akeley. As manifestações eram intensas no local onde o homem ficava sentado, porém totalmente ausentes a não ser na peça que ocupava ou logo após o limiar da porta. Detive-me por um instante e deixei o facho da lanterna correr pelas trevas do estúdio enquanto cogitava alguma explicação plausível para o desenrolar dos acontecimentos.

Ah, como eu queria ter saído discretamente de lá sem iluminar mais uma vez a poltrona vazia! Da maneira como foi, minha saída não teve nada de discreta; mas veio acompanhada de um grito abafado que, embora não tenha acordado, deve ter perturbado o sentinela adormecido no outro lado do vestíbulo. O grito, bem como os roncos imperturbados de Noyes, são os últimos sons que lembro de ter ouvido naquela fazenda mórbida sob os picos enegrecidos de uma montanha assombrada — naquele núcleo de horror intercósmico em meio a solitárias colinas verdejantes e córregos que murmuram maldições em uma rústica região espectral.

É um milagre que eu não tenha derrubado a lanterna, a valise ou o revólver durante a minha fuga desesperada, mas de alguma forma mantive tudo comigo. De fato, consegui sair daquele aposento e daquela casa sem fazer mais nenhum ruído, arrastar-me com os meus pertences até o velho Ford no galpão e dar a partida no vetusto automóvel para então seguir rumo a um abrigo desconhecido em meio à noite escura e sem lua. A viagem que se seguiu foi um delírio digno de Poe ou de Rimbaud ou dos desenhos de Doré, mas por fim cheguei a Townshend. Isso é tudo. Se a minha sanidade permanece intacta, considero-me um afortunado. Às vezes temo o que o futuro pode trazer, em especial após a curiosa descoberta do novo planeta chamado Plutão.

Conforme dei a entender, permiti que o facho da lanterna retornasse à poltrona vazia após examinar o restante do estúdio; e foi então que notei, pela primeira vez, a presença de certos objetos no assento, pouco visíveis devido às dobras do roupão vazio que os ocultava. Foram esses os três objetos que os investigadores não encontraram quando foram à cena mais tarde. Como eu disse no início, nenhum dos três era dotado de horror visual algum. O problema estava nas inferências que me levaram a fazer. Até hoje tenho os meus momentos de dúvida — momentos nos quais em parte aceito o ceticismo dos que atribuem toda a minha experiência ao sonho, ao nervosismo e à alucinação.

Os três objetos apresentavam uma construção deveras engenhosa, e vinham equipados com presilhas metálicas para ligá-los a formas orgânicas sobre as quais não me atrevo a fazer nenhuma conjectura. Espero — espero com todo o meu coração — que fossem obra de algum gênio artístico, a despeito do que os mais íntimos temores me dizem. Meu Deus! Aqueles sussurros nas trevas, acompanhados de um odor mórbido e de vibrações! Feiticeiro, emissário, criatura mítica, alienígena... aquele horrendo zumbido abafado... e o tempo todo aquele novo cilindro reluzente na estante... pobre coitado... "espantosas habilidades cirúrgicas, biológicas, químicas e mecânicas"...

Ah! Os perfeitos objetos em cima da poltrona, até os mais ínfimos detalhes de microscópica semelhança — ou talvez de identidade — eram o rosto e as mãos de Henry Wentworth Akeley.

Polaris

Na janela norte do meu quarto a Estrela Polar cintila com uma luz insólita. É lá que brilha sem trégua durante as longas e infernais horas de escuridão. E no outono do ano, quando os ventos do norte trazem lamúrias e imprecações, e no palude as árvores de folhas vermelhas trocam murmúrios ao romper da aurora sob o chifre da lua minguante, sento-me à janela e observo essa estrela. Nas alturas celestes, a rutilante Cassiopeia rodopia à medida que as horas passam enquanto a sôfrega Ursa Maior desponta por trás das árvores do palude, que em meio a nuvens de vapor balouçam ao ritmo do vento noturno. Momentos antes da aurora, Arcturus se avermelha sobre o cemitério no outeiro, e Coma Berenices tremeluz com um brilho fantástico na lonjura do misterioso oriente; mas a Estrela Polar mantém a carantonha sempre no mesmo ponto do firmamento negro, e pisca de maneira horrenda, como um insano olho atento que se esforça por transmitir uma estranha mensagem, porém nada recorda a não ser que um dia teve uma mensagem a transmitir. Às vezes, quando o céu se tolda, consigo dormir.

Eu muito bem me lembro da noite da grande Aurora, quando o palude refletiu o pavoroso coruscar da luz demoníaca. Depois dos raios vieram as nuvens, e então pude dormir.

E foi sob o chifre da lua minguante que vi a cidade pela

primeira vez. Imóvel e silente, situava-se no estranho platô de um vale entre dois estranhos picos. As muralhas e as torres eram lavradas em mármore espectral, bem como as colunas, os domos e os pavimentos. Nas ruas de mármore havia colunas de mármore, cujos remates traziam entalhes com imagens de homens barbados e solenes. O ar era quente, e não havia vento. Mais acima, a pouco mais de dez graus do zênite, cintilava a atenta Estrela Polar. Por muito tempo observei a cidade, mas o dia não veio. Quando a vermelha Aldebarã, que luzia baixa no céu sem jamais se pôr, descreveu um quarto da trajetória ao redor do horizonte, percebi luz e movimento nas casas e nas ruas. Vultos com estranhos mantos, ao mesmo tempo nobres e familiares, caminhavam de um lado para outro, e sob o chifre da lua minguante trocavam sabedorias em uma língua que eu compreendia, embora fosse diferente de todas aquelas que eu um dia conheci. E quando a vermelha Aldebarã havia descrito metade da trajetória ao redor do horizonte, novamente se instauraram a escuridão e o silêncio.

Quando acordei, eu não era mais como antes. Minhas recordações traziam inscrita a visão da cidade, e em minha alma havia despertado uma outra lembrança ainda mais vaga, cuja natureza então me escapava. A partir desse episódio, em noites de céu nublado, quando eu conseguia dormir, as visões da cidade tornaram-se frequentes; ora sob o chifre da lua minguante, ora sob os raios quentes e dourados de um sol que jamais se punha, mas deslocava-se baixo nos limites do horizonte. E em noites de céu límpido a carantonha da Estrela Polar revelava-se como nunca dantes.

Aos poucos comecei a indagar qual seria o meu lugar naquela cidade no estranho platô entre dois estranhos picos. A princípio satisfeito em observar a cena como uma presença incorpórea e onividente, logo ansiei por descobrir que tipo de relação eu tinha com aquilo tudo e por revelar meus pensamentos aos homens solenes que conversavam todos os dias nas esplanadas públicas. Eu dizia de mim para comigo: "Não pode se tratar de um sonho, pois de que meios disponho para demonstrar a realidade maior daquela outra vida na casa de pedra e tijolos ao sul do palude sinistro e do cemitério no outeiro, onde a Estrela Polar toda noite espia pela janela norte do meu quarto?".

Certa noite, ao ouvir um pronunciamento em uma grande esplanada repleta de estátuas, senti uma mudança; e percebi que por fim eu tinha adquirido uma forma corpórea. E eu tampouco era um estranho nas ruas de Olathoë, situada no platô de Sarkis, entre os picos Noton e Kadiphonek. Era meu amigo Alos quem falava, e aquelas palavras trouxeram alegria à minha alma, pois aquele era o pronunciamento de um homem sincero e patriota. Aquela noite trouxe a notícia da queda de Daikos e do avanço dos inutos — demônios atarracados, infernais e amarelos que cinco anos atrás tinham surgido no ocidente desconhecido com o intuito de arrasar as fronteiras do nosso reino, e que por fim haviam imposto um cerco às nossas cidades. Depois de tomar as fortificações no pé das montanhas, os demônios teriam um caminho aberto até o platô, a não ser que cada cidadão pudesse resistir com a força de dez homens. Essas criaturas atarracadas eram bem versadas na arte da guerra e não cultivavam os escrúpulos relativos à honra que impediam os homens altos e de olhos cinzentos que habitavam Lomar de entregar-se a conquistas implacáveis.

Alos, o meu amigo, era o comandante de todas as forças do platô, e nele residia a última esperança de nosso país. Nessa ocasião ele falou sobre os perigos a serem enfrentados, e exortou os homens de Olathoë — os mais corajosos dentre todos os lomarianos — a honrar a tradição de nossos antepassados, que, ao se verem forçados a migrar de Zobna rumo ao sul em razão do avanço do manto de gelo (assim como os nossos descendentes um dia hão de abandonar as terras de Lomar), triunfaram com bravura sobre os hirsutos Gnophkehs canibais de braços longos que haviam surgido pelo caminho. A mim Alos negou o papel de um guerreiro, pois eu era fraco e suscetível a estranhos desmaios quando exposto a situações de nervosismo e dificuldade. Porém meus olhos eram os mais aguçados em toda a cidade, apesar das longas horas que todos os dias eu dedicava ao estudo dos Manuscritos Pnakóticos e à sabedoria dos nossos antepassados zobnarianos; de maneira que meu amigo, desejoso de não me condenar à inação, confiou-me um dever de primeira importância. Fui mandado para a torre de observação de Thapnen, para lá servir como os olhos de nosso exército. Se os inutos tentassem ganhar a cidadela pelo estreito desfiladeiro por trás do pico Noton, para assim surpreender a guarnição, eu tinha por tarefa dar o sinal de fogo que serviria como alerta para que os soldados a postos salvassem a cidade do iminente desastre.

Sozinho, montei ao alto da torre, pois todos os homens de físico robusto eram necessários nos desfiladeiros mais abaixo. Meus pensamentos encontravam-se seriamente atordoados em razão do entusiasmo e da fadiga, visto que eu passara dias sem dormir; mas eu permanecia firme em meu propósito, pois amava o meu país natal de Lomar e a cidade marmórea de Olathoë, situada entre os picos Noton e Kadiphonek.

Mas, a postos na mais alta câmara da torre, observei enquanto o chifre da lua minguante, vermelho e sinistro, tremeluzia em meio aos vapores que pairavam sobre o distante vale de Banof. Por uma abertura no telhado cintilava a pálida Estrela Polar, que vibrava como se estivesse viva, com a carantonha de um demônio tentador. Tive a impressão de que o espírito dessa estrela sussurrava-me maus conselhos e confortava-me com a traiçoeira sonolência oferecida na maldita promessa rítmica que não parava de repetir:

Dorme até que as esferas
Por incalculáveis eras
Vaguem, e eu torne em futuro
Ao ponto onde hoje fulguro.
Mais estrelas no horizonte
Hão de o céu subir a monte
Trazendo um longo momento
Do mais doce esquecimento:
Só quando a volta findar
O passado há de voltar.

Debalde lutei contra minha sonolência enquanto eu tentava estabelecer uma ligação entre as estranhas palavras e a sabedoria dos céus que eu aprendera dos Manuscritos Pnakóticos. Minha cabeça, pesada e confusa, pendeu sobre o peito, e quando tornei a erguer o olhar vi-me num sonho; a carantonha da Estrela Polar escarnecia de mim pela janela, acima das horrendas árvores balouçantes de um palude onírico. É nesse sonho que ainda me encontro.

Em minha vergonha e desespero, por vezes entrego-me a gritos desesperados e suplico às criaturas oníricas ao meu redor que me acordem antes que os inutos atravessem o desfiladeiro por trás do pico Noton e tomem a cidadela de assalto; mas essas criaturas revelam ser demônios, pois riem de mim e afirmam que não estou sonhando. Zombam de mim enquanto durmo, enquanto o inimigo atarracado e amarelo se esgueira sorrateiramente em nossa direção. Fracassei no meu dever e traí a marmórea cidade de Olathoë; decepcionei Alos, meu amigo e comandante. Porém assim mesmo as sombras em meu sonho me desdenham. Dizem-me que o país de Lomar não existe, a não ser em minhas fantasias noturnas; que nos reinos onde a Estrela Polar brilha no zênite e a vermelha Aldebarã descreve uma trajetória baixa ao redor do horizonte jamais houve coisas que não gelo e neve por milhares de anos, e que jamais houve homens, a não ser pelas criaturas atarracadas, amarelas e vergastadas pelo frio a quem chamam de "esquimós".

Enquanto me contorço em uma agonia de culpa, desesperado por salvar a cidade a cada instante mais ameaçada, e debalde esforço-me por dissipar esse sonho odioso de uma casa de pedra e tijolos ao sul de um palude sinistro e de um cemitério num outeiro, a Estrela Polar, maligna e monstruosa, mantém a carantonha no firmamento negro, e pisca de maneira horrenda, como um insano olho atento que se esforça por transmitir uma estranha mensagem, porém nada recorda a não ser que um dia teve uma mensagem a transmitir.

Ex Oblivione

Quando os últimos dias alcançaram-me e as feias bagatelas da existência começaram a impelir-me rumo à loucura como as pequenas gotas d'água que os torturadores fazem cair sem parar sobre o corpo das vítimas, passei a amar o luminoso refúgio do sono. Em meus sonhos eu encontrava um pouco da beleza inutilmente buscada em vida e vagava por velhos jardins e bosques encantados.

Certa vez, quando o vento leve e fragrante soprou, escutei o chamado do sul, e assim naveguei em uma viagem langorosa e infinita sob estranhas estrelas.

Outra vez, quando a suave chuva caiu, deslizei em uma barca por um ensombrecido córrego subterrâneo até encontrar outro mundo de crepúsculo violeta, caramanchões iridescentes e rosas imorredouras.

E ainda em outra vez caminhei por um vale dourado que levava a arvoredos e ruínas umbrosas, e acabei por chegar a uma imponente muralha verdejante, coberta por trepadeiras de outrora e atravessada por um estreito portão de bronze.

Em diversas ocasiões caminhei por esse vale, fazendo pausas cada vez maiores no crepúsculo espectral onde árvores gigantes torciam-se e retorciam-se de maneira grotesca, e o chão cinzento estendia-se úmido de um tronco ao outro, às vezes revelando as bolorentas pedras de antigos templos enterrados. E sempre o intento de minhas quimeras era a imponente muralha verdejante com o estreito portão de bronze.

Passado certo tempo, à medida que os dias de vigília tornavam-se cada vez menos suportáveis em razão da mesmice e dos matizes cinzentos, eu com frequência flutuava em uma paz opiácea em meio ao vale e aos arvoredos umbrosos, indagando como eu poderia tomá-los por minha morada imortal, para que assim não tivesse de me arrastar de volta a um mundo enfadonho despido de interesse e de cores vivas. Enquanto olhava para o estreito portão na imponente muralha, eu sentia que mais além estendia-se um país onírico de onde, uma vez que eu entrasse, não haveria mais retorno.

E assim, a cada noite em meu sono eu esforçava-me por encontrar o ferrolho oculto do portão na antiga muralha verdejante, que no entanto mantinha-se extraordinariamente bem escondido. E nessas horas eu dizia de mim para comigo que o reino além da muralha não seria apenas mais duradouro, mas também mais belo e mais radiante.

Por fim, certa noite na cidade onírica de Zakarion encontrei um papiro amarelado repleto de pensamentos dos sábios oníricos que em épocas remotas habitavam aquela cidade, e que eram demasiado sábios para deixarem-se nascer no mundo da vigília. Lá estavam registradas inúmeras coisas acerca do mundo onírico, e em meio a estas constava a história de um vale dourado e de um arvoredo sagrado com templos, e de uma alta muralha atravessada por um estreito portão de bronze. Quando li essa história eu soube de pronto que se referia aos locais que eu frequentava, e assim continuei a ler o longo papiro.

Alguns desses sábios haviam feito belíssimos registros dos portentos no outro lado daquele portão intransponível, porém outros faziam relatos de horror e decepção. Eu não soube no que acreditar, porém senti um anseio cada vez maior por adentrar para todo o sempre aquele país ignoto; pois a incerteza e o segredo são o atrativo dos atrativos, e nenhum novo horror poderia ser mais terrível que a tortura diária do cotidiano. Sendo assim, quando eu soube da droga capaz de abrir o portão e permitir minha passagem, resolvi tomá-la durante a vigília seguinte.

Na noite passada ingeri essa droga e flutuei como que em sonho rumo ao interior do vale dourado e dos arvoredos umbrosos; e dessa vez, quando cheguei à antiga muralha, vi que o estreito portão de bronze permanecia entreaberto. Do além veio um brilho que lançou uma luz bizarra sobre as árvores gigantes e retorcidas e o topo dos templos enterrados, e assim me deixei levar como que por uma canção, à espera das glórias naquele país de onde eu jamais haveria de retornar.

Mas, à medida que o portão se abria e o feitiço da droga e do sonho impeliam-me à frente, eu soube que todas as visões e todas as glórias haviam chegado ao fim; pois naquele novo reino não havia terra nem mar, mas apenas a brancura vazia do espaço desabitado e infinito. Assim, mais feliz do que jamais imaginei sentir-me, tornei a dissolver-me na infinitude do oblívio cristalino a partir do qual o demônio chamado Vida me havia invocado por um breve e desolado instante.

Memória

No vale de Nis a nefasta lua minguante cintila em um brilho diáfano e com débeis chifres abre caminho para o luar em meio à folhagem letal de uma grande árvore upas. E nas profundezas do vale, aonde a luz não chega, movem-se formas sobre as quais nenhum olhar jamais devia pousar. Vil é a relva que recobre as encostas, onde trepadeiras malignas e plantas rastejantes se torcem em meio às pedras de palácios em ruínas e emaranham-se ao redor de colunas partidas e estranhos monólitos enquanto soerguem pavimentos de mármore assentados por mãos ignotas. E nas árvores de gigantescas dimensões em pátios decrépitos saltam pequenos símios, enquanto nos fundos recônditos que abrigavam tesouros deslizam serpentes venenosas e criaturas sem nome cobertas de escamas.

Vastas são as pedras que repousam sob o manto de musgo úmido, e robustas eram as muralhas de onde caíram. Por todo o tempo os construtores ergueram-nas, e deveras servem ainda hoje a um propósito nobre, pois logo abaixo habita o sapo cinzento.

No fundo do vale corre o Rio Thonen, cujas águas são viscosas e repletas de algas. Surge a partir de fontes ocultas e corre rumo a grutas subterrâneas, de modo que o Demônio do Vale não sabe por que aquelas águas são rubras nem para onde correm.

O Gênio que habita os raios de luar dirigiu-se ao Demônio do Vale e disse: "Sou velho, e muito esqueço. Conte-me os feitos, o aspecto e o nome daqueles que ergueram essas coisas de pedra". E o Demônio respondeu: "Eu sou Memória, sábio em assuntos passados, mas também eu sou velho. Essas criaturas eram como as águas do Rio Thonen: não se pode compreendê-las. Das façanhas, nada recordo, pois foram todas momentâneas. Do aspecto, pouco recordo, pois era como o dos pequenos símios nas árvores. Do nome, recordo-me claramente, pois rimava com o nome do rio. Essas criaturas de ontem chamavam-se Homem".

E então o gênio voou rumo aos chifres da lua diáfana, e o Demônio pôs-se a fitar um dos pequenos símios na árvore que crescia nas ruínas de um pátio.

A busca de Iranon

Na cidade granítica de Teloth entrou o jovem com a fronte cingida por folhas de parreira, os cabelos dourados que brilhavam com a mirra e o manto púrpura rasgado pelos espinheiros na montanha Sidrak, localizada no outro lado da antiga ponte de pedra. Os homens de Teloth são austeros e soturnos e moram em casas quadradas, e de cenho franzido perguntaram ao forasteiro de onde havia chegado e qual era o seu nome e a sua fortuna. E o jovem respondeu:

"Eu sou Iranon, e venho de Aira, uma cidade longínqua da qual guardo apenas lembranças vagas, mas que assim mesmo pretendo encontrar novamente. Sou um cantor das canções de minha cidade longínqua, e minha vocação é exaltar a beleza com as recordações da minha infância. Minha fortuna está em sonhos e memórias singelas, e na esperança que canto pelos jardins quando a lua mostra-se terna e os ventos do ocidente põem os botões de lótus a balouçar."

Ao ouvir essas coisas, os homens de Teloth puseram-se a sussurrar uns para os outros; pois, embora na cidade granítica não haja riso nem canções, aqueles homens austeros por vezes olhavam para as colinas karthianas durante a primavera e pensavam nos alaúdes da distante Oonai, sobre a qual outros viajantes haviam falado. E, pensando assim, pediram ao forasteiro que lá permanecesse e cantasse na esplanada em frente à Torre de Mlin, conquanto não gostassem da cor daquele manto em andrajos, nem da mirra nos cabelos, nem da guirlanda de folhas de parreira, nem da juventude na voz rematada de ouro. Ao entardecer Iranon pôs-se a cantar, e enquanto cantava um velho rezava e um cego afirmou ter visto um nimbo sobre a cabeça do cantor. Porém a maior parte dos homens de Teloth bocejou, e outros gargalharam, e ainda outros retiraram-se para dormir; pois Iranon não dizia nada de útil, mas cantava apenas lembranças, sonhos e esperanças.

"Lembro-me do crepúsculo, da lua e das canções suaves, bem como da janela onde adormeci. E do outro lado dessa janela estava a rua de onde vinham as luzes douradas, e onde as sombras dançavam nas casas de mármore. Lembro-me do quadrado de luar sobre o assoalho, que não era como nenhuma outra luz, e das visões que dançavam ao luar quando minha mãe cantava para mim. E também me lembro do sol quente da manhã, que pairava sobre as colinas variegadas no verão, e da doçura das flores trazidas pelo vento sul que punha as árvores a cantar.

"Ó Aira, cidade de mármore e berilo, inúmeras são as belezas tuas! Como amei os bosques quentes e fragrantes na outra margem do hialino Nithra, e as corredeiras do pequeno Kra, que cortam o esplendoroso vale! Naqueles bosques e naquele vale as crianças trançavam guirlandas umas para as outras, e ao entardecer na montanha eu sonhava estranhos sonhos sob as árvores-yath e mais abaixo contemplava as luzes da cidade enquanto as curvas do Nithra refletiam um facho de estrelas.

"E na cidade havia palácios de mármore com veios e cores, cúpulas douradas e interiores pintados, e jardins verdejantes com lagos cerúleos e fontes de cristal. Amiúde eu brincava nos jardins e molhava as pernas nos lagos e então me deitava para sonhar em meio às flores pálidas sob as copas das árvores. E por vezes ao pôr do sol eu subia a longa rua íngreme que levava à cidadela e ao lugar aberto, e então olhava para Aira, a cidade mágica de mármore e berilo, que resplendia em um manto de chamas douradas.

"Faz tempo que sinto a tua falta, Aira, pois eu ainda era jovem quando buscamos o exílio; porém meu pai era o teu Rei, e eu hei de retornar para ti, pois assim quis o Destino. Por todos os sete países eu procurei-te, e um dia ainda hei de reinar sobre os teus bosques e os teus jardins, as tuas ruas e os teus palácios, para então cantar para homens que entendem aquilo que canto e não riem nem de mim se afastam. Pois eu sou Iranon, o antigo príncipe de Aira."

Naquela noite os homens de Teloth albergaram o forasteiro em uma estrebaria, e pela manhã um arconte se aproximou e disse-lhe que procurasse o estabelecimento de Athok, o sapateiro, para dele tornar-se aprendiz.

"Mas eu sou Iranon, um cantor de canções", ele disse, "e não tenho o ofício de sapateiro em meu coração."

"Todos em Teloth precisam trabalhar", respondeu o arconte, "pois assim determina a lei." Então disse Iranon: "Por que trabalhais? Não seria para que pudésseis viver e ser felizes? E se trabalhais apenas para que possais trabalhar ainda mais, então quando a felicidade há de achar-vos? Trabalhais para viver — mas a vida não é feita de canções e beleza? E se não aceitais um cantor entre vós, quais serão os frutos do vosso trabalho? O trabalho sem canções é como uma árdua jornada sem fim. A própria morte não seria mais desejável?". Mas o arconte mostrou-se contrariado e incompreensivo, e repreendeu o forasteiro.

"És um jovem estranho, e não gosto do teu semblante nem da tua voz. As palavras que proferes são blasfemas, pois os deuses de Teloth disseram que o trabalho é bom. Nossos deuses prometeram-nos um refúgio luminoso após a morte, onde haverá um repouso sem fim e uma algidez cristalina em meio à qual ninguém há de ocupar a mente com pensamentos nem os olhos com a beleza. Vai portanto ao encontro de Athok, o sapateiro, ou então te afasta da cidade ao pôr do sol. Todos aqui devem servir, e canções são uma loucura."

E assim Iranon saiu da estrebaria e caminhou pelas estreitas ruas de pedra em meio às escuras casas quadradas de granito, à procura do verde no ar da primavera. Mas em Teloth não havia verde, posto que tudo era de pedra. Os homens tinham o semblante franzido, mas na mureta de pedra erguida ao longo do vagaroso Rio Zuro estava sentado um menino de olhos tristes, que olhava para as águas e observava os verdejantes ramos cheios de botões trazidos das montanhas pela neve derretida. E o menino disse-lhe:

"Não és tu aquele sobre quem os arcontes falam, em busca de uma cidade longínqua em um belo país? Meu nome é Romnod e tenho o sangue de Teloth, mas não sou afeito aos costumes da cidade granítica e todos os dias anseio por bosques quentes e países longínquos de beleza e canção. Além das colinas karthianas estende-se Oonai, a cidade de alaúdes e dança, que aos sussurros os homens afirmam ser a um só tempo bela e terrível. Para lá eu rumaria se tivesse idade suficiente para encontrar o caminho, e para lá devias rumar, posto que os homens haveriam de escutar quando cantasses. Deixemos a cidade de Teloth e caminhemos juntos em meio às colinas da primavera! Assim hás de mostrar-me os costumes dos viajantes, e eu hei de ouvir as tuas canções ao entardecer quando as estrelas surgirem uma a uma, trazendo os sonhos à mente dos sonhadores. E talvez Oonai, a cidade de alaúdes e dança, possa até mesmo ser a bela Aira que buscas, pois dizem que não conheces Aira desde os antigos tempos, e os nomes mudam com frequência. Tomemos o rumo de Oonai, ó Iranon dos cabelos dourados, onde os homens hão de conhecer teus anseios e receber-nos como irmãos, sem rir nem franzir o cenho para aquilo que dizemos." E Iranon respondeu:

"Que assim seja, pequeno; se alguém neste lugar de pedras tem anseios de beleza, é preciso buscar além das montanhas, e eu não te deixaria aqui sofrendo às margens do vagaroso Rio Zuro. Mas não penses que o prazer e a compreensão se encontram logo além das colinas karthianas, ou em qualquer outro lugar que possas alcançar na jornada de um dia, um ano ou um lustro. Pois vê, ainda pequeno como tu eu morava no vale de Narthos às margens do frio Xari, onde ninguém dava ouvidos aos meus sonhos; e eu disse de mim para comigo que já mais velho eu viajaria a Sinara, na encosta sul, e cantaria para os sorridentes homens-dromedários no mercado. Mas quando viajei a Sinara eu encontrei os homens-dromedários entregues à embriaguez e à pândega, e vi que as canções deles não eram como as minhas, e assim tomei uma barca para descer o Xari rumo a Jaren das muralhas de ônix. E os soldados de Jaren riram de mim e expulsaram-me, de maneira que vaguei por muitas outras cidades. Vi Stethelos sob a enorme catarata e vislumbrei o pântano onde Sarnath outrora se erguia. Estive em Thraa, Ilarnek e Kadatheron às margens do serpenteante Rio Ai, e por muito tempo morei em Olathoë no país de Lomar. Mas, embora às vezes tenham me escutado, essas pessoas foram poucas, e sei que a bem-aventurança me espera somente em Aira, a cidade de mármore e berilo onde meu pai outrora foi rei. Então é Aira que havemos de procurar, embora fizéssemos bem em visitar Oonai abençoada pelos alaúdes no outro lado das colinas karthianas, que de fato pode ser Aira, conquanto eu ache que não. A beleza de Aira transcende a imaginação, e ninguém pode descrevê-la sem enlevo; porém de Oonai os cameleiros falam aos sussurros com um olhar malicioso."

Ao pôr do sol Iranon e o pequeno Romnod deixaram Teloth, e por um longo tempo vagaram em meio a colinas verdejantes e bosques frescos. O caminho era irregular e ensombrecido, e os dois jamais pareciam chegar perto de Oonai, a cidade de alaúdes e dança; porém no crepúsculo, quando as estrelas saíam, Iranon entoava canções sobre Aira e suas belezas, e Romnod o ouvia, e de certa forma os dois sentiam-se felizes. Alimentavam-se das frutas pelo caminho e não percebiam o passar do tempo, porém muitos anos devem ter se passado. O pequeno Romnod já não era tão pequeno e passara a falar com uma voz grave, embora Iranon permanecesse o mesmo, sempre enfeitando os cabelos dourados com folhas e resinas fragrantes encontradas nos bosques. E assim ocorreu certo dia que Romnod parecia mais velho do que Iranon, embora fosse muito pequeno quando Iranon o encontrou observando os verdejantes ramos cheios de botões em Teloth, às margens do vagaroso Rio Zuro com a mureta de pedra.

Certa noite de lua cheia os viajantes chegaram ao pico de uma montanha e olharam para baixo, rumo à miríade de luzes em Oonai. Os camponeses haviam lhes dito que estavam perto, mas Iranon soube que aquela não era sua cidade natal de Aira. As luzes de Oonai não eram como as de Aira; pois revelavam-se duras e ofuscantes, ao passo que as luzes de Aira reluzem com a magia e a doçura do luar projetado no assoalho ao pé da janela onde a mãe de Iranon outrora entoava canções de ninar. Mas Oonai era uma cidade de alaúdes e dança, e assim Iranon e Romnod desceram a encosta íngreme para encontrar os homens para quem canções e sonhos trariam alegria. E quando chegaram à cidade encontraram pândegos com guirlandas de rosas que iam de casa em casa e debruçavam-se em janelas e sacadas, que escutaram as canções de Iranon e jogaram-lhe flores e renderam-lhe aplausos quando terminou. Então, por um momento fugaz, Iranon acreditou ter encontrado pessoas que pensavam e sentiam como ele, conquanto a cidade não tivesse um centésimo da beleza de Aira.

Quando a aurora raiou, Iranon olhou consternado ao redor, pois as cúpulas de Oonai não brilhavam douradas ao sol, mas eram cinzentas e tristes. E os homens de Oonai estavam pálidos em razão da pândega e lerdos em razão do vinho, e em nada se pareciam com os radiantes homens de Aira. Mas como as pessoas haviam atirado flores e aclamado suas canções, Iranon lá permaneceu, e com ele Romnod, que gostava da pândega da cidade e passara a enfeitar os cabelos negros com rosas e murta. Com frequência à noite Iranon cantava para os pândegos, mas, como dantes, estava sempre cingido pelas vinhas da montanha, saudoso das ruas marmóreas de Aira e do hialino Nithra. Nos salões repletos de afrescos que pertenciam ao Monarca ele cantou, numa plataforma de cristal erguida sobre um chão de espelho, e ao cantar evocou nos ouvintes imagens que fizeram o chão dar a impressão de refletir coisas antigas, belas e quase esquecidas em vez dos convivas de rosto enrubescido pelo vinho que lhe atiravam rosas. E o rei pediu-lhe que tirasse o manto púrpura em andrajos e o vestiu com cetim e tecido de ouro, com anéis de jade verde e braceletes de marfim tingido, e albergou-o num aposento repleto de tapeçarias e douraduras em uma cama de fragrante madeira entalhada com dosséis e lençóis de seda com bordados florais. E assim Iranon viveu em Oonai, a cidade de alaúdes e dança.

Ninguém sabe quanto tempo Iranon demorou-se em Oonai, porém certo dia o rei levou ao palácio certos dançarinos rodopiantes do deserto liraniano, e flautistas crepusculares de Drinen, no oriente, e a partir de então os pândegos começaram a jogar mais rosas para os dançarinos e para os flautistas do que para Iranon. E a cada dia que passava, Romnod, que era um menino pequeno na granítica Teloth, tornava-se mais embrutecido e mais enrubescido pelo vinho, e assim passou a sonhar cada vez menos, e a ouvir com menos deleite as canções de Iranon. Porém mesmo que estivesse triste, Iranon não parou de cantar, e ao entardecer voltava sempre a cantar seus sonhos de Aira, a cidade de mármore e berilo. E certa noite o rubro e gordo Romnod estertorou em meio às sedas com papoulas no assento do banquete e morreu se contorcendo, enquanto Iranon, pálido e magro, cantava para si mesmo em um canto afastado. E depois que chorou sobre o túmulo de Romnod e cobriu-o de verdejantes ramos cheios de botões, como aqueles que Romnod amava, Iranon pôs de lado as sedas e a opulência e partiu já esquecido de Oonai, a cidade de alaúdes e dança, vestindo apenas o manto púrpura em andrajos que trajava ao chegar, tendo a fronte cingida por folhas de parreira das montanhas.

Rumo ao pôr do sol Iranon avançou, sempre em busca do país natal e de homens capazes de entender e celebrar as canções que entoava e os sonhos que acalentava. Em todas as cidades de Cydathria e em todas as terras para além do deserto bnázico, crianças de rosto alegre riram daquelas canções antigas e daquele manto púrpura em andrajos; mas Iranon mantinha-se jovem, e usava guirlandas na fronte dourada enquanto cantava Aira, deleite do passado e esperança do futuro.

E certa noite ele chegou à cabana sórdida de um velho pastor corcunda e sujo que cuidava de um rebanho magro numa encosta rochosa logo acima de um pântano movediço. A esse homem Iranon dirigiu-se, como antes se havia dirigido a outros:

"Sabes dizer-me onde posso encontrar Aira, a cidade de mármore e berilo, onde corre o hialino Nithra e onde as corredeiras do pequeno Kra cantam para vales verdejantes e colinas recobertas por árvores-yath?" E o pastor, depois de ouvi-lo, fitou-o com uma expressão singular por um longo tempo, como se recordasse coisas muito distantes no tempo, e examinou cada traço no semblante do forasteiro, e os cabelos dourados, e a guirlanda de folhas de parreira. Mas o homem era velho, e assim balançou a cabeça e disse:

"Ó forasteiro, de fato já ouvi o nome de Aira, e os outros nomes que mencionaste, porém todos chegaram a mim após um curso de longos anos. Ouvi-os na minha juventude, nos lábios de um amigo de brincadeiras, um menino pobre dado a estranhos sonhos que tecia longas histórias sobre a lua e as flores e o vento oeste. Costumávamos rir dele, pois o conhecíamos desde o nascimento, ainda que imaginasse ser o filho de um Rei. Era um menino bonito, como também és tu, porém cheio de estranhezas e loucuras; e ele fugiu ainda em criança para encontrar outros que escutassem com alegria as canções que entoava e os sonhos que acalentava. Quantas vezes o ouvi cantar sobre terras que nunca houve e coisas que não pode haver! Muito falava sobre Aira; sobre Aira e sobre o Rio Nithra, e as corredeiras do pequeno Kra. Sempre dizia que lá vivera como um príncipe, mesmo que o conhecêssemos desde o nascimento. Porém nunca houve a cidade marmórea de Aira, nem outros que pudessem deleitar-se com aquelas estranhas canções, a não ser nos sonhos do meu velho amigo de brincadeiras, Iranon, que há muito partiu."

E sob o crepúsculo, quando as estrelas saíram uma a uma e a lua projetou sobre o pântano uma radiância como aquela que os meninos veem tremeluzir no assoalho quando são postos a dormir à noite, um homem deveras velho que trajava um manto púrpura em andrajos adentrou o pântano letal, com a fronte cingida por folhas de parreira murchas e o olhar fixo à frente, como se enxergasse as cúpulas de uma bela cidade onde os sonhos são compreendidos. Naquela noite, parte da beleza e da juventude pereceram no mundo antigo.

A árvore

Fata viam invenient.

Em uma verdejante encosta do Monte Mainalo, na Arcádia, um bosque de oliveiras envolve as ruínas de uma antiga casa. Nos arredores há um túmulo, outrora adornado com as mais sublimes esculturas, porém hoje entregue a uma profunda decrepitude, assim como a casa. Numa das extremidades desse túmulo, com as curiosas raízes a deslocar blocos de mármore pentélico manchados pelo tempo, cresce uma oliveira excepcionalmente grande com uma silhueta estranhamente repulsiva, que tanto se assemelha à imagem de um homem grotesco, ou do corpo de um homem desfigurado pela morte, que as pessoas da região evitam aproximar-se à noite quando a lua brilha com uma luz tênue por entre os galhos retorcidos. O Monte Mainalo é um dos locais habitualmente frequentados pelo temido Pã, cujas estranhas companhias são numerosas, e os jovens mais humildes acreditam que essa árvore deve manter horrendas relações com esses estranhos paniscos; mas um velho apicultor que habita a cabana próxima contou-me uma história diferente.

Muitos anos atrás, quando a casa na encosta era nova e resplendente, lá moravam dois escultores, Kalos e Musides. Da Lídia a Nápoles, a beleza de suas obras era louvada, e ninguém ousaria dizer que um era mais hábil que o outro no ofício. O Hermes de Kalos fora colocado em um templo de mármore em Corinto, e a Palas de

Musides encimava um pilar em Atenas, próximo ao Partenon. Todos os homens reverenciavam Kalos e Musides, e admiravam-se ao ver que nenhuma sombra de inveja artística fazia arrefecer o calor daquela amizade fraterna.

Mas, embora Kalos e Musides vivessem em constante harmonia, a natureza dos amigos era diferente. Enquanto Musides deleitava-se com excessos noturnos em meio às alegrias urbanas da Tégea, Kalos permanecia em casa e afastava-se dos escravos para visitar os frios recônditos do bosque de oliveiras. Lá ele meditava sobre as visões que povoavam seus pensamentos, e lá concebia as formas de beleza que mais tarde haviam de tornar-se imortais em esculturas de mármore que pareciam respirar. De fato, corria entre os desocupados certos boatos de que Kalos entabulava conversas com os espíritos do bosque, e de que suas estátuas eram imagens de faunos e dríades que por lá encontrava — pois ele não se valia de modelos vivos.

Tanta era a fama de Kalos e Musides que não houve surpresa quando o Tirano de Siracusa enviou representantes para discutir a cara estátua de Tique planejada para a sua cidade. A estátua devia ter grandes dimensões e uma execução soberba, pois almejava ser uma maravilha para outras nações e um destino para os viajantes. Exaltado para além da imaginação seria aquele cuja obra ganhasse aceitação, e por essa honra Kalos e Musides foram convidados a competir. O amor fraterno que tinham um pelo outro era bem conhecido, e o astuto Tirano pressupôs que, em vez de esconder a própria obra do colega, cada um estaria disposto a oferecer conselhos e ajuda ao outro; e que essa caridade resultaria em duas imagens de beleza jamais vista, dentre as quais a mais formosa eclipsaria até mesmo os sonhos dos poetas.

Os escultores receberam a oferta do Tirano com alegria, e nos dias seguintes os escravos ouviram incessantemente os golpes de cinzel. Kalos e Musides não esconderam o trabalho um do outro; mas aquelas visões pertenciam somente aos dois. Nenhum outro olhar pousou sobre as divinas figuras, libertas por golpes habilidosos dos rústicos blocos onde vinham aprisionadas desde o princípio do mundo.

À noite, como de costume, Musides frequentava banquetes nos salões da Tégea enquanto Kalos vagava sozinho pelo bosque de oliveiras. Porém, à medida que o tempo passava, os homens notaram a falta de alegria que se abatera sobre o outrora radiante Musides. Parecia estranho, segundo diziam entre si, que a melancolia tomasse conta de um homem que poderia colher o mais excelso louro das artes. Meses passaram-se, porém o rosto contristado de Musides nada revelava quanto à grande expectativa que a situação levaria a esperar.

Um dia Musides falou sobre a doença de Kalos, e a partir de então ninguém mais se surpreendeu com aquela tristeza, posto que o apego entre os dois escultores era sabidamente profundo e sagrado. Depois muitos fizeram visitas a Kalos e de fato notaram o palor em seu rosto; mas havia também uma serenidade alegre que tornava aquele olhar mais mágico do que o olhar de Musides — que sem dúvida sofria com a ansiedade e afastava todos os escravos na ânsia por oferecer comida e apoio ao amigo com as próprias mãos. Ocultas por trás de pesadas cortinas erguiam-se as duas imagens inacabadas de Tique, nos últimos tempos pouco trabalhadas pelo doente e por seu fiel companheiro.

Enquanto se tornava cada vez mais fraco, malgrado os cuidados de médicos perplexos e do amigo inseparável, Kalos amiúde pedia que o levassem ao bosque que tanto amava. Lá, pedia que o deixassem sozinho, como se desejasse falar com coisas invisíveis. Musides sempre fazia essa vontade, conquanto sentisse os olhos encherem-se de lágrimas ao pensar que Kalos estava mais preocupado com faunos e dríades do que consigo. Com a proximidade do fim, Kalos passou a falar sobre coisas além dessa vida. Musides, às lágrimas, prometeu-lhe um sepulcro mais belo do que a tumba de Mausolo; porém Kalos pediu que não mais falasse sobre glórias de mármore. Somente um desejo ocupava os pensamentos daquele homem moribundo: que os ramos de certas oliveiras do bosque fossem enterrados junto ao seu local de repouso — perto de sua cabeça. E chegou uma noite em que, sozinho na escuridão do bosque de oliveiras, Kalos morreu.

Mais belo do que as palavras conseguem expressar foi o sepulcro de mármore que o enlutado Musides esculpiu para o amigo querido. Ninguém a não ser o próprio Kalos poderia ter executado baixos-relevos como aqueles, onde se viam representados todos os esplendores do Elísio. E Musides tampouco se esqueceu de enterrar, perto da cabeça de Kalos, os ramos das oliveiras do bosque.

Quando o luto deu lugar à resignação, Musides voltou a trabalhar diligentemente na escultura de Tique. Haveria de colher sozinho todas as honrarias, pois o Tirano de Siracusa não aceitaria o trabalho de nenhum outro que não Kalos ou ele próprio. O trabalho serviu como escape para a emoção, e assim ele passou a trabalhar com afinco cada vez maior, evitando os prazeres a que sempre havia se entregado. Nesse meio-tempo, passava os entardeceres no túmulo do amigo, onde uma jovem oliveira havia brotado junto à cabeça daquele que lá repousava. Tão rápido essa árvore cresceu, e com tão estranhas formas, que todos os que a viam manifestavam surpresa; e Musides parecia sentir um misto de fascínio e repulsa.

Passados três anos do ocaso de Kalos, Musides enviou um mensageiro ao Tirano, e pela ágora de Tégea sussurrava-se que a magnífica estátua fora terminada. A essa altura a árvore junto ao sepulcro tinha atingido proporções impressionantes e superado todas as demais árvores de sua espécie, e estendido um galho excepcionalmente pesado sobre o recinto onde Musides trabalhava. A árvore prodigiosa atraía tantos visitantes quanto a arte do escultor, de maneira que Musides raramente se via sozinho. Mas ele não se importava com a afluência de visitantes; a bem dizer, parecia temer a solidão desde que concluíra a obra. O vento implacável da montanha, ao suspirar no bosque de oliveiras e junto à árvore tumular, demonstrava uma estranha maneira de produzir sons vagamente articulados.

O céu estava escuro no entardecer em que os emissários do Tirano chegaram à Tégea. Sabia-se que haviam chegado para levar a grandiosa estátua de Tique e trazer honra eterna a Musides, de forma que a recepção dos próxenos foi muito calorosa. Quando a noite avançou, uma forte ventania começou a soprar na crista do Mainalo, e os homens de Siracusa alegraram-se de saber que estavam bem abrigados na cidade. Falaram sobre o ilustre Tirano, e sobre o esplendor de sua capital; e exultaram com a glória que a estátua de Musides haveria de trazer-lhe. E então os homens da Tégea falaram sobre a bondade de Musides, e sobre o peso do luto pela morte do amigo; e sobre como nem mesmo os louros da arte poderiam lhe oferecer consolo na ausência de Kalos, que talvez os tivesse colhido. Falaram também sobre a árvore que crescia junto ao túmulo, próximo à cabeça de Kalos. O vento pôs-se a uivar de maneira horrenda, e tanto os siracúsios quanto os arcádios fizeram preces a Éolo.

No sol da manhã seguinte, os próxenos conduziram os mensageiros do Tirano pela encosta que levava à casa do escultor, porém o vento noturno fizera coisas estranhas. Os gritos dos escravos soavam naquela cena de desolação, e em meio ao bosque de oliveiras já não se erguiam as colunas dos vastos salões onde Musides trabalhara e sonhara. Sozinhos e abalados, os humildes pátios e as paredes baixas lamentavam-se, pois sobre o suntuoso peristilo havia caído o pesado e sobranceiro galho da nova e estranha árvore, que assim reduzira o poema entalhado em mármore a uma ruína consumada. Os forasteiros e os tegeanos detiveram o passo, horrorizados, olhando ora para os escombros, ora para a grande e sinistra árvore de aspecto bizarramente humano cujas estranhas raízes alcançavam o sepulcro esculpido de Kalos. E o medo e a consternação aumentaram durante as buscas conduzidas nos aposentos em ruínas; pois do bondoso Musides e da magnífica imagem de Tique nenhum traço foi encontrado. Em meio aos escombros intermináveis havia somente caos, e os homens de ambas as cidades partiram decepcionados; os siracúsios porque não teriam estátua a levar para casa, e os tegeanos porque não teriam artista a laurear. No entanto, passado um tempo os siracúsios obtiveram uma esplêndida estátua em Atenas, e os tegeanos consolaram-se erguendo na ágora um templo de mármore que celebrava o talento, as virtudes e a compaixão fraterna de Musides.

Mas o bosque de oliveiras continua de pé, bem como a árvore que cresce desde o túmulo de Kalos, e o velho apicultor disse-me que por vezes os galhos sussurram uns para os outros em meio ao vento noturno, repetindo sem parar: "*Οἶδα! Οἶδα! — Eu sei! Eu sei!*".

O inominável

Sentados em um túmulo dilapidado que remontava ao século XVII ao fim de uma tarde outonal no antigo cemitério de Arkham, especulávamos sobre o inominável. Ao olhar para o gigantesco salgueiro no centro do cemitério, cujo tronco havia praticamente engolido uma lápide vetusta e ilegível, fiz uma observação fantástica sobre o alimento espectral e inefável que aquelas raízes colossais deviam sorver da terra ancestral e funérea quando meu amigo repreendeu-me pelo dislate e afirmou que, como nenhum enterro ocorrera no local por mais de um século, nada mais poderia haver para nutrir a árvore senão aquilo que é ordinário. Ademais, ele acrescentou, minhas constantes menções a coisas "inomináveis" e "inefáveis" eram um recurso deveras pueril, condizentes com a minha baixa reputação como escritor. Eu gostava muito de encerrar os meus contos com visões e sons que paralisavam as faculdades dos meus protagonistas e tolhiam-lhes a coragem, as palavras ou as associações necessárias para descrever o que haviam vivenciado. Conhecemos as coisas, disse o meu amigo, somente por meio dos nossos cinco sentidos ou de nossas intuições religiosas; de onde se conclui que é de todo impossível referir-se a qualquer tipo de objeto ou espetáculo que não possa ser claramente representado pelas sólidas fundamentações de um fato ou pelas adequadas doutrinas da teologia — em particular as doutrinas congregacionais, sujeitas a quaisquer modificações trazidas pela tradição ou por Sir Arthur Conan Doyle.

Com esse amigo, Joel Manton, eu muitas vezes travei lânguidas discussões. Ele era diretor da East High School — nascido e criado em Boston, e adepto da pacata surdez da Nova Inglaterra no que dizia respeito aos delicados harmônicos da vida. Segundo acreditava, somente nossas experiências normais e objetivas são providas de significado estético, de maneira que a tarefa do artista não estaria tanto em despertar emoções profundas por meio da ação, do êxtase e da surpresa, mas tão somente em manter uma apreciação e um interesse plácidos por meio de transcrições precisas e detalhadas de ocorrências cotidianas. Em particular, ele opunha-se à minha preocupação com tudo o que era místico e inexplicável; pois, embora tivesse uma crença no sobrenatural mais profunda do que a minha, não admitia que esse fosse um assunto suficientemente corriqueiro para merecer tratamento literário. Que um intelecto pudesse extrair grande prazer no escape da faina diária e em recombinações originais e dramáticas de imagens geralmente colocadas pelo hábito e pela fadiga nos padrões repetitivos da existência era um mistério de todo inacreditável para seu temperamento lúcido, prático e lógico. Para ele, todas as coisas e todos os sentimentos tinham dimensões fixas, propriedade, causas e efeitos; e, embora tivesse vagas impressões de que a mente por vezes guarda visões e sensações de natureza bem menos geométrica, classificável e descritível, acreditava ter motivos suficientes para traçar uma linha arbitrária de maneira a afastar tudo aquilo que não pudesse ser vivenciado e compreendido por um cidadão médio. Além do mais, tinha praticamente certeza de que nada poderia ser de fato "inominável". Não lhe parecia sensato.

Embora eu percebesse a futilidade de argumentos imaginativos e metafísicos contra a presunção dessa ortodoxia solar, um detalhe qualquer na cena de nosso colóquio vespertino levou-me a extrapolar um pouco a minha combatividade habitual. As lápides em ruínas, as árvores patriarcais e as mansardas centenárias da antiga cidade assombrada por bruxas que se estendia ao nosso redor combinaram-se de maneira a elevar meu espírito em defesa da minha obra; e logo me vi a fazer investidas contra o território inimigo. A bem dizer, não foi difícil lançar um contra-ataque, pois eu sabia que Joel Manton tinha apego a inúmeras superstições que as pessoas sofisticadas tinham abandonado um longo tempo atrás, como a crença na aparição de pessoas moribundas em lugares distantes e a impressão deixada por velhos rostos nas janelas pelas quais haviam olhado durante uma vida inteira. Dar crédito aos sussurros de velhas camponesas, afirmei, era uma demonstração de fé na existência de substâncias espectrais sobre a terra — substâncias distintas, capazes de exercer influência sobre as próprias contrapartes materiais. Era uma demonstração da capacidade de acreditar em fenômenos além de todas as ideias normais; pois, se um defunto pode transmitir sua imagem visível ou tangível para o outro lado do mundo ou através dos séculos, por que seria absurdo supor que casas abandonadas estejam cheias de estranhas coisas sencientes, ou que antigos cemitérios fervilhem com a inteligência terrível e incorpórea de gerações? E uma vez que o espírito, para causar todas as manifestações que se lhe atribuem, não pode estar limitado por quaisquer leis da matéria, então por que seria extravagante imaginar vida psíquica em coisas mortas na forma — ou na ausência de forma — que para os espectadores humanos pareceria um horror de todo "inominável"? O "senso comum" que determina as respostas a assuntos como esse, afirmei com certa exaltação, não passa de uma ausência estúpida de imaginação e de flexibilidade mental.

O crepúsculo estava mais próximo a cada momento, porém nenhum de nós quis interromper a conversa. Manton não pareceu muito impressionado com os meus argumentos e mostrou-se disposto a refutá-los, tendo em suas opiniões uma confiança que sem dúvida fora responsável pelo sucesso obtido na docência; quanto a mim, eu tinha em meus fundamentos convicção suficiente para não temer uma derrota. A noite caiu, e as luzes puseram-se a cintilar em certas janelas distantes, mas não esboçamos nenhum movimento. Nosso assento sobre o túmulo era deveras confortável, e eu sabia que meu amigo prosaico não se importaria nem com a fenda cavernosa na alvenaria próxima, causada pelo movimento das raízes e pela idade ancestral, nem pela negrura absoluta do local em que nos encontrávamos, causada pela casa do século XVII abandonada e prestes a desabar que se interpunha entre nós e a via iluminada mais próxima. Lá, no escuro, ao pé do túmulo dilapidado próximo à casa abandonada, conversamos sobre o "inominável", e assim que meu amigo parou de zombar eu relatei-lhe as terríveis evidências por trás do conto que fora objeto das maiores zombarias.

Meu conto chamava-se "A janela no sótão" e fora publicado na edição de janeiro de 1922 da revista *Whispers*. Em muitas localidades, e em particular no Sul e na costa do Pacífico, a revista fora retirada dos mostruários em razão das reclamações feitas por uma série de covardes estúpidos; mas a Nova Inglaterra não sofreu esse tipo de abalo e limitou-se a dar de ombros para a minha extravagância. A coisa, segundo afiançaram-me, era para início de conversa uma impossibilidade biológica e não passava de mais um desses boatos rurais ensandecidos que Cotton Mather fora ingênuo o bastante para incluir no caótico *Magnalia Christi Americana* — a autenticação mostrava-se tão deficiente que nem mesmo o próprio Mather se aventurara a nomear o local em que o horror teria ocorrido. Quanto ao tratamento amplificado que dei à sucinta anotação do velho místico — bem, aquilo era de todo impossível e marcava-me como um borra-tintas errático e especulativo! Mather de fato afirmou que aquela coisa nasceu, mas ninguém à exceção de um sensacionalista barato imaginaria que pudesse crescer, espreitar à noite pelas janelas e esconder-se no sótão de uma casa, em carne e espírito, até que alguém séculos mais tarde flagrasse-a na janela e se dissesse incapaz de descrever aquilo que lhe havia embranquecido os cabelos. Tudo isso era de uma leviandade flagrante, e meu amigo Manton não tardou em insistir nesse fato. Depois eu falei sobre o que havia encontrado em um velho diário mantido entre 1706 e 1723, descoberto em meio a papéis de família a menos de dois quilômetros do local onde nos encontrávamos; bem como sobre a realidade incontestável das cicatrizes no peito e nas costas do meu antepassado, descritas no diário. Também falei sobre os medos de outras pessoas da região, e sobre como haviam se transmitido aos sussurros de uma geração para a outra; e sobre a ocorrência de uma loucura nem um pouco mítica no caso do menino que em 1793 entrou numa casa abandonada para examinar certos vestígios que suspeitava haver por lá.

Era uma coisa quimérica — não causa espanto saber que os estudantes mais sensíveis estremecem ante o puritanismo de Massachusetts. Pouco se conhece sobre o que acontecia por baixo da superfície — muito pouco, conquanto uma pústula macabra borbulhe em meio à putrescência nos funestos vislumbres ocasionais. O terror da bruxaria é um horrendo raio de luz sobre tudo aquilo que cozinhava nos cérebros esmagados de certos homens, porém mesmo isso não passa de uma bagatela. Não havia beleza; não havia liberdade — eis o quanto podemos ver a partir dos resquícios arquitetônicos e domésticos, bem como dos venenosos sermões de incontáveis homens de Deus. E no interior dessa camisa de força em ferro oxidado, em meio a balbucios desconexos, espreitavam o horror, a perversão e o diabolismo. Esse momento fora sem dúvida a apoteose do inominável.

Cotton Mather, no sexto e demoníaco volume que ninguém deveria ler após o cair da noite, não medira palavras ao lançar seu anátema. Duro como um profeta judeu, e laconicamente desassombrado como ninguém mais pôde ser desde aquela época, falara sobre a besta que precipitara aquilo que era mais do que besta porém menos do que homem — a coisa com o olho maculado —, e sobre o bêbado miserável que aos gritos fora enforcado por ter um olho como aquele. Esse tanto Mather narrou sem rodeios, embora sem oferecer nenhuma pista quanto ao que veio a seguir. Talvez não soubesse, ou talvez soubesse e não se atrevesse a contar. Outros sabiam, mas não se atreveram a contar — não existe nenhum indício público quanto ao que foi sussurrado junto à fechadura da porta que levava à escada de acesso ao sótão na casa de um velho alquebrado, sem filhos e amargo que havia posto uma campa de ardósia sem nenhuma inscrição sobre um túmulo evitado, mesmo que seja possível reconhecer a trilha deixada por um número suficiente de lendas evasivas capazes de enregelar mesmo o sangue mais frio.

Tudo consta nesse diário ancestral que encontrei; todas as insinuações discretas e histórias furtivas sobre coisas com olhos maculados avistadas em janelas à noite ou em prados desertos nas orlas dos bosques. Uma coisa investira contra o meu antepassado em um caminho escuro no vale, deixando-o com marcas de chifres no peito e de garras simiescas nas costas; e, durante a busca por rastros no chão batido da estrada, foram encontradas marcas de cascos partidos e garras vagamente antropoides. Certa vez um carteiro a cavalo afirmou ter presenciado um velho que perseguia aos gritos uma coisa terrível e inominável que corria por Meadow Hill sob o tênue luar que precede a aurora, e muitos deram crédito a esse relato. Sem dúvida houve conversas estranhas em 1710 quando o velho alquebrado e sem filhos foi enterrado na cripta atrás da casa onde morava, perto da campa de ardósia sem nenhuma inscrição. Ninguém jamais abriu a porta do sótão; a casa foi deixada da maneira como estava, temida e abandonada. Quando por lá se ouviam ruídos, os homens falavam aos sussurros e estremeciam, e acalentavam a esperança de que a tranca na porta do sótão fosse suficientemente robusta. Mas a esperança teve fim quando o horror se abateu sobre a casa do pastor e não deixou ninguém vivo — ou sequer inteiro. Com o passar dos anos, as lendas em geral assumem um caráter espectral — imagino que a coisa, se fosse mesmo uma coisa viva, deva ter morrido. Essa memória teve uma permanência horrenda — tornada ainda mais horrenda em razão dos segredos que a rodeavam.

Durante essa exposição, meu amigo Manton permaneceu calado, e notei que as minhas palavras haviam-no impressionado. Manton não riu quando fiz uma pausa, mas perguntou-se em tom grave sobre o menino que enlouquecera em 1793, e que supostamente fora o herói da minha ficção. Contei-lhe o motivo que levara o menino a adentrar a casa abandonada e temida e percebi que Manton devia interessar-se pelos detalhes, pois acreditava que as janelas retêm as imagens de todos aqueles que delas sentam-se ao pé. O menino adentrara a casa no intuito de olhar pelas janelas daquele terrível sótão por conta de certas histórias sobre coisas vistas por trás das vidraças, e de lá saíra gritando como um maníaco.

Manton quedou-se pensativo enquanto me ouvia, mas aos poucos retomou o temperamento analítico de costume. Para levar a discussão adiante, aceitou a premissa de que pudesse ter havido um monstro sobrenatural, porém lembrou-me de que nem mesmo a mais atroz perversão da Natureza seria *inominável* ou inapta a ser descrita em termos científicos. Admirei a clareza e a persistência do meu amigo e acrescentei outros detalhes que eu havia colhido em conversas mantidas com os moradores mais velhos. Deixei claro que essas lendas espectrais relacionavam-se a aparições de caráter monstruoso, que em muito superavam o horror de qualquer matéria orgânica; aparições de formas gigantescas e bestiais, ora visíveis e ora apenas tangíveis, que flutuavam de um lugar ao outro em noites sem lua e frequentavam a velha casa, a cripta logo atrás e o túmulo onde uma árvore brotara ao lado de uma campa ilegível. A despeito de essas aparições terem ou não matado pessoas mediante golpes de chifre ou sufocamento, conforme diziam as antigas tradições não confirmadas, o fato era que haviam produzido uma impressão forte e uniforme; e que continuavam a ser uma fonte de temor obscuro em meio aos nativos mais vetustos, mesmo que estivessem em boa medida esquecidas pelas duas gerações mais recentes — e talvez moribundas por falta de quem as rememorasse. Ademais, no campo da teoria estética, se as emanações psíquicas de criaturas humanas podem manifestar-se como distorções grotescas, que representação coerente poderia expressar ou retratar nebulosidades tão infames e gibosas como o espectro de uma perversão maligna e caótica — a própria imagem de uma mórbida blasfêmia contra a Natureza? Uma vez moldado pelo cérebro defunto de um pesadelo híbrido, esse terror vaporoso não constituiria, na repugnante verdade factual, tudo aquilo que se apresenta de maneira sofisticada e execranda como *inominável*?

A essa altura já devia ser muito tarde. Um morcego silencioso roçou em mim, e acredito que tenha encostado também em Manton, pois mesmo sem vê-lo eu senti que havia levantado o braço. Em seguida ele falou.

“Essa casa com a janela do sótão está até hoje de pé e abandonada?”

“Está”, eu respondi. “Eu já a vi.”

“E você encontrou alguma coisa por lá — no sótão ou em qualquer outro lugar?”

“Nada além de uns ossos sob os beirais. Pode ter sido o que o menino viu — se fosse um menino sensível, não seria preciso mais nada além da vidraça para fazê-lo perder a razão. Se todos vieram do mesmo objeto, esse deve ter sido uma monstruosidade histérica e delirante. Seria uma blasfêmia deixar ossos como aqueles no mundo, e assim retornei com um saco e levei-os até o túmulo nos fundos da casa. Lá havia uma abertura onde eu pude jogá-los. Não pense que agi como um tolo — você devia ter visto aquela caveira. Tinha chifres de dez centímetros, mas o rosto era como o meu ou o seu."

Por fim notei que um calafrio percorrera o corpo de Manton, que se aproximou de mim. Mas a curiosidade permaneceu inalterada.

"E quanto às vidraças?"

"Não restou nada. Uma das janelas havia perdido a esquadria, e a outra não tinha nenhum resquício de vidro nas pequenas aberturas em forma de losango. Eram aquelas janelas antigas e treliçadas que caíram em desuso antes de 1700. Não acho que tenha havido vidraça nenhuma por lá nos últimos cem anos ou mais — talvez o menino as tenha partido, caso haja chegado a esse ponto; as lendas não dizem nada a esse respeito."

Manton quedou-se novamente pensativo.

"Carter, eu gostaria de ver essa casa. Onde fica? Com ou sem vidraças, eu gostaria de explorá-la. E o túmulo onde você colocou os ossos, e a outra campa sem nenhuma inscrição — tudo parece terrível."

"Você a viu — antes que o céu escurecesse."

Meu amigo estava mais envolvido do que eu imaginava, pois, ao ouvir esse toque de teatralidade inofensiva, afastou-se de mim com um sobressalto neurótico e deixou escapar um grito engasgado que extravasou o nervosismo reprimido até então. Foi um grito estranho, tornado ainda mais terrível porque foi respondido. Enquanto o som ainda vibrava, ouvi o soar de um estalo em meio à negrura de breu e soube de imediato que uma das janelas treliçadas se abria na velha casa amaldiçoada ao nosso lado. E, como todas as demais esquadrias houvessem caído muito tempo atrás, eu sabia tratar-se da sórdida esquadria sem vidros que guarnecia a demoníaca janela do sótão.

A seguir uma lufada de ar viciado, insalubre e álgido soprou daquela mesma direção, seguida por um grito estridente bem ao meu lado, no chocante túmulo fendido do homem e do monstro. No instante seguinte fui arrancado do medonho assento pelas convulsões demoníacas de uma entidade de proporções titânicas, conquanto de natureza indeterminada; arrancado e lançado de corpo estendido sobre a terra nas garras das raízes que grassavam naquele cemitério abominável, enquanto do túmulo erguia-se um clamor abafado tão repleto de arquejos e rangidos que minha fantasia logo povoou a escuridão vazia com legiões de condenados disformes que pareciam dignos de Milton. Logo se ergueu um vórtice de vento seco e gélido, e então veio o rumor de tijolos soltos e gesso partido; mas felizmente desmaiei antes de compreender o que tudo aquilo significava.

Manton, embora menor do que eu, é mais resistente; pois abrimos nossos olhos quase ao mesmo tempo, apesar dos ferimentos mais graves sofridos por ele. Nossos leitos ficavam ao lado um do outro, e logo ao despertar soubemos que estávamos no St. Mary's Hospital. Os presentes amontoaram-se em uma curiosidade tensa, ávidos por reavivar nossas memórias com uma história sobre como havíamos acabado lá, e logo ouvimos o relato do fazendeiro que nos encontrou ao meio-dia em um campo deserto além de Meadow Hill, a um quilômetro e meio do cemitério, num ponto onde dizem que outrora se erguia um abatedouro. Manton tinha duas lacerações medonhas no peito, e outros cortes e perfurações menos graves nas costas. Quanto a mim, não sofri lesões profundas, mas assim mesmo eu tinha o corpo repleto de vergões e contusões de natureza misteriosa — entre os quais se encontrava a marca de um casco partido. Restava evidente que Manton sabia mais do que eu, porém não revelou nada aos médicos intrigados e perplexos antes de ser informado acerca de nossos ferimentos. Por fim ele disse que tínhamos sido atacados por um touro enfurecido — ainda que tenha sido difícil explicar e descrever esse animal.

Depois que os médicos e as enfermeiras se afastaram, balbuciei estupefato uma pergunta:

"Meu Deus, Manton, afinal *o que se passou*? Essas marcas todas — *foi isso mesmo o que aconteceu*?"

Eu ainda estava demasiado atônito para exultar quando meu amigo sussurrou uma resposta que eu em parte antecipara —

"*Não — não foi nada disso*. A coisa estava por toda parte — uma gelatina — uma gosma — mas assim mesmo tinha formas, mil formas de um horror que transcende a memória. Havia olhos — e uma mácula. Era o poço — o *maelstrom* — a abominação suprema. Carter, *foi o inominável*!"

O testemunho de Randolph Carter

Repito, cavalheiros, que este é um interrogatório inútil. Detenham-me até o fim dos tempos se assim desejarem; confinem-me e ordenem a minha execução se precisam de uma vítima capaz de propiciar uma ilusão daquilo que chamam de justiça; quanto a mim, não posso dizer mais do que já disse. Tudo aquilo que recordo foi narrado com absoluta franqueza. Nada foi distorcido nem ocultado, e se há detalhes que permanecem vagos, esse fato deve-se tão somente à nuvem escura que agora tolda os meus pensamentos — a essa nuvem e ao caráter nebuloso dos horrores que a precipitaram sobre mim.

Torno a dizer: não sei o que aconteceu com Harley Warren, embora eu tenha a impressão — quase a esperança — de que hoje repousa no oblívio, caso exista coisa tão abençoada. É verdade que durante os últimos cinco anos fui o amigo mais próximo dele, e que em parte compartilhei das terríveis pesquisas que conduziu em assuntos inefáveis. Não nego — mesmo que a lembrança pareça-me incerta e indistinta — que essa testemunha possa ter nos visto juntos, conforme afirma, na estrada de Gainesville, caminhando em direção ao Grande Pântano de Ciprestes às onze e meia daquela noite fatídica. Quanto às lanternas, às pás e ao curioso rolo de fio a que os instrumentos estavam ligados, eu mesmo afirmo que os carregávamos; pois todas essas coisas desempenharam uma função na horrenda cena que permanece gravada em minha consternada lembrança. Mas, quanto ao que ocorreu a seguir, e quanto ao motivo de haverem me encontrado atônito nos limites do pântano na manhã seguinte, insisto em dizer que nada sei além daquilo que inúmeras vezes já repeti. Os senhores afirmam que não existe nada no pântano ou naqueles arredores que pudesse formar o cenário do terrível incidente. Minha resposta é que nada sei para além daquilo que vi. Pode muito bem ter sido uma visão ou um pesadelo — meu ardente desejo é que tenha sido uma visão ou um pesadelo —, porém é tudo o que meu intelecto guarda em relação ao que ocorreu durante as horas aterradoras que passamos longe de outras pessoas. Por que Harley Warren não retornou, somente o próprio homem ou espírito — ou ainda uma outra *coisa inefável* que me julgo incapaz de descrever — poderia explicar.

Conforme mencionei, as estranhas pesquisas de Harley Warren eram conhecidas e em certa medida compartilhadas por mim. De sua vasta coleção de livros raros e estranhos sobre temas proscritos, li todos aqueles escritos nas línguas que domino; porém esses livros são poucos se comparados àqueles escritos em línguas que não compreendo. Estes últimos, segundo acredito, são na maior parte em árabe; e o livro inspirado por um demônio que precipitou o fim — o livro que Warren tinha no bolso quando abandonou este mundo — era escrito com caracteres que jamais vi em outro lugar. Warren nunca quis me contar o que estava contido naquele livro. Quanto à natureza dos nossos estudos — preciso mesmo repetir que não detenho uma compreensão total? Parece-me uma dádiva que seja assim, pois eram estudos terríveis, aos quais me entreguei mais por um fascínio mórbido do que por vocação legítima. Warren sempre teve uma forte influência sobre mim, e por vezes eu o temia. Lembro de ter estremecido ao ver a expressão daquele rosto na noite anterior ao terrível incidente, quando ele falou sem parar sobre a teoria que explicaria *por que certos cadáveres jamais entram em putrefação, mas permanecem firmes e gordos nos mausoléus mesmo com o passar dos séculos.* Mas eu não o temo agora, pois suspeito que tenha conhecido horrores muito além da minha compreensão. Agora eu temo *por* ele.

Mais uma vez afirmo que não tenho uma ideia clara do nosso objetivo naquela noite. Sem dúvida estava relacionado ao livro que Warren tinha consigo — aquele livro ancestral escrito em caracteres indecifráveis que ele recebera da Índia no mês anterior — mas eu juro que não sei o que estávamos procurando. A testemunha disse que nos viu às onze e meia na estrada de Gainesville, a caminho do Grande Pântano de Ciprestes. Provavelmente é verdade, mas não tenho nenhuma lembrança clara do ocorrido. A imagem que trago marcada a ferro em minha alma resume-se a uma única cena, ocorrida decerto muito após a meia-noite; pois a lua minguante pairava nas alturas do céu vaporoso.

O local era um antigo cemitério; tão antigo que senti calafrios ao reconhecer as inúmeras marcas de anos imemoriais. Localizava-se em uma profunda depressão no solo, recoberta por grama alta, musgo e singulares ervas rastejantes, e tomada por um odor vago que minha fantasia desabrida associou a pedra putrescente. Por todos os lados havia sinais de abandono e decrepitude, e senti-me assombrado pela ideia de que eu e Warren seríamos as primeiras criaturas vivas a penetrar aquele silêncio letal guardado por séculos. Acima do vale, uma pálida lua minguante espreitava em meio aos vapores nauseabundos que pareciam emanar daquelas catacumbas inauditas, e sob os débeis raios trêmulos pude distinguir uma repulsiva coleção de antigas lajes, urnas, cenotáfios e fachadas de mausoléu; todas essas construções decrépitas, recobertas por musgo e manchadas pela umidade, e em parte ocultas pela exuberância da vegetação insalubre. A primeira impressão vívida que tive em relação à minha presença naquela terrível necrópole refere-se ao ato de parar, na companhia de Warren, em frente a um sepulcro parcialmente obliterado, para então largar o fardo que parecíamos carregar. Nesse momento observei que eu tinha comigo uma lanterna elétrica e duas pás, enquanto meu companheiro valia-se de uma lanterna similar e de um sistema de telefonia portátil. Nenhuma palavra foi proferida, uma vez que o local e a tarefa davam a impressão de serem conhecidos; sem mais delongas, pegamos nossas pás e começamos a limpar a grama e as ervas daninhas, e a retirar a terra do sepulcro arcaico. Depois de revelar-lhe toda a superfície, composta de três imensas lajes de granito, afastamo-nos um pouco a fim de examinar a cena funesta; Warren deu a impressão de fazer certos cálculos mentais. A seguir tornou a se aproximar do sepulcro e, usando a pá como alavanca, tentou abrir a laje mais próxima da ruína pétrea que em outras épocas pode ter sido um monumento. Como não obteve sucesso, ele pediu a minha ajuda. Por fim nossas forças combinadas soltaram a laje, que a seguir foi erguida e inclinada para o lado.

A remoção da laje revelou uma abertura negra, de onde soprou um eflúvio de gases miasmáticos tão nauseabundos que chegamos a nos afastar horrorizados. Passado certo tempo, no entanto, voltamos a nos aproximar do buraco e percebemos que as exalações haviam se tornado menos insuportáveis. Nossas lanternas revelaram o topo de um lance de degraus esculpido em pedra, que exsudava a odiosa sânie das entranhas da terra e era rodeado de paredes úmidas com incrustações de salitre. Esse momento traz minha primeira lembrança de uma manifestação verbal, quando Warren dirigiu-se a mim com sua mansa voz de tenor — uma voz que parecia singularmente imperturbada pelo assombroso cenário em que nos encontrávamos.

“Lamento pedir que você fique na superfície”, ele disse, “mas seria um crime deixar que uma pessoa com nervos tão frágeis empreendesse uma descida como essa. Você não tem como imaginar, nem mesmo a partir das suas leituras e daquilo que eu lhe contei, o tipo de coisa que estou prestes a ver e a fazer. É uma tarefa infernal, Carter, e duvido que um homem sem nervos de aço conseguisse passar por isso e retornar vivo e com a sanidade intacta. Não quero ofendê-lo, e Deus sabe que eu gostaria de ter você ao meu lado; mas a responsabilidade é de certa forma minha, e eu não poderia levar uma pilha de nervos como você rumo à provável morte ou loucura. Garanto que você nem imagina o aspecto dessa coisa! Mas prometo mantê-lo informado a respeito de cada movimento pelo telefone — a extensão do fio é suficiente para chegar até o centro da terra!"

Ainda ouço em minha lembrança a frieza com que essas palavras foram proferidas; e ainda recordo as minhas reprimendas. Eu parecia estar muito ansioso por acompanhar o meu amigo naquelas profundezas sepulcrais, porém ele mostrou-se irredutível. A certa altura, Warren ameaçou interromper a expedição se eu continuasse a insistir; uma ameaça que se mostrou eficaz, posto que somente ele tinha a chave para a *coisa*. Ainda consigo me lembrar de tudo isso, mas já não sei o que era a *coisa* que procurávamos. Depois de obter minha anuência contrariada ao plano que tinha em mente, Warren pegou o rolo de fio e ajustou os instrumentos. Quando ele fez um aceno de cabeça, peguei um dos fones e sentei-me em cima de uma antiga lápide manchada, próxima à cova recém-aberta. A seguir ele apertou minha mão, colocou o rolo de fio no ombro e desapareceu no interior daquele indescritível ossuário. Por um instante mantive o brilho da lanterna em meu campo de visão, e logo ouvi o rumor do fio que Warren aos poucos desenrolava; porém logo o brilho sumiu de repente, como que em uma curva abrupta no lance de escada, e o som dissipou-se igualmente depressa. Fiquei sozinho, mas assim mesmo ligado às profundezas desconhecidas graças aos fios mágicos cuja superfície isolada estendia-se como um risco verde sob os raios tênues da lua minguante.

No silêncio solitário da necrópole ancestral e deserta, meus pensamentos conjuraram as mais sinistras fantasias e ilusões; e os grotescos templos e monólitos pareceram assumir uma personalidade horrenda — e semissenciente. Sombras amorfas davam a impressão de espreitar nos recônditos mais escuros do vale tomado por ervas daninhas e de esvoaçar como que em uma blasfema procissão cerimonial rumo ao interior dos portões que levavam aos bolorentos túmulos na encosta; sombras essas que não poderiam ser obra da atenta e pálida lua minguante. Com frequência eu consultava meu relógio à luz da lanterna elétrica e punha-me a escutar o receptor telefônico com uma ansiedade febril; mas, por mais de um quarto de hora, nada ouvi. Por fim um leve ruído fez-se ouvir no instrumento, e chamei pelo meu amigo com apreensão na voz. Por mais temeroso que eu me encontrasse, não estava preparado para a mensagem que chegou daquela cripta espectral com as mais intensas notas de temor e alarme que eu jamais ouvira na voz de Harley Warren. Ele, que pouco tempo antes se dirigira a mim com grande calma, telefonou-me das profundezas e pôs-se a falar em um sussurro trêmulo mais agourento do que gritos estridentes:

"*Meu Deus! Se você pudesse ver o que estou vendo!*"

Não consegui responder. Em um estado mudo, somente pude esperar. Logo os mesmos tons frenéticos voltaram a soar:

"*Carter, é terrível — monstruoso — inacreditável!*"

Nessa ocasião minha voz não falhou, e derramei uma torrente de perguntas aflitas pelo transmissor. Apavorado, continuei a repetir: "Warren, o que aconteceu? O que aconteceu?".

Novamente ouvi a voz do meu amigo, ainda rouca de medo, porém agora marcada também pelo desespero:

"*Eu não posso dizer, Carter! É de todo inconcebível — eu não me atrevo — ninguém pode saber disso e viver — Deus misericordioso! Jamais sonhei com uma* COISA *dessas!*" Sobreveio um novo silêncio, interrompido apenas pela minha enxurrada desconexa de questionamentos aterrorizados. Depois, novamente a voz de Warren soou num paroxismo de consternação ainda maior:

"*Carter! Pelo amor de Deus, ponha a laje de volta no lugar e fuja daqui se puder! Rápido! — Deixe tudo para trás e saia daqui — é a sua única chance! Faça como eu digo e não me peça explicações!*"

Ouvi tudo, mas assim mesmo continuei a repetir minhas perguntas frenéticas. Ao meu redor havia somente os túmulos e a escuridão e as sombras; abaixo, um perigo além dos limites da imaginação humana. Meu amigo, no entanto, corria um risco maior do que eu, e em meio ao temor senti um vago ressentimento ao perceber que Warren me imaginava capaz de abandoná-lo naquela circunstância. Sucederam-se mais ruídos, e ao fim de uma pausa veio o lamentoso grito de Warren:

"*Sebo nas canelas! Pelo amor de Deus, ponha a laje de volta no lugar e saia daqui, Carter!*"

Qualquer coisa na expressão infantil usada pelo meu amigo sem dúvida aflito conseguiu libertar minhas faculdades. Tomei uma decisão e proclamei-a aos gritos: "Warren, aguente firme! Estou descendo!". Mas ao ouvir essa oferta o tom do meu interlocutor transformou-se em um grito do mais absoluto desespero:

"*Não! Você não entende! É tarde demais — por minha culpa. Ponha a laje de volta no lugar e corra — já não há nada que você ou qualquer outro possa fazer!*" O tom da voz novamente se alterou, e dessa vez ganhou a qualidade mais serena de uma resignação desesperançosa. Mas a ansiedade fez com que tudo se mantivesse tenso para mim.

"*Rápido — antes que seja tarde demais!*" Tentei não dar ouvidos; tentei vencer a paralisia que me prendia e cumprir o juramento de descer para resgatá-lo. Mas o sussurro a seguir encontrou-me ainda inerte nos grilhões do horror em estado bruto.

"*Carter — depressa! É inútil — você precisa sair daqui — antes um do que dois — a laje —*" Então uma pausa, mais ruídos e por fim a voz enfraquecida de Warren:

"*Está quase acabando — não torne as coisas ainda mais difíceis — feche esses degraus amaldiçoados e salve a sua vida — você está perdendo tempo — Adeus, Carter — não vamos mais nos encontrar.*" Nesse ponto os sussurros de Warren ergueram-se e transformaram-se em gritos; gritos que deram lugar a guinchos que pareciam expressar o horror de todas as épocas —

"*Malditas sejam essas coisas infernais — legiões — Meu Deus! Sebo nas canelas! Sebo nas canelas! Sebo nas canelas!*"

Depois veio o silêncio. Não sei por quantos éons mantive-me sentado, estupefato; sussurrando, balbuciando, chamando, gritando no telefone. Por inúmeras e inúmeras vezes ao longo desses éons eu sussurrei e balbuciei, chamei, gritei e berrei: "Warren! Warren! Responda — você está aí?".

E então veio o maior horror de todos — aquela coisa inacreditável, incogitável e quase inefável. Tive ocasião de afirmar que éons deram a impressão de passar-se após o instante em que Warren guinchou o último alerta desesperado, e a essa altura somente os meus gritos quebravam o odioso silêncio. Mas passados mais uns instantes novos ruídos surgiram no fone, e apurei os ouvidos para escutar. Mais uma vez eu perguntei: "Warren, você está aí?", e em resposta ouvi a *coisa* responsável pela nuvem que agora tolda os meus pensamentos. Cavalheiros, não pretendo oferecer nenhuma explicação para aquela *coisa* — aquela voz — nem me atrevo a descrevê-la em detalhe, posto que já as primeiras palavras causaram a perda da minha consciência e a posterior lacuna de memória que se estende até o momento em que despertei no hospital. Devo mesmo dizer que essa voz era grave, cava, gelatinosa, remota, extraterrena, inumana, incorpórea? O que devo afinal dizer?

Esse foi o fim daquilo que vivi, e também o fim da minha história. Ouvi aquela voz, e então perdi a consciência. Ouvi-a enquanto eu mantinha-me sentado, petrificado naquele cemitério desconhecido no vale, em meio a pedras desabadas e mausoléus em ruínas, vegetação alta e vapores miasmáticos. Ouvi-a surgir desde as mais recônditas profundezas daquele maldito sepulcro aberto enquanto eu via sombras amorfas e necrófagas dançarem sob a nefasta lua minguante. Eis o que a voz disse:

"*SEU TOLO, WARREN ESTÁ MORTO!*"

O horror em Red Hook

Existem sacramentos do bem e do mal ao nosso redor, e, segundo creio, vivemos e movimentamo-nos em um mundo desconhecido, um lugar onde existem grutas e sombras e habitantes do crepúsculo. Pode ser que às vezes o homem retorne no caminho da evolução, e creio haver uma sabedoria terrível que não se encontra de todo morta.

Arthur Machen

I.

Não muitas semanas atrás, em uma esquina no vilarejo de Pascoag, Rhode Island, um pedestre alto, robusto e de aspecto saudável deu origem às mais variadas especulações em razão de um estranho lapso de comportamento. Parece que estava descendo a colina pela estrada, vindo de Chepachet; e que, ao encontrar uma seção compacta, fez uma curva à esquerda para entrar na rua principal, onde vários quarteirões ocupados por negócios modestos conferem ao lugar um toque urbano. Nesse momento, sem qualquer tipo de provocação, o homem cometeu o surpreendente lapso: primeiro olhou de maneira esquisita para a construção mais alta à sua frente e então, em meio a uma série de gritos terríveis e histéricos, deu início a uma corrida frenética que terminou com um tropeção e uma queda no cruzamento seguinte. Uma vez erguido e limpo por mãos prestativas, revelou estar consciente, organicamente ileso e totalmente recuperado daquele repentino surto nervoso. Envergonhado, começou a balbuciar explicações relativas a um fardo que havia suportado, e com os olhos voltados para baixo deu meia-volta e afastou-se pela estrada de Chepachet até sumir, sem jamais olhar para trás. Foi um incidente estranho para um homem tão grande, robusto, normal e capaz como aquele, e a estranheza em nada foi diminuída pelos comentários de um transeunte que o reconheceu como o inquilino de um conhecido leiteiro que morava nos limites de Chepachet.

Conforme veio à tona mais tarde, aquele era Thomas F. Malone, um detetive da polícia de Nova York que se encontrava em um longo período de licença durante o qual recebia tratamento médico após o trabalho extraordinariamente árduo realizado em um caso pavoroso, tornado ainda mais dramático em razão de um acidente. Diversas construções de tijolos haviam ruído durante uma das buscas em que participara, e a elevada perda de vidas — tanto de prisioneiros como de colegas — causara-lhe profundo horror. Em consequência, esse homem havia desenvolvido um horror anômalo a construções que apresentassem qualquer tipo de semelhança com aquelas que haviam desabado, e assim os especialistas haviam-no proibido de manter contato com esse tipo de coisa por tempo indeterminado. Um cirurgião da polícia com parentes em Chepachet havia sugerido aquele pitoresco vilarejo de casas coloniais de madeira como um lugar ideal para a convalescência psicológica; e foi para lá que o aflito policial se deslocou, prometendo jamais se aventurar pelas ruas ladeadas por tijolos nos vilarejos maiores enquanto não recebesse a devida permissão do especialista de Woonsocket com quem fora posto em contato. Essa caminhada até Pascoag para comprar revistas fora um erro, e o paciente havia pagado a desobediência em medo, contusões e humilhação.

Esse tanto era sabido pelos boatos que corriam em Chepachet e Pascoag; e também era aceito pelos mais doutos especialistas. Porém no início Malone contara muitas outras coisas aos especialistas, e detivera-se apenas ao ver que seu relato era recebido com a mais absoluta incredulidade. A partir de então, preferiu manter-se quieto, e não fez nenhum protesto quando se chegou ao consenso de que o colapso de um conjunto de sórdidas casas de tijolos em Red Hook, no Brooklyn, e a subsequente morte de vários oficiais corajosos haviam motivado o desequilíbrio nervoso que o afligia. Segundo esse consenso, ele havia trabalhado com demasiado afinco na erradicação daqueles antros de violência e desordem; sempre houvera aspectos chocantes, e a tragédia imprevisível fora a gota d'água. Eis uma explicação simples que todos poderiam entender; e, como Malone não era um simplório, não tardou a perceber que seria conveniente deixar que bastasse. Fazer, para um grupo de pessoas despidas de imaginação, alusões a um horror muito além da compreensão humana — um horror de casas e quarteirões e cidades leprosas e cancerosas por influência de um mal trazido desde mundos ancestrais — não seria mais do que trocar a rusticidade pacata por uma cela acolchoada, e, apesar do misticismo, Malone era um homem de bom senso. Tinha a visão apurada dos celtas para coisas estranhas e longínquas, mas também o olhar penetrante do lógico para tudo aquilo que se afigurava pouco convincente; um amálgama que o havia feito percorrer longas distâncias nos quarenta e dois anos de vida e que o levara a lugares inusitados para um homem da Dublin University nascido em uma vila georgiana próxima ao Phoenix Park.

E naquele momento, ao rememorar as coisas que tinha visto e sentido e apreendido, Malone estava satisfeito em guardar para si todo o segredo em relação àquilo que podia reduzir um guerreiro implacável a um neurótico trêmulo; àquilo que podia transformar velhos cortiços de tijolo e mares de rostos escuros e sutis em matéria de pesadelo e portento quimérico. Não seria a primeira vez que esse tipo de impressão teria de ser mantido longe de qualquer esforço interpretativo — pois o próprio ato de lançar-se aos abismos poliglotas do submundo nova-iorquino não pareceria uma aberração muito além de qualquer explicação sensata? O que dizer aos mais prosaicos quanto às bruxarias antigas e às maravilhas grotescas que se revelavam aos olhares sensíveis em meio àquele caldeirão venenoso em que refugos variados de épocas insalubres misturavam venenos e perpetuavam terrores obscenos? Malone vira a chama esverdeada e infernal de um portento secreto naquele rebuliço torpe e evasivo de cobiça aparente e blasfêmia oculta e abrira um sorriso gentil quando os conhecidos nova-iorquinos fizeram pouco-caso de sua incursão no serviço policial. Todos haviam feito comentários espirituosos e cínicos, ridicularizando a busca fantástica de mistérios incognoscíveis e assegurando que, naquela época, Nova York não tinha nada a oferecer além de coisas banais e vulgares. Um desses conhecidos chegou a apostar uma grande quantia em dinheiro, dizendo que — apesar das numerosas matérias que lhe haviam dado um bom nome na *Dublin Review* — não seria possível sequer escrever um artigo interessante sobre a vida mundana de Nova York; ao olhar para trás, Malone percebeu que a ironia cósmica justificara as palavras desse profeta ao mesmo tempo que secretamente refutara-lhes a intenção leviana. O horror vislumbrado ao final não daria uma história — pois, como o livro citado pela autoridade alemã de Poe, "*es lässt sich nicht lesen* — ele não se deixa ler".

II.

Para Malone, o sentimento de um mistério latente esteve sempre próximo. Na juventude, sentira a beleza e o êxtase ocultos de todas as coisas, e fora também poeta; mas a pobreza, a tristeza e o exílio haviam conduzido seu olhar a horizontes mais obscuros — e foi assim que tiveram início os calafrios perante as manifestações do mal no mundo ao redor. A vida cotidiana tornara-se-lhe uma fantasmagoria de estudos macabros acerca de sombras: ora reluzindo e regozijando-se com uma putrescência oculta, como nas melhores produções de Beardsley, ora insinuando terrores por trás das mais corriqueiras formas e objetos, como nas obras mais sutis e menos óbvias de Gustave Doré. Com frequência ocorria-lhe o fato misericordioso de que a maioria das pessoas inteligentes faz pouco-caso dos mais recônditos mistérios; pois, segundo argumentava, se essas mentes privilegiadas fossem postas em contato com os segredos preservados por cultos vis e ancestrais, as anomalias resultantes logo tratariam não apenas de arruinar o mundo, mas também de ameaçar a própria integridade do universo. Era uma reflexão deveras mórbida, mas a lógica perspicaz e o profundo senso de humor serviam-lhe de contrapeso. Malone preferia manter essas ideias como visões nebulosas e proscritas com as quais podia fazer brincadeiras leves; a histeria sobreveio apenas quando o dever lançou-o rumo a um inferno de revelações demasiado súbitas e insidiosas.

Fazia tempo que estava lotado na delegacia da Butler Street, no Brooklyn, quando recebeu notícias sobre a situação em Red Hook. Red Hook é um labirinto de sordidez híbrida próximo à antiga zona portuária, em frente a Governor's Island, com estradas imundas que sobem a colina do cais até a parte mais elevada, onde a extensão decadente da Clinton Street e da Court Street sai em direção à Prefeitura do distrito. As casas são quase todas de tijolos e remontam do primeiro quarto à metade do século XIX, e parte das ruelas e dos becos mais obscuros tem aquele sabor antigo e atraente que os hábitos de leitura levaram-nos a chamar de "dickensianos". A população é um emaranhado e um enigma; elementos de origem síria, espanhola, italiana e negra avançam uns sobre os outros, e fragmentos de cinturões escandinavos e americanos não se encontram longe. Trata-se de uma babel de sons e de sujeira que emite estranhos gritos em resposta ao chapinhar das ondas untuosas nos píeres encardidos e às monstruosas litanias organescas dos apitos no porto. Muito tempo atrás a região apresentava um cenário mais luminoso, com marinheiros de olhos claros nas ruas mais baixas e lares de gosto e substância no ponto onde as maiores casas ladeiam a colina. É possível resgatar as relíquias dessa felicidade antiga nas formas harmoniosas das construções, nas igrejas graciosas e nos resquícios de arte original em detalhes encontrados aqui e acolá — um lance de escada gasto, um marco surrado, um par de colunas ou pilastras verminosos ou ainda um recanto outrora verde com uma balaustrada de ferro torto e carcomido pela ferrugem. As casas são em geral construídas em blocos sólidos, e de vez em quando uma cúpula repleta de janelas se ergue para contar sobre a época em que as casas de capitães e armadores de navio observavam o mar.

A partir daquele emaranhado de putrescência material e espiritual, as blasfêmias de cem dialetos acossam o céu. Hordas de gatunos cambaleiam gritando e cantando ao longo dos becos e ruas; por vezes mãos furtivas de repente apagam luzes e baixam cortinas, e rostos morenos com as marcas do pecado desaparecem das janelas com o avanço dos visitantes. Os policiais desesperam-se ao pensar em ordem e em reformas, e procuram acima de tudo erguer barreiras de modo a proteger o mundo exterior do contágio. O rumor da patrulha é respondido por um silêncio espectral, e os prisioneiros capturados nunca se revelam dispostos a falar. Os crimes visíveis são variados como os dialetos locais: iniciam-se com o contrabando de rum e a presença de estrangeiros proibidos, passam pelas mais variadas formas de incumprimento à lei e vícios obscuros e culminam nas mais repugnantes ocorrências de assassinato e mutilação. Que essas ocorrências visíveis não sejam mais frequentes não se deve em absoluto à população do bairro, a não ser que a ocultação seja uma arte digna de crédito. Mais pessoas entram em Red Hook do que saem — pelo menos por terra —, e os poucos loquazes são os mais propensos a sair.

Malone descobriu nesse estado de coisas um tênue odor de segredos mais terríveis do que qualquer um dos pecados denunciados por cidadãos e deplorado por filantropos e pastores. Como homem dotado de imaginação e conhecimento científico, estava ciente de que as pessoas modernas que vivem sob a ausência de leis evidenciam uma irresistível tendência a repetir os mais obscuros padrões instintivos de uma selvageria quase simiesca na vida cotidiana e na observação de rituais; e com frequência tinha observado, com o calafrio de um antropólogo, as procissões repletas de cânticos e imprecações feitas por rapazes de olhos cansados e rostos marcados que vagavam pelas ruas nas horas escuras que antecedem o nascer do sol. Esses grupos de rapazes eram avistados por toda parte; às vezes em vigílias obscenas pelas esquinas, às vezes tocando canções sinistras em instrumentos musicais de qualidade duvidosa, às vezes entregues a cochilos ou diálogos indecentes nas mesas dos cafés próximos à Prefeitura do distrito e às vezes sussurrando ao redor de sórdidos táxis parados defronte ao lance de escada que levava à porta de antigas casas fechadas e em ruínas. Esses grupos fascinavam-no mais do que ousara confessar aos colegas na polícia, pois davam-lhe a impressão de constituir o monstruoso fio de uma continuidade secreta; um padrão demoníaco, críptico e ancestral que avançava infinitamente além e infinitamente abaixo da sórdida massa de fatos, hábitos e paradouros listados com toda a minúcia técnica da polícia. Malone sentia que aqueles deviam ser os herdeiros de uma tradição execranda e primordial; iniciados em reminiscências vis e fragmentárias de cultos e rituais mais antigos do que a própria humanidade. Eis a insinuação feita pela coerência e pelo caráter definido do todo, que se revelava na peculiar suspeita de uma ordem que espreitava por baixo daquela sórdida desordem. Malone não lera em vão tratados como *O culto das bruxas na Europa ocidental*, escrito pela srta. Murray; e bem sabia que, em meio a camponeses e outras gentes furtivas, mesmo em anos recentes houvera registros da prática clandestina de assembleias e orgias surgidas em religiões obscuras que antecediam o mundo ariano, e que apareciam em lendas populares como as Missas Negras e os Sabás das Bruxas. Que esses vestígios infernais de velha magia e cultos à fertilidade turanianos e asiáticos se encontrassem de todo mortos era uma suposição que não se atreveria a fazer sequer por um instante; e com frequência surgiam indagações sobre o quanto mais antigos e o quanto mais negros do que as piores histórias contadas às furtadelas poderiam de fato ser.

III.

Foi a ocorrência relacionada a Robert Suydam que levou Malone ao coração das coisas em Red Hook. Suydam era um recluso letrado, membro de uma antiga família holandesa que a princípio dispunha de meios apenas suficientes para garantir sua independência e habitava uma mansão ampla porém mal preservada que fora construída pelo avô em Flatbush, numa época em que o vilarejo era pouco mais do que um agradável grupo de cabanas coloniais que rodeavam as heras e o coruchéu da Igreja Reformada, bem como o cemitério gradeado repleto de túmulos à moda holandesa. Nessa casa solitária, afastada da Martense Street e localizada em um pátio cheio de árvores venerandas, Suydam havia lido e cogitado por seis décadas, a não ser por um período ocorrido na geração anterior, quando navegou rumo ao Velho Mundo e lá permaneceu longe dos olhos de todos por oito anos. Ele não tinha criados, e não admitia mais do que uns poucos visitantes naquela solidão absoluta; rejeitava amigos próximos e recebia os raros conhecidos em um dos três cômodos no térreo que eram mantidos em condições — uma vasta biblioteca de pé-direito alto, cujas paredes eram cobertas por livros danificados de aspecto ponderoso, arcaico e vagamente repugnante. O crescimento da cidade e a ulterior absorção pelo distrito do Brooklyn nada haviam significado para Suydam, que assim passara a significar cada vez menos para a cidade. Os mais velhos ainda o apontavam na rua, mas para a maior parte da população recente o sujeito não passava de um velho corpulento e esquisito que, em razão dos cabelos brancos desgrenhados, da barba mal escanhoada, das roupas pretas lustrosas e da bengala rematada por um castão dourado, recebia olhares curiosos — e nada mais. Malone conheceu-o somente quando o dever chamou-o ao caso, porém antes já ouvira histórias de segunda mão que descreviam Suydam como uma profunda autoridade em questões de superstição medieval; e certa vez dispusera-se a procurar um panfleto esgotado que o homem em questão havia escrito sobre a Cabala e a lenda de Fausto, citado de memória por um amigo.

Suydam tornou-se um "caso" quando parentes distantes — os únicos que tinha — pediram que a corte se pronunciasse acerca de sua sanidade mental. A ação pareceu repentina ao mundo exterior, porém na verdade fora efetivada ao fim de uma longa observação e de um triste debate. Tivera por base certas alterações estranhas na fala e nos hábitos de Suydam: referências absurdas a portentos iminentes e visitas inexplicáveis a vizinhanças de baixa reputação no Brooklyn. O homem parecia mais e mais desleixado a cada ano que passava, e em tempos recentes passara a vaguear como um legítimo mendigo; por vezes era visto por amigos humilhados em estações de metrô, ou então vadiando nos bancos próximos à Prefeitura do distrito com grupos de forasteiros de tez escura e aspecto maligno. Quando falava, era para balbuciar coisas a respeito de poderes ilimitados que se encontravam a seu alcance, e para repetir com sorrisos obscenos palavras e nomes místicos como "Sephiroth", "Ashmodai" e "Samael". A ação judicial revelou que estava consumindo os meios de subsistência e desperdiçando o capital de que dispunha na compra de curiosos tomos importados de Londres e Paris, bem como na manutenção de um sórdido porão no distrito de Red Hook, onde quase todas as noites recebia delegações mistas de baderneiros e estrangeiros e aparentemente conduzia cerimônias desconhecidas por trás das cortinas verdes que cobriam aquelas janelas repletas de sigilo. Os detetives escolhidos para segui-lo relataram estranhos gritos e cânticos e rumores de passos durante esses ritos noturnos, e estremeceram ante o abandono e o êxtase que os acompanhavam, apesar da frequência com que ocorriam bizarras orgias naquela região torpe. Quando no entanto a matéria foi discutida em audiência, Suydam logrou manter a liberdade. Na presença do juiz, apresentou-se como um homem sensato e civilizado, e admitiu livremente a estranheza do comportamento e o caráter extravagante da linguagem que adotara em consequência da excessiva devoção ao estudo e à pesquisa. Segundo afirmou, dedicava-se à investigação de certos aspectos da tradição europeia que exigiam contato próximo com grupos estrangeiros e suas canções e danças folclóricas. A ideia de que estaria sendo usado por uma sociedade secreta, conforme afirmava a família, era patentemente absurda, e servia apenas para demonstrar um entendimento parco acerca de si e do trabalho que realizava. Com o triunfo dessas explicações contidas, o juiz deixou que partisse sem nenhuma restrição; e os detetives pagos pelos Suydam, pelos Corlear e pelos Van Brunt retiraram-se com um travo amargo de resignação.

Foi nesse momento que uma aliança de inspetores federais, juntamente com Malone, entrou no caso. Os agentes da lei acompanharam a ação movida contra Suydam com interesse, e em muitos casos foram chamados a fim de prestar auxílio aos detetives particulares. Nesse trabalho, descobriu-se que os novos contatos de Suydam incluíam os mais cruéis e mais terríveis criminosos que andavam pelos becos traiçoeiros de Red Hook, e que pelo menos um terço desses contatos eram criminosos reincidentes em casos de roubo, desordem e tráfico ilegal de imigrantes. A bem dizer, não seria exagero afirmar que o círculo desse velho acadêmico coincidia de maneira quase perfeita com as piores organizações criminosas responsáveis pelo tráfico lacustre de refugo asiático sabiamente recusado em Ellis Island. Nos pombais fervilhantes de Parker Place — desde então renomeado —, onde Suydam mantinha o porão, havia surgido uma colônia pouco usual de uma gente com olhos oblíquos que usava o alfabeto arábico mas era eloquentemente rejeitada pelas grandes massas de sírios que habitavam os arredores da Atlantic Avenue. Todos poderiam ter sido objeto de deportação por falta de documentação idônea, mas o legalismo move-se devagar, e ninguém mexe com Red Hook a não ser que a publicidade assim o exija.

Essas criaturas frequentavam uma igreja de pedra decrépita, usada às quartas-feiras como salão de baile, que erguia os arcobotantes góticos no setor mais sórdido de toda a zona portuária. Em nome, era uma igreja católica; mas os padres do Brooklyn negavam ao lugar qualquer tipo de reputação ou autenticidade, e os policiais tinham sido obrigados a concordar com esse veredito ao ouvir os sons que por lá se ouviam à noite. Malone imaginara ouvir terríveis notas graves de timbre agressivo vindas de um órgão secreto localizado no subterrâneo quando a igreja estava vazia e às escuras, ao passo que os demais observadores temiam os gritos e os tambores que acompanhavam as celebrações visíveis. Suydam, ao ser questionado, afirmou imaginar que aquele ritual fosse um resquício de cristandade nestoriana misturado ao xamanismo do Tibete. Segundo imaginava, a maioria das pessoas apresentava características mongoloides, e devia ter origem em um local próximo ao Curdistão — e Malone não pôde deixar de lembrar que o Curdistão é a terra dos yazidis, os últimos sobreviventes dos adoradores do demônio na

Pérsia. A despeito do que possa ter ocorrido, no entanto, a agitação causada pela investigação de Suydam demonstrou que esses contraventores recém-chegados estavam ocupando Red Hook em números cada vez maiores, graças a uma conspiração marítima que escapara à atenção dos oficiais da receita e da polícia portuária, espalhando-se por Parker Place e rapidamente subindo a colina, onde eram recebidos com um curioso fraternalismo pelos mais variados habitantes da região. As silhuetas atarracadas e os semblantes de olhos apertados, todos grotescamente trajados com a vistosa indumentária americana, surgiam em números cada vez maiores em meio aos gângsteres vadios e nômades que atuavam próximo à Prefeitura do distrito; e mais tarde foi preciso computar aqueles números para determinar a origem e a ocupação de cada um e encontrar uma forma de reuni-los e entregá-los às autoridades migratórias competentes. Essa foi a tarefa delegada a Malone por meio de um acordo celebrado entre a polícia federal e a polícia municipal; com o início do trabalho em Red Hook, o detetive sentiu-se à beira de um abismo de terrores inefáveis, no qual tinha a figura desgrenhada e desleixada de Robert Suydam como adversário e arqui-inimigo.

IV.

Os métodos policiais são engenhosos e variados. Por meio de falatórios despretensiosos, conversas propositalmente casuais, ofertas de um trago de álcool feitas em momento oportuno e diálogos judiciosos entabulados com prisioneiros assustados, Malone descobriu uma série de fatos isolados acerca do movimento cujo aspecto havia ganhado contornos ameaçadores. Os recém-chegados eram de fato curdos, porém falavam um dialeto obscuro e enigmático no que dizia respeito à filologia exata. Aqueles que trabalhavam ganhavam o sustento principalmente como estivadores e vendedores ambulantes, embora com frequência também servissem em restaurantes gregos e cuidassem de bancas de jornais pelas esquinas. A maioria, contudo, não tinha nenhum meio perceptível de ganhar a vida, e sem dúvida envolvia-se em atividades ligadas ao submundo, dentre as quais o contrabando e a venda ilegal de bebidas alcoólicas eram as menos indignas. Haviam chegado em navios comerciais a vapor, segundo parecia, e desembarcado às furtadelas em noites sem lua usando barcos a remo que avançavam sob um dos píeres e seguiam por um canal oculto rumo a um lago subterrâneo localizado embaixo de uma casa. Esse píer, esse canal e essa casa jamais foram localizados por Malone, pois os informantes tinham lembranças demasiado confusas e falavam em dialetos que ultrapassavam a capacidade mesmo dos mais talentosos intérpretes; tampouco foram obtidas informações úteis quanto aos motivos daquele tráfico sistemático. Os imigrantes mostraram-se reticentes quanto ao local exato de onde haviam partido, e jamais tiveram a guarda suficientemente baixa a ponto de revelar as agências que os haviam procurado e determinado aquela rota. A bem dizer, reagiam com medo extremo quando indagados acerca do motivo que os levara àquela região. Os gângsteres de outras linhagens mostravam-se igualmente taciturnos, e o máximo que se pôde descobrir foi que um deus ou um alto sacerdote lhes havia feito uma promessa de poderes inauditos, glórias sobrenaturais e domínios em terras estrangeiras.

O comparecimento de recém-chegados e velhos gângsteres às bem guardadas assembleias noturnas de Suydam era regular, e a polícia logo descobriu que aquele recluso empedernido havia locado quartos adicionais para receber os convidados que soubessem a senha; estes por fim ocuparam três casas inteiras que passaram a abrigar em caráter permanente muitas daquelas estranhas companhias. Suydam passava cada vez menos tempo na casa em Flatbush, e dava a impressão de se dirigir até lá somente a fim de pegar e largar certos livros; porém o rosto e os modos haviam ganhado um pavoroso toque de loucura. Por duas vezes Malone o entrevistou, porém em ambas foi bruscamente repelido. Segundo afirmou, não sabia de nada a respeito de complôs e movimentos secretos; e não tinha nenhuma ideia sobre como os curdos poderiam ter entrado, nem sobre o que podiam querer. Sua preocupação era estudar, sem importunações, o folclore de todos os imigrantes do distrito; um assunto que em absoluto não dizia respeito à polícia. Malone falou sobre a admiração que sentia pela antiga brochura escrita por Suydam a respeito da Cabala e de outros mitos, porém o enternecimento do acadêmico foi apenas momentâneo. Logo percebeu tratar-se de uma intrusão e rechaçou o visitante nos termos mais claros possíveis; por fim, Malone partiu contrariado e decidiu concentrar-se em outros canais de informação.

O que Malone teria descoberto se houvesse continuado o trabalho nesse caso, jamais saberemos. Da maneira como foi, um conflito estúpido entre as autoridades federais e municipais suspendeu as investigações por vários meses, durante os quais o detetive ocupou-se com outros afazeres. Porém em nenhum momento perdeu o interesse ou deixou de impressionar-se com aquilo que sucedeu a Robert Suydam. Justo na época em que uma série de sequestros e desaparecimentos espalhou-se por Nova York, o acadêmico desleixado embarcou numa metamorfose surpreendente e até mesmo absurda. Certo dia avistaram-no nas imediações da Prefeitura do distrito com o rosto bem escanhoado, os cabelos aparados e trajes impecáveis de indiscutível bom gosto, e a partir de então cada novo dia trazia melhorias obscuras. Suydam manteve esse novo asseio sem interrupções, acrescentou-lhe brilho nos olhos e clareza na dicção e aos poucos começou a perder a corpulência que por um longo tempo lhe havia deformado o corpo. Com o aspecto remoçado, logo tratou de adquirir destreza ao caminhar e leveza de temperamento para combinar com essa nova tradição, e ademais passou a exibir um curioso escurecimento dos cabelos que por um motivo ou outro não trazia sugestões de tintura. À medida que os meses passavam, Suydam começou a vestir-se de maneira cada vez menos conservadora, e por fim surpreendeu os novos amigos ao reformar e redecorar a mansão de Flatbush, que foi reinaugurada em uma série de recepções para as quais foram convidados todos os conhecidos de quem pôde lembrar-se, e durante as quais as boas-vindas foram estendidas aos familiares perdoados que ainda em tempos recentes haviam tentado contê-lo. Uns compareceram por curiosidade, outros por dever; mas todos sentiram-se fascinados pela graça e pela civilidade evidenciadas pelo ex-eremita. Suydam afirmou que tinha completado a maior parte do trabalho a que se dedicava; e, por ter herdado certas propriedades de um amigo europeu meio olvidado, fazia planos de passar os anos que lhe restavam naquela segunda juventude que a leveza, o cuidado e a dieta lhe haviam proporcionado. Com frequência cada vez menor era visto em Red Hook, e com frequência cada vez maior voltava-se à sociedade em que havia nascido. Os policiais notaram entre os gângsteres uma tendência a reunir-se na velha igreja de pedra e salão de baile, e não mais no porão em Parker Place, mesmo que tanto este último como os recentes anexos ainda fervilhassem com uma vida deletéria.

Logo a seguir ocorreram dois incidentes bastante espaçados, embora ambos suscitassem profundo interesse no caso, segundo a leitura de Malone. Um foi a publicação discreta, em uma edição do *Eagle*, do noivado de Robert Suydam com a srta. Cornelia Gerritsen, de Bayside — uma moça de excelente posição e parente distante do envelhecido noivo; o outro foi uma busca feita pela polícia no salão de baile após uma denúncia de que o rosto de uma criança raptada fora avistado por um instante numa das janelas do porão. Malone participara dessa busca e, uma vez lá dentro, estudou o lugar com o maior cuidado possível. Nada foi encontrado — a bem dizer, a construção estava deserta quando da averiguação —, porém as sensibilidades do celta foram perturbadas de maneira vaga por muitas coisas naquele interior. Havia painéis grosseiramente pintados que não o agradaram em nada — painéis que exibiam rostos sacros com expressões particularmente mundanas e sardônicas, e que por vezes tomavam liberdades que mesmo para o decoro de um leigo dificilmente pareceriam toleráveis. A inscrição em grego que encimava o púlpito tampouco foi motivo de agrado; pois tratava-se de um feitiço ancestral com o qual já havia se deparado ainda na época de estudante em Dublin, e que dizia, em tradução literal:

> Ó amigo e companheiro da noite, tu que te regozijas com o ladrar dos cães e com o sangue derramado, que vagueias pelas sepulturas em meio às sombras, que anseias pelo sangue e promoves o terror entre os mortais, Gorgo, Mormo, lua de mil semblantes, olha com favor para os nossos sacrifícios!

Ao fazer essa leitura Malone estremeceu e recordou-se vagamente das notas graves daquele órgão de timbre agressivo que imaginou ter ouvido sob a igreja em certas noites. E estremeceu mais uma vez ao perceber a ferrugem na borda de um recipiente de metal sobre o altar, e deteve-se com os nervos à flor da pele quando suas narinas deram a impressão de captar um odor inesperado e sinistro em um ponto qualquer da vizinhança. A memória do órgão foi motivo de assombro, e Malone explorou o porão com especial desvelo antes de partir. O local parecia-lhe odioso; seriam aqueles painéis e inscrições blasfemas mais do que simples grosserias perpetradas por ignorantes?

Na altura do casamento de Suydam, uma verdadeira epidemia de sequestros tornou-se um escândalo popular nos jornais. Quase todas as vítimas eram crianças pequenas das classes mais baixas, porém o crescente número de desaparições havia despertado um sentimento de intensa fúria. Os jornais exigiam a ação da polícia, e mais uma vez a delegacia da Butler Street despachou homens para Red Hook a fim de colher pistas, fazer descobertas e prender criminosos. Malone sentiu-se contente por estar mais uma vez naquela trilha, e orgulhou-se da busca feita a uma das casas de Suydam em Parker Place. A bem da verdade, nenhuma criança foi encontrada por lá, apesar das histórias de gritos e da fita vermelha encontrada em frente à entrada do porão; mas as pinturas e as inscrições grosseiras nas paredes descascadas de quase todos os cômodos, bem como o primitivo laboratório químico mantido no sótão, foram suficientes para convencer o detetive de que estava prestes a fazer uma descoberta formidável. As pinturas eram terríveis — monstros horrendos dos mais variados tamanhos e formatos, e paródias de silhuetas humanas que não se prestam à descrição. As inscrições eram feitas em vermelho, e usavam alternadamente os alfabetos grego, romano, árabe e hebraico. Malone não conseguia ler muita coisa, mas o pouco que pôde decifrar era deveras agourento e cabalístico. Um lema repetido com frequência parecia ter sido escrito numa espécie de grego helênico hebraicizado, e sugeria as mais terríveis evocações demoníacas em toda a decadência alexandrina:

> HEL • HELOYM • SOTHER • EMMANVEL • SABAOTH • AGLA • TETRAGRAMMATON • AGYROS • OTHEOS • ISCHYROS • ATHANATOS • IEHOVA • VA • ADONAI • SADAY • HOMOVSION • MESSIAS • ESCHEREHEYE.

Círculos e pentagramas assomavam por todos os lados e contavam as histórias das singulares crenças e aspirações daqueles que moravam em meio àquela torpitude. Foi no porão, contudo, que os homens fizeram a mais estranha descoberta — por baixo de uma lona havia uma pilha de lingotes de ouro genuíno, cujas superfícies reluzentes traziam estampados os mesmos estranhos hieróglifos que adornavam as paredes. Durante a busca a polícia encontrou somente a resistência passiva dos orientais de olhos puxados que se amontoavam em cada porta. Uma vez que nada relevante foi encontrado, tudo permaneceu como estava; porém o chefe do distrito policial escreveu uma mensagem a Suydam aconselhando-o a averiguar o caráter de seus inquilinos e protegidos em vista do crescente clamor popular.

V.

Depois veio o casamento em junho e a grande sensação. Flatbush estava alegre ao meio-dia, e carros decorados com flâmulas enchiam as ruas próximas à antiga igreja holandesa, onde um toldo estendia-se da porta até a estrada. Nenhum evento local superou as núpcias de Suydam e Gerritsen em termos de gosto e opulência, e o pequeno séquito que acompanhou o noivo e a noiva a Cunard Pier, se não foi o mais elegante já visto por aquelas bandas, pelo menos foi material digno para as colunas sociais. Às cinco horas todos se despediram, e o ponderoso cruzeiro afastou-se do longo píer, lentamente apontou a proa em direção ao mar, soltou-se do rebocador e fez caminho em direção às águas cada vez mais largas que levavam às maravilhas do Velho Mundo. À noite o porto estava vazio, e os transeuntes podiam observar as estrelas que cintilavam acima do límpido oceano.

Se o primeiro a receber atenção foi o grito ou o navio a vapor, ninguém saberia dizer. Provavelmente os acontecimentos foram simultâneos, mas resolver a questão seria inútil. O grito veio da cabine de Suydam, e o marinheiro que arrombou a porta talvez pudesse relatar coisas horríveis se não tivesse sucumbido à loucura completa — da maneira como tudo se passou, o homem pôs-se a gritar mais alto do que as primeiras vítimas, e depois correu de um lado para outro com um sorriso largo no rosto até que o capturassem e acorrentassem-no. O médico do navio, que entrou na cabine e acendeu as luzes no instante seguinte, não enlouqueceu, porém não contou a ninguém o que viu a não ser mais tarde, ao corresponder-se com Malone em Chepachet. Foi um assassinato — por estrangulamento —, mas não seria preciso dizer que a marca de garra na garganta da sra. Suydam não poderia ter sido deixada pela mão do esposo ou de qualquer outro ser humano, nem que sobre a parede branca por um instante reluziu uma odiosa divisa em vermelho que, ao ser mais tarde reproduzida a partir da memória, revelou não ser nada menos do que as temíveis letras caldeias que soletravam o nome "LILITH". Não seria preciso mencionar essas coisas porque sumiram depressa — quanto a Suydam, pelo menos era possível isolar a cabine enquanto não se chegava a uma conclusão sobre o que pensar. O médico garantiu a Malone que não tinha visto *AQUILO*. Logo antes do acender das luzes, a vigia aberta cintilou por um instante com uma certa fosforescência, e naquele momento pareceu ecoar em meio à noite do outro lado a sugestão de uma risada abafada e infernal; porém nenhuma silhueta definida apresentou-se ao olhar. Como prova do que afirma, o médico invoca a própria sanidade.

Depois o navio a vapor tornou-se o objeto de todas as atenções. Um barco surgiu na água, e uma horda de insolentes facínoras de tez escura que trajavam roupas do oficialato tomou conta do navio da Cunard momentaneamente impedido de avançar. Estavam em busca de Suydam ou de seu cadáver — sabiam tudo sobre a viagem e tinham motivos para crer que ele acabaria morto. O convés do capitão era quase um pandemônio; pois naquele instante, entre o relato do médico na cabine e as exigências dos homens do navio a vapor, nem mesmo os mais sérios e mais sábios marinheiros souberam como agir. De repente o líder dos marinheiros visitantes, um árabe com odiosos lábios negroides, puxou um papel sujo e amassado e entregou-o ao capitão. O papel estava assinado por Robert Suydam, e trazia uma mensagem deveras peculiar:

> Em caso de acidente súbito e inexplicável ou morte, favor entregue-me (ou o meu cadáver) sem questionamentos ao portador desta mensagem e de seus acompanhantes. Tudo — para mim, e talvez para o senhor — depende da observância rigorosa desta solicitação. As explicações virão mais tarde — não me falhe justamente agora.
>
> ROBERT SUYDAM

O capitão e o médico olharam um para o outro, e o último sussurrou um comentário para o primeiro. Por fim, os dois fizeram um aceno de cabeça resignado e conduziram os homens à cabine de Suydam. O médico desviou o olhar do capitão enquanto destrancava a porta e franqueava acesso aos estranhos marinheiros, e não respirou aliviado enquanto os homens não se afastaram levando consigo aquele estranho fardo após uma preparação inexplicavelmente demorada. Suydam foi enrolado nas roupas de cama que guarneciam os beliches, e o médico sentiu-se aliviado ao perceber que a silhueta não era demasiado reveladora. De algum modo os homens conseguiram descer com aquilo pelo costado e tornar ao vapor em que haviam chegado sem jamais remover a cobertura. O navio da Cunard tornou a fazer caminho, e o médico e o encarregado funerário dirigiram-se à cabine de Suydam para realizar as cerimônias fúnebres ainda possíveis. Mais uma vez o médico foi obrigado a manter a reticência e a mendacidade, pois acontecera uma coisa infernal. Quando o encarregado funerário perguntou-lhe por que motivo havia extraído todo o sangue da sra. Suydam, o médico furtou-se a dizer que não agira dessa forma; e tampouco apontou para os espaços vazios na estante, antes ocupados por garrafas, ou para o forte odor vindo da pia, que evidenciavam o descarte apressado de todo o conteúdo original daqueles recipientes. Os bolsos daqueles homens — se homens realmente fossem — apresentaram um volume terrível quando deixaram o navio. Duas horas mais tarde, graças ao rádio o mundo já sabia tudo o que haveria de saber quanto ao terrível ocorrido.

VI.

Naquela mesma noite de junho, sem ter recebido notícias do mar, Malone viu-se desesperadamente ocupado em meio aos becos de Red Hook. Uma agitação repentina parecia haver tomado conta do local — e, como que informados pelo "telegrama à boca miúda" de uma situação fora do normal, os habitantes amontoaram-se repletos de expectativa ao redor da igreja usada como salão de baile e das casas em Parker Place. Três crianças haviam desaparecido — noruegueses de olhos azuis que habitavam as ruas que levavam a Gowanus — e havia rumores de que uma turba se formava em meio aos vikings que habitavam aquela região. Por semanas Malone tentara convencer os colegas a promover uma limpeza geral; por fim, movidos por condições mais óbvias ao próprio senso comum do que pelas conjecturas de um sonhador de Dublin, os homens concordaram em desfechar o golpe final. A inquietude e a ameaça presentes naquele entardecer foram os fatores decisivos, e por volta da meia-noite um grupo de busca formado por integrantes de três delegacias deslocou-se a Parker Place e arredores. Portas foram arrombadas, retardatários foram detidos e cômodos iluminados por velas foram abertos a fim de desincrustar inacreditáveis multidões de estrangeiros mestiços que usavam mantos trabalhados, mitras e outros acessórios inexplicáveis. Muito se perdeu na escaramuça, pois objetos foram jogados às pressas em dutos inesperados e odores sugestivos foram abafados pelo acendimento repentino de incenso pungente. Mas havia sangue espalhado por toda parte, e Malone estremeceu a cada vez que viu um braseiro ou um altar de onde a fumaça ainda se erguia.

Ele queria estar em vários lugares ao mesmo tempo, e decidiu-se a visitar o porão de Suydam apenas quando um mensageiro lhe informou que a dilapidada igreja usada como salão de baile estava de todo vazia. O local, segundo imaginava, devia trazer pistas sobre o culto do qual o acadêmico ocultista sem dúvida havia se tornado líder; e foi com um sentimento real de expectativa que Malone revistou os cômodos bolorentos, inalou o odor vagamente mortuário e examinou os curiosos livros, instrumentos, lingotes de ouro e recipientes de vidro espalhados de qualquer jeito por todos os lados. A certa altura um magro gato preto e branco passou entre suas pernas e fê-lo tropeçar, ao mesmo tempo derrubando um béquer repleto de líquido vermelho. O choque foi profundo, e ainda hoje Malone não tem certeza quanto àquilo que viu; mas em sonhos ainda vê aquele gato esgueirando-se para longe com alterações e peculiaridades monstruosas. Depois veio a porta trancada que levava ao andar inferior e a busca de um objeto para derrubá-la. Um banco resistente estava próximo, e o assento robusto mostrou-se mais do que suficiente para vencer as antigas tábuas. Uma rachadura formou-se e alargou-se, e logo a porta como um todo cedeu — mas a partir do *outro* lado, de onde soprou um tumulto ululante de vento gélido que trazia consigo todos os fedores do poço sem fim, e de onde chegava uma força de sucção que não podia ter origem na terra nem no céu, que, enrodilhando-se como que sencientemente ao redor do detetive paralisado, arrastou-o para o interior da abertura e desceu por espaços imensuráveis ocupados por sussurros e uivos, e surtos de risadas zombeteiras.

Claro que não passou de um sonho. Foi o que todos os especialistas lhe disseram, e Malone não dispunha de nada para fazer prova do contrário. De fato, preferia que fosse assim; pois dessa forma a visão daqueles velhos cortiços de tijolos e daqueles rostos escuros e estrangeiros não lhe roeria a alma. Mas na hora pareceu horrendamente real, e nada poderá jamais apagar a memória das criptas noctíferas, das arcadas titânicas e dos vultos infernais que andavam silenciosamente a passos largos, tendo nos braços coisas parcialmente devoradas cujas porções sobreviventes suplicavam aos gritos ou gargalhavam em desvario. Odores de incenso e decomposição juntavam-se ao repulsivo concerto, e o ar negro parecia estar animado pelo volume nebuloso e visível de coisas elementais e amorfas dotadas de olhos. Em algum ponto uma água lodosa chapinhava contra píeres de ônix, e a certa altura o retinir pavoroso de sinetas estridentes soou em resposta à risada insana de uma coisa nua e fosforescente que chegou a nado, subiu na margem e logo escalou um pedestal esculpido em ouro, onde postou-se de cócoras tendo um sorriso malicioso na cara.

Túneis de noite infinda pareciam abrir-se em todas as direções, e poder-se-ia imaginar que o local fosse a raiz de um contágio destinado a infectar e engolir cidades para mais tarde envolver nações inteiras no fedor da pestilência híbrida. O pecado cósmico saturava aquele espaço, e graças à supuração assegurada por rituais profanos havia começado a zombeteira marcha da morte que nos faria apodrecer, transformando-nos em anomalias fungoides demasiado horrendas para a campa. Era lá que Satã presidia a corte da Babilônia; no sangue da infância imaculada, o corpo leproso de Lilith era banhado. Íncubos e súcubos uivavam loas a Hécate, e bezerros sem cabeça baliam homenagens à Magna Mater. Bodes saltavam ao som de estridentes flautas amaldiçoadas, e egipãs corriam sem parar atrás de faunos deformados por rochas disformes como sapos túrgidos. Moloch e Astaroth encontravam-se presentes; pois na quintessência da danação os limites da consciência eram abandonados, e a fantasia humana encontrava-se aberta a panoramas de todos os reinos de horror e a todas as dimensões proscritas que o mal tem o poder de moldar. O mundo e a Natureza não tinham forças contra as investidas feitas pelas mais recônditas profundezas da noite, e não haveria sinal ou oração capaz de pôr em xeque o horror de Walpurgis que se havia precipitado quando o sábio em posse de uma odiosa chave encontrara a horda em posse de um baú trancado e repleto de sabedoria demoníaca.

De repente um raio de luz tangível atravessou esses fantasmas, e Malone ouviu o som de remos em meio às blasfêmias de coisas que deviam estar mortas. Um barco surgiu com uma lanterna na proa, prendeu-se a uma argola de ferro no viscoso píer de pedra e vomitou diversos homens de tez escura que traziam um fardo longo, envolto em roupas de cama. Levaram-no até a coisa nua e fosforescente sobre o pedestal esculpido em ouro, e a coisa riu e cutucou o embrulho do fardo. Então os homens desembrulharam e puseram em frente ao pedestal o corpo gangrenoso de um velho corpulento com barba por fazer e cabelos brancos e desgrenhados. A coisa fosforescente tornou a rir e os homens tiraram garrafas dos bolsos e começaram a ungir-lhe os pés com uma substância vermelha — e a seguir entregaram os frascos à coisa para que bebesse daquele líquido.

De repente, de um dos túneis em arco que levava a distâncias infinitas vieram os arquejos e os estertores de um órgão blasfemo, que gorgolejava e tossia zombarias do inferno com um baixo agressivo e sardônico. No instante seguinte, todas as entidades móveis pareceram eletrificadas; e, prontamente formando uma procissão cerimonial, a horda de pesadelo deslizou para longe em busca do som — bodes, sátiros e egipãs, íncubos, súcubos e lêmures, sapos disformes e elementais amorfos, silhuetas com cabeça de cão e passadas silentes em meio à negrura — tendo à frente a abominável coisa nua e fosforescente que havia se postado de cócoras sobre o trono esculpido em ouro, e que naquele instante caminhava com passos largos e insolentes tendo nos braços o cadáver de olhos vidrados que pertencera ao velho corpulento. Os estranhos homens de tez escura dançavam ao fundo, e a coluna inteira pulava e saltava em uma fúria dionisíaca. Malone avançou cambaleante no encalço dos homens em meio à confusão e ao delírio, e incerto quanto ao lugar que ocupava na Terra ou em qualquer outro mundo. Depois se virou, hesitou e caiu prostrado sobre a pedra fria e úmida, arfando e tremendo enquanto o órgão demoníaco continuava a coaxar, e os uivos, tambores e sinetas da procissão ensandecida tornavam-se cada vez mais distantes.

Por mais um tempo, teve uma vaga consciência de horrores entoados e coaxares horrendos ao longe. De vez em quando um uivo ou um lamento de devoção cerimonial vindo da arcada negra o alcançava, e de tempos em tempos erguia-se o pavoroso encantamento grego cujo texto ele havia lido acima do púlpito na igreja usada como salão de baile.

"Ó amigo e companheiro da noite, tu que te regozijas com o ladrar dos cães (*nesse ponto ergueu-se um uivo terrível*) e com o sangue derramado (*nesse ponto sons indescritíveis altearam-se com berros mórbidos*), que vagueias pelas sepulturas em meio às sombras (*nesse ponto ouviu-se um suspiro assoviante*), que anseias pelo sangue e promoves o terror entre os mortais (*gritos breves de uma miríade de gargantas*), Gorgo (*repetido como resposta*), Mormo (*repetido com êxtase*), lua de mil semblantes (*suspiros e flauteios*), olha com favor para os nossos sacrifícios!"

Quando o cântico cessou houve um grito em uníssono, e fortes tons sibilantes quase abafaram o coaxar do órgão de timbre agressivo. Depois veio o ofegar de inúmeras gargantas e por fim uma babel de palavras latidas e balidas — "Lilith, Grandiosa Lilith, contempla o teu Noivo!". Mais gritos, o clamor de um alvoroço e logo os passos claros e marcados de uma figura que corria. Os passos chegaram mais perto e Malone ergueu-se sobre o cotovelo para ver melhor.

A luminosidade da cripta, que fora atenuada, tornou a ganhar intensidade; e sob aquela luz demoníaca revelou-se o vulto em fuga daquilo que não devia fugir nem sentir ou respirar — o cadáver gangrenoso de olhos vidrados que pertencera ao velho corpulento, naquele instante sem nenhum tipo de apoio, porém animado por uma feitiçaria infernal do rito recém-celebrado. Em seu encalço corria a coisa nua, risonha e fosforescente que deixara o pedestal entalhado, e ainda mais atrás resfolegavam os homens de tez escura e todo o temível bando de horror senciente. O cadáver abria vantagem em relação aos perseguidores e parecia avançar rumo a um objetivo definido, empenhando as forças de cada músculo pútrido para chegar ao pedestal de ouro, cuja importância necromântica era sem dúvida tremenda. No momento seguinte esse objetivo foi alcançado, enquanto a turba de retardatários continuava a avançar com velocidade ainda mais frenética. Porém não houve tempo, pois em uma última demonstração de força que rompeu tendões e fez aquela massa abjeta prostrar-se ao chão em um estado de putrefação gelatinosa, o cadáver de olhar fixo que outrora fora Robert Suydam atingiu seu objetivo e seu triunfo. O esforço fora tremendo, mas a força bastara-lhe; e, enquanto desmoronava em uma poça de sânie lodacenta, o pedestal empurrado balançou-se, virou e por fim caiu da base de ônix, precipitando-se nas densas águas mais abaixo e emitindo um último brilho de ouro entalhado à medida que afundava devagar rumo aos inconcebíveis pélagos nas profundezas do Tártaro. Naquele instante toda a cena de horror esmaeceu e transformou-se em nada ante os olhos de Malone; este desmaiou em meio a um apavorante estrondo que pareceu apagar todo aquele universo maligno.

VII.

O sonho de Malone, vivenciado por completo antes que soubesse da morte de Suydam e da transferência ocorrida no mar, foi curiosamente suplementado pela estranha realidade do caso — conquanto essa não seja razão suficiente para dar-lhe crédito. As três casas antigas em Parker Place, sem dúvida acometidas pela mais insidiosa forma de podridão, desmoronaram sem motivo enquanto metade dos policiais e quase todos os prisioneiros encontravam-se no lado de dentro; e um grande número de ambos os lados morreu no mesmo instante. Somente nos porões houve salvamento de vidas, e Malone teve a sorte de estar nas profundezas sob a casa de Robert Suydam. Pois realmente estava lá: esse é um fato que ninguém se dispõe a negar. Encontraram-no inconsciente, à margem de uma poça negra como a noite, tendo a poucos metros de si um horrendo amontoado de matéria pútrida e ossos, mais tarde identificado pela arcada dentária como o cadáver de Suydam. A solução do caso era simples, pois era para lá que o canal subterrâneo dos traficantes se dirigia; e os homens que retiraram Suydam do navio haviam-no levado para casa. Quanto a esses homens, jamais foram encontrados, ou sequer identificados; e o médico no navio ainda não se deu por satisfeito com as convicções demasiado simples da polícia.

Suydam com certeza era o líder de uma ampla operação de tráfico de pessoas, pois o canal que levava à sua casa era apenas um entre vários outros túneis e canais pela vizinhança. Havia um túnel que levava de sua casa a uma cripta abaixo da igreja usada como salão de baile; uma cripta acessível a partir da igreja somente por meio de uma estreita passagem secreta na parede norte, em cujas câmaras foram feitas descobertas de coisas singulares e terríveis. O órgão coaxante estava lá, bem como uma vasta capela em arco com bancos de madeira e um altar com estranhas figuras. As paredes eram ocupadas por exíguas celas, e em dezessete cubículos — este é um relato horrível de fazer — prisioneiros em um estado completo de imbecilidade estavam acorrentados, entre os quais havia quatro mães com crianças de aparência perturbadoramente estranha. Essas crianças morreram pouco depois de serem expostas à luz — uma circunstância que os médicos julgaram misericordiosa. Dentre os homens presentes durante a inspeção não houve ninguém salvo Malone que recordasse a sombria questão levantada pelo velho Delrio: "*An sint unquam daemones incubi et succubae, et an ex tali congressu proles nasci queat?*".

Antes que os canais fossem aterrados procedeu-se a uma dragagem completa, que revelou uma quantidade impressionante de ossos lascados e serrados de todos os tamanhos imagináveis. A origem da epidemia de sequestros fora sem dúvida encontrada, embora somente dois prisioneiros sobreviventes tenham sido legalmente vinculados aos incidentes. Hoje esses homens encontram-se na prisão, uma vez que foram absolvidos das acusações de cumplicidade nos assassinatos. O pedestal ou trono de ouro entalhado com frequência mencionado por Malone como um item de cabal relevância ocultista jamais foi recuperado, embora houvesse um ponto sob a casa de Suydam onde o canal desaguava em um poço demasiado fundo para a dragagem. Esse poço teve a boca fechada e cimentada quando os porões das novas casas foram construídos, porém Malone com frequência especula sobre o que pode haver lá embaixo. A polícia, certa de que acabara com uma perigosa gangue de maníacos e traficantes de pessoas, entregou às autoridades federais todos os curdos não condenados, que antes da deportação foram identificados como yazidis adoradores do demônio. O navio a vapor e a tripulação permanecem como um mistério insondável, embora os detetives mais cínicos estejam dispostos a combater novamente as atividades de tráfico humano e fabricação ilegal de rum. Na opinião de Malone, esses detetives evidenciaram uma perspectiva tristemente limitada com a ausência de espanto ante a miríade de detalhes inexplicáveis e a sugestiva obscuridade do caso visto como um todo — embora seja igualmente crítico dos jornais, que nada mais viram senão uma sensação mórbida e nada mais fizeram senão noticiar com evidente satisfação um pequeno culto de sádicos que poderia ser apresentado como um horror diretamente saído das entranhas do universo. Porém mesmo assim Malone considera-se satisfeito com o silêncio em Chepachet, onde tenta acalmar os nervos e reza para que o tempo aos poucos seja capaz de transferir essa terrível experiência da realidade presente para a distância pitoresca e quase mítica.

Robert Suydam repousa ao lado da esposa no cemitério Green-Wood. Não houve funeral para os ossos que foram entregues, e os parentes demonstraram alívio com o rápido esquecimento a que o caso logo foi relegado. De fato, a ligação do acadêmico com os horrores de Red Hook nunca foi registrada como prova legal, uma vez que sua morte pôs fim ao inquérito que de outra forma seria iniciado. O fim de Suydam raramente é mencionado, e a família espera que a posteridade recorde-o simplesmente como um recluso gentil e indefeso que se interessava por folclore e magia.

Quanto a Red Hook — o local permanece o mesmo. Suydam chegou e partiu; um terror reuniu-se e dispersou-se; porém o espírito maligno da escuridão e da sordidez permanece vivo entre os mestiços das antigas casas de tijolos, e bandos de vadios sem ocupação conhecida seguem passando em frente a janelas onde luzes e rostos contorcidos aparecem e desaparecem de maneira inexplicável. O horror ancestral é uma hidra de mil cabeças, e os cultos às trevas firmam raízes em blasfêmias mais profundas do que o poço de Demócrito. A alma da besta é onipresente e triunfante, e as legiões de Red Hook, formadas por rapazes de olhos cansados e rostos marcados, ainda entoam cânticos, imprecações e uivos enquanto avançam em fila de abismo em abismo — ninguém sabe de onde ou para onde — impelidos por leis cegas da biologia que talvez jamais compreendam. Como antes, mais pessoas entram em Red Hook do que saem, pelo menos por terra, e correm rumores de que novos canais subterrâneos levam a centros de contrabando e de outras práticas que não devem ser mencionadas.

A igreja usada como salão de baile hoje é quase exclusivamente um salão de baile, e à noite rostos esquisitos surgem nas janelas. Em tempos recentes um policial afirmou que a cripta aterrada fora novamente aberta sem nenhum motivo plausível. Quem somos nós para combater venenos mais antigos que a história e a humanidade? Na Ásia os macacos dançaram perante esses horrores, e o câncer permanece à espreita e espalha-se onde a furtividade se esconde em fileiras de tijolos decrépitos.

Malone não estremece sem motivo — pois recentemente um oficial escutou uma velha de tez escura e com olhos apertados ensinando a uma criança pequena um patoá sussurrado em frente à entrada de um porão. O homem pôs-se a escutar e achou muito estranho quando ouviu-a repetir:

> Ó amigo e companheiro da noite, tu que te regozijas com o ladrar dos cães e com o sangue derramado, que vagueias pelas sepulturas em meio às sombras, que anseias pelo sangue e promoves o terror entre os mortais, Gorgo, Mormo, lua de mil semblantes, olha com favor para os nossos sacrifícios!

A busca onírica por Kadath

Por três vezes Randolph Carter sonhou com a cidade maravilhosa, e por três vezes perdeu-a enquanto se detinha no alto do terraço que a dominava. Dourada e bela, a cidade refulgia ao pôr do sol, com muros, templos, colunatas e pontes em arco entalhadas em mármore, fontes com bacias de prata que lançavam borrifos prismáticos em amplas esplanadas e jardins perfumados e ruas largas que marchavam por entre árvores delicadas e urnas repletas de flores e estátuas de marfim dispostas em fileiras esplendorosas; enquanto nas íngremes encostas ao norte empilhavam-se fileiras de telhados vermelhos e antigas empenas triangulares que abrigavam pequenas ruelas onde a grama crescia por entre as pedras do calçamento. Era uma febre dos deuses; uma fanfarra de trombetas sobrenaturais e um clangor de címbalos imorredouros. O mistério pairava sobre a cidade como as nuvens sobre uma montanha erma; e enquanto permanecia ansioso e com a respiração suspensa junto à balaustrada do parapeito, Carter foi atingido pelo ímpeto e pelo mistério da memória quase esmaecida, pela dor da perda e pela necessidade enlouquecedora de mais uma vez encontrar o que outrora tinha sido um lugar prodigioso e relevante.

Ele sabia que aquele significado outrora devia ter sido absoluto, embora não soubesse dizer em que ciclo ou encarnação o havia conhecido, nem se em sonho ou em vigília. O sentimento evocava vislumbres de uma primeira juventude distante e esquecida, em que o prazer e o deslumbramento estavam em todo o mistério dos dias, e tanto a aurora como o crepúsculo chegavam profeticamente ao som de alaúdes e canções, abrindo os portões encantados que davam acesso a outros portentos ainda mais surpreendentes. Porém toda noite, quando chegava ao elevado terraço de mármore com as curiosas urnas e os balaústres entalhados e olhava para além da silenciosa cidade ao pôr do sol dotada de beleza e imanência extraterrenas, Carter sentia os grilhões dos tirânicos deuses dos sonhos; pois de nenhum modo conseguia deixar aquele ponto altaneiro ou galgar os amplos e marmóreos lances de escada que desciam interminavelmente até onde as ruas de bruxaria ancestral estendiam-se e fascinavam.

Quando pela terceira vez acordou sem descer os lances marmóreos e sem explorar as silenciosas ruas ao pôr do sol, rezou com paciência e fervor para os deuses ocultos dos sonhos que habitam com todos os caprichos divinos acima das nuvens na desconhecida Kadath, em meio à desolação gelada onde nenhum homem caminha. Porém os deuses não ofereceram resposta e não fizeram menção de ceder, e tampouco deram qualquer sinal favorável quando Carter rezou em sonho e invocou-os através de sacrifícios com o auxílio dos barbados sacerdotes Nasht e Kaman-Thah, cujo templo no interior de uma caverna com um pilar de fogo localiza-se próximo aos portões do mundo em vigília. As orações, no entanto, deram a impressão de causar efeitos adversos, pois já depois da primeira Carter cessou por completo de vislumbrar a cidade maravilhosa, como se os três vislumbres de longe tivessem sido meros acidentes ou descuidos que contrariavam o plano ou o desígnio oculto dos deuses.

Por fim, farto de ansiar pelas cintilantes ruas ao pôr do sol e pelas crípticas estradas que cortavam as colinas por entre telhados ancestrais, e incapaz de afastá-las dos pensamentos, fosse no sono ou na vigília, Carter decidiu aventurar-se onde homem nenhum jamais havia estado e desafiar os gélidos desertos mergulhados na escuridão onde a desconhecida Kadath, envolta em nuvens e coroada por estrelas inimaginadas, mantém secreto e noturno o castelo de ônix dos Grandes Deuses.

Em um leve cochilo, desceu os setenta degraus rumo à caverna da chama e falou sobre os próprios desígnios com os barbados sacerdotes Nasht e Kaman-Thah. Os sacerdotes balançaram as cabeças cingidas com pschents e asseveraram que aquela seria a morte anímica de Carter. Afirmaram que os Grandes Deuses já haviam manifestado seus desejos, e que não seria aconselhável perturbá-los com súplicas insistentes. Lembraram-no também de que não apenas homem nenhum jamais havia estado na desconhecida Kadath, mas homem nenhum sequer imaginava em que parte do espaço poderia localizar-se — se nas terras oníricas ao redor do nosso mundo ou se naquelas que circundam uma insuspeita companheira de Formalhaut ou Aldebarã. Se estivesse localizada em nossas terras oníricas, talvez fosse possível alcançá-la; mas desde o primórdio dos tempos apenas três almas completamente humanas tinham atravessado e reatravessado os impiedosos abismos negros em direção a outras terras oníricas, e duas haviam retornado com a sanidade um tanto abalada. Nessas viagens sempre existem perigos incalculáveis, bem como o perigo supremo que balbucia coisas inefáveis para além do universo ordenado, onde nenhum sonho alcança — o derradeiro flagelo amorfo da mais profunda confusão que blasfema e borbulha no centro da infinitude — o ilimitado demônio-sultão Azathoth, cujo nome não existem lábios que se atrevam a pronunciar em voz alta, e que rói faminto em câmaras inconcebíveis e escuras para além do tempo em meio à cadência abafada e enlouquecedora de vis tambores e ao gemido estridente e monótono de flautas amaldiçoadas, em cujo ritmo abominável dançam de maneira lenta, desajeitada e absurda os gigantescos deuses supremos — os cegos, mudos, tenebrosos e irracionais Outros Deuses cujo espírito e mensageiro é o caos rastejante Nyarlathotep.

Quanto a essas coisas Carter foi alertado pelos sacerdotes Nasht e Kaman-Thah na caverna da chama, porém mesmo assim decidiu encontrar os deuses na desconhecida Kadath em meio à desolação gelada, onde quer que ficasse, e assim reconquistar o vislumbre e a lembrança e o abrigo daquela maravilhosa cidade ao pôr do sol. Sabia que a jornada seria longa e estranha, e que os Grandes Deuses seriam contra; porém, estando habituado às terras dos sonhos, contava com inúmeras memórias e artimanhas úteis que poderiam ajudá-lo. Assim, depois de pedir uma bênção de adeus aos sacerdotes, desceu os setecentos degraus até o Portão do Sono Profundo fazendo planos e a seguir embrenhou-se no bosque encantado.

Nos túneis do bosque retorcido, cujos prodigiosos carvalhos emaranham os galhos e cintilam com a fosforescência de estranhos fungos, habitam os furtivos zoogs, que conhecem inúmeros segredos obscuros dos mundos oníricos e também do mundo em vigília, uma vez que o bosque tange as terras dos homens em dois pontos, embora fosse desastroso revelar onde. Certos rumores, fatos e desaparecimentos inexplicáveis ocorrem entre os homens nos locais a que os zoogs têm acesso, e convém que não possam se afastar muito do mundo onírico. Mesmo assim, os zoogs cruzam livremente as fronteiras mais próximas do mundo onírico, esvoaçando marrons e pequenos e invisíveis e trazendo de volta deliciosas histórias que ajudam a passar o tempo ao redor das lareiras na floresta que amam. A maioria dessas criaturas vive em tocas, porém algumas habitam os troncos de grandes árvores; e embora tenham uma alimentação baseada principalmente em fungos, conta-se aos sussurros que também gostam de carne, seja física ou espiritual, pois muitos sonhadores que adentraram o bosque nunca mais saíram. Carter, no entanto, não sentia medo, pois era um velho sonhador e tinha aprendido a esvoaçante língua dos zoogs e feito diversos acordos com aquelas criaturas, tendo encontrado, graças à ajuda delas, a esplêndida cidade de Celephaïs em Ooth-Nargai além das Colinas Tanarianas, governada durante a metade do ano pelo rei Kuranes, um homem que havia conhecido em vida por outro nome. Kuranes era a única alma a ter visitado os abismos estelares e retornado a salvo da loucura.

Enquanto galgava os baixos corredores fosforescentes por entre os troncos gigantes, Carter emitia sons esvoaçantes à maneira dos zoogs e aguardava uma resposta. Lembrou-se de um vilarejo das criaturas próximo ao centro do bosque, onde um círculo de grandes pedras cobertas de musgo no que outrora tinha sido uma clareira sugeria habitantes mais antigos e mais terríveis há muito tempo esquecidos, e seguiu com passos rápidos naquela direção. Orientou-se graças aos fungos grotescos, que parecem cada vez mais bem alimentados à medida que se chega perto do círculo onde seres anciãos dançavam e faziam sacrifícios. Por fim a fosforescência mais intensa dos fungos amontoados revelava uma sinistra vastidão verde e cinza que se elevava acima das copas da floresta e perdia--se de vista. Esse era o círculo de pedras mais próximo, e Carter soube que estava perto do vilarejo dos zoogs. Depois de repetir mais uma vez o som esvoaçante, esperou com paciência; e enfim foi recompensado pela impressão de que inúmeros olhos vigiavam-no. Eram os zoogs, pois os estranhos olhos dessas criaturas surgem muito antes que se possa distinguir o contorno pequeno e escorregadio dos corpos marrons.

Logo saíram em um grande enxame da toca oculta e da árvore repleta de galerias, até que toda aquela região de luz tênue ganhasse vida com as criaturas. Alguns dos zoogs mais atrevidos roçaram-se em Carter, e um chegou a dar-lhe uma nojenta mordiscada na orelha; mas logo esses espíritos sem lei foram contidos pelos mais velhos. Depois de reconhecer o visitante, o Conselho dos Sábios ofereceu-lhe uma cabaça de seiva fermentada colhida de uma árvore misteriosa e diferente das outras, que havia crescido a partir de uma semente lançada por alguém na lua; e enquanto Carter bebia cerimoniosamente teve início um estranhíssimo colóquio. Infelizmente os zoogs não sabiam onde ficava o cume de Kadath, nem estavam em condições de dizer se a desolação gelada localizava-se em nosso mundo onírico ou em outro. Os rumores dos Grandes Deuses emanavam de todos os lados; e poder-se-ia dizer que seria mais provável avistá-los nos altaneiros cumes das montanhas do que nos vales, uma vez que nos cumes executam danças reminiscentes quando a lua se ergue acima das nuvens.

Um zoog deveras provecto lembrou-se de uma história desconhecida aos demais, e disse que em Ulthar, que se estende além do Rio Skai, encontrava-se a última cópia dos inconcebivelmente ancestrais Manuscritos Pnakóticos feitos por homens em vigília nos reinos boreais e levados até a terra dos sonhos quando os hirsutos Gnophkehs canibais subjugaram os numerosos templos de Olathoë e mataram todos os heróis da terra de Lomar. Esses manuscritos, segundo disse, continham muitas informações acerca dos deuses; e, além do mais, em Ulthar havia homens que tinham recebido os sinais dos deuses, e até mesmo um velho sacerdote que havia escalado uma grande montanha para vê-los dançando ao luar. O sacerdote havia fracassado, embora um companheiro de viagem tivesse obtido sucesso e perecido de maneira inefável.

Então Randolph Carter agradeceu aos zoogs, que esvoaçaram amigavelmente e lhe ofereceram mais uma cabaça de vinho lunar para que levasse consigo durante a jornada, e afastou-se pelo bosque fosforescente do outro lado, onde as águas ligeiras do Skai descem as encostas de Lerion enquanto Hatheg e Nir e Ulthar salpicam a planície. Mais atrás, furtivos e ocultos, espreitavam diversos zoogs curiosos, pois desejavam saber o que aconteceria a Carter para contar a lenda às outras criaturas da espécie. Os enormes carvalhos tornavam-se cada vez mais densos à medida que Carter se afastava do vilarejo, com o olhar fixo em um ponto onde pareciam um pouco mais esparsos por estarem mortos ou morrendo em meio aos densos fungos anômalos e ao mofo putrescente e aos troncos pastosos dos irmãos caídos. Ao chegar lá faria uma curva fechada, pois naquele ponto o chão da floresta é revestido com uma robusta laje de pedra; e aqueles que se atreveram a chegar perto dizem que traz uma sólida argola de ferro com um metro de diâmetro. Conhecendo o círculo arcaico de grandes pedras cobertas por musgo e o possível uso daquele objeto, os zoogs não se detiveram nas proximidades da extensa laje de pedra com a enorme argola de metal; pois sabiam que nem tudo o que foi esquecido está necessariamente morto, e não gostariam de ver a placa erguer-se sozinha de maneira deliberada.

Carter se afastou do caminho no local adequado e ouviu atrás de si o esvoaçar assustado de certos zoogs mais tímidos. Sabia que o seguiriam, e assim não se deixou perturbar, uma vez que estava acostumado às anomalias dessas criaturas enxeridas. Estava na hora do crepúsculo quando chegou à orla do bosque, e o esplendor cada vez mais forte dava os primeiros sinais da alvorada. Em meio às planícies férteis que descem até o Skai, Carter viu a fumaça das cabanas, e por todos os lados espalhavam-se as sebes e os campos arados e os telhados de sapé daquela terra pacata. Houve um momento em que parou junto ao poço de uma fazenda para tomar um gole d'água, e todos os cães latiram apavorados para os inconspícuos zoogs que se esgueiravam no gramado logo atrás. Em outra casa, onde os moradores estavam envolvidos em afazeres domésticos, indagou sobre os deuses e perguntou se dançavam com frequência em Lerion; mas o fazendeiro e a esposa limitaram-se a fazer o Símbolo Ancestral e a indicar o caminho de Nir e de Ulthar.

Ao meio-dia Carter atravessou a principal rua de Nir, que outrora havia visitado e que marcara as viagens mais distantes naquela direção; e logo em seguida chegou à grande ponte de pedra por sobre o Skai, em cujo píer central os pedreiros haviam emparedado um sacrifício humano ainda vivo na época da construção mil e trezentos anos atrás. Depois de chegar ao outro lado, a frequente presença dos gatos (que sem exceção arqueavam as costas ao perceberem os zoogs) revelou a proximidade de Ulthar; pois em Ulthar, segundo uma lei antiga e importante, nenhum homem pode matar gatos. Deveras agradáveis eram os subúrbios de Ulthar, repletos de pequenas cabanas verdes e fazendas com cercas bem cuidadas; e ainda mais agradável era o próprio vilarejo pitoresco, com antigos telhados de duas águas e incontáveis chaminés e estreitas ruelas morro acima, onde se viam antigas calçadas sempre que os graciosos felinos ofereciam espaço suficiente para tanto. Depois que os gatos foram em parte dispersados pelos zoogs semivisíveis, Carter seguiu diretamente rumo ao Templo dos Anciões, onde segundo as lendas encontravam-se os sacerdotes e os antigos registros; e, uma vez no interior da venerável torre circular de pedra recoberta por hera que coroa a montanha mais alta de Ulthar, buscou o patriarca Atal, que havia subido a montanha proibida de Hatheg-Kla no deserto pedregoso e sobrevivido.

Atal, que estava sentado em um pedestal de marfim sobre um santuário ornado com festões no alto do templo, contava trezentos anos de idade; mesmo assim, era muito lúcido e tinha uma excelente memória. Com Atal, Carter aprendeu muitas coisas sobre os deuses — em especial que eram apenas os deuses terrestres e exerciam somente uma débil supremacia sobre as nossas próprias terras oníricas, sem nenhuma prerrogativa de poder ou morada em qualquer outra parte. Segundo Atal, era possível que atendessem as preces de um homem se estivessem de bom humor; mas ninguém devia almejar subir até a fortaleza de ônix no alto de Kadath em meio à desolação gelada. Era sorte que nenhum homem soubesse onde Kadath sobranceia, pois os frutos dessa escalada seriam demasiado graves. O companheiro de Atal, conhecido como Barzai, o Sábio, fora tragado aos gritos em direção ao céu simplesmente por escalar a montanha conhecida de Hatheg-Kla. Com a desconhecida Kadath, se um dia fosse descoberta, as consequências seriam infinitamente mais graves; pois, embora às vezes possam ser superados pela sabedoria mortal, os deuses terrestres são protegidos pelos Outros Deuses do Espaço Sideral, sobre os quais seria melhor calar. Pelo menos duas vezes na história do mundo os Outros Deuses haviam marcado o granito primordial da Terra com o próprio sinete; uma nos tempos antediluvianos, como sugere um desenho encontrado nas partes dos Manuscritos Pnakóticos antigas demais para que sejam lidas, e outra em Hatheg-Kla, quando Barzai, o Sábio, tentou ver os deuses terrestres dançando ao luar. Assim, Atal disse que o melhor seria deixar todos os deuses em paz, a não ser em orações cautelosas.

Carter, embora desapontado pelo conselho desencorajador de Atal e pela ajuda insuficiente oferecida pelos Manuscritos Pnakóticos e pelos Sete Livros Crípticos de Hsan, não perdeu a esperança. Primeiro questionou o velho sacerdote a respeito da maravilhosa cidade ao pôr do sol vislumbrada do terraço com balaústres, pensando que talvez pudesse encontrar o que buscava sem o auxílio dos deuses; mas Atal não pôde oferecer nenhum esclarecimento. Segundo Atal, seria possível que o lugar pertencesse à terra onírica particular de Carter, e não à terra da visão geral que muitos outros conhecem; e seria concebível que ficasse em outro planeta. Nesse caso os deuses terrestres não poderiam guiá-lo nem se quisessem. Mas isso não era provável, uma vez que a ausência de sonhos podia ser interpretada como um sinal claro de que aquilo era algo que os Grandes Deuses desejavam manter oculto.

Então Carter cometeu uma vileza, oferecendo ao inocente anfitrião goles e mais goles do vinho lunar que os zoogs haviam lhe dado, até que o velho sucumbisse à irresponsabilidade e começasse a falar. Privado de toda a discrição, o pobre Atal balbuciou livremente sobre toda sorte de coisas proscritas, contando histórias a respeito de uma grande imagem entalhada na sólida rocha da montanha Ngranek, situada na ilha de Oriab e banhada pelo Mar Austral, e insinuando que podia ser uma estátua lavrada pelos deuses terrestres à própria imagem e semelhança enquanto dançavam ao luar na montanha. Também deixou escapar que as feições da estátua eram muito estranhas, sendo portanto de imediato reconhecíveis, e que eram um traço distintivo nos representantes autênticos da raça divina.

Nesse ponto a utilidade de todas essas informações na busca pelos deuses tornou-se evidente para Carter. Sabe-se que os mais jovens dentre os Grandes Deuses muitas vezes usam disfarces para desposar as filhas dos homens, de modo que no entorno da desolação gelada onde se ergue Kadath todos os aldeões devem ter o sangue dos deuses. Sendo assim, a melhor forma de encontrar a desolação gelada seria observar o rosto de pedra em Ngranek e prestar atenção às feições; e então, depois de memorizá-las, procurar feições similares em meio aos homens. O lugar onde fossem mais simples e evidentes deveria ser próximo à morada dos deuses; e qualquer terreno rochoso que se estendesse atrás dos vilarejos nesse lugar deveria ser a desolação onde se ergue Kadath.

Muito se poderia aprender sobre os Grandes Deuses nessas regiões, pois aqueles com o sangue divino herdam pequenas memórias bastante úteis a um explorador. Talvez não conheçam a própria genealogia, pois os deuses evitam revelar-se aos homens e portanto não existe ninguém que saiba ter contemplado rostos divinos — uma descoberta feita por Carter enquanto tentava escalar Kadath. Porém tinham estranhos pensamentos elevados, mal compreendidos pelos próprios semelhantes, e cantavam sobre lugares e jardins longínquos tão distintos de qualquer local conhecido, mesmo nas terras oníricas, que as pessoas os chamavam de tolos; e graças a todas essas coisas talvez fosse possível aprender os antigos segredos de Kadath, ou encontrar pistas sobre a maravilhosa cidade ao pôr do sol que os deuses mantinham oculta. Além do mais, em determinadas circunstâncias seria possível tomar o bem-amado filho de um deus como refém; ou mesmo capturar um jovem deus incógnito que vivesse entre os homens com uma bela camponesa por esposa.

Atal, no entanto, não sabia como encontrar Ngranek na ilha de Oriab, e recomendou a Carter que seguisse o melodioso Skai por sob as pontes até chegar ao Mar Austral, onde nenhum cidadão de Ulthar jamais esteve, mas de onde os mercadores chegam em barcos ou em longas caravanas de mulas e carroças. Lá se encontra a grande Dylath-Leen, porém o lugar tem má fama em Ulthar devido às galés negras com três ordens de remos que trazem rubis de portos desconhecidos. Os mercadores que chegam nessas galés para tratar com os joalheiros são humanos, ou ao menos quase, mas os remadores nunca são avistados; e os habitantes de Ulthar julgam pouco apropriado que os mercadores façam comércio com navios pretos de lugares desconhecidos cujos remadores não podem ser vistos.

Quando terminou de fornecer essa informação Atal ficou muito sonolento, e Carter deitou-o cuidadosamente em um sofá de ébano com incrustações e sobre o peito juntou com enorme decoro a longa barba do anfitrião. Quando se virou para ir embora, notou que nenhum esvoaçar contido vinha em seu encalço e perguntou-se por que motivo os zoogs haviam abandonado aquela curiosa perseguição. Logo percebeu que todos os lustrosos e satisfeitos gatos de Ulthar lambiam os bigodes com um entusiasmo fora do comum, e lembrou-se dos bufos e dos miados que havia percebido nas partes mais baixas do templo enquanto distraía-se conversando com o velho sacerdote. Lembrou-se também do consternador olhar faminto que um jovem e atrevido zoog havia lançado em direção a um gatinho preto no calçamento da rua lá fora. E, como na Terra amava os gatinhos pretos acima de tudo, Carter abaixou-se e afagou os lustrosos gatos de Ulthar que lambiam os bigodes e não lamentou a relutância dos zoogs inquiridores em continuar a segui-lo.

Como o sol estivesse se pondo, Carter parou em uma antiga estalagem numa ruela íngreme que sobranceava as partes mais baixas do vilarejo. Quando saiu para a sacada do quarto e olhou para baixo em direção ao mar de telhados vermelhos e calçadas e agradáveis campos mais além, todos mergulhados na tranquilidade e na magia da luz oblíqua, jurou que Ulthar seria um lugar muito agradável para se morar por todo o sempre, não fosse pela memória de uma cidade ao pôr do sol ainda mais grandiosa que o impelia rumo a perigos desconhecidos. Então veio o crepúsculo, e os muros rosados das empenas rematadas com gesso ganharam um aspecto místico e violáceo enquanto pequenas luzinhas amarelas se acendiam uma a uma nas velhas gelosias. E doces sinos repicaram na torre do templo mais acima, e a primeira estrela reluziu suave acima dos prados na outra margem do Skai. Com a noite veio a música, e Carter balançou a cabeça ao ritmo dos alaúdes enquanto os instrumentistas louvavam os tempos antigos além das sacadas decoradas com filigranas e dos pátios tesselados da singela Ulthar. Talvez pudesse haver doçura até mesmo na voz dos inúmeros gatos de Ulthar, se não estivessem em boa parte fartos e silenciosos como resultado de um estranho banquete. Alguns felinos afastaram-se em direção aos reinos crípticos conhecidos somente pelos gatos, que os habitantes do vilarejo dizem ficar no lado escuro da lua, aonde os gatos chegam saltando desde os mais altos telhados; porém um gatinho preto subiu o lance de escadas e pulou no colo de Carter para ronronar e brincar, e aninhou-se aos pés do viajante quando este por fim deitou-se no pequeno sofá estofado com ervas fragrantes e soporíferas.

Pela manhã Carter juntou-se a uma caravana de mercadores que estavam a caminho de Dylath-Leen com a lã fiada de Ulthar e os repolhos das movimentadas fazendas de Ulthar. E por seis dias viajaram com sininhos tilintantes pela estrada nivelada à margem do Skai, parando certas noites nas estalagens de curiosos vilarejos pesqueiros, e em outras acampando sob o lume das estrelas enquanto ouviam as canções dos barqueiros nas plácidas águas do rio. O campo era belíssimo, repleto de verdejantes sebes e arvoredos e pitorescas cabanas com telhados de duas águas e moinhos octogonais.

No sétimo dia uma pluma de fumaça surgiu no horizonte à frente, e logo se ergueram as altaneiras torres basálticas de Dylath-Leen. Dylath-Leen, repleta de torres delgadas e angulosas, olha para longe como a Calçada dos Gigantes, e tem ruas escuras e pouco atraentes. Existem sórdidas tavernas portuárias nos arredores dos inúmeros cais, e por todo o vilarejo amontoam-se os estranhos marujos de todos os países da Terra e outros que talvez venham de portos ainda mais distantes. Carter perguntou a citadinos trajados com estranhos mantos sobre a montanha de Ngranek na ilha de Oriab e descobriu que a conheciam muito bem. No porto havia embarcações de Baharna, na mesma ilha — e, embora um dos navios fosse retornar dentro de um mês, a viagem do porto a Ngranek leva apenas dois dias nas costas de uma zebra. Mesmo assim, poucos tinham visto o rosto pétreo do deus, localizado em uma encosta muito acidentada de Ngranek, que sobranceia apenas as escarpas mais íngremes e um sinistro vale de lava. Certa vez os deuses zangaram-se com os homens naquele lado e levaram o assunto ao conhecimento dos Outros Deuses.

Foi difícil obter essa informação dos comerciantes e marujos nas tavernas portuárias de Dylath-Leen, uma vez que preferiam falar apenas aos sussurros sobre as galés negras. Dentro de uma semana um navio aportaria com uma carga de rubis vindo de plagas desconhecidas, e a população do vilarejo temia essa chegada. Os homens desse navio tinham a boca larga demais, e a maneira como seus turbantes avolumavam-se em dois pontos distintos na altura da testa era de extremo mau gosto. Os sapatos que usavam eram os mais curtos e os mais estranhos jamais vistos nos Seis Reinos. Mas o pior de tudo eram os remadores invisíveis. As três ordens de remos moviam-se com velocidade e precisão e vigor excessivos, e não parecia certo que um navio permanecesse ancorado em um porto durante semanas a fio enquanto os mercadores conduziam negócios sem que ninguém avistasse a tripulação. Não parecia justo com os taverneiros de Dylath-Leen, e tampouco com os merceeiros e açougueiros; pois nenhum mantimento era jamais enviado a bordo. Os mercadores atravessavam o rio levando de Parg apenas ouro e rotundos escravos negros. Eis tudo o que levavam esses mercadores de feições desagradáveis com remadores invisíveis; jamais faziam compras nos açougues ou mercearias — levavam apenas ouro e negros gordos de Parg, comprados a quilo. Não há como descrever o cheiro dessas galés quando o vento sul soprava dos cais. Mesmo os mais endurecidos frequentadores das velhas tavernas portuárias precisavam fumar *thag* constantemente para suportá-lo. Dylath-Leen jamais haveria tolerado as galés negras se aqueles rubis pudessem ser obtidos de outra maneira, porém não se conhecia nenhuma outra mina em todas as terras oníricas de nosso planeta capaz de produzir gemas parecidas.

Os habitantes cosmopolitas de Dylath-Leen discutiam esses assuntos enquanto Carter esperava pacientemente pelo navio de Baharna, que poderia conduzi-lo à ilha onde a montanha entalhada de Ngranek ergue-se altaneira e desolada. Nesse meio-tempo, não deixou de vasculhar os lugares habitualmente frequentados pelos viajantes em busca das histórias que pudessem conhecer a respeito de Kadath na desolação gelada ou sobre uma fabulosa cidade com muros de marfim e fontes de prata que reluziam sob os terraços ao pôr do sol. Quanto a essas coisas, no entanto, não descobriu nada, ainda que em certa ocasião um velho mercador de olhar oblíquo tenha dado estranhos sinais de conhecimento quando ouviu menções à desolação gelada. Esse homem tinha a fama de manter comércio com os horrendos vilarejos de pedra no inóspito platô gelado de Leng, jamais visitado por pessoas salubres e repleto de fogueiras malignas à noite. Dizia-se até que havia tratado com o alto sacerdote que não deve ser descrito, que usa uma máscara de seda amarela sobre o rosto e vive isolado em um pré-histórico monastério de pedra. Não restava nenhuma dúvida de que esse homem pudesse ter mantido comércio com as entidades que habitam a desolação gelada, porém Carter logo percebeu que seria inútil questioná-lo.

Após deixar para trás o molhe basáltico e o elevado farol a galé negra adentrou o porto, silenciosa e alienígena, trazendo consigo um estranho odor que o vento sul soprava rumo à cidade. A inquietude pairava sobre as tavernas ao longo da zona portuária, e passado algum tempo os mercadores de boca larga com turbantes salientes e pés curtos desembarcaram furtivamente a fim de procurar os bazares dos joalheiros. Carter observou-os mais de perto e percebeu que quanto mais os encarava, mais os execrava. Em seguida viu-os conduzir os rotundos negros de Parg ao interior da galé através do portaló, em meio a muitos grunhidos e muito suor, e perguntou-se em que países — se é que era em algum país — aquelas criaturas gordas e patéticas estariam fadadas a servir.

Na terceira noite depois que a galé aportou um dos inquietantes mercadores falou-lhe, piscando cheio de malícia e fazendo insinuações a respeito do que ouvira nas tavernas sobre a busca de Carter. Parecia deter algum conhecimento demasiado secreto para uma revelação pública; e, embora o som daquela voz fosse odioso ao extremo, Carter percebeu que não poderia subestimar a sabedoria de um viajante de plagas tão longínquas. Convidou-o para uma conversa a portas fechadas no quarto da estalagem e usou o restante do vinho lunar dos zoogs para soltar a língua do interlocutor. O estranho mercador bebeu à farta e limitou-se a sorrir, imune aos efeitos da bebida. Em seguida sacou uma curiosa garrafa de vinho, e Carter percebeu que o recipiente era um único rubi oco, entalhado com desenhos grotescos demais para que pudessem ser compreendidos. Ofereceu aquele vinho ao anfitrião — e, embora tenha bebido apenas um gole minúsculo, Carter sentiu a vertigem do espaço e a febre de selvas inimaginadas. O convidado abriu um sorriso cada vez mais largo, e antes de sucumbir de vez ao esquecimento Carter viu aquele odioso semblante escuro contorcer-se em uma gargalhada demoníaca e percebeu um movimento nefando no ponto onde uma das protuberâncias frontais do turbante laranja agitou-se com o frêmito daquele júbilo epiléptico.

Carter recobrou a consciência em meio a odores terríveis sob o toldo no convés de um navio enquanto a esplêndida costa do Mar Austral deslizava a uma velocidade espantosa. Não estava acorrentado, mas três dos sardônicos mercadores obscuros estavam próximos com um largo sorriso no rosto, e a visão das protuberâncias gêmeas sob os turbantes provocou uma vertigem quase tão intensa quanto aquela causada pelo fedor que trescalava pelas sinistras escotilhas. Carter viu passarem as gloriosas terras e cidades sobre as quais um outro sonhador da Terra — um faroleiro da antiga Kingsport — havia discursado em priscas épocas e reconheceu os terraços de Zar, morada dos sonhos esquecidos; os coruchéus da infame Thalarion, a cidade-demônio de mil maravilhas presidida pelo *eídolon* Lathi; os funestos jardins de Xura, terra dos prazeres inalcançados, e os promontórios gêmeos de cristal, que se encontram em uma arcada resplendente e guardam o porto de Sona-Nyl, o abençoado país dos devaneios.

O malcheiroso navio traçava uma rota insalubre por todos esses belos países, impelido pela força sobrenatural dos remadores invisíveis lá embaixo. E antes que o dia chegasse ao fim Carter viu que o timoneiro não poderia ter outro rumo senão os Pilares Basálticos do Ocidente, além dos quais as pessoas humildes creem situar-se a esplêndida Cathúria, ainda que os sonhadores experientes saibam que são os portões de uma catarata monstruosa, na qual os oceanos do mundo deságuam no abismo do nada e atravessam o espaço vazio rumo a outros mundos e outras estrelas e aos terríveis vácuos para além do universo conhecido, onde o sultão-demônio Azathoth rói faminto em meio ao caos e aos rumores e assovios e às danças demoníacas dos Outros Deuses, cegos, mudos, tenebrosos e irracionais, com o espírito e mensageiro Nyarlathotep.

Durante todo esse tempo os três mercadores sardônicos não pronunciaram uma única palavra quanto ao intento da captura, embora Carter imaginasse que deviam estar mancomunados com aqueles que pretendiam frustrá-lo na busca. Nas terras oníricas sabe-se que os Outros Deuses têm muitos agentes entre os homens; e todos esses agentes, sejam humanos ou humanoides, anseiam por fazer a vontade dessas coisas cegas e irracionais em troca dos favores do terrível espírito e mensageiro, o caos rastejante Nyarlathotep. Assim, Carter imaginou que os mercadores de turbantes salientes, ao saber da intrépida busca pelos Grandes Deuses no castelo em Kadath, haviam decidido levá-lo e entregá-lo a Nyarlathotep em troca do galardão inefável que pudesse ser oferecido por aquele prêmio. Carter não conseguia imaginar de que confins no universo conhecido ou quiméricos espaços siderais viriam aqueles mercadores; tampouco era capaz de imaginar em que demoníaco local de assembleia haveriam de encontrar o caos rastejante para entregá-lo e exigir a recompensa devida. Sabia, no entanto, que seres quase humanos como aqueles jamais ousariam se aproximar do noctífero trono do demônio Azathoth no âmago do vazio amorfo.

Quando o sol se pôs os mercadores lamberam os amplos lábios e trocaram olhares famintos, e um deles desceu ao convés e voltou de alguma cabine fétida com uma panela e um cesto de pratos. Em seguida agacharam-se sob o toldo e comeram a carne fumegante que passava de mão em mão. Depois de receber uma porção, Carter percebeu algo medonho ao extremo no tamanho e no formato da comida, de maneira que ficou ainda mais pálido e lançou a porção ao mar enquanto nenhum olhar o observava. Mais uma vez pensou naqueles remadores invisíveis lá embaixo e nas sinistras provisões que alimentavam todo aquele poderio mecânico.

Era noite quando a galé passou em meio aos Pilares Basálticos do ocidente, e o fragor da catarata suprema alcançou níveis ensurdecedores logo adiante. A névoa da catarata ergueu-se a ponto de obscurecer as estrelas e o convés se umedeceu, e a embarcação jogou em meio à corrente provocada pelo abismo. Então, com um estranho assovio e um estranho mergulho o salto foi dado, e Carter sentiu todos os terrores de um pesadelo enquanto a Terra se afastava e o grande barco disparava silencioso como um cometa rumo ao espaço planetário. Jamais tinha imaginado as coisas negras e amorfas que espreitam e pululam e arrastam-se pelo éter com sorrisos maliciosos e zombeteiros para quantos viajantes passarem, às vezes tateando com as patas viscosas quando um objeto móvel desperta-lhes a curiosidade. Essas são as larvas sem nome dos Outros Deuses, e como os progenitores são cegos e irracionais, e imbuídas de singulares fomes e sedes.

Porém a fétida galé não chegaria tão longe quanto Carter havia temido, pois logo notou que o timoneiro seguia em direção à lua. O crescente cintilava com um brilho cada vez mais intenso e exibia singulares crateras e picos de aspecto inquietante à medida que se aproximava. O navio seguiu em direção à borda, e logo ficou claro que o destino era aquele lado secreto e misterioso eternamente voltado para longe da Terra em que nenhum ser completamente humano, salvo talvez o sonhador Snireth-Ko, jamais pôs os olhos. O aspecto próximo da lua à medida que a galé se aproximava mostrou-se perturbador ao extremo, e Carter não gostou da forma e do tamanho das ruínas que se espalhavam aqui e acolá. A disposição dos templos mortos nas montanhas insinuava que não tinham servido à glória de deuses salubres ou apropriados, e nas simetrias das colunas quebradas parecia espreitar um portento obscuro e secreto que não convidava a nenhuma resolução. Quanto à estrutura e às proporções dos antigos adoradores, Carter recusava-se com veemência a fazer qualquer conjectura.

Quando o navio atravessou a borda e singrou aquelas terras desconhecidas aos homens, surgiram no estranho panorama certos sinais de vida, e Carter percebeu muitas cabanas baixas, largas e redondas em campos repletos de fungos esbranquiçados. Notou também que essas cabanas não tinham janelas, e pensou que o formato sugeria os iglus dos esquimós. Então vislumbrou as ondulações untuosas de um oceano modorrento e soube que a viagem mais uma vez seguiria pela água — ou pelo menos através de um líquido. A galé bateu na superfície com um som peculiar, e a estranha maneira elástica como as ondas receberam o impacto deixou Carter um tanto perplexo. Logo depois avançaram com grande velocidade, passando e saudando uma outra galé do mesmo tipo, porém na maior parte do tempo sem ver nada além daquele estranho mar e do céu negro e coalhado de estrelas, ainda que o sol abrasador continuasse a arder no firmamento.

De repente surgiram no horizonte as escarpas de uma costa leprosa, e Carter viu as sólidas e desagradáveis torres cinzentas de uma cidade. A maneira como estavam recurvadas, o modo como se amontoavam e a total ausência de janelas foram muito inquietantes para o prisioneiro, que lamentou o desatino que o levara a provar o curioso vinho do mercador com o turbante saliente. À medida que a costa se aproximava e o horrendo fedor da cidade ganhava intensidade, viu inúmeras florestas no alto das escarpas, bem como certas árvores que pareciam ter alguma relação com a solitária árvore lunar no bosque encantado na Terra, de cuja seiva fermentada os pequenos zoogs marrons produzem um vinho peculiar.

Carter pôde distinguir figuras em movimento nos abjetos cais mais à frente, e quanto melhor as via, maiores eram o temor e a repulsa que sentia. Pois não eram homens ou sequer humanoides; eram enormes criaturas branco-acinzentadas e pegajosas capazes de expandirem-se e contraírem-se à vontade, e cuja forma predominante — embora sofressem constantes mutações — era uma espécie de sapo desprovido de olhos, dotado de uma curiosa massa fremente repleta de curtos tentáculos rosados na ponta do vago e grosseiro nariz. Esses objetos cambaleavam pelos cais, transportando fardos e caixas e caixotes com uma força sobrenatural, de vez em quando entrando ou saindo aos pulos de uma galé ancorada com longos remos nas patas dianteiras. Às vezes uma criatura aparecia conduzindo um bando de escravos amontoados que de fato eram aproximações de seres humanos, com bocas largas como as dos mercadores que faziam comércio em Dylath-Leen; porém esses bandos, por estarem sem turbantes nem sapatos nem roupas, não pareciam tão humanos afinal de contas. Alguns escravos — os mais gordos, que uma espécie de capataz beliscava à guisa de experimentação — foram descarregados dos navios e pregados no interior de caixas que outros trabalhadores empurravam para dentro de galpões baixos ou carregavam em enormes e ponderosos carroções.

Em um dado momento um dos carroções foi atrelado e partiu, e a coisa fabulosa que o dirigia fez com que Carter tivesse um forte sobressalto, mesmo depois de ver as outras monstruosidades daquele lugar odioso. Vez ou outra um pequeno grupo de escravos com trajes e turbantes similares aos dos mercadores obscuros era conduzido a bordo de uma galé, seguidos por uma grande tripulação dos batráquios cinzentos e pegajosos que ocupavam as funções de oficiais, navegadores e remadores. E Carter viu que as criaturas humanoides eram empregadas nos tipos mais ignominiosos de servidão, que não requeriam nenhum vigor físico, como guiar o navio, preparar comida, transportar pequenos objetos e barganhar com os homens da Terra ou de outros planetas onde mantivessem comércio. Essas criaturas teriam sido convenientes na Terra, pois a bem dizer não eram muito diferentes dos homens quando trajavam roupas e calçados e turbantes, e sabiam regatear nas lojas dos homens sem nenhum constrangimento e sem explicações curiosas. Porém muitas dessas criaturas, à exceção daquelas magras ou desfavorecidas, foram despidas e postas em caixotes e levadas em ponderosos carroções por coisas fabulosas. De vez em quando outros seres eram descarregados e encaixotados; alguns muito similares aos humanoides, outros nem tanto, e ainda outros nem um pouco. E Carter perguntou-se se algum dos pobres negros rotundos de Parg seria descarregado e encaixotado e embarcado rumo ao continente nos ignóbeis carroções.

Quando a galé aportou em um cais de aspecto graxento entalhado em pedra esponjosa, uma horda de coisas batráquias saídas de um pesadelo esgueirou-se pelas escotilhas, e duas dessas criaturas pegaram Carter e o arrastaram para terra. O cheiro e o aspecto da cidade desafiavam qualquer descrição, e Carter reteve apenas imagens fragmentárias das ruas calçadas e dos vãos negros nas portas e dos intermináveis precipícios verticais de paredes cinzentas e desprovidas de janelas. Por fim foi arrastado ao interior de uma porta um tanto baixa e obrigado a galgar infinitos degraus em uma escuridão de breu. Segundo tudo indicava, para as coisas batráquias pouca diferença fazia se estivesse claro ou escuro. O odor do lugar era intolerável, e quando foi trancafiado sozinho em um cômodo Carter mal teve forças para se arrastar ao redor e investigar o formato e as dimensões do recinto. Era circular e tinha aproximadamente seis metros de diâmetro.

A partir daquele momento o tempo deixou de existir. De vez em quando uma porção de comida era empurrada para dentro da câmara, porém Carter não a tocava. Não tinha a menor ideia de que destino levaria; mas sentia que estava sendo retido para a chegada do terrível espírito e mensageiro dos Outros Deuses da infinitude, o caos rastejante Nyarlathotep. Por fim, depois de um intervalo de horas ou de dias insabidos, a grande porta de pedra tornou a se abrir e Carter foi empurrado pela escada em direção às ruas de iluminação vermelha naquela temível cidade. Era noite na lua, e por todo vilarejo havia escravos empunhando archotes.

Em uma esplanada medonha, uma espécie de procissão estava formada: eram dez coisas batráquias e vinte e quatro criaturas humanoides de archote em punho, onze de cada lado, uma na frente e uma atrás. Carter foi posto no meio da formação, com cinco coisas batráquias à frente e outras cinco atrás, e um humanoide de archote em punho em cada lado. Algumas das coisas batráquias sacaram flautas de marfim ornadas com entalhes repugnantes e começaram a produzir sons odiosos. No ritmo daqueles sopros infernais a coluna deixou o calçamento para trás e avançou rumo às planícies noctíferas de fungos obscenos a fim de escalar uma das colinas mais baixas e mais graduais logo atrás da cidade. Carter não tinha a menor dúvida de que em uma encosta terrível ou em um blasfemo platô o caos rastejante estaria à espreita; e desejou que o suspense acabasse o quanto antes. Os lamentos daquelas flautas ímpias eram chocantes, e ele teria dado o mundo em troca de um som remotamente normal; porém as coisas batráquias eram desprovidas de voz, e os escravos permaneciam em silêncio.

De repente, em meio à escuridão coalhada de estrelas, fez-se ouvir um som normal. Veio desde as colinas mais altas e ecoou por todos os picos escarpados ao redor no crescendo de um coro pandemoníaco. Era o grito noturno de um gato, e Carter soube enfim que os velhos habitantes do vilarejo estavam certos quando especularam a meia-voz sobre os crípticos reinos conhecidos somente pelos gatos, e para onde os felinos mais velhos dirigem-se com passos furtivos à noite, saltando desde os telhados mais altos. Em verdade, é para o lado escuro da lua que os gatos vão para saltar e brincar nas colinas e entabular conversas com sombras antigas, e em meio àquela coluna de coisas fétidas Carter escutou o grito familiar e amigável e pensou nos telhados íngremes e nas lareiras aconchegantes e nas janelas iluminadas de casa.

Randolph Carter conhecia bem a língua dos gatos, e assim tratou de proferir o grito adequado naquele lugar distante e terrível. O grito, no entanto, não seria necessário; pois assim que abriu os lábios Carter percebeu que as vozes do coro ganhavam intensidade à medida que se aproximavam, e em seguida viu sombras ligeiras obscurecerem as estrelas enquanto pequenas formas graciosas pulavam de colina em colina em legiões cada vez maiores. O chamado do clã havia soado, e antes que houvesse tempo para sentir medo uma nuvem de pelos sufocantes e uma falange de garras assassinas abateram-se como o mar revolto ou como uma tempestade sobre a horrenda procissão. As flautas calaram-se e gritos ecoaram noite afora. Os humanoides moribundos gritavam, e os gatos cuspiam e miavam e bufavam, mas as coisas batráquias não faziam nenhum som quando a fétida sânie verde escorria de maneira fatal pela terra porosa coberta por fungos obscenos.

Foi uma visão impressionante enquanto ainda havia archotes, e Carter jamais vira tantos gatos juntos. Pretos, cinzentos e brancos; amarelos, tigrados e malhados; comuns, persas e Manx; tibetanos, angorás e egípcios; todos reunidos na fúria da batalha e cingidos pela aura de profunda e inviolável santidade que enaltece a deusa protetora dos gatos nos templos de Bubástis. Pulavam sete ao mesmo tempo no pescoço de um humanoide ou no focinho tentaculado de uma coisa batráquia e derrubavam a vítima sobre a planície fúngica, onde miríades de felinos cobriam-na e investiam com garras e dentes no frenesi de uma fúria divina. Carter havia tomado o archote de um escravo abatido, mas logo foi arrastado pelas ondas impetuosas de seus leais protetores. Permaneceu então na mais absoluta escuridão, ouvindo o clamor da batalha e os gritos dos vitoriosos enquanto sentia as patas macias dos amigos que passavam de um lado para outro na escaramuça.

Por fim o espanto e a exaustão fecharam-lhe os olhos, e quando tornou a abri-los se deparou com uma estranha cena. O grande disco luminoso da Terra, cerca de treze vezes maior do que a lua tal como a vemos, havia se erguido com torrentes de uma estranha luz para acima da paisagem lunar; e por todas aquelas léguas de platô selvagem e de cristas escarpadas havia um interminável mar de gatos dispostos em formação. Eram círculos e mais círculos, e dois ou três líderes que haviam deixado as fileiras lambiam-lhe o rosto e ronronavam a fim de reconfortá-lo. Não havia sobrado muitos resquícios dos escravos e das coisas batráquias, mas Carter imaginou ter visto um osso a uma pequena distância no espaço vazio entre o lugar onde estava e o início do denso círculo de guerreiros.

Então Carter falou com os líderes na suave língua dos gatos e descobriu que a antiga amizade que mantinha com a espécie era famosa e muitas vezes mencionada nos lugares onde os gatos congregam-se. Não haviam deixado de notá-lo durante a passagem por Ulthar, e os velhos gatos lustrosos recordaram-se de como os havia afagado depois que afastaram os zoogs famintos que lançavam olhares maldosos em direção a um gatinho preto. Lembraram-se também de como havia recebido o gatinho que fora visitá-lo na estalagem, e de que lhe havia oferecido uma deliciosa tigela de leite na manhã da partida. O avô daquele pequeno gatinho era o líder do exército reunido naquele instante, pois tinha avistado a terrível procissão a partir de uma colina longínqua e reconhecido o prisioneiro como um amigo jurado da espécie felina, tanto em nosso planeta como na terra dos sonhos.

De repente um miado soou em um pico mais afastado, e o velho líder interrompeu a conversa. Era um dos integrantes do exército, estacionado em um posto avançado na mais alta montanha lunar para observar o único inimigo temido pelos gatos terrestres: os enormes e peculiares gatos de Saturno, que por algum motivo não permaneceram alheios aos encantos no lado escuro da nossa lua. Esses felinos têm um tratado com as malignas coisas batráquias e adotam um comportamento notoriamente hostil em relação aos gatos terrestres, e naquele momento um confronto seria motivo de graves preocupações.

Depois de uma breve consulta aos generais os gatos se ergueram e adotaram uma formação mais cerrada, reunindo-se ao redor de Carter e preparando-se para o grande salto através do espaço que os levaria de volta aos telhados do nosso planeta e às nossas terras oníricas. O velho marechal de campo aconselhou Carter a deixar-se carregar de maneira passiva e suave em meio às fileiras do exército felpudo e ensinou-o a saltar quando os outros saltassem e a aterrissar com graça quando os outros aterrissassem. Também se dispôs a deixá-lo em qualquer lugar que desejasse, e Carter decidiu-se pela cidade de Dylath-Leen, de onde a galé negra havia partido; pois de lá pretendia zarpar com destino a Oriab e à crista entalhada de Ngranek para solicitar aos habitantes da cidade que cessassem o comércio com as galés negras se de fato esse comércio pudesse ser interrompido de maneira cordial e judiciosa. Então, mediante um sinal, todos os gatos deram um gracioso salto com o amigo protegido no meio da bichanada enquanto, em uma caverna escura no longínquo cume profano das montanhas lunares, o caos rastejante Nyarlathotep aguardava em vão.

O salto dos felinos através do espaço foi muito veloz; e, estando rodeado pelos companheiros, dessa vez Carter não viu as colossais informidades negras que espreitam e pululam e arrastam-se no abismo. Antes que percebesse por completo o que havia acontecido, estava de volta ao familiar quarto da estalagem em Dylath-Leen, e os furtivos e amistosos gatos saíam pelas janelas aos borbotões. O velho líder de Ulthar foi a último a sair e, enquanto Carter apertava-lhe a pata, disse que estaria de volta com o cantar do galo. Quando a aurora raiou, Carter desceu a escada e descobriu que uma semana havia passado desde a captura e a partida. Ainda teria de esperar quase duas semanas pelo navio com destino a Oriab, e durante esse tempo disse tudo quanto podia contra as galés negras e seus estratagemas infames. A maioria dos habitantes do vilarejo deu-lhe um voto de confiança; mas o apreço dos joalheiros por aqueles enormes rubis impediu que prometessem cessar o comércio com os mercadores de boca larga. Se algum infortúnio um dia abater-se sobre Dylath-Leen por conta desse comércio, não será por culpa de Carter.

Após cerca de uma semana o navio esperado arribou próximo ao molhe negro e ao alto farol, e Carter alegrou-se ao ver que era uma embarcação de homens sadios, com os costados pintados, velas latinas amarelas e um capitão grisalho envolto em mantos de seda. O navio transportava a fragrante resina dos mais profundos vales de Oriab, e as delicadas cerâmicas produzidas pelos artistas de Baharna, e as pequenas e singulares imagens esculpidas na lava ancestral de Ngranek. As mercadorias eram pagas com a lã de Ulthar e com os têxteis iridescentes de Hatheg e com o marfim que os negros entalham na outra margem do rio em Parg. Carter fez um trato com o capitão para ir até Baharna e foi informado de que a viagem levaria dez dias. Durante a semana de espera falou bastante com o capitão de Ngranek e descobriu que pouquíssima gente tinha visto o rosto entalhado; e também que muitos viajantes limitavam-se a escutar as lendas daquela terra conforme eram contadas pelos velhos e pelos coletores de lava e entalhadores de imagens em Baharna, embora ao voltar para casa dissessem que o haviam contemplado. O capitão não sabia nem ao menos se existia alguma pessoa viva que tivesse contemplado o rosto entalhado na rocha, pois aquela encosta de Ngranek é muito sinistra e escarpada e inóspita, e existem rumores sobre cavernas próximas ao pico onde habitam os noctétricos. Mas o capitão não quis dizer como eram os noctétricos, uma vez que estes seres costumam assombrar os sonhos dos que pensam com demasiada frequência a seu respeito. Então Carter perguntou ao capitão sobre a desconhecida Kadath na desolação gelada, e sobre a maravilhosa cidade ao pôr do sol, mas quanto a essas o bom homem realmente nada sabia.

Carter zarpou de Dylath-Leen cedo da manhã, quando a maré virou, e viu os primeiros raios de sol nas esguias torres angulares da lúgubre cidade basáltica. E por dois dias os navegadores seguiram rumo ao oriente, costeando litorais verdejantes e com frequência avistando os pacatos vilarejos pesqueiros que se erguiam de repente com telhados vermelhos e chaminés desde velhos cais sonhadores e de praias onde redes estendidas secavam. Porém no terceiro dia deram uma forte guinada em direção ao sul, onde o mar era mais revolto, e logo perderam de vista qualquer sinal de terra. No quinto dia os marujos estavam nervosos, mas o capitão pediu desculpas por aqueles temores, dizendo que o navio estava prestes a passar pelas muralhas recobertas de algas e pelas colunas arruinadas de uma cidade submersa demasiado antiga para que fosse lembrada, e que quando a água estava límpida viam-se tantas sombras em movimento naquelas profundezas que os mais humildes chegavam a temê-las. Admitiu, contudo, que muitos navios haviam se perdido naquela parte do oceano para nunca mais serem vistos.

Naquela noite a lua estava muito clara, e era possível enxergar a uma grande profundidade sob a superfície da água. Ventava tão pouco que o navio mal fazia caminho no mar espelhado. Olhando por cima da amurada, Carter viu a muitas braças de profundidade a cúpula de um grande templo, e logo em frente uma avenida de esfinges sobrenaturais que conduziam ao que outrora tinha sido uma esplanada. Golfinhos brincavam alegremente em meio às ruínas, e desajeitadas toninhas divertiam-se aqui e acolá, por vezes aproximando-se da superfície e saltando para fora d'água. À medida que o navio avançava o fundo do mar erguia-se em uma cadeia de montanhas, e era possível distinguir com clareza as linhas das antigas ruas íngremes e das paredes submersas de inúmeras casas.

Logo apareceram os subúrbios, e por fim uma enorme construção solitária numa encosta, de arquitetura mais simples do que as outras estruturas, porém em um estado de conservação muito superior. Era uma estrutura atarracada e escura que cobria os quatro lados de um quadrado, com uma torre em cada canto, um pátio calçado no meio e curiosas janelinhas redondas por toda parte. Provavelmente era construída em basalto, embora tivesse quase toda a superfície recoberta por algas; e ocupava um lugar tão solitário e imponente na montanha longínqua que bem poderia ter sido um templo ou um monastério. Algum peixe fosforescente lá dentro conferia às janelinhas redondas um aspecto de cintilância, e naquele instante Carter solidarizou-se com os marujos que temiam o lugar.

A seguir, no brilho do luar aquoso, percebeu um estranho monólito no meio do pátio central e viu que nele havia alguma coisa amarrada. E quando, depois de pegar um telescópio da câmara do capitão, viu que a coisa amarrada era um marujo que trajava os mantos de seda de Oriab, virado de cabeça para baixo e sem os olhos, alegrou-se ao perceber que uma brisa tratava de impelir o navio adiante rumo a partes mais salubres do oceano.

No dia seguinte chegaram à fala com um navio de panos violeta que seguia rumo a Zar, na terra dos sonhos esquecidos, com bulbos de lírios de estranhas cores no porão de carga. E na noite do décimo primeiro dia avistaram a ilha de Oriab, com a montanha de Ngranek erguendo-se ao longe com as escarpas e as coroas de neve. Oriab é uma ilha muito grande, e o porto de Baharna é uma cidade vibrante. Os portos de Baharna são de porfirito, e a cidade ergue-se mais atrás em enormes terraços de pedra, repletos de ruas com escadarias que muitas vezes formam arcadas entre as construções e as pontes que ligam as construções. Existe um grande canal que corre sob toda a cidade em um túnel com portões de granito que deságua no lago de Yath, em cuja margem mais distante espalham-se as vastas ruínas de tijolos que remontam a uma cidade ancestral cujo nome não é mais lembrado. À medida que o navio se aproximou do porto ao entardecer, os faróis gêmeos Thon e Thal acenderam-se para dar as boas-vindas, e por todo o milhão de janelas nos terraços de Baharna luzes tênues espiaram em silêncio, como as estrelas espiam no firmamento ao anoitecer, até que a íngreme e altaneira cidade se transformasse em uma constelação cintilante suspensa entre as estrelas do céu e os reflexos destas mesmas estrelas no porto silencioso.

Uma vez em terra, o capitão recebeu Carter como hóspede em sua própria casa no litoral de Yath, onde a parte de trás da cidade desce até a praia; e a esposa e os criados trouxeram estranhas e saborosas comidas para o deleite do viajante. Nos dias seguintes Carter saiu em busca de rumores e lendas sobre Ngranek em todas as tavernas e lugares públicos onde os coletores de lava e os entalhadores de imagens se reúnem, mas não encontrou ninguém que tivesse visitado as encostas mais altas ou visto o rosto entalhado. A montanha de Ngranek era uma escarpa inóspita com um vale amaldiçoado logo atrás, e por esse motivo não seria prudente acreditar que os noctétricos fossem apenas criaturas fabulosas.

Quando o capitão zarpou mais uma vez rumo a Dylath-Leen, Carter hospedou-se em uma taverna ancestral que dava para uma ruela com degraus em uma parte antiga do vilarejo, construída em tijolo e semelhante às ruínas na outra margem do Yath. Naquele local Carter traçou um plano para escalar Ngranek e relacionou tudo o que havia descoberto com os coletores de lava a respeito das estradas mais além. O taverneiro era um homem muito velho que pôde oferecer uma grande ajuda graças às inúmeras lendas que tinha escutado. Chegou até mesmo a levar Carter a um cômodo no andar superior daquela casa antiga para mostrar-lhe um desenho grosseiro que um viajante havia rabiscado na parede de barro no tempo em que os homens demonstravam mais coragem e menos relutância em visitar as encostas mais altas de Ngranek. O bisavô do taverneiro ouvira do próprio bisavô que o viajante que havia rabiscado a figura tinha subido a montanha de Ngranek e visto o rosto entalhado, e que o havia desenhado para que outros o vissem; mas Carter foi invadido por uma dúvida atroz, uma vez que as enormes feições grosseiras na parede tinham sido traçadas às pressas e sem capricho, e estavam cercadas por uma multidão de pequenas figuras desenhadas no pior estilo imaginável, com chifres e asas e garras e caudas enroladas.

Por fim, depois de obter todas as informações que poderia obter nas tavernas e lugares públicos de Baharna, Carter alugou uma zebra e certa manhã tomou a estrada que seguia ao longo da margem do Yath em direção ao interior do continente, onde se ergue a rochosa montanha de Ngranek. À direita estendiam-se colinas ondulantes e agradáveis pomares e pequenas fazendolas de pedra, que guardavam uma estreita semelhança com os campos férteis que flanqueiam o Skai. Quando a noite caiu Carter estava próximo às antigas ruínas sem nome na outra margem do Yath e, embora os antigos coletores de lava tivessem-no aconselhado a não acampar naquele ponto à noite, o viajante amarrou a zebra a um curioso pilar em frente a uma muralha decrépita e estendeu o cobertor em um recanto abrigado sob entalhes cujo significado ninguém poderia decifrar. Enrolou um segundo cobertor ao redor do corpo, pois as noites são frias em Oriab; e quando acordou no meio da noite e imaginou sentir as asas de algum inseto a roçar-lhe o rosto, cobriu totalmente a cabeça e dormiu em paz até despertar com o canto dos pássaros magah nos distantes vales de resina.

O sol tinha acabado de nascer na grande encosta onde léguas e mais léguas de fundações primordiais de tijolos e paredes desgastadas e eventuais pilares e pedestais rachados desciam desolados até a margem do Yath, e Carter olhou ao redor em busca da zebra amarrada. Grande foi a tristeza ao encontrar o dócil animal prostrado junto do curioso pilar a que estava amarrado, e maior ainda a irritação ao descobrir que a montaria estava morta, com todo o sangue chupado por um singular ferimento na garganta. Carter também notou que seus pertences estavam revirados e deu falta de várias traquitanas chamativas, e por todo o solo poeirento havia grandes pegadas membranosas para as quais não havia explicação. Lembrou-se das lendas e avisos dos coletores de lava e pensou na coisa que lhe havia roçado o rosto durante a noite. Em seguida pôs a mochila no ombro e continuou a pé em direção a Ngranek, mas não pôde deixar de sentir um calafrio quando, no ponto em que a estrada atravessa as ruínas, percebeu um enorme arco baixo e vazio na parede de um antigo templo, com degraus que desciam a uma escuridão impenetrável ao olhar.

O caminho seguia montanha acima por um terreno cada vez mais inexplorado e arborizado, de onde Carter via apenas as cabanas dos carvoeiros e os acampamentos dos coletores que buscavam resina no vale. O ar tinha o perfume de um bálsamo, e todos os pássaros magah cantavam alegres ao mesmo tempo que ostentavam as sete cores ao sol. Pouco antes do pôr do sol, Carter chegou a um novo acampamento de coletores de lava que retornavam com sacos abarrotados das encostas mais baixas de Ngranek; e nesse ponto o viajante também acampou, escutando as músicas e as histórias dos homens e ouvindo o que sussurravam a respeito de um colega que haviam perdido. Tinha escalado até um ponto bastante elevado para chegar a uma preciosa massa de lava mais acima, e quando a noite caiu não retornou para junto dos companheiros. Quando o procuraram no dia seguinte encontraram apenas um turbante, e tampouco havia sinais de que pudesse ter caído do penhasco. Não continuaram as buscas porque os homens mais velhos disseram que seria inútil. Ninguém jamais encontrava as coisas levadas pelos noctétricos, embora a existência dessas criaturas fosse incerta a ponto de torná-las quase fabulescas. Carter perguntou se os noctétricos chupavam sangue e se gostavam de objetos reluzentes e deixavam pegadas membranosas, porém todos balançaram a cabeça e pareceram assustados com a pergunta. Ao perceber que todos haviam ficado taciturnos, Carter interrompeu os questionamentos e foi dormir no cobertor.

No dia seguinte, levantou-se com os coletores de lava e se despediu quando os homens seguiram rumo ao oeste e ele seguiu rumo ao leste em uma zebra que havia comprado dos companheiros. Os mais velhos ofereceram-lhe bênçãos e alertas e disseram que não seria prudente escalar as partes mais altas de Ngranek — porém, mesmo que tenha agradecido o conselho com todo o coração, Carter não estava dissuadido. Ainda sentia que precisava encontrar os deuses na desconhecida Kadath para ganhar acesso à maravilhosa e obsedante cidade ao pôr do sol. Ao meio-dia, depois de um longo trecho montanha acima, chegou a vilarejos de tijolo abandonados, outrora habitados pelos montanheses que haviam morado próximo a Ngranek e às imagens entalhadas em lava. Tinham morado naquele lugar até a época do avô do velho taverneiro, quando sentiram que a permanência naquele local era indesejada. As casas tinham subido a encosta da montanha, e quanto mais alto eram construídas, mais pessoas desapareciam à noite. Por fim decidiram que seria melhor ir embora de vez, pois na escuridão às vezes divisavam-se coisas estranhas que ninguém conseguia interpretar de maneira favorável; de modo que no fim todos desceram até o mar e se estabeleceram em um bairro muito antigo de Baharna, onde ensinaram aos filhos a antiga arte de entalhar imagens que se mantém viva até os dias de hoje. Foi desses filhos dos montanheses exilados que Carter ouviu as melhores histórias sobre Ngranek enquanto conduzia buscas pelas antigas tavernas de Baharna.

Durante todo esse tempo a lúgubre encosta de Ngranek assomava cada vez maior à medida que Carter aproximava-se. Havia árvores esparsas na encosta mais baixa e frágeis arbustos logo acima, e então a terrível rocha nua erguia-se em uma fantasmagoria rumo ao céu para se misturar à geada e ao gelo e à neve eterna. Carter percebeu as rachaduras e as escarpas da pedra sombria e não se animou com o prospecto da escalada. Em certos pontos havia córregos de lava sólida e montes de escória que se espalhavam pelas encostas e saliências da rocha. Noventa éons atrás, antes mesmo que os deuses tivessem dançado no cume pontiagudo, a montanha havia falado na língua do fogo e rugido com a voz dos trovões. Naquele instante a montanha de Ngranek erguia-se silenciosa e sinistra, trazendo no lado oculto a titânica imagem secreta mencionada nos rumores. E havia cavernas na montanha que poderiam estar vazias e entregues às trevas ancestrais, ou — se as lendas dissessem a verdade — guardar horrores de formas inconcebíveis.

O terreno elevava-se em direção ao sopé de Ngranek, coberto por arbustos de carvalho e freixos e repleto de fragmentos de rocha, lava e antigas cinzas. Havia resquícios das fogueiras de inúmeros acampamentos, onde os coletores de lava em geral paravam, e diversos altares rústicos que haviam construído para aplacar os Grandes Deuses ou para afastar as coisas que apareciam em sonhos nos elevados desfiladeiros e nas labirínticas cavernas de Ngranek. No entardecer Carter alcançou o mais distante monte de cinzas e lá resolveu passar a noite, amarrando a zebra a uma pequena árvore e enrolando-se no cobertor antes de adormecer. Durante toda a noite um voonith uivou à margem de um lago oculto, mas Carter não sentiu medo do terror anfíbio porque tinham lhe assegurado que nenhuma daquelas criaturas ousa se aproximar das encostas de Ngranek.

No sol da manhã, Carter deu os primeiros passos da longa escalada, levando a zebra até onde o útil animal pudesse acompanhá-lo e amarrando-a a um freixo retorcido quando a estradinha tornou-se demasiado íngreme. A partir desse ponto, continuou sozinho; primeiro atravessando a floresta e as ruínas de antigos vilarejos nas clareiras, e depois avançando em meio à grama resistente onde franzinos arbustos cresciam aqui e acolá. Carter lamentou deixar as árvores para trás, uma vez que a encosta apresentava um aclive bastante pronunciado e todo o panorama era um tanto vertiginoso. Por fim começou a discernir a zona rural que se espraiava lá embaixo para onde quer que olhasse; as cabanas desertas dos entalhadores de imagens, os vales produtores de resina e os acampamentos dos homens que a recolhem, os bosques onde os prismáticos magahs fazem ninhos e cantam e até mesmo um vislumbre longínquo das margens do Yath e daquelas antigas ruínas proscritas cujo nome foi esquecido. Teve por bem não olhar ao redor e manteve-se firme na escalada até que os arbustos se tornassem mais esparsos e muitas vezes não houvesse nada a que se agarrar além da grama resistente.

Em seguida a vegetação tornou-se mais rala e o solo começou a apresentar longos trechos de rocha nua, e de vez em quando um ninho de condor em algum recôndito. Por fim não havia mais nada além da rocha nua, e se a superfície rochosa não fosse tão áspera e tão castigada pelas intempéries, Carter mal conseguiria ter avançado. Protuberâncias, saliências e pináculos, no entanto, eram de grande ajuda; e era sempre animador encontrar a intervalos o sinal de algum coletor de lava rabiscado na pedra arenosa e saber que uma criatura humana e salubre já havia estado lá. Passada uma certa altura a presença do homem evidenciava-se através de apoios para os pés e as mãos entalhados na rocha onde necessário, e através de pequenas pedreiras e escavações junto a algum importante fluxo ou veio de lava. Em um dado ponto uma estreita saliência havia sido artificialmente criada para dar acesso a um rico depósito à extrema direita da principal rota de escalada. Por uma ou duas vezes Carter se atreveu a olhar ao redor, e por pouco não sentiu vertigem ao contemplar o panorama que se estendia lá embaixo. Toda a ilha entre o ponto onde estava e o litoral revelava-se à vista, com os terraços de pedra em Baharna e a fumaça das místicas chaminés ao longe. E mais além estendia-se o ilimitado Mar Austral repleto de segredos.

Até aquele ponto haviam sido necessárias muitas voltas pela montanha, de modo que o lado mais distante, onde ficava o rosto entalhado, permanecia oculto. De repente Carter percebeu uma saliência que subia à esquerda e parecia seguir na direção desejada, e tomou esse caminho na esperança de que fosse contínuo. Passados dez minutos percebeu que de fato não se tratava de um beco sem saída, porém seguia em um arco muito íngreme que — a não ser que fosse interrompido ou mudasse de direção — dentro de poucas horas haveria de levá-lo à desconhecida encosta sul que sobranceia os penhascos desolados e o amaldiçoado vale de lava. À medida que o novo terreno se revelava, Carter percebia que era ainda mais inóspito e selvagem do que as terras em direção ao mar que tinha atravessado. A própria encosta da montanha parecia diferente, e naquele ponto era perpassada por estranhas fendas e cavernas inexistentes na rota mais direta que abandonara. Havia cavernas acima e abaixo, porém todas se abriam em precipícios verticais completamente inacessíveis aos pés de qualquer ser humano. O ar estava muito frio, mas a escalada era a tal ponto exaustiva que Carter não se importou. Apenas a rarefação cada vez maior o incomodava, e pensou que talvez aquilo houvesse afetado o juízo de outros viajantes e inspirado as absurdas histórias sobre os noctétricos que serviam de explicação para o sumiço dos escaladores que caíam dos voraginosos caminhos. Carter não se deixava impressionar muito por histórias de viajantes, porém mesmo assim carregava uma boa cimitarra para o caso de encontrar problemas. Todos os pensamentos menores perdiam-se no desejo de ver o rosto entalhado que poderia indicar o caminho rumo aos deuses no alto da desconhecida Kadath.

Por fim, no temível frio das regiões elevadas, conseguiu fazer a volta e chegar ao lado oculto de Ngranek, onde em pélagos infinitos viu os penhascos menores e os estéreis abismos de lava que sinalizavam a ira ancestral dos Grandes Deuses. No mesmo instante descortinou-se também uma vasta extensão de terras ao sul; mas era um terreno desértico sem campos verdejantes nem chaminés de cabanas, e parecia não ter fim. Não se avistava nenhum indício do mar naquele lado, pois Oriab é uma ilha bastante grande. Cavernas negras e estranhos recônditos ainda surgiam em grande número nos precipícios verticais, porém nenhum estava ao alcance de um escalador. Logo assomou nas alturas uma enorme massa plana que se debruçava para além da beirada e impedia qualquer vislumbre do que havia mais acima, e por um instante Carter temeu que se revelasse um obstáculo intransponível. Postado quilômetros acima da terra em meio à insegurança dos ventos, com apenas vazio e morte de um lado e escorregadios paredões de rocha no outro, por um instante Carter conheceu o medo que leva os homens a abominar o lado oculto de Ngranek. Não poderia voltar atrás, e o sol já estava baixo. Se não houvesse um caminho até o topo, a noite certamente o encontraria agachado e em silêncio, e a manhã seguinte já não o encontraria mais.

Mas havia um caminho, e Carter o viu em boa hora. Apenas um sonhador experiente poderia ter usado aqueles imperceptíveis apoios de pé, mas para Carter foram suficientes. Depois de escalar a rocha protuberante, descobriu que a encosta a seguir era muito mais suave do que tinha imaginado, uma vez que o derretimento de uma enorme geleira havia revelado uma generosa extensão de barro e saliências. À esquerda um precipício arrojava-se de alturas desconhecidas a profundezas desconhecidas, com a escura boca de uma caverna inalcançável logo acima. Em outros pontos, no entanto, o aclive da montanha diminuía e chegava até mesmo a oferecer espaços onde era possível parar e descansar.

Ao avaliar o frio, Carter imaginou estar próximo à linha de neve e olhou para cima a fim de ver que pináculos cintilantes poderiam estar reluzindo à luz do rubro sol tardio. Sem dúvida havia neve a incalculáveis metros acima, e abaixo uma enorme rocha que se debruçava para além da beirada como a que tinha acabado de escalar, com os negros contornos eternamente suspensos contra a brancura do pico gelado. E ao ver o penhasco Carter engasgou-se e gritou, e agarrou-se à rocha escarpada em terror; pois aquele vulto titânico não havia permanecido o mesmo desde que a aurora terrestre o delineara contra o céu, mas refulgia vermelho e imponente ao pôr do sol com feições entalhadas e polidas dignas de um deus.

Austero e terrível brilhava o rosto que chamejava ao sol. Não existe intelecto que possa conceber tamanha vastidão, e no mesmo instante Carter soube que homem nenhum poderia ter construído aquilo. Era um deus entalhado pelas mãos dos deuses, que encarava o viajante com desdém e majestade. Os rumores diziam que o rosto era estranho e que não haveria como confundi-lo; e Carter percebeu que de fato assim era, pois os olhos largos e estreitos e as orelhas de lóbulos compridos, o nariz fino e o queixo pontudo sugeriam uma raça não de homens, mas de deuses. Tomado pelo espanto, Carter agarrou-se ao perigoso e sobranceiro pináculo, mesmo que a imagem fosse aquilo que esperava e desejava encontrar; pois o rosto de um deus revela mais portentos do que as previsões são capazes de sugerir, e quando esse rosto é maior do que um templo e revela-se ao pôr do sol olhando para baixo em meio aos silêncios crípticos do mundo superior a partir de cuja lava escura fora divinamente entalhado em tempos antigos, o portento é tão impressionante que ninguém pode escapar.

Somava-se a isso tudo o portento adicional do reconhecimento; pois, embora tivesse planos de procurar em todas as terras oníricas homens cujos rostos pudessem marcá-los como filhos dos deuses, naquele instante Carter percebeu que não seria necessário. Sem dúvida o grande rosto entalhado naquela montanha não tinha nada de estranho, mas apresentava um forte parentesco com os homens que tinha avistado nas tavernas do porto de Celephaïs, que se estende no Vale de Ooth-Nargai além das Colinas Tanarianas e é governada pelo rei Kuranes, que Carter certa vez havia encontrado em vigília. Todo ano marujos com aquele rosto chegavam em navios escuros vindos do norte a fim de trocar o ônix que traziam pela jade entalhada e pelo ouro em fio e pelos rubros pássaros canoros de Celephaïs, e esses marujos não podiam ser outra coisa senão os semideuses que Carter buscava. Onde quer que morassem, a desolação gelada devia estar próxima, e nela a desconhecida Kadath e o castelo de ônix dos Grandes Deuses. Seguiria então rumo a Celephaïs, muito distante da ilha de Oriab, por caminhos que o levariam de volta a Dylath-Leen e pelo Skai até a ponte de Nir, e mais uma vez para o interior do bosque encantado onde habitam os zoogs, quando o caminho faria uma curva para o norte em meio aos jardins nos arredores de Oukranos rumo aos coruchéus dourados de Thran, onde poderia embarcar em um galeão para atravessar o Mar Cereneriano.

Porém a noite começava a cair, e o enorme rosto entalhado parecia ainda mais austero rodeado pelas sombras. A noite encontrou o viajante empoleirado naquela saliência; e em meio às trevas não era possível subir nem descer, mas apenas permanecer de pé e tremer naquela passagem estreita até que a aurora raiasse, rezando para manter-se acordado e evitar que o sono o levasse a relaxar os dedos e cair por quilômetros de um vazio vertiginoso até os penhascos e rochas escarpadas do vale maldito. As estrelas surgiram, mas a não ser por esse brilho tênue não havia nada além de trevas nos olhos de Carter; trevas em conluio com a morte — um chamado que podia ser resistido apenas agarrando-se às rochas e afastando-se do precipício invisível. A última coisa que viu no crepúsculo terrestre foi um condor que planou junto do precipício a oeste e fugiu aos gritos quando chegou perto da caverna que escancarava a boca em um lugar inalcançável.

De repente, sem nenhum som de alerta, Carter teve a cimitarra retirada do cinto por mãos furtivas e invisíveis. Em seguida escutou o retinir do metal nas rochas lá embaixo. Entre o lugar onde estava e a Via-Láctea, imaginou ver o terrível contorno de alguma coisa esquálida com chifres e rabo e asas de morcego. Outras coisas também haviam começado a encobrir as estrelas a oeste, como se uma revoada de entidades vagas estivesse ruflando as asas em silêncio ao sair da inacessível caverna na encosta do precipício. A seguir uma espécie de braço frio e borrachento agarrou-lhe o pescoço e uma outra coisa agarrou-lhe os pés, e Carter foi erguido sem nenhuma consideração e sacudido de um lado para outro no espaço vazio. No instante seguinte as estrelas haviam desaparecido, e então Carter soube que os noctétricos o haviam capturado.

Carregaram-no com a respiração suspensa para o interior da caverna no paredão e através dos monstruosos labirintos mais além. Quando Carter resistia, como a princípio fez por simples instinto, as criaturas faziam-lhe cócegas. Não emitiam nenhum som, e até mesmo as asas membranosas ruflavam no mais absoluto silêncio. Tinham o corpo pavorosamente frio e úmido e escorregadio, e patas que apertavam de maneira odiosa. Logo as criaturas executaram um pavoroso mergulho rumo a abismos inconcebíveis em uma atmosfera entorpecedora, vertiginosa e nauseante como o úmido sopro do túmulo; e Carter percebeu que estavam a ponto de lançar-se na suprema voragem de loucura vociferante e demoníaca. Gritou e tornou a gritar, mas sempre que esboçava qualquer reação as criaturas faziam-lhe cócegas sutis. Depois de algum tempo viu uma espécie de fosforescência cinzenta ao redor e imaginou que estivessem chegando ao mundo recôndito de horror subterrâneo mencionado em lendas vagas, iluminado apenas pelo fogo mortiço e pálido que empesteia o ar e as névoas primordiais dos abismos no centro da Terra.

Por fim vislumbrou nas profundezas as linhas tênues dos cinzentos e aziagos pináculos que reconheceu como sendo os fabulosos Picos de Thok. Pavorosos e sinistros, esses cumes se erguem no crepúsculo assombrado das eternas profundezas lúgubres a alturas maiores do que os homens são capazes de calcular, como sentinelas dos terríveis vales onde os bholes se arrastam e escavam de maneira repulsiva. Porém Carter preferiu ver aquilo a olhar para os captores, que de fato eram criaturas negras horripilantes e grosseiras com superfícies lisas, untuosas e cetáceas, repelentes chifres que se curvavam para dentro, um em direção ao outro, asas de morcego cujo ruflar não produzia nenhum som, feias garras preênseis e caudas serrilhadas que açoitavam sem necessidade e sem dar trégua. O mais terrível, no entanto, era que jamais falavam ou gargalhavam e jamais sorriam, pois não tinham rostos com que pudessem sorrir, mas apenas um vazio sugestivo onde deveria haver um rosto. Só o que faziam era voar e agarrar e fazer cócegas; eis os modos dos noctétricos.

Quando o bando começou a voar mais baixo os Picos de Thok ergueram-se cinzentos e sobranceiros por todos os lados, e tornou-se evidente que nada poderia viver no granito austero e impassível daquele crepúsculo eterno. Nos níveis ainda mais baixos os fogos mortiços sumiram, e a partir de então havia apenas a escuridão primordial do vazio, a não ser nas alturas, onde os picos emaciados se erguiam como goblins. Logo os picos ficaram para trás e nada mais restou além das grandes rajadas de vento e da umidade das mais profundas grutas. Por fim os noctétricos aterrissaram em um terreno que parecia ser composto de várias camadas de osso e deixaram Carter sozinho naquele vale obscuro. Carregá-lo até lá era o dever dos noctétricos que guardam a montanha de Ngranek; e, uma vez cumprido esse desígnio, voaram em silêncio para longe. Quando Carter tentou acompanhar o voo com os olhos descobriu que era impossível, uma vez que até mesmo os Picos de Thok haviam desaparecido. Não havia nada em lugar algum a não ser a escuridão e o horror e o silêncio e os ossos.

Nesse instante Carter soube que estava no vale de Pnath, onde se arrastam e escavam os enormes bholes; porém não sabia o que esperar, pois ninguém jamais tinha visto um bhole ou sequer conjecturado sobre o aspecto daquelas coisas. Os bholes são mencionados apenas em sussurros vagos por conta dos rumores que produzem em meio às montanhas de ossos e do rastro pegajoso que deixam para trás. Não podem jamais ser vistos porque se arrastam somente no escuro. Carter não queria encontrar um bhole, e assim permaneceu atento ao menor sinal de ruído nas desconhecidas profundezas de ossos ao redor. Mesmo naquele lugar pavoroso ele tinha um plano e um objetivo, pois sussurros a respeito de Pnath e das regiões circunjacentes não eram estranhos a alguém com quem muito havia conversado nos velhos tempos. Em suma, parecia bastante provável que aquele fosse o lugar onde todos os ghouls do mundo em vigília atiram os rejeitos de seus fúnebres banquetes; e que com um pouco de sorte Carter poderia tropeçar no imponente rochedo mais alto que os Picos de Thok, onde começam os domínios desses seres medonhos. Uma chuva de ossos indicaria onde procurar, e uma vez que encontrasse um ghoul poderia chamá-lo e pedir que lançasse uma escada; afinal, por mais estranho que pareça, Carter tinha uma estranha ligação com essas terríveis criaturas.

Um homem que havia conhecido em Boston — um pintor de estranhos quadros que tinha um estúdio secreto em um beco antigo e profano próximo a um cemitério — de fato havia feito amizade com os ghouls e lhe ensinado a compreender as partes mais rudimentares dos repulsivos tartanhos e gasganeios da língua que falavam. Esse homem por fim desapareceu, mas Carter não ficaria surpreso se naquele momento o reencontrasse e usasse pela primeira vez nas terras oníricas o inglês distante da tênue vida em vigília. De uma forma ou de outra, sentia-se capaz de convencer um ghoul a indicar-lhe o caminho para sair de Pnath; e seria melhor encontrar um ghoul, que é visível, do que um bhole, que é invisível.

Então Carter avançou pelo escuro e correu quando imaginou ter ouvido um estrépito em meio aos ossos espalhados pelo chão. A certa altura esbarrou contra uma encosta de pedra e soube que aquilo devia ser a base de um dos Picos de Thok. Por fim escutou monstruosos estrondos e estrépitos que se elevaram às alturas e teve certeza de que estava próximo ao rochedo dos ghouls. Não sabia se o escutariam naquele vale a quilômetros de profundidade, mas lembrou-se de que aquele mundo recôndito era governado por leis estranhas. Enquanto pensava, Carter foi atingido por um osso tão pesado que devia ser um crânio, e ao notar a proximidade do fatídico rochedo emitiu da melhor maneira possível o brado gasganeante em que consiste o chamado dos ghouls.

O som viaja devagar, de modo que levou algum tempo até que escutasse um outro tartanho em resposta. Mas a resposta enfim chegou, e dentro de pouco tempo uma voz informou a Carter que uma escada de corda seria lançada. A espera foi muito tensa, pois não havia como saber o que o grito poderia ter despertado em meio aos ossos. De fato, não demorou muito até que Carter ouvisse um vago rumor ao longe. À medida que o rumor aproximava-se devagar, Carter sentia-se ainda menos confortável; pois não queria se afastar do local onde a escada seria lançada. Por fim a tensão atingiu um nível insuportável, e o viajante estava a ponto de sair correndo em pânico quando um baque na pilha de ossos recém-empilhados chamou-lhe a atenção. Era a escada, e depois de um instante passado às apalpadelas Carter tinha-a firme entre as mãos. Porém o outro som não cessou, e continuou a segui-lo mesmo enquanto subia. Carter estava a um metro e meio do chão quando o rumor tornou-se mais enfático, e a três metros quando alguma coisa balançou a ponta da escada lá embaixo. A uma altura de cinco ou seis metros ele sentiu toda a lateral do corpo ser roçada por uma longa extensão pegajosa que se retorcia com uma alternância de estruturas côncavas e convexas, e depois subiu em desespero para escapar ao contato com o focinho daquele repugnante bhole obeso cuja forma nenhum homem poderia ver.

Por horas Carter subiu com os braços extenuados e as mãos queimadas, vendo apenas os cinzentos fogos mortiços e os incômodos pináculos de Thok. Por fim notou uma projeção do grande rochedo habitado pelos ghouls, cujo paredão vertical não conseguia discernir; e horas mais tarde viu um curioso rosto espreitando como uma gárgula por sobre o parapeito de Notre-Dame. Essa visão quase o fez perder o equilíbrio por conta da vertigem, porém no instante seguinte Carter reassenhorou-se de si; pois o desaparecido amigo Richard Pickman certa vez o apresentara a um ghoul, e portanto Carter conhecia os rostos caninos e as formas recurvadas e as inúmeras idiossincrasias dessas criaturas. Assim, sentiu-se no controle da situação quando aquela coisa horrenda o puxou da vertiginosa queda livre para o alto do rochedo, e nem sequer gritou ao ver a pilha de rejeitos parcialmente consumidos ou os círculos de ghouls agachados que roíam e observavam-no com um olhar curioso.

Estava agora em uma planície de luz tênue cujas únicas características topográficas eram grandes penedos e a abertura das tocas. Os ghouls em geral adotaram um comportamento respeitoso, mesmo que um deles tenha beliscado Carter enquanto vários outros encaravam aquele corpo magro com olhares especulativos. À força de pacientes tartanhos, o explorador fez perguntas a respeito do amigo desaparecido e descobriu que havia se tornado um ghoul de certa relevância em abismos próximos ao mundo em vigília. Um velho ghoul esverdeado se ofereceu para levá-lo até a morada de Pickman, e apesar do sentimento natural de repulsa Carter seguiu a criatura até uma toca espaçosa onde os dois se arrastaram por horas em meio à escuridão do mofo pútrido. Emergiram em uma planície vaga repleta das mais variadas relíquias terrestres — antigas lajes tumulares, urnas quebradas e grotescas ruínas de monumentos —, e Carter percebeu com alguma emoção que provavelmente estava mais próximo do mundo em vigília do que em qualquer outro momento desde que havia descido os setecentos degraus na caverna da chama rumo ao Portão do Sono Profundo.

Em uma lápide de 1768, roubada do Granary Burying Ground em Boston, estava sentado o ghoul que outrora tinha sido o artista Richard Upton Pickman. Nu, o ex-artista tinha uma pele tão borrachenta e exibia de maneira tão pronunciada a fisionomia dos ghouls que qualquer resquício de origem humana parecia obscurecido. Porém a criatura ainda recordava algumas palavras em inglês e foi capaz de conversar com Carter através de grunhidos e monossílabos, valendo-se vez ou outra dos característicos tartanhos dos ghouls. Ao saber que Carter desejava chegar ao bosque encantado e de lá seguir rumo a Celephaïs em Ooth-Nargai além das Colinas Tanarianas, ficou em dúvida; pois os ghouls do mundo em vigília não transitam pelos cemitérios das terras oníricas superiores (uma tarefa deixada aos wamps de patas membranosas que vivem nas cidades mortas), e existem muitas coisas entre o abismo onde habitam e o bosque encantado, inclusive o terrível reino dos gugs.

Os gugs, hirtos e gigantescos, certa vez ergueram círculos de pedra naquele bosque e ofereceram estranhos sacrifícios aos Outros Deuses e ao caos rastejante Nyarlathotep, até que certa noite uma abominação engendrada pelas criaturas chegou ao conhecimento dos deuses terrestres, que os baniram para cavernas subterrâneas. Apenas um grande alçapão de pedra com uma argola de metal liga o abismo dos ghouls terrestres ao bosque encantado, porém os gugs temem abri-lo por conta de uma maldição. Que um sonhador mortal pudesse atravessar o reino das cavernas e sair por aquela porta seria inconcebível; pois os sonhadores mortais costumavam ser mera comida, e os gugs têm lendas sobre o sabor refinado desses sonhadores, embora o banimento tenha restringido a dieta das criaturas aos ghasts, os repulsivos seres que morrem em contato com a luz e vivem nas catacumbas de Zin e pulam usando as pernas traseiras como cangurus.

Então o ghoul que outrora tinha sido Pickman aconselhou Carter a sair do abismo em Sarkomand, a cidade deserta no vale abaixo de Leng onde negras escadarias com incrustações de salitre guardadas por leões alados de diorito descem das terras oníricas rumo aos abismos inferiores, ou então a voltar ao mundo da vigília por um cemitério e recomeçar a busca pelos setenta degraus do sono leve até a caverna da chama e os setecentos degraus rumo ao Portão do Sono Profundo e ao bosque encantado. O conselho, no entanto, não agradou ao explorador; pois Carter não conhecia o caminho de Leng para Ooth-Nargai e relutava em despertar por medo de esquecer tudo o que havia ganhado até aquele ponto do sonho. Seria desastroso para a busca esquecer os rostos celestiais e augustos dos marujos do norte que comerciavam ônix em Celephaïs e que, sendo filhos dos deuses, poderiam apontar a direção da desolação gelada e de Kadath, onde os Grandes Deuses habitam.

Depois de muita insistência o ghoul consentiu em acompanhar o visitante ao interior da grande muralha que demarcava o reino dos gugs. Carter talvez pudesse esgueirar-se por aquele reino crepuscular de torres de pedras circulares enquanto os gigantes estivessem fartos e cochilando dentro de casa para assim chegar à torre central que abriga o símbolo de Koth e à escada que sobe até o alçapão de pedra e franqueia acesso ao bosque encantado. Pickman chegou a consentir em emprestar três ghouls para ajudar usando uma lápide à guisa de alavanca para abrir a porta de pedra; pois os gugs temem os ghouls e muitas vezes fogem dos próprios cemitérios colossais ao presenciar os banquetes dessas criaturas.

Também aconselhou Carter a disfarçar-se de ghoul, raspando a barba que havia deixado crescer (pois os ghouls não usam barba), rolando nu em meio à putrescência para adquirir uma aparência mais convincente e adotando o característico trote com as costas recurvadas enquanto levava as roupas em uma trouxa, como se fossem o festim retirado de um túmulo. Chegariam à cidade dos gugs — contígua a todo o reino — pelas galerias apropriadas, para então emergir em um cemitério próximo à Torre de Koth. Mesmo assim, precisariam estar atentos a uma grande caverna próxima ao cemitério que era a entrada para as catacumbas de Zin, onde os vingativos ghasts estão sempre à espreita e prontos para matar os habitantes do abismo superior que os caçam e preparam emboscadas. Os ghasts tentam sair enquanto os gugs dormem, e atacam os ghouls com o mesmo ímpeto que demonstram em relação aos gugs, pois não conseguem discriminá-los. Os ghasts são muito primitivos e praticam o canibalismo. Os gugs mantêm um sentinela em uma estreita passagem nas catacumbas de Zin, mas esse guarda no entanto é frequentemente vencido pela sonolência e às vezes surpreendido por um bando de ghasts. Embora os ghasts não sobrevivam na luz, podem suportar o crepúsculo cinzento do abismo por horas a fio.

Por fim, com muita cautela, Carter começou a se arrastar pelas intermináveis galerias subterrâneas na companhia de três solícitos ghouls que carregavam a lápide de ardósia do coronel Nehemiah Derby, falecido em 1719 e enterrado no Charter Street Burying Ground em Salém. Quando emergiram na superfície crepuscular, estavam rodeados por uma floresta de vastos monólitos cobertos de líquen que se estendiam até onde o olhar alcançava e formavam as modestas lápides dos gugs. À direita da toca por onde tinham se esgueirado, visto em meio aos corredores de monólitos, descortinava-se um estupendo panorama de ciclópicas torres redondas que se alçavam a alturas inalcançáveis na atmosfera plúmbea da Terra interior. Aquela era a grande cidade dos gugs, cujas portas medem nove metros de altura. Os ghouls visitam frequentemente aquele lugar, pois um gug enterrado pode alimentar toda uma comunidade por cerca de um ano, e mesmo com o risco adicional é melhor desenterrar gugs do que se ocupar com os túmulos dos homens. Naquele instante Carter compreendeu os ossos titânicos que havia sentido sob os pés no vale de Pnath.

À frente, junto à saída do cemitério, erguia-se um precipício vertical em cuja base escancarava-se a boca de uma imensa e formidável caverna. Os ghouls pediram a Carter que a evitasse tanto quanto possível, uma vez que era a entrada para as profanas catacumbas de Zin, onde os gugs caçam os ghasts na escuridão. De fato, o alerta logo se justificou; pois no instante em que um dos ghouls avançou rumo às torres a fim de averiguar se a hora prevista para o repouso dos gugs estava correta, a escuridão na boca da enorme caverna cintilou, primeiro com um par de olhos vermelho-amarelados e a seguir com outro, indicando que os gugs haviam perdido um sentinela e que os ghasts tinham um excelente olfato. O ghoul retornou à galeria e sinalizou aos companheiros que permanecessem em silêncio. Seria melhor deixar os ghasts entregues aos próprios desígnios, pois havia uma chance de que logo se afastassem em decorrência do cansaço provocado pelo combate contra o sentinela dos gugs no interior das negras catacumbas. Passados alguns momentos um objeto do tamanho de um pequeno cavalo surgiu em meio ao crepúsculo cinzento, e Carter sentiu náuseas ao perceber o aspecto daquela besta escabrosa e insalubre com um semblante humano, apesar da ausência de um nariz, de uma testa e de outros traços importantes.

No mesmo instante outros três ghasts saíram para juntar-se ao companheiro, e um dos ghouls sussurrou em um tartanho para Carter que a ausência de cicatrizes de batalha era um mau sinal. Provava que os ghasts não haviam combatido o sentinela dos gugs, mas simplesmente passado em silêncio enquanto dormia, de modo que as forças e a selvageria das criaturas permaneciam intactas e assim permaneceriam até que encontrassem e aniquilassem uma vítima. Era muito desagradável ver aqueles animais imundos e desproporcionais, que logo somavam quinze, caminhando de um lado para outro e saltando como cangurus no crepúsculo cinzento onde torres e monólitos titânicos se erguiam, mas era ainda mais desagradável quando falavam entre si usando os tossidos guturais dos ghasts. Por mais horrendos que fossem, no entanto, não eram tão horrendos quanto o que logo emergiu da caverna com uma rapidez desconcertante.

Era uma pata com quase um metro de largura e equipada com garras formidáveis. A seguir veio outra pata, e depois um enorme braço hirto e negro ao qual ambas as patas se ligavam por meio de curtos antebraços. Dois olhos rosados cintilaram e a cabeça do sentinela dos gugs, enorme como um barril, revelou-se aos olhos de todos. Os olhos projetavam-se cinco centímetros para fora das órbitas e eram protegidos por protuberâncias ósseas recobertas por cerdas grossas. Mas a cabeça era terrível, em especial por conta da boca. A boca tinha enormes presas amarelas e se abria de cima a baixo da cabeça, no sentido vertical.

Porém, antes que o malfadado gug pudesse emergir da caverna e erguer o corpanzil de seis metros de altura, os vingativos ghasts lançaram-se ao ataque. Por um instante Carter temeu que pudesse dar o alarme e chamar a atenção de todas as criaturas, porém um ghoul tartanhou em um sussurro que os gugs não tinham voz, mas comunicavam-se através de expressões faciais. A batalha que teve início foi terrível. De todos os lados os peçonhentos ghasts investiam em um frenesi contra o gug rastejante, mordendo e lacerando com os focinhos e causando mutilações pavorosas com os cascos. Durante o tempo inteiro tossiam de emoção, gritando quando a enorme bocarra vertical do gug apanhava um dos adversários, de modo que o ruído do combate sem dúvida teria despertado a cidade adormecida se o enfraquecimento do sentinela não houvesse levado o combate cada vez mais para o fundo da caverna. Da maneira como foi, o tumulto logo se recolheu aos recônditos escuros, e apenas ecos ocasionais davam sinais de prosseguimento.

Então o mais alerta dos ghouls fez sinal para que todos avançassem, e Carter seguiu os três companheiros trotadores para fora da floresta de monólitos rumo às lúgubres e abjetas ruas daquela cidade horrenda cujas torres redondas de cantaria ciclópica erguiam-se a alturas inalcançáveis. Em silêncio, cambalearam pelo calçamento de rocha irregular enquanto ouviam, atrás das enormes portas negras, os abomináveis roncos abafados que sinalizavam o sono dos gugs. Apreensivos devido ao fim iminente da hora de descanso, os ghouls apertaram o passo; porém mesmo assim a jornada era longa, pois naquela cidade de gigantes as distâncias medem-se em grande escala. No entanto, chegaram por fim a um espaço mais ou menos amplo defronte a uma torre ainda mais vasta do que as outras, cuja porta colossal era encimada por um monstruoso símbolo em baixo-relevo que provocava calafrios apesar do significado obscuro e ignoto. Aquela era a torre central com o símbolo de Koth, e os enormes degraus quase ocultos pelo crepúsculo no interior da construção eram o princípio da grande escadaria que levava às terras oníricas superiores e ao bosque encantado.

Naquele momento começou uma subida interminável em meio a trevas absolutas; uma jornada quase impossível devido ao monstruoso tamanho dos degraus, feitos para os gugs e portanto medindo quase um metro de altura. Quanto ao número de degraus Carter não pôde ter sequer a mais remota noção, pois logo se exauriu a tal ponto que os ghouls viram-se obrigados a lhe oferecer auxílio. Durante toda a interminável subida o perigo de detecção e caçada esteve à espreita; pois embora nenhum gug se atreva a erguer o alçapão de pedra que se abre para a floresta devido à maldição lançada pelos Grandes Deuses, nenhum interdito vigora no interior da torre e nas escadas, e os ghasts em fuga são muitas vezes perseguidos até o topo. Os gugs têm ouvidos tão apurados que até mesmo os pés descalços dos exploradores poderiam ser prontamente ouvidos assim que a cidade acordasse; e sem dúvida seria necessário pouquíssimo tempo para que os gigantes de passadas largas, acostumados a ver no escuro em razão das caçadas aos ghasts nas catacumbas de Zin, alcançassem as vítimas menores e mais vagarosas naqueles degraus ciclópicos. Era desanimador ao extremo pensar que os silenciosos gugs nem ao menos seriam ouvidos, mas surgiriam de repente no escuro para investir contra os exploradores. Esses não poderiam sequer contar com o tradicional medo que os gugs nutrem em relação aos ghouls em um lugar onde as criaturas estariam em flagrante vantagem. Também representavam um certo perigo os furtivos e peçonhentos ghasts, que com frequência adentravam a torre durante o sono dos gugs. Se os gugs dormissem por tempo suficiente e os ghasts retornassem do embate na caverna, o cheiro dos exploradores seria percebido por aquelas coisas odiosas e mal-intencionadas; e nesse caso seria quase melhor ser devorado por um gug.

Passados éons de subida ouviu-se um tossido na escuridão mais acima, e a situação sofreu uma reviravolta deveras grave e inesperada. Ficou claro que um ghast, ou talvez mais de um, havia entrado na torre antes da chegada de Carter e de seus guias; e ficou igualmente claro que o perigo estava muito próximo. Depois de um segundo com a respiração suspensa, o ghoul que liderava o grupo empurrou Carter para junto da parede e dispôs os dois semelhantes da melhor forma possível, com a velha lápide de ardósia erguida e pronta para desferir um golpe esmagador assim que um inimigo surgisse. Como os ghouls enxergam no escuro, o grupo se encontrava em uma situação melhor do que Carter então se encontraria caso estivesse sozinho. No momento seguinte o estrépito de cascos anunciou a descida de pelo menos uma fera, e os ghouls prepararam a lápide de ardósia para um golpe desesperado. No mesmo instante surgiram dois olhos vermelho-amarelados, e os arquejos do ghast foram ouvidos em meio aos baques dos cascos. Quando alcançou o degrau imediatamente acima dos ghouls, essas criaturas manejaram a lápide com uma força prodigiosa, de modo que houve apenas um arquejo e um estertor antes que a vítima desabasse em um amontoado peçonhento. Parecia tratar-se de um único animal, e após mais um instante de audição minuciosa os ghouls sinalizaram a Carter que prosseguisse. Como antes, viram-se obrigados a auxiliá-lo; e Carter se comprouve ao deixar o local da carnificina onde os nauseantes restos mortais do ghast espalhavam-se invisíveis na escuridão.

Por fim os ghouls se detiveram; e, tateando acima da cabeça, Carter percebeu que enfim o grupo havia chegado ao grande alçapão de pedra. Abrir por completo uma coisa tão vasta estava fora de cogitação, mas os ghouls tinham a esperança de usar a lápide como alavanca a fim de permitir que Carter se esgueirasse pela fresta. Depois planejavam tornar a descer e voltar pela cidade dos gugs, uma vez que eram furtivos ao extremo e pela superfície não eram capazes de traçar o caminho até a espectral Sarkomand, onde leões guardam a passagem para o abismo.

Valeroso foi o esforço dos três ghouls para erguer a pedra do alçapão, e Carter ajudou-os a empurrar com todas as forças de que dispunha. Julgaram que a extremidade mais próxima ao topo da escada fosse a correta, e naquele ponto aplicaram todo o vigor dos músculos nutridos com a infâmia. Passados alguns momentos surgiu uma frincha de luz; e Carter, a quem a tarefa fora delegada, fez deslizar a extremidade da velha lápide ao interior da abertura. A seguir veio um esforço veemente; mas o progresso foi vagaroso ao extremo, e era necessário voltar à posição inicial a cada tentativa fracassada de levar a alavanca até o ponto desejado e abrir o portal.

De repente o desespero foi amplificado mil vezes pelo som de passos mais abaixo. Eram apenas as pancadas e os estrépitos causados pelos cascos do ghast morto enquanto rolava para os níveis inferiores; porém as possíveis causas para o deslocamento eram todas igualmente inquietantes. Por conhecer os hábitos dos gugs, os ghouls empenharam-se com uma espécie de frenesi; e ao cabo de um tempo surpreendentemente curto tinham elevado o alçapão a uma altura considerável, na qual foram capazes de segurá-lo até que Carter girasse a lápide de maneira a abrir uma fresta generosa. Os ghouls ajudaram-no, permitindo que subisse naqueles ombros borrachentos e depois guiando-lhe os pés enquanto se agarrava ao solo abençoado das terras oníricas superiores que se estendiam do outro lado. No momento seguinte as próprias criaturas também estavam do outro lado, derrubando a lápide e fechando o enorme alçapão no exato instante em que arquejos tornavam-se audíveis logo abaixo. Devido à maldição dos Grandes Deuses, jamais um gug atravessaria aquele portal, e foi com um profundo alívio e um profundo senso de responsabilidade que Carter deitou-se nos grotescos fungos do bosque encantado enquanto os guias se agachavam na típica postura de repouso dos ghouls.

Por mais estranho que fosse aquele lugar explorado em tempos remotos, o bosque encantado revelou-se um porto seguro e um deleite em comparação aos abismos que havia deixado para trás. Não havia sequer uma criatura viva ao redor, pois os zoogs abominam a passagem misteriosa, e em seguida Carter consultou os ghouls em relação ao curso a seguir. As criaturas não se atreveriam a voltar pela torre, porém o mundo em vigília não pareceu uma alternativa desejável quando descobriram que teriam de passar pelos sacerdotes Nasht e Kaman-Thah na caverna da chama.

Por fim resolveram atravessar Sarkomand e a passagem ao abismo, embora não soubessem como chegar até lá. Carter lembrou-se de que a cidade situa-se no vale abaixo de Leng, e lembrou-se ademais de que em Dylath-Leen tinha visto um velho mercador de aspecto sinistro e olhos oblíquos que tinha fama de fazer comércio em Leng. Assim, Carter aconselhou os ghouls a procurarem Dylath-Leen, atravessando os campos em direção a Nir e ao Skai e seguindo o rio até a foz. A sugestão foi prontamente aceita e os ghouls puseram-se a caminho no mesmo instante, uma vez que o crepúsculo prometia uma noite inteira de viagem à frente. E Carter apertou as garras daquelas feras repugnantes, agradecendo a ajuda e solicitando que transmitissem esses agradecimentos à fera que outrora havia sido Pickman; mas não conseguiu evitar um suspiro de alívio quando se afastaram. Afinal, ghouls são ghouls, e na melhor das hipóteses companheiros desagradáveis para os homens. Depois Carter procurou um olho-d'água na floresta para lavar o lodo da Terra interior e a seguir vestir as roupas que transportara com tanto cuidado.

Era noite naquele duvidoso bosque de árvores monstruosas, mas graças à fosforescência era possível viajar como se fosse dia; e assim Carter tomou o famoso caminho de Celephaïs em Ooth-Nargai além das Colinas Tanarianas. Ao longo do caminho começou a pensar na zebra que havia deixado amarrada a um freixo em Ngranek na longínqua Oriab tantos éons atrás, e perguntou-se se algum coletor de lava teria soltado e alimentado o animal. Também imaginou se algum dia retornaria a Baharna a fim de pagar pela zebra morta à noite nas ruínas ancestrais às margens do Yath, e se o velho taverneiro haveria de reconhecê-lo. Eis os pensamentos que o ocupavam na atmosfera das terras oníricas superiores.

Porém Carter logo deteve o passo ao escutar um som vindo de uma enorme árvore oca. Tinha evitado o grande círculo de pedras, uma vez que não fazia questão alguma de falar com os zoogs naquela circunstância; porém o forte ruflar de asas no interior da enorme árvore parecia indicar que importantes conselhos estivessem reunidos em outra parte. Ao se aproximar, Carter percebeu as manifestações de um tenso e acalorado debate; e dentro de pouco tempo inteirou-se de assuntos que foram motivo de grande preocupação. Uma guerra contra os gatos estava sendo discutida na assembleia soberana dos zoogs. O motivo era a perda de um destacamento que havia seguido Carter até Ulthar, cujas intenções maldosas os gatos haviam punido com o devido rigor. Por muito tempo o assunto tinha sido motivo de animosidades; e naquele mesmo instante fileiras de zoogs estavam se preparando para investir contra toda a tribo felina em uma série de ataques-surpresa, que incluía emboscadas a gatos individuais e a grupos de gatos indefesos, de forma que nem mesmo os incontáveis gatos de Ulthar poderiam fazer qualquer tentativa de treinamento ou mobilização. Esse era o plano dos zoogs, e Carter soube que precisaria frustrá-lo antes de prosseguir na incansável busca.

No mais absoluto silêncio, Randolph Carter esgueirou-se até a orla do bosque e emitiu o grito dos gatos em meio aos campos coalhados de estrelas. Um velho felino em uma cabana próxima captou o chamado e retransmitiu-o por léguas de pradarias a guerreiros pequenos e grandes, pretos, cinzentos, tigrados, brancos, amarelos e malhados; e o chamado ecoou por Nir e para além do Skai até chegar a Ulthar, onde os numerosos gatos de Ulthar repetiram-no em coro e reuniram-se em marcha. Por sorte não havia lua, de modo que todos os gatos estavam na Terra. Com saltos ágeis e silenciosos, os gatos pularam de cada lareira e de cada telhado e derramaram-se em um mar felpudo através das planícies até a orla do bosque. Carter estava lá para recebê-los, e a visão dos elegantes e salubres gatos foi deveras agradável aos olhos depois das coisas que tinha visto e seguido no abismo. Carter regozijou-se ao ver o venerável amigo e salvador à frente do destacamento de Ulthar, usando um colar de patente ao redor do lustroso pescoço e com os bigodes espetados em um ângulo marcial. Para melhorar ainda mais as coisas, o subtenente do exército era um jovem vivaz que se revelou como ninguém menos do que o gatinho para o qual Carter tinha oferecido uma deliciosa tigela de leite naquela longínqua manhã em Ulthar. Havia crescido e se transformado em um gato forte e promissor, e ronronou ao apertar a mão do amigo. O avô disse que estava se saindo muito bem no exército e seria promovido a capitão depois de mais uma campanha bem-sucedida.

Carter ofereceu um breve relatório sobre os perigos que ameaçavam a tribo dos gatos e foi recompensado com graves ronronados de gratidão vindos de todos os lados. Depois de consultar os generais, preparou um plano de ação imediata que envolvia marchar contra o conselho inimigo e contra outras fortalezas conhecidas dos zoogs a fim de impedir os ataques-surpresa e obrigá-los a fechar um acordo antes que o exército se mobilizasse para a invasão. Sem perder mais um instante, o enorme oceano de gatos inundou o bosque encantado e fechou o cerco à árvore do conselho e ao grande círculo de pedra. O ruflar de asas transformou-se em pânico quando o inimigo percebeu a aproximação dos recém-chegados, e houve pouca resistência em meio aos furtivos e curiosos zoogs. Perceberam que estavam derrotados antes mesmo do início do combate, e logo os pensamentos de vingança deram vez aos pensamentos de autopreservação.

Metade dos gatos sentou-se em um semicírculo com os zoogs capturados no centro, deixando aberto um corredor por onde marchavam os prisioneiros adicionais cercados pelos outros gatos em outros pontos do bosque. Os termos do acordo foram discutidos por um longo tempo, com Carter fazendo o papel de intérprete, e foi decidido que os zoogs poderiam continuar sendo uma tribo livre desde que pagassem aos gatos um generoso tributo anual de tetrazes, codornas e faisões das partes menos fabulosas da floresta. Doze zoogs jovens de famílias nobres foram tomados como reféns e mandados para o Templo dos Gatos em Ulthar, e os vitoriosos deixaram claro que qualquer desaparecimento felino próximo à fronteira teria consequências desastrosas para os zoogs. Uma vez discutidos esses assuntos, as fileiras de gatos dispersaram-se e permitiram que os zoogs retornassem para casa às pressas e com uns quantos olhares ressentidos para trás.

O velho general felino ofereceu a Carter um guerreiro para acompanhá-lo pela floresta a qualquer fronteira aonde desejasse chegar, pois era muito provável que os zoogs viessem a ressentir a frustração da empresa bélica. A oferta foi aceita com gratidão; não apenas pela segurança que oferecia, mas também porque Carter apreciava a graciosa companhia dos gatos. Assim, no meio de um regimento agradável e brincalhão, feliz por ter cumprido com o dever, Randolph Carter atravessou com dignidade o encantado e fosforescente bosque de árvores titânicas enquanto falava sobre a busca com o velho general e o neto ao mesmo tempo que os demais gatos do bando entregavam-se a brincadeiras fantásticas ou corriam atrás das folhas soltas que o vento soprava entre os fungos do solo primordial. E o velho gato disse que tinha ouvido muitas coisas sobre a desconhecida Kadath na desolação gelada, mas não sabia onde ficava. Quanto à maravilhosa cidade ao pôr do sol, jamais tinha ouvido falar a respeito, mas de bom grado avisaria Carter se mais tarde descobrisse alguma coisa.

O gato revelou ao explorador senhas secretas de grande importância entre os gatos das terras oníricas e recomendou-o ao velho chefe dos gatos em Celephaïs, para onde estava indo. O velho gato, com quem Carter já se sentia um pouco familiarizado, era um solene maltês, e seria capaz de exercer grande influência em qualquer transação. O dia estava raiando quando chegaram à orla do bosque, e Carter despediu-se com pesar dos amigos felinos. O jovem subtenente que havia conhecido ainda filhote teria assumido a escolta se o velho general não o tivesse proibido, mas o austero patriarca afirmou que devia permanecer junto do exército e da tribo. Então Carter partiu sozinho pelos misteriosos campos dourados que se estendiam ao longo de um rio ladeado por salgueiros, e os gatos voltaram ao bosque.

O viajante conhecia bem as terras que se estendiam entre o bosque e o Mar Cereneriano, e seguiu com alegria as águas cantantes do Rio Oukranos, que lhe indicavam o caminho. O sol erguia-se cada vez mais alto nas suaves encostas dos vales e pradarias, realçando os matizes dos milhares de flores que salpicavam os outeiros e entremontes. Uma névoa abençoada pairava sobre toda a região à frente, onde havia mais raios de sol do que nos demais lugares e um pouco mais da música estival de pássaros e abelhas, de modo que era possível atravessá-la como a uma terra encantada e sentir um júbilo e um enlevamento infinitamente maiores do que seria possível lembrar mais tarde.

Ao meio-dia Carter chegou aos terraços de jaspe em Kiran, que descem até as margens do rio e abrigam o belo templo aonde o rei de Ilek-Vad chega uma vez por ano em um palanquim de ouro após uma longa viagem desde o longínquo reino no oceano crepuscular a fim de rezar para o deus do Oukranos, que cantou para o monarca ainda jovem quando morava numa cabana às margens do rio. Esse templo de jaspe maciço cobre um acre inteiro de chão com muros e pátios, sete torres com pináculos e um templo aonde o rio chega depois de atravessar canais ocultos e onde o deus entoa suaves canções à noite. Por vezes a lua escuta uma estranha música ao reluzir sobre aqueles pátios e terraços e pináculos, mas se essa música é a canção do deus ou o canto dos crípticos sacerdotes, somente o rei de Ilek-Vad poderia dizer; pois apenas o monarca adentrou o templo e viu os sacerdotes. Na modorra do dia, o gracioso templo entalhado permanecia em silêncio, e Carter ouvia apenas os murmúrios do grande rio e o rumor de pássaros e abelhas enquanto seguia viagem sob os raios de um sol encantado.

Durante toda aquela tarde o peregrino vagou em meio a pradarias fragrantes e abrigou-se do vento atrás das suaves colinas próximas ao rio e dos templos em honra a deuses amistosos entalhados em jaspe ou crisoberilo. Por vezes caminhava próximo à margem do Oukranos e assoviava para os vivazes e iridescentes peixes daquelas águas cristalinas, e em outros momentos detinha-se em meio aos juncos sussurrantes para olhar em direção ao bosque escuro na outra margem, cujas árvores chegavam até a beira d'água. Em antigos sonhos Carter tinha visto estranhos buopoths desajeitados saírem timidamente do bosque para beber, mas naquele instante não havia nenhum à vista. De vez em quando parava a fim de observar um peixe carnívoro capturar um pássaro pesqueiro, atraído à água pelas escamas reluzentes do predador, que prendia o bico da vítima na enorme boca quando o caçador alado tentava uma investida.

No fim da tarde, Carter subiu uma encosta verdejante e viu diante de si os mil coruchéus dourados de Thran chamejando ao pôr do sol. Sobranceiros além da imaginação eram os muros de alabastro daquela incrível cidade, que se inclinavam em direção ao topo e juntavam-se em uma única peça ninguém sabia como, pois aqueles muros são mais antigos do que a memória. Mas por mais sobranceiros que fossem com uma centena de portões e duas centenas de torretas, as alvas torres reunidas no interior dos muros sob os coruchéus dourados são ainda mais sobranceiras, e os homens da planície ao redor as veem se alçar rumo ao céu, às vezes claras, às vezes enredadas em nuvens e névoas e às vezes encobertas na base com a extremidade dos pináculos refulgindo livre acima dos vapores. E no ponto onde os portões de Thran se abrem para o rio existem grandes cais de mármore, com vistosos galeões de cedro perfumado e madeira de Coromandel portando pela âncora, e estranhos marujos barbados sentados em barris e fardos com os hieróglifos de terras longínquas. Em direção ao continente para além dos muros estende-se o campo, onde pequenas cabanas brancas sonham em meio a suaves encostas e estradinhas com inúmeras pontes de pedra serpenteiam com graça em meio a córregos e jardins.

Carter andou por esse panorama verdejante ao entardecer e viu o crepúsculo subir desde o rio até os prodigiosos coruchéus dourados de Thran. No instante em que anoiteceu o viajante chegou ao portão sul e foi parado por uma sentinela de manto vermelho para que narrasse três sonhos inacreditáveis e assim provasse ser um sonhador digno de andar pelas íngremes ruas misteriosas de Thran e visitar os bazares onde as mercadorias dos galeões ornados eram vendidas. Carter adentrou a cidade dos portentos através de um muro tão espesso que o portão mais parecia um túnel, e depois seguiu por ruas curvas e ondulantes que serpenteavam por entre as torres sobranceiras. Luzes ardiam em janelas com grades e sacadas, e o som de alaúdes e flautas erguia-se tímido de pátios internos onde fontes de mármore borbulhavam. Carter estava habituado ao caminho e logo atravessou as ruelas escuras em direção ao rio, onde encontrou numa antiga taverna portuária os capitães e os marujos que havia conhecido em miríades de outros sonhos. Comprou a passagem para Celephaïs em um enorme galeão verde e passou a noite em uma estalagem depois de entabular uma grave conversa com o venerável gato que cochilava em frente a uma enorme lareira e sonhava com antigas guerras e deuses esquecidos.

Pela manhã Carter embarcou no galeão com destino a Celephaïs e sentou-se na proa enquanto os cabos eram desamarrados para que a longa viagem ao Mar Cereneriano tivesse início. Por muitas léguas as margens do rio permaneceram como as de Thran, interrompidas a intervalos esparsos por um templo curioso que se erguia à direita nas colinas mais distantes ou por um sonolento vilarejo repleto de telhados vermelhos e redes estendidas ao sol. Ciente da busca em que se havia lançado, Carter questionou todos os marujos em detalhe a respeito daqueles que haviam encontrado nas tavernas de Celephaïs, fazendo perguntas sobre os nomes e os costumes dos estranhos homens de olhos salientes e estreitos, orelhas de lóbulos compridos, narizes finos e queixos pontudos que chegavam em navios escuros vindos do norte e trocavam ônix por jade entalhado e ouro em fio e pelos rubros pássaros canoros de Celephaïs. Quanto a esses homens os marujos sabiam apenas que falavam pouco e pareciam espalhar uma estranha aura de espanto ao redor.

O longínquo país desses homens chamava-se Inganok, e pouca gente o visitava porque era uma terra fria e crepuscular, supostamente próxima ao infame platô de Leng — embora as lendas afirmassem que Leng ficava do outro lado de uma intransponível cadeia de montanhas e portanto ninguém soubesse dizer com certeza se esse maligno platô com horrendos vilarejos de pedra e um nefando monastério realmente existia ou se os rumores eram apenas um temor noturno causado pela visão da formidável barreira formada à noite pelas montanhas negras com a lua ao fundo. Com certeza os homens chegavam a Leng vindos dos mais diversos oceanos. Quanto às outras fronteiras de Inganok os homens não tinham ideia, e tampouco haviam escutado relatos sobre a desolação gelada e a desconhecida Kadath, a não ser pelos mais vagos rumores. Em relação à maravilhosa cidade ao pôr do sol que Carter buscava, nada sabiam. Então o viajante parou com as perguntas sobre lugares distantes e esperou até que pudesse falar com os estranhos homens da fria e crepuscular Inganok, que são a prole dos deuses entalhados em Ngranek.

No final do dia o galeão chegou ao ponto em que o rio atravessa as fragrantes selvas de Kled. Carter quis desembarcar, pois em meio às folhagens daqueles trópicos repousam maravilhosos palácios de marfim, solitários e intactos, onde outrora viveram monarcas de uma terra cujo nome foi esquecido. Feitiços dos Anciões mantêm esses lugares protegidos e conservados, pois está escrito que um dia ainda podem ser necessários; e caravanas de elefantes já os vislumbraram reluzindo ao luar, embora ninguém se atreva a chegar perto em virtude dos guardiões que os protegem. O navio continuou a singrar as águas, e o entardecer silenciou os murmúrios do dia, e as primeiras estrelas cintilaram em resposta aos vaga-lumes temporões enquanto a selva ficava cada vez mais para trás, deixando apenas um rastro de perfume como lembrança de que havia existido. E por toda a noite o galeão navegou por mistérios antigos jamais vistos e jamais imaginados. A certa altura um vigia relatou incêndios nas colinas a leste, mas o sonolento capitão disse que seria melhor não olhar para aquelas bandas, uma vez que ninguém sabia quem ou o que teria ateado o fogo.

Pela manhã o leito do rio havia se alargado um bocado, e pelas casas ao longo da margem Carter soube que estavam próximos à cidade comercial de Hlanith no Mar Cereneriano. Os muros da cidade eram de granito irregular, e as casas ostentavam telhados fantásticos e empenas rematadas por vigas e gesso. Os homens de Hlanith são os mais parecidos com os homens da Terra em toda a extensão das terras oníricas; por esse motivo, a cidade não é procurada apenas em virtude do comércio, mas também devido ao impressionante trabalho de seus artesãos. Os cais de Hlanith são de carvalho, e lá o galeão permaneceu amarrado enquanto o capitão negociava nas tavernas. Carter também foi a terra e examinou com olhar curioso as ruas sulcadas por onde carros de boi se arrastavam e comerciantes inflamados anunciavam os produtos aos quatro ventos nos bazares. As tavernas portuárias situavam-se todas próximas aos cais em ruelas com calçamentos de pedra salgados pela espuma da maré alta, e pareciam antigas ao extremo por conta das vigas pretas no teto e dos olhos de boi com vidros esverdeados. Os marujos mais velhos falavam sobre portos distantes e contavam muitas histórias sobre os estranhos homens da crepuscular Inganok, mas tinham pouco a acrescentar ao que os marujos do galeão haviam dito. Então, por fim, depois de muita carga e descarga, o navio mais uma vez se fez ao mar no pôr do sol, e os altaneiros muros e empenas de Hlanith perderam-se na distância até que o último raio de sol lhes conferisse uma beleza prodigiosa muito além daquela proporcionada pelos homens.

Por duas noites e dois dias o galeão navegou as águas do Mar Cereneriano, sem nenhuma terra à vista e encontrando apenas mais uma embarcação pelo caminho. Porém no entardecer do segundo dia assomou à frente do navio o pico nevado de Aran com as balouçantes árvores de ginkgo nas encostas mais baixas, e então Carter soube que haviam chegado a Ooth-Nargai e à maravilhosa cidade de Celephaïs. Logo se descortinaram os minaretes cintilantes do fabuloso vilarejo, e os imaculados muros de mármore com estátuas de bronze, e a grande ponte de pedra onde o Naraxa deságua no mar. A seguir as suaves colinas verdejantes ergueram-se atrás do vilarejo, com vales e jardins de asfódelos e pequenos templos e cabanas; e mais ao longe a cordilheira púrpura das Colinas Tanarianas, imponente e mística, por trás da qual se escondem caminhos proibidos que levam ao mundo em vigília e a outras regiões oníricas.

O porto estava repleto de galeões pintados, alguns dos quais vinham de Serannian, a cidade das nuvens, localizada no espaço etéreo além do ponto onde o mar encontra o céu, e alguns dos quais vinham de portos mais tangíveis nos oceanos das terras oníricas. Em meio a estes últimos o timoneiro abriu caminho até os cais que recendiam a especiarias para enfim amarrar o navio ao entardecer, quando os milhões de luzes da cidade começaram a reluzir na superfície d'água. Sempre renovada parecia aquela imortal cidade das visões, onde o tempo é incapaz de macular ou destruir. Como sempre foi ainda é a turquesa de Nath-Horthath, e os oitenta sacerdotes com as frontes cingidas por orquídeas são os mesmos que a construíram dez mil anos atrás. Ainda refulge o bronze dos enormes portões, e os calçamentos de ônix jamais se desgastam e jamais quebram. E as grandes estátuas de bronze no alto dos muros observam comerciantes e cameleiros mais antigos do que as fábulas, porém sem um único fio grisalho nas barbas forquilhadas.

Carter não saiu de imediato em busca do templo ou do palácio ou da cidadela, mas permaneceu junto dos muros portuários em meio aos marujos e comerciantes. Quando estava tarde demais para rumores e lendas, procurou uma antiga taverna que conhecia bem e descansou sonhando com os deuses que procurava na desconhecida Kadath. No dia seguinte vasculhou os cais em busca dos estranhos marujos de Inganok, mas descobriu que não estavam no porto e que a galé não devia chegar do norte em menos de duas semanas. No entanto, descobriu um marujo thoraboniano que tinha estado em Inganok e trabalhado nas minas de ônix daquelas plagas crepusculares; e o marujo afirmou que sem dúvida havia um deserto ao norte da região povoada, e que todos pareciam temê-lo e evitá-lo. O thoraboniano afirmou que o deserto avançava até o limite extremo dos cumes intransponíveis que cercavam o horrendo platô de Leng, e que por isso o local era temido; embora admitisse que havia outras histórias vagas sobre presenças malignas e sentinelas inomináveis. Se esse seria o deserto onde se estende a desconhecida Kadath, o homem não sabia dizer; mas pareceria estranho que, se de fato existissem, essas presenças e sentinelas estivessem a postos sem motivo.

No dia seguinte Carter subiu a Rua dos Pilares até chegar ao templo turquesa para conversar com o alto sacerdote. Embora o deus mais reverenciado em Celephaïs seja

Nath-Horthath, todos os Grandes Deuses são mencionados nas orações diurnas; e o sacerdote conhece razoavelmente bem o temperamento de todos. Como Atal já havia feito na distante Ulthar, o sacerdote aconselhou Carter a abandonar o projeto de vê-los, declarando que os deuses são irritadiços e caprichosos e além do mais têm a proteção dos Outros Deuses irracionais do Espaço Sideral, cujo espírito e mensageiro é o caos rastejante Nyarlathotep. O ciúme que demonstravam ao ocultar a maravilhosa cidade ao pôr do sol era a prova cabal de que não desejavam a presença de Carter, e não se sabia ao certo como reagiriam a um visitante cujo propósito era vê-los para fazer pedidos. Nenhum homem jamais havia encontrado Kadath no passado, e poderia muito bem ser que ninguém a encontrasse no futuro. Os rumores que circulavam a respeito do castelo de ônix dos Grandes Deuses não eram nem um pouco reconfortantes.

Depois de agradecer ao alto sacerdote com a fronte cingida por orquídeas, Carter deixou o templo e dirigiu-se ao bazar dos açougueiros, onde o velho chefe dos gatos de Celephaïs morava lustroso e contente. Essa criatura cinzenta e solene estava tomando sol no calçamento de ônix e estendeu languidamente a pata quando o visitante se aproximou. Porém, quando Carter repetiu as senhas e as apresentações fornecidas pelo velho general de Ulthar, o felpudo patriarca adotou uma postura muito cordial e comunicativa, e falou sobre o folclore secreto dos gatos que habitam as encostas voltadas para o mar em Ooth-Nargai. Além do mais, repetiu várias histórias que os tímidos gatos na zona portuária de Celephaïs contavam às furtadelas sobre os homens de Inganok, em cujos barcos escuros nenhum gato se atreve a embarcar.

Parece que esses homens têm uma aura extraterrena ao redor, embora não seja esse o motivo por que nenhum gato se atreve a viajar naqueles barcos. O motivo para tamanha aversão é que Inganok tem sombras que nenhum gato consegue tolerar, de modo que em todo aquele frio reino crepuscular jamais se escuta um ronronar ou um miado aconchegante. Se isso é consequência das coisas que sopram através dos intransponíveis picos do hipotético platô de Leng ou de coisas que filtram desde o deserto gelado ao norte, ninguém sabe dizer; porém não há como negar que sobre aquela região longínqua paira uma sugestão de espaço sideral que em nada agrada os felinos e em relação à qual demonstram maior sensibilidade do que os homens. Por isso os gatos não se atrevem a embarcar nos navios escuros que rumam para os portos basálticos de Inganok.

O velho chefe dos gatos também revelou onde encontrar o rei Kuranes, que nos sonhos mais recentes de Carter havia reinado alternadamente no róseo e cristalino Palácio das Setenta Delícias em Celephaïs e no castelo guarnecido por torretas sobre as nuvens da flutuante Serannian. Parecia que Kuranes já não mais se contentava com esses lugares e havia passado a sentir profundos anseios pelos rochedos e pelas colinas inglesas da infância, onde à noite as antigas canções da Inglaterra erguem-se por trás das gelosias em pequenos vilarejos sonolentos, e onde cinzentas torres eclesiásticas espiam com doçura por entre as folhagens de vales distantes. O rei não tinha como retornar aos prazeres do mundo em vigília porque seu corpo havia morrido; porém havia compensado essa perda da melhor forma possível sonhando uma pequena região campestre a leste da cidade, onde graciosos prados se estendiam desde os rochedos à beira-mar até o sopé das Colinas Tanarianas. Lá o rei morava em uma cinzenta mansão gótica construída em pedra e voltada para o mar enquanto tentava imaginar-se nas antigas Trevor Towers, onde nasceu e onde treze gerações atrás os antepassados da família tinham vindo à luz. No litoral próximo, havia construído um pequeno vilarejo pesqueiro em estilo córnico repleto de calçadas íngremes, onde colocou pessoas com rostos ingleses e tentou lhes ensinar o querido sotaque dos antigos pescadores da Cornualha. Em um vale não muito distante havia erguido uma enorme abadia em estilo normando, cuja torre enxergava da janela, e entalhado o nome dos ancestrais nas lápides cinzentas do cemitério, cobertas com um musgo similar ao musgo da Velha Inglaterra. Pois, embora fosse um monarca nas terras oníricas, onde desfrutava de pompas e prodígios, esplendores e maravilhas, êxtases e júbilos, novidades e emoções, Kuranes teria renunciado com alegria ao trono e ao luxo e à liberdade em troca de um único dia abençoado como menino naquela Inglaterra pura e pacata — a antiga e bem-amada Inglaterra que o havia moldado e da qual seria uma parte indissociável por todo o sempre.

Então, quando se despediu do velho chefe dos gatos, Carter não se dirigiu aos terraços do róseo e cristalino palácio, mas saiu pelo portão oriental e atravessou os campos repletos de margaridas em direção a uma empena que tinha vislumbrado por entre os carvalhos de um parque que subia até os rochedos à beira-mar. Passado algum tempo chegou a uma enorme sebe e a um portão com uma pequena guarita de tijolos, e ao tocar a campainha foi recebido não por um lacaio do palácio ataviado com um manto e outros adereços, mas por um velho atarracado que trajava uma túnica pastoril e fazia o maior esforço possível para imitar o estranho sotaque da Cornualha longínqua. Carter prosseguiu à sombra pelo caminho entre árvores semelhantes às da Inglaterra e subiu pelos terraços em meio a jardins que sugeriam a época da rainha Ana. Quando chegou à porta, flanqueada por gatos de pedra à moda antiga, foi recebido por um mordomo barbado que trajava um belo libré; e a seguir foi acompanhado até a biblioteca onde Kuranes, senhor de Ooth-Nargai e do Céu ao redor de Serannian, permanecia sentado com uma expressão pensativa em uma cadeira ao lado da janela e olhava para o vilarejo costeiro na esperança de que a antiga governanta viesse repreendê-lo por não estar pronto para a detestável festa no pátio do vigário enquanto a carruagem esperava e a mãe por pouco não perdia de vez a paciência.

Kuranes, trajando um roupão do tipo preferido pelos alfaiates londrinos na época da meninice, ergueu-se para receber o convidado, pois a visão de um anglo-saxão vindo do mundo em vigília era-lhe muito cara, mesmo que fosse um saxão de Boston, Massachusetts, e não da Cornualha. Os dois começaram uma longa conversa sobre os velhos tempos, pois tinham muita coisa a dizer por serem ambos sonhadores de longa data e muito bem versados nas maravilhas de lugares incríveis. De fato, Kuranes havia estado além das estrelas no vazio supremo, e dizia-se que era o único a ter retornado com a sanidade intacta dessa viagem.

Por fim Carter explicou o que buscava e então fez ao anfitrião as mesmas perguntas que já havia feito a tantos outros. Kuranes não sabia onde ficava Kadath nem a maravilhosa cidade ao pôr do sol; mas sabia que os Grandes Deuses eram criaturas deveras perigosas, e que os Outros Deuses tinham estranhas maneiras de protegê-los contra a curiosidade impertinente. Tinha aprendido um bocado sobre os Outros Deuses em lugares mais distantes do espaço, em particular na região onde não existem formas e gases coloridos estudam os segredos arcanos. O gás violeta S'ngac disse-lhe coisas terríveis sobre o caos rastejante Nyarlathotep e o aconselhou a jamais se aproximar do vazio central onde o sultão-demônio Azathoth rói faminto no escuro. No geral, não era uma boa ideia envolver-se com os Anciões; e se estes persistiam em negar acesso à maravilhosa cidade ao pôr do sol, melhor seria não a procurar.

Além do mais, Kuranes duvidou que o visitante pudesse obter qualquer benefício mesmo que conseguisse chegar à cidade. Por anos o próprio rei havia tido sonhos e ansiado pela adorável Celephaïs e por todo o território de Ooth-Nargai, bem como pela liberdade e pelas cores e pela grande experiência de uma vida livre de grilhões, convenções e futilidades. Porém depois de adentrar a cidade e a região que tanto desejava e de ser sagrado rei, descobriu que a liberdade e a intensidade logo desvaneciam e tornavam-se monótonas devido à falta de ligação com os sentimentos e as memórias de outrora. Era o rei de Ooth-Nargai, mas não encontrava nenhum significado nisso e no fim sempre voltava aos velhos e familiares temas ingleses que o haviam moldado ao longo da juventude. Daria todo o reino em troca do repicar de sinos pelas colinas da Cornualha, e todos os mil minaretes de Celephaïs em troca dos telhados pontudos no vilarejo perto de onde morava. Então disse ao convidado que a desconhecida cidade ao pôr do sol talvez não oferecesse o júbilo que buscava, e que talvez fosse melhor se permanecesse como um glorioso sonho lembrado apenas pela metade. Pois Kuranes tinha feito muitas visitas a Carter nos antigos dias de vigília e conhecia bem as adoráveis encostas da Nova Inglaterra onde o amigo nascera.

Por fim, afirmou ter certeza de que o explorador em breve ansiaria somente pelas cenas mais antigas; o brilho de Beacon Hill ao entardecer, os altos coruchéus e as ruas que serpenteavam pelas colinas na pitoresca Kingsport, as provectas mansardas da antiga Arkham assombrada por bruxas e os abençoados quilômetros de prados e vales onde muros de pedra serpenteavam e as empenas brancas de casinhas rústicas espiavam por entre os caramanchões. Todas essas coisas Kuranes disse a Randolph Carter, mas o explorador permaneceu irredutível. E no fim os dois se despediram cada um com a própria convicção, e Carter atravessou mais uma vez o portão de bronze em direção a Celephaïs e desceu a Rua dos Pilares até o antigo quebra-mar, onde falou mais um pouco com os marinheiros de portos distantes e esperou o navio escuro que chegaria da fria e crepuscular Inganok, cujos marujos e comerciantes de rosto estranho traziam o sangue dos Grandes Deuses nas veias.

Certa noite estrelada, quando o Farol brilhava esplendorosamente sobre o porto, o navio tão aguardado chegou e os marujos e comerciantes de rosto estranho começaram a surgir um a um e logo depois grupo a grupo nas tavernas ao longo do quebra-mar. Era muito empolgante rever aqueles semblantes, que lembravam em todos os detalhes as feições divinas em Ngranek, mas Carter não se apressou em entabular conversas com os silenciosos homens do mar. Não sabia quanto orgulho nem quantos segredos ou quantas lembranças tênues e sobrenaturais poderiam animar a prole dos Grandes Deuses, e sentia que não seria prudente revelar o propósito da jornada ou fazer perguntas muito detalhadas sobre o deserto gelado que se estende a norte da terra crepuscular onde habitam. Os homens de Inganok falavam pouco com os demais frequentadores das tavernas portuárias, mas reuniam-se em grupos nos recantos mais remotos e entoavam assombrosas canções sobre lugares desconhecidos, ou contavam histórias em sotaques estranhos a todas as terras oníricas. Tamanho eram o requinte e a comoção dessas canções e histórias que chegavam a sugerir maravilhas no rosto dos ouvintes, ainda que a ouvidos vulgares as palavras tivessem uma cadência estranha e uma melodia obscura.

Por uma semana os estranhos marujos frequentaram as tavernas e fizeram comércio nos bazares de Celephaïs, e antes que zarpassem Carter havia assegurado a passagem no navio escuro dizendo que era um velho mineiro de ônix e gostaria de trabalhar nas pedreiras de Inganok. O navio era muito bonito e fora construído com grande esmero em teca e guarnecido com aprestos de ébano e filigranas de ouro, e a cabine em que o viajante se acomodou era ornada com tapeçarias de seda e veludo. Certa manhã, quando a maré começava a virar, as velas foram içadas e o ferro suspenso, e do alto da proa do navio Carter viu as muralhas que refulgiam ao pôr do sol e as estátuas de bronze e os minaretes dourados da atemporal Celephaïs afundarem no horizonte enquanto o pico nevado do Monte Aran diminuía até desaparecer. Ao meio-dia não se enxergava nada além do plácido azul do Mar Cereneriano, com uma galé pintada ao longe que rumava para o reino flutuante de Serannian onde o mar encontra o céu.

E a noite caiu com lindas estrelas, e o navio escuro fez caminho em direção ao Grande Carro e à Ursa Menor enquanto aos poucos dava a volta em torno do polo. E os marinheiros cantaram estranhas canções sobre lugares desconhecidos, e então se dirigiram um a um até o castelo de proa enquanto os melancólicos observadores entoavam velhos cânticos e se debruçavam por cima da balaustrada a fim de ver os peixes luminosos brincarem nos caramanchões submersos no fundo do mar. Carter se recolheu à meia-noite e acordou com o brilho de uma manhã jovem, percebendo a seguir que o sol parecia estar mais ao sul do que seria esperado. Durante todo o segundo dia travou conhecimento com os homens da tripulação e aos poucos convenceu-os a falar sobre a fria e crepuscular terra onde haviam nascido, a esplendorosa cidade de ônix e o medo que nutriam em relação aos picos intransponíveis além dos quais Leng supostamente estendia-se. Os homens comentaram com tristeza que nenhum gato parava nas terras de Inganok, e que acreditavam que a proximidade oculta de Leng seria responsável por esse estranho comportamento. Mesmo assim, não quiseram falar sobre o deserto ao norte. Havia algo de inquietante a respeito do deserto, e segundo pensavam o mais conveniente era negar que existisse.

Dias mais tarde conversaram sobre as pedreiras de ônix onde Carter disse que iria trabalhar. As pedreiras eram em grande número, pois toda a cidade de Inganok era feita de ônix, e grandes blocos polidos dessa pedra eram trocados em Rinar, Ogrothan e Celephaïs, e também em casa com os mercadores de Thraa, Ilarnek e Kadatheron, pelas belas mercadorias desses fabulosos portos. No extremo norte, quase no deserto gelado cuja existência os homens de Inganok relutavam em admitir, havia uma pedreira maior do que todas as outras, de onde em tempos remotos haviam saído blocos tão prodigiosos que a simples visão dos vazios que haviam deixado instilava terror em todos que os vislumbrassem. Quem teria retirado esses blocos incríveis e para onde teriam sido levados eram perguntas que ninguém sabia responder; e assim todos consideravam prudente não perturbar uma pedreira ao redor da qual talvez pairassem memórias inumanas. Assim, foi deixada em paz no crepúsculo, e apenas os corvos e os supostos pássaros shantak atreviam-se a ponderar tamanha imensidão. Carter foi levado a uma profunda reflexão quando ouviu falar sobre essa pedreira, pois sabia que nas antigas lendas o castelo habitado pelos Grandes Deuses no alto da desconhecida Kadath é entalhado em ônix.

A cada novo dia o sol parecia estar mais baixo no firmamento, e as névoas acima pareciam cada vez mais densas. Em duas semanas já não havia mais sol — apenas um estranho crepúsculo cinzento que filtrava por uma eterna cúpula de nuvem durante o dia e uma fosforescência tépida e sem estrelas que emanava do fundo dessa nuvem. No vigésimo dia uma rocha escarpada surgiu em pleno mar — o primeiro sinal de terra desde que o pico nevado do Monte Aran desaparecera atrás do navio. Carter perguntou ao capitão como o escolho se chamava, mas ouviu como resposta que não tinha nome nem jamais havia sido visitado por embarcação alguma por conta dos sons que à noite vinham de lá. E quando, depois que a noite caiu, um uivo distante e incansável veio daquela escarpa granítica, o viajante rejubilou-se ao saber que nenhuma embarcação a tinha visitado e que tampouco recebera um nome. Os marujos rezaram e cantaram até que o barulho ficasse para trás, e Carter sonhou terríveis sonhos dentro de sonhos por toda a madrugada.

Na segunda manhã depois do ocorrido assomou no oriente longínquo uma fileira de grandes picos cinzentos cujos cimos perdiam-se nas nuvens imutáveis daquele mundo crepuscular. E ao vê-los os marinheiros entoaram canções alegres, e alguns caíram de joelhos no convés para rezar; e então Carter soube que haviam chegado à terra de Inganok e que logo o navio estaria amarrado a um cais basáltico da grandiosa cidade que levava o nome de toda a região. Próximo ao meio-dia surgiu um litoral escuro, e antes das três da tarde delinearam-se ao norte as cúpulas bulbosas e os fantásticos coruchéus da cidade de ônix. Rara e singular, a cidade arcaica se erguia acima dos muros e cais, toda feita em um delicado matiz de preto e repleta de frisos, volutas e arabescos com incrustações de ouro. Altas e ventiladas eram as casas, dotadas de muitas janelas e ornadas em todos os lados com entalhes florais e desenhos cujas obscuras simetrias ofuscavam o olhar com uma beleza mais intensa do que a luz. Algumas terminavam em imponentes cúpulas inchadas que se afinavam em um cume agudo; outras, em pirâmides com terraços onde se erguiam grupos de minaretes que ostentavam toda sorte de estranheza e devaneio fantástico. Os muros eram baixos e atravessados por diversos portões, todos encaixados em um grande arco que se erguia acima do nível geral e rematados pela cabeça de um deus entalhada com a mesma habilidade evidenciada pelo monstruoso rosto na distante Ngranek. Em uma colina no centro da cidade erguia-se acima de todas as outras uma torre hexadecagonal com um altaneiro campanário e um coruchéu que repousavam sobre uma cúpula achatada. Aquele, segundo os marinheiros, era o Templo dos Anciões, governado por um antigo sacerdote detentor de tristes segredos arcanos.

De tempos em tempos o dobre de um estranho sino fazia a cidade de ônix estremecer, e era sempre respondido pelo clamor de uma música composta de cornos, violas e vozes cantantes. A fileira de tripés na galeria que circunda a altaneira cúpula do templo em certos momentos era abalada por uma explosão de chamas; pois os sacerdotes e os habitantes da cidade eram versados nos mistérios primordiais e acreditavam em manter o ritmo dos Grandes Deuses de acordo com os ensinamentos de certos pergaminhos mais antigos do que os Manuscritos Pnakóticos. À medida que o navio deixava para trás os grandes molhes de basalto e adentrava o porto os rumores da cidade fizeram-se ouvir, e Carter viu os escravos, os marujos e os mercadores nas docas. Os marujos e mercadores tinham o estranho rosto da raça divina, porém os escravos eram homens atarracados e de olhos oblíquos que, segundo as lendas, teriam atravessado ou contornado os picos intransponíveis desde os vales para além de Leng. Os portos estendiam-se para muito além do muro da cidade e ofereciam toda sorte de mercadoria nas galés ancoradas, enquanto em uma das extremidades havia enormes pilhas de ônix bruto e entalhado aguardando o transporte para os longínquos mercados de Rinar, Ogrothan e Celephaïs.

A noite ainda não havia caído quando o navio escuro fundeou ao lado de um cais de pedra e a seguir todos os marujos e mercadores saíram em fila e atravessaram o portão em arco que levava ao interior da cidade. As ruas eram de ônix, e algumas vias eram largas e retas ao extremo, enquanto outras eram curvas e estreitas. As casas próximas à água eram mais baixas do que as outras e ostentavam acima da porta em arco certos símbolos de ouro que prestavam honra aos deuses menores que protegiam cada residência. O capitão do navio levou Carter até uma antiga taverna portuária onde se reuniam os marinheiros dos mais singulares países e prometeu que no dia seguinte mostraria todas as maravilhas da cidade crepuscular e o acompanharia às tavernas dos mineiros de ônix próximas ao muro norte. E a noite caiu, e pequenas lâmpadas de bronze se acenderam, e os marujos naquela taverna entoaram canções de lugares remotos. Porém quando o grande sino da altaneira torre repicou por sobre a cidade e o enigmático clamor de cornos e violas e vozes se ergueu em resposta, todos interromperam as canções ou as histórias e curvaram-se em silêncio até que o último eco se dissipasse. Pois existe um portento e uma estranheza na cidade crepuscular de Inganok, e os homens temem a inobservância dos ritos por medo de que uma vingança possa estar à espreita.

Ao longe, nas sombras da taverna, Carter percebeu um vulto atarracado que em nada o agradou, pois sem dúvida tratava-se do velho mercador de olhos oblíquos visto muito tempo atrás nas tavernas de Dylath-Leen e famoso por manter comércio com os terríveis vilarejos de pedra em Leng, um lugar evitado por todos os homens salubres cujas fogueiras malignas podem ser vistas de longe à noite, e até mesmo com o alto sacerdote que não deve ser descrito, que usa uma máscara de seda amarela sobre o rosto e vive isolado em um pré-histórico monastério de pedra. Esse homem tinha dado a impressão de um fugaz lampejo de conhecimento quando Carter perguntou aos mercadores de Dylath-Leen sobre a devastação gelada e Kadath; e por algum motivo aquela presença na escura e assombrada Inganok, tão próxima às maravilhas do norte, causou-lhe certa inquietação. O homem sumiu de vista antes que Carter pudesse dirigir-lhe a palavra, e os marujos disseram que havia chegado em uma caravana de iaques vindo de um lugar insabido, transportando os ovos colossais e saborosos do suposto pássaro shantak para trocá-los pelos hábeis cálices de jade que os mercadores traziam de Ilarnek.

Na manhã seguinte o capitão do navio conduziu Carter pelas ruas de ônix de Inganok, toldadas pelo céu crepuscular. As portas com incrustações e as fachadas com desenhos, os balcões entalhados e as janelas com folhas de cristal reluziam com uma beleza sombria e polida; e de vez em quando surgia uma esplanada repleta de pilares negros, colunatas e estátuas de curiosos seres a um só tempo humanos e fabulosos. Não existem palavras para descrever a beleza e a estranheza de certos panoramas nas longas avenidas retas, ou nas ruelas laterais e acima de cúpulas bulbosas, coruchéus e tetos ornados com arabescos; e nada era mais esplêndido do que a altura vertiginosa do imponente Templo dos Anciões, com a torre hexadecagonal, a cúpula achatada e o altaneiro campanário encimado por um coruchéu, que se erguia acima de toda a cidade e dominava todos os ângulos do panorama. Seguindo rumo ao oriente, para muito além dos muros da cidade e das léguas e mais léguas de pradarias, erguiam-se as laterais cinzentas e lúgubres dos picos intransponíveis e intermináveis para além dos quais, segundo as lendas, estendia-se Leng.

O capitão levou Carter ao imponente templo, que se situava com o jardim em uma grande esplanada redonda de onde as ruas partem como os raios de uma roda. Os sete portões arqueados do jardim — cada um deles encimado por um rosto entalhado como os que adornam os portões da cidade — estão sempre abertos; e as pessoas caminham à vontade com passos reverentes pelas rotas calçadas e pelas estreitas ruelas repletas de marcos grotescos e santuários de deuses modestos. E também existem fontes, lagos e bacias que refletem o brilho ininterrupto dos tripés montados na altaneira sacada, todos feitos de ônix e repletos de peixinhos luminosos capturados por mergulhadores nos mais profundos caramanchões do oceano. Quando o grave clangor do campanário estremece sobre o jardim e a cidade e a resposta dos cornos e violas e vozes se ergue das sete guaritas junto aos portões, emergem das sete portas do templo longas fileiras de sacerdotes que trajam máscaras e mantos negros enquanto carregam, estendidos à frente do corpo, grandes recipientes dourados de onde se ergue um estranho vapor. E todas as sete fileiras avançam de maneira peculiar em fila simples, estendendo as pernas para a frente sem dobrar os joelhos, e seguem pelos caminhos que levam até as sete guaritas, onde então desaparecem para não mais reaparecer. Dizem que galerias subterrâneas ligam as guaritas ao templo e que as longas fileiras de sacerdotes retornam por esse caminho; e não se pode negar a existência de rumores sobre profundos lances de degraus em ônix que descem rumo a mistérios inefáveis. Mas poucos insinuam que os sacerdotes que trajam máscaras e mantos naquelas fileiras não sejam humanos.

Carter não entrou no templo porque ninguém além do rei Velado tem permissão para assim proceder. Porém antes que deixasse o jardim chegou a hora do sino, e Carter escutou quando o clangor fez todo o céu estremecer e os lamentos de cornos e violas e vozes ergueram-se nas guaritas junto dos portões. E pelos sete grandes caminhos desceram as longas fileiras de sacerdotes, carregando os recipientes de maneira singular e instilando no viajante um medo que os sacerdotes humanos em geral não instilam. Quando o último integrante da fila desapareceu no interior da guarita Carter deixou o jardim, notando ao se afastar um ponto na calçada por onde os recipientes haviam passado. O capitão do navio tampouco gostava daquele lugar, e apressou o explorador em direção à colina onde o palácio do rei Velado se ergue em meio a cúpulas múltiplas e a outras maravilhas.

Os caminhos que levam ao palácio de ônix são íngremes e estreitos, a não ser pela estrada curva por onde o rei e o cortejo real transitam em iaques ou em carruagens puxadas por estes animais. Carter e o guia subiram por uma ruela feita inteiramente de degraus, que ficava entre muros com incrustações de estranhos símbolos dourados, e sob sacadas e janelas de onde às vezes emanavam discretos trenos musicais ou sopros de fragrâncias exóticas. Mais à frente avultavam as muralhas titânicas, as imponentes ameias e as cúpulas bulbosas pelas quais o palácio do rei Velado é famoso; e por fim os dois passaram sob um grande arco e emergiram nos jardins que compraziam ao monarca. Nesse ponto Carter precisou deter o passo, atordoado ao se deparar com tanta beleza; pois os terraços de ônix e os passeios ladeados por colunatas, os alegres *parterres* e as delicadas árvores balouçantes dispostas em latadas auríferas, as imponentes urnas e os tripés com baixos-relevos impressionantes, as estátuas em mármore com veios negros que davam a impressão de respirar no alto de pedestais, os lagos com fundo de basalto e as fontes azulejadas com peixes luminosos, os diminutos templos de pássaros canoros iridescentes no alto de colunas entalhadas, as maravilhosas volutas dos grandes portões de bronze e as trepadeiras em flor espalhavam-se por cada centímetro das muralhas polidas e complementavam-se de maneira a compor um panorama cuja beleza transcendia a realidade e parecia quase fabulosa mesmo na terra dos sonhos. O lugar cintilava como uma miragem sob o plúmbeo céu crepuscular com a plangente magnificência do palácio abobadado mais adiante e a fantástica silhueta dos longínquos cumes intransponíveis à direita. E os pássaros e as fontes não paravam de cantar enquanto o perfume de flores raras estendia-se como um véu por cima de todo o incrível jardim. Não havia nenhuma outra presença humana naquele lugar, e Carter apreciou que assim fosse. A seguir fizeram uma curva e tornaram a descer os degraus da ruela de ônix, uma vez que o palácio não podia ser visitado por ninguém; e não convém olhar por muito tempo e com muita atenção para a enorme cúpula central, pois dizem que o lugar abriga o pai de todos os supostos pássaros shantak e provoca estranhos sonhos nos curiosos.

Depois o capitão levou Carter até a região norte do vilarejo, próxima ao Portão das Caravanas, onde se situam as tavernas dos mercadores de iaques e dos mineradores de ônix. Lá, em uma estalagem de teto baixo apinhada de mineiros, os dois se despediram; pois o capitão tinha negócios a tratar, enquanto Carter estava ansioso por falar com os mineiros a respeito do norte. Havia muitos homens na estalagem, e o viajante não tardou a interpelar um deles dizendo que era um velho minerador de ônix ansioso por saber alguma coisa a respeito das pedreiras de Inganok. Porém não descobriu muita coisa além do que já sabia, pois os mineiros eram tímidos e evasivos ao falar sobre o deserto gelado ao norte e sobre a pedreira onde nenhum homem se atreve a ir. Temiam os fabulosos emissários ao redor das montanhas intransponíveis para além das quais segundo as lendas estendia-se Leng, bem como as presenças malignas e os sentinelas sem nome que ficavam no extremo norte em meio a rochas espalhadas. E também diziam aos sussurros que os supostos pássaros shantak não eram coisas salubres; de fato, era melhor que nenhum homem jamais tivesse visto uma dessas criaturas (pois o fabuloso pai dos shantaks que habita a cúpula do rei é alimentado no escuro).

No dia seguinte, depois de alegar que gostaria de ver as minas com os próprios olhos e visitar as fazendas espalhadas e os pitorescos vilarejos de ônix em Inganok, Carter alugou um iaque e encheu grandes alforjes de couro para a jornada. Para além do Portão das Caravanas a estrada seguia numa linha reta em meio aos campos arados e a estranhas casas rústicas colmadas por cúpulas baixas. Em algumas dessas casas o explorador deteve-se para fazer perguntas; e em certo ponto deparou-se com um anfitrião tão austero e reticente, e tão cheio de uma majestade indefinível, similar àquela das enormes feições em Ngranek, que teve certeza de estar frente a frente com um dos Grandes Deuses, ou ao menos de alguém com nove décimos de sangue divino que morava entre os homens. E para esse austero e reticente camponês Carter teve o cuidado de falar muito bem sobre os deuses, e de louvar todas as bênçãos que haviam lhe concedido.

À noite Carter acampou em um prado na beira da estrada sob a copa de uma árvore lygath à qual amarrou o iaque, e pela manhã continuou a peregrinação rumo ao norte. Por volta das dez horas chegou às pequenas cúpulas no vilarejo de Urg, onde os mercadores repousam e os mineiros contam histórias, e permaneceu nas tavernas até o meio-dia. Nesse ponto a grande estrada das caravanas faz uma curva a oeste, em direção a Selarn, mas Carter seguiu rumo ao norte pelo caminho da mina. Por toda a tarde avançou pela estrada cada vez mais íngreme, que era um pouco mais estreita do que a grande estrada das caravanas e passava por uma região com mais rochas do que campos arados. À noite os outeiros à esquerda haviam dado lugar a penhascos negros consideráveis, e assim Carter soube que estava próximo à região mineira. O tempo inteiro as colossais e lúgubres encostas das montanhas intransponíveis sobranceavam ao longe, e quanto mais Carter avançava, mais terríveis eram as histórias que os fazendeiros e mercadores e condutores de carretas abarrotadas de ônix contavam a respeito do lugar.

Na segunda noite, depois de amarrar o iaque a uma estaca fincada no chão, Carter acampou à sombra de uma grande escarpa negra. Percebeu a intensa fosforescência das nuvens naquele ponto setentrional e mais de uma vez imaginou enxergar vultos escuros delinearem-se contra o firmamento. E na terceira manhã avistou a primeira de várias pedreiras de ônix, e saudou os homens que lá trabalhavam com picaretas e formões. Antes do entardecer havia passado por onze pedreiras; naquele ponto o panorama era dominado por penhascos e rochedos de ônix, sem nenhuma vegetação — apenas grandes fragmentos rochosos espalhados no chão de terra preta, com os cinzentos picos intransponíveis sempre a se erguerem lúgubres e sinistros à direita. A terceira noite foi passada em um acampamento de mineiros cujas fogueiras crepitantes projetavam estranhos reflexos nos penhascos reluzentes a oeste. E os homens entoaram muitas canções e contaram muitas histórias, e evidenciaram tantos estranhos conhecimentos sobre os tempos de outrora e os hábitos divinos que Carter notou que tinham inúmeras memórias latentes dos antepassados — os Grandes Deuses. Perguntaram-lhe para onde ia, e aconselharam-no a não avançar muito rumo ao norte; mas Carter respondeu que estava procurando novos penhascos de ônix e que não assumiria riscos maiores do que qualquer outro prospector. Pela manhã o explorador despediu-se e avançou rumo ao norte cada vez mais escuro, onde lhe haviam dito que encontraria a temida e abandonada pedreira da qual mãos mais antigas que a do homem tinham arrancado blocos prodigiosos. Mas não gostou quando, ao se virar para um último adeus, imaginou ter visto, próximo ao acampamento, o velho mercador atarracado e evasivo com olhos oblíquos, cujo suposto comércio com Leng era motivo de boatos na distante Dylath-Leen.

Depois de mais duas pedreiras a parte habitada de Inganok dava a impressão de acabar, e a estrada se afunilava em um caminho para iaques cada vez mais íngreme entre os formidáveis penhascos negros. Sempre à direita sobranceavam os lúgubres e distantes picos, e à medida que Carter avançava o reino inexplorado tornava-se mais frio e mais escuro. Logo o viajante percebeu que não havia pegadas nem marcas de cascos no caminho preto que galgava, e assim concluiu que de fato tinha adentrado os estranhos e desertos caminhos dos tempos antigos. De vez em quando um corvo crocitava ao longe, e às vezes um ruflar de asas por trás de uma rocha colossal insinuava a inquietante presença do suposto pássaro shantak. Porém na estrada Carter estava sozinho com a montaria desgrenhada, e preocupou-se ao notar que o excelente iaque demonstrava uma relutância cada vez maior em avançar, bem como uma disposição cada vez maior de bufar assustado ao menor sinal de barulho na rota.

Em seguida o caminho espremeu-se por entre reluzentes muros em sable e começou a exibir uma elevação ainda mais íngreme do que antes. O chão era irregular, e muitas vezes o iaque escorregava nos fragmentos de pedra espalhados em grande quantidade ao redor. Passadas duas horas, Carter divisou um cume para além do qual havia tão somente um céu plúmbeo e monótono e abençoou o prospecto de um percurso nivelado ou descendente. Chegar ao cume, no entanto, não seria uma tarefa simples; pois naquele ponto o caminho era quase perpendicular e revelava-se perigoso ao extremo devido a incontáveis fragmentos soltos de rocha preta e pequenas pedras. Por fim, Carter apeou do iaque e passou a conduzir a desconfiada montaria, puxando as rédeas com força sempre que o animal empacava ou tropeçava enquanto tentava manter o equilíbrio da melhor forma possível. De repente chegou ao topo da elevação e enxergou mais além, e espantou-se com o que viu.

O caminho de fato seguia adiante e apresentava um declive suave, com as mesmas linhas de elevados paredões naturais de antes; porém à esquerda abria-se um monstruoso espaço vazio, com vastos acres de extensão, de onde algum poder arcaico havia arrancado e demolido os penhascos nativos de ônix em uma pedreira de gigantes. A escavação ciclópica avançava sobre a rocha sólida do precipício e chegava aos mais bem guardados recônditos nas entranhas da Terra. Não poderia ser uma pedreira humana, e as laterais côncavas ostentavam cicatrizes quadradas de vários metros, que indicavam o tamanho dos blocos cortados por mãos e formões sem nome. No alto da escarpa grandes corvos esvoaçavam e crocitavam, e vagos rumores nas profundezas ocultas sugeriam morcegos ou urhags ou outras presenças nefandas a assombrar a escuridão eterna. Naquele instante, Carter deteve-se na estreita passagem em meio ao crepúsculo com o rochoso caminho descendente adiante; à direita, elevados penhascos de ônix estendiam-se até onde a vista alcançava, e à esquerda elevados penhascos cortados logo à frente davam forma à terrível e extraterrena pedreira.

De repente o iaque soltou um berro e fugiu do controle de Carter, dando um salto para a frente e correndo em pânico até desaparecer no estreito declive rumo ao norte. As pedras espalhadas pelos velozes cascos do animal caíam da pedreira e desapareciam no escuro sem fazer nenhum som que indicasse a chegada ao fundo; mas Carter ignorou os perigos do estreito caminho enquanto corria sem fôlego atrás da veloz montaria. Logo os penhascos à esquerda retornaram à normalidade, mais uma vez transformando o caminho em uma passagem estreita; porém mesmo assim o viajante seguiu correndo atrás do iaque cujos rastros espaçados indicavam uma fuga em pânico.

Em certo momento Carter imaginou ter captado a batida dos cascos da montaria assustada e redobrou a velocidade por conta desse incentivo. Percorreu quilômetros, e aos poucos o caminho à frente se abriu e por fim o explorador soube que não tardaria a adentrar o gélido e temível deserto ao norte. Os lúgubres flancos cinzentos dos longínquos picos intransponíveis mais uma vez surgiram acima dos penhascos à direita, e à frente estavam as rochas e penedos de um amplo espaço que sem dúvida oferecia um primeiro relance da escura e infinita planície. E mais uma vez os cascos soaram nos ouvidos do explorador, ainda mais claros do que antes, porém dessa vez instilando terror em vez de incentivo, porque não eram mais os cascos do iaque em fuga. Eram passos implacáveis e decididos que vinham de trás.

A perseguição ao iaque de repente transformou-se em uma fuga de uma coisa invisível, pois embora não se atrevesse a olhar por cima do ombro, Carter sentia que a presença mais atrás não poderia ser nada salubre ou sequer mencionável. O iaque devia ter ouvido ou percebido a aproximação, e Carter relutou em indagar se aquilo o teria seguido desde as moradas dos homens ou se teria saído do negro fosso na pedreira. Nesse meio-tempo os penhascos haviam ficado para trás, de modo que a iminente chegada da noite anunciava-se em meio à enorme desolação arenosa e às rochas espectrais onde todos os caminhos perdiam-se. Carter não conseguia mais ver os rastros do iaque, porém continuava escutando atrás de si as detestáveis batidas, por vezes misturadas ao que imaginava ser um ruflar e um rumor de asas frenéticas. A aproximação daquela coisa era um incômodo evidente, e Carter sabia que estaria irremediavelmente perdido naquele deserto arrasado e inóspito de rochas e areias inexploradas. Somente os remotos e intransponíveis cumes à direita ofereciam qualquer resquício de orientação, porém logo tornaram-se menos evidentes à medida que o crepúsculo cinzento desvanecia para dar lugar à fosforescência mortiça das nuvens.

Em seguida, Carter teve um horrendo vislumbre tênue e nebuloso em direção ao norte escuro. Por alguns momentos imaginou tratar-se de uma cordilheira de montanhas negras, porém a seguir notou que era algo mais. A fosforescência das nuvens ameaçadoras proporcionara-lhe uma visão inconfundível, e chegara a delinear certos contornos enquanto vapores baixos cintilavam mais atrás. Não seria possível estimar a distância, mas parecia ser muito grande. A coisa tinha milhares de metros de altura e se estendia em um enorme arco côncavo desde os cinzentos picos intransponíveis até lugares inimaginados a oeste, e outrora tinha sido de fato uma cordilheira de imponentes colinas de ônix. Mas as colinas já não eram mais colinas, pois forças maiores que as do homem haviam-nas tocado. Permaneciam agachadas no topo do mundo, como lobos ou ghouls cingidos por nuvens e névoas, guardando para sempre os segredos do norte. Agachavam-se em um enorme semicírculo, aquelas montanhas caninas transformadas em monstruosas estátuas vigilantes, e tinham as destras erguidas contra a humanidade em sinal de ameaça.

Foi apenas a luz bruxuleante das nuvens que criou a ilusão de um gesto nas duplas cabeças mitradas, porém enquanto seguia adiante Carter viu se erguerem daqueles regaços sombrios vultos cujos movimentos não eram nenhum delírio. Com um ruflar de asas, essas formas tornavam-se maiores a cada momento, e o explorador soube que a caminhada havia chegado ao fim. Não eram pássaros nem morcegos conhecidos em outras plagas da Terra ou sequer das terras oníricas, pois eram maiores do que elefantes e tinham cabeças como a dos cavalos. Carter soube que deviam ser os pássaros shantak de mau agouro, e enfim descobriu os guardiões maléficos e os sentinelas inomináveis que levavam os homens a evitar o deserto de rocha boreal. E quando se deteve em uma resignação derradeira, tomou coragem e olhou para trás; e de fato avistou o atarracado mercador de olhos oblíquos mencionado em lendas nefastas, montado em um iaque magro com um sorriso zombeteiro no rosto enquanto liderava uma pestilenta horda de shantaks malignos cujas asas ainda ostentavam a geada e o salitre dos abismos inferiores.

Mesmo encurralado pelos fabulosos e hipocéfalos pesadelos alados que o rondavam em enormes círculos blasfemos, Randolph Carter não perdeu a consciência. Sobranceiras e horrendas pairavam as gárgulas titânicas quando o mercador de olhos oblíquos apeou do iaque e postou-se com um sorriso escarninho à frente do prisioneiro. Com um gesto, o homem indicou a Carter que montasse em um dos repugnantes shantaks, ajudando-o a subir enquanto a consciência do viajante tentava vencer o asco. Foi difícil montar a criatura, pois os pássaros shantak têm escamas no lugar de penas, e essas escamas são muito escorregadias. Quando o prisioneiro conseguiu montar, o homem de olhos oblíquos pulou logo atrás, e o magro iaque foi conduzido rumo ao círculo de montanhas entalhadas mais ao norte por um dos incríveis colossos alados.

A seguir veio um voo horrendo pelo espaço gélido, infinitamente para cima e para o leste, rumo aos lúgubres flancos das montanhas intransponíveis para além das quais, segundo as lendas, estendia-se Leng. Voaram muito acima das nuvens, até que por fim estivessem sobre os fabulosos píncaros que os homens de Inganok jamais viram, e que estão sempre envoltos por altos redemoinhos de névoa cintilante. Carter os viu com clareza quando passaram, e percebeu no alto dos picos mais elevados estranhas cavernas que o fizeram pensar naquelas avistadas em Ngranek; porém achou melhor não questionar o captor quando percebeu que tanto o homem como o shantak hipocéfalo pareceram demonstrar um estranho temor em relação àquelas coisas, fazendo um voo apressado e evidenciando uma profunda tensão até que os deixassem para trás.

Em seguida o shantak diminuiu a altitude, revelando por sob o dossel de nuvens uma cinzenta planície devastada onde pequenas fogueiras queimavam a grandes distâncias umas das outras. Durante a aterrissagem, surgiam a intervalos solitárias cabanas de granito e vilarejos de pedra cujas minúsculas janelas iluminavam-se com uma luz pálida. E dessas cabanas e vilarejos vinham estridentes sons de assovios e nauseantes ruídos de cascavéis, que provaram de uma vez por todas que os homens de Inganok estão certos em suas especulações geográficas. Pois outros viajantes já ouviram aqueles sons em outras ocasiões, e sabem que emanam apenas do frio e deserto platô jamais visitado por homens salubres; do assombrado lugar de malignidade e mistério que é Leng.

Vultos negros dançavam ao redor das débeis fogueiras, e Carter ficou curioso para saber que tipo de criatura podiam ser; pois nenhuma pessoa salubre jamais havia estado em Leng, e o lugar só é conhecido pelas fogueiras e pelas cabanas de pedra vistas de longe. As formas executavam saltos lentos e canhestros, acompanhados por torções e outras manobras desagradáveis ao olhar; de modo que Carter não se admirou com a malignidade suprema que lhes era atribuída em lendas vagas, nem com o temor demonstrado por todos os habitantes das terras oníricas em relação ao repelente platô congelado. Quanto mais baixo o shantak voava, mais a repulsa inspirada pelos dançarinos parecia tingida por uma certa familiaridade infernal; e o prisioneiro continuou a forçar a vista e a vasculhar a memória em busca de pistas sobre quando teria visto aquelas criaturas antes.

Elas saltavam como se tivessem cascos em vez de pés, e pareciam usar uma espécie de peruca ou adorno de cabeça com pequenos chifres. Não usavam mais nenhum item de vestuário, porém muitas eram um tanto hirsutas. Tinham pequenas caudas vestigiais, e quando olhavam para cima Carter podia ver a largura excessiva das bocas. Naquele instante compreendeu o que eram, e também que não usavam nenhum tipo de peruca ou adorno de cabeça. Pois o críptico povo de Leng pertencia à mesma raça dos incômodos mercadores das galés negras que negociavam rubis em Dylath-Leen — os mercadores humanoides escravizados pelas monstruosas coisas lunares! De fato, eram o mesmo povo de tez escura que havia sequestrado Carter na abjeta galé muito tempo atrás, e cujos semelhantes tinha visto andar em bando nos sórdidos cais daquela amaldiçoada cidade lunar, enquanto os mais franzinos mourejavam e os mais gordos eram levados em caixotes para satisfazer outras necessidades dos mestres amorfos e poliposos. Naquele instante Carter soube de onde vinham aquelas criaturas ambíguas, e estremeceu ao pensar que Leng deveria ser um território conhecido por aquelas informes abominações lunares.

Porém o shantak voou para além das fogueiras e das cabanas de pedra e dos dançarinos inumanos, e planou acima das colinas estéreis de granito cinzento e das obscuras devastações de rocha e gelo e neve. O dia raiou, e a fosforescência das nuvens mais baixas deu lugar ao crepúsculo nebuloso do mundo setentrional enquanto o vil pássaro shantak batia as asas em meio ao frio e ao silêncio.

Às vezes o homem de olhos oblíquos conversava com a montaria em um odioso idioma gutural, e o shantak respondia com tons gargalhantes e ríspidos como o raspar de vidro quebrado. Durante todo esse tempo o terreno se elevava cada vez mais, até por fim culminar em um platô arrasado pelo vento que parecia ser o ápice de um mundo devastado e desabitado. Lá, sozinhas em meio ao silêncio e ao crepúsculo e ao frio, erguiam-se as rústicas pedras de uma atarracada construção sem janelas rodeada por monólitos brutos. Não havia nenhum elemento humano naquele arranjo, e ao lembrar-se das antigas lendas Carter pressupôs que havia de fato chegado ao mais temível e ao mais lendário de todos os lugares — o remoto monastério pré-histórico onde habita sozinho o alto sacerdote que não deve ser descrito, que usa uma máscara de seda amarela por cima do rosto e reza para os Outros Deuses e para o caos rastejante Nyarlathotep.

O ascoroso pássaro shantak enfim pousou, e o homem de olhos oblíquos desceu com um salto e ajudou o prisioneiro a apear. Quanto ao propósito daquela captura, Carter não podia ter certeza; pois sem dúvida o mercador de olhos oblíquos era um agente das forças sombrias, ansioso por levar à presença dos mestres um mortal cuja presunção era encontrar a desconhecida Kadath e fazer uma oração diante dos Grandes Deuses no castelo de ônix. Parecia um tanto provável que o mercador tivesse ordenado a captura feita pelos escravos das coisas lunares em Dylath-Leen e que naquele momento tivesse a intenção de levar a termo o plano que os gatos haviam frustrado, conduzindo a vítima a um terrível encontro com o monstruoso Nyarlathotep a fim de denunciar a temeridade com que o viajante havia se lançado em busca da desconhecida Kadath. Tudo indicava que Leng e a desolação gelada ao norte de Inganok ficassem próximas aos Outros Deuses, e naquele ponto os desfiladeiros rumo a Kadath são muito bem guardados.

O homem de olhos oblíquos era pequeno, mas o enorme pássaro hipocéfalo assegurava que todas as ordens fossem obedecidas; e assim Carter seguiu-o e passou ao interior do círculo de monólitos e cruzou a atarracada porta que dava acesso ao monastério de pedra sem janelas. Não havia iluminação lá dentro, porém o funesto mercador acendeu uma pequena lamparina de barro ornada com mórbidos baixos-relevos e empurrou o prisioneiro ao longo de labirintos com estreitos corredores serpenteantes. Nas paredes dos corredores, pavorosas cenas mais antigas do que a própria história estavam pintadas em um estilo desconhecido a todos os arqueólogos da Terra. Mesmo depois de incontáveis éons os pigmentos continuavam intensos, pois o clima frio e seco da horripilante Leng mantinha vivas inúmeras coisas ancestrais. Carter viu os desenhos de relance graças aos raios da lamparina tênue e bruxuleante e estremeceu ao compreender a história que contavam.

Os anais de Leng desfilavam por aqueles afrescos primordiais; e os humanoides com chifres, cascos e bocas largas executavam danças malignas em meio a cidades esquecidas. Havia cenas de antigas guerras em que os humanoides de Leng combatiam as túmidas aranhas roxas dos vales próximos; e havia cenas que retratavam a chegada das galés negras vindas da lua, e a sujeição do povo de Leng às blasfêmias poliposas e amorfas que saltavam e se arrastavam e se contorciam nas paredes. Essas blasfêmias escorregadias e esbranquiçadas foram reverenciadas como deuses, e portanto os nativos jamais reclamavam quando dezenas de machos gordos eram levados pelas galés negras. As monstruosas bestas lunares haviam se instalado em uma ilha escarpada em pleno mar, e Carter percebeu no afresco que não poderia ser outro lugar senão o escolho solitário e sem nome avistado durante a viagem para Inganok — a rocha cinzenta e maldita temida pelos marinheiros de Inganok onde uivos malignos reverberam durante a noite inteira.

E os afrescos retratavam a grande capital portuária dos humanoides, solene e repleta de pilares em meio aos penhascos e aos cais basálticos e fabulosa devido aos templos sobranceiros e às construções entalhadas. Jardins enormes e ruas ladeadas por colunas saíam dos penhascos e de cada um dos seis portões rematados por esfinges para encontrar-se em uma vasta esplanada central, onde havia dois gigantescos leões alados que vigiavam o topo de uma escadaria subterrânea. Os enormes leões alados surgiam repetidas vezes nos afrescos, com os imponentes flancos de diorito reluzindo no crepúsculo cinzento do dia e na fosforescência nebulosa da noite. E enquanto avançava aos tropeços em meio às frequentes e repetidas imagens, Carter enfim percebeu o que eram de fato, e que cidade era aquela onde os humanoides haviam reinado em tempos primordiais anteriores à chegada das galés negras. Não havia como se equivocar, pois as lendas das terras oníricas são generosas e profusas. Sem dúvida aquela cidade ancestral não era outro lugar senão a lendária Sarkomand, cujas ruínas haviam deteriorado ao sol por um milhão de anos antes que o primeiro ser humano verdadeiro surgisse na Terra e cujos titânicos leões gêmeos guardam para sempre os degraus que descem das terras oníricas ao Grande Abismo.

Outras representações mostravam os lúgubres picos cinzentos que separavam Leng de Inganok, bem como os monstruosos pássaros shantak que constroem ninhos no alto das encostas. Mostravam também as singulares cavernas próximas aos pináculos mais elevados, e como até mesmo os shantaks mais destemidos fogem gritando ao vê-las. Carter tinha avistado as cavernas enquanto as sobrevoava e percebido as semelhanças com as cavernas em Ngranek. Naquele instante, soube que a semelhança era mais do que uma simples coincidência, pois os afrescos mostravam seus temíveis habitantes; e as asas de morcego, os chifres curvos, as caudas serrilhadas, as garras preênseis e o corpo borrachento não lhe eram estranhos. Já havia encontrado aquelas criaturas silenciosas, esvoaçantes e pegajosas — os guardiões irracionais do Grande Abismo temidos até mesmo pelos Grandes Deuses que têm por senhor não o caos rastejante Nyarlathotep, mas o encanecido Nodens. Eram os temíveis noctétricos, que jamais sorriem ou gargalham porque não têm rosto, e que se debatem incessantemente na escuridão entre o Vale de Pnath e os desfiladeiros que conduzem ao mundo exterior.

Nesse ponto o mercador de olhos oblíquos empurrou Carter para o interior de um grande recinto abobadado cujas paredes eram cobertas por medonhos baixos-relevos e em cujo centro abria-se um fosso circular rodeado por um círculo de seis altares de pedra com máculas sinistras. Não havia iluminação na vasta cripta malcheirosa, e a pequena lamparina do funesto mercador oferecia uma luz tão parca que somente aos poucos foi possível discernir os detalhes. Na extremidade mais distante havia um púlpito de pedra acessado por cinco degraus; e sentada em um trono dourado havia uma figura envolta em mantos de seda amarela trabalhada em vermelho e com o rosto coberto por uma máscara de seda amarela. O homem de olhos oblíquos executou certos gestos com as mãos e o vulto à espreita nas trevas respondeu erguendo uma odiosa flauta entalhada em marfim nas patas cobertas de seda e tirando sons repulsivos por sob a ondulante máscara amarela. Esse colóquio estendeu-se por algum tempo, e Carter percebeu semelhanças nauseantes entre o som da flauta e o fedor pungente do malcheiroso recinto. Lembrou-se da temível cidade das luzes vermelhas e da repugnante procissão que a atravessou em fileira; e também da terrível escalada através do terreno lunar mais além, antes que fosse resgatado pela enxurrada de amistosos gatos amigos vindos da Terra. Carter soube que a criatura no púlpito era sem dúvida o alto sacerdote que não deve ser descrito a respeito do qual as lendas sussurram possibilidades anormais e demoníacas, mas assustou-se ao pensar o que exatamente o abominável sacerdote poderia ser.

Então a seda trabalhada escorregou de uma das patas branquicentas, e Carter soube o que era o abjeto sacerdote. E naquele horrendo instante o medo irresistível incitou-o a um ato que a razão jamais teria arriscado, pois em toda aquela consciência abalada havia espaço somente para a vontade frenética de escapar do vulto que repousava no trono dourado. Carter sabia que invencíveis labirintos de pedra o separavam do frio platô no lado de fora, e que mesmo se alcançasse o platô o deletério shantak estaria a postos; porém mesmo assim não sentia nada além da vontade urgente de se afastar daquela monstruosidade que se retorcia ataviada em mantos de seda.

O homem de olhos oblíquos havia deixado a lamparina em um dos altares maculados junto do fosso e avançou um pouco a fim de se comunicar com o sacerdote usando as mãos. Carter, que até aquele instante continuara passivo, de repente empurrou o homem com toda a incontrolável força do medo, e a vítima precipitou-se no mesmo instante rumo ao interior do fosso que segundo as lendas desce até as infernais Catacumbas de Zin, onde os gugs caçam ghasts na escuridão. Quase no mesmo instante Carter pegou a lamparina do altar e disparou rumo aos labirintos decorados com afrescos, correndo de um lado para outro conforme os ditames da sorte enquanto tentava não pensar no rumor abafado de patas macias e amorfas atrás de si nem nas contorções e deslizamentos silenciosos que deviam estar acontecendo nos corredores escuros.

Passados alguns momentos, lamentou a fuga precipitada e desejou que houvesse tentado prestar maior atenção aos afrescos que havia deixado para trás ao entrar. Verdade que eram confusos e complexos a ponto de não poderem oferecer muita ajuda, porém mesmo assim desejou que ao menos tivesse feito a tentativa. Os que viu naquele instante eram ainda mais terríveis do que os afrescos vistos anteriormente, e Carter soube que não estava nos corredores que levavam à saída. Depois de alguns instantes teve quase certeza de que não estava sendo seguido e diminuiu a marcha; porém mal havia dado um suspiro de alívio quando foi assaltado por um novo perigo. A lamparina começava a se apagar, e Carter logo estaria na escuridão absoluta sem nenhum meio de visão ou de orientação.

Quando a luz enfim se extinguiu, tateou devagar no escuro e rezou aos Grandes Deuses pedindo toda a ajuda possível. Às vezes percebia um aclive ou um declive nos corredores de pedra, e a dada altura tropeçou em um degrau para cuja existência não parecia haver explicação alguma. Quanto mais avançava, mais úmida a atmosfera parecia ficar, e sempre que percebia uma junção ou o acesso a uma passagem lateral, Carter tomava o caminho menos descendente. Mesmo assim, tinha a impressão de que a direção geral era para baixo; e o cheiro de cripta e as incrustações nas paredes graxentas e no chão indicaram que estava penetrando cada vez mais fundo no insalubre platô de Leng. Mas não houve nenhum alerta relativo à coisa que surgiu por último; apenas o surgimento da própria coisa com a aura de terror e o espanto e o choque e o caos atordoante. Em um momento Carter estava tateando devagar enquanto avançava pelo chão escorregadio de um corredor quase nivelado, e no instante seguinte mergulhou no escuro em uma velocidade espantosa por uma galeria praticamente vertical.

Quanto à distância percorrida nesse mergulho, Carter jamais poderia ter certeza, mas teve a impressão de que caiu durante horas de náusea delirante e frenesi extático. Então percebeu que estava parado, com as nuvens fosforescentes de uma luz boreal reluzindo mortiças mais acima. Por todos os lados havia paredes decrépitas e colunas quebradas, e o calçamento onde se encontrava era cortado pela grama que medrava entre as pedras e por frequentes arbustos e raízes que as deslocavam para os lados. Mais atrás, um penhasco basáltico perdia-se nas alturas depois de se erguer em sentido perpendicular, com as encostas repletas de repulsivas cenas esculpidas e varadas por um arco entalhado que dava acesso à escuridão interior por onde Carter havia chegado. Mais adiante estendiam-se fileiras duplas de pilares e fragmentos de pedestais e pilares que davam testemunho sobre uma larga rua de outrora; e a partir das urnas e cisternas ao longo do caminho Carter soube que aquela tinha sido uma grande rua ajardinada. Ao longe, pilares se espalhavam para demarcar os limites de uma vasta esplanada circular, e no interior do círculo um par de coisas monstruosas agigantava-se sob as lúgubres nuvens noturnas. Eram enormes leões alados de diorito, em meio à escuridão e à sombra. Seis metros adiante, erguiam as grotescas cabeças ainda intactas e rosnavam com desdém para as ruínas ao redor. E Carter soube muito bem o que deveriam ser, pois as lendas mencionam uma parelha como aquela. Eram os imutáveis guardiões do Grande Abismo, e as ruínas escuras eram de fato a primordial Sarkomand.

A primeira reação de Carter foi fechar e barricar a passagem no penhasco com os blocos desabados e os destroços espalhados ao redor. Não queria que nenhuma criatura o seguisse desde o odioso monastério de Leng, pois ao longo do caminho outros perigos já estariam à espreita. Quanto à maneira de sair de Sarkomand rumo às regiões habitadas das terras oníricas, Carter nada sabia; tampouco poderia se informar descendo até as grutas dos ghouls, uma vez que as criaturas não dispunham de mais informações. Os três ghouls que o haviam ajudado a atravessar a cidade dos gugs em direção ao mundo exterior não sabiam como chegar a Sarkomand na jornada de volta, mas pretendiam indagar os velhos comerciantes em Dylath-Leen. Carter não pretendia retornar ao mundo subterrâneo dos gugs e arriscar-se uma vez mais na infernal torre de Koth com os degraus ciclópicos que levam ao bosque encantado, mas sentiu que teria de seguir esse curso se tudo mais falhasse. Atravessar o platô de Leng sozinho para além do monastério solitário estava fora de cogitação, pois os emissários do alto sacerdote deviam ser muitos, e no fim da jornada com certeza seria necessário enfrentar os shantaks e talvez ainda outras coisas. Se conseguisse um barco, poderia voltar para Inganok depois de passar pela terrível rocha escarpada em alto-mar, pois os afrescos primordiais no labirinto do monastério haviam revelado que esse pavoroso lugar não se situa longe dos cais basálticos de Sarkomand. Mas encontrar um barco naquela cidade abandonada aos éons não seria plausível, e provavelmente jamais poderia construir um.

Esses eram os pensamentos de Randolph Carter quando uma nova impressão se ofereceu à sua mente. Durante todo esse tempo a vastidão cadavérica da fabulosa Sarkomand havia se estendido à frente com ruínas de pilares negros e destroços de portões rematados por esfinges e pedras titânicas e monstruosos leões alados que se delineavam com o brilho mortiço das luminosas nuvens noturnas ao fundo. Porém naquele instante Carter percebeu, ao longe e à direita, um brilho que não poderia ser explicado pela presença das nuvens, e soube que não estava sozinho no silêncio da cidade morta. O brilho aumentava e diminuía de intensidade em um ciclo constante, e cintilava com um matiz esverdeado que nada fez para tranquilizar o observador. Ao chegar mais perto depois de percorrer a rua obstruída por destroços e avançar pelas estreitas frestas entre as paredes desabadas, Carter percebeu tratar-se de uma fogueira próxima aos cais, que reunia diversos vultos indefinidos em um obscuro conclave e exalava um odor mortífero que pairava sobre todos. Mais além ouvia-se o chapinhar oleoso das águas portuárias no costado de uma grande embarcação que portava pela âncora, e Carter ficou paralisado pelo terror quando percebeu que o navio era de fato uma das temidas galés negras da lua.

Então, quando estava prestes a se afastar daquela odiosa chama, percebeu um burburinho em meio aos vultos indefinidos e ouviu um som peculiar e inconfundível. Era o gasganeio de um ghoul assustado, que no momento seguinte deu lugar a um verdadeiro coro de angústia. Escondido em meio às sombras das ruínas monstruosas, Carter deixou que a curiosidade vencesse o medo e avançou em vez de retroceder. Em um dado ponto, ao atravessar uma rua, arrastou-se sobre o próprio ventre como um verme; e em outro momento pôs-se de pé a fim de evitar qualquer barulho ao atravessar pilhas de mármore desabado. Porém sempre logrou manter-se escondido, e em pouco tempo encontrou um lugar atrás de um pilar titânico de onde poderia assistir a toda a cena iluminada pelo matiz verde. Ao redor de uma horrenda fogueira alimentada pelos talos de fungos lunares, um fétido círculo de bestas lunares com aspecto batráquio reunia-se na companhia de escravos humanoides. Alguns escravos aqueciam estranhas lanças nas chamas dardejantes, e de tempos em tempos aplicavam as pontas incandescentes a três prisioneiros fortemente amarrados que se contorciam diante dos líderes do grupo. Observando a movimentação dos tentáculos, Carter viu que as criaturas lunares de focinho chato acompanhavam o espetáculo com enorme satisfação e foi tomado por um profundo horror quando reconheceu o gasganeio frenético e percebeu que os ghouls torturados eram o valoroso trio que o havia conduzido em segurança desde o abismo para depois sair do bosque encantado e encontrar Sarkomand e a passagem de acesso às profundezas onde viviam.

O número das malcheirosas bestas lunares ao redor do fogo esverdeado era muito grande, e Carter soube que nada poderia fazer naquele instante para salvar os antigos aliados. Como os ghouls haviam sido capturados, Carter não saberia dizer; porém imaginou que aquelas blasfêmias cinzentas e batráquias tivessem ouvido as criaturas perguntarem sobre o caminho até Sarkomand em Dylath-Leen e decidido impedir qualquer aproximação ao odioso platô de Leng e ao alto sacerdote que não deve ser descrito. Por um instante Carter pensou no que fazer, e em seguida lembrou-se de que estava muito próximo ao portão que dava acesso ao reino negro dos ghouls. Sem dúvida a melhor alternativa seria esgueirar-se até a esplanada dos leões gêmeos e descer de uma vez até o abismo, onde não haveria de encontrar nenhum horror pior do que aqueles que habitavam a superfície e onde logo poderia encontrar outros ghouls ávidos por resgatar os semelhantes e talvez por exterminar as bestas lunares da galé negra. Ocorreu-lhe que o portal, como outras passagens ao abismo, poderia ser guardado por revoadas de noctétricos; porém naquele instante não temeu as criaturas sem rosto. Tinha descoberto que mantinham solenes tratados com os ghouls, e o ghoul que tinha sido Pickman havia lhe ensinado a tartanhar uma senha compreendida pelos noctétricos.

Então Carter começou mais uma jornada silenciosa em meio às ruínas e aos poucos se aproximou da vasta esplanada central e dos leões alados. Era uma missão de alta periculosidade, mas as bestas lunares estavam ocupadas com o agradável passatempo e não ouviram os discretos barulhos que por duas vezes o viajante produziu em meio às pedras espalhadas. Por fim Carter chegou à esplanada e avançou em meio às árvores retorcidas e aos espinheiros que haviam crescido no local. Mais acima os gigantescos leões assomavam terríveis em meio à cintilação mortiça das fosforescentes nuvens noturnas, mas Carter persistiu avançando com bravura e se esgueirou para a direção em que os rostos miravam, sabendo que naquele lado encontraria a poderosa escuridão que as criaturas guardavam. A três metros de distância as bestas de diorito permaneciam em uma imobilidade ameaçadora no alto de pedestais ciclópicos cujas laterais eram repletas de terríveis baixos-relevos. Entre os dois leões havia um pátio azulejado com um espaço central outrora demarcado por uma balaustrada de ônix. No meio desse espaço abria-se um poço, e Carter não tardou a perceber que de fato havia chegado ao abismo hiante cujos degraus bolorentos e encarquilhados desciam às criptas de pesadelo.

Horrendas são as lembranças daquela jornada no escuro em que horas passaram enquanto Carter andava às cegas, dando voltas e mais voltas pelos degraus altos e escorregadios de uma interminável espiral descendente. Tão desgastados e estreitos eram os degraus, e tão escorregadios devido à gosma no interior da Terra, que o explorador nunca sabia em que momento esperar uma súbita e apavorante queda rumo aos abismos supremos; da mesma forma, não sabia quando nem como os noctétricos guardiões poderiam atacar se de fato estivessem à postos naquela passagem primeva. Todo o ambiente estava empesteado pelo odor sufocante dos mais profundos abismos, e Carter sentiu que o ar daquelas profundezas asfixiantes não era feito para os homens. Depois de algum tempo sentiu-se entorpecido e sonolento, e continuou a andar mais por força do instinto do que por uma vontade consciente; e não percebeu mudança alguma sequer quando parou de mover-se ao ser agarrado em silêncio por trás. Carter notou que estava voando a uma velocidade impressionante quando cócegas malévolas indicaram que os borrachentos noctétricos haviam cumprido com o dever.

Ao perceber que estava nas garras frias e úmidas daqueles voadores sem rosto, Carter lembrou-se da senha dos ghouls e a tartanhou o mais alto que podia em meio ao vento e ao caos do voo. Por mais irracional que aquelas criaturas em geral sejam consideradas, o efeito foi instantâneo; pois as cócegas cessaram de repente e os noctétricos apressaram-se em pôr o refém em uma posição mais confortável. Com o ânimo renovado, Carter aventurou-se a oferecer explicações, falando sobre a captura e a tortura dos três ghouls aprisionados pelas bestas lunares e sobre a necessidade de reunir um grupo a fim de resgatá-los. Os noctétricos, embora não falassem, pareceram compreender o que dizia; e começaram a voar com ainda mais pressa e determinação. De repente as trevas deram vez ao crepúsculo cinzento da Terra interior, onde se descortinava um pouco mais adiante uma das planícies estéreis onde os ghouls adoram se agachar e roer. Lápides e fragmentos ósseos espalhados indicavam a presença dos habitantes do lugar; e quando Carter emitiu um sonoro gasganeio convocatório, vinte tocas despejaram os coriáceos moradores de aspecto canino para a superfície. Os noctétricos fizeram um voo rasante e largaram o passageiro em pé, e a seguir afastaram-se um pouco e agacharam--se em um semicírculo no chão enquanto os ghouls davam boas-vindas ao recém-chegado.

Carter tartanhou a mensagem às pressas e nos termos mais explícitos possíveis a toda a grotesca companhia; e no mesmo instante quatro ghouls desapareceram em tocas diferentes a fim de dar a notícia aos outros e reunir todas as tropas disponíveis para o resgate. Após uma longa espera um ghoul importante apareceu e fez gestos prenhes de significado que levaram dois noctétricos a alçar voo e desaparecer na escuridão. Depois houve uma sequência de aterrissagens em meio ao bando de noctétricos na planície, até que por fim o solo lodoso estivesse coberto pelas negras criaturas. Nesse ínterim novos ghouls arrastavam-se para fora das tocas um atrás do outro, todos a tartanhar freneticamente enquanto se organizavam em uma rudimentar formação de batalha junto ao bando de noctétricos. No momento oportuno surgiu o orgulhoso e influente ghoul que outrora tinha sido o artista Richard Pickman, de Boston, para quem Carter tartanhou um relato completo de tudo o que havia ocorrido. O grave Pickman, surpreso ao reencontrar o velho amigo, pareceu um tanto impressionado e convocou uma assembleia com outros chefes em um local um pouco afastado da multidão cada vez maior.

Por fim, depois de examinar as fileiras com todo o cuidado, os chefes reunidos gasganearam em uníssono e puseram-se a tartanhar ordens para as multidões de ghouls e noctétricos. Um grande destacamento dos voadores chifrudos desapareceu no mesmo instante, enquanto as demais criaturas ajoelhavam-se duas a duas com as patas dianteiras estendidas à frente enquanto aguardavam a aproximação dos ghouls, um a um. Depois de alcançar a dupla de noctétricos que lhe era designada, cada ghoul era levado e desaparecia na escuridão; e por fim toda a multidão havia desaparecido, à exceção de Carter, Pickman e os outros chefes e umas poucas duplas de noctétricos. Pickman explicou que os noctétricos são a vanguarda e as montarias de batalha dos ghouls, e que o exército estava se dirigindo a Sarkomand para combater as bestas lunares. Então Carter e os chefes dos ghouls aproximaram-se das montarias a postos e foram erguidos por patas úmidas e escorregadias. Mais um instante e tudo estava rodopiando em meio ao vento e à escuridão; para cima, cada vez mais alto, até o portão dos leões alados e as ruínas da primordial Sarkomand.

Quando, passado um longo intervalo, Carter tornou a ver a luz mortiça no céu noturno de Sarkomand, vislumbrou a grande esplanada central repleta de ghouls e noctétricos prontos para o combate. Não havia dúvidas de que o dia estava próximo; mas o exército era tão poderoso que não seria necessário contar com a vantagem de um ataque-surpresa. O clarão esverdeado próximo aos cais ainda cintilava, embora a ausência dos gasganeios dos ghouls indicasse que a tortura dos prisioneiros por ora havia acabado. Enquanto tartanhavam instruções a meia-voz para as montarias e para os noctétricos sem montadores que seguiam à frente, os ghouls ergueram-se em colunas rumorosas e avançaram pelas ruínas desoladas em direção ao fogo maligno. Carter estava ao lado de Pickman na primeira fileira dos ghouls e ao se aproximar do repulsivo acampamento percebeu que as bestas lunares estavam completamente despreparadas. Os três prisioneiros jaziam amarrados e inertes ao pé do fogo, enquanto os captores batráquios esparramavam-se ao redor, vencidos pelo sono. Os escravos humanoides também estavam adormecidos — até mesmo os sentinelas negligenciavam um dever que naquele reino devia ter parecido meramente perfunctório.

A investida final dos noctétricos e dos ghouls que os montavam foi muito repentina, e as cinzentas blasfêmias batráquias e os escravos humanoides foram todos capturados por um grupo de noctétricos sem que um único som fosse ouvido. As bestas lunares, claro, eram mudas; porém mesmo os escravos tiveram pouca chance de gritar antes que patas borrachentas obrigassem-nos ao silêncio. Terríveis foram os espasmos daquelas aberrações gelatinosas quando os noctétricos agarraram-nas, porém nada podia contra a força daquelas negras garras preênseis. Quando uma besta lunar agitava-se com excessiva violência, os noctétricos agarravam um dos frementes tentáculos cor-de-rosa e davam-lhe um forte puxão, que parecia doer a ponto de fazer com que a vítima parasse de se debater. Carter estava preparado para testemunhar uma carnificina, mas descobriu que os ghouls tinham planos bem mais sutis. Tartanharam ordens simples aos noctétricos que se ocupavam dos reféns e deixaram o resto a cargo do instinto; e logo as infelizes criaturas foram levadas em silêncio rumo ao Grande Abismo para serem distribuídas irmãmente entre bholes, gugs, ghasts e outros habitantes da escuridão cujos hábitos alimentares não são nada indolores para as vítimas. Nesse meio-tempo os três prisioneiros foram desamarrados e consolados pelos companheiros vitoriosos, enquanto vários grupos empreendiam buscas nos arredores à procura de bestas lunares remanescentes e subiam a bordo da malcheirosa galé negra no cais para garantir que nada houvesse escapado à derrota geral. Com certeza a captura fora completa; pois nenhum outro sinal de vida foi encontrado pelos vencedores. Carter, ansioso por preservar uma via de acesso ao restante das terras oníricas, insistiu em que não afundassem a galé ancorada — uma solicitação prontamente atendida como um gesto de gratidão pela denúncia dos suplícios impostos ao trio de prisioneiros. No navio foram encontrados estranhos objetos e enfeites, alguns dos quais Carter lançou no mesmo instante ao mar.

Ghouls e noctétricos dividiram-se em grupos separados, e os primeiros começaram a questionar os reféns acerca de acontecimentos passados. Tudo indicava que os três houvessem acatado as instruções de Carter e seguido desde o bosque encantado até Dylath-Leen, passando por Nir e pelo Skai, roubando vestes humanas em uma fazenda solitária e imitando da melhor forma possível a maneira de caminhar dos homens. Nas tavernas de Dylath-Leen os rostos e os modos grotescos das criaturas deram azo a inúmeros comentários; mas o trio continuou a fazer perguntas sobre o caminho a Sarkomand até que um velho viajante os esclarecesse. Assim, descobriram que apenas um navio com destino a Lelag-Leng serviria a esse propósito e decidiram aguardar pacientemente uma embarcação.

Porém sem dúvida espiões malignos haviam denunciado aquelas presenças, pois dentro de pouco tempo uma galé negra aportou e os mercadores de rubis com boca larga convidaram os ghouls para beber em uma taverna. Vinho foi servido de uma daquelas sinistras garrafas entalhadas em um único rubi, e dentro de pouco tempo os ghouls viram-se aprisionados na galé negra como antes sucedera a Carter. Dessa vez, no entanto, os remadores invisíveis não conduziram o navio à lua, mas à antiga Sarkomand — sem dúvida a fim de levar os prisioneiros à presença do alto sacerdote que não deve ser descrito. Ao singrar as águas do mar boreal, o navio deteve-se na rocha escarpada que instilava medo nos marinheiros de Inganok, onde os ghouls viram pela primeira vez os verdadeiros mestres da embarcação; e, apesar dos próprios hábitos insalubres, ficaram nauseados com aqueles extremos de informidade maligna e odor repugnante. Lá também descobriram os inomináveis passatempos da guarnição de criaturas batráquias — passatempos responsáveis pelos uivos que os homens temem. Depois veio o desembarque em meio às ruínas de Sarkomand e o início das torturas, cujo prosseguimento foi impedido pelo resgate.

A seguir foram discutidos os planos para o futuro, quando os três ghouls resgatados sugeriram uma invasão da rocha escarpada e o extermínio da guarnição batráquia. Os noctétricos fizeram objeções, uma vez que o prospecto de voar sobre a água não os agradava. A maioria dos ghouls foi a favor do plano, mas não sabia como implementá-lo sem a ajuda dos noctétricos alados. Nesse ponto Carter, ao ver que os ghouls não poderiam navegar a galé ancorada, ofereceu-se para ensiná-los a usar as grandes ordens de remos, e a proposta foi aceita de imediato. Um dia cinzento havia raiado, e sob o plúmbeo céu boreal um seleto destacamento de ghouls adentrou o abjeto navio e postou-se nos bancos dos remadores. Carter descobriu que as criaturas aprendiam depressa, e antes que a noite caísse arriscou vários percursos experimentais nos arredores do porto. No entanto, apenas depois de três dias julgou que seria prudente lançar-se à viagem da conquista. Com os remadores treinados e os noctétricos postados em segurança no castelo de proa, o grupo enfim zarpou, enquanto Pickman e os outros chefes reuniam-se no convés para discutir o método de aproximação e ataque.

Na primeira noite os uivos vindos do escolho fizeram-se ouvir. O timbre fez com que a tripulação da galé tremesse a olhos vistos; porém quem mais estremeceu foram os três ghouls resgatados, que conheciam o significado preciso daqueles uivos. Foi decidido que seria melhor evitar um ataque à noite, e assim o navio atravessou as velas sob as nuvens fosforescentes à espera da aurora cinzenta. Quando a luz tornou-se suficiente e os uivos cessaram os remadores puseram-se mais uma vez a trabalhar, e a galé aproximou-se cada vez mais da rocha escarpada cujos pináculos de granito estendiam-se como garras fantásticas rumo ao céu mortiço. As laterais do escolho eram demasiado íngremes; mas em saliências rochosas aqui e acolá viam-se as paredes de estranhas habitações sem janelas e os balaústres que guarneciam os caminhos mais elevados. Nenhuma embarcação humana jamais havia se aproximado tanto do lugar, ou pelo menos jamais havia se aproximado tanto e retornado; mas Carter e os ghouls permaneceram impávidos e seguiram adiante, dando a volta pela face oriental do escolho e procurando os cais mais ao sul que, segundo o trio resgatado, localizavam-se no interior de um porto formado por altos promontórios.

Os promontórios eram extensões da própria ilha, e chegavam tão perto uns dos outros que apenas um navio poderia passar de cada vez. Não parecia haver sentinelas à vista, e assim a galé foi conduzida com determinação através do estreito e ao interior do fétido e estagnado porto mais além. Lá, no entanto, havia movimento e atividade; diversos navios portavam pela âncora ao longo de um formidável cais de pedra, e dezenas de escravos humanoides e bestas lunares na zona portuária transportavam caixas e caixotes ou conduziam horrores inomináveis e fabulosos atrelados a ponderosos carroções. Havia um pequeno vilarejo de pedra construído com o material extraído do penhasco vertical que dominava os cais e o princípio de uma estrada serpenteante que espiralava em direção às mais altas saliências do escolho. O que poderia haver no interior daquele prodigioso pico de granito, ninguém saberia dizer, mas as coisas que se viam e ouviam do lado de fora não eram nem um pouco encorajadoras.

Ao ver a galé que se aproximava, a turba nos cais demonstrou entusiasmo; os que tinham olhos observavam o navio de perto, e os que não tinham fremiam os tentáculos rosados de expectativa. Não haviam percebido a troca no comando do navio preto; pois os ghouls são bastante parecidos com os humanoides dotados de chifres e cascos, e os noctétricos estavam escondidos no convés. Nesse ponto os líderes tinham um plano detalhado, que consistia em soltar os noctétricos assim que chegassem ao cais e afastar-se no mesmo instante, para que o assunto fosse resolvido pelos instintos daquelas criaturas quase irracionais. Uma vez abandonados no escolho, a primeira providência dos voadores chifrudos seria agarrar todas as coisas vivas que encontrassem, e depois, dominados pelo instinto de voltar para casa, esqueceriam o medo da água e retornariam voando a toda a velocidade para o abismo, levando as presas abjetas a um destino apropriado no escuro, de onde poucas sairiam com vida.

O ghoul que outrora havia sido Pickman desceu ao convés para dar as instruções aos noctétricos enquanto o navio se aproximava dos agourentos e malcheirosos cais. Fez-se um burburinho na zona portuária, e Carter percebeu que a movimentação do navio havia começado a levantar suspeitas. Era evidente que o timoneiro não estava rumando para a doca correta, e provavelmente os observadores tinham percebido a diferença entre os horrendos ghouls e os escravos humanoides cujo lugar ocupavam. Um alarme silencioso deve ter soado, pois quase no mesmo instante uma horda de mefíticas bestas lunares começou a derramar-se pelas pequenas portas negras das casas sem janelas e a descer a estrada serpenteante à direita. Uma saraivada de curiosos dardos atingiu a galé assim que a proa chegou ao cais, alvejando dois ghouls e ferindo de leve um terceiro; porém nesse ponto todas as escotilhas foram abertas para dar passagem a uma nuvem negra de rumorosos noctétricos que enxamearam por toda a cidade como uma revoada de morcegos chifrudos e ciclópicos.

As gelatinosas bestas lunares haviam providenciado uma longa vara e tentavam empurrar o navio invasor para longe, mas com a investida dos noctétricos abandonaram a iniciativa. Era um espetáculo terrível ver aqueles fazedores de cócegas borrachentos e sem rosto desfrutando um passatempo, e causava uma impressão tremenda ver a densa nuvem das criaturas alastrar-se pelo vilarejo e subir pela estrada serpenteante. Às vezes um grupo dos voadores negros largava um prisioneiro batráquio por engano em pleno voo, e a maneira como a vítima estourava ao cair era um atentado à visão e ao olfato. Quando o último dos noctétricos saiu da galé os líderes dos ghouls deram a ordem de bater em retirada, e os remadores afastaram-se silenciosamente do porto entre os promontórios cinzentos enquanto o vilarejo mergulhava no caos da batalha e da conquista.

O ghoul que outrora havia sido Pickman dispôs de várias horas até que os noctétricos tomassem uma decisão em suas mentes rudimentares e vencessem o medo de atravessar o mar voando, e manteve a galé a cerca de uma milha da rocha escarpada enquanto aguardava e aplicava bandagens nos homens feridos. A noite caiu e o crepúsculo cinzento deu lugar à fosforescência mortiça das nuvens baixas, e durante o tempo inteiro os líderes observavam com atenção os sobranceiros picos do escolho maldito buscando sinais do voo dos noctétricos. Quase pela manhã um pontinho negro planou timidamente acima do mais elevado pináculo, e logo depois o pontinho transformou-se em um enxame. Pouco antes da aurora o enxame pareceu espalhar-se, e dentro de quinze minutos havia desaparecido por completo no horizonte a nordeste. Por uma ou duas vezes algo pareceu cair do enxame disperso nas águas do mar; mas Carter não sentiu nenhum tipo de apreensão, pois sabia que as bestas lunares de aspecto batráquio não sabem nadar. Por fim, quando os ghouls convenceram-se de que todos os noctétricos haviam retornado para Sarkomand e para o Grande Abismo com as vítimas condenadas, a galé retornou ao porto por entre os promontórios cinzentos; e toda a horrenda companhia foi a terra e desbravou a rocha nua protegida por torres e pináculos e fortalezas cinzeladas em pedra sólida.

Terríveis foram os segredos desvendados nessas malignas criptas sem janelas; pois os restos dos joguetes abandonados eram muitos, e apresentavam-se em diversos estágios de decadência em relação ao estado original. Carter acabou com algumas coisas remanescentes que ainda estavam vivas de certa forma e fugiu às pressas de outras em relação às quais não pôde ter certeza. Muitas das casas fétidas eram mobiliadas com grotescos bancos entalhados em madeira lunar e ornadas com pinturas de desenhos frenéticos e inomináveis. Inúmeras armas, implementos e enfeites espalhavam-se ao redor, incluindo grandes ídolos de rubi sólido que representavam criaturas singulares inexistentes na Terra. Estas últimas, apesar do material em que eram feitas, não despertavam nenhuma vontade de posse ou de exame prolongado; e Carter deu-se o trabalho de reduzir cinco exemplares a estilhaços com um martelo. Juntou as lanças e os dardos espalhados ao redor e, com a aprovação de Pickman, distribuiu-os entre os ghouls. Essas armas eram novidade para os trotadores caninos, porém a relativa simplicidade permitiu que aprendessem a usá-las depois de ouvirem uns poucos conselhos sucintos.

As regiões superiores do escolho abrigavam mais templos do que residências, e em diversas câmaras foram encontrados terríveis altares entalhados e fontes com máculas duvidosas e templos para a adoração de coisas mais monstruosas do que os deuses suaves no alto de Kadath. Nos fundos do grande templo estendia-se uma passagem negra e baixa, por onde Carter seguiu rumo ao interior da rocha de archote em punho até chegar a um saguão abobadado de enormes proporções, com arcadas recobertas por entalhes demoníacos e em cujo centro escancarava-se um fétido poço sem fundo como aquele no horrendo monastério de Leng, onde sozinho medita o alto sacerdote que não deve ser descrito. Na distante extremidade ensombrecida, para além do poço abjeto, imaginou ter visto uma estranha porta lavrada em bronze; mas por alguma razão sentiu um pavor indescritível ao pensar em abri-la ou mesmo em se aproximar dela, e voltou às pressas pela galeria a fim de reencontrar os repugnantes aliados que cambaleavam ao redor com uma tranquilidade e um abandono que o próprio Carter mal conseguia sentir. Os ghouls tinham assistido ao passatempo inconcluso das bestas lunares e dele extraído todo o proveito que podiam. Também haviam encontrado um barril do forte vinho lunar, que estava sendo levado até os cais para o transporte e mais tarde para o posterior uso em negociações diplomáticas — embora os três prisioneiros resgatados, ao lembrarem-se do efeito que o vinho teve em Dylath-Leen, houvessem pedido aos demais ghouls da companhia que não o degustassem. Havia rubis lunares brutos e lapidados em grande quantidade em uma das arcadas próximas à água; mas quando os ghouls descobriram que não eram comestíveis perderam todo o interesse pelo achado. Carter não tentou levá-los consigo, pois sabia coisas demais a respeito dos seres que os haviam minado.

De repente ouviu-se o gasganeio entusiasmado de todos os sentinelas nos cais, e todos os repugnantes ghouls necrófagos pararam o que estavam fazendo para olhar em direção ao oceano e reunir-se na zona portuária. Em meio aos promontórios cinzentos uma outra galé negra aproximou-se a grande velocidade, e dentro de poucos instantes os humanoides no convés perceberiam a invasão do vilarejo e soariam o alarme para as coisas monstruosas que se escondiam sob o convés. Por sorte os ghouls ainda empunhavam as lanças e dardos que Carter havia distribuído; e a um comando do viajante, corroborado pelo ser que outrora havia sido Pickman, organizaram uma fileira pronta para bater-se em combate e impedir que o navio aportasse. Logo uma intensa movimentação na galé revelou que haviam descoberto a recente mudança no estado de coisas, e a parada imediata da embarcação demonstrou que a superioridade numérica dos ghouls fora percebida e levada em conta. Passado um momento de hesitação os recém-chegados deram meia-volta em silêncio e deixaram os promontórios cinzentos para trás, mas nem por um instante os ghouls imaginaram que o conflito seria evitado. Ou a galé negra buscaria reforços, ou a tripulação tentaria aportar em outro ponto da ilha; e assim um grupo de batedores foi enviado ao pináculo para ver qual seria o curso do inimigo.

Dentro de poucos momentos um ghoul arquejante retornou com notícias de que as bestas lunares e os humanoides estavam desembarcando junto ao mais oriental dos escarpados promontórios cinzentos e subindo por caminhos e saliências rochosas que até um cabrito teria dificuldade para galgar em segurança. Quase no mesmo instante a galé tornou a ser avistada no estreito, mas apenas por um relance fugaz. Então, passados alguns momentos, um segundo mensageiro arquejante chegou para dizer que mais um grupo estava desembarcando em outro promontório e que ambos eram bem mais numerosos do que o tamanho da galé permitiria supor. O navio, que se deslocava com lentidão devido ao número reduzido de remadores, logo surgiu em meio aos penhascos e atravessou as velas naquele porto fétido como que para assistir à escaramuça iminente e manter-se a postos em caso de necessidade.

A essa altura Carter e Pickman haviam dividido os ghouls em três grupos — dois que iriam ao encontro das colunas de invasores e um que permaneceria no vilarejo. Os primeiros dois não tardaram a escalar as rochas nas respectivas direções, enquanto o terceiro foi subdividido em um grupo terrestre e um grupo marítimo. O grupo marítimo, comandado por Carter, subiu a bordo do navio ancorado e remou ao encontro da subtripulada galé dos recém-chegados; e em seguida esta última embarcação recuou pelo estreito e voltou a alto-mar. Carter preferiu não iniciar uma perseguição, pois sabia que seria mais necessário nos arredores do vilarejo.

Nesse meio-tempo os terríveis destacamentos de bestas lunares e humanoides tinham se arrastado até o alto dos promontórios, e naquele instante projetavam silhuetas horrendas em ambos os lados do escolho com o crepúsculo cinzento ao fundo. As estridentes flautas infernais dos invasores haviam começado a soar, e o efeito geral daquelas procissões híbridas e semiamorfas era tão nauseante quanto o odor exalado pelos horrores lunares de aspecto batráquio. Logo os dois grupos de ghouls reapareceram e juntaram-se à silhueta do panorama. Dardos começaram a voar de ambos os lados, e os gasganeios cada vez mais altos dos ghouls, somados aos uivos bestiais dos humanoides, aos poucos se juntaram aos lamentos das flautas para culminar em um frenético e indescritível caos de cacofonia demoníaca. De vez em quando corpos despencavam das estreitas cristas dos promontórios rumo ao mar ou ao porto, sendo neste último caso tragados às pressas por certos predadores submarinos cuja presença era indicada apenas por borbulhas prodigiosas.

Por meia hora a dupla batalha acirrou-se nas alturas, até que os invasores fossem completamente aniquilados no promontório a oeste. A leste, no entanto, onde o líder das bestas lunares parecia estar presente, os ghouls não se saíram tão bem, e aos poucos retrocederam até as encostas do pináculo. Pickman havia mandado reforços dessa frente de batalha para o grupo que estava no vilarejo, e esses reforços foram de grande ajuda nos primeiros estágios do combate. Então, quando a batalha a ocidente se encerrou, os sobreviventes vitoriosos apressaram-se em ajudar os colegas em apuros, virando a maré e obrigando os invasores a voltar pela estreita crista do promontório. Os humanoides estavam todos mortos a essa altura, mas os últimos horrores batráquios lutavam desesperadamente com enormes lanças empunhadas nas robustas e asquerosas garras. Os dardos já haviam quase chegado ao fim, e a luta transformou-se em um combate mano a mano contra os poucos lanceiros que puderam se reunir na estreita crista.

À medida que a fúria e a imprudência aumentavam, o número de feridos que caía ao mar crescia. Os que despencavam no porto sucumbiam à extinção inominável dos borbulhadores invisíveis, mas os que despencavam no mar conseguiam nadar até os penhascos e alcançar os baixios enquanto a galé inimiga resgatava diversas bestas lunares. A não ser no ponto onde os monstros haviam desembarcado os penhascos eram inescaláveis, e assim nenhum dos ghouls nas rochas pôde se reunir à linha de batalha. Alguns foram mortos por dardos da galé hostil ou das bestas lunares lá no alto, mas uns poucos sobreviveram até o resgate. Quando a segurança dos grupos em terra parecia garantida, a galé de Carter avançou por entre os promontórios e afastou o navio inimigo em direção ao mar, fazendo paradas a fim de resgatar os ghouls que estavam sobre a rocha ou nadando no oceano. Diversas bestas lunares arrastadas de encontro às rochas ou aos recifes foram rapidamente liquidadas.

Por fim, quando a galé das bestas lunares estava a uma distância segura e o exército invasor concentrava-se em um único ponto, Carter desembarcou uma força considerável no promontório oriental, na retaguarda do inimigo; e após essa manobra a batalha durou muito pouco. Atacadas por ambos os lados, as criaturas abjetas foram rapidamente cortadas em pedaços e empurradas em direção ao mar, e ao entardecer os chefes dos ghouls declararam que a ilha estava livre do inimigo. A galé hostil havia desaparecido nesse meio-tempo; e foi decidido que seria melhor evacuar a maligna rocha escarpada antes que uma horda invencível de horrores lunares pudesse se reunir e avançar contra os vencedores.

À noite, Pickman e Carter reuniram todos os ghouls e, depois de os contarem com todo cuidado, descobriram que mais de um quarto do exército fora perdido nas batalhas do dia. Os feridos foram acomodados em beliches na galé, uma vez que Pickman desencorajava o velho costume ghoul de matar e comer os próprios feridos; e os soldados ilesos foram mandados aos remos e a outros lugares onde pudessem ser úteis. Sob as baixas nuvens fosforescentes da noite a galé partiu, e Carter não lamentou deixar para trás aquela ilha de segredos insalubres cujo escuro saguão abobadado com um poço sem fundo e uma repugnante porta de bronze não paravam de assombrar-lhe os pensamentos. Quando a aurora raiou a tripulação pôde avistar os arruinados cais basálticos de Sarkomand, onde uns poucos noctétricos permaneciam de guarda, agachados como sombrias gárgulas chifrudas no alto das colunas quebradas e das esfinges decrépitas na terrível cidade que tinha vivido e morrido antes da era do homem.

Os ghouls acamparam em meio às pedras desabadas de Sarkomand e despacharam um mensageiro para solicitar aos noctétricos que lhes servissem de montaria. Pickman e os demais chefes agradeceram efusivamente a ajuda de Carter; e Carter percebeu que o plano estava amadurecendo bem e que poderia valer-se da ajuda daqueles terríveis aliados não apenas para deixar aquela parte das terras oníricas, mas também para levar adiante a busca suprema pelos deuses no alto da desconhecida Kadath e pela cidade ao pôr do sol que por estranhos motivos esses mesmos deuses negavam-lhe. Dando seguimento ao plano, Carter discutiu esses assuntos com os líderes dos ghouls, dizendo que sabia da existência da devastação gelada onde se estende Kadath e dos monstruosos shantaks e das montanhas entalhadas em imagens de duas cabeças que a guardam. Falou sobre o medo que os shantaks tinham dos noctétricos, e sobre como os vastos pássaros hipocéfalos fogem aos gritos das tocas negras no alto dos lúgubres picos cinzentos que separam Inganok da odiosa Leng. Falou também sobre as coisas que tinha aprendido a respeito dos noctétricos nos afrescos do monastério sem janelas do alto sacerdote que não deve ser descrito; e disse que até mesmo os Grandes Deuses os temem, e que o senhor dos noctétricos não é o caos rastejante Nyarlathotep, mas o encanecido e imemorial Nodens, Senhor do Grande Abismo.

Todas essas coisas Carter tartanhou para a assembleia de ghouls, e em seguida fez menção ao pedido que tinha em mente, e que não lhe parecia extravagante em vista dos serviços que havia acabado de prestar aos trotadores borrachentos e caninos. Afirmou que desejava os serviços de um número de noctétricos suficiente para levá-lo voando em segurança aos confins do reino dos shantaks e das montanhas entalhadas, rumo à devastação gelada muito além da trilha de retorno de qualquer outro mortal. Desejava voar até o castelo de ônix no alto da desconhecida Kadath na devastação gelada para suplicar aos Grandes Deuses pela cidade ao pôr do sol que lhe era negada, e tinha certeza de que os noctétricos poderiam levá-lo até lá sem nenhum problema, pairando acima dos perigos da planície e sobrevoando as horrendas cabeças duplas das montanhas entalhadas como sentinelas que permanecem eternamente agachadas no crepúsculo cinzento. As criaturas chifrudas e sem rosto não poderiam temer nenhuma entidade terrena, uma vez que eram temidas pelos próprios Grandes Deuses. E mesmo que coisas inesperadas viessem dos Outros Deuses, que são propensos a supervisionar os assuntos dos deuses suaves da Terra, os noctétricos não teriam o que temer; pois os infernos siderais são indiferentes para voadores silenciosos e escorregadios que não servem a Nyarlathotep, mas curvam-se apenas diante do poderoso e arcaico Nodens.

Uma revoada de dez ou quinze noctétricos, tartanhou Carter, com certeza seria suficiente para manter qualquer número de shantaks à distância; embora talvez fosse melhor ter ghouls no grupo a fim de manejar as criaturas, uma vez que os hábitos dos noctétricos eram mais conhecidos pelos ghouls do que pelos homens. O grupo poderia aterrissar em um local conveniente além de quaisquer muros que pudessem circundar a fabulosa cidadela de ônix e lá permanecer na sombra, à espera de um sinal, enquanto ele se aventurava ao interior do castelo para fazer orações aos deuses da Terra. Se os ghouls quisessem acompanhá-lo à sala do trono dos Grandes Deuses, Carter ficaria muito agradecido, pois essa presença haveria de conferir mais peso e mais importância à súplica. Mesmo assim, não insistiria em relação a esse assunto, e desejava simplesmente o transporte de ida e de volta até o castelo no alto da desconhecida Kadath; a jornada final seria ou à maravilhosa cidade ao pôr do sol, caso os deuses se mostrassem favoráveis, ou de volta ao Portão do Sono Profundo no bosque encantado, caso as preces não dessem frutos.

Enquanto Carter falava todos os ghouls escutavam com profunda atenção, e passados alguns instantes o céu se obscureceu com a revoada de noctétricos convocados pelos mensageiros. Os horrores alados dispuseram-se em semicírculo ao redor do exército de ghouls, esperando respeitosamente enquanto os chefes caninos avaliavam o pedido do viajante terreno. O ghoul que outrora havia sido Pickman tartanhou em tom grave com os semelhantes, e no fim Carter recebeu mais do que havia esperado a princípio. Assim como tinha ajudado os ghouls a derrotar as bestas lunares, os ghouls haveriam de ajudá-lo na ousada viagem a reinos de onde ninguém jamais havia retornado; e colocariam à disposição não apenas alguns dos noctétricos aliados, mas todo o exército reunido, com ghouls veteranos e noctétricos recém-chegados, à exceção de uma pequena guarnição que cuidaria da galé negra capturada e dos espólios recolhidos naquela rocha escarpada em alto-mar. Dispuseram-se a rasgar os ares no momento que Carter escolhesse, e em Kadath um grupo de ghouls poderia acompanhá-lo durante a petição perante os deuses terrestres no castelo de ônix.

Movido por uma gratidão e um contentamento para além das palavras, Carter começou a traçar os planos para a audaciosa viagem com os líderes dos ghouls. Foi decidido que o exército voaria a uma grande altitude por cima da horrenda Leng com o monastério inominável e os malignos vilarejos de pedra, parando apenas nos vastos picos cinzentos a fim de confabular com os noctétricos que assustavam os shantaks cujas galerias atravessavam aqueles pináculos longínquos. Então, dependendo dos conselhos que recebessem dessas criaturas, decidiriam o percurso final; ou chegariam a Kadath pelo deserto de montanhas entalhadas a norte de Inganok, ou pelas terras mais ao norte da repulsiva Leng. Por mais caninos e desalmados que fossem, os ghouls e os noctétricos não temiam as revelações daqueles desertos inexplorados; tampouco sentiam-se desencorajados pelo espanto causado por Kadath, que se erguia solitária com o misterioso castelo de ônix.

Por volta do meio-dia os ghouls e os noctétricos prepararam-se para alçar voo, e cada ghoul escolheu um par de montarias chifrudas para carregá-lo. Carter assumiu um lugar próximo à dianteira de uma coluna ao lado de Pickman, e a linha de frente foi deixada a cargo de uma dupla fileira de noctétricos que fazia as vezes de vanguarda. Quando Pickman gasganeou, todo o chocante exército ergueu-se em uma nuvem digna de um pesadelo acima das colunas quebradas e das esfinges decrépitas da primordial Sarkomand, cada vez mais alto, até que o enorme penhasco de basalto atrás do vilarejo fosse transposto e o frio e estéril platô de Leng se descortinasse mais adiante. A hoste negra subiu ainda mais alto, até que o platô se tornasse pequeno lá embaixo; e, à medida que avançavam rumo ao norte por aquele platô de horror açoitado pelo vento, Carter mais uma vez vislumbrou com um calafrio o círculo de rústicos monólitos e atarracadas construções sem janelas que abrigavam a pavorosa blasfêmia com máscara de seda de cujas garras havia escapado por um triz. Dessa vez o exército não reduziu a altitude ao passar como uma revoada de morcegos por sobre o panorama estéril, deixando para trás os tênues fogos dos insalubres vilarejos de pedra sem deter-se para examinar os humanoides dotados de chifres e cascos que dançam e cantam por toda a eternidade. Em dado momento avistaram um pássaro shantak que fazia um voo rasante sobre a planície, mas quando viu o exército que se aproximava o shantak gritou e fugiu para o norte em um pânico grotesco.

Ao entardecer, o exército chegou aos escarpados picos cinzentos que formam a barreira de Inganok e planou acima das estranhas cavernas próximas aos cumes que tanto pavor haviam inspirado nos shantaks. A um gasganeio insistente dos líderes ghouls um enxame de negros voadores chifrudos saiu de cada uma das altaneiras tocas; e nesse momento os ghouls e os noctétricos do grupo enfim confabularam valendo-se de feios gestos. Logo se tornou claro que o melhor curso a seguir seria pela devastação gelada ao norte de Inganok, pois as regiões mais setentrionais de Leng são repletas de armadilhas invisíveis que desagradam até mesmo aos noctétricos; influências abismais concentram-se no alto de estranhos outeiros em certas construções hemisféricas brancas, que o folclore associa de maneira nem um pouco agradável com os Outros Deuses e o caos rastejante Nyarlathotep.

Quanto a Kadath, os voadores dos cumes quase nada sabiam, a não ser que devia haver um portento espantoso em direção ao norte, onde os shantaks e as montanhas entalhadas ficam de guarda. Fizeram insinuações acerca das supostas anomalias nas proporções das léguas inexploradas que se estendiam mais além e recordaram vagos sussurros a respeito de uma terra onde a noite reina eterna; mas não tinham nenhuma informação concreta a oferecer. Carter e o grupo agradeceram; e, depois de transpor os mais altos pináculos de granito rumo aos céus de Inganok, desceram ao nível das fosforescentes nuvens noturnas e vislumbraram no horizonte as terríveis gárgulas agachadas que tinham sido montanhas até que uma mão titânica entalhasse o medo na rocha virgem.

Lá estavam, agachadas em um semicírculo infernal, com as pernas na areia do deserto e as mitras espetadas nas nuvens luminosas; sinistras, lupinas e bicéfalas, com semblantes enfurecidos e a destra erguida, vigiando com monotonia e malignidade os limites do mundo humano e guardando com horror as terras de um gélido mundo boreal que não pertence ao homem. No terrível regaço das gárgulas erguiam-se maléficos shantaks de porte elefantino que fugiram com gorjeios ensandecidos quando a vanguarda de noctétricos foi avistada em meio às névoas celestes. Rumo ao norte e acima das gárgulas montanhosas o exército voou, e por léguas e mais léguas de deserto indefinido nenhum ponto de referência foi avistado. As nuvens tornaram-se cada vez mais esparsas, até que por fim Carter não visse nada além da escuridão ao redor; porém as montarias aladas não hesitaram por um instante sequer, pois habitavam as mais negras criptas terrestres e enxergavam não com os olhos, mas com toda a superfície úmida dos corpos escorregadios. Seguiram sempre avante, em meio a ventos de cheiro duvidoso e a sons de significado dúbio; cada vez envoltos por uma escuridão mais profunda, e cobrindo distâncias tão prodigiosas que Carter se perguntou se ainda poderiam estar nos limites das terras oníricas de nosso planeta.

Porém de repente as nuvens dispersaram-se e as estrelas reluziram com um brilho espectral no firmamento. Lá embaixo tudo estava mergulhado na escuridão, mas pálidos fachos no céu pareciam estar investidos de um significado e de uma importância que jamais haviam possuído em outra parte. Não que as figuras das constelações houvessem mudado; porém os mesmos contornos familiares pareciam revelar naquele instante um significado que até então permanecera obscuro. Tudo apontava para o norte; cada curva e cada asterismo do firmamento cintilante tornaram-se parte de um enorme desenho cuja função era impelir adiante primeiro o olhar e depois o observador rumo a um sigiloso e terrível objetivo de convergência para além da desolação gelada que se estendia infinitamente adiante. Carter olhou para o leste, onde a grande cordilheira de picos intransponíveis havia sobranceado durante todo o trajeto ao longo de Inganok, e mais uma vez percebeu, delineada contra as estrelas, uma silhueta escarpada que revelava a continuidade daquela presença. Parecia ainda mais acidentada naquele ponto, com enormes rachaduras e pináculos fantasticamente erráticos; e Carter estudou de perto os sugestivos volteios e traçados do grotesco contorno, que parecia compartilhar com as estrelas um sutil anseio pelo norte.

Estavam voando a uma velocidade extrema, e o observador precisou olhar com atenção a fim de captar todos os detalhes; e de repente vislumbrou, logo acima dos picos mais altos, um objeto negro que se delineava contra as estrelas e cujo trajeto correspondia de maneira exata àquele descrito pelo bizarro grupo a que pertencia. Os ghouls também o haviam percebido, pois Carter escutou tartanhos discretos ao redor e, por um instante, imaginou que o objeto fosse um gigantesco shantak, de estatura vastamente superior à dos espécimes habituais. Logo, no entanto, percebeu que a teoria carecia de sustentação; pois o vulto da coisa que pairava acima das montanhas não era o de um pássaro hipocéfalo. A silhueta delineada pelas estrelas ao fundo, necessariamente vaga, sugeria antes uma colossal e mitrada cabeça, ou parelha de cabeças, ampliada a proporções infinitas; e o rápido voo que empreendia pelo firmamento dava a singular impressão de que prescindia de asas. Carter não conseguiu estabelecer em que lado das montanhas encontrava-se o vulto, mas logo notou que tinha mais partes além das primeiras que tinha avistado, uma vez que obscurecia todas as estrelas em pontos onde a cordilheira apresentava profundas divisões.

Então veio uma ampla falha na cordilheira, onde as medonhas terras da transmontana Leng juntavam-se à devastação gelada do lado em que o viajante se encontrava graças a um desfiladeiro por onde as estrelas projetavam um brilho tênue. Carter observou a falha com profunda atenção, sabendo que poderia ver, delineadas contra o firmamento, as partes inferiores da vasta criatura que executava um voo ondulante por sobre os pináculos. O objeto avançou um pouco, e todos os olhos do grupo fixaram-se na colossal rachadura que a qualquer momento revelaria a silhueta completa. Aos poucos aquela coisa gigantesca acima dos picos aproximou-se da falha depois de reduzir um pouco a velocidade, como se estivesse consciente de ter deixado para trás o exército de ghouls. Houve mais um momento de profundo suspense, e então veio o breve instante em que a silhueta completa se revelou, trazendo aos lábios dos ghouls um gasganeio de temor cósmico sufocado a duras penas e à alma do viajante um calafrio que jamais a abandonou por completo. Pois a forma colossal que pairava sobre a cordilheira era apenas uma cabeça — uma dupla cabeça mitrada — abaixo da qual, na terrível vastidão, corria o horrendo corpo túmido que a sustentava; a monstruosidade com a altura de uma montanha que andava em silêncio com passos furtivos; a distorção hienídea de uma gigantesca forma humanoide que trotava envolta em trevas com o céu ao fundo enquanto o par de cabeças mitradas alçava-se rumo ao zênite.

Carter não perdeu a consciência ou sequer gritou, pois era um sonhador experiente; mas olhou para trás tomado pelo horror e estremeceu ao ver que as silhuetas de outras cabeças monstruosas começavam a se delinear acima dos picos, balançando discretamente atrás da primeira. Na retaguarda, outros três daqueles opulentos vultos montanhosos foram avistados com as estrelas austrais ao fundo, avançando com passos lupinos e balançando as enormes mitras a milhares de metros de altura. As montanhas entalhadas não haviam permanecido agachadas naquele rígido semicírculo ao norte de Inganok com as destras erguidas. Tinham deveres a cumprir, e não eram relapsas. Porém era terrível que não falassem e que jamais fizessem um único som, mesmo ao caminhar.

Nesse meio-tempo o ghoul que outrora havia sido Pickman tartanhou uma ordem para os noctétricos, e todo o exército alçou-se a grandes alturas. A coluna disparou rumo às estrelas até que nada mais pudesse ser visto no firmamento; nem a cinzenta cordilheira de granito que permanecia imóvel nem as montanhas entalhadas e mitradas que caminhavam. Tudo estava envolto em trevas quando as legiões aladas investiram rumo ao norte em meio a ventos cortantes e risadas invisíveis no éter, e em nenhum momento um shantak ou qualquer outra entidade nefanda ergueu-se da desolação assombrada para dar início a uma perseguição. Quanto mais longe iam, mais depressa avançavam, e logo a velocidade alucinante pareceu ultrapassar a da bala de um rifle para aproximar-se à de um planeta girando em torno da própria órbita. Carter perguntou-se como, àquela velocidade, o terreno continuava a se estender lá embaixo, porém sabia que na terra dos sonhos as dimensões têm estranhas propriedades. Tinha certeza de que estavam em um reino de noite eterna, e imaginou que as constelações no firmamento tivessem enfatizado sutilmente a orientação ao norte, como se estivessem erguendo-se a fim de lançar o exército voador rumo ao vazio do polo boreal, como uma bolsa virada do avesso para expulsar o último resquício de substância lá dentro.

Então Carter percebeu aterrorizado que as asas dos noctétricos haviam parado de bater. As montarias chifrudas e sem rosto haviam dobrado os apêndices membranosos e permaneciam numa atitude passiva em meio ao caos de vento que ria e rodopiava enquanto os impelia adiante. Uma força extraterrena havia capturado o exército, e tanto os ghouls como os noctétricos viram-se impotentes diante de um vórtice que os empurrava de maneira implacável e ensandecida rumo ao norte de onde nenhum mortal jamais havia retornado. Por fim surgiu no horizonte à frente uma pálida luz solitária, que se erguia cada vez mais à medida que se aproximavam e tinha abaixo de si uma massa negra que obscurecia as estrelas. Carter percebeu que devia ser alguma espécie de farol em uma montanha, pois apenas uma montanha poderia se erguer tão vasta a ponto de ser visível mesmo de uma altura tão prodigiosa.

Cada vez mais alto se ergueram a luz e a escuridão abaixo, até que metade do céu boreal fosse obscurecida pela colossal escarpa cônica. Por mais alto que o exército estivesse voando, o clarão pálido e sinistro erguia-se sempre mais alto, dominando monstruosamente todos os picos e proporções terrenas enquanto provava do éter despido de átomos em que a lua críptica e os planetas insanos rodopiam. A montanha que assomava à frente não era conhecida por homem nenhum. As mais altas nuvens sob a horda voadora não eram mais do que um tapete para o sopé da montanha. A vertigem do ar rarefeito não era mais do que um cinturão para seu ventre. A ponte entre a terra e o céu erguia-se zombeteira e espectral enquanto negrejava em meio à noite eterna, coroada por um pschent de estrelas desconhecidas cujos contornos espantosos e prenhes de significado tornavam-se a cada instante mais distintos. Os ghouls gasganearam deslumbrados ao vê-la, e Carter estremeceu com o medo de que todo o exército voador se arrebentasse no impassível ônix do penhasco ciclópico.

A luz continuou a se erguer, até que por fim se misturasse aos mais elevados orbes do zênite e, com uma zombaria lúgubre, piscasse o olho para os integrantes da revoada. Abaixo, todo o norte encontrava-se mergulhado na escuridão; uma escuridão horrenda e rochosa que se erguia de profundezas infinitas a alturas infinitas sem nenhuma interrupção além do pálido facho que cintilava em um local inatingível e além do alcance da visão. Carter estudou a luz com maior atenção e enfim viu as linhas que aquela negrura de breu traçava contra as estrelas. Havia torres no topo daquela titânica montanha; horrendas torres abobadadas em repugnantes e incalculáveis fileiras e amontoados que transcendiam todos os talentos concebíveis da humanidade; ameias e terraços prodigiosos e nefastos, todos debuxados com minúsculos traços negros e distantes enquanto o pschent estrelado cintilava malevolamente ao fundo nos supremos limites da visão. No ápice da mais imensurável dentre todas as montanhas assomava um castelo que transcendia todo o pensamento mortal e cintilava sob a luz demoníaca. Então Randolph Carter soube que a busca havia chegado ao fim, e que via acima de si o objetivo de todos os passos proibidos e visões audaciosas — o fabuloso e incrível lar dos Grandes Deuses no alto da desconhecida Kadath.

No instante mesmo em que teve essa revelação, Carter percebeu uma mudança na trajetória descrita pelo grupo arrastado pelo vento. Estavam ganhando altitude muito depressa, e não havia dúvida de que o foco daquele voo era o castelo de ônix de onde a luz pálida emanava. A enorme montanha negra estava tão próxima que as encostas pareciam deslizar a uma velocidade alucinante enquanto o grupo disparava para o alto; mas em meio à escuridão era impossível distinguir quaisquer contornos. Cada vez mais vastas avultavam as tenebrosas torres do noctífero castelo acima, e Carter percebeu que a construção beirava os limites do blasfemo com tamanha imensidão. As pedras bem poderiam ter sido extraídas por trabalhadores inomináveis do horrendo abismo de rocha no desfiladeiro ao norte de Inganok, pois tinham dimensões que faziam um homem parecer uma formiga ante os degraus da mais colossal fortaleza terrena. Os pschents de estrelas desconhecidas acima das miríades de torretas abobadadas cintilavam com um brilho insalubre e mortiço, e uma espécie de crepúsculo envolvia as muralhas tenebrosas de ônix escorregadio. Logo o clarão pálido revelou ser uma única janela iluminada no alto das mais elevadas torres, e à medida que o exército indefeso se aproximava do cume da montanha Carter imaginou ter percebido desagradáveis sombras esvoaçando por aquela região envolta em penumbra. Era uma estranha janela em arco, pertencente a um estilo arquitetônico completamente desconhecido na terra.

A rocha sólida de repente deu lugar às gigantescas fundações do monstruoso castelo, e a velocidade a que o grupo avançava pareceu diminuir um pouco. Vastas muralhas avultavam à frente, e houve o breve vislumbre de um enorme portão por onde os viajantes foram arrastados. A noite reinava no titânico pátio, e então vieram as trevas ainda mais profundas de coisas recônditas quando um enorme portal em arco engoliu a coluna. Vórtices de rajadas frias sopravam úmidos pela escuridão absoluta nos labirintos de ônix, e Carter não saberia dizer que degraus e corredores ciclópicos estendiam-se em silêncio durante o trajeto das intermináveis contorções aéreas. O terrível avanço em meio à escuridão impelia-os sempre para cima, sem que um único som, toque ou vislumbre rasgasse a impenetrável mortalha do mistério. Por maior que fosse o exército de ghouls e noctétricos, estavam todos perdidos nos prodigiosos vazios daquele castelo supraterreno. Quando por fim todo espaço ao redor de repente fulgurou com a luz tétrica daquele único aposento localizado na torre cuja sobranceira janela havia servido como farol, Carter levou um tempo considerável para discernir as muralhas longínquas e o teto altaneiro e distante, bem como para perceber que de fato não mais se encontrava entre as incontroláveis rajadas de vento que sopravam no lado de fora.

Randolph Carter tinha acalentado a esperança de adentrar a sala do trono dos Grandes Deuses com dignidade e compostura, flanqueado e seguido por um impressionante séquito de ghouls com rigor cerimonial, e oferecer as próprias orações como um mestre livre e poderoso entre os sonhadores. Sabia que os Grandes Deuses não se encontram além dos poderes de um mortal, e contava com a sorte para que os Outros Deuses e o caos rastejante Nyarlathotep não se fizessem presentes naquele momento crucial, como havia ocorrido nas tantas outras vezes em que os homens haviam procurado os deuses da terra nas moradas dos deuses ou nas montanhas onde habitavam. Com esse hediondo séquito, esperava desafiar até mesmo os Outros Deuses se houvesse necessidade, pois sabia que os ghouls não têm mestres, e que os noctétricos têm por senhor não o caos rastejante Nyarlathotep, mas apenas o arcaico Nodens. Porém naquele instante Carter percebeu que a sobrenatural Kadath na devastação gelada é de fato rodeada por obscuros portentos e sentinelas inomináveis, e que os Outros Deuses sem dúvida permanecem vigilantes a fim de proteger os suaves e fracos deuses da Terra. Mesmo que não tenham autoridade perante os ghouls e os noctétricos, essas blasfêmias irracionais e amorfas do espaço sideral podem controlá-los se assim desejarem; e portanto Randolph Carter não pôde adentrar a sala do trono dos Grandes Deuses com um séquito de ghouls como um livre e poderoso mestre entre os sonhadores. Arrastado e pastoreado por tempestades estelares dignas de um pesadelo, e perseguido pelos horrores invisíveis da devastação boreal, todo o exército flutuava aprisionado e indefeso em meio à luz tétrica, caindo ao chão de ônix quando, por força de um comando sem voz, as rajadas de pavor amainaram.

Randolph Carter não estava diante de nenhum púlpito dourado, e tampouco havia um círculo augusto de entidades cingidas por halos e coroas com olhos estreitos, orelhas de lóbulos compridos, nariz fino e queixo pontudo, cujo parentesco com o rosto entalhado em Ngranek pudesse marcá-los como aqueles a quem o sonhador poderia dirigir as preces. Salvo por aquele único recinto na torre, o castelo de ônix no alto de Kadath estava às escuras, e os mestres não estavam presentes. Carter havia chegado à desconhecida Kadath na desolação gelada, mas não havia encontrado os deuses. Mesmo assim, a luz tétrica cintilava naquele recinto da torre cujo tamanho era pouco menor do que todo o restante no lado de fora, e cujas paredes longínquas e teto distante estavam quase perdidos em meio às névoas revoluteantes. Os deuses da Terra não estavam presentes; mas outras presenças mais sutis e menos visíveis não faltavam. Mesmo onde os deuses suaves se ausentam, os Outros Deuses não deixam de fazer-se representar; e com certeza o castelo dos castelos entalhado em ônix não estava desabitado. Sob que forma ou formas de atrocidade o terror haveria de revelar-se, Carter não poderia sequer conceber. Sentiu que aquela visita fora esperada, e ocorreu-lhe que durante o tempo inteiro poderia ter sido vigiado de perto pelo caos rastejante Nyarlathotep. É a Nyarlathotep, horror de formas infinitas e espírito tenebroso e mensageiro dos Outros Deuses, que as fúngicas bestas lunares servem; e Carter pensou na galé negra que havia desaparecido quando a maré da batalha virou-se contra as aberrações batráquias na rocha escarpada em alto-mar.

Enquanto refletia sobre essas coisas, Carter punha-se de pé em meio à companhia digna de um pesadelo quando, sem aviso, soou pela câmara ensombrecida e infinita o horrendo sopro de uma trombeta demoníaca. Por três vezes ressoou o terrível grito estridente, e quando os ecos da terceira nota dissiparam-se com trenos de zombaria Randolph Carter percebeu que estava sozinho. Para onde, por que e como os ghouls e noctétricos haviam desaparecido estava além da compreensão imediata. Carter sabia apenas que de repente se vira sozinho, e que as forças que o espreitavam e escarneciam ao redor não eram forças benévolas das terras oníricas de nosso planeta. No instante seguinte um novo som emergiu dos mais profundos recônditos da câmara. Mais uma vez eram as notas ritmadas de uma trombeta, porém imbuídas de uma qualidade totalmente distinta dos três sopros roucos que haviam dissolvido a sinistra coorte. Naquela grave fanfarra ecoavam todas as maravilhas e melodias do sonho etéreo; panoramas exóticos de beleza inimaginada emanavam de estranhos acordes e de inauditas cadências extraterrenas. Odores de incenso chegaram para acompanhar as áureas notas musicais; e mais acima uma intensa luz começou a brilhar com cores que se alternavam em ciclos desconhecidos ao espectro terreno e a acompanhar a música da trombeta em bizarras harmonias sinfônicas. Archotes fulguravam ao longe, e as batidas de tambores pulsavam cada vez mais próximas em ondas de tensa expectativa.

Em meio às névoas cintilantes e à nuvem de estranho incenso alinhavam-se fileiras gêmeas de gigantescos escravos negros que vestiam tangas de seda iridescente. Tinham as cabeças ornadas com enormes archotes de metal reluzente, presos como capacetes, de onde a fragrância de obscuros bálsamos espalhava-se em fumarentas espirais. Na mão direita traziam varinhas de cristal com as extremidades ornadas com entalhes de zombeteiras quimeras, e na mão esquerda seguravam longas e finas trombetas prateadas que eram tocadas alternadamente. Vinham ataviados com braceletes e tornozeleiras de ouro, e entre cada par de tornozeleiras estendia-se uma corrente de ouro que obrigava os passos a seguirem um rígido andamento. No mesmo instante tornou-se evidente que eram negros legítimos das terras oníricas de nosso planeta, mas pareceu menos provável que aqueles ritos e trajes pertencessem à Terra. A três metros de Carter as fileiras detiveram-se, e no instante seguinte as trombetas foram levadas aos grossos lábios dos instrumentistas. Desvairadas e extáticas foram as notas que soaram a seguir, e ainda mais desvairado o grito que depois se ergueu em coro ao sair daquelas gargantas negras tornadas estridentes por meio de um estranho artifício.

Então uma figura solitária desfilou em meio à larga avenida entre as duas colunas; uma figura alta e esguia com o rosto jovem de um antigo faraó, trajando alegres mantos prismáticos e cingida por um pschent dourado que reluzia com luz própria. Para junto de Carter avançou a nobre figura, cujo porte orgulhoso e rosto moreno encerravam todo o fascínio de um deus obscuro ou de um arcanjo decaído, e ao redor de cujos olhos as chispas lânguidas de uma disposição caprichosa espreitavam. A seguir fez um pronunciamento, e em notas amenas pôs a tremular a música suave das correntezas do Lete.

"Randolph Carter", disse a voz, "vieste ao encontro dos Grandes Deuses interditos aos olhos dos homens. Observadores falaram a respeito dessa busca, e os Outros Deuses grunhiram enquanto rolavam e debatiam-se irracionalmente ao som de flautas estridentes no vazio supremo onde habita o sultão-demônio cujo nome não existem lábios que se atrevam a pronunciar.

"Barzai, o Sábio, jamais retornou depois de escalar Hatheg-Kla para ver os Grandes Deuses dançarem e uivarem acima das nuvens ao luar. Os Outros Deuses estavam lá, e fizeram o que se poderia esperar. Zenig de Aphorat tentou chegar à desconhecida Kadath na devastação gelada, e hoje o crânio desse explorador encontra-se engastado em um anel que adorna o dedo mínimo de uma entidade que não preciso nomear.

"Mas tu, Randolph Carter, enfrentaste todas as coisas das terras oníricas do teu planeta, e assim mesmo ardes com as chamas dessa busca. Vieste não como um reles curioso, mas como alguém que busca o que é devido, e ademais como alguém que jamais deixou de reverenciar os suaves deuses da Terra. Porém os deuses mantiveram-te longe da maravilhosa cidade ao pôr do sol vislumbrada em teus sonhos por simples inveja; e a bem dizer ansiaram pela estranha beleza engendrada em teus devaneios, e juraram que nenhum outro lugar poderia servir-lhes de morada.

"Os deuses abandonaram o castelo na desconhecida Kadath para habitar a tua cidade maravilhosa. Passam os dias regozijando-se nos palácios de mármore e, quando o sol se põe, saem aos jardins perfumados e observam a glória dourada nos templos e nas colunatas, nas pontes em arco e nas fontes com bacias de prata, e também nas largas ruas ornadas com urnas repletas de flores e reluzentes fileiras de estátuas em marfim. E quando a noite cai sobre os altos terraços orvalhados, sentam-se nos bancos entalhados em porfirito para observar as estrelas, ou debruçam-se sobre as pálidas balaustradas para admirar as encostas íngremes ao norte do vilarejo, onde uma a uma as janelinhas das velhas empenas iluminam-se com o calmo lume amarelo de familiares candeias.

"Os deuses amam a tua cidade maravilhosa, e não mais trilham o caminho dos deuses. Esqueceram-se dos lugares elevados na Terra e das montanhas que conheceram na juventude. A Terra não tem mais deuses que sejam divindades, e apenas os Outros Deuses presidem a esquecida Kadath. Em um vale distante da tua própria infância, Randolph Carter, os Grandes Deuses brincam sem nenhuma preocupação. Sonhaste bem demais, ó sábio arquissonhador; e assim atraíste os deuses dos sonhos para longe do mundo das visões humanas para um mundo todo teu, depois de construir, com pequenos devaneios infantis, uma cidade mais bela do que todas as fantasias precedentes.

"Não convém que os deuses terrestres abandonem os tronos para que a aranha fie a teia, nem o reino para que os Outros o ocupem à sombria maneira dos Outros. De bom grado os poderes siderais fariam o caos e o horror se abaterem sobre o causador dessa perturbação, Randolph Carter, se não soubessem que és o único capaz de levar os deuses de volta à morada habitual. Naquela terra de sonhos e devaneios que te pertence, nenhum poder noctífero há de prosperar; e apenas tu és capaz de afastar os Grandes Deuses com gentileza da tua maravilhosa cidade ao pôr do sol e conduzi-los pelo crepúsculo boreal de volta à morada no alto da desconhecida Kadath na desolação gelada.

"Assim sendo, Randolph Carter, poupo a tua vida em nome dos Outros Deuses e ordeno que sirvas à minha vontade. Ordeno que busques a cidade ao pôr do sol que te pertence, e que de lá afastes os sonolentos deuses relapsos por quem o mundo onírico espera. Não é difícil encontrar a febre rósea dos deuses, a fanfarra de trombetas sobrenaturais e o clangor de címbalos imorredouros, o mistério cujo lugar e cujo significado te assombraram nos salões da vigília e nos abismos dos sonhos e atormentaram-te com vislumbres de memórias esmaecidas e a dor associada à perda de coisas prodigiosas e relevantes. Não é difícil encontrar o símbolo e a relíquia dos teus dias de deslumbre, pois em verdade são a constante e eterna gema em que todo esse deslumbre cristalizou-se a fim de iluminar teus caminhos ao entardecer. Vê! Não é por mares desconhecidos, mas de volta aos anos bem lembrados que a tua busca deve prosseguir; de volta às estranhas coisas reluzentes da tua infância e aos vislumbres fugazes e ensolarados da magia que essas antigas cenas traziam a teus jovens olhos despertos.

"Pois sabe que a tua cidade maravilhosa de ouro e mármore é apenas a soma de tudo o que viste e amaste na tua juventude. É a glória dos telhados nas colinas e janelas ocidentais que chamejam ao pôr do sol em Boston; a glória das flores no Common e da grande cúpula na colina e do emaranhado de empenas e chaminés no vale púrpura onde o Rio Charles dormita enquanto corre sob as pontes. Essas coisas todas, Randolph Carter, viste quando tua governanta levava-te a passear de carrinho no esplendor da primavera, e serão elas as últimas coisas que hás de ver com os olhos da memória e do amor. E há a antiga Salém onde paira o peso dos anos, e a espectral Marblehead que escala precipícios rumo a séculos passados, e a glória das torres e dos coruchéus de Salém vistos ao pôr do sol desde os longínquos prados de Marblehead no outro lado do porto.

"Há Providence, graciosa e imponente com as sete colinas acima do porto azul e os terraços verdejantes que levam a coruchéus e cidadelas de antiguidade pulsante, e Newport, que se ergue como um fantasma dos molhes sonhadores. Há Arkham, que se estende com mansardas cobertas de musgo e intermináveis pastos rochosos; e a antediluviana Kingsport, que ostenta chaminés antigas e cais abandonados e empenas sobranceiras, e a maravilha dos penhascos altaneiros e do oceano ataviado com as névoas leitosas e as boias de sino mais além.

"Os vales frescos de Concord, as ruas pavimentadas em Portsmouth e as curvas crepusculares das rústicas estradas de New Hampshire, onde olmos gigantes ocultam os muros alvos das residências campestres e as cegonhas que rangem nos poços. Os portos salgados de Gloucester e os arejados salgueiros de Truro. Os panoramas de longínquas cidades ornadas de coruchéus e de colinas atrás de colinas ao longo da margem norte, as silenciosas encostas pedregosas e as pequenas cabanas recobertas por hera e abrigadas por enormes rochas no interior de Rhode Island. O cheiro do mar e o perfume dos campos; o encanto dos bosques ensombrecidos e a alegria dos pomares e dos jardins ao amanhecer. Essas coisas, Randolph Carter, são a tua cidade; pois delas és feito. A Nova Inglaterra criou-te, e na tua alma derramou uma beleza líquida que não morre jamais. Essa beleza, moldada, cristalizada e polida por anos de lembranças e de sonhos, é a maravilha dos teus efêmeros terraços ao pôr do sol; e a fim de encontrar aquele parapeito de mármore com curiosas urnas e balaústres entalhados, e de enfim descer os intermináveis degraus que levam à cidade de amplas esplanadas e fontes prismáticas, necessitas apenas voltar aos pensamentos e às visões da tua melancólica infância.

"Olha! Do outro lado da janela brilham as estrelas da noite eterna. Mesmo agora iluminam as cenas que conheceste e acalentaste, bebendo do encanto para que possam brilhar com ainda mais beleza sobre os jardins do sonho. Lá está Antares — cintilando nesse exato instante sobre os telhados da Tremont Street, e podias vê-la da tua janela em Beacon Hill. Para além das estrelas abrem-se os abismos de onde os meus mestres irracionais enviaram-me. Um dia também hás de atravessá-los, mas se fores sábio evitarás tamanha imprudência; pois dentre todos os mortais que foram e voltaram, somente um conseguiu resistir com a mente intacta aos insidiosos horrores do vazio. Heresias e blasfêmias roem umas às outras em busca de espaço, e o mal reside em maior quantidade nas coisas pequenas do que nas grandes, como bem pudeste notar pelo comportamento daqueles que tentaram entregar-te nas minhas mãos — embora eu não acalentasse nenhum desejo de causar tua ruína e a bem dizer pudesse ter oferecido ajuda se não estivesse ocupado com outros desígnios ou não tivesse certeza de que encontrarias o caminho por conta própria. Evita, portanto, os infernos siderais, e apega-te às coisas tranquilas e belas da tua juventude. Procura a tua cidade maravilhosa e de lá afasta os Grandes Deuses em recreio, mandando-os de volta com delicadeza para as cenas da própria juventude divina que os aguardam inquietas.

"Mais fácil até do que o caminho das memórias vagas há de ser o caminho que prepararei para ti. Vê! Um monstruoso shantak se aproxima, conduzido por um escravo que, em nome da paz do teu espírito, há de permanecer invisível. Monta e prepara-te — eia! Yogash, o negro, há de ajudar-te a guiar o horror escamoso. Segue em direção à mais brilhante estrela a sul do zênite — é Vega; e em duas horas estarás acima dos terraços da tua cidade ao pôr do sol. Segue em frente até ouvires cantos distantes nas alturas do éter. Além desse ponto espreita a loucura; puxa, então, as rédeas do shantak quando a primeira nota se fizer ouvir. Olha em direção à Terra e verás o imorredouro altar chamejante de Ired-Naa brilhar no alto de um templo sagrado. Esse templo é a cidade ao pôr do sol pela qual tanto anseias — então trata de pôr-te a caminho antes que ouças o canto e te percas.

"Quando chegares à cidade, procura o mesmo parapeito elevado em que outrora costumavas admirar a glória que se descortinava à tua frente, esporeando o shantak até arrancar-lhe um grito. Esse grito será ouvido e reconhecido pelos Grandes Deuses nos terraços perfumados, que assim serão acometidos por uma saudade tão profunda da antiga morada que nem mesmo as maravilhas da tua cidade poderão atenuar a falta do sinistro castelo em Kadath e do pschent de estrelas perenes que o coroa.

"Então hás de aterrissar em meio aos Grandes Deuses com o shantak e permitir que vejam e toquem o abjeto pássaro hipocéfalo enquanto falas a respeito da desconhecida Kadath, que há pouco tempo deixaste, e relatas a solitude e a escuridão dos saguões ilimitados por onde antigamente costumavam pular e brincar com uma radiância sobrenatural. E o shantak há de falar na língua dos shantaks, porém nada mais poderá fazer além de evocar as recordações de tempos passados.

"Deves falar repetidas vezes sobre a morada e a juventude dos Grandes Deuses, até que se ponham a chorar e peçam que indiques o caminho de volta há tanto tempo esquecido. Então poderás soltar o shantak, que ascenderá ao céu e dará o grito da espécie; e ao ouvi-lo os Grandes Deuses hão de regozijar-se e pular com a mesma alegria dos tempos antigos e incontinente seguirão no encalço do repugnante pássaro à maneira dos deuses, atravessando os profundos abismos do céu rumo às familiares torres e cúpulas de Kadath.

"E assim a maravilhosa cidade ao pôr do sol mais uma vez será tua, para que possas habitá-la e acalentá-la para todo o sempre enquanto os deuses da Terra reinam nos sonhos dos homens desde a sede habitual. Agora vai — a janela está aberta e as estrelas te aguardam lá fora! Teu shantak já arqueja e estremece de ansiedade. Segue em direção a Vega noite afora, mas vira quando ouvires o canto. Não te esqueças deste aviso, pois de outra forma horrores inimagináveis podem tragar-te rumo ao clamoroso e ululante abismo de loucura. E lembra-te dos Outros Deuses, que são poderosos e irracionais e terríveis e espreitam nos vazios siderais. Convém temê-los.

"*Hei! Aa-shanta 'nygh!* Põe-te a caminho! Manda os deuses da Terra de volta à morada na desconhecida Kadath e reza a tudo o que existe no espaço para nunca mais me encontrar em nenhuma das minhas mil outras formas. Adeus, Randolph Carter, e toma cuidado; *pois eu sou Nyarlathotep, o Caos Rastejante!*"

E Randolph Carter, atordoado e ofegante no dorso do medonho shantak, disparou com um grito em direção ao espaço e avançou rumo ao gélido brilho azul da boreal Vega sem olhar para trás — a não ser uma única vez, quando viu as amontoadas e caóticas torretas do pesadelo de ônix iluminadas pela solitária luz tétrica da janela que se erguia acima do ar e das nuvens que pairavam sobre as terras oníricas de nosso planeta. Grandes horrores poliposos deslizavam obscuramente no espaço próximo e invisíveis asas de morcego batiam em grande número ao redor, porém mesmo assim Carter agarrava-se com tenacidade à insalubre crina do repugnante e escamoso pássaro hipocéfalo. As estrelas executavam danças zombeteiras, e por vezes quase formavam pálidos símbolos aziagos que sugeriam uma estranha familiaridade e um estranho temor; e o tempo inteiro os ventos do éter uivavam em notas que sugeriam a negrura e a solidão além do cosmo.

Então na cintilante arcada logo à frente fez-se um silêncio portentoso, e todos os ventos e horrores afastaram-se como a noite se afasta para dar lugar à aurora. Tremulando nas estranhas ondas reveladas pela nebulosa, ergueu-se a tímida sugestão de uma melodia distante, que trazia acordes desconhecidos ao nosso universo e às nossas estrelas. Quando a música ganhou força o shantak ergueu as orelhas e avançou em frente, e Carter apurou o ouvido a fim de captar os belos trenos. Era música, mas não a música de uma voz. A noite e as esferas entoavam-na, e já era antiga quando o espaço e Nyarlathotep e os Outros Deuses nasceram.

O shantak voava cada vez mais depressa e o cavaleiro inclinava-se cada vez mais para a frente, inebriado pelas maravilhas dos estranhos abismos enquanto rodopiava nas espirais cristalinas da magia sideral. Tarde demais veio o aviso da entidade malévola — o sardônico alerta do emissário demoníaco que havia pedido ao explorador que evitasse a loucura daquela canção. Apenas como provocação Nyarlathotep havia revelado o caminho da segurança e da maravilhosa cidade ao pôr do sol; apenas para escarnecer o mensageiro negro havia revelado o segredo dos deuses em recreio cujos passos poderia facilmente reverter sem nenhum tipo de ajuda. Pois a loucura e a vingança impiedosa do vazio são as únicas dádivas que Nyarlathotep confere aos presunçosos; e por mais frenéticos que fossem os esforços do viajante para desviar o rumo da repugnante montaria, o ardiloso e zombeteiro shantak seguiu adiante com ímpeto e convicção, batendo as enormes asas coriáceas em um júbilo maligno à medida que avançava rumo aos abismos profanos que nem os sonhos alcançam; rumo ao supremo flagelo amorfo do mais profundo caos, onde borbulha e blasfema no centro da infinitude o irracional sultão-demônio Azathoth, cujo nome não existem lábios que se atrevam a pronunciar.

Pertinaz e obediente às ordens do vil emissário, o pássaro infernal seguiu adiante em meio a cardumes de criaturas amorfas que espreitavam e brincavam na escuridão, e a rebanhos vazios de entidades à deriva que estendiam as patas e tentavam se agarrar e tentavam se agarrar e estendiam as patas — as larvas inomináveis dos Outros Deuses, cegas e irracionais como os progenitores, e dotadas de singulares fomes e sedes.

Adiante, pertinaz e implacável, soltando gargalhadas hilárias ao perceber os risos histéricos em que a música da noite e das esferas havia se transformado, o quimérico monstro escamoso levou o cavaleiro indefeso; avançando e disparando, rasgando os confins supremos e atravessando os mais longínquos abismos; deixando para trás as estrelas e o reino da matéria, e precipitando-se como um meteoro através da informidade pura em direção às inconcebíveis e escuras câmaras além do tempo onde Azathoth rói amorfo e faminto em meio ao abafado e enlouquecedor ritmo de tambores malignos e ao agudo e monótono lamento de flautas amaldiçoadas.

Adiante — adiante — por tenebrosos abismos populosos que gritavam e gargalhavam — e então, de uma tênue e abençoada distância, uma imagem e um pensamento ocorreram ao malfadado Randolph Carter. Engenhoso fora o plano de Nyarlathotep para provocar e escarnecer, pois havia conjurado imagens que nenhuma rajada de terror gelado seria capaz de obliterar. A antiga casa — a Nova Inglaterra — Beacon Hill — o mundo em vigília.

“Pois sabe que a tua cidade maravilhosa de ouro e mármore é apenas a soma de tudo o que viste e amaste na tua juventude... a glória dos telhados nas colinas e janelas ocidentais que chamejam ao pôr do sol em Boston; a glória das flores no Common e da grande cúpula na colina e do emaranhado de empenas e chaminés no vale púrpura onde o Rio Charles dormita enquanto corre sob as pontes... essa beleza, moldada, cristalizada e polida por anos de lembranças e de sonhos, é a maravilha dos teus efêmeros terraços ao pôr do sol; e a fim de encontrar aquele parapeito de mármore com curiosas urnas e balaústres entalhados, e de enfim descer os intermináveis degraus que levam à cidade de amplas esplanadas e fontes prismáticas, necessitas apenas voltar aos pensamentos e às visões da tua melancólica infância."

Adiante — adiante — rumo à vertigem do destino supremo em meio à escuridão onde antenas cegas apalpavam e focinhos úmidos cutucavam e coisas sem nome riam e riam e riam. Porém a imagem e o pensamento haviam surgido, e Randolph Carter percebeu claramente que estava sonhando e apenas sonhando, e que em algum lugar, escondido atrás do mundo em vigília, a cidade da infância ainda existia. As palavras fizeram-se ouvir mais uma vez — "Necessitas apenas voltar aos pensamentos e às visões da tua melancólica infância". Virar — virar — não havia nada além de escuridão por todos os lados, mas Randolph Carter poderia virar-se mesmo assim.

Em meio ao pesadelo alucinante que lhe embotava os sentidos, Randolph Carter poderia virar-se e mexer-se. Poderia mexer-se, e se assim desejasse poderia saltar das costas do maléfico shantak que o carregava rumo a um destino de acordo com as ordens de Nyarlathotep. Poderia saltar e desbravar as profundezas da noite que se estendia infinitamente para baixo — aquelas profundezas de medo cujos terrores no entanto não poderiam exceder o destino inefável que o aguardava à espreita no âmago do caos. Randolph Carter poderia virar-se e mexer-se e saltar — poderia — poderia — e assim faria — e assim faria —

Para longe da abominação hipocéfala o condenado sonhador em desespero saltou, e por intermináveis vazios de escuridão senciente caiu. Éons revolutearam, universos morreram e tornaram a nascer, as estrelas deram lugar a nebulosas e as nebulosas deram lugar a estrelas, e Randolph Carter continuou a cair pelos intermináveis vazios de escuridão senciente.

Então, no lento e arrastado curso da eternidade, o derradeiro ciclo do cosmo mais uma vez estremeceu em uma completude fútil, e todas as coisas voltaram a ser como haviam sido incalculáveis kalpas atrás. A matéria e a luz tornaram a nascer como o espaço outrora as tinha conhecido; e cometas, sóis e planetas ganharam vida em convulsões flamejantes, embora nada houvesse sobrevivido para contar-lhes que haviam existido e desaparecido, existido e desaparecido incontáveis vezes por toda a eternidade, desde um começo que jamais fora o primeiro.

E mais uma vez surgiram o céu e o vento e o brilho de uma luz púrpura nos olhos do sonhador que caía. Havia deuses e presenças; e a vontade, a beleza e o mal, e os gritos da noite corrupta cuja presa havia escapado. Pois todo o ignoto ciclo supremo fora presidido por um pensamento e por uma visão da infância do sonhador, e naquele instante foram refeitos um mundo em vigília e uma velha cidade acalentada que haveriam de corporificar e justificar essas coisas. Em meio ao vazio o gás violeta S'ngac havia indicado o caminho, e o arcaico Nodens grunhia conselhos desde profundezas insondáveis.

As estrelas intumesceram até se tornarem auroras, e as auroras explodiram em fontes de ouro, carmim e púrpura, e por todo esse tempo o sonhador continuava a cair. Gritos rasgaram o éter enquanto raios de luz repeliam os demônios siderais. E o encanecido Nodens soltou um uivo triunfante quando Nyarlathotep, próximo à pedreira, deteve os passos ao perceber um clarão que abrasava os horrores informes e os reduzia a cinzas. Randolph Carter havia enfim descido a ampla escadaria de mármore até a cidade maravilhosa, pois mais uma vez se encontrava no belo mundo da Nova Inglaterra que o havia criado.

Então, com o som dos acordes de órgão em meio à miríade de assovios matinais e o brilho da manhã filtrando pelas vidraças roxas junto à grande cúpula dourada na Sede do Governo em Beacon Hill, Randolph Carter acordou com um grito no interior de um quarto em Boston. Os pássaros cantavam em jardins ocultos e o triste perfume das trepadeiras plantadas pelo avô soprava dos caramanchões. A beleza e a luz cintilavam nas linhas clássicas do consolo e da cornija entalhada e das paredes com ornatos grotescos enquanto um lustroso gato preto acordava com um bocejo do sono ao pé da lareira, perturbado pelo sobressalto e pelo grito do dono. E vastas infinitudes ao longe, para além do Portão do Sono Profundo e do bosque encantado e dos jardins fragrantes e do Mar Cereneriano e das terras crepusculares em Inganok, o caos rastejante Nyarlathotep entrou ameaçadoramente no castelo de ônix no alto da desconhecida Kadath na desolação gelada e provocou com insolência os suaves deuses da Terra, que havia arrancado bruscamente de um recreio perfumado na maravilhosa cidade ao pôr do sol.

Azathoth

Quando a idade abateu-se sobre o mundo, e o espanto abandonou a imaginação dos homens; quando cidades cinzentas ergueram rumo ao céu enfumaçado altas torres feias e sinistras, em cujas sombras ninguém poderia sonhar com o sol ou com os prados floridos na primavera; quando a erudição privou a terra de seu manto de beleza, e os poetas já não mais cantavam senão a respeito de fantasmas disformes vistos com olhos cansados e voltados para dentro; quando essas coisas todas haviam passado, e as esperanças pueris desaparecido para sempre, houve um homem que fez uma jornada além da vida, em busca do lugar para onde os sonhos do mundo haviam fugido.

Quanto ao nome e à origem desse homem quase nada foi escrito, uma vez que pertenciam somente ao mundo da vigília; porém diz-se que eram ambos obscuros. Basta saber que o homem morava numa cidade de altos muros onde reinava uma penumbra estéril, e que labutava o dia inteiro em meio a sombras e tumultos, e chegava em casa ao entardecer para encontrar um quarto cuja janela não se abria para campos e bosques, mas para um pátio crepuscular rumo ao qual outras janelas também olhavam em um desespero resignado. A partir daquela abertura viam-se apenas muros e janelas, salvo quando se inclinava o corpo à frente o bastante para enxergar nas alturas celestes as diminutas estrelas que passavam. E, como reles muros e janelas não tardam a levar à loucura um homem que lê e sonha em demasia, o habitante desse cômodo tinha por hábito inclinar o corpo noite após noite para enxergar nas alturas celestes fragmentos de coisas situadas além do mundo em vigília e do matiz cinzento nas grandes cidades verticais. Com o passar dos anos, começou a chamar as estrelas que singravam lentamente pelo nome, e a acompanhá-las com a fantasia assim que deslizavam para além dos limites da visão; até que por fim a visão dele se abriu para inúmeros panoramas secretos cuja existência os olhares comuns nem ao menos suspeitam. E houve uma noite em que um imponente abismo foi transposto, e aquele céu assombrado por sonhos avolumou-se e chegou até a janela do observador a fim de mesclar-se ao ar viciado no cômodo e torná-lo parte daquele portento fabuloso.

Àquele cômodo chegaram listras insanas da meia-noite violácea que rebrilhavam com pó de ouro; espirais de pó e fogo, que revoluteavam desde o supremo pélago sideral com intensos perfumes de além dos mundos. Oceanos opiáceos por lá desembocavam, iluminados por sóis que o olho talvez jamais contemple, e trazendo nas voragens estranhos golfinhos e ninfas de profundezas imemoriais. A infinidade silente revolveu-se em torno do sonhador e o pôs à deriva sem nem ao menos tocar o corpo rígido que se inclinava para fora da janela solitária; e por dias não contados nos calendários dos homens as marés de esferas longínquas transportaram-no gentilmente para juntar-se aos sonhos pelos quais ansiava; os sonhos que os homens perderam. E, no curso de inúmeros ciclos, gentilmente o deixaram adormecido num litoral verde ao nascer do sol; um litoral verde com a fragrância da flor de lótus, e salpicado por camalotes vermelhos.

O descendente

Em Londres há um homem que grita toda vez que os sinos da igreja dobram. Ele mora sozinho com o gato listrado na Gray's Inn, e as pessoas consideram-no um louco inofensivo. O quarto é repleto de livros absolutamente pueris e insossos, e hora após hora o homem tenta perder-se naquelas páginas débeis. Tudo o que deseja na vida é não pensar. Por um motivo ou outro, os pensamentos são para ele motivo de horror, e assim ele foge de tudo o que desperta a imaginação como se fosse a peste. O homem é magro e grisalho e encarquilhado, mas há quem diga que não tem nem perto da idade que aparenta. O medo cravou-lhe as terríveis garras, e basta um som para que o homem tenha um sobressalto e arregale os olhos com o suor a brotar da testa. Amigos e companheiros são por ele evitados, pois não deseja responder perguntas. Aqueles que outrora o conheceram como um erudito e um esteta afirmam que dá pena ver a condição a que foi reduzido. Ele abandonou tudo anos atrás, e ninguém sabe ao certo se deixou o país ou simplesmente fugiu do escrutínio público escondendo-se numa estrada secundária qualquer. Já faz uma década que ele se mudou para a Gray's Inn, e quanto ao local onde se manteve até então ele jamais havia falado antes da noite em que o jovem Williams comprou o *Necronomicon*.

Williams era um sonhador de apenas vinte e três anos, e quando se mudou para a antiga casa sentiu uma estranheza e um sopro de ventos siderais ao redor daquele homem grisalho e encarquilhado que habitava o quarto ao lado. Williams forçou a amizade numa situação em que nem mesmo velhos amigos se atreviam a forçá-la, e espantou-se com o terror que pairava sobre aquele homem sinistro e desalentado que o observava e o escutava. Pois que aquele homem sempre observava e sempre escutava, ninguém haveria de duvidar. Observava e escutava com os pensamentos, mais até do que com os olhos e ouvidos, e a todo instante esforçava-se por afogar uma coisa ou outra naquela leitura incessante de romances alegres e insípidos. E quando os sinos da igreja dobravam ele tapava os ouvidos e gritava, e o gato brasino que morava com ele uivava em uníssono até que a reverberação do último dobre cessasse.

Mas, por mais que Williams tentasse, nunca conseguiu fazer com que o vizinho falasse sobre qualquer coisa profunda ou oculta. O velho não correspondia aos próprios modos e ao próprio aspecto, mas fingia um sorriso despreocupado e um tom jovial e punha-se a falar numa febre e num frenesi sobre bagatelas levianas; a voz a cada instante tornava-se mais aguda e mais pastosa, até por fim irromper num falsete estridente e desconexo. Que tinha uma erudição profunda e abrangente, mesmo as observações mais triviais seriam capazes de provar; e para Williams não foi nenhuma surpresa descobrir que o homem tinha estudado em Harrow e em Oxford. Mais tarde veio à tona que não era ninguém menos do que Lord Northam, sobre cujo antigo castelo hereditário no litoral de Yorkshire diziam-se muitas coisas estranhas; mas quando Williams tentou falar sobre o castelo de suposta origem romana o homem negou-se a admitir que houvesse qualquer tipo de estranheza. Chegou até a dar uma risadinha estridente quando o assunto das supostas criptas escavadas na rocha sólida que encara o Mar do Norte foi trazido à baila.

E assim tudo andou até a noite em que Williams levou para casa o infame *Necronomicon* do árabe louco Abdul

Alhazred. Ele sabia a respeito desse temível volume desde que completara dezesseis anos, quando o incipiente amor pelo bizarro levara-o a fazer perguntas esquisitas a um livreiro velho e corcunda na Chandos Street; e sempre havia se perguntado por que os homens empalideciam ao falar sobre esse livro. O velho livreiro dissera-lhe que supostamente apenas cinco exemplares haviam sobrevivido aos éditos categóricos proclamados contra o livro por legíferos e sacerdotes, e que todos esses se encontravam trancados a sete chaves sob os cuidados de guardiões que haviam se arriscado a iniciar uma leitura daqueles odiosos caracteres góticos. Mas naquele instante, enfim, Williams não apenas obtivera acesso a um exemplar de leitura, mas adquirira-o a um valor ridículo. Fora na loja de um judeu, na sórdida região do Clare Market, onde ele já havia comprado objetos estranhos; e Williams quase pôde imaginar o velho e disforme levita sorrindo por trás dos tufos de barba ao fazer aquela grande descoberta. A impressionante capa de couro com o fecho em latão estava em destaque, e o preço fora absurdamente baixo.

O simples vislumbre do título fora o bastante para causar-lhe um transporte, e os diagramas acompanhados de textos vagos em latim desencadearam as mais tensas e mais inquietantes memórias. Williams sentiu que seria altamente necessário levar aquela coisa ponderosa para casa a fim de começar a decifrar o texto, e assim retirou-a da loja com uma pressa tão desabalada que o velho judeu chegou a estalar a língua ao vê-lo sair. Mas, já de volta à segurança do quarto, Williams percebeu que a combinação de caracteres góticos e linguagem degenerada seria demais para as suas capacidades como linguista, e assim, a contragosto, pediu ajuda ao amigo estranho e assustadiço para decifrar aquele latim medieval corrompido. Lord Northam falava afetuosamente com o gato brasino e teve um sobressalto violento quando o rapaz entrou. Logo percebeu o volume e estremeceu violentamente, e desmaiou de vez quando ouviu Williams pronunciar o título. Foi apenas ao recobrar a consciência que o homem contou sua história — contou sua fantástica loucura em sussurros frenéticos, por receio de que o amigo hesitasse em queimar o livro amaldiçoado e espalhar suas cinzas por uma grande área.

Aos sussurros, Lord Northam disse que devia haver alguma coisa errada desde o início; mas o assunto nunca teria chegado a um momento crítico se ele não houvesse explorado a fundo. Ele era o décimo nono barão de uma linhagem cujas origens remontavam a um passado demasiado antigo — inacreditavelmente antigo, se as tradições difusas fossem dignas de crédito, pois havia histórias familiares sobre uma ascendência que chegava a tempos pré-saxões, quando um certo Cnaeus Gabinius Capito, tribuno militar da Terceira Legião Augusta estacionado em Lindum, na Roma Britânica, teria sido expulso do comando devido à participação em certos ritos sem nenhuma ligação com as religiões conhecidas. Segundo esses rumores, Gabinius tinha encontrado uma caverna na encosta da montanha onde pessoas estranhas congregavam-se e faziam o Símbolo Ancestral no escuro; pessoas estranhas que os britanos conheciam somente pela via do medo, e que eram os últimos sobreviventes de um grandioso país a ocidente que havia afundado, deixando para trás somente as ilhas com fortificações e círculos e templos, dentre os quais Stonehenge era o mais imponente. Não havia certezas, evidentemente, na lenda segundo a qual Gabinius teria construído uma fortaleza inexpugnável acima da caverna proscrita e estabelecido uma linhagem que pictos e saxões, daneses e normandos foram incapazes de obliterar; tampouco na aceitação tácita de que a partir dessa linhagem havia surgido o intrépido companheiro e tenente do Príncipe Negro para quem Eduardo III criara o título de barão de Northam. Essas coisas não eram certas, porém assim mesmo eram com frequência mencionadas; mas era verdade que a cantaria da Fortaleza de Northam tinha uma semelhança inegável com a cantaria da Muralha de Adriano. Ainda em criança, Lord Northam tivera sonhos peculiares ao dormir nas partes mais antigas do castelo, e adquirira um hábito constante de olhar para trás, através da memória, em busca de imagens, impressões e padrões semiamorfos que não faziam parte da vida em vigília. Tornou-se um sonhador e julgava a vida insossa e insatisfatória; um explorador de estranhos reinos e relações outrora familiares, que no entanto não se encontravam em nenhuma das regiões visíveis da terra.

Tomado pelo sentimento de que nosso mundo não é mais do que um átomo em uma vasta e formidável tessitura, e de que a província do desconhecido permeia e influencia a esfera do conhecido em todos os pontos, Northam, durante a juventude e o princípio da idade adulta, exauriu as fontes da religião estabelecida e dos mistérios ocultistas. Nada, contudo, era capaz de oferecer-lhe conforto e satisfação; e à medida que envelhecia, o enfado e as limitações da vida tornaram-se-lhe cada vez mais enlouquecedores. Durante a década de 90 ele envolveu-se com o satanismo, e durante todo esse tempo mostrou-se disposto a devorar com enorme apetite todas as doutrinas e teorias que prometiam uma fuga dos panoramas limitados da ciência e das monótonas e invariáveis leis da Natureza. Livros como o quimérico relato de Ignatius Donnelly acerca de Atlântida eram absorvidos com gosto, e uma dúzia de precursores obscuros de Charles Fort encantaram-no com suas idiossincrasias. Northam viajava léguas para investigar uma história rural obscura de portentos anômalos, e certa vez foi ao deserto da Arábia em busca de uma Cidade Sem Nome eventualmente mencionada em que homem nenhum jamais havia posto os olhos. Surgiu nele a crença irresistível de que em um lugar ou outro havia um portal logo ao alcance que, se encontrado, dar-lhe-ia livre acesso às profundezas siderais cujos ecos distantes reverberavam como que sob a memória. Talvez estivesse no mundo visível, mas também podia ser que existisse apenas em sua mente e em sua alma. Talvez ele guardasse no interior do próprio cérebro em parte inexplorado o elo críptico que poderia despertá-lo para vidas ancestrais e futuras em dimensões olvidadas, que haveriam de ligá-lo às estrelas e às infinitudes e eternidades mais além.

A cidade sem nome

Quando me aproximei da cidade sem nome eu sabia tratar-se de um lugar amaldiçoado. Eu viajava por um vale árido e terrível sob o luar, e ao longe a vi erguer-se preternaturalmente acima das areias como as partes de um cadáver por vezes se erguem de uma cova mal preparada. O medo sussurrava a partir de pedras desgastadas naquela sobrevivente ancestral do dilúvio, bisavó da mais antiga pirâmide; e uma aura invisível repeliu-me e levou-me a manter distância dos segredos antigos e sinistros que nenhum homem deveria ver, e que nenhum outro homem jamais se atrevera a ver.

Remota no deserto da Arábia estende-se a cidade sem nome, inerte e em ruínas, com as muralhas baixas em parte encobertas pelas areias de épocas incontáveis. Já devia estar nesse mesmo estado quando as primeiras pedras de Mênfis foram assentadas, e quando os tijolos da Babilônia nem sequer haviam sido queimados. Não existem lendas antigas o bastante para atribuir-lhe um nome, nem para recordar dos tempos em que ainda era viva; mas à volta das fogueiras, nos acampamentos dos xeiques, matriarcas contam aos sussurros que todas as tribos evitam-na sem nem ao menos saber por quê. Foi com esse lugar que o árabe louco Abdul Alhazred sonhou uma noite antes de cantar o imperscrutável dístico:

Não está morto o que eterno jaz;
No tempo, a morte é de morrer capaz.

Eu devia haver imaginado que os árabes tinham boas razões para evitar a cidade sem nome, a cidade mencionada em estranhas histórias porém jamais vista por um homem vivo, mas assim mesmo resolvi desafiá-las e adentrei o deserto inexplorado com meu camelo. Ninguém além de mim jamais a viu, e esse é o motivo para que nenhum outro rosto traga as horrendas marcas do medo como o meu; para que nenhum outro homem estremeça de horror quando o vento noturno sacode as janelas. Quando cheguei à cidade na sinistra monotonia do sono infinito ela olhou para mim, ainda fresca em razão do luar frio em meio ao calor do deserto. E ao retornar essa mirada eu esqueci o triunfo de havê-la encontrado e parei com o meu camelo à espera da aurora.

Esperei por horas, até que o oriente ganhasse um matiz cinzento e as estrelas se desbotassem, e o cinza desse lugar a uma luz rósea com franjas douradas. Ouvi um gemido e percebi uma tempestade de areia erguer-se em meio às pedras antigas, embora o céu estivesse limpo e a ampla vastidão do deserto se mantivesse imóvel. E de repente, nos mais distantes confins do deserto, surgiu a borda do sol, vista através da pequena tempestade de areia que passava ao longe, e em meu estado febril imaginei que de profundezas remotas um estrondo metálico e musical havia se erguido para saudar o disco flamejante como Mêmnon o saúda nas margens do Nilo. Meus ouvidos zumbiram e minha imaginação conflagrou-se enquanto eu conduzia o camelo vagarosamente através da areia rumo àquele local de pedra silente; aquele local demasiado antigo para que o Egito e Meroé o rememorassem, e que apenas eu, dentre todos os homens vivos, pudera ver.

Vaguei pelas fundações informes de casas e palácios, sem jamais encontrar entalhes ou inscrições que dessem testemunhos dos homens, caso fossem mesmo homens, que haviam construído a cidade e nela morado muito tempo atrás. A antiguidade do local era insalubre, e ansiei por encontrar um vestígio ou sinal capaz de provar que a cidade de fato houvesse sido construída por criaturas humanas. Havia certas *proporções* e *dimensões* nas ruínas que em nada me agradavam. Eu tinha comigo várias ferramentas, e fiz diversas escavações no interior dos edifícios arrasados; mas o progresso mostrou-se lento, e não me rendeu nenhuma descoberta significativa. Quando a noite retornou com a lua cheia, senti um vento gélido que renovou meus temores, e assim não ousei permanecer na cidade. E quando saí das muralhas antigas para dormir, uma pequena tempestade de areia suspirante ergueu-se às minhas costas e soprou acima das pedras cinzentas, mesmo que a lua estivesse clara e o deserto se mantivesse imóvel.

Quando o dia raiou, despertei de uma procissão de sonhos horrendos e senti os ouvidos zumbindo, como se aquele fosse o resultado de um estrondo metálico. Vi o sol espiando vermelho através dos últimos sopros da pequena tempestade de areia que pairava acima da cidade sem nome e percebi o silêncio e a imobilidade que dominavam o panorama. Mais uma vez aventurei-me rumo ao interior daquelas ruínas ameaçadoras que se avolumavam sob a camada de areia como faria um ogro tapado por um cobertor, e mais uma vez cavei em vão procurando relíquias de uma raça esquecida. Ao meio-dia eu descansei, e à tarde passei um bom tempo examinando os contornos da muralha, e o traçado das ruas de outrora, e os limites das construções já praticamente desaparecidas. Vi que a cidade fora de fato opulenta, e indaguei-me sobre as origens daquela grandeza. De mim para comigo, imaginei todos os esplendores de uma época tão distante que nem mesmo a Caldeia haveria de lembrá-la, e pensei na arruinada Sarnath, que se erguia no país de Mnar quando a humanidade ainda era jovem, e em Ib, entalhada em pedra cinzenta antes mesmo que a humanidade surgisse.

De repente cheguei a um ponto onde o leito de rocha sobressaía de maneira acentuada em meio à areia e formava uma pequena elevação; e nesse ponto rejubilei ao ver o que pareciam ser resquícios daquele povo antediluviano. Esculpidos grosseiramente na face rochosa estavam as inconfundíveis fachadas de várias casas ou templos de rocha com dimensões reduzidas e proporções atarracadas; os interiores desses locais talvez preservassem os segredos de épocas incalculavelmente antigas, embora as tempestades de areia há muito tivessem apagado quaisquer entalhes que pudesse haver no lado externo.

Baixas e obstruídas pela areia revelavam-se todas as aberturas próximas a mim, porém logo tratei de limpar uma delas com a pá e me arrastei para o interior, levando comigo uma tocha capaz de revelar quaisquer mistérios que por lá se escondessem. Já no interior, percebi que a caverna era de fato um templo, e descobri indícios claros da raça que tinha vivido e venerado naquela cidade antes que o deserto fosse um deserto. Não faltavam altares, pilastras e nichos primitivos, todos curiosamente baixos; e embora eu não tenha visto esculturas nem afrescos, havia diversas pedras singulares nitidamente cortadas no formato de símbolos por meios artificiais. A pouca altura da câmara entalhada parecia estranha, pois eu mal conseguia manter-me ajoelhado lá dentro; mas a área era tão vasta que minha tocha revelava apenas uma parte de cada vez. Senti um estranho calafrio nos cantos mais distantes; pois certos altares e certas pedras sugeriam ritos proscritos de natureza terrível, revoltante e inexplicável, e levaram-me a imaginar que tipo de homens poderiam ter construído e frequentado aquele templo. Quando vi tudo o que estava contido naquele lugar, esgueirei-me novamente para fora, ávido por descobrir o que se esconderia no interior dos outros templos.

A essa altura a noite já se aproximava, porém graças às coisas tangíveis que eu vira a minha curiosidade venceu o medo, de maneira que não fugi das sombras projetadas ao luar que tanto me haviam intimidado quando primeiro vi a cidade sem nome. No crepúsculo, desobstruí mais uma abertura e com uma nova tocha me arrastei lá para dentro e descobri mais pedras e símbolos vagos, embora nada mais decisivo do que o outro templo contivera. O recinto apresentava a pouca altura característica, mas era bem menos amplo, e terminava em uma passagem demasiado estreita repleta de adoratórios obscuros e crípticos. Eu estava analisando esses adoratórios quando os barulhos do vento e do meu camelo no lado de fora quebraram o silêncio e me levaram a sair do interior das ruínas para ver o que poderia ter assustado o animal.

A lua cintilava com um brilho vívido acima das ruínas primevas e iluminava a densa nuvem de areia que parecia ter sido levantada por um vento que aos poucos enfraquecia, originado na elevação à minha frente. Convenci-me de que o vento gélido e arenoso fora responsável por assustar o camelo e havia pensado em levá-lo a um abrigo melhor quando ergui o rosto e percebi que não havia vento nenhum no topo da elevação. Essa constatação me surpreendeu e provocou o retorno dos meus temores, porém de imediato recordei-me das rajadas súbitas que eu vira e ouvira na aurora e no crepúsculo, e julguei que aquela fosse uma ocorrência normal. Cheguei à conclusão de que a rajada devia originar-se de uma fissura na rocha que levava a uma caverna, e observei as areias revoltas desenharem-lhe o trajeto; logo percebi que vinha do orifício escuro em um templo localizado bastante mais ao sul, quase fora do meu campo de visão. Contra a nuvem de areia sufocante, avancei rumo ao templo, que a cada passo meu tornava-se maior do que os outros e aos poucos revelava uma porta bem menos obstruída pela areia compacta. Eu poderia ter entrado se a terrível força do vento gélido não houvesse quase apagado a minha tocha. O vento soprava incessantemente da abertura escura e ululava de maneira quase sobrenatural ao agitar e espalhar a areia pelas ruínas bizarras. Logo a rajada amainou e a areia serenou, até que por fim tudo estivesse mais uma vez inerte; mas parecia haver uma presença à espreita em meio às pedras espectrais da cidade, e quando olhei para a lua tive a impressão de que tremeluzia como que refletida em águas intranquilas. Eu estava mais assustado do que seria capaz de explicar, mas não o suficiente para diminuir minha sede por maravilhas; de maneira que, tão logo o vento passou, adentrei a câmara escura de onde a lufada havia saído.

Esse templo, como eu havia presumido a partir do exterior, era maior do que os dois que eu visitara até então; tratava-se presumivelmente de uma caverna natural, uma vez que trazia ventos de uma região subterrânea. Lá eu quase pude me colocar de pé, mas logo vi que as pedras e os altares tinham as mesmas proporções diminutas observadas em outros templos. Nas paredes e no teto vislumbrei pela primeira vez resquícios da arte pictórica daquela raça ancestral, curiosos traços ondulados de uma tinta já quase desbotada ou descascada; e em dois altares vi, com arrebatamento cada vez maior, um labirinto de entalhes curvos muito bem executados. Enquanto mantinha a tocha erguida eu tive a impressão de que a forma do teto era demasiado regular para ser natural, e me perguntei qual teria sido o primeiro trabalho daqueles cortadores de pedra pré-históricos. Os conhecimentos de engenharia deviam ter sido vastos.

Logo uma labareda mais intensa daquela chama fantástica revelou o que eu estivera procurando — a abertura que levava aos abismos mais remotos de onde a rajada súbita havia soprado; e quase desmaiei ao ver que se tratava de um pequeno alçapão claramente *artificial* esculpido na rocha sólida. Empurrei a tocha à frente e vislumbrei um túnel preto de teto baixo e em arco sobre um rústico lance de degraus — pequenos, numerosos e deveras íngremes — que desciam. Sempre hei de rever esses degraus nos meus sonhos, pois mais tarde compreendi o que eram. Naquele momento eu mal saberia dizer se eram degraus ou meros apoios para os pés naquela descida vertiginosa. Meu intelecto rodopiava com pensamentos insanos, e as palavras e advertências dos profetas árabes pareciam flutuar pelo deserto, vindas de terras que os homens conhecem rumo à cidade sem nome que os homens não se atrevem a conhecer. Mesmo assim, hesitei apenas por um momento antes de cruzar o portal e dar início à cautelosa descida pela estreita passagem, com os pés descendo primeiro, como numa escada móvel.

Apenas nos terríveis fantasmas invocados pelas drogas ou pelo delírio um homem poderia fazer uma descida como a minha. A estreita passagem baixava infinitamente, como um horrendo poço assombrado, e a tocha que eu sustinha acima da cabeça não poderia ter iluminado as profundezas ignotas rumo às quais eu me encaminhava. Perdi a conta das horas e esqueci de consultar o meu relógio, por mais que eu sentisse medo ao pensar na distância que devia estar percorrendo. Houve mudanças de direção e de inclinação, e a certa altura cheguei a uma passagem longa, baixa e plana onde precisei me arrastar com os pés à frente ao longo do chão rochoso enquanto segurava a tocha estendida acima da cabeça. O lugar não era alto o bastante sequer para que eu me pusesse de joelhos. Depois surgiram mais degraus íngremes, e eu persistia na descida interminável quando a minha tocha moribunda enfim se extinguiu. Não acredito que eu tenha percebido naquela ocasião, mas quando dei por mim eu continuava a segurá-la acima da cabeça como se estivesse acesa. Eu estava dominado por um fascínio pelo estranho e pelo desconhecido que fez de mim um andarilho na terra e um frequentador de lugares distantes, ancestrais e proscritos.

Na escuridão, tive lampejos dos fragmentos que compunham meu inestimável tesouro de sabedoria demoníaca; frases do árabe louco Alhazred, parágrafos dos pesadelos apócrifos de Damáscio e linhas infames do delirante *Ima-*

ge du monde de Gautier de Metz. Repeti excertos bizarros e balbuciei coisas sobre Afrassíabe e os demônios que o acompanhavam em voos pelo Oxo; e mais tarde pus-me a entoar repetidamente uma frase de um dos contos de Lord Dunsany — "a negrura inecoante do abismo". Quando a descida tornou-se excepcionalmente íngreme passei a cantarolar certas linhas de Thomas Moore até que eu temesse continuar a recitá-las:

Um reservatório de trevas, preto
como o caldeirão das bruxas, repleto
co' as drogas do eclipse lunar completo.
Examinei o panorama à frente —
e vi, no abismo entregue à própria sorte,
que se revelava ante o meu olhar
um negror polido e reluzente,
como se o estivessem a envernizar
co' o piche viscoso que o Mar da Morte
espalha na orla crepuscular.

O tempo havia praticamente deixado de existir quando os meus pés sentiram um chão firme e plano, e de repente vi-me em um lugar pouco mais alto do que os aposentos nos dois templos menores que naquele momento encontravam-se a uma altura incalculável acima da minha cabeça. Não era possível colocar-se de pé, mas eu conseguia me ajoelhar, e no escuro comecei a movimentar as pernas e me arrastar para lá e para cá, sem rumo. Logo eu soube que me encontrava numa passagem estreita com paredes revestidas com armários de madeira com frentes de vidro. Ao perceber materiais como madeira trabalhada e vidro polido naquele lugar abismal e paleozoico, estremeci ante as possíveis implicações. Os armários pareciam estar dispostos ao longo das laterais da passagem a intervalos regulares, e eram horizontais e oblongos, de maneira que se assemelhavam terrivelmente a esquifes, tanto no tamanho como nas dimensões. Quando tentei mover dois ou três a fim de examiná-los, descobri que estavam firmemente presos.

Vi que a passagem era longa, e assim avancei depressa em uma corrida rastejante que teria parecido horrenda se houvesse olhos a me espreitar no escuro; e às vezes eu cruzava de um lado ao outro a fim de tatear os arredores e certificar-me de que as fileiras de armários continuavam a se estender. Os homens têm como hábito tão arraigado pensar em termos de imagens visuais que eu quase me esqueci da escuridão e passei a imaginar o infindável corredor de madeira e vidro naquela monotonia de teto baixo como se de fato o visse. E então, num momento de emoção indescritível, eu o vi.

Quando foi que minha fantasia deu vez à visão real, eu não saberia dizer; porém aos poucos uma cintilância à minha frente ganhou intensidade, e de um momento para o outro pude discernir os contornos tênues do corredor e dos armários, revelados por uma fosforescência subterrânea desconhecida. Por um breve momento tudo se revelou exatamente como eu havia imaginado, uma vez que a cintilância era débil; mas, enquanto eu persistia em me arrastar mecanicamente rumo à luz mais forte, percebi que minha fantasia fora demasiado modesta. O corredor não era uma relíquia rústica como os templos na cidade mais acima, mas um monumento genuíno de arte exótica e magnífica. Imagens e padrões ricos, vívidos e fantásticos a não mais poder formavam um arranjo contínuo de pintura mural cujas linhas e cores ultrapassavam qualquer tentativa de descrição. Os armários eram feitos de uma estranha madeira dourada, com frentes em vidro de acabamento excepcional, e guardavam formas mumificadas de criaturas que em termos de grotesco ultrapassavam os mais caóticos sonhos da humanidade.

Comunicar o efeito daquelas monstruosidades seria impossível. Eram uma espécie de réptil, com linhas que se pareciam ora um crocodilo, ora uma foca, porém na maior parte do tempo sugeriam coisas jamais vistas por naturalistas e paleontólogos. Em tamanho, tinham a estatura de um homem pequeno, e as patas dianteiras apresentavam pés delicados e flexíveis, estranhamente similares a mãos e dedos humanos. Porém o mais singular eram as cabeças, que revelavam no contorno uma violação de todos os princípios biológicos conhecidos. Não é possível comparar aquelas coisas a nada — em um único instante pensei em comparações muito díspares com um gato, um buldogue, o sátiro mitológico e um ser humano. Nem mesmo o próprio Jove teria uma fronte tão colossal e protuberante, mas os chifres, somados à ausência de nariz e à mandíbula de crocodilo, separavam aquela coisa de todas as categorias dos seres vivos conhecidos. Por um tempo, debati comigo mesmo a realidade das múmias, imaginando que pudesse tratar-se de ídolos artificiais; porém logo concluí que de fato pertenciam a uma espécie paleogênea que tinha vivido na mesma época em que a cidade sem nome era viva. Para coroar aquele grotesco, quase todas as formas apresentavam-se envoltas em mantos das mais delicadas fazendas, e prodigamente decoradas com ornamentos de ouro, joias e reluzentes metais desconhecidos.

A importância dessas criaturas rastejantes deve ter sido vasta, pois ocupavam o lugar de maior destaque entre os desenhos extravagantes nos afrescos que decoravam as paredes e o teto. O artista os havia desenhado com maestria naquele mundo à parte, onde as criaturas tinham cidades e jardins construídos para adequar-se às proporções que tinham; e não pude deixar de imaginar que a história retratada fosse uma alegoria, que talvez mostrasse o progresso da raça que as adorava. Essas criaturas, eu disse para mim próprio, foram para os homens da cidade sem nome como a loba foi para Roma, ou um totem animal para uma tribo de índios.

Aferrando-me a essa convicção, imaginei que fosse possível traçar as linhas mestras do fabuloso épico da cidade sem nome; a história de uma poderosa metrópole costeira que dominava o mundo antes que a África se erguesse das ondas, e dos reveses enfrentados quando o mar se afastou e o deserto invadiu o vale fértil que a abrigava. Vi as guerras e os triunfos, as agruras e as derrotas daquele povo, e depois a terrível batalha contra o deserto quando milhares de pessoas — representadas na alegoria pelos grotescos répteis — viram-se obrigadas a empregar métodos fantásticos para abrir passagens subterrâneas em meio às rochas para assim chegar a um outro mundo sobre o qual os profetas haviam falado. Tudo tinha uma vividez estranha e realística, e a ligação com a formidável descida que eu havia empreendido era inconfundível. Cheguei até mesmo a reconhecer certas passagens.

Enquanto eu me arrastava pelo corredor em direção à luz mais intensa, pude acompanhar estágios mais avançados daquele épico pintado — o adeus da raça que habitara a cidade sem nome e o vale circunjacente por dez milhões de anos; a raça cujas almas relutavam em abandonar cenários há tanto tempo conhecidos pelos corpos, onde tinham se estabelecido como nômades na juventude da terra, cinzelando na rocha virgem os adoratórios primordiais onde jamais haviam deixado de prestar reverência. Com a melhoria nas condições de iluminação pude examinar as imagens mais de perto, e, ao lembrar que os estranhos répteis deviam representar aqueles homens desconhecidos, ponderei sobre os costumes da cidade sem nome. Muitas coisas pareceram-me singulares e inexplicáveis. A civilização, que dispunha de um alfabeto escrito, parecia haver se erguido a um patamar ainda mais alto do que aquele atingido pelas civilizações imensuravelmente mais tardias do Egito e da Caldeia, porém assim mesmo havia omissões curiosas. Eu não encontrava, por exemplo, imagens que representassem mortes ou ritos funerários, a não ser aquelas relacionadas a guerras, violências e pestes; e me perguntei sobre a reticência exibida em relação à morte natural. Era como se um ideal de imortalidade terrena tivesse sido acalentado como ilusão benfazeja.

Já próximo ao fim da passagem encontravam-se pintadas cenas de caráter absolutamente pitoresco e extravagante; paisagens muito contrastantes da cidade sem nome, já deserta e em ruínas, e do novo reino ou paraíso para onde a raça havia cinzelado um caminho através da rocha. Nessas imagens a cidade e o vale desértico eram sempre mostrados sob o luar, com um nimbo dourado pairando sobre as muralhas derrocadas e revelando parcialmente a perfeição esplendorosa de outrora, representada pelo artista com toques diáfanos e espectrais. As cenas paradisíacas eram quase extravagantes demais para que pudessem ser acreditadas, e retratavam um mundo oculto de dia eterno, repleto de cidades gloriosas e colinas e vales etéreos. Por fim imaginei ver indícios de um anticlímax artístico. As pinturas eram menos refinadas, e bem mais bizarras até mesmo do que as mais extravagantes cenas anteriores. Pareciam registrar o lento declínio da antiga linhagem, acompanhado por uma ferocidade cada vez maior em relação ao mundo externo do qual fora expulsa pelo deserto. As formas das pessoas — sempre representadas como répteis sagrados — pareciam aos poucos degradar-se, enquanto o espírito que aparecia pairando acima das ruínas ao luar ganhava proporções maiores. Sacerdotes definhados, exibidos como répteis em mantos suntuosos, amaldiçoavam o ar da superfície e todos aqueles que o respiravam; e uma última e terrível cena mostrava um homem de aparência primitiva, talvez um pioneiro de Irem, a Cidade dos Pilares, despedaçado por integrantes da antiga raça. Lembrei-me de que os árabes temiam a cidade sem nome, e alegrei-me ao pensar que, para além daquele lugar, as paredes cinzentas e o teto eram nus.

Enquanto eu via aquela procissão de história mural, aproximei-me do corredor de teto baixo e percebi um grande portão de onde vinha toda a fosforescência que iluminava o ambiente. Quando me arrastei até lá, soltei um grito de espanto transcendente ao compreender o que havia mais além; pois em vez de outras câmaras mais iluminadas, havia somente um vácuo ilimitado de radiância uniforme, como aquele que se poderia imaginar ao olhar do pico do Everest para baixo, rumo a um mar de névoa banhada pelo sol. Às minhas costas havia uma passagem tão estreita que eu não conseguia manter-me de pé; e à minha frente havia uma infinidade de refulgência subterrânea.

E, descendo a partir da passagem rumo ao abismo, revelava-se o patamar de um íngreme lance de degraus — pequenos e numerosos, como aqueles das passagens escuras que eu já tinha atravessado —, embora poucos metros abaixo os vapores luminosos ocultassem todo o restante. Aberta e apoiada contra a parede esquerda da passagem estava uma porta de latão maciço, incrivelmente espessa e decorada com baixos-relevos fantásticos, que ao ser fechada poderia bloquear por completo o mundo de luz que naquele momento chegava às abóbadas e galerias entalhadas na rocha. Olhei para os degraus, e naquele instante faltou-me a coragem necessária para descê-los. Toquei a porta de latão e não consegui movê-la. Em seguida me abaixei e deitei-me no chão, sentindo os pensamentos inflamarem-se com reflexões prodigiosas que nem mesmo uma exaustão mortal seria capaz de afastar.

Enquanto eu permanecia deitado, com os olhos fechados, livre para pensar, inúmeras coisas que eu havia percebido nos afrescos acudiram-me com um novo e terrível significado — cenas que representavam o apogeu da cidade sem nome, a vegetação no vale ao redor e as terras distantes com as quais os mercadores negociavam. A alegoria das criaturas rastejantes intrigou-me em razão do destaque universal que lhes era conferido, e admirei-me ao perceber que fora representada com tantos detalhes numa história pictórica de tanta importância. Nos afrescos, a cidade sem nome era mostrada com proporções adaptadas aos répteis. Perguntei-me quais teriam sido as reais proporções e a real magnificência daquele lugar, e por um instante refleti sobre certas peculiaridades observadas nas ruínas. Indaguei-me acerca do teto baixo dos templos primordiais e do corredor subterrâneo, que eram sem dúvida entalhados daquela forma em deferência às divindades reptilianas que aquele povo adorava — embora devessem necessariamente obrigar os celebrantes a rastejar. Talvez os próprios ritos envolvessem uma forma ou outra de rastejo em imitação a essas divindades. Nenhuma teoria religiosa, contudo, poderia explicar por que o corredor plano naquela descida formidável seria baixo como os templos — ou até mais baixos, uma vez que neles era impossível até mesmo colocar-se de joelhos. Enquanto eu pensava nas criaturas rastejantes cujas formas mumificadas estavam próximas de mim, senti um novo palpitar de medo. Associações mentais são curiosas, e eu tentava evitar a ideia de que, a não ser por aquele pobre homem primitivo dilacerado na última pintura, o meu corpo era a única forma humana no meio daquelas várias relíquias e daqueles vários símbolos de vida primordial.

Mas, como sempre em minha estranha e errática existência, logo o espanto venceu o medo; pois o abismo luminoso e tudo aquilo que poderia conter revelavam-se como um enigma digno dos maiores exploradores. Quanto ao estranho mundo de mistério que jazia nas profundezas daquele lance de degraus singularmente estreitos eu já não tinha qualquer dúvida, e assim torcia para lá encontrar os memoriais humanos que o corredor pintado não me havia oferecido. Os afrescos retratavam incríveis cidades, colinas e vales nesse reino inferior, e minha fantasia demorou-se nas ruínas suntuosas e colossais à minha espera.

Meus temores, a bem dizer, eram mais relacionados ao passado do que ao futuro. Nem mesmo o horror físico da minha posição naquele corredor exíguo repleto de répteis mortos e afrescos antediluvianos, quilômetros abaixo do mundo que eu conhecia e ligado a outro mundo de luz e névoa preternaturais, poderia igualar-se ao terror mortífero que eu senti perante a antiguidade abismal da cena e da alma que representava. Uma antiguidade vasta a ponto de tornar qualquer medida inútil parecia zombar a partir das pedras primevas e dos templos entalhados na cidade sem nome, enquanto os mais recentes mapas nos afrescos mostravam oceanos e continentes esquecidos pelo homem, apresentando somente aqui e acolá um traçado vagamente familiar. Quanto ao que poderia ter ocorrido nos éons geológicos desde que as pinturas cessaram e aquela raça que odiava a morte sucumbira ressentida à decadência, ninguém saberia dizer. A vida outrora havia fervilhado naquelas cavernas e no reino luminoso mais abaixo; e naquele instante eu estava sozinho em meio a relíquias vívidas, e tremia ao pensar nas incontáveis eras durante as quais essas mesmas relíquias haviam se mantido em vigília no abandono e no silêncio.

De repente senti mais um baque daquele medo agudo que a intervalos tomava conta de mim desde que eu vira o terrível vale e a cidade sem nome sob a lua fria, e apesar da exaustão percebi que eu assumira quase em frenesi uma postura sentada e que eu olhava para trás, em direção ao corredor preto que dava acesso aos túneis que levavam de volta ao mundo exterior. Minhas sensações eram similares àquelas que me haviam levado a evitar a cidade sem nome à noite, e mostravam-se tão inexplicáveis como eram pungentes. Noutro momento, contudo, recebi um choque ainda maior sob a forma de um som definido — o primeiro a quebrar o silêncio absoluto daquelas profundezas tumulares. Era um gemido baixo e cavo, que parecia vir de uma turba de espíritos condenados, e chegava da direção rumo à qual eu tinha o rosto apontado. O volume aumentou depressa, e logo começou a reverberar de forma assustadora naquela passagem de teto baixo, enquanto ao mesmo tempo eu tomava consciência de um fluxo cada vez mais intenso de ar frio, que também vinha dos túneis e da cidade acima. O toque desse ar pareceu restaurar meu equilíbrio, pois no mesmo instante lembrei-me das rajadas súbitas que se haviam erguido na boca do abismo a cada pôr do sol e a cada nascer do sol, e que a certa altura me haviam revelado as galerias ocultas. Olhei para o relógio e notei que o sol estava prestes a nascer, então me preparei para resistir à ventania que descia rumo ao fundo da caverna de onde havia saído ao entardecer. Mais uma vez meu temor diminuiu, posto que os fenômenos naturais tendem a interromper cogitações sobre o desconhecido.

Cada vez mais insano, o vento noturno gemia e ululava rumo ao interior daquele abismo nas entranhas da terra. Deitei-me de novo e inutilmente tentei me agarrar ao chão, temendo que a ventania arrastasse o meu corpo para o outro lado do portão aberto rumo ao abismo fosforescente. Eu não havia esperado tamanha fúria, e quando percebi que a minha forma de fato estava sendo impelida rumo ao abismo fui tomado por mil novos terrores de apreensão e fantasia. A malignidade evidenciada pela rajada despertou as mais absurdas quimeras; mais uma vez comparei-me, trêmulo, à única imagem humana naquele terrível corredor — o homem dilacerado pela raça sem nome —, pois nas demoníacas garras e revoluções da ventania parecia haver uma raiva vingativa tornada ainda mais forte em razão da aparente impotência. Acredito ter gritado em frenesi já perto do fim — eu sentia-me quase louco —, mas se de fato gritei os meus gritos perderam-se em meio à babel infernal dos ululantes espectros de vento. Tentei me arrastar em direção à invisível torrente assassina, porém não pude sequer firmar as mãos ao ser empurrado de forma lenta e inexorável rumo àquele mundo desconhecido. Enfim minha razão deve ter cedido por completo, pois me vi reduzido a balbuciar repetidas vezes o dístico inexplicável do árabe louco Alhazred, que sonhou com a cidade sem nome:

Não está morto o que eterno jaz,
No tempo a morte é de morrer capaz.

Somente os deuses que presidem o deserto sinistro e ameaçador sabem o que de fato ocorreu — que indescritíveis batalhas e convulsões enfrentei no escuro, ou que Abaddon guiou-me de volta à vida, onde sempre hei de rememorar e estremecer ante o vento noturno, até que o olvido — ou coisa pior — leve-me embora. Era uma coisa monstruosa, preternatural e colossal — muito além de todas as ideias humanas para que possa ser concebida, a não ser nas madrugadas silentes e malditas em que o sono não chega.

Já tive ocasião de mencionar que a fúria da rajada inclemente era infernal — cacodemoníaca — e que aquelas vozes tornavam-se ainda mais horrendas em razão da vileza acumulada por eternidades passadas em desolação. Hoje essas vozes, ainda caóticas e presentes, parecem assumir formas articuladas às minhas costas; e lá, naquele túmulo de antiguidades mortas há éons incontáveis, quilômetros abaixo do mundo iluminado pela aurora dos homens, ouvi os metuendos rosnados e as imprecações de demônios que falavam em línguas estranhas. Ao me virar pude ver, delineado contra o éter luminoso do abismo, aquilo que eu não pudera ver na penumbra do corredor — uma horda de demônios alvoroçados saídos de um pesadelo; distorcidos pelo ódio, com uma panóplia odienta, translúcidos; demônios de uma raça que homem nenhum poderia tomar por outra coisa — os répteis rastejantes da cidade sem nome.

E quando o vento amainou fui lançado rumo à negrura habitada por ghouls nas entranhas da terra; pois atrás da última criatura a grande porta de latão se fechou com um estrondo ensurdecedor de música metálica cujas reverberações ecoaram até o mundo distante para saudar o sol como Mêmnon saúda-o às margens do Nilo.

A ruína de Sarnath

Existe no país de Mnar um vasto e plácido lago que não é alimentado por nenhum curso d'água e do qual nenhum curso d'água escoa. Dez mil anos atrás erguia-se naquelas margens a imponente cidade de Sarnath, porém Sarnath já não mais se encontra de pé.

Conta-se que em anos imemoriais, quando o mundo era jovem, antes que os homens de Sarnath chegassem ao país de Mnar, outra cidade erguia-se às margens do lago; a cidade pétrea e cinzenta de Ib, que era antiga como o próprio lago, e habitada por criaturas nada agradáveis de contemplar. Deveras estranhas e feias eram as criaturas, como a bem dizer são quase todos os seres de um mundo ainda rústico e rudimentar. Consta nos cilindros de argila de Kadatheron que as criaturas de Ib tinham a tez verde como o lago e a névoa que paira acima das águas; que tinham olhos arregalados, lábios flácidos e protuberantes e orelhas curiosas, e que não tinham voz. Também consta que certa noite desceram da lua envoltos em névoa; as criaturas e o vasto e plácido lago e a cidade pétrea e cinzenta de Ib. A despeito do que tenha acontecido, certo é que veneravam um ídolo entalhado em pedra verde-oceano que representava Bokrug, o grande lagarto-d'água ante o qual as criaturas executavam horrendas danças sob a lua gibosa. E consta no papiro de Ilarnek que certo dia descobriram o fogo, e a partir de então passaram a acender chamas em diversas ocasiões cerimoniais. Porém não consta muita coisa a respeito dessas criaturas, porque viveram em tempos demasiado ancestrais, e o homem é jovem e conhece pouco sobre as coisas vivas demasiado ancestrais.

Passados inúmeros éons os homens chegaram ao país de Mnar; pastores de tez morena com rebanhos lanosos que construíram Thraa, Ilarnek e Kadatheron às margens do Rio Ai. E certas tribos, mais robustas que as demais, chegaram às margens do lago e construíram Sarnath em um ponto onde metais preciosos escondiam-se sob a terra.

Não muito longe da cidade pétrea e cinzenta de Ib as tribos nômades assentaram as pedras que deram início à Sarnath e muito se admiraram com os seres de Ib. Porém a essa admiração misturava-se o ódio, pois as tribos não julgavam adequado que seres daquele aspecto vagassem pelo mundo dos homens ao entardecer. E tampouco gostavam das estranhas esculturas sobre os monólitos cinzentos de Ib, pois essas esculturas eram de uma antiguidade espantosa e terrível. Por que os seres e as esculturas mantiveram-se por tão longo tempo no mundo, até a aurora dos homens, ninguém poderia dizer; a não ser que fosse porque o país de Mnar é dominado pelo silêncio, e distante de quase todos os outros países da vigília e do sonho.

Quanto mais os homens de Sarnath viam as criaturas de Ib, mais o ódio sentido aumentava, pois julgavam aquelas criaturas fracas, e haviam-nas descoberto moles como águas-vivas ao toque de pedras e lanças e flechas. E assim certo dia os jovens guerreiros, armados com estilingues e lanças e arcos, marcharam contra Ib e chacinaram todos os habitantes da cidade, e a seguir empurraram os bizarros corpos rumo ao interior do lago usando lanças compridas, posto que não queriam tocá-los. E, como não gostassem dos cinzentos monólitos esculpidos de Ib, jogaram-nos também no interior do lago, indagando-se, a partir da grandeza do labor envolvido, de que modo as pedras teriam sido transportadas de longe, como deviam ter sido, uma vez que não havia nada parecido em todo o país de Mnar ou nas terras adjacentes.

E assim da antiquíssima cidade de Ib nada foi poupado, a não ser pelo ídolo entalhado em pedra verde-oceano que representava Bokrug, o grande lagarto-d'água. Este os jovens guerreiros levaram de volta para Sarnath como símbolo da conquista dos antigos deuses e das criaturas de Ib, e como símbolo do novo domínio exercido sobre Mnar. Porém na noite que sucedeu àquela em que o ídolo foi posto no templo uma coisa terrível deve ter acontecido, pois estranhas luzes foram vistas acima do lago, e pela manhã descobriu-se que o ídolo desaparecera, e que o alto sacerdote Taran-Ish estava morto, como que levado por um terror inefável. Antes de morrer, no entanto, Taran-Ish havia rabiscado sobre o altar de crisólito, com movimentos trêmulos, o símbolo da RUÍNA.

Depois de Taran-Ish vieram muitos outros altos sacerdotes, porém o ídolo entalhado em pedra verde-oceano jamais foi reencontrado. E muitos séculos chegaram e passaram, durante os quais Sarnath alcançou enorme prosperidade, de maneira que somente os sacerdotes e as velhas recordavam-se daquilo que Taran-Ish havia rabiscado no altar de crisólito. Entre Sarnath e a cidade de Ilarnek surgiu uma rota de caravanas, e os metais preciosos da terra eram trocados por outros metais e tecidos finos e joias e livros e ferramentas de artesania e todas as coisas luxuosas conhecidas por aqueles que moravam às margens do Rio Ai e além. E assim Sarnath tornou-se uma cidade poderosa e erudita e resplendente, e enviou exércitos conquistadores para subjugar as cidades vizinhas; e com o passar do tempo sentaram-se num trono em Sarnath todos os reis do país de Mnar e das muitas terras adjacentes.

A maravilha do mundo e o orgulho da humanidade eram a magnífica Sarnath. De mármore polido extraído no deserto eram as muralhas, com uma altura de trezentos cúbitos e espessura de setenta e cinco, de maneira que as carruagens pudessem transitar uma ao lado da outra enquanto eram conduzidas no topo. As muralhas estendiam-se por quinhentos estádios, e eram abertas somente no lado que dava para o lago, onde um quebra-mar de pedra verde impedia que estranhas ondas se avolumassem uma vez por ano durante o festival que celebrava a destruição de Ib. Em Sarnath, cinquenta ruas levavam do lago aos portões das caravanas, e outras cinquenta as cruzavam. Com ônix eram pavimentadas, exceto aquelas galgadas por cavalos e camelos e elefantes, que eram pavimentadas com granito. E os portões de Sarnath eram tantos quanto as ruas que davam para a terra firme, todos de bronze, e flanqueados por figuras de leões e elefantes esculpidos em uma pedra já não mais conhecida pelo homem. As casas de Sarnath eram de tijolos vitrificados e calcedônia, todas com um jardim murado e um pequeno lago de cristal. Com estranho engenho eram construídas, pois nenhuma outra cidade tinha casas como aquelas; e os viajantes de Thraa e Ilarnek e Kadatheron admiravam-se com os domos reluzentes que as colmavam.

Porém ainda mais esplêndidos eram os palácios e os templos, e os jardins construídos por Zokkar, o antigo rei. Havia muitos palácios, e o mais humilde desses era mais opulento que qualquer outro em Thraa ou Ilarnek ou Kadatheron. Os palácios eram tão altos que a partir do interior tinha-se a impressão de estar somente abaixo da abóbada celeste; porém, quando iluminadas por tochas umedecidas no óleo de Dothur, as paredes exibiam vastas pinturas de reis e exércitos, um fausto que a um só tempo inspirava e atordoava o observador. Muitos eram os pilares dos palácios, todos feitos de mármore tingido e esculpidos em formas de consumada beleza. E na maioria dos palácios os pavimentos eram mosaicos de berilo e lápis-lazúli e sardônia e carbúnculo e outros materiais finos, dispostos de maneira que o observador pudesse imaginar-se em meio a canteiros das mais delicadas flores. E havia também chafarizes, que lançavam águas fragrantes em agradáveis jatos dispostos com arte refinada. E ofuscando todo o restante havia o palácio dos reis de Mnar e das terras adjacentes. Sobre um par de leões de ouro sentados repousava o trono, muitos degraus acima do assoalho cintilante. E o trono era talhado a partir de uma única peça de marfim, embora nenhum homem vivo saiba de onde poderia ter vindo uma peça daquelas proporções. Nesse palácio também havia muitas galerias, e muitos anfiteatros onde leões e homens e elefantes confrontavam-se ao bel-prazer dos reis. Às vezes os anfiteatros eram inundados com água trazida do lago por meio de imponentes aquedutos, e então se promoviam emocionantes lutas aquáticas, ou combates entre nadadores e criaturas marinhas letais.

Impressionantes e opulentos eram os dezessete templos verticais de Sarnath, feitos de uma luminosa pedra variegada desconhecida em outras partes. O templo mais alto erguia-se a mil cúbitos de altura, e lá os altos sacerdotes viviam com magnificência pouco menor que a dos reis. No chão havia salões vastos e esplêndidos como aqueles dos palácios, onde multidões se reuniam para reverenciar Zo-Kalar e Tamash e Lobon, os mais importantes deuses de Sarnath, cujos templos envolvidos pela fumaça de incensos eram os tronos dos monarcas. Distintos dos ícones de outros deuses eram aqueles de Zo-Kalar e Tamash e Lobon, tão próximos da vida que se poderia jurar que os próprios deuses graciosos e barbados estavam sentados nos tronos de marfim. E no final de um interminável lance de escadas em zircônia brilhante situava-se a câmara da torre, de onde os altos sacerdotes admiravam a cidade e as planícies e o lago durante o dia; e à noite a lua críptica e as estrelas e os planetas, e os reflexos que projetavam sobre o lago. Lá era executado o ancestral e secreto rito de abominação a Bokrug, o lagarto-d'água, e lá se encontrava o altar de crisólito que trazia a inscrição da RUÍNA feita por Taran-Ish.

Igualmente esplêndidos eram os jardins construídos por Zokkar, o antigo rei. Estendiam-se pelo centro de Sarnath e cobriam um vasto espaço circundado por uma alta muralha. E eram colmados por um enorme domo de vidro, através do qual brilhavam o sol e a lua e estrelas e planetas quando o tempo estava limpo, e a partir do qual se viam imagens difusas do sol e da lua e de estrelas e planetas quando não estava. No verão os jardins eram resfriados por fragrantes brisas cuidadosamente sopradas por ventiladores, e no inverno eram aquecidos por fogueiras ocultas, de maneira que no interior dos jardins era sempre primavera. Pequenos regatos corriam sobre leitos de pedrinhas brilhantes, que dividiam prados viçosos e jardins variegados transpostos por pontes em multitude. Muitas eram as quedas-d'água naqueles cursos, e muitos os pequenos lagos rematados por lírios em que se expandiam. E por regatos e lagos nadavam cisnes brancos, enquanto a música de pássaros canoros acompanhava a melodia das águas. Nos terraços ordenados erguiam-se as margens verdejantes, enfeitadas aqui e acolá por caramanchões de trepadeiras e flores de doce perfume, e assentos e bancos de mármore e porfirito. E havia um grande número de pequenos santuários e pequenos templos onde se podia orar para os deuses menores.

Todo ano celebrava-se em Sarnath o banquete da destruição de Ib, quando o vinho, a música, a dança e os festejos de todo o tipo sobejavam. Grandes honrarias eram prestadas às sombras daqueles que tinham aniquilado as estranhas criaturas antigas, e a memória daquelas criaturas e de seus deuses ancestrais era ridicularizada por dançarinos e alaudistas cingidos pelas rosas dos jardins de Zokkar. E os reis olhavam para o lago e amaldiçoavam os ossos dos mortos sob aquelas águas. A princípio os altos sacerdotes não gostavam desses festivais, pois haviam se disseminado estranhos relatos sobre o desaparecimento do ícone verde-oceano, e também sobre o alerta deixado por Taran-Ish ao morrer de terror. E os altos sacerdotes disseram a partir da excelsa torre que às vezes percebiam luzes sob as águas do lago. Porém, ao ver que os anos passavam sem nenhuma calamidade, até mesmo os altos sacerdotes passaram a rir e a praguejar, e por fim juntaram-se à orgia dos convivas. A bem dizer, não tinham eles próprios, nas alturas da excelsa torre, muitas vezes executado o mesmo rito ancestral e secreto da abominação a Bokrug, o lagarto-d'água? E mil anos de riquezas e deleites passaram-se em Sarnath, maravilha do mundo e orgulho da humanidade.

Belo para além da imaginação foi o banquete que celebrou o milésimo ano da destruição de Ib. Por uma década discutira-se o assunto no país de Mnar, e com a proximidade da ocasião começaram a aparecer em Sarnath, montados em cavalos e camelos e elefantes, homens vindos de Thraa, Ilarnek e Kadatheron, e de todas as cidades de Mnar e das terras mais além. Ante as muralhas de mármore, na noite indicada foram erguidos os pavilhões de príncipes e as barracas de viajantes, e por toda a orla reverberaram as alegres canções dos convivas. No salão do banquete reclinava-se o rei Nargis-Hei, ébrio de vinho antigo retirado das caves da conquistada Pnoth e rodeado por nobres que se regalavam e escravos que corriam ao redor. Inúmeras iguarias estranhas foram consumidas naquele banquete; pavões das ilhas de Nariel no Oceano Médio, jovens cabritos das longínquas colinas de Implan, calcanhares de camelos do Deserto Bnázico, nozes e especiarias dos bosques de Cydathria e pérolas das incansáveis ondas de Mtal dissolvidas no vinagre de Thraa. Quanto aos molhos, havia um número incontável, todos preparados pelos mais sutis cozinheiros de Mnar de maneira a satisfazer o paladar de todos os convivas. Porém os mais celebrados dentre todos os pratos eram os grandes peixes do lago, todos de tamanho enorme, servidos em grandes travessas de ouro incrustado com rubis e diamantes.

Enquanto o rei e os nobres regalavam-se no palácio e observavam o prato que seria a coroação do banquete, que os esperava nas travessas de ouro, outros regalavam-se em outras plagas. Na torre do grandioso templo os sacerdotes também celebravam, e nos pavilhões externos às muralhas os príncipes das terras próximas festejavam. E foi o alto sacerdote Gnai-Kah quem primeiro viu as sombras que desceram da lua gibosa e mergulharam no lago, e a névoa verde que se ergueu das águas rumo à lua e envolveu em uma bruma sinistra as torres e os domos da malfadada Sarnath. Logo aqueles nas torres e no exterior das muralhas vislumbraram estranhas luzes sobre as águas, e viram que a rocha cinzenta Akurion, que em geral se erguia a uma boa altura, estava quase toda submersa. E o medo espalhou-se de maneira vaga, porém depressa, e assim os príncipes de Ilarnek e da longínqua Rokol desmontaram e dobraram as barracas e pavilhões e partiram em direção ao Rio Ai, embora mal conhecessem a razão da partida.

E então, já perto da meia-noite, todos os êneos portões de Sarnath abriram-se para dar vazão a uma turba frenética que obscureceu a planície, de maneira que todos os príncipes e viajantes que visitavam a cidade puseram-se a fugir em pavor. Pois nos rostos da turba estava inscrita uma loucura nascida do horror intolerável, e nas línguas havia palavras com tanto horror que ninguém se detinha para examiná-las. Homens com os olhos desairados de medo berravam ante a visão no interior do salão de banquete, onde pelas janelas já não se viam mais as formas de Nargis-Hei e de seus nobres e escravos, mas apenas uma horda indescritível de coisas verdes sem voz com olhos arregalados, lábios flácidos e protuberantes e orelhas curiosas; coisas que executavam danças horrendas, e traziam nas patas as travessas de ouro incrustado com rubis e diamantes, em cujo centro ardiam chamas rústicas. E os príncipes e viajantes, ao fugir da arruinada Sarnath em cavalos e camelos e elefantes, olharam mais uma vez para o lago de onde a névoa se erguia e viram que a rocha cinzenta Akurion estava quase toda submersa.

Por todo o país de Mnar e pelas terras adjacentes correram relatos sobre aqueles que haviam fugido de Sarnath, e as caravanas não mais procuraram aquela cidade maldita e os metais preciosos que de lá saíam. Passou-se muito tempo até que os viajantes fossem mais uma vez até lá, e mesmo então apenas os bravos e aventureiros rapazes da distante Falona arriscaram-se a fazer a jornada; aventureiros rapazes de cabelos dourados e olhos azuis, sem nenhum parentesco com os homens de Mnar. Esses homens foram até o lago para ver Sarnath; mas, embora tenham encontrado o vasto e plácido lago, e a rocha cinzenta Akurion que se ergue a uma boa altura perto da margem, não vislumbraram a maravilha do mundo e o orgulho de toda a humanidade. Onde outrora haviam se erguido muralhas de trezentos cúbitos e torres ainda mais altas, naquele momento estendia-se apenas uma orla pantanosa, e onde outrora haviam vivido cinquenta milhões de homens naquele momento arrastava-se apenas o odioso lagarto-d'água. Nem mesmo as minas de metais preciosos haviam restado, pois a RUÍNA se abatera sobre Sarnath.

Mas enterrado em meio aos juncos havia um curioso ídolo verde de pedra; um ídolo demasiado ancestral, coberto por algas e entalhado em pedra que representa Bokrug, o grande lagarto-d'água. E esse ídolo, uma vez colocado no grande templo de Ilarnek, passou a ser adorado sob a lua gibosa por todo o país de Mnar.

O estranho

À noite o Barão sonhou com tormentos
Convidados-guerreiros co' a feição
de demônios e vermes do caixão
Foram mote do pesadelo.
Keats

Infeliz é aquele para quem as memórias de infância trazem apenas medo e tristeza. Miserável é aquele que recorda as horas solitárias em aposentos vastos e melancólicos de cortinas marrons e enlouquecedoras fileiras de livros antigos, ou espantosas vigílias em bosques crepusculares de enormes árvores grotescas, ataviadas por trepadeiras que em silêncio balouçam galhos retorcidos nas alturas. Eis o destino que me foi dado pelos deuses — a mim, um homem confuso e decepcionado; um homem estéril e destruído. E no entanto sinto uma estranha satisfação, e apego-me desesperadamente a essas memórias encarquilhadas quando os meus pensamentos por um instante ameaçam estender-se rumo *ao outro*.

Não sei onde nasci; sei apenas que o castelo era infinitamente antigo e infinitamente horrível, repleto de passagens escuras e pés-direitos altos onde o olho nada encontrava além de sombras e teias de aranha. As pedras nos corredores em ruínas pareciam sempre terrivelmente úmidas, e havia um odor maldito por toda a parte, como o dos cadáveres empilhados de gerações mortas. Nunca havia claridade, e assim eu por vezes acendia candeias e me punha a observá-las em busca de alento; tampouco havia sol no lado de fora, uma vez que as árvores terríveis cresciam para além da mais alta torre acessível. Havia uma única torre negra que se erguia acima das árvores rumo ao céu exterior e ignoto, porém essa era uma construção parcialmente em ruínas que não podia ser acessada a não ser mediante uma escalada quase impossível pela muralha externa, pedra a pedra.

Devo ter vivido por anos nesse lugar, mas eu seria incapaz de estimar o tempo. Outros seres devem ter cuidado das minhas necessidades, porém não consigo me lembrar de nenhuma outra pessoa além de mim; não havia outras criaturas vivas a não ser pelos furtivos ratos, morcegos e aranhas. Quem quer que tenha cuidado de mim deve ter sido provecto ao extremo, posto que a minha primeira ideia acerca de uma pessoa viva estava ligada a uma coisa zombeteiramente parecida comigo, porém distorcida, encarquilhada e decadente como o próprio castelo. Para mim não havia nada de grotesco nas ossadas e nos esqueletos que se espalhavam pelas criptas de pedra em meio às fundações. Eu fazia associações fantásticas entre essas coisas e acontecimentos cotidianos, e as julgava mais naturais do que as imagens coloridas de criaturas vivas que eu encontrava em muitos dos livros embolorados. Foi com esses livros que aprendi tudo aquilo que sei. Nenhum professor me oferecia incentivos ou orientações, e não me recordo de ter ouvido uma voz humana sequer ao longo de todos esses anos — nem mesmo a minha; pois, mesmo tendo lido sobre a capacidade da fala, eu jamais tentara falar. Meu aspecto era um assunto de todo ignorado, pois não havia espelhos no castelo, e por simples instinto eu imaginava ser parecido com as figuras jovens desenhadas e pintadas nos livros. Eu tinha consciência da minha juventude em razão das poucas lembranças.

Do lado de fora, na outra margem do fosso pútrido e sob as árvores escuras e silentes, eu amiúde me deitava e sonhava por longas horas com as coisas que havia lido nos livros; e tomado de anseio imaginava-me em meio às multidões alegres do mundo ensolarado além da floresta sem fim. Certa vez tentei escapar da floresta, porém à medida que eu me afastava do castelo as sombras tornavam-se mais densas e o ar mais repleto de medo latente; e assim corri de volta por temor de perder-me num labirinto de silêncio noctífero.

E assim, por crepúsculos intermináveis, sonhei e esperei, conquanto eu não soubesse pelo quê. E assim, nessa solidão tenebrosa, meu anseio pela luminosidade tornou-se demasiado intenso e não pude mais sossegar, e ergui mãos suplicantes em direção à solitária torre negra em ruínas que se erguia acima da floresta rumo ao céu exterior e ignoto. E por fim decidi escalar aquela torre, mesmo com o risco de cair; pois seria melhor vislumbrar o céu e perecer do que viver sem jamais contemplar o dia.

No crepúsculo álgido e úmido, subi pelos antigos e gastos degraus de pedra até chegar ao pavimento onde cessavam, e então me pus a escalar perigosamente os diminutos apoios de pé que continuavam o caminho para cima. Funesto e terrível era aquele cilindro morto de pedra; negro, arruinado e deserto, e tornado ainda mais sinistro pelos morcegos assustadiços de asas silenciosas. Porém ainda mais funesta e terrível era a lentidão do meu progresso; a despeito do quanto eu escalasse, as trevas acima não se dissipavam, e logo fui acossado por um novo sopro gélido de bolor assombrado e provecto. Estremeci ao indagar-me por que eu não conseguia chegar à luz, e teria olhado para baixo se a coragem não me faltasse. Imaginei que a noite houvesse se abatido de repente sobre mim, e debalde estendi a mão livre na esperança de encontrar a abertura de uma janela, para que assim eu pudesse olhar para cima e para fora e determinar a altura que eu havia subido.

De um instante para o outro, após uma escalada aterrorizante feita às cegas por aquele precipício côncavo e desesperado, senti minha cabeça tocar matéria sólida, e soube que eu devia haver ganhado o telhado, ou ao menos um novo patamar. No escuro, ergui a mão livre e forcei a barreira, e assim descobri tratar-se de pedra imóvel. Logo veio um trajeto letal da torre, durante o qual precisei me agarrar a quaisquer pontos de apoio que a parede viscosa pudesse oferecer; por fim a mão livre descobriu que a barreira cedia, e assim me dirigi mais uma vez rumo ao topo, empurrando a porta ou o alçapão com o alto da cabeça enquanto usava ambas as mãos naquela terrível subida. Nenhuma luz se revelou mais acima, e à medida que as minhas mãos chegavam mais alto eu soube que ao menos por ora a minha escalada se encerrava; pois a tampa do alçapão levava a uma superfície plana de pedra com uma circunferência maior do que a torre inferior — sem dúvida o piso de uma câmara de observação espaçosa e sobranceira. Arrastei-me para cima com toda a cautela, tentando impedir que a pesada tampa mais uma vez se fechasse; porém fracassei nessa tentativa. Enquanto eu repousava exausto no assoalho de pedra, ouvi os ecos aziagos do encaixe, porém mantive a esperança de que eu conseguiria tornar a abri-la no momento necessário.

Acreditando ter me alçado a uma altura prodigiosa, muito acima dos amaldiçoados galhos do bosque, ergui-me do chão e tateei ao redor à procura de janelas, para que eu pudesse ter um primeiro vislumbre do céu, da lua e das estrelas sobre os quais havia lido. Porém cada novo passo trazia um novo revés, uma vez que eu não encontrava nada além de prateleiras de mármore que guardavam odiosos caixotes oblongos de tamanho perturbador. Cada vez mais eu refletia e perguntava-me que segredos ancestrais poderiam esconder-se naquele habitáculo sobranceiro, por incontáveis éons separado do castelo mais abaixo. E de repente os meus dedos encontraram um marco ao qual se fixava um portão de pedra, áspero e ornado com entalhes singulares. Ao tentar abri-lo, descobri que estava fechado; porém com um ímpeto de força venci todos os obstáculos e consegui forçá-lo para dentro. Nesse instante fui tomado pelo mais puro êxtase que já senti; pois, brilhando serena através de uma opulenta grade em metal lavrado, ao fim de um pequeno corredor de pedra que subia a partir da passagem recém-aberta, estava a radiante lua cheia, que eu jamais vira a não ser em sonhos e visões diáfanas que não me atrevo a chamar de memórias.

Imaginando que eu havia ganhado o pináculo do castelo, pus-me a galgar os poucos degraus em frente à porta; mas o súbito ocultamento da lua por uma nuvem levou-me a tropeçar, e logo avancei mais devagar, às tateadelas em meio ao escuro. Ainda estava muito escuro quando cheguei à grade — que tentei abrir e descobri estar destrancada, mas que assim mesmo não abri por receio de cair toda a formidável altura que eu havia subido. E então a lua ressurgiu.

O choque mais demoníaco que existe é aquele causado por coisas inesperadas como o abismo e inacreditáveis como o grotesco. Nada do que eu vivera até então poderia comparar-se em terror com o que vi naquele instante; com os portentos bizarros que aquela visão sugeria. A visão em si era tão simples quanto assombrosa, pois consistia apenas no seguinte: em vez de um panorama vertiginoso de copas vistas a partir de um fastígio altaneiro, estendia-se a meu redor, do outro lado da grade, nada menos do que *o chão sólido*, recoberto e diversificado por lajes e colunas de mármore, e ensombrecido por uma vetusta igreja de pedra, ornada de um coruchéu em ruínas que cintilava com brilho espectral ao luar.

Atordoado e confuso, abri a grade e cambaleei sobre a trilha de cascalho branco que se estendia em duas direções. Meus pensamentos, caóticos e perplexos como se encontravam, mantinham-se fixos no anseio frenético por luz; e nem mesmo o portento fantástico que ocorrera seria capaz de impedir meu avanço. Eu não sabia nem me importava em descobrir se aquela experiência era sonho, desvario ou magia; estava determinado a vislumbrar aquele brilho e aquele enlevo a qualquer custo. Eu não sabia quem eu era ou o que eu era, ou quais poderiam ser os meus arredores;

mas assim mesmo continuei avançando enquanto eu tomava consciência de uma terrível memória latente que tornava o meu progresso em parte menos fortuito. Passei sob um arco e deixei a região das lajes e colunas, e passei a errar por terras abertas, às vezes seguindo a estrada visível, mas às vezes deixando-a para atravessar prados onde apenas ruínas esparsas revelavam a antiga presença de uma estrada olvidada. A certa altura cruzei a nado um rio de águas velozes onde a cantaria arruinada e coberta de musgo contava a história de uma ponte havia muito desaparecida.

Devo ter caminhado por mais de duas horas antes de chegar ao que parecia ser meu destino, um venerando castelo em um parque densamente arborizado; o local parecia enlouquecedoramente familiar, porém assim mesmo se revestia de uma desconcertante estranheza. Vi que o fosso estava cheio, e que em parte as torres familiares estavam demolidas, e ao mesmo tempo parecia haver novas alas para confundir o observador. Mas o que notei com profundo interesse e júbilo foram as janelas abertas — que chamejavam com uma luz magnífica e produziam sons da mais alegre festividade. Ao me aproximar de uma dessas eu olhei para dentro e vi uma companhia em trajes esquisitos; todos se regozijavam e falavam em vozes claras uns com os outros. Segundo me pareceu, eu jamais ouvira a voz humana dantes; e pude apenas conjecturar o que era dito. Certos rostos pareciam ter expressões que evocavam lembranças incrivelmente remotas; outros eram de todo estranhos.

A seguir atravessei a janela baixa e entrei no salão que resplandecia em luz, deixando assim meu solitário e luminoso instante de esperança para adentrar o mais negro tormento de desespero e revelação. O pesadelo não tardou a chegar; pois quando entrei ocorreu uma das mais aterrorizantes demonstrações que jamais concebi. Eu mal havia cruzado o umbral quando de repente abateu-se sobre toda a companhia um medo sem precedentes, de intensidade medonha, que distorceu todos os rostos e evocou os mais horríveis gritos de quase todas as gargantas. Houve uma fuga em massa, e em meio ao clamor e ao pânico muitos desmaiaram e tiveram de ser arrastados pelos companheiros em fuga alucinada. Outros tantos cobriram os olhos com as mãos e precipitaram-se às cegas numa fuga desastrada, durante a qual viravam móveis e chocavam-se contra as paredes antes de chegar a uma das muitas portas.

Os gritos eram chocantes; e, ao me ver sozinho e perplexo naquela câmara solitária, onde os ecos aos poucos morriam, estremeci ao pensar no que poderia estar perto e à espreita sem que eu o visse. Uma rápida inspeção revelou que o espaço parecia deserto, porém quando me aproximei de uma das alcovas imaginei perceber uma presença — uma sugestão de movimento além da passagem dourada em arco que levava a uma sala de configuração similar. À medida que eu me aproximava do arco comecei a perceber aquela presença com maior clareza; e então, com o primeiro e último som que um dia vocalizei — um ulo sinistro que me causou tanta repulsa quanto sua odiosa causa —, vi com toda a vividez a inconcebível, indescritível e inefável monstruosidade que em razão da simples aparência transformara aquela companhia alegre num bando de fugitivos em desvario.

Não posso sequer insinuar com o que se parecia, posto que era uma mistura de tudo o que é vil, preternatural, indesejado, anormal e detestável. Era a sombra tétrica da decadência, da antiguidade e da desolação; o *eídolon* pútrido e gotejante da revelação insalubre; o desvendar terrível de tudo aquilo que a terra misericordiosa para sempre devia esconder. Deus sabe que não pertencia a este mundo — ou que já não pertencia a este mundo —, embora para meu horror eu tenha visto naquela silhueta carcomida e descarnada uma paródia zombeteira e abominável da forma humana; e nos trajes bolorentos em andrajos uma qualidade nefanda que me enregelou ainda mais.

Senti-me quase paralisado, embora não tanto a ponto

de não poder fazer o esforço inútil de empreender uma fuga; um cambalear para trás que não foi o bastante para quebrar o feitiço com que aquele monstro sem nome e sem voz me prendia. Meus olhos, enfeitiçados pelos globos hialinos que os fitavam, recusaram-se a fechar, embora minha visão houvesse misericordiosamente se turvado, e não mostrasse aquele terrível objeto a não ser em linhas difusas após o choque inicial. Tentei erguer a mão para ocultar a visão, porém meus nervos encontravam-se em um choque tão profundo que meu braço mostrou-se incapaz de obedecer à minha vontade. A tentativa, contudo, bastou para perturbar meu equilíbrio, e precisei cambalear diversos passos à frente para evitar uma queda. Enquanto eu cambaleava, de repente percebi com agonia a *proximidade* daquela coisa putrescente, cuja respiração horrenda e cava eu imaginava-me capaz de ouvir. Quase louco, descobri-me incapaz de estender a mão para afastar o espectro fétido que chegava cada vez mais perto; e num instante cataclísmico de pesadelo cósmico e acaso infernal *meus dedos tocaram a garra podre que o monstro estendera sob o arco dourado.*

Não gritei, mas todos os ghouls demoníacos que voam com os ventos noturnos gritaram por mim quando no mesmo instante desabou sobre os meus pensamentos a avalanche única e imediata de uma lembrança que destroçou minh'alma. Eu soube naquele mesmo instante tudo o que se passara; lembrei-me de coisas além do assustador castelo e das árvores, e reconheci o edifício alterado em que naquele momento eu me encontrava; e, o mais terrível de tudo, reconheci a abominação profana que erguia a carantonha à minha frente enquanto eu afastava os meus dedos maculados.

Mas no universo há bálsamos assim como amarguras, e esse bálsamo é o nepentes. No horror supremo daquele instante acabei por esquecer o que me horrorizava, e a sequência de memórias negras desvaneceu num caos de imagens reverberatórias. Em sonho, fugi da construção amaldiçoada e assombrada, e corri depressa e em silêncio sob os raios do luar. Quando tornei ao cemitério de mármore e desci as escadas, descobri que a porta do alçapão não se mexia; mas não lamentei, pois eu odiava o antigo castelo e as árvores. Agora voo com ghouls amistosos e zombeteiros no vento noturno, e durante o dia brinco em meio às catacumbas de Nephren-Ka no selado e ignoto vale de Hadoth, às margens do Nilo. Sei que a luz não é para mim, salvo pelo luar que banha as rochas tumulares de Neb; tampouco a alegria, salvo pelos banquetes inomináveis de Nitokris sob a Grande Pirâmide; contudo, em meu novo habitat e com minha nova liberdade eu quase saúdo a amargura do exílio.

Pois, embora o nepentes me tenha acalmado, sei que sou e sempre vou ser um estranho; um estranho a este século e em meio àqueles que ainda hoje são homens. Foi o quanto eu soube desde que estendi os dedos para a abominação no interior daquela moldura dourada; desde que estendi os dedos e toquei *a superfície fria e inexorável de um espelho polido.*

Fatos relativos ao finado Arthur Jermyn e família

I.

A vida é uma coisa horrenda, e por trás de tudo aquilo que dela conhecemos espreitam sugestões de verdades demoníacas que por vezes a tornam mil vezes mais horrenda. A ciência, que se mostra opressora com as chocantes revelações já feitas, pode um dia precipitar o extermínio definitivo da espécie humana — se de fato somos uma espécie à parte —, pois a reserva de horrores inimaginados que traz consigo jamais poderia ser tolerada por intelectos humanos se fosse revelada ao mundo. Caso soubéssemos o que somos, faríamos como Sir Arthur Jermyn fez; e certa noite Arthur Jermyn derramou óleo sobre as próprias roupas a fim de imolar-se. Ninguém pôs os restos mortais numa urna ou ergueu qualquer tipo de memorial para aquele que se fora; pois foram encontrados certos documentos e um certo *objeto encaixotado* que levaram os homens a querer olvidá-lo. Certas pessoas que o conheceram passaram a negar que um dia tivesse existido.

Arthur Jermyn saiu à gandra e imolou-se depois de ver o *objeto encaixotado* que havia chegado da África. Foi esse *objeto*, e não a própria aparência peculiar, que o levou a dar cabo da própria vida. Muitos haveriam de ressentir-se da vida se tivessem as feições peculiares de Arthur Jermyn, mas como poeta e acadêmico ele não havia se importado.

A erudição corria-lhe nas veias, pois o bisavô, o baronete Sir Robert Jermyn, fora um antropólogo notável, enquanto o tataravô, Sir Wade Jermyn, fora um dos primeiros desbravadores do Congo, e escrevera com grande erudição a respeito das tribos, dos animais e das supostas antiguidades daquela região. A bem dizer, o velho Sir Wade tinha um fervor intelectual que se aproximava da mania; as bizarras conjecturas que fazia acerca de uma civilização congolesa branca durante a pré-história renderam-lhe escárnio quando o livro que escreveu, *Observações sobre diversas partes da África*, foi publicado. Em 1765 o explorador destemido foi internado num manicômio em Huntingdon.

A loucura corria por toda a linhagem dos Jermyn, e as outras pessoas sentiam-se aliviadas por saber que era uma família pequena. A linhagem não tinha ramificações, e Arthur era o último. Se não fosse assim, não seria possível saber o que teria feito quando o *objeto* chegou. Os Jermyn sempre tinham uma aparência que parecia meio estranha — a impressão era de que havia um elemento faltando, embora Arthur fosse o pior de todos, e os antigos retratos na casa da família mostrassem rostos bonitos antes da época de Sir Wade. Sem dúvida a loucura teve início com Sir Wade, cujas extravagantes histórias sobre a África eram a um só tempo o deleite e o terror dos poucos amigos que tinha. Esse fato revelava-se na própria coleção de troféus e espécimes, que não eram como aqueles que homens comuns talvez acumulassem e preservassem, e manifestavam-se com uma clareza impressionante na reclusão oriental em que mantinha a esposa. Esta, segundo disse, era filha de um mercador português que ele havia conhecido na África; e não gostava dos modos ingleses. Ela, com um filho nascido ainda na África, tinha-o acompanhado na volta da segunda e mais longa expedição, e mais tarde partira novamente com o marido na terceira e última expedição para nunca mais voltar. Ninguém jamais a vira de perto, nem mesmo os criados; pois tinha uma disposição singular e violenta. Durante a breve estada na casa dos Jermyn ela havia ocupado uma ala remota, e era servida tão somente pelo marido. Sir Wade de fato tinha hábitos deveras peculiares no âmbito familiar; pois, quando retornou da África, não permitiu que ninguém cuidasse do filho pequeno, a não ser uma preta repulsiva da Guiné. Ao retornar após a morte de Lady Jermyn, ele mesmo assumiu todos os cuidados relativos ao menino.

Mas foi a conversa de Sir Wade, especialmente quando bebia, que levou os amigos a tomá-lo por louco. Numa época de racionalidade como o século XVIII era pouco aconselhável a um erudito falar a respeito de cenas estranhas e visões fantásticas sob a lua do Congo; falar sobre as colossais muralhas e pilares de uma cidade esquecida, reduzida a escombros e coberta por trepadeiras, e sobre os úmidos e silentes degraus que desciam interminavelmente rumo à escuridão dos abismos subterrâneos em galerias que ocultavam tesouros e catacumbas inconcebíveis. Em particular, era pouco aconselhável vociferar a respeito das coisas que poderiam habitar um lugar desses; de criaturas que pertenciam em parte à selva e em parte àquela cidade impiedosamente envelhecida — criaturas fantásticas que até mesmo Plínio descreveria com ceticismo; coisas que podiam ter surgido depois que os grandes primatas haviam tomado a cidade moribunda das muralhas e pilares, galerias e entalhes bizarros. Mesmo assim, depois de voltar para casa pela última vez Sir Wade falava sobre esses assuntos com um fervor espantoso a ponto de fazer os outros estremecerem, particularmente após tomar o terceiro copo no Knight's Head, quando se gabava daquilo que havia encontrado na selva e de ter morado em meio a terríveis ruínas somente por ele conhecidas. E por fim começou a falar sobre as coisas vivas de uma forma que o levou ao manicômio. Evidenciou pouco arrependimento quando o trancafiaram em uma cela gradeada em Huntingdon, porque seus pensamentos faziam movimentos curiosos. Desde que o filho havia começado a sair da infância ele sentia cada vez menos apreço pela casa da família, e por fim passou a temê-la. O Knight's Head havia passado a funcionar como quartel-general, e quando enfim foi confinado para sua própria proteção, Sir Wade expressou um vago sentimento de gratidão. Três anos depois ele morreu.

Philip, o filho de Wade Jermyn, foi um homem altamente peculiar. Apesar da grande semelhança física com o pai, a aparência e a conduta de Philip eram rústicas em tantos aspectos que todos o rejeitavam. Embora não tenha herdado a temida loucura, era profundamente estúpido e dado a breves períodos de violência incontrolável. Era pequeno de porte, mas tinha força enorme e agilidade extraordinária. Doze anos após herdar o título do pai, Philip casou-se com a filha do couteiro, uma pessoa de suposta ascendência cigana, porém antes do nascimento do filho entrou para a marinha como um marinheiro comum, e assim completou o quadro de desgosto generalizado que os hábitos rejeitados e a aliança malvista lhe haviam rendido. Ao fim da guerra americana, correram histórias segundo as quais ele trabalhava como marinheiro em um navio mercante que operava na África, e havia se tornado célebre por façanhas de força e agilidade, mas no fim desapareceu em uma noite em que o navio se encontrava na costa do Congo.

No filho de Sir Philip Jermyn a infame peculiaridade da família enfim tomara um rumo estranho e fatal. Alto e bem talhado, provido de um certo charme oriental apesar das proporções um pouco estranhas, Robert Jermyn havia começado a vida como acadêmico e pesquisador. Foi ele quem primeiro estudou a vasta coleção de antiguidades que o avô louco trouxera da África, e que conferira à família, no campo da etnologia, a mesma celebridade já desfrutada no campo da exploração. Em 1815 Sir Robert desposou a filha do sétimo visconde Brightholme e foi subsequentemente abençoado com três filhos, dentre os quais o mais novo e o mais velho jamais eram vistos em público em razão das deformidades no corpo e no intelecto. Entristecido pelas desgraças familiares, o cientista procurou consolo no trabalho, e assim dedicou-se a duas longas expedições ao coração da África. Em 1849 Nevil, o segundo filho, uma pessoa repulsiva que parecia combinar a rabugice de Philip Jermyn com a empáfia dos Brightholme, fugiu com uma dançarina vulgar, mas foi perdoado ao retornar no ano subsequente. Voltou à casa dos Jermyn como viúvo e trouxe consigo um filho, Alfred, que mais tarde viria a ser o pai de Arthur Jermyn.

Amigos disseram que essa série de tristezas foi o que perturbou o juízo de Sir Robert Jermyn, porém é mais provável que o desastre tenha sido causado por uma história do folclore africano. O provecto acadêmico estivera coligindo lendas das tribos onga, perto das antigas explorações do avô e também de suas próprias, na esperança de encontrar uma explicação para as histórias desvairadas de Sir Wade a respeito de uma cidade perdida habitada por estranhas criaturas híbridas. Uma certa consistência nos estranhos papéis do antepassado sugeria que a imaginação daquele homem insano devia ter sido estimulada por mitos nativos. No dia 19 de outubro de 1852, o explorador Samuel Seaton fez uma visita à casa dos Jermyn com um manuscrito de notas colhidas junto das tribos onga, na crença de que certas lendas sobre uma cidade cinzenta habitada por macacos brancos e governada por um deus branco poderiam despertar o interesse do etnólogo. Durante a conversa, é possível que tenha fornecido vários outros detalhes cuja natureza jamais há de ser conhecida, posto que uma terrível série de tragédias pôs-se logo em movimento. Ao emergir da biblioteca, Sir Robert Jermyn deixou para trás o corpo estrangulado do explorador, e antes que o pudessem conter deu cabo de todos os três filhos; os dois que jamais haviam sido vistos e também o filho que havia fugido. Nevil Jermyn morreu defendendo o filho de dois anos, que segundo todos os indícios também fazia parte do plano assassino levado a efeito pelo velho ensandecido. Quanto ao próprio Sir Robert, após repetidas tentativas de suicídio e uma recusa intransigente a emitir qualquer tipo de som articulado, morreu de apoplexia no segundo ano de confinamento.

Sir Alfred Jermyn tornou-se baronete antes do quarto aniversário, porém seus gostos nunca se adequaram ao título. Aos vinte anos, entrou para uma trupe de artistas de salões musicais, e aos trinta e seis abandonou a esposa e o filho para viajar com um circo americano itinerante. O fim mostrou-se repulsivo. Entre os animais que faziam parte da atração com que viajava havia um enorme gorila de coloração mais clara do que o habitual; um animal bastante tratável que gozava de grande popularidade entre os artistas. Alfred Jermyn demonstrou um fascínio singular pelo gorila, e em diversas ocasiões os dois passavam longo tempo trocando olhares por entre as barras da jaula. Por fim, Jermyn pediu e obteve autorização para treinar o animal, o que fez com êxito surpreendente, tanto em relação ao público como aos colegas de profissão. Certa manhã em Chicago, enquanto Alfred e o gorila ensaiavam uma luta de boxe deveras engenhosa, este último desferiu um golpe com força maior do que o habitual, e assim machucou tanto o corpo como a dignidade do treinador aspirante. Quanto ao que sucedeu, os membros do "Maior Espetáculo da Terra" não gostam de falar. Não esperavam que Sir Alfred Jermyn emitisse um grito estridente e inumano, nem que agarrasse o desajeitado oponente com as duas mãos, arrastasse-o pelo chão da jaula e o mordesse obstinadamente no pescoço hirsuto. O gorila estava com a guarda baixa, mas não se manteve assim por muito tempo, e antes que outras providências fossem tomadas pelo treinador oficial o corpo que pertencera ao baronete estava reduzido a uma forma irreconhecível.

II.

Arthur Jermyn era o filho de Alfred Jermyn com uma cantora de origem desconhecida. Quando o marido e pai abandonou a família, a mãe levou o filho para a casa dos Jermyn, onde ninguém poderia fazer objeções à sua presença. Essa mulher não era desprovida de ideias sobre a dignidade inerente à nobreza, e assim tomou os cuidados necessários para que o filho recebesse a melhor educação que o dinheiro limitado pudesse oferecer. Os recursos da família haviam se tornado parcos, e a casa dos Jermyn sucumbira a um estado deplorável, porém o jovem Arthur adorava a construção antiga e tudo o que havia lá dentro. Não era como nenhum dos outros Jermyn até então, pois era um poeta e um sonhador. Certas famílias vizinhas que tinham ouvido histórias sobre a jamais vista esposa portuguesa de Sir Wade Jermyn afirmaram que o sangue latino devia estar se revelando; porém a maioria das pessoas simplesmente ridicularizava aquela sensibilidade à beleza e a atribuía ao fazer artístico da mãe, que não desfrutava de nenhum reconhecimento social. A delicadeza poética de Arthur Jermyn parecia ainda mais notável em razão de sua aparência rústica. A maioria dos Jermyn tinha feições levemente estranhas e talvez pouco atraentes, mas o caso de Arthur era deveras singular. É difícil expressar em palavras aquilo com que se parecia, mas a expressão, os ângulos do rosto e o comprimento dos braços causavam um calafrio de repulsa naqueles que o viam pela primeira vez.

Porém o intelecto e o caráter de Arthur Jermyn mitigavam esse aspecto. Como um rapaz talentoso e erudito, ele formou-se com distinção em Oxford e parecia disposto a resgatar o renome intelectual da família. Embora tivesse um temperamento mais poético do que científico, pretendia dar continuidade ao trabalho dos antepassados no que dizia respeito à etnologia e às antiguidades da África, valendo-se da incrível e ao mesmo tempo estranha coleção de Sir Wade. Com o intelecto fantasioso, com frequência pensava sobre a civilização pré-histórica em que o explorador insano havia implicitamente acreditado, e punha-se a imaginar histórias e mais histórias acerca da silente cidade na selva mencionada nas anotações e parágrafos mais tresloucados do antepassado. Em relação às afirmações nebulosas que faziam referência a uma raça insuspeita e sem nome de híbridos selváticos ele nutria um sentimento peculiar que amalgamava terror e atração em iguais medidas; e especulava quanto aos possíveis fundamentos dessa quimera na tentativa de encontrar luz em meio aos dados mais recentes colhidos pelo bisavô e por Samuel Seaton em meio aos onga.

Em 1911, com a morte da mãe, Sir Arthur Jermyn decidiu levar as investigações às últimas consequências. Depois de vender parte da propriedade a fim de obter o dinheiro necessário, preparou uma expedição e zarpou rumo ao Congo. Tendo requisitado às autoridades belgas um grupo de guias, passou um ano no país dos onga e dos kaliri, e obteve dados muito além das expectativas mais otimistas. Em meio aos kaliri havia um chefe chamado Mwanu, que não apenas tinha uma memória prodigiosa, mas também uma inteligência excepcional e um interesse singular por antigas lendas. Esse ancião confirmou todas as histórias que Jermyn havia escutado, e acrescentou um relato próprio relativo à cidade e aos macacos brancos da maneira como a tinha ouvido.

Conforme Mwanu, a cidade cinzenta e as criaturas híbridas já não mais existiam, porque tinham sido aniquiladas pelos belicosos n'bangu muito tempo atrás. Essa tribo, após destruir a maior parte das construções e matar as criaturas vivas, havia levado embora a deusa empalhada que era o objetivo de sua incursão: a deusa-macaca branca venerada por aqueles estranhos seres, que segundo as tradições do Congo era a forma de uma princesa que reinara em meio àqueles seres. Quanto ao que as criaturas brancas e simiescas poderiam ter sido, Mwanu não fazia a menor ideia, porém imaginava que fossem os construtores da cidade. Jermyn não fez nenhuma conjectura, mas após uma interrogação minuciosa obteve a pitoresca lenda da deusa empalhada.

A princesa-macaca, segundo a lenda, havia se tornado a consorte de um grande deus branco vindo do ocidente. Por muito tempo ambos reinaram juntos sobre a cidade, porém quando tiveram um filho os três se afastaram. Mais tarde o deus e a princesa haviam retornado, e com a morte da princesa o marido havia mumificado o corpo de maneira a preservá-lo em um vasto santuário de pedra, onde a princesa era venerada. Depois ele partiu, sozinho. Nesse ponto a lenda apresentava três variantes. Conforme uma delas, nada mais aconteceu, mas a deusa empalhada transformou-se em um símbolo da supremacia da tribo que a guardasse. Por esse motivo os n'bangu haviam-na levado embora. A segunda história versava sobre o retorno do deus e a morte aos pés da esposa, no santuário. A terceira versava sobre o retorno do filho, já tornado homem — ou macaco, ou deus — adulto, porém ainda ignorante em relação à verdadeira origem. Sem dúvida a imaginação dos negros havia tirado máximo proveito de quaisquer que fossem os eventos por trás da lenda extravagante.

Quanto à realidade da cidade selvática descrita pelo velho Sir Wade, Arthur Jermyn não tinha mais dúvidas; e por esse motivo não se mostrou surpreso quando, no início de 1912, encontrou o que dela restava. O tamanho devia ter sido exagerado, mas as pedras dispostas ao redor deixavam claro que aquilo não era uma simples aldeia de negros. Infelizmente nenhum entalhe foi encontrado, e a pequena escala da expedição impedia qualquer operação que tivesse por objetivo desobstruir uma passagem visível que parecia levar ao sistema de galerias subterrâneas mencionado por Sir Wade. Os macacos brancos e a deusa empalhada foram discutidos com todos os chefes nativos da região, mas foi preciso um europeu para melhorar a qualidade das informações oferecidas pelo velho Mwanu. Monsieur Verhaeren, agente belga no entreposto comercial do Congo, acreditava que poderia não apenas localizar mas também obter a deusa empalhada, sobre a qual já ouvira relatos vagos, uma vez que os poderosos n'bangu já eram naquela altura súditos obedientes do governo do rei Alberto — e assim precisariam apenas de um mínimo de persuasão para que abdicassem da horrenda divindade que haviam levado consigo. Quando zarpou rumo à Inglaterra, portanto, Jermyn tinha a exultante chance de, ao fim de poucos meses, receber em casa uma relíquia etnológica de valor inestimável que confirmaria as mais desvairadas narrativas do tataravô — ou pelo menos as mais desvairadas entre aquelas que haviam chegado a seu conhecimento. Talvez as pessoas que moravam nos arredores da casa dos Jermyn tivessem ouvido narrativas ainda mais desvairadas dos antepassados que haviam escutado o próprio Sir Wade nas mesas do Knight's Head.

Arthur Jermyn aguardou pacientemente a remessa de Monsieur Verhaeren enquanto estudava com diligência cada vez maior os manuscritos deixados pelo antepassado louco. Começou a sentir uma estranha proximidade com Sir Wade e a buscar relíquias da vida pessoal deste último, tanto na Inglaterra como nas expedições à África. Os relatos orais sobre a misteriosa esposa reclusa eram numerosos, porém não havia restado nenhuma relíquia tangível de sua presença na casa dos Jermyn. Arthur Jermyn perguntou-se que circunstância havia desencadeado ou permitido esse tipo de apagamento, e concluiu que a principal causa fora a insanidade do marido. A tataravó, segundo lembrava, tinha sido a filha de um mercador português na África. Sem dúvida a herança prática e o conhecimento superficial a respeito do Continente Negro haviam-na levado a desconsiderar as histórias de Sir Wade relativas ao interior, coisa que um homem daquele feitio dificilmente perdoaria. Ela havia morrido na África, talvez levada até lá por um marido determinado a provar as histórias que havia contado. Mas, enquanto se deixava levar por essas reflexões, Jermyn não pôde conter um sorriso ao perceber a futilidade latente de tudo aquilo, um século e meio após a morte dos estranhos progenitores.

Em junho de 1913 chegou uma carta na qual Monsieur Verhaeren afirmava ter encontrado a deusa empalhada. Segundo o belga, tratava-se de um objeto extraordinário; um objeto muito além daquilo que um leigo poderia conceber. Se aquilo era símio ou humano, apenas um cientista poderia dizer; e o processo de determinação seria bastante dificultado pelas condições imperfeitas do achado. O tempo e o clima do Congo não são nada bondosos com as múmias, em particular quando o embalsamamento é feito por amadores, como parecia ser o caso. No pescoço da criatura foi encontrada uma corrente de ouro com um pingente vazio de relicário, entalhado com brasões; sem dúvida o objeto de um viajante, tomado pelos n'bangu e pendurado no pescoço da deusa à guisa de ornamento. Ao descrever as feições do rosto da múmia, Monsieur Verhaeren sugeriu uma comparação extravagante; ou melhor, expressou uma curiosidade humorística quanto à reação do correspondente, porém se disse tomado por um interesse científico demasiado intenso para desperdiçar tempo com leviandades. A deusa empalhada, segundo escreveu, chegaria à Inglaterra cerca de um mês após o recebimento da missiva.

O objeto encaixotado foi entregue na casa dos Jermyn na tarde de 3 de agosto de 1913 e imediatamente levado à enorme câmara que abrigava a coleção de espécimes africanos organizada por Sir Robert e Arthur. O que se passou a seguir pode ser apenas conjecturado a partir dos relatos feitos pela criadagem e das coisas e documentos mais tarde examinados. Em meio aos diversos relatos, aquele feito pelo velho Soames, o mordomo da família, desponta como o mais completo e o mais coerente. Segundo esse homem confiável, Sir Arthur Jermyn dispensou toda a criadagem antes de abrir a caixa, embora o som imediato do martelo e do formão tenha indicado que a operação não foi adiada por um instante sequer. Nada mais se ouviu por um tempo; quanto tempo, Soames não soube estimar com precisão; mas com certeza menos de quinze minutos depois foi ouvido um grito horrendo na inconfundível voz de Jermyn. No momento seguinte Jermyn lançou-se para fora do cômodo e correu em frenesi rumo à porta da casa, como se houvesse um inimigo terrível em seu encalço. A expressão naquele semblante, que já parecia sinistro mesmo em repouso, era indescritível. Já quase na porta da frente, Jermyn deu a impressão de pensar nalguma coisa e deu meia-volta durante a fuga, para então desaparecer na escada que levava ao porão. Os criados ficaram completamente atônitos e puseram-se a observar no patamar da escada, porém o patrão não retornou. Um cheiro de óleo foi tudo o que veio das regiões mais abaixo. Depois que a noite caiu, ouviu-se um chacoalhar na porta que levava do porão ao pátio; e um cavalariço viu Arthur Jermyn, besuntado dos pés à cabeça com óleo e tresandando o cheiro desse fluido, sair furtivamente e desaparecer na gandra escura que rodeia a casa. Depois, numa exaltação suprema de horror, todos assistiram ao fim. Uma fagulha surgiu na gandra, uma chama se alteou e um pilar de fogo humano ergueu-se aos céus. A casa dos Jermyn já não existia mais.

O motivo para que os restos carbonizados de Arthur Jermyn não tenham sido recolhidos e enterrados foi descoberto somente mais tarde — e relacionam-se acima de tudo à coisa na caixa. A deusa empalhada era uma visão nauseante, definhada e carcomida, mas tratava-se claramente de uma macaca branca mumificada pertencente a uma espécie desconhecida, menos hirsuta do que qualquer outra variedade conhecida e infinitamente mais próxima dos seres humanos — a ponto de causar uma impressão de choque. Uma descrição minuciosa seria bastante desagradável, porém há dois importantes detalhes que precisam ser mencionados, porque corroboram de forma repugnante certas notas relativas às expedições de Sir Wade à África e às lendas congolesas do deus branco e da princesa-macaca. Os detalhes em questão são os seguintes: o brasão no relicário de ouro colocado no pescoço da criatura é o brasão da família Jermyn, e a sugestão jocosa feita por Monsieur Verhaeren no que dizia respeito a uma certa similitude ligada ao rosto emurchecido aplicava-se — com horror vívido, funesto e preternatural — a ninguém menos do que o sensível Arthur Jermyn, tataraneto de Sir Wade e de uma esposa desconhecida. Membros do Royal Anthropological Institute queimaram a coisa e jogaram o relicário num poço, e parte desses homens nem ao menos admite que Arthur Jermyn tenha um dia existido.

O medo à espreita

I. A SOMBRA NA CHAMINÉ

Havia relâmpagos no ar quando à noite dirigi-me à mansão abandonada no alto da Tempest Mountain para encontrar o medo à espreita. Eu não estava sozinho, pois naquela época a temeridade não vinha misturada ao amor pelo terrível e pelo grotesco que transformou minha carreira em uma série de buscas por estranhos horrores na literatura e na vida. Comigo estavam dois homens leais e musculosos que eu havia chamado no momento oportuno; homens que desde muito tempo auxiliavam-me nessas explorações macabras em razão do porte físico avantajado.

Havíamos deixado o vilarejo com a maior discrição possível em razão dos repórteres que permaneciam no lugar desde o pânico quimérico de um mês atrás — a morte rastejante saída de um pesadelo. Mais tarde, pensei, os repórteres poderiam ser úteis; mas por ora eu não desejava aquelas companhias. Quisera Deus eu houvesse permitido que tomassem parte nas buscas, pois assim eu não teria carregado esse fardo solitário por tão longo tempo, sempre temeroso de que o mundo declarasse-me louco ou mesmo enlouquecesse ao perceber as implicações demoníacas daquela coisa. Agora que estou decidido a contar tudo para que as ruminações não destruam minha sanidade, arrependo-me de haver feito segredo. Pois eu, e somente eu, sei que tipo de medo estava à espreita naquela montanha espectral e desolada.

Em um pequeno carro a motor, percorremos os quilômetros de floresta e colinas primevas até que a encosta arborizada impedisse-nos o progresso. A paisagem tinha um aspecto mais do que sinistro quando vista à noite, sem as multidões habituais de investigadores, de maneira que muitas vezes sentimo-nos tentados a usar a lanterna de acetileno mesmo sabendo que assim poderíamos chamar atenção. Aquele não era um panorama salubre após o cair da noite, e creio que eu teria notado o aspecto mórbido mesmo que ignorasse o terror que por lá se ocultava. Quanto a animais silvestres, não havia nenhum — as bestas se revelam sábias quando a morte arreganha os dentes. As árvores primordiais marcadas pelos raios pareciam anômalas com as silhuetas enormes e contorcidas, e o restante da vegetação parecia anômalo no aspecto denso e febril, enquanto curiosos montes e outeiros naquela terra coberta por ervas daninhas e rica em fulgurito levavam-me a pensar em cobras e crânios humanos de proporções gigantescas.

O medo havia espreitado na Tempest Mountain por mais de um século. Eis o que descobri a partir de relatos jornalísticos da catástrofe que chamou a atenção do mundo para aquela região. O lugar é uma elevação remota na parte das Catskill Mountains, onde a civilização holandesa outrora penetrou de maneira tímida e temporária, deixando ao partir apenas umas poucas mansões em ruínas e uma população de posseiros degenerados que habitavam vilarejos lastimosos nas mais longínquas encostas. Pessoas normais raramente visitavam a região até que a polícia do estado fosse criada, e mesmo hoje o patrulhamento ainda é pouco frequente. O medo, contudo, é uma tradição antiga pelos vilarejos circunjacentes, visto tratar-se de um assunto sempre muito vivo no discurso simples dos pobres mestiços que por vezes deixam os vales para trocar cestos artesanais por outros produtos de primeira necessidade que não possam criar, fazer ou abater a tiro.

O medo à espreita habitava a temida e abandonada mansão da família Martense, que colmava a eminência alta porém gradual cuja predisposição a frequentes tempestades elétricas rendera-lhe o nome de Tempest Mountain. Por mais de um século a casa de pedra antiga e rodeada por bosques tinha sido tema de histórias absolutamente insanas e monstruosamente atrozes; histórias que versavam sobre uma morte rastejante colossal e silente que saía à caça durante o verão. Com chorosa insistência, os posseiros contavam histórias sobre um demônio que atacava viajantes solitários após o cair da noite, para levá-los embora ou abandoná-los em estado medonho, parcialmente comidos e desmembrados; e por vezes falavam aos sussurros a respeito de rastros de sangue que levavam à mansão distante. Uns diziam que os trovões atraíam o medo à espreita para fora do esconderijo, enquanto outros diziam que os trovões eram a voz daquela coisa.

Ninguém fora daquela região afastada tinha dado crédito a essas histórias díspares e conflitantes, marcadas por descrições incoerentes e extravagantes de um inimigo vislumbrado apenas por uma fração de segundo; porém não havia um único fazendeiro ou habitante do vilarejo disposto a duvidar que a mansão da família Martense fosse assombrada por uma entidade macabra. O folclore do lugar proibia esse tipo de dúvida, embora nenhum indício de atividade fantasmagórica tenha sido encontrado pelos investigadores que visitaram a construção movidos pelos relatos excepcionalmente vívidos feitos por certos posseiros. As avós narravam estranhos mitos relativos ao espectro de Martense; mitos ligados à própria família Martense, à dessemelhança hereditária que marcava os olhos da família, os longos e esotéricos anais e o assassinato que por fim a amaldiçoara.

O terror que me chamou ao lugar foi a repentina e

aziaga confirmação das mais desvairadas lendas dos montanheses. Em uma noite de verão, ao fim de uma tempestade elétrica de violência sem precedentes, a zona rural foi despertada por um tumulto de posseiros que alucinação nenhuma seria capaz de criar. Em meio ao choro e à lamúria, deploráveis turbas de nativos queixavam-se do horror inominável que havia se abatido sobre todos, e não houve quem duvidasse. Ninguém tinha visto a coisa, mas os gritos ouvidos de um vilarejo próximo indicavam a aproximação da morte rastejante.

Pela manhã, cidadãos e patrulheiros do estado acompanharam os trêmulos montanheses até o ponto aonde — segundo o relato feito — a morte havia chegado. E de fato a morte estava por lá. O solo de um dos vilarejos de posseiros havia cedido após ser atingido por um raio que destruíra um grande número dos cortiços malcheirosos; e, para além do prejuízo material, havia também uma devastação orgânica que o fazia empalidecer até tornar-se insignificante. Embora o local fosse habitado por setenta e cinco nativos, não havia nenhum espécime vivo à vista. A terra revolvida estava coberta de sangue e de restos humanos que davam eloquente testemunho do estrago causado por garras e presas demoníacas; porém não havia trilha visível que se afastasse da carnificina. Todos logo concordaram que o responsável devia ser um animal de grande porte; e nenhuma língua atreveu-se a repetir a acusação de que aquelas mortes crípticas não eram mais do que assassinatos sórdidos porém habituais em comunidades decadentes. Essa acusação tornou a ser levantada apenas quando se percebeu que vinte e cinco integrantes da população estimada não constavam entre os mortos; porém mesmo assim seria difícil explicar o assassinato de cinquenta pessoas por um grupo em tamanha desvantagem numérica. Restou o fato de que, em uma noite de verão, um raio havia rasgado os céus e o resultado fora um vilarejo repleto de cadáveres desfigurados por terríveis mordidas, ferimentos e mutilações.

A zona rural em polvorosa de imediato associou esse horror à mansão assombrada da família Martense, conquanto as localidades distassem mais de cinco quilômetros uma da outra. Os patrulheiros demonstraram mais ceticismo; incluíram a mansão nas investigações apenas como precaução e esqueceram-na por completo quando a descobriram totalmente deserta. As pessoas do vilarejo e da zona rural, no entanto, promoveram buscas minuciosas; ergueram todos os objetos da casa, sondaram lagos e córregos, examinaram arbustos e esquadrinharam as florestas próximas. Mas foi tudo em vão; a morte que havia passado não deixara nenhum rastro a não ser pela destruição.

No segundo dia de buscas o caso enfim recebeu o devido tratamento nos jornais, que despacharam uma série de repórteres para a Tempest Mountain. A situação foi descrita com riqueza de detalhes, e houve diversas entrevistas para elucidar a história de horror contada pelas senhoras locais. No início, acompanhei os relatos com certa indiferença, pois considero-me um *connaisseur* no que diz respeito a horrores; porém uma semana mais tarde percebi uma atmosfera que me afetou de maneira estranha, e assim, no dia 5 de agosto de 1921, hospedei-me com os repórteres que lotavam o hotel em Lefferts Corners, o vilarejo mais próximo à Tempest Mountain e quartel-general de todos os envolvidos nas buscas. Três semanas depois a dispensa dos repórteres deixou-me livre para começar uma terrível exploração baseada nas investigações e nos questionamentos minuciosos que eu havia conduzido nesse meio-tempo.

Foi assim que, naquela noite de verão em que trovões ribombavam ao longe, desci de um silencioso veículo motor e avancei com dois companheiros armados rumo aos mais distantes pontos da Tempest Mountain, projetando o facho da lanterna elétrica sobre as muralhas cinzentas e espectrais que surgiam em meio aos carvalhos gigantes mais à frente. Rodeado pela morbidez da solidão noturna e pela iluminação débil e inconstante, a vasta pilha retangular que se erguia pouco adiante insinuava terrores que o dia não era capaz de dissipar; mas não hesitei, pois eu havia percorrido o trajeto determinado a testar uma hipótese. Eu tinha motivos para acreditar que os trovões levavam o demônio mortífero a sair de um terrível covil secreto; e, fosse o demônio uma entidade sólida ou uma pestilência vaporosa, eu estava decidido a vê-lo.

Eu já havia esquadrinhado as ruínas previamente, e assim tinha uma ideia clara em relação ao plano; meu posto de observação seria o antigo quarto de Jan Martense, cujo assassinato ocupa um lugar central entre as lendas rurais. Eu tinha um pressentimento sutil de que os aposentos dessa antiga vítima seriam o local mais adequado para os meus propósitos. O quarto, que media cerca de sete por sete metros, continha a exemplo de outros cômodos resquícios de entulho que outrora haviam sido itens de mobiliário. O quarto ficava no segundo andar, no canto da casa que dava para o sudeste, e tinha uma ampla janela virada para o leste e outra, mais estreita, virada para o sul, ambas desprovidas de vidraças e venezianas. Em frente à janela grande havia uma enorme lareira holandesa com azulejos bíblicos que representavam o filho pródigo, e em frente à janela estreita havia uma espaçosa cama embutida na parede.

Quando o rimbombar do trovão abafado pelas árvores tornou-se mais alto, coloquei o meu plano em execução. Primeiro amarrei as três escadas de corda que eu havia levado comigo lado a lado no parapeito da janela grande. Eu sabia que assim levariam a um ponto adequado no pátio externo, pois já havia feito os testes necessários. Depois nós três levamos uma cama com dossel de outro quarto até lá e a colocamos de lado contra a janela. Após recobri-la com galhos de abeto, nós três acomodamo-nos com armas automáticas em punho — dois repousando enquanto o terceiro vigiava. O demônio poderia aparecer de qualquer lado: nossa rota de fuga estava garantida. Se viesse do interior da casa, teríamos as escadas de corda presas à janela; se viesse do exterior, teríamos a porta e as escadas internas. A julgar pelos eventos anteriores, não acreditávamos que pudesse nos seguir por muito tempo nem mesmo no pior cenário possível.

Fiquei de guarda da meia-noite à uma hora, quando, a despeito da casa sinistra, da janela exposta e da iminência de trovões e relâmpagos, senti uma estranha sonolência. Eu estava sentado entre os meus dois companheiros: George Bennett voltado para a janela e William Tobey voltado para a lareira. Bennett tinha adormecido, talvez afetado pela mesma sonolência anômala que se abatera sobre mim, e assim tive por bem designar Tobey para a vigília seguinte, mesmo que ele também estivesse cabeceando. É curioso notar a atenção que eu havia dedicado à lareira.

Os trovões cada vez mais altos devem ter afetado os meus sonhos, pois durante o pouco tempo que tive para dormir fui visitado por visões apocalípticas. A certa altura despertei, talvez porque o meu companheiro adormecido tivesse involuntariamente jogado o braço em cima do meu peito. Eu não estava acordado o bastante para verificar se Tobey cumpria os deveres como sentinela, mas senti uma clara preocupação a esse respeito. Nunca a presença do mal havia me oprimido daquela forma. Depois eu devo ter adormecido novamente, pois foi de um caos fantasmático que os meus pensamentos despertaram quando a noite revelou-se horrenda com gritos que transcendiam tudo o que eu já havia experienciado, fosse na vida real ou na pura fantasia.

Naqueles gritos, o medo e a agonia nas profundezas da alma humana tentavam, de maneira desesperada e insana, abrir os portões de ébano que levam ao oblívio. Acordei e defrontei-me com a loucura vermelha e a zombaria do diabolismo, enquanto ao mergulhar cada vez mais fundo em meio a panoramas inconcebíveis essa angústia fóbica e cristalina dissipava-se e reverberava. Não havia luz, mas eu soube pelo espaço vazio ao meu lado direito que Tobey havia se ausentado — só Deus saberia dizer para onde. Sobre o meu peito estava o braço estendido do homem que dormia à minha esquerda.

Logo veio o avassalador rimbombar do trovão que pôs a montanha inteira a estremecer, iluminou os mais escuros recônditos do bosque ancestral e rachou o patriarca daquelas árvores retorcidas. Com o lampejo demoníaco causado por uma bola de fogo, meu companheiro adormecido despertou sobressaltado enquanto o brilho no outro lado da janela projetava sombras nítidas sobre a chaminé acima da lareira, de onde os meus olhos não haviam se desviado por sequer um instante. Que eu ainda hoje esteja vivo e com o juízo intacto parece-me inexplicável. Inexplicável porque a sombra projetada sobre a lareira não era a de George Bennett ou a de qualquer outra forma humana, mas uma anomalia blasfema saída das mais profundas câmaras do inferno; uma abominação informe e inominável que nenhum intelecto conseguiria apreender e nenhuma pena conseguiria descrever. No instante seguinte vi-me sozinho na mansão amaldiçoada, tremendo e balbuciando. George Bennett e William Tobey haviam desaparecido sem deixar vestígios sequer de um embate. Os dois nunca mais foram vistos.

II. UMA PASSAGEM NA TEMPESTADE

Após essa experiência horrenda na mansão rodeada pela floresta passei dias acamado e com os nervos à flor da pele em meu quarto de hotel no Lefferts Corners. Não recordo exatamente de que maneira consegui voltar ao carro, dar a partida e retornar ao vilarejo; não guardo nenhuma impressão do meu retorno a não ser pelas árvores titânicas de braços estendidos, pelos rumores demoníacos do trovão e pelas sombras carônticas projetadas sobre os montes baixos que pontilhavam e coalhavam a região.

Enquanto eu tremia e refletia sobre a imagem da sombra que avassalara os meus sentidos, compreendi que eu por fim havia desvendado um dos supremos horrores da terra — um daqueles flagelos inomináveis oriundos do vácuo sideral cujos rumores demoníacos por vezes ouvimos nos mais distantes confins do espaço, em relação aos quais desfrutamos da misericordiosa imunidade propiciada por nossa visão finita. Quanto à sombra que vi, mal posso oferecer qualquer tipo de análise ou identificação. Um vulto se interpusera entre mim e a janela durante a noite fatídica, mas eu começava a tremer sempre que me via compelido a classificá-lo. Se ao menos a coisa tivesse rosnado, latido, ou até mesmo gargalhado — seria o bastante para aplacar o terror abismal. Mas aquilo permaneceu em silêncio. Aquilo havia pousado o braço, ou a pata anterior, em cima do meu peito... Sem dúvida era uma forma orgânica, ou pelo menos uma forma que um dia fora orgânica... Jan Martense, cuja mansão eu invadira, repousava no cemitério próximo à mansão... Eu precisava encontrar Bennett e Tobey, se estivessem vivos... por que a coisa os havia levado e me deixado para o fim...? A sonolência é sufocante, e os sonhos parecem-me horrendos...

Em pouco tempo percebi que eu teria de contar a minha história, sob pena de sofrer um colapso total. Eu já havia decidido que não abandonaria a busca pelo medo à espreita, pois minha crassa ignorância levara-me a crer que a incerteza seria pior do que a iluminação, por mais terrível que fosse esta última. Assim precisei resolver qual seria o melhor curso a tomar, quem eu escolheria para fazer as minhas confidências e qual seria a melhor forma de rastrear a coisa que havia obliterado aqueles dois homens e projetado uma sombra de pesadelo.

Meus principais contatos no Lefferts Corners tinham sido repórteres afáveis, dos quais um grande número permanecia no local a fim de colher os últimos ecos da tragédia. Foi dentre esses homens que me senti determinado a escolher um colega, e quanto mais eu refletia, mais a minha preferência recaía sobre Arthur Munroe, um homem magro e moreno com cerca de trinta e cinco anos, com educação, gosto, temperamento e inteligência que pareciam distingui-lo como um indivíduo acima das ideias e experiências convencionais.

Foi durante uma tarde no início de setembro que Arthur Munroe ouviu a minha história. Vi desde o início que se mostrava ao mesmo tempo interessado e solidário, e quando terminei ele pôs-se a analisar e a discutir meu relato com argúcia e capacidade de juízo notáveis. O conselho que me deu foi acima de tudo prático; recomendou-me adiar as operações na mansão da família Martense até que tivéssemos à disposição mais dados a respeito da história e da geografia locais. Por iniciativa de Munroe, percorremos a zona rural à procura de informações sobre a terrível família Martense, e assim encontramos um homem que tinha um antigo diário extraordinariamente detalhado e esclarecedor. Também conversamos longamente com os mestiços montanheses que não haviam fugido da confusão e do terror rumo a encostas mais remotas, e precedemos nossa derradeira tarefa — o exame total e definitivo da mansão à luz de sua história completa — de um exame igualmente total e definitivo dos lugares associados às mais diversas tragédias na mitologia dos posseiros.

Os resultados desse exame não foram a princípio muito esclarecedores, mesmo que nossas apurações parecessem indicar uma tendência bastante clara, segundo a qual o número de horrores narrados aumentava em localidades relativamente próximas à casa evitada ou a essa ligadas por trechos onde a floresta parecia ter alcançado uma exuberância quase mórbida. Mas havia exceções; o horror que chamara a atenção do mundo também havia se abatido sobre um descampado que se localizava a uma boa distância da mansão e dos bosques circunjacentes.

Quanto à natureza e ao aspecto do medo à espreita,

nada descobrimos ao falar com os moradores assustados e ignorantes daqueles cortiços. No mesmo fôlego, descreviam a entidade como gigante e serpente, morcego e demônio do trovão, abutre e árvore semovente. Conseguimos, no entanto, obter subsídios para imaginar que se tratasse de um organismo vivo altamente suscetível a tempestades elétricas; e, embora certas histórias sugerissem asas, convencemo-nos de que a aversão a espaços abertos tornasse a locomoção por terra uma teoria mais provável. O único fator incompatível com essa hipótese era a rapidez com que a criatura precisaria deslocar-se para ser responsável por todos os horrores que lhe eram atribuídos.

À medida que conhecemos melhor os posseiros, descobrimos que tinham uma simpatia particular que se manifestava das mais variadas formas. Sem dúvida eram criaturas simplórias, que desciam cada vez mais baixo na cadeia evolutiva em razão dos ancestrais desafortunados e do isolamento estultificante. Temiam forasteiros, mas aos poucos acostumaram-se a nós; e por fim ofereceram-nos grande ajuda quando pusemo-nos a examinar arbustos e a arrancar partições internas da mansão em busca do medo à espreita. Quando pedimos ajuda para encontrar Bennett e Tobey os montanheses se mostraram deveras abalados; pois queriam ajudar-nos, mas sabiam que aquelas pessoas haviam sumido da face da terra, da mesma forma que os demais integrantes de seu próprio povo. Não restava nenhuma dúvida quanto ao fato de que essas pessoas haviam sido mortas e os cadáveres haviam sido removidos, como acontecera muito tempo atrás aos animais selvagens; e assim esperamos cheios de apreensão pela tragédia seguinte.

No meio de outubro senti-me intrigado pela nossa ausência de progresso. Graças às noites claras, não ocorrera nenhum tipo de agressão demoníaca, e o término de nossas vãs buscas pela casa e pelo terreno quase nos levou a encarar o medo à espreita como uma entidade imaterial. Temíamos que o clima esfriasse e impedisse o avanço de nossas explorações, pois todos haviam concordado que o demônio se acalmava no inverno. Em razão disso havia uma certa pressa e um certo desespero nas buscas feitas durante o dia naquele vilarejo marcado pelo horror; um vilarejo que a essa altura encontrava-se deserto em razão do medo que os posseiros sentiam.

O malfadado vilarejo dos posseiros não tinha nome, porém existira por um bom tempo em uma fenda sem árvores mas bem abrigada entre duas elevações que se chamavam respectivamente Cone Mountain e Maple Hill. O vilarejo era mais próximo de Maple Hill do que de Cone Mountain; e parte das habitações rústicas eram a bem dizer buracos escavados na rocha da primeira. Em termos geográficos, localizava-se a cerca de três quilômetros a noroeste da base da Tempest Mountain, e a cinco quilômetros da mansão rodeada pelos carvalhos. No trajeto entre o vilarejo e a mansão, três quilômetros e meio eram compostos de terreno aberto; o terreno era quase todo plano, a não ser por elevações baixas, similares a cobras, e recobria-se apenas de grama e vegetação rasteira. Após examinar a topografia, concluímos que o demônio devia ter chegado pela Cone Mountain, de onde um prolongamento arborizado chegava perto do ponto mais a oeste da Tempest Mountain. A elevação do solo foi atribuída de maneira conclusiva a um deslizamento ocorrido em Maple Hill — uma solitária árvore rachada, cuja lateral fora alvo do raio que invocara o demônio.

Quando pela vigésima vez eu e Arthur Munroe examinamos cada centímetro do vilarejo invadido, sentimos um certo desânimo misturado a temores vagos e inéditos. Foi deveras insólito, mesmo numa situação em que o terror e o insólito revelavam-se corriqueiros, descobrir o local totalmente vazio de indícios ao fim de ocorrências avassaladoras; e assim nos pusemos a caminhar sob o céu escuro e plúmbeo com a dedicação sem rumo que surge a partir do amálgama entre o sentimento de futilidade e a necessidade de ação. Nossa atenção voltou-se novamente para os detalhes; todas as cabanas foram mais uma vez inspecionadas, todas as escavações na rocha foram mais uma vez esquadrinhadas em busca de cadáveres, todos os pontos da encosta repleta de espinheiros foram mais uma vez examinados em busca de covis e cavernas — tudo em vão. E mesmo assim, como eu disse, novos e vagos temores pairavam ameaçadoramente sobre nós, como se grifos com asas de morcego invisivelmente se empoleirassem no pico das montanhas e abrissem sorrisos zombeteiros com olhos de Abaddon que houvessem contemplado abismos transcósmicos.

À medida que a tarde avançava tornou-se cada vez mais difícil enxergar; e por fim ouvimos o rumor da tempestade elétrica que se armava sobre a Tempest Mountain. Aquele som naquela localidade naturalmente mexeu conosco, embora menos do que teria feito à noite. Da maneira como tudo se passou, torcemos desesperadamente para que a tempestade se estendesse até muito depois do escurecer; e com essa esperança abandonamos as buscas ao acaso feitas na encosta para sair à procura de um vilarejo habitado onde pudéssemos recrutar um grupo de posseiros dispostos a nos ajudar com a investigação. Por mais tímidos que fossem, um reduzido número de rapazes sentiu-se inspirado por nossa liderança protetiva e dispôs-se a nos oferecer ajuda.

Mal havíamos dado meia-volta quando teve início uma chuva torrencial que nos forçou a procurar abrigo. A escuridão profunda, quase noturna do céu levou-nos a cambalear de forma lamentável, mas guiados pelos frequentes clarões dos raios e por nosso conhecimento detalhado acerca do vilarejo logo chegamos à cabana menos permeável da localidade; uma combinação heterogênea de tábuas e troncos com uma porta e uma única janela que davam ambas para Maple Hill. Depois de fechar a porta a fim de nos proteger contra a fúria do vento e da chuva, recolocamos no lugar a veneziana rústica que buscas frequentes nos haviam ensinado a encontrar. Era deprimente que tivéssemos de permanecer sentados em caixotes decrépitos naquela escuridão de breu, mas pusemo-nos a fumar cachimbos e por vezes a correr o facho de nossas lanternas de um lado para outro. De vez em quando víamos os relâmpagos por entre as rachaduras na parede; na escuridão da tarde, os clarões revelavam-se com uma vividez impressionante.

A vigília tempestuosa levou-me a estremecer e a recordar a tétrica noite passada na Tempest Mountain. Meus pensamentos voltaram-se para o estranho questionamento que volta e meia se oferecia desde que a coisa acontecera; e mais uma vez indaguei-me por que o demônio, ao se aproximar de três observadores vindo da janela ou do interior da mansão, havia começado pelos homens das pontas e deixado o do meio para o final, quando a bola de fogo titânica o assustara. Por que não havia levado as vítimas na ordem natural, na qual eu seria o segundo, independentemente do lado por onde houvesse chegado? Que tentáculos de longo alcance poderia usar aquele predador? Será que sabia que eu era o líder, e assim havia decidido poupar-me e condenar-me a um destino pior do que aquele que se abatera sobre os meus companheiros?

Em meio a essas reflexões, como se houvesse sido arranjado para intensificar o efeito dramático, um raio impressionante caiu nas proximidades, seguido pelo som de um deslizamento. Ato contínuo, o vento lupino ergueu-se em um crescendo demoníaco e ululante. Tivemos certeza de que a árvore solitária na Maple Hill fora novamente atingida, e Munroe se ergueu do caixote e aproximou-se da janela diminuta a fim de avaliar os estragos. Quando retirou a veneziana e o vento e a chuva sopraram uivando para dentro da cabana, não consegui ouvir o que disse; mas vi quando estendeu o corpo para fora da abertura e tentou apreender o pandemônio da Natureza.

Aos poucos o vento amainou, e logo a escuridão preternatural dissipou-se, indicando assim o fim da tempestade. Eu tinha esperado que a tempestade avançasse noite adentro para auxiliar-nos em nossa busca, mas um raio de sol furtivo saído de um buraco na madeira às minhas costas acabou de vez com essa possibilidade. Depois de sugerir a Munroe que seria melhor ter um pouco de luz mesmo que novas chuvas caíssem, destranquei e abri a porta rústica. O solo no lado de fora estava reduzido a uma singular massa de lodo empoçado, com montes de terra arrastados pelo deslizamento; porém não vi nada capaz de justificar o interesse que levou o meu companheiro a manter-se inclinado para fora da janela, observando em silêncio. Fui até o ponto onde Munroe estava e toquei-lhe o ombro, mas ele não se mexeu. Então, quando em uma atitude jocosa eu o sacudi e o virei em minha direção, senti as gavinhas estrangulantes de um horror canceroso cuja raízes desciam rumo a passados ilimitados e aos abismos insondáveis da noite que espreita além do tempo.

Pois Arthur Munroe estava morto. E no que restava daquela cabeça mastigada e desfigurada já não havia mais rosto.

III. O SIGNIFICADO DO CLARÃO VERMELHO

Durante a noite açoitada pela tempestade ocorrida em 8 de novembro de 1921, com uma lanterna que projetava sombras funéreas, eu me encontrava ocupado, tolamente escavando sozinho o túmulo de Jan Martense. Eu havia começado a escavar durante a tarde, porque uma tempestade elétrica se armava, e naquele momento, com o céu às escuras e a tempestade a cair sobre a vegetação densa e maníaca, senti-me contente.

Creio que os meus pensamentos estivessem em parte transtornados pelos eventos desde 5 de agosto; a sombra demoníaca na mansão, o cansaço e o descontentamento e a coisa ocorrida no vilarejo durante uma tempestade em outubro. Depois daquilo eu havia cavado a cova para o homem cuja morte eu era incapaz de compreender. Eu sabia que outros tampouco seriam capazes, e assim deixei todos pensarem que Arthur Munroe houvesse apenas se afastado. Houve buscas, mas nada foi encontrado. Talvez os posseiros tenham compreendido, porém não me arrisquei a assustá-los ainda mais. Eu mesmo sentia uma estranha indiferença. O choque sofrido na mansão havia deixado sequelas em meu intelecto, e eu não conseguia pensar em nada além da busca por aquele horror que em minha imaginação crescera a ponto de atingir proporções cataclísmicas; uma busca que o destino de Arthur Munroe levou-me a empreender calado e sozinho.

A cena das minhas escavações seria o bastante para enervar qualquer homem comum. Árvores primordiais e ameaçadoras de porte e idade profanos sorriam grotescamente acima de mim como os pilares de um templo de druidas infernais enquanto abafavam o trovão, silenciavam o vento ululante e protegiam-me de boa parte da chuva. Para além dos troncos marcados ao fundo, visíveis graças ao brilho tênue da luz que filtrava, erguiam-se as pedras recobertas de hera que constituíam a mansão abandonada, enquanto um pouco mais perto estendia-se o antigo jardim holandês de caminhos e canteiros tomados por uma exuberante vegetação fétida, branquicenta e fungoide que jamais sentia a luz direta do sol. E ainda mais perto estendia-se o cemitério, onde árvores disformes balouçavam galhos insanos enquanto as raízes perturbavam lajes blasfemas e nutriam-se da peçonha mais abaixo. De vez em quando, sob a mortalha escura de folhas pútridas que supuravam na escuridão da floresta antediluviana, eu era capaz de traçar as silhuetas macabras dos montes baixos que caracterizavam a região assolada pelas tempestades elétricas.

A história me havia conduzido até aquele túmulo arcaico. A história, a bem dizer, era tudo o que me restava, posto que todo o restante acabava sempre em satanismo escarninho. Eu havia passado a crer que o medo à espreita não era uma coisa material, mas um espectro com presas de lobo que montava os relâmpagos noturnos. E, graças às inúmeras histórias da tradição local que eu havia recolhido na companhia de Arthur Munroe, eu tinha razão para crer que esse fosse o fantasma de Jan Martense, morto em 1762. Esse era o motivo para que eu tolamente escavasse o túmulo onde fora enterrado.

A mansão da família Martense fora construída em 1670 por Gerrit Martense, um abastado mercador de New Amsterdam que não havia gostado das mudanças introduzidas pelo governo britânico e assim decidira construir aquela casa magnífica em uma elevação remota no meio de um bosque cuja solidão intocada e panorama incomum em muito o agradavam. A única frustração substancial encontrada na localidade relacionava-se à predominância de violentas tempestades elétricas no verão. Na época em que escolheu a colina onde haveria de erguer a mansão, Mynheer Martense atribuiu aquelas manifestações naturais e frequentes a uma peculiaridade daquele ano; mas com o passar do tempo descobriu que o local era especialmente propenso àquele tipo de fenômeno. Por fim, ao descobrir que as tempestades elétricas faziam mal para a saúde, construiu um porão onde poderia resguardar-se do mais insano pandemônio.

Quanto aos descendentes de Gerrit Martense, sabe-se ainda menos, uma vez que todos foram criados para odiar a civilização inglesa e treinados para evitar todos os colonos que a abraçavam. Essas pessoas tiveram uma vida reclusa ao extremo, e segundo registros o isolamento os havia tornado rústicos no tocante à fala e à compreensão. Na aparência, eram marcados por uma dessemelhança hereditária nos olhos: em geral, um era azul e o outro castanho.

Os contatos sociais tornaram-se cada vez menos numerosos, até que por fim os Martense começaram a casar-se com os trabalhadores braçais que viviam ao redor da propriedade. Inúmeros membros dessa numerosa família degeneraram e foram morar no lado oposto do vale, com a população mestiça que mais tarde produziria os posseiros dignos de pena. Os membros restantes permaneceram na mansão ancestral e tornaram-se ainda mais fechados e taciturnos, embora sempre reagissem com manifestações nervosas às frequentes tempestades elétricas.

Boa parte dessa informação chegou ao mundo exterior por meio do jovem Jan Martense, que movido por um tipo qualquer de inquietude juntou-se ao exército colonial quando notícias da Convenção de Albany chegaram à Tempest Mountain. Ele foi o primeiro dos descendentes de Gerrit a ver boa parte do mundo; e, quando retornou em 1760 após seis anos de campanha, passou a ser odiado como um estrangeiro pelo pai, pelos tios e pelos irmãos, apesar dos olhos dessemelhantes da família Martense. Já não podia mais compartilhar das peculiaridades e dos preconceitos da família, uma vez que as próprias tempestades elétricas já não mais o enlevavam como outrora. Em vez disso, aquele cenário passou a deprimi-lo; e ele com frequência escrevia para um amigo em Albany mencionando planos de abandonar o teto do pai.

Na primavera de 1763 Jonathan Gifford, o amigo de Albany, mostrou-se preocupado com o silêncio do correspondente Jan Martense, particularmente em razão da situação e das discussões na mansão da família. Determinado a fazer uma visita pessoal a Jan, ele cavalgou até as montanhas. Os diários registram que chegou à Tempest Mountain no dia 20 de setembro, e encontrou a mansão num estado de profunda decrepitude. Os mal-humorados membros da família Martense, cujos olhos estranhos e aparência suja e animalesca pareceram chocantes, comunicaram-lhe em sons guturais e intermitentes que Jan havia morrido. Segundo disseram, fora atingido por um raio no outono anterior, e naquele momento encontrava-se sepulto nos jardins abandonados. A família levou o visitante até o túmulo nu, sem nenhum tipo de marcação. Os modos da família Martense causaram em Gifford sentimentos de repulsa e suspeita, e uma semana mais tarde ele retornou com uma pá e uma enxada decidido a explorar o sepulcro. Descobriu aquilo que esperava — um crânio fraturado por golpes brutais — e, de retorno a Albany, fez acusações públicas de que os Martense haviam matado um dos seus.

Não havia evidências legais, mas a história espalhou-se depressa pela zona rural; e a partir desse momento os Martense passaram a ser ostracizados pelo mundo. Ninguém mais quis fazer negócios com a família, e a mansão distante passou a ser evitada como um lugar amaldiçoado. De uma forma ou de outra os Martense conseguiram subsistir apenas com os produtos da propriedade, e ocasionalmente luzes avistadas de colinas distantes confirmavam a presença continuada da família no local. Essas luzes foram vistas até 1810, embora nesse período final fossem pouco frequentes.

Nesse meio-tempo, todo um ciclo de lendas diabólicas surgiu em torno da mansão. O lugar passou a ser evitado de todas as formas possíveis, e foi cercado por todos os mitos contados aos sussurros que a tradição era capaz de fornecer. A mansão foi visitada somente em 1816, quando a ausência continuada de luzes foi percebida no vilarejo dos posseiros. Na época, um grupo de buscas descobriu que a casa estava deserta e havia em parte desabado.

Nenhum esqueleto foi encontrado, e assim a questão passou a ser tratada como partida, não como extinção. O clã parecia ter se afastado muito tempo atrás, e puxados rústicos davam mostras do quanto havia crescido antes da migração. O nível cultural havia sofrido uma degradação notável, conforme evidenciavam os móveis decrépitos e a prataria espalhada, que davam a impressão de ter sido abandonados muito antes que a família deixasse a propriedade. Mas, embora os temidos Martense houvessem se afastado, o medo da casa assombrada permaneceu; e tornou-se ainda mais aguçado quando novas histórias bizarras passaram a circular entre os montanheses decadentes. A mansão permanecia lá: abandonada, temida e ligada ao vingativo fantasma de Jan Martense. E ainda permanecia lá na noite em que cavei o túmulo de Jan Martense.

Descrevi minha lenta escavação como tola, e é verdade que assim foi em questões de método e objeto. O caixão de Jan Martense logo se revelou — naquela altura não continha nada além de pó e salitre —, porém movido pelo ímpeto de exumar o fantasma eu continuei a escavar de maneira irracional e canhestra mesmo depois de encontrar o ponto em que repousava. Só Deus sabe o que eu pretendia encontrar — eu sentia apenas que escavava o túmulo de um homem cujo fantasma andava solto à noite.

Seria impossível dizer que profundezas monstruosas eu teria atingido quando a minha pá, e em seguida os meus pés, romperam o chão mais abaixo. Naquela circunstância, esse foi um acontecimento tremendo; pois, ante a existência de uma galeria subterrânea, minhas teorias mais insanas foram terrivelmente corroboradas. A pequena queda fora suficiente para apagar a minha lamparina, porém logo tirei do bolso uma lanterna elétrica que me permitiu ver um estreito túnel horizontal que parecia estender-se indefinidamente em ambas as direções. A abertura era larga o suficiente para que um homem pudesse esgueirar-se; e, ainda que ninguém em pleno exercício das faculdades mentais devesse expor-se ao risco daquela situação, ignorei o perigo, a razão e o asseio em minha obstinação febril por encontrar o medo à espreita. Tomei a direção da casa e avancei com temeridade ao longo da estreita passagem, contorcendo-me às cegas e às pressas, apenas de vez em quando acionando a lanterna que eu mantinha apontada à minha frente.

Que língua seria capaz de descrever o espetáculo de um homem perdido na terra infinitamente abismal, cavando, retorcendo-se, arquejando, tropeçando como um louco em meio às convoluções subterrâneas de negrura imemorial sem nenhuma ideia relativa a tempo, segurança, direção ou objetivo definido? Há um elemento medonho nesse comportamento, mas foi assim que procedi. Continuei dessa forma por um longo tempo, até que a vida se transformasse em pouco mais do que uma lembrança distante e eu me juntasse às toupeiras e aos vermes que habitam as profundezas noctíferas da terra. A bem dizer, foi um mero acidente que ao fim de intermináveis contorcionismos eu por fim tenha acendido a minha esquecida lanterna elétrica, que assim passou a luzir com um brilho sinistro na toca de terra escavada que se estendia e curvava-se à frente.

Segui por aquele curso por um bom tempo, de maneira que a minha bateria já estava quase no fim quando a passagem de repente fez uma curva abrupta para cima, o que alterou a forma do meu progresso. E, quando ergui o rosto sem nenhum tipo de aviso prévio, vi ao longe o duplo e demoníaco reflexo úmido da lanterna quase extinta; um duplo reflexo que ardia com uma refulgência deletéria e inconfundível, e que despertava lembranças enlouquecedoramente nebulosas. Detive-me como que por instinto, embora não tenha me ocorrido retroceder. Os olhos aproximaram-se, porém quanto à coisa que os tinha no rosto eu não pude discernir mais do que uma garra. Mas que garra! Depois, mais à frente, ouvi um estrondo que de pronto reconheci. Era o trovão da montanha, elevado a uma fúria histérica — meu trajeto havia começado a subir já havia um bom tempo, de maneira que a superfície devia estar próxima. E, enquanto o trovão ribombava, aqueles olhos continuavam a me encarar com uma crueldade vazia.

Graças a Deus eu não sabia o que era aquilo, pois de outra forma haveria morrido. Mas fui salvo pelo mesmo trovão que havia invocado a coisa, uma vez que após momentos de uma horrenda espera o céu longe do meu campo de visão foi rasgado por um dos frequentes raios que caíam na montanha, cujos efeitos pude sentir mesmo no subterrâneo sob a forma de punhados de terra deslocada e fulguritos das mais variadas dimensões. Com uma raiva ciclópica, aquilo rasgou o solo acima do abismo infernal, deixando-me cego e surdo, porém não de todo reduzido a um coma.

No caos da terra que se revolvia e deslizava, cavei e me debati em desespero até que a chuva sobre a minha cabeça houvesse me trazido de volta à razão e eu pudesse notar que havia emergido num local conhecido — um ponto íngreme e desprovido de árvores na encosta sudoeste da montanha. Uma cortina de relâmpagos alumiou o solo desabado e os resquícios do baixo e curioso outeiro que se estendia a partir de uma encosta arborizada mais acima, mas não havia nada em meio ao caos que pudesse mostrar o ponto em que eu emergira da catacumba letal. Meus pensamentos encontravam-se em um caos tão profundo quanto a terra, e quando um clarão vermelho surgido ao sul tomou conta da paisagem eu mal pude apreender o horror que havia deixado para trás.

Mas quando, dois dias mais tarde, os posseiros revelaram-me o significado do clarão vermelho, senti mais horror do que a toca e a garra e os olhos me haviam instilado; mais horror porque as implicações eram ainda mais nefastas. Num vilarejo a trinta e dois quilômetros de distância, uma orgia de medo havia sucedido o raio que me levou de volta para a superfície, e uma coisa inominável caiu de uma árvore que sobranceava o terreno em cima de uma cabana de telhado frágil. A coisa fizera uma atrocidade, mas os posseiros atearam fogo na cabana antes que pudesse escapar. Estava fazendo essa atrocidade no instante mesmo em que a terra desabou sobre a coisa com a garra e os olhos.

IV. O HORROR NOS OLHOS

Não pode haver nada de normal na mente de um homem que, sabendo o que eu sabia acerca dos horrores na Tempest Mountain, estivesse disposto a buscar sozinho o medo que por lá espreitava. O fato de que pelo menos duas corporificações do medo tivessem sido destruídas não era mais que uma débil garantia de segurança física e mental naquele Aqueronte de diabolismo multiforme; porém assim mesmo avancei em minha busca com ímpeto renovado à medida que eventos e revelações tornavam-se cada vez mais monstruosos.

Quando, dois dias após a minha terrível empreitada pela cripta dos olhos e da garra, descobri que uma coisa havia pairado malignamente sobre um lugar a trinta e dois quilômetros no mesmo instante em que os olhos me encaravam, praticamente sofri uma síncope de terror. Mas esse terror estava tão profundamente misturado à reverência e à atração pelo grotesco que era quase uma sensação agradável. Às vezes, na agonia de um pesadelo, quando poderes invisíveis rodopiam sobre os telhados de estranhas cidades mortas e avançam rumo à bocarra do abismo em Nis, é um alívio e até mesmo um deleite berrar em desespero e arrojar-se voluntariamente no horrendo vórtice de fatalidade onírica, ao encontro de quaisquer mistérios que o pélago sem fim possa ocultar. E assim foi com o pesadelo em vigília da Tempest Mountain; a descoberta de que dois monstros tinham assombrado o lugar ao final provocou em mim um anseio louco de mergulhar na própria terra da região amaldiçoada, e com as mãos nuas escavar a morte que havia mostrado o sorriso zombeteiro em cada centímetro daquele solo envenenado.

Assim que possível visitei o túmulo de Jan Martense e em vão cavei onde antes eu havia cavado. Um desabamento havia obliterado todos os traços da galeria subterrânea, enquanto a chuva, por haver carregado uma enorme quantia de terra de volta para o interior da escavação, impediu-me de avaliar a que profundidade eu havia cavado anteriormente. Fiz uma viagem difícil ao vilarejo distante onde a criatura da morte fora queimada, mas pouco fui recompensado por esse esforço. Nas cinzas da fatídica cabana encontrei diversos ossos, mas nenhum parecia ter pertencido ao monstro. Os posseiros disseram que a coisa tinha feito uma única vítima; no entanto a informação pareceu equivocada, visto que, para além de um crânio humano completo, houvera também um fragmento ósseo que certamente devia ter pertencido a outro crânio humano. Embora houvesse testemunhas da queda do monstro, ninguém sabia dizer ao certo com o que se parecia; aqueles que o tinham visto descreviam-no apenas como um demônio. Ao examinar a grande árvore onde se pusera à espreita, não consegui encontrar nenhuma marca distintiva. Tentei encontrar uma trilha que levasse ao interior da floresta negra, porém na ocasião eu não pude suportar a visão dos mórbidos troncos alargados, nem das vastas raízes serpentinas e malévolas que se enrodilhavam antes de afundar na terra.

Meu passo seguinte foi reexaminar, com atenção microscópica, o vilarejo abandonado visitado pela mais pródiga morte, no qual Arthur Munroe tinha visto uma coisa que ele não vivera o suficiente para descrever. Embora minhas vãs buscas anteriores tivessem sido minuciosas ao extremo, nesse momento eu tinha novas hipóteses a testar; pois minha horrenda travessia pelo interior da catacumba havia me convencido de que ao menos uma das fases daquela monstruosidade fora uma criatura subterrânea. Dessa vez, no dia 14 de novembro, minha busca ocupou-se acima de tudo com as encostas da Cone Mountain e da

Maple Hill no ponto em que ambas dão para o vilarejo desafortunado, e prestei especial atenção à terra solta deixada pelo deslizamento nessa última eminência.

A tarde de buscas não trouxe nada de novo à luz, e o entardecer chegou quando eu me encontrava na Maple Hill olhando para o vilarejo e para a outra encosta do vale, na Tempest Mountain. Fora um pôr do sol excepcionalmente belo, e naquele momento a lua surgiu quase cheia e derramou uma torrente de prata sobre a planície, a encosta distante e os curiosos montes baixos que se erguiam aqui e acolá. Era uma cena tranquila e árcade, mas sabendo o que eu sabia passei a odiá-la. Tive ódio da lua zombeteira, da planície hipócrita, da montanha purulenta e daqueles montes sinistros. Tudo parecia-me conspurcado por uma peste abominável e inspirado por uma aliança nociva com poderes ocultos e perversos.

Enquanto eu admirava distraidamente o panorama banhado pelos raios da lua meus olhos foram atraídos para um detalhe singular nas características e na disposição de um certo acidente na topografia local. Mesmo sem ter nenhum conhecimento aprofundado de geologia, desde o início eu sentira-me intrigado pelos montes e outeiros da região. Eu já havia percebido que estavam distribuídos por uma grande área da Tempest Mountain, embora fossem menos numerosos na planície do que no topo da colina, onde a glaciação pré-histórica sem dúvida havia encontrado menos oposição a seus caprichos impressionantes e fantásticos. E então, à luz da lua baixa que projetava estranhas sombras alongadas, ocorreu-me que os vários pontos e linhas naquele sistema de montes guardavam uma relação peculiar com o pico da Tempest Mountain. Aquele pico era sem dúvida o centro de onde todas as demais linhas ou sequências de pontos irradiavam de maneira indefinida e irregular, como se a insalubre mansão da família Martense houvesse lançado os tentáculos de um terror visível. A ideia desses tentáculos causou-me uma comoção inexplicável, e detive-me a fim de analisar minhas razões para crer que os montes fossem resultado de fenômenos glaciais.

Quanto mais eu analisava, menos eu acreditava, e contra os meus pensamentos recém-franqueados puseram-se a bater horrendas e grotescas analogias baseadas em aspectos superficiais e na minha experiência sob a terra. Antes que eu percebesse, descobri-me pronunciando uma série frenética de palavras desconexas: "Meu Deus...! Tocas de toupeira... o maldito lugar deve estar perpassado por galerias subterrâneas... quantas... aquela noite na mansão... levaram Bennett e Tobey primeiro... um de cada lado...". Logo cavei freneticamente no monte que se estendia ao meu lado; cavei desesperadamente, com tremores, mas também com júbilo; cavei e por fim berrei com uma emoção difusa ao encontrar um túnel ou uma toca exatamente como aquele por onde eu havia me arrastado naquela outra noite demoníaca.

Depois me lembro de haver corrido de pá na mão; uma corrida horrenda em meio a prados enluarados repletos de montes, e também pelos abismos enfermiços e profundos de florestas assombradas na encosta; foi assim que corri, gritei, arquejei e segui o mais depressa possível rumo à terrível mansão da família Martense. Lembro-me de ter cavado como um louco por todo o porão tomado pelos espinheiros; cavado para encontrar o cerne e o centro daquele maligno universo de montes. A seguir, lembro-me de ter começado a rir quando encontrei o ponto de acesso: o buraco na base da antiga chaminé, onde as ervas daninhas medravam e projetavam estranhas sombras na luz da vela solitária que eu por acaso tinha comigo. O que havia mais ao fundo daquela colmeia infernal, à espreita e à espera do chamado do trovão, eu não saberia dizer. Dois tinham sido mortos; talvez a coisa estivesse liquidada. Mas restava ainda a determinação ardente de alcançar o mais recôndito segredo do medo, que eu mais uma vez passara a considerar definido, material e orgânico.

Minhas especulações indecisas quanto à possibilidade de explorar a passagem sozinho e de imediato, munido apenas da minha lanterna de bolso, ou então reunir um bando de posseiros para a busca, foram logo interrompidas por uma súbita rajada de vento que apagou a vela e me deixou na mais absoluta escuridão. A lua já não luzia pelas frestas e aberturas acima de mim, e foi com a sensação alarmante de um destino iminente que ouvi o rimbombar sinistro e prenhe de sentido que prenunciava a chegada dos relâmpagos. Uma confusão de ideias concatenadas tomou conta dos meus pensamentos e fez com que eu me encolhesse no canto mais distante do porão. Meus olhos, no entanto, jamais se afastaram da horrenda abertura na base da chaminé; e comecei a ter vislumbres dos tijolos desabados e das insalubres ervas daninhas quando os clarões de luz penetraram os bosques no lado de fora e iluminaram as frestas da parede superior. A todo instante eu me sentia consumido por um misto de curiosidade e medo. O que a tempestade haveria de invocar — caso ainda houvesse o que invocar? Guiado pelo clarão de um relâmpago, escondi-me atrás de uma densa moita de vegetação através da qual eu podia ver a abertura sem no entanto ser visto.

Se a misericórdia celestial existe, um dia há de apagar da minha lembrança a visão que tive, para que assim eu possa viver em paz os anos que ainda me restam. Hoje não consigo dormir, e preciso tomar opiáceos quando o céu põe-se a trovejar. A coisa chegou de maneira abrupta e sem aviso prévio; um demônio similar a um rato que emergiu da toca remota e inimaginável, uma pintura infernal que soltava grunhidos abafados, e então da abertura sob a chaminé emergiu uma torrente de vida multifária e leprosa — um horrendo e noctífero cataclismo de degradação orgânica, mais devastadoramente execrando do que as nigérrimas conjurações da loucura e da morbidez humana. Deslizando, fumegando e avançando; borbulhando como muco de serpente, enrolando-se e saindo do buraco escancarado, alastrando-se como uma infecção séptica e derramando-se para fora do porão a partir de todos os pontos de egresso imagináveis — derramando-se para então se dispersar em meio às amaldiçoadas florestas da meia-noite e espalhar medo, loucura e morte.

Só Deus sabe quantos havia — devem ter sido milhares. Testemunhar a torrente daquelas criaturas sob a iluminação tênue e intermitente foi um choque. Quando o número diminuiu para que eu pudesse vê-los como organismos individuais, percebi que eram demônios ou primatas anões e disformes — caricaturas monstruosas e diabólicas de uma tribo simiesca. Todos mantinham um silêncio hediondo; mal pude ouvir os guinchos quando um dos últimos virou-se com uma agilidade que evidenciou a habitualidade do gesto para banquetear-se como de costume em um companheiro mais fraco. Quando terminou, outros puseram-se a roer o que havia sobrado com gosto. E então, apesar do pavor, do nojo e da confusão mental, minha curiosidade mórbida triunfou; e, quando a última monstruosidade emergiu sozinha daquele mundo subterrâneo de pesadelos ignotos, puxei minha pistola automática e alvejei-a durante o ribombar do trovão.

Gritando, deslizando, sombras torrenciais de uma loucura rubra e viscosa que perseguem umas às outras por intermináveis corredores ensanguinhados de fulgurante céu púrpura... espectros amorfos e mutações caleidoscópicas de uma cena familiar e funesta; bosques de carvalhos monstruosos e túrgidos, com raízes serpentinas que se retorcem e sorvem os fluidos inomináveis de uma terra verminosa infestada por demônios canibais; tentáculos montiformes que se estendem desde núcleos subterrâneos de perversão poliposa... clarões insanos acima de paredes malignas recobertas por hera e arcadas demoníacas sufocadas pela vegetação fungoide... Agradeço aos céus pelo instinto que me levou mesmo inconsciente a lugares habitados pelos homens; ao sereno vilarejo que dormia sob as estrelas plácidas de um céu limpo.

Ao fim de uma semana eu havia me recuperado o suficiente para mandar uma mensagem para Albany pedindo que um grupo de homens explodisse a mansão da família Martense e todo o cume da Tempest Mountain com dinamite, fechasse todas as galerias encontradas nos montes e destruísse certas árvores túrgidas cuja mera existência apresentava-se como um insulto à sanidade. Consegui dormir um pouco quando eu soube que todas essas coisas haviam sido levadas a efeito, mas o verdadeiro descanso não virá jamais enquanto eu recordar o segredo inominável do medo à espreita. A coisa há de me assombrar, pois quem poderia garantir que o extermínio foi completo, e que fenômenos análogos não existem mundo afora? Quem poderia, sabendo o que sei, pensar nas cavernas desconhecidas na face da terra sem estremecer ante o terror de pesadelo latente nas possibilidades futuras? Não posso ver um poço ou uma entrada de metrô sem pôr-me a tremer... por que os médicos não me oferecem uma droga para dormir, ou para acalmar os meus nervos quando troveja?

O que vi sob o brilho da minha lanterna depois de atirar contra o objeto inefável que havia ficado para trás foi uma coisa tão simples que um minuto inteiro deve ter se passado antes que eu enfim compreendesse e sucumbisse ao delírio. O objeto era nauseante; uma coisa similar a um gorila branquicento e imundo com presas amarelas e pelagem emaranhada. Aquele era o produto final de uma longa degeneração mamífera; o obsceno resultado de um sistema de reprodução, multiplicação e alimentação canibalesco acima e abaixo da terra; a corporificação de todo o caos rosnante e de todo o medo zombeteiro que espreita por trás da vida. A coisa me encarou ao morrer, e os olhos tinham a mesma qualidade daqueles outros olhos que haviam me encarado no subterrâneo e despertado recordações nebulosas. Um era azul, o outro, castanho.

Eram os olhos dissimilares da família Martense, narrados em antigas lendas; e num cataclismo avassalador de horror mudo eu entendi qual fora o destino da família desaparecida; a terrível e trovejante casa dos Martense.

O festival

Efficiunt Daemones, ut quae non sunt, sic tamen quasi sint, conspicienda hominibus exhibeant.
Lactâncio

Eu estava longe de casa, e o encanto do mar oriental pairava sobre mim. No crepúsculo eu ouvira as ondas rebentarem contra as rochas, e sabia que o mar estava logo além da colina onde os salgueiros retorcidos balouçavam-se tendo ao fundo o céu limpo e as primeiras estrelas do entardecer. E, como os meus antepassados me houvessem chamado para o antigo vilarejo mais além, continuei a avançar em meio à neve baixa e recém-caída ao longo da estrada que assomava solitária no ponto onde Aldebarã cintilava em meio às árvores; avançar rumo ao vilarejo ancestral em que eu jamais pusera os olhos, embora surgisse com frequência em meus sonhos.

Era a época de Yuletide, que os homens costumam chamar de Natal embora no fundo saibam que essa é uma celebração mais antiga do que Belém e do que a Babilônia, e mais antiga até mesmo do que Mênfis e do que a humanidade. Era a época de Yuletide, e eu havia enfim chegado ao antigo vilarejo marítimo onde os meus haviam morado e celebrado o festival em tempos pregressos, quando o festival era proscrito; e onde também haviam ordenado aos filhos que celebrassem o festival uma vez a cada século, para que a memória de segredos primordiais não se perdesse. O meu povo era um povo antigo, já antigo quando a terra foi colonizada três séculos atrás. E era também um povo estranho, porque todos eram descendentes de pessoas furtivas de tez escura que vinham dos opiáceos jardins de orquídeas ao sul, e falavam outra língua antes de aprender a língua falada entre os pescadores de olhos azuis. Naquele momento estavam todos dispersos, e compartilhavam apenas os rituais dos mistérios que nenhuma pessoa viva era capaz de compreender. Eu era o único que havia voltado naquela noite ao antigo vilarejo pesqueiro, como previa a lenda, pois somente os pobres e os solitários recordam-se.

E então, para além da crista da colina, vi Kingsport surgir estendida e gélida no lusco-fusco; a nevada Kingsport com veletas e coruchéus ancestrais, cumeeiras e chapéus de chaminé, portos e pontilhões, salgueiros e cemitérios; intermináveis labirintos de ruelas altas, estreitas e serpenteantes; e o pico central, colmado por uma igreja que o tempo não se atrevia a tocar; infindáveis meandros de casas coloniais amontoadas e distribuídas em todos os ângulos e níveis, como os blocos desordenados de um menino; a antiguidade a pairar com asas cinzentas sobre mansardas e frontões embranquecidos pelo inverno; e claraboias e janelas de pequenas vidraças que se punham uma a uma a cintilar no frio do entardecer para juntar-se a Órion e às estrelas arcaicas. E contra os cais apodrecidos o mar se batia; o mar secreto e imemorial de onde as pessoas haviam saído em tempos ancestrais.

Ao lado da estrada na crista erguia-se uma eminência ainda mais alta, inóspita e açoitada pelo vento, e notei que se tratava de um cemitério onde lápides pretas erguiam-se funestas a partir da neve como as unhas pútridas de um gigantesco cadáver. A estrada indistinta era deveras solitária, e por vezes eu imaginava ouvir terríveis estalos ao longe, como aqueles emitidos por um cadafalso ao vento. Quatro de meus antepassados haviam sido enforcados por bruxaria em 1692, mas eu não sabia em que ponto exato.

À medida que a estrada serpenteava e descia rumo ao litoral eu tentei prestar atenção aos alegres sons do vilarejo ao entardecer, porém não pude ouvi-los. Logo me atentei à época do ano, e senti que a antiga gente puritana talvez cultivasse hábitos natalinos a mim estranhos, repletos de orações silenciosas ao pé do fogo. Depois parei de manter-me atento a sinais de alegria e a outros viajantes pela estrada, e limitei-me a continuar descendo para além das pacatas fazendas iluminadas e dos ensombrecidos muros de pedra até chegar ao ponto em que as placas das antigas lojas e tavernas rangiam na maresia, e as aldrabas grotescas de portas com pilastras luziam por ruelas desertas e sem calçamento sob a luz de pequenas janelas cortinadas.

Eu já tinha visto mapas do vilarejo, e sabia onde encontrar o berço da minha família. Disseram-me que eu seria reconhecido e receberia as boas-vindas, pois as lendas têm vida longa nos vilarejos; e assim me apressei pela Back Street até chegar a Circle Court, e atravessei a neve recém-caída sobre o único calçamento de lajes em todo o vilarejo, de onde a Green Lane sai nos fundos do Mercado. Os velhos mapas ainda prestavam um bom serviço, e não encontrei nenhuma dificuldade; mas em Arkham deviam ter mentido para mim quando disseram que os bondes passavam por aquelas bandas, uma vez que não vi nenhuma fiação suspensa. Afinal, a neve teria coberto os trilhos. Eu me sentia contente por fazer o trajeto a pé, uma vez que o vilarejo nevado parecia esplêndido visto do alto da colina; e naquele instante eu me sentia ansioso por bater na porta dos meus familiares, a sétima casa à esquerda na Green Lane, com telhado de duas águas e segundo pavimento avançado, tudo erguido antes de 1650.

Havia luzes no interior da casa quando eu cheguei, e pude ver pelas vidraças losangulares que a casa devia encontrar-se muito próxima do estado original. A parte superior projetava-se por cima da rua em que a grama crescia e quase tocava a projeção da casa em frente, de maneira que eu estava praticamente em um túnel, no interior do qual os degraus que levavam à entrada mostravam-se totalmente livres de neve. Não havia calçada, porém muitas casas tinham portas altas acessíveis por meio de lances duplos de escada ladeados por corrimãos de ferro. Era uma cena esquisita, e como estranho à Nova Inglaterra eu nunca tinha visto nada parecido. Por mais que a cena me agradasse, eu a poderia ter apreciado melhor caso visse pegadas sobre a neve, e pessoas nas ruas, e janelas que não estivessem com as cortinas fechadas.

Quando fiz soar a aldraba de metal antigo senti um certo medo. Esse medo aos poucos ganhara força em mim, talvez devido à estranheza da minha genealogia e ao abandono daquele fim de tarde, e também devido ao insólito silêncio naquele vilarejo provecto de hábitos curiosos. E quando a minha batida foi atendida o medo tornou-se completo, porque eu não tinha ouvido passos quando a porta se abriu com um rangido. Porém o medo não durou muito tempo, pois o velho que trajava um roupão e pantufas na abertura da porta tinha um rosto pacato que me reconfortou; e, depois de gesticular para mim de maneira a indicar que era surdo, escreveu um antigo e pitoresco bilhete de boas-vindas com o estilo e a tábua coberta de cera que tinha consigo.

O velho me acompanhou até um cômodo de teto baixo à luz de velas com enormes vigas expostas e mobiliário austero e esparso do século XVII. O passado vivia naquele lugar, pois nenhum atributo faltava. Havia uma lareira cavernosa e uma roca, junto da qual uma senhora corcunda que usava um manto folgado e um chapéu largo estava sentada em minha direção, fiando mesmo na época de festividades. A atmosfera parecia ter uma qualidade úmida indefinível naquele lugar, e admirei-me ao perceber que o fogo não estava aceso. O arquibanco de espaldar alto dava para a fileira de janelas cortinadas à esquerda, e parecia estar ocupado, embora eu não tivesse certeza. Não gostei de nada do que vi, e mais uma vez tornei a sentir o medo que eu sentira antes. Esse medo intensificou-se a partir daquilo que antes o aplacara, pois quanto mais eu examinava aquele rosto pacato, mais essa mesma característica parecia aterrorizar-me. Os olhos não se mexiam, e a pele era demasiado semelhante à cera. Por fim cheguei à conclusão de que não poderia ser um rosto, mas apenas a máscara demoníaca de um finório. Porém as mãos flácidas, curiosamente enluvadas, continuavam a escrever frases amistosas na tábua de cera, pedindo que eu aguardasse um pouco antes de ser levado até o sítio do festival.

Depois de apontar para uma cadeira, uma mesa e uma pilha de livros, o velho saiu do recinto; e quando me sentei para ler notei que muitos dos livros eram ancestrais e encontravam-se mofados, e que incluíam o incrível *Marvells of Science* de Morryster, o terrível *Saducismus triumphatus* de Joseph Glanvill, publicado em 1681, o chocante *Daemonolatreia* de Remígio, impresso em 1595 em Lyon, e — para tornar as coisas ainda piores — o nefando *Necronomicon* do árabe louco Abdul Alhazred, na proscrita tradução latina de Olaus Wormius; um livro que eu jamais vira, mas acerca do qual sussurravam-se coisas monstruosas. Ninguém falou comigo, mas pude ouvir o ranger das placas ao vento no lado de fora, e o rumor da roca enquanto a mulher de chapéu continuava a fiar e fiar. A sala e os livros e aquelas pessoas causaram-me uma impressão deveras mórbida e inquietante, mas como uma antiga tradição de meus antepassados me havia chamado àquele estranho banquete, decidi-me a esperar coisas singulares. E foi assim que tentei ler, e logo me vi intrigado e trêmulo em razão de uma coisa encontrada no proscrito *Necronomicon*; um pensamento e uma lenda demasiado horrendos para a sanidade e a consciência. Mas não gostei nem um pouco quando ouvi o fechar de uma das janelas defronte ao arquibanco, que naquele instante me deu a impressão de ter sido aberta às escondidas. Logo sobreveio um rumor que não vinha da roca. Mesmo assim, não era muito audível, pois a mulher fiava com ímpeto, e o antigo relógio dava as horas. A seguir abandonei a impressão de que havia pessoas sentadas no arquibanco e li atento e assustado até que o velho retornasse calçando um par de botas e vestindo uma fantasia antiga e folgada e por fim se acomodasse naquele mesmo assento de maneira que eu não o pudesse ver. Tinha sido uma espera nervosa, e o livro blasfemo que eu tinha nas mãos havia redobrado a sensação. Quando o relógio deu onze horas, no entanto, o velho se levantou, foi até o baú entalhado em um canto e de lá retirou dois mantos com capuz; um dos quais trajou, para a seguir envolver no outro a velha, que interrompeu o incessante fiar. Depois os dois seguiram em direção à porta da casa; a velha mancando, quase se arrastando, enquanto o velho, depois de pegar o livro que eu vinha lendo, chamou-me com um gesto enquanto baixava o capuz sobre aquele rosto ou aquela máscara imóvel.

Saímos para o escuro e tortuoso emaranhado de ruelas no vilarejo incrivelmente antigo; saímos enquanto as luzes nas janelas cortinadas apagavam-se uma a uma, e Alfa do Cão Maior abria um sorriso zombeteiro para a multidão de figuras cobertas por mantos e capuzes que partiam em silêncio de cada vão de porta e formavam procissões monstruosas nessa rua e naquela, deixando para trás as placas rangentes e as empenas antediluvianas, os telhados de sapé e as janelas de vidraça losangular; galgando ruelas íngremes onde casas decrépitas sobrepunham-se e ruíam juntas; deslizando através de pátios abertos e cemitérios onde lanternas balouçantes formavam ébrias constelações quiméricas.

Em meio a essas multidões caladas eu seguia os meus guias silentes; empurrado por cotovelos que pareciam sobrenaturalmente macios, e espremido em meio a peitos e barrigas que pareciam anomalamente pulposos; sem no entanto jamais ver um rosto ou escutar uma palavra. Para cima, para cima, sempre para cima deslizavam as colunas, e pude ver que todos os processionários convergiam ao se aproximar de um ponto central que reunia todas as ruelas insanas no topo de uma colina elevada bem no centro do vilarejo, onde se empoleirava a grande igreja branca. Eu a vira na crista da estrada ao olhar para Kingsport no lusco-fusco, e aquela visão tinha me levado a tremer porque Aldebarã equilibrara-se por um instante na ponta do coruchéu fantasmagórico.

Havia um espaço aberto ao redor da igreja; em parte um cemitério com fachos espectrais, em parte uma praça de onde quase toda a neve fora limpa pela ação do vento, ladeada por casas de antiguidade insalubre que ostentavam telhados de duas águas e empenas sobranceiras. Fogos-fátuos dançavam pelos túmulos e revelavam panoramas metuendos, conquanto estranhamente não projetassem sombras. Passado o cemitério, onde já não havia mais casas, pude enxergar por cima do pico da colina e observar o brilho das estrelas no porto, embora o vilarejo permanecesse invisível às escuras. Somente de quando em quando uma lanterna balouçava de maneira horrenda por ruelas serpentinas no intuito de ultrapassar a multidão que deslizava sem voz para o interior da igreja. Esperei até que a multidão houvesse adentrado a porta escura, e até que todos os retardatários fizessem o mesmo. O velho puxava-me pela manga, mas eu estava decidido a ser o último. E por fim entrei, tendo à minha frente o velho sinistro e a velha fiadeira. Uma vez cruzado o umbral daquele templo efervescente de escuridão ignota, virei-me de maneira a enxergar o mundo exterior enquanto a fosforescência do cemitério projetava um brilho enfermiço sobre o calçamento no alto da colina. E nesse momento estremeci. Pois, embora o vento não houvesse deixado muita neve para trás, havia sobras no meio do caminho que levava à porta da igreja; e nesse relance fugaz pareceu aos meus olhos perturbados que não exibiam marcas de passos, nem mesmo dos meus.

A igreja mal se iluminava apesar de todas as lanternas que a tinham adentrado, pois a maior parte da multidão já havia desaparecido. Quase todos já haviam atravessado a nave entre os bancos altos e brancos rumo ao alçapão de acesso à catacumba que se abria de maneira horrenda em frente ao púlpito, e naquele momento começavam a descer sem nenhum ruído. Eu também desci os degraus gastos rumo à cripta úmida e sufocante. A cauda dessa sinuosa linha de processionários noturnos parecia horrível ao extremo, e quando os vi avançar rumo a um venerando túmulo pareciam todos ainda mais atrozes. Então percebi que o assoalho do túmulo tinha uma abertura por onde a multidão deslizava, e no momento seguinte estávamos todos descendo por uma aziaga escada feita de cantaria rústica; uma espiral úmida e particularmente mefítica que circunvoluteava infinitamente para baixo rumo às entranhas da colina, para muito além das monótonas paredes de rocha gotejante e argamassa em ruínas. Era uma descida silente e chocante, e após um medonho intervalo observei que as paredes e os degraus começavam a se transformar, como se fossem entalhados diretamente na rocha sólida. Acima de tudo, o que me perturbava era o fato de que a miríade de passos não fazia nenhum som e não produzia nenhum eco. Após éons de descida, por fim divisei passagens ou tocas laterais que chegavam desde recônditos ignotos de escuridão àquele fosso de mistério noctífero. Logo essas galerias tornaram-se excessivamente numerosas, como se fossem as catacumbas ímpias de uma ameaça inominável; e o pungente odor de putrescência tornou-se insuportável. Eu sabia que devíamos ter descido toda a altura da montanha rumo às profundezas do solo de Kingsport, e estremeci ao pensar que um vilarejo pudesse revelar-se tão provecto e tão verminoso em malignidade subterrânea.

E então vi a radiância lúgubre de uma luz pálida e ouvi o chapinhar insidioso de águas umbrosas. Tornei a estremecer, porque eu não gostava das coisas que a noite havia trazido, e desejei ardentemente que nenhum antepassado me houvesse chamado àquele rito primordial. Enquanto os degraus na passagem se alargavam, ouvi mais um som — a fina e estridente zombaria de uma flauta débil; e de repente estendeu-se ante meus olhos o panorama ilimitado de um mundo interior — uma vasta orla fungoide, iluminada por uma eructante coluna de verde flama e banhada por um largo e untuoso rio que corria de abismos pavorosos e insuspeitos rumo aos mais negros pélagos do oceano imemorial.

Desfalecendo e arquejando, olhei para aquele Érebo blasfemo de cogumelos titânicos, fogo leproso e água víscida, e vi quando as multidões envoltas em mantos formaram um semicírculo em torno do pilar chamejante. Aquele era o rito de Yule, mais antigo do que a humanidade e destinado a sobreviver-lhe; o rito primordial do solstício e da promessa de uma primavera além das neves; o rito do fogo e do verde, da luz e da música perenes. E na gruta estígia pude ver aquela gente celebrar o rito, e adorar o pilar de chamas, e jogar na água punhados da vegetação pegajosa que reluzia em verde sob aquele brilho clorótico. Vi essas coisas todas, e ao longe vi também um vulto amorfo de cócoras que, afastado da luz, tocava uma flauta estridente; e, enquanto a coisa tocava, imaginei ouvir o abafado rumor de asas nefastas em meio à escuridão fétida que me impedia de enxergar. Porém o que me assustou mais do que tudo foi a coluna chamejante, que cuspia matéria vulcânica desde profundezas enormes e inconcebíveis, projetando sombras que nenhuma chama salubre deveria projetar, e cobrindo a pedra nítrica com o matiz repulsivo e peçonhento do azinhavre. Pois em toda aquela combustão violenta não havia calor, mas apenas o abafamento da morte e da putrefação.

O homem que me havia levado até lá nesse momento encolheu-se em um canto ao lado daquela chama medonha e fez uma série de gestos cerimoniais para o semicírculo que o observava. Em certos momentos do ritual as pessoas faziam reverências abjetas, em particular quando o homem erguia acima da cabeça o exemplar do *Necronomicon* que havia levado consigo; e eu também fiz todas as reverências, porque fora levado até o festival pelos escritos dos meus antepassados. Por fim o velho fez um sinal para o vulto do flautista envolto em trevas, que assim interrompeu o débil treno e deu início a um treno mais alto em outra escala, precipitando assim um horror inesperado e incogitável. Ante esse horror, quase me prostrei sobre a terra liquenoide, transfixado por um pavor que não pertencia nem a esse mundo nem a qualquer outro, mas apenas aos espaços vazios e insanos que separam as estrelas.

Da negrura inconcebível para além do gangrenoso lume emitido pela chama fria, dos quilômetros tartáreos por onde as águas do untuoso rio corriam preternaturais, inauditas e insuspeitas, emergiu uma cambaleante horda de coisas treinadas e dotadas de asas que nenhum olho salubre poderia jamais apreender, e nenhum intelecto são poderia jamais recordar por completo. Não eram exatamente corvos, nem toupeiras, nem abutres, nem formigas, nem morcegos-vampiros nem seres humanos parcialmente decompostos; mas coisas que não consigo e não devo recordar. Essas formas cambalearam usando em parte os pés e em parte as asas membranosas; e, quando se aproximaram da multidão de celebrantes, as figuras encapuzadas agarraram-nas e montaram-nas, e puseram-se a caminho uma a uma pelas águas daquele rio imperscrutável, rumo a galerias e abismos de pânico onde fontes de veneno escoam rumo a cataratas indescobertas.

A velha da roca havia seguido com a multidão, e o velho permaneceu apenas porque me recusei a acompanhá-lo quando fez um gesto sugerindo que eu pegasse um animal e lançasse-me às águas do rio como os demais. Notei ao me pôr de pé que o flautista amorfo sumira de vista, mas que havia duas bestas a postos. Ao ver que eu relutava em avançar, o velho sacou o estilo e a tábua de cera e escreveu que era o representante legítimo dos meus antepassados que haviam fundado o culto de Yule naquele lugar ancestral; e que fora decretado que eu havia de retornar, e que ainda restava a celebração do mais secreto dentre todos os mistérios. Tudo isso foi escrito numa caligrafia deveras antiga, e como eu ainda hesitasse o velho tirou do manto largo um anel com sinete e um relógio, ambos com o brasão da minha família, para dar provas de tudo o que havia dito. Mas aquela era uma prova terrível, pois eu sabia, com base em documentos antigos, que o relógio fora enterrado com o meu pentavô em 1698.

A seguir o velho baixou o capuz e apontou para as feições características da família, porém não fiz mais do que estremecer, porque eu sabia que aquele rosto não passava de uma diabólica máscara de cera. Os animais cambaleantes a essa altura ciscavam impacientemente o chão liquenoso, e notei que o velho se mostrava tão impaciente quanto as bestas. Quando uma daquelas coisas fez menção de afastar-se, o velho deteve-a com um movimento rápido; e, com o ímpeto do movimento, deslocou a máscara de cera daquilo que devia ser uma cabeça. E então, uma vez que a posição daquele pesadelo me impedia de alcançar a escada por onde havíamos chegado, lancei-me nas águas do untuoso rio subterrâneo que em um ponto ou outro borborejava rumo às cavernas oceânicas; lancei-me no visco putrescente dos horrores que habitam as entranhas da Terra antes que os meus gritos pudessem chamar a mim todas as legiões funestas que aqueles pestilentos abismos pudessem ocultar.

No hospital disseram-me que fui encontrado no porto ao entardecer, sofrendo com hipotermia e agarrado a um mastaréu à deriva que o acaso mandara para me salvar. Disseram-me que eu havia tomado o caminho errado na bifurcação da estrada na noite anterior e caído das colinas em Orange Point — fato esse deduzido a partir dos rastros encontrados na neve. Não havia nada que eu pudesse dizer, uma vez que tudo estava errado. Tudo estava errado, e a janela larga dava para um mar de telhados em meio ao qual apenas um em cada cinco era ancestral, e também para o som de bondes e motores nas ruas mais abaixo. Insistiram que aquele lugar era Kingsport, e eu não poderia negar. Quando tive um delírio ao ouvir que o hospital localizava-se perto de um antigo cemitério em Central Hill, mandaram-me para o St. Mary's Hospital em Arkham, onde pude receber melhores cuidados. Gostei da minha estada por lá, uma vez que os médicos pareceram receptivos aos meus relatos e valeram-se da influência que tinham para me ajudar a obter acesso ao proscrito exemplar do *Necronomicon* de Alhazred, guardado a sete chaves na biblioteca da Universidade do Miskatonic. Os médicos falaram a respeito de uma "psicose" e disseram que seria bom para mim tirar esses pensamentos obsessivos da cabeça.

E assim tornei a ler aquele capítulo medonho, e estremeci novamente, uma vez que não trazia novidades para mim. Eu já o encontrara antes, a despeito do que as pegadas indicassem; e, quanto ao lugar onde eu o encontrara, melhor seria relegá-lo ao esquecimento. Não havia ninguém que — nas horas de vigília — pudesse me lembrar daquilo; porém meus sonhos eram repletos de terror em razão de frases que não me atrevo a citar. Atrevo-me a citar um único parágrafo, traduzido para o inglês com base naquilo que compreendo a partir do canhestro latim tardio empregado pelo árabe louco:

> As cavernas mais profundas não se oferecem a olhos que veem; pois seus portentos são demasiado estranhos e formidáveis. Maldito seja o solo em que pensamentos mortos vivem em novos e estranhos corpos, e a mente demoníaca que não se prende a cabeça nenhuma. Nas sábias palavras de Ibn Schacabac, feliz é o túmulo onde nenhum feiticeiro repousa, e feliz é o vilarejo em que à noite os feiticeiros reduzem-se a cinzas. Pois existe um rumor antigo segundo o qual a alma daqueles comprados pelo demônio não abandona o funesto invólucro

corpóreo, mas instrui e engorda *o próprio verme que rói*; até que em meio à decomposição surja uma vida horrenda, e esses monótonos carniceiros da terra se tornem astutos o bastante para aviltá-la e monstruosos o bastante para infestá-la. Grandes buracos são em segredo cavados onde os poros da terra bastariam, e há coisas que andam quando deviam rastejar.

Hypnos

Para S. L.

A respeito do sono, aventura sinistra de todas as noites, poder-se-ia dizer que os homens adormecem regularmente com uma audácia que pareceria incompreensível se não soubéssemos que resulta da ignorância em relação ao perigo.
Baudelaire

Que os deuses misericordiosos, se de fato existem, guardem aquelas horas em que nenhum esforço da vontade, nenhuma droga que a argúcia do homem seja capaz de produzir mostra-se capaz de me proteger do abismo do sono. A morte é misericordiosa, pois dela não existe retorno, mas para aquele que retorna das mais profundas câmaras da noite, exausto e sábio, já não há mais paz. Tolo eu fui de mergulhar com frenesi involuntário em mistérios que a nenhum homem foi dado penetrar; tolo ou deus que *ele* foi — meu único amigo, que guiou meus passos e foi sempre à minha frente, e no fim encontrou terrores que podem vir a ser meus.

Conhecemo-nos, eu bem recordo, na estação de trem, onde ele era o centro de uma multidão de curiosos vulgares. Estava inconsciente, uma vez que sofrera um tipo de convulsão que impunha ao corpo franzino e trajado de preto uma estranha rigidez. Acredito que tivesse perto de quarenta anos de idade, pois havia sulcos profundos no rosto pálido e descarnado, porém oval e a bem dizer *bonito*; e toques grisalhos nos cabelos bastos e ondulados, e uma pequena barba outrora preta como a plumagem do corvo. O cenho era branco como o mármore do Monte Pentélico, e ele tinha uma altura e um porte quase divinos. Eu disse para mim mesmo, com o ímpeto de um escultor, que aquele homem era a estátua de um fauno da antiga Hélade, encontrada na escavação de um templo em ruínas e de uma forma ou de outra revivida em nossa época sufocante, apenas para sentir o frio e o peso desses anos devastadores. E quando ele abriu aqueles olhos imensos, fundos e intensamente luminosos eu soube que a partir daquele momento seria o meu único amigo — o único amigo de uma pessoa que jamais tivera um amigo — pois vi que aqueles olhos deviam ter contemplado toda a grandeza e todo o terror de reinos para além da consciência e da realidade comezinhas; reinos que eu havia acalentado em minha fantasia, e em vão procurado. E assim, enquanto afugentava a turba, pedi a ele que me acompanhasse até em casa e fosse meu líder e mestre em mistérios insondáveis, e ele assentiu sem dizer uma única palavra. Logo descobri que a voz dele era música — a música de profundas violas e esferas cristalinas. Com frequência conversávamos à noite, e também durante o dia, quando eu esculpia bustos dele e entalhava cabeças de marfim em miniatura para imortalizar todas aquelas diferentes expressões.

De nossos estudos é impossível falar, visto que não mantinham praticamente nenhuma ligação com qualquer outra coisa no mundo da forma como este é em geral concebido pelos homens. Pertenciam àquele universo mais vasto e mais assustador de entidade e consciência nebulosas, que repousa em um lugar mais profundo do que a matéria, o tempo e o espaço, e de cuja existência não fazemos mais do que suspeitar em certas formas de sono — aqueles raros sonhos além dos sonhos, que nunca se revelam aos homens comuns, e apenas por uma ou duas vezes na vida revelam-se aos homens imaginativos. O cosmo em que nosso conhecimento em vigília existe, nascido de um universo como uma bolha nasce do cachimbo de um bobo, toca-o apenas da forma como a bolha é capaz de tocar sua irônica fonte quando tragada de volta por um capricho do bobo. Eruditos pouco o suspeitam, e quase sempre o ignoram. Sábios interpretaram sonhos, e os deuses deram gargalhadas. Um homem de semblante oriental disse que o tempo e o espaço eram relativos, e os homens riram. Porém mesmo esse homem de semblante oriental não fez mais do que suspeitar. Desejei e tentei fazer mais do que suspeitar, e meu amigo tentou e em parte conseguiu. Depois tentamos juntos, e com drogas exóticas cortejamos sonhos terríveis e proscritos na câmara localizada na torre da antiga mansão na provecta Kent.

Entre as muitas agonias com as quais sofremos naqueles dias encontra-se o maior dos tormentos — a impossibilidade de se articular. O que vi e compreendi naquelas horas de exploração profana não pode jamais ser expresso — devido à simples ausência de símbolos ou sugestões em qualquer idioma. Faço essa observação porque do princípio ao fim nossas descobertas ligavam-se à natureza das *sensações*; sensações que não se relacionavam a nenhuma impressão que o sistema nervoso da humanidade normal seja capaz de receber. Eram sensações em cujo interior havia vertiginosos elementos de tempo e espaço — coisas que no fundo não se revestem de nenhuma existência distinta e definida. As expressões humanas mais aptas a descrever o caráter geral de nossas experiências seriam *mergulhos* ou *sobrevoos*; pois a cada período de revelação uma parte de nossas mentes desprendia-se com brio de tudo aquilo que é real e presente, e planava em alta velocidade ao longo de abismos chocantes, obscuros e assombrados pelo medo, ocasionalmente *atravessando* certos obstáculos bem demarcados e típicos que eu poderia apenas descrever como nuvens ou vapores densos e viscosos. Fazíamos voos negros e incorpóreos, ora sozinhos, ora na companhia um do outro. Quando estávamos juntos, meu amigo ia sempre bem à frente; apesar da ausência de forma, eu percebia a presença dele por meio de uma espécie de memória pictórica, graças à qual aquele rosto familiar aparecia para mim dourado por uma luz estranha e terrível em razão da insólita beleza, das faces jovens, dos olhos abrasadores, do cenho olímpico e dos cabelos e da barba que o ensombreciam.

Quanto ao nosso progresso no tempo, não mantínhamos nenhum tipo de registro, pois o tempo tornara-se para nós uma mera ilusão. Sei apenas que deve ter havido um elemento deveras singular, uma vez que por fim passamos a nos indagar por que não envelhecíamos. Nosso discurso era profano, e sempre terrivelmente ambicioso — nenhum deus e nenhum demônio poderia ter aspirado a descobertas e conquistas como aquelas que planejávamos aos sussurros. Estremeço ao falar sobre essas coisas, e não me atrevo a ser demasiado explícito; mas posso dizer que o meu amigo certa vez escreveu em um papel um desejo que não se atreveu a pronunciar com a língua, e que me levou a queimar o papel e a olhar assustado pela janela em direção ao céu noturno coalhado de estrelas. Posso insinuar — apenas insinuar — que ele tinha desígnios que envolviam o controle de todo o universo visível e das partes mais além; desígnios por meio dos quais a Terra e as estrelas haveriam de movimentar-se a seu comando, e por meio dos quais o destino de todas as coisas vivas a ele pertenceria. Afirmo — juro — que não desempenhei nenhum papel nessas aspirações extremas. Tudo o que meu amigo possa ter dito ou escrito em sentido contrário é necessariamente errôneo, pois não sou homem de coragem suficiente para arriscar a guerra inefável em esferas indizíveis que seria a única forma de obter êxito nessa empresa.

Houve uma noite em que os redemoinhos dos ventos que sopravam de espaços ignotos levaram-nos inexoravelmente a vácuos ilimitados além das esferas do pensamento e da entidade. Percepções de um tipo angustiosamente incomunicável arrojaram-se sobre nós; percepções de uma infinitude que naquele instante provocou-nos convulsões de júbilo, e que no entanto se encontram hoje em parte olvidadas pela memória e em parte impassíveis de serem comunicadas a outras pessoas. Obstáculos viscosos foram rasgados com garras em rápida sucessão, e por fim senti que havíamos chegado a reinos ainda mais remotos do que qualquer outro explorado até então. Meu amigo estava muito à frente quando mergulhamos nesse formidável oceano de éter imaculado, e pude ver uma exultação sinistra naquele rosto-memória que flutuava, luminoso e jovem. De repente o rosto tornou-se diáfano e a seguir desapareceu, e em poucos instantes senti-me projetado contra um obstáculo que fui incapaz de penetrar. Era como os outros, porém tinha a densidade incalculavelmente maior; uma massa grudenta e pegajosa, se é que termos como esses podem ser aplicados a qualidades análogas numa esfera imaterial.

Senti que meu avanço fora detido por uma barreira que meu amigo e mentor transpusera com sucesso. Ao partir para um novo embate, o efeito da droga cessou e abri meus olhos físicos na câmara da torre, onde no canto oposto a forma pálida e inconsciente de meu companheiro onírico reclinava-se numa postura estranhamente lânguida e encantadoramente bela sob os raios verde-áureos que a lua projetava sobre aquelas feições de mármore. Logo, ao fim de um breve intervalo, a forma no canto se mexeu; e que o céu misericordioso guarde-me de ver e ouvir outra vez aquilo que sucedeu ante os meus olhos. Não posso descrever como ele berrou, nem que panoramas de infernos inacessíveis podem ter assomado por um instante naqueles olhos negros enlouquecidos pelo terror. Posso apenas dizer que desmaiei, e não tornei a mexer o corpo até que o meu amigo se recuperasse e me sacudisse no frenesi de encontrar um outro capaz de manter afastado o horror e a desolação.

Esse foi o fim de nossas explorações voluntárias nas cavernas do sonho. Apavorado, estremecido e nefasto, meu amigo, que estivera do outro lado da barreira, advertiu-me de que jamais deveríamos tornar àqueles reinos. O que tinha visto, ele não se atreveu a me contar; mas disse que deveríamos tentar dormir o menos possível, mesmo que fosse necessário empregar drogas para nos manter acordados. Logo descobri que ele tinha razão por força do medo indescritível que me assolava toda vez que minha consciência retraía-se. Ao fim de cada um dos breves e inevitáveis cochilos eu parecia mais velho, enquanto meu amigo envelhecia com uma velocidade quase chocante. É atroz ver as rugas se formarem e os cabelos encanecerem diante dos próprios olhos. Nossas vidas sofreram uma alteração radical. Outrora um recluso — jamais o verdadeiro nome e a verdadeira origem haviam passado por aqueles lábios —, meu amigo passou a desesperar-se com o medo da solidão. À noite ele não ficava sozinho, e tampouco um número reduzido de companhias era capaz de acalmá-lo. O único conforto possível era obtido em pândegas do tipo mais ruidoso, de maneira que poucos agrupamentos de jovens alegres permaneceram desconhecidos a nós. Nossa aparência e nossa idade pareciam ser na maioria dos casos motivo de um profundo ridículo que eu ressentia amargamente, mas que para meu amigo representava um mal pequeno em face da solidão. Em particular, ele tinha medo de estar sozinho ao relento quando as estrelas brilhavam, e, se posto a contragosto nessa situação, passava a olhar furtivamente para o alto, como se fugisse de uma coisa monstruosa no céu. Nem sempre olhava para o mesmo ponto celeste — parecia ser um ponto diferente em diferentes momentos. Nos entardeceres de primavera, era um ponto baixo a nordeste. No verão, era um ponto quase no zênite. No outono era um ponto a noroeste. No inverno, ficava no leste, principalmente nas primeiras horas da manhã. As noites de inverno pareciam menos aterrorizantes para ele. Somente ao fim de dois anos fui capaz de associar esse temor a uma fonte particular; porém logo comecei a notar que ele devia estar olhando para um ponto específico no firmamento cuja posição em diferentes épocas correspondia à direção do olhar — um ponto marcado pela constelação Corona Borealis.

A essa altura tínhamos um estúdio em Londres e jamais nos separávamos, mas tampouco discutíamos a época em que nos havíamos dedicado a sondar os mistérios do mundo irreal. Estávamos fracos e envelhecidos em razão de nossas drogas, excessos e crises nervosas, e os cabelos e a barba cada vez mais finos do meu amigo haviam se tornado brancos como a neve. Nossa liberdade em relação ao sono longo era surpreendente, pois raras eram as ocasiões em que sucumbíamos por mais de uma hora ou duas à sombra que havia se tornado uma ameaça medonha. E então veio janeiro com a chuva e a névoa, quando o dinheiro escasseou e as drogas tornaram-se difíceis de obter. Minhas estátuas e cabeças de mármore foram todas vendidas, e eu não tinha mais como obter novos materiais nem teria energia para fazê-las, mesmo que os possuísse. Nosso sofrimento era terrível, e certa noite meu amigo sucumbiu a um sono de respiração profunda do qual não fui capaz de acordá-lo. Recordo-me da cena ainda hoje — o estúdio negro como breu na água-furtada com a chuva tamborilando no telhado; o tique-taque do relógio solitário; o tique-taque imaginado de nossos relógios em cima da mesa; o ranger de uma veneziana que se balançava numa parte remota da casa; certos barulhos distantes da cidade, abafados pela névoa e pelo espaço; e o pior de tudo — a respiração regular, profunda e sinistra de meu amigo no sofá — uma respiração cadenciada que parecia indicar momentos de supremo medo e agonia do espírito que vagava por esferas proscritas, inimagináveis e abominavelmente remotas.

A tensão de minha vigília tornou-se opressiva, e uma sequência frenética de impressões e associações tomou conta de meus pensamentos à beira do colapso. Ouvi um relógio badalar noutra parte — não era o nosso, que não badalava —, e minha fantasia mórbida descobriu naquilo o ponto inicial para novos devaneios vãos. Relógios — o tempo — o espaço — a infinitude — porém logo minha fantasia retornou ao cenário imediato enquanto eu refletia que mesmo naquele instante, além do telhado e da névoa e da chuva e da atmosfera, Corona Borealis erguia-se a nordeste. Corona Borealis, que meu amigo parecia temer, e cujo brilhante semicírculo de estrelas devia mesmo naquele instante cintilar de maneira invisível através de imensuráveis abismos de éter. De repente os meus ouvidos sensibilizados por aquela febre deram a impressão de captar um novo e distinto componente no delicado pot-pourri de sons amplificados pelas drogas — um resmungo grave e insistente que parecia vir de muito longe; rumorejando, clamando, zombando e chamando *a partir do nordeste*.

Mas não foi esse resmungo que me privou das minhas faculdades e pôs em minha alma um selo de horror que jamais nessa vida há de ser quebrado; não foi isso o que fez aflorar os gritos e açulou as convulsões que levaram os inquilinos e a polícia a derrubar a porta. Não foi o que *ouvi*, mas o que *vi*; pois naquele cômodo escuro e trancado, de venezianas cerradas e cortinas puxadas, surgiu no canto escuro a nordeste o facho de uma horrível luz vermelho-ouro — um facho que não trazia nenhuma luz que dispersasse as trevas, mas lançava-se apenas sobre a cabeça prostrada da figura que dormia um sono intranquilo, trazendo uma odiosa duplicação do rosto-memória estranhamente jovem que eu havia conhecido em sonhos de espaço abismal e de tempo liberto, quando o meu amigo vencera a barreira daquelas cavernas secretas, recônditas e proscritas de pesadelo.

E, enquanto eu observava, notei que a cabeça se ergueu, com os olhos pretos, líquidos e fundos abertos em terror, e os lábios finos e ensombrecidos abriram-se como se preparassem um grito demasiado horrendo para que fosse emitido. Naquele rosto sinistro e flexível, que cintilava incorpóreo, luminoso e rejuvenescido em meio ao breu, havia mais terror puro, transbordante e enlouquecedor do que todo o restante do céu e da terra jamais haviam revelado a mim. Nenhuma palavra foi proferida em meio àquele som distante que chegava cada vez mais perto, mas à medida que eu acompanhava o olhar desvairado do rosto-memória ao longo daquele maldito facho de luz rumo à fonte, à fonte de onde vinha também o resmungo, por um instante eu vi o mesmo que ele via, e assim desabei com os ouvidos a zumbir no surto de gritos epilépticos que atraiu os inquilinos e a polícia. Eu jamais poderia explicar, por mais que tente, o que foi que de fato vi; e tampouco o rosto silencioso poderia explicar, pois embora deva ter visto mais do que eu, jamais há de falar outra vez. Mas sempre hei de guardar-me contra o zombeteiro e insaciável Hypnos, senhor do sono, contra o céu noturno e contra as ambições insanas do conhecimento e da filosofia.

O que de fato aconteceu permanece insabido, uma vez que não apenas o meu intelecto sofreu um abalo em razão daquela coisa estranha e horrenda, mas outros também foram conspurcados por um esquecimento que nada pode significar a não ser loucura. Disseram, não sei por que razão, que eu nunca tive amigo nenhum, e que apenas a arte, a filosofia e a insanidade preencheram minha trágica vida. Os inquilinos e a polícia consolaram-me naquela noite, e o médico administrou-me um calmante, e ninguém viu o pesadelo que havia transcorrido. O tormento do meu amigo não despertou compaixão nenhuma, mas o que foi encontrado no estúdio levou as pessoas a me fazerem elogios que me nausearam, e a atribuir-me uma fama que rejeito em desespero enquanto passo horas aqui sentado, calvo, grisalho, enrugado, paralítico, delirante e arruinado, adorando e rezando para o objeto encontrado.

Pois todos negam que eu tenha vendido minha última peça de estatuário, e apontam com enlevo para a coisa fria, petrificada e muda que o reluzente facho de luz deixou para trás. É tudo o que restou do meu amigo; o amigo que me conduziu à loucura e à ruína; uma cabeça divina feita de um mármore que só a Hélade poderia oferecer, com a imagem do jovem rapaz que permanece fora do tempo, com um bonito rosto barbado, lábios curvos e sorridentes, cenho olímpico e bastos cachos ondulados cingidos por papoulas. Dizem que esse rosto-memória que me assombra foi modelado a partir do meu, com a aparência que eu tinha aos vinte e cinco anos, porém na base de mármore existe um único nome entalhado com as letras da Ática — *'ΥΠΝΟΣ*.

O pântano lunar

Para um lugar ou outro — conquanto eu não saiba para que região terrível e remota — Denys Barry se foi. Eu estava com ele na última noite em que viveu entre os homens, e ouvi os gritos quando a coisa veio buscá-lo; mas nem camponeses nem a polícia de County Meath conseguiram encontrar a ele ou aos outros, mesmo que tenham feito buscas abrangentes por uma região extensa. E hoje estremeço quando ouço os sapos coaxarem nos pântanos, ou quando vejo a lua em paisagens solitárias.

Pude conhecer Denys Barry de perto nos Estados Unidos, onde havia enriquecido, e parabenizei-o quando recomprou o velho castelo junto do pântano na sonolenta Kilderry. Foi em Kilderry que o pai dele havia nascido, e era lá que gostaria de aproveitar a fortuna em meio a paisagens ancestrais. Os homens da família haviam sido outrora senhores de Kilderry, e haviam construído e habitado o castelo, porém esses dias já eram muito remotos, e por gerações o castelo permanecera vazio e decrépito. Depois que foi para a Irlanda, Barry me escrevia com frequência, e contava histórias sobre como, já sob seus auspícios, o castelo cinzento alteava-se torre a torre rumo ao esplendor antigo; e sobre como a hera vagarosamente subia pelas paredes restauradas como havia subido muitos séculos atrás, e sobre como os camponeses abençoavam-no por trazer os velhos tempos de volta com o ouro de além-mar. Porém mais tarde vieram os problemas, e os camponeses pararam de abençoá-lo, e afastaram-se como se fugissem da aniquilação. E então Barry enviou-me uma carta e me convidou para visitá-lo, pois estava sozinho no castelo sem ninguém para conversar, a não ser os criados e trabalhadores que arranjara no norte.

O pântano era a causa de todos esses problemas, conforme Barry me contou na noite em que fui recebido no castelo. Eu havia chegado a Kilderry no pôr do sol de verão, enquanto o ouro do céu iluminava o verde das colinas e bosques e o azul do pântano, onde ao longe, numa ilhota, uma estranha e antiga ruína cintilava com um brilho espectral. O pôr do sol fora muito bonito, mas os camponeses em Ballylough haviam me precavido contra tudo aquilo, dizendo que Kilderry tornara-se uma terra amaldiçoada, e quase estremeci ao ver as altas torres do castelo chamejando em fogo. O carro de Barry fora buscar-me na estação de Ballylough, pois Kilderry fica longe da ferrovia. Os aldeões haviam evitado o carro e o motorista do norte, mas com rostos pálidos haviam feito comentários sussurrantes para mim quando perceberam que eu tomava o caminho de Kilderry. E naquela mesma noite, após nosso encontro, Barry contou-me por quê.

Os camponeses tinham ido embora de Kilderry porque Denys Barry pretendia drenar o grande pântano. Por mais que amasse a Irlanda, os Estados Unidos haviam-no influenciado, e ele passou a detestar aquele belo mas desperdiçado espaço onde se podia cortar turfa e abrir terreno. As lendas e superstições de Kilderry não o comoviam, e ele riu quando os camponeses a princípio recusaram-se a ajudá-lo, e por fim amaldiçoaram-no e foram a Ballylough levando seus humildes pertences ao perceber que se tratava de uma determinação genuína. Os camponeses foram substituídos por trabalhadores do norte, e quando os criados se afastaram foram todos substituídos da mesma forma. Mas viver no meio de estranhos era muito solitário, e assim Barry enviou-me o convite.

Quando ouvi sobre os medos que tinham afastado as pessoas de Kilderry, ri tão alto como o meu amigo antes rira, pois eram medos do tipo mais vago, absurdo e fantasioso que se pode imaginar. Estavam ligados a uma lenda ridícula sobre o pântano, e a um medonho espírito guardião que habitava a estranha ruína antiga na ilhota distante que eu avistara ao pôr do sol. Circulavam histórias sobre luzes que dançavam no escuro da lua e sobre ventos gélidos que sopravam em noites quentes; sobre espectros de branco que flutuavam sobre as águas e sobre uma imaginária cidade de pedra que se escondia abaixo da superfície pantanosa. Mas a principal entre todas essas fantasias estranhas, que reinava sozinha e unânime, dizia respeito à maldição que se abateria sobre o homem que ousasse tocar ou drenar o vasto palude vermelho. Segundo os camponeses, havia segredos que não deviam ser descobertos; segredos que se mantinham intocados desde que a peste atingira os filhos de Partólomo na fabulosa época além da história. No *Lebor Gabála Érenn* conta-se que esses filhos dos gregos foram todos enterrados em Tallaght, porém certos velhos em Kilderry diziam que uma cidade fora esquecida, a não ser pela deusa da lua que a presidia; de maneira que apenas as colinas verdejantes mantinham-na enterrada quando os homens de Nemed chegaram da Cítia com a trintena de navios.

Essas haviam sido as histórias que levaram os aldeões a deixar Kilderry, e quando as ouvi não me espantei com o fato de que Denys Barry houvesse se recusado a ouvi-las. Barry, no entanto, nutria um profundo interesse por antiguidades, e dispusera-se a explorar minuciosamente o pântano drenado. Já visitara as ruínas brancas da ilhota diversas vezes, mas, ainda que essas remontassem a um período deveras antigo e tivessem contornos pouco similares àqueles observáveis nas ruínas em outras partes da Irlanda, encontravam-se dilapidadas ao extremo e já não podiam sequer contar sobre glórias passadas. Naquela altura o trabalho de drenagem estava prestes a começar, e os trabalhadores do norte logo removeriam o musgo verde e a urze vermelha do pântano proscrito, e matariam os pequenos córregos pavimentados de conchas e os diminutos lagos azuis cingidos por juncos.

Depois que Barry contou-me essas coisas todas notei que eu estava com sono, pois a jornada do dia fora exaustiva e o meu anfitrião havia falado noite adentro. Um criado acompanhou-me até o quarto, localizado numa torre remota com vista para o vilarejo, a planície nas margens do pântano e também o pântano em si; e assim pude ver das minhas janelas, banhados pelo luar, os telhados silenciosos que os aldeões tinham abandonado e que naquele momento abrigavam os trabalhadores do norte, e também a igreja da paróquia com o antigo coruchéu, e ao longe, naquele pântano insidioso, a antiga ruína distante na ilhota, que cintilava numa brancura espectral. No instante em que peguei no sono imaginei ouvir sons discretos ao longe; sons que pareciam naturais e em parte musicais, e que me instilaram um entusiasmo bizarro que deixou marcas em meus sonhos. Ao despertar na manhã seguinte, contudo, senti que tudo não passara de um sonho, pois as visões tinham sido mais extravagantes do que o som de flautas impetuosas à noite. Influenciados pelas lendas que Barry havia contado, durante o sono os meus pensamentos haviam girado em torno de uma esplendorosa cidade em um vale fértil onde ruas, estátuas, casas e templos, esculturas e inscrições em mármore — tudo sugeria de certa forma o antigo esplendor da Grécia. Quando narrei o meu sonho a Barry nós dois achamos graça; porém eu ri mais alto, porque ele estava perplexo em razão dos trabalhadores do norte. Pela sexta vez, todos haviam dormido além da hora e acordado lerdos e confusos, e agiam como se não houvessem descansado, embora tivessem ido cedo para a cama na noite anterior.

Naquela manhã e naquela tarde eu caminhei sozinho pelo vilarejo banhado pelo sol e conversei um pouco com os trabalhadores que descansavam, pois Barry ocupava-se com os últimos acertos relativos à drenagem do pântano. Os trabalhadores não estavam contentes como poderiam de outra forma estar; quase todos pareciam demonstrar preocupação com um sonho tido à noite, que em vão tentavam recordar. Falei acerca do meu sonho, porém nenhum dos trabalhadores demonstrou qualquer interesse até o momento em que mencionei os estranhos sons que imaginei ter ouvido. Nesse momento encararam-me com olhares curiosos e disseram que tinham a impressão de ter ouvido estranhos sons também.

À noite, Barry jantou comigo e anunciou que começaria a drenagem em dois dias. Alegrei-me, pois embora não gostasse de saber que a urze e o musgo e os pequenos córregos e lagos haveriam de sumir, eu sentia um desejo cada vez maior de desbravar os segredos que talvez se escondessem nas profundezas da turfa. Naquela noite os meus sonhos de flautas estridentes e peristilos de mármore tiveram um fim súbito e inquietante; pois vi uma peste abater-se sobre a cidade no vale, e depois uma terrível avalanche de encostas silvícolas que cobriram os corpos mortos nas ruas e deixaram exposto apenas o templo de Ártemis no ponto mais alto, onde Cleis, a antiga sacerdotisa da lua, repousava fria e silente com a fronte argêntea cingida por uma coroa de mármore.

Como eu disse, acordei de repente, em um sobressalto. Por um tempo eu não soube dizer se estava dormindo ou acordado, pois o som estridente das flautas ainda soava em meus ouvidos; mas quando divisei sobre o assoalho os raios gélidos de luar e as linhas de uma janela gótica eu imaginei que estivesse desperto no castelo em Kilderry. Logo ouvi um relógio em um patamar abaixo soar duas horas, e então tive certeza de que eu estava desperto. Mesmo assim, os assovios monótonos ainda pareciam soar ao longe; árias estranhas e indômitas levavam-me a pensar nas danças dos faunos no distante Mênalo. Aquilo não me deixava dormir, e na minha impaciência me levantei e comecei a andar por aquele pavimento. O acaso levou-me à janela norte e fez com que eu olhasse para o vilarejo silencioso e a planície nas margens do pântano. Eu não tinha desejo nenhum de admirar a paisagem, pois minha vontade era dormir; porém as flautas me atormentavam, e eu precisava me entregar a uma atividade ou outra. Como eu poderia ter imaginado aquilo que estava prestes a ver?

Lá, sob o luar que banhava a planície espaçosa, revelou-se um espetáculo que nenhum mortal, uma vez que o visse, seria capaz de esquecer. Ao som de flautas de junco que ecoavam até o pântano, deslizava em silêncio uma sinistra multidão de figuras agitadas, que se entregavam a uma pândega como aquelas que os sicilianos devem ter dançado em homenagem a Deméter nos velhos tempos, sob a lua da colheita às margens do Ciane. A vasta planície, o luar dourado, as formas ensombrecidas e acima de tudo o flauteado monótono e estridente produziram em mim um efeito que chegou quase a paralisar-me; mas assim mesmo percebi, em meio aos meus temores, que metade daqueles dançarinos incansáveis e mecânicos era formada pelos trabalhadores que eu imaginara adormecidos, enquanto a outra metade era formada por estranhos seres etéreos vestidos de branco, de natureza indeterminada, que no entanto sugeriam pálidas e melancólicas náiades das fontes assombradas no pântano. Não sei por quanto tempo contemplei essa visão a partir da janela solitária na torre antes de sucumbir a um desmaio repentino, do qual fui despertado apenas pelo sol alto da manhã.

Meu primeiro impulso foi comunicar todos os meus temores e todas as minhas observações a Denys Barry, mas ao ver o sol luzindo através da janela leste eu tive a certeza de que não poderia haver realidade naquilo que eu imaginava ter visto. Sou dado a estranhas fantasias, mas nunca tenho a fraqueza de dar-lhes crédito; e nessa ocasião dei-me por satisfeito após questionar os trabalhadores, que dormiram até muito tarde e não se lembravam de nada relativo à noite anterior, a não ser por sonhos vaporosos de sons estrídulos. Essa questão dos assovios espectrais perturbou-me deveras, e me perguntei se os grilos do outono não haviam chegado antes da hora para arruinar as noites e assombrar as visões dos homens. Mais tarde vi Barry na biblioteca, analisando os planos para a grande empreitada que começaria na manhã seguinte, e pela primeira vez senti um toque daquele mesmo temor que afastara os camponeses. Por razões desconhecidas, passei a encarar com terror a ideia de perturbar o pântano ancestral e os obscuros segredos que guardava, e comecei a imaginar coisas terríveis e negras ocultas sob as profundezas imensuráveis da turfa ancestral. Que aqueles segredos fossem trazidos à luz parecia inadequado, e comecei a desejar um pretexto que me permitisse deixar o castelo e o vilarejo. Cheguei até a mencionar o assunto a Barry, porém não me atrevi a continuar depois que ele deu uma sonora risada. E assim permaneci em silêncio enquanto o sol fulgente punha-se nas colinas distantes, e Kilderry coruscava em vermelho e dourado numa chama que mais parecia um portento.

Se os eventos daquela noite foram realidade ou ilusão, jamais hei de saber. Decerto transcendem todas as coisas com as quais sonhamos na Natureza e no universo; porém eu seria incapaz de achar uma explicação normal para os desaparecimentos que posteriormente chegaram ao conhecimento de todos. Recolhi-me cedo, tomado por meus terrores, e demorei muito até pegar no sono em meio ao preternatural silêncio da torre. Estava muito escuro, pois mesmo que o céu estivesse limpo a lua era minguante, e não despontaria no céu antes da madrugada. Deitado, pensei em Denys Barry e em qual seria o destino do pântano quando o dia raiasse, e logo me senti quase frenético ao ser tomado pelo impulso de sair correndo noite adentro, pegar o carro de Denys e dirigir como um louco até Ballylough, deixando para trás aquela terra ameaçada. Mas antes que os meus temores pudessem cristalizar-se em ação eu havia caído no sono, e em sonho passei a ter visões da cidade no vale, fria e morta sob um manto de sombras horrendas.

Provavelmente foram os silvos das flautas estridentes que me despertaram, e no entanto os silvos não foram o primeiro detalhe que percebi ao abrir os olhos. Eu estava deitado de costas voltadas para a janela leste, que dava para o pântano, onde a lua minguante havia de surgir, e assim esperava ter visto luz na parede oposta, à minha frente; mas jamais esperei deparar-me com a visão que a mim se ofereceu. A luz de fato brilhava nos painéis à minha frente, porém não era de forma nenhuma a luz emitida pela lua. Terrível e ofuscante era o facho de refulgência rubra que adentrava a janela gótica, e todo o recinto brilhava com um esplendor intenso e preternatural. Minhas providências imediatas foram estranhas naquela situação, mas apenas em narrativas um homem faz a coisa dramática e previsível. Em vez de olhar para o outro lado do pântano em direção à origem daquela nova luz, mantive os olhos distantes da janela em um medo pânico, e desastradamente vesti minhas roupas com a vaga ideia de empreender uma fuga. Lembro-me de ter pegado o meu revólver e o meu chapéu, mas antes que tudo acabasse eu havia perdido ambos, sem disparar um nem vestir o outro. Passado um tempo, meu fascínio com a radiância vermelha subjugou o medo, e assim me aproximei da janela leste e olhei para fora enquanto os silvos insanos e incessantes erguiam-se e reverberavam pelo castelo e por todo o vilarejo.

Acima do pântano, uma torrente de luz rubra e sinistra derramava-se desde a estranha ruína antiga na ilhota distante. O aspecto dessa ruína eu não saberia descrever — eu devia estar louco, pois a construção deu a impressão de erguer-se, preservada e majestosa, esplêndida e rodeada por colunas, enquanto o mármore do entablamento refletia as chamas e penetrava o céu como o ápice de um templo no cume de uma montanha. As flautas guinchavam e tambores começaram a ressoar, e enquanto eu observava a cena com espanto e terror imaginei distinguir vultos escuros e saltitantes grotescamente delineados contra aquela visão de mármore refulgente. O efeito foi titânico — de todo inconcebível —, e eu poderia ter observado a cena por um tempo indefinido se o som dos silvos não tivesse começado a parecer mais intenso à minha esquerda. Sentindo-me trêmulo em razão da mistura de êxtase e terror, atravessei o quarto circular e fui até a janela norte, de onde eu podia ver o vilarejo e a planície nas margens do pântano. Lá os meus olhos mais uma vez dilataram-se num espanto incontido, como se eu não tivesse acabado de virar as costas para uma cena muito além do funcionamento normal da Natureza, pois ao longo da sinistra planície iluminada de vermelho movimentava-se uma procissão de seres jamais vistos a não ser em pesadelo.

Meio deslizando, meio flutuando pelo ar, os espectros do pântano, vestidos de branco, vagarosamente se afastavam em direção às águas cediças e à ruína na ilhota em formações fantásticas que sugeriam uma dança cerimonial antiga e solene. Os braços ondulantes e translúcidos, guiados pelos silvos odientos daquelas flautas invisíveis, gesticulavam com ritmos obscuros para uma turba de trabalhadores cambaleantes que avançavam como se fossem cães, a passos cegos, irracionais e trôpegos, como que arrastados por uma canhestra mas ao mesmo tempo irresistível vontade demoníaca. À medida que as náiades aproximavam-se do pântano, sem alterar o curso uma nova linha de retardatários ébrios e cambaleantes ziguezagueou para fora do castelo, saída de uma porta logo abaixo da minha janela, e tateou sem enxergar ao longo do pátio e do vilarejo mais além, para enfim juntar-se à coluna de trabalhadores já na planície. Malgrado a distância vertical que nos separava, prontamente eu soube que aqueles eram os trabalhadores do norte, pois reconheci a silhueta feia e desengonçada do cozinheiro, cujo absurdo naquele instante tornara-se inefavelmente trágico. As flautas estridulavam de maneira horrenda, e mais uma vez ouvi as batidas de tambores que vinham da ruína na ilhota. As náiades silentes e graciosas chegaram à beira d'água e juntaram-se uma por uma ao pântano ancestral, enquanto a linha de seguidores, sem jamais diminuir a velocidade, começou a chapinhar de forma canhestra ao seguir-lhes no encalço e por fim sumiu em um pequeno torvelinho de bolhas insalubres que mal pude ver sob a luz escarlate. E quando o último e patético retardatário, o cozinheiro gordo, afundou e desapareceu em meio às águas estagnadas, as flautas e os tambores silenciaram, e os raios vermelhos e cegantes que vinham das ruínas cessaram de repente, deixando aquele vilarejo condenado entregue à solitude e à desolação sob os raios pálidos da lua recém-chegada.

Minha condição a essa altura era a de um caos indescritível. Incapaz de saber se eu havia ou não perdido o juízo, ou ainda se me encontrava adormecido ou desperto, fui salvo apenas por um torpor misericordioso. Acredito ter feito coisas ridículas, como preces a Ártemis, Latona, Deméter, Perséfone e Plutão. Todas as lembranças de uma juventude clássica afluíram-me aos lábios enquanto os horrores da situação despertavam as mais profundas superstições. Senti que eu havia testemunhado a morte de todo um vilarejo, e soube que eu estava sozinho no castelo com Denys Barry, cuja ousadia havia precipitado a aniquilação. Ao pensar nele, senti-me convulsionado por novos terrores e caí ao chão; não desmaiado, mas fisicamente incapaz. Logo senti a rajada gélida que soprava da janela leste, onde a lua havia surgido, e comecei a ouvir os guinchos mais abaixo no castelo. Logo esses guinchos haviam se revestido de uma magnitude e de uma qualidade que não podem ser descritas, e que me levam quase a desmaiar ante a simples lembrança. Tudo o que posso dizer é que vinham de uma coisa que eu havia conhecido como um amigo.

A certa altura desse período chocante o vento frio e os gritos devem ter me despertado, pois a minha próxima impressão foi a de correr loucamente por recintos escuros como breu e a seguir atravessar o pátio rumo à noite horrenda. Encontraram-me pela manhã seguinte, vagando e balbuciando coisas desprovidas de sentido nos arredores de Ballylough, porém o que me levou ao colapso total não foi nenhum dos horrores que eu vira ou ouvira até então. As coisas a respeito das quais eu balbuciava enquanto aos poucos afastava-me das sombras eram dois incidentes fantásticos ocorridos durante a minha fuga; incidentes sem maiores consequências, que no entanto ainda hoje me assombram incessantemente quando me vejo sozinho em lugares pantanosos ou sob a luz do luar.

Enquanto eu fugia do castelo amaldiçoado pelas margens do pântano ouvi mais um som; um som corriqueiro, e no entanto diferente de tudo o que eu tinha ouvido até então em Kilderry. As águas estagnadas, onde nos últimos tempos não houvera nenhuma forma de vida animal, naquele instante fervilhavam com uma horda de enormes sapos pegajosos que emitiam coaxados estrídulos e ininterruptos, com notas em total desacordo com a estatura que tinham. Essas criaturas de corpo úmido e túrgido reluziam com um brilho verde sob os raios do luar e pareciam ter os olhos voltados para a fonte da luz. Acompanhei o olhar de um sapo particularmente gordo e feio, e notei a outra coisa que me levou a perder momentaneamente o juízo.

Depois de percorrer a distância entre a estranha ruína antiga na ilhota afastada e a lua minguante, meus olhos pareceram traçar o rastro de uma radiância sutil e trêmula que não se refletia nas águas do pântano. E acima desse pálido caminho minha fantasia febril percebeu uma tênue sombra que devagar se contorcia; uma vaga sombra distorcida que se debatia como se fosse carregada por demônios invisíveis. Louco como eu estava, percebi naquela terrível sombra uma semelhança monstruosa — uma caricatura inacreditável e nauseante — uma efígie blasfema daquele que outrora fora Denys Barry.

O clérigo maligno

Fui acompanhado até o sótão por um homem de expressão grave e astuta, com roupas discretas e barba grisalha, que se dirigiu a mim com as seguintes palavras:

"De fato *ele* morou aqui — porém não o aconselho a fazer nada. Esse tipo de curiosidade faz do senhor um irresponsável. *Nós* jamais viemos para cá durante a noite, e é apenas em razão da vontade *dele* que agimos dessa forma. O senhor bem sabe o que *ele* fez. Aquela sociedade abominável por fim assumiu o comando, e não sabemos onde *ele* foi enterrado. A sociedade estava acima da lei e de tudo mais que se possa imaginar.

"Espero que o senhor não permaneça aqui quando escurecer. E imploro para que o senhor deixe aquela coisa em cima da mesa — aquela coisa que se parece com uma caixa de fósforo — em paz. Não sabemos o que pode ser, mas imaginamos que possa estar relacionada àquilo que *ele* fez. Evitamos até mesmo observá-la por um tempo demasiado longo."

Passado um tempo o homem me deixou sozinho no sótão. O cômodo estava coberto de pó e tinha um aspecto sórdido, e era fornido de um mobiliário primitivo, mas assim mesmo evidenciava um cuidado capaz de revelar que aquela não era a habitação de um morador de cortiço. Havia estantes repletas de livros clássicos e teológicos, e outra prateleira contendo tratados mágicos — Paracelso,

Alberto Magno, Tritêmio, Hermes Trismegisto, Borellius e outros em estranhos alfabetos cujos títulos eu não saberia decifrar. A mobília era deveras simples. Havia uma porta, que no entanto levava apenas a um armário. A única via de egresso era a abertura no chão a que se chegava por meio da escada íngreme. As janelas eram do tipo olho de boi, e as vigas em carvalho preto davam mostras de uma antiguidade quase inverossímil. Claramente, aquela era uma casa do velho mundo. Eu tinha a impressão de saber onde estava, mas não me recordo do quanto eu sabia naquele momento. Com certeza a cidade *não era* Londres. Minha impressão foi a de um vilarejo portuário.

O pequeno objeto em cima da mesa exerceu sobre mim um intenso fascínio. Tive a impressão de saber o que fazer com aquilo, pois saquei do bolso uma lanterna portátil — ou pelo menos um objeto que se parecia com uma lanterna portátil — e nervosamente a acionei em rápida sequência. A luz não era branca, mas violeta, e se parecia menos com luz verdadeira e mais com um bombardeio radioativo. Lembro-me de que eu não considerava aquilo uma lanterna convencional — a bem dizer, eu *tinha* uma lanterna convencional no outro bolso.

O entardecer caía, e os antigos telhados e chaminés no lado de fora ganhavam um aspecto estranho vistos através dos vidros olho de boi. Por fim tomei coragem e apoiei o pequeno objeto em cima da mesa contra um livro — e a seguir iluminei-o com os raios da singular luz violeta. Naquele momento, a luz mais se parecia com uma chuva de granizo feita de partículas violeta do que com um facho contínuo. Ao atingir a superfície vítrea no centro daquele estranho objeto, as partículas davam a impressão de produzir um ruído como o de faíscas que passam por uma válvula termiônica. A superfície vítrea passou a exibir uma luminescência rósea, e uma figura branca e indefinida pareceu ganhar forma a partir do interior. Logo percebi que eu não estava sozinho no recinto — e tornei a guardar o projetor de raios no bolso.

Mas o recém-chegado não falou — tampouco ouvi qualquer tipo de som durante os momentos imediatamente a seguir. Tudo havia se transformado em uma pantomima de sombras vista a partir de uma enorme distância através da névoa — embora o recém-chegado e todos os chegados subsequentes assomassem grandes e próximos, como se estivessem a um só tempo longe e perto graças à influência de uma anomalia geométrica.

O recém-chegado era um homem magro e moreno de estatura média, trajado com as vestes da igreja Anglicana. Aparentava ter cerca de trinta anos, e tinha uma tez amarelo-oliva e feições razoavelmente bem talhadas, conquanto a testa fosse excessivamente alta. Os cabelos pretos eram bem cortados e bem penteados, e o rosto era bem escanhoado a não ser pelo queixo, de onde se avolumava um denso cavanhaque. Ele usava óculos sem armação com hastes em aço. O porte e os traços na parte baixa do rosto eram como os de outros eclesiásticos que eu vira em outras ocasiões, porém aquele tinha a testa bem mais alta, a tez mais amorenada e um aspecto mais sagaz — e além disso uma sutil e dissimulada *maldade latente*. Naquele momento — tendo acabado de acender um lampião a óleo — ele parecia nervoso, e antes que eu desse por mim começou a jogar todos os livros mágicos em uma lareira na parede da janela (onde o teto baixava em uma inclinação acentuada) que eu não havia notado previamente. As chamas devoraram os volumes com evidente gosto, saltando em cores estranhas e tresandando odores terrivelmente nefastos à medida que as estranhas folhas cobertas por hieróglifos e encadernações verminosas sucumbiam à devastação causada por aquele elemento. Ato contínuo, percebi os outros no recinto — homens de expressão grave com vestes clericais, dentre os quais havia um que envergava os trajes de um bispo. Embora eu não ouvisse nada, pude ver que estavam comunicando uma decisão de enorme relevância para o primeiro recém-chegado. Os outros pareciam odiá-lo e temê-lo em igual medida, e ele dava a impressão de retribuir esses mesmos sentimentos. O rosto então assumiu uma expressão sinistra, mas pude ver que a mão direita tremia quando ele a estendeu para segurar o encosto de uma cadeira. O bispo apontou para a estante vazia e para a lareira (onde as chamas haviam se extinguido para dar lugar a uma massa indistinta e calcinada), e a seguir deu a impressão de ser tomado por um sentimento de repulsa. O primeiro recém-chegado então abriu um sorriso matreiro e estendeu a mão esquerda em direção ao pequeno objeto em cima da mesa. Todos os outros pareceram assustar-se. A procissão de clérigos pôs-se a descer em fila pelo alçapão e pela escada mais além, virando-se para trás e fazendo gestos ameaçadores ao partir. O bispo foi o último a sair.

O primeiro recém-chegado a seguir aproximou-se de um armário no interior do cômodo e de lá tirou um rolo de corda. Depois de subir numa cadeira, prendeu uma das extremidades da corda a um gancho na enorme viga central de carvalho preto e começou a fazer uma forca na outra ponta. Ao perceber que estava prestes a se enforcar, lancei-me à frente para tentar dissuadi-lo ou salvá-lo. Ele me viu e fez cessar aqueles preparativos, e então me encarou com um olhar de *triunfo* que me deixou perplexo e perturbado. Aos poucos desceu da cadeira e começou a vir em minha direção com o sorriso de um lobo naquele rosto moreno de lábios finos.

Por um motivo ou outro, senti que eu corria um perigo mortal, e assim saquei novamente o projetor de raios como uma arma para me defender. Por que imaginei que aquilo seria útil, eu não saberia dizer. Acionei o dispositivo — bem no rosto dele, e vi aquela tez amarelo-oliva a princípio iluminar-se com uma luz violeta e a seguir rosa. A expressão lupina de exultação logo deu vez a um olhar de profundo temor — que no entanto não foi o bastante para afastar de todo a exultação. Ele deteve-se no meio do caminho — e então, agitando os braços com movimentos desesperados, pôs-se a cambalear para trás. Eu vi quando se aproximou do alçapão no assoalho e tentei avisá-lo com um grito, mas ele não me ouviu. No instante seguinte, havia caído pela abertura e sumido de vista.

Relutei em me aproximar da escada, mas quando cheguei mais perto não descobri nenhum corpo fraturado lá embaixo. Em vez disso, houve um rumor de pessoas subindo com lanternas, pois o feitiço do silêncio fantasmático se havia quebrado, e mais uma vez tornei a ouvir sons e a ver figuras normais em três dimensões. Sem dúvida aquela multidão fora atraída por um motivo ou outro. Teria sido um barulho que eu não ouvira? No mesmo instante, os dois homens (ao que tudo indicava, simples habitantes do vilarejo) mais à frente me avistaram — e a seguir foram paralisados. Um deles gritou com uma voz altissonante:

"Ahrrh...! É o zinhor? Otra vez?"

No momento seguinte todos deram meia-volta e fugiram em desespero. Ou melhor, todos menos um. Quando a multidão se afastou pude ver o homem barbado de expressão grave que me havia levado àquele lugar — sozinho de pé com uma lanterna. Ele me observava com um misto de espanto e fascínio, mas não parecia ter medo. Então começou a subir a escada, e por fim juntou-se a mim no sótão. Ele disse:

"Então o senhor *não deixou* aquilo em paz! Lamento. Eu sei o que aconteceu. Já aconteceu antes, mas o homem sentiu medo e se matou com um tiro. O senhor deve ter feito com que *ele* voltasse. E o senhor entendeu o que *ele* quer. Mas não se deixe assustar como esse outro homem. Coisas estranhas e terríveis passaram-se com o senhor, mas não a ponto de prejudicar-lhe o juízo e a personalidade. Se conseguir manter a compostura e fazer certos ajustes radicais na sua vida, o senhor pode continuar a aproveitar o mundo e os frutos de sua erudição. Mas o senhor não pode morar aqui — e não acredito que deseje voltar a Londres. Eu talvez sugerisse os Estados Unidos.

"Mas não tente mais nada com essa — coisa. Nada mais pode voltar a ser como era antes. Não vale a pena fazer — ou invocar — o que quer que seja. O senhor não se deu mal como talvez imagine — mas assim mesmo precisa sair daqui neste instante e manter-se longe. E agradeça aos céus que a coisa não tenha ido mais longe...

"Disponho-me a prepará-lo da forma mais direta possível. Houve uma alteração — na sua aparência pessoal. *Ele* sempre causa esse resultado. Mas em um novo país o senhor pode se habituar. Há um espelho no outro lado do cômodo, e eu pretendo acompanhá-lo até lá. O senhor vai sofrer um choque — embora não deva ver nada repulsivo."

A essa altura eu tremia com um pavor mortal, e o homem barbado quase precisou segurar-me enquanto atravessava o recinto comigo em direção ao espelho, com a lâmpada (aquela que antes estava em cima da mesa, não a lâmpada ainda mais tênue que o homem havia trazido) na mão livre. Eis o que vi no espelho:

Um homem magro e moreno de estatura média, trajado com as vestes da igreja Anglicana, com cerca de trinta anos, que usava óculos sem armação com hastes em aço, que brilhavam sob uma testa amarelo-oliva excessivamente alta.

Era o primeiro recém-chegado, que havia queimado os livros.

Pelo restante da minha vida, na aparência exterior, eu seria aquele homem!

O povo deveras antigo

Fui levado de volta à época romana pela minha recente fruição da *Eneida* em versos de James Rhoades — uma tradução que eu nunca tinha lido, mais fiel a P. Maro do que qualquer outra tradução em verso que eu já tenha visto, incluindo aquela feita pelo meu falecido tio dr. Clark, que não chegou a ser publicada. Esse passatempo virgiliano, somado aos pensamentos espectrais suscitados pelo Dia das Bruxas e pelos Sabás das Bruxas nas colinas, regalou-me na segunda-feira passada com um sonho romano de tanta clareza e tanta vividez, e com tantas adumbrações de horrores ocultos, que de fato acredito um dia poder usá-lo na ficção. Sonhos romanos não eram raros durante a minha juventude — eu costumava acompanhar o Divino Júlio por toda a Gália como um *tribunus militum* noturno —, porém o longo tempo passado desde o último episódio fez com que esse mais recente atingisse-me com uma força extraordinária.

Foi durante um entardecer ou pôr do sol flamejante no minúsculo vilarejo provinciano de Pompelo, aos pés dos Pirineus na Hispânia Citerior. Devia ser um ano durante o período tardio da república, uma vez que a província ainda era governada por um procônsul do senado, e não por um legado pretoriano de Augusto, e o dia era o primeiro antes das calendas de novembro. As colinas erguiam-se em tons de ouro e escarlate ao norte do pequeno vilarejo, e o sol a ocidente brilhava rubro e místico sobre as novas construções rústicas de pedra e gesso no empoeirado fórum e sobre as paredes do circo um pouco mais a leste. Grupos de cidadãos — colonos romanos de cenho largo e nativos romanizados de cabelos grossos, com as evidentes miscigenações dessas linhagens, todos vestidos com togas simples — e pequenos destacamentos de legionários que usavam capacetes e trajavam mantos rústicos, membros de barba negra da tribo vizinha dos Vascões — todos se amontoavam ao longo das poucas ruas pavimentadas e do fórum, movidos por um sentimento vago e mal definido de inquietude. Eu tinha acabado de apear de uma liteira que os palafreneiros da Ilíria pareciam haver trazido de Calagurris, desde a outra margem do Iberus até o sul. Tive a impressão de que eu era um questor chamado L. Cælius Rufus, e de que eu fora chamado pelo procônsul, P. Scribonius Libo, que havia chegado de Tarraco poucos dias antes. Os soldados integravam a quinta coorte da XII legião, comandada pelo tribuno militar Sex. Asellius; e o legado de toda a região, Cn. Balbutius, também havia chegado de Calagurris, onde se localizava a estação permanente. O motivo da conferência era um horror que espreitava as colinas. Todas as pessoas do vilarejo estavam assustadas e haviam clamado pela presença de uma coorte de Calagurris. Era a Terrível Época do outono, e os montanheses preparavam-se para as terríveis cerimônias conhecidas nos vilarejos somente por meio de rumores. Esses montanheses eram o povo deveras antigo que habitava o alto das colinas e falava uma língua entrecortada que os Vascões eram incapazes de compreender. Raramente eram vistos; porém às vezes enviavam mensageiros pequenos, de pele amarelada e olhinhos apertados (que pareciam cítios) para fazer comércio com os mercadores por meio de gestos, e a cada primavera e outono celebravam os infames ritos no alto das colinas, quando os uivos e os fogos de altares lançavam o terror sobre os vilarejos. Tudo acontecia sempre nas mesmas datas — a noite anterior às calendas de maio e a noite anterior às calendas de novembro. Habitantes do vilarejo desapareciam pouco antes dessas noites e nunca mais eram vistos. E corriam sussurros de que os pastores e fazendeiros nativos não tinham nenhuma predisposição contrária em relação ao povo deveras antigo — de que mais de uma cabana com telhado de sapé encontrava-se vazia antes da meia-noite nesses dois medonhos Sabás. No ano em questão o horror era profundo; as pessoas sabiam que a ira do povo deveras antigo pairava sobre Pompelo. Três meses antes, cinco dos pequenos mercadores de olhinhos apertados haviam descido as colinas, e três haviam sido mortos durante uma briga no mercado. Os outros dois haviam retornado às montanhas sem dizer mais nada — *e naquele outono nenhum habitante do vilarejo havia desaparecido*. Essa aparente imunidade constituía uma ameaça. Não era do feitio do povo deveras antigo poupar as vítimas durante o Sabá. Parecia bom demais para ser verdade, e assim o medo espalhou-se pelo vilarejo. Por muitas noites ouviu-se o som cavo de tambores nas colinas, e por fim o edil Tib. Annæus Stilpo (cujo sangue era metade nativo) despachou uma mensagem a Balbutius em Calagurris pedindo que o Sabá fosse impedido naquela noite terrível. Balbutius cometera a insensatez de recusar o pedido, alegando que os temores manifestados pelos habitantes do vilarejo não tinham fundamento e que os pavorosos ritos dos montanheses não diziam respeito ao Povo Romano a não ser que a vida dos cidadãos estivesse em risco. Eu, no entanto, que parecia ser um amigo próximo de Balbutius, discordei; afiancei-lhe que eu havia estudado a fundo aquela sabedoria negra e proscrita, e que eu tinha motivos para crer que o povo deveras antigo seria capaz de precipitar um destino inefável sobre o vilarejo, que afinal de contas era um assentamento romano e continha um grande número de cidadãos. Helvia, a mãe do próprio edil, era uma romana de puro sangue, filha de M. Helvius Cinna, que havia chegado com o exército de Cipião. Decidi enviar um escravo — um grego pequeno e ágil chamado Antipater — ao procônsul, munido de cartas, e Scribonius ouviu o meu apelo e ordenou que Balbutius enviasse a quinta coorte, comandada por Asellius, a Pompelo; a coorte adentraria as colinas ao entardecer, na véspera das calendas de novembro, para impedir quaisquer orgias inefáveis que viesse a encontrar — e levar os eventuais prisioneiros a Tarraco, onde se localizava o tribunal do propretor. Mas Balbutius protestou, e assim houve mais correspondências. Eu havia escrito com tanta insistência que por fim o procônsul tomou-se de grande interesse pelo tema e decidiu fazer uma investigação pessoal desse horror. Ele deslocou-se a Pompelo com lictores e um cortejo; e ouviu rumores suficientes para acabar impressionado e perturbado, e assim manter a ordem de extirpação do Sabá. Desejoso de falar com outra pessoa que houvesse estudado o assunto, o procônsul determinou que eu acompanhasse a coorte de Asellius — e Balbutius também estava conosco, oferecendo conselhos em sentido contrário, pois acreditava com toda a sinceridade que uma ação militar drástica seria capaz de suscitar um perigoso sentimento de animosidade entre os Vascões, tanto os tribais como os assentados. Então lá estávamos nós, sob o místico sol das colinas outonais — o velho Scribonius Libo trajando a *toga prætexta*, com a luz dourada refletindo-se na careca polida e no rosto enrugado e aquilino, Balbutius com o elmo e a armadura reluzentes e os lábios apertados em uma postura de oposição convicta, o jovem Asellius com as grevas polidas e o sorriso de superioridade, e a curiosa multidão composta de habitantes do vilarejo, legionários, membros de tribos, camponeses, lictores, escravos e integrantes de cortejo. Quanto a mim, eu parecia usar uma toga comum, sem nenhuma característica marcante. E por todo lado o horror espreitava. As pessoas da cidade e do vilarejo mal se atreviam a falar em voz alta, e os homens do cortejo de Libo, que lá estavam havia quase uma semana, pareciam ter intuído parte daquele pavor inominável. O velho Scribonius parecia muito sisudo, e as vozes estridentes dos recém-chegados pareciam revestir-se de uma curiosa inadequação, como se estivessem num local de morte ou no templo de um deus místico. Entramos no pretório e tivemos uma discussão séria. Balbutius insistiu em suas objeções, e recebeu o apoio de Asellius, que parecia nutrir um profundo desprezo por todos os nativos, enquanto ao mesmo tempo relutava a incitá-los. Esses dois soldados afirmaram que antagonizar a minoria de colonos e nativos civilizados por meio da inação seria melhor do que antagonizar a provável maioria de montanheses e membros de tribo ao impedir aqueles ritos temíveis. Eu, por outro lado, renovei minha demanda por ação, e me dispus a acompanhar a coorte em qualquer expedição futura. Afirmei que os bárbaros Vascões seriam na melhor das hipóteses turbulentos e imprevisíveis, e que as escaramuças seriam inevitáveis a despeito do plano adotado; que esses homens não haviam se mostrado adversários perigosos às nossas legiões, e que os representantes do Povo Romano fariam má figura se permitissem que bárbaros interferissem em um processo necessário à justiça e ao prestígio exigidos pela República. Que, por outro lado, a administração bem-sucedida de uma província dependia principalmente da segurança e da boa vontade do elemento civilizado em cujas mãos a máquina local de comércio e prosperidade repousava, e em cujas veias uma quantidade generosa de nosso próprio sangue italiano corria. Esses homens, embora formassem a minoria numérica, eram o elemento constante em cuja estabilidade poderíamos fiar-nos, e cujo apoio seria capaz de assegurar os mais duradouros laços para firmar a província ao Império do Senado e ao Povo Romano. Era a um só tempo um dever e uma vantagem conceder-lhes a proteção devida aos cidadãos romanos; mesmo que (nesse momento lancei um olhar sarcástico em direção a Balbutius e Asellius) à custa de trabalho e agruras, e também de uma breve interrupção nos jogos de dama e nas brigas de galo que ocorriam regularmente no acampamento de Calagurris. Segundo os meus estudos, o risco para o vilarejo e para os habitantes de Pompelo era real. Eu tinha lido diversos rolos de papiro da Síria e do Egito e das crípticas cidades da Etrúria, e falado longamente com o sacerdote sanguinário de Diana Aricina no templo do bosque às margens do Lacus Nemorensis. Destinos chocantes podiam ser invocados das colinas durante os Sabás; destinos que não deviam existir nos territórios do Povo Romano; e permitir orgias como as que sabidamente ocorriam durante os Sabás estaria pouco de acordo com os hábitos daqueles cujos antepassados, na época em que A. Postúmio ocupava o cargo de cônsul, haviam executado inúmeros cidadãos de Roma pela prática das Bacanálias — um assunto mantido vivo na memória graças ao Senatus Consultum de Bacchanalibus, gravado em bronze e posto à vista de todos. Se evitado a tempo, antes que o progresso dos ritos pudesse fazer invocações com as quais o ferro de um *pilum* romano talvez fosse incapaz de lidar, o Sabá não seria demasiado para os poderes de uma coorte única. Bastaria apreender os participantes, e assim o grande número de meros espectadores poupados serviria para reduzir consideravelmente eventuais ressentimentos da parte dos montanheses simpáticos àquela prática. Em suma, uma ação firme seria necessária, tanto por questões de princípio como também de política; e eu não tinha dúvida de que Publius Scribonius, ao levar em conta a dignidade e as obrigações do Povo Romano, manteria o plano de enviar a coorte, que me teria por companhia, apesar das objeções que Balbutius e Asellius — a bem dizer falando mais como provincianos do que como romanos — estivessem dispostos a oferecer e a multiplicar. O sol nesse momento estava muito baixo, e todo o vilarejo em silêncio parecia envolto no manto de um halo irreal e maligno. Logo o procônsul P. Scribonius manifestou aprovação às minhas palavras e atribuiu-me a função provisória de *centurio primipilus* da coorte; tanto Balbutius como Asellius concordaram, o primeiro com mais graça do que o último. Enquanto o crepúsculo estendia-se pelas encostas outonais e indômitas, o ribombar cadenciado de estranhos tambores chegava de alturas distantes com um ritmo terrível. Parte dos legionários evidenciou timidez, porém ordens categóricas puseram-nos de volta à linha, e a coorte inteira logo foi reunida na planície aberta a leste do circo. O próprio Libo, juntamente com Balbutius, insistiu em acompanhar a coorte; porém houve grande dificuldade para encontrar um nativo disposto a indicar os caminhos que levavam ao topo da montanha. Por fim um jovem chamado Vercellius, filho de pais romanos de puro-sangue, aceitou levar-nos para além dos sopés. Começamos a marcha no lusco-fusco, com a delgada foice da lua jovem a tremeluzir sobre os bosques à nossa esquerda. O que mais nos perturbava era *o fato de que haveria uma celebração do Sabá*. Relatos sobre o iminente avanço da coorte devem ter chegado às colinas, e a inexistência de uma decisão final poderia haver tornado os rumores menos alarmantes — porém assim mesmo se ouviam os sinistros tambores de outrora, como se os celebrantes tivessem razão para manter-se indiferentes à marcha empreendida pelo Povo Romano. O som tornava-se cada vez mais alto enquanto avançávamos por uma falha ascendente em meio às colinas, ladeados por densos bosques íngremes que revelavam troncos curiosamente fantásticos à luz de nossas tochas balouçantes. Todos estavam a pé, a não ser por Libo, Balbutius, Asellius, dois ou três centuriões e eu; por fim o caminho mostrou-se tão íngreme e tão estreito que aqueles a cavalo viram-se obrigados a deixá-los para trás com dez homens encarregados de vigiá-los, mesmo que bandos de salteadores dificilmente fossem se aventurar em uma noite de terror como aquela. De vez em quando tínhamos a impressão de perceber um vulto à espreita nos bosques próximos, e após meia hora de subida pelo caminho íngreme e estreito com um grande número de homens — mais de trezentos no total — o avanço tornou-se difícil e trabalhoso ao extremo. Então, numa reviravolta súbita e aterrorizante, ouvimos um terrível som vindo de baixo. Eram os cavalos amarrados — que haviam *gritado*; não relinchado, mas efetivamente *gritado*... e não havia luz por lá, nem quaisquer sons humanos, para indicar o motivo dessa reação. No mesmo instante fogueiras acenderam-se em todos os picos à nossa frente, e assim o terror passou a espreitar tanto à nossa frente como às nossas costas. Quando procuramos pelo jovem Vercellius, nosso guia, encontramos não mais do que uma massa inerte jogada em uma poça de sangue. Na mão dele estava o espadim retirado ao cinturão de D. Vibulanus, um subcenturião, e no rosto havia um olhar de profundo terror, capaz de levar até os mais experientes veteranos a empalidecer. Vercellius havia se matado no momento em que os cavalos gritaram... ele, que tinha passado a vida inteira naquela região, e que conhecia as histórias sussurradas pelos homens a respeito das colinas. Logo o brilho das tochas perdeu força, e os berros de legionários assustados misturaram-se aos gritos dos cavalos amarrados. O ar fez-se mais frio com uma velocidade pouco comum já perto de novembro, e pareceu agitar-se com ondulações terríveis que associei de imediato ao ruflar de enormes asas. Toda a coorte parou nesse instante, e quando as tochas perderam força eu vi o que imaginei serem fantásticas sombras delineadas no céu pela luminosidade espectral da Via Láctea ao passar através de Perseu, Cassiopeia, Cefeu e Cisne. De repente todas as estrelas do céu foram extintas — mesmo as luminosas Deneb e Vega à nossa frente, e as solitárias Altair e Formalhaut às nossas costas. E as tochas apagaram-se de vez, e acima da coorte que gritava em choque restaram apenas as chamas nocivas e horrendas dos altares nos picos sobranceiros; chamas rubras e infernais, que naquele instante delineavam as formas insanas, saltitantes e colossais de bestas inomináveis a respeito das quais nem mesmo os sacerdotes frígios ou as senhoras campanienses jamais haviam sussurrado nas mais desvairadas e furtivas histórias. E acima dos gritos noturnos de homens e cavalos aqueles tambores demoníacos tornaram-se cada vez mais altos, enquanto um vento gélido de senciência e deliberação chocantes precipitou-se das alturas proscritas e enrodilhou-se ao redor de cada um dos homens, até que toda a coorte se debatesse em pânico no escuro, como se encenasse o destino de Laocoonte e seus filhos. Somente o velho Scribonius Libo parecia resignado. Ergueu a voz e em meio aos gritos proferiu palavras que até hoje ecoam em meus ouvidos. "*Malitia vetus — malitia vetus est... venit... tandem venit...*"

E então acordei. Foi o meu sonho mais vívido em anos — um sonho que bebeu de fontes do inconsciente há muito intocadas e esquecidas. Quanto ao destino da coorte, não resta nenhum registro, porém ao menos o vilarejo foi salvo — pois ainda hoje as enciclopédias contam a história da sobrevivência de Pompelo, sob o nome espanhol de Pompelona. Agora quero consultar um guia ou livro de viagem com informações sobre Pampelona & descobrir quais podem ter sido as antigas histórias & superstições locais. Mas não quero jamais me aproximar daquelas plagas no Dia das Bruxas — a noite que precede as Calendas de novembro. Durante o verão seria interessante escavar as colinas arcaicas & explorar um certo desfiladeiro em busca das águias há muito enterradas e incrustadas que pertenceram a uma certa coorte esquecida.

Velho Bugs

Uma narrativa extemporânea por Marco Lólio,
procônsul da Gália

O Sheehan's Pool Room, localizado em uma das ruelas menores no coração do distrito pecuarista de Chicago, não é um lugar aprazível. O ar, que carrega mil odores como aqueles que Coleridge talvez haja encontrado em Colônia, quase nunca recebe os raios purificadores do sol; em vez disso, briga por espaço com as emanações acrimoniosas dos incontáveis cigarros e charutos baratos que se penduram nos lábios dos incontáveis animais humanos que dia e noite frequentam o local. Mas a popularidade do Sheehan's permanece inalterada; e há um bom motivo para tanto — um motivo óbvio para qualquer pessoa que se disponha a analisar os odores mistos que por lá predominam. Acima das emanações e do ar viciado ergue-se um aroma outrora familiar país afora, mas hoje felizmente banido de volta aos becos da vida pelo decreto de um governo benevolente — o aroma intenso e maligno de uísque — um tipo precioso de fruto proibido nesse ano da graça de 1950.

O Sheehan's é reconhecido como centro do tráfico subterrâneo de bebidas alcoólicas e narcóticos em Chicago, e assim mantém uma certa dignidade que se estende até mesmo à clientela desleixada que atrai; mas até recentemente havia um homem que permanecia fora dessa aura de dignidade — um homem que compartilhava da imundície e da decadência, porém não da importância do Sheehan's. Chamavam-no de "Velho Bugs", e era a coisa mais indigna naquele ambiente indigno. Muitos especulavam acerca de sua vida pregressa, pois a linguagem e os modos de expressão que adotava quando inebriado além de um certo limite eram motivo de espanto; mas a vida que levava *naquele momento* apresentava menos dificuldade — pois o "Velho Bugs" exemplificava, no grau superlativo, aquela espécie patética conhecida como o "bêbado" ou o "mendigo". De onde viera, ninguém sabia dizer. Certa noite entrou com espalhafato no Sheehan's, espumando pela boca e gritando por uísque e haxixe; e, com a promessa de um suprimento em troca de pequenos trabalhos, havia permanecido lá desde então, varrendo o assoalho, limpando copos e escarradeiras e cuidando de centenas de outras tarefas braçais similares em troca da bebida e das drogas necessárias à manutenção da vida e da sanidade.

Ele falava pouco, e em geral usava o jargão do submundo; mas por vezes, quando inflamado por uma dose excessivamente generosa de uísque rústico, desatava a recitar uma série de polissílabos incompreensíveis e a declamar fragmentos de prosa e verso bem-soantes que haviam levado certos clientes a imaginar que tivera dias melhores. Um cliente fixo — um caloteiro de bancos disfarçado — passou a conversar com ele a intervalos regulares, e pelo tom do interlocutor passou a dizer que aquele homem devia ter sido um escritor ou um acadêmico na vida pregressa. Mas a única pista concreta em relação ao passado do Velho Bugs era uma fotografia desbotada que tinha sempre consigo — a fotografia de uma jovem de feições nobres e belas. Essa fotografia por vezes era sacada do bolso roto, retirada cuidadosamente do papel fino que a envolvia e admirada por horas com uma expressão de inefável tristeza e ternura. Não era o retrato de uma figura conhecida por um frequentador do submundo, mas de uma mulher de boa família e boa criação, vestida com os pitorescos trajes de três décadas atrás. O próprio Velho Bugs também dava a impressão de pertencer ao passado, pois, embora comuns, as roupas que usava traziam as marcas do passado. Era um homem de enorme altura e provavelmente tinha mais de um metro e oitenta, embora os ombros arredondados por vezes traíssem esse fato. Os cabelos, de um branco sujo que caía aos cachos, jamais eram penteados; e no rosto magro cresciam pelos descuidados e grosseiros que pareciam estar sempre espevitados — nunca de todo escanhoados — porém nunca crescidos a ponto de formar uma barba respeitável. As feições do rosto talvez outrora tivessem parecido nobres, mas hoje traziam as sinistras marcas deixadas pelos excessos. A certa altura — talvez na meia-idade — ele sem dúvida fora demasiado gordo; porém agora era de uma magreza assustadora, e bolsas de carnes roxas dependuravam-se sob os olhos cansados e também nas bochechas. No geral, o Velho Bugs não era uma visão agradável.

A disposição do Velho Bugs era tão estranha quanto o aspecto que tinha. Em linhas gerais, o comportamento dele correspondia ao de um homem destituído — sempre disposto a fazer qualquer coisa por um trocado ou uma dose de uísque ou haxixe —, mas em raros momentos exibia os traços que lhe haviam feito a fama. Nessas horas ele tentava se pôr de queixo erguido, e um certo fogo se acendia naqueles olhos fundos. A postura ganhava uma graça inesperada, e até mesmo honradez; e as criaturas inebriadas ao redor percebiam aquela superioridade — um sentimento que as tornava menos propensas a dar tapinhas e a fazer troça com aquele homem que executava um trabalho braçal e era alvo de chacotas. Nessas horas o Velho Bugs demonstrava um humor sarcástico e fazia observações consideradas tolas e irracionais pelos frequentadores do Sheehan's. Mas esses acessos logo passavam, e mais uma vez o Velho Bugs voltava à eterna varrição do assoalho e à eterna limpeza das escarradeiras. Se não fosse por um detalhe, o Velho Bugs seria o escravo perfeito para o estabelecimento — e esse detalhe era a conduta que adotava quando rapazes eram apresentados à primeira dose de bebida. O velho erguia-se do chão com um misto de raiva e afobação e punha-se a balbuciar ameaças e advertências, numa tentativa de dissuadir os novatos de embarcar naquele curso de "ver a vida como de fato é". Ele cuspia e soltava fogo pelas ventas para logo explodir em admoestações sesquipedais e estranhas pragas, sempre animado por uma sinceridade terrível, que chegava a provocar calafrios em certas cabeças atormentadas pelas drogas naquele recinto lotado. Mas, passado um tempo, o cérebro enfraquecido pelo álcool distanciava-se do assunto, e com um sorriso estúpido ele novamente voltava as atenções ao esfregão ou ao pano de limpeza.

Não acho que muitos dos clientes regulares do Sheehan's possam esquecer o dia em que o jovem Alfred Trever chegou. Ele era um "achado" e tanto — um rapaz espirituoso e de família rica, disposto a "chegar ao limite" em tudo aquilo que fazia — pelo menos fora esse o veredito de Pete Schultz, o "olheiro" do Sheehan's, que havia encontrado o garoto no Lawrence College, no vilarejo de Appleton, Winsconsin. Trever era filho de pais influentes em Appleton. O pai, Karl Trever, era advogado e também um homem distinto, enquanto a mãe tinha uma reputação invejável como poetisa sob o nome de solteira Eleanor Wing. Alfred era um acadêmico e um poeta de talento, embora amaldiçoado por uma irresponsabilidade pueril que o transformava em vítima ideal para o olheiro do Sheehan's. Ele era louro, bonito e mimado; cheio de vida e muito disposto a provar as mais variadas formas de excesso sobre as quais tinha lido e ouvido falar. No Lawrence College, tinha participado da fraternidade "Tappa Tappa Keg", onde revelara ser o mais alegre e o mais destemperado entre todos os jovens membros; porém aquela frivolidade estudantil não fora o bastante para satisfazê-lo. Alfred sabia da existência de vícios mais profundos graças aos livros, e ansiava por conhecê-los em primeira mão. Talvez essa tendência ao descontrole tivesse sido estimulada pela repressão que sofrera ainda em casa; pois a sra. Trever, em especial, tinha bons motivos para criar o filho único em um regime de rigidez severa. Na juventude, ela sofrera com as marcas profundas e permanentes deixadas pelos horrores do excesso sobre um rapaz de quem por um tempo fora noiva.

O jovem Galpin, o noivo em questão, tinha sido um dos mais notáveis filhos de Appleton. Depois de granjear celebridade ainda menino em razão do intelecto admirável, ganhou fama na Universidade de Winsconsin, e aos vinte e três anos retornou a Appleton para assumir um cargo de professor no Lawrence College e deslizar um anel de diamante no dedo da mais bela e mais brilhante filha de Appleton. Por um tempo as coisas deram certo, mas logo, sem nenhum tipo de aviso, chegou a tempestade. Maus hábitos, que remontavam a uma primeira bebida tomada anos antes na reclusão de um bosque, tornaram-se manifestos no jovem professor; e somente um pedido de demissão feito às pressas conseguiu livrá-lo de um processo de atentado contra a moral e os bons costumes dos alunos a seu encargo. Com o noivado rompido, Galpin mudou-se para o leste a fim de recomeçar a vida; mas em pouco tempo os habitantes de Appleton tiveram notícias de uma nova demissão da Universidade de Nova York, onde ele fora nomeado professor de inglês. A partir de então Galpin passou a dedicar o tempo à biblioteca e ao púlpito de orador, e a preparar volumes e discursos sobre os mais variados assuntos ligados às belas-letras, sempre evidenciando um gênio tão notável que por vezes o público via-se quase obrigado a perdoá-lo pelas ofensas passadas. As palestras inflamadas em defesa de Villon, Poe, Verlaine e Oscar Wilde foram aplicadas também a ele próprio, e no breve veranico dessa glória falou-se a respeito de uma nova posição em uma casa de cultura situada na Park Avenue. Porém logo veio o derradeiro golpe. Uma desgraça final, que levava as outras a parecerem nada, destruiu as ilusões de todos aqueles que haviam se disposto a crer na reforma de Galpin; e como resultado o jovem abandonou o próprio nome e deixou a vida pública. Certos rumores por vezes o associavam a um "cônsul Hasting", cujo trabalho para companhias de teatro e de cinema tinham atraído certa atenção por força da abrangência e da profundidade acadêmica; porém Hasting logo também desapareceu da vida pública, e Galpin tornou-se apenas um nome a ser citado por pais e mães preocupados em tom de advertência. Eleanor Wing logo celebrou o casamento com Karl Trever, um jovem e promissor advogado, e do ex-admirador manteve apenas lembrança suficiente para decidir o nome do filho único e a orientação moral que seria dada a esse jovem belo e decidido. Mas, apesar de toda essa orientação, Alfred Trever estava no Sheehan's, prestes a tomar o primeiro trago.

"Chefe", exclamou Schultz ao entrar no malcheiroso salão com a jovem vítima, "cumprimenta aqui o meu parcero Al Trever, um grande sujeito do Lawrence College — que fica em Appleton, Winsconsin, como o sior bem sabe. Um sujeito e tanto, vô lhe dizê — o pai advoga pra grandes empresa na cidade onde trabalha, e a mãe é uma escritora famosa. Ele qué vê a vida como de fato é — qué sabê que gosto tem essa água que passarinho não bebe — então lembre que ele é meu amigo e dê um jeito de tratá ele bem!"

Enquanto os nomes Trever, Lawrence College e Appleton pairavam no ar, os vagabundos perceberam uma coisa diferente. Talvez fosse apenas um som ligado aos estalos das bolas de sinuca ou ao tilintar dos copos trazidos das regiões crípticas mais ao fundo — talvez fosse apenas isso, somado ao estranho farfalhar das cortinas sujas que guarneciam a única janela sórdida — porém muitos acharam que alguém no salão tinha rilhado os dentes e tomado um longo fôlego.

"Muito prazer, Sheehan", disse Trever, com uma articulação discreta que indicava boa educação. "Esta é a minha primeira vez num lugar como este, mas sou um estudante da vida e não quero perder nenhum tipo de experiência. Existe toda uma poesia nesse tipo de coisa, sabe? Bem, talvez o senhor não saiba, mas não importa."

"Meu jove", respondeu o proprietário, "o sior veio ao lugar certo se qué vê a vida. Temo de tudo por aqui — vida real e um ótimo passatempo. Essa porcaria de governo pode tentá dexá as pessoa tudo boazinha se quisé, mas não tem como evitá que um sujeito se divirta quando bate a vontade. O que vai sê, meu cumpadre — álcool, coca ou ainda otra coisa? Por aqui a gente arranja tudo o que o sior pudé imaginá."

Os clientes afirmam que nesse ponto os sons regulares e monótonos do esfregão cessaram.

"Eu quero uísque — um uísque de centeio à moda antiga!", exclamou Trever, cheio de entusiasmo. "Vou lhe dizer, estou cansado de beber água depois de ler a respeito das animadas celebrações que os homens costumavam fazer nos velhos tempos. Não consigo ler um poema anacreôntico sem que a minha boca se encha d'água — mas o que a minha boca deseja é uma bebida mais forte do que água!"

"Anacreôntico — que diabo é isso?" Vários dentre os presentes olhavam para o rapaz enquanto perdiam o fio da conversa. Mas o caloteiro de bancos disfarçado explicou-lhes que Anacreonte tinha sido um velho alegre que vivera muitos anos atrás e escrevera sobre diversão numa época em que o mundo inteiro era como o Sheehan's.

"Então, Trever", prosseguiu o caloteiro de bancos, "segundo o Schultz disse a sua mãe é uma personalidade literária?"

"É, diabos", respondeu Trever, "mas não se compara ao velho de Teos! Ela é uma dessas moralistas infinitamente aborrecidas que tenta acabar com todas as alegrias da vida. Uma típica mulherzinha — o senhor já ouviu falar dela? Ela escreve sob o nome de solteira Eleanor Wing."

Nesse momento o Velho Bugs largou o esfregão.

"Bem, aqui tá o que o sior pidiu", Sheehan anunciou alegremente enquanto uma bandeja de copos e garrafas deslizava para o interior do salão. "Um bom e velho uísque de centeio, do melhor que se pode encontrá aqui por Chicago!"

Os olhos do rapaz brilharam e as narinas retesaram-se com os vapores exalados pelo fluido de coloração marrom que outro homem servia no copo. Aquilo o repeliu de forma horrível, e transtornou a delicadeza que havia herdado; porém a determinação de experimentar a vida ao máximo permanecia inabalada, e Alfred manteve a aparência obstinada. Mas antes que essa obstinação fosse posta a teste, o inesperado aconteceu. O Velho Bugs, colocando-se de pé com um pulo a partir da posição agachada em que se encontrava, saltou em direção ao rapaz e afastou de suas mãos o copo erguido, quase simultaneamente usando o esfregão para lançar um ataque contra a bandeja de copos e garrafas e espalhando o conteúdo no chão em um caos de fluidos odoríferos misturados a copos e garrafas quebrados. Uma quantidade de homens, ou de coisas que outrora tinham sido homens, prostrou-se no chão e começou a lamber as poças de álcool derramado, porém a maior parte se manteve imóvel, observando os atos sem precedentes daquele homem destituído que fazia trabalho braçal. O Velho Bugs endireitou as costas na frente do atônito Trever, e, numa voz delicada e culta, disse: "Não faça isso. Em outra época eu era como você, e fiz. E hoje sou — isto".

"Do que você está falando, pobre-diabo?", Trever perguntou num grito. "O que pretende ao se colocar entre um gentil-homem e seus prazeres?"

Sheehan, já recuperado da surpresa, aproximou-se e pousou a mão pesada no ombro do velho desamparado.

"Essa foi a última que você aprontô, meu velho!", exclamou furioso. "Quando um gentil-homem quisé bebê um copo aqui, por Deus, ele vai bebê sem que você se intrometa! E agora sai daqui antes que eu te despache a chute."

Porém Sheehan havia feito um cálculo desprovido de conhecimentos científicos em relação à psicologia anômala e aos efeitos causados por estímulos nervosos. O Velho Bugs, segurando o cabo do esfregão com mais firmeza, começou a brandi-lo como se fosse a lança de um hoplita da Macedônia, e logo abriu um espaço considerável ao redor enquanto bradava fragmentos desconexos de citações, entre os quais se destacava a repetição do trecho "... os filhos de Belial, insuflados por insolência e vinho".

O salão transformou-se em pandemônio, e os homens começaram a gritar e a uivar ante a criatura sinistra que haviam despertado. Trever parecia atônito e confuso, e pôs-se contra a parede à medida que a escaramuça ganhava intensidade. "O menino não há de beber! O menino não há de beber!" E assim o Velho Bugs urrou como se estivesse prestes a esquecer — ou a superar — aquelas citações. Atraídos pelo barulho, policiais apareceram na porta, mas por um tempo não fizeram menção de intervir. Trever, apavorado e para sempre curado do desejo de ver a vida sob o prisma do vício, aproximou-se dos recém-chegados que trajavam o uniforme azul. Se conseguisse escapar e apanhar o trem para Appleton, pensou, já daria a iniciação ao excesso por completa.

De repente o Velho Bugs abaixou a lança e deteve-se — endireitando as costas de uma forma como nenhum frequentador do local jamais tinha visto. "*Ave, Caesar, moriturus te saluto!*", ele gritou, e então caiu ao chão que recendia a uísque para nunca mais se levantar.

As impressões subsequentes para sempre hão de permanecer nas lembranças do jovem Trever. A imagem é pouco nítida, porém não se apaga. Os policiais abriram caminho em meio à turba e fizeram inúmeros questionamentos acerca do incidente e da figura morta no chão. Sheehan foi minuciosamente interrogado, mas nem assim pôde fornecer qualquer informação de valor relativa ao Velho Bugs. Por fim o caloteiro de bancos lembrou-se da fotografia e sugeriu que fosse examinada e identificada na delegacia de polícia. Um policial relutante inclinou-se por cima da lastimável figura de olhos vidrados e encontrou o cartão embrulhado em papel fino, que a seguir foi passado entre os outros policiais.

"Que belezoca!", exclamou um bêbado ao ver o rosto formoso, mas aqueles que estavam sóbrios não acharam graça nenhuma, e limitaram-se a observar com humildade e respeito aquelas feições delicadas e espirituais. Ninguém parecia capaz de identificar a mulher do retrato, e todos demonstraram surpresa ao ver que um homem destituído trazia consigo um retrato como aquele — todos a não ser o caloteiro de bancos, que passara todo esse tempo encarando com um semblante inquieto aqueles homens de uniforme azul. *Ele* tinha visto por trás da máscara de absoluta degradação que o Velho Bugs trazia sobre o rosto.

Quando o retrato foi entregue a Trever, o jovem sofreu uma transformação. Depois do sobressalto inicial, ele tornou a embrulhar o retrato no fino papel, como se o quisesse proteger contra a sordidez do lugar. Depois, olhou demoradamente para aquela figura prostrada no chão, percebendo a altura privilegiada e as feições aristocráticas que pareciam ter se revelado assim que a chama da vida se extinguira. Não, ele disse às pressas, assim que a pergunta lhe foi posta: ele não conhecia a pessoa na fotografia. Era uma fotografia tão antiga, acrescentou, que não se poderia esperar de ninguém que a reconhecesse.

Mas Alfred Trever não falou a verdade, como muitos imaginaram quando se dispôs a encarregar-se do corpo e ocupar-se com os trâmites relativos ao enterro em Appleton. No consolo da biblioteca de casa estava pendurada uma réplica exata daquela mesma imagem, e durante toda a vida ele havia conhecido e amado o original.

Pois aquelas feições nobres e gentis eram as de sua própria mãe.

O sabujo

I.

Em meus ouvidos torturados ressoam sem dar trégua um rumor e um ruflar demoníaco, e latidos abafados e distantes como os de um gigantesco sabujo. Não se trata de um sonho — não se trata, por mais que eu relute em admitir, sequer de loucura —, pois já aconteceram coisas demais para que eu persistisse nessas dúvidas misericordiosas. St. John foi reduzido a um cadáver mutilado; só eu sei por quê, e devido ao conhecimento que detenho estou prestes a estourar os meus miolos por medo de ser mutilado de maneira idêntica. Pelos corredores lúgubres e ilimitados da fantasia quimérica desliza a Nêmesis negra e amorfa que me impele à autodestruição.

Que o céu perdoe a loucura e a morbidez que nos levaram a um destino tão monstruoso! Aborrecidos com os lugares-comuns de um mundo prosaico em que até mesmo as alegrias do romance e da aventura não tardam em dar vez ao enfado, St. John e eu havíamos seguido com entusiasmo todos os movimentos estéticos e intelectuais que prometessem aliviar o *ennui* que nos consumia. Os enigmas dos simbolistas e os êxtases dos pré-rafaelitas foram todos nossos no devido tempo, porém mesmo esses novos ímpetos logo se viam privados da novidade e do apelo. Apenas a lúgubre filosofia dos decadentistas foi capaz de nos cativar, e mesmo assim apenas à base de um aumento gradual no aprofundamento e no diabolismo de nossas investigações. Baudelaire e Huysmans logo se viram despidos de qualquer emoção, e por fim restaram-nos apenas os estímulos diretos de experiências e aventuras pessoais avessas à própria natureza. Foi essa terrível necessidade emocional que por fim levou-nos pelo detestável caminho que, mesmo sob a influência do terror, menciono apenas com timidez e vergonha — essa horrenda estremadura do ultraje humano, o ofício do ladrão de sepulturas.

Não posso revelar os detalhes de nossas chocantes expedições nem catalogar sequer parcialmente os mais hediondos dentre os troféus que adornavam o museu que preparamos na grande casa de pedra onde morávamos juntos, sozinhos e sem criados. Nosso museu era um local blasfemo e inconcebível onde, com o requinte satânico de neuróticos *virtuosi*, havíamos reunido um universo de terror e decadência para excitar nossas sensibilidades entorpecidas. Era uma sala secreta em um subterrâneo muito, muito profundo, onde enormes demônios alados de basalto e ônix vomitavam das bocarras zombeteiras uma estranha luz verde e alaranjada, e tubulações pneumáticas ocultas incitavam a caleidoscópicas danças da morte as fileiras de cadavéricos vultos rubros bordados nas opulentas tapeçarias negras. Por essas tubulações vinham os cheiros que nosso estado de espírito mais desejasse; por vezes a fragrância de lírios funéreos, por vezes o incenso narcótico de templos orientais imaginários erigidos para honrar a realeza morta, e por vezes — estremeço ao confessar! — os temíveis e nefastos miasmas do túmulo aberto.

Ao longo das paredes dessa repugnante câmara, os caixões de antigas múmias alternavam-se com corpos bonitos e vivazes, preparados e curados à perfeição pela arte do taxidermista, e também com lápides roubadas dos mais antigos cemitérios mundo afora. Nichos nas paredes abrigavam caveiras de todos os formatos e cabeças preservadas em diversos estágios de decomposição. Lá se encontravam expostas as cabeças pútridas e calvas de nobres famosos e as frescas e douradas cabecinhas de crianças recém-enterradas. Havia estátuas e pinturas de cunho demoníaco, algumas executadas por St. John e por mim. Um porta-fólio trancado a chave e encadernado com pele humana encerrava certos desenhos ignotos e inomináveis que de acordo com certos rumores teriam sido perpetrados por Goya sem que o artista se atrevesse a reconhecê-los. Havia nauseantes instrumentos musicais de corda, metal e madeira nos quais St. John e eu por vezes produzíamos dissonâncias de sublime morbidez e fantasmagoria cacodemoníaca, enquanto numa multitude de gabinetes em ébano machetado repousava a mais inconcebível variedade de espólios tumulares jamais reunida pela loucura ou pela perversidade humana. Devo sobretudo furtar-me a falar sobre esses espólios — pois graças a Deus tomei coragem para destruí-los antes de pensar em destruir a mim mesmo.

As excursões predatórias em que apanhávamos nossos indizíveis tesouros eram sempre eventos artísticos memoráveis. Não éramos ladrões de sepultura vulgares, pois trabalhávamos apenas sob certas condições de ânimo, panorama, ambiente, clima, estação e luar. Esses passatempos eram para nós a mais sublime forma de expressão estética, e mesmo os detalhes recebiam uma minuciosa atenção técnica. Uma hora inapropriada, uma iluminação desfavorável ou uma manipulação desajeitada do solo úmido arruinavam quase por completo o júbilo extasiante que acompanhava a exumação de um segredo aziago e sorridente das profundezas da terra. Nossa busca por cenas inéditas e situações estimulantes era febril e insaciável — St. John era sempre o líder, e foi quem por fim nos guiou ao zombeteiro e maldito lugar que nos lançou em um destino horrendo e inescapável.

Que fatalidade maligna nos atraiu até aquele terrível cemitério holandês? Acho que foram os rumores obscuros e as lendas — as histórias sobre um homem enterrado cinco séculos atrás que tinha sido ladrão de sepulturas e roubado um item poderoso de um imponente sepulcro. Ainda me lembro da cena nos momentos finais — a pálida lua outonal acima das sepulturas, projetando longas e horrendas sombras; as árvores grotescas, curvando-se taciturnas para tocar a grama negligenciada e as lajes rachadas; as vastas legiões de estranhos morcegos colossais que voavam com a lua ao fundo; a antiga igreja coberta de hera que apontava um enorme dedo espectral em direção ao céu lívido; os insetos fosforescentes que dançavam como fogos-fátuos sob a copa dos teixos em um recôndito distante; os odores de terra, de vegetação e de coisas menos discerníveis que se imiscuíam no vento noturno desde pântanos e mares longínquos; e — o pior de tudo — os latidos graves e abafados de um gigantesco sabujo que não conseguíamos ver nem situar. Estremecemos ao ouvir essa insinuação de latidos, pois lembramos das histórias contadas pelos camponeses; o homem que buscávamos tinha sido encontrado séculos atrás naquele mesmo ponto exato, dilacerado e mutilado pelas garras e presas de uma fera indescritível.

Lembro-me de que escavávamos o túmulo do antigo ladrão de sepulturas com nossas pás e de que sentimos um calafrio de emoção ao imaginar o quadro onde estávamos, com o túmulo, a vigilante lua pálida, as horrendas sombras, as árvores grotescas, os morcegos titânicos, a antiga igreja, os fogos-fátuos dançantes, os odores nauseabundos, o plangente vento noturno e os estranhos latidos distantes, cuja existência objetiva nem sequer podíamos asseverar. De repente batemos em uma substância mais dura do que a terra úmida e vislumbramos uma putrescente caixa oblonga repleta de incrustações minerais acumuladas durante o passar dos séculos. Era incrivelmente grossa e resistente, mas por fim conseguimos forçar a abertura da caixa e regalamos os olhos com o segredo que guardava.

Apesar da passagem de cinco séculos, havia sobrado uma

parcela considerável — uma parcela impressionante — daquele objeto. O esqueleto, a despeito de apresentar em certos pontos as fraturas causadas pelas presas da coisa que o havia matado, permanecia inteiro e apresentava uma firmeza surpreendente, e assim nos regozijamos com a caveira branca, os longos dentes firmes e as órbitas vazias em que outrora havia brilhado um frenesi cadavérico como o nosso. No interior do ataúde havia um amuleto de formas curiosas e exóticas que o defunto parecia ter usado ao redor do pescoço. Era a figura singularmente estilizada de um sabujo alado de cócoras, ou uma esfinge de feições vagamente caninas, entalhada com enorme habilidade à antiga maneira oriental em um pequeno fragmento de jade verde. A expressão nos rasgos da figura causava extrema repulsa, e sugeria a um só tempo um travo de morte, bestialidade e malevolência. Ao redor da base havia uma inscrição em caracteres que nem eu nem St. John conseguimos identificar; e na face inferior, como se fosse a marca do artesão, estava gravada uma grotesca e formidável caveira.

No mesmo instante em que vislumbramos o amuleto soubemos que teria de ser nosso — que aquele tesouro era a recompensa lógica a extrair daquele túmulo secular. Mesmo que os contornos nos fossem desconhecidos teríamos desejado aquele objeto, porém uma inspeção mais atenta revelou que não era de todo desconhecido. Seria de fato estranho a toda a arte e a toda a literatura que os leitores salubres e equilibrados conhecem, porém nós o reconhecemos como o objeto sugerido no proscrito *Necronomicon* do árabe louco Abdul Alhazred — o sinistro símbolo anímico do culto de necrófagos da inacessível Leng, localizada na Ásia Central. Não tivemos nenhuma dificuldade para traçar as sinistras feições descritas pelo antigo demonologista árabe; feições estas, segundo escreveu, inspiradas por uma manifestação sobrenatural obscura das almas daqueles que perturbam e roem os mortos.

Depois de apanhar o objeto de jade, lançamos um último olhar ao rosto vazio e descarnado do antigo proprietário e tornamos a fechar o túmulo. Enquanto nos afastávamos às pressas do abominável local, com o amuleto roubado no bolso de St. John, imaginamos ter visto uma revoada de morcegos descer à terra que tínhamos acabado de revolver, como se estivessem à procura de um alimento maldito e blasfemo. Porém a lua de outono cintilava com um brilho tênue e pálido, e não pudemos ter certeza. No dia seguinte, enquanto zarpávamos da Holanda para retornar a nossa casa, imaginamos ter ouvido os latidos abafados e distantes de um gigantesco sabujo ao longe. Porém o vento de outono gemia com uma nota triste e alquebrada, e não pudemos ter certeza.

II.

Menos de uma semana após o nosso retorno à Inglaterra, coisas estranhas começaram a acontecer. Vivíamos como reclusos — privados de amigos, sozinhos e sem criados nos poucos cômodos de uma antiga mansão em uma gandra inóspita e pouco frequentada, de modo que nossa porta raramente era perturbada pelas batidas de um visitante. Desde o retorno, no entanto, sentíamo-nos perturbados pelo que pareciam ser frequentes rumores noturnos, não apenas ao redor das portas, mas também das janelas no primeiro e no segundo piso. Certa vez imaginamos ter visto um vulto grande e opaco obscurecer o luar que filtrava pela janela da biblioteca, e em outra ocasião imaginamos ter ouvido um rumor ou um ruflar nas proximidades. Em ambos os casos nossas investigações não revelaram nada, e começamos a atribuir essas ocorrências à nossa própria fantasia — a mesma fantasia perturbada que fazia perdurar em nossos ouvidos os abafados latidos distantes que imaginamos ter ouvido no cemitério holandês. O amuleto de jade encontrava-se exposto em um nicho de nosso museu, e às vezes acendíamos velas com estranhos aromas para homenageá-lo. Lemos um bocado sobre as propriedades do amuleto e as relações entre a alma dos ghouls e os objetos que simbolizava no *Necronomicon* de Abdul Alhazred, e ficamos um tanto perturbados com essas leituras. Foi então que veio o terror.

Na noite de 24 de setembro de 19—, ouvi uma batida na porta da minha alcova. Imaginando que seria St. John, pedi ao visitante que entrasse, mas fui respondido apenas por uma gargalhada estridente. Não havia ninguém no corredor. Uma vez acordado, St. John alegou total ignorância em relação ao ocorrido e mostrou-se tão preocupado quanto eu. Foi naquela noite que os abafados latidos distantes na gandra tornaram-se para nós uma realidade concreta e temida. Quatro dias mais tarde, enquanto estávamos ambos em nosso museu oculto, percebemos arranhões discretos e cautelosos na única porta que conduzia à escadaria de acesso à biblioteca secreta. Nosso alarme nesse instante foi redobrado, pois além do medo do desconhecido, sempre havíamos nutrido o temor de que nossa macabra coleção fosse descoberta. Depois de apagar todas as luzes, avançamos até a porta e a abrimos de repente; e incontinente sentimos uma inexplicável rajada de vento e escutamos, em um canto afastado, uma estranha combinação de rumores, risadas abafadas e sílabas articuladas. Não tentamos determinar se estávamos loucos, sonhando, ou em plena posse de nossas faculdades mentais. Simplesmente percebemos, com uma inquietude atroz, que as sílabas articuladas sem nenhum corpo à vista pertenciam sem dúvida *à língua holandesa*.

A partir de então começamos a viver em um estado de terror e de fascinação cada vez mais intensos. Na maior parte do tempo apegávamo-nos à teoria de que estávamos enlouquecendo juntos devido à nossa vida de emoções insalubres, porém às vezes nos agradava dramatizar-nos como vítimas de um destino inexorável e aterrorizante. As manifestações bizarras passaram a fazer parte de nossa rotina. Nossa casa solitária parecia ter ganhado vida com a presença de uma entidade maligna cuja natureza éramos incapazes de perscrutar, e toda noite os latidos demoníacos ecoavam pela gandra açoitada pelo vento, cada vez mais altos. No dia 29 de outubro encontramos na terra fofa sob a janela da biblioteca uma série de pegadas que desafiavam qualquer tentativa de descrição. Eram tão enigmáticas quanto as hostes de enormes morcegos que assombravam a velha mansão em números sem precedentes e cada vez maiores.

O horror atingiu o ponto culminante na noite de 18 de novembro, quando St. John, ao voltar a pé da distante estação de trem, foi atacado por uma pavorosa fera carnívora e rasgado em pedaços. Os gritos alcançaram a nossa casa, e cheguei ao local do terrível embate ainda a tempo de ouvir um ruflar de asas e divisar uma silhueta negra e difusa com a lua ao fundo. Meu amigo estava às portas da morte e não pôde responder de maneira coerente às minhas indagações. Tudo o que conseguiu dizer foi: "O amuleto — aquela coisa maldita —". E no instante seguinte sucumbiu, uma massa inerte de carne mutilada.

Enterrei-o na meia-noite seguinte em um de nossos jardins abandonados e balbuciei um dos rituais demoníacos que ele tanto havia amado em vida. Enquanto eu pronunciava a última frase infernal escutei ao longe, na gandra, os latidos abafados de um gigantesco sabujo. A lua brilhava no céu, mas não tive coragem de olhar. E quando percebi, na gandra enluarada, uma enorme sombra nebulosa que deslizava de outeiro em outeiro, fechei os olhos e me atirei no chão com o rosto voltado para baixo. Quando me ergui ainda trêmulo, não sei quanto tempo depois, cambaleei até o interior da casa e reverenciei de maneira chocante o amuleto de jade.

Temeroso de morar sozinho na antiga casa em meio à gandra, no dia seguinte empreendi uma viagem a Londres, levando comigo o amuleto depois de queimar e enterrar o restante do ímpio acervo em nosso museu. Mas depois de três noites tornei a escutar os latidos, e em menos de uma semana senti que estranhos olhos sempre me espreitavam no escuro. Certa noite, enquanto eu caminhava pelo Victoria Embankment para tomar um pouco de ar fresco, percebi que um vulto escuro obscurecia o reflexo de uma das lâmpadas na água. Uma rajada mais forte do que o vento noturno soprou, e naquele instante eu soube que o destino de St. John não tardaria a se abater sobre mim.

No dia seguinte embalei o amuleto de jade verde com todo o cuidado e zarpei rumo à Holanda. Que misericórdia poderia render-me a restituição daquela coisa maldita a um dono silencioso e imóvel eu não saberia dizer; porém me sentia compelido a tentar qualquer passo minimamente lógico. O que era o sabujo e por que me perseguia ainda eram indagações vagas; mas eu tinha ouvido os latidos pela primeira vez naquele cemitério ancestral, e todos os acontecimentos subsequentes, inclusive as últimas palavras de St. John, tinham servido para ligar a maldição ao roubo do amuleto. Assim, precipitei-me aos mais profundos abismos do desespero quando, em uma estalagem em Roterdã, descobri que ladrões me haviam privado de meu único meio de salvação.

Os latidos foram altos naquela noite, e pela manhã li a respeito de um ato inominável praticado no mais abjeto bairro da cidade. O populacho estava aterrorizado, pois sobre um prédio de má reputação abatera-se uma morte vermelha cujo horror ultrapassava o mais torpe crime perpetrado até então na vizinhança. Em um sórdido covil de ladrões, toda uma família fora rasgada em pedaços por uma coisa desconhecida que não deixou nenhum rastro, e por toda noite as pessoas ao redor tinham ouvido, além do clamor habitual de vozes ébrias, os latidos abafados, graves e insistentes de um gigantesco sabujo.

Por fim me encontrei mais uma vez naquele insalubre cemitério onde a pálida lua invernal projetava sombras horrendas e as árvores nuas curvavam-se taciturnas para tocar a grama murcha e geada e as lajes partidas, e a igreja coberta de hera apontava um dedo escarnecedor em direção ao céu inamistoso, e o vento noturno uivava em frenesi desde pântanos congelados e mares gélidos. Os latidos estavam muito abafados e cessaram por completo quando me aproximei do túmulo ancestral que outrora eu havia profanado, mas assustaram uma descomunal hoste de morcegos que pairavam ao redor.

Não sei por que fui até lá a não ser para rezar, ou para balbuciar súplicas insanas e pedidos de desculpa à coisa plácida e branca que repousava sob a terra; mas, qualquer que fosse a razão, ataquei o solo congelado com um desespero em parte meu e em parte incitado por uma força dominadora exterior a mim. A escavação foi muito menos dificultosa do que eu havia imaginado, embora em certo ponto eu tenha encontrado uma estranha interrupção quando um abutre mergulhou do céu frio e pôs-se a bicar freneticamente o solo tumular até que eu o matasse com um golpe de pá. Por fim cheguei à putrescente caixa oblonga e removi a úmida tampa nítrica. Este foi o último ato racional de que fui capaz.

Pois agachado dentro do caixão secular, abraçado por um numeroso séquito de morcegos enormes, membranosos e adormecidos dignos de um pesadelo, vislumbrei o esqueleto que eu e meu amigo tínhamos roubado; não mais limpo e plácido como o havíamos descoberto, mas coberto de sangue coagulado e pedaços de carne e cabelo, encarando-me com malícia e deliberação nas órbitas fosforescentes e arreganhando as cortantes presas ensanguentadas em uma zombaria de meu destino inelutável. E quando soltou pela mandíbula sorridente um latido profundo e sardônico como o de um gigantesco sabujo, e notei que segurava na garra imunda e sangrenta o fatídico amuleto de jade perdido, limitei-me a gritar e a correr como um idiota, e meus gritos logo deram lugar a um surto de riso histérico.

A loucura corre com os ventos estelares... garras e dentes afiados por séculos de cadáveres... a morte gotejante escarranchada sobre uma bacanal de morcegos vindos das ruínas noctíferas dos templos soterrados de Belial... Agora, com os latidos daquela monstruosidade descarnada e defunta cada vez mais altos e o rumor e o ruflar furtivo daquelas asas malditas cada vez mais próximos, hei de buscar no meu revólver o oblívio que é meu único refúgio contra o inominado e inominável.

O alquimista

Nas alturas sobranceiras, a colmar o pináculo verdejante de um avultado monte cujas encostas são rodeadas pelas árvores retorcidas da floresta primeva, assoma o velho *château* dos meus antepassados. Por séculos essas muralhas altaneiras desprezam o cenário rústico e selvagem ao redor, servindo como lar e fortificação para uma orgulhosa casa de linhagem honrada, mais antiga até mesmo do que as paredes do castelo. Esses torreões ancestrais manchados pelas tempestades de inúmeras gerações, que se desmancham sob a influência lenta mas constante do tempo, formavam na época do feudalismo uma das mais formidáveis e temíveis fortificações em toda a França. Dos parapeitos com mata-cães e das ameias circundantes, barões, condes e até mesmo reis haviam sido desafiados — porém jamais o passo dos invasores havia soado no interior daqueles corredores.

Mas desde aquela época gloriosa tudo havia mudado. Uma pobreza pouco acima da necessidade abjeta, somada a um orgulho do próprio nome que proíbe o alívio propiciado pela vida comercial, impediu que os descendentes de nossa linhagem mantivessem as propriedades com o esplendor imaculado de outrora; e as pedras que se desgarravam dos muros, a vegetação excessiva nos parques, o fosso seco e empoeirado, os pátios mal pavimentados e as torres desabadas, bem como os assoalhos cedidos, os lambris verminosos e as tapeçarias desbotadas no interior — tudo contava uma lúgubre história de grandeza decadente. À medida que o tempo passava, primeiro um, depois outro dos quatro torreões foram abandonados à ruína, até que por fim uma única torre abrigasse os reduzidos descendentes dos poderosos senhores de outrora.

Foi numa das vastas e umbrosas câmaras da última torre remanescente que eu, Antoine, último dos infelizes e amaldiçoados Comtes de C——, vim ao mundo noventa anos atrás. Foi no interior dessas paredes, em meio a florestas escuras e ensombrecidas, em meio aos vales e às grutas selvagens da encosta mais abaixo, que passei os primeiros anos de minha tumultuada existência. Quanto aos meus pais, jamais os conheci. Meu pai foi morto aos trinta e dois anos, um mês antes do meu nascimento, pela queda de uma pedra que se desgarrou de uma das ameias do castelo; e, uma vez que minha mãe faleceu durante o parto, meus cuidados e minha educação foram deixados a cargo do último serviçal remanescente, um velho leal de intelecto respeitável cujo nome eu recordo como Pierre. Não tive irmãos, e a falta de companhias decorrente desse fato era aumentada pelos estranhos cuidados de meu guardião provecto, que me excluíam da sociedade de crianças camponesas, cujas moradas espalhavam-se aqui e acolá ao longo das planícies que rodeiam a base da colina. Na época, Pierre dizia que essa restrição me era imposta porque o berço nobre colocava-me acima daquelas companhias plebeias. Hoje sei que o real objetivo era manter longe dos meus ouvidos os boatos que corriam sobre a terrível maldição lançada sobre a nossa linhagem, contados à noite pelas gentes simples que conversavam em tom de cautela sob o lume da lareira em uma cabana qualquer.

Vendo-me assim isolado e entregue à minha própria sorte, eu passava as horas da minha infância me debruçando sobre os tomos ancestrais que compunham a crepuscular biblioteca do *château* e caminhando sem nenhum objetivo ou propósito em meio à eterna penumbra do bosque espectral que recobre a encosta da colina. Talvez em razão desses cenários, minha fantasia desde cedo tenha sido toldada por uma sombra de melancolia. O estudo e a busca por tudo aquilo que diz respeito às coisas obscuras e ocultas da Natureza eram o principal objeto da minha atenção.

Quanto à minha própria raça não me foi dado saber quase nada, porém mesmo o pouco que obtive foi suficiente para deprimir-me em grande medida. Talvez a princípio tenha sido apenas a evidente relutância do meu velho preceptor em discutir minha genealogia paterna o que deu origem ao terror que sinto desde sempre ante a simples menção ao nome da minha grandiosa casa; porém, enquanto deixava a infância para trás, consegui reunir fragmentos desconexos de coisas ouvidas, escapados da língua recalcitrante e falha em razão da senilidade cada vez mais próxima, que mantinham certa relação com uma circunstância desde sempre estranha, e que a partir de então passou a ser vagamente terrível. A circunstância a que aludo é a tenra idade em que todos os Comtes da minha linhagem haviam encontrado o próprio fim. Conquanto eu julgasse que aquele não seria mais do que um atributo natural de uma linhagem composta de homens de vida breve, mais tarde refleti longamente sobre aquelas mortes prematuras e comecei a associá-las aos devaneios do velho, que com frequência falava sobre uma maldição que por séculos havia impedido que a vida dos portadores de meu título excedesse em muito a duração de trinta e dois anos. Por ocasião do meu vigésimo primeiro aniversário, o velho Pierre deu-me um documento de família que, segundo me disse, havia muitas gerações era passado de pai para filho. O conteúdo desses documentos era absolutamente chocante, e um rápido exame confirmou minhas terríveis apreensões. Na época eu tinha uma crença firme e inabalável no sobrenatural, pois de outra forma teria recebido com escárnio a inacreditável narrativa descortinada ante os meus olhos.

O documento levou-me de volta ao século XIII, quando o velho castelo onde eu me encontrava ainda era uma fortaleza temível e inexpugnável. Havia menção a um velho que outrora tinha habitado as nossas propriedades — um homem de feitos grandiosos, embora não fosse mais do que um simples camponês; chamava-se Michel, e com frequência recebia a alcunha de Mauvais, o Malvado, em razão da sinistra reputação. Michel Mauvais havia estudado para além do habitual nos círculos em que vivia, sempre em busca de coisas como a Pedra Filosofal, ou ainda o Elixir da Vida Eterna, e tinha a reputação de conhecer os terríveis segredos da Magia Negra e da Alquimia. Michel Mauvais tinha um filho chamado Charles — um rapaz tão proficiente quanto o pai nas ciências ocultas, e que assim passara a ser chamado de Le Sorcier, ou o Feiticeiro. Sobre esse par, temido por todas as pessoas honestas, recaíam as mais terríveis suspeitas. Diziam que o velho Michel havia queimado a esposa viva como um sacrifício para o Diabo, e os desaparecimentos inexplicáveis de várias crianças camponesas eram atribuídos a esses dois. Mas assim mesmo a natureza obscura do pai e do filho continha traços de humanidade; o velho amava o filho profundamente, enquanto o rapaz mantinha em relação ao pai uma afeição mais do que filial.

Certa noite o castelo na colina viveu uma enorme confusão iniciada pelo desaparecimento do jovem Godfrey, filho do Comte Henri. Um grupo de buscas, que tinha como líder o pai desesperado, invadiu a cabana dos feiticeiros e lá encontrou o velho Michel Mauvais, ocupado com um enorme caldeirão borbulhante. Sem nenhum motivo, na loucura da fúria e do desespero, o Comte pôs as mãos no velho feiticeiro, e quando por fim soltou-o das mãos assassinas a vítima já não pertencia mais a este mundo. Ao mesmo tempo, os criados davam com enorme alegria a notícia de que o jovem Godfrey fora encontrado numa câmara distante e abandonada do grande edifício, mas era tarde demais: o pobre Michel havia morrido em vão. Enquanto o Comte e seus companheiros afastavam-se da sórdida morada dos alquimistas, o vulto de Charles Le Sorcier apareceu em meio às árvores. A conversa exaltada dos serviçais ao redor revelou-lhe o que tinha acontecido, mas no primeiro momento Charles manteve-se indiferente ao ocaso do pai. Depois, aproximando-se do Comte com passos vagarosos, lançou a terrível maldição que desde então passou a assombrar a casa de C——:

Que os nobres da vil família homicida
Jamais te passem nos anos de vida!

ele disse, e então, após dar um salto para trás rumo ao bosque escuro, retirou da túnica um frasco de líquido incolor e atirou-o contra o rosto do assassino do pai enquanto desaparecia em meio à cortina negra da noite. O Comte morreu sem dizer mais nada e foi enterrado no dia seguinte, havendo completado pouco mais do que trinta e dois anos desde a hora do nascimento. Nenhum rastro do assassino foi encontrado, mesmo que bandos de camponeses tenham esquadrinhado os bosques próximos e os pastos ao redor da colina.

O passar do tempo, somado à ausência de quaisquer motivos para lembrar, aos poucos embotou a lembrança dessa maldição na memória da família do Comte — e assim quando Godfrey, o causador inocente de toda a tragédia que naquele momento portava o título, foi morto por uma flecha durante uma caçada aos trinta e dois anos, não houve mais do que sentimentos de perda e luto em relação a essa morte precoce. Porém quando anos mais tarde o Comte seguinte, chamado Robert, foi encontrado morto em um campo próximo sem nenhuma causa aparente, os camponeses disseram aos sussurros que o *seigneur* mal havia passado do trigésimo segundo aniversário quando foi surpreendido pela morte temporã. Louis, filho de Robert, afogou-se no fosso na mesma idade fatídica, e assim a crônica desenrolou-se ao longo dos séculos; Henris, Roberts, Antoines e Armands tiveram vidas felizes e virtuosas ceifadas pouco antes da idade que o antepassado tinha ao cometer o assassinato.

O fato de que não me restavam mais do que onze anos de existência foi confirmado pelas palavras que li. Minha vida, à qual eu não dava grande valor, de repente tornou-se cara à medida que eu me aprofundava cada vez mais nos mistérios proscritos da magia negra. Isolado como eu me encontrava, a ciência moderna não havia produzido grandes efeitos sobre mim, e eu trabalhava como na Idade Média, obstinado como haviam sido o velho Michel e o jovem Charles na aquisição de saberes alquímicos e demoníacos. Mas, por mais que eu lesse, era-me impossível explicar a maldição que se abatera sobre a minha linhagem. Em momentos de rara lucidez eu chegava a procurar explicações naturais, e atribuía as mortes prematuras dos meus antepassados ao sinistro Charles Le Sorcier e a seus herdeiros; porém, quando minhas pesquisas revelaram que não havia descendentes conhecidos do alquimista, retornei aos estudos das ciências ocultas na esperança de encontrar um feitiço que pudesse libertar minha casa desse terrível fardo. Quanto a um detalhe eu estava absolutamente decidido. Eu jamais haveria de casar, pois como não havia outras ramificações na família, a maldição poderia acabar em mim.

Quando cheguei perto dos trinta anos o velho Pierre foi chamado para o outro lado. Sozinho, enterrei-o sob as pedras do cemitério por onde ainda em vida ele gostava de passear. Assim passei a refletir sobre a minha própria existência como a única criatura humana nos limites da grande fortaleza, e nessa solidão absoluta meus pensamentos desistiram de protestar contra a morte inexorável, para no fim quase aceitar o destino que levara tantos dos meus ancestrais. Boa parte do meu tempo passou a ser ocupada com a exploração de corredores e torreões abandonados e em ruínas no velho *château* que a juventude havia me levado a evitar — e que em parte, segundo me confiara o velho Pierre, não tinham sido galgados por passos humanos em mais de quatro séculos. Estranhos e impressionantes foram muitos dos objetos que assim encontrei. Móveis cobertos pela poeira dos séculos e destroçados pela podridão causada por longos períodos em ambientes úmidos revelaram-se aos meus olhos. Teias de aranha, numa profusão jamais vista, surgiam por toda parte, e enormes morcegos batiam as asas preternaturais de ossos protuberantes em todos os lados daquela escuridão ademais desabitada.

Em relação à minha idade exata, com minúcia de dias e horas, eu mantinha um registro minucioso, pois cada movimento do pêndulo no enorme relógio da biblioteca era um lembrete da minha existência condenada. Por fim me aproximei do momento que eu antecipava com enorme apreensão. Como os meus antepassados tinham sido em boa parte ceifados pouco antes de atingir a idade exata do Comte Henri no momento do fim, a todo momento eu estava à espera de uma morte desconhecida. Em que estranha forma a maldição haveria de se abater sobre mim eu não sabia; mas assim mesmo estava decidido a não ser uma vítima covarde ou passiva. Com o vigor renovado, voltei minha atenção ao exame do velho *château* e de todo o seu conteúdo.

Foi numa das mais longas incursões exploratórias à porção abandonada do castelo, menos de uma semana antes da hora fatal ao fim de minha estadia terrena além da qual eu não tinha a menor esperança de continuar respirando, que me deparei com o evento culminante de toda a minha vida. Eu tinha passado a maior parte da manhã subindo e descendo escadas parcialmente em ruínas num dos mais dilapidados torreões ancestrais. À medida que a tarde avançava, fui aos níveis mais baixos, descendo rumo ao que parecia ser ou um local de confinamento medieval ou um armazém mais recente, escavado para a estocagem de pólvora. Enquanto eu fazia a travessia vagarosa do corredor com incrustações de salitre, junto ao pé do último lance de escadas o assoalho tornou-se muito úmido, e logo vi, sob a luz bruxuleante do meu archote, que uma parede cega e com manchas de umidade impedia o meu progresso. Quando dei meia-volta para refazer o trajeto, meus olhos fixaram-se num pequeno alçapão diretamente sob os meus pés. Detive-me e a duras penas consegui abri-lo, revelando uma abertura negra que emanava miasmas nocivos e assim levou meu archote a crepitar e a revelar, sob o lume inconstante, o patamar de um novo lance de escadas. Tão logo o archote voltou a arder, baixei-o rumo àquelas profundezas repelentes e dei início à minha descida. Os passos foram muitos, e levaram-me a uma passagem calçada que eu sabia estar fundo nos subterrâneos do castelo. A extensa passagem terminava numa porta maciça de carvalho que gotejava com a umidade do local e que resistiu obstinadamente às minhas tentativas de abri-la. Ato contínuo, interrompi os esforços de seguir naquela direção e passei a refazer meus passos em direção aos degraus, quando de repente sofri aquele que na minha experiência foi um dos choques mais profundos e enlouquecedores que podem oferecer-se à mente humana. Sem nenhum sobreaviso, *ouvi a porta atrás de mim abrir-se enquanto as dobradiças enferrujadas rangiam*. Minhas sensações imediatas não seriam passíveis de análise. Ser confrontado num lugar absolutamente deserto, como eu julgava ser o antigo castelo, com evidências de presença humana ou espiritual produziu em meu cérebro um horror absoluto. Quando por fim me virei em direção à origem do som, meus olhos devem ter saltado das órbitas ante a visão que lhes veio ao encontro. Lá, naquela passagem gótica, havia uma figura humana. Era o vulto de um homem que usava um capelo e uma longa túnica medieval de cor escura. Os longos cabelos e a longa barba tinham um intenso e terrível matiz preto, e uma profusão incrível. A testa era alta para além das dimensões costumeiras; o rosto era descarnado e todo marcado por sulcos; e as mãos, longas e curvas feito garras, apresentavam a brancura marmórea da própria morte, como jamais vi noutro homem. A figura, definhada como se fosse um esqueleto, parecia estranhamente curva, quase perdida em meio às dobras volumosas daquelas vestes peculiares. Porém o mais estranho eram os olhos: cavernas gêmeas de negror abissal, profundas na expressão e na compreensão, porém inumanas na maldade. E de repente estavam fixos em mim, sondando minha alma, cheios de ódio, e fixando-me ao ponto onde eu me encontrava. Por fim o vulto falou numa voz ribombante que me enregelou por completo com a sonoridade cava e a malevolência latente. A língua em que o discurso vinha trajado era a forma bastarda do latim usada pelos eruditos da Idade Média, com a qual eu me familiarizara em razão das extensas pesquisas nas obras dos antigos alquimistas e demonologistas. O espectro falou a respeito da maldição que pairava sobre a minha casa, mencionou o meu fim iminente, demorou-se nos males perpetrados pelo meu ancestral contra o velho Michel Mauvais e regozijou-se com a vingança de Charles Le Sorcier. Descreveu como o jovem Charles havia escapado rumo à noite, apenas para retornar anos mais tarde e matar Godfrey com uma flechada quando este se aproximava da idade que o pai tinha na ocasião do assassinato; como havia retornado em segredo à propriedade a fim de se estabelecer, sem que ninguém soubesse, na câmara subterrânea abandonada já na época, cujo marco naquele momento emoldurava o horrendo narrador; como havia capturado Robert, filho de Godfrey, em um campo, para forçá-lo a tomar veneno e a seguir deixá-lo para morrer na idade de trinta e dois anos, mantendo assim as vis provisões da maldição vingativa. Nesse ponto comecei a indagar-me quanto à solução para o maior dentre todos os mistérios: a forma como a maldição haveria se concretizado desde a época em que Charles Le Sorcier deve ter morrido no curso normal da Natureza, pois o homem logo deu início a um relato sobre os profundos estudos alquímicos de ambos os feiticeiros — pai e filho —, com ênfase nas pesquisas de Charles Le Sorcier relativas ao elixir capaz de conferir a vida e a juventude eternas.

Por instantes, o entusiasmo parecia ter removido daqueles olhos terríveis o ódio que a princípio os assombrava, mas de repente o fogo demoníaco retornou, e com um som chocante como o sibilar de uma serpente o estranho ergueu um frasco de vidro com a clara intenção de acabar com a minha vida, como Charles Le Sorcier, seiscentos anos atrás, tinha acabado com a vida do meu antepassado. Movido pelo instinto de preservação, quebrei o feitiço que até então me imobilizava e joguei meu archote moribundo em direção à criatura que ameaçava a minha existência. Ouvi o frasco quebrar-se contra as pedras da passagem enquanto a túnica daquele estranho homem punha-se a arder em chamas, iluminando toda a horrenda cena com uma radiância fantasmagórica. O grito de terror e malignidade impotente soltado por aquele pretenso assassino mostrou-se demais para os meus nervos já abalados, e assim prostrei-me inconsciente no chão coberto de limo.

Quando por fim recobrei os sentidos tudo estava na mais absoluta escuridão, e ao lembrar-me do que havia ocorrido fiz um esforço para evitar ver mais; porém fui vencido pela curiosidade. Quem, indaguei, seria aquele homem do mal, e como haveria penetrado as muralhas do castelo? Por que desejaria vingar a morte do pobre Michel Mauvais, e como a maldição haveria se perpetuado durante os longos séculos desde a época de Charles Le Sorcier? O terror de anos foi retirado dos meus ombros, pois eu sabia que o homem que eu havia vencido era a fonte de todo o perigo representado pela maldição; e, no momento em que me vi livre, fui tomado pelo desejo ardente de saber mais acerca da coisa que por séculos assombrara a minha linhagem e transformara a minha juventude num pesadelo sem fim. Determinado a explorar o quanto me fosse possível, procurei sílex e aço nos meus bolsos e acendi o outro archote que eu tinha comigo. No primeiro momento, a luz revelou a forma distorcida e enegrecida do estranho misterioso. Aqueles olhos terríveis estavam fechados. Perturbado com aquela visão, dei meia-volta e adentrei a câmara por trás da entrada gótica. Lá encontrei o que parecia ser um laboratório de alquimia. Num dos cantos havia uma enorme pilha de metal amarelo e brilhante que coruscava sob a luz do archote. Talvez fosse ouro, porém não me detive para examinar: eu estava ainda um tanto abalado com tudo o que acontecera. No outro extremo do cômodo havia uma abertura que dava para um dos inúmeros vales da floresta escura que recobria a encosta. Tomado de espanto, porém ciente da forma como o homem tivera acesso ao *château*, voltei ao corredor. Eu tinha a intenção de passar em frente aos restos mortais do estranho com o rosto virado para o lado oposto, porém ao me aproximar do cadáver tive a impressão de ouvir um som tênue, como se a vida ainda não estivesse de todo extinta. Horrorizado, me virei para examinar a figura encarquilhada e enegrecida no chão. De repente aqueles olhos terríveis, mais pretos até mesmo do que o rosto em que se encontravam, abriram-se com uma expressão que fui incapaz de interpretar. Os lábios rachados tentavam formar palavras que eu não entendia por completo. A certa altura ouvi o nome de Charles Le Sorcier, e mais uma vez tive a impressão de ouvir as palavras "anos" e "maldição" saírem daquela boca retorcida. Mesmo assim, não me ocorria qual poderia ser o objetivo daquela fala desconexa. Ao perceber minha clara ignorância quanto ao sentido daquilo tudo, os olhos negros como piche mais uma vez brilharam com malevolência ao me encarar, até que eu começasse a tremer, mesmo com o estado deplorável em que se encontrava o meu oponente.

De repente aquele desgraçado, reunindo as últimas forças, ergueu a terrível cabeça do calçamento úmido e afundado. E, enquanto eu continuava paralisado de medo, ele reencontrou a voz e no último fôlego bradou as palavras que desde então assombram meus dias e minhas noites. "Tolo", ele berrou; "você não consegue adivinhar o meu segredo? Não tem cérebro para reconhecer a vontade que ao longo de seis longos séculos concretizou a terrível maldição lançada sobre a sua casa? Acaso eu não falei sobre o elixir da vida eterna? Acaso você não sabe que o segredo da Alquimia foi desvendado? Pois então lhe digo: sou eu! Eu! *Eu! Que vivi seiscentos anos para cumprir minha vingança*, POIS EU SOU CHARLES LE SORCIER!"

A besta na caverna

A horrenda conclusão que aos poucos instilara-se nos meus pensamentos confusos e relutantes transformou-se de repente numa terrível certeza. Eu estava perdido, completamente, desesperançosamente perdido nos vastos e labirínticos recessos da Mammoth Cave. Por mais que me virasse de um lado para outro, meus olhos não conseguiam localizar qualquer objeto apto a servir como um indicador capaz de me pôr no caminho da saída. Minha razão já não podia mais descartar a hipótese de que eu jamais tornasse a ver a luz abençoada do dia, ou os agradáveis morros e vales do belo mundo exterior. A esperança havia me abandonado. Mesmo assim, temperado por uma vida inteira dedicada aos estudos filosóficos, meu comportamento desapaixonado foi causa de grande satisfação; pois, embora eu com frequência houvesse lido a respeito dos frenesis a que eram lançadas as vítimas de situações análogas, mantive-me calmo e composto mesmo ao perceber a perda total do senso de direção.

Tampouco a ideia de que eu provavelmente teria avançado para além dos limites de qualquer busca ordinária me levou a perder a compostura. Se eu tiver de morrer, pensei, então a caverna terrível porém majestosa seria um sepulcro tão bem-vindo quanto aqueles oferecidos pelo cemitério; e o sentimento predominante nessa ideia era a tranquilidade, e não o desespero.

Meu derradeiro fim seria trazido pela fome; quanto a isso eu tinha certeza. Outras pessoas haviam perdido o juízo em circunstâncias como aquela, eu bem sabia; mas imaginei que eu não estaria fadado a esse destino. Meu desastre fora o resultado das minhas próprias faltas, uma vez que, sem o conhecimento do guia, eu havia deixado para trás o grupo regular de visitantes; e, ao fim de mais de uma hora de andanças pelas galerias proibidas da caverna, descobri-me incapaz de refazer os serpenteios diabólicos percorridos desde que havia deixado os meus companheiros.

Minha tocha começou a extinguir-se; logo eu seria envolto pela negrura total e quase palpável que habita as entranhas da terra. Sob o brilho evanescente da chama bruxuleante, indaguei-me sobre as circunstâncias exatas do fim vindouro. Lembrei-me dos relatos que eu tinha ouvido sobre a colônia de tísicos que, ao estabelecer-se na gruta gigante em busca da atmosfera supostamente benéfica daquele mundo subterrâneo com temperatura fixa e uniforme, ar puro e silêncio restaurador, haviam encontrado uma morte estranha e macabra. Eu tinha visto os resquícios das cabanas precárias ainda na companhia do grupo e me perguntado sobre o tipo de influência sinistra que uma longa estadia naquela imensa caverna silenciosa exerceria sobre uma pessoa cheia de saúde e de vigor como eu. Agora, eu disse em tom lúgubre para mim mesmo, havia chegado a oportunidade de descobrir — contanto que a falta de comida não precipitasse meu fim prematuro.

À medida que os últimos raios da tocha davam vez à escuridão, decidi investigar todos os recônditos de maneira a não deixar nenhuma possível via de escape para trás; e assim, valendo-me de toda a minha capacidade pulmonar, comecei a gritar o mais alto que eu podia, na vã esperança de chamar a atenção do guia com o meu clamor. No entanto, eu sentia com todo o coração que meus gritos seriam inúteis, e que a minha voz, mesmo amplificada e reverberada pelas inúmeras muralhas do labirinto negro à minha frente, não chegava a ouvidos que não fossem os meus. De repente, no entanto, minha atenção fixou-se de sobressalto quando imaginei ouvir o som de passos suaves que se aproximavam pelo chão rochoso da caverna. Será que o meu resgate seria efetuado em tão pouco tempo? Será que todas as minhas terríveis apreensões teriam sido imotivadas, e que meu guia, ao dar pela minha ausência indevida, seguira o meu caminho até me encontrar naquele labirinto calcário? Enquanto alegres conjunturas surgiam em meus pensamentos eu estava prestes a renovar meus gritos, para que assim o resgate chegasse o quanto antes, mas de um instante para o outro o meu alívio transformou-se em horror; pois os meus ouvidos apurados, naquele momento tornados ainda mais sensíveis graças ao silêncio absoluto que reinava na caverna, trouxeram à minha consciência embotada o conhecimento inesperado e terrível de que aqueles passos *não eram como os de nenhum homem mortal*. Na imobilidade preternatural daquela região subterrânea, os passos das botas do guia soariam como uma série de golpes incisivos e marcados. Os impactos que eu ouvia eram macios e sub-reptícios, como o som das patas de um felino. Além disso, *por vezes*, quando apurava o ouvido, eu tinha a impressão de ouvir *quatro* impactos em vez de *dois*.

Naquela altura eu estava convencido de que os meus gritos haviam despertado e atraído uma besta selvagem, talvez um puma que porventura houvesse adentrado a caverna. Talvez, pensei, o Todo-Poderoso houvesse escolhido para mim uma morte mais rápida e mais piedosa do que a fome. Mesmo assim, o instinto de preservação, que jamais adormece por completo, manifestou-se em meu peito — e, embora a fuga do perigo iminente pudesse não fazer mais do que me sujeitar a um fim ainda mais duro e agonizante, eu estava determinado a lutar pela minha vida enquanto me fosse possível. Por mais estranho que pareça, eu não concebia nenhuma intenção que não fosse hostil àquele visitante. Em razão disso, mantive-me o mais quieto possível, na esperança de que a besta desconhecida, na ausência de sons que pudessem guiá-la, perdesse o rastro e acabasse por me passar. Porém essa esperança não haveria de concretizar-se: as estranhas pegadas continuaram avançando, pois o animal sem dúvida havia percebido o meu cheiro, que, numa atmosfera livre de todas as demais influências como aquela da caverna, sem dúvida poderia ser rastreado mesmo a grandes distâncias.

Vendo portanto que eu precisaria estar armado para me defender de um ataque inesperado e invisível a ser desferido no escuro, reuni ao meu redor os maiores fragmentos de rocha que pude encontrar no chão da caverna e, com um em cada mão para uso imediato, esperei resignado a cena inevitável que se desenrolaria a seguir. Nesse meio-tempo os sons das patas chegaram mais perto. Sem dúvida a criatura se comportava de maneira demasiado estranha. Durante boa parte do tempo, a forma de caminhar sugeria um animal quadrúpede que se deslocava com uma *ausência de sincronia* entre as patas anteriores e posteriores, mas a intervalos breves e infrequentes eu tinha a impressão de que não havia mais do que dois pés envolvidos no processo de locomoção. Perguntei-me que espécie de animal haveria de confrontar-me; segundo imaginei, devia ser uma besta desafortunada que pagava o simples instante de curiosidade junto a uma das entradas que levavam à terrível gruta com uma vida inteira de confinamento naqueles recônditos intermináveis. Sem dúvida o animal devia comer os morcegos, ratos e peixes desprovidos de olhos que habitavam a caverna, bem como peixes convencionais empurrados pelos fluxos de neve derretida que se comunicavam de maneira oculta com as águas do local. Ocupei minha terrível vigília com conjecturas grotescas acerca das alterações que a vida nas galerias subterrâneas poderia ter provocado na estrutura física da besta enquanto pensava no aspecto pavoroso atribuído pelas tradições locais aos tísicos que haviam morrido após um longo período de residência na caverna. Logo recordei com um sobressalto que, mesmo obtendo sucesso na empreitada de matar o meu antagonista, eu *jamais vislumbraria sua forma*, uma vez que a minha tocha se extinguira e eu não tinha comigo nem um fósforo sequer. A tensão atingiu um nível horripilante. Minha fantasia perturbada conjurou formas horrendas e terríveis a partir da escuridão sinistra que me rodeava, e que dava a impressão de *pressionar o meu corpo*. Os passos chegavam cada vez mais perto. Senti como se eu precisasse soltar um grito estridente, porém mesmo que minha obstinação não bastasse para evitar um resultado desses, minha voz mal teria respondido. Eu estava petrificado e tinha os pés fincados no chão. Não tinha certeza de que o meu braço direito permitiria o lançamento de um projétil em direção à coisa que se aproximava no momento decisivo. De repente o *tap-tap* dos passos chegou mais perto; e a seguir *muito* perto. Pude ouvir a respiração ofegante do animal, e mesmo aterrorizado notei que aquilo devia ter percorrido uma distância considerável, e portanto estaria sofrendo com o cansaço. De repente o feitiço se quebrou. Minha mão direita, guiada pelo sempre confiável sentido da audição, disparou o fragmento afiado de rocha calcária que segurava com toda a força possível em direção à escuridão de onde emanavam a respiração e os passos, e quase atingiu o alvo, pois ouvi a coisa saltar e aterrissar em um ponto mais distante, onde deu a impressão de deter-se.

Tendo refeito a mira, disparei o segundo projétil, dessa vez com maior proveito: fui tomado por um sentimento de júbilo quando ouvi a criatura sucumbir ao que soou como um colapso total, para a seguir manter-se prostrada e imóvel. Quase dominado pelo enorme alívio que se apossou de mim, cambaleei para trás de encontro à parede. A respiração continuou, com inspirações e expirações pesadas e arquejantes, graças às quais pude compreender que eu não fizera mais do que ferir a criatura. E naquele momento todo o meu desejo de examinar a *coisa* desapareceu. Por fim, um sentimento ligado ao medo infundado e supersticioso adentrou-me o cérebro, e não me aproximei do corpo nem continuei a jogar pedras a fim de completar a extinção daquela vida. Em vez disso, corri a toda a velocidade rumo àquela que, segundo me parecia no frenesi em que eu me encontrava, devia ser a direção de onde eu viera. De repente ouvi um som, ou melhor, uma sucessão regular de sons. No instante seguinte esses sons terminaram com uma série de estalos metálicos. Dessa vez não houve dúvida. *Era o meu guia.* E então berrei, gritei, urrei e guinchei de alegria ao vislumbrar, na arcada mais acima, o resplendor tênue e cintilante que reconheci como a luz refletida de uma tocha que se aproximava. Corri de encontro ao lume, e antes que eu pudesse entender por completo o que havia acontecido eu estava aos pés do meu guia, agarrado às suas botas, balbuciando, apesar da reserva de que tanto me vanglorio, numa atitude estúpida e desprovida de sentido, narrando toda a minha terrível história e ao mesmo tempo sobrecarregando o meu ouvinte com protestos de gratidão. Por fim recobrei a minha consciência normal. O guia tinha notado a minha ausência quando o grupo chegou à entrada da caverna; valendo-se do próprio senso de direção, passou a fazer uma busca meticulosa das passagens laterais à frente do ponto onde havia falado comigo pela última vez, e assim me localizou após uma busca de cerca de quatro horas.

Enquanto o guia narrava esses fatos, eu, animado pela tocha e pela companhia que havia me proporcionado, comecei a refletir sobre a estranha besta ferida na escuridão próxima, e sugeri que investigássemos, com a auxílio de nossa chama, que tipo de criatura eu teria vitimado. Com a coragem nascida da companhia, refiz meus passos até a cena da minha terrível experiência. Logo divisamos um vulto branco prostrado no chão — um vulto mais branco do que a própria rocha calcária. Avançando com toda a cautela, soltamos uma exclamação de espanto, pois dentre todos os monstros inumanos em que havíamos posto os olhos ao longo de nossas vidas, aquele sem dúvida era o mais estranho. Parecia ser um símio antropoide de grandes proporções, talvez fugido de um circo itinerante. Os pelos eram brancos como a neve, fato esse sem dúvida provocado pela existência prolongada no breu da caverna, porém surpreendentemente esparsos, e a bem dizer quase ausentes, a não ser pela cabeça, onde tinha comprimento e abundância suficientes para que caíssem em profusão sobre os ombros. O rosto não estava voltado para nós, uma vez que a criatura havia caído praticamente de cara no chão. A inclinação dos braços e das pernas era bastante peculiar, mas oferecia uma explicação plausível para o uso alternado que eu havia notado, no qual a besta ora usava as quatro patas, ora apenas duas a fim de locomover-se. Das extremidades dos dedos nas mãos e nos pés estendiam-se longas unhas uncinadas. As mãos e os pés não eram preênseis, fato que atribuí à longa residência na caverna que, como já tive a oportunidade de mencionar, parecia evidente a partir da brancura *absoluta e quase extraterrena* que dava a impressão de caracterizar todo aquele espécime. Não havia sinais de uma cauda.

A respiração estava muito fraca, e o guia havia sacado a pistola com a evidente intenção de pôr fim ao sofrimento da criatura quando de repente um *som* emitido por esta última fez com que a arma caísse sem disparar. O som tinha uma natureza quase indescritível. Não era a nota habitual de qualquer espécie de símio, e me perguntei se essa qualidade preternatural não seria o resultado de um longo e completo silêncio, quebrado apenas pelas sensações resultantes da exposição à luz, que a besta não poderia ter visto desde o ingresso nos recônditos da caverna. O som, que eu talvez pudesse descrever de forma meramente aproximativa como um tagarelar grave, não cessou. De repente um repentino espasmo de energia pareceu atravessar o corpo da besta. As patas fizeram movimentos convulsivos, e a seguir contraíram-se. Com um movimento brusco, o corpo branco rolou de lado, de forma a voltar o rosto para nós. Por um instante o horror que senti ao vislumbrar aqueles olhos me impediu de notar qualquer outra coisa. Eram olhos pretos e profundos como o azeviche — um contraste formidável com os pelos e a pele brancos como a neve. Como os órgãos da visão de outros íncolas das cavernas, encontravam-se no fundo das órbitas, e não contavam com íris. Ao olhar mais de perto, notei que o rosto era menos prógnato do que o rosto do símio médio, e infinitamente mais hirsuto. O nariz era bem distinto.

À medida que contemplávamos a inverossímil forma que se apresentava aos nossos olhos, os lábios grossos se abriram e produziram uma série de *sons*, ao fim dos quais a *coisa* sucumbiu à morte.

O guia agarrou-se à aba do meu casaco e começou a tremer com tanta violência que a luz começou a balançar-se, projetando estranhas sombras nas paredes ao redor.

Não esbocei nenhum gesto: mantive o corpo rígido, e os olhos horrorizados fixos no chão à minha frente.

Logo o medo abandonou-me, e o espanto, a reverência e a compaixão me dominaram, pois os *sons* enunciados pelo vulto atingido que se encontrava prostrado no chão de rocha calcária à nossa frente nos havia contado a terrível verdade. A criatura que eu havia matado, aquela estranha besta da caverna insondada fora outrora UM HOMEM!!!

A estranha casa nas alturas da neblina

Pela manhã a neblina chega do mar às falésias além de Kingsport. Branca e diáfana, chega desde as profundezas para juntar-se às irmãs nuvens, sonhando com pastos úmidos e cavernas de leviatã. Mais tarde, nas silenciosas chuvas de verão que tamborilam sobre os telhados de poetas, as nuvens espalham fragmentos desses sonhos para que os homens não vivam sem os rumores de antigos e estranhos segredos ou sem os portentos que os planetas confiam uns aos outros durante a noite. Quando as histórias correm pelas grutas de tritões, e conchas nas cidades ornadas com festões de algas fazem soar as melodias caóticas aprendidas com os Anciões, grandes e cobiçosas neblinas rumam ao céu carregadas de sabedoria, mas olhos postos nos escolhos do oceano não veem mais do que uma brancura mística, como se os limites da falésia fossem os limites da terra, e os solenes sinos das boias dobrassem no éter feérico.

A norte da arcaica Kingsport os rochedos erguem-se, altaneiros e curiosos, terraço sobre terraço, até que o ponto mais setentrional dependura-se sobre o vazio como uma nuvem congelada e cinzenta. E lá permanece como um ponto inóspito que se projeta rumo ao espaço ilimitado, pois o litoral faz uma curva abrupta no local onde o grande Miskatonic derrama as águas ao sair das planícies além de Arkham, trazendo assim lendas dos bosques e pitorescas lembranças das colinas da Nova Inglaterra. O povo marítimo de Kingsport olha para a falésia como outros povos marítimos olham para a estrela polar, e calculam o tempo das vigílias noturnas pela forma como esconde ou revela a Ursa Maior, Cassiopeia e o Dragão. No espaço entre as constelações a falésia é uma só com o firmamento, e é verdade que também se esconde quando a neblina esconde as estrelas ou o sol. As falésias são em parte amadas, como aquela cuja silhueta grotesca é chamada de Pai Netuno, ou aquela cujos degraus receberam o nome de Calçada; porém essa é temida por encontrar-se demasiado perto do céu. Os navegadores portugueses ao chegar de viagem faziam o sinal da cruz quando a avistavam, e os velhos ianques acreditam que empreender uma escalada seria um problema ainda maior do que a própria morte, se de fato a empresa se mostrasse possível. Mesmo assim, uma antiga casa se ergue nessa falésia, e à noite os homens veem as pequenas janelas iluminarem-se.

Essa antiga casa sempre esteve lá, e dizem que o Homem que nela habita conversa com a neblina matinal que chega das profundezas e talvez veja coisas singulares na direção do mar nas horas em que os limites da falésia transformam-se nos limites da terra, e solenes boias dobram na brancura do éter feérico. Essas são histórias contadas de segunda mão, pois o formidável rochedo está sempre deserto, e os nativos não gostam de apontar telescópios para a casa. Os veranistas já a examinaram com binóculos confiantes, porém nunca viram mais do que o gris e arcaico telhado de duas águas, cujos beirais chegam quase às fundações cinzentas, e a luz amarela das pequenas janelas que espiam por sob os beirais ao entardecer. Esses veranistas não acreditam que o mesmo Homem tenha vivido naquela casa ancestral por centenas de anos, mas não conseguem fazer prova dessa heresia a nenhum dos nativos de Kingsport. Mesmo o Velho Terrível que fala com pêndulos de chumbo no interior de garrafas, paga as compras usando moedas de ouro espanhol e mantém ídolos de pedra no quintal da cabana antediluviana na Water Street não pode fazer mais do que asseverar que essas coisas todas já eram assim quando o seu avô era menino, o que deve ter acontecido em um passado inconcebível, quando Belcher ou Shirley ou Pownall ou Bernard fosse Governador da Província Real da Baía de Massachusetts.

Houve um verão em que um filósofo chegou a Kingsport. Chamava-se Thomas Olney, e lecionava assuntos ponderosos numa universidade próxima a Narragansett Bay. Chegou com a esposa rechonchuda e crianças ruidosas, e também com os olhos fartos de ver sempre as mesmas coisas e de pensar sempre os mesmos pensamentos rigorosos, ano após ano. Ele olhou para a neblina a partir do diadema de Pai Netuno e tentou caminhar rumo àquele mundo de mistério branco seguindo os degraus gigantes da Calçada. Manhã após manhã, deitava-se nas falésias e examinava os limites do mundo no éter críptico mais além, ouvindo os sinos espectrais e os gritos estridentes do que talvez fossem gaivotas. E então, quando a neblina baixava e o mar se revelava prosaico com a fumaça dos navios a vapor, ele suspirava e descia mais uma vez à cidade, onde gostava de vagar pelas ruelas antigas e estreitas que subiam e desciam a colina e de estudar as insanas empenas decrépitas e portas ladeadas por pilastras que tinham abrigado inúmeras gerações daquele bravo povo marítimo. Chegou até mesmo a falar com o Velho Terrível, que era avesso a forasteiros, e foi convidado a entrar naquela cabana arcaica de idade assustadora, onde o teto baixo e os lambris carcomidos ouvem os ecos de solilóquios perturbadores durante as madrugadas.

Seria inevitável que Olney percebesse a cabana cinzenta no céu, equilibrada sobre aquele sinistro escolho setentrional que é um só com a neblina e o firmamento. A casa sempre pairou acima de Kingsport, e sempre o mistério soou aos sussurros pelas serpenteantes ruelas de Kingsport. O Velho Terrível arquejou uma história que o pai havia lhe contado, sobre um raio que *subiu* a partir daquela cabana rumo às nuvens do céus mais acima; e a avó Orne, que morava numa minúscula casa com mansarda na Ship Street que hoje se encontra totalmente coberta por hera e musgo, coaxou histórias acerca das coisas que sua avó tinha ouvido de segunda mão a respeito de vultos que surgiam da neblina a leste e dirigiam-se à porta daquele lugar inacessível — pois a porta é muito próxima à beira do rochedo que dá para o oceano, e pode ser vista somente a partir de um navio feito ao mar.

No fim, ávido por ouvir mais coisas estranhas e sem deixar-se abater pelo temor dos locais ou pela indolência habitual dos veranistas, Olney tomou uma decisão terrível. Apesar do temperamento conservador — ou ainda movido por esse mesmo temperamento, uma vez que vidas monótonas despertam anseios lúgubres pelo desconhecido —, Olney fez juras de que escalaria a falésia setentrional e faria uma visita à antiga e anômala cabana no céu. É possível que a parte mais sã de sua personalidade tenha argumentado que o lugar devia ser habitado por pessoas que chegavam até o local a partir do continente, seguindo a crista montanhosa menos íngreme que se erguia a partir do estuário do Miskatonic. Provavelmente aquelas pessoas faziam comércio com Arkham por saber que em Kingsport o lugar que habitavam era malvisto, ou talvez porque fosse impossível descer a falésia pela face que dava para Kingsport. Olney caminhou ao longo das falésias menores até o ponto em que a grande falésia assomava com insolência para juntar-se às coisas celestiais, e assim teve certeza de que pés humanos jamais poderiam escalar ou descer pela imponente face sul daquele rochedo. As faces leste e norte erguiam-se centenas de metros na vertical a partir da água, de maneira que restava somente a face oeste, que dava para o continente e para Arkham.

Certa manhã de agosto Olney decidiu encontrar um caminho até o pináculo inacessível. Avançou rumo ao noroeste por estradas agradáveis, deixou para trás o Hooper's Pond e o antigo depósito de pólvora e seguiu em direção ao ponto onde os pastos erguem-se em uma crista que sobranceia o Miskatonic e oferecem uma bela vista dos coruchéus brancos em estilo georgiano de Arkham por quilômetros e mais quilômetros de rio e de prado. Nesse ponto encontrou uma estrada que levava a Arkham, porém não havia nenhum caminho que seguisse rumo ao mar, como ele desejava. Bosques e campos chegavam às margens altas na foz do rio, sem evidenciar nenhum sinal de presença humana; não havia sequer um muro de pedra ou uma vaca desgarrada, mas apenas a grama alta, as árvores gigantes e os emaranhados de espinheiros que o primeiro índio devia ter visto. À medida que subia devagar em direção ao leste, cada vez mais acima do estuário à esquerda e mais próximo do mar, Olney percebeu que o caminho tornava-se mais acidentado; e por fim perguntou-se como os habitantes daquele lugar malvisto conseguiam acessar o mundo exterior, e se de fato realizariam incursões frequentes para fazer comércio em Arkham.

Logo as árvores tornaram-se mais esparsas, e bem mais abaixo, à direita, ele viu as colinas e os telhados e os antigos coruchéus de Kingsport. Até mesmo Central Hill parecia minúscula daquela altura, e ele mal pôde discernir o antigo cemitério ao lado do Hospital Congregacional, que segundo rumores erguia-se sobre terríveis cavernas ou tocas subterrâneas que espreitavam abaixo. À frente havia grama esparsa e arbustos de mirtilo, e mais além a rocha nua do rochedo e o pico aciculado da temida cabana gris. Logo a crista tornou-se mais estreita, e Olney sentiu vertigem ao perceber que estava sozinho no céu. Ao sul estava o terrível precipício que sobranceava Kingsport, e ao norte a queda vertical de quase um quilômetro e meio até a foz do rio. Logo um enorme alcantil despenhou-se à frente, e Olney viu-se obrigado a descer usando as mãos e deixar-se cair no fundo irregular para a seguir escalar perigosamente o desfiladeiro na parede oposta. Então aquele era o caminho que as pessoas da casa inverossímil percorriam entre a terra e o céu!

Quando Olney escalou o alcantil a neblina matinal começou a se adensar, mas assim mesmo foi possível ver a cabana altaneira e blasfema mais à frente; as paredes gris como a rocha, e a cumeeira elevada a delinear-se contra o fundo leitoso criado pelos vapores marítimos. E logo ele percebeu que não havia porta voltada para o continente, mas apenas duas pequenas janelas com gelosias e vidraças no estilo olho de boi montadas em chumbo, como era comum no século XVII. Tudo ao redor eram nuvens e caos, e não se via nada mais abaixo senão a brancura do espaço ilimitado. Olney estava sozinho no céu com aquela casa esquisita e perturbadora; e, quando avançou de lado em direção à frente da casa, descobriu que a parede frontal alinhava-se com a beira da falésia, de maneira que a porta estreita não poderia ser acessada senão pelo vazio do éter, e sentiu um terror peculiar que não poderia ser de todo explicado pela altitude. E pareceu inusitado que revestimentos tão carcomidos pudessem sobreviver, ou que tijolos tão esfarelados pudessem sustentar uma chaminé.

Enquanto a neblina se adensava, Olney aproximou-se das janelas que davam para o norte, o oeste e o sul, porém descobriu que todas estavam trancadas por dentro. E deu-se vagamente por satisfeito ao descobri-las trancadas, pois quanto mais via daquela casa, menos desejava entrar. Então um som o deteve. Ele ouviu um ruído na fechadura e o estalo de um trinco que se abria, e a seguir um longo rangido, como se uma porta de grande peso aos poucos se abrisse. Esses sons vinham da face voltada para o oceano, que não era visível, onde o estreito portal se abriu sobre o espaço vazio a centenas de metros de altura no céu nebuloso que sobranceava as ondas.

Depois veio um bater de pés deliberado no interior da cabana, e Olney ouviu as janelas se abrirem, primeiro na face norte, oposta ao lugar onde estava, e então na face oeste em sua lateral. A seguir abriram-se as janelas da face sul, sob o grande beiral na mesma face em que se encontrava; e Olney sentiu-se mais do que desconfortável ao pensar na casa odiosa de um lado e no vazio aéreo do outro. Quando o movimento aproximou-se da janela mais próxima ele deslocou-se mais uma vez rumo à parede oeste e achatou-se contra a parede ao lado das janelas recém-abertas. Estava claro que o proprietário havia chegado em casa; porém não havia chegado da terra firme, nem em qualquer tipo de balão ou veículo aéreo que se pudesse conceber. Mais uma vez soaram passos, e Olney avançou cautelosamente rumo à face norte; porém antes que pudesse encontrar abrigo uma voz suave o chamou, e ele soube que precisaria defrontar-se com o anfitrião.

De uma janela a oeste surgiu um grande rosto de barba preta, cujos olhos tinham um brilho fosforescente marcado por visões jamais imaginadas. Mas a voz era suave e tinha ares de uma antiguidade pitoresca, de maneira que Olney não estremeceu quando a mão morena estendeu-se para ajudá-lo a subir o parapeito da janela e adentrar o cômodo de teto baixo com lambris de carvalho preto e móveis entalhados do período Tudor. O homem trajava vestes deveras antigas, e tinha ao redor de si um nimbo indefinível de sabedoria marítima e sonhos com majestosos galeões. Olney não se recorda dos portentos que esse homem narrou, tampouco de quem era; mas afirma que tinha um jeito estranho e bondoso, e era repleto da mágica que caracteriza os vazios inexplorados do tempo e do espaço. O pequeno cômodo parecia verde graças a uma tênue cintilância aquosa, e Olney viu que as janelas mais distantes ao leste não estavam abertas, mas fechavam-se para o éter nebuloso com vidros baços e espessos como o fundo de antigas garrafas.

O anfitrião barbado parecia jovem, mas tinha os olhos curtidos em mistérios arcaicos; e a partir das histórias sobre coisas ancestrais e miríficas que narrou, pode-se imaginar que as pessoas do vilarejo tinham razão ao afirmar que vivia em comunhão com a neblina do oceano e as nuvens do céu desde que houvera um vilarejo capaz de observar aquela morada taciturna da planície mais abaixo. E assim o dia passou, e Olney continuou a ouvir rumores sobre épocas passadas e lugares distantes, e a ouvir histórias sobre como os reis de Atlântida haviam lutado contra as blasfêmias pegajosas que tinham se erguido de fendas no leito do oceano, e sobre como o templo de Posêidon, com pilastras imponentes e ornado de algas, ainda podia ser visto à meia-noite por navios perdidos, que ao vê-lo sabem estar perdidos. Os anos dos Titãs foram relembrados, mas o anfitrião mostrou-se tímido ao falar sobre a primeira e remota era do caos, antes que os deuses ou mesmo os Anciões houvessem nascido, quando apenas *os outros deuses* apareciam para dançar no pico de Hatheg-Kla, no deserto rochoso perto de Ulthar, além do Rio Skai.

Foi nesse ponto que se fez ouvir uma batida na porta; naquela antiga porta de carvalho rematada com pregos, além da qual havia somente o abismo de brancas nuvens. Olney sobressaltou-se, porém o homem barbado fez um gesto para indicar que permanecesse em silêncio e caminhou pé ante pé até a porta, quando então olhou para fora através da minúscula espreitadeira. O que quer que tenha visto, aquilo não o agradou, e assim o homem levou os dedos aos lábios e caminhou pé ante pé de janela a janela para fechá-las todas antes de reacomodar-se no velho arquibanco ao lado do hóspede. Foi então que Olney viu uma estranha silhueta negra delinear-se em sequência contra os quadrados translúcidos de cada uma daquelas pequenas janelas baças enquanto o visitante movia-se ao redor antes de partir; e sentiu grande alívio ao saber que o anfitrião não atendera a porta. Pois existem estranhas formas no grande abismo, e os exploradores dos sonhos devem tomar cuidado para não despertar nem encontrar as formas erradas.

Logo as sombras se adensaram; primeiro as menores, embaixo da mesa, e a seguir as mais profundas, nos cantos escuros dos lambris. E então o homem barbado fez gestos enigmáticos de oração e acendeu velas altas em castiçais de latão curiosamente trabalhados. Com frequência ele olhava para a porta como se esperasse uma visita, e passado um tempo aquele olhar pareceu receber como resposta uma batida singular que deve haver se orientado em razão de um código deveras ancestral e secreto. Dessa vez o homem não olhou pela espreitadeira, mas retirou a grande barra de carvalho do lugar e abriu o trinco, destrancando assim a porta maciça e abrindo-a em direção às estrelas e à neblina.

E então, vindos das profundezas e acompanhados pelo som de harmonias obscuras, flutuaram para dentro do recinto todos os sonhos e todas as lembranças dos Poderosos da terra que se encontram no fundo do oceano. E flamas douradas surgiram em cachos cingidos por algas, de maneira que Olney se impressionou e lhes rendeu homenagens. Netuno estava lá com o tridente em punho, bem como tritões atléticos e nereidas fantásticas, e no dorso de golfinhos equilibrava-se uma enorme concha crenulada que transportava a terrível forma cinzenta do primevo Nodens, Senhor do Grande Abismo. E as conchas dos tritões soltavam trenos singulares, e as nereidas faziam estranhos sons ao bater nas grotescas e sonoras conchas dos ignotos habitantes de negras cavernas oceânicas. E então o encanecido Nodens estendeu a mão descarnada e ajudou Olney e o anfitrião a subirem na enorme concha, e logo as demais conchas e os gongos puseram-se a soar um clamor incontido e formidável. E rumo ao éter ilimitado aquele fabuloso veículo pôs-se em movimento, com um ruído que se perdeu nos ecos do trovão.

Por toda a noite em Kingsport as pessoas observaram a falésia altiva quando a tempestade e a neblina ofereciam breves relances, e já na madrugada, quando as pequenas janelas se apagaram, falou-se aos sussurros em terror e desastre. E as crianças de Olney e a esposa rechonchuda rezaram para o deus dos batistas, e fizeram votos de que o viajante tomasse emprestados um guarda-chuva e um par de galochas a não ser que a chuva parasse com o raiar do dia. A aurora gotejante e nebulosa ergueu-se do mar, e as boias dobraram solenemente em redemoinhos de éter branco. E ao meio-dia trombetas fantásticas soaram acima do oceano quando Olney, seco e com passos ligeiros, desceu as falésias rumo à antiga Kingsport com as visões de paisagens longínquas ainda nos olhos. Ele não se lembrava do que havia sonhado na cabana empoleirada no céu que pertencia ao eremita ainda sem nome, nem sabia explicar como havia descido o rochedo jamais vencido por outros pés. Tampouco pôde discutir esses assuntos a não ser com o Velho Terrível, que balbuciou coisas estranhas por baixo da longa barba branca; e jurou que o homem que havia descido o rochedo não era bem o mesmo que havia subido, e que em um ponto ou outro sob o teto gris de duas águas, ou em meio às coordenadas inconcebíveis daquela sinistra neblina branca, havia permanecido o espírito perdido daquele que outrora fora Thomas Olney.

E desde então, por anos sem lustro e cinzentos que se arrastam em faina, o filósofo trabalha e come e dorme e cumpre sem reclamar com seus deveres de cidadão. Não mais anseia pela magia de colinas distantes, nem suspira ao pensar nos segredos que espreitam como recifes de coral verde no oceano sem fundo. A mesmice dos dias já não lhe causa tristeza, e os pensamentos rigorosos ocuparam o lugar da imaginação. A boa esposa torna-se cada vez mais rechonchuda e as crianças mais velhas e mais prosaicas e mais úteis, e ele nunca deixa de abrir um correto sorriso de orgulho quando a ocasião assim exige. No olhar de Olney já não há nenhuma luz inquieta, e se ainda ouve os sinos solenes ou as trombetas fantásticas é apenas à noite, quando os velhos sonhos põem-se a errar. Ele nunca mais tornou a ver Kingsport, pois a família não havia gostado das velhas e esquisitas casas, e reclamou que os ralos eram terrivelmente ruins. Hoje Olney mora com a família em uma casa em Bristol Highlands, onde não há rochedos sobranceiros e os vizinhos são urbanos e modernos.

Mas em Kingsport as histórias correm soltas, e até mesmo o Velho Terrível admite uma coisa mantida em segredo pelo avô. Pois agora, quando o vento norte sopra em um rompante sonoro pela antiga casa que é uma só com o firmamento, enfim se quebra o silêncio aziago que desde sempre fora a ruína dos camponeses marítimos de Kingsport. E as pessoas mais velhas mencionam vozes alegres que cantam por lá, e risadas que se alteiam com alegrias que transcendem as alegrias terrenas; e dizem que ao entardecer as pequenas janelas se revelam mais claras do que antes. E dizem também que o brilho da aurora chega com mais frequência àquele ponto, projetando o azul na face norte, com visões de mundos congelados, enquanto o rochedo e a cabana permanecem escuros e fantásticos tendo ao fundo um coruscar exuberante. E a neblina do amanhecer tornou-se mais densa, e os marinheiros já não têm mais certeza de que todos os sons abafados que chegam do mar vêm das boias solenes.

O pior de tudo, no entanto, é o definhar de velhos medos no coração dos rapazes de Kingsport, que se tornam propensos a ouvir os sons distantes que o vento norte faz à noite. Os rapazes garantem que nenhum tipo de dor ou malefício pode habitar a cabana nas alturas, pois as novas vozes trazem alegria, e junto o retinir da música e do riso. Que histórias a neblina do mar podem trazer ao assombrado pináculo setentrional ninguém sabe, mas todos anseiam por extrair indícios dos portentos que batem na porta à beira do abismo quando as nuvens se adensam. E os patriarcas temem que um dia os rapazes procurem aquele inacessível pico no céu e assim desvendem enigmas seculares que se ocultam sob o telhado de duas águas que faz parte das pedras e das estrelas e dos temores ancestrais de Kingsport. Que possam voltar ninguém duvida, mas os patriarcas imaginam que uma luz possa extinguir-se dos olhos, e uma vontade do coração. E ademais não desejam que a pitoresca Kingsport, com ruelas íngremes e empenas arcaicas, entregue-se à indolência enquanto os anos passam e as vozes do coro que ri tornam-se cada vez mais intensas e cada vez mais desvairadas naquele terrível pináculo onde a neblina e os sonhos da neblina detêm-se para descansar quando percorrem o caminho que leva do mar ao céu.

Não desejam que as almas dos rapazes deixem o aconchego ao pé do lume e o interior das tavernas cobertas por mansardas na antiga Kingsport, nem desejam que o riso e a canção naquele rochedo sobranceiro torne-se mais altissonante. Pois assim como a voz que chegou trouxe a neblina fresca do mar e das novas luzes setentrionais, correm histórias de que outras vozes podem trazer ainda mais neblina e ainda mais luzes, até que talvez os deuses antigos (cuja existência é sugerida aos sussurros por medo de que o pastor ouça) deixem as profundezas e a desconhecida Kadath na desolação gelada para tomar por morada aquele rochedo malignamente adequado e demasiado próximo às colinas e aos vales gentis onde habitam pescadores humildes e pacatos. Não desejam nada disso, uma vez que para as pessoas simples as coisas de fora da Terra não são bem-vindas; e ademais o Velho Terrível com frequência recorda o que Olney disse sobre uma batida na porta, temida pelo morador solitário, e sobre um vulto preto e inquisitivo visto em meio à neblina e através das esquisitas janelas olho de boi montadas em chumbo.

Todas essas coisas, no entanto, hão de ser decididas somente pelos Anciões; e nesse meio-tempo a neblina matinal continua a surgir naquele belo e vertiginoso pináculo com a antiga casa e o telhado de duas águas, aquela casa de beirais gris onde ninguém jamais é visto mas para onde o entardecer traz luzes furtivas enquanto o vento norte conta histórias de estranhas celebrações. Branca e diáfana, chega desde as profundezas para juntar-se às irmãs nuvens, sonhando com pastos úmidos e cavernas de leviatã. E quando as histórias correm pelas grutas de tritões, e conchas nas cidades ornadas com festões de algas fazem soar as melodias caóticas aprendidas com os Anciões, grandes névoas cobiçosas rumam ao céu carregadas de sabedoria; e Kingsport, mal acomodada nas falésias menores sob aquela formidável sentinela de rocha, com olhos postos no oceano não vê mais do que uma brancura mística, como se os limites da falésia fossem os limites da terra, e os solenes sinos das boias dobrassem no éter feérico.

A Rua

Há quem diga que as coisas e os lugares têm alma, e há quem diga que não; quanto a mim, não me atrevo a dizer nada, mas hei de contar a história d'A Rua.

Homens fortes e honrados forjaram A Rua; homens bons e valentes de nosso sangue, que chegaram das Ilhas Abençoadas de além-mar. A princípio esse era um caminho feito por aqueles que transportavam água da fonte no bosque até o casario nos arredores da praia. Depois, à medida que mais homens chegavam ao casario em busca de um lugar para morar, cabanas foram construídas no lado norte; cabanas feitas de robustas toras de carvalho, e de alvenaria no lado que dava para a floresta, pois lá muitos índios espreitavam com flechas chamejantes. E em poucos anos mais, os homens ergueram cabanas no lado sul d'A Rua.

Por todos os lados d'A Rua caminhavam homens sisudos com chapéus cônicos, quase sempre portando mosquetes ou espingardas de caça. E também havia mulheres de chapéu e crianças sérias. Ao cair da noite, os homens sentavam-se com mulheres e crianças ao redor de enormes lareiras para ler e conversar. Simples eram as coisas que liam e sobre as quais conversavam, e no entanto eram coisas que durante o dia lhes davam coragem e bondade para vencer a floresta e arar os campos. E as crianças punham-se a escutar, e aprendiam sobre as leis e os feitos de outrora, e sobre a querida Inglaterra que jamais tinham visto, ou que já não recordavam.

Houve guerra, e a partir de então os índios não mais perturbaram A Rua. Os homens, ocupados com o labor, tornaram-se à sua maneira alegres e prósperos. E as crianças passaram a crescer em conforto, e cada vez mais famílias da Pátria Mãe chegavam para morar n'A Rua. E os filhos dos filhos, e os filhos dos recém-chegados, cresceram. O vilarejo a essa altura era uma cidade, e uma por uma as cabanas deram vez a casas; casas bonitas e simples de tijolo e madeira, com degraus de pedra, corrimãos de ferro e claraboias acima das portas. Não faltava apuro a essas casas, pois eram construídas para servir a inúmeras gerações. No interior havia consolos entalhados e graciosos lances de escada, mobiliário sensato e agradável, porcelana e prata trazidas da Pátria Mãe.

E assim A Rua bebia os sonhos dos jovens, e rejubilava-se ao ver que seus habitantes tornavam-se cada vez mais alegres e graciosos. No lugar em que outrora havia apenas força e honra passaram a viver também o bom gosto e o estudo. Livros, pinturas e música chegaram às casas, e os rapazes passaram a frequentar a universidade que se erguia na planície ao norte. Em vez de chapéus cônicos e mosquetes, havia tricornes e espadins, rendas e perucas empoadas. E havia paralelepípedos sobre os quais os cavalos açulados estrondeavam e carros dourados sacolejavam; e calçadas de tijolos com blocos para montar e postes para amarrar os cavalos.

Havia n'A Rua um grande número de árvores; olmos e carvalhos e bordos repletos de dignidade; e assim no verão a cena era toda folhagem macia e agradável canto de pássaros. E atrás das casas havia roseirais murados com caminhos de cercas vivas e relógios de sol, onde ao entardecer brilhava o encanto da lua e das estrelas enquanto flores perfumadas reluziam com o orvalho.

E assim A Rua continuou a sonhar, ao longo de guerras,

calamidades e transformações. Certa vez a maioria dos rapazes se afastou, e uns nunca mais voltaram. Foi quando recolheram a Antiga Bandeira e hastearam a nova Bandeira de Faixas e Estrelas. Mas, embora os homens falassem sobre grandes mudanças, A Rua não as sentia; pois as pessoas ainda eram as mesmas, e falavam sobre coisas antigas e familiares nos antigos sotaques familiares. E as árvores serviam ainda de abrigo a pássaros canoros, e ao entardecer a lua e as estrelas olhavam para as flores orvalhadas nos roseirais murados.

Passado um tempo já não havia mais espadas, tricornes ou perucas n'A Rua. Como os habitantes pareciam estranhos com bengalas, cartolas e penteados curtos! Novos sons chegavam vindos de longe — primeiro, estranhos arquejos e gritos do rio a um quilômetro e meio, e depois, anos mais tarde, estranhos arquejos e gritos e rumores de outras direções. O ar já não era puro como dantes, mas o espírito do lugar permanecia intocado. O sangue e a alma das pessoas eram como o sangue e a alma dos ancestrais que haviam forjado A Rua. Os espíritos tampouco se alteraram quando a terra foi aberta para a colocação de estranhos tubos, ou quando ergueram postes que sustentavam estranhos fios. Havia tanta sabedoria antiga naquela Rua que o passado não se deixava esquecer.

E então vieram dias terríveis, quando muitos que haviam conhecido A Rua de outrora já não mais a conheciam; e muitos a conheceram sem tê-la conhecido outrora. E aqueles que chegavam não eram jamais como aqueles que partiam; pois os sotaques eram rústicos e estridentes, e os rostos e os semblantes tinham aspecto desagradável. Os pensamentos também combatiam o espírito justo e sábio d'A Rua, de maneira que A Rua passou a sofrer em silêncio enquanto as casas degradavam-se e as árvores morriam uma a uma, e os roseirais eram tomados por ervas daninhas e lixo. Mas certo dia houve um sopro de orgulho quando mais uma vez os rapazes marcharam, e em parte nunca mais voltaram. Esses rapazes usavam uniformes azuis.

Com os anos, um destino ainda pior se abateu sobre A Rua. As árvores já não mais existiam, e os roseirais foram desfeitos para dar lugar aos fundos de construções feias e baratas em ruas paralelas. Porém as casas persistiram, a despeito dos estragos causados pelo tempo e pelas intempéries e pelos cupins, pois tinham sido construídas para servir a inúmeras gerações. Novos rostos apareceram n'A Rua; rostos sinistros de tez escura com olhos furtivos e feições estranhas, cujos proprietários falavam palavras desconhecidas e colocavam placas escritas em caracteres conhecidos e desconhecidos na maior parte das bolorentas casas. Carrinhos de mão enchiam as sarjetas. Um fedor sórdido e indefinível abateu-se sobre o lugar, e o antigo espírito pôs-se a dormir.

Certa vez houve n'A Rua uma enorme comoção. A guerra e a revolução convulsionaram os mares; uma dinastia havia caído, e súditos degenerados fugiam com intenções duvidosas rumo ao País do Ocidente. Muitas dessas pessoas alojaram-se nas casas deterioradas que outrora haviam conhecido o canto dos pássaros e o perfume das rosas. Então o País do Ocidente acordou e juntou-se à Pátria Mãe em uma titânica batalha pela civilização. Acima das cidades, mais uma vez tremulou a Antiga Bandeira, acompanhada pela Nova Bandeira e por uma simples mas bela Tricolor. Porém não eram muitas as bandeiras que tremulavam acima d'A Rua, pois lá espreitavam apenas o medo e o ódio e a ignorância. Mais uma vez os rapazes puseram-se a caminho, embora não como os rapazes de outrora. Faltava-lhes uma coisa. E os filhos daqueles rapazes de outrora, que de fato haviam se posto a caminho em uniformes verde-oliva com o verdadeiro espírito dos ancestrais, partiram de lugares distantes e não chegaram a conhecer A Rua e seu antigo espírito.

Nos mares houve uma grande vitória, e a maioria dos rapazes fez uma volta triunfal. Aos que antes sentiam uma falta já nada mais faltava, mas assim mesmo o medo e o ódio e a ignorância espreitavam n'A Rua; pois muitos haviam ficado para trás, e muitos forasteiros chegaram de lugares distantes para morar nas antigas casas. E os rapazes que haviam retornado já não moravam por lá. A maioria desses forasteiros tinha rostos sinistros de tez escura, mesmo que fosse possível encontrar certos rostos similares àqueles que haviam forjado A Rua e moldado o espírito de outrora. Similares, mas também dissimilares, pois nos olhos havia um brilho estranho e doentio, como o da cobiça, ambição, vingança ou obstinação equivocada. A irrequietude e a traição corriam soltas em meio a uns poucos que pretendiam desferir um golpe fatal contra o País do Ocidente, para então ascender ao poder sobre as ruínas deixadas, assim como assassinos tinham ascendido naquele país infeliz e gelado de onde a maioria deles vinha. E o coração desse complô era A Rua, cujas casas em ruínas fervilhavam com agitadores estrangeiros e ecoavam os planos e os discursos daqueles que ansiavam pelo dia marcado para o sangue, as chamas e o crime.

Acerca das várias assembleias feitas n'A Rua, a lei dizia muita coisa, mas não provava quase nada. Com grande zelo, homens com distintivos ocultos postavam-se nas ruas e punham-se a escutar em locais como a padaria dos Petrovitch, a Rifkin School of Modern Economics, o Circle Social Club e o Liberty Café. Nesses locais homens sinistros reuniam-se em grandes números, porém sempre falando de maneira discreta ou em língua estrangeira. E assim mesmo as antigas casas mantinham-se de pé, com a sabedoria esquecida dos nobres séculos passados; de colonos robustos e roseirais orvalhados ao luar. Às vezes um poeta ou um viajante solitário se aproximava para vê-las, e tentava imaginá-las em toda a glória desaparecida; porém esses viajantes e poetas não eram muito numerosos.

De repente espalhou-se o rumor de que aquelas casas abrigavam os líderes de um vasto bando de terroristas, que no dia combinado lançariam uma orgia de carnificina a fim de promover o extermínio dos Estados Unidos e de todas as antigas e belas tradições que A Rua tanto amara. Panfletos e papéis agitavam-se nas sarjetas imundas; panfletos e papéis impressos em diversas línguas e em diversos alfabetos, porém todos com mensagens de crime e de rebelião. Nesses escritos as pessoas eram exortadas a destruir as leis e as virtudes que nossos antepassados tinham celebrado; a espezinhar a alma antiga dos Estados Unidos — a alma transmitida ao longo de mil e quinhentos anos de liberdade, justiça e moderação anglo-saxônicas. Diziam que os homens de tez escura que habitavam A Rua e reuniam-se em construções decrépitas eram o cérebro de uma horrenda revolução; que bastaria uma palavra de comando para que milhões de bestas conspurcadas e acéfalas estendessem as garras insalubres nos cortiços de mil cidades e incendiassem, matassem e destruíssem até que o país de nossos antepassados não existisse mais. Todas essas coisas eram ditas e repetidas, e muitas pessoas esperavam com medo o Quatro de Julho, sobre o qual os estranhos panfletos faziam diversas insinuações; porém não se encontrou nada que servisse como prova de culpa. Ninguém sabia informar quem deveria ser preso para cortar o odioso complô pela raiz. Muitas vezes destacamentos com policiais de uniforme azul fizeram buscas nas casas decrépitas, até que por fim as buscas cessaram; pois também a polícia estava farta de lei e ordem, e abandonara a cidade ao próprio destino. E então chegaram os homens em uniforme verde-oliva, de mosquete em punho; e a impressão foi de que, naquele sono triste, A Rua devia ser assombrada por sonhos de outrora, quando homens de mosquete em punho e chapéus cônicos iam da fonte no bosque até o casario nos arredores da praia. Mesmo assim, nenhuma medida pôde ser tomada para impedir o cataclismo iminente; pois os homens sinistros de tez escura tinham uma astúcia de longa data.

E assim A Rua dormiu intranquila, até que certa noite reuniram-se na padaria dos Petrovitch e na Rifkin School of Modern Economics, e no Circle Social Club, e no Liberty Café, e também em outros lugares, vastas hordas de homens de olhos arregalados por um horrendo amálgama de expectativa e triunfo. Por fios ocultos, mensagens foram transmitidas, e muito se disse acerca de mensagens ainda por transmitir; porém quase nada disso veio à tona senão mais tarde, quando o País do Ocidente já estava a salvo do perigo. Os homens de uniforme verde-oliva não souberam explicar o que estava acontecendo, nem o que tinham de fazer; pois os homens sinistros de tez escura eram matreiros na sutileza e no subterfúgio.

E mesmo assim os homens de uniforme verde-oliva sempre hão de recordar aquela noite, e também de falar sobre A Rua ao contar histórias para os netos; pois muitos foram enviados para lá pouco antes do amanhecer em uma missão inesperada. Sabia-se que aquele ninho de anarquia era antigo, e que as casas estavam prestes a desabar em razão dos estragos causados pelos anos e pelas tempestades e pelos cupins; mas o acontecimento daquela noite foi uma surpresa justamente em razão da estranha uniformidade. Foi, a bem dizer, um acontecimento singular; embora no fundo também um acontecimento simples. Pois, sem aviso prévio, durante a madrugada todos os estragos causados pelos anos e pelas tempestades e pelos cupins atingiram um clímax tremendo; e após o estrondo não havia nada de pé n'A Rua a não ser duas antigas chaminés e parte de uma robusta parede de alvenaria. Tampouco qualquer ser vivo emergiu das ruínas.

Um poeta e um viajante, chegados com a numerosa multidão que comparecera ao local, fazem relatos esquisitos. O poeta afirma que durante todas as horas que precederam a aurora ele observou ruínas sórdidas e indistintas sob o brilho das lâmpadas elétricas; que acima dos escombros assomava uma outra imagem, na qual se podia discernir o luar e belas casas e olmos e carvalhos e bordos repletos de dignidade. E o viajante declara que em vez do fedor esperado pairava sobre o lugar a delicada fragrância de rosas em flor. Mas acaso os sonhos dos poetas e as histórias dos viajantes não são notoriamente falsas?

Há quem diga que as coisas e os lugares têm alma, e há quem diga que não; quanto a mim, não me atrevo a dizer nada, mas acabo de contar a história d'A Rua.

A gravura na casa

Os exploradores do horror buscam lugares distantes e estranhos. Para esses homens são as catacumbas de Ptolemais e os mausoléus entalhados nas províncias do pesadelo. Eles sobem a torres enluaradas nos castelos em ruínas às margens do Reno e descem a passos hesitantes os negros degraus repletos de teias sob as pedras espalhadas de cidades esquecidas na Ásia. O bosque assombrado e a montanha desolada são como templos para esses desbravadores, que se demoram ao redor de monólitos sinistros em ilhas desabitadas. Mas o verdadeiro hedonista do terrível, a quem uma nova vibração de atrocidade inefável representa o fim último e a justificativa plena da existência, compraz-se acima de tudo nas fazendas antigas e solitárias em bosques isolados da Nova Inglaterra; pois lá os elementos obscuros de força, solidão, ignorância e grotesco combinam-se para atingir a perfeição do abominável.

A mais terrível dentre todas essas visões são as casinholas de madeira sem pintura, situadas longe dos caminhos trafegados, que em geral se empoleiram numa encosta úmida e verdejante ou escoram-se contra uma colossal projeção de rocha. Há duzentos anos ou mais essas construções empoleiram-se ou escoram-se no mesmo local, enquanto as trepadeiras recobrem-nas e as árvores crescem e espalham-se. Hoje se encontram praticamente ocultas pela exuberância do verde e por mantos de sombras; mas as pequenas janelas ainda espiam de maneira chocante, como se piscassem em meio a um estupor letal que impede o avanço da loucura ao tornar mais difusas as memórias de coisas inefáveis.

Nessas casas moraram gerações de pessoas estranhas cujos pares o mundo jamais conheceu. Tomados por uma crença soturna e fanática que os isolava dos semelhantes, os ancestrais dessa gente buscavam a liberdade em meio à natureza. Lá, os descendentes de uma raça de conquistadores puderam florescer, livres das restrições impostas aos semelhantes; porém foram reprimidos por uma odiosa escravidão prestada aos lúgubres fantasmas de sua própria fantasia. Apartados das luzes trazidas pela civilização, a força desses puritanos recorreu a canais um tanto singulares; e nesse isolamento, nessa repressão mórbida e nessa luta da vida contra a Natureza implacável, adquiriram características furtivas e obscuras que remontavam à antiguidade pré-histórica na fria linhagem dos povos do Norte. Pragmáticos em razão da necessidade e austeros por força da filosofia, essas pessoas não eram belas no pecado. Errando como erram todos os mortais, viam-se forçadas pelo rígido código de conduta a buscar a ocultação acima de tudo, e assim passaram a valer-se de cada vez menos gosto naquilo que ocultavam. Somente as casas silentes e sonolentas que espreitavam nos bosques isolados poderiam dar testemunho de tudo o que foi escondido desde os tempos antigos; porém não se mostram comunicativas, e rejeitam abandonar a sonolência que as ajuda a esquecer. Por vezes parece que seria um ato de piedade demolir aquelas casas, que muitas vezes devem sonhar.

Foi a uma dessas habitações castigadas pelas intempéries que me vi levado, numa tarde de novembro em 1896, por uma chuva torrencial que tornaria qualquer tipo de abrigo preferível à exposição. Eu estava viajando por um tempo entre os povos do vale do Miskatonic em busca de certos dados genealógicos; e em razão do caráter remoto, problemático e errante do meu trajeto, julguei conveniente empregar uma bicicleta, em que pesasse o avançado da estação. Naquele momento eu me encontrava numa estrada claramente abandonada escolhida como atalho rumo a Arkham; e fui apanhado pela tempestade num ponto distante de qualquer outro vilarejo, e defrontado com a ausência de qualquer refúgio praticável que não a antiga e repulsiva construção de madeira que piscava com janelas sonolentas por entre dois grandes olmos desfolhados próximos ao sopé de uma colina rochosa. Por mais distante que fosse daquilo que restava da estrada, a casa provocou-me uma impressão desagradável assim que a vislumbrei. Estruturas honestas e salubres não encaram viajantes de maneira insidiosa e ameaçadora, e durante as minhas pesquisas genealógicas eu havia encontrado lendas de um século atrás que me haviam alertado em relação a lugares daquele tipo. Mesmo assim, a força da intempérie fora suficiente para vencer os meus escrúpulos, e não hesitei em dirigir meu veículo rumo ao topo da encosta tomada por ervas daninhas para assim me aproximar da porta fechada que parecia a um só tempo sugestiva e misteriosa.

Por um motivo ou outro eu havia me convencido de que a casa estava abandonada, porém ao me aproximar já não tive mais certeza; pois, embora os caminhos de fato estivessem tomados por ervas daninhas, pareciam manter-se preservados o suficiente para oferecer indícios contrários ao abandono completo. Sendo assim, em vez de tentar abrir a porta eu bati, sentindo ao fazê-lo uma trepidação que seria difícil justificar. Enquanto eu esperava na rocha áspera e coberta de musgo que fazia as vezes de soleira, olhei para as janelas próximas e para as vidraças da claraboia mais acima e notei que, apesar de velhas, soltas e encardidas, não estavam quebradas. A casa, portanto, devia ser habitada, pensei, apesar do isolamento e da evidente negligência. Minhas batidas, no entanto, não obtiveram nenhum tipo de resposta, de maneira que, após bater mais uma vez, experimentei abrir a fechadura enferrujada e descobri que a porta estava destrancada. No interior havia um pequeno vestíbulo com paredes de onde o gesso estava caindo, e do vão da porta vinha um odor leve mas estranhamente repulsivo. Entrei, carregando a minha bicicleta, e fechei a porta às minhas costas. À frente erguia-se um estreito lance de escada, flanqueado por uma portinha que provavelmente levava ao porão, enquanto à esquerda e à direita havia portas fechadas que levavam aos aposentos no térreo.

Depois de apoiar a minha bicicleta contra a parede abri a porta à esquerda e adentrei um pequeno cômodo de teto baixo iluminado apenas pela luminosidade que entrava por duas janelas empoeiradas e mobiliado da forma mais austera e primitiva que se pode conceber. Parecia tratar-se de uma sala de estar, pois havia uma mesa e diversas cadeiras, e uma imensa lareira sobre a qual um antigo relógio tiquetaqueava em cima do consolo. Livros e papéis eram muito escassos, e na penumbra que dominava o ambiente eu não pude discernir os títulos. O que me interessou foi a atmosfera uniforme de arcaísmo evidenciada em todos os detalhes. Eu havia descoberto que boa parte das casas na região era pródiga em relíquias do passado, mas naquela casa em especial a antiguidade parecia completa; pois em todo o cômodo não consegui identificar um único artigo que pertencesse em definitivo ao pós-revolução. Se o mobiliário fosse menos humilde, o lugar seria o paraíso de um colecionador.

Enquanto eu examinava o cômodo pitoresco, senti um aumento na aversão inicialmente despertada pela desolação no exterior da casa. O que exatamente eu temera ou abominara, eu não poderia de forma nenhuma definir; mas havia um elemento naquela atmosfera que parecia sugerir uma antiguidade maligna, uma crueza ignóbil e segredos que deviam ser esquecidos. Relutei em sentar-me e passei a examinar os vários artigos que eu havia percebido. O primeiro objeto da minha curiosidade foi um livro de tamanho mediano que se encontrava em cima da mesa e revestia-se de um aspecto antediluviano, que chegou a me surpreender por vê-lo fora de um museu ou de uma biblioteca. Era um volume encadernado em couro com acabamentos em metal, e apresentava-se em admirável estado de conservação; no geral, parecia um volume deveras improvável numa habitação humilde como aquela. Quando o abri na folha de rosto fui tomado por ainda maior espanto, posto que o livro não era nada menos do que o relato de Pigafetta sobre a região do Congo, escrito em latim a partir das notas do navegador Lopez e impresso em Frankfurt em 1598. Muito eu ouvira a respeito dessa obra e das curiosas ilustrações feitas pelos irmãos De Bry, e assim por um instante coloquei de lado o meu desconforto e cedi à tentação de virar as páginas à minha frente. As gravuras eram de fato interessantes, desenhadas totalmente a partir da imaginação e de descrições vagas, e representavam negros de pele branca e feições caucasianas; e eu não teria fechado o livro em seguida se uma circunstância absolutamente trivial não houvesse perturbado os meus nervos cansados e revivido a minha sensação de inquietude. O que me aborreceu foi a persistência do volume em abrir-se por conta própria na gravura XII, que representava, com detalhes terríveis, um açougue dos canibais anziques. Senti vergonha da minha suscetibilidade a esse detalhe insignificante, mas era fato que o desenho me perturbava, em particular devido à ligação com as passagens adjacentes, que descreviam a gastronomia dos anzique.

Virei-me em direção a uma prateleira próxima e pus-me a examinar o parco conteúdo literário — uma Bíblia do século XVIII, um *Progresso do peregrino* da mesma época, ilustrado com xilogravuras grotescas e impresso pelo fabricante de almanaques Isaiah Thomas, um amontoado de páginas emboloradas que compunham o *Magnalia Christi Americana* de Cotton Mather e outros exemplares de idade comparável — quando minha atenção foi despertada pelo inconfundível som de passos no andar de cima. A princípio espantado e confuso em vista da ausência de resposta às minhas batidas, prontamente concluí que a pessoa que caminhava devia ter naquele instante despertado de um sono profundo; e assim ouvi com menos surpresa quando os passos começaram a soar nos degraus rangentes da escada. Os passos eram ponderosos, mas pareciam trazer em si a peculiar qualidade da cautela; qualidade essa que despertou em mim ainda mais desgosto, posto que os passos eram ponderosos. Ao entrar no cômodo em que me encontrava eu havia fechado a porta às minhas costas. Naquele instante, passado um momento de silêncio durante o qual a pessoa devia ter percebido a minha bicicleta no corredor, ouvi um rumor na fechadura e vi a porta de madeira abrir-se mais uma vez.

Lá estava um homem de aparência a tal ponto singular que eu teria gritado se não fossem os ditames da cortesia. Velho, barbudo e desgrenhado, meu anfitrião tinha um rosto e um porte físico que inspiravam espanto e respeito em igual medida. A altura não podia ser menos do que um metro e oitenta, e apesar da impressão geral de pobreza e idade provecta, era um homem de estatura forte e robusta. O rosto, quase oculto por uma longa e densa barba, parecia ter uma coloração avermelhada bastante excessiva e menos enrugada do que se poderia imaginar; e sobre a fronte alta pendia um cacho de cabelos brancos tornados finos com o passar dos anos. Os olhos azuis, embora um pouco injetados, pareciam inexplicavelmente argutos e brilhantes. Se não fosse o terrível desleixo, o homem pareceria tão distinto quanto de fato era impressionante. Esse desleixo, contudo, tornava-o repulsivo, apesar do rosto e da figura. Quanto à composição das roupas eu dificilmente poderia dizer o que quer que fosse, pois tive apenas a impressão de um amontoado de andrajos que encimavam um par de botas altas e pesadas; e a falta de asseio estava além de qualquer descrição.

A aparência desse homem, e o medo instintivo que inspirava, prepararam-me para ser recebido com hostilidade, e assim quase tive um calafrio de surpresa e de incongruência preternatural quando ele gesticulou em direção a uma das cadeiras e dirigiu-se a mim com uma voz clara e mansa na qual eram evidentes o respeito quase bajulador e a hospitalidade lisonjeira. A fala era muito curiosa — uma forma extrema do dialeto ianque que eu julgava estar havia muito tempo extinto; estudei atentamente o homem quando ele sentou-se à minha frente para uma conversa.

"A chuva pegô o sinhor, então?", ele me perguntou, à guisa de cumprimento. "Sorte que o sinhor tava aqui perto da casa e teve a ideia de entrá. Calculo que eu tivesse dormino, porque de otra forma eu teria ovido a sua chegada — já não sô moço como fui em otros tempos, e hoje em dia priciso tirá muitas sonecas. Qual seria o motivo da sua viage? Não vi muita gente por essas banda desde que disativaro a estação ferroviária pra Arkham."

Eu disse que estava a caminho de Arkham e me desculpei pela grosseria da minha entrada naquele domicílio, e então o homem prosseguiu.

"Folgo em vê o sinhor — é difícil vê um rosto novo por essas redondeza, e hoje em dia já não tenho muita coisa pra me alegrá. O sinhor deve sê de Boston, não? Eu nunca tive lá, mas conheço um home da cidade quando vejo um — tivemo um que trabalhô como mestre-escola do distrito em 84, mas ele pidiu demissão de repente e nunca mais chegô notícia dele desde então —" Nesse ponto o velho soltou uma risada discreta, e não ofereceu nenhum tipo de explicação quando o questionei. Ele parecia estar em um bom humor extraordinário, mas assim mesmo dava mostras de todas as excentricidades que se poderiam conjecturar a partir da aparência. Por um tempo o homem tagarelou incessantemente com uma empolgação quase frenética, e por fim ocorreu-me perguntar como ele havia obtido um livro raro como o *Regnum Congo* de Pigafetta. O efeito causado por esse volume não me havia deixado, e senti uma certa hesitação em mencioná-lo; mas a curiosidade venceu todos os temores vagos que se tinham acumulado desde o meu primeiro vislumbre da casa. Para o meu alívio, o questionamento não soou canhestro; o velho pôs-se a responder com disposição e gosto.

"Ah, o livro sobre a África? O capitão Ebenezer Holt trocô comigo em 68 — o mesmo capitão que acabô morto na guerra." O nome Ebenezer Holt levou-me a olhar atentamente para o homem. Eu já o havia encontrado nas minhas pesquisas genealógicas, porém jamais em registros do pós-revolução. Indaguei-me se meu anfitrião poderia ajudar-me na tarefa que me ocupava, e decidi retomar o assunto mais tarde. Ele continuou.

"O Ebenezer trabalhô por anos em um navio mercante de Salém, e viu cousas estranhas em tudo quanto foi porto. Ele consiguiu esse livro em Londres, acho eu — ele gostava de comprá cousas nas loja. Uma vez eu tava na casa dele, lá na colina, pra trocá uns cavalo, e de repente vi esse livro. Gostei dessas gravura, e acabamo fazeno uma troca. É um livro esquisito — eu só vô pegá os meus oclos —" O velho remexeu os trapos e sacou um par de óculos sujos de uma antiguidade assombrosa, com lentes octogonais e hastes em aço. Depois de colocá-los, pegou o volume de cima da mesa e folheou cuidadosamente as páginas.

"O Ebenezer sabia lê um poco disso — é latim — mas eu não sei. Pedi a dois ou três mestre-escola que lesse um poco pra mim, e também pro pároco Clark — aquele que dissero que se afogô no lago — mas será que o sinhor consegue entendê?" Eu respondi que conseguia e traduzi para o velho um parágrafo da parte inicial. Se cometi quaisquer erros, o homem não teve a erudição necessária para notá-los; pois mostrou-se alegre como um menino ao ouvir minha versão em inglês. Aquela proximidade tornava-se a cada instante mais incômoda, porém eu não via forma de me afastar sem ofender meu anfitrião. Folguei ao perceber o interesse pueril daquele velho ignorante pelas gravuras em um livro que não era capaz de ler, e me perguntei que proveito ele conseguiria tirar até mesmo dos poucos livros em inglês que adornavam o cômodo. Essa revelação de simplicidade diminuiu em muito a apreensão difusa que eu sentira, e sorri quando o meu anfitrião retomou a palavra:

"É engraçado o quanto uma image pode botá um home a pensá. Veja essa aqui, bem no início. O sinhor já viu árvore assim, com essas folha enorme meio despencada? E esses home aqui — não pode sê negros — eles são invencívio. Eles parece sê índio, acho eu, ainda que estejo na África. Uns parece macaco, ou meio home meio macaco, mas eu nunca vi nada paricido com esse aqui." Nesse ponto o velho apontou para uma das fabulosas criaturas do artista, que poderia ser descrita como um dragão com cabeça de jacaré.

"Mas agora eu vou lhe mostrá a melhor de todas — bem aqui no meio —" A fala do velho tornou-se um pouco mais pastosa, e os olhos cintilaram com um brilho mais intenso; porém as mãos nervosas, embora mais canhestras do que antes, mostraram-se à altura da tarefa. O livro se abriu quase por conta própria, como que acostumado pelo uso, na repulsiva gravura XII, que mostrava um açougue em meio aos canibais anzique. Minha sensação de inquietude retornou, embora eu não a tenha manifestado. O detalhe particularmente bizarro era que o artista tinha representado os africanos como homens brancos — os braços, pernas e quartos pendurados na loja eram abomináveis, e o açougueiro parecia incôngruo com o machado. Porém o meu anfitrião parecia admirar a cena com a mesma intensidade que eu a repelia.

"O que o sinhor acha disso — nunca viu nada paricido aqui por essas banda, hein? Quando vi isso aqui eu disse pro Eb Holt: 'Tá aqui um negócio que mexe com você e põe o sangue a fervê!'. Quando eu leio na Bíblia sobre matança — como a matança daqueles madianeu que foro mortos — eu penso certas cousas, mas não me ocorre image nenhuma. Mas aqui dá pra vê tudo — imagino que seja pecado, mas afinal não tamos viveno todo mundo em pecado? — Esse sujeito esquartejado me dá um calafrio toda vez que olho pra ele — não consigo tirá os olho — o sinhor vê que o açougueiro cortô os pé dele? A cabeça tá lá atrás, no balcão, com um braço do lado, e o outro lado tá ao lado do cepo."

Enquanto o homem balbuciava em um êxtase chocante, a expressão naquele rosto barbado de óculos tornou-se indescritível, porém a voz pareceu baixar em vez de erguer-se. Eu mal conseguia prestar atenção às minhas sensações. Todo o terror que eu havia sentido anteriormente de forma difusa voltou com ímpeto renovado, e senti que eu deplorava com uma intensidade sem limites a criatura anciã e abominável que me fazia companhia. A loucura, ou pelo menos o indício de perversão, parecia indubitável. O homem passou a falar aos sussurros, com uma rouquidão mais terrível que um grito, e eu comecei a tremer enquanto o ouvia.

"Como eu disse, é engraçado o quanto uma image pode botá a gente a pensá. Sabe, meu jove, eu gosto muito dessa aqui. Depois que peguei o livro com o Eb eu costumava olhá muito pra ela, ainda mais quando eu ovia as pregação que o pároco Clark fazia aos domingo usando uma grande peruca. Uma vez eu tentei fazê graça — não tenha medo, meu jove — tudo que eu fiz foi olhá pra essa image antes de abatê as ovelha pro mercado — assim o abate das ovelha era mais divertido —" A voz do velho havia se reduzido ao mínimo, e às vezes as palavras chegavam a ser quase inaudíveis. Ouvi a chuva e o chacoalhar das janelas nos caixilhos, e percebi o ribombar de uma nuvem próxima que soou pouco usual naquela época. Em seguida um clarão de luz seguido pelo estrondo levaram a casa a tremer até as fundações, porém o velho que sussurrava pareceu indiferente.

"O abate das ovelha era mais divertido — mas, sabe, não me deu muita *satisfação*. É engraçado quando um *desejo* toma conta de você — e por amor de Deus, meu jove, não conte pra ninguém, mas eu juro por Deus que essa image me deu um apetite por uma *carne que eu não podia comprá nem criá* — calme, fique tranquilo, o que lhe perturba? — Eu não fiz nada, simplesmente imaginei *como seria* — Dizem que carne fortalece o corpo e o sangue, e renova as força, e assim eu me perguntei se não faria um home vivê mais se fosse *mais paricida* —" E nesse ponto o velho parou de sussurrar. A interrupção não foi causada pelo meu pavor, nem pela tempestade em meio a cuja fúria eu de repente abri os olhos para uma solidão enfumaçada de ruínas enegrecidas. Foi causada por um acontecimento demasiado simples, porém incomum.

O livro estava aberto entre nós dois, na página da gravura repugnante. Enquanto o velho sussurrava as palavras "*mais paricida*", ouviu-se um tamborilar úmido, e uma coisa surgiu no papel amarelo do volume aberto. Imaginei que fosse chuva de uma goteira no telhado, mas a chuva não é vermelha. Sobre o açougue dos canibais anzique uma pequena gota vermelha reluziu de modo pitoresco, conferindo vida ao horror da gravura. O velho percebeu e parou de sussurrar antes mesmo que minha expressão de horror tornasse o silêncio necessário; percebeu e depressa olhou para o assoalho do cômodo que havia deixado uma hora atrás. Acompanhei o olhar do homem, e acima de nós percebi, no gesso solto daquele velho teto, uma extensa mancha irregular de umidade escarlate que parecia espalhar-se mesmo enquanto eu a observava. Não gritei nem fiz movimentos bruscos — simplesmente fechei os olhos. Um instante depois veio o titânico relâmpago de todos os relâmpagos, que destruiu aquela casa amaldiçoada de segredos inefáveis e trouxe o oblívio capaz de salvar minha sanidade.

Uma Reminiscência do Dr. Samuel Johnson

O Privilégio da Reminiscência, conquanto aborrecida ou prolixa, é geralmente dado aos Provectos; a bem dizer, é com frequência por Obra dessas Rememorações que as Ocorrências obscuras da História, bem como as pequenas Anedotas de Grandes Figuras, transmitem-se à Posteridade.

Embora muitos de meus Leitores hajam por Vezes observado e comentado uma Sorte de Fluxo antigo no meu Estilo, foi-me prazeroso viver entre os Membros dessa Geração como um Jovem, graças à Ficção de que eu teria nascido em 1890, na *América*. Estou, contudo, decidido a aliviar o Fardo de um Segredo que comigo trago por Temor à Incredulidade, e para destarte transmitir ao Público o verdadeiro Conhecimento acerca dos meus longos Anos, a Fim de satisfazer o Gosto por Informação autêntica numa Época de Personagens famosos com os quais me relacionei em Termos familiares. Seja portanto sabido que nasci na Propriedade da Família em *Devonshire*, no décimo Dia de Agosto de 1690 (ou, no novo Calendário Gregoriano, no vigésimo Dia de Agosto), de Maneira que hoje estou em meu 228º Ano. Depois de vir muito jovem a *Londres*, vi ainda em Criança muitos dos Homens célebres do Reinado de Guilherme, entre os quais se encontrava o Sr. *Dryden*, amiúde presente entre os Convivas nas Mesas do Café. Quanto ao Sr. *Addison* e o Dr. *Swift*, conheci-os mais tarde, quando já tinha como Amigo o Sr. *Pope*, Homem por mim conhecido e respeitado até o Dia em que a Morte o levou. Mas é a respeito do finado Dr. *Johnson*, Conhecido mais recente, que ora tenciono escrever; de Momento, ponho de lado a minha Juventude.

Meu primeiro Contato com o Doutor se deu em Maio do Ano de 1738, embora na Época eu não o tenha encontrado. O Sr. *Pope* tinha acabado de escrever o Epílogo de suas *Sátiras* (cuja Abertura é "Não o imprimem duas Vezes por Ano"), e a Publicação já estava acertada. No Dia mesmo da Publicação, foi também publicada uma Sátira à Imitação de *Juvenal*, intitulada "*Londres*", assinada pelo então desconhecido *Johnson*; e esta causou tanta Comoção na Cidade que muitos Gentis-Homens de Bom Gosto declararam ser aquela a Obra de um Poeta maior do que o Sr. *Pope*. A despeito do que certos Detratores afirmaram sobre a Inveja mesquinha do Sr. *Pope*, este não se furtou a fazer Encômios aos Versos do novo Rival; e, ao saber por meio do Sr. *Richardson* quem era o Poeta, confiou-me que "esse Sr. *Johnson* logo seria *déterré*".

Não travei Conhecimento com o Doutor até 1763, quando fui-lhe apresentado na Taverna *Mitre* pelo Sr. *James Boswell*, um jovem *Escocês* de excelente Família e profunda Erudição, mas pouca Espirituosidade, cujas Efusões métricas eu por vezes havia revisado.

O Dr. *Johnson*, da Forma como eu o via, era um Homem rotundo, malvestido e de Aspecto desleixado. Lembro-me de tê-lo visto com uma Peruca volumosa, solta e sem Pó, e também pequena demais para a sua Cabeça. As Roupas tinham uma Coloração marrom-ferrugem, estavam muito amarfanhadas e tinham um Botão faltando. O Semblante, demasiado cheio para ser elegante, era da mesma Forma estragado pelo Efeito de uma Doença escrofulosa; e a Cabeça parecia estar sempre a girar de Maneira convulsiva. Dessa Enfermidade, a bem dizer, eu já estava ciente; pois tinha ouvido tudo do Sr. *Pope*, que se dera ao Trabalho de fazer Perguntas.

Já na iminência dos setenta e três Anos — dezenove a mais do que o Dr. *Johnson* (escrevo "Doutor", embora o Grau tenha vindo apenas dois Anos mais tarde), eu naturalmente esperava que aquele Homem demonstrasse Respeito pela minha Idade; e assim não senti o Medo que outros confessavam. Quando perguntei o que ele havia pensado sobre o meu Comentário elogioso acerca do Dicionário publicado no *The Londoner*, meu Periódico, ele respondeu: "Senhor, não tenho lembrança de haver lido o seu Periódico, e ademais não demonstro grande Interesse pelas Opiniões da Parcela menos pensante da Humanidade". Sentindo-me provocado pela Incivilidade de um homem cuja Celebridade tornara-me desejoso de Aprovação pessoal, aventurei-me a devolver em Espécie, e declarei estar surpreso ao descobrir que um Homem sensato mostrar-se-ia disposto a julgar os Pensamentos expostos em Publicações que nem ao menos havia lido. "Ora, senhor", respondeu-me Johnson, "não é mister familiarizar-me com os Escritos de um Homem para estimar a Superficialidade de suas Conquistas quando este sente a Necessidade de mencionar sua Produção já na primeira Pergunta que me dirige." Tendo assim feito Amizade, passamos a conversar sobre os mais variados Assuntos. Quando, a fim de concordar com ele, duvidei da Autenticidade dos Poemas de *Ossian*, o Sr. *Johnson* disse: "Isso, senhor, não serve como Medida de seu Discernimento; pois a Opinião mantida por toda a Cidade não é grande Descoberta para um Crítico da *Grub-Street*. O senhor poderia igualmente nutrir uma forte Suspeita de que *Milton* tenha escrito *Paraíso Perdido*!".

Depois passei a ver *Johnson* com Frequência, quase sempre nos Encontros do LITERARY CLUB, fundado no Ano seguinte pelo Doutor, juntamente com o Sr. *Burke*, o Orador do Parlamento, Sr. *Beauclerk*, um Gentil-Homem da Moda, Sr. *Langton*, um Homem religioso e Capitão de Milícia, Sir J. *Reynolds*, o famoso Pintor, Dr. *Goldsmith*, o Autor de Prosa e Poesia, Dr. *Nugent*, sogro do Sr. *Burke*, Sir *John Hawkins*, Sr. *Anthony Chamier* e eu próprio. Em geral congregávamo-nos às sete Horas da Noite, uma Vez por Semana, no *Turk's-Head*, na *Gerrard-Street, Soho*, até que a Taverna foi vendida e transformada numa Residência particular; a partir de então transferimos os nossos Encontros sucessivamente para o *Prince's*, na *Sackville Street*, para o *Le Tellier's*, na *Dover-Street*, e depois para o *Parsloe's* e para o *The Thatched House* na *St. James's-Street*. Nesses Encontros, mantínhamos um Grau bastante elevado de Amistança e Tranquilidade, que contrasta de Modo favorável com os Dissensos e Discordâncias que observo nas Associações literárias e amadoras de hoje. Essa Tranquilidade era ainda mais notável porque tínhamos entre nós Gentis-Homens de Opiniões muito conflitantes. O Sr. *Johnson* e eu, bem como vários outros, éramos Tories ferrenhos; enquanto o Sr. *Burke* era um Whig, e portanto contrário à *Guerra Americana*, tendo publicado variados Discursos sobre o Assunto. O Membro menos aprazível era um dos Fundadores, Sir *John Hawkins*, que desde então publicou um grande Número de representações equivocadas da nossa Sociedade. Sir *John*, um Sujeito excêntrico, certa feita recusou-se a pagar a Conta de um Jantar, porque afirmou que não tinha por Hábito jantar em Casa. Mais tarde insultou o Sr. *Burke* com Palavras tão intoleráveis que todos envidamos nossos Esforços para externar nossa Reprovação; e ao cabo desse Incidente ele deixou de comparecer aos nossos Encontros. No entanto, jamais teve um Desentendimento aberto com o Doutor, e ademais foi Executor de seu Testamento; muito embora o Sr. *Boswell* e outros tenham Motivo para questionar a Autenticidade dessa Ligação. Outros Membros tardios do CLUB foram o Sr. *David Garrick*, o Ator e Amigo do Dr. *Johnson*, Messieurs *Tho.* e *Jos. Warton*, Dr. *Adam Smith*, Dr. *Percy*, autor de *Reliques*, Sr. *Edw. Gibbon*, o Historiador, Dr. *Burney*, o Músico, Sr. *Malone*, o Crítico, e por fim o Sr. *Boswell*. O Sr. *Garrick* foi admitido com certa Dificuldade; pois o Doutor, a despeito da amizade que havia entre ambos, não parava de afetar desprezo pelo Palco e por todas as Coisas a ele relacionadas. *Johnson*, a bem dizer, tinha o Hábito peculiar de falar em favor de *Davy* quando os outros punham-se contra, e de falar contra quando os outros punham-se a favor. Não tenho Dúvidas de que nutria um amor cordial pelo Sr. *Garrick*, pois jamais se referiu a ele da Maneira como se referia a *Foote*, que era um sujeito deveras grosseiro apesar da Têmpera cômica. O Sr. *Gibbon* não era muito apreciado, pois tinha Modos odiosos e zombeteiros que ofendiam até mesmo aqueles que admiravam suas Produções históricas. O Sr. *Goldsmith*, um Homenzinho deveras vaidoso no vestir e deveras falto de Brilho ao conversar, era o meu Favorito, uma vez que eu, da mesma forma, não brilhava em meus Discursos. Ele sentia muita Inveja do Sr. *Johnson*, conquanto assim mesmo o respeitasse. Lembro que certa vez um Estrangeiro, um *Alemão*, se não me engano, estava em nossa Companhia; e que, enquanto *Goldsmith* falava, notou que o Doutor preparava-se para fazer uma Declaração. Sem dar por si, e encarando *Goldsmith* como não mais do que um Estorvo em Comparação ao maior dentre aqueles Homens, o Estrangeiro o interrompeu e proferiu uma Hostilidade duradoura ao exclamar: "Já chega, o Toutor *Xohnson* quer falar!".

Toleravam-me nessa Companhia luminosa mais em razão dos meus Anos do que em razão do meu Intelecto ou da minha Erudição; pois eu não era Páreo para os demais. Minha Amizade pelo célebre Monsieur *Voltaire* sempre foi causa de Aborrecimento para o Doutor, um homem profundamente ortodoxo que costumava dizer a respeito do Filósofo *francês*: "*Vir est acerrimi Ingenii et paucarum Literarum*".

O Sr. *Boswell*, Sujeito provocador que eu já conhecia há certo Tempo, costumava fazer Gracejos com a minha Falta de Jeito e minhas Roupas e Perucas à Moda antiga. Certa vez, já um pouco alterado pelo Vinho (no qual era viciado), ele ironizou-me por meio de um Impromptu em Versos, escrito na Superfície da Mesa; mas, sem o Auxílio de que em geral dispunha ao fazer essas Composições, ele cometeu um feio erro de Gramática. Eu disse-lhe que não devia satirizar a Fonte de sua Poesia. Doutra Feita, *Bozzy* (como em geral o chamávamos) criticou minha Rispidez com os novos Autores nos Artigos que eu escrevia para a *Monthly Review*. Ele disse que eu empurrava todos os Aspirantes das Alturas do Parnasso. "O Senhor equivoca-se", respondi. "Os que não conseguem segurar-se falham como Resultado da própria Debilidade; e assim, desejosos de ocultar essa Fraqueza, atribuem o Fracasso ao primeiro Crítico que os menciona." Alegro-me ao lembrar que o Dr. *Johnson* mostrou-se favorável à minha Opinião acerca desse Tema.

O Dr. *Johnson* não poupava Esforços ao revisar os Versos ruins de outros Autores; dizem que, no Livro da pobre e cega sra. Williams, mal deve haver duas Linhas que não tenham saído da Pena do Doutor. A certa Altura *Johnson* recitou-me versos escritos por um Criado do Duque de *Leeds*, que o haviam divertido a ponto de fazer com que os aprendesse de cor. São Versos sobre o Casamento do Duque, e assemelham-se tanto à Qualidade da Obra dos recentes Folgazões poéticos que não posso furtar-me a transcrevê-los:

Quando o Duque, já chegado à Idade,
Desposar uma lady de Qualidade,
Há de fazer-lhe a Felicidade
Com sua excelente Sociedade.

Perguntei ao Doutor se ele já tentara se haver com essa Peça; e, ao receber uma Resposta negativa, diverti-me com a seguinte Emenda:

Quando o galhardo LEEDS *encontrar*
Uma Esposa de Virtude sem par,
A Noiva há de ter Orgulho inspirado
Por haver tão bom Marido a seu Lado!

Quando mostrei essa nova versão ao Dr. *Johnson* ele disse: "O Senhor arrumou os Pés, mas não imbuiu os versos de Poesia nem Espirituosidade".

Para mim seria um Prazer narrar outras Experiências com o Dr. *Johnson* e o círculo de Homens espirituosos que tinha ao redor de si; porém sou um Velho, e logo me sinto cansado. Tenho a Impressão de que falo sem Lógica nem Continuidade quando tento rememorar o Passado; e temo que eu não consiga jogar Luz senão em uns poucos Incidentes que outros jamais discutiram. Se essas Lembranças tiverem boa Recepção, talvez mais tarde eu consigne ao Papel outras Anedotas dos velhos Tempos, das quais hoje sou o único Guardião. Lembro-me de muitas Coisas relativas a *Sam Johnson* e ao Club, porquanto mantive a minha Associação durante muito Tempo após a Morte do Doutor, que lamentei profundamente. Lembro-me de que o Sr. *John Burgoyne*, o General cujas Obras dramáticas e poéticas foram publicadas postumamente, teve os Escritos rejeitados por três Votos — provavelmente em razão da amarga Derrota sofrida na Guerra Americana, em *Saratoga*. Pobre John! O Filho saiu-se melhor, acredito eu, e no fim virou Baronete. Mas agora me sinto cansado. Sou velho, muito velho, e está na Hora do meu Cochilo.

A doce Ermengarde

Ou, O coração de uma menina do campo

por Percy Simple

I.

Uma simples donzela rústica

Ermengarde Stubbs era a bela filha loura de Hiram Stubbs, um pobre mas honesto fazendeiro e comerciante ilegal de bebidas de Hogton, Vermont. O nome de batismo era Ethyl Ermengarde, mas o pai a convencera a abandonar o prenome após a aprovação do 18º Artigo, alegando que aquilo lhe dava vontade de beber ao lembrá-lo de álcool etílico, C_2H_5OH. Os produtos que ele mesmo fazia continham principalmente álcool metílico, CH_3OH. Ermengarde confessava dezesseis verões, e classificava como falsos todos os relatos de que teria a idade de trinta anos. Tinha grandes olhos pretos, um nariz romano saliente, cabelos louro-claros que jamais tinham as raízes escuras, a não ser quando faltavam suprimentos na botica local, e um rosto bonito, embora não parecesse caro. Media cerca de 165,93 centímetros, pesava 52,37 quilos na balança de grãos do pai — e também fora dela — e era considerada belíssima entre os pretendentes do vilarejo, que muito lhe admiravam a fazenda do pai e a colheita líquida que produzia.

A mão de Ermengarde fora pedida em matrimônio por dois amantes inflamados. O sr. Hardman, que tinha uma hipoteca na antiga casa, era rico e idoso. Um homem moreno de beleza cruel, que sempre andava a cavalo, levando um relho. Por muito tempo ele havia procurado a radiante Ermengarde, e naquele momento o calor havia se transformado em ardor febril por força de um segredo revelado somente a ele — pois nas humildes terras do fazendeiro Stubbs ele havia descoberto um veio do mais valioso OURO!!! "Ah!", ele exclamou. "Vou conquistar essa donzela antes que o pai saiba dessa riqueza insuspeita, e assim juntar minha fortuna a uma fortuna ainda maior!" E assim ele passou a fazer duas visitas por semana, em vez de uma, como por hábito fazia.

Mas ai dos sinistros planos desse vilão — pois o sr. Hardman não era o único pretendente àquela beldade. Perto do vilarejo vivia um outro — o charmoso Jack Manly, cujas melenas douradas haviam conquistado a afeição de Ermengarde quando os dois engatinharam juntos na escola do vilarejo. Por muito tempo Jack tinha sido demasiado tímido para declarar sua paixão, mas um dia, ao caminhar por uma rua ensombrecida perto do antigo moinho com Ermengarde, o rapaz havia encontrado coragem para dizer o que trazia no peito.

"Ah, luz da minha vida", ele disse, "minh'alma está tão carregada que preciso falar! Ermengarde, meu ideal, a vida tornou-se vazia sem você. Amada do meu espírito, olhe para este suplicante que se põe de joelhos no chão aos seus pés. Ermengarde — ah, Ermengarde, eleve-me a um céu de alegria e diga que um dia ainda há de ser minha! É verdade que sou pobre, mas por acaso não tenho a juventude e a força necessárias para abrir caminho até a fama? Eu só faria isso tudo por você, querida Ethyl — me perdoe, Ermengarde — única e preciosa —" mas nesse ponto ele se deteve para enxugar os olhos e a testa, e a bela respondeu:

"Jack — meu anjo — enfim — quero dizer — isso é totalmente inédito e inesperado! Eu nunca tinha imaginado que você nutria sentimentos de afeto pela filha de um homem tão humilde como o fazendeiro Stubbs — mas ainda sou uma criança! Você tem uma nobreza inata que me levou a temer — ou ao menos pensar — que talvez fosse cego aos meus pequenos encantos, e que assim haveria de buscar fortuna na cidade grande, para lá conhecer e desposar uma dama formosa de esplendor retratado nos livros de moda.

"Mas, Jack, se realmente sou eu quem você adora, deixemos de lado todo esse circunlóquio. Jack — meu querido — meu coração sempre foi suscetível aos seus encantos masculinos. Também nutro uma grande afeição por ti — considero-me tua, e por favor não te esqueças de comprar a aliança na loja de Perkins, onde vendem ótimas imitações de diamantes."

"Ermengarde, meu amor!"

"Jack — meu precioso!"

"Minha querida!"

"Meu tudo!"

"Meu Deus!"

[Cortina]

II.
E o vilão continuou a persegui-la

Porém essas passagens ternas, sagradas por força do ardor, não passaram em branco a olhos profanos; pois, escondido entre os arbustos, o terrível sr. Hardman rilhava os dentes! Quando os amantes enfim se puseram a caminhar ele foi até a estrada, torcendo o bigode entre os dedos e virando o relho na mão, e chutando um gato inocente que também andava por lá.

"Maldição!", ele bradou — Hardman, não o gato. "Meu plano de ganhar a menina e a fazenda está agora frustrado! Mas Jack Manly jamais vai conseguir o que quer! Sou um homem poderoso — vejamos o que acontece!"

Com essas palavras ele foi até a cabana do humilde Stubbs, onde encontrou o pai dedicado no porão, lavando garrafas sob o olhar atento da gentil esposa e mãe Hannah Stubbs. Sem mais delongas, o vilão falou:

"Fazendeiro Stubbs, há tempos nutro uma afeição terna pela sua linda filha Ethyl Ermengarde. O amor me consome, e desejo a mão dela em matrimônio. Como um homem de poucas palavras, não pretendo recorrer a eufemismos. Dê-me a menina, ou então vou executar a hipoteca e retomar a antiga casa!"

"Mas, senhor", disse o pobre Stubbs enquanto os olhos da esposa chocada enchiam-se de indignação, "tenho certeza de que as afeições da menina têm por alvo um outro."

"Ela há de ser minha!", declarou o sinistro cavalheiro. "Eu vou fazer com que ela me ame — ninguém resiste à minha vontade! Ou ela casa comigo, ou então a antiga propriedade já era!"

E, com um sorriso zombeteiro e um giro do relho, o sr. Hardman afastou-se rumo à noite.

Mal ele havia partido e os amantes inflamados chegaram pelos fundos da casa, ávidos por revelar ao casal Stubbs aquela felicidade recém-encontrada. Imagine a consternação universal que tomou conta de tudo quando a história foi revelada! Lágrimas escorreram como cerveja, até que de repente Jack lembrou-se de que era o herói — e assim ergueu a cabeça e declarou, com marcada ênfase viril:

"Jamais a bela Ermengarde há de ser oferecida como sacrifício àquela besta enquanto eu viver! Hei de protegê-la — ela é minha, minha, minha — sempre! Nada temam, futuro pai e futura mãe — prometo guardar a todos! Deste lado [não confundir com "destilado" — embora Jack tivesse grande simpatia pela mercadoria produzida na fazenda do velho Stubbs], os senhores vão manter a antiga casa; do outro, eu vou conduzir ao altar a bela Ermengarde, mais bela representante do sexo frágil! Que se dane o cavalheiro cruel e o ouro conseguido por meios escusos — o bem sempre vence, e um herói tem sempre razão! Vou à cidade para lá fazer a fortuna necessária para salvá-los antes que a hipoteca seja devida! Adeus, meu amor — hoje a deixo às lágrimas, mas prometo voltar para quitar a hipoteca e tomá-la por esposa!"

"Jack, meu protetor!"

"Ermie, minha balinha de caramelo!"

"Minha querida!"

"Meu amado! — Ah, e não esqueças daquela aliança na loja de Perkins."

"Oh!"

"Ah!"

[Cortina]

III.
Um ato terrível

Mas o intrépido sr. Hardman não se deixaria frustrar com tamanha facilidade. Perto do vilarejo havia um cortiço, habitado por uma ralé indolente que vivia da punga e de biscates. Lá, o vilão diabólico arranjou dois comparsas — sujeitos repulsivos que não tinham nada de gentis-homens. E à noite o trio maléfico arrombou a cabana de Stubbs e raptou a bela Ermengarde, para então a levar ao barraco de um cortiço e deixá-la aos encargos da Velha Maria, uma bruxa odiosa. O fazendeiro Stubbs ficou inconsolável, e teria colocado anúncios nos jornais se os custos fossem menores do que um centavo por palavra a cada inserção. Ermengarde manteve-se firme, sem jamais voltar atrás na recusa a casar-se com aquele vilão.

"Aha, minha beldade orgulhosa", disse ele, "tenho-te em meu poder, e mais cedo ou mais tarde vou dobrar essa vontade! Nesse meio-tempo, pensa no teu velho pai e na tua velha mãe, sem ter onde morar, vagando desamparados pelo campo!"

"Ah, poupe-os, poupe-os!", suplicou a donzela.

"Jamais... ha ha ha ha!", riu o bruto.

E assim se passaram aqueles dias cruéis, enquanto Jack Manly, alheio a tudo, estava na grande cidade em busca de fama e fortuna.

IV.
Uma vilania sutil

Certo dia, quando o sr. Hardman sentou-se na sala de estar de sua casa elegante e palaciana a fim de distrair-se com os passatempos favoritos — rilhar os dentes e brandir o relho —, um pensamento lhe ocorreu; e assim ele praguejou em voz alta contra a estátua de Satã no console de ônix.

"Como sou tolo!", exclamou. "Por que me dar todo esse trabalho com a menina quando posso obter a fazenda simplesmente executando a hipoteca? Eu nunca havia pensado nisso! Vou soltar a menina e tomar a fazenda, e assim vou estar livre para casar-me com uma bela menina da cidade como aquela moça do burlesco que se apresentou semana passada na Prefeitura!"

E assim ele foi ao cortiço, pediu desculpas a Ermengarde, deixou que voltasse para casa e também voltou para casa a fim de planejar novos crimes e inventar novas formas de vilania.

Os dias passaram-se e os Stubbs entristeceram-se com a iminente perda da casa onde moravam, porém não parecia haver ninguém capaz de fazer o que quer que fosse. Um dia um grupo de caçadores da cidade por acaso chegou à antiga fazenda, e um deles encontrou o ouro!!! Depois de esconder a descoberta para que os outros não vissem, fingiu ter sido picado por uma cascavel e foi à cabana de Stubbs pedir ajuda. Ermengarde abriu a porta e o viu. Ele também a viu, e naquele momento decidiu ter a menina e o ouro para si. "Em nome da minha velha mãe" — ele disse para si mesmo. "Nenhum sacrifício é grande demais!"

V.
O sujeito da cidade

Algernon Reginald Jones era um homem requintado e mundano da cidade grande, e nas mãos dele nossa pobre Ermengarde era como uma criança inocente. Seria quase possível acreditar naquela história de dezesseis anos. Algy trabalhava depressa, mas o trabalho nunca era mal-ajambrado. Ele poderia ter ensinado a Hardman uma ou duas coisas sobre a arte da sedução. Ao fim de apenas uma semana no círculo familiar dos Stubbs, onde esteve à espreita como a vil serpente que era, Algernon convenceu a heroína a fugir com ele! À noite, Ermengarde deixou um bilhete para os pais, cheirou o mosto familiar pela última vez e despediu-se do gato com um beijo — uma cena deveras tocante! No trem, Algernon teve sono e dormiu no assento, deixando um papel cair do bolso por acidente. Ermengarde, aproveitando-se da situação de noiva, juntou a folha de papel dobrada e leu todo aquele conteúdo perfumado — mas ah! Ela quase desmaiou! Era uma carta de amor de outra mulher!!!

"Traidor pérfido!", ela sussurrou para Algernon, que ainda dormia; "então é essa a fidelidade que você me oferece! Nunca mais quero saber de você!"

E, ao terminar de proferir essas palavras, ela o empurrou para fora da janela e acomodou-se para um merecido descanso.

VI.
Sozinha na cidade grande

Quando o ruidoso trem parou na estação escura da cidade, a pobre e indefesa Ermengarde se viu sozinha e sem dinheiro para retornar a Hogton. "Ah, por quê", ela suspirou com remorso inocente, "por que não peguei a carteira dele antes de empurrá-lo para fora? Agora estou preocupada! Ele me contou tudo sobre a cidade e sobre como ganhar dinheiro fácil por aqui para voltar para casa, e talvez até mesmo para quitar a hipoteca!"

Mas pobre de nossa pequena heroína — o trabalho não é nada fácil para uma pessoa inexperiente, e assim por uma semana inteira Ermengarde foi obrigada a dormir em bancos de praça e a arranjar comida na fila do pão. A certa altura uma pessoa aproveitadora e má, percebendo essa inocência toda, ofereceu-lhe um trabalho como lavadora de pratos num cabaré depravado que estava na moda; porém nossa heroína manteve-se leal aos ideais rústicos e recusou-se a trabalhar naquele palácio dourado e brilhante da frivolidade — em especial porque lhe ofereceram apenas três dólares por semana, com refeições mas sem alojamento. Ela tentou procurar Jack Manly, o amante de outrora, mas não conseguiu encontrá-lo. Talvez ele não a reconhecesse; pois na pobreza Ermengarde voltara a ter cabelos castanhos, e Jack não a via naquele estado desde os tempos de escola. Um dia Ermengarde encontrou uma bolsa cara e bonita no parque; e, ao ver que não havia muita coisa lá dentro, levou-a de volta para a senhora cujo cartão atestava a posse do objeto. Encantada para além das palavras com a honestidade daquela órfã abandonada, a aristocrática sra. Van Itty adotou Ermengarde para substituir a filha que lhe fora roubada anos atrás. "Você se parece muito com a minha preciosa Maude", ela suspirou enquanto observava aqueles lindos cabelos castanhos voltarem a ser louros. E assim várias semanas passaram-se enquanto os pais de Ermengarde permaneciam em casa arrancando os cabelos e o malvado sr. Hardman achava graça com uma expressão demoníaca no rosto.

VII.
Felizes para sempre

Um dia a abastada herdeira Ermengarde S. Van Itty contratou um segundo assistente de motorista. Ao ver que o rosto dele parecia familiar, ela tornou a encará-lo e não pôde conter o espanto. Eis que não era ninguém menos do que o pérfido Algernon Reginald Jones, que ela havia empurrado pela janela do vagão naquele dia fatídico! Ele havia sobrevivido — esse tanto ficou claro no mesmo instante. Além disso, tinha casado com a outra mulher, que por sua vez havia fugido com o leiteiro e com todo o dinheiro da casa. Humilhado, ele pediu perdão à nossa heroína e confiou-lhe o segredo do ouro na fazenda do pai. Comovida a ponto de não conseguir falar, Ermengarde aumentou o salário dele um dólar por mês e decidiu saciar de uma vez por todas a eterna sede causada pela vontade de acabar com as preocupações dos pais. Foi assim que um belo dia Ermengarde foi de carro até Hogton e chegou na fazenda no exato momento em que o sr. Hardman executava a hipoteca e expulsava os velhos da propriedade.

"Pare, vilão!", exclamou Ermengarde, mostrando um colossal rolo de cédulas. "Você perdeu no final! Aqui está o seu dinheiro — agora vá embora, e nunca mais torne a bater em nossa humilde porta!"

A seguir ocorreu um alegre reencontro, enquanto o sr. Hardman torcia o bigode entre os dedos e virava o relho na mão, estupefato e perplexo. Ah! Mas que barulho é esse? Ouvem-se passos no antigo caminho de pedras, e quem estava lá se não nosso herói Jack Manly — cansado e desalinhado, mas com uma expressão radiante. Dirigindo a palavra ao vilão derrotado, perguntou:

"O senhor poderia emprestar-me uma nota de dez? Acabo de voltar da cidade com minha noiva, a bela Bridget Goldstein, e preciso começar o trabalho aqui na antiga fazenda." Depois, voltando-se aos Stubbs, ele pediu desculpas pela incapacidade de quitar a hipoteca como havia prometido.

"Não há por que falar nisso", disse Ermengarde; "a prosperidade chegou para nós, e para mim seria pagamento suficiente se você esquecer para sempre os devaneios de nossa infância."

Durante todo esse tempo a sra. Van Itty estava sentada no carro, à espera de Ermengarde; mas, enquanto olhava com uma expressão langorosa para o rosto de Hannah Stubbs, sentiu o despertar de uma antiga memória. E então tudo voltou, e ela lançou uma acusação contra a rústica matriarca.

"Você — você — Hannah Smith — eu a reconheço! Vinte e oito anos atrás você foi a ama da minha Maude, e acabou por roubá-la do berço!!! Onde, ah, onde está a minha filha?" A seguir um pensamento surgiu como o relâmpago num céu escuro. "*Ermengarde* — você disse que ela é *sua* filha... Ela é minha! O destino me devolveu a minha única filha — minha pequena Maude! — Ermengarde — Maude — venha para os braços amorosos da sua mãe!!!"

Mas Ermengarde estava às voltas com pensamentos grandiosos. Como poderia continuar a dizer que tinha dezesseis anos quando fora raptada vinte e oito anos atrás? E, se não fosse a filha de Stubbs, o ouro jamais seria dela. A sra. Van Itty era rica, mas o sr. Hardman era ainda mais rico. Após chegar perto daquele vilão desalentado ela aplicou-lhe um último e terrível castigo.

"Meu senhor", ela disse, "mudei de ideia. Eu amo o senhor e sua força ingênua. Case comigo, senão vou denunciá-lo por aquele rapto no ano passado. Execute a hipoteca e aproveite comigo o ouro que sua argúcia encontrou. Venha, querido!" E o pobre-diabo foi.

FIM

Ibid

(*... como afirma Ibid na célebre obra* Vidas dos poetas.
Retirado do trabalho de um aluno.)

A ideia errônea de que Ibid seria o autor das *Vidas* é tão corriqueira, mesmo entre pessoas que afetam certo grau de cultura, que necessita correção. Devia ser um assunto de conhecimento geral que o verdadeiro autor dessa obra é Vide. A obra-prima de Ibid, por outro lado, é a célebre *Op. cit.*, em que todas as importantes tendências de expressão greco-romana foram cristalizadas de uma vez por todas — e com argúcia notável, não obstante o momento supreendentemente tardio em que Ibid a escreveu. Há um relato falso — amiúde reproduzido em livros modernos anteriores à monumental obra *Geschichte der Ostrogothen in Italien* de Von Schweinkopf — segundo o qual Ibid seria um visigodo romanizado da horda de Ataulfo, que se estabeleceu em Placentia por volta de 410 d.C. O contrário não pode ser enfatizado o bastante; pois Von Schweinkopf, e mais tarde Littlewit* e Bêtenoir,** demonstraram com argumentos irrefutáveis que essa figura isolada era um romano genuíno — ou pelo menos um romano tão genuíno quanto aquela época degenerada e miscigenada seria capaz de produzir — a respeito de quem se poderia

* *Rome and Byzantium: A Study in Survival* (Waukesha, 1869), Vol. xx, p. 598.

** *Influences Romains dans le Moyen Age* (Fond du Lac, 1877), Vol. xv, p. 720.

dizer aquilo que Gibbon disse acerca de Boécio: "Ele foi o último homem que Catão ou Cícero teriam reconhecido como um compatriota". Como Boécio e todos os homens eminentes daquela época, ele pertenceu à grande família aniciana, e pôde traçar a própria genealogia com grande precisão e satisfação de volta aos grandes heróis da república. Seu nome completo — longo e pomposo, segundo os costumes de uma época que perdeu toda a simplicidade trinomial da nomenclatura romana clássica — foi, segundo Von Schweinkopf,* Caius Anicius Magnus Furius Camillus Æmilianus Cornelius Valerius Pompeius Julius Ibidus; embora Littlewit** rejeite Æmilianus e acrescente *Claudius Decius Junianus*, enquanto Bêtenoir*** apresenta uma versão radicalmente distinta e afirma que o nome completo seria Magnus Furius Camillus Aurelius Antoninus Flavius Anicius Petronius Valentinianus Aegidus Ibidus.

O eminente crítico e biógrafo nasceu no ano 486, pouco após a extinção do império romano de Clóvis na Gália. Roma e Ravena disputam a honra de tê-lo dado ao mundo, embora haja certeza de que recebeu toda a educação retórica e filosófica nas escolas de Atenas — mas o impacto da supressão feita por Teodósio um século antes acerca desse mesmo tema é grosseiramente exagerado pelos superficiais. Em 512, sob o reinado benigno do ostrogodo Teodorico, podemos encontrá-lo como um professor de retórica em Roma, e em 516 ele foi cônsul ao lado de Pompilius Numantius Bombastes Marcellinus Deodamnatus. Com a morte de Teodorico em 526, Ibidus afastou-se da vida pública para compor sua obra mais célebre (cujo estilo digno de Cícero é um caso tão impressionante de atavismo clássico quanto os versos de Cláudio Claudiano, que floresceu um século antes de Ibidus); porém mais tarde

* Conforme Procópio, *Goth*. x.y.z.
** Conforme Jornandes, Codex Murat. xxj. 4144.
*** Conforme Pagi, 50-50.

foi chamado de volta às cenas de pompa como retórico da corte por Teodato, sobrinho de Teodorico.

Com a usurpação de Vitige, Ibidus caiu em desgraça e passou um tempo preso; mas a chegada do exército bizantino-romano sob Belisário logo o restaurou à liberdade e às honras. Durante o cerco a Roma ele serviu bravamente no exército dos defensores, e mais tarde acompanhou as águias de Belisário a Alba, Porto e Centumcellae. Com o fim do cerco franco a Milão, Ibidus acompanhou o douto bispo Datius até a Grécia, e com ele residiu em Coríntio no ano 539. Por volta de 541 voltou a Constantinopla, onde recebeu todas as marcas do favor imperial tanto de Justiniano como de Justiniano II. Os imperadores Tibério e Maurício honraram-no até a idade provecta, e muito contribuíram para sua imortalidade — em especial Maurício, cujo deleite era traçar a própria genealogia de volta à antiga Roma, não obstante ter nascido em Arabisso, na Capadócia. Foi Maurício que, no centésimo primeiro ano do poeta, garantiu a adoção das *Vidas* como obra de referência nas escolas do império — uma honra que se revelou como um fardo letal para as emoções do retórico já entrado em anos, que faleceu tranquilamente em casa, perto da Igreja de Santa Sofia no sexto dia antes das calendas de setembro em 587 d.C., aos cento e dois anos de idade.

Os restos mortais, não obstante o estado de agitação na Itália, foram levados de volta a Ravena para serem enterrados; mas após o enterro no subúrbio de Classe esses restos mortais foram exumados e ridicularizados pelo duque lombardo de Spoleto, que levou o crânio ao rei Autário para que fosse usado como recipiente de bebida. O crânio de Ibid foi orgulhosamente passado de rei para rei ao longo da genealogia lombarda. Com a captura de Pavia por Carlos Magno em 774, o crânio foi tomado de Desidério e levado pelos comboios do conquistador franco. A bem dizer, foi a partir desse vasilhame que o Papa Leão administrou a unção real que transformou o herói nômade em Sagrado Imperador de Roma. Carlos Magno levou o crânio de Ibid para a capital de Aix, para a seguir presenteá-lo ao professor saxão Alcuíno; com a morte deste último, em 804, o crânio foi entregue ao povo de Alcuíno na Inglaterra.

Guilherme o Conquistador, depois de encontrá-lo no nicho de uma abadia onde a pia família de Alcuíno o havia colocado (na crença de que aquele fosse o crânio de um santo* capaz de aniquilar milagrosamente os lombardos por meio de orações), reverenciou aquela ossada antiga; e até mesmo os embrutecidos soldados de Cromwell, ao destruir a Abadia de Ballylough na Irlanda em 1650 (uma vez que o crânio fora transportado para lá em segredo por um devoto papista em 1539, após a dissolução dos monastérios promovida por Henrique VIII), recusaram-se a praticar qualquer tipo de violência contra aquela venerável relíquia.

O crânio foi capturado pelo soldado Read-'em-and--Weep Hopkins, que pouco tempo depois o trocou com Rest-in-Jehovah Stubbs por uma libra de erva nova da Virgínia. Stubbs, depois de mandar o filho Zerubbabel em busca de fortuna na Nova Inglaterra em 1661 (por imaginar que a atmosfera de Restauração não faria bem a um jovem e pio senhor de terras), entregou-lhe o crânio de São Ibid — ou antes Irmão Ibid, uma vez que detestava tudo o que fosse Católico Romano — como um talismã. Ao chegar em Salém, Zerubbabel colocou-o no armário ao lado da chaminé depois de construir uma casa modesta próxima à bomba-d'água. A influência da Restauração, contudo, não passara despercebida; e, com o vício no jogo, Zerubbabel perdeu o crânio para um certo Epenetus Dexter, visitante de Providence.

Foi na casa de Dexter, ao norte do vilarejo, perto da atual intersecção entre a North Main Street e a Olney

* Somente após a publicação da obra de Von Schweinkopf em 1797 S. Ibid e o retórico foram corretamente reidentificados.

Street, por ocasião do ataque de Canonchet em 30 de maio de 1676, durante a Guerra do rei Felipe; e o astuto sachem, ao reconhecê-lo como um objeto venerável e dignificado, enviou-o como símbolo de uma aliança com os pequots de Connecticut, com os quais mantinha tratativas. No dia 4 de abril ele foi capturado pelos colonos e logo a seguir executado, mas a austera cabeça de Ibid persistiu nas andanças.

Os pequots, já enfraquecidos por uma guerra anterior, naquele momento não puderam oferecer aos narragansetts nenhum tipo de assistência; e em 1680 Petrus van Schaack, um mercador de peles holandês de Albany, garantiu a posse do distinto crânio pela modesta soma de dois florins após reconhecer o valor daquele objeto graças à inscrição já parcialmente apagada feita em minúsculas lombárdicas (a paleografia, convém explicar, foi uma das mais importantes conquistas dos mercadores de peles dos Novos Países Baixos no século XVII).

Ibidus rhetor romanus

Infelizmente a relíquia foi roubada de Van Schaack em 1683 pelo comerciante francês Jean Grenier, cujo ímpeto Católico Romano reconheceu as feições de um homem que fora ensinado pela mãe a reverenciar de joelhos como Saint Ibide. Grenier, inflamado ao saber que um objeto sagrado encontrava-se na posse de um protestante, certa noite abalroou a cabeça de Van Schaack com um machado e fugiu rumo ao norte com o espólio; porém logo foi novamente roubado e morto pelo viajante mestiço Michel Savard, que levou o crânio — apesar do analfabetismo que o impedira de reconhecê-lo — a uma coleção de material similar porém mais recente.

Quando morreu, em 1701, o filho mestiço Pierre trocou-o com emissários dos Sacs and Foxes, e o crânio foi encontrado no lado de fora da tenda do chefe uma geração mais tarde por Charles de Langlade, fundador do entreposto comercial em Green Bay, Winsconsin. De Langlade encarava o objeto com a devida reverência, e trocou-o por uma enorme quantidade de miçangas; porém mesmo assim o crânio logo se encontrou em várias outras mãos, depois de ser trocado em territórios próximos ao Lago Winnebago, com as tribos que vivem ao redor do Lago Mendota e por fim, no início do século XIX, com o francês Solomon Juneau no novo entreposto comercial de Milwaukee, às margens do Rio Menominee e do Lago Michigan.

Mais tarde o crânio foi novamente trocado com outro colono chamado Jacques Caboche, e em 1850 foi perdido em um jogo de xadrez ou pôquer para um recém-chegado de nome Hans Zimmerman; e assim passou a ser usado como um caneco até o dia em que, sob o feitiço do conteúdo, este homem derrubou-o no caminho em frente à porta de casa — onde, depois de cair na toca de um cão-da-pradaria, o crânio manteve-se imune às tentativas de recuperação e redescoberta que sucederam o despertar.

E foi assim que por gerações o crânio sagrado de Caius Anicius Magnus Furius Camillus Æmilianus Cornelius Valerius Pompeius Julius Ibidus, cônsul de Roma, favorito de imperadores e santo da igreja Católica Romana, permaneceu enterrado no solo de uma cidade cada vez maior. A princípio reverenciado pelos ritos sombrios dos cães-da-pradaria, que viram naquilo uma divindade enviada pelo mundo da superfície, o crânio mais tarde foi relegado à mais absoluta negligência quando aquela raça de simples habitantes de tocas desprovidos de toda arte sucumbiu à investida dos conquistadores arianos. Os esgotos foram construídos, mas deixaram o crânio em paz. Casas foram erguidas — duas mil trezentas e três, e depois mais — e por fim, em uma derradeira e fatídica noite, uma coisa titânica se passou. A sutil Natureza, convulsionada por um êxtase espiritual, como a espuma da antiga bebida da região, derrubou os elevados e ergueu os humildes — e eis o que se passou! Na aurora rósea, os habitantes de Milwaukee levantaram-se das camas para descobrir que a pradaria havia se transformado em terras altas! Esse grande alteamento foi vasto e distante. Segredos arcanos do subterrâneo, ocultos por anos, por fim viram-se expostos à luz. E lá, em plena estrada erguida, desbotada e tranquila em uma pompa contida, sagrada e consular, estava o crânio abobadado de Ibid!

Os ratos nas paredes

Em 16 de julho de 1923 mudei-me para Exham Priory quando o último trabalhador deu a obra por encerrada. A restauração tinha sido uma tarefa estupenda, uma vez que da construção abandonada havia restado pouco mais do que uma casca vazia em ruínas; mas, como aquela fosse a sede dos meus antepassados, não permiti que as despesas me desencorajassem. O lugar não era habitado desde a época de James I, quando uma tragédia de natureza medonha, ainda que em boa parte inexplicada, ceifou a vida do patriarca, cinco de seus filhos e diversos membros da criadagem; e levou uma nuvem de suspeita e terror a pairar sobre a cabeça do terceiro filho, meu antecessor em linha reta e único sobrevivente dessa execranda genealogia. Com o único herdeiro denunciado pelo assassinato, a propriedade foi entregue à coroa, e o acusado nem ao menos tentou provar sua inocência ou recuperar o patrimônio. Abalado por um horror maior do que aquele suscitado pela consciência e pelas leis, e expressando apenas um desejo frenético de excluir a construção ancestral da vista e da lembrança, Walter de la Poer, décimo primeiro barão Exham, tratou de fugir para a Virgínia, onde fundou a família que pelo século a seguir passou a chamar-se Delapore.

A casa em Exham Priory permaneceu desabitada, embora mais tarde tenha sido entregue à família Norrys e tratada como objeto de estudos em razão da arquitetura curiosamente heterogênea; uma arquitetura que envolvia torres góticas que colmavam uma subestrutura saxônica ou romanesca, cujas fundações remontavam a uma ordem ou mistura de ordens ainda mais antigas — romana ou mesmo druídica ou galesa, se as lendas falam a verdade. Essa fundação era uma coisa deveras singular, ligada por uma das laterais a uma rocha calcária maciça, de cuja borda o priorado sobranceava um vale inóspito cerca de cinco quilômetros a oeste, no vilarejo de Anchester. Arquitetos e antiquários examinavam com gosto aquela estranha relíquia de séculos esquecidos, mas as pessoas da região detestavam-na. Haviam-na detestado ao longo de séculos, desde a época em que os meus ancestrais viviam por lá, e detestavam-na ainda em tempos recentes, com o musgo e o bolor do abandono. Eu não havia passado sequer um dia em Anchester quando soube que eu vinha de uma casa amaldiçoada. E nessa semana trabalhadores explodiram Exham Priory, e agora estão ocupados destruindo todos os resquícios das fundações.

Sempre conheci os dados elementares acerca da minha genealogia, bem como o fato de que o meu primeiro antepassado americano veio para as colônias sob uma estranha nuvem. Quanto aos detalhes, no entanto, eu permanecia totalmente ignorante em razão da política de reticência sempre cultivada pelos Delapore. Ao contrário de nossos vizinhos plantadores, era raro que nos vangloriássemos de ancestrais cruzados ou de outros heróis medievais e renascentistas; e nenhuma tradição foi passada às gerações posteriores, a não ser pelo envelope lacrado que, antes da Guerra Civil, todos os gentis-homens deixaram para que o filho mais velho abrisse postumamente. As glórias que celebrávamos eram aquelas conquistadas desde a migração; as glórias de uma linhagem orgulhosa e honrada, ainda que discreta e pouco social, começada na Virgínia.

Durante a guerra nossa fortuna extinguiu-se, e toda a nossa existência foi transformada pelo incêndio de Carfax, nossa casa às margens do Rio James. Meu avô, já entrado em anos, havia perecido na conflagração, e com ele o envelope que nos atrelava ao passado. Ainda hoje me lembro do incêndio como o vi aos meus sete anos, enquanto os soldados da União gritavam, as mulheres choravam e os negros lamuriavam-se e rezavam. Meu pai estava no exército, fazendo a defesa de Richmond, e após diversas formalidades eu e a minha mãe pudemos atravessar as linhas de batalha para encontrá-lo.

Com o fim da guerra mudamo-nos para o norte, onde a minha mãe nascera; e eu cresci e alcancei a meia-idade e uma absoluta fortuna como um ianque reservado. Nem eu nem meu pai jamais soubemos qual era o conteúdo de nosso envelope hereditário, e ao mergulhar no mundo cinza em que transcorre a vida de um negociante em Massachusetts perdi todo e qualquer interesse nos mistérios que sem dúvida espreitavam desde os primórdios de minha árvore genealógica. Se eu imaginasse a natureza desses mistérios, de bom grado teria abandonado Exham Priory ao musgo, aos morcegos e às teias de aranha!

Meu pai faleceu em 1904, sem deixar nenhuma mensagem para mim ou para o meu único filho, Alfred, um menino de dez anos órfão de mãe. Foi esse menino que inverteu o fluxo de informações acerca da família; pois, embora eu não pudesse oferecer mais do que conjecturas jocosas acerca do passado, Alfred me escreveu narrando lendas ancestrais e deveras interessantes quando, já no final da Guerra Mundial, foi à Inglaterra em 1917 na condição de oficial de aviação. Aparentemente os Delapore tinham uma história conturbada e talvez sinistra, posto que um amigo do meu filho, o cap. Edward Norrys, do Royal Flying Corps, passou um tempo próximo à sede da família em Anchester e relatou superstições campesinas com as quais poucos romancistas poderiam rivalizar em termos de criatividade e fantasia. O próprio Norrys, é claro, não as levava a sério; mas as histórias divertiam o meu filho e forneciam-lhe bom material para as cartas que me enviava. Foram essas lendas que chamaram a minha atenção para a minha própria herança transatlântica e convenceram-me a comprar e restaurar a sede da família, que Norrys havia mostrado a Alfred em situação de pitoresco abandono antes de assumir as tratativas necessárias para baixar o preço a um valor razoável, uma vez que o então proprietário era seu tio.

Comprei Exham Priory em 1918, porém minha atenção foi quase de imediato retirada dos meus planos de restauração quando meu filho tornou a casa mutilado e inválido. Durante os dois anos que viveu eu não pensava em nada além de oferecer-lhe cuidados, e cheguei até mesmo a delegar a gerência dos meus negócios para outras pessoas. Em 1921, ao me descobrir enlutado e sem objetivo na vida — um negociante envelhecido e aposentado —, resolvi passar o tempo que me restava às voltas com minha nova posse. Ao visitar Anchester em dezembro, fui recebido pelo cap. Norrys, um rapaz gorducho e amistoso que tinha o meu filho em alta estima, e assim obtive ajuda para reunir projetos e anedotas que pudessem me auxiliar na futura restauração. Exham Priory não me despertava nenhum tipo de emoção: para mim o lugar não passava de um amontoado de ruínas medievais decrépitas, recobertas por liquens e tomadas por ninhos de corvos, perigosamente equilibradas na beira de um precipício sem nenhum tipo de piso ou de quaisquer outras marcas características para além das paredes de pedra e das torres independentes.

Enquanto aos poucos eu recuperava a imagem da construção à maneira do meu antepassado mais de três séculos atrás, pus-me a contratar trabalhadores para a reconstrução. Para todas as contratações eu precisei ir às localidades vizinhas, pois os habitantes de Anchester cultivavam um ódio quase inacreditável pelo lugar. Esse sentimento era tão intenso que por vezes chegava a ser comunicado aos trabalhadores externos, o que motivou inúmeras deserções; o escopo dessas manifestações parecia incluir tanto o priorado em si como a antiga família que o habitava.

Meu filho disse-me que era em parte evitado durante as visitas por ser um De la Poer, e de repente vi-me ostracizado por uma razão similar até convencer os camponeses de que eu pouco sabia a respeito da minha ascendência. Mesmo assim os trabalhadores olhavam-me atravessado, e para me informar sobre as tradições do vilarejo precisei recorrer à intermediação de Norrys. Segundo inferi, o ato imperdoável que eu tinha cometido aos olhos daquelas pessoas consistia em ter voltado para restaurar aquilo que a todos parecia um símbolo odioso; pois, racionalmente ou não, todos viam Exham Priory como nada menos do que um refúgio de fantasmas e lobisomens.

Ao organizar em um todo coeso as histórias que Norrys havia reunido a meu pedido, e ao suplementá-las com os relatos de vários homens sábios que haviam estudado as ruínas, cheguei à conclusão de que Exham Priory fora erguido no sítio de um templo pré-histórico; uma coisa druídica ou pré-druídica que devia ser contemporânea de Stonehenge. Quanto ao fato de que ritos indescritíveis se haviam celebrado no local praticamente não restava dúvida; e havia incômodos relatos sobre a transferência desses ritos para o culto a Cibele introduzido pelos romanos. Inscrições ainda visíveis no subporão traziam sequências de letras inconfundíveis, como a inscrição "DIV... OPS... MAGNA. MAT..." da Magna Mater, cuja celebração outrora foi em vão proibida aos cidadãos de Roma. Anchester fora o acampamento da terceira Legião Augusta, conforme atestam inúmeros resquícios, e dizia-se que o templo de Cibele era esplêndido e enchia-se de cultistas que realizavam cerimônias nefandas presididas por um sacerdote frígio. As histórias acrescentavam que a decadência da antiga religião não pusera fim às orgias no templo, mas que os sacerdotes haviam simplesmente passado a viver na nova fé sem nenhuma mudança efetiva. Da mesma forma, dizia-se que os ritos não haviam desaparecido com o poderio de Roma, e que determinados saxões haviam expandido o que restara do templo, conferindo-lhe assim o aspecto que havia subsequentemente preservado e transformando-o no centro de um culto temido por boa parte da heptarquia. Por volta do ano 1000 d.C. o lugar é mencionado em uma crônica que o descreve como um imponente priorado de pedra que oferece abrigo a uma estranha e poderosa ordem monástica e cercado por extensos jardins que nem ao menos precisavam de muros para manter afastado o populacho assustadiço. O local jamais fora destruído pelos daneses, embora após a Conquista Normanda o declínio tenha sido tremendo — pois não houve impedimento quando Henrique III concedeu a propriedade ao meu ancestral, Gilbert de la Poer, primeiro barão Exham, em 1261.

Não há em minha família relatos malignos anteriores a essa data, mas esse ano deve ter precipitado acontecimentos estranhos. Uma das crônicas faz referência a um De la Poer como "amaldiçoado por Deus" em 1307, enquanto as lendas do vilarejo eram pródigas em relatos de maldade e medo frenético ao falar do castelo erguido sobre as fundações do antigo templo e priorado. As histórias contadas junto ao fogo revestiam-se de um caráter absolutamente macabro, e tornavam-se ainda mais grotescas em razão da reticência arredia e das evasivas nebulosas. Essas narrativas descreviam meus antepassados como uma raça de demônios hereditários que fariam Gilles de Rais e o Marquês de Sade parecerem amadores totais, e além disso faziam insinuações sussurrantes quanto à responsabilidade que teriam no desaparecimento ocasional de camponeses ao longo de várias gerações.

Os personagens mais deploráveis eram aparentemente os barões e os descendentes em linha reta; pois eram esses os objetos das histórias sussurradas com maior frequência. Segundo diziam, caso tivesse predisposições saudáveis, o herdeiro morreria cedo e em circunstâncias misteriosas, a fim de abrir caminho para um descendente mais típico. Parecia haver um culto privado no seio da família, liderado pelo chefe da casa, e em geral fechado a não ser para um reduzido número de integrantes. Claramente esse culto tinha por base o temperamento, e não a ascendência, pois diversos foram aqueles que entraram pela via do casamento. Lady Margaret Trevor da Cornualha, esposa de Godfrey, segundo filho do quinto barão, tornou-se o terror favorito das crianças por toda a zona rural, e também a heroína demoníaca de uma antiga balada particularmente horrível que ainda não se extinguiu nos arredores da fronteira com o País de Gales. Também preservada como balada, embora não ilustrasse o mesmo tema, restou a medonha história de Lady Mary de la Poer, que logo após o casamento com o *earl* de Shrewsfield foi morta pelo marido e pela sogra, assassinos mais tarde absolvidos e abençoados pelo pastor a quem se dignaram a confessar aquilo que não ousavam dizer ao mundo.

Esses mitos e baladas, embora característicos das mais grosseiras superstições, causaram-me enorme repulsa. A forma como haviam persistido e a aplicação a uma extensa linha de ancestrais meus eram particularmente incômodas, ao passo que as imputações de hábitos monstruosos guardavam semelhanças inquietantes com um célebre escândalo dos meus antepassados imediatos — o caso do meu primo, o jovem Randolph Delapore de Carfax, que viveu entre os negros e voltou da Guerra do México como um sacerdote vodu.

Eu me sentia bem menos perturbado com as histórias vagas sobre uivos e gritos no vale inóspito e açoitado pelo vento abaixo da colina de rocha calcária; com os odores do cemitério após as chuvas da primavera; com a coisa branca rastejante que guinchou ao ser pisoteada pelo cavalo de Sir John Clave certa noite em um campo solitário; e com o criado que enlouqueceu ao avistar uma coisa no priorado em plena luz do dia. Essas histórias todas não passavam de invencionices típicas do folclore espectral, e na época eu era um cético empedernido. Os relatos de camponeses desaparecidos não podiam ser prontamente descartados, embora não se revestissem de nenhum significado profundo em vista dos hábitos medievais. A curiosidade insolente era punida com uma sentença de morte, e mais de uma cabeça decapitada fora exibida em local público nos bastiões que outrora haviam cercado Exham Priory.

Certas narrativas eram pitorescas ao extremo, e levaram-me a desejar que eu tivesse estudado mitologia comparada mais a fundo em minha juventude. Havia, por exemplo, a crença de que uma legião de demônios com asas de morcego celebrava o Sabá das Bruxas todas as noites no priorado — uma legião cuja subsistência talvez explicasse a desproporcional abundância de legumes rústicos colhidos nos amplos jardins. E acima de tudo havia o vívido e dramático épico dos ratos — um exército de patas ligeiras formado por roedores obscenos que haviam infestado o castelo e os arredores três meses após a tragédia que o condenara ao abandono — o exército magro, pestilento e voraz que havia destruído tudo o que encontrava pela frente e devorado aves, gatos, cachorros, porcos, ovelhas e até mesmo dois malfadados seres humanos antes que a fúria se aplacasse. Um ciclo inteiro de lendas ronda esse memorável exército de roedores, que se espalhou entre as casas do vilarejo e deixou maldições e horrores para trás.

Eis o folclore que me assolava enquanto eu insistia em levar ao fim, com a obstinação de um velho, os trabalhos de restauração na antiga casa dos meus ancestrais. Não se deve imaginar por um instante sequer que essas histórias formassem o meu ambiente psicológico primário. Por outro lado, eu recebia elogios e motivação constantes da parte do cap. Norrys e dos antiquários que me cercavam e me ofereciam auxílio. Quando o trabalho foi completado mais de dois anos após o início das obras, examinei os cômodos amplos, as paredes com lambris, os tetos abobadados, as janelas com mainéis e as escadas largas com um orgulho que compensou integralmente as despesas prodigiosas incorridas na restauração. Todos os atributos da Idade Média foram reproduzidos com desvelo, e as partes novas harmonizaram-se perfeitamente com as paredes e fundações originais. A sede dos meus antepassados estava completa, e eu me sentia ansioso por restaurar pelo menos em parte a fama da linhagem que acabava em mim. Eu moraria lá até o fim dos meus dias, e provaria que um De la Poer (pois eu havia restaurado a grafia original do nome) não era necessariamente um demônio. Meu consolo deve ter parecido maior porque, embora Exham Priory tivesse um aspecto medieval, o interior era de fato novo e encontrava-se totalmente livre de ratos e de velhos fantasmas.

Conforme eu disse anteriormente, mudei-me no dia 16 de julho de 1923. Além de mim, a casa era ocupada por sete criados e nove gatos — uma espécie à qual sou particularmente afeito. Meu gato mais velho, "Preto", tinha sete anos de idade e viera comigo desde Bolton, Massachusetts; os outros eu acumulara ao longo da estada na casa da família do cap. Norrys durante a restauração do priorado. Por cinco dias a nossa rotina seguiu na mais absoluta placidez, e passei a maior parte do tempo ocupado com a organização de dados pertinentes à minha antiga família. Nesse ponto eu havia obtido relatos bastante circunstanciais sobre a derradeira tragédia e a posterior fuga de Walter de la Poer, que eu imaginava serem os temas da correspondência hereditária perdida no incêndio em Carfax. Os indícios sugeriam que o meu antepassado fora alvo de uma acusação substanciada de haver matado todos os demais ocupantes da casa, a não ser por quatro criados confederados, enquanto dormiam, cerca de duas semanas após uma chocante descoberta que havia transformado seu comportamento, mas que — a não ser por insinuações vagas — permaneceu inconfessada, exceto talvez no que dizia respeito aos criados que o assistiram e mais tarde empreenderam fuga.

Essa matança deliberada, que incluíra o pai, três irmãos e duas irmãs, foi em boa parte tolerada pelos moradores do vilarejo, e graças ao tratamento complacente da justiça o responsável conseguiu escapar com a honra intacta, sem nenhuma punição e nenhum disfarce, rumo à Virgínia; o sentimento geral, comunicado aos sussurros, era o de que havia purgado a região de uma maldição imemorial. Que descoberta o havia levado a agir dessa maneira abominável era um mistério sobre o qual eu não poderia sequer conjecturar. Walter de la Poer devia ter conhecido por longos anos as histórias sinistras que rondavam a família, então dificilmente teria sido esse material o responsável pelo impulso homicida. Será que havia testemunhado os horrores de um rito ancestral, ou ainda topado com um símbolo medonho e revelador no priorado ou nos arredores? Segundo relatos, ele tinha sido um jovem tímido e gentil na Inglaterra. Na Virgínia, parecia menos um homem endurecido ou amargo e mais um sujeito apreensivo e tripudiado. Era mencionado no diário de outro gentil-homem aventureiro, Francis Harley, de Bellview, como um homem com rematado senso de justiça, honradez e finesse.

Em 22 de julho sobreveio o primeiro incidente que, embora tratado como pouco mais do que nada à época, assume contornos sobrenaturais em relação a eventos posteriores. Foi uma coisa simples a ponto de parecer desprezível, que não poderia ter chamado atenção quando aconteceu; pois deve-se lembrar que, como eu me encontrava em uma construção nova em tudo, salvo as paredes, e ademais rodeado por uma criadagem devidamente capacitada, qualquer tipo de apreensão teria parecido absurda a despeito da localidade. O que mais tarde recordei foi meramente o seguinte — que o meu velho gato preto, cujo humor eu tão bem conheço, mostrara-se alerta e ansioso em um nível de todo incompatível com seu temperamento habitual. Ele andou de cômodo em cômodo, inquieto e perturbado, e por diversas vezes farejou as paredes que faziam parte da antiga estrutura gótica. Percebo que tudo soa muito trivial — como o inevitável cachorro da história de fantasmas, que rosna toda vez que o dono vê uma figura coberta por um manto — mas não tenho como suprimir esse detalhe.

No dia seguinte um criado reclamou de uma inquietação generalizada entre os gatos da casa. Ele foi até o meu estúdio, localizado no elegante cômodo oeste do segundo andar, com abóbadas de aresta, lambris de carvalho-negro e uma tripla janela gótica que dava para a colina de rocha calcária e para o vale desolado; e enquanto o homem falava eu percebi o vulto longilíneo de Preto esgueirar-se ao longo da parede oeste e arranhar os painéis recém-instalados que recobriam a pedra ancestral. Eu respondi que devia haver um odor ou uma emanação na cantaria antiga, imperceptível ao olfato humano, mas capaz de chegar aos delicados órgãos dos gatos mesmo através do recém-completado trabalho de marcenaria. Essa foi de fato a minha crença naquele momento, e quando o sujeito insinuou a presença de camundongos ou ratos, mencionei que o lugar mantivera-se livre de roedores ao longo de três séculos, e que mesmo os ratos do campo no terreno ao redor dificilmente poderiam ser encontrados naquelas paredes elevadas, às quais nunca haviam chegado. Na mesma tarde eu liguei para o cap. Norrys, e ele me garantiu que seria muito estranho que os ratos do campo houvessem infestado o priorado de maneira súbita e inesperada.

Na mesma noite, após mais uma vez dispensar o camarista, recolhi-me à câmara na torre oeste que eu tinha escolhido para mim, cujo acesso dava-se a partir do estúdio por meio de uma escada de pedra seguida por uma pequena galeria — respectivamente uma parte antiga e uma parte totalmente restaurada. Era um cômodo circular, muito alto e sem lambris, ornado com um reposteiro que eu mesmo escolhera em Londres. Ao ver que Preto estava comigo, fechei a porta gótica e me recolhi à luz das lâmpadas elétricas que faziam as vezes de velas, e por fim apaguei a luz e deixei-me afundar na cama entalhada com dossel tendo o venerável gato no lugar habitual aos meus pés. Não fechei as cortinas, mas fiquei olhando para a estreita janela norte à minha frente. A suspeita de uma aurora pairava no céu, e os delicados padrões da janela revelavam-se como belas silhuetas.

A certa altura eu devo ter adormecido, pois lembro-me que tive a sensação clara de emergir de estranhos sonhos quando o gato sobressaltou-se. Vi-o sob a tênue cintilância da aurora, com a cabeça estendida para a frente, as patas dianteiras nos meus tornozelos e as patas traseiras esticadas para trás. Ele mantinha o olhar fixo em um ponto da parede a oeste da janela, um ponto onde os meus olhos não conseguiam perceber nada, mas no qual toda a minha atenção estava naquele instante concentrada. E, enquanto observava, eu soube que a agitação de Preto não era em vão. Eu não saberia dizer se o reposteiro moveu-se. Acredito que tenha se movido, bem de leve. Mas o que posso jurar é que, atrás de mim, ouvi passos ligeiros e discretos, como os de ratos ou camundongos. No momento seguinte o gato saltou em direção à tapeçaria, derrubando-a ao chão com o peso do corpo e revelando uma antiga e úmida parede de pedra, remendada aqui e acolá pelos restauradores e sem nenhum indicativo da presença de roedores. Preto começou a andar de um lado para outro junto a esse trecho da parede, cutucando o reposteiro derrubado e por vezes tentando enfiar a pata entre a parede e o painel de carvalho. Mas não havia encontrado nada, e ao fim de mais um tempo voltou decepcionado para repousar aos meus pés. Eu não havia me mexido, porém não consegui mais dormir naquela noite.

Pela manhã fiz perguntas a todos os membros da criadagem e descobri que ninguém havia percebido nada fora do comum, a não ser a cozinheira, que relatou as ações do gato que repousava no parapeito da janela. Esse gato havia se posto a regougar durante a madrugada, o que acordou a cozinheira e permitiu-lhe ver quando disparou porta afora e desceu a escada às pressas. Cochilei durante o dia, e ao entardecer pedi que tornassem a chamar o cap. Norrys, que demonstrou profundo interesse pelo que eu havia lhe contado. Os estranhos incidentes — pequenos mas curiosos — despertaram-lhe o senso do pitoresco e evocaram uma série de recordações acerca do folclore espectral da localidade. Estávamos de fato perplexos com a presença de ratos, e Norrys emprestou-me ratoeiras e verde-paris; pedi aos criados que os colocassem em pontos estratégicos quando retornei.

Recolhi-me cedo em razão da sonolência, mas fui perturbado por sonhos absolutamente horrendos. Eu parecia estar olhando para baixo a partir de uma altitude enorme no alto de uma gruta crepuscular, atolado até os joelhos em sujeira, num local em que um pastor demoníaco guiava com o cajado um rebanho de bestas flácidas e fungoides cuja aparência causou-me inefável repulsa. E então, quando o pastor se deteve e fez um aceno de cabeça enquanto cuidava de sua tarefa, um enorme bando de ratos choveu sobre o abismo fedentinoso e pôs-se a devorar indiscriminadamente os animais e o homem.

Dessa terrível visão noturna eu fui despertado pelos movimentos de Preto, que dormia aos meus pés, como de costume. Dessa vez não foi preciso questionar a origem dos bufos e dos rosnados, nem do medo que o levou a cravar as garras em meu tornozelo sem ter ideia do efeito causado; por todos os lados as paredes do quarto pareciam vivas com sons nauseantes — o deslizar pestilento de ratos vorazes e gigantescos. Já não havia mais aurora capaz de revelar o estado do reposteiro, cuja parte arrancada já fora substituída, mas o temor não me impediu de acender a luz.

Assim que as lâmpadas se iluminaram, notei sobre a tapeçaria uma vibração horrenda, que levava certos padrões do tecido a executar uma singular dança da morte. Esse movimento cessou quase de imediato, juntamente com o som. Levantando-me de sobressalto, cutuquei o reposteiro com o longo cabo de um braseiro de cama próximo, e ergui uma das partes a fim de averiguar o que havia por baixo. Não havia nada além da parede de pedra, e até mesmo o gato havia abandonado a impressão tensa de presenças anômalas. Quando examinei a ratoeira circular que fora posta no cômodo, descobri que todas as molas haviam disparado, embora não houvesse nenhum traço daquilo que fora capturado para então escapar.

Voltar a dormir estava fora de cogitação, e assim, depois de acender uma vela, abri a porta e atravessei a galeria em direção à escada que levava ao meu estúdio, com Preto nos meus calcanhares. Antes que tivéssemos chegado aos degraus de pedra, no entanto, o gato disparou à minha frente e desapareceu pela escada ancestral. Enquanto eu descia, de repente percebi sons no grande cômodo abaixo; sons de uma natureza inconfundível. As paredes revestidas com painéis de carvalho estavam tomadas por ratos que roíam e andavam com passos ligeiros, enquanto Preto corria de um lado para outro com a fúria de um caçador enganado. Ao chegar ao pé da escada eu acendi a luz, que nessa ocasião não fez com que o barulho diminuísse. Os ratos continuaram o pandemônio com passos tão marcados e tão distintos que enfim pude atribuir uma direção clara àquele movimento. As criaturas, em números aparentemente inesgotáveis, ocupavam-se com uma estupenda migração de uma altura inconcebível rumo a profundezas concebivelmente — ou talvez inconcebivelmente — mais abaixo.

Nesse momento ouvi passos no corredor, e a seguir dois criados abriram a porta maciça. Estavam vasculhando a casa em busca da misteriosa origem de uma perturbação que havia posto todos os gatos a rosnar em pânico e a descer correndo os vários lances de escadas para sentarem-se, miando, em frente à porta fechada do subporão. Perguntei se tinham ouvido os ratos, porém ambos responderam na negativa. E, quando me virei para chamar a atenção para os sons nos painéis, percebi que o ruído havia cessado.

Na companhia desses homens, aproximei-me da porta do subporão, mas descobri que os gatos já haviam se dispersado. Decidi que mais tarde eu havia de explorar a cripta mais abaixo, porém naquele momento não fiz mais do que verificar as ratoeiras. Todas haviam disparado, mas não havia nenhuma captura. Convencido de que ninguém além de mim e dos felinos havia ouvido os ratos, sentei-me no estúdio até o raiar do dia, pensando muito e recordando todos os detalhes das lendas relacionadas à construção em que eu me encontrava.

Dormi um pouco durante a manhã, reclinado na única poltrona confortável da biblioteca, que o meu projeto medieval para o mobiliário não fora capaz de banir. Mais tarde telefonei para o cap. Norrys, que apareceu para me ajudar a explorar o subporão. Não encontramos absolutamente nada fora do normal, embora não pudéssemos reprimir um certo espanto causado pela ciência de que aquela cripta fora construída pelas mãos dos romanos. Cada um dos arcos baixos e dos pilares era romano — não o romanesco degenerado dos canhestros saxões, mas o classicismo harmonioso e severo da época dos césares; a bem dizer, as paredes eram repletas de inscrições familiares aos antiquários, que com frequência faziam expedições ao lugar — coisas tais como "P.GETAE. PROP... TEMP... DONA..." e "L. PRAEC... VS... PONTIFI... ATYS...".

A referência a Átis levou-me a estremecer, pois eu tinha lido Catulo e detinha certos conhecimentos acerca dos horrendos ritos associados a esse deus oriental cuja veneração mesclava-se à de Cibele. À luz dos lampiões, eu e Norrys tentamos interpretar os desenhos estranhos e quase apagados em certos blocos de pedra com formato retangular que em geral eram tidos por altares, porém não conseguimos decifrar nada. Lembramo-nos de que um padrão em especial, uma espécie de sol radiante, era geralmente interpretado como um símbolo de origem não romana, o que sugeria que os altares tinham sido meramente adotados pelos sacerdotes romanos que haviam tido contato com um templo mais antigo e talvez aborígene naquele mesmo sítio. Um desses blocos tinha nódoas marrons que me levaram a cogitar. O maior, no centro do recinto, apresentava no alto da superfície certas características que indicavam uma ligação com o fogo — provavelmente a queima de oferendas.

Esse era o cenário na cripta em cuja porta os gatos haviam regougado, e onde eu e Norrys havíamos decidido passar a noite. Sofás foram levados ao subporão pelos criados, que foram instruídos a ignorar quaisquer ações noturnas dos gatos — mas Preto estaria conosco para oferecer ajuda e companhia. Decidimos manter a grande porta de carvalho — uma réplica moderna com frestas para ventilar o ambiente — totalmente fechada; e, depois de fechá-la, recolhemo-nos com os lampiões acesos à espera do que pudesse acontecer.

A cripta descia fundo nas fundações do priorado, e sem dúvida penetrava a face da enorme colina de rocha calcária que dava para o vale inóspito. Eu não tinha nenhuma dúvida de que aquele era o destino dos ratos naquela marcha inexplicável, embora não soubesse dizer por quê. Enquanto lá permanecíamos repletos de expectativa, por vezes entrevi em meio à vigília o princípio de sonhos, dos quais eu me via despertado pelos movimentos inquietos do gato aos meus pés. Esses sonhos não eram salubres, mas guardavam uma semelhança horrenda com aquele que eu tivera na noite anterior. Novamente vi a gruta crepuscular, e o pastor de bestas indescritivelmente fungoides que chafurdavam na imundície, e enquanto eu observava essas coisas pareciam cada vez mais próximas e mais distintas — tão distintas que eu quase podia distinguir os detalhes. Por fim pus-me a observar as feições flácidas de uma dessas criaturas — e acordei com um grito que levou Preto a acordar sobressaltado, enquanto o cap. Norrys, que não havia dormido, ria com gosto. Norrys talvez houvesse rido mais — ou talvez menos — caso soubesse o que me levara a gritar. Mas eu mesmo só me lembrei mais tarde. O horror supremo muitas vezes aflige a memória com uma paralisia misericordiosa.

Norrys acordou-me assim que os fenômenos começaram. Fui chamado daquele mesmo sonho temível por uma leve sacudidela, acompanhada por um pedido de que eu prestasse atenção aos sons dos gatos. A bem dizer, havia muito a ouvir, pois além da porta fechada, no alto da escada de pedra, erguia-se um verdadeiro pesadelo de gritos e arranhões felinos, enquanto Preto, indiferente aos companheiros do outro lado, corria para cá e para lá junto às paredes de pedra nua, por trás das quais eu ouvia a mesma babel feita por ratos de passos ligeiros que me havia perturbado na noite anterior.

Um terror agudo tomou conta de mim, pois aquela era uma situação anômala para a qual não havia explicação salubre. Aqueles ratos, se não fossem criaturas de uma loucura que eu compartilhava apenas com os gatos, deviam estar cavando e esgueirando-se por trás de paredes romanas que eu imaginava serem feitas de blocos sólidos de rocha calcária... a não ser talvez que a ação da água ao longo de mais de dezessete séculos houvesse cavado túneis serpenteantes que os corpos dos roedores tivessem desgastado até que se tornassem amplos e espaçosos... Porém nada disso servia para diminuir o horror espectral; pois se aquelas fossem pragas vivas, por que Norrys não ouvia a repugnante perturbação? Por que insistiu para que eu observasse Preto e ouvisse os gatos do outro lado da porta, e por que ofereceu palpites vagos e disparatados quanto às razões para aquele comportamento?

Quando enfim consegui narrar, da forma mais racional possível, o que eu imaginava escutar, meus ouvidos deram-me a última impressão fugaz dos passos ligeiros, que haviam se afastado *ainda mais para baixo*, muito abaixo dos mais profundos subporões, até que toda a colina sob os nossos pés desse a impressão de fervilhar com ratos inquietos. Norrys não se mostrou cético como eu havia imaginado; em vez disso, reagiu com profunda comoção. Fez um gesto para indicar que os gatos à porta haviam cessado o clamor, como se houvessem dado os ratos por perdidos; e nesse momento Preto teve um novo surto de atividade e começou a arranhar com movimentos frenéticos a base do grande altar de pedra no centro do recinto, localizado mais perto do sofá de Norrys do que do meu.

A essa altura, o medo que eu sentia do desconhecido era avassalador. Um portento havia ocorrido, e notei que o cap. Norrys, um homem mais jovem, mais robusto e presumivelmente com mais inclinações materialistas, sentiu-se tão abalado quanto eu próprio — talvez em razão de seu envolvimento íntimo, ao longo de uma vida inteira, com as lendas locais. Naquele momento não pudemos fazer nada além de observar o velho gato preto enquanto batia a pata com fervor cada vez menor contra a base do altar, por vezes olhando para cima e miando para mim da maneira persuasiva que empregava ao pedir-me um favor ou outro.

Norrys levou um dos lampiões para junto do altar e examinou o lugar que prendera a atenção de Preto; a seguir, ajoelhou-se em silêncio e removeu os liquens seculares que uniam o enorme bloco pré-romano ao chão tesselado. Ele não encontrou nada e estava prestes a abandonar a empresa quando notei uma circunstância trivial que me levou a estremecer, embora não trouxesse nenhuma implicação que eu já não houvesse imaginado anteriormente. Mencionei-a para Norrys, e ambos olhamos para aquela manifestação quase imperceptível com a fixidez do reconhecimento e de uma descoberta fascinante. Era tão somente o seguinte — a chama do lampião posto junto do altar bruxuleava de maneira discreta, conquanto inconfundível, graças a um vento encanado que não havia recebido até então, e que vinha sem dúvida da fresta entre o chão e o altar, no ponto onde Norrys estivera removendo os liquens.

Passamos o restante da noite naquele estúdio iluminado, discutindo com nervosismo qual seria o passo seguinte. A descoberta de uma cripta mais profunda do que a mais profunda construção de cantaria romana esperava-nos abaixo daquela construção amaldiçoada — uma cripta insuspeita que escapara à curiosidade dos antiquários por três séculos — teria sido o bastante para nos entusiasmar, mesmo na ausência de um pano de fundo sinistro. Da maneira como tudo aconteceu, o fascínio foi redobrado; e a dúvida fez com que hesitássemos entre abandonar a nossa busca e deixar o priorado para sempre em nome de uma cautela supersticiosa e saciar nossa sede de aventura desbravando os horrores que talvez estivessem à nossa espera em profundezas ignotas. Pela manhã havíamos chegado a um meio-termo: decidimos ir até Londres reunir um grupo de arqueólogos e homens de ciência capazes de lidar com aquele mistério. Devo mencionar que antes de sair do subporão tentamos sem êxito mover o altar central, que havíamos passado a reconhecer como o portal rumo a um novo abismo de medo inominável. Descobrir que segredo poderia abrir o portal era uma tarefa que ficaria a cargo de homens mais sábios do que nós.

Ao longo de vários dias em Londres eu e o cap. Norrys apresentamos fatos, conjecturas e anedotas lendárias para cinco especialistas merecedores da mais elevada estima — homens que saberiam manter o sigilo sobre quaisquer revelações familiares que explorações futuras pudessem trazer. A maioria não mostrou nenhuma predisposição a gracejos, mas ouviu-nos com um espírito de interesse e solidariedade. Não seria preciso mencionar todos os nomes, mas posso dizer que entre esses homens estava Sir William Brinton, cujas escavações na Trôade haviam enchido o mundo de entusiasmo em outras épocas. Quando entramos no trem que nos levaria a Anchester, senti-me próximo de revelações pavorosas — uma sensação materializada pela atmosfera de luto que pesava sobre muitos americanos em razão da morte inesperada do presidente no outro lado do mundo.

No entardecer do dia 7 de agosto chegamos a Exham Priory, onde os criados afiançaram-me que nada fora do normal havia ocorrido. Todos os gatos, inclusive Preto, haviam se mantido perfeitamente calmos; e nenhuma das ratoeiras espalhadas pela casa havia disparado. Começaríamos a exploração no dia seguinte, e eu havia designado aposentos confortáveis para todos os meus hóspedes. Quanto a mim, recolhi-me ao quarto na torre, com Preto aos meus pés. O sono chegou depressa, mas fui acossado por sonhos horrendos. Tive a visão de um banquete como aquele oferecido por Trimalquião, com um horror servido numa travessa coberta. E então veio a maldição recorrente do pastor com o rebanho imundo na gruta crepuscular. Quando acordei já era dia, e ouvi os barulhos habituais da casa no andar de baixo. Os ratos, fossem vivos ou espectrais, não haviam me perturbado; e Preto dormia um sono tranquilo. Ao descer, notei que a mesma tranquilidade reinava em outros ambientes; uma circunstância que um dos sábios convocados — um homem chamado Thornton, que se ocupava de assuntos psíquicos — atribuiu de forma um tanto absurda ao fato de que já me fora revelado aquilo que certas forças desejavam mostrar-me.

Tudo estava pronto, e às onze horas o nosso grupo de sete homens, munido de poderosas lanternas elétricas e outros apetrechos de escavação, desceu ao subporão depois de trancar a porta às nossas costas. Preto estava conosco, pois os investigadores não desprezavam o tino do gato, e a bem dizer mostravam-se ansiosos por ter aquela companhia caso houvesse manifestações de roedores obscuros. Procedemos a um exame meramente perfunctório das inscrições romanas e dos estranhos padrões no altar, posto que três dos sábios já os haviam encontrado antes e estavam a par de todas as suas características. Atenção especial foi dedicada ao imponente altar central, e ao fim de uma hora Sir William Brinton inclinou-o para trás, valendo-se do que parecia ser um contrapeso de tipo desconhecido.

À nossa frente revelou-se um horror que nos teria causado um abalo tremendo caso não estivéssemos preparados. Em uma abertura quadrada no chão recoberto por tesselas, espalhados por um lance de escada tão prodigiosamente gasto que mais parecia um plano inclinado na porção central, havia um macabro sortimento de ossos humanos ou semi-humanos. Aqueles que mantinham a configuração de esqueletos sugeriam atitudes de medo pânico, e por toda a parte viam-se as marcas feitas pelos dentes dos roedores. Os crânios evidenciavam nada menos do que o mais absoluto idiotismo, cretinismo ou mesmo um primitivo estado quase simiesco. Os degraus recobertos por aqueles resquícios infernais seguiam por uma passagem descendente que parecia ter sido entalhada na própria rocha, de onde soprava uma corrente de ar. Essa corrente não era uma rajada súbita e nociva como as que caracterizam as criptas fechadas, mas uma brisa álgida e relativamente fresca. Não hesitamos durante muito tempo, e logo começamos a abrir caminho pelos degraus. Foi nesse momento que Sir William, ao examinar as paredes entalhadas, comentou que, a julgar pela direção das marcas visíveis, a passagem dava a impressão de ter sido cavada *de baixo para cima*.

Preciso ser muito cauteloso nesse ponto, e escolher muito bem as minhas palavras.

Após descer uns poucos degraus em meio aos ossos roídos, vimos que havia luz mais à frente; não uma luminescência mística, mas raios de sol filtrados que não podiam vir de outro lugar senão de fissuras desconhecidas na colina que sobranceava o vale inóspito. Que essas fissuras tivessem escapado à nossa observação não chegava a causar nenhuma surpresa, pois não apenas o vale era desabitado, mas a colina era tão alta e tinha proporções tão colossais que somente um aeronauta poderia estudá-la em detalhe. Mais uns passos adiante vimo-nos todos com a respiração suspensa ante a visão que nos recebeu; Thornton, o investigador psíquico, chegou a desfalecer nos braços dos homens atônitos às suas costas. Norrys, com o rosto totalmente pálido e flácido, soltou um grito incompreensível; quanto a mim, acredito haver tomado fôlego ou então sibilado, para a seguir cobrir meus olhos. O homem às minhas costas — o único mais velho do que eu — coaxou o enxovalhado "Meu Deus!" na voz mais quebrada que já ouvi. Dos sete eruditos, apenas Sir William Brinton conseguiu manter a compostura, o que parece especialmente digno de crédito visto que seguia à frente do grupo de buscas e deve ter sido o primeiro a ver.

Era uma gruta crepuscular de altura prodigiosa, que se estendia mais longe do que os olhos eram capazes de enxergar; um mundo subterrâneo de mistério ilimitado e sugestões medonhas. Havia construções e outras ruínas arquitetônicas — em um vislumbre de terror, divisei túmulos dispostos em um estranho padrão, um círculo rústico de monólitos, uma ruína romana de teto baixo e abobadado, uma extensa fortificação saxônica e uma construção inglesa de madeira demasiado antiga —, porém todas pareciam insignificantes em razão do espetáculo funesto representado pela superfície do chão. Por metros ao redor estendia-se um emaranhado insano de ossos humanos, ou pelo menos de ossos como aqueles vistos anteriormente nos degraus. Estendiam-se como um mar espumante: uns já se encontravam aos pedaços, enquanto outros mantinham-se em todo ou em parte como esqueletos — estes últimos invariavelmente em posição de frenesi demoníaco, como se repelissem uma ameaça ou agarrassem outras formas com um intuito canibal.

Quando o dr. Trask, o antropólogo, abaixou-se a fim de classificar as ossadas, encontrou uma mistura degradada que o pôs de todo perplexo. Eram criaturas mais baixas do que o homem de Piltdown na escala evolutiva, mas assim mesmo definitivamente humanas. Muitas estavam bem conservadas, e havia um reduzido número de crânios pertencentes a espécimes cujo desenvolvimento atingira graus mais elevados de refinamento. Todos os ossos estavam roídos, acima de tudo por ratos, mas em parte também por outros indivíduos daquele rebanho humanoide. E misturados a esses havia pequenos ossos de ratos — integrantes tombados em combate daquele exército letal que encerrava o antigo épico.

Pergunto-me se houve um de nós que tenha vivido e mantido o juízo intacto ao fim daquela horripilante descoberta. Nem Hoffmann nem Huysmans poderiam conceber uma cena com mais inverossimilhança desvairada, mais repulsa frenética e mais bizarria gótica do que a gruta crepuscular por onde nós sete cambaleávamos; todos os sete tropeçando em revelação após revelação, tentando manter-se focado nos eventos que deviam ter ocorrido no local trezentos anos atrás, ou talvez mil, dois mil ou ainda dez mil. Aquela era a antecâmara do inferno, e o pobre Thornton desfaleceu mais uma vez quando Trask lhe disse que parte dos esqueletos devia ter regredido à condição de quadrúpedes por vinte ou mais gerações.

E horrores amontoaram-se em cima de horrores assim que demos início à interpretação das ruínas arquitetônicas. As coisas quadrúpedes — com recrutas eventuais da classe bípede — eram mantidas em cercados de pedra, dos quais no fim deviam ter escapado em um último delírio ou ainda por fome ou temor aos ratos. Havia grandes rebanhos, sem dúvida cevados à base de legumes rústicos, cujos resquícios insalubres podiam ser vistos no fundo de enormes silos de pedra que remontavam a uma época anterior a Roma. Naquele momento eu soube por que os meus ancestrais cultivavam jardins tão grandes — quisesse o céu misericordioso que me fosse dado esquecer! Quanto ao propósito desses rebanhos, não foi necessário indagar.

Sir William, de pé e com a lanterna apontada para a ruína romana, traduziu de viva voz o ritual mais obsceno de que jamais tive conhecimento, e falou sobre a dieta do culto antediluviano que os sacerdotes de Cibele encontraram e misturaram aos ritos que praticavam. Norrys, mesmo acostumado às trincheiras, mal podia caminhar em linha reta quando saiu da construção inglesa. Tratava-se de um açougue equipado com uma cozinha — esse tanto ele já esperava —, mas foi além da medida encontrar utensílios ingleses familiares num lugar daqueles, e ler inscrições em inglês coloquial feitas em 1610. Eu não poderia ter entrado naquela construção — a sede de ações demoníacas que foram paradas somente pela adaga do meu antepassado Walter de la Poer.

Atrevi-me a entrar apenas na construção saxã, cuja porta de carvalho havia desabado, e lá dentro encontrei uma terrível fileira de dez celas fechadas por grades de ferro. Três eram ocupadas por esqueletos em bom estado de conservação, e no indicador descarnado de um encontrei um anel de sinete que ostentava o brasão da minha própria família. Sir William encontrou uma cripta com celas ainda mais antigas sob a capela romana, porém estavam todas vazias. Abaixo havia uma pequena cripta com ossos cuidadosamente organizados em caixotes que por vezes traziam inscrições paralelas entalhadas em latim, grego e na língua da Frígia. Nesse meio-tempo o dr. Trask abriu um dos túmulos pré-históricos e trouxe à luz crânios que pareciam um pouco mais humanos do que o crânio de um gorila, e que revelavam entalhes ideográficos de natureza indescritível. Durante todos esses horrores, meu gato permaneceu indiferente. A certa altura vi-o no alto de uma pilha de ossos e me perguntei que segredos poderiam esconder-se por trás daqueles olhos amarelos.

Depois de eu ter compreendido em parte as pavorosas revelações daquela região crepuscular — uma área que me fora prefigurada em sonhos atrozes e recorrentes —, voltamo-nos para as profundezas aparentemente infinitas da noctífera caverna aonde nenhum raio de luz chegava da colina. Jamais vamos saber que mundos de negrura estígia espreitavam para além da curta distância que percorremos, pois logo decidimos que segredos como aqueles não eram salubres para a humanidade. Mas havia outras coisas para ocupar-nos naquele momento, pois não tínhamos chegado longe quando as lanternas revelaram a infinidade de buracos onde os ratos se haviam refestelado, e cuja súbita falta de reposição havia levado o exército de roedores vorazes a primeiro voltar-se contra o rebanho de criaturas famintas para mais tarde invadir o priorado naquela histórica orgia de devastação que os camponeses jamais hão de esquecer.

Meu Deus! Aqueles fossos pútridos repletos de ossos roídos e trinchados e de crânios abertos! Aqueles abismos dignos de pesadelo, repletos de ossos pitecantropoides, celtas, romanos e ingleses de incontáveis séculos profanos! Uns estavam cheios até a borda, e ninguém poderia dizer que profundidade teriam. Outros davam a impressão de não ter fundo sob o facho de nossas lanternas, e pareciam servir de covil a devaneios inomináveis. O que, pensei eu, teria sucedido aos malfadados ratos que chegavam àquelas armadilhas em meio à negrura da busca naquele sinistro Tártaro?

A certa altura o meu pé escorregou junto à borda de um abismo hiante, e tive um momento de terror extático. Eu devia estar devaneando havia tempo, pois não vi nenhum dos homens do grupo a não ser o gorducho cap. Norrys. A seguir ergueu-se do infindável vazio de trevas um som que eu imaginava conhecer; e vi o meu velho gato preto passar correndo como um deus egípcio alado e mergulhar naquele abismo infinito e ignoto. Mas não fiquei muito para trás, uma vez que no instante seguinte já não restavam mais dúvidas. Eram os passos ligeiros daqueles ratos demoníacos em permanente busca por novos horrores, determinados a me impelir rumo ao interior das zombeteiras cavernas no centro da terra onde Nyarlathotep, o deus louco sem rosto, uiva cegamente ao som dos trenos emitidos por dois flautistas amorfos e idiotas.

Minha lanterna se apagou, mas assim mesmo eu corri. Ouvi vozes e ululos e ecos, mas acima de tudo o som cada vez mais alto daqueles ímpios e insidiosos passos, que se erguiam aos poucos, aos poucos, como um cadáver inchado ergue-se aos poucos rumo à superfície de um rio untuoso que corre por intermináveis pontes de ônix em direção a um mar negro e pútrido. Uma coisa chocou-se contra mim — uma coisa macia e gorducha. Devem ter sido os ratos; o exército viscoso, gelatinoso e voraz que se banqueteia com os mortos e os vivos... Por que os ratos não devorariam um De la Poer da mesma forma que um De la Poer devora coisas proscritas...? A guerra devorou o meu filho, danação... e os ianques devoraram Carfax com as chamas e queimaram o meu avô Delapore e com ele o segredo... Não, não, escute, eu *não sou* o pastor demoníaco na gruta crepuscular! *Não era* o rosto gordo de Edward Norrys naquela coisa flácida e fungoide! Quem disse que sou um De la Poer? Ele viveu, porém meu filho morreu...! Será que um Norrys há de acabar com as terras de um De la Poer? É vodu, posso garantir... aquela cobra ocelada... Maldito Thornton, vou ensinar você a desfalecer quando vê as coisas que a minha família faz...! Diacho, hei de ensinar-te a... havedes de maltrager-me cõ tant' afan...? *Magna Mater! Magna Mater...! Átis... Dia ad aghaidh 's ad aodann... agus bas dunach ort! Dhonas 's dholas ort, agus leat-sa...! Ungl... ungl... rrrlh... chchch...*

Eis o que eu disse quando me encontraram no escuro três horas mais tarde, encolhido no escuro em cima do corpo parcialmente devorado do cap. Norrys, com o meu próprio gato saltando e arranhando a minha garganta. E agora Exham Priory foi dinamitado, Preto foi tirado de mim e eu estou preso nesta cela com grades em Hanwell ouvindo terríveis sussurros acerca de meus antepassados e de minhas experiências. Thornton está na cela ao lado, mas fomos impedidos de falar um com o outro. Claramente há um esforço no sentido de suprimir os fatos relativos ao priorado. Quando falo sobre o pobre Norrys, acusam-me de um crime hediondo, mas eles devem saber que não fui eu. Devem saber que foram os ratos; os ratos furtivos de andar ligeiro, cujos passos não me permitem dormir; os ratos demoníacos que correm por trás do forro que recobre a cela e me convidam a mergulhar em horrores ainda maiores do que aqueles que pude conhecer; os ratos que eles nunca vão poder ouvir; os ratos, os ratos nas paredes.

O livro

Minhas lembranças são deveras confusas. Tenho sérias dúvidas até mesmo sobre o momento em que começam; pois ora sinto terríveis panoramas de tempo estenderem-se atrás de mim, ora tenho a impressão de que o momento presente não passa de um ponto isolado em meio a uma infinitude amorfa e cinzenta. Não sei nem ao menos como estou transmitindo esta mensagem. Se por um lado sei que estou falando, tenho a impressão vaga de que uma mediação estranha e quiçá terrível possa ser necessária para levá-la aos locais onde eu gostaria que fosse recebida. Minha identidade também se encontra num estado de confusão nebulosa. Tenho a impressão de haver sofrido um grande choque — talvez causado por um desdobramento monstruoso dos meus ciclos de experiência únicos e inacreditáveis.

Esses ciclos de experiência, claro, originaram-se todos naquele livro infestado por vermes. Lembro-me de quando o encontrei — um lugar de iluminação parca, nos arredores do rio negro e untuoso sobre o qual a névoa sempre paira. Aquele lugar era muito antigo, e as prateleiras que se estendiam até o teto estavam abarrotadas de volumes apodrecidos que se estendiam infinitamente rumo a salas internas e alcovas sem janelas. Além desses, havia grandes amontoados informes de livros no chão e em rústicos balaios; e foi numa dessas pilhas que encontrei a coisa. Jamais descobri qual era o título, pois faltavam as páginas iniciais; mas o livro caiu aberto já perto do fim e ofereceu-me um vislumbre que pôs meus sentidos em vertigem.

Havia uma fórmula — uma lista de coisas a dizer e a fazer — que reconheci como um elemento negro e proscrito; um elemento a respeito do qual eu havia lido em parágrafos furtivos que mesclavam abominação e fascínio, escritos pelos antigos exploradores dos mais bem guardados segredos do universo, cujos textos embolorados eu adorava ler. Era uma chave — um guia — para certos portais e transições a respeito dos quais os místicos haviam sonhado e falado aos sussurros desde que a nossa raça era jovem, capazes de levar a descobertas e liberdades que transcendem as três dimensões e os reinos da vida e da matéria da maneira como os conhecemos. Por séculos, nenhum homem recordara-se dessa substância vital e tampouco soubera onde encontrá-la, porém esse livro era deveras antigo. Não se tratava de um livro de imprensa, mas do trabalho caligráfico de um monge em parte enlouquecido que traçara agourentas frases latinas em escrita uncial de formidável antiguidade.

Lembro-me de como o velho sorriu e riu para consigo, e fez um curioso símbolo com a mão enquanto eu levava o volume embora. Ele recusou-se a aceitar qualquer tipo de pagamento, e apenas muito tempo depois pude entender por quê. Enquanto eu voltava às pressas para casa, andando pelas ruelas estreitas, serpenteantes e sufocadas pela névoa que se localizavam perto da zona portuária, tive a impressão terrível de estar sendo espreitado e seguido pelo som de pés macios. As casas seculares e decrépitas em ambos os lados pareciam haver se revigorado com uma maldade fresca e mórbida — como se um canal até então fechado de compreensão maligna houvesse de repente se aberto. Senti que aquelas paredes e empenas de tijolos bolorentos e madeira e gesso manchados — com janelas que pareciam olhos de peixe, com vidros losangulares repletos de escárnio — não haveriam de sossegar enquanto não houvessem me esmagado... e no entanto eu tinha lido apenas o mais insignificante fragmento daquela runa blasfema antes de fechar o livro e levá-lo comigo.

Lembro de quando enfim pude ler o livro — pálido, trancado no quarto do sótão que eu por muito tempo consagrara a estranhas pesquisas. A enorme casa encontrava-se no mais absoluto silêncio, pois eu subira apenas depois da meia-noite. Acho que eu tinha uma família naquela época — embora os detalhes sejam muito nebulosos —, mas sei que havia um grande número de criados. Quanto ao ano em que tudo se passou, eu não saberia dizer; pois desde então conheci inúmeras épocas e dimensões, e todas as minhas noções acerca do tempo foram dissolvidas e reconstruídas. Eu lia à luz de velas — lembro-me do incessante gotejar da cera — e de vez em quando chegavam os repiques de campanários longínquos. Eu parecia acompanhar esses repiques com uma atenção peculiar, como se temesse uma nota remota ao extremo que surgisse como intrusa.

E então veio o primeiro arranhar e o primeiro movimento na trapeira que dava para os outros telhados da cidade. O som chegou enquanto eu recitava o nono verso daquele texto primordial, e mesmo em meio aos calafrios eu soube o que aquilo significava. Pois aquele que atravessa os portais sempre ganha uma sombra, e jamais torna a estar sozinho. Eu havia feito uma invocação — e de fato o livro revelou ser tudo aquilo que eu suspeitara. Naquela mesma noite atravessei o portal rumo a uma voragem de tempo e visão distorcidos, e quando a manhã veio ao meu encontro no quarto do sótão eu vi, nas paredes e estantes e acabamentos, coisas que jamais dantes vira.

E eu tampouco pude tornar a ver o mundo como o havia conhecido. Misturados à cena presente havia sempre um pouco do passado e um pouco do futuro, e todos os objetos outrora familiares afiguravam-se estranhos nessa perspectiva nova trazida pela minha visão ampliada. A partir de então passei a caminhar num sonho fantástico de formas desconhecidas e em parte conhecidas; e a cada portal atravessado, com menos clareza eu era capaz de reconhecer as coisas da limitada esfera a que eu por longo tempo estivera ligado. O que eu via, ninguém mais via; e tornei-me duplamente lacônico e introvertido por receio de que me tomassem por louco. Os cães tinham medo de mim, pois sentiam a sombra que estava sempre ao meu lado. Mas assim mesmo eu persisti na leitura — livros e pergaminhos esquecidos e proscritos aos quais minha nova visão levou-me — e avancei por novos portais do espaço, do ser e dos padrões vitais rumo ao cerne do universo ignoto.

Lembro-me da noite em que tracei os cinco círculos concêntricos de fogo no chão e postei-me no interior do menor para entoar a monstruosa litania trazida pelo mensageiro da Tartária. As paredes desapareceram, e fui levado por um vento negro através de insondáveis abismos cinzentos com os pináculos aciculados de montanhas ignotas quilômetros abaixo de mim. Passado um tempo me vi em meio à negrura suprema, e então as luzes de miríades de estrelas formaram estranhas constelações desconhecidas. Por fim vi uma planície iluminada por uma luz verde muito abaixo, e lá discerni as torres distorcidas de uma cidade construída segundo padrões desconhecidos a respeito dos quais eu jamais lera ou sonhara. Ao flutuar para mais perto da cidade, notei uma enorme construção de pedra num espaço aberto e senti um terror atroz tomar conta de mim. Gritei e debati-me, e após um breve momento de torpor despertei mais uma vez no quarto do sótão, deitado sobre os cinco círculos fosforescentes que cintilavam no chão. Nas andanças daquela noite não houve mais estranhezas do que nas andanças de noites pregressas; mas houve mais terror porque eu soube estar mais próximo dos pélagos e mundos siderais jamais vislumbrados. A partir de então passei a ter maior cautela com os meus encantamentos, pois eu não tinha nenhum desejo de romper os laços com o meu corpo e com a terra para vagar por abismos ignotos dos quais eu jamais poderia retornar.

A história do *Necronomicon*

Título original *Al Azif* — sendo *azif* a palavra usada pelos árabes para designar o som noturno (feito por insetos) que se imagina ser o uivo de demônios.

Escrito por Abdul Alhazred, um poeta louco de Sanaá, no Iêmen, que supostamente viveu durante a época do Califado Omíada, por volta do ano 700 d.C. Visitou as ruínas da Babilônia e os segredos subterrâneos de Mênfis e passou dez anos sozinho no grande deserto ao sul da Arábia — o Rub' al-Khali ou "Espaço Vazio" dos anciões — e no ad-Dahna ou "Deserto Escarlate" dos árabes modernos, supostamente habitado por espíritos protetores do mal e por monstros a serviço da morte. A respeito desse deserto, muitas estranhas e inacreditáveis maravilhas são narradas por aqueles que alegam tê-lo visitado. Nos últimos anos de vida, Alhazred morou em Damasco, onde o *Necronomicon* (*Al Azif*) foi escrito, e contam-se coisas terríveis e contraditórias a respeito da morte ou do sumiço final do autor (738 d.C.). Segundo Ibn Khallikan (biógrafo do séc. XII), Alhazred foi agarrado por um monstro invisível em plena luz do dia e devorado de maneira horrível ante os olhares incrédulos de um grande número de testemunhas. Quanto à loucura do poeta dizem-se muitas coisas. Ele afirmava ter visto a fabulosa Irem, ou Cidade dos Pilares, e ter encontrado sob um vilarejo sem nome no deserto os anais e os segredos de uma raça mais antiga do que a humanidade. Era apenas um muçulmano indiferente, que adorava entidades desconhecidas que chamava de Yog-Sothoth e de Cthulhu.

Em 950 d.C. o *Azif*, que havia ganhado uma circulação considerável ainda que sub-reptícia entre os filósofos da época, foi traduzido em segredo para o grego por Teodoro Filetas de Constantinopla sob o título *Necronomicon*. Por um século esse livro levou certos estudiosos a realizar experiências terríveis, até que foi suprimido e queimado pelo patriarca Miguel. Desse ponto em diante encontram-se apenas menções furtivas ao título, mas Olaus Wormius (1228) fez uma tradução latina mais tarde na Idade Média, e o texto latino foi impresso duas vezes — uma no século XV, em caracteres góticos (evidentemente na Alemanha), e outra no século XVII (provavelmente na Espanha) — mas nenhuma das edições traz marcas de identificação, e a data e o lugar podem ser estimados apenas por meio de indícios tipográficos internos. O livro — tanto na edição latina quanto na grega — foi banido pelo Papa Gregório IX em 1232 logo após a publicação da tradução latina, que chamou a atenção para si. O original em árabe já se havia perdido na época de Wormius, segundo afirma o prefácio do tradutor; e não há nenhum relato do exemplar grego — impresso na Itália entre 1500 e 1550 — desde o incêndio na biblioteca de um certo habitante de Salém em 1692. A tradução inglesa feita pelo dr. Dee jamais foi publicada e existe apenas em fragmentos recuperados a partir do manuscrito original. Dentre os exemplares latinos sobreviventes, um (séc. XV) encontra-se no Museu Britânico trancado a sete chaves, enquanto outro (séc. XVII) está na Bibliothèque Nationale em Paris. Existem exemplares do século XVII na Widener Library em Harvard e na biblioteca da Universidade do Miskatonic em Arkham; e também na biblioteca da Universidade de Buenos Aires. Vários outros exemplares devem existir em segredo, e ouvem-se rumores constantes sobre a presença de um exemplar do século XV na coleção de um célebre milionário norte-americano. Um rumor ainda mais vago fala sobre a preservação de um texto grego do século XVI no seio da família Pickman, de Salém; mas, se o rumor for verdadeiro, o exemplar sem dúvida sumiu juntamente com o artista R. U. Pickman, desaparecido no início de 1926. O livro é suprimido com todo o rigor pelas autoridades de quase todos os países, bem como por todas as vertentes do eclesiasticismo organizado. A leitura traz consequências nefastas. Foi a partir de rumores sobre esse livro (conhecido por poucos indivíduos do público em geral) que Robert W. Chambers supostamente tirou inspiração para o romance *O rei de amarelo*.

CRONOLOGIA

Al Azif escrito por volta de 730 d.C. em Damasco por Abdul Alhazred

Trad. para o grego em 950 d.C. com o título *Necronomicon* por Teodoro Filetas

Queimado pelo patriarca Miguel em 1050 (texto grego). Texto árabe perdido.

Olaus traduz do gr. para o latim em 1228

1232 — Ed. latina (& gr.) supr. pelo Papa Gregório IX

14... Edição em letras góticas (Alemanha)

15... Texto gr. impresso na Itália

16... Reimpressão italiana do texto latino

O caso de Charles Dexter Ward

Os Saes Essenciaes das Bestas podem ser preparados e preservados de Maneyra que seja facultado a hum Homem de Engenho conter toda a Arca de Noe no proprio Estudio, e fazer com que a Forma perfeyta de huma Besta ressurja a partir das Cinzas a seu Bel-Prazer; e, applicando hum Methodo analogo aos Saes Essenciaes do Pó humano, um Phylosopho pode, sem recorrer a qualquer Sorte de Necromancia obscura, invocar a Forma de qualquer Antepassado fallecido a partir do Pó que resulta da Incineraçam do Cadaver.

Borellus

I. UM RESULTADO E UM PRÓLOGO

I.

De um hospital particular para os insanos próximo a Providence, Rhode Island, desapareceu há pouco tempo um indivíduo singular ao extremo. O paciente atendia pelo nome de Charles Dexter Ward, e a internação foi ordenada pelo sofrido e relutante pai, que viu a moléstia do filho evoluir de uma mera excentricidade para uma mania funesta que envolvia ao mesmo tempo a possibilidade de tendências homicidas e uma peculiar alteração no conteúdo observável de seus pensamentos. Os médicos demonstraram perplexidade em relação ao caso, uma vez que apresentava uma estranheza geral de caráter fisiológico associada a alterações psíquicas.

Em primeiro lugar, o paciente tinha uma aparência mais velha do que meros vinte e seis anos de idade levariam a imaginar. As perturbações mentais de fato aceleram o processo de envelhecimento, porém o semblante desse jovem revestia-se daquela expressão sutil que via de regra caracteriza indivíduos de idade muito avançada. Em segundo lugar, os processos orgânicos indicavam uma anomalia de proporções insuperada por qualquer outro relato de casos médicos conhecidos. A respiração e a atividade cardíaca evidenciavam uma assimetria desconcertante; a voz havia desaparecido, de maneira que nenhum som mais rumoroso do que um sussurro podia ser produzido; a digestão era incrivelmente prolongada e reduzida, e as reações neurais aos estímulos-padrão não se assemelhavam a nenhum outro caso relatado até então, fosse normal ou patológico. A pele apresentava uma frigidez e uma secura de caráter mórbido, e a estrutura celular dos tecidos parecia exageradamente áspera e mal-ajambrada. Até a grande marca de nascença marrom no lado direito do quadril havia desaparecido, enquanto no peito havia se formado uma verruga ou um ponto negro a respeito do qual não havia qualquer indício anterior. Os médicos em geral compartilham a opinião de que os processos fisiológicos de Ward sofreram um retardamento sem precedentes.

A psicologia de Charles Ward também apresentava características únicas. A loucura que o acometia não apresentava nenhuma afinidade com qualquer outro tipo registrado sequer nos mais novos e abrangentes tratados e aliava-se a uma destreza mental que o teria elevado à condição de gênio se não houvesse conferido formas estranhas e grotescas aos pensamentos. O dr. Willett, médico da família Ward, afirma que a capacidade mental bruta do paciente, quando medida em relação a assuntos que não diziam respeito à esfera da insanidade, na verdade havia aumentado desde o surto. A bem dizer, Ward sempre tinha sido um acadêmico e um antiquário; porém nem mesmo o brilhantismo dos trabalhos incipientes demonstrava a visão e a compreensão prodigiosa evidenciada durante os últimos exames conduzidos pelos alienistas. Na verdade, foi difícil obter autorização legal para a internação do paciente, pois a mente do jovem parecia equilibrada e lúcida ao extremo; foi apenas por conta das evidências fornecidas por terceiros e das inúmeras e aberrantes lacunas de conhecimento em uma inteligência de tamanha envergadura que por fim o levaram a ser confinado. Até o instante do desaparecimento, Charles Ward foi um leitor onívoro e um debatedor igualmente talentoso enquanto a voz permitiu; e observadores astutos, incapazes de prever a fuga, afirmavam que não tardaria até que recebesse alta.

Apenas o dr. Willett, que trouxe Charles Ward ao mundo e acompanhou o crescimento do corpo e da mente do rapaz desde então, parecia assustado ao pensar na futura liberdade do paciente. O médico tinha vivido uma experiência terrível e feito uma descoberta terrível que não se atrevia a revelar para os colegas céticos. Para dizer a verdade, Willett desponta como um pequeno mistério à parte no que diz respeito a esse caso. Foi a última pessoa a ver o paciente antes da fuga, e retornou da derradeira conversa em um misto de horror e alívio lembrado por muitas pessoas quando a fuga de Ward veio a público três horas mais tarde. A fuga em si é apenas mais um dos mistérios não resolvidos no hospital do dr. Waite. Uma janela aberta que dá para uma queda livre de quase vinte metros não parece oferecer uma explicação satisfatória, mas não há dúvidas de que o jovem desapareceu após a conversa com Willett. O próprio Willett não tem nenhuma explicação pública a oferecer, embora pareça demonstrar uma estranha tranquilidade após a fuga. Na verdade, muitos acham que o doutor teria mais a dizer se acreditasse na existência de um número razoável de pessoas dispostas a lhe dar crédito. Ele encontrou Ward no quarto, mas logo depois que partiu os enfermeiros bateram em vão. Quando abriram a porta o paciente não estava mais lá dentro, e tudo o que encontraram foi a janela aberta com uma brisa gelada de abril a soprar a nuvem de um fino pó azul-acinzentado que quase os sufocou. É verdade que os cachorros tinham uivado pouco tempo antes; mas foi enquanto Willett ainda estava presente, e os animais não capturaram nada e não demonstraram nenhum tipo de agitação mais tarde. O pai de Ward foi informado de imediato pelo telefone, mas pareceu mais triste do que surpreso. Quando o dr. Waite foi dar a notícia pessoalmente, o pai estava conversando com o dr. Willett, e os dois negaram qualquer tipo de conhecimento ou cumplicidade em relação à fuga. As pistas foram todas colhidas dos amigos próximos de Willett e do patriarca Ward, e mesmo assim são fantásticas demais para desfrutar do crédito geral. De todo modo, permanece o fato de que até o presente momento não se encontrou nenhum vestígio do louco desaparecido.

Charles Ward foi um antiquário desde a infância, e sem dúvida adquiriu esse gosto da venerável cidade em que cresceu e das relíquias do passado que enchiam todos os recantos da velha mansão dos pais, situada na Prospect Street, no alto da colina. Com o passar dos anos a devoção às coisas antigas continuou aumentando, de modo que a história, a geologia e o estudo da arquitetura, do mobiliário e das técnicas de artesanato do período colonial acabaram por expurgar todos os demais assuntos da sua esfera de interesse. É importante mencionar esses gostos ao falar sobre a loucura que o acometeu; pois, embora não funcionem como um núcleo absoluto, desempenham um papel relevante na manifestação superficial do desvario. As lacunas de conhecimento relatadas pelos alienistas estavam todas relacionadas a assuntos modernos, e eram invariavelmente compensadas por um conhecimento em igual medida excessivo porém oculto a respeito de temas antigos, que veio à tona graças aos interrogatórios bem conduzidos e causou a impressão de que o paciente teria sido literalmente transferido para uma época passada graças a um obscuro método de auto-hipnose. O mais estranho era que Ward parecia ter perdido o interesse pelas antiguidades que conhecia tão bem. A dizer pelas aparências, tinha perdido o apreço como resultado da simples familiaridade; e todos os esforços que empreendeu no final estavam sem dúvida relacionados ao aprendizado de fatos corriqueiros da vida moderna que, de maneira total e inequívoca, haviam sido expurgados de suas lembranças. Charles Ward fez o quanto pôde a fim de ocultar essa obliteração, mas era claro para todos aqueles que o observavam que todo o programa de leitura e debate que levava a cabo era marcado por um anseio frenético de embeber-se nos conhecimentos acerca da própria vida e das vivências práticas e culturais do século XX que deviam lhe pertencer em virtude do nascimento em 1902 e da educação recebida em escolas do nosso tempo. Os alienistas passaram a se perguntar como, em vista da ausência dessa gama de dados absolutamente vitais, o fugitivo poderia lidar com o complexo mundo de hoje; segundo a opinião dominante, estaria "se escondendo" em uma posição discreta e humilde enquanto tenta acumular o mínimo necessário de informações sobre a vida moderna.

O início da loucura de Ward é motivo de disputa entre os especialistas. O dr. Lyman, eminente médico de Boston, situa-o entre 1919 e 1920, durante o último ano passado na Moses Brown School, quando de repente Ward abandonou o estudo do passado para se dedicar às ciências ocultas e recusou-se a entrar para a universidade alegando que tinha pesquisas individuais muito mais importantes a fazer. A hipótese parece ser corroborada pelos hábitos anômalos que Ward cultivava à época, e em especial pela incessante busca em arquivos públicos e cemitérios da cidade por um túmulo cavado em 1771; o túmulo de um antepassado de nome Joseph Curwen, cujos papéis Ward alegava ter encontrado atrás dos painéis de uma antiga casa em Olney Court, em Stamper's Hill, que fora construída e habitada por Curwen. Em linhas gerais, não há como negar que o inverno de 1919-20 trouxe consigo uma profunda mudança; de repente, Ward deixou para trás as ambições antiquárias e lançou-se em um desbravamento frenético de assuntos ocultos tanto em casa como no exterior, que se intercalava apenas com a estranha e persistente busca pelo túmulo do antepassado.

O dr. Willett, no entanto, discorda substancialmente dessa opinião, e fundamenta o veredito no conhecimento íntimo e contínuo que detinha acerca do paciente, bem como em certas investigações e descobertas pavorosas feitas antes do desaparecimento. Essas investigações e descobertas deixaram marcas profundas; a voz do médico estremece quando as menciona, e a mão estremece quando tenta consigná-las ao papel. Willett admite que a mudança do período 1919-20 de fato parece marcar o início de uma decadência progressiva que culminou na horrível e inexplicável alienação de 1928; porém, motivado por observações pessoais, acredita que é mister fazer uma distinção mais sutil. Mesmo reconhecendo que o garoto sempre apresentou um temperamento desequilibrado e uma propensão a demonstrar um excesso de suscetibilidade e de entusiasmo em relação aos fenômenos que o cercavam, o dr. Willett recusa-se a admitir que essa alteração incipiente tenha marcado a passagem da sanidade à loucura; segundo acredita, o momento foi sinalizado por uma declaração do próprio Ward, quando este afirmou ter feito uma descoberta ou uma redescoberta cujo efeito sobre o pensamento humano seria profundo e prodigioso. A verdadeira loucura, segundo afirma, teria vindo com uma mudança tardia, posterior à descoberta do retrato e dos antigos papéis de Curwen; posterior à viagem a estranhos lugares no estrangeiro e às invocações terríveis entoadas em circunstâncias estranhas e secretas; posterior ao surgimento de certas *respostas* a essas mesmas invocações e à escritura de uma carta frenética nas condições mais inexplicáveis e agonizantes; posterior ao surto de vampirismo e aos agourentos boatos em Pawtuxet; e posterior ao momento em que a memória do paciente começou a excluir imagens contemporâneas ao mesmo tempo que a voz começou a falhar e o aspecto físico sofreu a sutil alteração percebida por inúmeros outros mais tarde.

Foi somente por volta dessa época, segundo as observações precisas de Willett, que a qualidade de pesadelo tornou-se indissociável de Ward; e o médico tem a apavorante certeza de que existem indícios sólidos o suficiente para sustentar a alegação do jovem no que diz respeito à descoberta crucial. Em primeiro lugar, dois trabalhadores de elevada capacidade intelectual viram os antigos papéis redescobertos de Curwen. Em segundo lugar, o rapaz certa vez mostrou ao dr. Willett esses papéis e uma página do diário de Curwen, e ambos os documentos tinham um aspecto totalmente genuíno. O buraco onde Ward afirmou tê-los encontrado era uma realidade tangível, e Willett teve um vislumbre muito convincente desses documentos em lugares que quase incitam a descrença e talvez jamais possam ser provados. A esses fatores somam-se os mistérios e as coincidências das cartas entre Orne e Hutchinson, bem como o problema da caligrafia de Curwen e da revelação feita pelos detetives acerca do dr. Allen; e também a mensagem em minúsculas medievais encontrada no bolso de Willett quando recobrou a consciência após a medonha revelação.

Mas acima de tudo existem os dois pavorosos *resultados* que o médico obteve de um certo par de fórmulas durante o estágio final das investigações; resultados que praticamente demonstraram a autenticidade dos papéis e das implicações monstruosas, ao mesmo tempo que esses papéis eram levados para além da esfera do conhecimento humano por toda a eternidade.

2.

É preciso olhar para a vida pregressa de Charles Ward como se olha para um evento passado, como as antiguidades que tanto admirava. No outono de 1918, com uma notável demonstração de fervor durante o serviço militar do período, Ward havia ingressado na Moses Brown School, situada perto da casa onde morava. A construção principal, erigida em 1819, sempre tinha agradado o gosto antiquário do jovem; e o amplo parque onde a academia se localizava agradou seu olhar apurado para aquele tipo de cenário. As atividades sociais eram poucas, e o jovem passava a maior parte do tempo em casa, em caminhadas sem rumo, em aulas e exercícios e na busca de dados antiquários e genealógicos na Prefeitura, no Capitólio, na Biblioteca Pública, no Athenaeum, na Sociedade Histórica, nas bibliotecas John Carter Brown e John Hay da Brown University e na recém-inaugurada Shepley Library na Benefit Street. Ainda é possível imaginá-lo como era naquela época: alto, esbelto e louro, com olhos estudiosos e uma leve corcunda, vestido com certo descuido, o que dava a pouco atraente impressão geral de uma inofensiva falta de jeito.

As caminhadas eram sempre aventuras rumo à antiguidade, durante as quais conseguia recapturar, a partir da miríade de relíquias de uma cidade antiga e esplendorosa, uma imagem vívida e coesa de séculos passados. A casa onde morava era uma enorme mansão em estilo georgiano no alto da colina quase abismal que se ergue logo a leste do rio; e pelas janelas nos fundos dos aposentos labirínticos Charles Ward perdia-se em vertigens ao admirar os coruchéus, as cúpulas, os telhados e os topos dos arranha-céus que se amontoavam na parte mais baixa da cidade e que aos poucos davam lugar às colinas purpúreas dos campos mais além. Tinha nascido naquele lugar, e na bela varanda em estilo clássico na fachada com duas aberturas a babá o havia empurrado pela primeira vez no carrinho, para além da pequena casa branca que já existia dois séculos antes que a cidade a alcançasse, e adiante em direção às imponentes universidades ao longo da rua suntuosa e ensombrecida, cujas antigas mansões de tijolos quadrados, junto às casinhas de madeira com varandas estreitas e ponderosas ornadas de colunas em estilo dórico, sonhavam com a solidez e a exclusividade de que desfrutavam em meio aos exuberantes pátios e jardins.

Também fora empurrado ao longo da sonolenta Congdon Street, uma rua abaixo na íngreme encosta da colina, com todas as casas a leste situadas em terraços elevados. As casinhas de madeira eram ainda mais antigas naquele local, pois ao crescer a cidade havia escalado a colina; e nesses passeios Charles tinha absorvido as cores de um pitoresco vilarejo colonial. A babá costumava parar e sentar nos bancos de Prospect Terrace para conversar com os policiais; e uma das primeiras memórias do menino era uma imagem do grande e nebuloso oceano de telhados e cúpulas e coruchéus a oeste, bem como a visão das colinas longínquas que teve em uma tarde de inverno mística e violeta junto à balaustrada na margem do rio, com um pôr do sol frenético e apocalíptico repleto de vermelhos e dourados e púrpuras e curiosos matizes de verde. A vasta cúpula de mármore do Capitólio desenhava uma silhueta colossal, em que a estátua que a colmava adquiria um halo fantástico graças a um rasgo em um dos estratos coloridos que encobriam o céu flamejante.

Quando cresceu, tiveram início as famosas caminhadas; primeiro com a babá levada de arrasto, e mais tarde sozinho, em um devaneio meditativo. Aventurou-se cada vez mais baixo na colina quase perpendicular, encontrando a cada vez lugares ainda mais antigos e ainda mais pitorescos da antiga cidade. Avançou com timidez desde a íngreme Jenckes Street, em meio aos barrancos e às empenas coloniais, até a esquina com a ensombrecida Benefit Street, onde avistou uma antiguidade de madeira com entradas guarnecidas de pilastras jônicas, tendo ao lado uma mansarda pré-histórica com o resquício de antiquíssimas terras aráveis, e a enorme mansão do juiz Durfee, com os vestígios decadentes do esplendor georgiano. O lugar estava transformando-se em um cortiço; mas os titânicos olmos projetavam uma sombra restauradora sobre o casario, e o garoto tinha por hábito continuar o passeio rumo ao sul, em meio às longas fileiras de casas do período pré-revolucionário com grandes chaminés centrais e portais em estilo clássico. A leste as casas apoiavam-se no alto de porões guarnecidos por lances duplos de escadas com degraus em pedra, e o jovem Charles conseguia imaginar a aparência que tinham quando eram novos, e quando saltos vermelhos e perucas destacavam os frontões pintados cujos sinais de idade começavam a ficar bastante visíveis.

A oeste a colina empreendia uma descida quase tão profunda quanto a leste, até a antiga "Town Street" que os fundadores haviam construído à beira do rio em 1636. Lá corriam incontáveis ruelas com residências amontoadas e fora de prumo que remontavam a uma antiguidade inconcebível; e, por maior que fosse o fascínio despertado, levou tempo até que Ward se atrevesse a galgar aquela verticalidade arcaica, por medo de que se revelassem um sonho ou um portal rumo a terrores desconhecidos. Achava bem menos formidável continuar ao longo da Benefit Street, para além da cerca de ferro do cemitério oculto de St. John's rumo aos fundos da Casa Colonial de 1761 e ao ponderoso vulto da Golden Ball Inn, onde Washington havia se hospedado. Na Meeting Street — sucessivamente a Gaol Lane e a King Street de outros períodos —, direcionava o olhar para cima em direção ao leste e contemplava a escadaria em arco a que a estrada teve de recorrer para subir a encosta, e depois para baixo em direção ao oeste para vislumbrar a velha escola colonial de tijolo à vista que do outro lado da rua sorri para a antiga Insígnia do Busto de Shakespeare, onde o *Providence Gazette* e o *Country-Journal* eram impressos antes da revolução. A seguir vinha a magnífica Igreja Batista de 1775, ornada com um coruchéu insuperável desenhado por James Gibbs, à qual somavam-se os telhados e as cúpulas do período georgiano que flutuavam ao redor. Nesse ponto e em direção ao sul a vizinhança melhorava de aspecto, e florescia em pelo menos dois grupos distintos de mansões antigas; mas as ruelas ancestrais continuavam a descer o precipício a oeste com arroubos espectrais de arcaísmo nas múltiplas empenas enquanto despencavam rumo a um caos de decadência iridescente onde a sordidez da antiga zona portuária o fazia pensar na pompa das expedições às Índias, em meio à penúria e ao vício nas mais variadas línguas, a cais apodrecidos e a comerciantes de aprestos com os olhos inchados devido à falta de sono, e nas alusões que sobreviviam em nomes de ruas, como Packet, Bullion, Gold, Silver, Coin, Doubloon, Sovereign, Guilder, Dollar, Dime e Cent.

Por vezes, à medida que crescia e imbuía-se de um espírito mais aventureiro, o jovem Ward avançava rumo à voragem de casas decrépitas, claraboias quebradas, degraus desabados, balaustradas tortas, rostos morenos e odores inomináveis enquanto seguia da South Main em direção a South Water, em busca das docas onde a baía e os vapores do canal ainda se encontravam para depois retornar pelo norte por aquele nível mais baixo para além dos armazéns com telhados de duas águas construídos em 1816 e também da ampla praça junto à Great Bridge, onde o Mercado de 1773 permanece sustentado com firmeza pelos velhos arcos. Nessa praça, detinha o passo para beber água em meio à beleza encantadora da velha cidade que se ergue na margem a leste, ornada com dois coruchéus georgianos e coroada pela enorme cúpula da Christian Science, assim como Londres é coroada pela St. Paul's Church. Charles Dexter gostava especialmente de chegar ao local no fim da tarde, quando a luz oblíqua do sol toca o Mercado e os ancestrais telhados e campanários da colina, espalhando uma aura de magia ao redor dos cais sonhadores onde os navios de Providence retornados da Índia costumavam aportar. Após um longo tempo observando, sentia-se tomado pelo amor de um poeta diante de uma paisagem, e então tratava de subir a encosta e voltar para casa em meio ao crepúsculo, passando pela antiga igreja branca e pelos caminhos estreitos e vertiginosos onde raios amarelos espiavam por trás de janelas com pequenas vidraças e de claraboias no alto de lances duplos de escada ornados com curiosos balaústres em ferro lavrado.

Em outros momentos, e nos anos posteriores, buscava os mais vívidos contrastes; passava metade da caminhada nas regiões coloniais decrépitas a noroeste de casa, onde a colina diminui o vulto e dá vez à eminência um pouco mais baixa de Stamper's Hill, com o gueto e o bairro negro próximo ao local de onde a posta de Boston costumava partir antes da Revolução, e a outra metade no gracioso reino sulista entre a George, a Benevolent, a Power e a Williams Street, onde a velha encosta mantém preservadas as belas casas e resquícios de jardins fechados e íngremes caminhos verdejantes onde inúmeras memórias fragrantes persistem. Esses passeios, somados à dedicação aos estudos que os acompanhava, sem dúvida bastariam para explicar o enorme volume de sabedoria antiquária que no fim expulsou o mundo contemporâneo da imaginação de Charles Ward; e também para explicar o solo mental em que, no terrível inverno de 1919-20, caíram as sementes que germinaram frutos tão estranhos e terríveis.

O dr. Willett tem certeza de que, antes desse inverno aziago em que surgiu a primeira alteração, o antiquarismo de Charles Ward era isento de qualquer traço de morbidez. Os cemitérios não exerciam nenhuma atração particular, a não ser pelo caráter pitoresco e pelo valor histórico, e Ward era completamente desprovido de inclinações à violência e de instintos agressivos. Mas a partir de então, de maneira gradual, começou a delinear-se uma singular continuação para um dos triunfos genealógicos do ano anterior, quando o jovem havia descoberto entre os ancestrais da linha materna um homem deveras longevo chamado Joseph Curwen, que havia chegado de Salém em março de 1692 e a respeito de quem se contava aos sussurros uma série de histórias um tanto peculiares e inquietantes.

Welcome Potter, o trisavô de Ward, havia casado em 1785 com uma certa "Ann Tillinghast, filha da sra. Eliza, filha do cap. James Tillinghast", a respeito de cuja paternidade a família não havia preservado nenhum traço. No fim de 1918, enquanto examinava um tomo manuscrito original com os registros municipais, o jovem genealogista encontrou uma entrada que descrevia uma alteração de nome realizada em 1772, graças à qual uma sra. Eliza Curwen, viúva de Joseph Curwen, readotou, com a filha Ann, de sete anos, o nome Tillinghast, que havia usado na época de solteira, sob a alegação de que "O Nome do Marido se havia tornado uma Vergonha para a Sociedade em Razam do que se descobrio apos seu Fallecimento; o qual veyo a confirmar um antigo Rumor, que no entanto não mereceria o Credito de uma Espoza fiel enquanto não fosse provado para allem de qualquer Duvida". Essa entrada veio à tona após a separação acidental de duas folhas que haviam sido coladas com todo o cuidado e tratadas como se fossem uma folha única, graças a uma trabalhosa revisão na numeração das páginas.

Naquele instante Charles Ward compreendeu que havia encontrado um tataravô até então desconhecido. A descoberta foi motivo de um duplo entusiasmo, pois Ward já tinha ouvido relatos vagos e encontrado alusões dispersas acerca daquele nome, sobre o qual restavam tão poucos registros disponíveis além dos que vieram a público somente na época atual que quase parecia ter havido uma conspiração para apagá-lo da memória. Além do mais, o caso revestia-se de uma natureza tão singular e provocativa que não havia como afastar certas especulações curiosas sobre o que os tabeliães da época colonial estariam tão ávidos por esconder e esquecer, e tampouco a suspeita de que essa obliteração poderia de fato ter razões válidas.

Antes, Ward limitava-se a deixar as suposições românticas a respeito de Joseph Curwen na esfera da curiosidade; porém, após descobrir um parentesco com esse personagem "silenciado", passou a buscar da maneira mais sistemática possível tudo o que pudesse encontrar a seu respeito. Nessa busca desenfreada, logrou um sucesso muito além das expectativas mais otimistas; pois cartas, diários e fardos de memórias não publicadas nos sótãos empoeirados de Providence e de outros lugares forneceram muitas passagens esclarecedoras que os autores não haviam feito questão de destruir. Uma revelação importante veio da longínqua Nova York, uma vez que certas correspondências da época colonial encontravam-se armazenadas no museu da Fraunces' Tavern. O documento crucial, no entanto, que segundo a opinião do dr. Willett precipitou a ruína de Ward, foi o material encontrado em agosto de 1919 por trás dos painéis de uma casa decrépita em Olney Court. Sem dúvida, foi esse documento que descortinou o negro panorama cujo fim era mais profundo do que o abismo.

II. UM ANTECEDENTE E UM HORROR

1.

Joseph Curwen, segundo os confusos relatos consubstanciados em tudo o que Ward tinha ouvido e descoberto, era um homem impressionante, enigmático, obscuro e terrível. Havia fugido de Salém para Providence — esse refúgio universal de tudo o que era estranho, livre e subversivo — no início do grande pânico da bruxaria, com medo de ser acusado por conta da vida solitária e dos singulares experimentos químicos ou alquímicos que conduzia. Era um sujeito pálido de cerca de trinta anos, e logo obteve a qualificação necessária para tornar-se um homem livre em Providence; e assim comprou um terreno um pouco ao norte da casa de Gregory Dexter, próximo ao ponto mais baixo da Olney Street. A casa foi construída em Stamper's

Hill, a oeste da Town Street, no que mais tarde viria a se tornar Olney Court; e em 1761 o proprietário substituiu-a por uma residência maior, que existe até hoje.

A primeira coisa estranha a respeito de Joseph Curwen é que não parecia ficar mais velho do que estava quando chegou à cidade. Envolveu-se com negócios marítimos, comprou uma acostagem próxima a Mile-End Cove, ajudou a reconstruir a Great Bridge em 1713 e em 1723 foi um dos fundadores da Igreja Congregacional na colina; porém sempre mantendo o aspecto pouco chamativo de um homem recém-entrado nos trinta ou trinta e cinco anos. Com o passar das décadas, essa qualidade singular passou a despertar a atenção do público; mas Curwen sempre a explicava afirmando que tinha ancestrais robustos e que levava uma vida simples que não o exauria. Como tamanha simplicidade poderia ser conjugada às inexplicáveis idas e vindas do furtivo comerciante ou ainda à estranha visão de luz nas janelas da casa onde morava a todas as horas da madrugada jamais ficou claro para o povo da cidade, que assim passou a evidenciar certa predisposição a acreditar em outros motivos para a juventude prolongada e a longevidade do forasteiro. Em geral, acreditava-se que as incessantes misturas e fervuras de componentes químicos promovidas por Curwen tivessem uma estreita relação com essa condição. Corriam boatos a respeito de estranhas substâncias trazidas de Londres e das Índias nos barcos ou compradas em Newport, Boston e Nova York; e quando o velho dr. Jabez Bowen chegou de Rehoboth e abriu o boticário do outro lado da ponte sob a Insígnia do Unicórnio e do Pilão, correram intermináveis conversas sobre as drogas, os ácidos e os metais que o taciturno recluso solicitava de maneira incessante em compras e encomendas. Movidos pela suposição de que Curwen fosse dotado de habilidades médicas secretas e maravilhosas, inúmeros doentes dos mais variados tipos começaram a procurá-lo em busca de socorro; mas, embora Curwen parecesse incentivar essas crenças de maneira indireta e sempre providenciasse poções de estranho colorido em resposta a esses apelos, era visível que o tratamento dispensado aos outros raras vezes trazia efeitos benéficos. Por fim, quando mais de cinquenta anos haviam se passado desde a chegada do forasteiro sem produzir alterações correspondentes a mais do que cinco anos no semblante e no aspecto físico, a população começou a sussurrar histórias mais obscuras e a respeitar o isolamento a que Curwen sempre fora propenso.

As cartas e os diários do período revelam uma verdadeira miríade de outras razões para que Joseph Curwen fosse admirado, temido e por fim abominado como a peste. A paixão por cemitérios, onde era avistado a todas as horas e sob todas as condições climáticas, tornou-se notória, embora não houvesse testemunhas de qualquer comportamento que pudesse ser descrito como mórbido. Tinha uma fazenda na Pawtuxet Road onde costumava morar durante o verão e para onde muitas vezes o viam cavalgar nos mais variados e improváveis horários do dia e da noite. Os únicos criados, trabalhadores do campo e zeladores conhecidos eram um casal de velhos índios Narragansett; o marido, mudo e coberto por estranhas cicatrizes; e a esposa marcada pelo aspecto repulsivo do rosto, provavelmente devido à mistura de sangue negro. No galpão ficava o laboratório onde a maioria das experiências era conduzida. Os curiosos carregadores e carreteiros que entregavam vidros, bolsas e caixas na diminuta porta dos fundos trocavam entre si histórias sobre frascos, cadinhos, alambiques e fornalhas no interior do pequeno recinto repleto de prateleiras; e profetizavam aos sussurros que o taciturno "quimista" — com o que queriam dizer *alquimista* — não tardaria a encontrar a Pedra Filosofal. Os vizinhos mais próximos da fazenda — os Fenner, que moravam a cerca de quinhentos metros — tinham histórias ainda mais estranhas a contar sobre os sons que afirmavam vir da propriedade de Curwen à noite. Mencionavam gritos e uivos prolongados; e não gostavam da grande quantidade de animais que enchia os pastos, demasiado excessiva para fornecer a apenas um homem solitário e poucos criados as provisões necessárias de carne, leite e lã. A composição do rebanho parecia mudar de uma semana para a outra à medida que novos animais eram comprados dos fazendeiros de Kingstown. O sentimento de repulsa era tornado ainda mais intenso por uma grande construção de pedra que não tinha nada além de frestas elevadas à guisa de janelas.

Da mesma forma, os desocupados da Great Bridge tinham muito a dizer sobre a casa na cidade, em Olney Court; nem tanto acerca da nova, construída em 1761, quando o proprietário devia ser quase um homem centenário, mas acerca da primeira, mais antiga, que tinha uma mansarda, um sótão desprovido de janelas e as fachadas cobertas por recortes de madeira que Curwen teve o cuidado de queimar após a demolição. É verdade que nesse caso o mistério era menor; mas nas horas em que as luzes estavam acesas, a furtividade dos dois forasteiros de pele morena que compunham a totalidade da criadagem masculina, os pavorosos e incompreensíveis balbucios da vetusta caseira francesa, as enormes quantidades de comida que adentravam a porta de uma casa onde viviam apenas quatro pessoas e a *qualidade* de certas vozes ouvidas durante conversas abafadas em horários altamente improváveis combinavam-se com os demais rumores sobre a fazenda de Pawtuxet e davam origem à má reputação do lugar.

A residência de Curwen era assunto mesmo nos círculos de maior prestígio; afinal, enquanto trabalhava na igreja e na vida comercial do vilarejo, o forasteiro havia cultivado as melhores amizades para assim desfrutar de companhias e conversas adequadas à educação que havia recebido. O berço de onde vinha era bom, uma vez que os Curwen ou Corwin de Salém dispensavam apresentações na Nova Inglaterra. A certa altura veio à tona que

Joseph Curwen viajara um bocado ainda menino, tendo vivido por um tempo na Inglaterra e feito pelo menos duas viagens ao Oriente; e o sotaque, quando se dignava empregá-lo, era o de um cavalheiro inglês culto e refinado. Mas por algum motivo Curwen não se importava com a vida em sociedade. Embora jamais mandasse os visitantes embora, costumava erguer uma muralha de reserva tão intransponível que poucos conseguiam pensar em dizer alguma coisa que não fosse soar banal.

Naquele comportamento parecia ocultar-se uma arrogância críptica e sardônica, como se tivesse passado a aborrecer-se com toda a humanidade depois de mover-se em meio a entidades mais estranhas e mais potentes. Quando o dr. Checkley, famoso pela erudição e pelo espírito trocista, chegou de Boston em 1738 para ser pastor da King's Church, Joseph Curwen não perdeu a oportunidade de fazer uma visita à personalidade de quem tanto ouvira falar; mas foi embora após poucos instantes por conta de uma sinistra nota subjacente percebida no discurso do anfitrião. Charles Ward contou ao pai, quando os dois falavam a respeito de Curwen em uma noite de inverno, que estaria disposto a oferecer muita coisa para saber o que aquele velho sinistro teria dito para o vivaz sacerdote, porém todos os diaristas estão de acordo ao mencionar a relutância do dr. Checkley em repetir o que tinha ouvido. O bom homem havia recebido um choque terrível, e a partir de então não conseguia mais pensar em Joseph Curwen sem obter como resultado o desaparecimento momentâneo da cortesia que o tornara famoso.

Bem mais claro, no entanto, foi o motivo que levou outro homem de bom gosto e boa criação a evitar o ermitão atrevido. Em 1746 o sr. John Merritt, um vetusto cavalheiro inglês com inclinações literárias e científicas, chegou de Newport à cidade que rapidamente a ultrapassava em prestígio e construiu uma bela casa rural em Neck, onde hoje se localiza o coração da melhor zona residencial. Vivia cercado de estilo e de conforto, porém mantinha o primeiro coche e a criadagem de *libré* na cidade e se enchia de orgulho do telescópio, do microscópio e da bem escolhida biblioteca de livros ingleses e latinos. Ao ouvir que Curwen era o proprietário da mais bem fornida biblioteca de Providence, o sr. Merritt tratou de fazer uma visita o mais breve possível, e foi recebido com mais cordialidade do que a maioria dos outros visitantes da casa. A admiração demonstrada pelo visitante em relação às amplas prateleiras do anfitrião, que além dos clássicos gregos, latinos e ingleses vinha equipada com uma impressionante bateria de obras filosóficas, matemáticas e científicas, incluindo obras de Paracelso, Agricola, Van Helmont, Sylvius, Glauber, Boyle, Boerhaave, Becher e Stahl, levou Curwen a sugerir uma visita à fazenda e ao laboratório, onde ninguém jamais havia estado; e assim os dois partiram de imediato no coche do sr. Merritt.

O sr. Merritt sempre afirmava não ter visto nada de horripilante na fazenda, mas admitia que apenas os títulos dos livros na biblioteca especial de taumaturgia, alquimia e teologia que Curwen mantinha em um recinto à parte tinham sido o bastante para inspirar-lhe um duradouro sentimento de repulsa. No entanto, é possível que a expressão facial do proprietário ao exibir os livros tenha contribuído em boa medida para esse preconceito. A estranha coleção, além de uma hoste de obras clássicas que o sr. Merritt pôde invejar sem nenhum motivo para alarme, abarcava praticamente todos os cabalistas, demonologistas e magos conhecidos à humanidade; e consistia em um verdadeiro tesouro de sabedoria em reinos duvidosos como a alquimia e a astrologia. Hermes Trismegisto na edição de Mesnard, o *Turba Philosophorum*, o *Liber Investigationis* de Geber e o *Key of Wisdom de* Arthepius estavam todos lá, com o cabalístico *Zohar*, a coleção de Alberto Magno editada por Peter Jammy, o *Ars Magna et Ultima* de Raimundo Lúlio na edição de Zetzner, o

Thesaurus Chemicus de Roger Bacon, o *Clavis Alchimiae* de Fludd e o *De Lapide Philosophico* de Tritêmio ao redor. Judeus e árabes medievais estavam representados em profusão, e o sr. Merritt empalideceu quando, ao tomar nas mãos um belo volume claramente identificado como *Qanoon-e-Islam*, descobriu tratar-se na verdade do proscrito *Necronomicon* do árabe louco Abdul Alhazred, a respeito do qual havia escutado coisas monstruosas ditas aos sussurros anos atrás, quando se revelou a prática de rituais inomináveis no estranho vilarejo pesqueiro de Kingsport, na província de Massachusetts Bay.

No entanto, por mais estranho que pareça, o grande motivo da perturbação alegada pelo digno cavalheiro foi um mero detalhe. Na enorme mesa de mogno encontrava-se um exemplar muito desgastado de Borellus, que trazia um grande número de anotações e interlineações crípticas feitas na caligrafia de Curwen. O livro estava aberto no meio, e um determinado parágrafo exibia sublinhados tão grossos e tão trêmulos sob as linhas de místicos caracteres góticos que o visitante não pôde resistir a analisá-los. Se foi a natureza da passagem grifada ou o peso febril dos golpes da pena que formavam os grifos, o sr. Merritt não soube dizer; mas algo naquela combinação causou-lhe uma impressão muito negativa e muito peculiar. O sr. Merritt recordou a passagem até o fim da vida e reproduziu-a de memória no próprio diário pessoal, e certa vez tentou recitá-la para o dr. Checkley, com quem mantinha uma estreita amizade, mas deteve-se ao perceber o quanto aquilo perturbava o ilustrado pastor. A passagem dizia:

> Os Saes Essenciaes das Bestas podem ser preparados e preservados de Maneyra que seja facultado a hum Homem de Engenho conter toda a Arca de Noe no proprio Estudio, e fazer com que a Forma perfeyta de huma Besta ressurja a partir das Cinzas a seu Bel-Prazer; e, applicando hum Methodo analogo aos Saes Essenciaes

> do Pó humano, um Phylosopho pode, sem recorrer a qualquer Sorte de Necromancia obscura, invocar a Forma de qualquer Antepassado fallecido a partir do Pó que resulta da Incineraçam do Cadaver.

Era nas cercanias das docas na parte ao sul da Town Street, no entanto, que corriam os piores boatos acerca de Joseph Curwen. Os marinheiros são uma gente supersticiosa, e os lobos do mar que tripulavam as infinitas chalupas de rum, escravos e melaço, os mal-afamados navios corsários e os grandes brigues das famílias Brown, Crawford e Tillinghast faziam estranhos e furtivos gestos de proteção quando viam a figura magra e enganadoramente jovem de cabelos trigueiros e com uma discreta corcunda entrar no depósito de Curwen na Doubloon Street ou conversar com os capitães e supervisores no longo cais onde os navios de Curwen portavam inquietos pela âncora. Os próprios fiscais e capitães de Curwen nutriam temor e ódio pelo empregador, e todos os marujos pertenciam à rábula mestiça da Martinica, de Santo Eustáquio, de Havana ou de Port-Royal. De certa forma, a frequência com que esses marinheiros eram substituídos foi o que inspirou a parte mais intensa e mais tangível do medo despertado pelo velho. Uma tripulação desembarcava na cidade em licença, por vezes com um ou outro afazer a cumprir; porém, no momento da reunião, quase sempre dava-se pela falta de um ou mais homens. O fato de que muitos afazeres envolviam a fazenda na Pawtuxet Road, somado ao fato de que poucos marinheiros retornavam do lugar, não foi esquecido; de maneira que, passado algum tempo, Curwen passou a enfrentar grandes dificuldades para manter os homens da caótica tripulação. Quase sempre um grande número de marinheiros desertava imediatamente após ouvir os boatos sobre os cais de Providence, e a reposição desses homens nas Índias Ocidentais tornou-se um problema cada vez maior para o comerciante.

Em 1760 Joseph Curwen havia se tornado um pária e era suspeito de ter perpetrado horrores vagos e forjado alianças demoníacas que pareciam ainda mais ameaçadoras porque não tinham nome, não eram compreendidas e também porque não havia sequer como provar que existiam. A gota d'água pode ter sido o caso dos soldados desaparecidos em 1758, pois em março e em abril desse ano dois regimentos reais a caminho da Nova França alojaram-se em Providence e desapareceram como resultado de um processo inexplicável, muito além da taxa média de deserção. Rumores furtivos mencionavam a frequência com que Curwen era visto conversando com os forasteiros de capa vermelha; e, quando estes começaram a desaparecer, as pessoas lembraram-se do estranho fenômeno que acometia os marinheiros. O que teria acontecido se os regimentos não recebessem ordens de seguir adiante, ninguém saberia dizer.

Nesse meio-tempo, o comerciante prosperava nos negócios mundanos. Praticamente detinha o monopólio sobre o comércio de salitre, pimenta-do-reino e canela, e com a exceção da firma dos Brown, estava à frente de quase todos os outros estabelecimentos de comércio marítimo na importação de artigos de latão, índigo, algodão, lã, sal, aprestos, ferro, papel e bens ingleses de toda sorte. Lojistas como James Green, sob a Insígnia do Elefante em Cheapside, os Russell, sob a Insígnia da Águia Dourada no outro lado da ponte, ou Clark e Nightingale, sob a insígnia da Frigideira e do Peixe nas proximidades da New Coffee-House, dependiam de Curwen em caráter quase exclusivo para a obtenção desses produtos; e os acordos firmados com os destiladores locais, os leiteiros e criadores de cavalo Narragansett e os fabricantes de velas em Newport haviam-no transformado em um dos maiores exportadores da Colônia.

Embora relegado ao ostracismo, Joseph Curwen não era desprovido de espírito cívico. Quando a Casa Colonial queimou, fez grandes investimentos nas loterias graças às quais o novo prédio, de alvenaria — que ainda hoje se ergue na antiga rua principal —, foi construído em 1761. No mesmo ano, ajudou a reconstruir a Great Bridge após o vendaval de outubro. Repôs muitos livros da biblioteca pública consumidos pelo fogo durante o incêndio da Casa Colonial e comprou muitos bilhetes de loteria que propiciaram à embarrada Market Parade e à sulcada Town Street a pavimentação com grandes pedras arredondadas e um passeio ou canteiro de tijolos no meio. Por volta da mesma época, construiu a simples mas excelente residência cuja fachada sobrevive até hoje como um grande triunfo da entalhadura. Quando os partidários de Whitefield romperam com a igreja do dr. Cotton em 1743 e fundaram a Deacon Snow's Church do outro lado da ponte, Curwen os acompanhou, embora o fervor e o interesse pelo assunto tenham durado pouco. Porém voltou a cultivar a religiosidade, como se quisesse dissipar a sombra que o havia precipitado rumo ao isolamento e que não tardaria a arruinar-lhe os negócios se não fosse combatida.

2.

A visão desse estranho e pálido homem que aparentava estar na meia-idade, embora não pudesse ter menos do que um século de vida, e tentava enfim dissipar uma nuvem de pavor e repulsa demasiado vaga para que se pudesse compreendê-la ou analisá-la era a um só tempo dramática, patética e desprezível. No entanto, o poder da fortuna monetária e dos gestos superficiais resultou em uma discreta redução na visível repulsa que lhe era dispensada, em particular depois que o súbito desaparecimento dos marinheiros cessou de repente. Ao mesmo tempo, Curwen deve ter começado a cercar-se de cuidado e discrição durante as expedições noturnas ao cemitério, pois nunca mais foi avistado nessas perambulações; e os rumores acerca de sons e movimentações estranhas na fazenda de Pawtuxet diminuíram na mesma proporção. O consumo de mantimentos e a reposição dos animais do campo mantiveram-se em um nível anômalo; mas apenas em tempos recentes, quando Charles Ward examinou contas e faturas do antepassado na Shepley Library, ocorreu ao público em geral — talvez com a exceção de um certo jovem amargurado com a vida — estabelecer ligações sombrias entre o elevado número de negros importados da Guiné até 1766 e a inquietante ausência de notas fiscais idôneas emitidas para os mercadores de escravos na Great Bridge ou para os donos de plantações em Narragansett Country. Sem dúvida a astúcia e a engenhosidade dessa figura abominada revelaram-se deveras profundas quando a necessidade premente de usá-las se apresentou.

Mesmo assim, o efeito dessas correções tardias foi mínimo. Joseph Curwen continuou a inspirar desconfiança e a ser evitado, o que a bem dizer encontrava respaldo no eterno aspecto jovem que ostentava mesmo em idade avançada; e no fim percebeu que a fortuna poderia dar uma guinada para o pior. Qualquer que fosse a natureza dos complexos estudos e experimentos que conduzia, era evidente que a manutenção destes exigia uma renda considerável; e, uma vez que qualquer mudança na situação privasse-o das vantagens comerciais que havia granjeado, não valeria a pena recomeçar em outra região. O juízo havia ditado que remediasse as relações que mantinha com o povo de Providence, de maneira que sua presença deixasse de ser motivo para conversas a meia-voz, desculpas evasivas para compromissos em outros lugares e uma atmosfera generalizada de reserva e inquietude. Os despachantes, a essa altura limitados aos rejeitos depauperados e modorrentos a quem ninguém mais daria emprego, haviam se transformado em uma fonte de constantes preocupações; e os capitães e imediatos eram mantidos apenas por força da astúcia de Curwen, que tratou de exercer uma forte influência sobre todos — através de hipotecas, notas promissórias ou informações pertinentes ao bem-estar do interessado. Muitos diaristas da época registraram com evidente espanto que Curwen parecia ter poderes quase sobrenaturais para descobrir segredos de família a fim de empregá-los para fins um tanto questionáveis. Nos últimos cinco anos de vida, a impressão causada era a de que nada menos do que conversas diretas com os mortos de outrora poderiam ter fornecido certas informações que trazia na ponta da língua.

Por volta da mesma época, o sagaz erudito tentou um último e desesperado expediente para se restabelecer no seio da comunidade. Depois de passar a vida inteira como um completo ermitão, Curwen resolveu tirar vantagem do matrimônio com uma esposa de reconhecida posição social a fim de tornar impossível o ostracismo da casa onde morava. Pode ser que tivesse outros motivos mais profundos para forjar essa aliança — motivos tão estranhos à esfera cósmica onde vivemos que somente papéis encontrados um século e meio após sua morte levantaram suspeitas; porém jamais teremos respostas definitivas quanto a essas questões. Sem dúvida Curwen estava ciente do horror e da indignação com que qualquer tentativa de corte seria recebida, e assim tratou de procurar uma candidata filha de pais sobre quem pudesse exercer uma pressão considerável. Essas candidatas, no entanto, não eram fáceis de encontrar, pois Curwen tinha exigências muito específicas no que dizia respeito à beleza, aos talentos e à estabilidade social. Por fim, viu-se reduzido à casa de um dos melhores e mais antigos capitães — um viúvo nascido em berço de ouro e de reputação impecável chamado Dutee Tillinghast, cuja filha Eliza parecia ter sido abençoada com toda sorte de favorecimento imaginável, a não ser no que dizia respeito às perspectivas como herdeira. O cap. Tillinghast estava sob o completo domínio de Curwen; e, após um terrível colóquio na casa encimada por uma cúpula onde morava, em Power's Lane Hill, consentiu em sancionar essa aliança blasfema.

Eliza Tillinghast somava na época dezoito anos de idade, e tinha sido criada da forma mais delicada possível nas limitadas circunstâncias do pai. Havia frequentado a Stephen Jackson's School em frente à Court-House Parade e sido instruída nas artes e requintes da vida doméstica pela diligente mãe, que morreu em decorrência de varíola em 1757. Exemplares de objetos feitos por Eliza aos nove anos de idade podem ainda hoje ser vistos nas salas da Rhode Island Historical Society. Após o falecimento da mãe, Eliza passou a cuidar da casa auxiliada somente por uma preta velha. As discussões que teve com o pai acerca do matrimônio proposto por Curwen devem ter sido dolorosas, mas a esse respeito não há nenhum registro. O que se sabe é que o noivado com o jovem Ezra Weeden, o segundo imediato do paquete *Enterprise*, de Crawford, foi devidamente rompido, e que a união com Joseph Curwen foi celebrada na Igreja Batista aos 7 de março de 1763, na presença dos mais distintos personagens que a cidade tinha a oferecer, em uma cerimônia oficiada pelo jovem Samuel Winsor. A *Gazette* publicou uma breve nota sobre a cerimônia, e na maioria dos exemplares que sobreviveram à passagem do tempo o item em questão parece ter sido recortado ou rasgado. Após inúmeras buscas, Ward encontrou um único exemplar intacto nos arquivos de um notável colecionador particular, e admirou com gosto a falsa cortesia da linguagem empregada:

> Na tarde da segunda-feira ultima, o sr. Joseph Curwen, desta Cidade, despozou a Srta. Eliza Tillinghast, Filha do Cap. Dutee Tillinghast. A jovem Noiva detem inumeraveis Meritos que, somados a huma bela Figura, agraciam o Matrimonio e asseguram ao Casal uma Felicidade perene.

As correspondências trocadas entre Durfee e Arnold, descobertas por Charles Ward pouco antes do primeiro surto de loucura, na coleção do sr. Melville F. Peters, da George Street, cobrem esse período e o período imediatamente anterior e oferecem um testemunho contundente do ultraje causado ao sentimento público pelo mal-arranjado casamento. O prestígio social dos Tillinghast, no entanto, não podia ser negado; e mais uma vez Joseph Curwen viu-se em uma casa frequentada por pessoas que, de outra forma, jamais teria persuadido a cruzar o umbral de sua porta. Mas a aceitação não foi de forma nenhuma total, e a noiva sofreu diversos reveses sociais em decorrência da empresa forçada; mesmo assim, a muralha de absoluto ostracismo desabou em parte. No tratamento dispensado à esposa, o estranho noivo surpreendeu tanto a própria quanto a comunidade em geral ao demonstrar profunda graciosidade e consideração. A nova casa em Olney Court ficou assim completamente a salvo de manifestações perturbadoras, e, embora Curwen passasse boa parte do tempo ausente da fazenda em Pawtuxet, que a esposa jamais visitava, parecia nessa época uma pessoa mais normal do que jamais havia sido em todos os longos anos de residência. Somente uma pessoa manteve uma inimizade declarada: o jovem oficial de navio cujo noivado com Eliza Tillinghast fora rompido de maneira tão abrupta. Ezra Weeden havia jurado vingança; e, embora tivesse uma disposição pacata e introvertida, viu-se tomado por uma determinação obsessiva e odiosa que não trazia bons presságios para o marido usurpador.

No dia 7 de maio de 1765 nasceu Ann, a única filha de Curwen; a menina foi batizada pelo rev. John Graves da King's Church, com quem tanto o marido quanto a esposa haviam entrado em contato logo após o matrimônio a fim de encontrar um meio-termo para as respectivas afiliações à Igreja Congregacional e à Igreja Batista. O registro desse nascimento, bem como o do matrimônio celebrado dois anos antes, foi riscado de quase todos os documentos eclesiásticos e anais da cidade; Charles Ward localizou-os apenas graças a um árduo trabalho de busca empreendido depois que a mudança de nome efetuada pela viúva revelou o parentesco que o ligava ao objeto da pesquisa e assim engendrou o interesse febril que culminou em loucura. Com efeito, a certidão de nascimento foi encontrada em uma troca de correspondências bastante curiosa entre os herdeiros do lealista dr. Graves, que havia levado consigo uma duplicata de todos os registros quando deixou o pastorado após o início da Revolução. Ward havia buscado essa fonte porque sabia que a trisavó Ann Tillinghast Potter tinha sido adepta da Igreja Episcopal.

Pouco tempo após o nascimento da filha — um acontecimento que parece ter recebido com um fervor bastante incompatível com a frieza habitual —, Curwen decidiu encomendar um retrato seu. O retrato foi pintado por um escocês muito talentoso de nome Cosmo Alexander, que na época morava em Newport e mais tarde ganhou fama como um dos primeiros mestres de Gilbert Stuart. Segundo relatos, o retrato teria sido executado em um painel na biblioteca da casa em Olney Court, mas nenhum dos antigos diários que o mencionavam oferecia qualquer pista sobre o destino final da pintura. Por volta desse período o acadêmico errático começou a dar mostras de uma abstração fora do comum e a passar o maior tempo possível na fazenda em Pawtuxet Road. Segundo relatos, dava a impressão de se encontrar em um estado de empolgação contida ou de suspense, como se aguardasse um acontecimento extraordinário ou estivesse prestes a fazer uma estranha descoberta. A química ou a alquimia pareciam ter desempenhado um papel importante, pois Curwen levou a maior parte dos livros sobre esses assuntos para a fazenda.

A afetação de interesse cívico não arrefeceu, e Curwen tampouco perdia a oportunidade de ajudar líderes como Stephen Hopkins, Joseph Brown e Benjamin West a elevar o nível cultural da cidade, que na época se encontrava muito abaixo do nível encontrado em Newport no que dizia respeito às artes. Ajudou Daniel Jenckes a estabelecer a livraria em 1763, e a partir de então passou a ser o mais assíduo cliente; e ofereceu ajuda também à emergente *Gazette*, impressa todas as quartas-feiras sob a Insígnia do Busto de Shakespeare. Na política, ofereceu apoio irrestrito ao governador Hopkins contra o partido de Ward, que concentrava forças em Newport, e o eloquente discurso que proferiu no Hacker's Hall em 1765 contra a emancipação de North Providence como um vilarejo independente através de um voto pró-Ward na Assembleia Geral fez mais do que qualquer outra coisa para diminuir o preconceito com que era visto. Mas Ezra Weeden, que o observava de perto, zombava desse ativismo político e alardeava para quem quisesse ouvir que tudo não passava de uma máscara sob a qual Curwen mantinha tráfico com os mais negros abismos do Tártaro. O jovem vingativo lançou-se em um estudo sistemático do homem e de seus afazeres sempre que estava em terra; à noite, quando via luzes nos armazéns de Curwen, passava longas horas de prontidão em uma canoa a remo no cais, para então seguir o barquinho que por vezes cruzava furtivamente a baía. Também vigiava de perto a fazenda de Pawtuxet, e em uma ocasião levou graves mordidas dos cachorros que o casal de índios havia soltado contra o invasor.

3.

Em 1766 Joseph Curwen sofreu a derradeira transformação. A mudança foi muito repentina e chamou a atenção de todos os moradores curiosos; pois a atmosfera de suspense e de expectativa caiu como um velho manto, dando vez à exaltação malcontida de um triunfo perfeito. Curwen parecia enfrentar dificuldades para evitar manifestações públicas sobre o que havia descoberto ou aprendido ou feito; mas aparentemente a necessidade de discrição era maior do que o desejo de compartilhar o êxito, pois nenhuma explicação foi oferecida. Após essa transição, que parece ter se operado no início de julho, o sinistro acadêmico começou a impressionar as pessoas com a posse de informações que somente antepassados falecidos muito tempo atrás poderiam ser capazes de fornecer.

Porém as febris atividades secretas de Curwen não cessaram com a mudança. Muito pelo contrário: davam a impressão de aumentar, pois uma parte cada vez maior dos negócios marítimos passou a ser administrada pelos capitães, que a essa altura estavam ligados a Curwen por laços de medo tão poderosos quanto antes haviam sido os da bancarrota. O comércio de escravos foi abandonado por completo, sob o pretexto de que os lucros eram cada vez menores. Curwen passava o tempo inteiro na fazenda de Pawtuxet, embora de vez em quando surgissem rumores de que havia estado em lugares que, embora não fossem próximos a nenhum cemitério, levaram os mais pensativos a refletir sobre a real extensão da mudança de hábitos que se havia operado no velho comerciante. Ezra Weeden, embora tivesse períodos de espionagem necessariamente breves e intermitentes em função das viagens marítimas, tinha uma persistência vingativa sem par entre os moradores e fazendeiros de espírito mais prático; e assim submeteu os negócios de Curwen a um escrutínio até então desconhecido.

Muitas das estranhas manobras executadas pelas embarcações do comerciante tinham sido atribuídas à turbulência de um período em que todos os colonizadores pareciam estar determinados a resistir às provisões da Lei do Açúcar, que impediam a movimentação conspícua dos navios. O contrabando e a evasão eram as regras em Narragansett Bay, e o desembarque noturno de cargas ilícitas era uma ocorrência corriqueira. Porém Weeden, depois de observar noite após noite as balsas ou as pequenas chalupas que se afastavam dos armazéns de Curwen junto às docas da Town Street, logo percebeu que não eram apenas os navios armados de Vossa Majestade que o sinistro personagem tentava evitar. Antes da mudança em 1766, a maior parte desses navios trazia cargas de negros acorrentados, que eram levados até o outro lado da baía e descarregados em um local obscuro nas margens logo ao norte de Pawtuxet, para então serem conduzidos outeiro acima e campo afora até chegar à fazenda de Curwen, onde eram trancados na enorme construção de pedra que não tinha nada além de frestas elevadas à guisa de janelas. Após a mudança, no entanto, todo esse programa sofreu alterações. A importação de escravos cessou de repente, e por um tempo Curwen abandonou a movimentação noturna dos navios. Então, por volta da primavera de 1767, surgiu uma nova política. Mais uma vez as balsas começaram a zarpar das negras e silenciosas docas e a singrar a baía por uma certa distância, por vezes até Namquit Point, quando então recebiam carregamentos de estranhos navios de tamanho considerável e aspecto variado ao extremo. A seguir os marinheiros de Curwen depositavam a carga junto à margem, no lugar de sempre, e de lá a transportavam por terra até a fazenda, para então trancafiá-la na críptica estrutura de pedra que antes havia recebido os negros. A carga era composta quase exclusivamente por caixas — quase sempre caixotes grandes e pesados e oblongos que guardavam uma perturbadora semelhança com a silhueta de um ataúde.

Weeden vigiava a fazenda de maneira persistente, visitando-a todas as noites por longos períodos e raramente deixando uma semana inteira passar sem observações, salvo quando a neve no chão pudesse reter suas pegadas. Mesmo nesses casos, aproximava-se o quanto fosse possível pela beira da estrada ou pelo gelo do rio vicinal para investigar os rastros que outros pudessem ter deixado. Ao perceber que essas vigílias noturnas seriam interrompidas pelos deveres náuticos, Ezra Weeden contratou um companheiro de taverna chamado Eleazar Smith para levar adiante as buscas durante o período em que estivesse ausente; e os dois poderiam ter dado início a rumores extraordinários. Mesmo assim, os rumores não vieram à tona porque ambos sabiam que o efeito dessa publicidade seria alertar a presa e impedir qualquer tipo de progresso nas investigações. Weeden e Smith queriam ter alguma certeza antes de tomar uma atitude. O que descobriram deve ter sido espantoso ao extremo, e em várias conversas com os pais Charles Ward lamentou o fato de que Weeden mais tarde houvesse queimado todos os cadernos que tinha. Tudo o que se pode saber a respeito das descobertas é o que Eleazar Smith anotou em um diário um tanto desconexo e o que outros diaristas e missivistas da época repetiram timidamente a partir dos relatos feitos mais tarde pelos dois — segundo os quais a fazenda era apenas o invólucro externo de uma ameaça colossal e repulsiva, de um escopo e de uma grandeza demasiado profundos e intangíveis para mais do que uma compreensão difusa e nebulosa.

Percebe-se que Weeden e Smith não tardaram a se convencer da existência de uma enorme série de galerias e catacumbas, habitadas por um número considerável de pessoas além do velho casal de índios, sob o terreno da fazenda. A casa era uma antiga relíquia da metade do século XVII, com telhado de duas águas e guarnecido por uma enorme chaminé e janelas de treliça em forma de losango, estando o laboratório situado em um galpão mais ao norte, em um ponto onde o telhado quase tocava o chão. A construção ficava longe de todas as demais; porém, a dizer pelas diferentes vozes escutadas no interior até mesmo nos horários mais improváveis, devia ser acessível a partir de passagens secretas nos subterrâneos. Antes de 1766, essas vozes eram meros balbucios e sussurros e gritos desesperados dos negros, somados a peculiares cânticos ou invocações. Após essa data, no entanto, revestiram-se de um caráter deveras peculiar e odioso, e passaram a oscilar entre murmúrios de aquiescência reprimida e explosões de dor ou de ira frenética, rumores de conversas e gemidos de lamúria, arquejos de entusiasmo e gritos de protesto.

Davam a impressão de pertencer a diferentes línguas, todas faladas por Curwen, cujo sotaque gutural muitas vezes podia ser ouvido em resposta, reprimenda ou ameaça. Às vezes tinha-se a impressão de que havia diversas pessoas na casa; Curwen, certos prisioneiros e os guardas desses prisioneiros. Havia vozes que nem Weeden nem Smith jamais tinham ouvido, embora detivessem um vasto conhecimento sobre as nações estrangeiras, e outras que davam a impressão de pertencer a esta ou àquela nacionalidade. A natureza das conversas parecia consistir sempre em uma espécie de sabatina, como se Curwen quisesse arrancar informações dos prisioneiros rebeldes ou aterrorizados.

Weeden tinha diversas anotações *verbatim* de fragmentos ouvidos, pois o inglês, o francês e o espanhol eram usados com frequência; mas nenhuma destas chegou até nós. Afirmou, no entanto, que à exceção de uns poucos diálogos monstruosos em que os assuntos passados das famílias de Providence eram discutidos, a maioria das perguntas e respostas que conseguiu ouvir era de natureza histórica ou científica, por vezes atinentes a lugares e épocas muito longínquas. Certa vez, por exemplo, uma figura que alternava entre momentos de ira e mau humor foi questionada em francês acerca do massacre promovido pelo Príncipe Negro em Limoges no ano de 1370, como se houvesse uma razão secreta que pudesse esclarecer. Curwen perguntou ao prisioneiro — se é que de fato tratava-se de um prisioneiro — se a ordem para matar fora dada em resposta ao Símbolo do Bode encontrado no altar da antiga cripta romana sob a Catedral ou se o Homem Negro do Pacto de Haute-Vienne havia proferido as Três Palavras. Diante do fracasso na obtenção de respostas, o inquisidor havia dado a impressão de recorrer a meios extremos — pois ouviu-se um terrível grito seguido por silêncio e balbucios, e por fim um baque.

Nenhum desses colóquios foi testemunhado com os olhos, uma vez que as janelas encontravam-se o tempo inteiro cobertas por pesadas cortinas. Certa vez, no entanto, durante um pronunciamento em uma língua desconhecida, uma sombra avistada na cortina infundiu extremo pavor em Weeden, pois lembrou-o das marionetes que tinha visto em um espetáculo no outono de 1764 no Hacker's Hall, quando um homem de Germantown, Pensilvânia, apresentou um interessante espetáculo mecânico anunciado como "Huma Vizam da Famosa Cidade de Jerusalem, em que aparecem Jerusalem, o Templo de Salomão, o Throno Real, as famosas Torres e as Collinas, bem como os Soffrimentos de Nosso Salvador desde o Jardim de Gethsemane ate a Cruz na Collina de Golgotha; huma interessante peça de Estatuario que deve agradar ao Gosto dos Curiosos". Foi nessa ocasião que o investigador, à espreita na janela do recinto frontal de onde as vozes emanavam, soltou um grito que acordou o velho casal de índios e levou-os a soltar os cachorros. A partir de então nenhuma outra conversa foi ouvida na casa, e Weeden e Smith concluíram que Curwen havia transferido o campo de ação para as regiões inferiores.

Que essas regiões em verdade existiam parecia ser um fato amplamente comprovado por diversos indícios. Gritos e gemidos inconfundíveis de tempos em tempos saíam do que parecia ser terra sólida em lugares distantes de qualquer estrutura, e, oculta nos arbustos ao longo do rio mais ao fundo, onde o terreno elevado precipitava-se de repente em direção ao vale de Pawtuxet, foi encontrada na pesada cantaria uma porta de carvalho em arco, que sem dúvida era uma via de acesso às cavernas no interior da colina. Quando e como essas catacumbas teriam sido construídas, Weeden não saberia dizer; mas com frequência chamava a atenção para a facilidade com que o local seria alcançado por bandos de trabalhadores não avistados que viessem pelo rio. De fato, Joseph Curwen empregava os marinheiros de sangue mestiço nas mais variadas tarefas! Durante as fortes chuvas na primavera de 1769 os dois observadores ficaram de olho na íngreme margem do rio para ver se quaisquer segredos subterrâneos podiam revelar-se à luz, e foram recompensados pela visão de incontáveis ossos de origem humana e animal em lugares onde sulcos profundos haviam cortado o solo das margens. Naturalmente poderia haver diversas explicações para essas coisas nos fundos de uma fazenda de gado em um local onde antigos cemitérios indígenas eram comuns, mas Weeden e Smith tiraram suas próprias conclusões.

Em janeiro de 1770, quando Weeden e Smith ainda discutiam em vão o que pensar ou fazer a respeito de toda a perturbadora situação, deu-se o incidente com o *Fortaleza*. Exasperados pelo incêndio que acometera a chalupa da receita *Liberty*, ocorrido em Newport durante o verão anterior, a esquadra alfandegária comandada pelo almirante Wallace adotara uma vigilância mais severa no que dizia respeito a embarcações desconhecidas; e nessa ocasião a escuna armada *Cygnet*, pertencente a Vossa Majestade e comandada pelo capitão Charles Leslie, capturou após uma breve perseguição a barca *Fortaleza*, de Barcelona, Espanha, que segundo o registro de bordo viera desde o Cairo, no Egito, até Providence sob o comando do cap. Manuel Arruda. Ao ser passado em revista em razão de possíveis contrabandos, o navio fez a surpreendente revelação de que a carga transportada consistia exclusivamente de múmias egípcias, consignadas ao "Marinheiro A. B. C.", que receberia os bens em uma balsa em local próximo a Namquit Point e cuja identidade o cap. Arruda sentiu-se na obrigação moral de preservar. O Tribunal do Vice-Almirantado em Newport, sem saber o que fazer, levando em conta por um lado a natureza não contrabandeada da carga e por outro lado o sigilo da entrada ilegal, aceitou a recomendação do coletor Robinson de liberar o barco mas impedir que aportasse nas águas de Rhode Island. Mais tarde surgiram rumores de que o navio teria sido avistado na Baía de Boston, embora nunca tenha entrado abertamente no porto do vilarejo.

O extraordinário incidente atraiu muita atenção em Providence, e eram poucos os que duvidavam da existência de uma ligação entre a carga de múmias e o sinistro Joseph Curwen. Sendo as pesquisas exóticas e as estranhas importações químicas assuntos de conhecimento público, e a preferência de Curwen por cemitérios uma suspeita comum, não seria preciso muita imaginação para associá-lo a um carregamento que não poderia ter por destinatário nenhum outro habitante do vilarejo. Como se estivesse ciente dessa crença natural, Curwen teve o cuidado de falar em várias ocasiões sobre a relevância química dos bálsamos encontrados nas múmias, imaginando talvez que dessa forma o assunto poderia ganhar ares menos sobrenaturais, porém mesmo assim evitando admitir qualquer tipo de participação. Weeden e Smith, é claro, não tinham nenhuma dúvida quanto à importância do assunto, e cogitavam as mais desvairadas teorias a respeito de Curwen e dos monstruosos trabalhos que executava.

A primavera seguinte, como a do ano anterior, trouxe pesadas chuvas; e os observadores investigaram de perto as margens do rio atrás da fazenda de Curwen. Grande parte do terreno havia sofrido erosão, e um certo número de ossos foi descoberto; mas não houve nenhum vislumbre de câmaras ou de galerias subterrâneas. No entanto, surgiram rumores no vilarejo de Pawtuxet, cerca de um quilômetro e meio mais abaixo, onde as águas do rio despencam em cachoeiras acima de um terraço rochoso e juntam-se em uma plácida enseada rodeada de terra. Lá, onde pitorescas casas antigas escalavam a colina desde a ponte rústica e sumacas de pesca dormitavam nas sonolentas docas enquanto portavam pela âncora, correu um vago relato sobre coisas que flutuavam rio abaixo e revelavam-se por um instante ao despencar das cachoeiras. Como sabemos, o Pawtuxet é um rio extenso que serpenteia em meio a várias regiões habitadas repletas de cemitérios, e sabemos que as chuvas da primavera tinham sido fortes; mas os pescadores que moravam ao redor da ponte não gostaram nem um pouco da forma como uma dessas coisas olhou ao redor enquanto caía até as águas lá embaixo, nem da forma como outra gritou, embora as condições em que se encontrava apresentassem uma grotesca divergência em relação às circunstâncias de todas as coisas em geral capazes de gritar. O rumor levou Smith — pois Weeden estava em alto-mar — a apressar-se rumo às margens do rio atrás da fazenda, onde havia fartas evidências de um enorme desabamento. Não havia, entretanto, qualquer indício de uma passagem rumo ao interior da margem talhada a pique, uma vez que a diminuta avalanche deixara para trás uma sólida muralha de terra e de arbustos. Smith chegou a arriscar escavações preliminares, mas foi desencorajado pela ausência de sucesso — ou talvez pelo medo de um possível sucesso. Seria interessante cogitar o que o vingativo e persistente Weeden teria feito se estivesse em terra durante esse período.

4.

No outono de 1770 Weeden decidiu que havia chegado a hora de contar a outros sobre as descobertas que fizera, pois tinha reunido um grande número de fatos correlacionados e uma segunda testemunha ocular capaz de refutar as possíveis acusações de que a inveja e a vingança teriam engendrado um desvario. Escolheu como primeiro confidente o cap. James Mathewson do *Enterprise*, que por um lado conhecia-o bem o suficiente para não duvidar da veracidade da história, e por outro lado tinha influência suficiente na cidade para que o ouvissem com a devida consideração. O colóquio deu-se próximo às docas, em um dos quartos no segundo andar da Sabin's Tavern, com Smith presente a fim de corroborar cada declaração, e sem dúvida causou uma forte impressão sobre o cap.

Mathewson. Como todos os outros na cidade, o capitão tinha nutrido as mais negras suspeitas acerca de Joseph Curwen, e por esse motivo necessitou apenas da confirmação e da ampliação de dados para convencer-se de uma vez por todas. No final da conferência o capitão adotou uma expressão de gravidade extrema, e solicitou o mais estrito silêncio aos dois jovens. Segundo informou, transmitiria a informação separadamente para cerca de dez homens escolhidos entre os mais eruditos e prestigiosos cidadãos de Providence a fim de averiguar as opiniões que pudessem manifestar em relação ao assunto e de seguir quaisquer conselhos que tivessem a oferecer. A discrição seria essencial para a empreitada, pois o caso não poderia ser assumido pelos condestáveis ou pela milícia do vilarejo; e acima de tudo a turba deveria ser mantida na mais absoluta ignorância, para que em meio a todas essas atribulações não se corresse o risco de repetir o terrível pânico ocorrido em Salém, que menos de um século atrás levara Curwen até a cidade.

As pessoas a serem avisadas, segundo acreditava, seriam o dr. Benjamin West, cujo panfleto sobre o trânsito recente de Vênus havia-o consagrado como acadêmico e pensador; o rev. James Manning, presidente da universidade recém-chegado de Warren e hóspede temporário da escola na King Street enquanto aguardava o término da construção na colina acima da Presbyterian-Lane; o ex-governador Stephen Hopkins, que tinha sido membro da Sociedade Filosófica de Newport e era um homem de percepções muito amplas; John Carter, o editor da *Gazette*; os irmãos John, Joseph, Nicholas e Moses Brown, reconhecidos como os quatro magnatas locais, sendo que Joseph era também um cientista amador; o velho dr. Jabez Bowen, homem de erudição considerável e detentor de informações obtidas em primeira mão sobre as singulares compras de Curwen; e o cap. Abraham Whipple, um corsário de energia e coragem extraordinárias com quem se poderia contar para a tomada de quaisquer medidas necessárias. Estes homens, caso fossem todos favoráveis, poderiam ser reunidos em uma deliberação coletiva; e assim teriam por responsabilidade dar o veredito sobre informar ou não o governador da Colônia, Joseph Wanton de Newport, antes de partir para a ação.

A missão do cap. Mathewson obteve um êxito muito além das expectativas mais otimistas, pois, embora um ou dois confidentes tenham recebido o aspecto possivelmente sinistro da história de Weeden com certa dose de ceticismo, todos concordaram em que seria necessário tomar providências secretas e articuladas. Embora de maneira vaga, Curwen representava uma ameaça potencial para o bem-estar da cidade e da Colônia, e portanto deveria ser eliminado a qualquer custo. No fim de dezembro de 1770 um grupo de eminentes habitantes do vilarejo reuniu-se na casa de Stephen Hopkins e debateu as medidas cabíveis. As anotações que Weeden havia entregado ao cap. Mathewson foram lidas com todo o cuidado; e solicitou-se que Weeden e Smith fizessem relatos e oferecessem mais detalhes. Um sentimento muito semelhante ao medo tomou conta da companhia antes que o encontro chegasse ao fim, embora esse medo fosse perpassado por uma determinação sinistra, expressa com perfeição pela bravata e pela ribombante imprecação proferida pelo cap. Whipple. Ninguém informaria o governador porque um curso de ação fora da alçada da lei parecia necessário. Devido aos poderes ocultos de extensão ignorada que tinha à disposição, Curwen não podia ser instado a abandonar a cidade de maneira segura. Retaliações inomináveis podiam vir à tona, e mesmo que a sinistra criatura obedecesse, a remoção não seria mais do que a transferência de um fardo blasfemo para outra localidade. Vivia-se em uma época sem lei, e homens que haviam zombado das forças do rei por anos a fio não hesitariam diante de coisas mais graves quando o dever chamasse. Curwen seria surpreendido na fazenda de Pawtuxet por um numeroso grupo de corsários experientes e receberia a oportunidade de se explicar de uma vez por todas. Caso se revelasse um louco que se divertia com gritos e conversas imaginárias executadas em vozes diversas, seria devidamente trancafiado. Caso o resultado fosse mais grave, e caso os horrores subterrâneos de fato fossem reais, deveria morrer com todo o restante. Tudo poderia ser feito com discrição, e nem mesmo a viúva e o pai da viúva saberiam o que de fato aconteceu.

Enquanto essas medidas sérias eram discutidas, ocorreu na cidade um incidente tão horrível e tão inexplicável que por um tempo não se falou em mais nada por quilômetros ao redor. Durante uma noite enluarada de janeiro, com uma grossa camada de neve sob os pés, ressoou por todo o rio e por toda a colina uma série de gritos que levou rostos sonolentos a todas as janelas; e os moradores próximos a Weybosset Point avistaram uma enorme coisa branca executando movimentos frenéticos ao longo do espaço aberto em frente ao Turk's Head Building. Cachorros latiam ao longe, mas o alarido cessou assim que o clamor da cidade desperta tornou-se audível. Grupos de homens com lanternas e mosquetes apressaram-se para ver o que estava acontecendo, mas não encontraram nada durante as buscas. Na manhã seguinte, contudo, um enorme corpanzil musculoso e desnudo foi encontrado em meio ao acúmulo de gelo ao redor dos píeres ao sul da Great Bridge, no ponto onde a Long Dock estendia-se em frente à destilaria Abbott; e a identidade desse objeto foi tema de inúmeras especulações e sussurros. Não eram tanto os jovens, mas os velhos que sussurravam; pois apenas nos patriarcas aquele semblante impassível com olhos arregalados e repletos de horror poderia fazer soar os acordes da memória. Com tremores a varar-lhes o corpo, trocaram murmúrios furtivos de espanto e temor, pois as rígidas e horrendas feições apresentavam uma semelhança tão espantosa que chegava às raias da identidade, e essa identidade dizia respeito a um homem falecido cinquenta anos atrás.

Ezra Weeden estava presente no momento da descoberta; e, ao recordar os latidos na noite anterior, percorreu a Weybosset Street e atravessou a Muddy Dock Bridge, de onde o som havia chegado. Tinha um curioso sentimento de expectativa e não se surpreendeu quando, chegando ao limite do distrito habitado onde a rua juntava-se à Pawtuxet Road, encontrou rastros curiosos sobre a neve. O gigante nu fora perseguido por vários cães e homens que calçavam botas, e o rastro que os animais e os donos haviam deixado na volta pôde ser traçado sem nenhuma dificuldade. A caçada fora interrompida nos arredores do vilarejo. Weeden abriu um sorriso lúgubre e, à guisa de verificação perfunctória, seguiu as pegadas de volta à origem. Era a fazenda de Joseph Curwen em Pawtuxet, como havia imaginado; e o investigador desejou que o jardim se encontrasse menos pisoteado. Da maneira como estava, não poderia mostrar-se demasiado curioso em plena luz do dia. O dr. Bowen, a quem Weeden prontamente ofereceu um relatório, encarregou-se de fazer a autópsia do estranho cadáver, e assim descobriu certas peculiaridades que o deixaram estupefato. O trato digestivo do homem parecia não ter sido usado jamais, e a pele como um todo apresentava uma textura rústica e mal-ajambrada para a qual seria difícil achar uma explicação. Impressionado pelos sussurros dos velhos, que mencionavam a semelhança do cadáver com o defunto ferreiro Daniel Green, cujo bisneto Aaron Hoppin era um supervisor de carga a serviço de Curwen, Weeden fez as perguntas de praxe até descobrir onde Green fora enterrado. Na mesma noite um grupo de dez homens visitou o North Burying Ground em frente a Herrenden's Lane para abrir uma sepultura. Encontraram-na vazia, precisamente como tinham antecipado.

Nesse meio-tempo o grupo tomou as providências necessárias para que se interceptasse a correspondência de Joseph Curwen, e pouco antes do incidente do corpo desnudo fora descoberta uma carta de Jedediah Orne, de Salém, que levou os cidadãos confederados a fazer profundas reflexões. Partes dessa missiva, copiadas e preservadas nos arquivos privados da família Smith, onde Charles Ward a encontrou, diziam o seguinte:

> Folgo em saber que continuaes as Investigaçoens dos Antigos Assumptos que encontraes pelo vosso Caminho, e não pensaes que Milhor tenha sido feito pelo sr. Hutchinson em Salem-Village. Decerto não houve Nada allem do maes vivo Horror no que H. invocou a partir Daquillo que conseguio obter apenas em Parte. Aquillo que mandastes não funcionou, seja porque tenha havido Falta de alguma Cousa, seja porque as Pallavras não estivessem correctas devido a minha Pronuncia ou a vossa Transcripçam. Estou sozinho e não sei maes o que fazer. Não detenho a Arte Chymica necessaria para accompanhar Borellus, e reconheço a minha Perplexidade diante do VII. Livro do Necronomicon que recomendastes. Contudo, gostaria de pedir que observasseis Aquillo que nos foi dicto a Respeito de attentar para as Invocaçoens, pois estaes ciente do que o sr. Mather escreveo no Magnalia de ——— e bem podeis julgar a Veracidade do Horror relatado. Rogo-vos mais huma Vez que não invoqueis Nada que não possaes supprimir; com o que me refiro a Qualquer Hum que por sua Vez possa fazer outra Invocaçam contra vos, em Relaçam a qual vossos mais Poderosos Recursos mostrem-se vãos. Chamae os Fracos, posto que os Fortes talvez não se dignem attender ao Chamado e, huma Vez invocados, podem commandar mais do que vos. Fui tomado pelo Horror ao ler que sabeis o que Ben Zariatnatmik guardava na Caixa de Ebano, pois bem imagino quem vos possa ter contado. Maes huma Vez, insisto em pedir que me escrevaes como Jedediah e não como Simon. Nessa Communidade hum Homem não pode viver por Tempo demasiado, e vos conheceis o Plano graças ao qual vol-

> tei como o meu Filho. Desejo que me comuniqueis o que o Homem Negro apprendeo com Sylvanus Cocidius na Catacumba sob a Muralha Romana e ficaria muito grato com o Emprestimo do Manuscripto que mencionastes.

Outra carta sem assinatura franqueada na Filadélfia provocou o mesmo sentimento, em especial devido à seguinte passagem:

> Comprometto-me a observar o que pedis em Relaçam ao envio de Relatos somente atravez de vossas Naos, porem nem sempre posso saber ao certo o Momento de recebellos. Quanto ao Assumpto mencionado, rogo apenas maes huma Cousa; mas quero ter a Certeza de ter aprehendido correctamente o que dissestes. Afirmastes que nenhuma Parte deve faltar para a Obtençam dos milhores Resultados, porem vos mesmo deveis conhecer a Difficuldade de se obter essa Certeza. Parece hum grande Fardo e hum grande Risco levar a Caixa inteira, e no Vilarejo (ou seja, na St. Peter's, St. Paul's, St. Mary's ou Christ Church) este Transporte mal poderia ser realizado. No entanto, conheço as Imperfeiçoens daquelle que invoquei em Outubro ultimo, e sei quantos Especimes vivos fostes obrigado a empregar antes de encontrar o Methodo correcto no Anno de 1766; e portanto disponho-me a seguir vossos Conselhos em todos esses Assumptos. Aguardo com Impaciência o vosso Brigue, e indago a esse Respeito todos os Dias no Caes do sr. Biddle.

Uma terceira carta suspeita estava escrita em um idioma e até mesmo em um alfabeto desconhecido. No diário de Smith, encontrado por Charles Ward, uma única combinação de caracteres encontra-se copiada repetidas vezes; os especialistas da Brown University declararam que o alfabeto deve ser amárico ou abissínio, embora não tenham reconhecido a palavra. Nenhuma dessas epístolas jamais foi entregue a Curwen, embora o desaparecimento de Jedediah Orne em Salém, conforme atestam os registros da época, demonstre que os homens de Providence tomaram a iniciativa necessária. A Sociedade Histórica da Pensilvânia também dispõe de algumas missivas curiosas recebidas pelo dr. Shippen relativas à presença de um personagem insalubre na Filadélfia. No entanto, os passos mais decisivos permaneciam vagos, e é na reunião secreta entre marinheiros fiéis e conhecidos e velhos e leais corsários que se deu à noite, nos armazéns de Brown, que devemos buscar os principais resultados das revelações de Weeden. Não restavam dúvidas de que havia um plano de campanha com o objetivo de obliterar todos os resquícios dos mistérios nefastos de Joseph Curwen.

Curwen, apesar de todas as precauções, deve ter percebido alguma coisa no ar, pois testemunhas relatam que a partir desse momento passou a ter a marca de uma grande preocupação estampada no semblante. O coche era visto a todas as horas do dia na cidade e na Pawtuxet Road, e aos poucos o homem abandonou a congenialidade forçada com que nos últimos tempos vinha tentando combater o preconceito do vilarejo. Os vizinhos mais próximos da fazenda — os Fenner — perceberam certa noite um grande facho de luz projetar-se rumo ao céu a partir de uma abertura no teto da misteriosa construção em pedra com as frestas elevadas à guisa de janelas; um acontecimento que não tardaram a relatar a John Brown em Providence. O sr. Brown tinha assumido o cargo de líder executivo do seleto grupo dedicado à aniquilação de Curwen, e nessa condição informou aos Fenner que uma providência seria tomada. Esse seria um passo necessário devido à impossibilidade de evitar que a família testemunhasse a invasão final; e o sr. Brown explicou a providência alegando que Curwen era um espião dos oficiais da alfândega em Newport, contra quem os punhos de todos os expedidores, comerciantes e fazendeiros de Providence estavam erguidos em segredo. Não se sabe se o artifício recebeu crédito da parte dos vizinhos, que já haviam testemunhado inúmeros fenômenos estranhos; mas de qualquer forma os Fenner estavam dispostos a associar qualquer tipo de mal com um homem de hábitos tão estranhos. O sr. Brown pediu que vigiassem a propriedade rural de Curwen e que relatassem quaisquer incidentes ocorridos no local.

5.

A chance de que Curwen estivesse de guarda e tentando manobras fora do comum, sugerida pelo singular facho de luz, precipitou enfim a ação cuidadosamente orquestrada pelo grupo de graves cidadãos. Segundo o diário de Smith, uma companhia de cerca de cem homens encontrou-se às 22 horas na sexta-feira, 12 de abril de 1771, no grande salão da Thurston's Tavern junto à Insígnia do Leão Dourado em Weybosset Point, do outro lado da ponte. Além do líder John Brown, encontravam-se presentes nesse grupo de homens célebres o dr. Bowen, com a maleta de instrumentos cirúrgicos, o presidente Manning, destituído da grande peruca (a maior de todas as Colônias) pela qual era conhecido, o governador Hopkins, envolto em um manto escuro e acompanhado pelo irmão Esek, um desbravador dos mares convocado de última hora com a aprovação de todos os restantes, John Carter, o cap. Mathewson e o cap. Whipple, que seria o líder do grupo encarregado da invasão. Os homens deliberaram em um cômodo nos fundos da taverna, e por fim o cap. Whipple retornou ao grande salão para dar as últimas instruções e solicitar os últimos juramentos de lealdade aos marujos presentes. Eleazar Smith estava com os líderes quando estes sentaram-se no cômodo de fundos à espera de Ezra Weeden, encarregado de vigiar Curwen a fim de avisar quando o coche deixasse a fazenda.

Por volta das 22h30 ouviu-se um forte estrondo na Great Bridge, seguido pelo som de um coche na rua lá fora; e a essa altura não havia necessidade de esperar por Weeden para saber que o condenado havia partido na última noite de feitiçaria profana. No momento seguinte, enquanto o coche se afastava com certo estrépito pela Muddy Dock Bridge, Weeden apareceu; e em silêncio os invasores assumiram uma formação militar na rua, tendo nos ombros os arcabuzes, mosquetes ou arpões baleeiros que traziam consigo. Weeden e Smith estavam com o grupo, e entre os cidadãos da assembleia deliberativa que haviam se disposto a desempenhar um papel ativo na operação estavam o cap. Whipple, na condição de líder, o cap. Esek Hopkins, John Carter, o presidente Manning, o cap. Mathewson e o dr. Bowen; e também Moses Brown, que havia aparecido na undécima hora a despeito da ausência na sessão preliminar na taverna. Todos esses homens livres e a centena de marujos puseram-se em marcha sem mais delongas, com uma expressão grave e um pouco apreensiva enquanto deixavam Muddy Dock para trás e escalavam a suave inclinação da Broad Street em direção à Pawtuxet Road. Logo depois da igreja de Elder Snow, alguns dos homens olharam para trás e lançaram um olhar de despedida em direção a Providence, que se estendia sob as estrelas do início da primavera. Coruchéus e empenas se erguiam em silhuetas negras e graciosas, e brisas marítimas sopravam da enseada ao norte da ponte. Vega subia acima da grande colina na margem oposta, cujo pico verdejante era interrompido pelo telhado do prédio ainda inacabado da universidade. No pé da colina, e ao longo das estreitas ruelas que subiam a encosta, a velha cidade sonhava — a velha Providence, em nome de cuja segurança e sanidade uma blasfêmia monstruosa e colossal estava prestes a ser extinta.

Uma hora e quinze minutos mais tarde os invasores chegaram, como haviam combinado, à fazenda dos Fenner, onde ouviram o último relato sobre a vítima pretendida. Curwen havia chegado à fazenda mais de uma hora atrás, e logo a seguir o estranho facho de luz fora mais uma vez avistado no céu, embora não houvesse luz em nenhuma das janelas visíveis. Nos últimos tempos era sempre assim. No instante mesmo em que a notícia era relatada, mais um grande clarão ergueu-se em direção ao sul, e os homens do grupo perceberam que de fato haviam chegado próximo ao palco de portentos inacreditáveis e sobrenaturais. Nesse instante o cap. Whipple ordenou que o grupo fosse separado em três divisões; uma, formada por vinte homens e comandada por Eleazar Smith, foi encarregada de cruzar a margem e proteger o local da aportagem contra possíveis reforços mandados por Curwen até que um mensageiro a chamasse de volta para executar um serviço desesperado; a segunda, formada por vinte homens e comandada pelo cap. Esek Hopkins, foi encarregada de se esgueirar até o vale atrás da fazenda de Curwen e demolir com machados ou pólvora a porta de carvalho na margem elevada; e a terceira foi encarregada de cercar a casa e as construções adjacentes. Um terço desta última divisão seria liderado pelo cap. Mathewson em uma incursão até o críptico edifício de pedra com frestas elevadas à guisa de janelas; outro terço seguiria o cap. Whipple até a casa principal, e o terço restante permaneceria disposto em um círculo ao redor de todo o grupo de construções até que fosse chamado pelo derradeiro sinal de emergência.

O grupo do rio arrombaria a porta da encosta ao ouvir o primeiro sopro de um apito, e a seguir permaneceria de tocaia a fim de capturar o que quer que pudesse sair das regiões subterrâneas. Ao som do segundo sopro de apito, o grupo avançaria pela brecha a fim de enfrentar o inimigo ou juntar-se ao restante do contingente invasor. O grupo da construção de pedra receberia os respectivos sinais de maneira análoga, forçando a entrada no primeiro e, no segundo, descendo por qualquer passagem subterrânea que pudesse ser descoberta a fim de juntar-se ao combate geral ou local que deveria eclodir no interior das cavernas. Um terceiro sinal de emergência, que consistia em três sopros de apito, serviria para convocar a reserva que estaria de guarda, composta de vinte homens que se dividiriam e adentrariam as profundezas desconhecidas tanto através da fazenda como também pela construção de pedra. A crença do cap. Whipple na existência das catacumbas era absoluta, e portanto não havia nenhuma alternativa contemplada nos planos. O capitão tinha consigo um apito de som estridente e altissonante, e não temia nenhum mal-entendido em relação aos sinais. A reserva final no local da aportagem, claro, estava quase além do alcance do instrumento; e por esse motivo dependeria de um mensageiro caso fosse necessária. Moses Brown e John Carter foram com o cap. Hopkins até a margem do rio, enquanto o presidente Manning seguiu com o cap. Mathewson rumo à construção de pedra. O dr. Bowen permaneceu com Ezra Weeden no grupo do cap. Whipple, encarregado de invadir a fazenda. O ataque começaria assim que o mensageiro do cap. Hopkins se juntasse ao cap. Whipple e anunciasse que o grupo do rio estava de prontidão. O líder então faria soar o primeiro apito, e os vários grupos lançariam ataques simultâneos nos três locais. Pouco antes da uma hora da manhã as três divisões saíram da casa dos Fenner; uma destinada a defender o local da aportagem, outra a buscar o vale e a porta na encosta e a terceira a subdividir-se e vigiar as construções na propriedade de Curwen.

Eleazar Smith, que acompanhava o grupo encarregado de defender a margem, registrou no diário uma marcha sem nenhum contratempo e uma longa espera no outeiro junto à baía, interrompida uma vez pelo que parecia ser o som distante do apito sinalizador e depois por uma mistura peculiar de gritos e urros abafados com uma explosão de pólvora que parecia ter vindo da mesma direção. Mais tarde um dos homens imaginou ter ouvido tiros ao longe, e ainda mais tarde o próprio Smith sentiu a reverberação de palavras titânicas e tonitruantes que ressoaram pelo ar. Pouco antes do amanhecer um mensageiro solitário e exausto com o olhar desvairado e um pavoroso e desconhecido odor a trescalar das roupas apareceu e insistiu em pedir que o destacamento se dispersasse em silêncio, voltasse para casa e nunca mais pensasse ou falasse sobre os acontecimentos daquela noite ou sobre aquele que tinha sido Joseph Curwen. Alguma coisa na maneira como o mensageiro se portava transmitiu uma convicção mais profunda do que as palavras seriam capazes de fazer, pois, embora fosse um marinheiro conhecido por vários dos homens presentes, notou-se uma perda ou um ganho de dimensões sombrias na alma do pobre homem, que a partir de então seria eternamente um pária. O mesmo tornou a acontecer mais tarde quando encontraram velhos companheiros que haviam adentrado aquela região de horror. A maioria havia sofrido uma perda ou um ganho imponderável e indescritível. Tinham visto ou ouvido ou sentido coisas que não se destinavam às criaturas humanas, e portanto jamais poderiam esquecer. Esses homens jamais contaram histórias, pois existem barreiras terríveis até mesmo para os mais comezinhos instintos mortais. E por conta desse mensageiro solitário o grupo da margem foi tomado por um espanto inefável que por pouco não selou os lábios de todos. Os rumores aventados por qualquer um dos homens são parcos, e o diário de Eleazar Smith é o único registro escrito remanescente de toda a expedição que partiu da Insígnia do Leão Dourado sob a luz das estrelas.

Charles Ward, no entanto, descobriu um detalhe vago e interessante em uma correspondência dos Fenner encontrada em New London, onde sabia que outra parte da família tinha vivido. Parece que os Fenner, de cuja residência avistava-se à distância a fazenda condenada, tinham observado o avanço das colunas de invasores; e ouviram claramente os latidos furiosos dos cachorros de Curwen, seguidos pelo estridente sinal que precipitou o ataque. Esse sinal foi seguido por uma repetição do grande facho de luz na construção de pedra, e em outro momento, após o sinal de duas breves notas que deu a ordem para a invasão geral, ouviu-se um rumor abafado de mosquetes seguido por um rugido horrendo, que o correspondente Luke Fenner representou na epístola mediante o emprego dos caracteres "*Waaaahrrrr — R'waaahrr*". Esse grito, no entanto, revestia-se de uma qualidade que não se deixava representar pela mera escrita, e o correspondente afirma ter visto a própria mãe desfalecer ao ouvir o som. Mais tarde, repetiu-se com menos intensidade, e a seguir vieram outros indícios ainda mais abafados de disparos, seguidos por uma explosão de pólvora na direção do rio. Cerca de uma hora mais tarde os cachorros puseram-se todos a latir freneticamente, e o chão sofreu abalos capazes de fazer os castiçais balançarem no consolo da lareira. Havia um forte odor de enxofre; e o pai de Luke Fenner declarou ter escutado o terceiro sinal de emergência, mesmo que os outros não tenham percebido nada. Logo vieram mais sons abafados de mosquetes, seguidos por um grito menos estridente mas ainda mais horrível do que aquele que o havia precedido; uma espécie de tossido ou gorgolejo plástico e gutural, cuja definição como grito deveu-se mais à continuidade e ao impacto psicológico que causou do que propriamente à configuração acústica.

Então a coisa em chamas surgiu no ponto exato onde devia estar a fazenda de Curwen, e ouviram-se os gritos humanos de homens tomados pelo horror e pelo desespero. Os mosquetes dispararam em meio a clarões e estampidos, e a coisa flamejante caiu ao chão. Logo uma segunda coisa flamejante apareceu, e um berro de origem claramente humana fez-se ouvir. Fenner relatou ter conseguido distinguir algumas palavras vomitadas em meio ao frenesi: "Todo-Poderoso, protege o teu cordeiro!". A seguir vieram mais tiros, e a segunda coisa flamejante tombou. Fez-se então um silêncio de cerca de quarenta e cinco minutos, e ao fim desse intervalo o pequeno Arthur Fenner, irmão de Luke, afirmou aos gritos ter visto uma "névoa vermelha" deixar a amaldiçoada fazenda ao longe para se alçar rumo às estrelas. Não existe nenhuma outra testemunha do fenômeno além do menino, mas Luke reconhece que esse momento coincidiu com o pânico e o desespero quase convulsivo que no mesmo instante levaram os três gatos no recinto a arquear as costas e eriçar os pelos.

Cinco minutos depois um vento gélido soprou, e a atmosfera foi impregnada de um fedor insuportável que apenas o intenso frescor do oceano poderia ter impedido de chegar até o grupo da margem ou a qualquer outra alma desperta no vilarejo de Pawtuxet. Esse fedor jamais tinha sido percebido por qualquer um dos Fenner, e produziu uma espécie de medo amorfo e paralisante muito além daquele provocado pelo túmulo ou pelo ossuário. Logo a seguir veio a terrível voz que nenhuma das desafortunadas testemunhas jamais poderá esquecer. Ribombou pelo céu como uma maldição, e as janelas estremeceram à medida que os ecos se dissipavam. Era uma voz profunda e musical; poderosa como as notas graves de um órgão, porém maléfica como os livros proscritos dos árabes. O que disse ninguém poderia saber, pois falou em uma língua desconhecida; mas eis as palavras que Luke Fenner consignou à escrita a fim de retratar as invocações demoníacas: "DEESMEES — JESHET — BONE DOSEFE DUVEMA — ENITEMOSS". Até o ano de 1919 não houve ninguém capaz de relacionar essa transcrição a qualquer outro conhecimento mortal, porém Charles Ward empalideceu ao reconhecer o que Mirandola havia denunciado em meio a tremores como sendo o horror supremo dentre todos os feitiços da magia negra.

Um grito inconfundivelmente humano ou um brado profundo repetido em coral pareceu responder a esse portento maligno na fazenda de Curwen, e a seguir o fedor desconhecido tornou-se mais complexo mediante o acréscimo de um novo odor em igual medida insuportável. No instante seguinte ecoou um uivo marcadamente distinto do grito, que permaneceu ululando em paroxismos ascendentes e descendentes. Às vezes tornava-se quase articulado, embora nenhuma testemunha tenha conseguido compreender palavras coerentes; e em certo ponto pareceu chegar às raias de uma gargalhada histérica e diabólica. Então um urro de terror supremo e absoluto somado à loucura consumada foi arrancado de vintenas de gargantas humanas — um urro ouvido de maneira clara e distinta apesar das profundezas de que devia ter emergido; e a seguir a escuridão e o silêncio envolveram a tudo. Espirais de fumaça acre subiram e encobriram as estrelas, embora não se visse nenhuma chama e nenhuma construção estivesse desaparecida ou danificada no dia seguinte.

Próximo ao amanhecer dois mensageiros assustados com os odores monstruosos e inidentificáveis que lhes saturavam as roupas bateram na porta dos Fenner e pediram um barril de rum, pelo qual pagaram uma soma considerável. Um deles contou à família que os assuntos relativos a Joseph Curwen haviam se encerrado, e que os acontecimentos daquela noite jamais deveriam ser mencionados outra vez. Por mais arrogante que parecesse a ordem, o aspecto de quem a proferiu afastou toda sorte de ressentimento e transmitiu uma autoridade terrível, de modo que apenas as furtivas cartas de Luke Fenner, que solicitou a um parente de Connecticut que as destruísse, restaram para contar a história do que foi visto e ouvido. Foi a relutância do parente em seguir essa instrução, graças à qual as cartas foram salvas, que impediu o assunto de cair em um misericordioso olvívio. Mas Charles Ward tinha um detalhe a acrescentar depois de longos questionamentos feitos aos residentes de Pawtuxet acerca das tradições ancestrais. O velho Charles Slocum, habitante do vilarejo, disse que o avô estava a par de um estranho rumor a respeito de um corpo distorcido e carbonizado que tinha aparecido nos campos uma semana depois que a morte de Joseph Curwen veio a público. O que motivava os rumores era a ideia de que esse corpo, mesmo na situação retorcida e queimada em que se encontrava, não parecia nem humano nem relacionado a qualquer outro animal que as pessoas de Pawtuxet jamais tivessem visto ou lido a respeito.

6.

Nenhum dentre os homens que participaram da terrível invasão jamais pôde ser convencido a dizer uma única palavra a respeito do que aconteceu, e todos os fragmentos das vagas informações que sobreviveram vêm de fontes exteriores ao grupo que participou do derradeiro combate. Existe algo de assustador no cuidado com que os invasores destruíram todos os fragmentos que pudessem fazer qualquer alusão ao assunto. Oito marinheiros haviam sido mortos, mas, embora os corpos jamais tenham sido entregues, as famílias pareceram dar-se por satisfeitas com a explicação de que houvera um conflito com os oficiais da alfândega. O mesmo tratamento foi dispensado aos numerosos casos de ferimentos, todos limpos e tratados apenas pelo dr. Jabez Bowen, que tinha acompanhado o grupo. O mais difícil de explicar, no entanto, era o fedor inefável que tresandava de todos os invasores — um assunto que foi discutido por semanas. Dentre os líderes dos cidadãos, o cap. Whipple e Moses Brown sofreram os ferimentos mais graves, e as cartas das respectivas esposas oferecem um testemunho da reticência e da discrição com que as bandagens eram tratadas. Em termos psicológicos, todos os participantes sentiam-se mais velhos, mais sóbrios e mais abalados. Por sorte eram todos robustos homens de ação e religionários simples e ortodoxos, pois com uma disposição maior à introspecção sutil e à complexidade mental o resultado teria sido desastroso. O presidente Manning era o mais perturbado; mas, como os outros, conseguiu vencer a sombra mais obscura e sufocar as lembranças nas orações. Todos os líderes tiveram papéis importantes a desempenhar nos anos seguintes, e pode ser que tenha sido melhor assim. Pouco mais de um ano depois o cap. Whipple liderou a turba que incendiou o navio da receita *Gaspee*, e nesse ato de coragem podemos notar um passo em direção ao apagamento das imagens deletérias.

À viúva de Joseph Curwen foi entregue um caixão de chumbo de estranho formato, com certeza disponível no momento necessário, e dito que o corpo do marido se encontrava lá dentro. Segundo a explicação oferecida, Curwen tinha sido morto em uma batalha política a respeito da qual mais detalhes não seriam oferecidos. Mais não se falou sobre o fim de Joseph Curwen, e Charles Ward dispunha de uma única pista para elaborar uma teoria. A pista consistia apenas em uma vaga sugestão — a linha trêmula que sublinhava uma passagem na carta interceptada de Jedediah Orne para Curwen, copiada em parte na caligrafia de Ezra Weeden. A cópia estava em posse dos descendentes de Smith; e assim nos resta decidir se Weeden a entregou ao companheiro após o fim, como uma pista tácita a respeito da anormalidade que havia ocorrido, ou se, como parece mais provável, Smith já dispunha da cópia e apenas sublinhou a passagem com base nas informações que conseguiu arrancar do amigo à base de conjecturas sagazes e habilidosos questionamentos. A passagem sublinhada consiste apenas no que segue:

> Rogo-vos mais huma Vez que não invoqueis Nada que não possaes supprimir; com o que me refiro a Qualquer Hum que por sua Vez possa fazer outra Invocaçam contra vos, em Relaçam a qual vossos

> mais Poderosos Recursos mostrem-se vãos. Chamae os Fracos, posto que os Fortes talvez não se dignem a attender ao Chamado e, huma vez invocados, podem commandar mais do que vos.

À luz dessa passagem, e depois de refletir sobre os últimos aliados que um homem derrotado poderia tentar invocar na mais extrema necessidade, Charles Ward pode muito bem ter se perguntado se algum morador de Providence teria matado Joseph Curwen.

A supressão deliberada de todas as memórias do morto na vida e nos anais de Providence recebeu amplo incentivo graças à influência dos líderes da invasão. A princípio nenhum dos homens pretendia levar a cabo um projeto muito abrangente, e assim permitiram que a viúva e a filha permanecessem alheias à situação real; mas o cap. Tillinghast era um homem perspicaz que logo descobriu rumores suficientes para acirrar o horror e levá-lo a pedir que a filha e a neta trocassem de nome, queimassem a biblioteca e todos os papéis remanescentes e apagassem a inscrição entalhada na lápide de Joseph Curwen. Conhecia bem o cap. Whipple e provavelmente obteve mais pistas desse marinheiro sincero do que qualquer outra pessoa jamais conseguiu em relação ao fim do feiticeiro maldito.

A partir de então a obliteração da memória de Curwen tornou-se cada vez mais sistemática, e por fim estendeu-se, de comum acordo, aos registros da cidade e aos arquivos da *Gazette*. Poderia ser comparada em espírito somente ao silêncio que pairou sobre o nome de Oscar Wilde na década seguinte à desgraça do irlandês, e em extensão somente ao destino do pecaminoso rei de Runazar no conto de Lord Dunsany, que pela vontade dos Deuses precisou não apenas deixar de existir, mas deixar de um dia ter existido.

A sra. Tillinghast, como ficou conhecida a viúva de 1772 em diante, vendeu a casa em Olney Court e passou a morar com o pai em Power's Lane até morrer no ano de 1817. A fazenda em Pawtuxet, temida por todas as pessoas da região, permaneceu abandonada ao longo dos anos, e parecia degradar-se com uma rapidez inexplicável. Em 1780 somente as pedras e os tijolos permaneciam de pé, e em 1800 tudo havia se reduzido a montes de entulho. Ninguém se aventurava a penetrar o denso matagal à margem do rio que devia ocultar a porta na encosta, e tampouco se dispôs a estabelecer uma imagem bem definida das cenas em meio às quais Joseph Curwen abandonou os horrores que havia perpetrado.

Apenas o robusto cap. Whipple às vezes balbuciava como que para si mesmo na presença de ouvintes atentos: "Que se dane aquele ——, mas ele não tinha o direito de rir enquanto gritava. Foi como se o —— tivesse alguma carta na manga. Por meia coroa eu queimaria aquela —— casa".

III. UMA BUSCA E UMA INVOCAÇÃO

1.

Charles Ward, como sabemos, descobriu em 1918 que era descendente de Joseph Curwen. Não causa nenhum espanto o profundo interesse que desenvolveu por tudo o que dizia respeito a esse mistério de um tempo passado, pois cada rumor vago que tinha ouvido a respeito de Curwen passou a ser vital para ele, uma vez que o sangue de Curwen corria em suas veias. Nenhum genealogista espirituoso e imaginativo poderia ter feito outra coisa que não se lançar de imediato em uma ávida e sistemática coleta de dados relativos a Curwen.

Nos primeiros tempos não houve nenhuma tentativa de sigilo — motivo pelo qual o dr. Lyman hesita em situar a loucura do jovem em qualquer período anterior ao fim de 1919. Charles Ward discutia o assunto com a família — embora a ideia de ter um ancestral como Curwen não agradasse à mãe — e com os funcionários dos museus e das bibliotecas que visitava. Ao solicitar os arquivos pessoais das famílias que podiam tê-los, não fazia segredo do motivo da busca, e compartilhava do ceticismo irônico com que os relatos dos antigos diaristas e missivistas eram vistos. Muitas vezes expressava profundo espanto em relação ao que teria ocorrido um século e meio atrás naquela fazenda em Pawtuxet cuja localização esforçava-se em vão por encontrar, bem como em relação à natureza exata do que Joseph Curwen teria sido.

Quando encontrou o diário e os arquivos de Smith e descobriu a carta de Jedediah Orne, Charles Ward decidiu visitar Salém e fazer uma pesquisa sobre as primeiras atividades e ligações de Curwen na cidade, o que de fato ocorreu no feriado de Páscoa de 1919. No Essex Institute, que havia conhecido em outros passeios à glamorosa cidade antiga de empenas puritanas decrépitas e grandes concentrações de mansardas, Ward foi muito bem recebido, e além do mais encontrou um volume considerável de dados acerca de Curwen. Descobriu que o antepassado havia nascido em Salem-Village, hoje Danvers, a dez quilômetros da cidade no dia 18 de fevereiro (no antigo calendário juliano) de 1662-3; e que tinha fugido para o mar aos quinze anos para voltar apenas nove anos mais tarde, com o sotaque, as roupas e os modos de um inglês nativo para estabelecer-se em Salém. Na época, Joseph Curwen tinha pouco contato com a família e passava a maior parte do tempo com os singulares livros que havia trazido da Europa e com os estranhos produtos químicos que chegavam em navios da Inglaterra, da França e da Holanda. Certas viagens ao interior atiçaram a curiosidade local, e mais tarde foram associadas em tom de lamento aos vagos rumores sobre as fogueiras avistadas à noite nas colinas.

Os únicos amigos próximos de Curwen haviam sido um certo Edward Hutchinson de Salem-Village e um certo Simon Orne de Salém. Era visto com frequência na companhia desses homens em lugares públicos, e as visitas entre os amigos não eram raras. Hutchinson tinha uma casa na orla da floresta que era evitada pelos habitantes mais sensíveis em razão dos sons que lá se ouviam à noite. Corriam boatos de que recebia estranhos visitantes, e as luzes vistas nas janelas não eram sempre da mesma cor. O conhecimento que detinha a respeito de pessoas falecidas muito tempo atrás e de acontecimentos havia muito esquecidos, em particular, era tido por insalubre; e desapareceu na época em que começou o pânico da bruxaria sem que nunca mais se tivesse notícias a seu respeito. Por volta dessa época Joseph Curwen também se afastou da cidade, mas o novo endereço em Providence logo veio a público. Simon Orne morou em Salém até 1720, quando a extraordinária capacidade de não sucumbir ao envelhecimento começou a chamar atenção. A seguir desapareceu, embora trinta anos mais tarde um homem de feições e porte idênticos, que se disse filho do desaparecido, tenha surgido para reivindicar as posses do pai. A reivindicação foi atendida em virtude da existência de documentos escritos com a caligrafia do próprio Simon Orne, e Jedediah Orne continuou morando em Salém até 1771, quando missivas enviadas por moradores de Providence ao rev. Thomas Barnard e a outras pessoas de renome culminaram em seu afastamento sigiloso rumo a um destino ignorado.

Certos documentos escritos por todos esses estranhos personagens, somados a outros acerca dos três, encontravam-se disponíveis no Essex Institute, no Fórum e no Registro de Títulos e Documentos, e incluíam não apenas trivialidades inofensivas como a escritura de terrenos e recibos de venda, mas também fragmentos furtivos de natureza mais provocadora. Havia quatro ou cinco alusões inconfundíveis aos três nos registros dos julgamentos de bruxaria; como por exemplo quando um certo Hepzibah Lawson afirmou, no dia 16 de julho de 1692, no tribunal presidido pelo juiz Hathorne, que "Duas Vintenas de Bruxas e o Homem Negro tinhão por Habito reunir-se em Sigillo nos Bosques atraz da Casa do sr. Hutchinson", ou quando um certo Amity How declarou, na sessão do dia 8 de agosto diante do juiz Gedney, que "O sr. G. B. (rev. George Burroughs) naquella Noute pos a Marca do Demonio em Bridget S., Jonathan A., *Simon O.*, Deliverance W., *Joseph C.*, Susan P., Mehitable C. e Deborah B.". Havia também um catálogo da impressionante biblioteca de Hutchinson, encontrado após o desaparecimento, e um manuscrito inacabado em sua caligrafia, vazado em uma cifra que ninguém fora capaz de ler. Ward solicitou uma cópia fotostática desse manuscrito e começou a trabalhar ocasionalmente na cifra assim que esta lhe foi entregue. Passado o agosto seguinte o labor dedicado à cifra tornou-se intenso e febril, e a fala e a conduta de Ward davam motivos para crer que tivesse encontrado uma solução antes de outubro ou novembro. Mesmo assim, o próprio Ward jamais revelou se obteve ou não sucesso.

Porém o material de interesse imediato era o que dizia respeito a Orne. Em pouco tempo Ward conseguiu determinar, por meio da identidade da caligrafia, o que já dava por certo em função da carta endereçada a Curwen — a saber, que Simon Orne e o suposto filho eram na verdade a mesma e única pessoa. Como Orne havia dito ao correspondente, seria muito arriscado permanecer em Salém; a seguir recorreu a uma estada de trinta anos no exterior e não voltou mais para reivindicar as posses que tinha acumulado, a não ser como representante de uma geração posterior. Ao que tudo indicava, Orne havia tomado o cuidado de destruir a maior parte dessa correspondência, mas os cidadãos que participaram da ação em 1771 encontraram cartas e documentos que despertaram perplexidade. Havia fórmulas e diagramas crípticos na caligrafia de Orne e de outras pessoas, que Ward copiou minuciosamente ou mandou fotografar, e uma carta misteriosa ao extremo em uma quirografia que o investigador reconheceu como sendo de Joseph Curwen graças à absoluta identidade com a quirografia presente no Registro de Títulos e Documentos.

Essa carta de Curwen, embora não trouxesse nenhuma indicação de ano, com certeza não era a que havia suscitado a missiva confiscada; e, graças a evidências internas, Ward estabeleceu que não devia ter sido escrita muito depois de 1750. Talvez não seja despropositado reproduzir o texto na íntegra a fim de exemplificar o estilo de um homem cuja história foi tão obscura e tão terrível. O destinatário foi identificado como "Simon", mas existe um risco (Ward não descobriu se feito por Curwen ou por Orne) que corta o nome de lado a lado.

Providence, primeiro de maio (*Ut. vulgo*)

Irmão: —

Meo muy vetusto e honrado Irmão, saudemos com o devido Respeito e com os milhores Votos Aquelle a quem servimos em nome de teu eterno Poder! Acabo de descobrir Aquillo que precisas saber acerca da Extremidade Ultima e do que fazer a Respeito desse Assumpto. Não me disponho a seguir-te em Decorrencia dos meus avançados Annos, pois que Providence não tem a Celleridade da Bahia para dar Caça a Cousas estranhas nem para levallas a Julgamento. Estou preso as Naos e as Mercadorias, e portanto não me encontro em Condiçoens de fazer como fizeste; ademais, sob minha Fazenda em Pawtuxet encontra-se Aquillo que tam bem conheces, e que não poderia aguardar meu Retorno como hum Outro.

Todavia, não me encontro despreparado para os Revezes da Fortuna, como ja tive Occasiam de dizer-te, e ha Tempo dedico-me a encontrar hu'a Maneyra de retornar apos o Fim. Noute passada deparei-me com as Pallavras que invocão YOGGE-SOTHOTHE, e então vi pela primeyra Vez o Semblante mencionado por Ibn Schacabac no ———. E ELLE disse que o III. Psalmo do Liber-Damnatus encerra a Chave. Com o Sol na Casa V e Saturno em Trigono, basta que desenhes o Pentagramma de Fogo e recites por tres Vezes o nono Verso. Sendo esse Verso repetido a cada Roodemas e a cada Dia das Bruxas, a Cousa ha de multiplicar-se nas Espheras Sideraes.

E as Sementes de Tempos Ancestraes hão de engendrar hum Ser capaz de olhar para traz, embora desconheça Aquillo que procura.

Todavia, de Nada adianta caso não haja hum Herdeiro, ou se os Saes, ou ainda o Methodo para a Preparaçam dos Saes, não lhe estiver ao Alcance das Mãos; e admitto que não tomei as devidas Providencias nem descobri muita Cousa a esse Respeito. O Processo he muito difficil, e requer uma Quantidade tam grande de Especimes que tenho Difficuldade para os conseguir em Numero sufficiente, não obstante os Marinheiros que vierão das Indias. As Pessoas que moram aqui nas Proximidades começarão a se mostrar curiosas, muito embora eu as consiga manter affastadas. A Aristocracia he peor do que o Populacho, visto serem Gentes de Actos mais ponderados que desfrutão de maes Credibilidade nas Cousas que affirmão. Temo que o Parocho e o sr. Merritt possão ter dado Azo a certos Boatos, mas por enquanto não há Perigo. As Substancias Chymicas são faceys de encontrar, huma vez que existem dous bons Pharmaceuticos no Vilarejo: o dr. Bowen e Samuel Carew. Estou a seguir os Passos indicados por Borellus, mas tambem busco Amparo no Livro VII. De Abdul Al-Hazred. O que quer que eu logre obter há de ser teu. Nesse Meio-Tempo, não te esqueças de usar as Pallavras aqui indicadas. Estam todas correctas, mas se desejares um encontro com ELLE, emprega os Escriptos do ——— que estou a enviar junto com este Pacote. Repete os versos sempre no Roodmas e no Dia das Bruxas; e, se não falhares na Sequencia, *há de surgir nos Annos vindouros hu'a Força capaz de olhar para traz e usar os Saes ou as Cousas necessarias a Preparaçam dos Saes que lhe deixares.* Job XIV. XIV.

Folgo em saber que estas em Salem e espero ver-te dentro em pouco. Tenho hum excellente Garanhão, e penso em comprar hum Coche, visto que já existe hum em Providence (pertencente ao sr. Merritt), muito embora as Estradas sejão ruins. Se estiveres disposto a embarcar numa Viagem, não deixa de communicar-me. De Boston, deves pegar a Post Rd. E atravessar Dedham, Wrentham e Attleborough, todos estes Vilarejos que offerecem boas Tavernas. Hospeda-te nos Apposentos do sr. Bolcom, em Wrentham, onde os Leitos são maes confortaveis do que Aquelles offerecidos pelo sr. Hatch; mas faze as Refeiçoens na outra Casa, posto que o Cosinheiro delles he milhor. Toma a Estrada rumo a Providence junto as Cataractas de Patucket, e entam a segue ate passar em frente a Taverna do sr. Sayles. Minha Casa fica defronte a Taverna do sr. Epenetus Olney, proximo a Towne Street — he a primeira no Lado Norte de Olney's Court. A distancia approximada he de XLIV milhas desde o Marco de Boston.

Do teu velho e sincero Amigo e Servidor em *Almousin-Metraton*,

Josephus C.

Para Simon Orne,
William's-Lane, em Salem.

Por mais estranho que pareça, foi essa carta que revelou a Ward a localização exata da residência de Curwen em Providence, uma vez que nenhum dos registros encontrados até então trazia informações detalhadas. A descoberta foi ainda mais notável porque revelou ser a casa erigida por Curwen em 1761, no mesmo terreno da antiga residência, uma construção dilapidada que permanecia de pé em Olney Court e que Ward havia conhecido tempos atrás durante os passeios antiquários por Stamper's Hill. A bem da verdade, o local ficava a poucos quarteirões da residência de Ward, situada em um ponto mais elev do da colina, e na época servia de lar para uma família de negros muito estimados pelos serviços ocasionais de lavagem, limpeza e manutenção de fornalhas que ofereciam. Encontrar, na longínqua Salém, provas inesperadas da importância dessa espelunca familiar no histórico da própria família era um acontecimento não menos do que extraordinário; e assim Ward resolveu explorar o local imediatamente ao voltar. As passagens mais abstrusas da carta, interpretadas como parte de um simbolismo extravagante, deixaram-no de todo perplexo, embora tenha percebido com um frêmito de curiosidade que a passagem bíblica mencionada — Jó 14:14 — era o conhecido versículo "Morrendo o homem, acaso tornará a viver? Todos os dias da minha lida esperaria eu, até que viesse a minha mudança".

2.

O jovem Ward voltou para casa com notável entusiasmo, e passou todo o sábado seguinte fazendo um longo e detalhado estudo da casa em Olney Court. O lugar, que começava a ruir em razão da idade, nunca tinha sido uma mansão; mas era uma modesta casa de dois andares no estilo colonial de Providence, com sótão, telhado de duas águas, uma grande chaminé central e uma fachada repleta de entalhes, rematada por uma claraboia raiada, um frontão triangular e elegantes pilastras dóricas. A construção havia sofrido poucas alterações externas, e Ward sentiu que estava próximo de certos aspectos deveras sinistros da busca a que se havia lançado.

Os ocupantes negros eram conhecidos, e portanto o velho Asa e a robusta esposa Hannah receberam-no com modos corteses no interior da residência. A parte interna sofrera mais alterações do que o exterior levaria a crer, e Ward notou com pesar que metade dos ornatos acima do consolo, bem como os antigos entalhes conquiformes nos armários, haviam desaparecido, enquanto boa parte dos lambris e dos frisos estavam marcados, danificados e arrancados, ou simplesmente cobertos com papel de parede barato. Em geral, a pesquisa não trouxe os bons resultados que Ward havia esperado; porém mesmo assim era emocionante caminhar entre as paredes ancestrais que haviam dado abrigo a um homem medonho como Joseph Curwen. Ward percebeu com um surto de entusiasmo que um monograma havia sido cuidadosamente apagado da vetusta aldraba em latão.

Desse ponto até o fim dos estudos, Ward dedicou todo o tempo de que dispunha à cópia eletrostática da cifra de Hutchinson e ao acúmulo de dados locais a respeito de Curwen. A cifra permaneceu insolúvel; mas, no que diz respeito aos dados, Ward encontrou-os em tão vasta quantidade, e somados a tantas outras pistas sobre informações similares, que em julho estava com tudo pronto para fazer uma viagem a New London e a Nova York a fim de consultar as antigas correspondências cuja presença nesses locais estava indicada. A viagem foi extremamente frutuosa, pois rendeu-lhe as cartas de Fenner, com o terrível relato da invasão à fazenda em Pawtuxet, e as correspondências trocadas entre Nightingale e Talbot, graças às quais tomou conhecimento do retrato pintado em um painel na biblioteca de Curwen. O retrato despertou um interesse muito particular, uma vez que Ward tinha um profundo desejo de saber qual teria sido o aspecto de Joseph Curwen; e por esse motivo decidiu empreender uma segunda busca em Olney Court a fim de averiguar se não poderia haver resquícios do revestimento original por trás das camadas de tinta que descascavam ou dos embolorados papéis de parede.

A busca foi realizada no início de agosto, e Ward submeteu a um exame minucioso as paredes de todos os cômodos grandes o suficiente para que pudessem ter sido a biblioteca do malévolo construtor. Dispensou atenção especial aos grandes painéis acima dos consolos remanescentes, e foi tomado por um profundo entusiasmo cerca de uma hora mais tarde, quando a grande área que encimava a lareira de um espaçoso cômodo no térreo revelou, por baixo de várias camadas de tinta, uma área mais escura do que qualquer outra tinta ou madeira usada no interior da casa poderia ter sido. Depois de fazer alguns testes com uma faca de lâmina fina, Ward teve a certeza de que havia descoberto um retrato a óleo de grandes dimensões. Com o mais genuíno rigor acadêmico, o jovem furtou-se a assumir o risco de causar danos à pintura com uma tentativa imediata de revelar o retrato oculto mediante o uso da faca e deixou o local da descoberta em busca de ajuda especializada. Passados três dias, retornou com o sr. Walter C. Dwight, um artista experiente que trabalhava em um estúdio próximo ao sopé de College Hill; e o talentoso restaurador de pinturas pôs-se a trabalhar de imediato com os métodos e os reagentes químicos pertinentes. O velho Asa e a esposa demonstraram grande entusiasmo com a presença dos estranhos visitantes, e foram devidamente reembolsados por essa intrusão.

Quanto mais avançava o trabalho de restauro, mais interesse Charles Ward demonstrava em relação às linhas e sombras que aos poucos se revelavam ao cabo daquele longo oblívio. Dwight havia começado por baixo; e, como se tratava de um retrato de três-quartos, o rosto não se revelou por algum tempo. Nesse ínterim descobriu-se que o modelo era um homem esbelto e de boa figura, que trajava um casaco azul-escuro, um colete bordado, um lenço de cetim preto e meias brancas de seda, que estava sentado em uma cadeira entalhada e que tinha ao fundo uma janela por onde se viam cais e navios. Quando enfim surgiu, a cabeça revelou uma peruca Albemarle e um semblante magro, calmo e discreto, que pareceu familiar tanto a Ward como ao meticuloso artista. Foi apenas quando o trabalho estava próximo ao fim, no entanto, que o restaurador e o cliente puderam demonstrar espanto perante os detalhes do rosto descarnado e pálido e reconhecer com uma nota de espanto o truque dramático executado pela hereditariedade. Pois foram necessários o último banho de óleo e o golpe final do delicado raspador para que fosse revelada por completo a expressão que os séculos haviam ocultado — e para que o estupefato Charles Dexter Ward, eterno habitante de épocas passadas, se defrontasse com as feições do próprio rosto no semblante do horrendo tataravô.

Ward levou os pais até a casa para que vissem o portento recém-descoberto, e no mesmo instante o pai resolveu comprar a pintura, ainda que esta tivesse por suporte um painel estacionário. A semelhança com o rapaz, a despeito da aparência de uma idade avançada ao extremo, não era menos do que espantosa; e via-se que, por força de um furtivo truque do atavismo, os contornos físicos de Joseph Curwen haviam gerado uma réplica perfeita um século e meio depois. Não se percebeu nenhuma semelhança notável entre a sra. Ward e o antepassado, embora a mulher tivesse lembranças de parentes que apresentavam certas características faciais compartilhadas pelo filho e pelo finado Curwen. A sra. Ward não gostou da descoberta, e disse ao marido que seria melhor queimar a pintura em vez de levá-la para casa. Asseverou que havia algo de insalubre a respeito do retrato; não apenas no aspecto intrínseco, mas também na maneira como se assemelhava a Charles. O sr. Ward, no entanto, era um homem poderoso e pragmático — um fabricante de algodão com diversos moinhos em Riverpont, no Pawtuxet Valley —, e por esse motivo não deu ouvidos a esse escrúpulo feminino.

A pintura impressionou-o deveras em virtude da semelhança com o filho, e assim ele decidiu que o garoto merecia ganhá-la de presente. Seria ocioso dizer que Charles apoiou efusivamente a opinião do pai; e poucos dias mais tarde o sr. Ward localizou o proprietário da casa — uma pessoa com dentes protuberantes como o dos roedores e com uma dicção gutural — e arrematou o consolo e o painel com ornatos que trazia o retrato por uma quantia peremptória que visava poupá-lo de uma torrente de regateios untuosos.

Bastaria portanto remover o painel e transportá-lo até a casa dos Ward, onde já estavam sendo tomadas as devidas providências para que a obra fosse restaurada por completo e instalada ao pé de uma lareira elétrica no estúdio ou na biblioteca de Charles, no terceiro andar. Charles foi encarregado de supervisionar a remoção, e no dia 28 de agosto acompanhou dois trabalhadores especializados da firma de decoração Crooker até a casa em Olney Court, onde o consolo e o painel com ornatos que fazia as vezes de suporte para o retrato foram removidos com a cautela e a precisão necessárias para então serem colocados no caminhão da empresa. A remoção expôs parte da estrutura em alvenaria e revelou o percurso da chaminé, no qual o jovem Ward observou um recôndito cúbico com cerca de trinta centímetros de lado situado atrás do rosto do retrato. Curioso em relação ao que o espaço poderia significar ou conter, o jovem aproximou-se e olhou para dentro — e assim encontrou, sob grossas camadas de poeira e fuligem, certos papéis amarelados e avulsos, um volumoso e rústico caderno de caligrafia e alguns farrapos embolorados de material têxtil, que deviam ter servido para amarrar o pequeno fardo. Depois de soprar para longe o grosso da sujeira e das cinzas, tomou o caderno nas mãos e leu as opulentas letras inscritas na capa. Estas vinham escritas em uma caligrafia com a qual havia se familiarizado no Essex Institute, e apresentavam o volume como *Diario e*

Appontamentos de Joseph Curwen, originario das Plantaçoens de Providence e actual Residente de Salem.

Tomado pelo entusiasmo da descoberta, Ward mostrou o livro para os dois curiosos trabalhadores que estavam na casa. O relato desses trabalhadores é taxativo no que diz respeito à natureza e à veracidade do achado, e o sr. Willett usa-o para defender a hipótese de que o jovem Ward não estava louco quando deu início às grandes excentricidades. Os demais papéis também estavam todos escritos na caligrafia de Curwen, e um item em especial sugeriu um grande portento devido à seguinte inscrição: *Para Aquelle que ha de vir depoes de mim, com Instrucçoens acerca do Methodo para a Transcendencia do Tempo & das Espheras.* Outro consistia em uma cifra, e Ward torceu para que fosse a mesma empregada por Hutchinson e que até então o havia derrotado. Um terceiro, que levou o jovem antiquário a rejubilar-se, parecia ser uma chave para a cifra; enquanto o quarto e o quinto estavam destinados respectivamente "Ao Armigero Edward Hutchinson" e "Ao Senhor Jedediah Orne", "ou aos Herdeiros destes, ou a seus Representantes legaes". O sexto e último documento ostentava o título: *A Vida e os Periplos de Joseph Curwen entre os Annos de 1678 e 1687: Contendo Mençoens aos Locaes aonde foi, aos Albergues onde se hospedou, as Pessoas que encontrou e as Cousas que apprendeu.*

3.

Chegamos agora ao ponto exato que, segundo os círculos mais acadêmicos de alienistas, marca o início da loucura de Charles Ward. Imediatamente após a descoberta o rapaz examinou certas páginas do livro e dos manuscritos, e sem dúvida encontrou algo capaz de causar uma impressão profunda. A bem dizer, quando mostrou os títulos para os trabalhadores, o jovem Ward deu a impressão de que estava a tomar cuidados muito particulares a fim de ocultar o texto, e também de que sofria com uma grave perturbação que dificilmente se deixaria explicar pela importância antiquária e genealógica da descoberta. Ao retornar para casa, deu a notícia com um ar quase tímido, como se desejasse transmitir a ideia de uma importância absoluta sem ter de apresentar qualquer tipo de evidência. Nem sequer mostrou os títulos para os pais, limitando-se a mencionar a descoberta de alguns documentos na caligrafia de Joseph Curwen, "quase todos cifrados", que teriam de ser estudados minuciosamente para que revelassem o verdadeiro significado. Parece improvável que fosse mostrar aos pais os objetos antes exibidos aos trabalhadores se não fosse a insistência despertada pela evidente curiosidade. Da maneira como foi, Charles Ward parece ter evitado qualquer demonstração de reticência que pudesse fomentar as discussões acerca do tema.

Naquela noite, permaneceu no quarto estudando o diário e os documentos encontrados, e não se interrompeu sequer quando o dia raiou. As refeições, depois de um pedido urgente feito à mãe quando bateu na porta para ver se havia algo de errado com o filho, passaram a ser mandadas para o quarto; somente à tarde o rapaz fez uma breve aparição enquanto os trabalhadores instalavam o retrato e o consolo de Curwen no interior do estúdio. A noite seguinte foi marcada por breves sonecas com as roupas ainda no corpo, tiradas entre as longas horas de esforços frenéticos dedicadas à solução do manuscrito cifrado. Pela manhã a sra. Ward encontrou o filho às voltas com a cópia fotostática da cifra de Hutchinson, que já tinha visto em mais de uma oportunidade; porém, em resposta à pergunta feita pela mãe, Charles Ward afirmou que a chave de Curwen não podia ser usada para decifrá-la. À tarde, deixou de lado o trabalho e observou fascinado o término da instalação do retrato acima de uma lareira elétrica com aspecto quase real, quando a falsa lareira e o painel com ornatos foram afastados da parede norte, como que para dar espaço a uma chaminé, e os vãos laterais, cobertos por lambris idênticos aos que revestiam as paredes. O painel frontal em que o retrato se encontrava pintado foi serrado e guarnecido com dobradiças para que o espaço atrás da pintura fosse usado como armário. Depois que os instaladores foram embora, Ward levou o trabalho para o estúdio e sentou-se defronte aos papéis, com olhar fixo em parte na cifra e em parte no retrato que o encarava de volta como se fosse um espelho capaz de envelhecê-lo e de evocar os séculos passados.

Os pais, ao relembrar a conduta do filho por volta dessa época, oferecem detalhes interessantes sobre a política de sigilo adotada pelo rapaz. Diante dos criados, Charles Ward raramente escondia os documentos que porventura estivesse analisando, pois supunha corretamente que a quirografia rebuscada e arcaica de Curwen seria demais para essas pessoas. Com os pais, no entanto, era mais circunspecto; e, a não ser que o manuscrito em questão fosse uma cifra, ou um simples amontoado de símbolos crípticos e ideogramas desconhecidos (como o documento intitulado *Para Aquelle que ha de vir depoes de mim* etc. parecia ser), tratava sempre de ocultá-lo com um outro papel qualquer até que o visitante houvesse partido. À noite os documentos eram guardados a sete chaves em uma antiga escrivaninha, onde Ward também os guardava sempre que saía do quarto. O rapaz não tardou a voltar para a rotina e os horários de sempre, mas parecia ter perdido todo o interesse nas longas caminhadas e em outras atividades ao ar livre. A volta à escola, onde havia começado o último ano de estudos, parecia ser um enorme aborrecimento; e o jovem muitas vezes dizia que jamais se preocuparia em entrar para a universidade. Segundo afirmava, tinha interesse em conduzir investigações um tanto particulares, capazes de abrir vias de acesso ao conhecimento e às humanidades que nenhuma universidade poderia oferecer.

Naturalmente, apenas uma pessoa de caráter mais ou menos estudioso, excêntrico e solitário poderia ter mantido esses hábitos por vários dias sem chamar atenção. Ward, no entanto, era um acadêmico e um eremita por definição; e por esse motivo os pais mostraram-se mais chateados do que surpresos ao perceber o isolamento e o sigilo adotados pelo filho. Ao mesmo tempo, tanto o pai como a mãe estranharam a relutância de Charles a mostrar qualquer fragmento do baú do tesouro, bem como a oferecer qualquer tipo de relato acerca das informações decifradas. A reticência foi explicada mediante recurso a um desejo de esperar até que pudesse oferecer um relato coeso, mas após semanas inteiras sem nenhuma revelação, surgiu entre o jovem e a família uma sensação de constrangimento, tornada ainda mais intensa aos olhos da mãe em decorrência da desaprovação explícita em relação a toda e qualquer pesquisa relativa a Curwen.

Em outubro Ward tornou a visitar as bibliotecas, porém não mais em busca dos temas antiquários de outrora. A bruxaria e a magia, o ocultismo e a demonologia passaram a ser os objetos das pesquisas; e quando as fontes em Providence mostravam-se infrutíferas, tomava um trem rumo a Boston para ter acesso à fortuna de informações na grande biblioteca de Copley Square, na Widener Library em Harvard ou na Zion Research Library em Brookline, onde se encontram certas obras raras sobre temas bíblicos. Comprou um grande número de livros e mandou instalar um novo conjunto de prateleiras no estúdio para guardar os volumes recém-adquiridos sobre esses estranhos assuntos; e, durante o feriado de Natal, empreendeu uma série de viagens para fora da cidade, que incluiu uma visita a certos arquivos do Essex Institute.

Em meados de janeiro de 1920, o porte de Ward pareceu revestir-se de um inexplicável elemento de triunfo, e o jovem não foi mais visto a trabalhar na cifra de Hutchinson. No entanto, adotou uma dupla política de pesquisas químicas e análise de registros, que resultou na instalação de um laboratório no espaço ocioso no sótão da casa e em uma busca minuciosa por todos os imprescindíveis arquivos de estatísticas em Providence. Os vendedores de medicamentos e de suprimentos científicos questionados mais tarde apresentaram catálogos deveras estranhos e desprovidos de sentido com listas das substâncias e dos instrumentos adquiridos; porém os burocratas do Capitólio, da Prefeitura e de várias bibliotecas todos concordam no que dizia respeito ao objeto do segundo interesse. Ward lançou-se em uma intensa e febril busca pelo túmulo de Joseph Curwen, cuja lápide tivera o nome sabiamente apagado por uma geração anterior.

Aos poucos, a convicção da família Ward de que havia algo errado ganhou força. Antes, Charles já havia tido episódios de pequenos surtos e mudanças repentinas de interesse, mas o crescente sigilo e a extrema atenção dedicada a estranhas buscas eram inquietantes mesmo em um indivíduo sabidamente excêntrico. As tarefas escolares não passavam de um pretexto; e, embora não se saísse mal em nenhuma matéria, era visível que o antigo empenho havia desaparecido. Charles tinha outras preocupações; e, quando não estava no laboratório com uma vintena de tomos obsoletos sobre alquimia, debruçava-se sobre antigos registros de cemitérios no centro da cidade ou trancava-se com livros de ocultismo no estúdio, onde as surpreendentes feições de Joseph Curwen — que a cada dia pareciam mais similares às do sucessor distante — encaravam-no do painel na parede norte.

No fim de março, Ward complementou a busca pelos arquivos com um macabro esquema de perambulações em vários cemitérios antigos pela cidade. O motivo veio à tona apenas mais tarde, quando os burocratas da Prefeitura revelaram que provavelmente o jovem havia encontrado uma pista importante. A busca pelo túmulo de Joseph Curwen deu lugar à busca pelo túmulo de um certo Naphthali Field; e essa mudança foi explicada quando, ao revisar os documentos analisados por Ward, os investigadores encontraram um registro fragmentário do enterro de Curwen que havia escapado à obliteração generalizada, segundo o qual o caixão de chumbo tinha sido enterrado "dez Pez ao Sul e cinco Pez a Oeste do Jazigo de Naphthali Field em ———". A ausência de um maior detalhamento acerca do local do enterro complicou bastante as buscas, e o túmulo de Naphthali Field mostrou-se tão esquivo quanto o de Curwen; mas nesse caso não havia nenhum apagamento sistemático, e seria possível deparar-se com uma lápide mesmo que os registros tivessem perecido. Eis, portanto, o motivo das perambulações — das quais o cemitério da St. John's Church (antiga King's Church) e o antigo cemitério congregacional no meio do Swan Point Cemetery foram excluídos, uma vez que outras informações demonstravam que o único Naphthali Field (morto em 1729) a cujo túmulo se podia aludir tinha sido batista.

4.

Era quase maio quando o dr. Willett, a pedido do patriarca Ward e equipado com todas as informações sobre Curwen que a família tinha obtido de Charles no período anterior ao sigilo, tentou conversar com o rapaz. A entrevista teve pouca serventia e admitiu poucas conclusões, uma vez que durante o tempo inteiro Charles demonstrou ter pleno domínio das faculdades mentais e pareceu estar lidando com assuntos de suma importância; mas pelo menos o jovem viu-se obrigado a oferecer explicações racionais para o comportamento adotado. Ward, um tipo pálido e impassível que apenas raramente dava sinais de constrangimento, pareceu disposto a discutir as buscas, mas não a revelar o propósito a que serviam. Afirmou que os documentos do ancestral tinham revelado impressionantes segredos de um conhecimento científico incipiente, quase sempre cifrado, de uma abrangência comparável apenas às descobertas do Frade Bacon, embora pudessem ter importância ainda maior do que estas. No entanto, esse conhecimento não fazia sentido a não ser quando relacionado a todo um arcabouço de erudição totalmente obsoleto, de modo que uma apresentação imediata dos achados a um mundo que dispunha apenas da ciência moderna acabaria por roubar-lhe toda a magnitude e toda a importância dramática. Para que pudessem reivindicar o merecido destaque na história do pensamento humano, essas relações precisariam ser estabelecidas por uma pessoa familiarizada com o contexto em que haviam evoluído, e era a essa tarefa que Ward então se dedicava. Estava procurando adquirir o mais depressa possível todas as artes negligenciadas de outrora necessárias a uma interpretação adequada de todos os dados relativos a Curwen, e tinha a esperança de, no futuro, fazer uma revelação e uma apresentação completa de supremo interesse para a humanidade e para o mundo das ideias como um todo. Segundo afirmou, nem mesmo Einstein poderia trazer uma revolução mais profunda à atual concepção acerca das coisas.

Quanto às buscas nos cemitérios, cujo objeto foi assumido de pronto, embora sem nenhum comentário a respeito do progresso eventualmente feito, Ward afirmou ter motivos para crer que a lápide depredada de Joseph Curwen ostentasse certos símbolos místicos — entalhados a partir de instruções deixadas no testamento e por mero acaso ignoradas por aqueles que haviam apagado o nome — absolutamente essenciais para a solução final do críptico sistema. Segundo acreditava, Curwen teria guardado esse segredo com muito cuidado, distribuindo os dados de acordo com um método deveras curioso. Quando o dr. Willett pediu para ver os documentos místicos, Ward mostrou-se relutante e tentou desanimá-lo com as cópias fotostáticas da cifra de Hutchinson e das fórmulas e diagramas de Orne; mas por fim concordou em mostrar o exterior de certos documentos relacionados a Curwen — como o *Diario e Appontamentos*, a cifra (com o título igualmente cifrado) e a mensagem repleta de fórmulas intitulada *Para Aquelle que ha de vir depois de mim* — e permitiu que o visitante examinasse o interior daqueles escritos em caracteres obscuros.

Também abriu o diário em uma página escolhida em função da inocuidade, e assim ofereceu a Willett um vislumbre da caligrafia cursiva de Curwen em inglês. O médico procedeu a um minucioso exame das letras rebuscadas e elaboradas e da aura setecentista que pairava ao redor da caligrafia e do estilo, apesar da sobrevivência do autor até o século XVIII, e logo concluiu tratar-se de um documento genuíno. O texto em si era relativamente trivial, e Willett recordava apenas de um breve fragmento:

> Quarta-feira, dezasseis de Outubro de 1754. Minha Chalupa *The Wakeful* chegou hoje de Londres com XX novos Homens trazidos das Indias, Espanhoes de Martinica e dous Hollandezes de Suriname. Os Hollandezes encontrão-se propensos a Deserçam, huma vez que ouviram maus Agoiros a respeito desta Empreza, mas hei de empenhar-me para que fiquem. Para o sr. Knight Dexter, da Bahia e do Gancho, 120 Peças de Camelão, 100 Peças sortidas de Chamalote, 20 Peças de Baeta azul, 100 Peças de Caxemira, 50 peças de Calicos e 300 peças de Amã. Para o sr. Green, do Elefante, 50 Panellas de Galão, 20 Escalfetas, 15 Panellas de Lareira, 10 Pares de Pinças de Fumar. Para o sr. Perrigo 1 Conjunto de Sovellas, para o sr. Nightingale 50 Resmas de Papel de primeyra Qualidade. Recitei o SABAOTH tres Vezes na Noute passada mas Nada appareceo. Aguardo Noticias do sr. H., que esta na Transilvania, embora seja muy difficil contactallo e demasiado estranho que não possa me indicar o Uso Daquillo que tam bem

vem usando ao longo de todos estes Secullos. Simon não escreve ha cinco Semmanas, mas espero receber Noticias dentro em breve.

Ao chegar nesse ponto o dr. Willett virou a página, mas foi impedido por Ward, que quase arrancou-lhe o tomo das mãos. Tudo o que o médico teve a chance de ver na página recém-aberta foram duas breves frases; mas estas, por mais estranho que pareça, perduraram com tenacidade na memória. Diziam: "Tendo recitado o Verso do Liber Damnatus durante cinco Roodmasses e quatro Dias das Bruxas, tenho a Esperança de que a Cousa esteja a multiplicar-se allem das Espheras. Assim ha de atrahir Aquelle cuja Chegada espero, se eu puder garantir que haja de ser, e elle ha de pensar em Cousas remotas e olhar para traz rumo aos Annos passados, de modo que devo ter prontos os Saes ou as Substancias necessarias para a Preparaçam destes".

Willett não viu mais nada, mas esse pequeno vislumbre conferiu um novo e vago terror às feições pintadas de Joseph Curwen que o encaravam do painel acima do consolo. Mesmo depois, passou a ter a singular impressão — que a formação médica assegurava não ser mais do que uma simples impressão — de que os olhos do retrato nutriam uma espécie de desejo, se não de fato uma tendência, a seguir o jovem Charles Ward enquanto andava pelo cômodo. Antes de sair do estúdio o dr. Willett deteve-se para examinar o retrato de perto, admirando a grande semelhança que guardava em relação a Charles e memorizando cada detalhe daquele rosto pálido e críptico, incluindo uma discreta cicatriz ou depressão acima da sobrancelha direita. Observou que Cosmo Alexander era um pintor digno da Escócia onde havia nascido Raeburn, e um mestre digno do ilustre aluno Gilbert Stuart.

Ao escutarem do médico que a saúde mental de Charles não corria perigo e que o filho na verdade estava às voltas com uma pesquisa que mais tarde poderia revelar-se deveras importante, os Ward adotaram uma postura mais tolerante do que teriam feito de outra forma quando em junho o rapaz recusou-se de vez a frequentar a universidade. Declarou que tinha estudos de importância vital com que se ocupar; e deu a entender que desejava viajar para o estrangeiro no ano seguinte para ter acesso a certas fontes de informações indisponíveis nos Estados Unidos. O patriarca Ward, tendo negado este último desejo por considerá-lo absurdo para um rapaz de apenas dezoito anos, concordou no que dizia respeito à universidade; de maneira que, após uma formatura não muito brilhante da Moses Brown School, sobreveio um período de três anos durante os quais Charles ocupou-se com intensos estudos de ocultismo e buscas em cemitérios. Obteve reconhecimento como um personagem excêntrico, e assim tornou-se ainda mais recluso do que havia sido antes; devotava a maior parte do tempo ao trabalho e apenas em raras ocasiões fazia viagens a outras cidades a fim de consultar registros obscuros. Certa vez foi ao sul conversar com um velho e estranho mulato que morava em um pântano e a cujo respeito um jornal havia publicado um curioso artigo. Em outra ocasião saiu em busca de um pequeno vilarejo nas montanhas Adirondack, de onde haviam chegado relatos de singulares práticas ritualísticas. Mas os pais continuavam a negar-lhe a viagem ao Velho Mundo que tanto desejava.

Quando alcançou a maioridade em abril de 1923, depois de herdar uma pequena quantia monetária do avô materno, Ward enfim decidiu fazer a viagem europeia que até então lhe fora negada. Quanto ao itinerário pretendido, não revelou nada, a não ser que as exigências ditadas pelos estudos haveriam de levá-lo a diversos lugares; mas prometeu escrever aos pais com detalhes fidedignos. Ao perceber que o filho não seria dissuadido, o sr. e a sra. Ward abandonaram toda a oposição e passaram a ajudar da melhor forma possível; e assim o rapaz zarpou rumo a Liverpool em junho com as bênçãos de despedida do pai e da mãe, que o acompanharam até Boston e acenaram-lhe do píer White Star em Charlestown. Logo chegaram cartas que narravam a bem-sucedida viagem e a busca por boas acomodações na Great Russell Street, em Londres; onde, recusando-se a ver todos os amigos da família, Charles Ward estava decidido a permanecer até exaurir todos os recursos do Museu Britânico a respeito de um certo tema. Os relatos sobre a vida cotidiana eram raros, pois havia pouco a escrever. Os estudos e os experimentos consumiam-lhe todo o tempo, e Charles mencionou que havia montado um laboratório em um dos cômodos. A ausência de qualquer comentário acerca de passeios antiquários pela opulenta cidade antiga, com um vistoso panorama de cúpulas e coruchéus ancestrais em meio a um emaranhado de avenidas e becos repletos de volteaduras místicas e vistas repentinas que ora surpreendem e ora inspiram, foi interpretada pelos pais como um bom indício do ponto a que os novos interesses haviam passado a ocupar os pensamentos do filho.

Em junho de 1924, uma breve nota deu conta de uma partida rumo a Paris, para onde Charles já havia feito duas viagens expressas em busca de material na Bibliothèque Nationale. Pelos três meses a seguir, limitou-se a enviar cartões-postais, informando um endereço na Rue St. Jacques e referindo-se a uma busca especial em meio aos manuscritos raros pertencentes à biblioteca de um colecionador particular cujo nome não foi mencionado. Charles Ward evitava os conhecidos, e não havia relatos de turistas que o tivessem avistado. Então veio um período de silêncio, e em outubro os Ward receberam um cartão-postal de Praga, na Tchecoslováquia, relatando que Charles estava nessa antiga cidade para uma conferência com um homem de idade muito avançada que, segundo relatos, seria a última pessoa viva em posse de certas informações medievais deveras singulares. Informou um endereço em Neustadt e anunciou que não devia fazer mais viagens antes de janeiro seguinte, quando enviou diversos cartões de Viena que narravam a passagem por esta cidade durante a jornada rumo a uma região mais ao leste para onde um correspondente e pesquisador das ciências ocultas o havia convidado.

O cartão-postal seguinte veio de Klausenburg, na Transilvânia, e narrava o progresso de Ward rumo ao destino final. Haveria de visitar um certo barão Ferenczy, proprietário de terras nas montanhas a leste de Rakus; e estaria hospedado em Rakus, nos aposentos do nobre em questão. O cartão enviado de Rakus uma semana mais tarde, com informações de que o anfitrião fora encontrá-lo de carruagem e de que em breve deixaria o vilarejo rumo às montanhas, foi a última mensagem durante um período razoavelmente longo; de fato, Charles não respondeu às frequentes correspondências dos pais antes de maio, quando escreveu para desencorajar o plano materno de encontrar o filho em Londres, Paris ou Roma durante o verão, quando o sr. e a sra. Ward planejavam viajar para a Europa. Afirmou que o estágio em que se encontravam as buscas não permitiria que saísse do local onde se encontrava, e que a situação no castelo do barão Ferenczy não favorecia visitas. A construção situava-se em um rochedo em meio a montanhas sombrias, e a região era temida com tanta intensidade pelos camponeses locais que nenhuma pessoa normal poderia sentir-se à vontade no lugar. Além do mais, o barão não seria considerado uma pessoa agradável pela aristocracia correta e conservadora da Nova Inglaterra. Tinha idiossincrasias de aspecto e de atitude, e uma idade avançada a ponto de causar incômodo naqueles que o viam. De acordo com Charles, seria melhor se os pais aguardassem-no em Providence, uma vez que o retorno não poderia estar muito distante.

O retorno, todavia, ocorreu apenas em maio de 1926, quando, depois de alguns cartões-postais em que anunciou a novidade, o jovem viajante chegou furtivamente a Nova

York no *Homeric* e atravessou os longos quilômetros até Providence em um ônibus motorizado, saciando a sede com as viçosas colinas ondulantes, os fragrantes pomares em flor e os vilarejos salpicados de coruchéus na primavera em Connecticut; pois era o primeiro gosto que tinha da antiga Nova Inglaterra em um período de quase quatro anos. Quando o ônibus atravessou o Pawcatuck e chegou a Rhode Island em meio ao ouro feérico de um entardecer primaveril, o coração de Charles Ward bateu com forças renovadas; e a entrada em Providence ao longo da Reservoir e da Elmwood Avenue deixou-o sem fôlego, apesar das profundezas de sabedoria proscrita em que havia mergulhado. No ponto em que a Broad, a Weybosset e a Empire Street se encontram, viu no fogo que se estendia adiante e abaixo de si as agradáveis casas e cúpulas e coruchéus que recordava da antiga cidade; e entregou-se aos devaneios enquanto o veículo rodava por trás do Biltmore, revelando o enorme domo e a macia vegetação de raízes profundas que medrava na ancestral colina na margem oposta do rio, e por fim o sobranceiro coruchéu em estilo colonial da First Baptist Church debuxou-se em rosa em meio à prodigiosa luz do entardecer, tendo ao fundo o vertiginoso panorama do viço e do frescor primaveril.

A velha Providence! Fora aquele lugar e as estranhas forças de uma longa e contínua história que lhe haviam dado a vida e que o haviam impelido rumo a portentos e segredos cujos limites nenhum profeta seria capaz de predizer. Lá estavam os poderes arcanos fantásticos ou medonhos para os quais todos os anos dedicados às viagens e aos estudos haviam-no preparado. Um coche levou-o para além do Post Office Square com um vislumbre do rio, do velho Mercado e da baía, e então subiu a curva íngreme da Waterman Street até a Prospect, onde a vasta cúpula reluzente e as colunas jônicas ensolaradas da Christian Science Church chamavam-no rumo ao norte. Depois vieram mais oito quarteirões repletos das antigas casas que o olhar de Charles havia conhecido na infância, e a seguir as calçadas de tijolos galgadas tantas vezes durante a meninice. Então uma pequena propriedade à direita, que logo ficou para trás, e por fim, à esquerda, a clássica varanda ao estilo de Robert Adams e a suntuosa fachada guarnecida por arcos da imponente mansão onde havia nascido. A noite começava a cair, e Charles Dexter Ward havia tornado a casa.

5.

Uma escola de alienistas um pouco menos acadêmica que a do dr. Lyman atribui à viagem europeia de Ward o início da loucura consumada. Admitindo a sanidade de Ward no momento da partida, esse grupo acredita que a conduta do rapaz na volta indica uma mudança desastrosa. No entanto, o dr. Willett reluta em aceitar sequer essa afirmação. Insiste em alegar que a transformação operou-se apenas mais tarde; quanto às excentricidades do rapaz por volta desse período, atribuiu-as à prática de rituais aprendidos no estrangeiro — coisas estranhas, sem dúvida, mas que não implicam em nenhum tipo de aberração mental por parte do praticante. Ward, embora mais velho e mais endurecido, continuava a comportar-se de maneira normal, e em várias conversas com Willett deu mostras de um equilíbrio que nenhum louco — sequer nos primórdios da loucura — poderia fingir por muito tempo. O que levantou a suspeita acerca de uma possível insanidade por volta dessa época foram os *sons* ouvidos a todas as horas do dia e da noite vindos do laboratório que Ward havia montado no sótão, onde permanecia durante a maior parte do tempo. Ouviam-se cânticos e repetições, e declamações ribombantes em ritmos desconhecidos; e embora os sons viessem sempre na voz do próprio Ward, havia algo indefinível na qualidade da voz e no sotaque das fórmulas pronunciadas que enregelava o sangue de todos os que a escutavam. Logo se percebeu que Nig, o amável e venerado gato preto da casa, eriçava os pelos e arqueava as costas quando certos sons eram entoados.

Os odores que por vezes sopravam do laboratório também eram demasiado estranhos. Às vezes tinham um cheiro agressivo ao extremo, porém com maior frequência eram aromáticos, e revestiam-se de uma qualidade fugidia e assombrosa que parecia ter o efeito de induzir imagens fantásticas. As pessoas que sentiam esses cheiros evidenciavam uma tendência a ver miragens fugazes de enormes panoramas com estranhas colinas e intermináveis avenidas de esfinges e hipogrifos que se estendiam rumo ao infinito. Ward não retomou as caminhadas de outrora, mas dedicou-se com afinco aos estranhos livros que havia levado para casa e às igualmente estranhas investigações que conduzia nos aposentos particulares, com a justificativa de que as fontes europeias haviam produzido uma grande ampliação no campo de trabalho e prometiam grandes revelações nos anos vindouros. O aspecto mais velho levou a semelhança de Ward com o retrato de Curwen a um nível impressionante; e o dr. Willett com frequência detinha-se junto à pintura ao final das visitas, admirando a notável identidade entre as duas figuras e ponderando que, naquela altura, somente a pequena cicatriz acima do olho direito do retrato diferenciava o feiticeiro morto há mais de um século do rapaz cheio de vida. Essas visitas de Willett, feitas a pedido do sr. e da sra. Ward, eram um tanto estranhas. Em nenhum momento Charles Ward rejeitou o médico, mas este logo percebeu que jamais conseguiria alcançar a psicologia íntima do rapaz. Com frequência notava objetos singulares, como pequenas imagens grotescas moldadas em cera nas prateleiras ou nas mesas, e os resquícios parcialmente apagados de círculos, triângulos e pentagramas desenhados a giz ou a carvão no vão livre que ocupava o centro do amplo cômodo. À noite os ritmos e os encantamentos continuavam a ribombar, e por fim surgiram dificuldades para manter os criados na casa ou suprimir as conversas furtivas sobre a loucura de Charles.

Em janeiro de 1927 ocorreu um incidente bastante peculiar. Certa noite, por volta da meia-noite, enquanto Charles entoava um ritual de cadência inaudita que ecoava por todos os andares da casa, uma rajada de vento gélido soprou da baía, e um discreto e obscuro tremor de terra foi percebido por todos os moradores da vizinhança. Ao mesmo tempo, o gato exibiu traços de um pavor fenomenal, enquanto todos os cachorros em um raio de um quilômetro e meio ao redor puseram-se a latir. Esse foi o prelúdio de uma forte tempestade elétrica, bastante anômala naquela época do ano, que trouxe consigo um estrondo tão intenso que o sr. e a sra. Ward chegaram a acreditar que a casa teria sido atingida. Os dois subiram as escadas correndo a fim de averiguar os estragos, porém Charles encontrou-os na porta do sótão; estava pálido, decidido e aziago, e ostentava no rosto uma combinação quase terrível de triunfo e seriedade. Assegurou-os de que a casa não fora atingida, e de que a tempestade logo passaria. O casal deteve-se e, depois de olhar para fora de uma janela, percebeu que o filho de fato tinha razão, pois os raios iluminavam céus cada vez mais distantes, enquanto as árvores aos poucos deixavam de vergar-se com as estranhas rajadas gélidas que vinham do mar. O trovão reduziu-se a uma espécie de rumor abafado e por fim desapareceu. As estrelas surgiram, e a marca de triunfo no semblante de Charles Ward cristalizou-se em uma expressão deveras singular.

Por dois meses ou mais após esse incidente Ward dispendeu menos tempo do que o habitual confinado no laboratório. Passou a exibir um curioso interesse pelo clima e a fazer estranhas indagações a respeito da data em que o gelo começaria a derreter na primavera. Certa noite em março saiu de casa após a meia-noite e retornou apenas pouco tempo antes do alvorecer, quando a mãe, que estava acordada, ouviu o ruído de um motor aproximando-se da entrada da carruagem. Era possível distinguir imprecações abafadas, e a sra. Ward, depois de erguer-se e avançar até a janela, divisou quatro vultos retirando uma longa e pesada caixa de um caminhão e carregando-a até a porta lateral sob o comando de Charles. Ouviu uma respiração arquejante e passadas ponderosas nos degraus da escada, e por fim um baque surdo no sótão, quando então as pegadas tornaram a descer e os quatro homens reapareceram do lado de fora e partiram com o caminhão.

No dia seguinte Charles retomou o enclausuramento no sótão, baixando as cortinas escuras nas janelas do laboratório e dando a impressão de estar trabalhando em alguma substância metálica. Não abria a porta para ninguém, e recusava toda e qualquer comida que lhe fosse oferecida. Por volta do meio-dia um estrépito repentino foi seguido por um grito e uma queda terríveis, mas quando a sra. Ward bateu na porta o filho enfim atendeu com uma voz débil e disse que não havia nada de errado. O horrendo e indescritível fedor que o laboratório exalava era absolutamente inofensivo e infelizmente necessário. A solidão era o mais importante naquele momento, porém ele se comprometeu a aparecer mais tarde para o jantar. Naquela tarde, quando cessaram os estranhos sons sibilantes que se ouviam por detrás da porta trancada, Charles enfim apareceu, revelando um aspecto de extremo desalento e proibindo toda e qualquer pessoa de adentrar o laboratório sob qualquer pretexto. De fato, o anúncio revelou-se como o início de uma nova política de sigilo; pois a partir de então jamais outra pessoa recebeu permissão para visitar o misterioso estúdio na água-furtada ou a despensa adjacente que Charles Ward esvaziou, mobiliou de maneira precária e incorporou a seus domínios particulares na condição de quarto de dormir. Passou a morar naquele cubículo com os livros que retirava da biblioteca no andar de baixo, até que, passado algum tempo, comprou a casa em Pawtuxet e mudou-se para lá com todos os aparatos científicos.

À noite Charles pegou o jornal antes dos outros membros da família e danificou-o em parte em um suposto acidente. Mais tarde o dr. Willett, tendo estabelecido a data a partir dos testemunhos de vários membros da casa, procurou um exemplar intacto na redação do *Journal* e descobriu que a seção destruída trazia a seguinte nota:

ESCAVADORES NOTURNOS SURPREENDIDOS
NO NORTH BURIAL GROUND

> Robert Hart, vigia noturno do North Burial Ground, descobriu hoje pela manhã um grupo de vários homens com um caminhão na parte mais antiga do cemitério, mas conseguiu afugentá-los antes que pudessem cumprir qualquer desígnio que pudessem ter em mente.
>
> A descoberta deu-se por volta das quatro horas da manhã, quando a atenção de Hart foi atraída pelo som de um motor no lado de fora da guarita. Quando saiu para investigar, percebeu um caminhão de grandes proporções na estrada principal a vários metros de distância; mas não conseguiu alcançá-lo antes que o som dos próprios passos no cascalho o denunciasse. Os homens puseram uma enorme caixa no caminhão e saíram às pressas em direção à rua antes que pudessem ser interceptados; mas, como nenhum túmulo foi profanado, Hart acredita que a caixa encerrava algum objeto que pretendiam enterrar.
>
> Os escavadores devem ter trabalhado por um longo período antes de serem percebidos, pois Hart encontrou um enorme buraco cavado a uma distância considerável da estrada no terreno de Amosa Field, onde a maior parte das antigas lápides desapareceu

muito tempo atrás. O buraco, com a largura e a profundidade de uma cova, encontrava-se vazio, e não coincidia com nenhum jazigo mencionado nos registros do cemitério.

O sagto. Riley, da Segunda Delegacia de Polícia, averiguou o local e afirmou que o buraco foi cavado por falsificadores de bebida que, com esse método engenhoso e terrível, poderiam estocar a carga em um lugar onde dificilmente a encontrariam. Durante o depoimento, Hart afirmou que imaginou ver o caminhão seguir rumo à Rochambeau Avenue, embora não pudesse afirmar com certeza.

Durante os dias que vieram a seguir, Charles foi visto em poucas ocasiões pela família. Depois de acrescentar um quarto de dormir a seus domínios no sótão, adotou um regime de enclausuramento ainda mais rígido, e passou a exigir que a comida fosse deixada na porta, negando-se a aparecer enquanto o criado não tivesse se afastado. A litania de fórmulas monótonas e a entoação de ritmos bizarros surgiam a intervalos regulares, enquanto em outras situações o ouvinte casual podia detectar o som de vidros tilintantes, químicos sibilantes, água corrente ou rumorosas bicas de gás. Odores de qualidade indescritível, totalmente estranhos a tudo o que se havia percebido até então, por vezes pairavam ao redor da porta; e o ar de tensão observável no jovem recluso sempre que se aventurava no mundo exterior era capaz de suscitar as mais febris especulações. Certa vez fez uma viagem às pressas até o Athenaeum em busca de um livro de que necessitava, e em outra ocasião contratou um mensageiro para buscar um volume altamente obscuro em Boston. O suspense estava inscrito como um portento em toda a situação, e tanto a família Ward como o dr. Willett declararam não saber o que pensar nem o que fazer a respeito.

6.

O dia 15 de abril trouxe um estranho desdobramento. Embora nada parecesse ter se alterado no tocante à natureza, sem dúvida havia uma terrível diferença de intensidade; e por algum motivo o dr. Willett atribui grande importância a essa mudança. Era Sexta-Feira Santa — uma circunstância a que os criados atribuem grande importância, embora outros naturalmente a considerem apenas uma coincidência sem qualquer relevância. No fim da tarde o jovem Ward começou a repetir uma certa fórmula em uma voz de singular potência enquanto queimava uma substância pungente cujos vapores escaparam por toda a casa. A fórmula era audível de maneira tão clara no corredor em frente à porta trancada que a sra. Ward não teve como evitar memorizá-la enquanto aguardava e esperava angustiada, e por esse motivo foi mais tarde capaz de escrevê-la a pedido do sr. Willett. Dizia o seguinte — e os especialistas afirmaram ao sr. Willett que uma fórmula deveras semelhante pode ser encontrada nos escritos místicos de Éliphas Lévi, a alma críptica que se esgueirou por uma rachadura do portal interdito e vislumbrou terríveis panoramas do vazio mais além:

> Per Adonai Eloim, Adonai Jehova,
> Adonai Sabaoth, Metraton On Agla Mathon,
> verbum pythonicum, mysterium salamandrae,
> conventus sylvorum, antra gnomorum,
> daemonia Coeli Gad, Almousin, Gibor, Jehosua,
> Evam, Zariatnatmik, veni, veni, veni.

A ladainha havia se repetido por duas horas sem alterações e sem nenhuma interrupção quando, por toda a vizinhança, os cachorros puseram-se a entoar uivos pandemoníacos. A intensidade desses uivos pode ser imaginada pelo destaque que recebeu nos jornais do dia seguinte, mas para os ocupantes da casa dos Ward o barulho foi obscurecido pelo odor que veio instantaneamente a seguir; um odor terrível e pungente que nenhum homem jamais tinha sentido e jamais tornaria a sentir outra vez. Em meio a essa torrente mefítica surgiu um clarão muito perceptível, como o de um raio, que teria sido ofuscante e notável se não fosse a luz do dia que o rodeava; e foi então que se ergueu a *voz* que nenhum ouvinte jamais poderá esquecer em razão da ribombante distância, da incrível profundidade e da quimérica dissimilitude em relação à voz de Charles Ward. A voz fez com que a casa estremecesse e sem dúvida foi ouvida por pelo menos dois outros vizinhos em meio ao alarido dos cachorros. A sra. Ward, que escutava desesperada no lado de fora do laboratório trancado pelo filho, estremeceu ao reconhecer a demoníaca importância daquele som; pois Charles tinha lhe falado a respeito da negra fama que havia granjeado em tomos obscuros, e também a respeito da maneira como, segundo as correspondências de Fenner, havia ribombado acima da fazenda de Pawtuxet na noite em que Joseph Curwen foi aniquilado. Não havia como se enganar a respeito daquela frase saída de um pesadelo, pois Charles a havia descrito de maneira vívida na época em que falava livremente sobre as investigações acerca de Curwen. Mesmo assim, tratava-se apenas de um fragmento em uma língua esquecida e arcaica: "DIES MIES JESCHET BOENE DOESEF DOUVEMA ENITEMAUS".

O estrondo foi seguido por um obscurecimento momentâneo da luz do dia, embora ainda faltasse uma hora para o pôr do sol, e então por uma rajada de odor diferente da primeira mas igualmente desconhecida e insuportável. Charles tornou a fazer a entoação mais uma vez e a mãe pôde ouvir sílabas que soavam como "Yi-nash-Yog-Sothoth-he-lgeb-fi-throdog" — e terminavam com um "Yah!" cuja força desvairada escalava em um crescendo de estourar os ouvidos. No instante seguinte todas as memórias anteriores foram obliteradas pelo grito ululante que surgiu em uma explosão frenética e aos poucos transformou-se em um paroxismo de gargalhadas histéricas e diabólicas. A sra. Ward, com o misto de temor e coragem cega da maternidade, avançou e bateu assustada nas tábuas ocultadoras, mas não suscitou nenhum sinal de reconhecimento. Logo tornou a bater, mas deteve-se sem coragem quando uma segunda voz se ergueu, sendo essa a voz inconfundível do filho, *e soando em concomitância com as cachinadas explosivas daquela outra voz*. No mesmo instante a sra. Ward perdeu os sentidos, embora ainda hoje se declare incapaz de recordar a causa precisa e imediata do desmaio. Às vezes a memória promove apagamentos piedosos.

O sr. Ward voltou da repartição de negócios por volta de seis e quinze, e, ao perceber que a esposa não se encontrava no térreo, foi informado pela assustada criadagem de que devia estar observando a porta de Charles, de onde haviam surgido gritos mais estranhos do que nunca. Após subir de pronto as escadas, encontrou a sra. Ward estirada no assoalho do corredor em frente à porta do laboratório; e, ao perceber que estava desmaiada, apressou-se em buscar um copo d'água de uma moringa em uma alcova próxima. Depois de aspergir-lhe o rosto com o líquido frio, animou-se ao observar uma reação imediata, e estava a observar o confuso abrir das pálpebras quando um arrepio gélido varou-lhe o corpo e ameaçou reduzi-lo ao mesmo estado de que a esposa naquele instante emergia. O laboratório aparentemente silencioso não estava tão silencioso quanto dava a impressão de estar, mas encerrava os murmúrios de uma conversa tensa e abafada em tons demasiado baixos para a compreensão, porém de uma qualidade profundamente inquietante para o espírito.

Que Charles balbuciasse fórmulas não era nenhuma novidade; mas aquele balbuciar era um tanto diferente. Era sem dúvida um diálogo, ou a imitação de um diálogo, que exibia as alterações regulares de inflexões que sugeriam perguntas e respostas, asserções e réplicas. Uma era a voz corriqueira de Charles, mas a outra apresentava um caráter profundo e cavo que os melhores poderes de mímica cerimonial do jovem mal haviam logrado produzir em outras situações. Havia um elemento medonho, blasfemo e anormal a respeito daquilo, e, se não fosse por um grito da esposa que recobrava a consciência a clarear-lhe os pensamentos e despertar-lhe para os instintos de sobrevivência, seria improvável que Theodore Howland Ward pudesse manter por mais quase um ano a velha bravata de que nunca havia desmaiado. Da maneira como foi, tomou a esposa nos braços e levou-a o mais depressa possível para o térreo antes mesmo que percebesse as horrendas vozes que tanto o perturbavam. Mesmo assim, no entanto, não foi rápido o suficiente para deixar de captar algo que o levou a cambalear perigosamente com o fardo que transportava. Pois o grito da sra. Ward sem dúvida fora ouvido por outros além do próprio marido, e de trás da porta trancada vieram as primeiras palavras reconhecíveis que o terrível e mascarado colóquio havia produzido. Não passava de um alerta exaltado proferido na voz do próprio Charles, mas por algum motivo trouxe insinuações repletas de um horror inefável para o pai que o ouviu. A frase era simplesmente a seguinte: "*Pssst! — Escreva!*".

O sr. e a sra. Ward conversaram durante algum tempo após o jantar, e o patriarca resolveu ter uma conversa firme e séria com Charles naquela mesma noite. Por mais importantes que fossem os estudos, aquele tipo de conduta não seria mais tolerado, uma vez que esses últimos desdobramentos haviam transcendido os limites da sanidade e constituído uma ameaça à ordem e ao bem-estar nervoso de todos os habitantes da casa. Não restava dúvida de que o jovem havia perdido completamente o juízo, pois nada além da loucura consumada poderia ter resultado nos gritos frenéticos e nas conversações imaginárias com interpretação de diferentes vozes que aquele dia havia trazido. Tudo precisava acabar, ou então a sra. Ward adoeceria e a manutenção da criadagem tornar-se-ia uma tarefa impossível.

O sr. Ward ergueu-se ao final da refeição e fez menção de subir a escada rumo ao laboratório de Charles. No terceiro andar, no entanto, deteve-se ao escutar os barulhos que vinham da então abandonada biblioteca do filho. A impressão era a de que livros estavam sendo atirados para todas as direções enquanto documentos eram folheados, e ao se aproximar da porta o sr. Ward vislumbrou o jovem lá dentro, coligindo em frenesi uma vasta quantidade de volumes literários dos mais diversos tipos e formatos. O aspecto de Charles era de cansaço e desalento extremos, e o jovem deixou cair toda a carga com um sobressalto ao escutar a voz do pai. Ao comando do patriarca, sentou-se, e por algum tempo escutou as admoestações havia tanto tempo merecidas. Não houve cena alguma. No fim do sermão o filho aceitou que o pai tinha razão, e que os ruídos, balbucios, encantamentos e odores químicos de fato eram aborrecimentos imperdoáveis. Concordou em adotar uma conduta mais silenciosa, embora insistisse em um prolongamento da privacidade extrema. Asseverou que muito do trabalho que ainda restava fazer resumia-se a pesquisas bibliográficas; e que podia alojar-se em outro lugar para as vocalizações rituais necessárias em um estágio mais avançado. Expressou o mais profundo arrependimento em relação ao susto e ao desmaio da mãe, e explicou que a conversa ouvida mais tarde havia sido parte de um elaborado simbolismo que tinha por meta criar uma certa atmosfera mental. O uso de termos técnicos e abstrusos desorientou o sr. Ward, mas a impressão geral foi de inegável sanidade e compostura, apesar de uma tensão misteriosa da mais profunda gravidade. A entrevista revelou-se um tanto inconclusiva, e quando Charles juntou os livros e deixou o recinto o sr. Ward mal sabia o que pensar a respeito da situação como um todo. Era tão misteriosa como a morte do velho Nig, cuja forma rígida havia sido encontrada uma hora antes no porão, com os olhos vidrados e a boca distorcida pelo medo.

Movido por um impulso detetivesco, o pai desorientado lançou olhares curiosos rumo às prateleiras vazias a fim de averiguar que volumes o filho havia levado para o sótão. A biblioteca do jovem apresentava uma organização clara e rígida ao extremo, de maneira que em um único relance era possível identificar os livros ou ao menos o tipo dos livros que haviam sido levados. Nessa ocasião o sr. Ward surpreendeu-se ao descobrir que nenhuma das obras antiquárias ou ocultistas, além das que já tinham sido removidas, fora levada. As novas remoções diziam respeito apenas a itens recentes: livros de história, tratados científicos, atlas de geografia, manuais de literatura, compêndios filosóficos e certos jornais e periódicos contemporâneos. Era uma mudança bastante curiosa em vista da recente lista de leituras de Charles Ward, e o pai deteve-se em meio a uma voragem cada vez maior de perplexidade e de estranheza. A estranheza revelou-se uma sensação muito aguçada, e quase lhe arranhava o peito enquanto se esforçava por descobrir o que estaria errado. Não havia dúvidas de que algo estava errado, não apenas em termos tangíveis, mas também espirituais. Desde o instante em que adentrou o recinto, o sr. Ward teve o pressentimento de que havia alguma coisa fora dos conformes, e por fim percebeu o que era.

Na parede norte ainda se erguia o antigo painel entalhado da casa em Olney Court, porém o desastre havia se abatido sobre os óleos craquelados e precariamente restaurados do grande retrato de Curwen. O tempo e o aquecimento irregular por fim haviam surtido efeito, e em um momento qualquer desde a última limpeza do cômodo o pior havia acontecido. Após se desprender da madeira e encarquilhar-se em voltas cada vez mais próximas, até enfim pulverizar-se em pequenos cacos em um movimento repentino e silencioso de malignidade latente, o retrato de

Joseph Curwen havia abandonado para sempre a vigilância constante do jovem com quem tanto se parecia e, naquele instante, encontrava-se espalhado pelo chão como uma fina camada de pó cinza-azulado.

IV. UMA MUTAÇÃO E UMA LOUCURA

I.

Na semana que se seguiu à memorável Sexta-Feira Santa Charles Ward foi visto com mais frequência do que o normal, e passou o tempo inteiro carregando livros entre a biblioteca e o laboratório no sótão. Executava as ações de maneira calma e racional, mas tinha um olhar furtivo e acuado que em nada agradou a mãe, e desenvolveu um apetite incrivelmente voraz no que dizia respeito às exigências feitas à cozinheira. O dr. Willett ouviu relatos acerca dos ruídos e desdobramentos da sexta-feira, e na terça-feira seguinte teve uma longa conversa com o jovem na biblioteca onde o retrato não mais vigiava. A entrevista, como sempre, foi inconclusiva; mas Willett continua disposto a jurar que o rapaz mantinha o pleno domínio das faculdades mentais naquele momento. Fez promessas de uma revelação prematura e falou sobre a necessidade de montar um laboratório em outra parte. Em vista do entusiasmo inicial, Charles demonstrou pouco remorso em relação à perda do retrato, dando a impressão de ter descoberto um elemento positivo na súbita degradação da pintura.

Por volta da segunda semana Charles começou a se ausentar da casa por longos períodos, e certo dia, quando veio ajudar com a faxina de primavera, a velha preta Hannah mencionou as frequentes visitas que Charles fazia à antiga casa em Olney Court, onde aparecia com uma valise enorme e conduzia singulares buscas no porão. Costumava mostrar-se muito à vontade na presença da criada e do velho Asa, embora parecesse sempre mais preocupado do que costumava aparentar — o que muito a angustiava, posto que conhecia o rapaz desde o dia em que havia nascido. Outro relato sobre os afazeres de Charles chegou de Pawtuxet, onde certos amigos da família afirmaram tê-lo visto à distância um surpreendente número de vezes. Parecia frequentar o hotel de Rhodes-on-the-Pawtuxet, e os questionamentos ulteriores feitos pelo dr. Willett nesse local trouxeram à tona o fato de que o propósito do investigador era sempre encontrar uma via de acesso à margem do rio, cercada por arbustos ao longo dos quais costumava seguir rumo ao norte, em geral para não ser visto durante um bom tempo a seguir.

No fim de maio houve um retorno momentâneo dos sons ritualísticos no laboratório do sótão que resultou em uma severa reprimenda da parte do sr. Ward e em uma angustiada promessa de endireitar-se da parte de Charles. Tudo aconteceu pela manhã, e parecia consistir em uma continuação da conversa imaginária percebida na turbulenta Sexta-Feira Santa. O jovem mantinha um debate ou uma discussão acalorada consigo mesmo, pois de repente ergueu-se uma série perfeitamente reconhecível de gritos conflitantes em diferentes tons, como se fossem exigências e recusas alternadas, que levou a sra. Ward a subir a escada correndo e postar-se junto à porta a fim de escutar. Ela não pôde ouvir mais do que um fragmento cujas únicas palavras compreensíveis foram "Preciso do vermelho durante três meses", e quando bateu todos os sons cessaram no mesmo instante. Quando mais tarde foi questionado pelo pai, Charles afirmou que havia certos conflitos de esferas da consciência que somente uma grande habilidade seria capaz de evitar, mas que se esforçaria por transferi-los a outros reinos.

No meio de junho ocorreu um bizarro incidente noturno. No fim da tarde ouviram-se barulhos e estrépitos no laboratório do sótão, e o sr. Ward esteve a ponto de investigá-los quando de repente cessaram. À meia-noite, depois que a família tinha se recolhido, o mordomo estava trancando a porta da frente quando, de acordo com o depoimento, Charles apareceu com passos cambaleantes e incertos junto ao pé da escada com uma enorme valise e pôs-se a fazer sinais indicativos de que buscava uma via de egresso. O jovem não proferiu sequer uma palavra, mas o valoroso nativo de Yorkshire percebeu o olhar febril do patrão e começou a tremer sem saber ao certo por quê. Abriu a porta e o jovem Ward saiu, porém na manhã seguinte o homem pediu demissão à sra. Ward. Segundo disse, havia algo de profano no olhar com que Charles o havia encarado. Não convinha que um jovem cavalheiro olhasse para uma pessoa honesta daquela maneira, e assim o mordomo afirmou que não poderia ficar sequer mais uma noite. A sra. Ward dispensou-o, mas não deu muita importância ao comentário. Imaginar Charles em um estado febril naquela noite parecia um tanto ridículo, pois durante todo o tempo em que esteve acordada a sra. Ward não ouviu mais do que rumores no laboratório do sótão; sons que sugeriam passos e um choro convulsivo, e suspiros que nada revelavam além de um profundo desespero. A sra. Ward havia se acostumado a apurar o ouvido em busca de sons durante a noite, pois o mistério do filho sobrepunha-se a todos os demais pensamentos.

No entardecer seguinte, como em outro entardecer cerca de três meses antes, Charles Ward pegou o jornal muito cedo e acidentalmente perdeu a seção principal. O assunto foi retomado apenas mais tarde, quando o dr. Willett começou a investigar as pontas soltas e a buscar os elos faltantes aqui e acolá. Na redação do *Journal* conseguiu encontrar a seção que Charles havia perdido, e identificou duas notas de possível interesse. Ei-las:

MAIS ESCAVAÇÕES NO CEMITÉRIO

Hoje pela manhã Robert Hart, o vigia noturno do North Burial Ground, descobriu que ladrões de sepultura estiveram mais uma vez em atividade na parte antiga do cemitério. O túmulo de Ezra Weeden, nascido em 1740 e falecido em 1824 segundo a lápide de ardósia tombada e completamente lascada, foi escavado e violado, sem dúvida mediante o uso de uma pá que se encontrava na casa de ferramentas adjacente.

Qualquer que pudesse ser o conteúdo do jazigo mais de um século após a ocasião do enterro, não se encontrou nada além de umas poucas lascas de madeira apodrecida. Não havia marcas de rodas, mas a polícia examinou as pegadas encontradas nas proximidades e concluiu que foram deixadas pelas botas de um homem requintado.

Hart acredita que o incidente esteja relacionado à escavação frustrada de março passado, quando um grupo de homens em um caminhão foi descoberto após cavar um buraco um tanto profundo; mas o sagto. Riley da Segunda Delegacia de Polícia descarta essa hipótese e afirma haver diferenças fundamentais entre os dois casos. Em março a escavação ocorreu em um local onde não havia nenhuma sepultura conhecida; porém desta vez um túmulo bem sinalizado e em boas condições de preservação foi violado de forma deliberada e com requintes de malignidade consciente expressos na depredação da lápide, que se encontrava intacta no dia anterior ao ocorrido.

Os membros da família Weeden manifestaram espanto e pesar, e não conseguiram pensar em nenhum inimigo que pudesse querer profanar o túmulo desse antepassado. Hazard Weeden, domiciliado à Angell Street, 598, afirma conhecer uma lenda segundo a qual Ezra Weeden teria se envolvido em circunstâncias bastante peculiares, embora não desonrosas, pouco antes da Revolução; mas desconhece qualquer inimizade ou mistério na época atual. O inspetor Cunningham assumiu o caso e espera descobrir pistas valiosas nos próximos dias.

CACHORROS EM POLVOROSA EM PAWTUXET

Os moradores de Pawtuxet acordaram por volta das três horas da manhã de hoje com o alarido ensurdecedor dos inúmeros cachorros que latiam, principalmente às margens do rio logo ao norte de Rhodes-on-the-Pawtuxet. Segundo o relato de testemunhas, o volume e a qualidade dos uivos eram singulares ao extremo; e Fred Lemdin, o vigia noturno em Rhodes, afirmou que em meio ao alarido era possível distinguir o que pareciam ser os gritos de um homem em terror e agonia mortais. Uma tempestade elétrica breve e intensa, que começou próximo às margens do rio, pôs fim ao tumulto. Estranhos e desagradáveis odores com provável origem nos tanques de óleo dispostos ao longo da baía foram identificados pelos populares como sendo a causa do incidente, e de fato podem ter contribuído para alterar o temperamento dos animais.

A partir desse ponto o aspecto de Charles tornou-se desalentado e acuado ao extremo, de maneira que, ao pensar em retrospectiva, todos afirmaram que o rapaz dava a impressão de querer fazer uma declaração ou uma confissão que no entanto era impedida pelo terror em estado bruto. O mórbido hábito da sra. Ward de escutar à noite revelou que Charles Ward com frequência saía da casa sob o manto da escuridão, e a maior parte dos alienistas mais acadêmicos associam-no aos revoltantes casos de vampirismo que a imprensa noticiou com requintes sensacionalistas na época, embora ainda não tenham sido atribuídos de maneira conclusiva a nenhum malfeitor conhecido. Esses casos, demasiado recentes e célebres para que seja necessário entrar em detalhes, envolvem vítimas das mais variadas características e faixas etárias, e parecem centrar-se em duas localidades distintas: na parte residencial do morro e no North End, próximos à casa da família Ward, e nos distritos suburbanos do outro lado da Cranston Line, próximo a Pawtuxet. Viajantes noturnos e pessoas acostumadas a dormir com as janelas abertas foram vítimas de ataques, e os que sobreviveram para contar a história falaram em um monstro esbelto e ágil com fogo nos olhos, que cravava os dentes na garganta ou na parte superior do braço da vítima e banqueteava-se com um apetite voraz.

O dr. Willett, que se recusa a admitir a loucura de Charles Ward a essa época, é cauteloso ao arriscar uma explicação para esses horrores. Segundo disse, elaborou teorias próprias a esse respeito, e limitou todas as afirmações a um tipo peculiar de negação. "Não pretendo", disse, "revelar quem ou o que acredito ter perpetrado esses ataques e homicídios, mas declaro que Charles Ward é inocente de todas as acusações. Tenho motivos para afirmar com certeza que ele desconhecia o gosto do sangue, pois a decadência anêmica e o palor cada vez maior desse jovem são provas mais convincentes do que qualquer argumento verbal. Ward envolveu-se com coisas terríveis e pagou um alto preço, mas nunca foi um monstro ou um vilão. Quanto à situação atual — não gosto nem de pensar a respeito. Houve uma alteração, e me sinto mais leve por acreditar que o velho Charles Ward tenha morrido com ela. Pelo menos em alma — pois a carne desvairada que desapareceu do hospital de Waite tinha outra."

Willett fala com autoridade, pois estava com frequência na casa dos Ward cuidando da sra. Ward, cujos nervos haviam começado a se deteriorar com a tensão. As audições noturnas haviam engendrado alucinações mórbidas reveladas com certo receio para o médico, que as ridicularizava ao falar com a paciente, mas ponderava-as em profundas reflexões quando sozinho. Todos esses delírios referiam-se aos sons tênues que a sra. Ward imaginava ouvir no laboratório e no quarto do sótão, e enfatizavam a ocorrência de suspiros abafados e choro nos horários mais impossíveis. No início de julho Willett mandou a sra. Ward passar uma temporada de convalescência em Atlantic City sem data para voltar, e orientou o sr. Ward e o desalentado e fugidio Charles a escrever-lhe apenas com boas notícias. É possível que a mulher deva a sanidade e a própria vida a esse afastamento indesejado e compulsório.

2.

Pouco tempo após a partida da mãe Charles Ward começou a negociar a casa em Pawtuxet. Era uma pequena e sórdida construção de madeira com uma garagem de concreto, empoleirada no alto da margem esparsamente povoada do rio acima de Rhodes, mas por algum motivo bizarro o jovem não demonstrou interesse por nenhuma outra propriedade. Tampouco deu sossego aos corretores imobiliários enquanto não lograram comprar o imóvel de um proprietário avesso ao negócio por uma soma exorbitante, e assim que a casa foi desocupada Charles instalou-se no local sob o manto da noite, transportando em um grande caminhão fechado todo o conteúdo do laboratório no sótão, incluindo os livros que havia retirado do estúdio. O caminhão foi carregado durante as trevas da madrugada, e o pai recorda-se apenas de perceber imprecações abafadas e o som de passos na noite em que os bens foram levados. A seguir Charles tornou a ocupar os antigos aposentos no terceiro andar e nunca mais voltou a frequentar o sótão.

Para a casa em Pawtuxet Charles levou todo o sigilo que antes rodeava o antigo reino do sótão — a única diferença foi que a partir desse ponto começou a dar a impressão de ter dois companheiros de mistério: um mestiço português de aspecto degenerado que trabalhava na zona portuária da South Main Street como criado e um magro e erudito forasteiro que usava óculos escuros e uma barba cerrada de aspecto tingido cuja posição era sem dúvida a de um colega. Os vizinhos tentaram em vão entabular conversas com esses singulares personagens. O mulato Gomes falava pouco inglês, e o homem barbado, que se identificava como dr. Allen, seguiu voluntariamente o exemplo. Ward tentou ser mais afável, mas conseguiu apenas despertar ainda mais curiosidade com os prolixos relatos acerca das pesquisas químicas a que se dedicava. Dentro de pouco tempo começaram a circular estranhos causos relativos às luzes que ardiam durante a noite inteira; e mais tarde, quando pararam de arder de repente, surgiram causos ainda mais estranhos a respeito de encomendas colossais feitas para o açougueiro e a respeito dos berros, declamações, litanias e gritos abafados que pareciam vir das profundezas de algum lugar sob a casa. Sem dúvida os novos ocupantes sofreram com a evidente e amarga rejeição da burguesia honesta que morava nos arredores, e não chega a causar surpresa saber que rumores sombrios começaram a relacionar a odiosa morada à epidemia de ataques e assassinatos vampíricos, em especial porque o raio de ação dessa praga dava a impressão de limitar-se à Pawtuxet e às ruas adjacentes de Edgewood.

Ward passava a maior parte do tempo na casa em Pawtuxet, mas por vezes dormia na mansão da família e ainda era contado entre aqueles que moravam sob o teto do pai. Por duas vezes ausentou-se da cidade em viagens de uma semana cujos destinos ainda não foram descobertos. Estava cada vez mais pálido e mais descarnado do que antes e parecia ter perdido a antiga convicção quando repetiu para o sr. Willett a velha história sobre pesquisas vitais e revelações futuras. Willett muitas vezes interpelava-o na casa do pai, pois o patriarca Ward demonstrava perplexidade e preocupação extremas e desejava que o filho recebesse tanta supervisão quanto fosse possível oferecer a um adulto tão sigiloso e independente. O médico insiste em afirmar que o rapaz mantinha o pleno domínio de todas as faculdades mentais até esse ponto e apresenta evidências colhidas ao longo de inúmeras conversas para demonstrar essa afirmação.

Por volta de setembro os casos de vampirismo diminuíram, mas no janeiro seguinte Ward quase acabou envolvido em problemas sérios. Por um tempo a chegada e a saída de caminhões à noite na casa de Pawtuxet tinham sido motivo de comentários, e foi nessa circunstância que um obstáculo inesperado revelou a natureza de pelo menos um item transportado nos carregamentos. Um local isolado próximo ao Hope Valley foi palco de uma das frequentes e sórdidas emboscadas promovidas pelos "sequestradores" de caminhões em busca de carregamentos de bebida, porém dessa vez os ladrões estavam destinados a levar um tremendo susto. Ao serem abertas, as caixas oblongas das quais haviam se apossado revelaram coisas medonhas ao extremo; a bem dizer, tão medonhas que não foram mantidas em sigilo nem mesmo pelos frequentadores do submundo. Os ladrões enterraram às pressas o que haviam encontrado, mas quando a Polícia Civil tomou conhecimento do caso iniciou-se uma busca minuciosa. Um andarilho preso não muito tempo antes, mediante a promessa de que não seria indiciado por nenhum outro crime, por fim concordou em levar um grupo de investigadores ao local; e no esconderijo cavado às pressas foi encontrado um carregamento vergonhoso e horrendo. Não faria bem ao decoro nacional ou mesmo internacional que a população soubesse o que foi encontrado por esse atônito grupo de investigadores. Não havia engano possível, nem mesmo para aqueles investigadores nada estudiosos; e logo telegramas foram despachados para Washington com uma rapidez frenética.

As caixas haviam sido remetidas para o endereço da casa em Pawtuxet, e em certa ocasião agentes estaduais e federais fizeram uma visita deveras séria e intimidadora à casa de Charles Ward. Encontraram-no pálido e preocupado com os dois estranhos companheiros, e receberam o que parecia ser uma explicação válida como alegação de inocência. Charles afirmou que havia precisado de certos espécimes anatômicos para levar adiante um programa de pesquisa cuja profundidade e originalidade qualquer pessoa que o houvesse conhecido durante a última década poderia atestar, e também que os havia encomendado segundo a necessidade de agências que imaginou serem perfeitamente idôneas. Quanto à *identidade* do espécime, afirmou nada saber, e a bem da verdade mostrou-se chocado quando os inspetores sugeriram o impacto monstruoso que o ocorrido poderia ter sobre o sentimento público e a dignidade nacional se porventura viesse à tona. O depoimento foi confirmado pelo barbado dr. Allen, cuja estranha voz cava transmitia ainda mais convicção do que o tom nervoso em que se expressava; e assim os oficiais decidiram não levar o caso adiante e limitaram-se a anotar o nome e o endereço em Nova York que Ward havia mencionado como ponto de partida para uma busca que no fim não deu em nada. Cabe mencionar que os espécimes foram devolvidos ao lugar de origem com a maior brevidade e o maior sigilo possíveis, e que a população jamais tomará conhecimento dessa profanação blasfema.

No dia 9 de fevereiro de 1928 o dr. Willett recebeu de Charles Ward uma carta que considera ser de extraordinária importância e que serviu como mote de inúmeras discussões com o dr. Lyman. Lyman acredita que essa correspondência traz provas irrefutáveis de um evidente caso de *dementia praecox*, enquanto Willett interpreta-a como a última manifestação salubre do malfadado jovem. O médico da família chama especial atenção para a caligrafia, que, embora traga evidências de uma alteração nervosa, representa de maneira fidedigna o estilo de Ward. Eis o texto integral da carta:

100 Prospect St.
Providence, R.I.,
8 de fevereiro de 1928

Caro dr. Willett: —

Sinto que enfim chegou o momento de fazer as revelações que há muito tempo prometi ao senhor, e pelas quais o senhor tantas vezes me pressionou. A paciência demonstrada nessa espera e a confiança evidenciada pelo senhor em relação à minha sanidade e à minha integridade serão motivos de eterno apreço da minha parte.

Mesmo agora, quando me encontro disposto a falar, reconheço humilhado que um triunfo como o que idealizei jamais poderá ser atingido — pois em vez do triunfo encontrei o terror, e a revelação que ora ofereço não é a bravata de um vitorioso, mas apenas o pedido de um suplicante em busca de ajuda e de conselhos para salvar a si mesmo e ao mundo de um horror que transcende toda a concepção humana. Com certeza o senhor recorda o que as cartas de Fenner dizem a respeito do antigo grupo encarregado da invasão em Pawtuxet. Tudo aquilo precisa ser feito mais uma vez, e depressa. De nossas providências dependem mais coisas do que seria possível expressar em palavras — todas as civilizações, todas as leis naturais e talvez até mesmo o destino do sistema solar e do universo como um todo. Eu trouxe à luz do dia uma aberração monstruosa, porém meu único objetivo era a obtenção de conhecimento. Agora, em nome da vida e da Natureza, o senhor precisa me ajudar a empurrá-la de volta para as trevas.

Abandonei a residência em Pawtuxet para sempre, e precisamos aniquilar tudo aquilo que lá se encontra, a despeito de estar vivo ou morto. Não pretendo voltar jamais até aquele lugar, e o senhor não deve acreditar se em algum momento receber notícias de que me encontro lá. Prometo explicar por que quando nos encontrarmos pessoalmente. Voltei para casa em definitivo, e gostaria que o senhor me fizesse uma visita na primeira oportunidade em que possa dispor de cinco ou seis horas ininterruptas para ouvir o que tenho a dizer. Todo esse tempo será necessário — e acredite-me quando digo que o senhor nunca teve um dever profissional mais genuíno do que esse. Minha vida e minha sanidade são as coisas menos importantes que estão em jogo.

Não me atrevo a contar nada ao meu pai, que não conseguiria apreender o todo. Mesmo assim, informei-o do perigo atual, e agora temos quatro homens de uma agência de detetives vigiando a casa. Não tenho certeza de que possam ter grande serventia, pois o oponente é uma força que mesmo o senhor mal poderia conceber ou admitir. Assim, peço que venha logo se pretende me encontrar vivo e saber como pode ajudar a salvar o cosmo do inferno.

Venha a qualquer momento — não vou mais sair de casa. Não telefone antes, pois não há como saber quem ou o que pode tentar emboscá-lo no caminho. Rezemos a quaisquer deuses que existam para que nada possa impedir nosso encontro.

Na mais absoluta gravidade e desespero,

Charles Dexter Ward

P.S. Caso encontre o dr. Allen, mate-o a tiros no ato e *dissolva o corpo em ácido*. Não o queime.

O dr. Willett recebeu esse bilhete por volta das 10h30 e imediatamente resolveu dedicar todo o final do entardecer e a toda a noite a essa importantíssima conversa, disposto a permitir que se estendesse por tanto tempo quanto fosse necessário. Planejou chegar por volta das quatro horas da tarde, e durante o tempo que antecedeu o encontro viu-se tão distraído por toda sorte de especulações improváveis que executou a maioria das tarefas de forma mecânica. Por mais lunática que a carta pudesse ter soado aos ouvidos de um estranho, Willett conhecia as excentricidades de Charles Ward demasiado a fundo para considerá-las um simples caso de alucinação. Tinha quase certeza de que uma sombra furtiva, antiga e terrível pairava sobre a revelação, e a referência ao dr. Allen quase podia ser compreendida à luz do que os boatos correntes em Pawtuxet diziam a respeito do enigmático colega de Ward. Willett nunca o tinha visto, mas havia escutado vários comentários sobre o aspecto e o porte desse personagem, e por esse motivo nutria uma certa curiosidade em relação aos olhos que os óculos escuros discutidos nas mais variadas rodas sociais podiam ocultar.

Pontualmente às quatro horas da tarde o dr. Willett apresentou-se na residência dos Ward, porém descobriu com justificada frustração que Charles não havia cumprido a promessa de manter-se em casa. Os guardas estavam a postos, mas informaram-lhe que o jovem aparentava ter perdido um pouco da timidez. Segundo um dos detetives, naquela manhã tinha feito reclamações e protestos um tanto receosos ao telefone, respondendo a uma voz desconhecida com frases como "Estou muito cansado e preciso descansar um pouco", "Não posso receber ninguém por um tempo, desculpe", "Por favor adie as medidas decisivas para quando pudermos chegar a um meio-termo" e "Lamento, mas preciso tirar férias de tudo; conversamos mais tarde". Por fim, tendo aparentemente encontrado coragem na meditação, esgueirou-se para a rua com tanto sigilo que ninguém o viu partir ou sequer percebeu que havia se ausentado enquanto não voltou, por volta da uma hora da tarde, e entrou na casa sem dizer uma palavra. Subiu imediatamente as escadas, o que parece ter causado o ressurgimento parcial do medo; pois quando entrou na biblioteca ouviram-no soltar um grito de pavor que aos poucos deu lugar a uma espécie de estertor sufocado.

Quando, no entanto, o mordomo subiu para averiguar qual era o problema, Charles recebeu-o junto à porta com uma grande demonstração de coragem e dispensou-o com um gesto que infundiu no serviçal um terror inexplicável. A seguir, procedeu sem dúvida a uma reorganização das prateleiras, uma vez que se ouviram estrépitos e baques e rangidos; e por fim reapareceu e de imediato saiu da casa. Willett perguntou se Ward teria deixado alguma mensagem, mas foi informado de que não havia nenhuma. O mordomo parecia evidenciar uma estranha perturbação relativa a alguma coisa na aparência e nos modos de Charles, e indagou preocupado se havia esperança de cura para o estado de nervos em que se encontrava.

Por quase duas horas o dr. Willett esperou em vão na biblioteca de Charles Ward, observando as prateleiras empoeiradas com grandes falhas nos lugares em que os livros tinham sido removidos e abrindo sorrisos lúgubres para o painel que encimava o consolo na parede norte, de onde um ano atrás as feições delicadas do velho Joseph Curwen haviam olhado com uma expressão serena para baixo. Passado algum tempo as sombras do crepúsculo adensaram-se, e o pôr do sol deu lugar a um vago terror crescente que fugia como uma sombra perante a noite. O sr. Ward por fim chegou e demonstrou surpresa e raiva ao saber da ausência do filho depois de todas as precauções que havia tomado para resguardá-lo. Não sabia nada acerca do encontro marcado por Charles, e prontificou-se a notificar Willett assim que o jovem retornasse. Ao despedir-se do médico, expressou a mais absoluta perplexidade em relação à situação do filho, e suplicou ao visitante que fizesse todo o possível a fim de restabelecer a compostura normal do rapaz. Willett sentiu-se aliviado ao deixar a biblioteca, pois algo terrível e profano dava a impressão de assombrar o lugar, como se o retrato desaparecido tivesse deixado para trás um legado maligno. Nunca tinha gostado daquela pintura; e naquele instante, por mais domínio que tivesse sobre os próprios nervos, uma qualidade indefinível no painel vazio fê-lo sentir a necessidade urgente de sair para o ar puro o mais depressa possível.

3.

Na manhã seguinte Willett recebeu uma mensagem do patriarca Ward dizendo que Charles seguia ausente. O sr. Ward mencionou que o dr. Allen havia telefonado para dizer que Charles permaneceria em Pawtuxet por algum tempo e que não devia ser perturbado. Todas essas medidas eram necessárias porque o próprio Allen de repente viu-se obrigado a se ausentar por um período indefinido, durante o qual as pesquisas seriam deixadas aos cuidados de Charles. Charles havia mandado saudações e pedia desculpas por quaisquer transtornos causados pela súbita mudança de planos. O sr. Ward escutou a voz do dr. Allen pela primeira vez ao ouvir essa mensagem, e o timbre pareceu reavivar uma lembrança vaga e fugidia que não podia ser identificada de maneira precisa, mas se mostrava perturbadora a ponto de causar temor.

Ao confrontar-se com esses relatos contraditórios e intrigantes, o dr. Willett não soube como reagir. Não havia como negar a seriedade frenética do bilhete de Charles, mas o que se poderia cogitar a respeito da violação imediata das políticas expressas pelo próprio missivista? O jovem Ward havia escrito que os aposentos que habitava tinham se transformado em um lugar blasfemo e ameaçador, que deviam ser aniquilados juntamente com o colega barbado a qualquer custo e que ele próprio jamais retornaria ao local; porém, de acordo com os últimos relatos, havia se esquecido de tudo e voltado a envolver-se com o mistério. O senso comum recomendaria deixar o jovem em paz com essas excentricidades, porém um instinto mais profundo impedia que a impressão causada pela carta frenética desaparecesse. Willett leu e releu a mensagem, mas não conseguiu fazer com que a essência que encerrava soasse vazia e insana como a verborragia bombástica e a súbita inobservância da conduta recomendada poderiam sugerir. O terror era demasiado profundo e real, e somado a tudo que o médico sabia evocava sugestões demasiado vívidas de monstruosidades para além do tempo e do espaço para que permitissem qualquer tipo de explicação mais cética. Havia horrores inomináveis à espreita; e, por mais improvável que se afigurasse uma tentativa de aproximação, era necessário estar preparado para tomar providências a qualquer momento.

Por mais de uma semana o dr. Willett meditou sobre o dilema que parecia haver se imposto, e assim viu-se cada vez mais inclinado a fazer uma visita a Charles na casa em Pawtuxet. Nenhum amigo do jovem havia se aventurado a penetrar nesse refúgio proibido, e mesmo o patriarca Ward conhecia apenas os detalhes interiores que o filho tinha por bem lhe oferecer; mas Willett sentiu que uma conversa direta com o paciente seria necessária. O sr. Ward vinha recebendo correspondências breves e evasivas do filho, sempre datilografadas, e afirmou que a situação da sra. Ward não era diferente em Atlantic City. Por fim o dr. Willett decidiu-se a agir; e, apesar de uma sensação curiosa inspirada pelas velhas lendas a respeito de Joseph Curwen e das revelações e alertas recentes de Charles Ward, partiu cheio de coragem rumo à casa situada nas margens do rio.

Movido por uma profunda curiosidade, Willett já havia visitado o local, embora jamais tivesse adentrado a casa ou mencionado essa incursão; e portanto sabia exatamente que caminho tomar. Ao pegar o carro e avançar a Broad Street em uma tarde no fim de fevereiro, pensou com certa estranheza no sinistro grupo de homens que havia tomado aquele mesmo caminho cento e cinquenta e sete anos atrás para cumprir uma missão que ninguém jamais poderá compreender.

O trajeto através da periferia decadente da cidade era curto, e a graciosa Edgewood e a sonolenta Pawtuxet logo se estenderam à frente. Willett virou à direita para descer a Lockwood Street e continuou dirigindo pela estrada rural até onde era possível; então desceu do carro e prosseguiu a pé rumo ao norte, onde a margem erguia-se em meio às belas curvas do rio e aos rochedos nebulosos que se espraiavam mais além. As casas ainda eram um tanto esparsas naquele ponto, e não havia como enganar-se a respeito da construção com a garagem de concreto em um ponto elevado à esquerda. Após subir a passos lépidos a estrada de cascalho abandonada, o médico bateu na porta com a mão firme e falou sem nenhum temor com o mulato português que abriu pouco mais do que uma fresta.

Alegou que precisava ver Charles Ward o quanto antes para discutir um assunto de vital importância. Nenhuma desculpa seria aceita, e uma eventual recusa significaria um relato completo do ocorrido ao patriarca Ward. O mulato continuou hesitante e empurrou a porta no instante em que Willett tentou abri-la; porém o médico ergueu a voz e tornou a repetir as exigências feitas. Nesse instante veio do interior sombrio um sussurro rouco que enregelou o sangue do visitante, ainda que não conhecesse o motivo desse temor. "Deixe-o entrar, Tony", disse a voz; "agora podemos conversar." Mas por mais perturbador que fosse o sussurro, um temor ainda maior veio logo a seguir. O assoalho estalou e o misterioso interlocutor se revelou — e o dono daquela estranha e ribombante voz não era outro senão Charles Dexter Ward.

A precisão com que o dr. Willett recordou e registrou a conversa dessa tarde deve-se à importância que atribui a esse período em particular. A partir desse ponto o médico enfim reconhece a ocorrência de uma alteração fundamental na mentalidade de Charles Dexter Ward, e acredita que o jovem que encontrou na casa em Pawtuxet falava movido por ideias e pensamentos totalmente estranhos às ideias e aos pensamentos do rapaz que tinha acompanhado ao longo de vinte e seis anos. A polêmica com o dr. Lyman obrigou-o a ser mais específico, e assim o dr. Willett afirmou que a loucura de Charles Ward começou na época em que passou a enviar as correspondências datilografadas para os pais. Essas correspondências não são vazadas no estilo habitual de Ward nem no estilo da última carta frenética endereçada a Willett. Parecem estranhas e arcaicas, como se o colapso mental do remetente tivesse feito transbordar uma torrente de pendores e impressões acumuladas de maneira inconsciente ao longo de toda uma infância dedicada ao antiquarismo. Percebe-se uma evidente tentativa de parecer moderno, porém o espírito e por vezes a linguagem das missivas remontam ao passado.

O passado também se mostrou presente na postura e nos gestos de Ward quando recebeu o dr. Willett na casa obscura. Charles fez uma mesura, indicou um assento a Willett e sem mais delongas começou a falar de repente naquele estranho sussurro que tentou explicar desde o primeiro momento.

"Estou tísico", disse, "por causa dos ventos desse rio maldito. Por favor não repare na minha voz. Imagino que o meu pai o tenha mandado averiguar o que me aflige, mas espero que o senhor não leve notícias alarmantes."

Willett estudou aqueles sons com o maior cuidado, mas estudou ainda mais de perto a expressão do interlocutor. Percebeu que havia alguma coisa errada; e lembrou-se do que a família havia lhe dito a respeito do susto que o mordomo de Yorkshire tomara em uma certa noite. Desejou que não estivesse tão escuro, mas não pediu que as cortinas fossem abertas. Em vez disso, simplesmente perguntou a Ward por que havia contrariado o bilhete frenético de pouco menos de uma semana atrás.

"É o que eu gostaria de explicar", respondeu o anfitrião. "Como o senhor deve saber, meus nervos encontram-se em um estado deveras precário, e assim me levam a dizer e a fazer coisas pelas quais não posso ser responsabilizado. Conforme afirmei em inúmeras ocasiões, estou envolvido em pesquisas de extrema importância; e a grandeza dessas pesquisas por vezes embota-me os pensamentos. Qualquer um haveria de sentir-se assustado pelo que descobri, mas eu não posso adiar meu progresso por muito tempo. Sinto-me um idiota por ter pedido aquela guarda e me decidido a ficar em casa, pois o meu lugar é aqui. Não sou bem falado por meus vizinhos intrometidos, e talvez a fraqueza tenha me levado a acreditar no que disseram a meu respeito. Não há mal nenhum no que faço, desde que eu o faça direito. Tenha a bondade de aguardar seis meses e hei de recompensar-lhe a paciência.

"O senhor deve saber que tenho maneiras de inteirar-me a respeito de temas antigos valendo-me de fontes mais confiáveis que os livros, e portanto deixo-lhe a tarefa de julgar a importância da contribuição que posso fazer à história, à filosofia e às artes com as portas a que tive acesso. Meu antepassado dispunha dessas coisas todas quando aqueles idiotas enxeridos vieram matá-lo. Eu agora tenho-as mais uma vez ao meu dispor, ou ao menos hei de ter alguma parte, ainda que de maneira imperfeita. Dessa vez nada deve acontecer, e acima de tudo não em decorrência de meus temores estúpidos. Rogo ao senhor que esqueça tudo o que escrevi, e que não tenha medo deste lugar nem das pessoas que aqui se encontram. O dr. Allen é um homem decente, e devo-lhe um pedido de desculpas por todos os males que espalhei a seu respeito. Eu não gostaria de tê-lo dispensado, porém tinha compromissos em outro lugar. O fervor que demonstra em relação a essas coisas não é menor do que o meu, e imagino que quando temi meu dever também o temi na condição de meu principal ajudante."

Ward deteve-se, e o dr. Willett mal soube o que fazer ou pensar. Sentiu-se quase tolo em vista desse tranquilo repúdio em relação à carta; porém mesmo assim ateve-se ao fato de que, embora tivesse parecido estranha e bizarra e sem dúvida insana, a mensagem tinha sido trágica por conta da naturalidade e da profunda semelhança que guardava com o Charles Ward que conhecia de outrora. Willett tentou abordar temas mais antigos para que o jovem recordasse eventos passados capazes de restaurar uma atmosfera mais familiar, porém obteve apenas resultados grotescos nesse processo. O mesmo se repetiu mais tarde com todos os alienistas. Grandes porções do repositório de imagens mentais de Charles Ward, e em especial aquelas que se relacionavam aos tempos modernos e a sua vida pessoal, tinham sido inexplicavelmente obliteradas, enquanto todo o antiquarismo acumulado durante a juventude aflorou das profundezas do inconsciente e tragou tudo o que havia de contemporâneo e de individual. O conhecimento íntimo que o jovem evidenciava acerca de coisas antigas era anômalo e profano, e por esse motivo o paciente tentava ocultá-lo da melhor forma possível. Às vezes, quando Willett mencionava um objeto favorito dos estudos arcaicos da infância, Charles Ward revelava por acaso um conhecimento de que nenhum mortal comum poderia dispor, e quando essas alusões surgiam o médico nunca deixava de estremecer.

Não era salubre deter tanto conhecimento a respeito da maneira como a peruca do rotundo xerife caiu quando se inclinou para a frente durante uma encenação na Histrionick Academy do sr. Douglass, em plena King Street, no dia 11 de fevereiro de 1762, uma quinta-feira; nem a respeito da ocasião em que os atores fizeram tantos cortes no texto de *Conscious Lovers*, de Steele, que o fechamento do teatro pela legislatura batista da época duas semanas mais tarde foi visto quase com alegria por certas pessoas. Que o coche para Boston de Thomas Sabin era "desconfortável de sobejo" as correspondências da época talvez pudessem revelar; mas que antiquarismo saudável poderia recordar que os estalos da nova placa de Epenetus

Olney (a espalhafatosa coroa adotada depois que passou a chamar a taverna de Crown Coffee House) soavam exatamente como as primeiras notas da nova canção de jazz que tocava em todas as rádios de Pawtuxet?

Ward, contudo, não se deixava questionar por muito tempo nessa veia. Os tópicos pessoais e modernos eram abandonados de maneira sumária, e os temas antigos não tardavam a aborrecê-lo. O que claramente pretendia fazer era satisfazer a curiosidade do visitante para que fosse embora sem a intenção de voltar. A fim de atingir esse objetivo, dispôs-se a mostrar a Willett a casa inteira, e no instante seguinte começou a acompanhar o médico por todos os cômodos do porão ao sótão. Willett examinou tudo com atenção e percebeu que os livros visíveis eram demasiado parcos e triviais para que pudessem ter preenchido as grandes lacunas deixadas nas prateleiras de Ward, e também que o suposto "laboratório" não passava de uma cortina das mais ordinárias. Sem dúvida havia uma biblioteca e um laboratório em outro lugar, mas era impossível determinar onde. Derrotado na busca por algo que nem ao menos sabia o que era, Willett voltou para a cidade antes do anoitecer e contou ao patriarca Ward tudo o que havia se passado. Os dois chegaram à conclusão de que o jovem havia definitivamente perdido o controle sobre as próprias faculdades mentais, porém acharam que nenhuma medida drástica precisaria ser tomada de imediato. Acima de tudo a sra. Ward devia ser mantida na mais absoluta ignorância a respeito do ocorrido, na medida em que as estranhas notas datilográficas do filho permitissem.

Nessa ocasião o sr. Ward decidiu-se a fazer uma visita pessoal ao filho, sem comunicá-lo de antemão. O dr. Willett levou-o de carro em um entardecer, mostrou onde a casa situava-se e esperou pacientemente o retorno do companheiro de viagem. A entrevista foi longa, e por fim o pai saiu em um estado de profunda tristeza e perplexidade. A recepção fora similar à de Willett, com a diferença de que Charles levou um tempo deveras longo para apresentar-se depois que o visitante abriu passagem à força pelo corredor e mandou o português embora com uma ordem peremptória; e na compostura alterada do jovem não havia nenhum resquício de afeição filial. A iluminação era tênue, porém mesmo assim Charles afirmou sentir-se ofuscado de maneira quase insuportável. Tinha falado em voz baixa, alegando que a garganta estava em condições precárias; mas no sussurro rouco havia uma qualidade vagamente perturbadora que o sr. Ward não conseguia afastar dos pensamentos.

Unidos em definitivo para fazer o quanto fosse possível a fim de resguardar a sanidade do jovem, o sr. Ward e o dr. Willett começaram a reunir todos os detalhes que pudessem encontrar acerca do caso. Os boatos que circulavam em Pawtuxet foram o primeiro item examinado, e a tarefa foi relativamente fácil porque ambos tinham amigos na região. O dr. Willett coletou o maior número de rumores porque as pessoas dispunham-se a ser mais abertas com um médico do que com o pai da figura central — e, a dizer pelos relatos que colheu, o jovem Ward vinha levando uma vida deveras estranha. As línguas comuns não conseguiam dissociar a casa onde morava dos casos de vampirismo ocorridos no verão anterior, e a movimentação noturna dos caminhões dava origem a muitas outras especulações sombrias. Os comerciantes locais mencionaram a estranheza dos pedidos feitos pelo mulato de aspecto maligno e em particular as enormes quantias de carne e sangue frescos compradas dos únicos dois açougues na vizinhança imediata. Para uma residência com apenas três pessoas, as quantidades eram absurdas.

Havia também a questão dos ruídos subterrâneos. Os relatos acerca dessas coisas eram difíceis de interpretar, mas todas as vagas insinuações concordavam nos detalhes essenciais. Surgiam ruídos de natureza ritual nas ocasiões em que a casa se encontrava às escuras. Poderiam, é claro, vir do porão conhecido; mas os rumores insistiam em afirmar que havia criptas mais extensas e mais profundas. Tendo em mente as antigas histórias sobre as catacumbas de Joseph Curwen e o pressuposto de que a casa atual tivesse sido escolhida por ocupar o mesmo terreno da antiga propriedade de Curwen, segundo informavam certos documentos encontrados atrás do retrato, o dr. Willett e o sr. Ward prestaram muita atenção a essa faceta dos rumores, e por inúmeras vezes procuraram sem sucesso a porta à margem do rio mencionada nos antigos manuscritos. Quanto à opinião popular acerca dos vários habitantes da casa, logo ficou evidente que o português de Brava era abominado, que o dr. Allen de barba e de óculos era temido e que o pálido e jovem estudioso era o objeto de uma profunda repulsa. Durante os dez ou quinze últimos dias Ward sem dúvida havia sofrido mudanças profundas; tinha abandonado qualquer tentativa de mostrar-se afável e passara a falar apenas com sussurros roucos e estranhamente repulsivos nas raras ocasiões em que saía de casa.

Estes eram os retalhos e fragmentos coletados aqui e acolá pelo sr. Ward e pelo dr. Willett; e a respeito deles tiveram várias conferências longas e graves. Os dois se esforçaram por aplicar métodos de dedução, indução e imaginação criativa da forma mais abrangente possível, e também por estabelecer relações entre todos os fatos conhecidos acerca da vida recente de Charles, incluindo a carta frenética que o médico havia mostrado ao pai e as parcas evidências documentais disponíveis que diziam respeito a Joseph Curwen. Estariam dispostos a dar muita coisa em troca de um vislumbre dos papéis que Charles havia encontrado, pois sem dúvida a explicação para a loucura do jovem estava naquilo que havia aprendido sobre as façanhas do antigo feiticeiro.

4.

Apesar de tudo, o último movimento deste caso singular não se deveu às ações do sr. Ward ou do dr. Willett. O pai e o médico, confusos e perplexos ante uma sombra demasiado amorfa e intangível para que pudessem combatê-la, desfrutavam de um repouso intranquilo à espera do passo seguinte enquanto as notas datilográficas do jovem Ward tornavam-se cada vez menos frequentes. Quando o dia primeiro do mês trouxe os acertos financeiros habituais, os funcionários de certos bancos começaram a balançar a cabeça e a telefonar uns para os outros. Oficiais que conheciam Charles Ward de vista foram até a casa em Pawtuxet perguntar por que todos os cheques apresentados naquela circunstância traziam falsificações grosseiras no campo da assinatura, e receberam uma resposta menos convincente do que gostariam de receber quando o jovem explicou com voz rouca que nos últimos tempos os tremores nervosos vinham-lhe afetando a mão a ponto de tornar a escrita normal impossível. Segundo disse, não conseguia mais formar caracteres manuscritos a não ser com extrema dificuldade, e resolveu provar o que dizia explicando que se vira obrigado a datilografar todas as correspondências recentes, inclusive aquelas endereçadas ao pai e à mãe, que poderiam confirmar essa alegação.

A confusão que levou os investigadores a se deterem não foi essa circunstância isolada, pois a esse respeito não havia nada de inédito ou de fundamentalmente suspeito; tampouco os boatos de Pawtuxet, a respeito dos quais um que outro investigador ouvira falar. Foi a fala desconexa do jovem que os deixou atônitos, uma vez que indicava uma total perda de memória no tocante a assuntos monetários de grande importância que apenas um ou dois meses antes tinham sido tratados com a mais absoluta desenvoltura. Alguma coisa estava errada, pois a despeito do aspecto de coerência e de racionalidade presente no discurso, não poderia haver uma razão concebível para aquela ignorância escondida a duras penas em relação a tópicos vitais. Além do mais, embora nenhum dos homens fosse muito próximo a Ward, todos perceberam uma alteração no porte e na maneira de falar do jovem. Tinham ouvido falar das inclinações ao antiquariato, porém nem mesmo o antiquário mais empedernido faria uso diário de frases e gestos obsoletos. No geral, essa combinação de voz rouca, mãos paralisadas, lacunas de memória e alterações de fala e de comportamento devia ser o indicativo de um distúrbio ou de uma moléstia grave, o que sem dúvida formava a base dos rumores que circulavam; e depois de partir o grupo de oficiais decidiu que a providência mais urgente seria arranjar uma entrevista com o patriarca Ward.

Assim, no dia 6 de março de 1928 houve uma longa e grave conferência no escritório do sr. Ward, ao cabo da qual o resignado pai solicitou a presença do dr. Willett. Willett examinou as assinaturas canhestras e forçadas nos cheques e comparou-as mentalmente com a caligrafia daquele último bilhete frenético. Sem dúvida a alteração fora radical e profunda, porém mesmo assim havia um traço de familiaridade sinistra naquela nova caligrafia. Apresentava fortes tendências a garatujas e arcaísmos de um tipo deveras curioso, e parecia ser o resultado de traçados muito diferentes daqueles via de regra usados pelo jovem. Parecia estranho — mas onde teria visto aquilo antes? Dado o contexto geral, era óbvio que Charles tinha enlouquecido. Quanto a isso não restavam dúvidas. E como parecia improvável que pudesse gerenciar a propriedade ou manter-se no mundo dos negócios por mais tempo, alguma providência devia ser tomada o quanto antes a fim de cuidá-lo e se possível curá-lo. Foi nesse ponto que os alienistas foram chamados: os drs. Peck e Waite de Providence e o dr. Lyman de Boston, a quem o sr. Ward e o dr. Willett ofereceram um relato tão abrangente quanto possível do caso, e que por fim mantiveram uma longa conferência na biblioteca ociosa do jovem enfermo, analisando os livros e papéis deixados para trás com vistas a formar uma opinião acerca da têmpera habitual do paciente. Depois de averiguar o material e examinar o agourento bilhete enviado a Willett, todos concordaram que os estudos de Charles Ward haviam desequilibrado ou ao menos distorcido um intelecto comum, e manifestaram o vivo desejo de perscrutar outros volumes e documentos pessoais; mas sabiam que esse passo somente poderia ser dado no próprio local da casa em Pawtuxet. Willett revisou o caso inteiro com uma disposição febril; e foi por volta dessa época que colheu os depoimentos dos trabalhadores que tinham acompanhado o momento em que Charles descobrira os documentos de Curwen e coligiu os incidentes dos jornais danificados após localizá-los na redação do *Journal*.

Na quinta-feira, dia 8 de março, os drs. Willett, Peck, Lyman e Waite, acompanhados pelo sr. Ward, partiram rumo à tão aguardada visita ao jovem; não fizeram nenhum segredo a respeito do que pretendiam e questionaram o recém-declarado paciente com extrema minúcia. Charles, embora tenha levado um tempo excessivo para atender a porta e conquanto ainda trescalasse estranhos e nocivos odores do laboratório quando enfim se apresentou, mostrou-se um anfitrião nem um pouco recalcitrante, e admitiu com a mais absoluta franqueza que a memória e o equilíbrio mental haviam sofrido um pouco com a profunda dedicação a estudos abstrusos. Não ofereceu nenhuma resistência quando insistiram em que mudasse de acomodações; e, a bem da verdade, pareceu evidenciar um alto grau de inteligência além da simples memória. A conduta presenciada teria deixado os entrevistadores perplexos se não fosse a persistente tendência a arcaísmos na fala, enquanto a inconfundível substituição de ideias modernas por conceitos obsoletos marcava-o em definitivo como uma pessoa fora da normalidade. Quanto às pesquisas realizadas, não poderia dizer ao grupo de médicos mais do que já havia revelado previamente à própria família e ao dr. Willett, e o bilhete frenético do mês anterior foi desdenhado como simples consequência de nervos agitados e histeria. Charles insistiu em dizer que a casa ensombrecida não dispunha de um laboratório nem de uma biblioteca além daqueles que se podiam enxergar, e ofereceu explicações abstrusas quando pediram que explicasse a ausência, na casa, dos odores que lhe impregnavam as roupas. Os boatos da vizinhança foram atribuídos à inventividade barata da curiosidade frustrada. Quanto ao paradeiro do dr. Allen, disse que não estava em posição de oferecer informações precisas, mas assegurou aos inquiridores que o homem de barba e de óculos escuros retornaria no momento oportuno. Ao pagar o impassível português de Brava que resistiu a toda sorte de questionamento da parte dos visitantes e ao fechar a casa que ainda parecia guardar segredos noctíferos, Ward não demonstrou nenhum sinal de nervosismo, salvo apenas por uma discreta tendência a deter-se e apurar o ouvido como se desejasse captar um som longínquo. Parecia estar animado por uma serena resignação filosófica, como se o afastamento fosse apenas um incidente passageiro que causaria menos transtornos se ele não oferecesse resistência e se livrasse daquilo o mais depressa possível. Era evidente que confiava na agudeza intocada da própria mentalidade absoluta para vencer todos os constrangimentos em que a memória deturpada, a perda da voz e da caligrafia e o comportamento furtivo e excêntrico haviam culminado. Foi combinado que a mãe não seria informada a respeito dessa mudança, e que o pai haveria de enviar bilhetes datilográficos em nome do filho. Ward foi levado ao tranquilo e pitoresco hospital particular mantido pelo dr. Waite em Conanicut Island, na baía, onde foi examinado e questionado minuciosamente por todos os médicos relacionados ao caso. Nesse ponto as anomalias físicas foram percebidas; o metabolismo desacelerado, a pele alterada e as reações neurais desproporcionais. O dr. Willett era o mais perturbado dentre todos os examinadores, pois tinha acompanhado

Ward ao longo de toda a vida e portanto era quem melhor podia dimensionar a gravidade e a extensão da decadência física. Até mesmo a familiar marca de nascença no quadril havia desaparecido, enquanto no peito havia surgido um sinal ou uma cicatriz de cor preta que nunca havia estado lá e que levou Willett a indagar se o jovem teria participado dos rituais de "marcação das bruxas" que supostamente ocorrem durante certos encontros noturnos insalubres em lugares ermos e selvagens. O médico não conseguia tirar da cabeça a transcrição do julgamento de uma bruxa em Salém que Charles lhe havia mostrado antes de adotar o comportamento furtivo, que dizia: "O sr. G. B. naquella Noute pos a Marca do Demonio em Bridget S., Jonathan A., Simon O., Deliverance W., Joseph C., Susan P., Mehitable C. e Deborah B.". O rosto de Ward também o horrorizava, e por fim descobriu de repente a causa de tamanho horror. Acima do olho direito do jovem, notou um detalhe que nunca havia percebido antes — uma pequena cicatriz ou depressão exatamente idêntica àquela presente na pintura decrépita do velho Joseph Curwen, que talvez indicasse uma inoculação ritualística medonha à qual ambos tivessem se submetido a certa altura da carreira ocultista.

Enquanto Ward intrigava os médicos do hospital, todas as correspondências endereçadas ao paciente ou ao dr. Allen passaram a ser mantidas sob a mais estrita vigilância e entregues na mansão da família Ward. Willett imaginou que o método traria poucos resultados, uma vez que as comunicações de natureza vital provavelmente seriam trocadas através de mensageiros; mas no fim de março uma carta que chegou de Praga para o dr. Allen deixou tanto o médico quanto o pai bastante pensativos. Veio escrita com garatujas arcaicas ao extremo; e, embora não tivesse saído da pena de um estrangeiro, apresentava desvios quase tão singulares em relação à linguagem moderna quanto a maneira de falar do jovem Ward. Ei-la:

Kleinstrasse 11,
Altstadt, Praga,
11 de fev. de 1928

Irmão em Almousin-Metraton: —

Hoje recebi a Mençam Aquillo que resultou da Encommenda que vos enviei. Houve hum Erro, o que sem Duvida significa que as Pedras Tumullares estavão em Logares trocados quando Barnabas obteve o Especime. Huma Situaçam comezinha, como deveis saber pela Cousa obtida no Terreno da King's Chapell em 1769 e por Aquillo que H. encontrou no Olde Bury'g Point em 1690 e que acabou por matallo. Encontrei hu'a Cousa simillar no Egypto 75 Annos atraz, e dahi vem a Cicatriz que o Menino viu quando me encontrou aqui em 1924. Conforme ja tive Occasiam de dizer, não invoqueis Nada que não possaes supprimir; seja dos Saes mortos ou das Espheras maes allem. Tende sempre prontas as Pallavras do Esconjuro, e não vos demoreis a empregallas quando surgirem quaesquer Duvidas sobre a Identidade Daquelle que invocastes. As Pedras Tumullares se encontrão trocadas em nove de cada dez cemyterios. Não ha como ter Certesa sem perguntar. Hoje recebi Noticias de H., que enfrentou Difficuldades com os Soldados. He possivel que lamente a Transferencia da Transilvania da Hungria para a Romenia, e a bem dizer mudaria a Sede de Logar se o Castello não estivesse tam repleto Daquillo que Conhecemos. Mas não tenho Duvidas de que ha de vos ter escripto acerca desses Assumptos. Em minha proxima Missiva pretendo dar Noticias a Respeito da Descoberta feita em hum Tumullo no alto de huma Collina no Oriente que, segundo acredito, ha de trazer-vos profunda Satisfacçam. Neste meio-tempo não vos esqueçaes de que estou desejoso de falar com B. F. se puderdes encontrallo. Afinal, conheceis G. na Philadelphia milhor do que eu. Fazei com que se erga primeyro, se assim preferis, mas não o useis a ponto de tornallo difficil, huma vez que preciso ter com Elle no Fim.

Yogg-Sothoth Neblod Zin
Simon O.

Para o sr. J. C. em
Providence

O sr. Ward e dr. Willett detiveram-se em estado de absoluto caos perante essa evidente prova de insanidade consumada. Apenas aos poucos lograram compreender o que parecia insinuar. Seria o ausente dr. Allen, e não Charles Ward, o espírito dominante em Pawtuxet? Isso explicaria as referências desvairadas e a denúncia na última carta frenética do jovem. E o que dizer em relação ao forasteiro de barba e de óculos escuros, identificado na missiva como "Sr. J. C."? Não havia como escapar à inferência, mas existem limites para as monstruosidades concebíveis. E quem seria "Simon O."? O velho que Ward tinha visitado em Praga quatro anos antes? Talvez, mas nos séculos passados havia existido um outro Simon O. — Simon Orne, também conhecido como Jedediah, de Salém, que desapareceu em 1771 e *cuja caligrafia um tanto peculiar o sr. Willett naquele instante reconheceu graças às cópias fotostáticas das fórmulas de Orne que Charles certa vez lhe havia mostrado*. Que horrores e mistérios, que contradições e contravenções da Natureza teriam retornado depois de um século e meio para assolar a velha Providence repleta de cúpulas e coruchéus?

O pai e o velho médico, sem saber o que fazer ou o que pensar, foram visitar Charles no hospital para questioná-lo com o maior tato possível a respeito do dr. Allen, da viagem a Praga e das coisas que havia aprendido com Simon ou Jedediah Orne de Salém. O jovem ofereceu respostas polidas mas evasivas a todos os questionamentos, restringindo-se a dizer em um rouco sussurro que havia encontrado o dr. Allen a fim de estabelecer uma comunicação espiritual com almas do passado e que qualquer contato que o homem barbado tivesse em Praga muito provavelmente teria dons similares. Quando foram embora, o sr. Ward e o dr. Willett notaram com pesar que tinham sido vítimas de uma sabatina; pois, sem oferecer nenhum tipo de informação vital, o jovem tinha se valido de uma lábia impressionante para fazer com que relatassem todo o conteúdo da carta de Praga.

Os drs. Peck, Waite e Lyman não estavam dispostos a atribuir muita importância à estranha correspondência do companheiro de Charles Ward, pois conheciam a tendência dos excêntricos e dos monomaníacos a buscar espíritos irmãos e acreditavam que Charles e Orne não tinham feito nada além de encontrar uma contraparte no estrangeiro — uma contraparte que talvez houvesse visto a caligrafia de Orne e decidido copiá-la em uma tentativa de passar-se por uma reencarnação do falecido personagem. O próprio caso de Allen não era muito diferente, pois talvez houvesse se apresentado ao jovem como um avatar do finado Curwen. Casos semelhantes haviam ocorrido no passado, e baseados nesse conhecimento os intransigentes médicos descartaram as crescentes preocupações de Willett com a mudança da caligrafia de Charles Ward em relação aos espécimes não premeditados obtidos graças às mais diversas manobras. No fim Willett imaginou ter identificado a origem da estranha familiaridade, e estabeleceu que se assemelhava à caligrafia outrora empregada pelo velho Joseph Curwen; porém os outros médicos afirmaram que uma fase imitativa era parte integrante da mania que afligia o paciente e assim se recusaram a atribuir qualquer importância favorável ou desfavorável ao assunto. Ao perceber a atitude prosaica dos colegas, o dr. Willett aconselhou o sr. Ward a não comentar a carta que chegou no dia 2 de abril, enviada ao dr. Allen desde Rakus, na Transilvânia, e escrita em uma caligrafia que guardava semelhanças tão intensas e fundamentais com a cifra de Hutchinson que tanto o pai como o médico viram-se paralisados de espanto por um instante antes de violar o lacre. O conteúdo da carta era o seguinte:

Castello Ferenczy
7 de março de 1928

Caro C.: —

Huma Milicia composta de huma Vintena de Homens veyo falar sobre os Rumores que correm entre as Gentes do Campo. Preciso cavar maes fundo e chamar menos Attençam. Esses Romenos são huma Praga dos Infernos, pois se mostram enxeridos e meticulosos, enquanto os Magiares deixavam-se comprar com Bebidas e Comidas. No Mez passado, M. entregou-me o Sarcophago das Cinco Esphinges trazido da Acropole, onde Aquelle que invoquei affirmou que estaria, e desde entam entabulei Tres Pallestras com *Aquillo que nelle se encontra inumado*. O Sarcophago deve ser despachado sem maes Delongas para S. O., em Praga, e de la deve seguir Viagem ate vos. Vereis como a Creatura he obstinada — porem sabeis lidar com essas Cousas. Mostraste-vos sabio por agora terdes menos do que dantes; pois não havia Necessidade de manter os Guardas em Forma e comendo-lhes as Cabeças, posto que isso daria hum Bocado de Assumpto se porventura surgissem Problemas, como bem sabeis. Assim podeis mudar-vos para dar Prosseguimento aos Trabalhos em outro Logar, sem Problemas decorrentes da Matança eventualmente necessaria, muito embora eu espere que ao menos por ora Nada vos force a adoptar Medidas tam extremadas. Folgo em saber que não levastes adiante o Traffico com as *Creaturas Sideraes*, pois que sempre representarão Perigo Mortal, e decerto não ignorais o que acconteceo quando pedistes a Protecçam Daquelle que não estava disposto a concedella. Surpreendestes-me ao conseguir que as Phormulas sejão profferidas por *Outros* com Successo, embora Borellus tenha previsto que assim seria caso as Pallavras correctas fossem obtidas. O Garoto usa-as com Frequencia? Lamento que esteja a mostrar-se affectado, como temi que haveria de mostrar-se depois que o tive em minha Casa por Obra de 15 Mezes, mas tenho a Certesa de que sabereis lidar com elle. Não ha como esconjura-lo com a Phormula, que funciona somente Naquelles que tenhão sido invocados pela outra Phormula a partir dos Saes; entretanto ainda tendes Mãos fortes e a Faca e a Pistola, e Covas não são difficeis de cavar, nem os Acidos avessos a queimar. O. disse-me que prometestes entregar-lhe B. F. Depois hei de precisar Delle. B. deve fazer-vos huma Visita em breve, e tomara que possa vos levar o que desejaes daquella Cousa Obscura nos Subterraneos de Memphis. Tende Cuidado com tudo Aquillo que invocardes e acautelae-vos com o Garoto.

Dentro de hum Anno chegará o momento de trazer as Legioens dos Subterraneos, e entam não haverá maes Limites para as nossas Conquistas. Confiae em tudo o que vos digo, pois bem sabeis que eu e O. tivemos 150 Annos a maes do que vos para comprehender esses Assumptos.

Nephren-Ka nai Hadoth
Edw: H.

Para o sr. J. Curwen.
Providence.

Mas, embora Willett e o sr. Ward tenham se furtado a mostrar essa carta aos alienistas, não se furtaram a tomar as devidas providências. Não haveria sofisma ou erudição capaz de contradizer o fato de que o estranho dr. Allen de barba e de óculos escuros, descrito na carta frenética de Charles como uma ameaça monstruosa, mantinha uma correspondência íntima e sinistra com duas criaturas inexplicáveis que Ward tinha visitado durante as viagens e que sem dúvida afirmavam ser avatares dos antigos colegas de Curwen em Salém; de que se via como a reencarnação do próprio Joseph Curwen, e de que tinha — ou ao menos fora instado a ter — desígnios assassinos contra um "garoto" que dificilmente poderia ser outro que não Charles Ward. Havia um horror organizado à espreita; e independente de quem o houvesse começado, nesse ponto tornou-se evidente que o desaparecido Allen estava por trás de tudo. Foi assim que, aliviado ao saber que Charles estava a salvo no hospital, o sr. Ward de imediato contratou detetives para que descobrissem o quanto fosse possível a respeito do críptico médico barbado — de onde tinha vindo e o que os habitantes de Pawtuxet sabiam a seu respeito, e se possível o paradeiro de então. Depois de entregar aos investigadores uma das chaves da casa em Pawtuxet que Charles havia lhe confiado, o patriarca Ward pediu que examinassem os aposentos vazios de Allen, identificados durante o transporte dos artigos pertencentes ao jovem paciente, a fim de averiguar a existência de pistas entre os artigos pessoais que pudesse ter deixado para trás. O sr. Ward conversou com os detetives na antiga biblioteca do filho, e todos sentiram uma profunda sensação de alívio ao deixar o cômodo, que parecia envolto em uma vaga aura de malignidade. Talvez já tivessem ouvido boatos a respeito do infame feiticeiro cujo retrato outrora havia fitado de um painel acima do consolo da lareira, e talvez fosse um outro detalhe irrelevante qualquer; mas o fato é que todos haviam pressentido o miasma intangível que se concentrava nos resquícios entalhados daquela habitação de outrora e que por vezes quase ganhava a intensidade de uma emanação material.

V. UM PESADELO E UM CATACLISMO

1.

Logo a seguir precipitaram-se os medonhos eventos que deixaram a indelével marca do medo na alma de Marinus Bicknell Willett, e que acrescentaram uma década à idade aparente de outro, cuja juventude encontrava-se ainda mais longe. O dr. Willett teve um longo colóquio com o sr. Ward, e chegou a um acordo relativo a vários aspectos que, na opinião de ambos, seriam ridicularizados pelos alienistas. Em primeiro lugar, reconheceram a existência de um terrível movimento em ação no mundo, cuja relação direta com uma necromancia ainda mais antiga do que a bruxaria de Salém estava além de qualquer dúvida. Que pelo menos dois homens — e também um terceiro em quem não se atreviam a pensar — tinham a posse absoluta de intelectos ou de personalidades que haviam existido desde 1690 ou antes era um fato para os quais havia provas incontestáveis mesmo em vista de todas as leis naturais conhecidas. O que essas criaturas horrendas — e também Charles Ward — estavam fazendo ou tentando fazer parecia claro o bastante em vista das correspondências e de outras descobertas antigas e recentes que haviam esclarecido diversas facetas do caso. Estavam roubando túmulos de todas as épocas, entre os quais se encontravam o lugar de repouso dos maiores e mais sábios homens que a humanidade já conheceu, na esperança de recuperar, das cinzas de outrora, os vestígios da consciência e da sabedoria responsáveis por animá-los e informá-los em vida.

Um tráfico horrendo estava sendo conduzido por aqueles ladrões de túmulos saídos de um pesadelo, que promoviam o escambo de ossos ilustres com a fleuma de escolares que estivessem a trocar livros; e com aquilo que conseguiam extrair do pó secular esperavam obter sabedoria e poderes além de tudo o que o cosmo já viu se concentrar em um único homem ou grupo de homens. Tinham encontrado maneiras profanas de manter os cérebros vivos, fosse no mesmo corpo ou em corpos distintos; e sem dúvida tinham encontrado uma forma de acessar a consciência dos mortos com que se congregavam. Havia indícios de que o velho e quimérico Borellus tivesse revelado certas verdades ao escrever sobre o método de preparação dos "Saes Essenciaes" que poderiam ser extraídos dos mais antigos restos mortais a fim de conjurar a sombra de coisas mortas muito tempo atrás. Havia uma fórmula para invocar essas sombras, e outra para esconjurá-las; e naquele momento ambas tinham sido aperfeiçoadas e podiam ser ensinadas com sucesso. Era necessário tomar cuidado com essas invocações, pois as demarcações nos túmulos antigos nem sempre estão corretas.

Willett e o sr. Ward estremeceram ao passar de uma conclusão à outra. Coisas — presenças ou vozes de natureza desconhecida — podiam ser conjuradas de lugares ignotos e também do túmulo, mas era preciso tomar muito cuidado na execução do processo. Joseph Curwen indubitavelmente tinha conjurado inúmeras coisas proscritas, e quanto a Charles — o que se poderia pensar do rapaz? Que forças de "além das esferas" poderiam tê-lo alcançado desde a época de Joseph Curwen para voltar seus pensamentos em direção a coisas esquecidas? Charles fora levado a encontrar certas instruções, e então a usá-las. Tinha falado com aquele terrível homem em Praga e permanecido um longo período com a criatura nas montanhas da Transilvânia. E por fim devia ter encontrado o túmulo de Joseph Curwen. A nota do jornal e aquilo que a sra. Ward tinha ouvido à noite eram detalhes importantes demais para que não fossem percebidos. Depois havia invocado alguma coisa, que devia ter atendido ao chamado. A poderosa voz que veio das alturas na Sexta-Feira Santa e os *diferentes tons* vindos do laboratório trancado no sótão… com o que se pareciam em razão da natureza profunda e cava? Não havia nesse ponto um espantoso prenúncio do temível e desconhecido dr. Allen com a voz grave e espectral? Ah, eis o que o sr. Ward havia sentido com um vago horror durante a única conversa que teve com esse homem — se de fato um homem estivesse na linha!

Que consciência ou voz infernal, que sombra ou presença mórbida havia respondido aos ritos secretos conduzidos a portas fechadas por Charles Ward? As vozes ouvidas na contenda — "Preciso do vermelho durante três meses" — por Deus! Não tinha acontecido logo antes dos surtos de vampirismo? A profanação do antigo túmulo de Ezra Weeden e mais tarde os gritos em Pawtuxet — que mente haveria planejado a vingança e redescoberto a medonha origem de blasfêmias ancestrais? Depois vieram a casa em Pawtuxet e o forasteiro barbado e os rumores e o medo. Nem o pai nem o médico tentaram oferecer explicações para a derradeira loucura de Charles, mas ambos tinham certeza de que a mente de Joseph Curwen estava de volta à Terra para dar prosseguimento à morbidez de outrora. Seria a possessão demoníaca uma possibilidade real? Allen estava de alguma forma implicado nos acontecimentos, e os detetives precisariam obter mais informações a respeito de um homem cuja existência ameaçava a vida do jovem Ward. Nesse meio-tempo, uma vez que a existência de uma vasta cripta sob a casa em Pawtuxet parecia estar além de qualquer controvérsia, esforços seriam envidados para localizá-la. Willett e o sr. Ward, conscientes da atitude cética dos alienistas, resolveram em uma última conferência proceder a uma exploração sigilosa de inigualável minúcia; e assim combinaram de encontrar-se na casa pela manhã seguinte munidos de valises e de certas ferramentas necessárias às buscas arquitetônicas e à exploração subterrânea.

O dia 6 de abril raiou com uma manhã clara, e às dez horas os dois exploradores estavam em frente à casa. O sr.

Ward tinha a chave, e logo a entrada e uma busca superficial foram levadas a cabo. A julgar pela desordem do quarto antes ocupado pelo dr. Allen, parecia óbvio que os detetives já haviam estado lá, e os exploradores tardios acalentaram a esperança de que pudessem encontrar uma pista que se mostrasse útil. Era evidente que a parte mais importante do trabalho a ser feito encontrava-se no porão, e assim os dois exploradores desceram sem mais delongas, refazendo o circuito que já haviam feito em vão na presença do jovem proprietário louco. Por alguns instantes tudo os deixou atônitos, pois cada centímetro do chão de terra batida e das paredes de pedra revestia-se de um aspecto tão sólido e tão inócuo que mal era possível cogitar a ideia de uma abertura. Willett pensou que, uma vez que o porão original tinha sido escavado sem nenhum conhecimento acerca de quaisquer catacumbas subterrâneas, o início da passagem representaria apenas os cômodos modernos de Ward e de seus companheiros no ponto onde haviam procurado as antigas galerias cujos rumores não poderiam tê-los alcançado senão por meios insalubres.

O médico tentou colocar-se no lugar de Charles para entender como um explorador poderia começar, mas o método não lhe trouxe muita inspiração. Então decidiu adotar a política da eliminação, e percorreu cuidadosamente toda a superfície do porão subterrâneo no sentido vertical e horizontal, tentando averiguar cada centímetro separadamente. Logo havia reduzido os pontos suspeitos de maneira considerável, e por fim viu-se limitado à pequena plataforma em frente às tinas d'água, que já tinha examinado anteriormente em vão. Experimentando de todas as maneiras possíveis e exercendo força redobrada, descobriu enfim que a parte superior de fato era capaz de girar e de deslizar no plano horizontal graças a um ponto fixo na extremidade da superfície. Logo abaixo havia uma superfície de concreto com um bueiro de ferro, em direção ao qual o sr. Ward correu tomado de entusiasmo. A tampa não ofereceu resistência, e o pai havia quase terminado de removê-la quando Willett percebeu a estranheza no aspecto do amigo. O sr. Ward pôs-se a cambalear e começou a sentir vertigens, e a rajada de ar viciado que soprou do abismo negro foi logo identificada como causa suficiente para esses sintomas.

No instante seguinte o dr. Willett deitou o companheiro desmaiado no chão da peça e reavivou-o com água fria. O sr. Ward não fez mais do que esboçar uma reação, mas pôde-se notar que a rajada mefítica da cripta subterrânea havia causado uma moléstia grave. Relutante em dar qualquer chance ao azar, Willett apressou-se até a Broad Street à procura de um coche e logo havia despachado o doente para casa, apesar dos débeis protestos a meia-voz; e então sacou do bolso uma lanterna elétrica, cobriu o nariz com uma tira de gaze estéril e desceu mais uma vez a fim de perscrutar as profundezas recém-descobertas. A intensidade do ar pestilento diminuiu, e Willett conseguiu divisar um facho de luz que descia por aquele buraco rumo ao Estige. Por cerca de três metros era uma passagem cilíndrica vertical com paredes de concreto e uma escada de ferro; e a partir de então o buraco parecia levar a uma antiga escadaria de pedra que outrora devia ter chegado até a superfície do solo em algum ponto a sudoeste da construção atual.

2.

Willett admite que por um instante a memória das lendas a respeito do velho Curwen impediu-o de galgar sozinho a escada que descia rumo ao abismo fétido. Não conseguia tirar da cabeça o comentário que Luke Fenner havia feito na derradeira e monstruosa noite. No entanto, o dever se impunha, e assim o médico empreendeu a descida com uma grande valise para o eventual transporte de quaisquer documentos de suprema importância que viesse a encontrar. Aos poucos, como seria conveniente a um homem já entrado em anos, desceu a escada e chegou aos degraus viscosos lá embaixo. A lanterna revelou uma construção de cantaria ancestral; e nas paredes úmidas o dr. Willett percebeu uma grande quantidade de musgo secular e insalubre. Os degraus desciam cada vez mais fundo; não em espiral, mas em três curvas fechadas; e em passagens tão estreitas que dois homens teriam dificuldade para caminhar lado a lado. Willett havia contado cerca de trinta quando percebeu um som abafado; e depois não se dispôs mais a contá-los.

Era um som herético; um ultraje insidioso e cavo da Natureza que não devia sequer existir. Descrevê-lo como um grito indistinto, como um resmungo arrastado ou como o uivo desesperado de uma carne irracional aflita e atormentada seria ignorar a quintessência monstruosa e os repugnantes harmônicos do todo. Seria aquilo o que Ward tentava escutar no dia em que foi levado para o hospital do dr. Waite? Era a coisa mais horrenda que Willett tinha ouvido ao longo de uma vida inteira, e continuou a emanar de um ponto desconhecido quando o médico chegou ao último degrau e projetou o facho da lanterna em direção às elevadas paredes dos corredores colmados por abóbadas ciclópicas e varados por incontáveis arcos negros. O corredor em que se encontrava media talvez quatro metros no ponto central da abóbada e três ou quatro metros de largura. O pavimento era composto de lajes grandes e lascadas, e as paredes e o teto eram de cantaria regular. Não era possível imaginar a extensão da galeria, pois esta se estendia indefinidamente adiante rumo à escuridão. Quanto aos arcos, uns tinham portas de seis painéis, ao estilo colonial, enquanto outros não tinham nada para fechá-los.

Depois de vencer o terror infundido pelo cheiro e pelo uivo, Willett começou a explorar os arcos um a um; e mais além descobriu aposentos com abóbadas de aresta, todos de tamanho mediano e aparentemente usados para fins um tanto bizarros. A maioria tinha uma lareira, e a parte superior das chaminés teria dado um interessante estudo na ciência da engenharia. Nunca tinha visto e jamais tornaria a ver instrumentos ou sugestões de instrumentos como os que assomavam por todos os lados em meio à poeira e às teias de aranha de um século e meio, que em muitos casos encontravam-se destruídas como que por antigos saqueadores. Muitas das câmaras pareciam jamais ter sido galgadas por visitantes modernos, e deviam representar as mais antigas e obsoletas fases dos experimentos levados a efeito por Joseph Curwen. Por fim Willett chegou a uma sala de evidente modernidade, ou pelo menos de ocupação recente. Havia aquecedores a óleo, estantes de livros e mesas, cadeiras e gabinetes e uma escrivaninha com uma pilha de documentos de antiguidade e contemporaneidade variáveis. Candelabros e lamparinas a óleo encontravam-se em vários locais do aposento; e, depois de encontrar um porta-fósforos, Willett acendeu os que se encontravam prontos para o uso.

Com a iluminação mais intensa, teve a impressão de que o cômodo não seria outra coisa senão o último estúdio ou a última biblioteca de Charles Ward. Quanto aos livros, o dr. Willett tinha visto uns quantos em ocasiões anteriores, e parecia evidente que boa parte da mobília tinha vindo da mansão na Prospect Street. Espalhadas aqui e acolá encontravam-se outras peças conhecidas por Willett, e a sensação de familiaridade tornou-se tão intensa que por alguns instantes o explorador chegou a esquecer a náusea e os uivos, naquele ponto ainda mais audíveis do que junto ao pé da escada. O primeiro dever, como já havia planejado, seria encontrar e resgatar papéis que pudessem ter importância vital — e em particular os documentos aziagos que Charles tinha encontrado havia muito tempo no recôndito atrás do retrato em Olney Court. À medida que procurava, notou a grandiosidade que envolvia a investigação final; pois eram tantos os arquivos atulhados de papéis escritos em caligrafias variadas e ornados com estranhos desenhos que meses ou até mesmo anos poderiam ser necessários para uma decifração e uma edição de caráter abrangente. Em certo ponto encontrou grandes pilhas de cartas franqueadas em Praga e em Rakus, escritas na caligrafia de Orne e de Hutchinson; e levou-as todas como parte do fardo a ser transportado na valise.

Por fim, em um gabinete de mogno trancado a chave que costumava agraciar a mansão dos Ward, Willett encontrou o conjunto dos antigos papéis de Curwen, tendo-os reconhecido em razão do vislumbre relutante que Charles lhe havia permitido muito tempo atrás. O jovem sem dúvida os havia mantido na disposição em que se encontravam quando da descoberta original, uma vez que todos os títulos mencionados pelos trabalhadores se encontravam lá, à exceção dos papéis endereçados a Orne e a Hutchinson e da cifra com a chave. Willett colocou o monte de papéis na valise e deu prosseguimento ao exame dos arquivos. Como a situação imediata do jovem Ward fosse o mais importante assunto naquele momento, as buscas mais aprofundadas ocorreram na porção mais recente do material; e em meio a essa abundância de manuscritos contemporâneos uma bizarria exasperante foi percebida. A bizarria consistia na pequena quantidade de material escrito na caligrafia ordinária de Charles, que a bem dizer não incluía nenhum documento escrito menos de dois meses atrás. Por outro lado, havia resmas e mais resmas de símbolos e fórmulas, apontamentos históricos e comentários filosóficos feitos com garatujas absolutamente idênticas à caligrafia ancestral de Joseph Curwen, embora sem dúvida fossem documentos contemporâneos. Estava claro que parte do programa mais recente havia incluído uma imitação minuciosa da caligrafia do velho feiticeiro, que Charles parecia ter conseguido reproduzir com um impressionante grau de perfeição. Quanto a uma terceira caligrafia que pudesse ser identificada como a de Allen não havia o menor sinal. Se de fato tivesse sido o líder, devia ter obrigado o jovem Ward a atuar como estenógrafo.

Em meio a esse novo material uma fórmula mística, ou antes um par de fórmulas, reaparecia com tanta frequência que Willett o havia decorado antes mesmo que a busca tivesse chegado ao fim. Consistia em duas colunas paralelas — a da esquerda colmada pelo símbolo arcaico conhecido como "Cabeça do Dragão", usado em almanaques para indicar um nó ascendente, e a da esquerda encimada pelo signo complementar da "Cauda do Dragão", que assinala o nó descendente. A aparência do todo era mais ou menos essa, e de maneira quase inconsciente o médico percebeu que a segunda metade não era nada mais do que uma repetição da primeira, com as sílabas escritas ao contrário, à exceção dos monossílabos finais e do estranho nome *Yog-Sothoth*, que tinha se acostumado a reconhecer sob as mais variadas grafias por conta de outras coisas vistas em função desse terrível assunto. As fórmulas eram como se pode ver a seguir — *exatamente* assim, segundo Willett pôde confirmar em mais de uma ocasião —, e a primeira fez soar uma perturbadora nota de memória latente no cérebro do médico, conforme admitiu mais tarde ao reexaminar os acontecimentos daquela terrível Sexta-Feira Santa do ano anterior.

☊	☋
Y'AI 'NG'NGAH,	OGTHROD AI'F
YOG-SOTHOTH	GEB'L — EE'H
H'EE — L'GEB	*YOG-SOTHOTH*
F'AI THRODOG	'NGAH'NG AI'Y
UAAAH	*ZHRO*

Tão assombrosas eram as fórmulas, e com tanta frequência surgiam nos documentos, que sem nem ao menos perceber o dr. Willett começou a repeti-las sozinho a meia-voz. No fim, porém, sentiu que havia se apossado de todos os papéis dos quais por ora conseguiria obter alguma vantagem; e assim resolveu parar de examiná-los até que pudesse convencer todos os alienistas céticos a conduzir uma busca mais ampla e mais sistemática. Ainda teria de encontrar o laboratório oculto, e assim, deixando a valise no aposento iluminado, retornou ao negro e nauseante corredor cuja abóbada ecoava sem parar o indistinto e horrendo resmungo.

Os outros cômodos que explorou se encontravam todos abandonados, ou repletos de caixas decrépitas e aziagos caixões de chumbo; porém mesmo assim o impressionaram com a magnitude das operações conduzidas por Joseph Curwen. Pensou nos escravos e marinheiros que haviam desaparecido, nos túmulos profanados ao redor do mundo e na visão com que o último grupo encarregado da invasão devia ter se deparado; e então decidiu que era melhor não pensar mais. Outrora uma grande escadaria de pedra havia se erguido à direita, e Willett deduziu que devia ter chegado até uma das construções externas no pátio de Curwen — talvez o famoso edifício de pedra com frestas elevadas à guisa de janelas — caso os degraus por onde havia descido tivessem origem na casa com o telhado de duas águas. De repente as paredes deram a impressão de ter desabado mais à frente, e o fedor e os uivos tornaram-se mais intensos. Willett percebeu que tinha chegado a um vasto espaço aberto, tão amplo que o facho da lanterna não chegava à outra extremidade; e, à medida que avançava, encontrou as robustas pilastras que sustentavam os arcos da abóbada.

Passado algum tempo, Willett chegou a um círculo de pilares que se agrupavam como os monólitos de Stonehenge, com um enorme altar entalhado sobre uma base de três degraus no centro; e as entalhaduras no altar eram tão curiosas que o explorador se aproximou a fim de estudá-

-las à luz da lanterna elétrica. Mas, quando percebeu o que representavam, o médico se afastou tremendo e não se deteve para investigar as manchas escuras que haviam tingido as bordas e se espalhado pelas laterais em linhas finas. A seguir, encontrou a parede mais distante e traçou-a da maneira como se estendia em um gigantesco círculo perfurado por eventuais portas negras e marcado por uma miríade de celas rasas guarnecidas com grades de ferro e grilhões para tornozelos e punhos que se prendiam à cantaria logo atrás. As celas encontravam-se vazias, porém mesmo assim o terrível odor e os gemidos desolados continuaram, mais insistentes do que nunca, e às vezes interrompidos por uma espécie de baque viscoso.

3.

O pavoroso cheiro e o assombroso barulho não puderam mais ser ignorados pelo dr. Willett. Ambos eram mais intensos e mais terríveis no grande salão com pilastras do que em qualquer outro lugar, e davam a vaga impressão de uma profundidade extrema, mesmo naquele mundo negro de mistério subterrâneo. Antes de se aventurar pelos degraus além dos arcos negros que continuavam a descer, o médico apontou o facho de luz para as pedras no chão, pavimentado de maneira um tanto solta, e percebeu que a intervalos irregulares havia lajes curiosamente transfixadas por minúsculos furos sem nenhuma disposição particular, ao passo que em um determinado ponto havia uma longa escada atirada de qualquer jeito. Dessa escada, por mais estranho que fosse, parecia emanar boa parte do horrendo fedor que envolvia a tudo. Enquanto caminhava lentamente naquela direção, Willett percebeu que tanto o barulho como o odor pareciam mais fortes acima das estranhas lajes perfuradas, como se fossem alçapões rústicos que talvez conduzissem a regiões de horror ainda mais profundas. Ajoelhado junto a uma dessas lajes, Willett descobriu que poderia manuseá-la, embora com extrema dificuldade. A um mero toque os gemidos que vinham de baixo deram a impressão de se tornar mais intensos, e foi apenas com grande trepidação que conseguiu perseverar na tentativa de erguer a ponderosa laje. No mesmo instante um fedor inefável ergueu-se das profundezas, e o médico sentiu vertigens enquanto largava a laje e apontava a lanterna para aquele metro quadrado exposto de negrura hiante.

Se tinha a expectativa de encontrar um lance de degraus que o levasse rumo ao enorme abismo de abominação suprema, Willett estava fadado ao fracasso, pois em meio ao fedor e aos resmungos das vozes alquebradas pôde discernir apenas o topo de um poço cilíndrico de bocal construído em tijolo com talvez um metro e meio de diâmetro e desprovido de escada ou de qualquer outro meio de acesso. Quando a luz chegou até lá embaixo, os uivos transformaram-se de repente em uma série de horrendos latidos; e ao mesmo tempo ouviram-se mais uma vez os sons de um inútil tateamento às cegas e de um baque viscoso. O explorador tremeu, avesso a sequer imaginar que coisa insalubre poderia estar à espreita naquele abismo, mas passado um instante reuniu a coragem necessária para espiar além da rústica beirada, deitando-se no chão e segurando a tocha dentro do buraco com o braço estendido para ver o que poderia estar oculto lá embaixo. Por um segundo não conseguiu distinguir nada além das viscosas paredes de tijolo cobertas de musgo que se estendiam infinitamente rumo ao miasma semitangível de trevas e fedores e frenesi desesperado; e então percebeu que um vulto escuro saltava com gestos canhestros e frenéticos de um lado para outro no fundo do estreito túnel, que devia localizar-se a cerca de seis ou sete metros abaixo do chão de pedra onde se encontrava. A lanterna tremeu em sua mão, mas o explorador tornou a olhar para ver que espécie de criatura poderia estar confinada na escuridão daquele poço sobrenatural, faminta e abandonada pelo jovem Ward durante todo o longo mês que havia se passado desde a internação, embora fosse apenas um espécime do vasto número aprisionado nos poços similares cujas tampas de cantaria perfurada espalhavam-se pelo enorme chão da grande caverna abobadada. O que quer que fossem aquelas coisas, não conseguiam se deitar no espaço exíguo, e deviam ter se postado de cócoras e ganido e esperado e saltado em vão durante todas aquelas horrendas semanas passadas desde que o dono as havia consignado ao esquecimento.

Porém Marinus Bicknell Willett lamentou ter olhado mais uma vez; pois embora fosse um veterano da mesa de dissecação, nunca mais foi o mesmo desde então. Seria difícil explicar como uma única visão de um objeto tangível com dimensões mensuráveis poderia abalar e transformar um homem daquela forma; e podemos dizer apenas que certas entidades e silhuetas revestem-se de um poder sugestivo e simbólico que age de maneira terrível sobre a perspectiva de um pensador sensível e sussurra insinuações horrendas a respeito de relações cósmicas obscuras e realidades inomináveis por trás das ilusões protetoras de nossa visão corriqueira. Naquele segundo Willett viu a silhueta de uma dessas entidades, pois durante os instantes a seguir estava tão louco quanto os pacientes do hospital particular do dr. Waite. Deixou a lanterna cair da mão privada de força muscular e de coordenação nervosa sem nem ao menos ouvir o som dos dentes que rangeram anunciando o destino do artefato no fundo do poço. Então gritou e gritou e gritou com uma voz cujo pânico em falsete não poderia ser identificado por nenhum amigo ou conhecido; e, embora não conseguisse postar-se de pé, arrastou-se e rolou em desespero pelo pavimento úmido por onde dezenas de poços tartáreos davam vazão a resmungos e latidos exaustos em resposta a esses gritos insanos. Cortou as mãos nas pedras ásperas e soltas, e por muitas vezes bateu a cabeça nas pilastras, mas conseguiu prosseguir mesmo assim. Por fim voltou a si na mais absoluta escuridão em meio ao fedor insuportável e tapou os ouvidos para não ouvir o uivo insistente a que a explosão de latidos havia se reduzido. Estava encharcado de suor e privado dos meios necessários para obter luz; apavorado e aflito em meio à escuridão e ao horror abismal, e oprimido por uma lembrança que jamais poderia obliterar. Mais abaixo, inúmeras daquelas coisas seguiam vivas, e a tampa de um duto fora removida. Willett sabia que a coisa vislumbrada jamais poderia escalar as paredes viscosas, porém mesmo assim estremeceu ao pensar que talvez existissem apoios para os pés ocultos pela escuridão.

O que era essa coisa o médico jamais viria a dizer. Assemelhava-se a certos entalhes presentes no altar demoníaco, mas estava viva. A Natureza jamais havia concebido a criatura daquela maneira, pois era evidente que estava *incompleta*. Apresentava deficiências dos mais variados tipos, e as anomalias nas proporções não poderiam ser descritas. Willett limitou-se a dizer que coisas como aquela deviam representar entidades que Ward havia invocado a partir de *sais imperfeitos*, e que as havia mantido para fins servis ou ritualísticos. Se não tivessem importância, não teriam a imagem gravada na pedra maldita. A criatura não era a pior coisa representada na pedra — mas Willett não abriu mais nenhum fosso. Naquele momento, a primeira ideia coerente que lhe ocorreu foi um parágrafo retirado de certos documentos antigos de Curwen que havia examinado muito tempo atrás; uma frase usada por Simon ou Jedediah Orne na agourenta missiva confiscada que tinha por destinatário o feiticeiro de outrora: "Decerto não houve Nada allem do maes vivo Horror no que H. invocou a partir Daquillo que conseguio obter apenas em Parte".

Então, de maneira a prover um horrível suplemento e não um deslocamento dessa imagem, acudiu-lhe a lembrança dos ancestrais e duradouros rumores acerca da coisa queimada e retorcida encontrada nos campos uma semana após a invasão da casa de Curwen. Charles Ward certa vez havia contado ao dr. Willett o que o velho Slocum tinha dito sobre aquele objeto — que não era nem totalmente humano, nem totalmente relacionado a qualquer outro animal que as pessoas de Pawtuxet tivessem visto ou lido a respeito.

Essas palavras ressoaram na cabeça do médico enquanto balançava de um lado para outro, agachado no chão de pedra recoberto por salitre. Tentou afastá-las e rezou um pai-nosso a meia-voz; e, passado algum tempo, perdeu-se em uma mixórdia mnemônica como a *Terra devastada* do modernista T.S. Eliot, e por fim reverteu à fórmula dúplice que havia encontrado inúmeras vezes na biblioteca subterrânea de Ward: "*Y'ai 'ng'ngah, Yog-Sothoth*", e assim prosseguiu até o derradeiro "*Zhro*". Aquilo pareceu acalmá-lo, e assim pôs-se de pé após um breve intervalo, lamentando com amargura a lanterna perdida durante o susto e olhando desesperadamente ao redor em busca de uma nesga qualquer de luz em meio ao breu e à atmosfera enregelante. Pensar seria impossível; mas apertou os olhos com o rosto voltado em todas as direções em busca de uma cintilação ou de um reflexo tênue da forte iluminação que havia deixado para trás na biblioteca. Passado algum tempo percebeu a suspeita de um brilho infinitamente longínquo, e pôs-se a engatinhar naquela direção com agonizante cautela em meio ao fedor e aos uivos, sempre tateando à frente para evitar colisões com as inúmeras pilastras ou ainda uma queda no interior do abominável fosso que havia destampado.

Em um dado momento os dedos encostaram em algo que Willett imaginou ser o lance de degraus que conduzia até o altar demoníaco, quando então se encolheu tomado de repulsa. Em outro instante encontrou a laje furada que havia removido, e nesse ponto os cuidados que tomou chegariam quase a inspirar pena. Mas no fim não se aproximou da temida abertura, e nenhuma criatura emergiu a fim de impedir-lhe o progresso. Aquilo que havia estado lá no fundo não fazia sons nem se mexia. Sem dúvida a mastigação da lanterna elétrica derrubada não havia feito bem à criatura. Cada vez que os dedos de Willett tocavam em uma laje perfurada o médico estremecia. A passagem através desses pontos às vezes provocava um aumento nos gemidos lá embaixo, mas em geral não produzia efeito nenhum, posto que o explorador se movia de forma quase inaudível. Inúmeras vezes durante o progresso o brilho mais à frente sofreu uma notável diminuição de intensidade, e assim Willett percebeu que as diversas velas e lamparinas que tinha acendido deviam estar se apagando uma a uma. A ideia de acabar perdido em meio à mais absoluta escuridão sem nem ao menos um fósforo naquele mundo subterrâneo de labirintos saídos de um pesadelo levou-o a pôr-se de pé e correr — o que já podia ser feito em segurança, uma vez que o fosso aberto fora deixado para trás; pois Willett sabia que, quando a luz se extinguisse, a única esperança de resgate e de sobrevivência dependeria do envio de um grupo de buscas que o sr. Ward talvez despachasse ao perceber a ausência do médico após um período suficiente de tempo. Naquele instante, contudo, deixou o espaço aberto para trás e entrou no corredor mais estreito, e assim pôde localizar o brilho, que vinha de uma porta à direita. Imediatamente se dirigiu até lá e mais uma vez se viu na biblioteca secreta do jovem Ward, tremendo de alívio e observando o bruxulear daquela última lamparina que o havia guiado até um lugar seguro.

4.

No instante seguinte o dr. Willett começou a encher as lamparinas vazias usando um suprimento de óleo que havia percebido durante a primeira visita ao recinto, e, quando o cômodo tornou a se iluminar, olhou ao redor para ver se encontraria uma lanterna que o ajudasse a levar a exploração adiante. Embora estivesse atormentado pelo horror, a convicção implacável ainda era o sentimento dominante; e o médico estava decidido a não deixar nenhum detalhe passar em branco na investigação dos horrendos acontecimentos por trás da bizarra loucura de Charles Ward. Ao perceber que não havia nenhuma lanterna ao redor, decidiu levar consigo uma das lamparinas menores; e aproveitou para encher os bolsos com velas e fósforos, e também para transportar um galão de óleo, que pretendia usar em qualquer laboratório oculto que pudesse revelar-se além do terrível espaço aberto com o altar profano e os inefáveis poços cobertos. Uma nova travessia daquele espaço haveria de exigir uma demonstração de extrema fortitude, mas Willett sabia que não havia outra maneira. Por sorte, nem o terrível altar nem o fosso aberto localizavam-se próximo à parede repleta de celas que circundava toda a área da caverna e cujos negros e misteriosos arcos formavam o objetivo seguinte de uma exploração lógica.

Assim, Willett voltou àquele enorme corredor guarnecido por enormes pilastras e tomado pelo fedor e pelos uivos desesperados, posicionando a lamparina de maneira a evitar qualquer vislumbre distante do altar infernal ou do fosso aberto com a laje de pedra furada ao lado. A maior parte das portas negras conduzia apenas a pequenas câmaras — umas vazias e outras sem dúvida usadas como depósitos; e em várias destas últimas havia um estranho acúmulo dos mais variados objetos. Uma estava repleta de fardos podres e empoeirados de roupas, e o explorador sentiu um arrepio ao perceber que eram trajes de um século e meio atrás. Em outro recinto encontrou uma miscelânea de roupas modernas, como se provisões graduais estivessem a ser feitas com vistas ao equipamento de um numeroso grupo de homens. No entanto, o que mais o perturbou foram as enormes tinas de cobre que apareciam a intervalos irregulares; as tinas e as incrustações que traziam. Mesmo assim, até mesmo estas o perturbaram menos do que as bacias de chumbo ornadas com estranhas figuras, cujas bordas retinham sedimentações abjetas e ao redor das quais pairavam odores repulsivos e perceptíveis mesmo na fétida atmosfera da cripta. Quando havia completado a metade do circuito da parede, Willett encontrou outro corredor como aquele por onde havia chegado e a partir do qual muitas portas se abriam. Resolveu então investigá-las; e, depois de adentrar três aposentos de tamanho médio sem nenhum conteúdo notável, chegou a um amplo cômodo oblongo cujo aspecto profissional com tanques e mesas, fornalhas e instrumentos modernos, alguns poucos livros e incontáveis prateleiras repletas de vidros e potes revelava-o como sendo enfim o tão procurado laboratório de Charles Ward — e, em tempos mais antigos, sem dúvida de Joseph Curwen.

Depois de acender as três lamparinas que havia encontrado e tinha de prontidão, o dr. Willett examinou o lugar e todos os apetrechos que continha tomado pelo mais vivo interesse, notando a partir da quantidade dos vários reagentes nas prateleiras que a preocupação dominante do jovem Ward devia ter se concentrado em uma ramificação da química orgânica. No geral, não era possível apreender muita coisa a partir do equipamento científico, que incluía uma mesa de dissecação de aspecto medonho; e por esse motivo o aposento foi uma decepção e tanto. Em meio aos livros havia um antigo exemplar em frangalhos de autoria de Borellus, impresso em letras góticas — e era interessante notar que Ward havia sublinhado a mesma passagem que tanto havia perturbado o bom dr. Merritt na fazenda de Curwen mais de um século e meio atrás. O exemplar mais antigo, é claro, devia ter perecido com o restante da biblioteca ocultista de Curwen na invasão final. Três arcos se abriam a partir do laboratório, e assim o doutor pôs-se a explorá-los um a um. A partir de um exame sumário, pôde ver que dois simplesmente levavam a pequenos depósitos; mesmo assim, investigou-os minuciosamente, notando as pilhas de caixões nos mais diversos estágios de decomposição e estremecendo ante as duas ou três placas que conseguiu decifrar. Também nesses aposentos encontrou um grande número de peças de vestuário, bem como várias caixas de aparência recente fechadas com pregos que não se deteve para examinar. Mas talvez o mais interessante de tudo fossem os estranhos detalhes que imaginou serem fragmentos do laboratório do velho Joseph Curwen. Estes haviam sofrido danos nas mãos dos invasores, mas ainda formavam uma parte reconhecível da parafernália química que remontava ao período georgiano.

O terceiro arco levava a uma câmara de tamanho considerável totalmente forrada de prateleiras e com uma mesa e duas lamparinas no centro. Willett acendeu as lamparinas e no brilho intenso pôs-se a estudar as intermináveis prateleiras que o cercavam. Alguns dos níveis superiores estavam vazios, porém a maior parte do espaço se encontrava repleta de estranhos recipientes de chumbo pertencentes a dois tipos; o primeiro sem nenhum pegador, como um lécito ou vaso de azeite grego, e o outro com um único pegador e de formato semelhante a um jarro de Falero. Todos dispunham de uma tampa de metal e se encontravam cobertos por símbolos de aspecto peculiar moldados em baixo-relevo. Em um instante o médico percebeu que aqueles jarros estavam classificados de acordo com um rígido princípio; todos os lécitos encontravam-se em um único lado da sala, guarnecido com uma placa de madeira onde se lia "Custodes" logo acima, e todos os jarros de Falero no outro, identificados da mesma forma com uma placa onde se lia "Materia". Cada um dos vasos ou jarros, a não ser por certos espécimes avulsos nas prateleiras que estavam vazias, trazia uma etiqueta de papelão com um número que provavelmente se referia a um catálogo; e assim Willett decidiu procurar esse registro. Naquele momento, contudo, estava mais interessado na natureza da coleção como um todo; e, à guisa de experimento, abriu diversos lécitos e jarros de Falero ao acaso a fim de obter uma ideia geral acerca do todo. O resultado era sempre o mesmo. Os dois tipos de jarro continham apenas uma pequena quantidade de um único tipo de substância — um fino pó de peso quase desprezível composto de vários matizes de uma cor neutra. Quanto às cores que formavam a única instância de variação, não havia método evidente na maneira como estavam dispostas; e tampouco uma distinção entre o que se encontrava nos lécitos e o que se encontrava nos jarros de Falero. Um pó cinza-azulado podia estar ao lado de um branco-rosado, e qualquer substância em um jarro de Falero podia ter uma contraparte exata em um lécito. A característica mais notável dos pós era a inaderência. Willett derramava um punhado na palma da mão e, ao devolver o pó ao jarro, percebia que nenhum resíduo permanecia grudado à pele.

O significado das placas intrigou-o, e então se perguntou por que aquela bateria de produtos químicos estaria separada de maneira tão radical dos potes de vidro que se encontravam nas prateleiras do laboratório em si. "Custodes", "Materia"; eram as palavras latinas para "Guardas" e "Materiais", respectivamente — e logo um clarão da memória fez com que o dr. Willett se recordasse onde tinha visto a palavra "Guardas" no contexto daquele terrível mistério. Tinha sido, é claro, na recente carta endereçada ao dr. Allen, supostamente pelo velho Edward Hutchinson; e a frase dizia: "Não havia Necessidade de manter os Guardas em Forma e comendo-lhes as Cabeças, posto que isso daria hum Bocado de Assumpto se porventura surgissem Problemas, como bem sabeis". O que significaria essa frase? Mas espere — não havia ainda *outra* referência a "guardas" que nem sequer lhe ocorrera durante a leitura da carta enviada por Hutchinson? No período anterior ao sigilo, Ward havia lhe dito que o diário de Eleazar Smith registrava a espionagem conduzida por Smith e Weeden na fazenda de Curwen, e que nessa pavorosa crônica havia menções a conversas ouvidas antes que o velho feiticeiro desaparecesse de uma vez por todas sob a terra. Smith e Weeden insistiam em dizer que haviam escutado terríveis colóquios entre Curwen, certos prisioneiros e *os guardas desses prisioneiros*. Esses guardas, de acordo com Hutchinson ou com seu avatar, haviam lhes "comido as cabeças", e assim o dr. Allen não os manteve *em forma*. E se não estavam *em forma*, como poderiam estar, senão como os "sais" a que o bando de feiticeiros parecia estar decidido a reduzir o maior número possível de corpos ou de esqueletos humanos?

Seria *esse*, portanto, o conteúdo dos lécitos — o monstruoso fruto de ritos e atos heréticos, possivelmente convertido ou coagido à submissão a fim de, quando chamado por meio de um encantamento demoníaco, ajudar a defender o blasfemo mestre ou a interrogar os recalcitrantes? Willett estremeceu ao pensar no que havia derramado sobre as próprias mãos, e por um instante foi dominado pelo impulso de fugir em pânico daquela caverna repleta de prateleiras horrendas com guardiões silenciosos e talvez vigilantes. Então pensou na "Materia" — na miríade de jarros de Falero que ocupavam o lado oposto do recinto. Sais, também — mas, se não os sais dos "guardas", então sais do quê? Meu Deus! Seria possível que lá estivessem as relíquias mortais de metade dos pensadores titânicos de todas as épocas, retirados por ladrões de sepulturas das criptas onde o mundo os tinha imaginado seguros e à mercê de loucos que buscavam extrair-lhes conhecimento a fim de cumprir um desígnio ainda mais ambicioso cujo resultado último diria respeito, como o pobre Charles havia insinuado no bilhete frenético, a "todas as civilizações, todas as leis naturais e talvez até mesmo o destino do sistema solar e do universo como um todo"? E Marinus Bicknell Willett havia deixado o pó desses homens correr por entre os dedos!

No momento seguinte, percebeu uma diminuta porta no lado oposto do recinto e acalmou-se o suficiente para se aproximar e examinar o rústico símbolo entalhado logo acima. Era apenas um símbolo, e no entanto instilou-lhe um vago pavor espiritual; pois um amigo mórbido e sonhador certa vez o havia traçado em uma folha de papel e discorrido sobre os significados que adquire nos negros abismos do sono. Era o símbolo de Koth, que os sonhadores veem afixado logo acima da arcada de uma certa torre negra que se ergue solitária em meio ao crepúsculo — e Willett não gostou nem um pouco do que o amigo Randolph Carter tinha dito acerca dos poderes que encerrava. Mesmo assim, um instante mais tarde esqueceu-se do símbolo ao reconhecer um novo odor acre na atmosfera pestilenta. Era um cheiro químico, e não animal, que sem dúvida tinha origem no cômodo do outro lado da porta. E era sem dúvida o mesmo odor que havia saturado as roupas de Charles Ward no dia em que os médicos o levaram embora. Então era aquele o lugar em que o jovem fora interrompido pelo derradeiro chamado? Nesse caso, Ward seria mais sábio do que Curwen, pois não havia resistido. Willett, determinado a penetrar todos os portentos e pesadelos que aquele reino subterrâneo pudesse encerrar, apanhou a pequena lamparina e atravessou o umbral. Uma onda de pavor inefável veio a seu encontro, mas o explorador não cedeu a nenhum devaneio e não se deixou levar pela intuição. Não havia nenhuma criatura viva capaz de fazer-lhe mal naquele lugar, e tampouco se permitiria hesitar na investigação da nuvem quimérica que envolvera o paciente.

O cômodo além da porta tinha dimensões medianas, e não tinha nenhum móvel além de uma mesa, uma única cadeira e dois grupos de curiosas máquinas com rodas e presilhas, que, passados alguns instantes, Willett reconheceu como instrumentos medievais de tortura. Ao lado da porta havia um suporte com diversos azorragues de aparência brutal, acima dos quais se encontravam prateleiras com fileiras vazias de copas em chumbo no formato de cílices gregos. No outro lado estava a mesa, com uma poderosa lâmpada de Argand, um bloco de anotações acompanhado de um lápis e dois lécitos tampados trazidos das prateleiras no outro cômodo e largados a espaços irregulares, como que de maneira provisória ou precipitada. Willett acendeu a lâmpada e examinou minuciosamente o bloco para ver que notas o jovem Ward poderia haver tomado quando foi interrompido, mas não encontrou nada mais compreensível do que os seguintes fragmentos desconexos escritos com as garatujas de Curwen, que não ajudavam a esclarecer nenhum aspecto do caso tomado como um todo:

"B. não morreo. Escapou para allem dos Muros e encontrou o Logar maes abaixo."

"Vi o velho V. dizer o Sabbath e apprendi o Caminho."

"Invoquei *Yog-Sothoth* por tres Vezes e no Dia seguinte minha Supplica foi attendida."

"F. tentou anniquillar todos Aquelles que sabem como invocar as Creatures Sideraes."

Quando o forte brilho da lâmpada de Argand iluminou a câmara por completo, o médico viu que a parede defronte à porta, entre os dois grupos de instrumentos de tortura dispostos nos cantos, tinha ganchos de onde pendiam mantos informes de um branco-amarelado um tanto lúgubre. Porém ainda mais interessantes eram as duas paredes vazias, cobertas por símbolos e fórmulas místicas entalhadas de maneira rústica na cantaria regular. O assoalho úmido também ostentava marcas de entalhaduras; e Willett não teve dificuldade para decifrar um enorme pentagrama no centro, com um círculo branco de cerca de um metro de diâmetro a meio caminho entre o símbolo místico e cada um dos cantos. Em um desses quatro círculos, próximo ao lugar onde um manto amarelado fora atirado de qualquer jeito ao chão, repousava um cílice raso como aqueles que se encontravam acima do suporte para os azorragues; e logo além da periferia encontrava-se um dos jarros de Falero retirados das prateleiras no outro recinto, que trazia na etiqueta o número 118. Esse jarro não se encontrava tampado, e um rápido exame revelou que estava vazio; porém o médico estremeceu ao ver que o cílice não estava. Naquela área rasa, preservada pela ausência de vento naquela caverna erma, havia uma pequena quantidade de um pó de coloração verde-fluorescente que devia anteriormente estar contido no jarro; e Willett quase sentiu vertigens ao perceber as implicações que se impuseram assim que aos poucos começou a estabelecer relações entre os vários elementos e antecedentes da cena. Os azorragues e os instrumentos de tortura, o pó ou os sais no jarro de "Materia", os dois lécitos da prateleira marcada como "Custodes", os mantos, as fórmulas nas paredes, as anotações no bloco, as insinuações de cartas e lendas e os milhares de vislumbres, dúvidas e suposições que atormentavam os amigos e os pais de Charles — a soma desses elementos atingiu o dr. Willett como uma onda de terror quando olhou em direção ao pó esverdeado que se espalhava pelo cílice de chumbo deixado no chão.

Com um esforço da vontade, no entanto, Willett se recompôs e começou a estudar as fórmulas entalhadas nas paredes. A dizer pelas letras manchadas e com diversas incrustações, parecia evidente que remontassem à época de Joseph Curwen, e o texto apresentava uma vaga familiaridade para alguém que tivesse lido o farto material a respeito de Curwen ou estudado a fundo a história da magia. Uma fórmula foi reconhecida por Willett como sendo aquela que a sra. Ward ouvira o filho entoar naquela agourenta Sexta-Feira Santa de um ano atrás, que, segundo um especialista, consistia em uma terrível invocação a deuses proscritos que se encontravam além das esferas normais do ser. Não estava soletrada exatamente como a sra. Ward a havia registrado de memória, tampouco como o especialista lha havia mostrado no volume proscrito de Éliphas Lévi; mas a identidade era inconfundível, e palavras como *Sabaoth*, *Metraton*, *Almousin* e *Zariatnatmik* fizeram com que um arrepio de pavor varasse o corpo do homem que tinha visto e sentido de muito perto a abominação cósmica à espreita.

Essas palavras encontravam-se no lado esquerdo de quem entrava no recinto. O lado direito apresentava uma quantidade similar de inscrições, e Willett teve um sobressalto ao reconhecer um par de fórmulas que ocorriam com grande frequência nas recentes notas encontradas na biblioteca. Em termos gerais, eram idênticas, e ostentavam os símbolos ancestrais da "Cabeça do Dragão" e da "Cauda do Dragão" no alto da página, que a seguir dava lugar à caligrafia de Ward. Entretanto, a grafia variava bastante em relação às versões modernas, como se o velho Curwen usasse um método diferente para registrar os sons, ou como se um estudo mais aprofundado tivesse encontrado variantes mais perfeitas e mais poderosas das invocações em questão. O médico tentou conciliar a versão entalhada com aquela que insistia em martelar-lhe os pensamentos, porém encontrou dificuldades. No ponto em que a fórmula memorizada dizia "*Y'ai 'ng'ngah, Yog-Sothoth*", e epígrafe trazia "*Aye, engengah, Yogge-Sothotha*", o que dava a impressão de causar uma séria interferência à estrutura silábica da segunda palavra.

Em função da intensidade com que o texto mais recente havia se impregnado nos pensamentos do explorador, a discrepância o perturbou; e logo viu-se entoando a primeira das fórmulas em voz alta em uma tentativa de conciliar o som que havia concebido com as letras entalhadas que encontrara. Estranha e ameaçadora soou-lhe a própria voz naquele abismo de blasfêmia ancestral, com trenos que seguiam o ritmo de uma litania insistente devido a um feitiço antigo e ignoto ou devido ao exemplo infernal dos uivos abafados e heréticos que se erguiam dos fossos onde distantes cadências rítmicas e inumanas se erguiam e se atenuavam em meio ao fedor e às trevas.

Y'AI 'NG'NGAH,
YOG-SOTHOTH
H'EE — L'GEB
F'AI THRODOG
UAAAH!

Mas o que seria o vento gélido que de repente havia soprado logo nas primeiras sílabas do cântico? As tristes lamparinas bruxuleavam, e a escuridão se adensou de tal maneira que as letras na parede quase desapareceram em meio às trevas. Havia também fumaça, e um odor acre que abafou quase por completo o fedor dos poços distantes; um odor como o que havia surgido antes, porém infinitamente mais forte e mais pungente. Então o dr. Willett desviou o olhar das inscrições para virar-se em direção à câmara repleta de itens bizarros e notou que o cílice no chão, no qual o agourento pó fosforescente se encontrava, havia começado a emanar uma densa nuvem de vapor preto-esverdeado com volume e opacidade surpreendentes. Aquele pó — Meu Deus! — Aquilo havia saído da estante de "Materia" — mas o que estaria fazendo naquele instante, e o que teria desencadeado o processo? A fórmula que havia entoado — a primeira do par — a Cabeça do Dragão, *nó ascendente* — Pai do Céu, seria possível…?

Willett viu-se tomado por vertigens, e por seus pensamentos correram fragmentos desconexos de tudo o que tinha visto, ouvido e lido a respeito do pavoroso caso de Joseph Curwen e de Charles Dexter Ward. "Rogo-vos mais huma Vez que não invoqueis Nada que não possaes supprimir… Tende sempre prontas as Pallavras do Esconjuro, e não vos demoreis a empregallas quando surgirem quaesquer Duvidas sobre a Identidade Daquelle que invocastes... Tres Pallestras com *Aquillo que nelle se encontra inumado...*" *Por misericórdia, o que era o vulto por trás da fumaça que se descortinava?*

5.

Marinus Bicknell Willett não tinha a menor esperança de que as diferentes partes da história fossem receber o crédito de outros que não os amigos mais próximos, e por esse motivo não chegou sequer a contá-la fora do círculo mais íntimo em que transitava. Apenas um reduzido número de pessoas de fora tomou conhecimento do relato, e a maioria destas simplesmente riu e afirmou que o médico sem dúvida estava começando a sentir o peso da idade. Aconselharam-no a tirar longas férias e a evitar toda sorte de envolvimento futuro em casos de perturbação mental. Mas o patriarca Ward sabe que o médico veterano não fez mais do que revelar uma verdade horrenda. Não tinha visto com os próprios olhos a abertura insalubre no porão da casa em Pawtuxet? Willett não o havia deixado em casa, vencido e doente, às onze horas daquela agourenta manhã? Não havia telefonado ao médico em vão ao entardecer, e mais uma vez no dia seguinte, e não se dirigira mais uma vez à casa em Pawtuxet na tarde subsequente, apenas para encontrar o amigo desacordado em uma das camas no andar de cima? Willett respirava em arquejos, mas abriu os olhos devagar quando o sr. Ward ofereceu-lhe um gole do brandy que tinha no carro. Então estremeceu e gritou: "*Aquela barba... aqueles olhos... Meu Deus, quem é você?*". Era um comentário um tanto estranho a se fazer para um cavalheiro elegante, bem escanhoado e de olhos azuis que ele havia conhecido desde a meninice.

Na luz forte do meio-dia, a casa permanecia inalterada desde a manhã anterior. As roupas de Willett não traziam nenhum sinal de desalinho a não ser por certas manchas e um certo desgaste nos joelhos, e apenas um discreto odor acre lembraria o sr. Ward do cheiro que havia exalado do filho no dia em que o levaram para o hospital. A lanterna do médico havia se perdido, mas a valise estava segura, e vazia como a trouxera. Antes de oferecer qualquer explicação, e obviamente com um grande esforço moral, Willett cambaleou tomado por vertigens até o porão e tentou abrir a fatídica plataforma defronte às tinas. O objeto não se moveu. Depois de ir até o ponto onde havia deixado a bolsa de ferramentas no dia anterior, sacou um formão e começou a forçar as resistentes tábuas uma a uma. Por baixo o concreto liso ainda era visível, mas quanto a qualquer abertura ou perfuração não restava nenhum traço. Nenhuma passagem se abriu naquele momento para nausear o pai estupefato que descera o lance de escadas em companhia do médico; havia apenas o concreto liso por baixo das tábuas — nenhum poço insalubre, nenhum horror subterrâneo, nenhuma biblioteca secreta, nenhum papel de Curwen, nenhum fosso saído de um pesadelo de uivos e fedores, nenhum laboratório com prateleiras e fórmulas entalhadas... O dr. Willett empalideceu e agarrou-se ao homem mais jovem. "Ontem", perguntou a meia-voz, "você também viu aqui... você também sentiu o cheiro?" E quando o sr. Ward, transfixado pelo horror e pelo espanto, reuniu forças para fazer um gesto afirmativo com a cabeça, o médico soltou um suspiro engasgado e respondeu-lhe com um gesto idêntico. "Então vou contar tudo", disse.

E assim, durante uma hora no recinto mais ensolarado que puderam encontrar no andar de cima, o médico sussurrou o terrível relato ao pai estupefato. Não havia nada a relatar além do vulto que surgiu quando o vapor preto-esverdeado que saiu do cílice descortinou-se, e Willett estava cansado demais para se indagar sobre o que de fato teria ocorrido. Os dois homens trocaram inúteis meneios de cabeça, e em um dado momento o dr. Ward aventurou-se a perguntar a meia-voz: "Você acha que resolveria alguma coisa se cavássemos?". O médico permaneceu em silêncio, pois não julgou adequado responder sabendo que os poderes de esferas ignotas haviam chegado a esse lado do Grande Abismo. O sr. Ward tornou a perguntar: "Para onde foi aquela coisa? Você sabe que foi aquilo que o trouxe até aqui e que de algum modo fechou o acesso". E mais uma vez Willett respondeu com o silêncio.

Mesmo assim, a história estava longe do fim. Quando estendeu a mão para tomar o lenço antes de se levantar e partir, o dr. Willett fechou os dedos ao redor de um pedaço de papel no interior do bolso que não havia estado lá anteriormente e que se fez acompanhar pelas velas e fósforos que havia encontrado nas galerias desaparecidas. Era uma folha comum, sem dúvida arrancada do bloco que se encontrava naquele fabuloso recinto de horror nas galerias subterrâneas, e a caligrafia sobre o papel era a de um lápis de grafite ordinário — com certeza o instrumento que se encontrava ao lado do bloco. A folha estava dobrada sem nenhum cuidado, e à exceção do discreto cheiro acre das câmaras crípticas não trazia nenhuma marca ou sugestão de qualquer outro mundo que não o nosso. Do texto, contudo, trescalavam portentos; pois não se tratava de uma caligrafia da época contemporânea, mas dos traços rebuscados das trevas medievais, legíveis somente a duras penas aos olhos dos leigos que naquele instante se debruçaram sobre o papel, que no entanto ostentava símbolos vagamente familiares. Eis a mensagem rabiscada às pressas — e o mistério instilou convicção na dupla de investigadores abalados, que sem mais delongas foram até o carro do sr. Ward e ordenaram ao motorista que passasse em um restaurante silencioso e depois os levasse até a John Hay Library na colina.

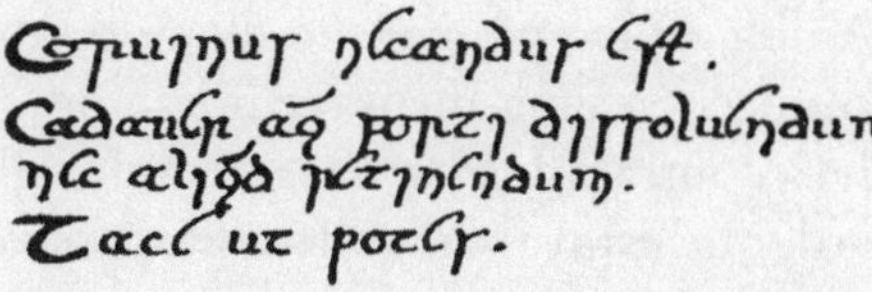

Na biblioteca não foi difícil encontrar bons manuais de paleografia, e os homens deixaram-se intrigar por esses volumes até que as luzes do anoitecer brilhassem no enorme lustre. No fim encontraram o que tanto haviam procurado. As letras não eram nenhuma invenção fantástica, mas apenas a caligrafia ordinária de um período obscuro ao extremo. Eram as minúsculas saxônicas do século VIII ou IX, e traziam consigo memórias de uma época de barbárie em que, sob o novo verniz do cristianismo, religiões antigas e ritos ancestrais moviam-se às furtadelas enquanto a lua pálida da Bretanha por vezes contemplava as estranhas cerimônias nas ruínas romanas de Caerleon e de Hexham, e também junto às torres da muralha decrépita de Adriano. As palavras eram vazadas no latim que se podia esperar de uma época bárbara — "*Corvinus necandus est. Cadaver aq*(*ua*) *forti dissolvendum, nec aliq*(*ui*)*d retinendum. Tace ut potes*" — e podem ser traduzidas aproximadamente como "Curwen deve ser morto. O corpo deve ser dissolvido em água-forte, e nada deve restar. Guarde silêncio tanto quanto possível".

Willett e o sr. Ward calaram-se, perplexos. Ao defrontar-se com o desconhecido, perceberam que não tinham emoções adequadas para reagir da maneira como haviam vagamente antecipado. No caso de Willett, em particular, a capacidade de receber novas impressões de espanto havia chegado muito próximo do limite; e os dois homens permaneceram sentados, imóveis e indefesos, até que o fechamento da biblioteca obrigasse-os a ir embora. Então seguiram de carro até a mansão Ward na Prospect Street e falaram noite adentro sem chegar a nenhuma conclusão. O médico descansou perto do amanhecer, mas não foi para casa. Ainda estava na mansão quando, ao meio-dia de domingo, recebeu uma mensagem telefônica enviada pelos detetives contratados para vigiar o dr. Allen.

O sr. Ward, que estava andando com passos nervosos de um lado para outro vestido com um roupão, atendeu pessoalmente a ligação, e solicitou aos homens que fizessem uma visita à casa na manhã seguinte ao saber que tinham um relatório quase pronto. Tanto Willett como o sr. Ward alegraram-se ao perceber que essa fase da investigação estava tomando corpo, pois qualquer que fosse a origem da estranha mensagem em minúsculas, tudo indicava que o "Curwen" a ser destruído não podia ser outro senão o forasteiro de barba e de óculos escuros. Charles havia temido esse homem, e também havia dito no bilhete frenético que devia ser morto e dissolvido em ácido. Como se não bastasse, Allen vinha recebendo cartas de estranhos feiticeiros da Europa sob a alcunha de Curwen, e não havia dúvidas de que se considerava um avatar do necromante de outrora. E naquele instante uma nova e até então desconhecida fonte havia surgido, dizendo que "Curwen" devia ser morto e dissolvido em ácido. Os nexos pareciam demasiado coesos para que fossem engendrados; além do mais, Allen não estava planejando o assassinato do jovem Ward a pedido da criatura chamada Hutchinson? Claro, a carta talvez nunca tivesse chegado até o forasteiro barbado; mas a partir do texto foi possível determinar que Allen já tinha planos concretos para lidar com o jovem caso viesse a mostrar-se demasiado "afetado". Sem dúvida, Allen precisava ser detido; e mesmo que as providências mais drásticas não se fizessem necessárias, devia ser colocado em um lugar onde não pudesse fazer mal a Charles Ward.

Naquela tarde, em uma vã esperança de arrancar informações acerca dos mais profundos mistérios da única pessoa capaz de fornecê-las, o pai e o médico dirigiram-se até a baía para visitar o jovem Charles no hospital. Com palavras simples e graves, Willett contou-lhe tudo o que havia descoberto até então e notou que o jovem empalidecia à medida que cada descrição corroborava ainda mais a certeza da descoberta. O médico usou o maior número possível de efeitos dramáticos e permaneceu atento a qualquer expressão de sofrimento no semblante de Charles quando abordou a questão dos poços cobertos e dos inomináveis seres híbridos que continham. Mas a expressão de Ward não se alterou. Willett deteve-se e passou a falar com uma voz indignada quando mencionou que as criaturas estavam passando fome. Acusou o jovem de ter adotado um comportamento desumano, e estremeceu ao receber como resposta apenas uma risada sardônica. Charles, tendo abandonado qualquer pretensão de fingir que a cripta não existia, deu a impressão de encarar toda aquela circunstância como uma grande piada macabra, e viu-se obrigado a abafar o riso. Então sussurrou, em tons de horror redobrado em razão da voz alquebrada que usou: "Que se danem! Eles *comem*, mas *não precisam*! Essa é a parte estranha! Um mês sem comida, o senhor disse? Ora, quanta modéstia! Esse era o chiste que fazíamos com a santimônia do velho Whipple! Matar tudo aquilo, ele? Ah, o desgraçado ficou mouco com os rumores do Espaço Sideral e nunca viu nem ouviu coisa alguma vinda dos poços! Nunca sequer imaginou que existissem! Que o demônio vos leve — *aquelas coisas estão uivando lá embaixo desde que Curwen mordeu a terra cento e cinquenta e sete anos atrás!*".

Mais informações Willett foi incapaz de arrancar do jovem. Horrorizado, porém quase persuadido malgrado a própria vontade, deu seguimento à história na esperança de que um incidente qualquer pudesse despertar o interlocutor da insana compostura adotada. Ao encarar o rosto do jovem, o médico não conseguiu evitar um vago sentimento de terror ao perceber as mudanças operadas pelos meses recentes. Em verdade o rapaz havia trazido horrores inomináveis dos céus. Quando o recinto onde se encontravam as fórmulas e o pó verde foi mencionado, Charles deu a primeira mostra de entusiasmo. Uma expressão de curiosidade tomou conta do seu rosto quando ouviu o relato sobre o que Willett havia lido no bloco de anotações, e a seguir o jovem afirmou em um sucinto comentário que os apontamentos eram antigos e desprovidos de significado para qualquer pessoa que não detivesse profundos conhecimentos relativos à história da magia. "Mas", acrescentou, "se o senhor conhecesse a fórmula para invocar aquilo que estava no cílice, não estaria aqui para me contar essa história. Aquele era o número 118, e imagino que o senhor teria estremecido se houvesse consultado a lista no outro cômodo. Eu mesmo jamais o invoquei, muito embora pretendesse conjurá-lo no dia em que o senhor apareceu e mandou-me para cá."

Então Willett falou sobre a fórmula que havia repetido e a fumaça preto-esverdeada que havia se erguido; e enquanto falava viu o mais puro medo despontar pela primeira vez no semblante de Charles Ward. "Ele *apareceu* e o senhor está vivo?" Quando Ward crocitou as palavras, a voz parecia ter vencido todas as barreiras e afundado em abismos cavernosos de lúgubres ressonâncias. Willett, em um súbito lampejo de inspiração, imaginou ter compreendido o que se passava, e assim incluiu na resposta o alerta retirado de uma correspondência que havia recordado. "Não. 118, você diz? Não esqueça que *as pedras Tumulares se encontram trocadas em nove de cada dez cemitérios. Não há como ter certeza sem perguntar!*" Então, sem nenhum aviso prévio, sacou a diminuta mensagem e postou-a ante os olhos do paciente. Não poderia ter imaginado um resultado mais contundente, pois no mesmo instante Charles Ward desfaleceu.

Toda essa conversa, é claro, fora conduzida no mais absoluto sigilo para evitar que os alienistas residentes acusassem o pai e o médico de incentivar os delírios patológicos de um louco. Sem nenhum auxílio externo, o dr. Willett e o sr. Ward levantaram o jovem desfalecido e puseram-no em cima do sofá. Quando voltou a si, o paciente emitiu diversos balbucios a respeito de uma mensagem que precisava despachar de imediato para Orne e Hutchinson, de modo que, quando a consciência pareceu voltar por completo, o médico lhe asseverou que pelo menos uma dessas estranhas criaturas era um inimigo encarniçado que havia sugerido ao dr. Allen que o matasse. Essa revelação não produziu nenhum efeito visível, e mesmo antes os visitantes puderam ver que o anfitrião tinha o olhar de um homem acossado. Desse ponto em diante Charles Ward recusou-se a continuar a conversa, e assim Willett e o pai resolveram ir embora, deixando para trás um alerta em relação ao barbado Allen, ao qual o jovem respondeu prontamente dizendo que já havia dado um jeito no assunto e que essa pessoa não faria mal a mais ninguém nem se quisesse. O comentário fez-se acompanhar de uma risada malévola muito dolorosa de ouvir. Willett e o sr. Ward não se preocuparam com a chance de que Charles pudesse escrever uma carta para a monstruosa dupla na Europa, pois sabiam que as autoridades do hospital interceptavam toda a correspondência externa para fins de censura e que não deixariam passar nenhuma mensagem extravagante ou desvairada.

Existe, no entanto, uma curiosa sequência para a história de Orne e de Hutchinson, se de fato os feiticeiros no exílio chamavam-se assim. Movido por um vago pressentimento em meio aos horrores desse período, Willett contratou um serviço de recortes de notícias internacionais para que se mantivessem atentos a quaisquer relatos de crimes e acidentes em Praga e no leste da Transilvânia; e seis meses depois convenceu-se de que havia encontrado dois itens de suma importância na miscelânea de recortes que havia recebido e mandado traduzir. Um dizia respeito à destruição total de uma casa à noite no bairro mais antigo de Praga e ao desaparecimento de um velho maléfico chamado Josef Nadek, que morava sozinho desde as mais remotas lembranças dos moradores locais. O outro dizia respeito a uma explosão titânica nas montanhas da Transilvânia a leste de Rakus e ao total aniquilamento do agourento castelo Ferenczy e de todos os antigos ocupantes — um lugar cujo proprietário era tão malfalado pelos camponeses e soldados da região que em breve teria sido intimado a se apresentar em Bucareste para um interrogatório se o incidente não tivesse dado fim a uma longa carreira que remontava a tempos anteriores à lembrança comum. Willett sustenta que a mão que escreveu as minúsculas também era capaz de empunhar armas mais fortes, e que, embora a aniquilação de Curwen tenha ficado a seu próprio encargo, o autor em pessoa teria saído em busca de Orne e de Hutchinson. Em relação ao destino que se teria abatido sobre os dois, o médico evita ao máximo pensar.

6.

Na manhã seguinte o dr. Willett apressou-se rumo à mansão dos Ward para estar presente quando os detetives chegassem. A destruição ou a captura de Allen — ou de Curwen, se a tácita alegação de reencarnação fosse deveras válida — devia ser empreendida a todo custo, e o médico detalhou essa convicção ao sr. Ward enquanto os dois permaneciam sentados à espera dos homens. Nessa ocasião encontravam-se no térreo, pois as partes superiores da casa estavam sendo evitadas em razão da peculiar repugnância que pairava de maneira indefinida ao redor de tudo; uma repugnância que os criados de longa data associavam a uma maldição deixada pelo desaparecido retrato de Curwen.

Às nove horas os três detetives apresentaram-se e no mesmo instante relataram tudo o que tinham a relatar. Infelizmente, não tinham localizado o nativo de Brava Tony Gomes como haviam desejado, tampouco encontrado qualquer resquício sobre a origem ou o paradeiro do dr. Allen; mas tinham conseguido reunir um número considerável de impressões e fatos relativos ao lacônico forasteiro. Allen tinha dado aos habitantes de Pawtuxet a impressão de que seria uma criatura vagamente sobrenatural, e havia uma crença generalizada de que a grossa barba escura seria ou tingida ou postiça — uma crença demonstrada de maneira irrefutável quando uma barba postiça de acordo com essa descrição e acompanhada por um par de óculos escuros foi encontrada no quarto que havia ocupado na fatídica casa em Pawtuxet. A voz, como o sr. Ward poderia confirmar a partir da conversa telefônica, tinha um caráter profundo e cavo que seria impossível esquecer; e o olhar irradiava malevolência até mesmo por trás dos óculos escuros com armação de chifre. Um certo comerciante, durante o curso das negociações, tinha visto um espécime da caligrafia de Allen e declarou que consistia em estranhas garatujas, o que foi confirmado pelas enigmáticas notas a lápis encontradas no quarto que ocupava, mais tarde reconhecidas pelo comerciante. Em relação às suspeitas de vampirismo aventadas no verão anterior, a maioria dos rumores indicava que Allen, e não Ward, seria efetivamente o vampiro. Também foram colhidos relatos dos oficiais que haviam visitado a casa em Pawtuxet após o desagradável incidente do roubo com o caminhão. Todos haviam pressentido menos elementos sinistros no dr. Allen, mas a partir de então passaram a considerá-lo a figura dominante na estranha casa ensombrecida. O lugar era demasiado escuro para que pudessem vê-lo com nitidez, mas seriam capazes de reconhecê-lo mesmo assim. A barba parecia estranha, e o homem parecia ter uma discreta cicatriz acima do olho direito por trás dos óculos. Quanto à busca empreendida pelos detetives no quarto de Allen, essa não trouxe nenhuma revelação decisiva além da barba e dos óculos e de várias anotações a lápis feitas com garatujas que Willett no mesmo instante reconheceu como sendo idênticas àquelas nos antigos manuscritos de Curwen e nas volumosas notas recentes do jovem Ward encontradas nas desaparecidas catacumbas de horror.

O dr. Willett e o sr. Ward receberam a impressão de um profundo, sutil e insidioso medo cósmico das informações que aos poucos se desvelavam, e quase estremeceram ao levar adiante o pensamento vago e insano que lhes ocorreu ao mesmo tempo. A barba postiça e os óculos — as garatujas de Curwen — o velho retrato e a pequena cicatriz — *e o jovem desvairado no hospital com uma cicatriz idêntica* — a voz profunda e cava ao telefone — não fora nessas coisas que o sr. Ward pensou ao ouvir o filho latir as notas dignas de pena às quais naquele ponto afirmava estar reduzido? Alguém já tinha visto Charles e Allen juntos? Uma vez, os oficiais — mas e depois? Não foi quando Allen se afastou que Charles de repente perdeu o medo cada vez maior e começou a viver de forma plena na casa em Pawtuxet? Curwen — Allen — Ward — em que fusão blasfema e abominável essas duas épocas e essas duas pessoas teriam se envolvido? A semelhança maldita entre Charles e o retrato — por acaso a pintura não costumava encarar o jovem e segui-lo com os olhos pelo cômodo? Mas por que tanto Allen como Charles haveriam de copiar a caligrafia de Joseph Curwen, mesmo sozinhos e com a guarda baixa? E havia também o horrendo trabalho dessas pessoas — a cripta de horrores perdida que havia levado o médico a envelhecer de um dia para o outro; os monstros famintos nos poços insalubres; a pavorosa fórmula capaz de trazer resultados inomináveis; a mensagem em minúsculas encontrada no bolso de Willett; os papéis e as cartas e as discussões acerca de túmulos e "saes" e descobertas — como tudo poderia encaixar-se? No fim o sr. Ward fez a coisa mais sensata. Armado contra todos os questionamentos quanto ao motivo para agir desta forma, entregou aos detetives um artigo que devia ser mostrado aos comerciantes de

Pawtuxet que tivessem visto o agourento dr. Allen. O artigo era uma fotografia do próprio filho desafortunado, na qual desenhou com todo o cuidado, a tinta, um par de pesados óculos escuros e a barba negra e pontuda que os detetives haviam trazido do quarto de Allen.

Por duas horas esperou com Willett na atmosfera opressiva da mansão onde o medo e os miasmas aos poucos se mesclavam enquanto o painel vazio na biblioteca do terceiro andar de cima sorria e sorria e sorria. Então os homens retornaram. De fato. *A fotografia alterada era uma representação absolutamente passável do dr. Allen.* O sr. Ward empalideceu, e Willett enxugou com um lenço a testa que se havia umedecido de repente. Allen — Ward — Curwen — tudo estava se tornando horrendo demais para um raciocínio coerente. O que o garoto havia invocado do abismo, e como a entidade poderia tê-lo afetado? O que, em suma, havia acontecido do início ao fim? Quem era esse Allen que tentara matar Charles por considerá-lo "afetado", e por que a vítima pretendida havia dito no *postscriptum* à carta frenética que o forasteiro devia ser destruído com ácido? Por que, além do mais, a mensagem em minúsculas, cuja origem ninguém se atrevia a cogitar, dizia que "Curwen" devia ser destruído de maneira idêntica? No que consistiria a *mudança*, e quando o estágio final havia chegado? No dia em que o bilhete frenético foi recebido — Charles havia passado a manhã inteira nervoso, e depois operou-se uma alteração. O jovem se esgueirou para fora da casa sem que ninguém o visse e caminhou a passos largos, deixando para trás os homens contratados para vigiá-lo. Durante aquele tempo esteve fora. Mas não — por acaso não havia soltado um grito de terror ao adentrar o estúdio — aquele mesmo recinto? O que havia encontrado lá dentro? Ou então — *o que o havia encontrado?* O simulacro que tornou a casa sem que o vissem partir — seria um espectro sideral e um horror que se abatiam sobre uma figura trêmula que na verdade jamais havia saído? O mordomo não tinha mencionado barulhos estranhos?

Willett pediu que chamassem o homem e fez-lhe algumas perguntas em voz baixa. Sem dúvida a situação havia sido tensa. Houve barulhos — um grito, um suspiro e um engasgo, e a seguir uma espécie de rangido ou estrépito ou baque, ou ainda todos os três. E o sr. Charles não era mais o mesmo quando deixou o cômodo sem dizer uma palavra sequer. O mordomo tremia ao falar, e sentiu o cheiro do ar fétido que soprava de uma janela aberta no andar de cima. O terror havia se instalado em definitivo na mansão, e apenas os detetives profissionais davam a impressão de não ter digerido a notícia. Mesmo assim, também estavam irrequietos, pois no segundo plano o caso apresentava elementos vagos que não os agradavam nem um pouco. O dr. Willett pensava com profundidade e clareza, e esses pensamentos eram terríveis. Às vezes quase sucumbia aos balbucios quando examinava mentalmente uma nova, terrível e cada vez mais conclusiva cadeia de acontecimentos dignos de um pesadelo.

Então o sr. Ward sinalizou que a conferência havia chegado ao fim, e todos à exceção do pai e do médico deixaram o recinto. Era meio-dia, porém sombras como as da noite que cai pareciam engolir a casa assombrada por espectros. Willett começou a falar em tom muito sério com o anfitrião e insistiu em pedir-lhe que deixasse grande parte da futura investigação a seu encargo. Segundo imaginava, haveria certos elementos nocivos que um amigo poderia suportar melhor do que um familiar. Como médico da família, ele precisaria ter carta branca, e a primeira coisa que exigiu foi um período de solidão e repouso na biblioteca abandonada do andar de cima, onde o antigo painel havia ganhado uma aura de horror insalubre mais intensa do que quando as próprias feições de Joseph Curwen espreitavam com olhos argutos desde o retrato pintado.

O sr. Ward, perplexo ante a enxurrada de elementos morbidamente grotescos e de sugestões inconcebivelmente insanas que o assaltavam por todos os lados, não teve alternativa senão aquiescer; e meia hora mais tarde o médico estava trancado no temido recinto com o painel retirado de Olney Court. O pai, escutando no lado de fora, ouviu sons de movimentações e de vasculhamentos à medida que o tempo passava; e por fim um esforço e um rangido, como se um pesado armário estivesse a ser aberto. Então veio um grito abafado, uma espécie de engasgo e um baque veloz, provocado pelo fechamento do que quer que tivesse sido aberto. Quase no mesmo instante a chave movimentou-se na fechadura e Willett apareceu no corredor, com uma expressão sinistra e tétrica, e exigiu lenha para a lareira na parede sul da habitação. Asseverou que a fornalha não seria o bastante; e a lareira elétrica teve pouco uso prático. Angustiado, porém avesso a fazer perguntas, o sr. Ward deu as ordens correspondentes e um homem levou troncos de pinho, estremecendo ao penetrar a atmosfera pestilenta da biblioteca a fim de colocá-los na grelha. Nesse meio-tempo, Willett subiu ao laboratório desativado e desceu com uma miscelânea de itens não levados durante a mudança efetuada no mês de julho anterior. Estavam todos em uma cesta coberta, e o sr. Ward jamais chegou a ver do que se tratava.

Então o médico trancou-se mais uma vez na biblioteca, e pelas nuvens de fumaça que saíam da chaminé e ondulavam em frente às janelas pôde-se depreender que havia acendido o fogo. Mais tarde, após um intenso farfalhar de jornais, o puxão e o rangido foram ouvidos mais uma vez, seguidos por um baque que desagradou a todos os que o ouviram. A seguir vieram dois gritos abafados de Willett, e no momento seguinte um rumor que provocou um indefinível sentimento de repulsa. A fumaça empurrada pelo vento tornou-se muito escura e acre, e todos desejaram que o clima houvesse-os poupado daquela sufocante e deletéria inundação de vapores peculiares. O sr. Ward sentiu a cabeça rodopiar, e toda a criadagem amontoou-se em um grupo compacto para ver a horrenda fumaça preta descer pela chaminé. Após um longo tempo de espera os vapores deram a impressão de se dissipar, e os ruídos quase amorfos de arranhões, deslizamentos e de outras operações menores foram ouvidos por trás da porta trancada. Por fim, após o bater de um armário no interior do cômodo, Willett tornou a aparecer — triste, pálido e desalentado, e segurando na mão a cesta coberta que havia buscado no laboratório do andar de cima. Tinha deixado a janela aberta, e por todo aquele recinto outrora maldito soprava uma brisa de ar puro e salubre que se misturava ao estranho e recente cheiro dos desinfetantes. O antigo painel continuava no lugar de sempre, mas parecia desprovido de malignidade, e erguia-se calmo e opulento como se jamais tivesse ostentado o retrato de Joseph Curwen. A noite se aproximava, porém dessa vez as sombras não traziam nenhum medo latente — apenas uma suave melancolia. Quanto ao que havia feito, o médico jamais viria a falar. Para o sr. Ward, disse apenas: "Eu não posso responder a nenhuma pergunta, mas afirmo que existem diferentes tipos de magia. Fiz uma grande purgação, e as pessoas desta casa vão dormir melhor agora".

7.

Que a "purgação" feita pelo dr. Willett foi um suplício quase tão devastador quanto as pavorosas andanças pela cripta desaparecida pode ser demonstrado pelo fato de que o provecto médico sucumbiu assim que chegou em casa naquela mesma noite. Permaneceu três dias inteiros confinado no quarto, embora mais tarde a criadagem tenha sussurrado alguma coisa sobre a noite de quarta-feira, quando a porta de entrada abriu-se e fechou-se com espantosa delicadeza. A imaginação dos criados, felizmente, é limitada, pois de outra forma poderiam ter se deixado influenciar por uma nota na edição de quinta-feira do *Evening Bulletin* que dizia o seguinte:

LADRÕES DE SEPULTURA NO NORTH END
VOLTAM À ATIVA

Dez meses após o covarde vandalismo perpetrado no jazigo de Weeden no North Burial Ground, um malfeitor noturno foi avistado hoje pela manhã no mesmo cemitério pelo vigia noturno Robert Hart. Quando olhou por acaso ao redor por volta das duas horas da madrugada, o sr. Hart percebeu o brilho de uma lamparina ou lanterna portátil um pouco a noroeste e, ao abrir a porta, deparou-se com o vulto de um homem delineado contra uma luz elétrica nas proximidades. Lançando-se de imediato a uma perseguição, o vigia noturno observou o vulto correr depressa em direção à entrada principal do cemitério, ganhar a rua e perder-se em meio às sombras antes que pudesse efetuar a aproximação ou a captura.

Como os primeiros ladrões de sepultura no ano passado, o intruso não chegou a causar nenhum estrago. Uma parte vazia do jazigo da família Ward mostrava indícios de uma escavação superficial, que no entanto não chegava sequer próximo ao tamanho de uma sepultura, e outros jazigos tampouco foram perturbados.

O sr. Hart conseguiu perceber apenas que o malfeitor era um homem barbado e de pequena estatura, e acredita que os três incidentes tenham uma fonte comum; mesmo assim, os agentes da Segunda Delegacia de Polícia pensam diferente em razão da violência observada no segundo incidente, quando um antigo caixão foi removido e teve a lápide destruída mediante o uso da força.

O primeiro incidente, em que a possível tentativa de enterrar alguma coisa viu-se frustrada, ocorreu em março último, e foi atribuído a falsificadores de bebida em busca de um lugar improvável para estocar as mercadorias ilegais. Segundo o sagto. Riley, é possível que esse terceiro incidente tenha uma motivação semelhante. Os agentes da Segunda Delegacia de Polícia empenham todos os esforços possíveis na localização e na captura dos malfeitores responsáveis por esses reiterados ultrajes.

Durante o dia inteiro o dr. Willett descansou como se estivesse a se recuperar de algum ocorrido ou a preparar-se para o que pudesse suceder. À tarde escreveu um bilhete para o sr. Ward, que foi entregue na manhã seguinte e que levou o atônito pai a uma longa e profunda meditação. O sr. Ward não fora capaz de se dedicar a nada desde o choque da segunda-feira devido aos impressionantes relatos da sinistra "purgação", mas conseguiu encontrar um lampejo de tranquilidade na carta do médico, apesar do desespero que dava a impressão de prometer e dos mistérios que parecia evocar.

10 Barnes St.,
Providence, R.I.,
12 de abril de 1928

Caro Theodore: —

Sinto que devo ter uma palavra com você antes de fazer o que pretendo fazer amanhã. Disponho-me a encerrar o assunto que nos tem ocupado (pois sinto que nenhuma pá haverá de encontrar o monstruoso lugar que conhecemos), mas temo que nada seja capaz de tranquilizá-lo enquanto eu não asseverar de maneira expressa que acredito ter encontrado uma solução definitiva.

Você me conhece desde que era menino, então acho que não teria motivo para desconfiar de mim se eu disser que certos assuntos devem ser relegados à incerteza e ao esquecimento. O melhor a fazer é abandonar toda sorte de especulação acerca do caso de Charles, e é muito importante que você não conte à mãe do garoto nada além do que ela já suspeita. Quando eu o visitar amanhã, Charles terá fugido. Eis tudo o que outras pessoas devem saber. Charles estava louco e fugiu. Você pode fazer revelações suaves e graduais à mãe quando parar de enviar as notas datilográficas em nome do garoto. Eu o aconselharia a encontrar sua esposa em Atlantic City e descansar um pouco. Deus sabe que você precisa descansar após um choque desses, e o mesmo vale para mim. Vou passar uma temporada no sul para me acalmar e me preparar para o que ainda virá.

Por isso peço que você não me faça perguntas quando eu o visitar. Pode ser que as coisas deem errado, mas nesse caso eu prometo avisá-lo. Não acho que vá acontecer. Não haverá mais nada com o que se preocupar, pois Charles estará a salvo, totalmente a salvo. Agora mesmo está mais seguro do que você pode imaginar. Você não tem mais motivos para temer Allen, ou ainda quem ou o que possa ser esse misterioso personagem. Allen pertence ao passado, assim como o retrato de Joseph Curwen, e quando eu tocar a campainha da sua porta você pode ter a certeza de que essa pessoa não existe. O que quer que tenha escrito aquela mensagem em minúsculas nunca mais vai importunar você ou a sua família.

Mas você deve estar pronto para enfrentar a melancolia e preparar a sua esposa para fazer o mesmo. Vejo-me obrigado a dizer com toda a franqueza que a fuga de Charles não vai significar a volta do garoto para casa. Charles vem sofrendo com uma moléstia um tanto singular, como você mesmo pode concluir pelas sutis alterações físicas e mentais que o afligiram, e você não deve nutrir a esperança de um dia tornar a vê-lo. À guisa de consolo, saiba que o seu filho nunca foi um demônio ou sequer um louco, mas apenas um garoto ávido, dedicado e curioso levado à ruína pelo amor que nutria em relação ao mistério e ao passado. Charles descobriu coisas que nenhum mortal jamais deveria saber e esquadrinhou o passado de uma forma que ninguém deveria fazer; e uma sombra surgiu do passado a fim de tragá-lo.

Agora chegamos ao ponto em que a sua confiança se faz mais necessária — pois é certo que não há incertezas quanto ao destino de Charles. Daqui a cerca de um ano, digamos, você pode imaginar um relato coeso para o fim se assim desejar; pois o garoto não haverá mais de existir. Você há de erguer uma lápide no jazigo da família no North Burial Ground exatos três metros a oeste da lápide do seu pai, apontada para a mesma direção, para assim marcar o verdadeiro lugar de repouso do seu filho. Não há motivos para temer que o monumento possa marcar o local de qualquer aberração ou monstruosidade. As cinzas no túmulo serão as dos seus ossos e tendões inalterados — terão pertencido ao verdadeiro Charles Dexter Ward, cujo desenvolvimento você acompanhou desde a infância — o verdadeiro Charles, com a marca escura no quadril e sem a marca das bruxas no peito nem a cicatriz acima da sobrancelha. O Charles que nunca fez nenhum mal, e que há de ter pagado a "afetação" com a própria vida.

Eis tudo. Charles vai ter fugido, e daqui a um ano você poderá erguer-lhe uma lápide. Não me faça perguntas amanhã. Mas acredite que a honra dessa antiga família permanece imaculada, como ademais sempre esteve em todas as épocas desde o mais remoto passado.

Com os meus profundos sentimentos, e com exortações à fortitude, à serenidade e à resignação, permaneço sendo

Seu amigo sincero,
Marinus B. Willett

Então, na manhã da sexta-feira, dia 13 de abril de 1928, Marinus Bicknell Willett visitou o quarto de Charles Dexter Ward no hospital particular do dr. Waite em Conanicut Island. O jovem, embora não tentasse evitar o visitante, encontrava-se em um estado de espírito sombrio, e demonstrava pouca disposição para entabular a conversa que Willett obviamente desejava. A nova descoberta feita pelo médico em relação à cripta e aos monstruosos experimentos conduzidos no local tinha criado uma nova fonte de constrangimento, de maneira que ambos hesitaram após a troca das formalidades obrigatórias. Logo um novo elemento restritivo surgiu enquanto Ward dava a impressão de ler por trás do semblante impassível do médico uma terrível obstinação que jamais havia estado lá. O paciente se encolheu, ciente de que desde a última visita havia se operado uma mudança graças à qual o obsequioso médico da família havia cedido o lugar a um vingador impiedoso e implacável.

Ward chegou a empalidecer, e o médico foi o primeiro a tomar a palavra. "Mais coisas foram encontradas", disse, "e devo avisá-lo de que certas explicações se fazem necessárias."

"Cavando mais uma vez em busca de bichos famintos?", retrucou Ward com uma nota de forte ironia. Não havia dúvidas de que o jovem pretendia manter as bravatas até o fim.

"Não", emendou Willett devagar; "dessa vez não precisei cavar. Nossos homens vigiaram o dr. Allen e encontraram os óculos e a barba postiça na casa em Pawtuxet."

"Excelente!", comentou o anfitrião inquieto em uma tentativa de insulto espirituoso; "espero que sirvam melhor do que os óculos e a barba que o senhor está usando nesse instante."

"Serviriam muito bem em você", veio a resposta calma e estudada, "*como a bem dizer parecem ter servido.*"

Quando Willett pronunciou essas palavras foi como

se uma nuvem obscurecesse o sol, embora as sombras no assoalho não tivessem sofrido qualquer alteração. Então Ward arriscou:

"Essa é a explicação que tanto se faz necessária? E se uma pessoa julgar conveniente transformar-se em duas de vez em quando?"

"Não", respondeu Willett. "Mais uma vez você se engana. Um homem que busca a dualidade não me diz respeito, *contanto que tenha direito a existir e que tampouco destrua aquilo que o invocou desde o espaço.*"

Ward teve um violento sobressalto. "Bem, mas o que descobristes, e por que desejastes ter comigo?"

O médico deixou que alguns instantes se passassem antes de responder, como se estivesse a pensar em uma resposta eficaz.

"Descobri", continuou por fim, "uma certa coisa em um armário por trás de um antigo painel onde esteve outrora um retrato, e queimei-a e enterrei as cinzas restantes no lugar onde há de ser o túmulo de Charles Dexter Ward."

O paciente insano engasgou-se e saltou da cadeira onde se encontrava sentado:

"Maldito sede! A quem contastes — e quem há de acreditar que seja ele após esses dois meses em que estive vivo? O que pretendeis fazer?"

Willett, embora fosse um homem pequeno, investiu-se de uma majestade judicial enquanto acalmava o paciente com um gesto.

"Não contei para ninguém. Não se trata de um caso comum — é uma loucura vinda do tempo e um horror de além das esferas que nenhuma polícia, nenhum tribunal, nenhum advogado e nenhum alienista seria capaz de compreender ou de reparar. Graças a Deus o destino me agraciou com a chama da imaginação para que eu não enlouquecesse pensando sobre essa coisa. *O senhor não me engana, Joseph Curwen, pois eu sei que essa magia amaldiçoada é verdadeira!*

"Eu sei que o senhor urdiu o feitiço que pairou ao redor do tempo e aferrou-se ao seu duplo e descendente; sei que o atraiu rumo ao passado e que o levou a retirá-lo da odiosa sepultura onde o senhor se encontrava; sei que o manteve oculto no laboratório enquanto o senhor estudava as coisas modernas e vagava como um vampiro à noite, e sei que mais tarde apresentou-se de óculos e barba para que ninguém se espantasse com a semelhança blasfema entre ambos; sei o que o senhor resolveu fazer quando o garoto hesitou ante a monstruosa profanação das sepulturas mundo afora, *e ante o que o senhor planejava para mais tarde*, e sei como o senhor levou o plano a cabo.

"O senhor tirou a barba e os óculos e enganou os guardas ao redor da casa. Acharam que era Charles quem havia entrado e depois acharam que era Charles quem havia saído, quando na verdade o senhor o havia estrangulado e ocultado o corpo. Mas o senhor não havia levado em conta a diferença de conteúdo entre as duas mentes. O senhor foi um tolo, Curwen, por achar que uma simples identidade visual seria o bastante! Por que não pensou na maneira de falar e na voz e na caligrafia? No fim não deu certo, como o senhor mesmo pode ver. O senhor conhece melhor do que eu quem ou o que escreveu aquela mensagem em minúsculas, mas aviso que não foi escrita em vão. Existem abominações e blasfêmias que precisam ser aniquiladas, e acredito que o autor daquelas palavras há de se juntar a Orne e a Hutchinson. Uma dessas criaturas certa vez escreveu-lhe, dizendo 'não invoqueis nada que não possais suprimir'. O senhor já foi vencido antes, talvez dessa mesma forma, e pode ser que a sua própria magia demoníaca traga-lhe mais uma vez a ruína. Curwen, não podemos interferir no funcionamento da natureza para além de certos limites, e todos os horrores que o senhor urdiu hão de retornar para eliminá-lo."

Nesse ponto o médico foi interrompido por um grito convulsivo da criatura que tinha diante de si. Acuado, indefeso e ciente de que qualquer demonstração de violência física chamaria uma vintena de enfermeiros em auxílio ao visitante, Joseph Curwen recorreu ao antigo aliado, e assim começou uma série de gestos cabalísticos com os indicadores enquanto a voz profunda e cava, enfim livre da rouquidão fingida, recitou as palavras iniciais de uma terrível fórmula.

"PER ADONAI ELOIM, ADONAI JEHOVA, ADONAI SABAOTH, METRATON..."

Porém Willett foi mais rápido. No mesmo instante em que os cachorros do pátio começaram a uivar, e no mesmo instante em que um vento gélido soprou da baía, o médico começou a entoar de maneira solene e compassada as palavras que desde o início pretendia recitar. Olho por olho — magia por magia — que o desfecho mostre como a lição do abismo foi aprendida! Então, com uma voz clara, Marinus Bicknell Willett começou a *segunda* fórmula do par cujo primeiro elemento havia conjurado o autor daquelas minúsculas — a críptica invocação encimada pela Cauda do Dragão, signo do *nó descendente* —

OGTHROD AI'F
GEB'L — EE'H
YOG-SOTHOTH
'NGAH'NG AI'Y
ZHRO!

Assim que a primeira palavra deixou os lábios de Willett a fórmula começada antes pelo interno foi interrompida. Incapaz de falar, o monstro executou gestos frenéticos com os braços até que estes por fim também se detiveram. Quando o terrível nome de *Yog-Sothoth* foi pronunciado teve início a horrenda transformação. Não era uma simples *dissolução*, mas antes uma *transformação ou recapitulação*; e Willett fechou os olhos para evitar que desfalecesse antes de terminar o encanto.

Porém o médico não desfaleceu, e aquele homem de séculos blasfemos e segredos proscritos jamais tornou a perturbar o mundo. A loucura vinda do tempo havia desaparecido, e o caso de Charles Dexter Ward havia chegado ao fim. Quando abriu os olhos antes de sair cambaleando daquele recinto de horror, o dr. Willett percebeu que o que havia retido na memória não fora em vão. Conforme havia previsto, o emprego de ácidos não foi necessário. Pois, como o amaldiçoado retrato um ano atrás, naquele instante Joseph Curwen espalhou-se pelo chão como uma fina camada de pó cinza-azulado.

Apêndice

Títulos originais, datas de escrita e datas de publicação

1. "Dagon": escrito em julho de 1917. Originalmente publicado em novembro de 1919 na *Vagrant*.
2. "Cool Air": escrito provavelmente em fevereiro de 1926. Originalmente publicado em março de 1928 na *Tales of Magic and Mystery*.
3. "Pickman's Model": escrito provavelmente no início de setembro de 1926. Originalmente publicado em outubro de 1927 na *Weird Tales*.
4. "The Music of Erich Zann": escrito provavelmente em dezembro de 1921. Originalmente publicado em março de 1922 na *National Amateur*.
5. "The Haunter of the Dark": escrito em novembro de 1935. Originalmente publicado em dezembro de 1936 na *Weird Tales*.
6. "The Call of Cthulhu": escrito provavelmente em agosto ou setembro de 1926. Originalmente publicado em fevereiro de 1928 na *Weird Tales*.
7. "The Dunwich Horror": escrito em agosto de 1928. Originalmente publicado em abril de 1929 na *Weird Tales*.
8. "The Shadow Out of Time": escrito entre novembro de 1934 e fevereiro de 1935. Originalmente publicado em junho de 1936 na *Astounding Stories*.
9. "The Shunned House": escrito em outubro de 1924. Impresso pela primeira vez pela Recluse Press em 1928, embora os exemplares não tenham sido encadernados nem distribuídos na época. Originalmente publicado em outubro de 1937 na *Weird Tales*.

10. "The Shadow Over Innsmouth": escrito entre novembro e dezembro de 1931. Originalmente publicado em 1936 pela Visionary Publishing Company.
11. "The Tomb": escrito em junho de 1917. Originalmente publicado em março de 1922 na *Vagrant*.
12. "The Terrible Old Man": escrito em janeiro de 1920. Originalmente publicado em julho de 1921 na *Tryout*.
13. "The Transition of Juan Romero": escrito em setembro de 1919. Originalmente publicado em 1944 pela Arkham House no volume *Marginalia*.
14. "In The Vault": escrito em setembro de 1925. Originalmente publicado em novembro de 1925 na *Tryout*.
15. "He": escrito em agosto de 1925. Originalmente publicado em setembro de 1926 na *Weird Tales*.
16. "Herbert West — Reanimator": escrito entre outubro de 1921 e junho de 1922. Originalmente publicado com o título "Grewsome Tales" entre fevereiro e julho de 1922 na *Home Brew*.
17. "From Beyond": escrito em novembro de 1920. Originalmente publicado em junho de 1934 na *Fantasy Fan*.
18. "The Temple": escrito em algum momento entre junho e novembro de 1920. Originalmente publicado em setembro de 1925 na *Weird Tales*.
19. "Beyond the Wall of Sleep": escrito na primavera de 1919. Originalmente publicado em outubro de 1919 na *Pine Cones*.
20. "The Thing on the Doorstep": escrito em agosto de 1933. Originalmente publicado em janeiro de 1937 na *Weird Tales*.
21. "The Dreams in the Witch House": escrito em fevereiro de 1932. Originalmente publicado em julho de 1933 na *Weird Tales*.
22. "The Colour Out of Space": escrito em março de 1927. Originalmente publicado em setembro de 1927 na *Amazing Stories*.
23. "At the Mountains of Madness": escrito entre fevereiro e março de 1931. Originalmente publicado entre fevereiro e abril de 1936 na *Astounding Stories*.
24. "Celephaïs": escrito em novembro de 1920. Originalmente publicado em maio de 1922 na *Rainbow*.
25. "The Cats of Ulthar": escrito em junho de 1920. Originalmente publicado em novembro de 1920 na *Tryout*.
26. "The Other Gods": escrito em agosto de 1921. Originalmente publicado em novembro de 1933 na *Fantasy Fan*.

27. "The White Ship": escrito provavelmente em outubro de 1919. Originalmente publicado em novembro de 1919 na *United Amateur*.
28. "The Silver Key": escrito provavelmente em novembro de 1926. Originalmente publicado em janeiro de 1929 na *Weird Tales*.
29. "Nyarlathotep": escrito provavelmente em novembro ou dezembro de 1920. Originalmente publicado na edição de novembro da 1920 da *United Amateur*, que sofreu atraso de pelo menos dois meses na publicação.
30. "What the Moon Brings": escrito em junho de 1922. Originalmente publicado em maio de 1923 na *National Amateur*.
31. "The Whisperer in Darkness": escrito entre fevereiro e setembro de 1930. Originalmente publicado em agosto de 1931 na *Weird Tales*.
32. "Polaris": escrito provavelmente em algum momento entre o fim da primavera e o verão de 1918. Originalmente publicado em dezembro de 1920 na *Philosopher*.
33. "Ex Oblivione": escrito provavelmente no fim de 1920 ou no início de 1921. Originalmente publicado em março de 1921 na *United Amateur* sob o pseudônimo "Ward Phillips".
34. "Memory": escrito provavelmente na primavera de 1919. Originalmente publicado em junho de 1919 na *United Co-Operative*.
35. "The Quest of Iranon": escrito em fevereiro de 1921. Originalmente publicado na edição de julho-agosto de 1935 na *Galleon*.
36. "The Tree": escrito no primeiro semestre de 1920. Originalmente publicado em outubro de 1921 na *Tryout*.
37. "The Unnamable": escrito em setembro de 1923. Originalmente publicado em julho de 1925 na *Weird Tales*.
38. "The Statement of Randolph Carter": escrito em dezembro de 1919. Originalmente publicado em maio de 1920 na *Vagrant*.
39. "The Horror at Red Hook": escrito em agosto de 1925. Originalmente publicado em janeiro de 1927 na *Weird Tales*.
40. "The Dream-Quest of Unknown Kadath": escrito entre outubro de 1926 e janeiro de 1927. Originalmente publicado em 1943 pela Arkham House no volume *Beyond the Wall of Sleep*.
41. "Azathoth": escrito em junho de 1922. Originalmente publicado em 1938 na *Leaves*.

42. "The Descendant": escrito provavelmente no início de 1927. Originalmente publicado em 1938 na *Leaves*.
43. "The Nameless City": escrito provavelmente em janeiro de 1921. Originalmente publicado em novembro de 1921 na *Wolverine*.
44. "The Doom That Came to Sarnath": escrito em dezembro de 1919. Originalmente publicado em junho de 1920 na *Scot*.
45. "The Outsider": escrito provavelmente na primavera ou no verão de 1921. Originalmente publicado em abril de 1926 na *Weird Tales*.
46. "Facts Concerning the Late Arthur Jermyn and His Family": escrito provavelmente no outono de 1920. Originalmente publicado em março e junho de 1921 na *Wolverine*.
47. "The Lurking Fear": escrito em novembro de 1922. Originalmente publicado entre janeiro e abril de 1923 na *Home Brew*.
48. "The Festival": escrito provavelmente em outubro de 1923. Originalmente publicado em janeiro de 1925 na *Weird Tales*.
49. "Hypnos": escrito por volta de março de 1922. Originalmente publicado em maio de 1923 na *National Amateur*.
50. "The Moon-Bog": escrito logo antes de 10 de março de 1921. Originalmente publicado em junho de 1926 na *Weird Tales*.
51. "The Evil Clergyman": escrito provavelmente no outono de 1933. Originalmente publicado com o título "The Wicked Clergyman" em abril de 1939 na *Weird Tales*.
52. "The Very Old Folk": escrito em novembro de 1927. Originalmente publicado no verão de 1940 na *Scienti-Snaps*.
53. "Old Bugs": escrito provavelmente logo antes de julho de 1919. Originalmente publicado em 1959 pela Arkham House no volume *The Shuttered Room and Other Pieces*.
54. "The Hound": escrito por volta de outubro de 1922. Originalmente publicado em fevereiro de 1924 na *Weird Tales*.
55. "The Alchemist": escrito em 1908. Originalmente publicado em novembro de 1916 na *United Amateur*.
56. "The Beast in the Cave": escrito entre a primavera de 1904 e abril de 1905. Originalmente publicado em junho de 1918 na *Vagrant*.
57. "The Strange High House in the Mist": escrito em novembro de 1926. Originalmente publicado em outubro de 1931 na *Weird Tales*.

58. "The Street": escrito no fim de 1919. Originalmente publicado em dezembro de 1920 na *Wolverine*.
59. "The Picture in the House": escrito em dezembro de 1920. Originalmente publicado na edição de julho de 1919 da *National Amateur*, embora a edição tenha sido efetivamente lançada apenas no verão de 1921.
60. "A Reminiscence of Dr. Samuel Johnson": escrito provavelmente no verão ou no outono de 1917. Originalmente publicado em setembro de 1917 na *United Amateur* sob o pseudônimo "Humphry Littlewit, Esq.".
61. "Sweet Ermengarde, or, The Heart of a Country Girl": escrito provavelmente em algum momento entre 1919 e 1921 sob o pseudônimo Percy Simple. Originalmente publicado em 1943 pela Arkham House no volume *Beyond the Wall of Sleep*.
62. "Ibid": escrito provavelmente no verão de 1928. Originalmente publicado em janeiro de 1938 na *O-Wash-Ta-Nong*.
63. "The Rats in the Walls": escrito no fim de agosto ou no início de setembro de 1923. Originalmente publicado em março de 1924 na *Weird Tales*.
64. "The Book": escrito provavelmente por volta de outubro de 1933. Originalmente publicado em 1938 na *Leaves*.
65. "The History of the Necronomicon": escrito no outono de 1927. Originalmente publicado em 1938 pela Rebel Press como panfleto.
66. "The Case of Charles Dexter Ward": escrito entre o fim de janeiro e 1º de março de 1927. Originalmente publicado em maio e julho de 1941 na *Weird Tales*.

FONTE CONSULTADA

JOSHI, S. T.; SCHULTZ, David E. *An H. P. Lovecraft Encyclopedia*. Westport: Greenwood, 2001.

Mary Shelley

Frankenstein

ou o Prometeu moderno

Tradução de
CHRISTIAN SCHWARTZ
Introdução e notas de
MAURICE HINDLE
Posfácio de
RUY CASTRO

Obcecado pela criação da vida, Victor Frankenstein saqueia cemitérios em busca de materiais para construir um novo ser. Mas, quando ganha vida, a estranha criatura é rejeitada por Frankenstein e lança-se com afinco à destruição de seu criador.

O arrepiante romance gótico de Mary Shelley foi concebido quando a autora tinha apenas dezoito anos. A história, que se tornaria a mais célebre ficção de horror, continua sendo uma incursão devastadora pelos limites da invenção humana.

Este volume inclui todas as revisões feitas por Mary Shelley, uma introdução da autora e textos críticos de Percy B. Shelley e Ruy Castro. Traz ainda um apêndice com textos de Lorde Byron e do dr. John Polidori.

Jane Austen

A abadia Northranger

Tradução de
PAULO HENRIQUES BRITTO
Prefácio de
GENILDA AZERÊDO

Catherine Morland, uma jovem ingênua e leitora voraz, vai passar um período longe de sua pacata vida rural. Aos dezessete anos e cheia de expectativa, a moça começa sua jornada em Bath, área litorânea frequentada pela elite da Inglaterra.

É lá que ela conhece os personagens e o cenário que tornarão seus sonhos realidade: é convidada pela família de Henry Tilney, um rapaz instigante e de alma aventureira, para se hospedar em uma abadia. A antiga construção pode abrigar tudo aquilo que Catherine sempre desejou: mistério, um passado sombrio e o vislumbre de um amor.

Paródia da literatura gótica que fazia sucesso no século XVII, *A abadia Northanger* foi o primeiro romance concluído por Jane Austen — apesar de só publicado postumamente, em 1818. Com a precisão característica da autora, este livro trabalha com elementos cômicos para retratar uma sociedade estratificada que vê no dinheiro e nas posses a justificativa para qualquer ação.

Esta obra foi composta por Alexandre Pimenta em Sabon e impressa em ofsete pela Geográfica sobre papel Pólen Natural da Suzano S.A. para a Editora Schwarcz em agosto de 2025

FSC
www.fsc.org
MISTO
Papel | Apoiando o manejo florestal responsável
FSC® C019498

A marca FSC® é a garantia de que a madeira utilizada na fabricação do papel deste livro provém de florestas que foram gerenciadas de maneira ambientalmente correta, socialmente justa e economicamente viável, além de outras fontes de origem controlada.

Companhia Das Letras

FICÇÃO COMPLETA
Volume 1

HOWARD PHILLIPS LOVECRAFT nasceu em 20 de agosto de 1890 em Providence, Rhode Island. Em 1893, seu pai sofre um colapso nervoso que o mantém durante cinco anos em um hospital, onde vem a falecer em 1898. Com a morte do pai, a educação do jovem recai sobre a mãe, duas tias e o avô. A saúde frágil e a solidão levam-no desde cedo a se interessar por poesia, ciência e mitologia. Em 1904, a morte do avô acarreta graves dificuldades financeiras à família. Quatro anos depois, é Lovecraft quem sofre um colapso nervoso, que o obriga a deixar a escola sem um diploma e impossibilita seu ingresso na faculdade que escolhera. Dedica-se a escrever ficção para revistas *pulp* como *Weird Tales* e *Astounding Stories* e faz pequenos trabalhos de datilografia e revisão para se sustentar. Em 1919, sua mãe adoece e fica internada até falecer em 1921. Logo após a morte dela, Lovecraft conhece Sonia Haft Greene, que se tornará sua esposa em 1924. O casal logo começa a enfrentar problemas financeiros. Sonia se muda para Cleveland a fim de encontrar emprego, deixando Lovecraft em um pequeno apartamento no Brooklyn, na área de Red Hook — que inspirou "O horror em Red Hook" (1925). Seu comportamento em relação aos estrangeiros se agrava nessa época: diversos de seus escritos possuem passagens preconceituosas contra negros, mexicanos, poloneses, portugueses e judeus. Em 1926, Lovecraft volta a morar em Providence, mas Sonia não o acompanha. Em 1929, separam-se. O período de 1926 a 1937 é o mais prolífico em sua carreira de escritor, durante o qual escreve seus contos mais conhecidos: "O chamado de Cthulhu" (1926), *Nas montanhas da loucura* (1931) e "A sombra de Innsmouth" (1931). Tido como um dos maiores escritores de terror do século XX e frequentemente comparado a Edgar Allan Poe pela influência que exerceu na cultura popular, Lovecraft nunca teve sua obra reconhecida em vida. Autor de poemas, ensaios e vasta correspondência — estima-se que tenha redigido quase 100 mil cartas —, morreu em 1937, aos 46 anos, vítima de câncer.

GUILHERME DA SILVA BRAGA é doutor e mestre em estudos de literatura pela Universidade Federal do Rio Grande do Sul (UFRGS) com pós-doutorado em tradução literária pela Universidade de Coimbra. Ofereceu palestras, oficinas e disciplinas relacionadas a tradução em instituições como Pontifícia Universidade Católica do Rio Grande do Sul (PUC-RS), Universidade de Caxias do Sul (UCS), Instituto Federal do Rio Grande do Sul (IFRS), Universidade de Coimbra e Trinity College Dublin. Como tradutor literário, teve publicadas mais de setenta traduções de obras clássicas e modernas feitas a partir do inglês, do sueco, do norueguês e do dinamarquês. Em 2023 recebeu o prêmio de tradução literária oferecido pela Norla (Noruega), e em 2024 ganhou o prêmio de tradução da APCA pela tradução de *É a Ales* (Companhia das Letras) de Jon Fosse.

H. P. LOVECRAFT

Ficção completa

Volume I

Tradução, organização e introdução de
GUILHERME DA SILVA BRAGA

COMPANHIA DAS LETRAS

Grafia atualizada segundo o Acordo Ortográfico da Língua Portuguesa de 1990, que entrou em vigor no Brasil em 2009.

Published by Companhia das Letras in association with
Penguin Group (USA) Inc.

PREPARAÇÃO
Mariana Donner

REVISÃO
Jane Pessoa
Huendel Viana

Dados Internacionais de Catalogação na Publicação (CIP)
(Câmara Brasileira do Livro, SP, Brasil)

Lovecraft, H. P., 1890-1937.
Ficção completa : Volume 1 / H. P. Lovecraft ; tradução, organização e introdução de Guilherme da Silva Braga. — 1ª ed. — São Paulo : Penguin-Companhia das Letras, 2025.

ISBN 978-85-8285-233-0

1. Ficção norte-americana I. Título.

25-273156 CDD-813

Índice para catálogo sistemático:
1. Ficção : Literatura norte-americana 813

Aline Graziele Benitez — Bibliotecária — CRB-1/3129

EDITORA SCHWARCZ S.A.
Rua Bandeira Paulista, 702, cj. 32
04532-002 — São Paulo — SP
Telefone (11) 3707-3500
www.penguincompanhia.com.br
www.companhiadasletras.com.br
www.blogdacompanhia.com.br

Sumário

Introdução

GUILHERME DA SILVA BRAGA

A FICÇÃO DE H. P. LOVECRAFT NO CÂNONE LITERÁRIO

Em *Por que ler os clássicos*, Italo Calvino afirma que "a juventude comunica ao ato de ler [...] um sabor e uma importância particulares".[1] É fato que certos autores parecem causar maior impressão quando lidos ainda cedo, e seria bastante razoável imaginar que H. P. Lovecraft se encontre nesse panteão por força das imagens formidáveis que conjura e dos périplos vertiginosos em que atravessa com igual desenvoltura o reino dos sonhos, as profundezas do horror e as últimas fronteiras do conhecimento científico. No entanto, cabe lembrar que — por mais que essas sejam características definidoras de sua obra — há tempos Lovecraft não é mais encarado apenas como um autor de nicho ligado à fantasia, ao horror ou à ficção científica: suas criações encontram-se hoje incrustadas em toda sorte de artefato cultural, da cultura pop e dos jogos eletrônicos à cultura *high-brow* e às obras filosóficas. Nesse sentido não seria nenhum exagero classificar a obra de Lovecraft entre os clássicos da literatura. Na definição de Calvino: "Os clássicos são aqueles livros que chegam até nós trazendo consigo as marcas das leituras que precederam a nossa e atrás de si os traços que deixaram na cultura ou nas culturas que atravessaram (ou mais simplesmente na linguagem ou nos costumes)".[2]

O trecho citado descreve de forma bastante precisa a situação do leitor que neste momento abre as páginas desta *Ficção completa* para descobrir a obra de H. P. Lovecraft: não é mais possível chegar como tábula rasa a esse nome que em anos recentes viu-se alçado aos status concomitantes de autor cult e figura pop. Com frequência aquilo que já conhecíamos antes se encontra impregnado de Lovecraft, mesmo que nunca tenhamos lido suas obras — pois esse autor deixou marcas profundas e evidentes em todas as formas de arte e manifestações culturais imagináveis: seria uma tarefa de todo impossível preparar um catálogo exaustivo de livros, filmes, séries, quadrinhos, ilustrações, jogos, músicas etc. em que sua influência se faz presente.[3] Em razão disso, o leitor do século XXI que embarca na primeira leitura de Lovecraft pode muito bem encontrar nessas páginas semelhanças talvez insuspeitas com outras criações artísticas que admira, e assim tomar ciência da fonte em que estas beberam — o que novamente confirmaria o status clássico das obras de Lovecraft, uma vez que

> às vezes descobrimos [no clássico] algo que sempre soubéramos (ou acreditávamos saber) mas desconhecíamos que ele o dissera primeiro (ou que de algum modo se liga a ele de maneira particular). E mesmo esta é uma surpresa que dá muita satisfação, como sempre dá a descoberta de uma origem, de uma relação, de uma pertinência.[4]

Esse é o tipo de influência que hoje Lovecraft exerce por meio da literatura a que dedicou toda a sua vida.

VIDA E OBRA DE H. P. LOVECRAFT

Nascido em 20 de agosto de 1890 em Providence, Rhode Island, no seio de uma família tradicional e abastada, desde muito cedo Howard Phillips Lovecraft demonstrou fascínio pelos livros e pela escrita. Aos dois anos sabia recitar poesia, e aos três aprendeu a ler. O conto mais antigo de sua juvenília que chegou até nós data de 1896, e já no ano seguinte o jovem Lovecraft descobriu a obra de Edgar Allan Poe — autor que viria a ter profunda influência em sua obra madura, tanto nos contos marcadamente ao estilo de Poe como em alusões e homenagens às obras do gótico americano.

Nesse mesmo intervalo, Lovecraft vivenciou em primeira mão as terríveis consequências da loucura que mais tarde acometeria vários de seus personagens: após sofrer um episódio psicótico durante uma viagem a trabalho em Chicago, Winfield Scott Lovecraft — pai de H. P. Lovecraft — foi levado de volta a Providence e internado no Butler Hospital, onde permaneceu até falecer, em 1898. Esse desfecho levou Sarah Susan Phillips Lovecraft — mãe do futuro autor — a ir morar com o filho na mansão da família Phillips, onde Lovecraft passou a crescer praticamente isolado e desenvolveu uma relação muito próxima com o avô Whipple van Buren Phillips, na época responsável pelo sustento da casa.

Em 1904 Lovecraft entrou para a Hope Street Highschool, porém no mesmo ano uma segunda tragédia de grandes proporções voltou a estremecer a família: seu avô veio a falecer, e assim o sustento da casa viu-se comprometido. Foi preciso vender a mansão onde todos moravam para recomeçar a vida em circunstâncias humildes. Sarah Lovecraft e o filho se mudaram para o piso térreo de uma casa dividida com outra família — e logo a saúde mental de Lovecraft passou a dar sinais de fraqueza, até culminar em uma crise nervosa de causas desconhecidas ocorrida em 1908.

Os anos seguintes foram muito difíceis para o jovem, que vivia recluso e chegou a contemplar o suicídio. Mas em 1913 houve uma reviravolta: insatisfeito com a qualidade das histórias publicadas na *Argosy* — uma das revistas de *pulp fiction* que habitualmente lia —, Lovecraft escreveu uma crítica satírica em verso e a enviou à seção de cartas dos leitores. Uma vez publicada, essa correspondência deu início a uma discussão que se estendeu por mais de um ano nas páginas da revista — e a controvérsia rendeu a Lovecraft um convite para fazer parte da United Amateur Press Association (Uapa).

A atividade intelectual e literária que resultou desse convite promoveu uma transformação completa na vida de Lovecraft, que, ao relembrar o impacto que o jornalismo amador teve em sua vida, escreveu no ensaio "What Amateurdom and I Have Done for Each Other" as seguintes palavras:

> Este é um caso em que qualquer tipo de exagero seria impossível, pois o Jornalismo Amador me deu o próprio mundo em que vivo [...]. Em 1914, quando a mão do Jornalismo Amador primeiro se estendeu para mim, eu me encontrava tão próximo do estado de vegetação quanto um animal pode estar — talvez uma boa analogia fosse a humilde batata, que habita sozinha as profundezas da terra. A partir do momento em que fui convidado a participar da United eu passei a ter uma nova razão para viver; um novo sentido para minha existência, para além de sentir-me como um peso morto; e assim descobri uma esfera na qual eu sentia que os meus esforços não eram de todo em vão. Pela primeira vez pude imaginar que as minhas tentativas canhestras no sentido de produzir arte eram mais do que simples gritos abafados no vazio indiferente.
>
> O que o Jornalismo Amador me propiciou foi um círculo de pessoas em meio às quais não sou mais um estranho total [...]. Hoje, todos os meus verdadeiros amigos são jornalistas amadores, acadêmicos simpáticos e escritores que eu jamais teria conhecido se não fosse pela United Amateur Press Association. Foram essas pessoas que me deram o incentivo necessário para explorar campos de pensamento mais novos e mais

> vastos, descobrir o tipo de trabalho que melhor faço e dedicar aos meus escritos o cuidado e o polimento necessários a todas as obras que têm por destino a leitura por outras pessoas além do próprio autor.
>
> No fim, essas observações parecem mais uma confissão do que um relato, pois são o registro de uma troca absolutamente desigual na qual o ganhador sou eu. O que dei para o Jornalismo Amador foi infelizmente pouco; mas o que o Jornalismo Amador me deu — foi a própria vida.[5]

Ao ser nomeado presidente do Departamento Público de Crítica na Uapa em 1914, Lovecraft aproveitou a visibilidade que acompanhava o cargo para lançar aquilo que descreveu como "uma campanha incansável para a elevação do padrão literário" — movimento esse que pretendia ao mesmo tempo promover "uma demonstração analítica e sincera das imperfeições mais comuns" e "um fluxo incansável de sugestões relativas a melhorias"[6] que juntos pudessem ajudar escritores iniciantes a aprimorar o próprio estilo.

O projeto atingiu o objetivo pretendido, e a partir de 1916 Lovecraft começou também a publicar obras próprias quando "O alquimista" foi impresso nas páginas da *United Amateur*. Esse movimento resultou num envolvimento ainda maior com o métier das revistas de *pulp fiction* e no início da longa série de publicações nessas revistas, que seria uma das principais marcas na carreira literária do autor mesmo na época de maturidade autoral. O ritmo das publicações a princípio mostrou-se lento, com apenas mais dois contos de importância secundária publicados até 1918; porém o ano de 1919 enfim deu a conhecer outros três contos que viriam a se tornar relevantes no futuro cânone do autor: "Dagon", "Além da barreira do sono" e "O navio branco".

Por volta da mesma época, Susan Lovecraft sofreu um colapso nervoso e acabou internada no mesmo hospital onde o marido havia falecido — e lá permaneceu até falecer no ano de 1921, em decorrência de complicações ligadas a uma cirurgia na vesícula. A perda mostrou-se muito dura para Lovecraft, que voltou a ter ideações suicidas:

> Minha mãe não se recuperou. [...] Como eu, ela era uma agnóstica sem nenhuma crença na imortalidade, que desejava ainda mais a morte justamente por saber que esta haveria de significar paz, e não uma tediosa eternidade da consciência. Quanto a mim, não penso em esperar uma morte natural, posto que já não existe mais nenhum motivo concreto para a minha existência. Eu tinha consciência de que, enquanto minha mãe era viva, uma eutanásia voluntária de minha parte seria motivo de sofrimento, porém agora já me é possível regular o termo da minha existência [...]. Seria melhor voltar à eternidade em que eu me encontrava antes de nascer.[7]

No entanto, uma conferência da National Amateur Press Association (Napa), realizada em Boston no mês de julho de 1921, traria a semente de um alívio para esse sofrimento: foi nessa ocasião que Lovecraft pela primeira vez se encontrou pessoalmente com a imigrante russa Sonia Haft Greene, executiva de uma loja de chapéus em Nova York e correspondente dos círculos de jornalismo amador. Em setembro do mesmo ano Sonia fez uma nova viagem a Providence, onde mais uma vez se encontrou com Lovecraft em diversos passeios e sugeriu a realização de "uma espécie de conferência para excêntricos e desajustados"[8] em Nova York durante o ano seguinte.

A "convenção" de fato ocorreu em abril de 1922 — e foi esse o motivo da primeira viagem de Lovecraft a Nova York. Durante a temporada na cidade, encontrou-se com importantes contatos literários da época (como a própria Sonia H. Greene, Samuel Loveman, Richard Kleiner, Frank Belknap Long, Alfred Galpin e James Morton, entre outros), fez uma bem recebida leitura do conto "Hypnos" e teve contato próximo com a vida cultural da metrópole: visitou parques e museus de arte, assistiu a musicais e apresentações de vaudeville, frequentou livrarias e pubs, andou de metrô e conheceu diversos bairros e pontos turísticos da cidade, entre os quais se encontrava a casa em Manhattan que havia pertencido ao "meu mestre — o gigante cujos poderes titânicos em minha fraqueza tento copiar [...] — Edgar Allan Poe".[9]

Em 1924, após uma extensa troca de correspondências e três meses de convivência ocorridos no final de 1921, H. P. Lovecraft e Sonia H. Greene casaram-se em Nova York, no dia 3 de março. A cerimônia foi discreta ao extremo e não houve nenhum convidado. Ao fim de uma breve lua de mel na Filadélfia, os recém-casados instalaram-se em Nova York, onde no entanto logo passaram a enfrentar problemas financeiros: os planos de Sonia para montar um negócio próprio de chapéus acabaram frustrados, e Lovecraft não conseguiu encontrar ocupações literárias nem arranjar emprego noutra área por falta de experiência. Já no final do ano, Sonia foi morar no Meio-Oeste por motivos de trabalho, e Lovecraft passou a viver sozinho em Nova York, num pequeno e sórdido apartamento localizado na Clinton Street, em Red Hook.

Embora para Lovecraft a vida em Nova York tenha sido um período de intensa atividade social — em especial como membro do círculo literário conhecido pelo nome de "Kalem Club" —, os anos passados em exílio voluntário na metrópole não concretizaram os planos que tinha em relação ao casamento nem à carreira profissional, e tampouco se mostraram prolíficos em termos de produção literária: durante os anos em questão, Lovecraft escreveu apenas "A casa temida", "O horror em Red Hook", "Ele", "Na cripta" e "Ar frio". Numa carta ao amigo Frank Belknap Long, chegou a dizer que "Nova York foi um pesadelo" e descreveu o júbilo que sentiu durante o triunfante retorno de trem à sua Providence natal:

> Mexo em bolsas e embrulhos numa tentativa desesperada de parecer calmo — E ENTÃO — um delirante domo de mármore do outro lado da janela — o chiar de freios pneumáticos — uma redução na velocidade — surtos de êxtase e um desvelar dos meus olhos e do meu intelecto — MINHA CASA — UNION STATION — *PROVIDENCE!!!* Uma coisa cedeu — e tudo o que era irreal se desfez. Já não havia mais entusiasmo; nenhuma sensação de estranheza, e nenhuma percepção da passagem do tempo desde a última vez que eu pisara aquele chão sagrado. [10]

O retorno a Providence em 1926 desencadeou um ímpeto de produção artística sem precedentes na carreira de Lovecraft: o primeiro conto a ser escrito na volta foi justamente aquele que talvez seja o mais emblemático de toda a sua obra — "O chamado de Cthulhu". Em pouco mais de um ano o autor produziu toda uma série de escritos relevantes, que incluiu "O modelo de Pickman", "A estranha casa nas alturas da neblina", "A chave de prata", *A busca onírica por Kadath, O caso de Charles Dexter Ward* e "A cor que caiu do espaço", entre outros.

Nesse mesmo período Lovecraft também começou a refletir sobre o excesso de influência que dois autores em particular exerciam sobre as obras que produzia: Edgar Allan Poe e Lord Dunsany. O primeiro fora desde a infância de Lovecraft considerado um "mestre", enquanto o segundo foi resultado de uma descoberta literária fortuita ocorrida em 1919 — um autor em cuja obra Lovecraft reconheceu "certas adumbrações poéticas do [elemento] cósmico faltante noutras partes".[11] A influência de Poe resultou em narrativas como "O mausoléu" e "O estrangeiro", enquanto o encontro de uma quase alma gêmea em Dunsany provocou a escrita de obras de caráter onírico, tais como "O navio branco", "Celephaïs" e "A ruína de Sarnath". Porém Lovecraft sofria com a angústia de ainda não conseguir ter desenvolvido um estilo próprio:

> Formou-se um hábito imitativo do qual não consigo me despir. Mesmo as tentativas de ruptura se dão apenas mediante a imitação de outra coisa! Existem meus contos "à Poe" e meus contos "à Dunsany", mas — ai de mim — onde estão os contos *à Lovecraft*?[12]

Nesse período Lovecraft já era um nome conhecido e admirado pelos leitores de revistas *pulp*, com mais de trinta contos publicados e público cativo (ainda que de nicho). Foi nas páginas da mais importante revista desse segmento — a *Weird Tales* — que ele e outros escritores deram início a um universo ficcional compartilhado por meio de referências obscuras a livros proscritos, como o *Necronomicon*:

> Inventar livros horrendos é um passatempo e tanto entre os devotos da fantasia, & [...] muitos dos colaboradores regulares da *W*[*eird*] *T*[*ales*] levam crédito — ou descrédito — por haverem criado essas coisas. [...] Essa concentração de recursos tende a criar um pano de fundo um tanto pseudoconvincente de mitologias, lendas & bibliografias obscuras.[13]

A forma como Lovecraft fazia alusões nos moldes acima obteve tanto sucesso em criar uma ilusão de verossimilhança que em mais de uma ocasião o autor viu-se chamado a esclarecer que a pseudomitologia em seus textos não passava de uma criação ficcional:

> No que diz respeito ao ciclo mitológico que envolve Cthulhu, R'lyeh, Nyarlathotep, Nug, Yeb, Shub-Niggurath etc. etc. — devo confessar que tudo não passa de invenção minha [...]. Da mesma forma, o *Necronomicon* do árabe louco Abdul Alhazred é uma coisa que ainda precisa ser escrita para revestir-se de realidade objetiva. [...] Anos atrás preparei um trabalho supos-

> tamente erudito que inclui uma sinopse da vida de Abdul e comentários sobre as vicissitudes póstumas e as traduções do temível e inefável *Al Azif* (chamado de *Tò Nekronómikon* pelo monge bizantino Teodoro Filetas, que o traduziu para o grego tardio em 900 d.C.!) — uma sinopse que pretendo observar em futuras referências a essa coisa obscura e maldita.[14]

Aos poucos, essa mitologia artificial passou a ser empregada e expandida por outros fantasistas caros a Lovecraft, como Robert E. Howard, Clark Ashton Smith, Robert Bloch, Frank Belknap Long e Fritz Leiber — o que deu origem a um universo ficcional compartilhado que por vezes recebe o nome de "mitologia de Cthulhu". A produção ficcional derivada a partir desse núcleo pseudomitológico segue em expansão até hoje: mesmo em tempos recentes, volumes inteiros de contos à Lovecraft são escritos pelos mais variados autores.

No mesmo campo da estética literária, Lovecraft também se valeu de escritos não ficcionais para defender um tipo bastante peculiar e característico de horror que passou a apresentar na produção ficcional própria — o horror cósmico.

A premissa fundamental do horror cósmico é a ideia de que a existência humana desenrola-se numa parte ínfima do cosmo, onde mesmo a totalidade do conhecimento seria inútil para abarcar os mistérios ainda mais vastos do universo incognoscível. Não apenas existiriam coisas que a humanidade não conhece, mas também coisas que seria totalmente incapaz de conceber — e defrontar-se com essa situação de absoluta insignificância na perspectiva cósmica desencadearia um sentimento vertiginoso de horror existencial.

Nos escritos ficcionais de Lovecraft, essa revelação muitas vezes tem início com uma simples curiosidade científica que evolui em ritmo cadenciado e atinge o ponto culminante numa cena em que o protagonista —

com frequência um cientista ou um erudito — vê-se em contato com o portento cósmico que se apresenta como centro de atenção da história. A fim de sustentar o efeito de verossimilhança, as obras mais tardias passaram a apresentar "complementos ficcionais" à realidade a partir de uma perspectiva que abandonava a fantasia enquanto literatura do impossível. Nesses escritos, as lacunas do conhecimento humano eram completadas por fenômenos ficcionais que, apesar de especulativos, não podiam ser comprovados nem desmentidos pela ciência da época — e assim surgiu o gênero de "cientificção" nos moldes próprios de Lovecraft, que ao unir o horror clássico aos avanços científicos da época parece ter encontrado a voz autoral própria que tanto desejara:

> É chegado o momento em que a revolta normal contra o tempo, o espaço & a matéria deve assumir uma forma que não seja manifestamente incompatível com o que se sabe acerca da realidade — o momento em que deve ser satisfeita por imagens que formem *complementos* em vez de *contradições* ao universo visível & mensurável. E o que mais, senão uma forma de *arte cósmica não sobrenatural*, é capaz de apaziguar este sentimento de revolta — bem como satisfazer a curiosidade correspondente?[15]

Muitas das narrativas longas escritas por Lovecraft na década de 1930 trazem afinidades com os postulados da "cientificção": podemos citar como exemplos *Um sussurro nas trevas*, *Nas montanhas da loucura* e também *A sombra vinda do tempo*. Porém, a essa altura, a vida de Lovecraft já se encontrava perto do fim: menos de um ano e meio depois de escrever o último conto, "O assombro das trevas", o autor foi internado no Jane Brown Memorial, onde em 15 de março de 1937 retornou "[ao] nada, como antes de 20 de agosto de 1890".[16]

Com a morte de Lovecraft, os correspondentes August

Derleth e Donald Wandrei tomaram para si a tarefa de preservar e divulgar o conjunto de uma obra diluída num grande número de periódicos amadores e revistas *pulp*, aos quais os padrões literários da época não atribuíam valor nenhum. Em vida, Lovecraft jamais conseguiu atingir um círculo de leitores maior do que os interessados por esse tipo de publicação efêmera, e o único projeto de livro em que se envolveu foi uma edição fracassada de *A sombra de Innsmouth*, publicada em 1936 com baixa tiragem e uma série de erros tipográficos. Havia o risco concreto de que a obra de Lovecraft acabasse fadada ao esquecimento. Porém em 1939 Derleth e Wandrei fundaram a editora Arkham House, cujo primeiro e único lançamento no ano de inauguração foi justamente *The Outsider and Others* — o primeiro volume de contos assinados por Lovecraft reunidos em forma de livro. Com um projeto editorial claramente dedicado a autores de *weird fiction*, a Arkham House por décadas continuou empenhada na publicação de volumes com textos de Lovecraft sem chamar muita atenção: foi apenas em 1965 que sua correspondência despertou o interesse de círculos literários mais amplos. Mesmo assim, a consagração definitiva de H. P. Lovecraft entre os clássicos da literatura viria apenas em 2005, quando o autor garantiu um lugar no prestigioso catálogo da Library of America — a biblioteca fundada pelo autor e crítico Edmund Wilson dedicada a preservar "grandes autores e obras atemporais" da literatura produzida nos Estados Unidos.

SOBRE A ORGANIZAÇÃO DOS VOLUMES

Desde o início a ideia foi que esta *Ficção completa* intercalasse as histórias célebres e de maior interesse literário escritas por Lovecraft com aquelas pouco conhecidas e de menor relevo na produção do autor. Para atender esse quesito, renunciamos à ordem cronológica e a qualquer pretensão de classificar as narrativas em categorias estanques: assim esperamos ter evitado as armadilhas de apresentar uma sequência de contos por vezes demasiado semelhantes, ou então de começar a sequência com histórias de alto impacto para a seguir perder o fôlego. A intenção foi espaçar as principais obras de Lovecraft de forma mais ou menos equidistante nas páginas que compõem os volumes e apresentar o todo numa ordem que privilegie a manutenção do interesse na leitura e a naturalidade das transições entre uma narrativa e a outra. Cabe ao leitor dizer se obtivemos sucesso nessa empreitada.

A denominação *Ficção completa* também merece atenção, uma vez que delimitar o conjunto das obras que constituem a ficção completa de um autor é tarefa menos simples do que talvez se possa imaginar. No caso de Lovecraft, a decisão inicial foi a de incluir todo o material ficcional produzido pelo autor, à exceção de apontamentos e da juvenília — no primeiro caso, porque os textos não se revestem da materialidade específica que julgamos necessária para a existência de uma obra literária; no segundo, porque se trata de textos escritos antes do período de maturidade do autor.

O número total de contos incluídos nesta edição é 66. Desses, 59 correspondem à definição anterior sem maiores problemas, uma vez que são narrativas ficcionais escritas por Lovecraft que foram publicadas ou pelo menos escritas no espírito de uma obra ficcional; porém os sete textos restantes requerem explicações.

"O alquimista" e "A besta na caverna" pertencem à juvenília de Lovecraft, o que em princípio deveria excluí-los da definição de ficção completa que acaba de ser exposta. No entanto, ainda em vida o autor decidiu publicar esses contos — e julgamos que essa decisão seria o bastante para chancelar essas duas histórias como parte de sua produção ficcional madura.

"A doce Ermengarde" e "Uma Reminiscência do Dr.

Samuel Johnson" são obras satíricas escritas por Lovecraft já no período maduro, porém ambas foram escritas sob pseudônimo, o que nos levou a questionar se poderiam ser consideradas obras "de Lovecraft" — especialmente porque o tom adotado nesses dois textos diverge consideravelmente daquele em geral empregado na obra do autor. No entanto, uma vez que uma terceira obra satírica ("Ibid") foi originalmente publicada sob o nome real de Lovecraft e assim correspondia aos critérios adotados para inclusão, decidimos manter também essas duas.

"O povo deveras antigo" não foi escrito como uma obra literária, mas apareceu como a descrição de um sonho real numa carta enviada por Lovecraft a um de seus correspondentes. Mais uma vez, pela definição explicitada essa obra deveria ser excluída do volume, porém em mais de uma ocasião Lovecraft manifestou o desejo de escrever um conto com base nesse mesmo sonho — motivo pelo qual a narrativa passou a constar na *Ficção completa*.

"A história do *Necronomicon*" não é propriamente um texto ficcional, mas uma pseudo-história que serviria como base para a elaboração de outras em que o tomo nefando fosse mencionado. Por força da relevância desse texto na obra de Lovecraft, decidimos incluí-lo.

"O clérigo maligno" talvez seja a inclusão mais difícil de justificar. Trata-se aqui de mais um relato de sonho enviado por correspondência, porém não se tem notícias de que Lovecraft tenha manifestado interesse literário no desenvolvimento da narrativa. Nesse caso, o peso da tradição funcionou como critério de inclusão.

Por fim, os textos citados foram todos publicados em diferentes momentos e em diferentes formatos sob o nome de H. P. Lovecraft como parte de sua obra ficcional — o que também justificaria a inclusão de todos se o critério adotado fosse aquele de publicação nessas condições.

Cabe mencionar a exclusão de "A coisa ao luar", que chegou a ser traduzido mas não entrou nos volumes. Mais uma vez trata-se aqui da descrição de um sonho enviada por carta a um dos correspondentes de Lovecraft, porém esse texto foi originalmente publicado de forma espúria e não figura mais nas edições recentes da ficção completa de Lovecraft — um passo que acompanhamos na organização deste projeto.

SOBRE A TRADUÇÃO

Antes de chegarem às páginas desta *Ficção completa*, todas as traduções que compõem os dois volumes — mesmo aquelas já publicadas anteriormente — passaram por mais um processo editorial completo, incluindo releituras e cotejo integral das traduções com os respectivos originais em inglês. Esse processo resultou numa série de correções e outras alterações, sempre com o objetivo de apresentar um texto com o devido grau de polimento. Nos casos de discrepância entre diferentes edições em inglês, os três volumes que compõem a *Collected Fiction: Variorum Edition*, editada por S. T. Joshi, foram usados como texto definitivo.

Cabem aqui certas observações sobre o estilo — um dos traços mais característicos na literatura de Lovecraft. Na prosa original em inglês, a quase totalidade dos textos que integram essa *Ficção completa* se vale de uma linguagem bastante característica e prontamente reconhecível: a dicção do texto é marcada pelo emprego de vocabulário obsoleto, pela terminologia idiossincrática usada para descrever as criaturas fantásticas que povoam as narrativas e pela constante presença de frases complexas e articuladas de longo fôlego, que não raro sugerem períodos literários bem mais antigos do que aquele em que Lovecraft viveu e escreveu. Ao comentar o próprio estilo antiquado, Lovecraft afirma que "não [se formou] como um arcaísmo consciente, mas como se eu de fato houvesse nascido em 1690 em vez de 1890".[17] Ao descrever a forma de conjurar as atmosferas lúgubres necessárias à criação do efeito sobrenatural presente em suas histórias, o autor mais uma vez destacou a importância do estilo: "No meu caso, a transição para o irreal ocorre por meio de um pseudorrealismo solene, insinuações lúgubres e um estilo repleto de tensão e ameaças sombrias".[18]

Esta tradução da *Ficção completa* teve como principal objetivo criar uma imagem do estilo ponderoso e arcaizante de Lovecraft em português. Em razão disso, não se tratou em nenhum momento de facilitar nem de simplificar a linguagem exuberante ou a sintaxe rebuscada do autor: o esforço se deu justamente no sentido contrário — o de preservar as características mais salientes de um conjunto de textos que há mais de século cativa imaginações e ainda hoje faz com que a obra de Lovecraft mereça a atenção de leitores e estudiosos. Numa explicação sucinta e bem-sucedida dos vários níveis em que a tradução literária opera, Paulo Henriques Britto afirma:

> [...] a tradução de textos segue determinadas regras que constituem o que podemos denominar de "jogo da tradução". Eis algumas regras deste jogo: o tradutor deve pressupor que o texto tem um sentido específico — na verdade, um determinado conjunto de sentidos específicos, tratando-se de um texto literário, já que uma das regras do "jogo da literatura" é justamente o pressuposto de que os textos devem ter uma pluralidade de sentidos, ambiguidades, indefinições etc. Outra regra do jogo da tradução é que o tradutor deve produzir um texto que possa ser lido como "a mesma coisa" que o original, e portanto deve reproduzir de algum modo os efeitos de sentido, de estilo, de som (no caso da tradução de poesia) etc., permitindo que o leitor da tradução afirme, sem mentir, que leu o original.[19]

Sendo assim, a ambição de trazer ao leitor brasileiro um texto vazado em estilo capaz de emular a prosa de Lovecraft em português naturalmente resulta na adoção de um vocabulário rebuscado de tendências antiquadas e na manutenção de uma sintaxe complexa, uma vez que é assim que os originais se apresentam. Para ilustrar o procedimento geral, reproduzimos aqui uma passagem do original *At the Mountains of Madness* ao lado da respectiva tradução *Nas montanhas da loucura*. O trecho descreve o momento em que a tripulação de um avião que sobrevoa a Antártida tem o primeiro vislumbre das titânicas montanhas que inspiram o título da história:

Despite our speed, they were very slow in gaining prominence; hence we knew that they must be infinitely far off, and visible only because of their abnormal height. Little by little, however, they rose grimly into the western sky; allowing us to distinguish various bare, bleak, blackish summits, and to catch the curious sense of phantasy which they inspired as seen in the reddish antarctic light against the provocative background of iridescent ice-dust clouds. In the whole spectacle there was a persistent, pervasive hint of stupendous secrecy and potential revelation; as if these stark, nightmare spires marked the pylons of a frightful gateway into forbidden spheres of dream, and complex gulfs of remote time, space, and ultra-dimensionality. I could not help feeling that they were evil things — mountains of madness whose farther slopes looked out over

Apesar da nossa velocidade, as montanhas custavam a assomar; e assim soubemos que deviam estar infinitamente distantes, visíveis apenas graças à espantosa altura a que se erguiam. Aos poucos, no entanto, ergueram-se como maus presságios no céu ocidental; e permitiram-nos distinguir cumes de rocha nua, inóspita e escurecida, e captar a estranha sensação de fantasia que inspiravam quando vistos na luz avermelhada da Antártida com o provocante cenário e as iridescentes nuvens de cristais de gelo ao fundo. No geral, o espetáculo era marcado por uma sensação persistente de mistérios espantosos e revelações possíveis; como se aqueles coruchéus rústicos saídos de um pesadelo fossem as pilastras de uma terrível ponte em direção a esferas proibidas de sonho e a abismos insondáveis do tempo, do espaço e de dimensões remotas. Não pude afastar a impressão de que eram coisas malignas — montanhas da loucura cujas

some accursed ultimate abyss. That seething, half-luminous cloud-background held ineffable suggestions of a vague, ethereal *beyondness* far more than terrestrially spatial; and gave appalling reminders of the utter remoteness, separateness, desolation, and aeon-long death of this untrodden and unfathomed austral world.	encostas mais ermas acabavam em um nefando abismo supremo. O fundo de nuvens agitadas e cintilantes trazia mais sugestões inefáveis de um *além* vago e etéreo do que de espaços terrenos; e conjurava pensamentos terríveis sobre a distância, o isolamento, a desolação e a morte que perdura através dos éons no inexplorado e desconhecido mundo antártico.

O pressuposto foi sempre o de que o estilo e a forma são a própria materialização da obra literária — enquanto as ideias que a inspiram servem acima de tudo como a matéria-prima a partir da qual o artista trabalha.

Para que esse procedimento se mantenha coerente, foi também necessário fazer com que se materializassem em português certas visões de mundo que em mais de uma ocasião se expressam nos originais das obras aqui reunidas. Não é nenhum segredo que em vida Lovecraft defendeu posições reacionárias, manifestou simpatia por regimes totalitários e expressou desprezo por minorias étnicas e raciais. Mesmo que essas afinidades ideológicas não figurem entre os pontos centrais de interesse desta tradução ou desta introdução, convém esclarecer que a tradução se manteve sempre firme no propósito de oferecer ao leitor uma representação fidedigna do original, que lhe proporcionasse todas as condições necessárias para afirmar "sem mentir" que teve um contato efetivo e real com a obra do autor em tela. O corolário desta observação é que, se em certos pontos a tradução apresenta ideias e formas de se expressar que hoje parecem inaceitáveis, isto se deve exclusivamente ao fato de que essas mesmas ideias e formas de se expressar se apresentam de modo análogo nos textos originais — afinal, Lovecraft é a mesma pessoa que em correspondências pessoais expressou ideias como estas que seguem:

> Eu e [Alfred Galpin] temos discutido bastante a democracia, e nós dois concordamos que se trata de um falso ídolo — uma reles frase de efeito, uma ilusão de classes inferiores, visionários e civilizações moribundas. [...] [L]ogicamente, um homem de bom gosto deveria preferir as coisas que favorecem homens fortes e evoluídos às custas da manada. De que serve agradar a manada? Trata-se de simples animais rústicos — pois tudo o que inspira admiração no homem é o produto artificial da reprodução controlada. Defendemos a preservação de condições favoráveis ao surgimento de coisas belas — palácios imponentes, cidades bonitas, literatura elegante, arte e música relaxantes e um tipo humano fisicamente selecionado que somente o luxo e uma estirpe racial pura são capazes de produzir. Por esses motivos somos opositores da democracia, mesmo que apenas porque esta retardaria o desenvolvimento de uma bela raça nórdica. [...] Temos orgulho de ser *reacionários*, uma vez que somente o repúdio veemente da pose "liberal" e da ilusão de "progresso" pode nos conduzir ao tipo de controle social e político que se apresenta como única forma de produzir coisas que fazem a vida valer a pena.[20]

O trecho acima naturalmente foi selecionado como um exemplo bastante extremo das visões de mundo externadas por Lovecraft, que no entanto — como personagem complexo da vida real — muitas vezes refutava em ações tudo aquilo que afirmava em palavras. Se por um lado é fato inegável que parte dos escritos e correspondências que legou à posteridade revela diatribes contra judeus, imigrantes, negros e democratas, por outro lado também é fato que se casou com a judia e imigrante russa Sonia H. Greene e cultivou amizade com o anarquista e defensor dos direitos civis dos negros James Ferdinand Morton Jr. (entre outras contradições). Mas acima de tudo não pretendemos incorrer no equívoco de tomar o autor pela obra: mesmo artistas com uma produção de caráter excepcional e duradouro podem apresentar personalidades altamente problemáticas — e nesse campo Lovecraft não se encontra sozinho. O que aqui nos interessa é o conjunto de uma obra ficcional que se reveste de valor próprio, oferecida ao leitor da forma que julgamos ser a mais transparente possível, para que assim a leia por conta própria e tire suas próprias conclusões. Retomando Calvino:

> A leitura de um clássico deve oferecer-nos alguma surpresa em relação à imagem que dele tínhamos. Por isso, nunca será demais recomendar a leitura direta dos textos originais, evitando o mais possível bibliografia crítica, comentários, interpretações. A escola e a universidade deveriam servir para fazer entender que nenhum livro que fale sobre outro livro diz mais sobre o livro em questão; mas fazem de tudo para que se acredite no contrário. Existe uma inversão de valores muito difundida segundo a qual a introdução, o instrumental crítico, a bibliografia são usados como cortina de fumaça para esconder aquilo que o texto tem a dizer e que só pode dizer se o deixarmos falar sem intermediários que pretendam saber mais do que ele.[21]

Pelas mesmas razões expostas, as traduções apresentadas renunciam por completo às notas incidentais de tradutor — pois entendemos que tanto os prazeres da descoberta quanto a busca por respostas a eventuais questionamentos suscitados pelas narrativas encontram-se nos domínios exclusivos do leitor, não cabendo ao tradutor impingir-lhe curiosidades e explicações, ou ainda revelações e insights não solicitados que têm valor somente quando resultam da reflexão própria e espontânea que os motiva. No que diz respeito à compreensão do texto literário no sentido mais trivial, apesar dos maneirismos estilísticos do autor que nos esforçamos para reproduzir na tradução, adotamos sempre o princípio da não imbecilidade do leitor postulado por Marianne Lederer:

> O leitor da tradução pode ser leigo, mas não imbecil; graças ao próprio texto, ele logo completa parte dos conhecimentos que a princípio lhe faltam. O tradutor ajuda explicitando certos implícitos da língua original e empregando meios linguísticos suficientes para designar os referentes para os quais não existe correspondência direta em sua língua. O leitor da tradução jamais vai saber tanto quanto o leitor autóctone, mas tampouco há de permanecer leigo.[22]

Com estes textos em português livres de distrações, esperamos que o leitor possa concentrar a atenção na própria obra de Lovecraft — e também julgar o trabalho apresentado pelo único item relevante ao se avaliar uma tradução: o próprio texto traduzido.

AGRADECIMENTOS

Este projeto levou mais de quinze anos para maturar e atingir o estágio em que hoje chega às mãos do leitor. Não é de estranhar que ao longo desse tempo eu tenha contado com o apoio e o incentivo de outras pessoas. Assim, deixo registrados aqui os meus sinceros agradecimentos a Bruno Costa, por ter acreditado no meu trabalho como tradutor e autor de textos introdutórios ainda no início da minha carreira na tradução literária; a todos os meus editores e ex-editores na Companhia das Letras pela cooperação de muitos anos — e neste projeto em especial a Rita Mattar, Luara França e Antônio Xerxenesky, por terem abraçado a proposta de publicar Lovecraft como um autor clássico no Brasil mesmo apesar dos inúmeros percalços no caminho; a todos os leitores que para minha enorme satisfação escrevem comentários positivos e recomendam minhas traduções de Lovecraft em fóruns e sites literários; e por último mas não menos importante à minha companheira de letras e de vida Mariana Donner da Costa, pelo sem-número de cotejos atentos desta e de outras traduções minhas nas quais não houve espaço ou oportunidade para agradecer.

POSTSCRIPTUM: HISTÓRICO DE PUBLICAÇÃO DAS TRADUÇÕES QUE COMPÕEM A *FICÇÃO COMPLETA* DE H. P. LOVECRAFT

De certa forma a tradução desta *Ficção completa* teve início em 24 de agosto de 1999: essa é a data do arquivo de texto que guarda a primeira versão de "Os gatos de Ulthar" — uma tradução que fiz aos dezessete anos no mais sincero espírito amador, sem a menor ideia ou expectativa de que o resultado pudesse um dia integrar um volume com a ficção completa de H. P. Lovecraft. No plano editorial, contudo, os primeiros movimentos daquilo que viria a resultar neste projeto tiveram início apenas em meados de 2008, quando fui convidado a organizar e traduzir um volume avulso de contos de H. P. Lovecraft — cuja obra havia entrado em domínio público no Brasil em 1º de janeiro daquele ano. O livro resultante, publicado pela Hedra no ano seguinte em formato *pocket* e intitulado *O chamado de Cthulhu e outros contos*, trazia (em ordem) os contos "Dagon", "Ar frio", "O que a lua traz consigo", "A música de Erich Zann", "O modelo de Pickman", "O assombro das trevas" e a narrativa que dava título ao volume, "O chamado de Cthulhu". Além de uma introdução de minha autoria, a seleção incluía ainda um apêndice com uma carta de Lovecraft a R. Michael e o texto "Notas sobre a escritura de contos fantásticos".

A boa recepção do volume motivou a organização, a tradução e a publicação de outros três livros em formato *pocket*, a saber: *A sombra de Innsmouth* (Hedra, 2010), composto da narrativa que empresta o nome ao volume e acompanhado por uma introdução minha e um apêndice que continha o texto "A narração de histórias: Uma carta", bem como uma árvore genealógica do personagem Robert Olmstead; *Um sussurro nas trevas* (Hedra, 2010), mais uma vez composto da narrativa que empresta nome ao volume e acompanhado por uma introdução minha e um apêndice contendo os textos "Vermont — uma primeira impressão", de autoria de H. P. Lovecraft, e "O sussurro reconsiderado", um breve ensaio crítico de Fritz Leiber sobre o texto de Lovecraft; e *A cor que caiu do espaço* (Hedra, 2011), que — a exemplo dos títulos anteriores — era composto da narrativa que dá nome ao volume e vinha acompanhado por uma introdução minha e um apêndice com os textos "A confissão de um cético", "Notas sobre uma não entidade" e "Notas sobre ficção interplanetária", todos da lavra de H. P. Lovecraft.

A partir de então organizei, traduzi e escrevi introduções para outros cinco volumes publicados também pela Hedra, dessa vez em formato 16 × 23 cm, centrados nas histórias a seguir — sendo cada um dos volumes composto dos textos que sucedem o título (aqui reproduzidos na mesma ordem em que aparecem nos respectivos volumes): *Nas montanhas da loucura* (2011): introdução, texto-título e apêndice com os textos "Carta a Frank Belknap Long", "Fungos de Yuggoth — XV. Antarktos" (soneto) e "*Nas montanhas da loucura*: anotações"; *A sombra vinda do tempo* (2011): introdução, texto-título e apêndice com "Notas sobre *A sombra vinda do tempo*", "O desafio do além (fragmento)" e "Notas para 'O desafio do além'"; *O horror de Dunwich* (2012): introdução, texto-título e apêndice com "A história do *Necronomicon*", "O sabujo", "Carta a Clark Ashton Smith" e "Carta a Robert

E. Howard"; *A busca onírica por Kadath* (2013): introdução, texto-título e apêndice com "Carta a Harry Otto Fischer", "A chave de prata" (em tradução de Francisco Innocêncio), "Celephaïs", "Os gatos de Ulthar", "Os outros deuses", "O navio branco" e o soneto "Fungos de Yuggoth — XX. Noctétricos"; e *O caso de Charles Dexter Ward* (2014): introdução, texto-título e "Sobre *O caso de Charles Dexter Ward*", sendo este último a tradução de um excerto da biografia em cartas de Lovecraft organizada por S. T. Joshi e David E. Schultz e intitulada *A Dreamer and a Visionary — H. P. Lovecraft and His Times*.

Para além das histórias listadas acima, a tradução de "A coisa na soleira da porta" foi publicada em 2012 na edição S da revista *Arte e Letra: Estórias*, enquanto a tradução de "Na cripta" saiu pela primeira vez no volume *Contos clássicos de terror*, organizado por Julio Jeha e lançado pela Companhia das Letras em 2018.

Em termos de volume de texto, as obras listadas acima e publicadas de maneira esparsa representam quase 70% de toda a produção ficcional de Lovecraft — porém ainda não havia um projeto de publicação da ficção completa do autor sob esse nome. Essa porta seria aberta somente em 2018, após uma série de conversas com as editoras que trabalhavam à época na Companhia das Letras. Com tudo acertado, o projeto teve início com o anúncio de que a ficção completa de Lovecraft seria publicada em quatro volumes organizados e traduzidos por mim sob o nome *Biblioteca Lovecraft* — e o primeiro destes volumes foi lançado pela Companhia das Letras em novembro de 2019. Embora ninguém imaginasse à época, em poucos meses o mercado editorial seria quase paralisado em razão da pandemia causada pela covid-19 — e assim o projeto como um todo logo se viu suspenso por tempo indefinido. As tratativas sobre a continuidade foram retomadas somente em 2023, quando esta *Ficção completa* enfim garantiu um lugar na coleção Penguin-Companhia, onde agora passa a ombrear com inúmeros outros nomes ilustres da literatura mundial no ecossistema literário e editorial do Brasil.

REFERÊNCIAS BIBLIOGRÁFICAS

BRAGA, Guilherme da Silva. Introdução. Em: LOVECRAFT, H. P. *O chamado de Cthulhu e outros contos*. São Paulo: Hedra, 2009.

_____. Introdução. Em: LOVECRAFT, H. P. *O horror de Dunwich*. São Paulo: Hedra, 2012.

BRITTO, Paulo Henriques. *A tradução literária*. Rio de Janeiro: Civilização Brasileira, 2016.

CALVINO, Italo. *Por que ler os clássicos*. Trad. de Nilson Moulin. São Paulo: Companhia das Letras, 1993.

LOVECRAFT, H. P. *Collected Essays*. V. 1: Amateur Journalism. Org. de S. T. Joshi. Nova York: Hippocampus, 2004.

_____. *Lord of a Visible World: An Autobiography in Letters*. Org. de S. T. Joshi e David E. Schultz. Nova York: Hippocampus, 2019.

LEDERER, Marianne. *La Traduction aujourd'hui: Le Modèle interprétatif*. Paris: Hachette, 1994.

NOTAS

1. CALVINO, p. 10.
2. Ibid., p. 11.
3. Apenas para dar uma ideia da amplitude dessa influência, volumes dedicados a catalogar obras derivadas das criações de Lovecraft nas mais variadas formas artísticas com frequência somam entre duzentas e trezentas páginas.
4. Ibid., p. 12.
5. LOVECRAFT, 2004, p. 273. Todas as citações retiradas de obras originalmente em inglês foram traduzidas pelo autor desta introdução.
6. Ibid., p. 272.

7. Carta a Anne Tillery Renshaw, datada de 10 de junho de 1921. Em: LOVECRAFT, 2019.
8. Carta a Rheinhart Kleiner, datada de 21 de setembro de 1921. Em: LOVECRAFT, 2019.
9. Carta a Maurice W. Moe, datada de 18 de maio de 1922. Em: LOVECRAFT, 2019.
10. Carta a Frank Belknap Long, datada de 1º de maio de 1926. Em LOVECRAFT, 2019.
11. Carta a Fritz Leiber, datada de 15 de novembro de 1936. Em: LOVECRAFT, 2019.
12. Carta a Elizabeth Toldridge, datada de 8 de março de 1929. Em: LOVECRAFT, 2019.
13. Apud BRAGA, 2012.
14. Carta a Robert E. Howard, datada de 14 de agosto de 1930. Em: LOVECRAFT, 2019.
15. Apud BRAGA, 2009, p. 10.
16. Carta ao grupo de correspondência "The Coryciani", datada de 14 de julho de 1936. Em: LOVECRAFT, 2019.
17. Carta a Maurice W. Moe, datada de 8 de dezembro de 1914. Em: LOVECRAFT, 2019.
18. Carta a Fritz Leiber, datada de 19 de dezembro de 1936. Em: LOVECRAFT, 2019.
19. BRITTO, pp. 28-9.
20. Carta a James F. Morton, datada de 10 de fevereiro de 1923. Em: LOVECRAFT, 2019.
21. CALVINO, p. 12.
22. LEDERER, p. 123.

Ficção completa

Volume I

Dagon

Escrevo esta história sob uma pressão mental considerável, uma vez que hoje à noite me apago. Sem dinheiro, prestes a exaurir o estoque da droga que torna a vida suportável, não aguento mais essa tortura; estou prestes a me atirar pela janela da água-furtada na sordidez da rua lá embaixo. Não entenda minha dependência da morfina como uma fraqueza ou uma perversão. Quando o senhor ler estas páginas rabiscadas às pressas poderá entender, ainda que não por completo, a minha ânsia pelo esquecimento ou pela morte.

Foi numa das regiões mais abertas e menos frequentadas do enorme Pacífico que o paquete em que eu era sobrecarga caiu vítima das forças alemãs. Era o início da Grande Guerra, e as forças oceânicas dos teutos ainda não haviam afundado ao nível da degradação posterior; de modo que nossa embarcação foi capturada como um troféu legítimo, enquanto nós, da tripulação, fomos tratados com toda a justeza e consideração devida aos prisioneiros navais. A postura de nossos captores, a bem dizer, era tão tolerante que cinco dias após a abordagem consegui escapar sozinho em um pequeno barco, levando comigo água e provisões suficientes para um período considerável.

Quando por fim me vi livre, à deriva, meu conhecimento acerca de minhas coordenadas era parco. Sendo um navegador de poucas habilidades, eu só conseguia ter uma vaga noção, graças ao sol e às estrelas, de que estava ao sul do Equador. Quanto à longitude eu não fazia a menor ideia, e não havia nenhuma ilha ou litoral à vista. O tempo manteve-se bom e, por dias incontáveis, fiquei à deriva sob o sol escaldante; esperando que algum navio passasse ou que as ondas me conduzissem à orla de um lugar habitável. Mas nem o navio nem a costa apareceram, e comecei a entrar em desespero com a solidão em meio à grandeza opressiva do infinito panorama azul.

A mudança operou-se enquanto eu dormia. Jamais conhecerei os detalhes; pois o meu sono, mesmo sendo agitado e cheio de pesadelos, foi ininterrupto. Quando por fim acordei, vi-me parcialmente sugado pelo lodo de um infernal pântano negro, que se estendia à minha volta em ondulações monótonas até onde a vista alcançava, e onde o meu barco estava encalhado a uma certa distância.

Mesmo que se possa imaginar a minha reação de surpresa ante uma transformação tão prodigiosa e súbita no cenário, a verdade é que eu sentia mais terror do que espanto; pois no ar e no solo putrescente havia algo de sinistro que me enregelava até o âmago. O lugar fedia a restos pútridos de peixes em decomposição e de outras coisas indescritíveis que eu via erguerem-se do lodo asqueroso que recobria a infindável planície. Talvez eu não devesse tentar pôr em meras palavras o horror indescritível que o silêncio absoluto e a imensidão estéril podem encerrar. Não se ouvia nada, não se via nada afora a vastíssima extensão de lodo negro; mas eram a perfeição do silêncio e a constância do cenário que me oprimiam com um terror nauseante.

O sol ardia em um céu que parecia quase negro em sua crueldade límpida; como se a refletir o palude escuro como nanquim sob os meus pés. Enquanto eu retornava ao barco, percebi que só havia uma teoria para explicar a minha situação. Por obra de uma erupção vulcânica sem precedentes, uma parte do solo marítimo fora arremessada em direção à superfície, expondo regiões que por incontáveis milhões de anos haviam repousado em silêncio nas insondáveis profundezas oceânicas. Tamanha era a extensão de terra assim surgida que eu não conseguia ouvir o rumor do mar, por mais que tentasse. Tampouco se viam aves marítimas a procurar comida entre as carcaças.

Por longas horas fiquei pensando ou cogitando no barco, que estava de lado a fim de projetar alguma sombra enquanto o sol movia-se no firmamento. À medida que o dia avançava o chão ficava menos pegajoso e dava a impressão de que em pouco tempo estaria seco o suficiente para uma caminhada. Dormi pouco à noite e, no dia seguinte, preparei um suprimento de comida e água, antevendo uma jornada por terra em busca do mar desaparecido e de um possível resgate.

Na terceira manhã o solo estava seco o bastante para que eu pudesse caminhar sem dificuldade. O odor de peixe era enlouquecedor; mas eu estava compenetrado em assuntos muito mais graves para incomodar-me com um mal tão insignificante e, assim, lancei-me rumo ao desconhecido. Andei o dia inteiro em direção ao ocidente, guiado por um outeiro distante que se erguia mais alto do que qualquer outra elevação naquele vasto deserto. Acampei naquela noite e, no dia seguinte, prossegui em direção ao outeiro, que no entanto parecia quase tão distante quanto no momento que o vi pela primeira vez. Na quarta noite cheguei ao pé da elevação, muito mais alta do que parecera ao longe; um vale destacava seus contornos em meio ao panorama geral. Exausto demais para escalar, dormi à sombra da colina.

Não sei por que meus sonhos foram tão fantásticos naquela noite; mas antes que a formidável lua minguante e fantasticamente gibosa subisse às alturas celestes, acordei suando frio, determinado a não mais dormir. Eu não seria capaz de aguentar mais uma vez aquelas visões. O luar mostrou-me o quão tolo eu fora ao viajar durante o dia. Sem o brilho do sol escaldante, minha jornada teria consumido menos energia; em verdade, naquele instante eu sentia-me apto a empreender a escalada que me vencera ao pôr do sol. De posse dos meus suprimentos, parti em direção ao pico daquela eminência.

Disse eu que a monotonia constante da paisagem inspirava-me um horror vago; mas acredito que meu horror tenha sido ainda maior quando ganhei o cume do outeiro e olhei para o outro lado, em direção a um enorme fosso ou cânion, cujos negros recessos a lua ainda não subira o bastante para iluminar. Senti-me nos limites do mundo, olhando para o caos insondável de uma noite eterna. Meu terror era atravessado por reminiscências do *Paraíso perdido* e da terrível escalada de Satã pelos domínios da escuridão primordial.

À medida que a lua subia, comecei a notar que as encostas do vale não eram tão íngremes quanto eu imaginara a princípio. Saliências e escarpas na rocha proporcionavam uma descida relativamente fácil e, após algumas dezenas de metros, o declive tornava-se bastante gradual. Tomado por um impulso que não sou capaz de explicar, desci pelo caminho de rocha e postei-me na encosta mais suave lá embaixo, observando aquelas profundezas do Estige onde luz alguma jamais havia penetrado.

De repente minha atenção dirigiu-se a um enorme e singular objeto que se erguia a pique na encosta do outro lado, a uns cem metros de distância; um objeto que resplandecia em brancura com os raios recém-chegados da lua ascendente. Logo me convenci de que era uma enorme pedra; mas por algum motivo eu tive a nítida impressão de que aquele contorno e aquela disposição não podiam ser obra da Natureza. Um exame mais atento encheu-me de sensações inexplicáveis; pois, apesar da enorme magnitude e da proximidade ao abismo hiante que repousava no fundo do mar desde que o mundo era jovem, percebi sem a menor dúvida que o estranho objeto era um monólito bem talhado, cuja opulência conhecera o trabalho e talvez a adoração de criaturas vivas e pensantes.

Confuso e assustado, mas sentindo o entusiasmo dos cientistas e arqueólogos, examinei meus arredores em maior detalhe. A lua, já próxima ao zênite, resplandeceu com um brilho estranho acima das elevações sobranceiras que circundavam o abismo e revelou um enorme volume de água lá embaixo, que se estendia para os dois lados e quase me batia nos pés enquanto eu permanecia na encosta. No outro lado do pélago, pequenas ondas quebravam junto à base do monólito ciclópico, onde se viam inscrições e esculturas primitivas. A escrita usava um sistema de hieróglifos que eu ignorava, diferente de todos aqueles vistos nos livros, e consistia, na maior parte, em símbolos aquáticos estilizados, como peixes, enguias, polvos, crustáceos, moluscos, baleias e outros. Muitos hieróglifos representavam coisas marinhas desconhecidas ao mundo moderno, mas cujos corpos em decomposição eu avistara na planície que se erguera do mar.

Era o conteúdo pictórico, no entanto, o que mais me hipnotizava. Claramente visível na água, graças a suas enormes proporções, havia um conjunto de baixos-relevos cujos temas teriam despertado a inveja de um Doré. Acho que as figuras representadas eram homens — ou pelo menos um certo tipo de homem; entretanto, as criaturas apareciam divertindo-se como peixes na água de uma gruta marinha ou rendendo homenagens em um templo monolítico que também parecia estar sob as ondas. Os rostos e as formas eu não ouso descrever em detalhe, pois a simples lembrança faz-me fraquejar. Grotesco além da imaginação de um Poe ou de um Bulwer, o contorno geral das figuras era muito humano, apesar das mãos e pés com membranas natatórias, dos impressionantes lábios carnudos e molengos, dos olhos vidrados, arregalados, e de outros traços de lembrança desagradável. Tive a curiosa impressão de que os desenhos estavam bastante fora de proporção com o cenário ao redor; uma das criaturas aparecia matando uma baleia, representada em tamanho só um pouco maior do que ela própria. Como eu disse, reparei no aspecto grotesco e no tamanho exagerado das figuras; mas no instante seguinte pensei que aqueles seriam apenas os deuses imaginários de alguma tribo primitiva de pescadores ou navegadores; uma tribo cujos últimos descendentes haviam perecido eras antes que o primeiro ancestral do Homem de Piltdown ou do Homem de Neandertal nascesse. Estupefato com o vislumbre de um passado que extrapolava a imaginação do mais ousado antropólogo, pus-me a meditar enquanto a lua projetava reflexos singulares sobre o silencioso canal à minha frente.

Então, de repente eu vi. Com um leve rumor que marcou sua chegada à superfície, a coisa emergiu das águas escuras. Vasto como um Polifemo, horrendo, aquilo se lançou como um pavoroso monstro saído de um pesadelo em direção ao monólito, ao redor do qual agitava os braços escamosos ao mesmo tempo que inclinava a cabeça hedionda e emitia sons compassados. Acho que foi naquele instante que perdi a razão.

Em relação à escalada frenética da encosta e da colina e à jornada delirante rumo ao barco, não recordo quase nada. Acho que cantei um bocado e irrompi em gargalhadas estranhas quando não consegui mais cantar. Tenho lembranças difusas de uma forte tempestade um tempo depois de retornar ao barco; de qualquer modo, sei que ouvi trovoadas e outros sons que a Natureza só emite em seus momentos de maior furor.

Quando emergi das trevas eu estava num hospital em San Francisco; quem me levou até lá foi o capitão do navio americano que resgatou meu barco, à deriva no oceano. Falei muito em meu delírio, mas descobri que haviam dado pouca atenção às minhas palavras. Meus benfeitores não sabiam nada a respeito de terras emersas no Pacífico; e não julguei apropriado insistir em um assunto que eu sabia ser inacreditável. Certa vez falei com um etnólogo famoso e diverti-o com perguntas um tanto peculiares sobre a antiga lenda filistina de Dagon, o Deus-Peixe; mas logo, ao perceber que o estudioso era irremediavelmente ordinário, desisti das minhas perguntas.

É à noite, em especial quando a lua está gibosa e minguante, que vejo a coisa. Tentei morfina; mas a droga mostrou-se um alívio apenas temporário e prendeu-me em suas garras como a um escravo desesperançado. Agora, tendo escrito um relato completo para a informação ou para o deleite zombeteiro de meus semelhantes, pretendo pôr um fim a tudo. Muitas vezes pergunto-me se tudo não seria a mais pura ilusão — um simples delírio enquanto eu jazia vociferando durante uma insolação no barco exposto aos elementos, logo após escapar da belonave alemã. Eis o que me pergunto, mas sempre tenho uma visão nítida do terror em resposta. Não consigo pensar nas profundezas oceânicas sem estremecer ao imaginar as coisas inomináveis que neste exato momento podem estar deslizando e arrastando-se pelo leito viscoso, rendendo homenagens a antigos ídolos de pedra e esculpindo sua execranda imagem em obeliscos submarinos de granito úmido. Sonho com o dia em que possam erguer-se acima das ondas para arrastar às profundezas, em suas garras fétidas, os resquícios dessa humanidade pífia e devastada pela guerra — com o dia em que a terra há de afundar, e o fundo escuro do oceano erguer-se em meio ao pandemônio universal.

O fim está próximo. Ouço um barulho na porta, como o de um enorme corpo escorregadio batendo contra a madeira. Jamais vão me encontrar. Meu Deus, *aquela mão*! A janela! A janela!

Ar frio

O senhor pede que eu explique por que temo as correntes de ar frio; por que estremeço mais do que outros ao entrar em um recinto frio e pareço sentir náuseas e repulsa quando o frio noturno sopra em meio ao calor dos dias amenos do outono. Há quem diga que respondo ao frio como outros reagem a um odor desagradável, e a comparação parece-me apropriada. O que me proponho a fazer é relatar a circunstância mais horrenda que jamais presenciei e deixar para o senhor a decisão de aceitá-la ou não como justificativa para a minha excentricidade.

É um erro achar que o horror está necessariamente associado à escuridão, ao silêncio, à solidão. Encontrei-o em pleno sol do meio-dia, no rumor de uma metrópole e em meio a uma pensão rústica e ordinária, com uma senhoria prosaica e dois homens robustos ao meu lado. Na primavera de 1923, consegui um trabalho editorial tedioso e mal remunerado em uma revista de Nova York; sem condições de pagar grandes somas por um aluguel, comecei a vagar de uma pensão barata a outra, em busca de um quarto que combinasse as qualidades de razoável limpeza, móveis duradouros e preço acessível. Logo ficou claro que a única opção viável seria escolher entre os diferentes males, mas, passado um tempo, descobri uma casa na West Fourteenth Street que me desagradava muito menos do que as outras.

Era uma mansão de quatro andares em arenito, construída, a julgar pela aparência, no fim da década de 1840, com detalhes em madeira e mármore cujo esplendor manchado e encardido denunciava a decadência em relação a níveis de opulência outrora elevados. Sobre os quartos, grandes e espaçosos, decorados com papéis de parede impossíveis e cornijas de estuque com ornamentos ridículos, pairava uma umidade deprimente e um resquício de cozinhas obscuras; mas o piso era limpo, as roupas de cama bastante decentes e a água quente não ficava fria ou desligada com muita frequência, de modo que comecei a encarar a pensão ao menos como um lugar tolerável para hibernar até que eu pudesse voltar de fato à vida. A senhoria, uma espanhola vulgar e quase barbada que atendia pelo nome de Herrero, não me aborrecia com fofocas nem com críticas a respeito da luz que permanecia acesa até o avançado da noite em meu quarto no terceiro andar; e os demais inquilinos eram tão quietos e indiferentes quanto se podia desejar, sendo a maioria deles espanhóis só um pouco acima da maior grosseria e da maior vileza. O único aborrecimento incontornável era o fragor dos bondes na rua lá embaixo.

Eu estava na pensão havia umas três semanas quando ocorreu o primeiro incidente estranho. Pelas oito horas da noite, escutei o barulho de algum líquido espalhando-se no chão e logo senti um cheiro pungente de amônia. Olhando ao redor, percebi que o teto estava úmido e gotejava; o líquido parecia vir de um canto, no lado que dava para a rua. Ansioso por resolver o problema antes que piorasse, apressei-me em falar com a senhoria; e fui informado de que o problema se resolveria em breve.

"El senior Muñoz", gritou ela, enquanto subia os degraus correndo à minha frente, "derramô algun producto químico. El está mui enfermo para tratarse — cada vez más enfermo — pero no acepta aiúda de ninguiên. Es una enfermidade mui ecsquisita — todos los dias el toma unos bánios con tcheiro ecstránio, pero no consigue merrorar ni calentarse.

Todo el trabarro doméstico es el que lo face — el quartito está repleto de garrafas i máquinas, i el no trabarra más como médico. Pero iá fue famosso — mi pai en Barcelona conocia el nombre — i hace poco le curô el braço a un encanador que se matchucô de repente. El hombre no sale nunca, i mi filho Esteban le lheva comida i ropas i medicamentos i productos químicos para el. Dios mio, la sal amoníaca que el hombre usa para conservar el frio!"

A sra. Herrero desapareceu pela escada em direção ao quarto andar, e eu retornei ao meu quarto. A amônia parou de pingar e, enquanto eu limpava a sujeira e abria a janela para ventilar o quarto, ouvi os pesados passos da senhoria logo acima da minha cabeça. Eu jamais ouvira o dr. Muñoz, salvo por alguns sons como os de uma máquina a gasolina; uma vez que suas passadas eram gentis e suaves. Por um instante perguntei-me que estranha moléstia afligia esse homem, e também se a obstinação em recusar ajuda externa não seria o resultado de uma excentricidade com pouco ou nenhum fundamento. Ocorreu-me a ideia nada original de que existe um *páthos* incrível na situação de uma pessoa eminente caída em desgraça.

Eu talvez jamais tivesse conhecido o dr. Muñoz se não fosse pelo infarto súbito que me acometeu certa manhã enquanto escrevia em meu quarto. Os médicos já tinham me alertado para o perigo desses ataques, e eu sabia que não havia tempo a perder; assim, relembrando as palavras da senhoria a respeito da ajuda oferecida pelo inválido ao encanador ferido, arrastei-me até o quarto andar e bati de leve na porta acima da minha. A batida foi respondida em excelente inglês por uma voz curiosa, à direita, que perguntou meu nome e o objetivo da visita; uma vez que os expus, a porta ao lado daquela em que bati abriu-se.

Fui recebido por uma rajada de ar frio; e, ainda que o dia fosse um dos mais quentes no final de junho, estremeci ao cruzar o umbral rumo ao interior de um apartamento cuja decoração rica e de bom gosto surpreendeu-me naquele antro de imundície e sordidez. Um sofá-cama desempenhava seu papel diurno de sofá, e a mobília em mogno, as tapeçarias suntuosas, as pinturas antigas e as estantes de livros lembravam muito mais o estúdio de um cavalheiro do que o quarto de uma casa de pensão. Percebi que o quarto logo acima do meu — o "quartito" das garrafas e máquinas que a sra. Herrero havia mencionado — era apenas o laboratório do doutor; e que os cômodos onde vivia ficavam no espaçoso quarto ao lado, com alcovas e um grande banheiro contíguo que lhe facultavam esconder todas as prateleiras e demais instrumentos. O dr. Muñoz era, sem dúvida, alguém de boa posição social, culto e refinado.

O homem à minha frente era baixo, mas de proporções notáveis, e usava um traje algo formal de corte e caimento perfeitos. Um semblante altivo de expressão dominadora, mas não arrogante, era adornado por uma curta barba grisalha, e um pincenê à moda antiga protegia os penetrantes olhos escuros e apoiava-se em um nariz aquilino, que conferia um toque mouro à fisionomia, ademais um bocado celtibérica. Os cabelos grossos e bem cortados, que denunciavam as visitas regulares do barbeiro, apareciam repartidos com graça logo acima da fronte elevada; o aspecto geral era de notável inteligência e de linhagem e educação superiores.

No entanto, ao ver o dr. Muñoz em meio à rajada de ar frio, senti uma repulsa que nada em sua aparência poderia justificar. Apenas o tom lívido da pele e a frieza do toque poderiam oferecer alguma base física para o sentimento, e até mesmo essas coisas seriam desculpáveis a levar-se em conta a notória invalidez do médico. Também pode ter sido o frio singular o que me alienou; pois uma rajada como aquela parecia anormal em um dia tão quente, e tudo o que é anormal suscita aversão, desconfiança e medo.

Mas a repulsa logo deu lugar à admiração, pois a perícia do estranho médico ficou evidente mesmo com o toque gélido e os tremores que afligiam suas mãos exangues. O dr.

Muñoz compreendeu a situação assim que pôs os olhos em mim e, em seguida, administrou-me os medicamentos necessários com a destreza de um mestre; ao mesmo tempo, assegurou-me, com uma voz modulada, ainda que oca e sem timbre, que era o mais ferrenho inimigo da morte e que havia gastado toda a fortuna e perdido todos os amigos ao longo de uma vida de experimentos devotados à sua derrota e aniquilação. Ele tinha algo em comum com os fanáticos benevolentes, e seguiu desfiando uma conversa quase trivial enquanto auscultava o meu peito e preparava uma mistura com drogas retiradas do pequeno quarto onde funcionava o laboratório. Era óbvio que o dr. Muñoz havia encontrado, na companhia de um homem bem-nascido, uma grata surpresa em meio à atmosfera decadente, e assim abandonou-se a um tom incomum à medida que as lembranças de dias melhores surgiam.

A voz dele, ainda que estranha, era ao menos tranquilizadora; e eu nem sequer percebia sua respiração enquanto as frases bem articuladas saíam de sua boca. O doutor tentou distrair a atenção que eu dispensava ao meu surto falando de suas teorias e experiências; e lembro-me da maneira gentil como me consolou a respeito do meu coração fraco, insistindo que a força de vontade e a consciência são mais fortes do que a própria vida orgânica, de modo que um corpo mortal saudável e bem preservado, por meio do aprimoramento científico dessas qualidades, é capaz de reter uma certa animação nervosa a despeito de graves problemas, defeitos ou até mesmo ausência de órgãos específicos. Em tom meio jocoso, disse que um dia poderia ensinar-me a viver — ou pelo menos a desfrutar de uma existência consciente — mesmo sem coração! De sua parte, o dr. Muñoz sofria com uma pletora de moléstias que exigiam um tratamento rigoroso à base de frio constante. Qualquer aumento prolongado na temperatura poderia ter consequências fatais; e em seu apartamento gélido — onde fazia cerca de doze ou treze graus centígrados — havia um sistema de resfriamento por amônia, cujo motor a gasolina eu ouvira repetidas vezes no meu quarto, logo abaixo.

Quando senti o coração aliviado, deixei o gélido recinto na condição de discípulo e devoto do talentoso recluso. A partir de então comecei a fazer-lhe visitas frequentes, sempre encasacado; eu ouvia o doutor falar sobre pesquisas secretas e resultados quase hediondos e estremecia de leve ao examinar os tomos antigos e raros que as estantes guardavam. Devo acrescentar que fui quase curado da minha doença graças à grande habilidade clínica daquele homem. O dr. Muñoz não desprezava os encantamentos dos medievalistas, pois acreditava que aquelas fórmulas crípticas encerravam estímulos psicológicos bastante raros, que poderiam muito bem ter efeitos singulares em um sistema nervoso abandonado pelas pulsações orgânicas. Fiquei comovido com seu relato sobre o dr. Torres, de Valência, que o havia acompanhado durante os primeiros experimentos e ficado a seu lado durante uma longa doença dezoito anos atrás, da qual provinham as moléstias ainda presentes. Mas assim que aquele médico idoso salvou o colega, ele próprio sucumbiu ao implacável inimigo que havia combatido. Talvez o esforço tivesse sido grande demais; pois, em um sussurro, o dr. Muñoz deixou claro — mesmo sem dar muitos detalhes — que os métodos usados para a cura haviam sido os mais extraordinários, com expedientes e processos um tanto malvistos pelos galenos mais velhos e conservadores.

Com o passar das semanas, notei, com grande pesar, que meu novo amigo estava de fato perdendo o vigor físico aos poucos, mas de forma incontestável, como a sra. Herrero havia mencionado. O aspecto lívido em seu semblante intensificara-se, a voz tornara-se mais vazia e indistinta; os movimentos musculares coordenavam-se de maneira cada vez menos perfeita, e a mente e a determinação apresentavam-se menos constantes e menos ativas. O dr. Muñoz não parecia alheio a essas tristes mudanças, e aos poucos seu rosto e sua voz assumiram um tom de terrível ironia, que me fez sentir mais uma vez a leve repulsa que eu sentira de início.

Ele começou a desenvolver estranhos caprichos, adquirindo um gosto tão intenso por especiarias exóticas e incenso egípcio que seu quarto cheirava como a tumba de um faraó sepultado no Vale dos Reis. Ao mesmo tempo a necessidade de ar frio tornou-se mais premente, e com a minha ajuda o doutor aumentou o encanamento de amônia no quarto e modificou as bombas e a alimentação do sistema refrigerador até que conseguisse manter a temperatura do quarto entre um e quatro graus, e finalmente a dois graus negativos; o banheiro e o laboratório, naturalmente, não eram tão frios para evitar que a água congelasse e os processos químicos fossem prejudicados. O inquilino ao lado reclamou do ar frio que vazava pela porta entre os quartos, então ajudei o dr. Muñoz a instalar pesadas tapeçarias a fim de solucionar o problema. Uma espécie de horror crescente, de origem singular e mórbida, dava a impressão de possuí-lo. O inválido discorria sem parar sobre a morte, mas dava gargalhadas ocas quando se falava em enterro ou em procedimentos funerários.

No geral, o dr. Muñoz tornou-se um companheiro desconcertante e até mesmo repelente; mas a gratidão que eu sentia pela cura não me permitia abandoná-lo aos estranhos que o cercavam, e eu espanava seu quarto e cuidava de suas necessidades dia após dia, enrolado em um pesado sobretudo que eu havia comprado especialmente para este fim. Da mesma forma, eu me encarregava de fazer suas compras, e ficava pasmo com alguns dos produtos químicos que ele encomendava de farmácias e lojas de suprimentos laboratoriais.

Uma atmosfera de pânico cada vez maior e mais inexplicável dava a impressão de pairar sobre o apartamento. Como eu disse, o prédio inteiro tinha um cheiro desagradável; mas naquele quarto era ainda pior — apesar de todas as especiarias e incensos, e também dos químicos de odor pungente usados pelo doutor nos banhos de imersão, que insistia em tomar sozinho. Percebi que tudo deveria estar relacionado à sua doença e estremeci ao imaginar que doença poderia ser essa. Depois de abandonar o doutor inteiramente aos meus cuidados, a sra. Herrero passou a fazer o sinal da cruz ao vê-lo; não permitia sequer que o filho Esteban continuasse a desempenhar pequenas tarefas para o velho. Quando eu sugeria outros médicos, o doente manifestava toda a raiva de que parecia capaz. Era visível que temia os efeitos físicos dessas emoções violentas, mas sua determinação e seus impulsos cresciam em vez de minguar, e ele recusava-se a ficar de cama. A lassitude da antiga doença deu lugar a um ressurgimento de seu ferrenho propósito, de forma que o dr. Muñoz dava a impressão de estar pronto para enfrentar o demônio da morte no mesmo instante em que esse inimigo ancestral o atacava. O pretexto das refeições, quase sempre uma formalidade, foi praticamente abandonado; e apenas o poder da mente parecia evitar um colapso total.

O dr. Muñoz adquiriu o hábito de escrever longos documentos que eram lacrados com todo o cuidado e entregues a mim, com instruções para que, após sua morte, eu os entregasse a certas pessoas que nomeava — em sua maioria indianos letrados, mas também um médico francês outrora célebre e dado por morto, a cujo respeito diziam-se as coisas mais inconcebíveis. A verdade é que eu queimei todos esses papéis, sem entregá-los ou abri-los. O aspecto e a voz do médico tornaram-se horríveis, e sua presença, quase insuportável. Certo dia, em setembro, um relance inesperado do médico provocou um ataque epiléptico em um homem que viera consertar sua lâmpada de leitura; o dr. Muñoz receitou-lhe a medicação adequada enquanto mantinha-se longe de vista. O mais curioso é que o homem havia enfrentado todos os terrores da Grande Guerra sem sofrer nenhum surto parecido em todo o seu decurso.

Então, no meio de outubro, o horror dos horrores veio com um ímpeto vertiginoso. Uma noite, por volta das onze horas, a bomba do sistema de refrigeração quebrou, de modo que, passadas três horas, o processo de resfriamento por amônia tornou-se impossível. O dr. Muñoz convocou-me por meio de fortes pancadas contra o chão, e eu, desesperado, tentei consertar o estrago enquanto meu companheiro praguejava em um tom de voz cujo caráter estertorante e vazio estaria além de qualquer descrição. Meus débeis esforços, no entanto, mostraram-se inúteis; e quando chamei o mecânico da oficina vinte e quatro horas, descobrimos que nada poderia ser feito antes do amanhecer, quando um novo pistão teria de ser comprado. O medo e a raiva do eremita moribundo, tendo escalado a proporções grotescas, aparentavam estar prestes a estilhaçar o quanto restava de seu físico debilitado; ato contínuo, um espasmo fez com que levasse as mãos aos olhos e corresse até o banheiro. O dr. Muñoz saiu de lá com o rosto coberto por ataduras, e nunca mais vi seus olhos.

A temperatura do apartamento aumentava sensivelmente, e por volta das cinco horas o doutor retirou-se para o banheiro com ordens de que eu lhe fornecesse todo o gelo que pudesse encontrar nas lojas e cafeterias que permaneciam abertas durante a madrugada. Ao retornar dessas jornadas desanimadoras e largar meus espólios em frente à porta fechada do banheiro, eu escutava um chapinhar incansável lá dentro e uma voz encorpada grasnando "Mais — mais!". Por fim o dia raiou, e as lojas abriram uma após a outra. Pedi a Esteban que me ajudasse a providenciar o gelo enquanto eu procurava o pistão da bomba ou que comprasse o pistão enquanto eu continuava com o gelo; instruído pela mãe, no entanto, o garoto se recusou com veemência.

Por fim paguei um vagabundo sórdido que encontrei na esquina da Eighth Avenue para fornecer ao paciente o gelo disponível em uma lojinha onde o apresentei, e empenhei toda a minha diligência na tarefa de encontrar um pistão novo para a bomba e contratar mecânicos competentes para instalá-lo. A tarefa parecia interminável, e tive um surto de raiva quase como o do eremita ao perceber que as horas passavam num ciclo frenético e incansável de telefonemas inúteis e buscas de um lugar a outro, para lá e para cá no metrô e no bonde. Próximo ao meio-dia encontrei uma loja de peças no centro da cidade e, por volta da uma e meia, cheguei de volta à casa de pensão com a parafernália necessária e dois mecânicos robustos e inteligentes. Fiz tudo o que pude, e tinha a esperança de que ainda houvesse tempo.

O terror negro, no entanto, havia chegado mais depressa. A casa estava em pandemônio, e acima das vozes exaltadas escutei alguém rezando em uma voz de baixo profundo. Havia algo demoníaco no ar, e os inquilinos rezavam as contas de seus rosários enquanto sentiam o cheiro fétido que saía por baixo da porta fechada do médico. O desocupado que eu arranjara havia fugido em meio a gritos e com o olhar vidrado logo após a segunda remessa de gelo; talvez como resultado de uma curiosidade excessiva. É claro que não poderia ter chaveado a porta atrás de si; mas nesse instante ela estava trancada, provavelmente pelo lado de dentro. Não se ouvia som algum exceto um inominável gotejar, lento e viscoso.

Depois de uma breve consulta à sra. Herrero e aos mecânicos, apesar do temor que me corroía a alma, decidi pelo arrombamento da porta; mas a senhoria deu um jeito de girar a chave pelo lado de fora usando um pedaço de arame. Já havíamos aberto as portas de todos os outros quartos no andar e escancarado todas as janelas. Nesse instante, com o nariz protegido por lenço, adentramos, trêmulos, o amaldiçoado aposento sul, que resplandecia com o sol da tarde que começava.

Uma espécie de rastro escuro e viscoso se alastrava desde a porta aberta do banheiro até a porta do corredor, e de lá para a escrivaninha, onde uma terrível poça havia se acumulado. Lá encontrei algo escrito a lápis, com uma caligrafia tenebrosa e cega, numa folha horrivelmente manchada como que pelas mesmas garras que às pressas haviam traçado as últimas linhas. Então o rastro seguia até o sofá e acabava de forma indizível.

O que estava ou havia estado no sofá é algo que não consigo e não ouso descrever. Mas aqui relato o que, com as mãos trêmulas, decifrei no papel coberto por manchas grudentas antes de puxar um fósforo e reduzi-lo a cinzas; o que decifrei horrorizado enquanto a senhoria e os dois mecânicos corriam em pânico daquele aposento infernal para balbuciar suas histórias incoerentes na delegacia mais próxima. As palavras nauseantes pareciam inacreditáveis sob o brilho dourado do sol, em meio ao rumor dos carros e caminhões vindos da movimentada Fourteenth Street, mas confesso que lhes dei crédito naquele instante. Se ainda lhes dou crédito agora, honestamente não sei. Existem coisas sobre as quais é melhor não especular, e tudo o que posso dizer é que odeio o cheiro de amônia e sinto-me prestes a desmaiar com uma lufada de ar um pouco mais frio.

"O fim", dizia o rabisco abjeto, "é aqui. Não há mais gelo — o homem olhou e fugiu. O calor aumenta a cada instante, e os tecidos não têm como aguentar. Imagino que o senhor saiba — o que falei sobre a vontade e os nervos e o corpo preservado depois que os órgãos param de funcionar. A teoria era boa, mas na prática não tinha como durar para sempre. Houve uma deterioração gradual que eu não havia previsto. O dr. Torres sabia, mas o choque matou-o. Ele não suportou o que tinha de fazer — precisou levar-me a um lugar estranho e escuro quando deu atenção à minha carta e me trouxe de volta. Mas os órgãos jamais voltaram a funcionar. Tinha de ser feito à minha moda — preservação — *pois saiba que morri dezoito anos atrás*."

O modelo de Pickman

Você não precisa achar que sou louco, Eliot — muitas pessoas têm superstições ainda mais estranhas. Por que você não ri do avô de Oliver, que se recusa a andar de carro? Se eu não gosto daquele maldito metrô, o problema é meu; e além disso chegamos mais depressa de táxi. Com o metrô, precisaríamos ter subido o morro desde a Park Street.

Eu sei que estou mais nervoso do que estava quando você me viu no ano passado, mas você também não precisa criar caso. Tenho bons motivos, só Deus sabe, e considero-me um homem de sorte por não ter enlouquecido. Mas afinal, por que esse interrogatório? Você não era tão inquisitivo.

Bem, se você quer saber, não vejo por que não contar. Talvez você deva mesmo saber, pois me escreveu como um pai preocupado quando soube que eu havia deixado o Art Club e me afastado de Pickman. Agora que ele sumiu eu apareço no clube de vez em quando, mas os meus nervos já não são mais os mesmos.

Não, não sei que fim levou Pickman, e não gosto sequer de imaginar. Você deve ter concluído que eu tinha alguma informação privilegiada quando o abandonei — e é por isso que não quero nem imaginar para onde ele foi. A polícia que trate de descobrir o quanto puder — não vai ser muita coisa, visto que até agora ainda não sabem de nada a respeito do velho estúdio que Pickman alugava em

North End sob o nome de Peters. Nem eu sei se saberia voltar lá — e de qualquer forma não pretendo tentar, nem mesmo à luz do dia! Sim, eu sei, ou temo saber, por que ele o alugava. Estou chegando lá. E acho que antes de eu acabar você vai entender por que não comunico a polícia. Eles me pediriam para guiá-los, mas eu não conseguiria voltar lá nem que soubesse o caminho. Havia alguma coisa lá — e agora não consigo mais andar de metrô nem (fique à vontade para rir disto também) descer a porão algum.

Achei que você saberia que eu não me afastei de Pickman pelas mesmas razões estúpidas que levaram velhas caprichosas como o dr. Reid ou Joe Minot ou Bosworth a abandoná-lo. A arte mórbida não me choca, e quando um homem tem o gênio de Pickman eu me sinto honrado ao conhecê-lo, independentemente do caráter de sua arte. Boston jamais teve um pintor maior do que Richard Upton Pickman. Eu disse e repito, e não mudei em nada a minha opinião quando ele me mostrou aquele *Ghoul se alimentando*. Você lembra? Foi naquela época que Minot o cortou.

Sabe, é necessário ter um profundo talento e uma profunda compreensão da Natureza para produzir obras como as de Pickman. Qualquer amador que desenhe capas de revistas pode espalhar a tinta de um jeito qualquer e chamar o resultado de pesadelo ou de sabá das bruxas ou de retrato do demônio, mas só um grande pintor consegue fazer uma coisa dessas parecer realmente assustadora ou convincente. É por isso que só um artista de verdade conhece a fundo a anatomia do terror ou a psicologia do medo — o tipo exato de linhas e proporções que se ligam a instintos latentes ou memórias hereditárias de pavor, e os contrastes e a iluminação que despertam o sentimento de estranheza adormecido. Não preciso dizer a você por que um Fuseli faz nossos ossos literalmente se enregelarem, enquanto um frontispício de história de terror só nos faz rir. Existe alguma coisa que esses sujeitos captam — algo além da vida — que também conseguem nos fazer captar por um breve instante. Com Doré era assim. Com Sime é assim. Com Angarola, de Chicago, é assim. E quanto a Pickman — nenhum homem jamais foi como ele e, por Deus, espero que jamais seja outra vez.

Não me pergunte o que eles veem. Você sabe, na arte convencional existe uma enorme diferença entre as coisas vivas, de verdade, criadas a partir da natureza ou de modelos, e o lixo artificial que os peixes pequenos em geral produzem num estúdio precário. Bem, devo dizer que um artista realmente excêntrico tem um tipo de visão que cria modelos, ou invoca alguma coisa equivalente a cenas reais do mundo espectral em que vive. Seja como for, Pickman consegue resultados que se distinguem dos sonhos alucinados de um impostor mais ou menos como os resultados obtidos por um pintor da natureza distinguem-se das garatujas de um cartunista formado por correspondência. Se eu alguma vez tivesse visto o que Pickman via — mas não! Escute, vamos beber alguma coisa antes de continuar o assunto. Meu Deus, eu não estaria vivo hoje se tivesse visto o que aquele homem — se é que era um homem — via!

Você lembra que o forte de Pickman eram os rostos. Acho que ninguém, desde Goya, foi capaz de representar o inferno em estado bruto nos traços de um rosto ou em uma expressão contorcida. E antes de Goya você precisa voltar até os sujeitos medievais que fizeram as gárgulas e as quimeras em Notre-Dame e em Mont Saint-Michel. Eles acreditavam em todo tipo de coisa — e talvez também vissem todo tipo de coisa, afinal a Idade Média teve umas fases bem curiosas. Eu lembro que uma vez, um ano antes da sua partida, você perguntou a Pickman de onde raios ele tirava aquelas ideias e visões. Foi bem macabra a risada que ele deu, não? Em parte foi por causa daquela risada que Reid se afastou dele. Reid, você sabe, mal havia começado a estudar patologia comparada e estava cheio de "conhecimentos especializados" pomposos sobre a importância biológica ou evolutiva deste ou daquele sintoma mental ou físico. Ele disse que Pickman o repelia mais a cada dia, e que nos últimos tempos quase o assustava — que os traços e a expressão no rosto dele aos poucos se desenvolviam de um modo que não o agradava; de um modo que não era humano. Reid veio cheio de conversas sobre alimentação e disse que Pickman deveria ser anormal e excêntrico ao extremo. Imagino que você tenha dito a Reid, se vocês trocaram alguma correspondência a respeito, que os nervos ou a imaginação dele ficavam muito abalados com as pinturas de Pickman. Eu ao menos disse — na época.

Mas saiba que eu não me afastei de Pickman por nada disso. Pelo contrário, minha admiração por ele só aumentava; aquele *Ghoul se alimentando* era uma obra magnífica. Como você sabe, o clube se recusou a exibi-lo, e o Museu de Belas-Artes não o aceitou nem de presente; além do mais, ninguém queria comprá-lo, então o quadro ficou pendurado na casa de Pickman até o dia em que ele sumiu. Agora está com o pai dele em Salém — você sabe que Pickman vem de uma antiga família de Salém, e que algum antepassado dele foi enforcado por bruxaria em 1692.

Habituei-me a visitar Pickman com certa frequência, em especial depois que comecei a tomar notas para escrever uma monografia sobre arte fantástica. Foi provavelmente o trabalho dele que enfiou essa ideia na minha cabeça e, de qualquer modo, ele se revelou uma verdadeira mina de informações e sugestões quando resolvi levar o projeto adiante. Pickman me mostrou todas as pinturas e desenhos que tinha; inclusive alguns rascunhos em bico de pena que, acredito, teriam rendido uma expulsão do clube se os outros membros tivessem-nos visto. Logo eu tinha virado quase um seguidor, e ficava como um colegial, escutando, por horas a fio, teorias estéticas e especulações filosóficas loucas o bastante para que o internassem no hospício de Danvers. Essa devoção ao meu herói, somada ao fato de que em geral as pessoas tinham cada vez menos contato com ele, levaram-no a depositar muita confiança em mim; e em uma certa noite ele insinuou que se eu ficasse de bico fechado e não fizesse alarde, ele me mostraria algo um tanto incomum — algo um pouco mais forte do que qualquer outra coisa na casa.

"Você sabe", disse ele, "certas coisas não foram feitas para a Newbury Street — coisas que ficariam fora de lugar e que de qualquer modo são impensáveis aqui. O meu interesse é captar as sutilezas da alma, e você não vai achar nada parecido com isso em um conjunto de ruas cheias de novos-ricos em um aterro. A Back Bay não é Boston — ainda não é nada, porque não teve tempo de guardar memórias e atrair espíritos locais. Se existem fantasmas aqui, são os fantasmas mansos de um pântano salgado e de uma pequena gruta; mas eu quero fantasmas humanos — fantasmas de seres inteligentes o bastante para terem visto o inferno e compreendido o que viram.

"O lugar ideal para um artista morar é o North End. Se os estetas fossem sinceros, aguentariam os bairros pobres em nome das tradições acumuladas. Por Deus! Você não vê que lugares como aquele não foram simplesmente *construídos*, mas *cresceram* de verdade? Gerações e mais gerações viveram e sofreram e morreram por lá, e numa época em que as pessoas não tinham medo de viver e sofrer e morrer. Você não sabe que havia um moinho em Copp's Hill em 1632, e que metade das ruas atuais já existia em 1650? Posso mostrar para você casas que estão de pé há mais de dois séculos e meio; casas que presenciaram coisas que fariam uma casa moderna desabar em ruínas. O que os modernos entendem sobre a vida e as forças que se escondem por trás dela? Você diz que a bruxaria de Salém é uma mera superstição, mas eu aposto que a avó da minha bisavó teria histórias para contar. Ela morreu enforcada em Gallows Hill, sob o olhar farisaico de Cotton Mather. Mather, que o diabo o carregue, temia que alguém conseguisse escapar dessa maldita prisão de monotonia — como eu queria que alguém o tivesse enfeitiçado ou chupado seu sangue à noite!

"Posso mostrar a você a casa onde ele morava e também uma outra em que tinha medo de entrar, apesar de todo aquele falatório destemido. Ele sabia de coisas que não ousou escrever naquela estupidez de *Magnalia* ou nos deslumbres pueris de *Wonders of the Invisible World*. Escute, você sabia que por todo o North End havia um conjunto de túneis que ligava as casas umas às outras, e também ao cemitério e ao mar? Os caçadores de bruxas podiam procurar à vontade na superfície — dia após dia aconteciam coisas fora do alcance deles, e vozes indefiníveis riam à noite!

"Ah, pegue dez casas construídas antes de 1700 ainda no terreno original e aposto que em oito delas eu descubro alguma coisa estranha no porão. É raro passar um mês sem que você leia uma notícia sobre trabalhadores que, ao demolir construções antigas, descobrem arcadas fechadas com tijolos e poços que não levam a lugar nenhum — no ano passado dava para ver uma casa assim quando o trem elevado passava pela Henchman Street. Havia bruxas e o que os feitiços delas invocavam; piratas e o que traziam do mar; contrabandistas; corsários — é o que eu digo, antigamente as pessoas sabiam viver e ampliar os horizontes da vida! Esse não era o único mundo que um homem sábio e destemido podia conhecer — pfui! E pensar nos dias de hoje, com intelectos tão apagados que até mesmo um clube de supostos artistas sente calafrios e convulsões se uma pintura ofende a sensibilidade de uma mesa de chá na Beacon Street!

"O único aspecto positivo do presente é que ele é estúpido demais para fazer perguntas detalhadas acerca do passado. O que os mapas e registros e guias de viagem nos informam a respeito do North End? Ha! Eu garanto que vou levá-lo a trinta ou quarenta vielas e emaranhados de vielas ao norte da Prince Street que não são conhecidos por mais de dez pessoas além dos estrangeiros que se amontoam por lá. E o que aqueles carcamanos entendem disso? Não, Thurber, esses lugares antigos têm sonhos maravilhosos e transbordam enlevo e horror e fugas dos lugares-comuns, mas nem assim aparece uma vivalma que os compreenda ou se beneficie deles. Ou melhor, existe uma alma — afinal, não estive revirando o passado a troco de nada!

"Quem diria, você se interessa por essas coisas. E se eu dissesse que tenho um outro estúdio por lá, onde posso captar o espírito noturno de horrores ancestrais e pintar coisas que eu não conseguiria sequer imaginar na Newbury Street? Claro que as velhas titias do clube não sabem disso — com Reid, maldito seja, espalhando boatos de que sou algum tipo de monstro descendo o tobogã da evolução reversa! É, Thurber, há muito tempo eu decidi que, assim como a beleza, também se deve pintar o terror a partir da observação, então explorei lugares onde eu tinha motivos para acreditar que o terror habitava.

"Além de mim, não mais do que três homens nórdicos devem ter visto o lugar. Não fica muito longe do trem elevado, mas em relação à alma são séculos de distância. Escolhi ficar lá por causa do velho poço de tijolos no porão — um dos que mencionei há pouco. A construção está prestes a cair, então ninguém quer morar por lá, e eu detestaria contar a você a bagatela que estou pagando. As janelas estão fechadas com tábuas, mas isso é ainda melhor para mim, já que não preciso de luz solar para o meu trabalho. Eu pinto no porão, onde a inspiração atinge o grau máximo, mas também disponho de outras salas no térreo. O proprietário é siciliano, e aluguei o estúdio sob o nome de Peters.

"Se você estiver a fim, posso levá-lo hoje à noite até lá. Acho que você ia gostar dos quadros, pois, como eu disse, deixei a imaginação correr solta. Não é longe — às vezes faço o trajeto a pé, porque não quero chamar atenção aparecendo de táxi num lugar daqueles. Podemos pegar o trem na South Station em direção à Battery Street, e de lá é só uma caminhada curta."

Bem, Eliot, não me restou muita coisa a fazer depois de todo esse falatório senão conter a vontade de sair correndo e pegar o primeiro táxi livre que aparecesse na nossa frente. Trocamos para o trem elevado na South Station e, por volta do meio-dia, já tínhamos descido a escadaria da Battery Street e chegado ao antigo porto depois de Constitution Wharf. Eu não prestei atenção às ruas transversais e não saberia dizer em qual delas entramos, mas sei que não foi em Greenough Lane.

Quando dobramos, foi para subir pela desolação da viela mais antiga e mais imunda que eu já vi em toda a minha vida, cheia de empenas que pareciam prestes a desmoronar, janelinhas quebradas e chaminés arcaicas que se erguiam meio decrépitas contra o céu enluarado. Acho que não vi nem três casas construídas depois da época de Cotton Mather — tenho certeza de que avistei pelo menos duas com beirais, e lá pelas tantas tive a impressão de ver um telhado de duas águas anterior às mansardas, embora os antiquários digam que não restou nenhuma casa assim em Boston.

Ao sair dessa viela, que tinha iluminação tênue, dobramos à esquerda em direção a uma outra viela igualmente silenciosa e ainda mais estreita, sem iluminação alguma: e em seguida, no escuro, fizemos o que eu acredito ter sido uma curva em ângulo obtuso à direita. Logo Pickman sacou uma lanterna e revelou uma porta antediluviana de dez painéis que parecia devastada pelos cupins. Depois de abri-la, ele me levou por um corredor vazio guarnecido com o que em outras épocas tinham sido lambris de carvalho escuro — um mero detalhe, que no entanto fazia pensar em Andros e em Phipps e na bruxaria. Então passamos por uma porta à esquerda, ele acendeu uma lamparina a óleo e disse que eu podia ficar à vontade.

Eliot, você sabe que eu sou o tipo de sujeito que costumam chamar de "durão", mas confesso que fiquei perturbado com o que vi nas paredes daquele cômodo. Eram as pinturas — as pinturas que Pickman não podia pintar nem exibir na Newbury Street —, e ele tinha toda a razão quando disse que havia deixado a imaginação "correr solta". Vamos — peça outra bebida — eu, ao menos, preciso de mais uma!

Nem adianta eu tentar descrever os quadros para você, porque o horror blasfemo e a inacreditável repulsa e decadência moral vinham de toques discretos, muito além do poder descritivo das palavras. Não havia nenhum elemento da técnica exótica que se vê nas obras de Sidney Sime, nada parecido com os cenários transaturnianos e fungos lunares que Clark Ashton Smith usa para nos gelar o sangue. Os cenários eram em grande parte igrejas antigas, bosques densos, escarpas à beira-mar, túneis de cimento, antigos corredores com lambril ou simples arcadas em cantaria. O cemitério de Copp's Hill, que não podia ficar muito longe daquela casa, era um dos cenários mais frequentes.

A loucura e a monstruosidade ficavam por conta das figuras em primeiro plano — pois a arte mórbida de Pickman consistia acima de tudo em retratos demoníacos. As figuras raramente eram humanas, embora muitas vezes apresentassem traços humanoides. Os corpos, apesar de bípedes, em sua maioria eram curvados para a frente e tinham uma constituição vagamente canina. A textura parecia algo borrachuda e era um tanto desagradável. Ugh! É como se eu os estivesse vendo nesse instante! As ocupações deles — bem, não me peça para entrar em detalhes. Em geral estavam se alimentando — não vou dizer do quê. De vez em quando apareciam aos bandos em cemitérios ou passagens subterrâneas, e muitas vezes pareciam disputar uma presa — ou, melhor dizendo, um tesouro. E que expressividade incrível Pickman dava aos rostos inertes daqueles espólios macabros! Às vezes as criaturas apareciam saltando por janelas abertas à noite, ou agachadas sobre o peito de uma pessoa adormecida, observando sua garganta. Uma tela mostrava as criaturas latindo em volta de uma bruxa enforcada em Gallows Hill, cuja expressão cadavérica guardava estreita semelhança com a daqueles seres.

Mas não ache que foi a escolha dos temas e cenários tétricos o que me levou a fraquejar. Não sou nenhuma criança, e já vi muita coisa assim antes. Eram os *rostos*, Eliot, aqueles malditos *rostos* com sorrisos de escárnio e fios de baba pendente que pareciam sair da tela com o sopro da vida! Por Deus, eu pensei que estivessem *vivos*! Aquele mago repulsivo tinha despertado os fogos do inferno em pigmento, e o pincel dele conjurou terríveis pesadelos. Passe-me a garrafa, Eliot!

Havia um quadro chamado *A lição* — Deus me perdoe por ter visto aquilo! Escute — você consegue imaginar um grupo de seres caninos inomináveis, agachados em círculo num cemitério, ensinando uma criança a se alimentar como eles? O preço de uma criança trocada, imagino — você conhece a velha lenda sobre criaturas estranhas que deixavam suas crias nos berços em troca dos bebês humanos que raptavam. Pickman estava mostrando o que acontece às crianças raptadas — como é a vida delas —, e então eu comecei a ver uma semelhança pavorosa entre os rostos humanos e os inumanos. Pickman, com todas as gradações de morbidez entre o manifestamente inumano e a humanidade degradada, estabelecia uma linhagem e uma evolução sardônicas. As criaturas caninas descendiam de humanos!

Eu mal havia me perguntado o que aconteceria às crias daqueles seres deixadas ao cuidado de humanos quando avistei uma pintura que materializava esse mesmo pensamento. Era o interior de uma antiga casa puritana — um cômodo com inúmeras vigas e gelosias, um arquibanco e outros móveis desengonçados do século XVII, com toda a família sentada enquanto o pai lia uma passagem da Bíblia. Todos os rostos, à exceção de um, tinham uma expressão nobre e reverente, mas aquele um refletia o escárnio das profundezas. Era o rosto de um garoto, sem dúvida tido por filho daquele pai tão devoto, mas na verdade um parente dos seres impuros. Era a outra criança trocada — e, num espírito de suprema ironia, Pickman havia pintado o rosto do garoto com notável semelhança ao seu próprio.

Nesse ponto Pickman já havia acendido uma lamparina no cômodo ao lado e, com excelentes modos, segurou a porta aberta para que eu passasse; perguntou se eu gostaria de ver seus "estudos modernos". Eu não tinha conseguido comunicar a ele as minhas impressões — o pavor e a repulsa me emudeciam —, mas acho que ele entendeu o que se passava e considerou tudo aquilo um grande elogio. E mais uma vez, Eliot, faço questão de repetir que não sou nenhum maricas que sai gritando ao ver qualquer coisa que se afaste um pouco do trivial. Sou um homem de meia-idade, sofisticado, e você me viu na França e sabe que não me deixo afetar por qualquer coisa. Também não esqueça que eu tinha acabado de recuperar o fôlego e me acostumar àquelas figuras pavorosas que transformavam a Nova Inglaterra colonial em um anexo do inferno. Mas, bem, apesar de tudo isso, o cômodo seguinte me fez soltar um grito, e precisei me agarrar ao vão da porta para não cair. O primeiro aposento mostrava grupos de ghouls e de bruxas à solta no mundo de nossos antepassados, mas esse outro trazia o horror para a nossa vida cotidiana!

Meu Deus, como aquele homem pintava! Ele tinha um estudo chamado *Acidente no metrô* em que um bando das criaturas vis saía de uma catacumba desconhecida por uma rachadura no piso da estação na Boylston Street e atacava a multidão de pessoas que aguardava na plataforma. Um outro mostrava um baile entre os túmulos de Copp's Hill, com uma paisagem contemporânea ao fundo. Além disso, havia inúmeras cenas em porões, com monstros passando através de buracos e frestas na cantaria e rindo agachados atrás de barris ou fornalhas enquanto esperavam a primeira vítima descer as escadas.

Uma tela repugnante parecia mostrar uma parte de Beacon Hill tomada por exércitos de monstros mefíticos enfiados em inúmeras tocas que conferiam ao chão o aspecto de um favo de mel. Bailes nos cemitérios de hoje eram temas recorrentes, e uma outra composição me chocou mais do que todas as outras — uma cena no interior de uma arcada desconhecida, onde inúmeras criaturas amontoavam-se em torno de uma outra, que tinha nas mãos um famoso guia de Boston e estava sem dúvida lendo em voz alta. Todos apontavam para uma certa passagem, e cada um daqueles rostos parecia tão desfigurado pelas risadas epilépticas e reverberantes que eu quase pude ouvir os ecos demoníacos. O título da obra era *Holmes, Lowell e Longfellow enterrados em Mount Auburn.*

Enquanto aos poucos eu me recompunha e habituava-me ao segundo aposento de crueldade e morbidez, comecei a analisar algumas características da minha repulsa. Em primeiro lugar, disse eu para mim mesmo, aquelas coisas me repeliam devido ao caráter absolutamente inumano e à crueza impiedosa que revelavam em Pickman. O sujeito deveria ser um inimigo ferrenho de toda a humanidade para sentir tamanho júbilo com a tortura de carnes e miolos e a degradação do invólucro mortal. Em segundo lugar, me aterrorizavam justamente por causa de sua grandeza. Aquele era o tipo de arte que convence — ao ver as pinturas, víamos os próprios demônios e sentíamos medo. E o mais estranho era que Pickman não obtinha esse efeito com requintes fantásticos ou bizarrias. Não havia elementos borrados, distorcidos ou estilizados; os contornos eram nítidos e realistas, e os detalhes, executados à perfeição. E os rostos!

Não era a simples interpretação de um artista o que víamos; era o pandemônio encarnado, claro e objetivo como um cristal. Céus! Aquele homem não era um romântico ou um fantasista, não! Ele nem sequer tentava representar o caráter inquieto, prismático e efêmero dos sonhos; em vez disso, com frieza e sarcasmo, refletia um mundo de horror perene, mecanístico e bem estabelecido, que ele enxergava com abrangência, brilhantismo, objetividade e decisão. Só Deus sabe onde aquele mundo poderia estar, ou onde Pickman teria vislumbrado as formas blasfemas que andavam, corriam e arrastavam-se por lá; mas qualquer que fosse a assombrosa origem das imagens, uma coisa estava clara. Pickman era, em todos os sentidos — na composição e na execução —, um *realista* talentoso, esmerado e quase científico.

Meu anfitrião conduziu-me pelas escadas até o porão onde ficava o estúdio propriamente dito, e eu me preparei para mais cenas demoníacas em meio às telas inacabadas. Quando chegamos ao fim da úmida escadaria ele virou a lanterna para um canto do amplo espaço à nossa frente, revelando um contorno circular de tijolos que sem dúvida era um grande poço no chão de terra batida. Chegamos mais perto e eu vi que o poço deveria ter um metro e meio de diâmetro, com paredes de uns trinta centímetros de espessura a cerca de quinze centímetros do chão — uma sólida construção do século XVII, a não ser que eu estivesse muito enganado. Aquilo, disse Pickman, era o tipo de coisa sobre a qual vinha falando — um acesso ao sistema de túneis que existia sob o morro. Percebi quase sem querer que a abertura do poço não estava cimentada, e que um disco de madeira fazia as vezes de tampa. Ao pensar nas coisas que aquele poço evocava se os comentários de Pickman não fossem pura retórica, estremeci de leve; então me virei para subir mais um degrau e atravessar uma porta estreita que conduzia a um aposento bastante grande, com piso de madeira e equipado como estúdio. Uma lamparina a acetileno providenciava a iluminação necessária para o trabalho.

As telas inacabadas sobre os cavaletes ou apoiadas contra a parede eram tão macabras quanto as do andar superior e demonstravam a apurada técnica do artista. As cenas pareciam esboçadas com extremo cuidado, e os contornos a lápis denunciavam a técnica minuciosa que Pickman usava para obter a perspectiva e as proporções corretas. O homem era genial — e digo isso agora, mesmo sabendo de tudo o que eu sei. Uma enorme câmera fotográfica em cima de uma mesa chamou a minha atenção, e Pickman me disse que a usava para fotografar os cenários e pintá-los a partir das fotografias, no estúdio, em vez de sair carregando toda a sua parafernália pela cidade. Ele achava que uma fotografia servia tão bem quanto um cenário ou um modelo real, e declarou que as usava com bastante frequência.

Havia algo de muito perturbador nos esboços nauseantes e nas monstruosidades inacabadas que escarneciam ao nosso redor, e quando Pickman de repente levantou o pano que cobria uma enorme tela no lado mais afastado da luz eu não pude conter um grito — o segundo que soltei naquela noite. O grito ecoou e ecoou pelas arcadas tenebrosas do antigo e nitroso porão, e precisei sufocar uma reação impetuosa que ameaçava irromper como um surto de gargalhadas histéricas. Misericórdia! Eliot, eu não sei o quanto era real e o quanto era delírio. Não me parece possível que a Terra abrigue um sonho como aquele!

Era uma blasfêmia colossal, inominável, com olhos em brasa, e trazia nas garras ossudas algo que podia ser um homem ao mesmo tempo que lhe roía a cabeça como uma criança mordisca um doce. A criatura estava meio agachada, e dava a impressão de que a qualquer momento poderia largar a presa em busca de uma refeição mais suculenta. Mas para o inferno com tudo, não era o tema demoníaco o que fazia daquela pintura uma fonte imortal de pavor — nem mesmo o rosto canino com orelhas pontudas, olhos injetados, nariz achatado e lábios salivantes. Não eram as garras escamosas nem o corpo recoberto de mofo nem os cascos — não, mesmo que alguns desses elementos pudessem ter levado um homem impressionável à loucura.

Era a técnica, Eliot — aquela técnica ímpia, maldita, sobrenatural! Assim como eu estou vivo, em nenhuma outra ocasião vi o sopro da vida tão presente em uma tela.

O monstro estava lá — roendo com raiva e com raiva roendo —, e eu sabia que só uma suspensão das leis da Natureza poderia facultar a um homem pintar uma coisa daquelas sem ter um modelo — sem vislumbrar o mundo das profundezas jamais vislumbrado pelos mortais que não venderam a alma ao diabo.

Preso com um percevejo a um canto vazio da tela havia um papel enrolado — provavelmente, imaginei, uma fotografia que Pickman estava usando a fim de pintar um cenário tão hediondo quanto o pesadelo que deveria incrementar. Estendi a mão para desenrolá-lo e ver do que se tratava quando, de repente, vi Pickman ter um sobressalto tão grande como se houvesse levado um tiro. Ele vinha prestando muita atenção aos sons ambientes desde que o meu grito de horror despertara ecos estranhos no porão escuro, e naquele instante pareceu levar um susto que, embora pequeno em relação ao meu, era de natureza muito mais física do que espiritual. Pickman sacou um revólver e fez um gesto pedindo silêncio, então deixou o aposento rumo ao porão principal e fechou a porta atrás de si.

Acho que fiquei paralisado por um instante. Atento aos sons, como Pickman, julguei ter ouvido um leve rumor em algum lugar, e uma série de grunhidos ou batidas em uma direção que eu não conseguia determinar. Pensei em ratos gigantes e estremeci. Então sobreveio um ruído que me deu calafrios pelo corpo inteiro — um ruído furtivo, incerto, embora nem eu saiba ao certo como pôr isso em palavras. Era como o som de madeira caindo na pedra ou em tijolos — madeira em tijolos — no que isso me fez pensar?

O ruído voltou, mais alto. Na segunda vez tive a impressão de que a madeira havia caído um pouco mais longe do que na primeira. Logo depois ouvi um rangido estridente, uma frase incompreensível de Pickman e a descarga ensurdecedora dos seis cartuchos do revólver, deflagrados de modo espetacular, como um domador de leões atira para o alto a fim de impressionar a plateia. Um grunhido ou um chiado e a seguir uma batida. Então mais uma vez o atrito de madeira contra tijolos, uma pausa, e a porta se abriu — e nesse ponto eu confesso que tive um sobressalto violento. Pickman reapareceu com o revólver fumegante, amaldiçoando os ratos inchados que infestavam o antigo poço.

"Nem o diabo sabe o que eles comem, Thurber", disse ele, sorrindo, "afinal esses túneis arcaicos se ligavam a cemitérios e covis de bruxas e orlas marítimas. Mas, seja o que for, deve ter acabado, porque eles estavam loucos para sair. Acho que o seu grito os deixou agitados. É melhor tomar cuidado nesses lugares antigos — nossos amigos roedores são a única inconveniência, mesmo que às vezes eu os considere úteis para criar a atmosfera ideal."

Bem, Eliot, esse foi o fim da minha aventura noturna. Pickman tinha prometido me mostrar o estúdio, e Deus sabe que ele cumpriu a promessa. Tenho a impressão de que depois ele me conduziu para longe daquele emaranhado de vielas por um outro caminho, pois quando avistamos um poste de iluminação estávamos numa rua meio familiar com fileiras monótonas de condomínios e casas antigas. Era a Charter Street, mas eu ainda estava muito impressionado para notar a altura exata. Já era tarde demais para pegar o trem elevado, e assim caminhamos até o centro pela Hanover Street. Lembro bem daquele muro. Da Tremont pegamos a Beacon, e Pickman me deixou na esquina com a Joy, onde nos separamos. Nunca mais falei com ele.

Por que eu me afastei? Não seja tão impaciente. Espere até eu pedir um café. Já bebemos um bocado, mas ainda preciso tomar alguma coisa. Não — não foi por causa das pinturas que vi naquele lugar; embora eu jure que seriam o suficiente para causar o ostracismo de Pickman em nove de cada dez lares e clubes de Boston, e acho que agora você deve entender por que não entro mais em metrôs nem em porões. Foi — foi por causa de uma coisa que achei no bolso do meu casaco pela manhã seguinte. Era o papel enrolado que estava preso àquela horrível tela no porão, sabe; a coisa que imaginei ser uma fotografia de alguma cena que ele pretendesse usar como cenário para o monstro. O último susto veio quando eu estava estendendo a mão para desenrolá-lo, e acho que inadvertidamente o guardei no bolso. Ah, aqui está o café — tome-o puro, Eliot, se você for capaz.

Sim, foi por causa daquele papel que eu me afastei de Pickman; Richard Upton Pickman, o maior artista que conheci — e o ser mais asqueroso a ultrapassar os limites da vida rumo às profundezas do mito e da loucura. Eliot, o velho Reid tinha razão. Pickman não era humano. Ou nasceu em uma estranha região sombria, ou então descobriu um jeito de abrir os portais secretos. Mas agora não vem ao caso; Pickman desapareceu — em meio às trevas fabulosas que tanto gostava de frequentar. Escute, vamos acender o lustre.

Não me pergunte ou sequer faça conjecturas a respeito do que eu queimei. Tampouco me pergunte o que havia por trás daqueles ruídos parecidos com os de toupeiras que Pickman fez questão de atribuir aos ratos. Você sabe, existem segredos que podem ter sobrevivido desde os antigos tempos de Salém, e Cotton Mather fala sobre coisas ainda mais estranhas. E você se lembra de como as pinturas de Pickman eram realistas — de como todos nós nos perguntávamos de onde ele tirava aqueles rostos.

Bem — aquele papel não era a fotografia de um cenário. Mostrava simplesmente o ser monstruoso que ele estava pintando naquela tela horrenda. Era o modelo de Pickman — e o cenário ao fundo era apenas a parede do estúdio no porão. Mas por Deus, Eliot, *era uma fotografia*!

A música de Erich Zann

Examinei diversos mapas da cidade com o maior cuidado, mas jamais reencontrei a Rue d'Auseil. Não foram apenas mapas modernos, pois eu sei que os nomes mudam. Pelo contrário, investiguei a fundo a antiguidade do lugar e explorei pessoalmente todas as regiões, independentemente do nome, que pudessem corresponder à rua que conheci como Rue d'Auseil. Mas, apesar de todo o esforço, persiste o fato humilhante de que não consigo encontrar a casa, a rua ou mesmo a localidade onde, durante os últimos meses da minha vida humilde como estudante de metafísica na universidade, ouvi a música de Erich Zann.

Que a memória esteja fraca não me espanta; pois a minha saúde física e mental sofreu um grave abalo durante o período em que morei na Rue d'Auseil, e lembro-me de que não levei nenhum de meus conhecidos até lá. Mas que eu não consiga reencontrar o local é ao mesmo tempo singular e espantoso; pois ficava a meia hora a pé da universidade e destacava-se por características que dificilmente seriam esquecidas por alguém que lá houvesse estado. Jamais encontrei outra pessoa que tenha visto a Rue d'Auseil.

A Rue d'Auseil ficava de frente para um rio escuro, bordejado por altíssimos depósitos de tijolo à vista com janelas embaçadas e atravessado por uma opressiva ponte em pedra escura. O caminho ao longo do rio ficava sempre à sombra, como se a fumaça das fábricas vizinhas fosse uma barreira perpétua contra o sol. O rio também era malcheiroso, com odores fétidos que jamais senti em outra parte e que, algum dia, talvez me ajudem a encontrá-lo, visto que eu os reconheceria de imediato. Além da ponte ficavam as estreitas ruelas calçadas com seus trilhos; e então vinha a subida, a princípio suave, mas de um aclive vertiginoso na altura da Rue d'Auseil.

Nunca vi outra rua tão estreita e tão íngreme como a Rue d'Auseil. Era quase um penhasco, fechada aos veículos, consistindo, em boa parte, em lances de escada, e terminando, no cume, em um alto muro tomado por hera. A pavimentação era irregular; ora lajes, ora paralelepípedos e, às vezes, terra batida com uma resistente vegetação verde-acinzentada. As casas eram altas, com telhados triangulares, antiquíssimas, e inclinavam-se de maneira bizarra para trás, para a frente e para os lados. Às vezes casas opostas, ambas inclinadas para a frente, quase se tocavam por sobre a rua, como um arco; e sem dúvida evitavam que a luz chegasse até o solo. Havia algumas pontes entre as casas nos dois lados da rua.

Os habitantes da Rue d'Auseil me impressionaram de forma bastante peculiar; no início, pensei que era por serem silenciosos e reticentes; mas depois descobri que era por serem todos muito velhos. Não sei como fui parar em uma rua como aquela, mas decerto eu estava fora de mim ao me mudar para lá. Eu havia morado em muitos lugares pobres, sendo sempre despejado por falta de pagamento; até que por fim cheguei à casa inclinada mantida por Blandot, o paralítico, na Rue d'Auseil. Era a terceira casa a partir do alto da rua e, por uma boa margem, a mais alta de todas.

Meu quarto ficava no quinto andar; a única habitação ocupada, uma vez que a casa estava quase vazia. Na noite em que cheguei ouvi uma estranha música no sótão logo acima e, no dia seguinte, perguntei ao velho Blandot do que se tratava. Ele explicou-me que era um velho violista da gamba alemão, um homem estranho e mudo que assinava como Erich Zann e que à noite tocava na humilde orquestra de algum teatro; e acrescentou que o gosto de Zann por tocar à noite após voltar das apresentações era o motivo por que havia escolhido o isolamento do quartinho no sótão, cuja trapeira solitária era o único ponto em toda a rua de onde se podia enxergar por cima do muro em direção ao declive e ao panorama além.

A partir de então eu ouvia Zann todas as noites e, ainda que ele mantivesse-me desperto, eu me sentia assombrado pela estranheza daquela música. Mesmo com meus parcos conhecimentos de arte, eu tinha certeza de que nenhuma daquelas harmonias apresentava qualquer tipo de relação com as músicas que eu ouvira antes; e concluí que Zann era um compositor de gênio altamente original. Quanto mais eu escutava, mais crescia o meu fascínio, até que, passada uma semana, resolvi conhecer o velho.

Certa noite, quando Zann retornava do trabalho, interceptei-o ainda no corredor e disse que gostaria de conhecê-lo e de estar em sua companhia enquanto tocasse. Ele era um homenzinho magro, encurvado, com trajes puídos, olhos azuis, um rosto grotesco, de sátiro, e quase careca; diante das minhas palavras, pareceu a um só tempo irritado e assustado. Meus modos afáveis, no entanto, terminaram por vencê-lo; mesmo um pouco contrariado, Zann gesticulou para que eu o seguisse pelas escadarias escuras, rangentes e decrépitas. Seu quarto, um de apenas dois na íngreme água-furtada, dava para o oeste, em direção ao alto muro que demarcava o fim da rua. O cômodo era muito amplo e parecia ainda maior devido à austeridade e ao abandono extremos. A mobília consistia apenas em uma estreita cama de ferro, uma pia imunda, uma pequena mesa, uma grande estante de livros, uma estante de música em ferro e três cadeiras à moda antiga. No chão, partituras amontoavam-se sem nenhuma ordem aparente. As paredes eram de tábuas cruas, e davam a impressão de jamais terem recebido uma camada de gesso; enquanto a abundância de pó e teias de aranha fazia o lugar parecer mais deserto do que habitado. Era evidente que o belo mundo de Erich Zann situava-se em um cosmo longínquo da imaginação.

Apontando para uma cadeira, o mudo cerrou a porta, fechou a enorme trava de madeira e acendeu uma outra vela além da que trazia consigo. A seguir tirou a viola de uma capa roída pelas traças e, com o instrumento em mãos, sentou-se na cadeira menos desconfortável. Zann não usou a estante de música, mas, sem oferecer nenhuma alternativa e tocando de memória, encantou-me por mais de uma hora com melodias que eu jamais ouvira; melodias que devem ter sido sua própria criação. Descrever a natureza exata daquelas composições é impossível para alguém ignorante em música. Eram uma espécie de fuga, com passagens recorrentes das mais cativantes, mas chamaram-me a atenção pela ausência daquelas estranhas notas que eu ouvira do meu quarto em outras ocasiões.

Eu lembrava daquelas notas assombrosas, que amiúde tentei cantarolar e assobiar para mim mesmo, de modo que, por fim, quando o violista largou o arco, perguntei se poderia executar algumas delas. Assim que comecei meu pedido o rosto enrugado de sátiro perdeu a tranquilidade enfadonha que mantivera durante a apresentação e pareceu exibir aquela mesma mistura de susto e irritação que percebi na primeira vez em que abordei o velho. Por um instante senti-me inclinado a usar da persuasão, sem levar muito em conta os caprichos da senilidade; e tentei despertar a veia mais excêntrica de meu anfitrião assobiando algumas das melodias que eu havia escutado na noite anterior. Mas não insisti por mais do que um instante; pois quando o violista mudo reconheceu a ária que eu assobiava, seu rosto crispou-se de repente em uma expressão que transcende qualquer análise, e sua mão direita, esguia, fria e ossuda, estendeu-se para tapar a minha boca e silenciar aquela imitação grosseira. Quando fez esse gesto, Zann demonstrou mais uma vez sua excentricidade ao olhar de relance para a janela solitária, com a cortina fechada, como se temesse algum invasor — um olhar duplamente absurdo, uma vez que a água-furtada pairava alta e inacessível acima de todos os demais telhados, sendo o único ponto em toda a extensão da rua, segundo o zelador havia me dito, de onde era possível ver além do muro em seu ponto mais alto.

O olhar do velho fez-me recordar o comentário de Blandot, e, por puro capricho, senti o desejo de olhar para fora, em direção ao amplo e vertiginoso panorama de telhados ao luar e luzes citadinas além do alto da montanha, que, de todos os moradores da Rue d'Auseil, apenas o músico irritadiço podia ver. Fiz um movimento em direção à janela e teria aberto as cortinas ordinárias quando, com uma raiva assustada ainda maior, o inquilino mudo lançou-se outra vez sobre mim; dessa vez, apontando a porta com a cabeça, enquanto insistia em me arrastar para fora com ambas as mãos. Sentindo repulsa do meu anfitrião, ordenei que me soltasse e disse que eu partiria de imediato. Zann afrouxou a mão, e, quando percebeu a minha repulsa e o meu desgosto, sua própria raiva pareceu atenuar-se um pouco. Logo ele voltou a apertar os dedos que se haviam relaxado, mas dessa vez com modos amistosos, e pôs-me sentado em uma cadeira; então dirigiu-se com um aspecto melancólico até a mesa abarrotada, onde escreveu umas quantas palavras a lápis, no francês canhestro dos estrangeiros.

O bilhete que por fim entregou-me era um apelo à tolerância e ao perdão. Zann explicava que era velho, solitário e perturbado por medos e transtornos nervosos ligados à música e a outras coisas. Tinha apreciado minha companhia e gostaria que eu o visitasse mais vezes, sem reparar nessas excentricidades. Mas ele não conseguia tocar suas estranhas melodias para os outros nem aguentava ouvi-las dos outros; tampouco aguentava que os outros encostassem nos objetos de seu quarto. Antes de nossa conversa no corredor, Zann não sabia que suas melodias eram audíveis do meu quarto e, no bilhete, perguntou se eu poderia solicitar a Blandot que me acomodasse em um andar mais baixo, onde eu não pudesse ouvi-las à noite. O músico prontificava-se a pagar a diferença no valor do aluguel.

Enquanto permaneci sentado decifrando aquele francês execrável, senti-me um pouco mais tolerante em relação ao velho. Ele era vítima de moléstias físicas e nervosas, assim como eu; e meus estudos metafísicos haviam me ensinado a bondade. Em meio ao silêncio, ouvi um som discreto na janela — como se a veneziana houvesse sacudido com o vento noturno, e por algum motivo tive um sobressalto quase tão violento como o de Erich Zann. Então, quando terminei de ler, apertei a mão de meu anfitrião e despedi-me como amigo. No dia seguinte Blandot providenciou-me um quarto mais caro no terceiro piso, entre o apartamento de um velho agiota e o quarto de um estofador muito respeitável. O quarto andar estava vazio.

Não custou muito para eu descobrir que o entusiasmo de Zann em relação à minha companhia não era tão grande como parecera de início, enquanto tentava persuadir-me a morar em um andar mais baixo. Ele não solicitava nenhuma visita e, quando mesmo assim eu o visitava, parecia irrequieto e tocava sem atenção. As sessões ocorriam sempre à noite — durante o dia ele dormia e não recebia ninguém. Minha simpatia pelo violista mudo não aumentou, ainda que o quarto na água-furtada e a estranha música continuassem me inspirando um singular fascínio. Eu sentia o vivo desejo de olhar por aquela janela, por cima do muro, e avistar o declive oculto com os telhados esplendorosos e os coruchéus que deviam se estender por lá. Certa vez, subi até a água-furtada enquanto Zann tocava no teatro, mas a porta estava trancada.

Tive de me contentar em escutar a música noturna do velho mudo. No início eu subia, pé ante pé, até o meu antigo quinto andar, mas logo tomei coragem suficiente para subir o último lance de escadas decrépitas que conduzia ao sótão. No estreito corredor, junto à porta trancada e à fechadura coberta, muitas vezes eu ouvia sons que me infundiam um temor indefinível — o temor de prodígios vagos e mistérios ameaçadores. Não que os sons fossem terríveis, pois não era esse o caso; mas vinham carregados de vibrações que não sugeriam nada existente nesse mundo e, em certos momentos, assumiam uma qualidade sinfônica que eu relutava em atribuir a um único instrumentista. Sem dúvida, Erich Zann era um gênio de talento inigualável. À medida que as semanas passavam, a música tornava-se mais frenética, enquanto o velho músico exibia um esgotamento e uma furtividade cada vez mais pronunciados, dignos de compaixão. A essa altura Zann recusava-se a me receber em quaisquer circunstâncias, e evitava-me sempre que nos víamos nas escadas.

Então, certa noite, enquanto eu ouvia junto à porta, escutei a viola estridente irromper em uma babel de sons caóticos; um pandemônio que me teria levado a duvidar da minha própria sanidade frágil se, de trás do intransponível portal, não viesse uma prova lamentável de que o horror era real — o grito terrível e desarticulado que só os mudos conseguem proferir e que surge apenas nos momentos de mais intenso temor e angústia. Bati várias vezes na porta, mas não obtive resposta. Fiquei esperando no corredor escuro, tremendo de frio e de medo, até escutar os débeis esforços empreendidos pelo pobre músico a fim de se reerguer com a ajuda de uma cadeira. Acreditando que Zann houvesse recuperado a consciência após um breve desmaio, voltei a bater na porta, ao mesmo tempo que exclamava o meu nome para tranquilizá-lo. Escutei-o cambalear até a janela, fechar os caixilhos e as venezianas e então cambalear até a porta, que abriu com certa dificuldade. Dessa vez, o prazer que sentiu em me ver era legítimo; pois aquele rosto distorcido irradiou alívio quando o pobre homem se agarrou ao meu casaco como uma criança agarra-se à saia da mãe.

Tremendo de forma patética, o velho fez-me sentar em uma cadeira ao mesmo tempo que se deixou cair sobre outra, junto à qual se viam a viola e o arco atirados no piso. Zann ficou sentado por um tempo sem esboçar reação, meneando a cabeça, mas aparentando, de maneira paradoxal, uma concentração intensa e apreensiva. Logo ele pareceu dar-se por satisfeito e, dirigindo-se a uma cadeira junto à mesa, escreveu um bilhete, entregou-mo e retornou à mesa, onde começou a escrever sem parar com grande rapidez. O bilhete implorava, em nome da compaixão e também da minha curiosidade, que eu ficasse onde estava enquanto ele escrevia, em alemão, um relato completo de todos os terrores que o afligiam. Esperei enquanto o lápis do mudo corria sobre a página.

Foi talvez uma hora mais tarde, enquanto eu seguia esperando e as folhas escritas às pressas pelo velho músico continuavam a acumular-se sobre a escrivaninha, que vi Zann sobressaltar-se diante do que parecia ser a insinuação de um choque horrendo. Sem dúvida ele estava olhando para a janela de cortinas fechadas e escutando, ao mesmo tempo que tremia. Então eu também tive a impressão de ouvir um som; ainda que não fosse um som horrível, mas antes uma nota musical extremamente grave e infinitamente distante, que sugeria um músico em alguma das casas vizinhas ou em alguma habitação para além do elevado muro sobre o qual eu jamais conseguira olhar. O efeito sobre Zann foi terrível, pois, deixando o lápis cair, de repente ele se levantou, pegou a viola e começou a rasgar a noite com a execução mais arrebatada que eu já ouvira de seu arco, salvo as vezes em que eu escutara do outro lado da porta.

Seria inútil tentar descrever o modo como Erich Zann tocou naquela noite pavorosa. Foi mais terrível do que qualquer coisa que eu jamais tivesse ouvido, porque dessa vez eu podia ver a expressão no rosto dele e ter certeza de que sua motivação era o medo em estado bruto. Zann tentava fazer barulho; afastar alguma coisa ou abafar alguma outra — o quê, eu não era capaz de imaginar, por mais prodigioso que me parecesse. A execução tornou-se fantástica, delirante e histérica, porém manteve todas as qualidades do gênio supremo que aquele estranho senhor possuía. Eu reconhecia a ária — era uma animada dança húngara, bastante popular nos teatros, e pensei por um instante que aquela era a primeira vez que eu ouvia Zann tocar a obra de outro compositor.

Cada vez mais altos, cada vez mais frenéticos soavam os gritos e os resmungos da viola desesperada. O músico pingava uma quantidade extravagante de suor e retorcia-se como um macaco, sempre com o olhar fixo na janela de cortinas fechadas. Naquele esforço insano eu quase distinguia a sombra de sátiros e bacantes dançando e rodando ensandecidos por entre abismos de nuvens e fumaça e relâmpagos. Então pensei ouvir uma nota mais estridente, mais constante, que não emanava da viola; uma nota calma, ponderada, resoluta e zombeteira vinda de algum ponto longínquo no ocidente.

Nesse instante a veneziana começou a chacoalhar com os uivos de um vento noturno que soprava do lado de fora como se respondesse à música insana que soava no lado de dentro. A estridente viola de Zann superava a si mesma, emitindo sons que eu jamais imaginei saídos de um instrumento musical. A veneziana chacoalhou com mais força, abriu-se e começou a bater contra a janela. Então o vidro quebrou com os impactos persistentes e o vento gélido entrou no quarto, fazendo as velas bruxulearem e agitando as folhas de papel na mesa onde Zann havia começado a escrever seu terrível segredo. Olhei para o músico e percebi que ele estava além de qualquer observação consciente. Seus olhos azuis estavam esbugalhados, vidrados e baços, e a execução frenética havia se transformado em uma orgia cega, mecânica e irreconhecível, que nenhuma pena seria capaz de sugerir.

Uma rajada súbita, mais forte do que as anteriores, arrastou o manuscrito em direção à janela. Desesperado, segui as folhas esvoaçantes, mas elas se foram antes que eu pudesse alcançar as vidraças estilhaçadas. Então me lembrei do antigo desejo de olhar por essa janela, a única em toda a Rue d'Auseil de onde se podiam ver o declive além do muro e a cidade que se estendia mais abaixo. Estava muito escuro, mas as luzes da cidade ardiam, e eu esperava vê-las em meio ao vento e à chuva. Porém, quando olhei através daquela que era a mais alta dentre todas as trapeiras, enquanto as velas bruxuleavam e a viola insana ululava com o vento noturno, não enxerguei cidade alguma lá embaixo, nem as luzes amigáveis das ruas que eu conhecia, mas apenas a escuridão do espaço infinito; um espaço jamais imaginado, vivo graças ao movimento e à música, sem nenhuma semelhança com qualquer coisa terrena. E enquanto eu observava, aterrorizado, o vento apagou as duas velas no interior do antigo sótão, deixando-me em uma escuridão selvagem e impenetrável com o caos e o pandemônio diante de mim e a loucura endemoniada da viola que ladrava às minhas costas.

Sem ter como acender um lume, cambaleei para trás na escuridão, esbarrando na mesa, virando uma cadeira e por fim tateando até chegar ao ponto onde a escuridão gritava uma música impressionante. Eu poderia ao menos tentar salvar a mim mesmo e a Erich Zann, quaisquer que fossem os poderes contra mim. A certa altura senti alguma coisa gelada roçar em mim e gritei, mas o meu grito foi abafado pelo som da hedionda viola. De repente, na escuridão, o arco enlouquecido atingiu-me, e então eu soube que estava próximo ao músico. Estendi a mão e descobri o espaldar da cadeira de Zann; logo encontrei e sacudi seu ombro, em um esforço por trazê-lo de volta à razão.

Ele não reagiu, e a viola continuou a gritar sem trégua. Levei as mãos à cabeça daquele homem, cujos acenos mecânicos logrei deter, e gritei em seu ouvido que precisávamos fugir dos inexplicáveis mistérios da noite. Mas Zann não respondeu nem diminuiu o ardor de sua música inefável, enquanto por toda a água-furtada estranhas correntes de vento pareciam dançar na escuridão e no caos. Quando minha mão encostou em sua orelha, estremeci, mesmo sem saber por quê — só descobri quando toquei seu rosto imóvel; o rosto gélido, fixo, estático, cujos olhos vidrados esbugalhavam-se em vão no meio do nada. Então, depois de encontrar a porta e a enorme trava de madeira como que por milagre, precipitei-me para longe daquela coisa de olhos vidrados na escuridão e para longe dos uivos fantasmáticos da viola amaldiçoada cuja fúria seguia aumentando mesmo enquanto eu me afastava.

Saltar, flutuar, voar pelas intermináveis escadarias da casa escura; correr sem pensar em direção à estreita, íngreme e antiga rua das escadarias e das casas inclinadas; estrondear pelos degraus e pelo calçamento até as ruas mais baixas e o rio pútrido junto ao vale; arquejar ao longo da grande ponte escura até as ruas mais largas, mais felizes, e até os boulevards que todos conhecemos; eis as horríveis lembranças que trago comigo. E lembro-me de que o vento não soprava, não havia lua e todas as luzes da cidade cintilavam.

Apesar das minhas buscas e investigações minuciosas, desde então fui incapaz de reencontrar a Rue d'Auseil. Mas talvez não haja apenas motivos para lastimar; nem esse fato nem a perda, em abismos insondáveis, das folhas escritas em caligrafia miúda que traziam a única explicação possível para a música de Erich Zann.

O assombro das trevas

Dedicado a Robert Bloch

Vi o abismo do negro universo
Onde os astros vagueiam no escuro,
Onde vagam em horror indizível,
Sem passado, presente ou futuro.
Nêmesis

Investigadores cautelosos hesitarão em questionar a crença popular de que Robert Blake foi morto por um raio ou por um profundo choque nervoso proveniente de uma descarga elétrica. É verdade que a janela para a qual estava voltado encontrava-se intacta, mas a natureza já se mostrou capaz de muitos feitos extraordinários. A expressão em seu rosto poderia muito bem ter origem num estímulo muscular obscuro sem nenhuma relação com o que viu, enquanto as anotações em seu diário são claramente o resultado de uma imaginação fantasiosa excitada por certas superstições locais e certos assuntos obscuros nos quais se aprofundara. Quanto às condições anômalas na igreja abandonada de Federal Hill — o investigador perspicaz não tarda em atribuí-las a um certo charlatanismo, consciente ou inconsciente, com o qual Blake ao menos em parte mantinha relações secretas.

Afinal de contas, a vítima foi um escritor e pintor devotado ao campo da mitologia, do sonho, do terror e da superstição, ávido em sua busca por cenas e efeitos de natureza bizarra e espectral. Sua primeira estada na cidade — em visita a um estranho homem tão interessado em ocultismo e sabedoria secreta quanto o próprio Blake — acabara em meio ao fogo e à morte, e algum instinto mórbido deve tê-lo atraído novamente desde o lar em Milwaukee. Apesar das negativas no diário, Blake devia conhecer as velhas histórias, e sua morte pode ter cortado pela raiz uma farsa de proporções gigantescas, destinada a ter reflexos literários.

Contudo, entre os que examinaram e correlacionaram todas as evidências, há muitos que defendem teorias menos racionais e menos triviais. Estes tendem a interpretar literalmente o conteúdo do diário de Blake e apontam fatos relevantes como a autenticidade indubitável do antigo registro da igreja, a existência comprovada da malquista e pouco ortodoxa seita da Sabedoria Estrelada antes de 1877, o sumiço documentado de um repórter investigativo chamado Edwin M. Lillibridge em 1893 e — acima de tudo — a expressão de pânico monstruoso e transfigurador no rosto do jovem escritor quando seu corpo foi encontrado. Foi um adepto dessa versão que, levado ao extremo do fanatismo, atirou na baía a singular pedra angulosa e a estranha caixa lavrada em metal encontradas no velho coruchéu da igreja — no escuro coruchéu sem janelas, e não na torre onde o diário de Blake afirma que essas coisas foram originalmente encontradas. Mesmo tendo recebido inúmeras censuras oficiais e extraoficiais, este homem — um físico renomado com um gosto por lendas inusitadas — asseverou ter livrado a Terra de algo perigoso demais para habitá-la.

Entre as duas escolas opinativas, o leitor deve escolher a de sua filiação. Os jornais relatam os detalhes tangíveis de maneira cética, deixando a outros a tarefa de pintar o quadro tal como Robert Blake o via — ou imaginava ver — ou fingia ver. Façamos então um resumo atento, desapaixonado e sem pressa da nefasta cadeia de eventos segundo as opiniões expressas por seu principal ator.

O jovem Blake voltou a Providence no inverno de 1934-5, quando ocupou o piso superior de um venerando prédio em um gramado próximo à College Street — no alto do enorme morro a leste junto ao campus da Brown University e atrás do prédio de mármore da John Hay Library. Era um lugar agradável e fascinante em um pequeno oásis paisagístico que lembrava os vilarejos antigos, onde enormes gatos amistosos tomavam sol no alto de um conveniente galpão. A quadrada casa georgiana tinha trapeiras no telhado, portada em estilo clássico, com entalhes em leque, janelas pequenas e todas as outras características típicas das casas do início do século XIX. No interior havia portas de seis painéis, pisos de tabuão, uma escadaria curva em estilo colonial, consolos brancos do período adâmico e, aos fundos, alguns cômodos três degraus abaixo do nível da casa.

O espaçoso aposento de Blake, de orientação sudoeste, dava para o jardim da frente em um lado, enquanto as janelas a oeste — diante das quais ficava a sua escrivaninha — revelavam o alto do morro e ofereciam um esplêndido panorama dos telhados por toda a cidade baixa e também dos pores do sol místicos que lhes chamejavam por detrás. No horizonte longínquo ficavam as colinas púrpura do campo aberto. Mais atrás, a uns três quilômetros de distância, erguia-se o vulto espectral de Federal Hill, salpicado com aglomerações de telhados e coruchéus cujas silhuetas remotas oscilavam cheias de mistério, assumindo formas incríveis enquanto a fumaça da cidade espiralava em direção ao céu e as envolvia. Blake tinha a curiosa impressão de estar olhando para um mundo desconhecido, etéreo, que poderia ou não se dissipar em sonhos caso um dia resolvesse procurá-lo e desvendá-lo pessoalmente.

Após solicitar o envio da maioria dos livros que tinha em casa, Blake comprou móveis antigos de acordo com a nova morada e dedicou-se a escrever e a pintar — morando sozinho e cuidando ele próprio dos simples afazeres domésticos. O estúdio ficava em um quarto voltado para o norte, no sótão, onde as trapeiras propiciavam uma iluminação admirável. Durante aquele primeiro inverno Blake escreveu cinco de suas mais célebres histórias — "O escavador subterrâneo", "A escadaria da cripta", "Shaggai", "No vale de Pnath" e "O devorador estelar" — e pintou sete telas; estudos de monstros inomináveis, inumanos, e cenários estranhos e extraterrenos.

Ao pôr do sol, muitas vezes sentava-se à escrivaninha e ficava olhando como que num sonho em direção ao ocidente — as torres negras do Memorial Hall logo abaixo, o campanário do tribunal georgiano, os sobranceiros pináculos do centro da cidade e, ao longe, o difuso outeiro rematado pelos coruchéus, cujas ruas desconhecidas e empenas labirínticas exerciam poderosa influência sobre sua imaginação. Dos poucos conhecidos na região, descobriu que a colina mais distante era o bairro italiano, ainda que a maioria das casas fosse herança de antigos americanos e irlandeses. De tempos em tempos Blake apontava o binóculo para aquele mundo espectral e inalcançável além da fumaça; escolhia telhados e chaminés e coruchéus individuais e especulava sobre os mistérios curiosos e bizarros que poderiam abrigar. Mesmo com o instrumento óptico, Federal Hill parecia de alguma forma alienígena, meio fabulosa e ligada aos portentos irreais e intangíveis nas histórias e telas do próprio Blake. A sensação persistia por muito tempo depois que o morro desaparecia no crepúsculo violeta, salpicado de lâmpadas, e as luzes do tribunal e o holofote vermelho do Industrial Trust iluminavam-se para tornar a noite grotesca.

De todos os objetos distantes em Federal Hill, uma certa igreja enorme e escura era o que mais fascinava Blake. A construção ficava muito visível durante certas horas do dia, e ao pôr do sol a enorme torre e o coruchéu pontiagudo erguiam-se como sombras contra o céu chamejante. A igreja parecia ficar em terreno elevado; pois a fachada encardida e a lateral norte, avistada de viés com o telhado oblíquo e o alto de enormes frestões, dominavam orgulhosas as inúmeras cumeeiras e chaminés ao redor. De aspecto particularmente tétrico e austero, o templo parecia ser construído em pedra manchada e desgastada pela fumaça e pelas tempestades de mais de um século.

O estilo, pelo que se via com o binóculo, era remanescente dos primórdios do neogótico que precedera o opulento período Upjohn e mantinha parte das linhas e proporções da época georgiana. Talvez datasse de 1810 ou 1815.

À medida que os meses passavam, Blake observava a severa estrutura distante com crescente interesse. Como as enormes janelas jamais se acendessem, ele sabia que a construção devia estar abandonada. Quanto mais observava, mais sua fantasia excitava-se, até que por fim começou a imaginar coisas um tanto curiosas. Blake acreditava que uma aura vaga e singular de sordidez pairava sobre a igreja, de modo que pombos e andorinhas evitavam-lhe os beirais esfumaçados. Ao redor de outras torres e campanários o binóculo revelava grandes revoadas de pássaros, mas na igreja eles não pousavam nunca. Enfim, foi isso o que Blake pensou e anotou em seu diário. Ele mostrou o lugar a vários amigos, mas nenhum deles jamais estivera em Federal Hill ou tinha a mais remota ideia sobre o que a igreja era ou havia sido.

Na primavera uma grande inquietude apossou-se de Blake. Ele havia começado seu tão planejado romance — baseado na suposta sobrevivência do culto às bruxas no Maine —, mas, por algum estranho motivo, não conseguiu levar a ideia adiante. Com frequência cada vez maior, sentava-se à janela oeste e punha-se a observar o morro longínquo e o austero coruchéu negro evitado pelos pássaros. Quando as delicadas folhas surgiram nos galhos do jardim, o mundo foi tomado por uma nova beleza, mas a inquietação de Blake só fez aumentar. Foi então que pensou pela primeira vez em atravessar a cidade e escalar aquela fabulosa colina em direção ao mundo de sonhos envolto em fumaça.

No fim de abril, logo antes do Walpurgis à sombra dos éons, Blake fez sua primeira incursão rumo ao desconhecido. Depois de avançar pelas intermináveis ruas do centro e pelos ermos quarteirões decrépitos mais além, enfim chegou até a avenida ascendente com a escadaria de degraus gastos pelo século, os pórticos dóricos abaulados e as cúpulas de vidros baços que, segundo imaginava, conduziriam ao inalcançável mundo além da névoa que de longa data conhecia. Havia imundas placas brancas e azuis com nomes de ruas que não significavam nada para ele, e nesse instante Blake percebeu os rostos estranhos e sombrios da multidão de passantes e os símbolos estrangeiros acima de curiosas lojas em construções marrons desgastadas pelo tempo. Em nenhuma parte encontrou os objetos que avistara de longe; assim, mais de uma vez imaginou que a Federal Hill daquele vislumbre longínquo era um mundo de sonho que jamais seria galgado em vida por pés humanos.

De vez em quando surgia a fachada de uma igreja em ruínas ou de um coruchéu prestes a desmoronar, mas nunca o vulto obscuro que ele procurava. Quando perguntou a um lojista pela enorme igreja de pedra, o homem sorriu e sacudiu a cabeça, ainda que falasse inglês de bom grado. À medida que Blake subia, a região tornava-se cada vez mais estranha, com intrincados labirintos de agourentas ruelas marrons que conduziam eternamente ao sul. Ele atravessou duas ou três avenidas largas e, a certa altura, imaginou ter vislumbrado uma torre familiar. Mais uma vez perguntou a um comerciante pela imponente igreja de pedra, e nessa segunda tentativa ele poderia jurar que a alegação de ignorância era falsa. O rosto escuro do homem tinha uma expressão de medo que ele tentava ocultar, e Blake o viu fazer um curioso gesto com a mão direita.

Então, de repente, um coruchéu negro delineou-se contra o céu anuviado à sua esquerda, acima dos incontáveis telhados marrons que ladeavam as emaranhadas ruelas ao sul. Blake soube no mesmo instante do que se tratava e apressou-se pelas vielas sórdidas e sem pavimentação que subiam a partir da avenida. Por duas vezes perdeu o caminho, mas por algum motivo não ousou fazer perguntas aos patriarcas e donas de casa que estavam sentados na soleira das portas nem às crianças que gritavam e brincavam no barro das vielas sombrias.

Enfim avistou a torre a sudoeste, e um enorme vulto de pedra ergueu-se, sinistro, no fim de uma ruela. Nesse instante Blake estava em uma praça aberta, de pavimentação esquisita, com um elevado muro de arrimo no extremo oposto. Este era o fim de sua busca; pois sobre o vasto platô com grades de ferro e coberto de hera que a muralha sustentava — um mundo à parte, menor, dois metros acima das ruas em volta — assomava um vulto titânico e nefasto cuja identidade, apesar da nova perspectiva de Blake, estava além de qualquer dúvida.

A igreja deserta apresentava sinais de profunda decrepitude. Alguns dos altos contrafortes de pedra haviam desabado, e muitos remates frágeis jaziam meio perdidos entre ervas daninhas e a grama marrom negligenciada. As fuliginosas janelas góticas estavam em boa parte intactas, embora vários mainéis de pedra estivessem faltando. Blake perguntou-se como as vidraças pintadas com tamanha negrura poderiam ter resistido tão bem aos conhecidos hábitos dos garotos mundo afora. As portas maciças estavam em excelentes condições e firmemente trancadas. Em torno do espigão da muralha, circundando todo o terreno, havia uma cerca de ferro cujo portão — no alto do lance de escadas que subia desde a praça — estava fechado a cadeado. O caminho do portão até a igreja estava coberto por mato. A desolação e a decadência estendiam-se como uma mortalha sobre o lugar, e nos beirais vazios de pássaros e nas muralhas negras, despidas de hera, Blake sentiu um toque sinistro que não seria capaz de definir.

Havia pouquíssimas pessoas na praça, mas Blake viu um policial no lado norte e aproximou-se dele com perguntas acerca da igreja. O homem era um irlandês robusto, e a Blake pareceu estranho que não fizesse muito mais do que se persignar e balbuciar coisas sobre as pessoas jamais falarem a respeito daquela construção. Quando Blake o pressionou, o policial irlandês disse às pressas que os padres italianos advertiam a todos contra a igreja, jurando que outrora um mal monstruoso havia habitado o lugar e lá deixado sua marca. O próprio irlandês ouvira histórias lúgubres contadas a meia-voz por seu pai, que relembrava certos sons e rumores da infância.

Nos velhos tempos uma seita vil reunia-se lá — uma seita clandestina que invocava coisas terríveis dos ignotos abismos da noite. Fora preciso um excelente padre para exorcizar o que então surgiu, embora algumas pessoas dissessem que apenas a luz poderia bani-lo. Se o padre O'Malley estivesse vivo, teria muitas histórias para contar. Mas naquele ponto não havia mais nada a fazer, salvo esquecer a igreja. Ela já não prejudicava ninguém, e seus proprietários estavam mortos ou vivendo em lugares distantes. Todos haviam fugido como ratos após os ameaçadores boatos de 1877, quando as pessoas começaram a notar que de tempos em tempos alguém sumia da vizinhança. Um dia a cidade tomaria a frente e assumiria a posse da construção devido à inexistência de herdeiros, mas essa medida não resultaria em nada de bom. O melhor seria deixá-la ruir com o passar dos anos e não mexer com coisas que devem descansar para sempre em abismos sombrios.

Depois que o policial afastou-se, Blake ficou contemplando o soturno monte dos coruchéus. Empolgou-se com a ideia de que aos outros a estrutura parecesse tão sinistra quanto para si, e assim passou a imaginar que a verdade esconder-se-ia por trás das velhas histórias contadas pelo policial. O mais provável era que fossem meras lendas motivadas pelo aspecto maléfico da construção, mas as semelhanças com uma de suas próprias histórias eram incríveis.

O sol da tarde emergiu de trás das nuvens que se dispersavam, mas pareceu incapaz de iluminar as paredes manchadas e fuliginosas do velho templo que assomava no altaneiro platô. Era estranho que o verde primaveril não houvesse tocado as ervas marrons e secas daquele pátio cercado. Aos poucos Blake aproximou-se do terreno elevado e começou a examinar o muro e a cerca enferrujada em busca de uma via de ingresso. Sobre o templo obscuro pairava um fascínio terrível, a que não se podia resistir. A cerca não tinha nenhuma abertura próxima aos degraus, mas no lado norte algumas barras estavam faltando. Blake subiu os degraus e caminhou pelo estreito espigão da muralha, por fora da cerca, até alcançar a passagem. Se as pessoas nutriam um temor tão intenso pela construção, ele não haveria de encontrar nenhum obstáculo.

Blake estava no aterro e já quase no interior da cerca antes que alguém o notasse. Então, olhando para baixo, viu as poucas pessoas que estavam na praça se afastarem e fazer o mesmo gesto que o lojista da avenida fizera com a mão direita. Muitas janelas fecharam-se, e uma mulher gorda disparou em direção à rua e arrastou algumas crianças pequenas para dentro de uma casa decrépita e sem pintura. A falha no cercado não oferecia dificuldades à passagem, e sem demora Blake estava a desbravar o emaranhado de mato putrescente no terreno abandonado. Aqui e acolá o fragmento desgastado de uma lápide indicava que o local era um antigo cemitério; mas isso deveria ter sido em épocas remotas. O vulto descomunal da igreja pareceu-lhe ainda mais opressivo de perto, mas Blake logo se recompôs e aproximou-se para tentar abrir as enormes portas da fachada. Todas as três estavam trancadas a chave, e assim ele começou a rodar o perímetro da construção ciclópica em busca de uma entrada secundária mais acessível. Nem mesmo nesse instante Blake poderia dizer ao certo se desejava entrar naquele covil de abandono e escuridão, mas a estranheza do lugar impelia-o adiante.

Uma janela aberta e desprotegida que dava para o porão ofereceu-lhe a passagem necessária. Ao perscrutar o interior, Blake viu um abismo subterrâneo de teias de aranha e poeira, iluminado pelos tênues raios de sol que filtravam pela janela a oeste. Destroços, barris velhos, caixas arruinadas e várias peças de mobiliário surgiram diante de seus olhos, embora tudo estivesse coberto por uma mortalha de poeira que abrandava todos os contornos salientes. As ruínas enferrujadas de uma fornalha de ar quente indicavam que o prédio estivera em uso e em boas condições até a metade do período vitoriano.

Agindo quase por instinto, Blake deslizou o corpo pela janela e desceu do outro lado, no chão de concreto forrado de pó e obstruído pelos destroços. O porão abobadado era amplo e não tinha repartições; em um canto à direita, envolto em densas trevas, havia uma arcada sombria que sem dúvida conduzia ao andar superior. Blake foi acometido por um peculiar sentimento de opressão por estar de fato no interior da igreja espectral, mas logrou contê-lo enquanto procedia a uma cautelosa exploração — encontrando em seguida um barril intacto em meio ao pó e rolando-o até a janela aberta para assim garantir seu egresso. Então, tomando coragem, atravessou o amplo espaço festoado por teias de aranha em direção à arcada. Meio sufocado pela onipresença do pó e coberto por diáfanas fibras fantasmáticas, Blake começou a galgar os degraus carcomidos que se erguiam rumo às trevas. Não havia iluminação alguma, mas ele prosseguia às apalpadelas. Passada uma curva acentuada, encostou numa porta logo à frente e, depois de tatear mais um pouco, encontrou sua antiga trava. A porta abriu para dentro, e além do umbral Blake percebeu um corredor iluminado, com painéis roídos pelos vermes em ambos os lados.

Depois de chegar ao térreo, Blake começou uma rápida exploração. Todas as portas internas estavam destrancadas, de modo que lhe foi possível transitar à vontade entre os vários ambientes. A gigantesca nave era um lugar quase preternatural com os aglomerados e as montanhas de pó que recobriam os bancos, o altar, o púlpito e o dossel, e também com as titânicas cordas de teia de aranha que se estendiam em meio aos arcos pontiagudos da galeria e envolviam o conjunto das colunas góticas. No geral, aquela desolação silenciosa irradiava uma horripilante luz plúmbea, enquanto os raios do sol poente filtravam pelos estranhos vitrais enegrecidos das enormes janelas absidais.

Os vitrais nessas janelas estavam tão obscurecidos pela fuligem que Blake mal pôde decifrar o que representavam, mas o pouco que conseguiu identificar não lhe agradou em nada. Os desenhos eram em grande parte convencionais, e o conhecimento de Blake acerca de símbolos obscuros revelou-lhe um bocado sobre alguns dos vetustos motivos. Os poucos santos representados traziam no semblante expressões visivelmente criticáveis, ao passo que um dos vitrais parecia trazer simples espirais de peculiar luminosidade. Afastando-se das janelas, Blake notou que a cruz envolta por teias de aranha logo acima do altar não era uma cruz convencional, mas representava o *ankh* primitivo ou a *crux ansata* do Egito umbroso.

Nos fundos, em uma sacristia junto à abside, Blake descobriu uma escrivaninha podre e estantes que se erguiam até o teto, repletas de livros bolorentos e rotos. A essa altura ele recebeu o primeiro choque de horror objetivo, pois os títulos dos livros revelaram-lhe um bocado. Eram as coisas negras e proibidas sobre as quais a maioria das pessoas em sã consciência jamais ouviu falar, ou então ouviu falar apenas em sussurros furtivos e temerosos; os repositórios proscritos e temidos de ambíguas fórmulas secretas e imemoriais que haviam acompanhado o fluxo do tempo desde a juventude dos homens e das eras difusas e fabulosas anteriores ao nascimento do primeiro homem. O próprio Blake lera uns quantos deles — uma versão latina do execrando *Necronomicon*, o sinistro *Liber Ivonis*, o infame *Cultes des Goules* do Comte d'Erlette, o *Unaussprechlichen Kulten* de Von Junzt e o infernal *De Vermis Mysteriis* do velho Ludvig Prinn. Mas havia outros que conhecia apenas de nome, ou nem mesmo assim — os Manuscritos Pnakóticos, o *Livro de Dzyan* e um volume caindo aos pedaços com caracteres absolutamente indecifráveis, que no entanto trazia certos símbolos e diagramas pavorosamente familiares aos iniciados nas ciências ocultas. Ficou evidente que os rumores locais não eram infundados. O lugar outrora havia sediado uma ordem maléfica mais antiga do que a humanidade e maior do que o universo conhecido.

Na escrivaninha decrépita havia um pequeno registro encadernado em couro que continha estranhos apontamentos em algum sistema criptográfico. As anotações no manuscrito consistiam nos símbolos tradicionais usados hoje na astronomia e em tempos remotos na alquimia, na astrologia e em outras artes duvidosas — figuras representando o Sol, a Lua, os planetas, os aspectos e os signos zodiacais —, amontoados em páginas inteiras de texto, com divisões e quebras de parágrafo que sugeriam que cada símbolo correspondia a uma letra do alfabeto.

Na esperança de mais tarde resolver o criptograma, Blake pôs o volume no bolso do casaco. Muitos dos enormes tomos nas estantes fascinavam-no a extremos inefáveis, e ele sentiu-se tentado a tomá-los de empréstimo em um momento oportuno. Imaginou como os livros poderiam ter permanecido lá por tanto tempo sem que ninguém os perturbasse. Seria ele o primeiro a vencer o medo implacável e dominador que por quase sessenta anos havia protegido aquele lugar deserto contra os visitantes?

Ao dar por encerrada a exploração no piso térreo, Blake mais uma vez atravessou a poeira da nave espectral em direção ao vestíbulo, onde avistara uma porta e uma escadaria que julgava conduzir à torre e ao coruchéu enegrecidos — objetos que conhecia de longe havia muito tempo. A subida foi uma experiência sufocante, visto que o pó acumulava-se em grossas camadas enquanto as aranhas mostravam do que eram realmente capazes naquele espaço exíguo. A escada era uma espiral com degraus altos e estreitos, e a espaços Blake passava por uma janela baça que oferecia um vertiginoso panorama da cidade. Mesmo sem ter visto corda alguma no andar de baixo, esperava descobrir um sino ou um carrilhão na torre cujos frestões e adufas seu binóculo amiúde examinara. Porém ele estava fadado à decepção; pois, quando ganhou o alto da escadaria, encontrou o interior da torre vazio de sinos e visivelmente equipado para fins muito diferentes.

O aposento quadrado, com cerca de cinco metros de lado, recebia a iluminação tênue de quatro frestões, um em cada extremo, cobertos pela proteção das adufas decrépitas. Estas, por sua vez, haviam sido guarnecidas com telas firmes e opacas, que no entanto já estavam em boa parte apodrecidas. No centro do chão poeirento erguia-se um pilar de pedra estranhamente anguloso com cerca de um metro e vinte de altura e sessenta centímetros de diâmetro, coberto em ambos os lados por hieróglifos bizarros, de execução primitiva e absolutamente irreconhecíveis. Sobre o pilar repousava uma caixa metálica de peculiar formato assimétrico; a tampa estava aberta para trás e o interior abrigava o que, sob o denso pó das décadas, parecia ser um objeto oval ou uma esfera irregular com cerca de dez centímetros de comprimento. Ao redor do pilar, quase em círculo, estavam dispostas sete cadeiras góticas de espaldar alto e muito bem conservadas, enquanto atrás delas, ao longo dos painéis escuros que revestiam as paredes, viam-se sete imagens colossais de estuque arruinado, pintadas de preto, que lembravam acima de tudo os crípticos megálitos entalhados da misteriosa Ilha de Páscoa. Em um dos cantos da câmara recoberta por teias de aranha havia uma escada incrustada na parede, conduzindo a um alçapão fechado que dava acesso ao coruchéu sem janelas logo acima.

Quando Blake acostumou-se à iluminação tênue, percebeu os peculiares baixos-relevos na estranha caixa de metal amarelado. Ao aproximar-se, tentou limpar a poeira com as mãos e com um lenço, e notou que as figuras eram de uma raça monstruosa e inteiramente alienígena; representações de entidades que, embora parecessem vivas, não guardavam semelhança alguma com as formas de vida que evoluíram em nosso planeta. A esfera de dez centímetros revelou-se na verdade um poliedro quase negro com veios rubros e inúmeras superfícies planas irregulares; ou uma notável espécie de cristal, ou um objeto factício entalhado em rocha de alto polimento. O poliedro não tocava no fundo da caixa; mantinha-se suspenso por meio de uma cinta de metal ao redor do centro, com sete apoios de formato inusitado que se estendiam na horizontal até os ângulos da parede interna da caixa, na altura do topo. A pedra, uma vez percebida, exerceu sobre Blake um fascínio quase alarmante. Ele mal conseguia desgrudar os olhos do objeto e, enquanto observava as superfícies brilhosas, por pouco não o imaginava transparente, com difusos universos fabulosos no interior. Em sua imaginação flutuavam cenas de orbes alienígenas com enormes torres de pedra e de outros orbes com montanhas titânicas sem nenhum sinal de vida, e de espaços ainda mais remotos onde apenas uma agitação na negrura indefinível indicava a presença de consciência e de vontade.

Quando por fim desviou o olhar, foi para notar um peculiar amontoado de pó no canto mais distante, próximo à escada que dava acesso ao coruchéu. Blake não saberia dizer por que motivo aquilo chamou sua atenção, mas algo na silhueta transmitiu-lhe uma mensagem inconsciente. Enquanto caminhava com dificuldade naquela direção e desvencilhava-se das teias de aranha à medida que avançava, começou a perceber alguma coisa funesta. A mão e o lenço não tardaram em revelar a verdade, e Blake arquejou com uma atordoante mistura de emoções. Era um esqueleto humano, que deveria estar lá desde muito tempo. As roupas estavam viradas em andrajos, mas alguns botões e fragmentos de tecido indicavam um terno masculino cinza. Havia mais evidências — sapatos, fivelas de metal, enormes abotoaduras de punhos duplos, um alfinete de gravata à moda antiga, um crachá de repórter com o nome do antigo *Providence Telegram* e uma carteira de couro caindo aos pedaços. Blake examinou atentamente esta última, descobrindo em seu interior diversas cédulas antigas, um calendário promocional de celuloide de 1893, cartões com o nome "Edwin M. Lillibridge" e um papel coberto de apontamentos a lápis.

Este papel era de natureza um tanto críptica, e Blake o leu com muita atenção junto à baça janela oeste. O texto desconexo incluía frases como as que seguem:

> Prof. Enoch Bowen volta do Egito em maio de 1844 — compra a antiga Igreja do Livre-Arbítrio em julho — autor de célebres trabalhos arqueológicos & ocultistas.
>
> Dr. Drowne da 4ª Batista alerta contra a Sabedoria Estrelada no sermão de 29 dez. 1844.
>
> Congregação 97 no fim de 1845.
>
> 1846 — 3 desaparecimentos — primeira menção ao Trapezoedro Reluzente.
>
> 7 desaparecimentos 1848 — começam as histórias de sacrifício de sangue.
>
> Investigação 1853 não dá em nada — histórias de ruídos.
>
> Pe. O'Malley fala em adoração ao demônio com a caixa encontrada entre as grandes ruínas egípcias — afirma que eles invocam uma coisa incapaz de existir na luz. Foge da luz fraca e é banido pela luz forte. Então precisa ser invocado outra vez. Provavelmente recebeu a informação no leito de morte de Francis X. Feeney, que se converteu à Sabedoria Estrelada em 1849. Segundo dizem essas pessoas o Trapezoedro Reluzente mostra-lhes o céu & outros mundos, & o Assombro das Trevas de algum modo lhes conta segredos.
>
> História de Orrin B. Eddy 1857. Invocam-no olhan-

do para o cristal & falam em uma língua que lhes é própria.

200 ou mais na cong. 1863, sem contar os homens na frente de batalha.

Garotos irlandeses reúnem-se em frente à igreja após o desaparecimento de Patrick Regan em 1869.

Artigo velado no J. de 14 de março de 1872, mas as pessoas não comentam.

6 desaparecimentos 1876 — comitê secreto convoca o prefeito Doyle.

Providências prometidas para fev. 1877 — a igreja fecha em abril.

Gangue — garotos de Federal Hill — ameaçam o dr. — e os sacristãos em maio.

181 pessoas deixam a cidade ainda em 1877 — sem menção de nomes.

Histórias de fantasmas começam por 1880 — confirmar relatos de que ninguém entra na igreja desde 1877.

Pedir a Lanigan a fotografia do lugar tirada em 1851...

Após recolocar o papel na carteira e guardar esta última no bolso, Blake virou-se para examinar o esqueleto empoeirado. As implicações desses apontamentos eram claras, e não havia dúvida de que aquele homem chegara ao edifício deserto quarenta e dois anos antes em busca de um furo de reportagem que ninguém mais fora destemido o suficiente para investigar. Talvez ninguém mais conhecesse o plano — como saber? Mas o homem jamais voltou à redação. Será que algum medo bravamente enfrentado teria conseguido vencê-lo e assim provocado um ataque cardíaco? Blake debruçou-se sobre os ossos brilhantes e estudou seu peculiar aspecto. Alguns estavam espalhados, e uns poucos pareciam ter se *dissolvido* nas extremidades. Outros haviam adquirido um estranho tom amarelo, que de certo modo sugeria um chamuscamento. Alguns retalhos de tecido também estavam chamuscados. O crânio estava em condições um tanto peculiares — manchado de amarelo e com um orifício chamuscado na calota, como se um ácido poderoso houvesse corroído a ossatura sólida. O que teria acontecido ao esqueleto durante as quatro décadas passadas no silencioso mausoléu estava além da imaginação de Blake.

Antes que desse por si, ele estava mais uma vez olhando em direção à pedra e deixando que aquela curiosa influência conjurasse um desfile nebuloso em sua imaginação. Viu procissões de silhuetas inumanas cobertas por mantos e capuzes e avistou quilômetros intermináveis de deserto marcado por monólitos lavrados que alcançavam o céu. Viu torres e muralhas nas profundezas noturnas sob o mar e redemoinhos siderais em que rastros de névoa sombria pairavam ante o brilho diáfano da fria neblina grená. E ainda mais adiante vislumbrou um abismo infinito de escuridão, onde vultos sólidos e semissólidos eram percebidos apenas pelas agitações do vento e forças nebulosas pareciam impor ordem ao caos e estender uma chave para todos os paradoxos e arcanos dos universos conhecidos.

Então de repente o encanto foi quebrado por um surto de medo obstinado, indefinível. Sufocado, Blake afastou-se da pedra, ciente de que uma invisível presença alienígena vigiava-o de perto com terrível atenção. Ele sentiu-se ligado a algo — algo que não estava na pedra, mas que havia olhado através dela em sua direção — algo que haveria de segui-lo incansavelmente graças a uma percepção além da visão física. Sem dúvida o lugar estava irritando seus nervos — como não poderia deixar de ser em vista de um achado tão macabro. A luz também se extinguia, e, como não tivesse uma lanterna ou fósforos consigo, Blake sabia que logo teria de ir embora.

Foi nesse instante de crepúsculo iminente que julgou ter visto uma luminosidade tênue na esquisita pedra angulosa. Tentou olhar para outro lado, mas uma compulsão obscura atraiu-lhe novamente o olhar. Será que não havia uma sutil fosforescência radioativa em torno daquela coisa? O que os apontamentos do morto haviam dito sobre um *Trapezoedro Reluzente*? O que, afinal de contas, seria aquele covil abandonado de maldade cósmica? O que acontecera naquele lugar, e o que ainda poderia estar à espreita por trás das sombras evitadas pelos pássaros? Um miasma furtivo parecia haver surgido em algum local próximo, ainda que sua origem não fosse evidente. Blake pôs a mão sobre a caixa aberta havia tanto tempo e cerrou-a. A tampa moveu-se com facilidade sobre as dobradiças alienígenas e fechou-se sobre a pedra, que cintilava a olhos vistos.

Com o distinto clique da caixa fechando, um rumor discreto fez-se ouvir na escuridão eterna do coruchéu mais acima, no outro lado do alçapão. Ratos, sem dúvida — os únicos seres vivos a revelarem sua presença naquele vulto amaldiçoado desde o momento em que entrara. Mesmo assim o rumor no coruchéu assustou Blake a tal ponto que, às raias do desespero, arrojou-se escadaria abaixo, atravessou a nave espectral, adentrou o porão abobadado, saiu em meio ao acúmulo de pó na praça deserta e desceu as ruelas fervilhantes e assombradas de Federal Hill em direção à normalidade das ruas centrais e das familiares calçadas de tijolo no distrito universitário.

Nos dias a seguir, Blake não contou a ninguém sobre a expedição. Em vez disso, leu uma porção de coisas em certos livros, examinou jornais antigos no arquivo central e laborou com ardor no criptograma daquele volume encadernado em couro descoberto entre as teias da sacristia. O código, ele logo percebeu, não era nada simples; e após reiterados esforços Blake convenceu-se de que a língua não era inglês, latim, grego, francês, espanhol, alemão ou italiano. Estava claro que teria de beber nas fontes mais profundas de sua estranha erudição.

Todas as tardes o velho impulso de olhar para o ocidente retornava, e ele via o coruchéu negro como outrora, em meio aos telhados eriçados de um mundo distante, meio fabuloso. Mas agora havia outra nota de terror. Blake conhecia a herança maligna que lá se escondia e, de posse desse conhecimento, sua visão exacerbava-se de maneiras um tanto bizarras. Os pássaros da primavera aos poucos retornavam e, enquanto Blake observava seus voos ao pôr do sol, desviavam do coruchéu macabro e solitário com uma intensidade até então jamais vista. Quando uma revoada chegava perto, os pássaros rodopiavam e dispersavam-se em um pânico confuso — e não era difícil imaginar seus chilreios desesperados, incapazes de alcançá-lo a tantos quilômetros.

Foi naquele junho que o diário de Blake registrou sua vitória sobre o criptograma. O texto, segundo pôde averiguar, estava escrito na obscura língua Aklo, usada por certos cultos malignos ancestrais e conhecida por Blake graças a pesquisas anteriores. O diário guarda uma estranha reticência em relação ao conteúdo da mensagem, mas é evidente que Blake ficou assombrado e desconcertado. Há referências a um Assombro das Trevas que desperta quando alguém olha para o Trapezoedro Reluzente, além de conjecturas insanas acerca dos negros abismos de caos de onde fora invocado. Este ser caracteriza-se por deter todo o conhecimento e exigir sacrifícios monstruosos. Algumas das anotações de Blake demonstram um temor de que a coisa, a seu ver já conjurada, pudesse espreitar livremente; embora afirme que a iluminação pública funciona como uma muralha intransponível.

Em relação ao Trapezoedro Reluzente as referências são fartas; Blake trata-o como uma janela que se abre ao tempo e ao espaço e descreve sua trajetória desde a época em que foi criado no sombrio planeta Yuggoth, antes mesmo que os Anciões o trouxessem à Terra. O artefato foi preservado e posto em sua curiosa caixa pelas coisas crinoides da Antártida, salvo das ruínas pelos homens-serpente de Valúsia e admirado éons mais tarde em Lemúria pelos primeiros humanos. Atravessou terras e mares estranhos e afundou com Atlântida, antes que um pescador minoico capturasse-o em sua rede e o vendesse a mercadores de tez escura vindos da umbrosa Khem. O faraó Nephren-Ka construiu ao redor do Trapezoedro um templo com uma cripta fechada e a seguir fez aquilo que levou seu nome a ser apagado de todos os monumentos e registros. Então o objeto dormiu nas ruínas daquele mausoléu destruído pelos sacerdotes e pelo novo faraó, até que a pá dos escavadores mais uma vez restaurasse-o à luz do dia para amaldiçoar a humanidade.

Por estranho que seja, no início de julho os jornais corroboraram as anotações de Blake, porém de modo tão sumário e casual que só mesmo o diário chamou a atenção para essas contribuições. Parece que um novo terror vinha pairando sobre Federal Hill desde que um forasteiro adentrara a temível igreja. Aos sussurros, os italianos comentavam estranhas movimentações e estrondos e arranhões vindos do sombrio coruchéu sem janelas e pediam aos padres que banissem a entidade que assombrava seus sonhos. Alguma coisa, diziam, estava de guarda dia e noite na porta, esperando um momento escuro o suficiente para se aventurar mais longe. Os jornais faziam menção às antigas superstições locais, mas não esclareciam muita coisa a respeito dos motivos para tamanho horror. Evidente que os repórteres de hoje não são antiquários. Ao escrever essas coisas no diário, Blake expressa uma curiosa espécie de remorso e fala sobre o dever de enterrar o Trapezoedro Reluzente e banir a entidade que havia conjurado, deixando que a luz do dia invadisse o proeminente coruchéu nefando. Ao mesmo tempo, no entanto, demonstra a perigosa dimensão de seu fascínio e admite um desejo mórbido — presente até mesmo em sonhos — de visitar a torre amaldiçoada e mais uma vez contemplar os segredos cósmicos da pedra cintilante.

Então, na manhã de 17 de julho, uma notícia do *Jour-*

nal despertou no diarista um grave surto de horror. Não passava de uma variante sobre o tema algo jocoso da inquietude em Federal Hill, mas para Blake a notícia era terrível ao extremo. À noite uma tempestade comprometera o sistema de iluminação da cidade por uma hora inteira, e nesse interlúdio escuro os italianos haviam quase enlouquecido de pavor. Os que moravam próximo à temível igreja juravam que a coisa no coruchéu aproveitara-se da ausência de iluminação pública para descer até a nave da igreja, cambaleando e debatendo-se de maneira viscosa, absolutamente horripilante. Após algum tempo, subiu cambaleante até a torre, onde ouviram-se sons de vidro quebrando. Aquele ser poderia ir até onde as trevas alcançassem, mas a luz sempre o poria em fuga.

Quando a corrente elétrica voltou houve uma terrível comoção na torre, pois até mesmo a tênue iluminação que filtrava pelas janelas fuliginosas e protegidas por adufas era demais para a coisa. Ela cambaleou e deslizou até o coruchéu envolto em trevas bem a tempo — pois uma exposição prolongada à luz tê-la-ia mandado de volta ao abismo de onde o forasteiro louco a invocara. Durante aquela hora no escuro, sob a chuva, multidões reuniram suas preces ao redor da igreja com velas acesas protegidas por papéis dobrados e guarda-chuvas — uma vigília de luz para salvar a cidade do pesadelo que espreita nas trevas. Segundo os que estavam mais próximos à igreja, em um dado momento a porta externa chacoalhou de maneira horripilante.

Mas o pior ainda estava por vir. Aquela noite, no *Bulletin*, Blake leu sobre o que os repórteres haviam encontrado. Enfim cientes do inusitado valor jornalístico daquele desespero, dois deles resolveram desafiar as multidões frenéticas de italianos e esgueirar-se igreja adentro pela janela do porão, após uma tentativa frustrada de entrar pelas portas. Descobriram que a poeira do vestíbulo e da nave espectral havia sido revirada de forma bastante peculiar, com almofadas rotas e o forro dos bancos de cetim atirados por toda parte. Um mau odor envolvia toda a construção, e aqui e acolá surgiam manchas amarelas e retalhos que pareciam chamuscados. Ao abrir a porta de acesso à torre depois de uma pausa momentânea por conta de um ruído suspeito no andar superior, encontraram o estreito lance de escadas em espiral quase limpo por algo que se arrastara ao passar.

No interior da torre, a cena era bastante similar. Os repórteres mencionavam o pilar de pedra heptagonal, as cadeiras góticas viradas e as bizarras imagens de estuque; mas era estranho que não constasse nada acerca da caixa metálica e do velho esqueleto mutilado. O que mais perturbava Blake — afora as menções de manchas e chamuscados e odores pungentes — era o detalhe final que explicava o estilhaçamento das vidraças. Todas as vidraças dos frestões estavam quebradas, e dois deles haviam sido obscurecidos de maneira primitiva e apressada com o forro dos bancos de cetim e da crina das almofadas, socados no espaço entre as lâminas das adufas externas. Outros fragmentos de cetim e tufos de crina estavam jogados pelo chão recém-pisado, como se alguém tivesse sido interrompido no ato de restaurar a torre ao estado de escuridão absoluta em que outrora se encontrava.

Manchas amarelas e retalhos chamuscados apareceram na escada que conduzia ao coruchéu sem janelas, mas quando um dos repórteres subiu, abriu o alçapão horizontal e direcionou o facho da lanterna para dentro daquele espaço negro e fétido, não viu nada além de trevas e de um amontoado heterogêneo de fragmentos disformes próximo à entrada. O veredito, claro, era charlatanismo. Alguém havia pregado uma peça nos supersticiosos habitantes do morro, ou então algum fanático tentara incitar o medo tendo o bem da população em vista. Ou talvez alguns dos moradores mais jovens e mais sofisticados tivessem armado uma farsa complexa para enganar o mundo lá fora. Houve um desdobramento divertido quando um policial foi enviado para averiguar os relatos. Três policiais em sequência arranjaram pretextos para se furtar à tarefa, e o quarto foi contrariado e voltou em pouco tempo sem nenhuma informação a acrescentar.

Desse ponto em diante o diário de Blake registra uma maré crescente de horror insidioso e apreensão nervosa. Ele se censura por não tomar uma atitude e faz especulações mirabolantes sobre as consequências de outro colapso na rede elétrica. Já se verificou que em três ocasiões — sempre durante tempestades — Blake telefonou para a companhia elétrica em tom frenético e pediu que se tomassem medidas desesperadas para evitar uma pane no fornecimento de luz. Vez por outra seus apontamentos demonstram preocupação com o fato de os repórteres não terem encontrado a caixa metálica com a pedra nem o esqueleto profanado ao explorar a torre. Blake supôs que esses objetos houvessem sido removidos — mas nem ao menos imaginava para onde, por quem ou pelo quê. Seus maiores medos, no entanto, diziam respeito a ele próprio e à ligação profana que julgava existir entre a sua mente e a do horror que espreitava no coruchéu longínquo — aquela coisa monstruosa da noite, invocada por sua imprudência do supremo espaço obscuro. Blake parecia sentir constantes impulsos contrários à sua vontade, e os visitantes lembram que, na época, ficava absorto junto à escrivaninha, observando pela janela oeste o longínquo outeiro do proeminente coruchéu além da fumaça citadina. Seus monótonos apontamentos concentram-se em pesadelos e no fortalecimento da ligação profana durante o sono. Há menção a uma noite em que despertou completamente vestido, na rua, enquanto caminhava rumo ao oeste, na direção de College Hill. Muitas e muitas vezes ele reafirma que a coisa no coruchéu sabe onde encontrá-lo.

A semana após o dia 30 de julho é relembrada como a época de seu colapso parcial. Blake nem sequer se vestia, e solicitava a comida por telefone. Os visitantes perceberam as cordas que mantinha junto à cama, e Blake afirmava que o sonambulismo forçara-o a amarrar os tornozelos à noite com nós que provavelmente o manteriam preso ou então fariam com que acordasse durante o esforço para desatar as amarras.

No diário ele relatava a assombrosa experiência que precipitara o colapso. Após recolher-se na noite do dia 30, Blake de repente viu-se às apalpadelas em um recinto quase tomado pela escuridão. Tudo o que via eram fachos curtos, tênues e horizontais de luz azulada, mas ao mesmo tempo percebia um miasma pungente e escutava uma mistura de sons abafados e furtivos acima de sua cabeça. Ao menor movimento ele esbarrava em alguma coisa, e a cada ruído ouvia-se um som como que em resposta vindo de cima — uma movimentação vaga, somada ao discreto ruído de madeira roçando contra madeira.

Em dado momento suas mãos tateantes encontraram um pilar de pedra sem nada no topo, e a seguir ele viu-se agarrado aos degraus de uma escada incrustada na parede e então subiu indeciso por aquele caminho em direção a um fedor ainda mais intenso, quando uma súbita rajada quente e escaldante veio a seu encontro. Diante de seus olhos surgiu uma gama caleidoscópica de imagens espectrais, todas elas desaparecendo a intervalos na figura de um vasto abismo insondável da noite, onde giravam sóis e planetas de negrura ainda mais profunda. Blake pensou nas lendas ancestrais do Caos Supremo, em cujo centro estende-se Azathoth, o deus cego e idiota, Senhor de Todas as Coisas, rodeado por sua horda convulsa de dançarinos irracionais e amorfos e embalado pelos monótonos trenos de uma flauta demoníaca tocada por mãos inomináveis.

Então uma súbita percepção do mundo exterior atravessou o transe e despertou-o para o horror inefável da situação. O que foi, ele jamais ficou sabendo — talvez uma explosão tardia dos fogos de artifício que se fazem ouvir por todo o verão em Federal Hill quando os habitantes saúdam seus vários santos padroeiros, ou os santos de seus vilarejos nativos na Itália. O fato é que ele gritou, caiu da escada em desespero e, cambaleando, atravessou às cegas o chão obstruído da câmara escura onde se encontrava.

Blake reconheceu de imediato o lugar e precipitou-se de qualquer jeito pela estreita escada em espiral, tropeçando e batendo-se a cada curva. Houve uma fuga excruciante através de uma vasta nave tomada por teias de aranha cujas arcadas fantasmáticas erguiam-se aos reinos das sombras zombeteiras, uma agitação às cegas através de um porão cheio de entulho, uma escalada até as regiões de ar fresco e iluminação pública do lado de fora e uma corrida desesperada em que desceu um morro espectral de empenas balbuciantes, atravessou uma cidade mórbida e silente com torres negras e subiu o íngreme precipício a leste até chegar a sua antiga morada.

Ao recobrar a consciência pela manhã, notou que estava deitado no chão do estúdio e vestido dos pés à cabeça. Sujeira e teias de aranha cobriam-lhe as vestes, e cada centímetro de seu corpo apresentava inchaços e contusões. Ao encarar o espelho, Blake notou que seu cabelo estava todo chamuscado, e um odor vil parecia exalar de seu casaco. Foi nesse instante que seus nervos sucumbiram. A partir de então, passando os dias exausto em seu roupão, Blake fez pouco mais além de olhar pela janela oeste, estremecer com a ameaça dos trovões e fazer anotações delirantes em seu diário.

A grande tempestade começou pouco antes da meia-noite no dia 8 de agosto. Raios caíam sem parar nos mais diversos pontos da cidade, e houve relatos de duas impressionantes bolas de fogo. A chuva era torrencial, e ao mesmo tempo uma salva de trovões impedia o sono de milhares de habitantes. Blake encontrava-se num estado de frenesi absoluto devido à preocupação com o sistema elétrico, e tentou telefonar para a companhia de energia perto da uma hora da manhã, ainda que nesse horário o fornecimento de luz já estivesse temporariamente suspenso por razões de segurança. Ele registrou tudo no diário — os grandes hieróglifos nervosos e amiúde indecifráveis contam sua própria história de angústia e desespero crescente e de apontamentos rabiscados às cegas, no escuro.

Blake teve de manter a casa às escuras para conseguir enxergar a rua, e parece que durante a maior parte do tempo permaneceu junto à escrivaninha, espiando ansioso através da chuva e seguindo os quilômetros cintilantes de telhados no centro da cidade até a constelação de luzes distantes que assinalava Federal Hill. De tempo em tempo fazia anotações canhestras no diário, e assim frases desconexas como "As luzes não podem se apagar"; "Ele sabe onde estou"; "Preciso destruí-lo"; e "Ele está me chamando, mas talvez não queira o meu mal desta vez" encontram-se espalhadas por duas páginas.

Então as luzes de toda a cidade apagaram-se. Foi exatamente às 2h12 da manhã, de acordo com os registros da companhia elétrica, mas o diário de Blake não faz menção à hora. A entrada diz apenas "As luzes se foram — que Deus me ajude". Em Federal Hill estavam outros observadores tão ansiosos quanto ele, e grupos de homens encharcados desfilaram pela praça e pelas ruelas em torno da maligna igreja com velas protegidas por guarda-chuvas, lanternas elétricas, lampiões a óleo, crucifixos e todo tipo de amuletos obscuros comuns ao sul da Itália. Abençoaram cada novo relâmpago e fizeram gestos crípticos de temor com a mão direita, até que uma virada na tempestade fez com que os relâmpagos diminuíssem e por fim cessassem. Um vento repentino apagou a maioria das velas, de modo que toda a cena ficou envolta em trevas ameaçadoras. Alguém chamou o padre Merluzzo, da Spirito Santo Church, que se apressou até a fatídica praça a fim de pronunciar quaisquer sílabas de ajuda que pudesse. Quanto aos incansáveis e curiosos sons no interior da torre negra não restava a menor dúvida.

Em relação ao que ocorreu às 2h35 temos o testemunho do padre, um homem jovem, inteligente e culto; do patrulheiro William J. Monohan da Estação Central, um policial da mais alta confiança que havia parado naquele ponto do trajeto para averiguar a multidão; e da maioria dos setenta e oito homens que se haviam reunido em volta do enorme muro da igreja — em particular daqueles que estavam no quarteirão de onde a fachada leste era visível. Claro, não havia nada que se pudesse atribuir em caráter definitivo a reinos externos à Natureza. As possíveis causas de um acontecimento assim são várias. Ninguém é capaz de falar com autoridade sobre os obscuros processos químicos que operam no interior de uma igreja vasta, antiga, mal ventilada e deserta que abriga os objetos mais heterogêneos. Vapores mefíticos — combustão espontânea — pressão de gases resultantes de uma longa putrefação — qualquer um desses incontáveis fenômenos pode ter sido o causador. Além do mais, a possibilidade de charlatanismo intencional não pode ser excluída sob hipótese alguma. A coisa em si foi um bocado simples e durou menos de três minutos. O padre Merluzzo, homem devotado à exatidão, olhava constantemente para o relógio.

Começou com o sensível aumento dos sons desordenados no interior da torre negra. Já havia algum tempo que a igreja emanava odores estranhos e vis, mas naquele instante as exalações tornaram-se intensas e repulsivas. Por fim vieram sons de madeira despedaçando-se e de um objeto grande e pesado caindo no pátio contíguo à sobranceira fachada leste. A torre ficou invisível sem o lume das candeias, mas à medida que o objeto se aproximava do chão as pessoas compreenderam que se tratava da fuliginosa adufa do frestão leste.

Imediatamente a seguir um miasma insuportável emanou das alturas ocultas, provocando sufocamento e náuseas entre os observadores trêmulos e quase prostrando aqueles que estavam na praça. No mesmo instante o ar tremeu com a vibração de um ruflar de asas, e um repentino vento leste que ultrapassou em força todas as rajadas anteriores levou os chapéus e arrastou os guarda-chuvas gotejantes da multidão. Não se podia ver nada com muita clareza, embora alguns espectadores que estavam olhando para cima imaginem ter visto uma enorme mancha de negrura ainda mais profunda espalhar-se contra o breu do céu — algo como uma nuvem de fumaça amorfa que disparou com a velocidade de um meteoro rumo ao leste.

Isso foi tudo. Os observadores estavam atônitos com o susto, o pavor e o desconforto, e mal sabiam o que fazer, ou mesmo se deviam fazer alguma coisa. Sem saber o que tinha acontecido, mantiveram a vigília; e passado um instante uniram-se em uma prece coletiva quando o clarão súbito de um relâmpago tardio, seguido por um estrondo ensurdecedor, rasgou os céus chuvosos. Meia hora depois a chuva parou, e passados mais quinze minutos a iluminação pública voltou a funcionar, mandando para casa os vigilantes encharcados e exaustos, mas também aliviados.

Os jornais do dia seguinte, ao noticiar a tempestade, dedicaram pouca atenção a esses incidentes. Parece que o clarão súbito e a ruidosa explosão que sucederam os acontecimentos em Federal Hill foram ainda mais assombrosos em direção ao leste, onde o surgimento do miasma singular também foi noticiado. O fenômeno atingiu seu ápice em College Hill, onde o estrondo despertou todos os habitantes adormecidos e deu azo às especulações mais fabulosas. Dentre os que estavam despertos, poucos avistaram o fulgor anômalo próximo ao cume do morro ou perceberam a inexplicável rajada de vento que quase desfolhou as árvores da rua e arrancou as plantas dos jardins. Todos concordavam em que o raio súbito e solitário deveria ter caído em algum lugar da vizinhança, embora o local exato da queda não tenha sido encontrado. Um jovem membro da fraternidade Tau Omega pensou ter visto uma grotesca e horrenda nuvem de fumaça no ar assim que o fulgor preliminar iluminou o céu, mas este relato não foi confirmado. Os poucos observadores, no entanto, estavam todos de acordo em relação à violenta rajada do oeste e ao fedor insuportável que precedeu o trovão a seguir, e os testemunhos acerca do momentâneo odor de queimado após o som do trovão são igualmente unânimes.

Esses detalhes foram discutidos a fundo devido à sua provável ligação com a morte de Robert Blake. Estudantes no prédio Psi Delta, cujas janelas superiores nos fundos dão para o estúdio de Blake, perceberam o semblante difuso na janela oeste pela manhã do dia 9 e perguntaram-se o que estaria errado com aquela expressão. Quando à noite viram o rosto ainda na mesma posição, ficaram preocupados e esperaram para ver se as luzes do apartamento seriam acesas. Mais tarde tocaram a campainha do apartamento escuro e, por fim, chamaram um policial para arrombar a porta.

O corpo enrijecido estava sentado junto à escrivaninha, em frente à janela, e quando os invasores viram os olhos fixos, vidrados, e as marcas de horripilante e convulsivo pavor naquela fisionomia contorcida, desviaram o olhar em uma consternação nauseante. Logo em seguida o corpo foi encaminhado à autópsia e, apesar da janela intacta, o legista deu como causa da morte choque elétrico, ou tensão nervosa induzida por descarga elétrica. A expressão horrenda no rosto de Blake foi ignorada como um possível resultado do espanto profundo que acomete pessoas de imaginação fértil e emoções descontroladas. Estas qualidades o legista deduziu a partir dos livros, pinturas e manuscritos encontrados no apartamento, e também das entradas rabiscadas às cegas no diário sobre a escrivaninha. Blake havia persistido em seus apontamentos até o último instante, e o lápis de ponta quebrada foi descoberto no rigor espasmódico de sua mão direita.

As anotações feitas após a queda de luz eram altamente desconexas e legíveis apenas em parte. A partir delas alguns investigadores tiraram conclusões bastante incompatíveis com o materialismo do veredito oficial, mas especulações como essas têm pouca chance de persuadir os conservadores. A tese defendida por esses teóricos imaginativos tampouco se beneficiou da ação do supersticioso dr. Dexter, que atirou a curiosa caixa e a pedra angulosa — um objeto sem dúvida dotado de luz própria, como se viu no sombrio coruchéu desprovido de janelas onde foi encontrado — no canal mais profundo de Narragansett Bay. O excesso de imaginação e o desequilíbrio neurótico por parte de Blake, agravados pelo conhecimento do antigo culto ao mal cujos resquícios havia descoberto, compõem a interpretação mais aceita de seus frenéticos apontamentos finais. Eis aqui suas notas — ou tudo o que se pode apreender delas:

> Ainda sem luz — já deve fazer cinco minutos. Tudo depende da iluminação. Yaddith faça com que resista...! Alguma influência parece estar atravessando... A chuva e o trovão e o vento ensurdecem... A coisa está controlando a minha mente...
>
> Problemas de memória. Vejo coisas que jamais conheci. Outros mundos e outras galáxias... O escuro... A luz parece escura e a escuridão parece iluminada...
>
> Não podem ser o morro e a igreja de verdade o que vejo na escuridão de breu. Deve ser uma impressão retiniana provocada pelos relâmpagos. Deus queira que os italianos estejam nas ruas com velas se os relâmpagos cessarem!
>
> Do que estou com medo? Não seria um avatar de Nyarlathotep, que na umbrosa Khem ancestral assumiu a forma de um homem? Lembro-me de Yuggoth, e do longínquo Shaggai, e do vazio supremo dos planetas negros...
>
> O longo voo alado através do vazio... incapaz de atravessar o universo de luz... recriado pelos pensamentos aprisionados no Trapezoedro Reluzente... mande-o através de horríveis abismos cintilantes...

Meu nome é Blake — Robert Harrison Blake e moro na East Knapp Street, 620, em Milwaukee, Wisconsin... Estou neste planeta...

Azathoth, tende piedade! O relâmpago já não brilha — que horror — vejo tudo com a sensação monstruosa de que não está à vista — o claro é escuro e o escuro é claro... as pessoas na montanha... guardam... velas e amuletos... os padres...

Sem percepção da distância — o longe é perto e o perto é longe. Sem luz — sem binóculo — vejo o coruchéu — a torre — janela — ouço — Roderick Usher — louco ou enlouquecendo — a coisa se mexe e se agita na torre. Eu sou a coisa e a coisa é eu — quero sair... preciso sair e unificar as forças... a coisa sabe onde estou...

Sou Robert Blake, mas vejo a torre no escuro. Um odor monstruoso... sentidos transfigurados... as tábuas do frestão cedendo e quebrando... Iä... ngai... ygg...

Estou vendo — cada vez mais perto — vento infernal — borrão titânico — asas negras — Yog Sothoth salve-me — o olho abrasador de três lóbulos...

O chamado de Cthulhu

(Encontrado entre os papéis do falecido
Francis Wayland Thurston, de Boston.)

No que tange a estes vastos poderes ou seres é possível conceber uma sobrevivência... a sobrevivência de um período infinitamente remoto... em que a consciência talvez se manifestasse através de linhas e formas desaparecidas há muito tempo ante a maré crescente da humanidade... formas das quais apenas a poesia e a lenda guardaram lembranças fugazes, chamando-as de deuses, monstros, criaturas míticas de todos os tipos e espécies...

Algernon Blackwood

I. O HORROR NO BARRO

A coisa mais misericordiosa do mundo é, segundo penso, a incapacidade da mente humana em correlacionar tudo o que sabe. Vivemos em uma plácida ilha de ignorância em meio a mares negros de infinitude, e não fomos feitos para ir longe. As ciências, cada uma empenhando-se em seus próprios desígnios, até agora nos prejudicaram pouco; mas um dia a compreensão ampla de todo esse conhecimento dissociado revelará terríveis panoramas da realidade e do pavoroso lugar que nela ocupamos, de modo que ou enlouqueceremos com a revelação ou então fugiremos dessa luz fatal em direção à paz e ao sossego de uma nova idade das trevas.

Os teosofistas especularam a respeito da incrível magnitude do ciclo cósmico, em que o nosso universo e a raça humana não passam de breves incidentes. Sugeriram estranhas permanências em termos que fariam o sangue gelar se não estivessem mascaradas por um otimismo brando.

Mas os teosofistas não foram os responsáveis pelo singular relance de éons proibidos que me dá calafrios em pensamento e enlouquece-me no sonho. Esse relance, como todos os temíveis relances da verdade, foi um lampejo decorrente de uma conjunção acidental de coisas separadas — no caso, uma notícia de jornal e uma anotação de um professor universitário já falecido. Espero que ninguém mais logre correlatar estes itens; não há dúvida de que, se eu viver, jamais contribuirei com elo algum a tão horrenda corrente. Creio que o professor também pretendia manter-se calado a respeito do que sabia e destruir as anotações, caso não houvesse sucumbido a uma morte súbita.

Meu conhecimento sobre o assunto começa no inverno de 1926-7, com a morte do meu tio-avô George Gammell Angell, professor emérito de línguas semíticas na Brown University, em Providence, Rhode Island. O professor Angell era um grande especialista em inscrições antigas e muitas vezes havia prestado serviços a museus famosos; de modo que seu falecimento, aos noventa e dois anos, é um fato lembrado por muitos. Na região onde morava, o interesse foi ainda maior em vista das circunstâncias obscuras ligadas à sua morte. O professor havia tombado enquanto retornava do barco de Newport; conforme o relato de testemunhas, caiu de repente, após receber um encontrão de um negro com ares de marinheiro saído de um dos estranhos pátios sombrios na encosta íngreme que servia de atalho entre a zona portuária e a casa do falecido, na Williams Street. Os médicos não conseguiram detectar nenhuma disfunção aparente, mas após um debate concluíram, perplexos, que alguma lesão cardíaca obscura, decorrente da escalada de um morro tão íngreme por um senhor de idade tão avançada, fora responsável pelo fim. Na época eu não vi motivos para discordar do veredito, mas ultimamente ando propenso a imaginar — e a mais do que imaginar.

Na condição de herdeiro e executor do meu tio-avô, que morreu viúvo e sem filhos, eu deveria analisar seus papéis com particular atenção; e, com esse propósito em mente, levei todos os arquivos e caixas que a ele pertenciam para a minha residência em Boston. Grande parte do material que relacionei será publicada mais tarde pela American Archaeological Society, mas há uma caixa que considero demasiado enigmática e cujo conteúdo sinto-me pouco à vontade para mostrar a outras pessoas. A caixa estava trancada, e não encontrei a chave até que tive a ideia de examinar o chaveiro que o professor levava sempre no bolso. Foi assim que logrei abri-la, porém logo me vi confrontado por uma barreira maior e de transposição mais difícil. Afinal, qual seria o significado daquele estranho baixo-relevo em barro, dos rabiscos, devaneios e recortes que encontrei? Será que meu tio, na idade avançada, ter-se-ia interessado por essas imposturas levianas? Decidi sair em busca do excêntrico escultor que, ao que tudo indicava, transtornara a paz de espírito do pobre velho.

O baixo-relevo era um retângulo áspero, com menos de três centímetros de espessura e cerca de treze por quinze centímetros de área; sem dúvida, uma peça moderna. Os entalhes, porém, não tinham nada de moderno em termos de ambiência e sugestão; pois, ainda que as variações cubistas e futuristas sejam frequentes e radicais, via de regra não reproduzem a regularidade críptica que se esconde nas escritas pré-históricas. E boa parte dos entalhes parecia ser algum tipo de escrita; mas a minha lembrança, apesar da grande familiaridade com os papéis e coleções do meu tio, não conseguia identificar esse espécime em particular nem mesmo aventar hipóteses sobre suas mais remotas afinidades.

Acima dos hieróglifos havia um entalhe sem dúvida figurativo, ainda que a execução impressionista não permitisse uma ideia muito exata a respeito de sua natureza. Parecia algum tipo de monstro, ou de símbolo representando um monstro, tal como apenas um intelecto perturbado poderia conceber. Se eu disser que minha fantasia extravagante conjurava ao mesmo tempo as imagens de um polvo, de um dragão e de uma caricatura humana, não incorro em nenhum tipo de infidelidade ao espírito da coisa. Uma cabeça polpuda, com tentáculos, colmava um corpo grotesco e escamoso com asas rudimentares; mas era a *silhueta* da figura o que a tornava ainda mais horrenda. Atrás da figura aparecia a vaga sugestão de um cenário arquitetônico ciclópico.

As anotações que acompanhavam o curioso artefato, à exceção de alguns recortes de jornal, estavam escritas na caligrafia tardia do professor Angell; e não tinham nenhuma pretensão literária. O que aparentava ser o documento principal trazia o título de "O CULTO A CTHULHU" em letras desenhadas com todo o cuidado necessário para evitar dificuldades na leitura de uma palavra tão esdrúxula. O manuscrito era dividido em duas seções, a primeira delas intitulada "1925 — O sonho e a obra onírica de H. A. Wilcox, 7 Thomas St., Providence, R.I." e a segunda, "Relato do inspetor John R. Legrasse, 121 Bienville St., New Orleans, La., no Cong. da A.A.S. em 1908 — Notas sobre o insp. e depoimento do prof. Webb". Os outros papéis que compunham o manuscrito eram anotações breves, algumas delas relatos dos estranhos sonhos de diferentes pessoas, outras citações de livros e periódicos teosóficos (em especial de *Atlântida e Lemúria*, de W. Scott-Elliot), e o restante eram comentários a respeito de sociedades secretas e cultos misteriosos que sobrevivem há séculos, com referências a passagens em fontes mitológicas e antropológicas como *O ramo de ouro* de Frazer e *O culto das bruxas na Europa ocidental* da srta. Murray. Os recortes referiam-se, na maior parte, a distúrbios mentais bizarros e a surtos de loucura e histeria coletiva na primavera de 1925.

A primeira metade do manuscrito principal trazia um relato bastante peculiar. Parece que, no dia 1º de março de 1925, um jovem magro, taciturno, de aspecto neurótico e eufórico havia procurado o professor Angell, trazendo nas mãos o singular baixo-relevo em barro, que na ocasião ainda estava úmido e fresco. O cartão dele trazia o nome de Henry Anthony Wilcox, e meu tio reconheceu-o como o filho mais moço de uma excelente família, que estudava escultura na Rhode Island School of Design e morava sozinho no prédio Fleur-de-Lys próximo a essa instituição. Wilcox era um jovem precoce célebre por seu gênio, mas também pela personalidade excêntrica, e desde a mais tenra infância chamava atenção graças às estranhas histórias e sonhos inusitados que habitualmente narrava. O jovem descrevia sua condição como "hipersensibilidade psíquica", mas para os dignos habitantes da antiga cidade comercial aquilo não passava de uma certa "esquisitice". Sempre evitando a companhia de seus semelhantes, Wilcox aos poucos afastara-se de todos os círculos sociais e só era conhecido por um seleto grupo de estetas que moravam em outras cidades. Até mesmo o Providence Art Club, ávido por preservar seu conservadorismo, havia-o considerado um caso perdido.

Segundo o manuscrito do professor, na ocasião da primeira visita o jovem artista recorreu ao conhecimento arqueológico do anfitrião para identificar os hieróglifos no baixo-relevo. Ele falava de maneira rebuscada e sonhadora, o que sugeria afetação e afastava a simpatia; e meu tio foi um pouco rude ao responder, pois o barro ainda fresco do baixo-relevo indicava uma total ausência de relação com a arqueologia. A réplica do jovem Wilcox, que impressionou meu tio o suficiente para que mais tarde a recordasse *verbatim*, foi uma incrível argumentação poética que deve ter permeado toda a conversa e que, mais tarde, descobri ser uma de suas características mais marcantes. Ele disse: "De fato, é recente, pois eu terminei a escultura noite passada, sonhando com estranhas cidades; e sonhos mais antigos que a Tiro penserosa, ou a Esfinge contemplativa, ou a Babilônia cingida por jardins".

Nesse ponto começou o interminável relato que de repente soou a nota de uma lembrança adormecida e conquistou o vivo interesse do meu tio. Na noite anterior ocorrera um leve tremor sísmico, que ainda assim fora o mais intenso em toda a Nova Inglaterra por alguns anos; e a imaginação de Wilcox foi profundamente afetada. Depois de recolher-se, o escultor teve um sonho sem precedentes de enormes cidades ciclópicas erguidas com blocos titânicos e monólitos altaneiros, todos vertendo uma gosma verde e sinistros com o horror latente. Hieróglifos cobriam os muros e pilastras, e de algum lugar lá embaixo vinha uma voz que não era uma voz; uma sensação caótica que apenas a fantasia seria capaz de transmutar em som, mas que Wilcox tentou capturar no quase impronunciável amontoado de letras "*Cthulhu fhtagn*".

Essa aberração verbal foi a chave para a lembrança que empolgou e perturbou o professor Angell. O mestre questionou o escultor com rigor científico; e estudou com atenção quase frenética o baixo-relevo em que o jovem trabalhara, passando frio e vestindo apenas um pijama, até que a vigília pegasse-o de surpresa. Mais tarde Wilcox afirmou que meu tio culpou a idade avançada por sua demora em reconhecer tanto os hieróglifos como o padrão pictórico. Muitos dos questionamentos pareciam um tanto descabidos ao visitante, em especial os que o presumiam membro de estranhos cultos e sociedades; Wilcox não conseguia entender as reiteradas promessas de silêncio que recebia em troca da admissão no seio de alguma seita mística ou pagã. Quando o professor Angell convenceu-se de que o escultor de fato ignorava os cultos e todo o sistema de sabedoria críptica, impôs um cerco ao visitante, exigindo que no futuro fizesse relatórios de seus sonhos. O método rendeu bons frutos, pois após a primeira entrevista o manuscrito registra visitas diárias feitas pelo jovem Wilcox, durante as quais relatava fragmentos assombrosos de paisagens noturnas cujo tema era sempre um terrível panorama ciclópico de pedra escura e gotejante, com uma voz ou uma inteligência subterrânea gritando, cheia de monotonia, impactos sensoriais irreproduzíveis, salvo na forma de algaravia. Os dois sons repetidos com maior frequência eram aqueles representados pelas letras "*Cthulhu*" e "*R'lyeh*".

No dia 23 de março, continuava o manuscrito, Wilcox não apareceu; e uma busca em seus aposentos revelou que fora acometido por uma febre obscura e levado à casa de sua família na Waterman Street. Naquela noite ele havia gritado, alarmando muitos outros artistas no prédio, e desde então passou a alternar entre a inconsciência e o delírio. Meu tio telefonou de imediato à família Wilcox e, a partir de então, começou a acompanhar de perto o caso, fazendo telefonemas frequentes para o consultório da Thayer Street, onde trabalhava o dr. Tobey, responsável pelo doente. A mente febril do jovem, ao que tudo indicava, meditava sobre coisas estranhas; e de vez em quando o doutor estremecia ao relatá-las. Não se tratava apenas de repetições de antigos sonhos, mas também de coisas gigantes "com quilômetros de altura", que caminhavam ou arrastavam-se ao redor. Este ser não foi descrito por inteiro nenhuma vez, mas o desespero nas palavras ocasionais repetidas pelo dr. Tobey bastou para convencer o professor de que aquela era a monstruosidade inominável que Wilcox tentara representar na escultura enquanto sonhava. Qualquer referência a esse ser, acrescentou o doutor, servia de prelúdio a um novo episódio de letargia por parte do jovem. Sua temperatura não estava muito acima do normal, o que era um tanto singular; mas a condição geral do paciente era mais típica de febre do que de distúrbios mentais.

No dia 2 de abril, às três horas da tarde, todos os sintomas da moléstia de Wilcox sumiram de repente. Ele se endireitou na cama, surpreso ao ver-se em casa e alheio a tudo o que havia acontecido em sonho ou realidade desde a noite de 22 de março. Depois de receber alta do médico, voltou a seus aposentos no terceiro dia; porém não pôde mais ajudar o professor Angell. Todos os resquícios dos estranhos sonhos haviam desaparecido com a melhora, e meu tio parou de registrar os pensamentos noturnos de Wilcox após uma semana de relatos pífios e irrelevantes de visões absolutamente corriqueiras.

Neste ponto acabava a primeira parte do manuscrito, mas referências a certas anotações esparsas deram-me farto material para reflexão — tão farto, na verdade, que apenas o ceticismo inato da minha filosofia incipiente poderia explicar a desconfiança que eu nutria em relação ao artista. As anotações a que me refiro traziam descrições dos sonhos de várias pessoas durante o mesmo período em que o jovem Wilcox relatou suas estranhas visões. Parece que meu tio não tardou a começar uma investigação abrangente entre todos os amigos a quem poderia, sem parecer inoportuno, solicitar relatos diários de sonhos e as datas precisas de quaisquer visões notáveis surgidas por volta daquela época. As reações ao pedido parecem ter sido as mais diversas; mesmo assim, o professor Angell deve ter recebido mais respostas do que qualquer um seria capaz de arquivar sem a ajuda de um secretário. As correspondências originais não foram preservadas, mas as anotações do professor traziam resumos completos e esclarecedores. Pessoas envolvidas em assuntos sociais e negócios — o "sal da terra" da Nova Inglaterra — quase sempre davam resultados negativos, apesar de alguns relatos esparsos de impressões noturnas inquietantes, mas difusas, sempre entre 23 de março e 2 de abril — o período que o jovem Wilcox passou delirando. Homens ligados à ciência também se mostraram pouco suscetíveis, ainda que quatro descrições vagas sugiram relances de estranhas paisagens e um relato mencione o temor de alguma coisa sobrenatural.

Foi dos artistas e dos poetas que as respostas pertinentes surgiram, e sem dúvida o pânico ter-se-ia alastrado caso houvessem tido a chance de comparar suas anotações. Na falta das correspondências originais, suspeitei de que o compilador houvesse feito perguntas tendenciosas ou editado toda a correspondência de modo a confirmar o que, na época, estava determinado a ver. Assim continuei a acreditar que Wilcox, a par dos velhos dados coletados por meu tio, estivesse a aproveitar-se do cientista veterano. As respostas dos estetas contavam uma história bastante perturbadora. De 28 de fevereiro a 2 de abril, a maioria deles havia sonhado as coisas mais bizarras, sendo que a intensidade dos sonhos teve um aumento descomunal durante o delírio do escultor. Mais de um quarto dos estetas relatava cenas e sons de algum modo semelhantes aos que Wilcox havia descrito; e alguns dos sonhadores manifestavam verdadeiro pavor da enorme coisa inominável surgida nos últimos episódios. Um dos casos, descrito com riqueza de detalhes nas anotações, foi bastante triste. A vítima, um arquiteto célebre com inclinações à teosofia e ao ocultismo, perdeu completamente a razão no dia em que Wilcox adoeceu e, por fim, sucumbiu depois de vários meses, gritando para que o salvassem de alguma hoste infernal. Se meu tio houvesse feito referências aos casos por meio de nomes em vez de números, eu teria buscado provas e começado uma investigação pessoal; mas, da forma como tudo aconteceu, só consegui rastrear uns poucos missivistas. Todos, no entanto, corroboravam a íntegra das anotações. Muitas vezes perguntei-me se todas as pessoas questionadas pelo professor sentiam-se tão desorientadas quanto esse grupo. É bom que nenhuma explicação jamais os alcance.

Os recortes de jornal, conforme já expliquei, discutiam casos de pânico, mania e excentricidade durante o mesmo período. O professor Angell deve ter contratado algum serviço de recortes, pois a quantidade de notícias era imensa, e as fontes espalhavam-se por todos os cantos do mundo. Eis aqui um suicídio noturno em Londres, em que um homem adormecido atirou-se da janela após soltar um grito horripilante. Eis aqui, da mesma forma, uma carta divagante ao editor de um jornal na América do Sul, em que um fanático anuncia o futuro horrendo que lhe foi revelado em uma visão. Uma notícia da Califórnia descreve uma colônia de teosofistas vestidos de branco à espera de um "acontecimento glorioso" que não chega nunca, enquanto os recortes da Índia discutem com cautela as tensões entre os nativos do país durante o fim de março. Orgias vodu multiplicam-se pelo Haiti, e os postos avançados na África noticiam murmúrios nefastos. Na mesma época, os oficiais americanos nas Filipinas relatam problemas com certas tribos, e os policiais de Nova York veem-se atacados por levantinos histéricos na noite de 22-23 de março. O oeste da Irlanda também sente a influência de rumores e lendas, e um pintor fantástico chamado Ardois-Bonnot expõe uma *Paisagem de sonho* blasfema no salão de Paris durante a primavera de 1926. Os problemas noticiados nos asilos para loucos são tão numerosos que só um milagre pode ter impedido a classe médica de notar os estranhos paralelismos e tirar conclusões enigmáticas. No geral, um amontoado de recortes um tanto esquisitos; hoje mal posso conceber o racionalismo convicto com que os pus de lado. Mas na época eu estava convencido de que o jovem Wilcox conhecia os velhos assuntos mencionados pelo professor.

II. O RELATO DO INSPETOR LEGRASSE

Os velhos assuntos que haviam justificado toda a importância dada ao sonho e ao baixo-relevo do escultor eram o tema abordado na segunda parte do longo manuscrito. Parece que em uma ocasião anterior o professor Angell tinha visto a silhueta infernal daquela monstruosidade inominável, indagado sobre a natureza dos hieróglifos desconhecidos e ouvido como resposta as sílabas nefastas que só se deixam reproduzir como "*Cthulhu*"; tudo ligado de forma tão perturbadora e horrível que não surpreende o fato de o acadêmico ter perseguido o jovem Wilcox com perguntas e pedidos de informação.

Essa primeira experiência ocorreu em 1908, dezessete anos atrás, durante o congresso anual da American Archaeological Society em St. Louis. O professor Angell, como convinha a alguém de seu renome, ocupou uma posição de destaque em todas as deliberações; e foi uma das primeiras pessoas a serem abordadas por vários estranhos que aproveitavam o evento para fazer perguntas e expor problemas aos especialistas.

O líder desses forasteiros, e logo o principal foco de atenção durante todo o congresso, era um homem de meia-idade, com aparência comum, que tinha viajado desde New Orleans em busca de algumas informações específicas que não se podiam obter em nenhuma fonte de pesquisa local. Seu nome era John Raymond Legrasse, e ele trabalhava como inspetor de polícia. O homem trazia consigo o motivo da visita: uma grotesca e repulsiva estatueta em pedra, que aparentava ser muito antiga, e cuja origem ele não conseguia determinar. Não se deve supor que o inspetor Legrasse tivesse o mais remoto interesse por arqueologia. Pelo contrário; buscava esclarecimentos por razões puramente profissionais. A estatueta, ídolo, fetiche ou o que fosse fora encontrado meses atrás nos pântanos ao sul de New Orleans durante uma operação policial em um suposto ritual vodu; e os rituais de adoração à imagem eram tão singulares e tão hediondos que os policiais acreditavam ter encontrado um culto nefasto até então desconhecido, infinitamente mais diabólico do que o mais obscuro círculo vodu em toda a África. Sobre a origem do culto, afora as histórias erráticas e absurdas contadas pelos membros capturados, não se descobriu nada; o que explicava a ânsia da polícia em ter acesso à sabedoria dos antiquários, que poderiam ajudá-los a compreender o tenebroso ícone e, assim, rastrear o culto até sua origem.

O inspetor Legrasse não estava preparado para a comoção gerada por seu relato. Bastou um relance do objeto para que os homens de ciência lá reunidos fossem tomados pela euforia e logo estivessem acotovelando-se ao redor do inspetor a fim de ver a diminuta figura cuja absoluta estranheza e cujos ares de antiguidade abismal traziam fortes indícios de panoramas desconhecidos e arcaicos. Nenhuma escola conhecida de escultura havia animado aquele terrível objeto, mas o passar de séculos e talvez milênios parecia estar registrado na superfície opaca e esverdeada da pedra indefinível.

A imagem, que aos poucos foi passada de mão em mão a fim de propiciar um exame mais detido e minucioso por parte dos especialistas, tinha entre dezoito e vinte centímetros de altura e ostentava uma técnica artística notável. Representava um monstro de traços vagamente antropoides, mas com uma cabeça de polvo cujo rosto era um amontoado de tentáculos, um corpo escamoso, prodigiosas garras nas patas dianteiras e traseiras e longas asas estreitas nas costas. A coisa, que transpirava uma terrível malevolência sobrenatural, tinha um aspecto inchado e sentava-se em uma pose vil sobre um bloco ou pedestal retangular coberto por caracteres indecifráveis. A ponta das asas tocava a borda traseira do bloco e o corpo ocupava o centro, enquanto as longas garras curvas das pernas traseiras, que estavam dobradas, agarravam-se à borda frontal e estendiam-se para baixo em direção à base do pedestal. A cabeça do cefalópode projetava-se para a frente, de maneira que a ponta dos tentáculos faciais tocava o dorso das enormes garras dianteiras, que cingiam os joelhos da criatura sentada. O aspecto da figura era de um realismo anormal, tornado ainda mais temível porque nada se sabia a respeito de sua origem. Não havia dúvida quanto à antiguidade vasta, assombrosa e incalculável do artefato; no entanto, não se percebia elo algum com a arte do nascimento da civilização — nem com a de qualquer outra época. O próprio material era um mistério insondável; a rocha preto-

-esverdeada, com veios e listras dourados ou iridescentes, não se assemelhava a nada conhecido pela geologia ou pela mineralogia. Os caracteres em torno da base eram igualmente desorientadores; e, ainda que o evento reunisse a metade dos especialistas mundiais no assunto, nenhum participante foi capaz de sugerir qualquer afinidade linguística. Assim como o tema e o material, os hieróglifos pertenciam a alguma coisa terrivelmente remota e distinta da humanidade tal como a conhecemos; algo que sugeria antigos ciclos profanos da vida, em que o nosso mundo e os nossos conceitos não têm lugar.

Contudo, enquanto os participantes sacudiam a cabeça um após o outro e declaravam-se vencidos pelo desafio do inspetor, um homem percebeu um bizarro toque familiar na escultura e na escrita monstruosas e declarou, com certa hesitação, o pouco que sabia. Este homem era o falecido William Channing Webb, professor de antropologia na Princeton University e notável explorador. Quarenta e oito anos antes, o professor Webb havia participado de uma excursão à Groenlândia e à Islândia em busca de inscrições rúnicas que não foram encontradas; e, nos picos do oeste da Groenlândia, descobriu uma tribo ou um culto singular de esquimós degenerados cuja religião, uma forma curiosa de adoração ao demônio, enregelou--lhe os ossos com a sanguinolência e o horror deliberados. Era uma crença sobre a qual os outros esquimós pouco sabiam, mencionada sempre em meio a calafrios; diziam que se originara em éons pavorosamente remotos, quando o mundo nem sequer existia. Além de ritos indescritíveis e sacrifícios humanos, havia sinistros rituais hereditários que rendiam homenagem a um demônio supremo e ancestral, ou *tornasuk*; e o professor Webb fez uma transcrição fonética minuciosa ao ouvir a palavra de um velho *angekok*, ou feiticeiro-sacerdote, registrando os sons em alfabeto romano da maneira mais clara possível. Mas naquele instante o ponto central era o fetiche que este culto adorava, e ao redor do qual os esquimós dançavam quando a aurora boreal surgia no alto das escarpas geladas. Tratava-se, afirmou o professor, de um baixo-relevo primitivo, em pedra, com uma figura execranda e inscrições crípticas. Segundo acreditava, em todas as características essenciais era um paralelo rústico do artefato bestial que naquele instante era discutido no congresso.

Essas informações, recebidas com suspense e espanto pela assembleia de especialistas, pareceram ainda mais instigantes ao inspetor Legrasse; e logo ele começou a pressionar o informante com outras perguntas. Tendo transcrito e copiado um rito de tradição oral praticado pelos adoradores que a polícia havia prendido nos pântanos, o inspetor solicitou ao acadêmico que tentasse relembrar as sílabas colhidas em meio aos esquimós diabolistas. Começou então uma minuciosa comparação de detalhes, e fez-se um instante do mais espantoso silêncio quando o detetive e o cientista concordaram na identidade da frase comum a dois rituais infernais situados em mundos tão diversos. O que tanto os feiticeiros esquimós quanto os sacerdotes do pântano de Louisiana cantavam a seus ídolos era algo como o que segue, sendo as divisões entre as palavras meras suposições baseadas nas pausas feitas durante a entoação das frases:

"*Ph'nglui mglw'nafh Cthulhu R'lyeh wgah'nagl fhtagn.*"

Legrasse estava um passo adiante do professor Webb, pois muitos dos prisioneiros mestiços haviam lhe repetido o significado que os adoradores mais velhos atribuíam a essas palavras. A tradução era algo como:

"Na casa em R'lyeh, Cthulhu, morto, aguarda sonhando."

Nesse instante, em resposta ao clamor e à impaciência gerais, o inspetor Legrasse relatou em detalhe sua experiência com os adoradores do pântano; e contou uma história à qual percebo que meu tio atribuiu grande importância. A narrativa tinha o sabor dos sonhos mais loucos dos mitômanos e teosofistas e revelava um grau impressionante de imaginação cósmica em meio aos mestiços e párias que seriam os menos propensos a desenvolvê-la.

No dia 1º de novembro de 1907, a polícia de New Orleans recebeu um chamado urgente para comparecer aos pântanos e lagoas no sul. Os posseiros que lá habitavam, em sua maioria descendentes primitivos mas bondosos dos homens de Lafitte, estavam desesperados por conta de uma coisa desconhecida que havia surgido à noite. Era algum tipo de magia vodu, porém o vodu mais terrível que jamais haviam visto; e algumas das mulheres e crianças estavam desaparecidas desde que os tamborins haviam começado o incessante rufar malévolo em meio aos longínquos bosques escuros e assombrados onde nenhum morador se aventurava. Havia gritos ensandecidos e berros aterrorizantes, cânticos de enregelar a alma e demoníacas chamas dançantes; e, segundo o relato do mensageiro desesperado, os habitantes não aguentavam mais.

Então um destacamento de vinte policiais, em duas carruagens e uma viatura, dirigiu-se no fim da tarde até o local, tendo por guia o trêmulo posseiro. O grupo parou no final da estrada e, a pé, avançou chapinhando em meio ao silêncio dos terríveis bosques de cipreste onde o sol jamais resplandecia. Raízes abomináveis e forcas malévolas de barba-de-pau assediavam os homens por todos os lados e, de quando em quando, um amontoado de pedras úmidas ou o fragmento de um muro pútrido, ao sugerir uma habitação mórbida, intensificava a atmosfera depressiva que cada árvore disforme e cada ilhota infestada de fungos ajudava a criar. Por fim o vilarejo dos posseiros, um lamentável amontoado de casebres, descortinou-se logo adiante; e os habitantes histéricos vieram correndo amontoar-se em volta do grupo de lanternas errantes. O rufar abafado dos tamborins podia ser ouvido ao longe, muito ao longe;

e um grito apavorante ressoava a intervalos irregulares, sempre que o vento mudava. Um clarão avermelhado também parecia filtrar através da pálida vegetação rasteira para além dos intermináveis caminhos da noite na floresta. Relutantes em ficar sozinhos, os posseiros recusaram-se terminantemente a dar mais um passo sequer em direção ao local do culto profano, e assim o inspetor Legrasse e seus dezenove colegas avançaram sem ter quem os guiasse rumo às arcadas de horror que nenhum deles jamais havia cruzado.

A região explorada pela polícia tinha fama de ser amaldiçoada, e era em boa parte desconhecida e inexplorada pelos brancos. Havia lendas a respeito de um lago secreto jamais visto por olhos mortais, onde habita uma coisa branca, informe, cheia de pólipos e com olhos luminosos; e em voz baixa os posseiros contavam histórias sobre demônios com asas de morcego que, à meia-noite, saíam de cavernas subterrâneas para adorá-la. Diziam que já estava lá antes de D'Iberville, antes de La Salle, antes dos índios e até mesmo antes das bestas enérgicas e dos pássaros do bosque. Era um pesadelo encarnado, e vê-lo era morrer. Mas o monstro fazia os homens sonharem, então eles mantinham-se afastados. A orgia vodu era celebrada, de fato, na periferia daquela área execranda, mas ainda assim o local era ruim o bastante; talvez o próprio lugar do culto houvesse assustado os posseiros mais do que os terríveis sons e incidentes.

Só a poesia ou a loucura poderiam fazer justiça aos clamores ouvidos pelos homens de Legrasse enquanto abriam caminho através do negro lodaçal em direção ao fulgor rubro e ao som dos tamborins. Existem certas qualidades vocais particulares aos homens, e outras particulares às bestas; e é terrível escutar uma sair da garganta da outra. A fúria animal e a libertinagem orgíaca incitavam paroxismos demoníacos por meio de gritos e êxtases ruidosos que explodiam e reverberavam pelos bosques noturnos como tempestades pestilentas das profundezas do inferno. De vez em quando os uivos discordantes cessavam e, do que parecia ser um coro bem treinado de vozes ríspidas, erguia-se em um cântico aquela terrível frase ou feitiço:

"*Ph'nglui mglw'nafh Cthulhu R'lyeh wgah'nagl fhtagn.*"

Foi quando os homens, depois de chegar a um ponto onde o bosque era menos denso, conseguiram divisar o espetáculo. Quatro deles sentiram vertigens, um desmaiou e dois foram acometidos por gritos frenéticos, que a cacofonia delirante da orgia por sorte abafou. Legrasse jogou água do pântano no rosto do policial desmaiado, e todos começaram a tremer, quase hipnotizados por aquele horror.

Uma clareira natural do pântano abrigava uma ilha coberta de grama, com talvez um acre de extensão, sem nenhuma árvore e razoavelmente seca. Lá saltava e contorcia-se uma horda indescritível de aberrações humanas que apenas um Sime ou um Angarola seriam capazes de pintar. Despidos, aqueles seres híbridos zurravam, mugiam e convulsionavam-se ao redor de uma colossal fogueira circular, em cujo centro, visível por entre as frestas ocasionais que se abriam na cortina de fogo, erguia-se um enorme monólito granítico com dois metros e meio de altura; e no topo deste, em sua contrastante estatura diminuta, repousava o odioso ídolo entalhado em pedra. De um amplo círculo composto de dez patíbulos montados a intervalos regulares ao redor do monólito envolto em fogo pendiam, de cabeça para baixo, os corpos terrivelmente mutilados dos posseiros indefesos que haviam desaparecido. Era no interior do círculo que a roda de adoradores saltava e rugia, movendo-se da esquerda para a direita em bacanais intermináveis entre o círculo de corpos e o círculo de fogo.

Pode ter sido apenas a imaginação ou apenas um eco o que levou um dos homens, um espanhol de sangue quente, a imaginar que ouvia respostas antifônicas ao ritual vindas de algum ponto longínquo e escuro nas profundezas daquele bosque de lenda e horror ancestrais. O homem, Joseph D. Galvez, eu mais tarde encontrei e questionei; e ele mostrou ter a imaginação um tanto fértil. Chegou até mesmo a insinuar o leve bater de enormes asas, um relance de olhos brilhantes e um descomunal vulto branco além das árvores mais remotas — mas desconfio que estivesse muito impressionado pelas superstições locais.

De fato, a pausa horrorizada feita pelos homens durou pouco tempo. O dever vinha em primeiro lugar; e ainda que houvesse quase cem mestiços naquela multidão, os policiais recorreram às armas de fogo e arrojaram-se cheios de determinação em meio ao caos nauseante. Durante os cinco minutos seguintes o alarde e a confusão foram indescritíveis. Golpes foram desferidos, tiros foram disparados e fugas foram efetuadas; mas no fim Legrasse pôde contar quarenta e sete prisioneiros carrancudos, que foram obrigados a vestir-se de imediato e a fazer uma fila entre duas outras de policiais. Cinco dos celebrantes jaziam mortos, e dois feridos graves foram removidos em macas improvisadas por seus colegas de crime. A imagem do monólito, é claro, foi removida e transportada com todo o cuidado por Legrasse.

Examinados na delegacia após uma viagem muito tensa e cansativa, todos os prisioneiros revelaram-se homens vis, mestiços e mentalmente perturbados. Muitos eram marinheiros, e alguns negros e mulatos, na maior parte caribenhos ou portugueses de Brava, no Cabo Verde, davam a cor do vodu àquele culto heterogêneo. Mas logo após as primeiras perguntas ficou evidente que a descoberta envolvia algo muito mais profundo e antigo do que o fetichismo negro. Degradadas e ignorantes como eram, aquelas criaturas atinham-se com surpreendente obstinação à ideia central de sua odiosa fé.

Disseram ser adoradores dos Grandes Anciões que viveram eras antes de o primeiro homem nascer e chegaram a um mundo ainda jovem vindos do céu. Os Anciões já haviam sucumbido, no interior da Terra e no fundo do mar; mas seus corpos mortos haviam revelado segredos nos sonhos dos primeiros homens, que iniciaram um culto imortal. Este era o culto que seguiam, e os prisioneiros afirmaram que sempre havia existido e sempre haveria de existir, escondido em longínquas regiões inóspitas e em lugares sombrios por todo o mundo, até que o alto sacerdote Cthulhu, de sua casa sinistra na grandiosa cidade submersa de R'lyeh, caminhasse mais uma vez sobre a Terra e voltasse a impor seu jugo. Um dia Cthulhu lançaria seu chamado, quando as estrelas estivessem alinhadas; e o culto secreto estaria sempre esperando para libertá-lo.

Até lá não se deveria dizer mais nada. Havia um segredo que não se obtinha nem mediante tortura. A humanidade não estava sozinha entre os seres conscientes da Terra, pois formas surgiam da escuridão para visitar os fiéis. Mas estes não eram os Grandes Anciões. Ninguém jamais vira os Anciões. O ídolo entalhado em pedra era o grande Cthulhu, mas ninguém saberia dizer se os outros eram parecidos com ele. Ninguém mais sabia ler a antiga escrita, porém a sabedoria conservava-se na tradição oral. Os cânticos rituais não eram o segredo — este não era dito jamais em voz alta, apenas em sussurros. O cântico significava apenas: "Na casa em R'lyeh, Cthulhu, morto, aguarda sonhando".

Apenas dois prisioneiros mostraram-se sãos o bastante para merecerem a forca, enquanto os outros ficaram aos cuidados de várias instituições. Todos negaram participação nos assassinatos rituais e alegaram que as mortes eram obra de Alados Negros que haviam deixado sua assembleia imemorial no bosque assombrado. No entanto, jamais se obteve um depoimento coerente sobre estes misteriosos aliados. O que a polícia conseguiu descobrir veio em grande parte de um *mestizo* muito velho chamado Castro, que disse ter navegado a estranhos portos e conversado com os líderes imortais do culto nas montanhas da China.

O velho Castro citou fragmentos de antigas lendas horrendas que deitavam por terra as especulações dos teosofistas e faziam o homem e o mundo parecerem coisas muitíssimo recentes e efêmeras. Houve éons em que outras Coisas reinaram sobre a Terra, e Elas construíram cidades esplendorosas. Suas ruínas, teria dito o chinês imortal, ainda podiam ser vistas como pedras ciclópicas nas ilhas do Pacífico. Todas essas Coisas morreram em épocas ancestrais, muito antes de o primeiro homem nascer, mas havia uma arte capaz de trazê-Las de volta quando as estrelas tornassem a se alinhar no ciclo da eternidade. De fato, Elas próprias tinham vindo das estrelas e trazido Suas imagens Consigo.

Os Anciões, prosseguiu Castro, não eram feitos de carne e osso. Eles tinham forma — não era o que provava aquela imagem em forma de estrela? —, mas essa forma não era constituída de matéria. Quando as estrelas estavam alinhadas, Eles podiam viajar ao mundo através dos céus; mas quando as estrelas estavam desalinhadas, Eles não conseguiam viver. Mas, ainda que não vivessem, Eles não morreriam jamais. Todos jaziam em casas de pedra na grande cidade de R'lyeh, preservados graças aos feitiços do poderoso Cthulhu enquanto esperavam o dia da ressurreição gloriosa quando as estrelas e a Terra mais uma vez estivessem prontas. Mas ao mesmo tempo alguma força externa deveria ajudá-Los a libertar Seus corpos. Os feitiços que Os preservavam ao mesmo tempo Os impediam de fazer o gesto inicial, e Eles só conseguiam ficar acordados no escuro e pensar enquanto incontáveis milhões de anos passavam. Sabiam de tudo o que acontecia no universo, pois a língua d'Eles era o pensamento telepático. Naquele exato instante Eles estavam falando em Seus túmulos. Quando, passadas eras infinitas, surgiram os primeiros homens, os Grandes Anciões falaram com os mais sensitivos dentre eles através de sonhos; pois só assim a Sua língua poderia alcançar o mundo carnal dos mamíferos.

Então, sussurrou Castro, os primeiros homens formaram o culto aos pequenos ídolos que os Grandes Anciões lhes haviam mostrado; ídolos trazidos em épocas imemoriais das estrelas sombrias. O culto não morreria enquanto as estrelas não se alinhassem uma vez mais, e os sacerdotes retirariam o grande Cthulhu de Seu túmulo para restituí-Lo a Seus súditos e dar continuidade a Seu legado sobre a Terra. Seria fácil identificar o momento oportuno, pois então a humanidade estaria como os Grandes Anciões; livre e descontrolada e além do bem e do mal, com todas as leis e tábuas deixadas de lado e todos os homens gritando e matando e rejubilando-se em êxtase. Então os Anciões libertos haveriam de ensinar novas formas de gritar e matar e rejubilar-se em êxtase, e toda a Terra explodiria em um holocausto de arrebatamento e liberdade. Até lá, por meio dos ritos apropriados, o culto deveria manter viva a memória desses costumes antigos e profetizar o retorno dos Grandes Anciões.

Em tempos passados, os escolhidos falavam com os Anciões sepultados através de sonhos, mas então algo aconteceu. R'lyeh, a grande cidade de pedra com monólitos e sepulcros, foi engolida pelas ondas; e as águas profundas, repletas do mistério primevo que nem mesmo o pensamento consegue atravessar, cortaram toda a comunicação espectral. Mas a lembrança não morreu, e os altos sacerdotes diziam que a cidade ressurgiria quando as estrelas estivessem alinhadas. Então os espíritos negros surgiram da terra, bolorentos e ensombrecidos, e com rumores abafados juntaram-se em cavernas ignotas no fundo do mar. Mas a esse respeito Castro falou pouco — o homem interrompeu-se de repente e não houve persuasão ou artimanha que o fizesse dizer mais uma palavra sobre o assunto. Também se recusou a comentar o *tamanho* dos Anciões. Em relação à sede do culto, disse acreditar que ficasse no insondável deserto da Arábia, onde Irem, a Cidade dos Pilares, sonha oculta e intocada. O culto não tinha relação alguma com a bruxaria europeia e era praticamente desconhecido para além de seus membros. Não era mencionado em livro algum, ainda que o chinês imortal houvesse afirmado que havia passagens alegóricas no *Necronomicon* do árabe louco Abdul Alhazred que os iniciados podiam ler como quisessem, em especial o controverso dístico:

Não está morto o que eterno jaz;
No tempo, a morte é de morrer capaz.

Legrasse, muito impressionado e não menos perplexo, havia feito várias perguntas infrutíferas sobre as afiliações históricas do culto. Ao que tudo indicava, Castro dissera a verdade ao afirmar que a seita era absolutamente secreta. Os especialistas da Tulane University não conseguiram esclarecer nada a respeito do culto ou da imagem, e assim o detetive saiu à procura dos maiores especialistas do país e deparou-se com nada menos do que a história do professor Webb sobre a expedição à Groenlândia.

O vivo interesse que o relato de Legrasse despertou durante o encontro, corroborado pela estatueta, subsistiu nas correspondências trocadas mais tarde entre os presentes, embora as menções nas publicações oficiais da sociedade sejam esparsas. A desconfiança é a primeira reação de quem está acostumado à charlatanice e à impostura. Por um tempo, Legrasse emprestou a imagem ao professor Webb, mas quando este faleceu a estátua foi devolvida ao detetive e permanece até hoje em seu poder, como a vi um tempo atrás. É um artefato terrível que sem dúvida tem afinidades com a escultura do jovem Wilcox.

Não me surpreendeu a empolgação com que meu tio recebeu a história do escultor; afinal, para quem já conhecia o relato de Legrasse sobre o culto, que fantasias não devem ter se excitado com a história de um jovem sensitivo que havia *sonhado* não só com a figura e com hieróglifos idênticos àqueles presentes na imagem do pântano e na tábua demoníaca da Groenlândia, mas que *nos sonhos* havia escutado pelo menos três das exatas palavras entoadas pelos diabolistas esquimós e pelos mestiços de Louisiana? A prontidão com que o professor Angell empenhou-se em uma investigação minuciosa foi absolutamente natural; ainda que, de minha parte, eu suspeitasse que o jovem Wilcox tivesse obtido informações sobre o culto de maneira indireta e também inventado uma série de sonhos para aumentar e fazer perdurar o mistério às custas de meu tio. Claro, os relatos dos sonhos e os recortes coligidos pelo professor eram fortes evidências; mas a minha natureza racional e a extravagância do tema levaram-me a tirar as conclusões que eu julgava mais sensatas. Assim, depois de estudar a fundo o manuscrito e de relacionar as anotações teosóficas e antropológicas à narrativa de Legrasse sobre o culto, viajei a Providence para encontrar o escultor e fazer-lhe as censuras que eu considerava justas por ter se aproveitado com tamanha desfaçatez de um homem culto e idoso.

Wilcox ainda morava sozinho no prédio Fleur-de-Lys na Thomas Street, uma pavorosa imitação vitoriana da arquitetura bretã do século XVII que ostenta sua fachada de estuque em meio às adoráveis casas coloniais naquele antigo morro, e à sombra do mais perfeito coruchéu georgiano nos Estados Unidos encontrei-o em um de seus aposentos e, de imediato, deduzi a partir dos objetos espalhados no recinto que o gênio do homem era de fato profundo e autêntico. Acredito que um dia ele venha a ser considerado um dos grandes decadentistas; pois cristalizou no barro e um dia ainda há de espelhar no mármore os pesadelos e as fantasias que Arthur Machen evoca em prosa e que Clark Ashton Smith materializa em versos e pinturas.

Com um aspecto sombrio, frágil e algo desleixado, Wilcox virou-se em minha direção ao ouvir a batida e perguntou o que eu desejava sem levantar-se. Quando me identifiquei, o escultor demonstrou algum interesse; pois meu tio havia despertado sua curiosidade ao sondar-lhe os sonhos, porém sem nunca explicar o objetivo do estudo. Não lhe ofereci mais informações a esse respeito, mas usei alguns ardis para ganhar sua confiança. Logo me convenci da absoluta sinceridade do jovem, pois ele falava de seus sonhos com inelutável convicção. Os sonhos e seus resíduos inconscientes tiveram uma profunda influência em sua arte, e Wilcox mostrou-me uma estátua mórbida cuja silhueta fez-me estremecer com a impressão macabra que produzia. Ele não se lembrava de ter visto o original dessa criatura em nenhum outro lugar que não o próprio baixo-relevo de seus sonhos, mas a silhueta havia se formado de maneira imperceptível sob suas mãos. Era, sem dúvida, a forma gigante que ele havia mencionado no delírio. Logo ficou claro que, em relação ao culto secreto, Wilcox não sabia nada além do que o catequismo incansável de meu tio permitiria supor; e mais uma vez renovei meus esforços para imaginar de onde ele poderia ter recebido aquelas impressões singulares.

O artista relatava seus sonhos em um tom de estranho lirismo; fez-me ver com terrível clareza a gotejante Cidade Ciclópica de pedras verdes e musgosas — cuja *geometria*, disse ele com uma nota estranha na voz, era *toda errada* — e ouvir em trêmula expectativa o chamado, em parte mental, que emergia das profundezas: "*Cthulhu fhtagn*", "*Cthulhu fhtagn*". Essas palavras eram parte do terrível ritual que narrava a vigília onírica empreendida por Cthulhu, morto no túmulo de pedra em R'lyeh; apesar de minhas crenças racionais, fiquei muito abalado. Eu achava que Wilcox teria ouvido algum comentário vago acerca do ritual para a seguir esquecê-lo em meio ao caos de suas leituras e fantasias igualmente estranhas. Mais tarde, em virtude de seu caráter impressionante, o ritual ter-se-ia expressado de maneira inconsciente em sonhos, no baixo-relevo e na temível estátua que naquele instante eu tinha diante dos meus olhos; de modo que a impostura do artista para com meu tio fora um tanto inocente. O jovem era o tipo de pessoa a um só tempo afetada e algo insolente que jamais consegui apreciar, mas naquela altura eu já era capaz de admitir o gênio e a honestidade dele. Despedimo-nos em termos cordiais, e desejei-lhe todo o sucesso que seu talento prometia.

O culto continuou a exercer um poderoso fascínio sobre mim, e às vezes eu me imaginava famoso por ter pesquisado sua origem e suas relações. Fiz uma visita a New Orleans, conversei com Legrasse e os outros integrantes do grupo de busca, vi a terrível imagem e pude até mesmo interrogar os prisioneiros mestiços sobreviventes. O velho Castro, infelizmente, havia falecido alguns anos antes. Os vívidos relatos que escutei em primeira mão, ainda que não passassem de confirmações mais detalhadas dos apontamentos feitos por meu tio, voltaram a despertar meu interesse; pois eu tinha certeza de estar na pista de uma religião muito real, muito secreta e muito antiga, cuja descoberta haveria de tornar-me um antropólogo notável. Minha atitude foi de absoluto materialismo, *como eu gostaria que ainda fosse*, e descartei com uma teimosia quase inexplicável a coincidência entre os relatos de sonhos e os singulares recortes coligidos pelo professor Angell.

Comecei a suspeitar, e agora temo *saber*, que a morte de meu tio não foi nada natural — ele caiu na estreita ruela que vai da zona portuária infestada de estrangeiros mestiços até o alto do morro depois de ser empurrado por um marinheiro negro. Eu não havia esquecido o sangue misturado e as ligações marítimas entre os adoradores de Louisiana, e não me surpreenderia ao descobrir métodos e ritos e crenças secretas. É verdade que Legrasse e seus homens foram deixados em paz; mas na Noruega um marujo que viu certas coisas morreu. Será que as buscas de meu tio, enriquecidas com a descoberta do escultor, haviam chegado a ouvidos sinistros? Creio que o professor Angell morreu por saber demais, ou por estar na iminência de saber demais. Resta saber se vou ter o mesmo fim, pois agora eu também sei muito.

III. A LOUCURA QUE VEIO DO MAR

Se o céu um dia quiser conceder-me uma bênção, esta será o esquecimento absoluto do acaso que dirigiu meu olhar a um pedaço de papel usado para forrar uma estante. Não era nada que eu fosse perceber durante a minha rotina normal, pois tratava-se de um velho exemplar do periódico australiano *Sydney Bulletin* de 18 de abril de 1925. O material havia escapado até mesmo à empresa de recortes que, na época da impressão, buscava material para a pesquisa de meu tio.

Para todos os efeitos eu havia abandonado minhas buscas relativas ao que o professor Angell chamava de "Culto a Cthulhu" e estava visitando um amigo em Paterson, Nova Jersey, que era o curador do museu local e um mineralogista de renome. Certo dia, ao examinar os espécimes armazenados em uma sala nos fundos do museu, chamou-me a atenção a estranha figura estampada em um dos velhos jornais sob as pedras. Era o *Sydney Bulletin* que mencionei, pois meu amigo tinha contatos com todos os países estrangeiros imagináveis; e a gravura mostrava uma odiosa imagem de pedra quase idêntica à que Legrasse havia encontrado no pântano.

Depois de remover o precioso conteúdo das estantes, examinei atentamente a ilustração; e fiquei desapontado com seu pequeno tamanho. A sugestão que trazia, no entanto, era de vital importância para a minha busca negligenciada; e, com todo o cuidado, arranquei-a do jornal para tomar providências imediatas. O texto dizia:

ENCONTRADO MISTERIOSO NAVIO À DERIVA

O *Vigilant* Atracou com um Iate Armado de
Bandeira Neozelandesa a Reboque.
Um Sobrevivente e uma Vítima Foram
Encontrados a Bordo. Relato de uma Batalha
Desesperada e de Mortes em Alto-Mar.
O Marujo Resgatado Recusa-se a Falar sobre o
Estranho Acontecimento. Um Estranho Ídolo Foi
Encontrado em Sua Posse. O Caso Será Investigado.

O cargueiro *Vigilant*, da Morrison Co., ao retornar de Valparaíso, atracou essa manhã no cais de Darling Harbour, trazendo a reboque o iate armado *Alert*, de Dunedin, N.Z., avistado com avarias no dia 12 de abril na latitude Sul 34°21', longitude Oeste 152°17' com um sobrevivente e uma vítima fatal a bordo.

O *Vigilant* deixou Valparaíso em 25 de março e, no dia 2 de abril, teve a rota desviada em direção ao sul por conta de fortes tormentas e ondas gigantes. No dia 12 de abril o navio à deriva foi avistado; e, ainda que à primeira vista parecesse deserto, na verdade trazia um sobrevivente acometido por delírios e outro homem que sem dúvida estava morto havia mais de uma semana. O sobrevivente estava agarrado a uma terrível escultura em pedra, de origem desconhecida e com cerca de trinta centímetros de altura, que deixou perplexos os especialistas da Sydney University, da Royal Society e do museu na College Street; o sobrevivente afirma tê-la encontrado na cabine do iate em uma pequena caixa de madeira lavrada.

Depois de voltar a si, o homem contou uma estranha história de pirataria e morticínio. Seu nome é Gustaf Johansen, um norueguês inteligente que fora segundo imediato da escuna de dois mastros *Emma*, de Auckland, que zarpou de Callao no dia 20 de fevereiro com uma tripulação de onze homens. O *Emma*, segundo o norueguês, sofreu um atraso e foi arrastado muito ao sul da rota original durante a tempestade em 1º de março, e, no dia 22 de março, na latitude Sul 49°51', longitude Oeste 128°34', encontrou o *Alert*, tripulado por canacas de aspecto vil e outros mestiços. O capitão Collins recusou-se a acatar ordens expressas para recuar; foi quando, sem aviso prévio, a estranha tripulação abriu fogo contra a escuna, usando uma pesada bateria de canhões que integrava o equipamento do iate. Os homens do *Emma* deram combate, afirma o sobrevivente, e, mesmo com a embarcação a pique em decorrência de tiros recebidos abaixo da linha-d'água, conseguiram aproximar-se do navio inimigo e abordá-lo, lutando contra a tripulação selvagem no convés do iate e vendo-se obrigados a matá-los todos, por estarem os inimigos em vantagem numérica e também em decorrência da maneira odiosa e desesperada, embora canhestra, como lutavam.

Três tripulantes do *Emma*, entre eles o capitão Collins e o primeiro imediato Green, foram mortos; e os oito homens restantes, comandados pelo segundo imediato Johansen, puseram-se a governar o iate capturado, seguindo a rota original para descobrir o que teria motivado as ordens para voltar atrás. No dia seguinte a tripulação aportou em uma pequena ilha, ainda que não se conheça nenhum acidente geográfico do tipo naquela parte do oceano; e seis homens morreram em terra, embora Johansen seja um tanto reticente no que tange a essa parte da história e limite-se a dizer que todos caíram num precipício rochoso. Ao que parece, mais tarde ele e o companheiro restante tripularam o iate e tentaram governá-lo, mas foram derrotados pela tormenta do dia 2 de abril. O homem não recorda quase nada do que se passou entre essa data e o dia 12, quando foi salvo, tendo esquecido até mesmo o dia em que William Briden, seu último companheiro, veio a falecer. Não há nenhuma causa aparente para a morte de Briden, provavelmente motivada por uma crise nervosa ou por uma insolação. Telegramas de Dunedin indicam que o *Alert* era bem conhecido como navio mercante e que tinha má fama em toda a zona portuária. A embarcação pertencia a um curioso grupo de mestiços, cujos frequentes encontros e incursões noturnas aos bosques despertavam muitas suspeitas; e havia zarpado com grande pressa logo depois da tempestade e dos tremores de terra em 1º de março. Nosso correspondente em Auckland atribui ao *Emma* e a seus homens uma excelente reputação, e Johansen é descrito como um homem equilibrado e valoroso. Amanhã o almirantado abrirá um inquérito para investigar o caso, e espera-se que Johansen forneça mais detalhes do que revelou até o presente momento.

Além da imagem infernal que a acompanhava, esta era a íntegra da notícia; mas que turbilhão de ideias provocou em minha fantasia! Ali estava um verdadeiro tesouro de informações acerca do Culto a Cthulhu, com indícios de que seus estranhos interesses manifestavam-se não apenas em terra, mas também no mar. Que motivo teria levado a tripulação mestiça a ordenar o retorno do *Emma* enquanto navegavam com o ídolo pavoroso? Qual seria a misteriosa ilha onde seis homens do *Emma* pereceram e sobre a qual o segundo imediato Johansen preferiu guardar silêncio? O que a investigação do vice-almirantado teria descoberto, e o que se sabia a respeito do culto maléfico em Dunedin? E, acima de tudo, que profunda e terrível relação entre as datas seria essa, que conferia uma relevância maligna e incontestável aos vários acontecimentos registrados com tanto desvelo pelo meu tio?

O dia 1º de março — nosso 28 de fevereiro, segundo a Linha Internacional de Data — trouxe o sismo e a tempestade. Em Dunedin, o *Alert* zarpou apressado com sua tripulação abjeta, como se atendesse a um chamado urgente, e no outro lado da Terra poetas e artistas sonharam com uma estranha e úmida cidade ciclópica enquanto um jovem escultor, em um acesso de sonambulismo, moldou as formas do temível Cthulhu. Em 23 de março a tripulação do *Emma* desembarcou em uma ilha desconhecida onde seis homens pereceram; e naquela noite os sonhos de homens sensíveis adquiriram uma vividez ainda maior e obscureceram-se com o terror inspirado pela busca maligna de um monstro gigante, enquanto um arquiteto enlouqueceu e um escultor de repente sucumbiu ao delírio! E o que dizer da tempestade em 2 de abril — a data em que todos os sonhos relativos à cidade úmida cessaram e Wilcox libertou-se dos grilhões de sua estranha febre? O que dizer de tudo isso — das insinuações do velho Castro sobre os Anciões, vindos das estrelas e enterrados no mar, e de seu reinado futuro? O que dizer de seus fiéis adoradores e do *poder que exercem sobre os sonhos*? Será que eu estava prestes a descobrir horrores cósmicos além da compreensão humana? Em caso afirmativo, esses horrores deveriam ser apenas quimeras, pois de alguma forma o dia 2 de abril havia posto um fim à ameaça monstruosa que preparava um cerco às almas de toda a humanidade.

Naquela noite, depois de mandar telegramas às pressas e fazer alguns planos, despedi-me do meu anfitrião e tomei um trem para San Francisco. Em menos de um mês eu estava em Dunedin; onde, no entanto, descobri que pouco se sabia em relação aos adeptos do culto que haviam ficado pelas antigas tavernas portuárias. A escória do porto era demasiado ordinária para merecer atenção; mesmo assim, ouviam-se menções a uma viagem empreendida pelos mestiços, durante a qual o som abafado de tambores e uma chama rubra foram percebidos nas montanhas mais distantes. Em Auckland descobri que Johansen, outrora loiro, havia voltado com os cabelos *completamente brancos* de um interrogatório rotineiro e inconclusivo em Sydney, depois do que vendeu sua cabana na West Street e tomou um navio com a esposa a fim de voltar à sua velha casa em Oslo. Aos amigos, não dizia nada além do que revelara aos oficiais do almirantado sobre a sua impressionante vivência no mar, e tudo o que pude conseguir deles foi o endereço do segundo imediato em Oslo.

A seguir viajei a Sydney e tive conversas improdutivas com marujos e membros do tribunal do vice-almirantado. Vi o *Alert*, que foi vendido para uso comercial, no Circular Quay em Sydney Cove, mas não descobri mais nada ao contemplar aquele vulto indefinido. A imagem sentada, com cabeça de cefalópode, corpo de dragão, asas escamosas e pedestal hieroglífico estava preservada no museu do Hyde Park; e depois de um exame aprofundado e minucioso, considerei-a um exemplar sinistro de grande habilidade artística, que mantinha o mistério absoluto, a antiguidade inefável e a estranheza sobrenatural que eu já notara no pequeno exemplar de Legrasse. Para os geólogos, a peça era um enigma monstruoso, disse-me o curador; pois asseguraram-me que não havia, em lugar algum do mundo, outra rocha como aquela. Então lembrei com um calafrio do que o velho Castro havia dito a Legrasse sobre os Grandes Anciões: "Eles vieram das estrelas e trouxeram Suas imagens Consigo".

Abalado por essa revolução mental sem precedentes, decidi visitar o segundo imediato Johansen em Oslo. Ao chegar em Londres, reembarquei sem demora rumo à capital norueguesa; e aportei em um dia de outono nos charmosos cais à sombra do Egeberg. Logo descobri que o endereço de Johansen ficava na antiga cidade do rei Harald Hardråde, que manteve vivo o nome de Oslo durante os séculos em que a capital passou disfarçada de "Christiania". Fiz o breve percurso de táxi e, com o coração aos sobressaltos, bati na porta de uma construção antiga com a fachada em estuque. Uma senhora de preto com olhar triste abriu a porta, e fui tomado pela decepção quando, num inglês hesitante, ela me explicou que Gustaf Johansen havia falecido.

Disse que o marido morrera logo após voltar à Noruega, pois os acontecimentos no mar em 1925 haviam acabado com sua fibra. Johansen não lhe havia dito nada além do que revelara ao público, mas deixara um longo manuscrito — nas palavras dele, relativo a "questões técnicas" — escrito em inglês, sem dúvida para salvaguardar a esposa de uma leitura casual. Durante uma caminhada por uma ruela estreita nas docas de Gotemburgo, um fardo de papéis jogado de uma trapeira atingiu o segundo imediato. Dois marinheiros lascares prontamente ajudaram-no a se levantar, mas o homem morreu antes que o socorro chegasse. Os médicos não encontraram nenhuma causa plausível para o óbito, e atribuíram-no a problemas cardíacos e a uma constituição frágil.

Neste ponto senti em minhas entranhas o terror negro que só me deixará no dia em que eu também descansar; seja por "acidente" ou de outra forma. Após convencer a viúva de que meu interesse nas "questões técnicas" de seu marido era suficiente para assegurar-me a posse do manuscrito, levei o documento embora e comecei a lê-lo no barco de volta a Londres. Era um relato simples e divagante — uma tentativa de diário *post factum* por um marinheiro humilde — que buscava relembrar, dia após dia, os terrores daquela última viagem fatídica. Não ensejarei uma transcrição integral das inúmeras obscuridades e redundâncias do diário, mas faço aqui um resumo dos pontos centrais que bastará para demonstrar por que o som da água batendo no costado do navio pareceu-me tão insuportável que precisei tapar os ouvidos com algodão.

Johansen, graças a Deus, não sabia de tudo, mesmo depois de ver a cidade e a Coisa, mas eu jamais dormirei tranquilo outra vez ao pensar nos horrores constantes que nos espreitam por trás da vida, no espaço e no tempo, e nas blasfêmias profanas das estrelas ancestrais que sonham no fundo do mar, conhecidas e adoradas por um culto infernal ávido por lançá-las sobre a Terra assim que outro sismo trouxer a monstruosa cidade de pedra mais uma vez à superfície e à luz do sol.

A viagem de Johansen começara tal como em seu testemunho ao vice-almirantado. O *Emma*, carregado com lastro, zarpou de Auckland no dia 20 de fevereiro e sentiu toda a força da tempestade provocada pelo terremoto, que deve ter arrancado do fundo do mar os horrores que infestaram os sonhos dos homens. Mais uma vez sob controle, o navio avançava em condições normais quando foi confrontado pelo *Alert* em 22 de março; e senti o pesar do imediato ao descrever o bombardeio e o posterior naufrágio da embarcação. Os satanistas de tez escura a bordo do *Alert* são descritos com um sentimento de profunda aversão. Havia algo de abominável naqueles homens, que fez com que sua aniquilação parecesse quase um dever, e Johansen demonstra legítima surpresa com a acusação de crueldade feita contra sua tripulação durante o inquérito judicial. Em seguida, movida pela curiosidade no iate recém-capturado sob o comando de Johansen, a tripulação avistou um enorme pilar rochoso que se erguia do oceano e, na latitude Sul 47°9', longitude Oeste 126°43', encontrou um litoral composto de uma mistura de barro, gosma e pedras ciclópicas recobertas por algas que não poderiam ser nada menos do que a substância palpável que compunha o terror supremo da Terra — o cadáver da apavorante cidade de R'lyeh, construída incontáveis éons antes da história por formas vastas e odiosas vindas de estrelas sombrias. Lá estavam o grande Cthulhu e suas hordas, ocultos sob as catacumbas viscosas e enfim transmitindo, depois de eras incalculáveis, os pensamentos que semeavam o medo nos sonhos dos homens sensíveis e os clamores imperiosos que incitavam os fiéis a partir em uma jornada de libertação e restauração. Johansen não suspeitava de tudo isso, mas Deus sabe que ele viu o suficiente!

Acredito que um único cume montanhoso — a horrenda cidadela encimada pelo monólito, onde o grande Cthulhu estava enterrado — tenha surgido das águas. Quando penso nas *dimensões* de tudo o que pode estar acontecendo nas profundezas, quase tenho vontade de suicidar-me no mesmo instante. Johansen e seus homens ficaram estarrecidos com a opulência visual da Babilônia gotejante onde os antigos demônios habitavam e, mesmo sem nenhum conhecimento prévio, devem ter intuído que aquilo não poderia ser normal ou terreno. O pavor ante os colossais blocos de pedra esverdeada, a altura vertiginosa do enorme monólito entalhado e a semelhança assombrosa das estátuas e baixos-relevos colossais que representavam a mesma imagem singular descoberta no *Alert* ficam patentes em todas as descrições do pobre imediato.

Sem saber o que era o futurismo, Johansen chegou muito perto de descobri-lo ao falar da cidade; pois, em vez de descrever estruturas e construções individuais, ateve-se à impressão geral de ângulos vastos e superfícies rochosas, grandes demais para pertencer a qualquer coisa própria ou típica deste mundo — um panorama impiedoso coberto por terríveis imagens e hieróglifos. Faço menção aos ângulos descritos por Johansen porque relacionam-se a algo que Wilcox havia me dito a respeito de seus abomináveis sonhos. O jovem afirmou que a *geometria* do cenário que avistara tinha algo de anormal, de não euclidiano, que sugeria esferas e dimensões abjetas muito além das que conhecemos. No diário, um marujo semianalfabeto registrara a mesma impressão ao contemplar a terrível realidade.

Johansen e seus homens atracaram em um barranco lodoso naquela Acrópole monstruosa e escalaram os titânicos blocos viscosos que não poderiam ser obra de nenhum mortal. O próprio sol do firmamento parecia distorcido quando visto através do miasma polarizante que emanava daquele naufrágio perverso, e um suspense deformante pairava zombeteiro nos insanos ângulos furtivos da pedra lavrada, em que um segundo relance mostrava uma superfície côncava logo depois de havê-la mostrado convexa.

Algo muito similar ao pânico apoderou-se de todos os exploradores mesmo antes que encontrassem qualquer coisa além de gosma e algas. Todos os homens teriam fugido se não temessem a chacota dos companheiros, e assim procuraram sem muito entusiasmo — e em vão — por algum souvenir que pudessem levar consigo.

Foi Rodriguez, o português, que escalou até o sopé do monólito e aos gritos anunciou sua descoberta. Os outros seguiram-no e viram, com o olhar cheio de curiosidade, uma enorme porta decorada com o já familiar baixo-relevo do dragão com cabeça de lula. Era como uma enorme porta de galpão, segundo Johansen; e todos os exploradores acreditaram tratar-se de uma porta por causa do lintel decorado, do umbral e das jambas que a emolduravam, ainda que fossem incapazes de decidir se a porta era horizontal como um alçapão ou inclinada como a porta externa de um porão. Conforme Wilcox dissera, a geometria do lugar era toda errada. Não se podia afirmar com certeza que o mar e o chão estivessem na horizontal, e assim a posição relativa de todo o resto adquiria uma instabilidade fantasmática.

Briden forçou a pedra em diversos pontos sem obter nenhum resultado. Então Donovan passou as mãos por toda a extensão das bordas, apertando cada ponto à medida que prosseguia. Escalou por um tempo interminável a grotesca muralha de pedra lavrada — ou melhor, teria escalado se o objeto não estivesse em um plano horizontal — enquanto os outros se perguntavam como poderia existir uma porta tão vasta no universo. Então, aos poucos, o painel de um acre começou a ceder na parte superior; e os homens perceberam que estava equilibrado. Donovan deslizou ou de alguma outra forma impulsionou-se para baixo ou ao longo da jamba e reuniu-se a seus companheiros, e todos observaram o singular movimento para trás do monstruoso portal esculpido. Nessa fantasia de distorção prismática, o portal moveu-se de modo anômalo em um plano diagonal, violando todas as leis da física e da perspectiva.

A brecha estava escura, envolta em trevas quase tangíveis. Aquela tenebrosidade era de fato uma *qualidade positiva*; pois ocultava paredes internas que deveriam estar visíveis, e chegava a espalhar-se como fumaça para fora do claustro onde havia passado éons aprisionada, obscurecendo o sol a olhos vistos enquanto afastava-se em direção ao céu murcho e distorcido no ruflar de asas membranosas. O odor que recendia do sarcófago recém-aberto era intolerável, e passado algum tempo Hawkins, que tinha uma audição notável, julgou ter escutado um terrível chapinhar naquelas profundezas. Todos se puseram a escutar, e seguiam escutando quando a Coisa emergiu diante de todos e, babando, espremeu Sua imensidão verde e gelatinosa através do portal negro em direção ao ar conspurcado que então pairava no exterior sobre a venenosa cidade da loucura.

Neste ponto a caligrafia do pobre Johansen quase sofria um colapso. Dos seis homens que jamais retornaram ao navio, o imediato acredita que dois tenham morrido de susto naquele mesmo instante. A Coisa era indescritível — não há idioma em que se possam expressar tais abismos de angústia e loucura imemorial, tais contradições preternaturais da matéria, da força e de toda a ordem cósmica. Uma montanha caminhava ou arrastava-se. Meu Deus! Será mesmo surpreendente que no outro lado do mundo um grande arquiteto tenha enlouquecido e o pobre Wilcox tenha delirado de febre naquele instante telepático? A Coisa dos ídolos, o rebento verde e viscoso das estrelas havia despertado para reivindicar o que era seu. As estrelas haviam se alinhado, e o que os adoradores ancestrais não foram capazes de fazer, por mais que tentassem, um grupo de marinheiros inocentes conseguiu por acaso. Passados vigintilhões de anos, o grande Cthulhu caminhava mais uma vez sobre o mundo, ávido por prazer.

Três homens foram abalroados pelas garras flácidas antes que tivessem tempo de se virar. Que descansem em paz, se existe alguma paz no universo! Eram Donovan, Guerrera e Ångström. Parker escorregou enquanto os três homens restantes corriam desesperados em meio a panoramas intermináveis de rocha coberta por algas para chegar ao barco, e Johansen jura que o colega foi engolido por um ângulo de pedra lavrada que surgiu à sua frente; um ângulo agudo, que no entanto se comportava como se fosse obtuso. Assim, apenas Briden e Johansen alcançaram o barco e zarparam sem perder mais um instante na direção do *Alert* enquanto a monstruosidade montanhosa debatia-se sobre as pedras viscosas e cambaleava hesitante à beira d'água.

Ainda restava algum vapor na caldeira, mesmo que toda a tripulação estivesse em terra; e bastaram alguns instantes de labuta febril entre o leme e os motores para que o *Alert* deslizasse sobre as águas. Devagar, em meio aos horrores disformes daquela cena indescritível, a embarcação começou a desbravar as águas funestas; enquanto sobre a pedra lavrada nas tétricas margens extraterrenas a monstruosa Coisa estelar babava e urrava como Polifemo ao amaldiçoar o barco de Odisseu. Então, com mais ousadia do que o lendário ciclope, o grande Cthulhu deslizou envolto em gosma para dentro d'água e começou a perseguição, erguendo ondas com suas descomunais braçadas de poderio cósmico. Briden olhou para trás e enlouqueceu, soltando as gargalhadas estridentes que o acompanharam até que a morte o levasse certa noite na cabine, enquanto Johansen delirava pelo navio.

Mas Johansen ainda não havia sucumbido. Sabendo que a Coisa poderia muito bem alcançar o *Alert* enquanto a caldeira não estivesse a todo vapor, o imediato fez uma aposta desesperada; e, depois de acelerar o navio ao máximo, correu como um raio pelo convés e virou a roda do leme. Um poderoso redemoinho espumante formou-se na pestilência daquelas águas salgadas e, enquanto a pressão do vapor subia a níveis cada vez mais altos, o bravo norueguês pôs o navio em rota de colisão com a criatura gelatinosa que se erguia acima da escuma impura como a popa de um galeão demoníaco. A terrível cabeça de lula e os tentáculos convulsos por pouco não tocaram o gurupés do robusto iate, mas Johansen seguiu em frente sem a menor hesitação. Sobreveio um estrondo como o de uma bexiga explodindo, uma massa viscosa como a de um peixe-lua cortado ao meio, um fedor como o de mil covas abertas e um som que o cronista foi incapaz de registrar no papel. Naquele instante o navio foi envolvido por uma acre e cegante nuvem verde, e logo não havia mais do que uma convulsão peçonhenta a ré; onde — Deus do céu! — os fragmentos espalhados daquele rebento celestial inominável estavam se *recombinando* para voltar à odiosa forma original, ao passo que a distância aumentava a cada segundo enquanto o *Alert* ganhava mais ímpeto com o aumento do vapor na caldeira.

Isso foi tudo. Passado o pior, Johansen não fez mais do que meditar sobre o ídolo na cabine e cuidar de assuntos relativos às provisões para si e para o maníaco gargalhante que o acompanhava. O homem não tentou navegar depois dessa fuga heroica, pois a reação lhe arrancara um pedaço à alma. Então veio a tempestade do dia 2 de abril, e as nuvens toldaram-lhe a razão. Nesse ponto há uma sensação de vertigem espectral por entre abismos líquidos de infinitude, de passagens atordoantes por universos giratórios na cauda de um cometa e de investidas histéricas do precipício à lua e da lua de volta ao precipício, sensações tornadas ainda mais pungentes pelo coro de escárnio formado pelos disformes e grotescos deuses ancestrais e pelos verdes demônios zombeteiros com asas de morcego que habitam o Tártaro.

Mas desse sonho veio o socorro — o *Vigilant*, o tribunal do vice-almirantado, as ruas de Dunedin e a longa viagem de volta à Noruega, até a antiga casa junto ao Egeberg. Mas não havia como contar — Johansen seria tido por louco. Assim, decidiu escrever o que sabia antes de morrer, mas sua esposa não deveria saber de nada. A morte seria uma bênção se pudesse apagar as memórias.

Foi esse o documento que li e depois guardei na caixa de latão junto ao baixo-relevo e aos demais papéis do professor Angell. O mesmo fim deve ter meu relato — essa provação à minha sanidade que correlaciona o que eu espero que jamais seja correlacionado outra vez. Vi tudo o que o universo abriga em termos de horror, e desde então até mesmo os céus da primavera e as flores do verão são veneno para mim. Mas creio que viverei pouco. Assim como meu tio se foi, como o pobre Johansen se foi, eu também irei. Sei demais, e o culto ainda vive.

Imagino que Cthulhu também ainda esteja vivo naquele abismo de pedra que o abriga desde a época em que o sol era jovem. A cidade maldita afundou outra vez, pois o *Vigilant* singrou aquelas águas depois da tormenta de abril; mas os mensageiros de Cthulhu na Terra ainda bradam e desfilam e matam ao redor de monólitos coroados por ídolos em lugares ermos. A criatura deve ter ficado presa em seu abismo negro ao afundar, pois de outra forma hoje o mundo estaria mergulhado no pavor e na loucura. Que fim terá essa história? O que emergiu pode afundar, e o que afundou pode emergir. A repulsa aguarda e sonha nas profundezas, e a decadência espalha-se pelas frágeis cidades dos homens. O momento chegará — mas não devo e não posso pensar! Rezo para que, se eu não sobreviver a este manuscrito, meus executores ponham a cautela antes da ousadia e cuidem para que ninguém mais lhe ponha os olhos.

O horror de Dunwich

Górgonas e Hidras e Quimeras — histórias terríveis sobre Celeno e as Harpias — talvez se reproduzam no imaginário da superstição — mas já existiam antes. *Essas criaturas são transcrições, tipos — os arquétipos estão em nós e são eternos. De que outra forma a narrativa daquilo que em vigília sabemos ser falso seria capaz de nos causar temor? Será que concebemos um terror natural a partir destes objetos devido à capacidade que têm de nos causar danos físicos? De maneira alguma!* Esses terrores são mais antigos. Encontram-se além do corpo — *ou, na ausência do corpo, seriam os mesmos.* [...] *Que o tipo de medo tratado aqui seja puramente espiritual — que ganhe força na medida em que se apresenta desprovido de um objeto na Terra, que predomine no período da nossa infância livre de pecado — eis as dificuldades cuja solução pode nos facultar um possível entendimento da nossa condição antemundana e enfim um vislumbre nas sombras da preexistência.*

Charles Lamb, *Bruxas e outros temores noturnos*

I.

Se ao passar a norte da região central de Massachusetts um viajante toma o acesso errado na bifurcação da estrada de Aylesbury logo depois de Dean's Corners, ele chega a um lugar solitário e curioso. O terreno fica mais íngreme, e os muros de pedra ladeados por espinheiros amontoam-se cada vez mais perto dos sulcos na estrada poeirenta e sinuosa. As árvores das várias faixas de floresta parecem grandes demais, e as ervas selvagens, arbustos e gramas atingem uma exuberância raramente vista em regiões habitadas. Ao mesmo tempo, os campos plantados parecem singularmente escassos e estéreis, enquanto as casas ostentam um aspecto surpreendentemente uniforme de antiguidade, sordidez e dilapidação. Sem saber por quê, o viajante hesita em pedir informações às figuras retorcidas e solitárias vislumbradas de vez em quando em soleiras decrépitas ou nas pradarias inclinadas e salpicadas de rochas. Essas figuras são a tal ponto silenciosas e furtivas que o viajante sente estar diante de coisas proibidas, com as quais seria melhor não ter nenhum contato. Quando uma elevação na estrada descortina as montanhas acima dos profundos bosques, a inquietação do forasteiro aumenta. Os cumes são demasiado curvos e simétricos para transmitir uma sensação de conforto e naturalidade, e às vezes o céu delineia com particular vividez os círculos dos altos pilares de pedra que coroam a maioria deles.

Vales e desfiladeiros de profundezas enigmáticas cruzam-se naquela direção, e as rústicas pontes de madeira parecem oferecer uma segurança duvidosa. Quando a estrada torna a descer surgem trechos pantanosos que causam uma aversão instintiva, e por vezes temores ao cair da noite, quando bacuraus invisíveis tagarelam e os vaga-lumes saem em uma profusão anormal para dançar ao ritmo estridente e obstinado dos sapos-boi coaxantes. A linha estreita e cintilante dos pontos mais altos do Miskatonic sugere os movimentos de uma serpente à medida que se aproxima dos sopés das colinas abobadadas em meio às quais se ergue.

À medida que as colinas se aproximam, o viajante percebe mais as encostas verdejantes do que os cumes coroados pelas rochas. Essas encostas são tão escuras e tão íngremes que o forasteiro deseja que se mantivessem ao longe, mas não há outra estrada por onde escapar. Do outro lado de uma ponte coberta, encontra um pequeno vilarejo aninhado entre o rio e a encosta vertical da Round Mountain e percebe um amontoado de mansardas apodrecidas que indicam um período arquitetônico anterior ao de toda a região circunjacente. Não é nada reconfortante ver, ao chegar mais perto, que a maioria das casas encontra-se abandonada e em ruínas, e que a igreja de coruchéu desabado abriga o único estabelecimento comercial decrépito do vilarejo. O túnel da ponte inspira o terror da incerteza, mas não há como evitá-lo. Ao chegar do outro lado, é difícil conter a impressão de um discreto odor maligno na rua do vilarejo, que parece resultar do mofo e da decadência de séculos. É sempre um alívio sair desse lugar e seguir estrada afora, contornando os sopés das colinas e atravessando o terreno plano mais além até retornar à estrada de Aylesbury. Depois, às vezes o viajante descobre que passou por Dunwich.

Os forasteiros visitam Dunwich com a menor frequência possível, e desde uma certa época de horror toda a sinalização que apontava para o vilarejo foi retirada. O cenário, considerado segundo os ditames do cânone estético vulgar, é mais bonito do que o normal; mesmo assim, não há influxo de artistas ou turistas de verão. Dois séculos atrás, quando boatos sobre o sangue de bruxas, rituais de adoração a Satanás e estranhas presenças na floresta eram levados a sério, com frequência ofereciam-se motivos para evitar o local. Na época sensata em que vivemos — desde que o horror de Dunwich em 1928 foi silenciado por aqueles que tinham o bem-estar do vilarejo e do mundo no coração —, as pessoas evitam-no sem saber ao certo por quê. Talvez o motivo — embora não possa causar efeito em forasteiros desinformados — seja que os nativos agora se encontram em um estado repulsivo de decadência, uma vez que seguiram pelo caminho do retrocesso comum a vários recantos da Nova Inglaterra. Acabaram formando uma raça própria, com os estigmas bem definidos da degeneração mental e física provocada por casamentos consanguíneos. A inteligência média da população é pavorosamente baixa, e os anais da história cheiram a vícios em excesso e ao abafamento de assassinatos, incestos e atos de violência e perversidade quase inefáveis. A antiga aristocracia, representada pelas duas ou três famílias blasonadas que chegaram de Salém em 1692, manteve-se um pouco acima do nível geral de decadência, embora muitas linhagens tenham afundado a tal ponto no meio do populacho sórdido que certos nomes permanecem apenas como uma chave para revelar a origem que desgraçam. Alguns dos Whateley e dos Bishop ainda mandam os filhos mais velhos para Harvard e para a Universidade do Miskatonic, embora esses filhos poucas vezes retornem às mansardas emboloradas sob as quais nasceram como tantos outros ancestrais.

Ninguém, nem mesmo as pessoas que conhecem os fatos pertinentes ao recente horror, sabe dizer ao certo qual é o problema com Dunwich, embora antigas lendas versem sobre rituais profanos e conclaves de índios acompanhados pela invocação de sombras proscritas nas grandes colinas abobadadas e por desvairadas preces orgiásticas respondidas por estalos e rumores vindos da terra. Em 1747 o Reverendo Abijah Hoadley, recém-chegado à Igreja Congregacional em Dunwich Village, deu um sermão memorável sobre a proximidade de Satã e de uma hoste de diabretes, no qual disse:

> Devemos admitir que essas Blasphêmias de hum Séquito de Demônios infernaes são Assumptos de Conhecimento demasiado comum para que sejão negadas; tendo as vozes abafadas de *Azazel* e *Buzrael*, de *Belzebu* e *Belial* sido ouvidas nos Subterrâneos por mais de uma Vintena de Testemunhas vivas. Eu mesmo, há pouco mais de duas semanas, flagrei o inconfundível Discurso dos Poderes do Mal na Collina atrás da minha Casa; o qual se fez acompanhar de Pancadas e Rumores, Gemidos, Arranhões e Sibilos, taes como não existem Cousas nessa Terra capazes de provocar, e que decerto vieram das Grutas que somente a Magia negra consegue descobrir, e somente o Demônio destranca.

O sr. Hoadley desapareceu logo depois de dar esse sermão; mas o texto, impresso em Springfield, chegou até nós. Barulhos nas colinas ainda são relatados ano após ano, e permanecem como um enigma para geólogos e fisiógrafos.

Outras tradições fazem menção a odores fétidos próximo aos pilares de pedra que coroam as colinas e a presenças aéreas que podem ser ouvidas a certas horas em determinados pontos no fundo dos enormes vales; enquanto ainda outras tentam explicar o Canteiro do Diabo — uma encosta estéril e maldita onde nenhuma árvore, arbusto ou grama cresce. Além do mais, os nativos têm um medo mortal dos numerosos bacuraus que erguem a voz nas noites quentes. Alguns juram que os pássaros são psicopompos à espera da alma dos moribundos, e que emitem os gritos horripilantes em uníssono com os estertores dos que agonizam. Se capturam a alma ao sair do corpo, no mesmo instante alçam voo, pipilando risadas demoníacas; mas, se fracassam, aos poucos sucumbem a um silêncio decepcionado.

Essas histórias, é claro, parecem obsoletas e ridículas porque remontam a épocas demasiado antigas. A bem dizer, Dunwich é um lugar ridiculamente antigo — muito mais antigo do que qualquer outra comunidade em um raio de cinquenta quilômetros. Ao sul do vilarejo ainda se podem ver as paredes do porão e a chaminé da antiga casa dos Bishop, construída antes de 1700, enquanto as ruínas do moinho na queda-d'água, construído em 1806, representam o espécime arquitetônico mais moderno que se pode encontrar. A indústria não prosperou por aqui, e o impulso industrial do século XIX mostrou-se passageiro. Mais velhos do que todo o restante são os enormes círculos de pedra rústica no alto das colinas, mas estes em geral são atribuídos aos índios, e não aos colonos. Depósitos de crânios e ossadas descobertos nesses círculos e ao redor da grande rocha retangular na Sentinel Hill reforçam a crença popular de que esses lugares foram outrora cemitérios dos Pocumtuck, ainda que muitos etnólogos, rejeitando a improbabilidade absurda dessa teoria, continuem associando os restos mortais a pessoas de origem caucasiana.

II.

Foi no vilarejo de Dunwich, em uma grande casa rural parcialmente desabitada e construída junto de uma encosta a seis quilômetros do vilarejo e a dois quilômetros e meio de qualquer outra residência, que Wilbur Whateley nasceu às cinco horas da manhã de domingo, 2 de fevereiro de 1913. A data era lembrada porque era Candelária, uma celebração que as pessoas de Dunwich curiosamente chamam por outro nome; e porque os rumores haviam soado nas colinas e os cachorros tinham latido sem parar no campo durante toda a noite anterior. Menos digno de nota era o fato de que a mãe era uma das Whateley decadentes, uma mulher de trinta e cinco anos, albina, com leves deformações e desprovida de qualquer encanto que vivia com o pai idoso e meio ensandecido, a respeito de quem as mais terríveis histórias de bruxaria haviam sido sussurradas na época da juventude. Lavinia Whateley não tinha nenhum esposo conhecido, mas como era costume na região não fez nenhuma tentativa de abandonar a criança; quanto à linhagem paterna, as pessoas do campo podiam especular — e de fato especularam — à vontade. Muito pelo contrário: ela parecia nutrir um estranho orgulho em relação ao menino de tez escura e com feições de bode que contrastava com o albinismo enfermiço e os olhos rosados da mãe, e balbuciava estranhas profecias sobre os raros poderes e o espantoso futuro do menino.

Lavinia tinha uma certa predisposição a balbuciar essas coisas, pois era uma criatura solitária dada a andar em meio a tempestades elétricas nas colinas e a ler os grandes livros malcheirosos que o pai herdara após dois séculos da família Whateley e que se deterioravam muito depressa por conta da idade e das traças. Nunca tinha frequentado a escola, mas conhecia inúmeros fragmentos desconexos de sabedoria antiga que o Velho Whateley lhe havia ensinado. A propriedade remota sempre fora temida por causa do suposto envolvimento do Velho Whateley com magia negra, e a morte inexplicável e violenta da sra. Whateley quando Lavinia tinha doze anos não contribuiu em nada para a popularidade do lugar. Isolada em meio a estranhas influências, Lavinia entregava-se a devaneios elaborados e grandiosos e a ocupações um tanto singulares; o lazer não era muito prejudicado pelos afazeres domésticos em uma casa onde todos os critérios de ordem e de limpeza haviam desaparecido muito tempo atrás.

Houve um grito horrendo que ecoou mais alto que os rumores das colinas e os latidos dos cachorros na noite em que Wilbur veio ao mundo, mas nenhum médico e nenhuma parteira assistiu o nascimento. Os vizinhos receberam a primeira notícia sobre o garoto uma semana mais tarde, quando o Velho Whateley conduziu o trenó pela neve até Dunwich Village e fez um discurso incoerente para o grupo de desocupados no armazém de secos e molhados de Osborn. Parecia haver uma mudança nos modos do velho — um elemento extra de furtividade no intelecto confuso, que sutilmente o havia transformado de objeto em sujeito do medo —, embora não fosse o tipo de pessoa que se preocupasse com ocorrências familiares ordinárias. Apesar de tudo, demonstrou uma ponta de orgulho, mais tarde percebida na filha, e o que disse sobre a paternidade do menino ainda era lembrado pelos ouvintes muitos anos mais tarde.

"Poco me importa o que as pessoa dize — se o minino da Lavinny fosse paricido co'o pai, ele seria bem diferente do que vocês imagino. Não ache que as única pessoa que existe são as pessoa daqui! A Lavinny leu e viu cousas que a maioria de vocês só conhece de ovi falá. Na mi'a opinião o esposo dela é um marido tão bom como qualqué otro que se possa arranjá aqui pelas banda de Aylesbury; e se vocês conhecesse as colina tão bem quanto eu, saberio que nenhum casamento na igreja sairia melhor que o dela. Escute bem o que eu vô dizê — *um dia vocês ainda vão ovi o filho da Lavinny gritá o nome do pai no alto da Sentinel Hill!*"

As únicas pessoas que viram Wilbur durante o primeiro mês de vida foram o velho Zechariah Whateley, um dos Whateley ainda íntegros, e Mamie Bishop, a esposa de Earl Sawyer. A visita de Mamie deveu-se à curiosidade, e as histórias que contou mais tarde fizeram justiça ao que viu; mas Zechariah apareceu para entregar uma parelha de vacas Alderney que o Velho Whateley havia comprado de Curtis, seu filho. Esse acontecimento marcou o início da aquisição de cabeças de gado pela pequena família de Wilbur que acabou em 1928, quando o horror de Dunwich apareceu e desapareceu; porém em nenhum momento o deplorável estábulo dos Whateley pareceu abrigar um rebanho numeroso. Houve uma época em que a curiosidade levou certas pessoas a se esgueirar até a propriedade e contar o rebanho que pastava na encosta íngreme junto da velha casa, mas nunca se viam mais do que dez ou doze animais anêmicos e de aspecto exangue. Sem dúvida uma doença ou moléstia, talvez causada pelo pasto insalubre ou por fungos e tábuas apodrecidas no estábulo imundo, era a causa da grande mortandade entre os animais dos Whateley. Estranhas feridas e machucados que sugeriam o aspecto de incisões pareciam afligir o gado; e em uma ou duas ocasiões durante os primeiros meses, certos visitantes imaginaram ter visto feridas similares na garganta do velho grisalho e barbado e da albina vulgar de cabelo desgrenhado.

Na primavera após o nascimento de Wilbur, Lavinia retomou os passeios habituais pelas colinas, carregando nos braços desproporcionados o menino de tez escura. O interesse público pelos Whateley diminuiu depois que a maioria dos habitantes viu o bebê, e ninguém se preocupou em comentar o desenvolvimento assombroso que o recém-nascido parecia exibir dia após dia. O crescimento de Wilbur era de fato espantoso; três meses depois de nascer, o menino tinha um tamanho e uma força muscular poucas vezes observáveis em crianças com menos de um ano de idade. Os movimentos e até mesmo os sons vocais evidenciavam um controle e uma deliberação muito singulares em uma criança tão pequena, e ninguém se surpreendeu quando, aos sete meses, ele começou a caminhar sozinho, com pequenos tropeções que o passar de mais um mês eliminou por completo.

Foi um pouco mais tarde — no Dia das Bruxas — que um grande clarão foi visto à meia-noite no alto da Sentinel Hill onde a velha pedra retangular ergue-se em meio a um túmulo de ossos antigos. Houve um rebuliço considerável quando Silas Bishop — dos Bishop íntegros — mencionou ter visto o garoto subir a colina correndo à frente da mãe cerca de uma hora antes que o clarão fosse percebido. Silas estava laçando uma novilha fugida, mas quase se esqueceu da missão quando teve um vislumbre fugaz daquelas duas figuras à tênue luz da lanterna. Corriam quase sem fazer barulho em meio aos arbustos, e o observador atônito teve a impressão de que estavam completamente nus. Mais tarde demonstrou incerteza em relação ao garoto, que talvez estivesse usando uma espécie de cinto com franjas e um par de calças ou calções escuros. Wilbur nunca mais foi visto enquanto vivo e consciente sem estar usando trajes abotoados completos, cujo desalinho ou princípio de desalinho sempre parecia enchê-lo de raiva e de apreensão. O contraste com a penúria da mãe e do avô foi notado com certa estranheza até que o horror de 1928 sugerisse razões bastante convincentes para esse comportamento.

Segundo os boatos de janeiro seguinte, o "fedelho moreno de Lavinny" havia começado a falar com a idade de apenas onze meses. A fala do garoto chamava a atenção não apenas por apresentar diferenças consideráveis em relação ao sotaque típico do vilarejo, mas também porque apresentava um grau de articulação que seria motivo de orgulho para muitas crianças de três ou quatro anos. O garoto não era muito prolixo, embora ao falar desse a impressão de refletir um elemento totalmente estranho a Dunwich e aos habitantes da região. Essa estranheza não estava no que costumava dizer, nem nas expressões que usava; mas parecia estar vagamente relacionada à entonação ou aos órgãos internos que produziam os sons falados. O aspecto facial também era notável pela maturidade; pois, embora tivesse herdado o queixo quase inexistente da mãe e do avô, o nariz firme e bem talhado de Wilbur unia-se à expressão dos olhos grandes e escuros, quase latinos, para conferir-lhe certo ar de maturidade e de inteligência quase sobrenatural. Apesar da aparência brilhante, no entanto, era feio ao extremo; havia algo que sugeria um bode ou algum outro animal nos lábios grossos, na pele amarela de poros dilatados, no grosso cabelo ondulado e nas estranhas orelhas alongadas. Logo passou a sofrer uma rejeição ainda mais forte do que a mãe e o avô, e todas as conjecturas a respeito do garoto eram temperadas com alusões aos feitiços lançados outrora pelo Velho Whateley e à vez em que as colinas estremeceram quando gritou o pavoroso nome de *Yog-Sothoth* no interior de um círculo de pedras com um grande livro aberto nos braços. Os cães detestavam o garoto, que assim se via obrigado a tomar várias medidas defensivas contra essas ruidosas ameaças.

III.

Nesse meio-tempo o Velho Whateley continuou a comprar reses sem aumentar o rebanho de qualquer maneira perceptível. Também começou a cortar lenha para reparar as partes não utilizadas da casa — uma construção espaçosa com um telhado de duas águas e os fundos escavados diretamente na encosta rochosa, cujos três aposentos térreos menos arruinados sempre tinham sido suficientes para ele e para a filha. O velho devia ter reservas prodigiosas de energia para executar todo aquele trabalho pesado; e, mesmo que às vezes ainda balbuciasse frases desconexas, os trabalhos de carpintaria evidenciavam uma capacidade indubitável de fazer cálculos precisos. Começou assim que Wilbur nasceu, quando um dos inúmeros armazéns de ferramentas foi organizado, revestido com ripas de madeira e equipado com uma nova e robusta fechadura. Durante a reforma do andar superior da casa, o talento do Velho Wilbur como artesão não esmoreceu. Os indícios de demência manifestaram-se apenas quando pregou tábuas em todas as janelas da área reocupada — embora muitos achassem que já era loucura o bastante promover a reocupação. Menos explicável ainda foi a construção de um novo cômodo no térreo para o neto — um cômodo visto por muitos visitantes, ainda que ninguém jamais fosse recebido no andar superior pregado com tábuas. A alcova teve as paredes cobertas por estantes altas e robustas, ao longo das quais o velho aos poucos começou a dispor, de maneira organizada, todos os antigos livros e fragmentos de livros apodrecidos que na época da própria juventude haviam ficado dispostos em pilhas negligenciadas nos cantos de aposentos variados.

"Eu usei alguns", disse enquanto tentava consertar uma página arrancada escrita em letras góticas com uma cola preparada no fogão da cozinha, "mas o minino com certeza há de fazê uso bem melhor. Ele deve de se familiarizá co'esses livro o mais dipressa possívio, porque essa vai sê a única educação que vai recebê."

Quando Wilbur tinha um ano e sete meses — em setembro de 1914 —, o tamanho e a evolução do garoto eram quase alarmantes. Tinha a altura de uma criança de quatro anos, falava com fluência e exibia uma inteligência nada menos do que espantosa. Corria solto pelos campos e colinas e acompanhava todas as andanças da mãe. Em casa, examinava atentamente as estranhas figuras e mapas nos livros do avô, enquanto o Velho Whateley o instruía e catequizava durante longas tardes silenciosas. Neste ponto a reforma da casa estava concluída, e as pessoas que a viram perguntaram-se por que uma das janelas superiores tinha sido transformada em uma sólida porta de tábuas. Era uma janela nos fundos da empena que dava para o leste, perto da colina; e ninguém conseguia imaginar por que uma rampa de madeira fora construída desde o chão até lá. Quando a reforma estava prestes a ser concluída as pessoas notaram que o armazém de ferramentas, trancado e totalmente revestido por ripas de madeira desde o nascimento de Wilbur, tinha sido abandonado mais uma vez. A porta abriu-se sem que ninguém percebesse, e ao entrar no armazém certa vez durante uma visita relativa à venda de gado para o Velho Whateley, Earl Sawyer ficou impressionado com o singular odor que encontrou — segundo disse, um fedor mais intenso do que qualquer outro cheiro que tivesse sentido ao longo de toda a vida, à exceção do fedor que pairava sobre os círculos indígenas no alto das colinas e que não poderia vir de qualquer coisa salubre desse mundo. Mesmo assim, as casas e os galpões de Dunwich nunca ganharam fama por conta do asseio olfatório.

Nos meses seguintes não houve nenhum evento visível, mas todos juravam que os misteriosos barulhos nas colinas aos poucos ficavam mais audíveis. Na Noite de Walpurgis de 1915 tremores foram sentidos até mesmo em Aylesbury, e o Dia das Bruxas subsequente trouxe um rumor subterrâneo acompanhado por estranhas irrupções de chamas — "bruxaria dos Whateley" — no pico da Sentinel Hill. Wilbur crescia de maneira assombrosa, e aos quatro anos parecia um rapaz com dez. Era um leitor ávido, mas falava ainda menos do que antes. Uma taciturnidade permanente o absorvia, e pela primeira vez as pessoas começaram a falar sobre o olhar de maldade cada vez mais evidente naquela expressão de bode. Às vezes Wilbur balbuciava em um jargão desconhecido e entoava ritmos bizarros que enregelavam o ouvinte com uma sensação de terror inexplicável. A aversão demonstrada pelos cães tornou-se um fenômeno de conhecimento público, e o garoto era obrigado a andar sempre armado com uma pistola para garantir a própria segurança no campo. O uso ocasional da arma pouco serviu para aumentar sua popularidade entre os proprietários dos guardiões caninos.

Os poucos visitantes em geral encontravam Lavinia sozinha no térreo, enquanto estranhos gritos e passadas soavam no segundo andar pregado com tábuas. Ela negava-se a revelar o que o pai e o garoto faziam lá em cima, mas certa vez empalideceu e demonstrou um medo fora do comum quando, em uma brincadeira, um vendedor de peixe itinerante tentou abrir a porta trancada que dava para os degraus. O vendedor contou para os desocupados na loja de Dunwich Village que imaginou ter ouvido os cascos de um cavalo no andar de cima. Os desocupados refletiram sobre a porta e a rampa e o gado que desaparecia com tamanha celeridade. Logo estremeceram ao relembrar as histórias sobre a juventude do Velho Whateley e as estranhas coisas invocadas da terra quando um novilho é sacrificado no momento oportuno a certas divindades pagãs. As pessoas notaram que os cachorros haviam passado a temer e a odiar toda a propriedade dos Whateley com o mesmo temor e o mesmo ódio que demonstravam em relação ao jovem Wilbur.

Em 1917 veio a guerra, e Sawyer Whateley, proprietário de terras e presidente da junta de recrutamento local, teve bastante trabalho para encontrar uma cota de jovens de Dunwich em condições de serem enviados até mesmo para um campo de treinamento. O governo, alarmado por esses sinais de decadência regional generalizada, mandou vários oficiais e médicos para investigar a situação; e o resultado foi um estudo que muitos leitores de jornais da Nova Inglaterra ainda devem recordar. A publicidade que acompanhou essa investigação despertou a atenção dos repórteres para os Whateley, e levou o *Boston Globe* e o *Arkham Advertiser* a imprimir reportagens de domingo sobre a precocidade do jovem Wilbur, a magia negra do Velho Whateley, as estantes de livros estranhos, o segundo andar fechado da antiga casa rural e a estranheza de toda a região e dos barulhos nas colinas. Wilbur tinha quatro anos e meio na época, mas parecia um rapaz de quinze. Tinha os lábios e o rosto cobertos por uma penugem grossa e escura e havia começado a mudar de voz.

Earl Sawyer foi à residência dos Whateley com dois grupos de repórteres e fotógrafos, e chamou a atenção de todos para o estranho fedor que parecia emanar dos cômodos fechados no andar de cima. Segundo disse, era exatamente o mesmo cheiro que tinha sentido no armazém de ferramentas abandonado após a reforma da casa; e também como os discretos odores que por vezes imaginava captar próximo aos círculos de pedras nas montanhas. Os habitantes de Dunwich leram essas histórias quando elas saíram nos jornais e sorriram ao constatar os equívocos patentes. Ninguém entendeu por que os autores haviam chamado tanta atenção para o fato de que o Velho Whateley sempre pagava pelo gado com moedas de ouro antigas ao extremo. Os Whateley receberam os visitantes com evidente desgosto, mas não se atreveram a atrair mais publicidade ainda recusando-se a falar ou resistindo com violência.

IV.

Por uma década os anais da família Whateley desaparecem em meio à vida cotidiana de uma comunidade mórbida habituada aos próprios costumes estranhos e endurecida em relação às orgias na Noite de Walpurgis e no Dia das Bruxas. Duas vezes por ano fogueiras eram acesas no alto da Sentinel Hill, e por volta dessas épocas os rumores da montanha retornavam com violência cada vez maior; e em todas as estações havia uma movimentação estranha e aziaga na casa solitária. Com o passar do tempo os visitantes começaram a relatar sons ouvidos no andar superior mesmo quando toda a família estava no térreo e a fazer questionamentos acerca da rapidez ou da lentidão com que as vacas e os novilhos eram oferecidos em sacrifício. Cogitou-se fazer uma queixa na Sociedade Protetora dos Animais; mas a ideia não foi adiante, uma vez que os habitantes de Dunwich em geral não têm interesse em chamar a atenção do mundo para si.

Por volta de 1923, quando Wilbur era um garoto de dez anos com uma voz, uma estatura e uma barba que davam a mais perfeita impressão de maturidade, houve um segundo cerco de carpintaria na antiga casa. Tudo aconteceu no andar superior, que seguia trancado, e a partir dos fragmentos de lenha descartados as pessoas concluíram que o jovem e o avô tinham derrubado todas as divisórias internas e arrancado até mesmo o piso do sótão, deixando um único vão livre entre o térreo e as duas águas do telhado. Também haviam derrubado a grande chaminé central e equipado o velho fogão enferrujado com uma frágil chaminé externa de latão.

Na primavera após esses acontecimentos o Velho Whateley percebeu um aumento no número de bacuraus que vinham de Cold Spring Glen cantar sob a janela do quarto à noite. Parecia atribuir um significado profundo a essa circunstância e disse aos desocupados no armazém de secos e molhados de Osborn que sua hora estava chegando.

"Agora eles assovio em sintonia co'a mi'a respiração", disse, "e eu acho que 'stão se preparano pra pegá a minh'alma. Eles sabe que ela 'stá saino pra fora e não têm a menor intenção de dexá ela escapá. Vocês vão sabê se eles me pegaro ou não depois que eu me for. Se me pegare, vão ficá cantano e rino até o dia raiá. Se não, vão se aquetá um poco. Acho que eles e as alma que andam caçano por aí deve de tê uns belo duns entrevero de vez em quano."

Na Noite de Lammas de 1924, o dr. Houghton, de Aylesbury, foi chamado às pressas por Wilbur Whateley, que tinha vergastado o último cavalo remanescente através da escuridão e telefonado do armazém de Osborn no vilarejo. O médico encontrou o Velho Whateley em estado grave, com palpitações e uma respiração estertorante que anunciavam a proximidade do fim. A filha albina disforme e o estranho neto barbado permaneceram ao lado da cabeceira, enquanto inquietantes sugestões de um escorrer ou de um chapinhar como as ondas em uma orla plana vinham do abismo logo acima. O médico, no entanto, manifestou singular preocupação com o alarido dos pássaros noturnos lá fora — uma legião aparentemente sem fim de bacuraus que cantavam mensagens infinitas em repetições diabolicamente sincronizadas com os arquejos estertorantes do velho moribundo. Era uma cena espantosa e sobrenatural — parecida, pensou o dr. Houghton, com toda a região que a contragosto havia adentrado para atender à ocorrência urgente.

Por volta da uma hora o Velho Whateley recobrou a consciência e interrompeu os estertores para tossir algumas palavras ao neto.

"Mais espaço, Willy, mais espaço em breve. Você 'stá cresceno — mas *aquilo* cresce mais dipressa. Logo vai'star pronto pra servi você. Abra o caminho para Yog-Sothoth com o longo cântico que 'stá na página 751 *da edição completa*, e *depois* toque fogo na prisão co'um fosfro. Nenhum fogo da terra pode queimá aquilo."

Sem dúvida o velho estava louco. Depois de um intervalo em que a revoada de bacuraus ajustou os gritos ao novo ritmo enquanto certos indícios dos estranhos barulhos nas colinas se ouviam ao longe, acrescentou mais uma ou duas frases.

"Dê de cumê pr'ele, Willy, e atente pra quantidade; mas não dexe que cresça rápido dimais pro lugar, porque se ele arrombá o escondirijo ou saí pra rua antes de você abri caminho pra Yog-Sothoth, não vai resolvê nada. Só as criatura do além pode fazê aquilo se multiplicá e dá certo... Só as criatura do além, os ancião que quere voltá..."

Mas logo a fala deu lugar a novos arquejos, e Lavinia gritou ao perceber que os bacuraus acompanharam a mudança. A situação continuou assim por mais uma hora, quando veio o estertor final. O dr. Houghton fechou as pálpebras enrugadas por sobre os olhos cinzentos e vidrados enquanto o tumulto dos pássaros aos poucos se dissipou em silêncio. Lavinia chorou, mas Wilbur apenas conteve uma risada quando um leve rumor fez-se ouvir mais uma vez nas colinas.

"Não pegaro ele", balbuciou com o vozeirão grave.

Por essa época Wilbur era um especialista de tremenda erudição no campo a que se dedicava, e graças às correspondências que trocava era conhecido por vários bibliotecários em lugares distantes onde os livros raros e proscritos de outrora se encontram guardados. Era cada vez mais odiado e temido nos arredores de Dunwich por conta de certos desaparecimentos de crianças atribuídos a si de maneira vaga; porém sempre foi capaz de silenciar as investigações valendo-se do medo ou da reserva de ouro antigo que, como na época dos avós, continuava a ser usada com regularidade e em quantidades cada vez maiores para a aquisição de cabeças de gado. Wilbur tinha um aspecto incrivelmente maduro nesse ponto, e a altura, embora tivesse alcançado o limite normal da idade adulta, não dava sinais de ter chegado ao ponto máximo. Em 1925, quando um correspondente erudito da Universidade do Miskatonic visitou-o e foi embora pálido e intrigado, media exatos dois metros e cinco centímetros.

Ao longo dos anos, Wilbur vinha tratando a mãe deformada e albina com um desprezo cada vez mais intenso, e por fim a proibiu de acompanhá-lo até as colinas na Noite de Walpurgis e no Dia das Bruxas; e no ano de 1926 a pobre criatura admitiu para Mamie Bishop que sentia medo do filho.

"Ele tem mais mistérios do que eu saberia explicá, Mamie", disse. "E nesses últimos tempo têm acontecido cousas que nem eu sei. Juro por Deus, eu não sei o que ele qué nem o que tá tentano fazê."

Naquele Dia das Bruxas os barulhos da colina soaram mais altos do que nunca, e o fogo ardeu no cume da Sentinel Hill como de costume; mas as pessoas de Dunwich prestaram mais atenção aos gritos rítmicos das enormes revoadas de bacuraus tardios que pareciam ter se reunido nas proximidades da escura propriedade dos Whateley. Depois da meia-noite as notas estridentes transformaram-se em uma espécie de cachinada demoníaca que tomou conta de todo o campo e silenciou apenas com o raiar do dia. Então os pássaros desapareceram voando em direção ao sul, que os aguardava havia mais de um mês. O significado de tudo isso ficou claro apenas mais tarde. Não houve nenhum relato de camponeses mortos — mas a pobre Lavinia Whateley, a albina disforme, nunca mais foi vista.

No verão de 1927 Wilbur consertou dois galpões no pátio e começou a enchê-los de livros e objetos pessoais. Logo em seguida, Earl Sawyer contou aos desocupados no armazém de secos e molhados de Osborn que os trabalhos de carpintaria haviam recomeçado na propriedade dos Whateley. Wilbur estava fechando todas as portas e janelas do térreo, e parecia estar removendo as divisórias como já havia feito em companhia do avô quatro anos antes. Estava morando em um dos galpões, e Sawyer achou que ele parecia trêmulo e preocupado. As pessoas em geral desconfiavam de que soubesse alguma coisa sobre o desaparecimento da mãe, e poucos atreviam-se a chegar perto da propriedade. Wilbur havia crescido até a altura de dois metros e quinze centímetros, e esse desenvolvimento não dava sinais de que pudesse cessar.

V.

O inverno seguinte trouxe um acontecimento não menos estranho do que a primeira viagem de Wilbur para fora da região de Dunwich. As correspondências com a Widener Library em Harvard, a Bibliothèque Nationale em Paris, o Museu Britânico, a Universidade de Buenos Aires e a Biblioteca da Universidade do Miskatonic em Arkham não foram o bastante para conseguir o empréstimo de um livro que buscava desesperadamente; de modo que no fim Wilbur resolveu ir pessoalmente — desleixado, sujo, com a barba por fazer e o dialeto grosseiro — consultar o exemplar na Universidade do Miskatonic, que era o mais próximo em termos geográficos. Com quase dois metros e meio de altura, depois de comprar uma valise barata no armazém de secos e molhados de Osborn, essa gárgula sombria e com feições de bode apareceu certo dia em Arkham em busca do temível volume guardado a sete chaves na biblioteca da universidade — o pavoroso *Necronomicon* do árabe louco Abdul Alhazred, na edição latina de Olaus Wormius, impressa na Espanha durante o século XVII. Wilbur nunca havia estado na cidade antes, mas não tinha nada em mente a não ser chegar ao campus da universidade; onde, a bem dizer, passou sem atentar-se para o enorme cão de guarda com afiados dentes brancos que latiu com uma fúria e uma inimizade sobrenaturais e puxou a correia em um verdadeiro frenesi.

Wilbur tinha consigo um exemplar inestimável mas imperfeito com a versão inglesa do dr. Dee, deixada de herança pelo avô, e ao obter acesso ao exemplar latino começou de imediato a cotejar os dois textos no intuito de encontrar uma certa passagem que deveria estar na 751ª página do volume defeituoso. As boas maneiras obrigaram-no a revelar esse tanto ao bibliotecário — o mesmo erudito Henry Armitage (Mestre em Ciências Humanas pela Universidade do Miskatonic, ph.D. pela Universidade de

Princeton, Dr. em Lit. pela Universidade Johns Hopkins) que em outra ocasião tinha visitado a fazenda e que naquele instante o atormentava com perguntas. Admitiu que estava procurando uma espécie de fórmula ou de encantamento que contivesse o medonho nome *Yog-Sothoth*, e que havia ficado surpreso ao encontrar discrepâncias, repetições e ambiguidades que tornavam a tarefa um tanto difícil. Enquanto copiava a fórmula que finalmente havia escolhido, o dr. Armitage olhou involuntariamente por cima do ombro em direção às páginas abertas; e a da esquerda continha — em versão latina — ameaças monstruosas à paz e à sanidade do mundo.

"Não se deve pensar", dizia o texto enquanto Armitage traduzia-o mentalmente, "que o homem seja o mais antigo ou o último dentre os mestres da Terra nem que as formas vulgares da vida e da substância andem desacompanhadas. Os Anciões foram, os Anciões são e os Anciões serão. Não nos espaços que conhecemos, mas *entre* um e outro. Os Anciões caminham, serenos e primevos, adimensionais e invisíveis para nós. *Yog-Sothoth* conhece a passagem. *Yog-Sothoth* é a passagem. *Yog-Sothoth* é a chave e o guardião da passagem. O passado, o presente e o futuro encontram-se em *Yog-Sothoth*. *Yog-Sothoth* sabe onde os Anciões ressurgiram da antiguidade, e onde Eles hão de ressurgir outra vez. Sabe por onde Eles caminharam nos campos da Terra e por onde Eles ainda caminham, e por que ninguém consegue vê-Los enquanto caminham. Pelo cheiro, os homens às vezes sentem a presença dos Anciões, porém a aparência d'Eles permanece oculta aos homens, *salvo pelos traços das proles que geraram com a humanidade*; e dentre essas existem diversos tipos, tão variados entre si quanto o mais genuíno *eídolon* humano e a forma sem aspecto nem substância que é *Eles*. Os Anciões caminham invisíveis e torpes em lugares ermos onde as Palavras foram ditas e os Ritos uivados nas respectivas Estações. O vento sussurra com as vozes d'Eles, e a Terra murmura com a consciência d'Eles. Eles derrubam a floresta e destroem a cidade, contudo nenhuma floresta e nenhuma cidade pode ver a mão que golpeia. Kadath na desolação gelada conheceu-Os, mas que homem conhece Kadath? O deserto de gelo ao sul e as ilhas submersas no oceano abrigam pedras que trazem gravado o símbolo d'Eles, mas quem viu a cidade sob o manto de gelo ou a torre inviolável há tanto tempo ornada de algas e cracas? O Grande Cthulhu é primo d'Eles, porém consegue vê-Los somente através de uma névoa difusa. *Iä! Shub-Niggurath!* Haveis de conhecê--Los como torpitude. A mão d'Eles está em vossa garganta, e no entanto não Os vedes; e a morada d'Eles é o vosso bem guardado limiar. *Yog-Sothoth* é a chave da passagem, através da qual as esferas se encontram. O Homem reina hoje como Eles reinaram outrora; mas logo Eles hão de reinar tal como o Homem reina hoje. Depois do verão vem o inverno, e depois do inverno, o verão. Os Anciões esperam, pacientes e poderosos, pois é aqui que Eles hão de reinar outra vez."

O dr. Armitage, associando a leitura ao que tinha ouvido a respeito de Dunwich e das agourentas presenças no lugar, bem como a respeito de Wilbur Whateley e da obscura e horrenda aura do rapaz, que o acompanhava desde o nascimento suspeito até a nuvem de um provável matricídio, sentiu uma onda de pavor tangível como o gélido sopro do túmulo. O gigante curvo e com feições de bode que tinha diante de si parecia a prole de outro planeta ou de outra dimensão; uma criatura apenas parcialmente humana, que remontava aos abismos negros de essência e entidade que se estendem como espectros titânicos para além de todas as esferas da força e da matéria, do espaço e do tempo. No mesmo instante, Wilbur ergueu a cabeça e começou a falar com uma voz estranha e ribombante que sugeria órgãos fonadores diferentes dos que se observam nos homens comuns.

"Sr. Armitage", disse, "acho que eu vô tê que levá esse

livro pra casa. Tem u'as cousa aqui que eu priciso expermentá nu'as condições impossíveis de consegui aqui dentro, e seria um pecado dexá a burocracia me impedi. Dexe eu levá o livro e eu juro que ninguém nunca vai ficá sabeno. Nem priciso dizê que vô tomá o maior cuidado. Não fui eu que dexei esse meu exemplar no estado que 'stá..."

Wilbur se interrompeu ao ver a recusa no rosto do bibliotecário e em seguida adotou uma expressão arguta no semblante de bode. Armitage, prestes a sugerir que o consulente tirasse cópias dos trechos desejados, deteve-se ao pensar de repente nas possíveis consequências. Era responsabilidade demais entregar a uma criatura daquelas a chave de acesso a esferas de tamanha blasfêmia. Whateley percebeu o que estava acontecendo e tentou responder de maneira casual.

"Então tudo bem, se é isso que o sior pensa. Talvez em Harvard os bibliotecário não sejo tão cheio de nove-hora quanto o sior." E, sem dizer mais nada, ergueu-se e saiu do prédio, sempre se abaixando ao atravessar o vão das portas.

Armitage ouviu os latidos selvagens do enorme cão de guarda e examinou o caminhar simiesco de Whateley enquanto este atravessava o trecho do campus visível a partir da janela. Lembrou-se dos relatos fantásticos que havia escutado e recordou-se das velhas reportagens dominicais no *Advertiser*, bem como do folclore que havia escutado de rústicos e moradores de Dunwich durante a visita ao vilarejo. Coisas invisíveis que não pertenciam à Terra — ao menos não às três dimensões terrestres que conhecemos — corriam fétidas e horrendas pelos vales da Nova Inglaterra e espreitavam de maneira obscena no alto das montanhas. Quanto a isso o bibliotecário estava convencido de longa data. Mas naquele instante teve a impressão de sentir a presença imediata de uma parte terrível desse horror insidioso e de vislumbrar um movimento demoníaco nos domínios do pesadelo ancestral e outrora inerte. Trancou o *Necronomicon* com um calafrio de desgosto, mas na biblioteca ainda pairava um fedor blasfemo e ignoto. "Haveis de conhecê-los como torpitude", disse. Claro — o fedor era o mesmo que o havia nauseado na fazenda dos Whateley menos de três anos atrás. Armitage pensou mais uma vez em Wilbur, com o aspecto de bode e de maus agouros, e riu com escárnio ao relembrar os boatos sobre a paternidade do rapaz.

"Casamentos consanguíneos?", balbuciou a meia-voz para si mesmo. "Meu Deus, que simplórios! Se alguém lhes mostrasse *O grande deus Pã* de Arthur Machen, todos achariam que se trata de um mero escândalo de Dunwich! Mas o que — que influência maldita e amorfa dessa Terra tridimensional ou do além — era o pai de Wilbur? Nascido na Candelária — nove meses depois da Noite de Walpurgis de 1912, quando boatos sobre os estranhos barulhos subterrâneos chegaram até Arkham — o que caminhou sobre as montanhas naquela Noite de Walpurgis? Que horror de Roodmas aferrou-se ao mundo na substância da carne e do sangue?"

Durante as semanas a seguir o dr. Armitage tentou colher a maior quantidade possível de informações a respeito de Wilbur Whateley e das presenças amorfas nos arredores de Dunwich. Entrou em contato com o dr. Houghton, de Aylesbury, que havia cuidado do Velho Whateley durante a última doença, e ficou muito intrigado com as últimas palavras do avô tal como foram citadas pelo médico. Uma nova visita a Dunwich Village trouxe poucas novidades; mas um exame atento do *Necronomicon*, nas partes que Wilbur havia procurado com tanta avidez, parecia fornecer pistas terríveis sobre a natureza, os métodos e os desejos desse estranho mal que constituía uma insidiosa ameaça ao planeta. Conversas com vários estudiosos de sabedoria arcaica em Boston e correspondências enviadas a diversas pessoas em outros lugares foram motivo de um espanto cada vez maior, que passou por vários níveis de alarme antes de chegar ao nível de genuíno temor espiritual agudo. À medida que o verão passava ele tinha a ligeira impressão de que seria necessário tomar uma providência a respeito dos terrores à espreita no vale superior do Miskatonic e da criatura monstruosa conhecida pelo mundo humano como Wilbur Whateley.

VI.

O horror de Dunwich ocorreu entre o Lammas e o equinócio de 1928, e o dr. Armitage foi um dos que testemunharam o monstruoso prólogo do evento. Nesse meio-tempo ele ouviu relatos sobre a grotesca viagem de Whateley a Cambridge e sobre os esforços frenéticos do rapaz para retirar ou copiar trechos do *Necronomicon* guardado na Widener Library. Os esforços foram todos em vão, pois Armitage tinha enviado alertas urgentes para todos os bibliotecários encarregados do temível volume. Wilbur havia demonstrado um nervosismo espantoso em Cambridge — ansioso pelo livro, mas quase tão ansioso por estar de volta em casa, como se temesse os resultados de um afastamento prolongado.

No início de agosto veio o desfecho não muito surpreendente, e na madrugada do dia 3 o dr. Armitage foi acordado de repente pelos gritos desvairados e ferozes do selvagem cão de guarda do campus universitário. Profundos e terríveis, os rosnados e latidos ensandecidos não deram trégua e continuaram cada vez mais altos, porém com horrendas pausas repletas de significado. Logo soou o grito de uma outra garganta — um grito que acordou metade das pessoas adormecidas em Arkham e assombrou os sonhos da população para sempre — um grito que não poderia ter vindo de nenhum ser terrestre ou completamente terrestre.

Depois de vestir-se às pressas e atravessar correndo a rua e o gramado próximo aos prédios universitários, Armitage percebeu que havia outras pessoas mais à frente;

e ouviu os ecos do alarme contra roubo que ainda soava na biblioteca. Uma janela aberta surgia negra e vazia ao luar. O que quer que houvesse tentado entrar havia conseguido; pois os latidos e os gritos, que enfim deram lugar a um misto de rosnados e gemidos, vinham sem dúvida do interior da biblioteca. O instinto avisou Armitage de que aquele não era um acontecimento para ser visto por olhos despreparados, e por esse motivo o bibliotecário empurrou a multidão para longe com autoridade enquanto destrancava a porta do vestíbulo. Entre os presentes encontravam-se o professor Warren Rice e o dr. Francis Morgan, homens a quem havia confiado algumas conjecturas e temores; e os dois foram convidados com um gesto a acompanhá-lo rumo ao interior da biblioteca. A não ser pelo choro vigilante e monótono do cachorro, nesse ponto os sons que vinham lá de dentro haviam cessado; mas Armitage logo percebeu, com um sobressalto repentino, que um alto coro de bacuraus havia começado uma cantoria rítmica e demoníaca nos arbustos, como se estivessem em uníssono com os últimos suspiros de um moribundo.

O prédio estava tomado por um pavoroso fedor que o dr. Armitage conhecia muito bem, e os três homens atravessaram o corredor às pressas em direção à sala de leitura de genealogia, de onde vinha o choro. Por um instante ninguém se atreveu a acender a luz, mas logo o dr. Armitage reuniu toda a coragem e acionou o interruptor. Um dos homens — não se sabe ao certo quem — deixou escapar um grito ao ver o que se espalhava diante dos três em meio às mesas viradas e às cadeiras derrubadas. O professor Rice afirma ter perdido a consciência por um instante, embora não tenha caído nem tropeçado.

A coisa que estava recurvada de lado em meio a uma poça de sânie amarelo-esverdeada e muco pegajoso tinha quase três metros de altura, e o cachorro lhe havia arrancado quase todas as roupas e parte da pele. A criatura ainda não estava morta, mas sofria espasmos silenciosos enquanto o peito arquejava em um monstruoso uníssono com a cantoria dos bacuraus no lado de fora. Restos de sapatos e fragmentos de vestuário estavam espalhados pelo recinto, e próximo à janela um saco de lona permanecia onde sem dúvida fora jogado. Perto da escrivaninha central havia um revólver caído no chão com uma cápsula percutida mas não deflagrada, que mais tarde explicou a ausência de um tiro. A coisa, no entanto, suprimia todas as outras imagens no instante da descoberta. Seria trivial e inexato dizer que nenhuma pena humana seria capaz de descrevê-la; contudo, pode-se dizer com propriedade que não poderia ser visualizada a contento por nenhuma pessoa cujas ideias sobre aspectos e contornos estejam demasiadamente atreladas às formas de vida encontráveis neste planeta e às três dimensões conhecidas. Sem dúvida a criatura era em parte humana, com as mãos e a cabeça muito reconhecíveis, e tinha o semblante de queixo pequeno e feições de bode que era a marca dos Whateley. Apesar disso, o tronco e as partes inferiores eram uma incrível aberração teratológica, e apenas largas vestes permitiriam que caminhasse sobre a Terra sem se expor a confrontos ou à aniquilação.

Da cintura para cima a criatura era semiantropomórfica; embora o peito, onde as garras afiadas do cachorro permaneciam de guarda, tivesse o aspecto coriáceo e reticulado de um jacaré ou de um crocodilo. O dorso era sarapintado de amarelo e preto, e sugeria vagamente a pele escamosa de certas cobras. O que vinha abaixo da cintura, no entanto, era o pior; pois desse ponto em diante toda semelhança humana desaparecia e uma fantasia desvairada começava. A pele era coberta por uma grossa pelagem negra, e do abdômen pendia uma vintena de compridos tentáculos cinza-esverdeados com bocas vermelhas na ponta. A disposição desses órgãos era muito peculiar e parecia sugerir as simetrias de uma geometria cósmica desconhecida à Terra ou mesmo ao sistema solar. Em ambos os lados do quadril, no fundo de uma espécie de órbita rosada e ciliada, estava o que se imaginou ser um olho rudimentar; e no lugar de uma cauda havia uma espécie de tromba ou tentáculo com marcações aneliformes roxas e vários indícios de que fosse uma boca ou uma garganta vestigial. As pernas, à exceção da pelagem negra, lembravam de maneira grosseira os membros posteriores dos sáurios gigantes que viveram na pré-história da Terra, e terminavam em patas de veias salientes que não eram nem cascos nem garras. Quando a coisa respirava, a cauda e os tentáculos mudavam de cor num ritmo predeterminado, como se este fosse um fenômeno normal no sistema circulatório do ancestral inumano. Nos tentáculos observava-se um escurecimento do matiz verde, enquanto na cauda a alteração manifestava-se como um surgimento amarelo que se alternava com um tom branco-esverdeado doentio nos espaços entre os anéis roxos. Quanto a sangue genuíno, não havia nenhum; apenas a sânie fétida amarelo-esverdeada que pintava o chão para além do raio do muco pegajoso e deixava estranhas manchas atrás de si.

A presença dos três homens pareceu dar novo ânimo à criatura moribunda, que começou a emitir balbucios sem se virar nem erguer a cabeça. O dr. Armitage não fez registro escrito desses sussurros, mas afirma com convicção que nenhuma palavra em inglês foi proferida. A princípio as sílabas desafiavam o estabelecimento de qualquer relação com outras línguas terrestres, porém mais para o fim surgiram fragmentos desconexos sem dúvida alguma retirados do *Necronomicon*, a monstruosidade blasfema em cuja busca aquela coisa havia perecido. Esses fragmentos, tal como Armitage os recorda, soavam mais ou menos como "*N'gai, n'gha'ghaa, bugg-shoggog, y'hah; Yog-Sothoth, Yog-Sothoth...*". Depois perderam-se no vazio enquanto os bacuraus gritavam em crescendos rítmicos de antecipação blasfema.

Então fez-se uma pausa nos arquejos e o cachorro

ergueu a cabeça em um longo e lúgubre uivo. Uma mudança se operou no semblante amarelo e com feições de bode daquela coisa prostrada, e os grandes olhos negros afundaram de maneira horrível. Do outro lado da janela os gritos estridentes dos bacuraus haviam cessado, e acima dos murmúrios da multidão que começava a se juntar ouviram-se os rumores e as batidas de asas em pânico. Com a lua ao fundo, enormes nuvens de observadores emplumados alçaram um voo frenético no encalço da presa.

De repente o cachorro teve um sobressalto, deu um latido repentino e saltou nervoso pela janela por onde havia entrado. Um grito veio da multidão, e o dr. Armitage disse aos homens do lado de fora que ninguém seria admitido até que a polícia ou o legista chegasse. Armitage sentiu-se aliviado ao perceber que as janelas eram altas demais para que fosse possível espiar e, com todo cuidado, fechou as cortinas escuras de cada uma. A essa altura dois policiais haviam chegado; e o dr. Morgan, depois de recebê-los no vestíbulo, insistiu para que postergassem a entrada na fétida sala de leitura até que o legista viesse e aquela coisa prostrada fosse coberta.

Nesse meio-tempo, mudanças apavorantes estavam ocorrendo no assoalho. Não seria necessário descrever o *tipo* e a *rapidez* do encolhimento e da decomposição que se operaram diante dos olhos do dr. Armitage e do professor Rice; mas pode-se dizer que, a não ser pela aparência externa do rosto e das mãos, o elemento genuinamente humano em Wilbur Whateley devia ser muito pequeno. Quando o legista chegou, restava apenas uma massa esbranquiçada nas tábuas pintadas, e o fedor monstruoso havia quase desaparecido. Ao que tudo indicava, Whateley não tinha crânio nem esqueleto; pelo menos não no sentido verdadeiro ou estável dessas palavras. De alguma forma, assemelhava-se ao pai desconhecido.

VII.

Mesmo assim, esse foi apenas o prólogo do verdadeiro horror de Dunwich. As formalidades foram cumpridas por oficiais perplexos, detalhes anormais foram devidamente mantidos longe da imprensa e do público e homens foram mandados a Dunwich e a Aylesbury em busca de propriedades e dos eventuais herdeiros do falecido Wilbur Whateley. A gente do campo estava muito agitada, não apenas por causa dos rumores cada vez mais intensos sob as colinas abobadadas, mas também por causa do fedor excepcional e do escorrer ou do chapinhar cada vez mais intenso na grande concha vazia formada pela casa pregada com tábuas de Whateley. Earl Sawyer, que ficou encarregado do cavalo e do gado durante a ausência de Wilbur, estava com os nervos em pandarecos. Os oficiais inventaram desculpas para não entrar naquele lugar abjeto e alegraram-se ao ver que poderiam terminar as buscas nos aposentos do finado — os galpões reformados — em uma única visita. Enviaram um extenso relatório ao tribunal de Aylesbury, e correm boatos de que o litígio relativo à herança ainda está em curso entre os incontáveis Whateley, íntegros e decadentes, que habitam o vale superior do Miskatonic.

Um manuscrito quase interminável em estranhos caracteres num grande caderno de contabilidade, considerado uma espécie de diário em virtude dos espaçamentos e das variações na tinta e na caligrafia, revelou-se um quebra-cabeça para aqueles que o encontraram na velha cômoda que fazia as vezes de escrivaninha. Após uma semana de debates ele foi mandado para a Universidade do Miskatonic, juntamente com a estranha biblioteca do finado, para estudo e possível tradução; porém logo os melhores linguistas perceberam que não seria fácil decifrá-lo. Nenhum vestígio do ouro antigo com que Wilbur e o Velho Whateley costumavam pagar as contas foi encontrado.

Foi na escuridão de 9 de setembro que o horror se abateu sobre o vilarejo. Os barulhos nas colinas foram muito pronunciados durante o entardecer, e os cachorros latiram desesperados por toda a noite. Os madrugadores do dia 10 notaram um fedor estranho no ar. Por volta das sete horas Luther Brown, o garoto que trabalhava para George Corey, entre Cold Spring Glen e o vilarejo, voltou correndo em um frenesi da ida matinal a Ten-Acre Meadow com as vacas. Estava quase desesperado de medo quando adentrou a cozinha; e no pátio lá fora o rebanho apavorado escarvava e mugia depois de fazer o caminho de volta no mesmo estado de pânico em que o garoto se encontrava. Entre um e outro arquejo, Luther tentou balbuciar um relato para a sra. Corey.

"A estrada no fim do vale! Siora Corey — alguma cousa andô por lá! O lugar 'stá co'um chero de trovão, e tudo quanto é arbusto e arvorezinha foro arrancado como se uma casa tivesse passado por cima. E isso nem é o pior. Tem u'as *pegada* no chão. Siora Corey — são u'as pegada enorme, do tamanho dum barril, como se um elefante tivesse andado por lá, *mas parece que a cousa tinha bem mais do que quatro pata!* Olhei pr'uma ou duas antes de saí correno, e vi que elas 'stavo tudo coberta por umas linha que saío do meso lugar, como se o chão tivesse sido batido co'u'as enorme folha de palmera, duas ou três vez maior do que as maior que existe — e o cheiro era horrívio, que nem perto da velha casa do Bruxo Whateley..."

Nesse ponto o garoto hesitou e mais uma vez estremeceu com o pavor que o tinha mandado correndo de volta para casa. A sra. Corey, ao ver que não conseguiria obter informações mais detalhadas, começou a telefonar para os vizinhos, e assim teve início o pânico que prenunciou os maiores terrores. Quando entrou em contato com Sally Sawyer, criada de Seth Bishop, o vizinho mais próximo da propriedade de Whateley, a sra. Corey parou de falar para começar a ouvir; pois Chauncey, o filho de Sally, que dormia mal, tinha estado no alto da colina próxima à propriedade de Whateley e voltado correndo aterrorizado depois de olhar para a casa e o pasto onde as vacas do sr. Bishop estavam passando a noite.

"É verdade, siora Corey", disse a voz trêmula de Sally através do fio. "O Cha'ncey, ele voltô correno e não consiguia falá de tão apavorado! Disse que a casa do Velho Whateley 'stá toda arrebentada, co'as tábua jogada ao redor como se alguém tivesse estorado dinamite lá dentro; só restô o assoalho, que 'stá todo coberto por uma espécie de piche co'um chero horrívio que fica pingano das borda pro chão onde as tábua das parede foro explodida. E parece que tem umas marca terrívio no pátio, tamém — umas enorme dumas marca redonda, maior do que um barril, cheia da mesma cousa pegajosa que 'stá dentro da casa explodida. O Cha'ncey disse que elas segue na direção do pasto, onde um trecho maior do que um galpão 'stá afundado, e os muro de pedra desabaro pra tudo quanto é lado por toda parte.

"E ele disse, siora Corey, ele disse que meso assustado ele foi vê como 'stavo as vaca do Seth; e encontrô elas no alto do pasto perto do Cantero do Diabo num estado terrívio. A metade simplismente sumiu, e a otra metade 'stava lá com boa parte do sangue chupado e u'as ferida igual às que aflige o gado do Whateley dês que aquele fedelho moreno da Lavinny nasceu. O Seth, agora ele saiu pra vê como 'stão os bicho, mas aposto que não vai chegá muito perto da casa do Bruxo Whateley! O Cha'ncey não tomô o cuidado de vê pr'onde io os rasto da grama amassada depois que saío do pasto, mas ele acha que o caminho apontava em direção à estrada do vilarejo.

"Escute o que eu 'stô dizeno, siora Corey, tem alguma cousa à solta que não devia 'stá, e eu acho que aquele Wilbur Whateley, que teve o fim que merecia, 'stá por trás do surgimento dessa cousa. Ele meso tampoco era humano. Eu sempre digo isso pra todo mundo; e acho que ele e o Velho

Whateley deve de tê criado naquela casa pregada co'as tábua uma otra cousa menos humana ainda. Sempre existiro essas cousa invisívio em Dunwich — essas cousa viva que não são humana e não fazem bem pras gente humana.

"A terra passô a noite intera murmurano, e já pela manhã o Cha'ncey, ele escutô os bacurau cantá tão alto em Col' Spring Glen que não consiguiu nem pregá os olho. Depois ele imaginô tê ovido um otro som mais fraco em direção à casa do Bruxo Whateley — madera seno quebrada ou rachada, como se u'a grande caxa 'stivesse seno aberta em algum lugar ao longe. Ora, com tudo isso ele não consiguiu durmi antes do dia raiá, e assim que levantô hoje de manhã precisô ir até a casa do Whateley pra vê qual era o problema. Ele viu o suficente, siora Corey! Essa cousa não 'stá bem-intencionada, e eu acho que os home devio de juntá um grupo e tomá u'a providência. Sei que algu'a cousa terrível 'stá à solta e sinto que a mi'a hora 'stá chegano, mas só Deus sabe o que é.

"O Luther viu pr'onde io essas trilha enorme? Não? Bom, siora Corey, se elas 'stavo pro lado do vale e inda não chegaro até a casa da siora, acho que essa cousa deve de tê ido pra den'do vale. Pelo menos era pr'onde os rasto 'stavo apontano. Eu sempre disse que Col' Spring Glen não é um lugar salubre nem decente. Os bacurau e os vaga-lume de lá nunca agiro como se fosse as criatura de Deus, e eu sempre ovi u'as história sobre 'stranhas cousas que corre e converso no ar por aquela região num lugar entre a queda-d'água e Bear's Den."

Por volta do meio-dia três quartos dos homens e rapazes de Dunwich estavam andando pelas estradas e pastagens entre as recém-formadas ruínas da propriedade de Whateley e Cold Spring Glen, examinando horrorizados as enormes pegadas monstruosas, as vacas mutiladas de Bishop, a estranha destruição fétida da casa e a vegetação quebrada e amassada nos campos e na beira da estrada. Qualquer que fosse a natureza da criatura à solta no mundo, não havia dúvidas de que tinha adentrado o vale sinistro; pois todas as árvores da colina estavam tortas e quebradas, e uma grande avenida tinha sido aberta em meio aos arbustos que se dependuravam no precipício. Era como se uma casa, arrastada por uma avalanche, tivesse deslizado pela densa vegetação da encosta quase vertical. Lá de baixo não vinha nenhum som — apenas um fedor distante e indefinível; e não causa nenhuma surpresa descobrir que os homens preferiram ficar na borda discutindo em vez de descer e confrontar o horror ciclópico no próprio covil. Três cães que acompanhavam o grupo haviam latido furiosamente a princípio, mas pareciam relutantes e arredios próximo ao vale. Alguém repassou a notícia por telefone à redação do *Aylesbury Transcript*; mas o editor, habituado às histórias fantásticas sobre Dunwich, não fez mais do que escrever um parágrafo humorístico a respeito, logo reproduzido pela Associated Press.

Naquela noite todos foram para casa, e residências e galpões foram protegidos com robustas barricadas. Seria desnecessário dizer que ninguém permitiu que o gado ficasse no pasto aberto. Por volta das duas da manhã um fedor terrível e os latidos ferozes dos cachorros acordaram os ocupantes da casa de Elmer Frye, no leste de Cold Spring Glen, e todos puderam ouvir um zunido ou um chapinhar abafado vindo de algum lugar lá fora. A sra. Frye sugeriu telefonar para os vizinhos, e Elmer estava prestes a concordar quando o barulho de lenha rachando interrompeu a deliberação. Tudo indicava que viesse do galpão; e logo foi seguido por gritos terríveis e pelo som de passos em meio ao gado. Os cachorros começaram a babar e encolheram-se aos pés da família paralisada pelo medo. Frye acendeu uma lanterna por força do hábito, mas ele sabia que encontraria a morte se saísse para o escuro pátio da fazenda. As crianças e as mulheres choramingavam, mas eram impedidas de gritar por um instinto obscuro e vestigial de sobrevivência que mantinha todos em silêncio. Por fim os sons do gado deram lugar a gemidos, e a seguir vieram estalos, estrondos e estrépitos. Os Frye, abraçados na sala de estar, não se atreveram a fazer nenhum movimento antes que os últimos ecos desaparecessem nas profundezas de Cold Spring Glen. Então, em meio aos gemidos lamuriosos que vinham do estábulo e à cantoria demoníaca dos bacuraus temporãos no vale, Selina Frye cambaleou até o telefone e espalhou as notícias que tinha sobre a segunda fase do horror.

No dia seguinte todo o campo estava em pânico; e grupos tímidos e lacônicos foram visitar o local daquela ocorrência demoníaca. Dois rastros titânicos de destruição iam do vale até a propriedade dos Frye; pegadas monstruosas cobriam a terra nua, e uma lateral do galpão vermelho havia desabado por completo. Quanto ao gado, apenas um quarto do rebanho pôde ser encontrado e identificado. Algumas reses estavam dilaceradas em curiosos fragmentos, e todas as sobreviventes tiveram de ser sacrificadas. Earl Sawyer sugeriu que buscassem ajuda em Aylesbury ou em Arkham, mas outros insistiram em dizer que não adiantaria. O velho Zebulon Whateley, de uma linhagem que pairava entre a integridade e a decadência, fez alusões obscuras a rituais praticados no alto das colinas. Ele vinha de uma família marcada pela tradição, e as lembranças de cânticos entoados em meio aos círculos de pedra não estavam totalmente relacionadas a Wilbur e ao avô.

A escuridão se abateu sobre um vilarejo demasiado passivo para organizar uma estratégia de defesa eficaz. Em certos casos, famílias próximas reuniram-se e fizeram vigílias na escuridão sob o mesmo teto; mas em geral o que se viu foi uma simples repetição das barricadas da noite anterior e do gesto fútil e ocioso de carregar mosquetes e deixar forcados em lugares de fácil acesso. No entanto, nada aconteceu, à exceção de alguns barulhos nas colinas; e quando o dia raiou muitos nutriam a esperança de que o horror tivesse ido embora tão depressa quanto havia chegado. Certos espíritos destemidos sugeriram uma expedição de ofensiva ao fundo do vale, porém não se atreveram a dar um exemplo à maioria ainda recalcitrante.

Quando a noite caiu mais uma vez as barricadas se repetiram, embora menos famílias estivessem reunidas. Pela manhã, tanto a casa dos Frye como a de Seth Bishop relataram agitação entre os cachorros e vagos sons e fedores distantes, enquanto os exploradores matinais descobriram horrorizados um novo grupo de marcas na estrada que dava a volta na Sentinel Hill. Como antes, as laterais da estrada apresentavam danos que indicavam a blasfema ponderosidade daquele horror, ao passo que a configuração das marcas parecia sugerir uma passagem em ambas as direções, como se a montanha ambulante tivesse vindo de Cold Spring Glen e retornado pelo mesmo caminho. No pé da colina, um trecho de nove metros de arbustos esmagados subia de repente, e os exploradores prenderam a respiração ao ver que nem mesmo os recantos mais perpendiculares desviavam a trilha inexorável. O que quer que fosse aquele horror, era capaz de escalar um vertiginoso penhasco quase vertical; e quando os investigadores subiram até o alto da colina por rotas mais seguras perceberam que a trilha acabava — ou melhor, se invertia — naquele ponto.

Era lá que os Whateley costumavam acender as malditas fogueiras e entoar os cânticos dos rituais demoníacos junto à pedra retangular na Noite de Walpurgis e no Dia das Bruxas. Naquele instante, a pedra estava no centro de uma vasta área devastada pelo horror montanhoso, enquanto a superfície levemente côncava revelava o depósito fétido de um muco pegajoso idêntico ao observado no chão da arruinada residência dos Whateley quando o horror escapou. Os homens se encararam e balbuciaram alguma coisa. Então olharam para baixo da colina. Tudo indicava que o horror tivesse descido por uma rota muito similar à da subida. Quaisquer especulações seriam fúteis.

A razão, a lógica e as ideias normais quanto à motivação estavam confusas. Apenas o velho Zebulon, que não estava com o grupo, poderia ter feito justiça à situação ou apresentado uma explicação plausível.

A noite de quinta-feira começou como as outras, mas terminou de maneira mais trágica. Os bacuraus no vale gritaram com tanta persistência que muitos não conseguiram dormir, e por volta das três horas da manhã todos os telefones nos arredores tocaram. Os que atenderam a ligação ouviram uma voz desesperada gritar "Meu Deus, socorro...!", e algumas pessoas ouviram um estrondo interromper a exclamação. Não se ouviu mais nada. Ninguém se atreveu a tomar qualquer atitude, e ninguém sabia quem havia telefonado. Os que ouviram o apelo ligaram para toda a vizinhança e descobriram que apenas os Frye não atendiam. A verdade veio à tona uma hora mais tarde, quando um grupo de homens armados que se reuniram às pressas avançou até a residência dos Frye, na cabeceira do vale. Foi uma cena horrível, mas não muito surpreendente. Mais pegadas e rastros monstruosos foram encontrados — no entanto, a casa havia desaparecido. Tinha cedido como uma casca de ovo, e entre as ruínas nenhuma criatura viva ou morta foi encontrada. Apenas fedor e um muco pegajoso. Os Frye tinham sido apagados de Dunwich.

VIII.

Nesse meio-tempo uma fase mais silenciosa porém ainda mais pungente do horror desenrolava-se por trás da porta fechada de um cômodo forrado de livros em Arkham. O curioso relato ou diário manuscrito de Wilbur Whateley, entregue à Universidade do Miskatonic para tradução, havia causado muita preocupação e perplexidade entre os especialistas em línguas antigas e modernas; o próprio alfabeto em que o texto vinha escrito, a despeito de certa semelhança com o árabe usado na Mesopotâmia, era absolutamente desconhecido a todos os especialistas disponíveis. A derradeira conclusão dos linguistas foi que se tratava de um alfabeto artificial, com os mesmos efeitos práticos de uma cifra, embora nenhum dos métodos em geral empregados no deciframento criptográfico conseguisse fornecer qualquer pista, nem mesmo quando aplicados aos diversos idiomas que o autor pudesse ter usado. Os livros antigos encontrados nas habitações de Whateley, mesmo que despertassem profundo interesse e por vezes prometessem abrir novas e terríveis linhas de pesquisa para os filósofos e demais homens de ciência, não ofereceram nenhum auxílio. Um dos exemplares, um tomo pesado com uma fivela de ferro, era escrito em outro alfabeto desconhecido de moldes totalmente diferentes, que acima de tudo lembrava o alfabeto sânscrito. O velho caderno foi enfim entregue aos cuidados do dr. Armitage, não apenas por conta do peculiar interesse que nutria em relação aos assuntos ligados a Whateley, mas também por conta da ampla formação linguística e dos conhecimentos que detinha sobre as fórmulas místicas da Antiguidade e da Idade Média.

Armitage imaginava que o alfabeto usado pudesse ser um artifício esotérico empregado por certos cultos proscritos que remontam a tempos antigos e mantêm diversas práticas e tradições dos magos que habitavam o mundo sarraceno. Essa questão, no entanto, não era considerada vital, uma vez que seria desnecessário conhecer a origem dos símbolos se, conforme imaginava, estivessem sendo empregados como uma cifra em uma língua moderna. Armitage acreditava que, em virtude do grande volume de texto envolvido, o escritor dificilmente teria se dado o trabalho de usar um idioma que não fosse o próprio, a não ser talvez em certas fórmulas e encantamentos. Assim, atacou o manuscrito com a suposição preliminar de que a maior parte do texto estaria em inglês.

Devido ao fracasso dos colegas, o dr. Armitage sabia que a charada era profunda e complexa, e que nenhuma resolução simples devia ser tentada. Durante todo o fim de agosto, preparou-se com a sabedoria acumulada sobre criptografia, explorando todos os recursos da própria biblioteca e penetrando noite após noite nos segredos arcanos do *Poligraphia* de Tritêmio, do *De Furtivis Literarum Notis* de Giambattista Porta, do *Traité des Chiffres* de De Vigenère, do *Cryptomenysis Patefacta* de Falconer, dos tratados do século XVIII escritos por Davy e Thicknesse e de obras escritas por autoridades modernas no assunto, como Blair, Von Marten e o *Kryptographik* de Klüber. Intercalou o estudo desses livros com os ataques ao manuscrito, e passado algum tempo convenceu-se de que estava lidando com o mais sutil e o mais engenhoso de todos os criptogramas, em que diversas listas separadas de caracteres correspondentes são dispostas como em uma tabela de multiplicação e a mensagem constrói-se a partir de palavras-chave conhecidas somente pelos iniciados. Os especialistas antigos mostraram-se bastante mais úteis do que os modernos, e Armitage chegou à conclusão de que o código do manuscrito era de uma antiguidade tremenda, sem dúvida transmitida graças a uma longa tradição de exploradores místicos. Por muitas vezes tinha a impressão de estar prestes a pôr tudo em claro, mas de repente via-se frustrado por algum obstáculo imprevisto. Então, com a chegada de setembro, as nuvens dispersaram-se. Certas letras usadas em partes do manuscrito se revelaram de maneira definida e inconfundível; e tornou-se evidente que o texto estava de fato em inglês.

No entardecer do dia 2 de setembro o último grande obstáculo foi transposto, e o dr. Armitage pôde ler pela primeira vez uma passagem completa dos anais de Wilbur Whateley. Era na verdade um diário, como todos haviam imaginado; e estava redigido em um estilo que evidenciava a mistura de erudição oculta e analfabetismo do estranho ser que o havia escrito. Uma das primeiras passagens longas a serem decifradas — uma anotação feita no dia 26 de novembro de 1916 — revelou-se muito surpreendente e inquietante. Armitage lembrou que tinha sido escrita por uma criança de três anos e meio que mais parecia um rapazote de doze ou treze.

> Hoje aprendi o Aklo para o Sabaoth, mas não gostei, porque é respondido a partir da colina e não do céu. A coisa no andar de cima está mais à minha frente do que eu tinha imaginado e não deve ter muito cérebro da Terra. Atirei em Jack, o collie de Elam Hutchins quando ele tentou me morder, e Elam disse que me mataria se tivesse coragem. Acho que não. O vô me fez repetir a fórmula de Dho na noite passada, e acho que vi a cidade interior e os dois polos magnéticos. Pretendo ir para esses polos quando a Terra estiver limpa se eu não conseguir fazer a fórmula de Dho-Hna funcionar. As criaturas do ar me disseram no Sabá que ainda faltam anos para que eu possa limpar a Terra, e acho que o vô já vai estar morto, então eu preciso aprender todos os ângulos dos planos e todas as fórmulas entre Yr e Nhhngr. As criaturas siderais vão me ajudar, mas não podem assumir um corpo físico sem sangue humano. A coisa no andar de cima parece que vai ser do tipo certo. Eu consigo ver um pouco quando faço o sinal voorishiano ou sopro o pó de Ibn Ghazi, é parecido com as criaturas da Noite de Walpurgis na Colina. O outro rosto pode esmaecer um pouco. Tenho curiosidade de saber qual vai ser a minha aparência quando a Terra estiver limpa e não houver mais nenhum ser vivo. A criatura que veio com o Aklo Sabaoth disse que eu posso ser transfigurado e que ainda resta muito trabalho a fazer.

Pela manhã o dr. Armitage estava suando frio de terror, em um verdadeiro frenesi de concentração. Não havia abandonado o manuscrito por um instante; passou a noite inteira sentado à mesa sob a luz elétrica, virando página atrás de página com as mãos trêmulas o mais rápido que conseguia decifrar o texto críptico. Telefonou nervoso para dizer à esposa que não iria para casa, e quando ela levou-lhe o café da manhã ele mal conseguiu engolir um bocado. Durante o dia inteiro o dr. Armitage leu, às vezes fazendo pausas enlouquecedoras quando a reaplicação da complexa chave do criptograma se fazia necessária. Levaram-lhe o almoço e o jantar, porém não conseguiu comer mais do que uma fração ínfima de cada um. No meio da noite seguinte, tirou um cochilo na cadeira, mas logo acordou de uma teia de pesadelos quase tão horrenda quanto as verdades e ameaças à existência da humanidade que havia descoberto.

Na manhã do dia 4 de setembro o professor Rice e o dr. Morgan insistiram em vê-lo e em seguida saíram pálidos e trêmulos. Naquela noite o dr. Armitage foi para a cama, mas dormiu um sono intranquilo. Na quarta-feira — o dia seguinte —, voltou ao manuscrito e começou a tomar notas copiosas, tanto do trecho em que trabalhava quanto dos trechos já decifrados. Durante a madrugada, dormiu um pouco em uma poltrona no escritório, porém mais uma vez tornou ao manuscrito antes do amanhecer. Pouco antes do meio-dia o dr. Hartwell fez-lhe uma visita e insistiu em que parasse de trabalhar. Armitage se recusou, alegando que terminar a leitura do diário era de suma importância e prometendo que no momento oportuno haveria de explicar tudo.

Naquela noite, assim que escureceu, terminou o exame do terrível volume e deixou-se afundar na cadeira, exausto. A esposa, ao levar-lhe o jantar, encontrou-o em estado semicomatoso; porém Armitage estava consciente o bastante para alertá-la com um grito estridente quando viu seu olhar correr na direção das notas que havia tomado. Depois de se erguer, juntou os papéis rabiscados e selou-os em um grande envelope, que no mesmo instante guardou no bolso interno do casaco. Teve forças suficientes para voltar para casa, mas a necessidade de assistência médica era tanta que o dr. Hartwell foi chamado no mesmo instante. Quando o médico o pôs na cama, o paciente conseguia apenas repetir: "*Mas o que podemos fazer, em nome de Deus?*".

O dr. Armitage dormiu, porém sofreu com delírios intermitentes no dia seguinte. Não ofereceu nenhuma explicação a Hartwell, porém nos momentos de maior lucidez falava sobre a necessidade absoluta de uma longa conferência com Rice e Morgan. Os devaneios mais fantasiosos eram muito impressionantes e incluíam apelos frenéticos para que se destruísse alguma coisa no interior de uma casa pregada com tábuas e referências fantásticas a um plano de extermínio de toda a raça humana e de todas as formas de vida animal e vegetal da Terra por parte de terríveis seres ancestrais de outra dimensão. Gritou que o mundo estava em perigo, uma vez que as Coisas Ancestrais desejavam arrancá-lo da órbita e arrastá-lo para longe do sistema solar e do cosmo material em direção a outro plano ou outra fase da entidade de onde havia se afastado vigintilhões de éons atrás. Em outros momentos, pedia que lhe trouxessem o temível *Necronomicon* e o *Daemonolatreia* de Remigius, nos quais tinha a esperança de encontrar alguma fórmula para conter o perigo conjurado.

"Precisamos detê-los, precisamos detê-los!", gritava. "Os Whateley queriam abrir a passagem para eles, e o pior ainda está por vir! Diga a Rice e a Morgan que precisamos tomar alguma providência — é um tiro no escuro, mas eu sei preparar o pó... A coisa não se alimenta desde o dia 2 de agosto, quando Wilbur veio morrer aqui, e nesse ritmo..."

Mesmo aos setenta e três anos, Armitage tinha um físico robusto e curou o distúrbio com uma boa noite de sono, sem apresentar nenhum sintoma de febre. Acordou tarde na sexta-feira, com os pensamentos lúcidos, mas também estava sóbrio por conta de um medo insidioso e de um tremendo sentimento de responsabilidade. Na tarde de sábado sentiu-se apto a ir até a biblioteca e a chamar Rice e Morgan para uma conferência, e pelo restante do dia e da noite os três homens torturaram os próprios pensamentos com as mais desvairadas especulações e o mais desesperado debate. Livros estranhos e terríveis foram retirados às pilhas das estantes e dos locais de armazenagem seguros; e fórmulas e diagramas foram copiados com uma pressa febril em quantidade espantosa. Não se percebia ceticismo algum. Todos os três tinham visto o corpo de Wilbur Whateley estirado no chão em uma sala daquele mesmo prédio, e após essa experiência nenhum deles tinha a menor inclinação para tratar o diário como o simples delírio de um louco.

Não houve acordo quanto à notificação da polícia de Massachusetts, e por fim a negativa prevaleceu. Havia coisas que simplesmente não podiam ser aceitas por aqueles que não tivessem visto uma amostra, como de fato ficou claro durante certas investigações subsequentes. Tarde da noite a conferência chegou ao fim sem ter estabelecido um plano claro, mas Armitage passou o domingo inteiro comparando fórmulas e misturando substâncias químicas obtidas no laboratório da universidade. Quanto mais refletia sobre o diário infernal, mais se via inclinado a duvidar da eficácia de qualquer agente material na supressão da entidade que Wilbur Whateley havia deixado para trás — a entidade que ameaçava toda a Terra e que, sem que tomasse ciência, estava prestes a ressurgir dentro de algumas horas e a tornar-se o memorável horror de Dunwich.

A segunda-feira foi uma repetição do domingo para o dr. Armitage, pois a tarefa a que se dedicava exigia uma infinitude de pesquisas e experimentos. Consultas mais aprofundadas ao monstruoso diário provocaram diversas mudanças no plano, mas ele sabia que mesmo assim haveria uma enorme margem de incerteza. Na terça-feira já havia estabelecido uma linha de ação bem definida e planejava fazer uma viagem a Dunwich dentro de uma semana. Porém na quarta-feira veio o grande choque. Escondido em um canto do *Arkham Advertiser* havia uma pequena peça satírica da Associated Press falando sobre o monstro colossal que o uísque destilado ilegalmente em Dunwich havia criado. Armitage, estupefato, conseguiu apenas telefonar para Rice e para Morgan. Os três discutiram noite adentro, e o dia seguinte foi um redemoinho de preparativos. Armitage sabia que estava se envolvendo com poderes terríveis, mas não via outro modo de pôr fim ao envolvimento ainda mais profundo e maligno a que outros haviam se prestado antes dele.

IX.

Na manhã de sexta-feira, Armitage, Rice e Morgan foram de carro até Dunwich e chegaram ao vilarejo por volta da uma hora da tarde. Fazia um dia agradável, porém até mesmo nos lugares ensolarados uma espécie de temor e portento silencioso dava a impressão de pairar sobre as estranhas colinas abobadadas e os sombrios e profundos vales da região maldita. De vez em quando, no topo de alguma montanha, divisava-se um desolado círculo de pedras com o céu ao fundo. Pelo ar de espanto no armazém de secos e molhados de Osborn, os três perceberam que algo horrendo tinha acontecido, e logo ficaram sabendo da aniquilação da casa e da família de Elmer Frye. Passaram a tarde inteira andando por Dunwich, questionando os nativos sobre tudo o que havia ocorrido e vendo com os próprios olhos, e com aguilhoadas de horror cada vez mais intenso, as ruínas desoladas da residência dos Frye com vestígios de muco pegajoso, as marcas blasfemas no pátio, o gado ferido de Seth Bishop e os enormes trechos de vegetação destruída em vários locais. A trilha que subia e descia de Sentinel Hill despertou em Armitage um pressentimento quase cataclísmico, e o bibliotecário olhou por um longo tempo em direção ao sinistro altar de pedras no topo da colina.

Por fim, ao descobrir que um grupo de policiais havia chegado de Aylesbury naquela manhã para averiguar os relatos telefônicos relativos à tragédia dos Frye, os visitantes resolveram procurar os oficiais para trocar informações sobre o ocorrido. A execução da tarefa, no entanto, foi muito mais difícil do que o planejado, uma vez que os policiais não estavam em parte alguma. Os cinco haviam chegado em um carro, mas naquele instante o carro vazio encontrava-se próximo das ruínas no pátio de Frye. Os nativos, que haviam todos conversado com os policiais, de início ficaram tão perplexos quanto Armitage e seus companheiros. Então o velho Sam Hutchins pensou em alguma coisa e empalideceu, cutucando Fred Farr e apontando para o úmido e profundo vazio que se abria logo à frente.

"Meu Deus", disse, "eu falei pr'eles não descere o vale, e nunca achei que ninguém fosse fazê isso co'as marca e aquele chero e os bacurau gritano lá embaixo na escuridão do meio-dia..."

Um calafrio varou os nativos e os visitantes, e todos pareceram apurar o ouvido em uma espécie de audição instintiva e inconsciente. Armitage, depois de presenciar o horror e a destruição monstruosa que fora causada, estremeceu ao pensar na responsabilidade que pesava em seus ombros. Logo a noite cairia, e foi então que a blasfêmia montanhosa arrastou-se pela trilha quimérica. *Negotium perambulans in tenebris*... O velho bibliotecário ensaiou a fórmula que havia memorizado e agarrou-se ao papel que trazia a alternativa que não havia memorizado. Conferiu se a lanterna elétrica estava em ordem. Rice, que estava ao lado, retirou da valise um pulverizador do mesmo tipo usado no combate aos insetos enquanto Morgan desempacotou o rifle para caça de grande porte em que tanto confiava, mesmo depois de ouvir os companheiros dizerem que nenhuma arma material surtiria efeito.

Armitage, depois de ler o abominável diário, sabia muito bem que tipo de manifestação esperar; mas não quis aumentar o pavor dos habitantes de Dunwich fornecendo pistas ou insinuações. Esperava que o horror pudesse ser vencido sem que revelasse ao mundo a monstruosidade de que havia escapado. As sombras se adensaram e os nativos começaram a se dispersar, ansiosos por trancarem-se em casa apesar da evidência de que as fechaduras e os ferrolhos humanos seriam inúteis diante de uma força capaz de entortar árvores e esmagar casas quando bem entendesse. Balançaram a cabeça ao ouvir o plano dos visitantes, que pretendiam montar guarda nas ruínas da casa dos Frye, perto do vale; e ao saírem tinham pouca esperança de tornar a vê-los.

Ouviram-se rumores sob as colinas naquela noite, e os bacuraus cantaram de maneira ameaçadora. De vez em quando um vento soprava de Cold Spring Glen e trazia um toque de fedor inefável à atmosfera opressiva da noite; um fedor que os três observadores já haviam sentido antes, quando presenciaram a morte de uma coisa que por quinze anos e meio havia se passado por um ser humano. No entanto, o terror esperado não apareceu. O que quer que estivesse à espreita no vale estava ganhando tempo, e Armitage disse aos colegas que seria suicídio tentar uma ofensiva no escuro.

A manhã chegou pálida, e os sons noturnos cessaram. Era um dia cinza e desalentado, com pancadas de chuva ocasionais; e nuvens cada vez mais escuras pareciam acumular-se para além das colinas a noroeste. Os homens de Arkham não sabiam o que fazer. Depois de procurar abrigo contra a chuva sob uma das construções externas remanescentes na propriedade dos Frye, debateram se seria mais conveniente esperar ou tomar a iniciativa da agressão e descer ao vale em busca da monstruosa presa inominada. A chuva ganhou força, e os estrondos longínquos do trovão soaram em horizontes distantes.

As nuvens relampejaram e logo um raio bífido fulgurou, como se estivesse descendo rumo ao próprio vale maldito. O céu ficou muito escuro, e os observadores torceram para que a tempestade fosse intensa e curta para que o tempo clareasse.

Ainda estava pavorosamente escuro quando, pouco mais de uma hora depois, uma babel de vozes soou na estrada. O instante seguinte revelou um grupo de mais de uma dúzia de homens assustados, correndo e gritando, e até mesmo chorando em um surto de histeria. Alguém que vinha à frente começou a balbuciar, e os homens de Arkham tiveram um violento sobressalto quando as palavras assumiram uma forma coerente.

"Meu Deus, Meu Deus", tossiu a voz. "Aquela cousa 'stá andano de novo, *e dessa vez à luz do dia*! 'stá à solta — à solta e agora meso vino nessa direção, e só Deus sabe quano vai nos alcançá!"

O interlocutor deu mais um arquejo e calou-se, porém outro homem deu prosseguimento à mensagem.

"Uma meia hora atrás o telefone do Zeb Whateley tocô e era a siora Corey, esposa do George, que mora perto da bifurcação. Ela disse que o Luther 'stava trazeno o gado pra longe da tempestade depois daquele grande relâmpago quano viu as árvore tudo se entortano na cabicera do vale — no outro lado — e sintiu o meso chero horrívio que sintiu quano encontrô aquelas marca na manhã de segunda. E ela contô que ele disse que tamém oviu um zunido mais alto do que as árvore e os arbusto podio fazê, e de repente as árvore ao longo da estrada começaro a se curvá pro lado e ele oviu u'as pancada e um chapinhá terrívio no barro. Mas preste atenção, o Luther não viu nada, só as árvore e os arbusto se entortano.

"Depois mais adiante onde o Bishop's Brook passa por baxo da estrada ele oviu uns estalo e uns rangido terrívio na ponte e disse que o som era de madera rachano e quebrano. E todo esse tempo ele não viu nada, só as árvore e os arbusto se entortano. E quano o zunido se afastô pela estrada em direção à casa do Bruxo Whateley e da Sentinel Hill, o Luther, ele teve a corage de subi até o lugar onde tinha ovido os barulho pela primera vez e de olhá pro chão. 'stava tudo virado em água e lama, e o céu 'stava escuro, e a chuva 'stava apagano as trilha dipressa, mas na cabicera do vale, onde as árvore tinho se mexido, ele inda consiguiu vê algumas daquelas pegada medonha do tamanho dum barril que nem ele tinha visto na segunda."

Nesse ponto o primeiro interlocutor o interrompeu, visivelmente nervoso.

"Mas agora o problema não é *esse* — isso foi só o começo. O Zeb aqui 'stava chamano as pessoa e todo mundo 'stava escutano quano um telefonema do Seth Bishop interrompeu a gente. A Sally, a criada dele, 'stava quase teno um troço — ela tinha acabado de vê as árvore se entortá na bera da estrada, e disse que 'stava ovino um som pastoso, que nem a respiração e os passo dum elefante ino em direção à casa. Aí ela se levantô e de repente sintiu um chero horrívio, e disse que o Cha'necy começô a gritá que era o mesmo chero que tinha sintido nas ruína da casa dos Whateley na manhã de segunda. E os cachorro 'stavo tudo dano uns latido e uns ganido pavoroso.

"E depois ela soltô um grito horrívio e disse que o galpão na bera da estrada tinha arrecém-desmoronado, só que o vento da tempestade não tinha força suficente pra fazê aquilo. Todo mundo ficô escutano, e deu pra ovi várias pessoa assustada na linha. E de repente a Sally, ela gritô de novo e disse que a cerca da frente tinha se espatifado, mas não se via nenhum sinal do que podia tê feito aquilo. Aí todo mundo na linha pôde escutá o Cha'ncey e o velho Seth Bishop gritano tamém, e a Sally começou a dizê que alguma cousa pesada tinha acertado a casa — não um raio nem nada paricido, mas alguma cousa pesada que 'stava bateno sem pará na frente da casa, meso que não desse pra vê nada pelas janela. E aí... aí..."

Os traços do desespero se aprofundaram em todos os rostos; e Armitage, abalado como estava, mal tinha a compostura necessária para solicitar ao interlocutor que prosseguisse.

“Aí… A Sally, ela gritô, ‘Socorro, a casa ’stá disabano’… e na linha a gente pôde ovi o estrondo dum disabamento e um enorme dum gritedo… que nem na casa do Elmer Frye, só que pior…”

O homem fez uma pausa, e outro integrante do grupo tomou a palavra.

“Isso é tudo — não se oviu mais nenhum pio no telefone depois disso. Ficô tudo em silêncio. Nós que ovimo tudo entramo nos Ford e nas carreta e juntamo o maior número de homes capaz que a gente consiguiu na casa dos Corey e viemo pra cá vê o que os siores acho melhor a gente fazê. Mas eu acho que esse é o julgamento do Senhor pras nossa iniquidade, que nenhuma criatura mortal é capaz de detê.”

Armitage percebeu que o momento de tomar a iniciativa havia chegado e falou de maneira decidida para o grupo de rústicos assustados.

“Precisamos seguir essa coisa, rapazes.” Tentou fazer com que a voz soasse da maneira mais confiante possível. “Acredito que nós podemos tirá-la de ação. Os senhores sabem que os Whateley eram bruxos — bem, essa coisa é fruto de uma bruxaria, e precisamos acabar com ela da mesma forma. Eu vi os diários de Wilbur Whateley e li alguns dos estranhos livros que ele costumava ler; e acho que posso recitar um encantamento para fazer essa coisa sumir. Claro que eu não posso dar nenhuma certeza, mas podemos ao menos tentar. A criatura é invisível, como eu imaginava, mas esse pulverizador de longa distância contém um pó capaz de revelá-la por alguns instantes. Mais tarde podemos experimentar. É terrível ver uma coisa dessas à solta, mas teria sido ainda pior se Wilbur tivesse vivido por mais tempo. Os senhores nem imaginam do que o mundo escapou. Agora precisamos apenas enfrentar essa coisa, e ela não tem como se multiplicar. Mesmo assim, pode fazer grandes estragos; então não podemos hesitar em salvar a comunidade.

"Precisamos segui-la — e a melhor maneira de começar é indo até o lugar que acabou de ser destruído. Peço que alguém nos guie até lá — eu não conheço muito bem as estradas por aqui, mas acredito que exista um atalho por entre as propriedades. Que tal?"

Uma certa agitação tomou conta dos homens por alguns instantes, e por fim Earl Sawyer falou com uma voz mansa, apontando o dedo imundo em meio à chuva cada vez mais fraca.

"Eu acho que o sior pode chegá até a casa do Seth Bishop mais dipressa cortano caminho pelos pasto mais baixo aqui, passano o riacho a vau e subino as terra do Carrier e o pátio de lenha mais adiante. Assim o sior vai saí na estrada bem perto do terreno do Seth — é só caminhá mais um poco pro otro lado."

Armitage, na companhia de Rice e de Morgan, pôs-se a caminhar na direção indicada; e a maioria dos nativos acompanhou-os a passos lentos. O céu começou a clarear, e havia sinais de que a tempestade estava chegando ao fim. Quando Armitage inadvertidamente tomou o caminho errado, Joe Osborn alertou-o e tomou a dianteira para mostrar a rota correta. A coragem e a confiança aumentaram, embora a escuridão na colina arborizada quase perpendicular que ficava próxima ao fim do atalho, em meio às fantásticas árvores ancestrais a que tiveram de se agarrar como se fossem corrimãos, pusesse essas qualidades à prova.

Após um certo tempo o grupo chegou a uma estrada lamacenta e deparou-se com o nascer do sol. Estavam um pouco além da propriedade de Seth Bishop, porém as árvores entortadas e as pavorosas e inconfundíveis marcas não deixavam nenhuma dúvida quanto ao que havia passado por lá. Apenas breves momentos foram empregados no exame dos escombros logo depois da curva. Era uma repetição do incidente na casa dos Frye, e nada vivo ou morto foi encontrado nas estruturas em ruínas da casa e do galpão dos Bishop. Ninguém quis ficar por lá em meio ao fedor e ao muco pegajoso; em vez disso, todos se dirigiram como que por instinto rumo às horrendas pegadas que levavam em direção à propriedade destruída de Whateley e às encostas coroadas pelo altar da Sentinel Hill.

Enquanto passavam em frente à antiga morada de Wilbur Whateley, os homens estremeceram e pareceram mais uma vez misturar hesitação ao fervor que demonstravam. Não seria nada fácil seguir uma criatura do tamanho de uma casa que ninguém era capaz de ver e ao mesmo tempo era imbuída de toda a malevolência de um demônio. Em frente à base da Sentinel Hill a trilha afastava-se da estrada, e havia novas árvores entortadas e arbustos amassados ao longo do trecho que demarcava a rota tomada pelo monstro ao subir e descer a colina.

Armitage pegou um telescópio portátil de potência considerável e examinou a encosta íngreme e verdejante da colina. A seguir entregou o instrumento para Morgan, que enxergava melhor. Depois de olhar por um instante Morgan soltou um grito estridente e entregou o telescópio a Earl Sawyer enquanto apontava para um certo ponto da encosta. Sawyer, com a falta de jeito típica das pessoas desacostumadas a usar instrumentos ópticos, atrapalhou-se um pouco; mas por fim ajustou as lentes com o auxílio de Armitage. Em seguida soltou um grito ainda menos contido que o de Morgan.

"Deus todo-poderoso, a grama e os arbusto 'stão se mexeno! Aquilo 'stá subino — devagar — se arrastano até o topo nesse exato instante, e só Deus sabe pra quê!"

Foi então que a semente do pânico espalhou-se entre os exploradores. Procurar a entidade inominável era uma coisa, porém encontrá-la era um tanto diferente. Os encantamentos podiam funcionar — mas e se falhassem? As vozes começaram a questionar Armitage sobre o quanto sabia a respeito daquela coisa, e nenhuma resposta parecia satisfatória. Todos pareciam sentir-se próximos a fases proibidas da Natureza e do ser e completamente fora da esfera de experiências humanas salubres.

X.

No fim, os três homens de Arkham — o velho e barbado dr. Armitage, o atarracado e grisalho professor Rice e o magro e jovem dr. Morgan — subiram a montanha sozinhos. Depois de muitas instruções pacientes sobre a utilização e o ajuste do foco, deixaram o telescópio com o assustado grupo que permaneceu na estrada; e enquanto subiam eram vigiados de perto pelos homens encarregados do instrumento. A subida era difícil, e mais de uma vez Armitage precisou de ajuda. Muito acima do grupo uma grande área estremeceu quando a criatura infernal tornou a mover-se com a deliberação de uma lesma. Ficou evidente que os perseguidores estavam mais perto.

Curtis Whateley — da linhagem íntegra — estava de posse do telescópio quando o grupo de Arkham desviou radicalmente da trilha. Disse que sem dúvida os homens estavam tentando chegar a uma elevação secundária que sobranceava a trilha em um ponto à frente do local onde naquele instante os arbustos se dobravam. O palpite estava correto; e o grupo foi avistado na elevação secundária pouco tempo após a passagem da blasfêmia invisível.

Então Wesley Corey, que havia pegado o telescópio, gritou que Armitage estava preparando o pulverizador que Rice tinha na mão, e que algo estava prestes a acontecer. A multidão agitou-se ao lembrar que o pulverizador daria ao horror invisível uma forma visível por um breve momento. Dois ou três homens fecharam os olhos, mas Curtis Whateley voltou a atenção ao telescópio e forçou a vista ao máximo. Notou que Rice, daquele local favorável acima e atrás da entidade, teria uma excelente chance de espalhar o poderoso pó com o efeito desejado.

Os que não tinham acesso ao telescópio viram apenas o lampejo momentâneo de uma nuvem cinzenta — uma nuvem do tamanho de uma construção razoavelmente grande — próximo ao cume da montanha. Curtis, que estava segurando o instrumento, deixou-o cair com um grito cortante no barro que cobria a estrada até a altura dos tornozelos. Cambaleou e teria caído no chão se dois ou três homens não houvessem aparado a queda. Tudo o que pôde fazer foi murmurar a meia-voz: "Ah, meu Deus... *aquela cousa...*".

Houve um pandemônio de perguntas, e apenas Henry Wheeler lembrou-se de resgatar o telescópio caído e limpar o barro que o cobria. Curtis estava além de toda a coerência, e mesmo respostas isoladas pareciam ser demais para ele.

"Maior do que um galpão... todo feito dumas corda se retorceno... com o formato dum ovo de galinha maior do que qualqué otra cousa, com várias dúzia de perna, como barris que se fecho a cada passo... nada de sólido — todo gelatinoso, feito dumas corda que se agito bem junto umas das otra... co'uns olhos enorme e esbugalhado por toda parte... dez ou vinte boca ou tromba saino de toda parte nos lado, co'o tamanho duma chaminé cada, e todas se mexeno e se abrino e fechano... todo cinza, com uns anel roxo ou azul... *e, meu Deus do céu — aquele rosto pela metade em cima...!*"

Essa memória final, o que quer que fosse, foi demais para o pobre Curtis, que caiu desmaiado antes que pudesse dizer mais uma palavra. Fred Farr e Will Hutchins levaram-no até a beira da estrada e o puseram deitado na grama úmida. Henry Wheeler, com as mãos trêmulas, apontou o telescópio resgatado em direção à montanha para ver o quanto pudesse. Através das lentes discerniu três figuras diminutas, que pareciam subir a encosta íngreme rumo ao topo o mais depressa possível. Foi só isso — nada mais. Então todos perceberam um estranho barulho nas profundezas do vale, e até mesmo na vegetação rasteira da própria Sentinel Hill. Era o canto de incontáveis bacuraus, e neste coro estridente uma nota de tensão e de maus agouros parecia espreitar.

Earl Sawyer pegou o telescópio e relatou que as três figuras estavam de pé no alto da colina, no mesmo nível do altar de pedra, embora a uma distância considerável. Uma figura, disse, parecia erguer as mãos acima da cabeça a intervalos rítmicos; e quando Sawyer mencionou essa circunstância a multidão acreditou ter ouvido um som fraco e semimusical ao longe, como se um cântico estivesse sendo entoado para acompanhar os gestos. A bizarra silhueta no pico distante deve ter sido um espetáculo grotesco e impressionante ao extremo, mas nenhum observador demonstrava inclinações à apreciação estética naquele instante. "Acho que ele 'stá proferino o encanto", sussurrou Wheeler enquanto retomava o telescópio. Os bacuraus cantavam desesperados e em um curioso ritmo irregular muito diferente daquele que acompanhava o ritual visível.

De repente os raios do sol pareceram enfraquecer sem a interferência de qualquer nuvem. Foi um fenômeno muito peculiar notado por todos. Um rumor parecia soar por baixo das colinas, estranhamente misturado a um rumor no mesmo ritmo que sem dúvida vinha das alturas. O céu relampejou, e a multidão estarrecida procurou em vão os sinais da tempestade. Logo os cânticos dos homens de Arkham puderam ser ouvidos com clareza, e Wheeler viu através do telescópio que estavam todos erguendo os braços no ritmo de um encantamento. De alguma propriedade longínqua veio o latido frenético de cães.

A mudança na qualidade da luz do dia tornou-se ainda mais acentuada, e a multidão olhou para o horizonte tomada de espanto. Uma sombra arroxeada, nascida de um escurecimento fantasmagórico no azul do céu, abateu-se sobre as colinas rumorejantes. Então o céu relampejou mais uma vez, com ainda mais intensidade, e a multidão imaginou ter visto uma certa nebulosidade em volta do altar de pedra nas alturas distantes. Ninguém, contudo, estava usando o telescópio naquele momento. Os bacuraus continuaram com a pulsação irregular, e os tensos homens de Dunwich prepararam-se para enfrentar a ameaça imponderável com que a própria atmosfera parecia estar saturada.

Sem nenhum aviso vieram os sons profundos, ribombantes e fragorosos que jamais hão de abandonar a lembrança do fatídico grupo que os ouviu. Não vinham de nenhuma garganta humana, pois os órgãos do homem não são capazes de tais perversões acústicas. Pareceriam ter vindo do próprio abismo se não fosse tão evidente que a fonte dos estrondos era o altar de pedra no alto da colina. Seria quase um equívoco chamar aquilo de *som*, uma vez que o timbre espectral e subgrave falava mais a sedes nebulosas da consciência e do terror do que propriamente ao ouvido; e no entanto é necessário proceder assim, uma vez que, de maneira vaga mas inquestionável, tomava a forma de *palavras* semiarticuladas. Eram palavras estrondosas — estrondosas como os rumores e o trovão que ecoavam —, porém não vinham de nenhuma criatura visível. E, como a imaginação fosse capaz de sugerir uma fonte conjectural no mundo das criaturas invisíveis, a multidão reunida na base da montanha amontoou-se ainda mais e se enrijeceu como se estivesse prestes a receber um golpe.

"*Ygnaiih... ygnaiih... thflthkh'ngha... Yog-Sothoth...*", rouquejava o terrível crocitar vindo do espaço. "*Y'bthnk... h'ehye — n'grkdl'lh...*"

O impulso da fala pareceu esmaecer nesse ponto, como se uma terrível batalha psíquica estivesse a ser travada. Henry Wheeler apertou o olho no telescópio, mas viu apenas três grotescas silhuetas humanas no cume, movendo os braços na fúria de estranhos gestos à medida que o encanto se aproximava do ponto culminante. De que abismos negros de terror aquerôntico, de que pélagos inexplorados de consciência extracósmica ou de hereditariedade obscura e latente emanava aquele ribombar semiarticulado? No instante seguinte, a voz pareceu recobrar a força e a coerência enquanto se aproximava de um desesperado, supremo e derradeiro frenesi.

"*Eh-ya-ya-ya-yahaah — e'yayayayaaaa... ngh'aaaaa... ngh'aaaa...* h'yuh... h'yuh... SOCORRO! SOCORRO!...*pa — pa — pa* — PAI! PAI! YOG-SOTHOTH...!"

Isso foi tudo. O pálido grupo na beira da estrada, ainda estupefato diante das sílabas em *indiscutível inglês* que haviam soado como o ribombar do trovão no vazio frenético ao lado do impressionante altar de pedra, nunca mais haveria de escutá-las. Na verdade, tiveram um violento sobressalto diante do pavoroso estampido que deu a impressão de rasgar as colinas; o ensurdecedor e cataclísmico estrondo cuja origem, fosse os recônditos da Terra ou o céu, nenhum ouvinte jamais foi capaz de reconhecer. Um único relâmpago atravessou o céu do zênite púrpura até o altar de pedra, e uma grande onda de inconcebível força e inefável fedor saiu da colina e espalhou-se por todo o campo. Árvores, gramados e arbustos agitaram-se em fúria; e a multidão apavorada na base da montanha, enfraquecida pelo fedor mortal que parecia estar na iminência de asfixiar o grupo, por pouco não foi derrubada. Os cães uivaram ao longe, gramados e folhagens verdejantes murcharam e ganharam uma enfermiça coloração amarelo-cinzenta e por campos e florestas espalharam-se os corpos de bacuraus mortos.

O fedor se dissipou em seguida, mas a vegetação nunca mais voltou ao normal. Até hoje existe algo de estranho e blasfemo nas plantas que crescem em cima e em volta da temível colina. Curtis Whateley mal havia recobrado a consciência quando os homens de Arkham desceram a montanha com passos vagarosos sob os raios de um sol mais uma vez puro e reluzente. Estavam graves e silenciosos, e pareciam abalados por memórias e reflexões ainda mais terríveis do que aquelas que haviam reduzido o grupo de nativos a um estado de medo e tremor. Em resposta a um amontoado de perguntas, simplesmente balançaram a cabeça e reafirmaram um fato de vital importância.

"Aquela coisa se foi para sempre", disse Armitage. "Foi separada nos elementos que a compunham e nunca mais pode voltar a existir. Era uma existência impossível em um mundo normal. Apenas uma fração ínfima era constituída de matéria da maneira como a conhecemos. Parecia-se muito com o pai — e em boa parte retornou a ele em uma esfera ou dimensão vaga para além do universo material; algum abismo vago de onde apenas os mais profanos ritos de blasfêmia humana poderiam tê-lo chamado por um instante fugaz até as colinas."

Fez-se um breve silêncio, e nesse intervalo os sentidos atordoados do pobre Curtis Whateley começaram a se reorganizar em um sistema coeso; e o homem levou a mão à cabeça com um gemido. A memória deu a impressão de recompor-se a partir do último momento de consciência, e o horror da visão que o havia prostrado tornou a invadi-lo.

"*Ah, meu Deus, aquele rosto — aquele rosto pela metade... aquele rosto co'os olho vermelho e os cabelo albino desgrenhado, e sem quexo, que nem os Whateley... Era u'a espécie de polvo, de centopeia, de aranha, mas em cima tinha um rosto pela metade que parecia o do Bruxo Whateley, só que com vários metro de largura...*"

O homem deteve-se exausto enquanto o grupo de nativos o encarava em um estado de confusão ainda não cristalizado em um novo terror. Apenas o velho Zebulon Whateley, que tinha recordações erráticas de coisas antigas mas até então permanecia calado, ergueu a voz.

"Há quinze anos atrás", resmungou, "eu escutei o velho Whateley dizê que um dia nós ainda ia ovi o filho da Lavinny gritá o nome do pai no alto da Sentinel Hill..."

Porém Joe Osborn o interrompeu para fazer mais uma pergunta aos homens de Arkham.

"*O que era aquela cousa afinal de contas*, e comé que o jovem Bruxo Whateley consiguiu invocá ela do nada?"

Armitage escolheu as palavras com cuidado.

"Aquilo era — digamos que em boa parte era uma força que não pertence à nossa dimensão no espaço; uma força que age e cresce e se molda segundo leis diferentes daquelas que regem a nossa Natureza. Não temos por que invocar essas coisas de longe, e apenas pessoas vis e cultos maléficos se envolvem com isso. O próprio Wilbur Whateley tinha um pouco dessa força — o suficiente para transformá-lo em um demônio precoce e fazer com que seu ocaso fosse uma visão pavorosa. Pretendo queimar o diário maldito que ele deixou para trás, e se os senhores forem prudentes hão de dinamitar aquele altar de pedra lá em cima e desmanchar todos os círculos de pedra nas outras colinas. Foram coisas como aquelas que trouxeram essas criaturas que os Whateley tanto admiravam — criaturas invocadas para aniquilar a raça humana e arrastar a Terra rumo a um lugar inefável para um propósito inefável.

"Quanto à coisa que acabamos de despachar — os Whateley a criaram para desempenhar um papel terrível em tudo o que estaria por vir. Cresceu depressa e atingiu um tamanho enorme pelo mesmo motivo que levou Wilbur a crescer depressa e atingir um tamanho enorme — porém acabou ainda maior porque continha mais elementos de *estranheza cósmica*. Não há motivo para perguntar como Wilbur a invocou do nada. Ele não a invocou. *Esse era o irmão gêmeo de Wilbur, que puxou um pouco mais ao pai.*"

A sombra vinda do tempo

I.

Após vinte e dois anos de pesadelos e terror, dos quais fui salvo apenas por uma convicção desesperada na origem mítica de certas impressões, reluto em afirmar a verdade do que julgo ter encontrado na Austrália Ocidental na noite do dia 17 para 18 de julho de 1935. Tenho motivos para crer que minha experiência foi, no todo ou em parte, produto de uma alucinação — para a qual, a bem dizer, havia razões de sobra. Mesmo assim, confesso que o realismo dessas impressões foi a tal ponto horripilante que às vezes perco a esperança. Se aquilo de fato aconteceu, então a humanidade deve estar pronta para aceitar noções a respeito do cosmo e do próprio lugar que ocupa no turbulento redemoinho do tempo cuja simples menção tem um efeito paralisante. Deve também ficar de guarda contra um determinado perigo à espreita que, embora não seja capaz de engolir toda a raça dos homens, pode trazer horrores monstruosos e inimagináveis para certos indivíduos mais audazes. É por isso que peço, com todas as minhas forças, que abandonem de vez todas as tentativas de encontrar os fragmentos de cantaria desconhecida e primordial que a minha expedição tinha por objetivo investigar.

Admitindo-se que eu estivesse acordado e em pleno domínio das minhas faculdades, a experiência que tive naquela noite não se compara a nada que outrora tenha se abatido sobre homem algum. Foi, além do mais, uma confirmação pavorosa de tudo que eu havia tentado descartar como mito e sonho. Quis o destino misericordioso que não existisse nenhuma prova, pois no terror que tomou conta de mim eu perdi o espantoso objeto que — caso fosse real e tivesse sido retirado daquele abismo insalubre — teria servido como prova irrefutável. Quando me deparei com o horror eu estava sozinho — e até hoje não o revelei para ninguém. Não tive como impedir que outros fizessem escavações naquela direção, mas por enquanto a sorte e as areias inconstantes frustraram todas as tentativas de localizá-lo. Agora preciso fazer um relato definitivo — não apenas por conta do meu próprio equilíbrio mental, mas também para alertar todos os que se dispuserem a levá-lo a sério.

Escrevo estas páginas — que nas primeiras partes trarão informações familiares aos leitores atentos de jornais e periódicos científicos — na cabine do navio que está me levando para casa. Pretendo entregá-las ao meu filho, o prof. Wingate Peaslee, da Universidade do Miskatonic — o único membro da minha família que se manteve ao meu lado após a estranha amnésia de anos atrás, e também a pessoa mais bem informada a respeito dos detalhes pertinentes ao meu caso. No mundo inteiro, Wingate é a pessoa menos predisposta a ridicularizar este meu relato sobre aquela noite fatídica. Não lhe ofereci nenhum relato oral antes de zarpar, pois achei que seria melhor fazer a revelação por escrito. A leitura e a releitura nos momentos de maior conveniência devem fornecer-lhe um retrato mais convincente do que a minha língua confusa seria capaz de oferecer. Wingate pode fazer o que achar melhor com este relato — inclusive apresentá-lo, com as devidas explicações, em qualquer lugar onde possa servir para o bem. É em benefício dos leitores ainda não familiarizados com as primeiras etapas do meu caso que prefacio minha revelação com um sumário abrangente da situação anterior.

Meu nome é Nathaniel Wingate Peaslee, e aqueles que recordam as notícias de jornal da geração passada — ou ainda as cartas e os artigos publicados em periódicos de psicologia seis ou sete anos atrás — devem saber quem sou e o que represento. A imprensa publicou inúmeros detalhes sobre a estranha amnésia que me acometeu entre 1908 e 1913, e muito se falou sobre as tradições de horror, loucura e bruxaria que espreitam o antigo vilarejo de Massachusetts que desde então foi o local de minha residência. Mesmo assim, eu gostaria de deixar claro que não há nada de sinistro ou de anormal na minha linhagem e na minha vida pregressa. Trata-se de um detalhe importante em vista da sombra que se projetou sobre mim de maneira tão súbita, vinda de fontes *externas*. Pode ser que séculos de maus augúrios tenham conferido à decrépita Arkham assombrada por sussurros uma vulnerabilidade particular no que diz respeito a essas sombras — embora até isso pareça duvidoso à luz dos outros casos que mais tarde tive a oportunidade de estudar. Mesmo assim, o fato mais importante a ressaltar é que a minha genealogia e o meu passado são completamente normais. O que veio, veio de *algum outro lugar* — de onde, no entanto, ainda hoje eu hesito em afirmar de maneira categórica.

Sou filho de Jonathan e Hannah (Wingate) Peaslee, ambos de antigas famílias tradicionais de Haverhill. Nasci e cresci em Haverhill — na velha casa da Boardman Street, próxima à Golden Hill — e só fui para Arkham quando entrei na Universidade do Miskatonic, aos dezoito anos. Foi em 1889. Depois da minha graduação, estudei economia em Harvard e voltei para a Universidade do Miskatonic como professor de Economia Política em 1895. Por treze anos levei uma vida tranquila e feliz. Em 1896 casei-me com Alice Keezar, de Haverhill, e meus três filhos, Robert K., Wingate e Hannah, nasceram em 1898, 1900 e 1903, respectivamente. Em 1898 fui nomeado professor associado, e em 1902, professor titular. Em nenhum momento tive o menor interesse por ocultismo ou parapsicologia.

Na quinta-feira, 14 de maio de 1908, fui acometido por uma estranha amnésia. Foi um acontecimento súbito, embora mais tarde eu tenha percebido que certos vislumbres difusos algumas horas antes — visões caóticas que me perturbaram ao extremo justamente pelo ineditismo — devem ter formado os sintomas premonitórios. Minha cabeça doía, e eu tinha a estranha sensação — totalmente nova para mim — de que alguém estava tentando controlar meus pensamentos.

O colapso ocorreu às dez e vinte, enquanto eu dava uma aula de Economia Política VI — sobre a história e as tendências da economia — para alunos do segundo e do terceiro anos. Comecei a ver formas estranhas diante dos meus olhos e a sentir que eu estava em um recinto grotesco sem nenhuma relação com a sala de aula. Meus pensamentos e minha fala distanciaram-se da matéria e os alunos perceberam que algo estava muito errado. Em seguida caí inconsciente na minha cadeira, em um estupor do qual ninguém conseguiu me despertar. Minhas faculdades só tornaram a ver a luz de um mundo normal cinco anos, quatro meses e treze dias mais tarde.

Tudo o que sei a respeito do que aconteceu a seguir, é claro, me foi contado por outras pessoas. Não demonstrei nenhum sinal de consciência por dezesseis horas e meia, embora tenham me conduzido à minha casa na Crane Street nº 27 e me dispensado os melhores cuidados médicos. Às três horas da manhã do dia 15 de maio os meus olhos se abriram e eu comecei a falar, porém logo os médicos e os meus familiares assustaram-se com a maneira da minha expressão e da minha linguagem. Era evidente que eu não tinha nenhuma lembrança da minha identidade ou do meu passado, mas por algum motivo eu dava a impressão de querer ocultar essa ausência de conhecimento. Meus olhos fixavam-se de modo estranho nas pessoas ao meu redor, e as flexões dos meus músculos faciais eram de todo irreconhecíveis.

Até a minha forma de falar parecia estranha e de origem estrangeira. Eu usava meus órgãos vocais de modo desajeitado e experimental, e minha dicção tinha uma qualidade um tanto empolada, como se eu houvesse aprendido a língua inglesa à base de muito estudo nos livros. Minha pronúncia era estrangeira e bárbara, ao passo que a maneira da expressão parecia incluir a um só tempo resquícios de arcaísmos curiosos e expressões de cunho absolutamente incompreensível. Vinte anos mais tarde, fui lembrado desta última característica de forma particularmente vívida — e aterrorizante — pelo mais jovem médico que me atendia. Nesse período tardio, uma frase começou a ser usada — primeiro na Inglaterra e mais tarde nos Estados Unidos — e, embora apresentasse notável complexidade e inquestionável novidade, reproduzia com exatidão as enigmáticas palavras do estranho paciente de Arkham em 1908.

Meu vigor físico não tardou a voltar, mas precisei me reeducar no uso das mãos, das pernas e do aparato corpóreo como um todo. Por conta disso e de outras deficiências inerentes ao meu lapso mnemônico, passei algum tempo sob os mais estritos cuidados médicos. Quando notei que minhas tentativas de ocultar o lapso haviam falhado, admiti que não me lembrava de nada e passei a demonstrar interesse por toda sorte de informação. A bem dizer, os médicos ficaram com a impressão de que perdi o interesse na minha personalidade assim que o diagnóstico de amnésia foi aceito como algo natural. Perceberam que meus maiores esforços concentravam-se no aprendizado de certos aspectos da história, da ciência, das artes, das línguas e do folclore — alguns incrivelmente abstrusos, outros ridiculamente simples — que permanecem, em certos casos de modo um tanto singular, fora da minha consciência.

Ao mesmo tempo, perceberam que eu detinha um domínio inexplicável sobre várias outras esferas de conhecimento praticamente desconhecidas — um domínio que eu parecia mais inclinado a ocultar do que a demonstrar. Por vezes, em tom casual, eu fazia alusões a acontecimentos específicos em épocas remotas muito além dos limites da história canônica — e tentava fazer essas referências passarem por gracejos ao constatar a perplexidade que despertavam. E eu falava sobre o futuro de uma forma que em duas ou três ocasiões chegou a inspirar pavor. Esses lampejos impressionantes logo cessaram, mesmo que alguns observadores tenham atribuído esse desaparecimento mais a uma precaução furtiva da minha parte do que a qualquer esvanecimento de um estranho conhecimento subjacente. Na verdade, eu parecia demonstrar uma avidez sem precedentes por aprender a língua, os costumes e as perspectivas da época em que me encontrava, como se fosse um estudioso de algum país estrangeiro longínquo.

Assim que me foi possível, passei a frequentar a biblioteca da universidade em todos os horários; e em pouco tempo comecei a fazer viagens ocasionais e a frequentar cursos em universidades americanas e europeias, o que motivou inúmeros comentários pelos anos a seguir. Em nenhum momento senti falta de contatos eruditos, pois minha condição havia me transformado em uma espécie de celebridade entre os psicólogos da época. Tornei-me objeto de estudo como caso clássico de personalidade secundária — embora de vez em quando os estudiosos parecessem ficar perplexos diante de algum estranho sintoma ou resquício bizarro de uma zombaria velada.

A verdadeira amizade, no entanto, era rara. Algo no meu aspecto e na minha fala parecia despertar temores e aversões indefiníveis em todos aqueles com quem eu me relacionava, como se eu fosse uma criatura infinitamente distante de tudo o que é normal e sadio. A noção de um horror negro e oculto ligado a abismos imensuráveis e à ideia de *distância* era singularmente disseminada e persistente. Minha própria família não era exceção. Desde o meu estranho despertar, minha esposa passou a me tratar com horror e repulsa, jurando que um impostor desconhecido havia usurpado o corpo do homem com quem se havia casado. Em 1910 ela obteve o divórcio legal, e não consentiu em me ver nem mesmo após o meu retorno à normalidade, em 1913. Esses sentimentos foram compartilhados pelo meu filho mais velho e pela minha filha pequena — desde então eu nunca mais os vi.

Apenas o meu segundo filho, Wingate, foi capaz de vencer o medo e a repugnância inspirados pela minha transformação. Ele também sentia que eu era um estranho, mas, embora tivesse apenas oito anos na época, agarrou-se à crença de que a minha antiga personalidade haveria de voltar. Quando isso aconteceu, Wingate me procurou, e os tribunais concederam-me a guarda do garoto. Nos anos seguintes, ele ajudou-me com os estudos a que me dediquei, e hoje, aos trinta e cinco anos, Wingate é professor de psicologia na Universidade do Miskatonic. Não me espanto com o horror que causei — pois sem dúvida o intelecto, a voz, os pensamentos e as expressões faciais do ser que despertou no dia 15 de maio de 1908 não pertenciam a Nathaniel Wingate Peaslee.

Não tentarei fazer um relato extenso da minha vida entre 1908 e 1913, uma vez que os leitores podem encontrar todos os fatos essenciais — tal como eu mesmo fiz — nos arquivos públicos e em periódicos científicos. Fui encarregado das minhas próprias finanças e comecei a gastar o meu dinheiro de maneira lenta e criteriosa em viagens e estudos em vários centros de conhecimento. Minhas viagens, no entanto, eram singulares ao extremo, e envolviam longas estadias em lugares ermos e desolados. Em 1909 passei um mês no Himalaia, e em 1911 chamei muita atenção por conta de uma viagem a camelo pelos desertos ignotos da Arábia. Nunca fui capaz de descobrir o que aconteceu durante essas viagens. No verão de 1912, afretei um navio e naveguei pelo norte gelado nos arredores de Spitsbergen, demonstrando sinais de decepção mais tarde. No mesmo ano, passei semanas sozinho além de todos os limites explorados em caráter prévio ou subsequente no enorme sistema de cavernas calcárias no oeste da Virgínia — labirintos negros tão complexos que nenhuma tentativa de refazer meus passos foi sequer cogitada.

Minhas estadias nas universidades foram marcadas por um aprendizado em velocidade espantosa, como se a personalidade secundária fosse dotada de uma inteligência muito superior à minha própria. Descobri também que o meu volume de leitura e de estudo solitário era fenomenal. Eu conseguia memorizar todos os detalhes de um livro apenas no tempo necessário para folhear as páginas, e minha habilidade para interpretar números complexos de maneira instantânea era espantosa. Às vezes surgiam relatos quase tétricos sobre o meu poder de influenciar os pensamentos e as ações de outras pessoas, embora eu pareça ter evitado quaisquer demonstrações desta faculdade.

Outros relatos tétricos diziam respeito à minha intimidade com os líderes de grupos ocultistas, e certos eruditos suspeitavam de um envolvimento com bandos nefandos de abomináveis hierofantes ancestrais. Esses rumores, mesmo que jamais tenham sido provados na época, eram sem dúvida despertados pelo conhecido teor das minhas leituras — pois a consulta a livros raros nas bibliotecas não pode ser efetuada em segredo. Existem provas tangíveis — na forma de notas marginais — de que eu tenha lido coisas como o *Cultes des Goules* do Comte d'Erlette, o *De Vermis Mysteriis* de Ludvig Prinn, o *Unaussprechlichen Kulten* de Von Junzt, os fragmentos restantes do enigmático *Livro de Eibon* e o temível *Necronomicon* do árabe louco Abdul Alhazred. Além do mais, uma nova e maléfica onda de atividade nas seitas clandestinas coincidiu com a minha singular transformação.

No verão de 1913, passei a apresentar sinais de tédio e desinteresse e a insinuar que em breve eu poderia sofrer uma nova transformação. Comecei a falar sobre o retorno das lembranças de minha vida pregressa — embora a maioria das pessoas não acreditasse em mim, uma vez que todas as lembranças que eu relatava eram triviais e poderiam muito bem ter sido colhidas nos meus antigos papéis. Por volta do meio de agosto voltei para Arkham e reabri minha casa na Crane Street, que havia passado tanto tempo fechada. Lá, instalei um mecanismo de aspecto deveras curioso, construído em várias etapas por diversos fabricantes de instrumentos científicos na Europa e nos Estados Unidos e mantido longe dos olhos de qualquer pessoa inteligente o suficiente para analisá-lo. Aqueles que o viram — um mecânico, uma criada e a nova governanta — disseram que era uma estranha mistura de hastes, rodas e espelhos com cerca de sessenta centímetros de altura, trinta centímetros de largura e trinta centímetros de profundidade. O espelho central era circular e convexo. Todos os fabricantes de peças que puderam ser localizados corroboraram esses depoimentos.

Na noite de sexta-feira, 26 de setembro, dispensei a governanta e a criada até a tarde seguinte. As luzes da casa permaneceram acesas madrugada adentro, e um homem magro, de tez escura e feições estrangeiras chegou em um automóvel. Por volta da uma da manhã as luzes se apagaram. Às duas e quinze um policial viu que a casa estava às escuras, mas o carro do forasteiro permanecia estacionado na calçada. Pelas quatro da manhã o carro havia partido. Foi apenas às seis horas que uma estranha voz hesitante solicitou ao dr. Wilson que comparecesse à minha casa para curar-me de uma doença de caráter um tanto peculiar. Essa chamada — uma chamada de longa distância — foi mais tarde rastreada até um telefone público na North Station, em Boston, porém nenhuma outra pista sobre a identidade desse magro forasteiro foi encontrada.

Quando chegou à minha casa, o médico me encontrou inconsciente na sala de estar — em uma poltrona com uma mesa logo à frente. Na superfície da mesa, arranhões indicavam o local onde havia estado um objeto de peso considerável. A estranha máquina havia desaparecido, e desde então ninguém teve notícias a respeito dela. Sem dúvida o forasteiro magro e de tez escura a havia levado embora. Na lareira da biblioteca foi encontrada uma grande quantidade de cinzas resultantes da queima de todos os documentos que eu havia escrito desde o surto de amnésia. O dr. Wilson notou que a minha frequência respiratória estava bastante alterada, mas depois de uma injeção hipodérmica tudo voltou ao normal.

Às onze e quinze do dia 27 de setembro estremeci vigorosamente, e meu semblante impassível como uma máscara começou a dar sinais de expressão. De acordo com o dr. Wilson, a expressão não era a da minha personalidade secundária, mas guardava inúmeras semelhanças com o meu semblante normal. Por volta das onze e meia, balbuciei algumas sílabas muito curiosas — sílabas que pareciam estranhas a qualquer idioma humano. Também dei a impressão de estar lutando contra alguma coisa. Então, logo após o meio-dia — quando a governanta e a criada já haviam retornado —, comecei a balbuciar frases em inglês.

"... dentre todos os economistas do período, Jevons é quem melhor exemplifica essa tendência dominante da correlação científica. A tentativa de associar o ciclo comercial de prosperidade e depressão com o ciclo físico das manchas solares talvez seja o ápice da..."

Nathaniel Wingate Peaslee havia retornado — um espírito ainda perdido naquela manhã de quinta-feira em 1908, com toda a classe de economia a observá-lo junto da mesa surrada em cima do tablado.

II.

Meu retorno à vida cotidiana foi um processo difícil e doloroso. A perda de mais de cinco anos cria mais complicações do que se pode imaginar, e no meu caso inúmeros assuntos tiveram de ser resolvidos. O que ouvi sobre as minhas atitudes desde 1908 me deixou atônito e transtornado, mas tentei encarar a situação do modo mais filosófico possível. Quando enfim recuperei a guarda de Wingate, o meu segundo filho, levei-o para morar comigo na casa da Crane Street e tentei retornar à vida acadêmica — pois o meu antigo posto fora-me oferecido pela universidade.

Voltei a trabalhar em fevereiro de 1914, mas permaneci no cargo por apenas um ano. Foi o tempo de que precisei para compreender a extensão das sequelas deixadas pela minha experiência. Embora eu quisesse acreditar que as minhas faculdades estavam intactas e a minha personalidade não apresentava nenhuma lacuna, eu havia perdido a energia nervosa dos velhos tempos. Devaneios vagos e estranhas ideias me assombravam o tempo inteiro, e quando a eclosão da Guerra Mundial fez com que meus pensamentos se voltassem para a história, flagrei-me pensando sobre outras épocas e outros acontecimentos da maneira mais estranha possível. Minha concepção do *tempo* — minha capacidade de distinguir entre a consecutividade e a simultaneidade — parecia levemente alterada, de modo que passei a formular quimeras sobre viver em uma época e projetar a consciência rumo à eternidade para obter conhecimento sobre épocas passadas e futuras.

A guerra dava-me a estranha impressão de *recordar* certas *consequências longínquas* — como se eu soubesse de que forma havia de acabar e pudesse vê-la em *retrospectiva*, à luz de informações futuras. Todas essas quase memórias vinham acompanhadas por dores intensas e por um sentimento de que alguma espécie de barreira psicológica artificial tentava bloqueá-las. Quando venci a timidez e sugeri a existência dessas impressões a outras pessoas, obtive as mais variadas reações. Houve quem me encarasse com evidente desconforto, porém certos integrantes do departamento de matemática falaram sobre novos desdobramentos das teorias da relatividade — na época discutidas apenas em círculos acadêmicos — que mais tarde haveriam de tornar-se muito famosas. Segundo me disseram, o dr. Albert Einstein reduzia o *tempo* a uma simples dimensão.

Mesmo assim, os sonhos e as sensações de desconforto foram tomando conta de mim, até que em 1915 vi-me obrigado a abandonar o trabalho regular. Algumas dessas impressões começaram a traçar um contorno bastante perturbador — levando-me a crer que a amnésia tinha sido uma espécie de *troca profana*; que, na verdade, a minha personalidade secundária tinha sido uma força invasora vinda de regiões desconhecidas, e que a minha personalidade legítima tinha sido deslocada à força. Assim, fui levado a fazer especulações vagas e aterradoras quanto ao paradeiro da minha personalidade legítima durante os anos em que outra entidade havia ocupado o meu corpo. O conhecimento singular e a estranha conduta desse antigo ocupante passaram a me perturbar cada vez mais à medida que eu descobria detalhes em conversas, jornais e periódicos. Certas estranhezas que haviam causado estupefação pareciam harmonizar-se de maneira terrível com uma bagagem de conhecimento negro que borbulhava nos abismos do meu subconsciente. Lancei-me em uma busca frenética por informações acerca dos estudos e das viagens daquele *outro* ao longo dos anos em que permaneci nas sombras.

Porém nem todos os meus problemas eram de natureza semiabstrata. Havia os sonhos — e estes pareciam tornar-se cada vez mais vívidos e concretos. Sabendo como a maioria das pessoas haveria de encará-los, eu raramente fazia qualquer menção ao assunto, a não ser para o meu filho e para alguns psicólogos de confiança; e no fim comecei a fazer um estudo científico de outros casos semelhantes no intuito de averiguar o quão típicas ou atípicas seriam visões similares entre as vítimas de amnésia. Meus resultados, obtidos mediante consultas a psicólogos, historiadores, antropólogos e especialistas em saúde mental de comprovada experiência, bem como a um estudo que incluía todos os relatos de personalidade dupla desde as lendas de possessão demoníaca até a realidade médica presente, a princípio trouxeram-me mais preocupações do que alívio.

Logo descobri que os meus sonhos não tinham nenhum equivalente na volumosa bibliografia sobre casos verídicos de amnésia. No entanto, ainda restavam uns poucos relatos que por anos me deixaram perplexo e chocado em virtude das inúmeras semelhanças com a minha vivência pessoal. Alguns eram fragmentos de folclore antigo; outros, casos históricos nos anais da medicina; e um ou dois diziam respeito a velhas anedotas relegadas ao silêncio na história canônica. Assim, tive a impressão de que, conquanto a minha moléstia fosse prodigiosamente rara, casos isolados vinham ocorrendo a longos intervalos desde a aurora da humanidade. Alguns séculos traziam registros de um, dois ou três casos; outros, nenhum — ou ao menos nenhum que tenha sobrevivido à passagem do tempo.

Em essência, os relatos eram sempre idênticos — uma pessoa de intelecto arguto via-se de repente tomada por uma vida secundária e, por um período ora mais, ora menos longo, levava uma existência totalmente extravagante, marcada a princípio por dificuldades articulatórias e motoras, e mais tarde por uma vasta aquisição de conhecimentos científicos, históricos, artísticos e antropológicos; aquisição esta levada a cabo com uma voracidade febril e uma capacidade de absorção totalmente fora dos padrões. Mais tarde ocorria o retorno da consciência original, que a partir de então se via atormentada por sonhos vagos e indefiníveis que sugeriam fragmentos de memórias horripilantes, apagados graças a uma técnica elaborada. A impressionante semelhança entre alguns dos pesadelos descritos e os meus próprios — uma semelhança que chegava aos menores detalhes — não deixou nenhuma dúvida quanto à natureza típica do fenômeno. Um ou dois casos revestiam-se de uma aura ainda mais intensa de familiaridade vaga e blasfema, como se me houvessem sido comunicados através de um canal sônico do cosmo, demasiado mórbido e horripilante para a contemplação. Em três casos havia menções explícitas à máquina desconhecida que permanecia na minha casa antes da segunda transformação.

Outro motivo nebuloso de inquietação durante a minha busca foi a maior frequência de casos em que um vislumbre breve e fugidio dos pesadelos típicos era concedido a pessoas não atingidas por amnésia. Em geral essas pessoas tinham dotes intelectuais medíocres ou ainda menores — em certos casos, mal poderiam ser concebidas como veículos de vasta erudição ou de aquisições mentais prodigiosas. Por um instante, essas pessoas eram tomadas por uma força externa — e em seguida assaltadas por uma tênue e fugaz memória de horrores inumanos.

Pelo menos três casos semelhantes tinham sido registrados nas últimas cinco décadas — o mais recente apenas quinze anos atrás. Será que alguma coisa estava *andando às cegas através do tempo* desde um abismo ignoto da Natureza? Será que esses casos mais brandos seriam *experimentos* monstruosos e sinistros de caráter e autoria muito além de qualquer crença respaldada pela razão? Eis algumas das vagas especulações a que eu me entregava nas horas de fraqueza — devaneios estimulados pelos mitos descobertos em meus estudos. Eu não podia duvidar de que a existência de certas lendas persistentes de antiguidade imemorial, aparentemente ignoradas pelas vítimas e pelos médicos ligados aos casos recentes de amnésia, constituía um notável e espantoso desdobramento de lapsos mnemônicos como o meu.

Quanto à natureza dos sonhos e das impressões que se insinuavam com tamanho clamor, ainda hoje temo falar. Tudo parece saber a loucura, e por vezes achei que eu estava de fato perdendo a razão. Será que um tipo peculiar de alucinação afetava as vítimas dos lapsos de memória? Parecia concebível que os esforços do subconsciente para preencher lacunas inexplicáveis com pseudomemórias pudessem resultar em estranhos devaneios imaginativos. Essa, a bem dizer (embora no fim uma teoria alternativa do folclore tenha me parecido mais plausível), era a crença de muitos alienistas que me ajudaram na busca por casos paralelos e compartilharam a minha perplexidade em relação às analogias perfeitas eventualmente descobertas. Os alienistas não tratavam essa condição como uma loucura verdadeira, preferindo classificá-la como um distúrbio neurótico. Minha determinação em buscar a origem do problema a fim de analisá-lo, em vez de empreender vãs tentativas de ignorar ou esquecer o ocorrido, estava em pleno acordo com os melhores princípios da psicologia, segundo me disseram. Eu dava especial valor aos conselhos dos médicos que haviam me estudado durante o período em que estive possuído pela outra personalidade.

Meus primeiros sintomas não foram visuais, mas diziam respeito às impressões abstratas que já tive ocasião de mencionar. Havia também um profundo e inexplicável sentimento de horror em relação a *mim mesmo*. Comecei a sentir um medo inexplicável de ver a minha própria forma, como se os meus olhos pudessem descobrir algo completamente alienígena e inconcebivelmente abominável. Ao olhar para baixo e descobrir a forma humana de sempre, trajando roupas azuis ou cinza, eu era sempre tomado por uma curiosa sensação de alívio, mesmo que para obtê-la precisasse vencer um terror infinito. Eu evitava os espelhos tanto quanto possível e sempre fazia a barba no salão do barbeiro.

Foi necessário muito tempo para que eu enfim relacionasse esses sentimentos de frustração às fugazes impressões visuais que comecei a ter. A primeira dessas relações estava ligada à estranha sensação de uma contenção externa e artificial aplicada às minhas memórias. Eu sentia que meus vislumbres tinham um significado profundo e terrível, bem como uma pavorosa ligação com a minha pessoa, mas uma influência consciente me impedia de compreender esse significado e essa ligação. Logo veio a estranheza em relação ao elemento do *tempo*, acompanhada por esforços desesperados para encaixar os vislumbres oníricos fragmentários no padrão cronológico e espacial conhecido.

A princípio os vislumbres eram muito mais estranhos do que assustadores. Eu tinha a impressão de estar no interior de uma enorme câmara abobadada, cujas arestas em cantaria sobranceira quase se perdiam nas sombras mais acima. Qualquer que fosse a época ou o local da cena, o princípio do arco era conhecido e usado com a mesma prodigalidade demonstrada pelos romanos. Havia janelas redondas de dimensões colossais e altaneiras portas em arco, e pedestais ou mesas da altura de um aposento comum. Enormes estantes de madeira escura recobriam as paredes, repletas do que pareciam ser imensos tomos com estranhos hieróglifos nas lombadas. A cantaria exposta apresentava entalhes curiosos, sempre com desenhos curvilineares e matemáticos, e havia inscrições gravadas com os mesmos caracteres que adornavam os livros descomunais. A pedraria em granito escuro era megalítica e monstruosa, com linhas de blocos com topos convexos onde se encaixavam as fileiras de fundo côncavo que repousavam logo acima. Não havia cadeiras, mas o alto dos vastos pedestais estava repleto de livros, papéis e o que parecia ser material de escrita — estranhos jarros de um metal púrpura e longas hastes com as pontas manchadas. Por mais altos que fossem os pedestais, às vezes eu tinha a impressão de vê-los de cima. Alguns sustentavam globos de cristal luminoso que faziam as vezes de lâmpadas, bem como máquinas inexplicáveis formadas por tubos vítreos e hastes de metal. As janelas tinham vidros e gelosias construídas com barras robustas. Mesmo que não me atrevesse a chegar mais perto e olhar para fora, eu conseguia ver as formas balouçantes de plantas similares a samambaias. O piso era recoberto por lajes octogonais maciças, mas não havia tapeçarias nem outros elementos decorativos.

Mais tarde tive visões em que eu atravessava os corredores em pedra ciclópica, subindo e descendo os gigantescos planos inclinados de cantaria monstruosa. Não havia escadas em lugar algum, tampouco passagens com menos de nove metros de largura. Algumas das estruturas por onde eu deslizava pareciam alçar-se rumo ao céu por centenas de metros. Havia diversos níveis de abóbadas negras mais abaixo, e também alçapões jamais abertos, trancados com barras de metal que sugeriam uma ameaça formidável. Eu tinha a impressão de ser um prisioneiro, e o horror pairava sobre tudo ao meu redor. Senti que os hieróglifos curvilineares nas paredes arrasariam a minha alma com a mensagem que encerravam se eu não estivesse sob a proteção de uma ignorância piedosa.

Ainda mais tarde os meus sonhos passaram a incluir panoramas das grandes janelas redondas e do titânico telhado achatado, com jardins curiosos, uma grande área vazia e um alto parapeito de pedra com arremates protuberantes, aonde se chegava depois de atravessar o mais alto plano inclinado. As construções gigantes espalhavam-se por léguas quase infinitas, todas com um jardim próprio e dispostas ao longo de estradas pavimentadas com sessenta metros de largura. Apresentavam diferenças evidentes no aspecto individual, mas poucas tinham menos de cento e cinquenta metros de lado ou trezentos metros de altura. Muitas pareciam ilimitadas a tal ponto que deviam ter uma fachada de várias centenas de metros, enquanto outras erguiam-se a altitudes montanhosas no firmamento cinza e vaporoso. Pareciam ser feitas de pedra ou de concreto, e a maioria era construída na mesma cantaria curvilinear observável na construção em que eu me encontrava. Os tetos eram retos e cobertos por jardins, e tinham uma notável tendência a apresentar parapeitos com arremates protuberantes. Às vezes observavam-se terraços e níveis mais elevados, e amplos vãos livres em meio aos jardins. As grandes estradas sugeriam movimento, mas durante as primeiras visões não consegui obter mais detalhes a partir dessa impressão.

Em certos lugares eu vislumbrava enormes torres cilíndricas que se erguiam muito acima de qualquer outra estrutura. Estas pareciam dotadas de uma natureza totalmente única, e evidenciavam antiguidade e dilapidação prodigiosas. Eram construídas com uma espécie bizarra de cantaria quadrada em basalto e apresentavam um leve afunilamento em direção ao topo arredondado. Em nenhuma delas se via o menor sinal de janelas ou de quaisquer outras aberturas que não as enormes portas. Também notei algumas construções mais baixas — desmoronando com as intempéries dos éons — que guardavam alguma semelhança com a arquitetura básica das obscuras torres cilíndricas. Ao redor dessas aberrações de cantaria quadrada pairava uma aura inexplicável de ameaça e de temor concentrado, como aquela inspirada pelos alçapões trancados.

Os onipresentes jardins pareciam quase medonhos devido à própria estranheza, e apresentavam formas de vegetação bizarras e desconhecidas que se debruçavam ao longo de amplos caminhos ladeados por monólitos repletos de entalhes singulares. As mais comuns eram plantas similares a samambaias de tamanho descomunal; algumas verdes, outras de um sinistro palor fungoide. Em meio a esta flora sobranceavam enormes coisas espectrais que se assemelhavam a calamites, com troncos similares ao bambu que se erguiam a alturas fabulosas. Também havia incríveis espécies vegetais similares às cicadófitas, e grotescos arbustos verde-escuros e árvores de aspecto conífero. As flores eram pequenas, incolores e irreconhecíveis, e floresciam em canteiros geométricos em meio ao restante da vegetação. Em alguns dos jardins nos terraços havia flores maiores e mais vívidas de contornos quase repulsivos, que sugeriam reprodução artificial. Fungos de tamanhos, silhuetas e cores inconcebíveis espalhavam-se pelo cenário em padrões que indicavam uma desconhecida mas bem estabelecida tradição de horticultura. Nos jardins mais extensos, no térreo, parecia haver alguma tentativa de preservar as irregularidades da Natureza, enquanto nos terraços havia mais seletividade e mais evidências da arte da topiaria.

O tempo estava quase sempre úmido e encoberto, e às vezes trazia chuvas impressionantes. De vez em quando, no entanto, viam-se relances do sol — que aparentava uma grandeza anômala — e também da lua, cujas marcas apresentavam diferenças que nunca pude compreender com exatidão. Quando o céu noturno estava claro — o que acontecia muito raramente —, eu via constelações quase irreconhecíveis. Contornos familiares por vezes surgiam de maneira aproximada, mas raramente eram iguais; e, a dizer pela posição dos grupos que fui capaz de reconhecer, senti que eu devia estar no hemisfério sul, próximo ao Trópico de Capricórnio. O horizonte longínquo era quase sempre vaporoso e indistinto, mas eu conseguia perceber que grandes selvas de samambaias arbóreas desconhecidas, calamites, lepidodendros e sigilárias espalhavam-se para além da cidade, com as frondes fantásticas a tecer zombarias nos vapores inconstantes. De vez em quando sugestões de movimento apresentavam-se no céu, porém minhas primeiras visões jamais conseguiam se transformar em certeza.

Por volta do outono de 1914, comecei a ter sonhos infrequentes em que eu flutuava acima da cidade e pelas regiões vizinhas. Eu via estradas intermináveis de vegetação pavorosa com troncos malhados, canelados e listrados, e passava por cidades tão estranhas quanto aquela que persistia em me assombrar. Via construções monstruosas de pedra negra ou iridescente nos vales e nas clareiras onde um crepúsculo perpétuo reinava, e atravessava longos caminhos acima de pântanos tão escuros que eu pouco tinha a dizer quanto à vegetação úmida e exuberante que os encobria. Certa vez encontrei uma área de incontáveis quilômetros repleta de ruínas basálticas com arquitetura semelhante à das poucas torres sem janelas e de topo arredondado na cidade assombrosa. Em outra ocasião encontrei o mar — uma interminável extensão vaporosa além dos píeres de pedra colossal em uma gigantesca cidade de arcos e domos. Grandes sugestões de sombras informes moviam-se mais acima, e em certos pontos a superfície agitava-se com jorros anômalos.

III.

Como eu disse, a princípio essas visões não apresentaram nenhuma qualidade aterrorizante. Sem dúvida, muitos já tiveram sonhos mais estranhos — compostos de fragmentos avulsos da vida cotidiana, figuras e leituras arranjados em padrões inéditos e fantásticos pelos incontroláveis caprichos do sono. Por um tempo aceitei as visões como uma ocorrência natural, embora eu não costumasse ter sonhos extravagantes. Muitas das anomalias vagas, pensei eu, deviam se originar em fontes triviais demasiado numerosas para qualquer tipo de identificação, ao passo que outras pareciam refletir conhecimentos livrescos relativos a plantas e a outras condições do mundo primitivo de cento e cinquenta milhões de anos atrás — o mundo Permiano ou Triássico. Ao longo dos meses, no entanto, o elemento de terror manifestou-se com uma força cada vez maior. Foi nessa época que os sonhos passaram a se apresentar com o aspecto de *memórias*, e os meus pensamentos começaram a relacioná-los às minhas perturbações abstratas cada vez mais intensas — o sentimento de limitação mnemônica, as curiosas impressões relativas ao *tempo*, a sensação de uma repulsiva troca com a minha personalidade secundária de 1908 a 1913 e, algum tempo mais tarde, a inexplicável repulsa em relação à minha própria pessoa.

Quando certos detalhes passaram a figurar nos sonhos, o horror multiplicou-se por milhares de vezes — até que, em outubro de 1915, senti que eu precisava tomar alguma providência. Foi quando resolvi me dedicar ao estudo de outros casos de amnésia e de visões, pois senti que assim poderia analisar o meu problema de maneira objetiva e livrar-me da influência emocional. Como já foi dito, no entanto, o resultado foi praticamente o oposto em um primeiro momento. Fiquei muito perturbado ao descobrir sonhos tão similares aos meus, em especial porque alguns dos relatos eram antigos demais para que quaisquer conhecimentos geológicos — e portanto qualquer ideia quanto à natureza das paisagens primitivas — estivessem ao alcance da vítima. Além do mais, diversos relatos traziam detalhes e explicações horríveis em relação às visões de enormes construções e jardins selvagens — e em relação a outras coisas. As visões e impressões vagas já eram perturbadoras o bastante, mas as insinuações e os depoimentos de outros sonhadores sabiam a loucura e blasfêmia. Para piorar tudo ainda mais, minha pseudomemória começou a trazer-me sonhos cada vez mais delirantes e vislumbres de revelações iminentes. Mesmo assim, em geral os médicos consideraram o meu método bastante salutar.

Estudei psicologia de forma sistemática, e esse estímulo levou o meu filho Wingate a fazer o mesmo — e os estudos levaram-no ao atual cargo de professor universitário. Entre 1917 e 1918 frequentei cursos especiais na Universidade do Miskatonic. Nesse ínterim a minha pesquisa em registros médicos, históricos e antropológicos ganhou o caráter de uma busca incansável; envolveu viagens a bibliotecas distantes e chegou até mesmo a incluir leituras dos pavorosos tomos de sabedoria oculta pelos quais a minha segunda personalidade havia demonstrado um mórbido interesse. Alguns destes últimos eram os mesmos exemplares que eu tinha lido ainda na minha condição alterada, e fiquei profundamente perturbado com certas anotações marginais e *correções ostensivas* do texto execrando em uma caligrafia e em um estilo que pareciam estranhamente inumanos.

Essas marcações estavam, na maioria dos casos, escritas nos idiomas dos respectivos livros, que o autor da marginália conhecia com erudição profunda e evidente. Uma nota apensa ao *Unaussprechlichen Kulten* de Von Junzt, no entanto, chamava a atenção por um motivo alarmante. A nota consistia em certos hieróglifos curvilineares escritos na mesma tinta usada para fazer as correções em alemão, porém não seguia nenhum padrão humano reconhecível. E esses hieróglifos apresentavam semelhanças inconfundíveis com os caracteres tantas vezes encontrados em meus sonhos — caracteres cujo significado eu por vezes imaginava compreender ou me via prestes a recordar. Para completar o quadro da minha negra confusão, muitos bibliotecários asseguraram-me de que, segundo os registros dos volumes, todas essas anotações deviam ter sido feitas por mim durante o meu estado secundário. Apesar disso, eu era e ainda sou ignorante em todas as três línguas envolvidas.

Depois de juntar registros esparsos, antigos e modernos, antropológicos e médicos, encontrei uma mistura bastante consistente de mito e alucinação com um nível de abrangência e desvario que me deixou de todo estupefato. Encontrei um único consolo — o fato de que os mitos remontavam a épocas remotas. Que conhecimento perdido poderia ter trazido imagens do Paleozoico ou do Mesozoico para essas fábulas primitivas eu não saberia dizer, mas as imagens estavam lá. Portanto, havia uma base para a formação de um tipo fixo de delírio. Sem dúvida os casos de amnésia haviam criado o padrão geral do mito — mas a partir de então os acréscimos fantasiosos dos mitos devem ter reagido com os pacientes de amnésia e colorido as pseudomemórias destes. Eu mesmo havia lido e ouvido todas as antigas lendas durante o meu lapso de memória — minhas buscas traziam fartas evidências. Neste caso, não seria natural que meus sonhos e emoções subsequentes apresentassem as cores e as formas de tudo que a minha memória houvesse apreendido durante o estado secundário? Alguns dos mitos apresentavam ligações importantes com outras lendas nebulosas do mundo pré-humano, em especial no que dizia respeito aos mitos hindus referentes a vertiginosos abismos de tempo que fazem parte da sabedoria dos teosofistas modernos.

Tanto os mitos primordiais como as alucinações modernas sugeriam que a humanidade seria apenas uma — talvez a menor — dentre as várias raças altamente evoluídas surgidas durante a longa e em boa parte desconhecida história do planeta. Segundo essas insinuações, criaturas de formas inconcebíveis haviam erguido torres em direção ao céu e explorado todos os segredos da Natureza antes que o primeiro anfíbio se arrastasse para fora do mar quente de trezentos milhões de anos atrás. Algumas dessas criaturas tinham vindo das estrelas; umas poucas eram tão antigas quanto o próprio cosmo; e outras haviam surgido depressa a partir de germes terrestres tão anteriores aos primeiros germes do nosso ciclo vital quanto estes são anteriores a nós mesmos. Havia diversas menções à passagem de bilhões de anos e a ligações com outras galáxias e universos. A bem dizer, o tempo não existia da maneira como é compreendido em termos humanos.

No entanto, a maioria das lendas e impressões dizia respeito a uma raça mais recente, de forma estranha e intrincada e sem nenhuma semelhança com outras formas de vida conhecidas pela ciência, que viveu apenas até cinquenta milhões de anos antes do surgimento do homem. Tudo indicava que essa era a raça mais evoluída dentre todas as outras, pois foi a única a conquistar o segredo do tempo. As criaturas haviam aprendido tudo o que se sabia *ou que algum dia haveria de se saber* na Terra graças às mentes privilegiadas que tinham o poder de projetar-se rumo ao passado e ao futuro através de abismos de milhões de anos para estudar a sabedoria de todas as épocas. Os feitos dessa raça deram origem a todas as lendas sobre *profetas*, inclusive aquelas presentes na mitologia humana.

Vastas bibliotecas guardavam volumes de textos e ilustrações que encerravam a totalidade dos anais terrestres — histórias e descrições de todas as espécies que haviam existido e ainda haveriam de existir, com registros completos das respectivas artes, conquistas, idiomas e psicologias. Com esse conhecimento que abarcava os éons, a Grande Raça podia escolher, dentre todas as épocas e todas as formas de vida, os pensamentos, as artes e os processos que melhor se adequassem à natureza e à situação em que viviam. O conhecimento do passado, obtido graças a uma espécie de projeção mental para além dos cinco sentidos conhecidos, era mais difícil de obter do que o conhecimento relativo ao futuro.

Neste último caso o curso era mais simples e mais material. Com o auxílio mecânico necessário, as criaturas projetavam as consciências adiante no tempo e sondavam o nebuloso caminho extrassensorial até se aproximar do período desejado. Então, depois dos testes preliminares, aferravam-se aos melhores espécimes da forma de vida mais evoluída do período, entrando no cérebro do organismo e em seguida instalando as próprias vibrações enquanto a mente deslocada voltava ao período do usurpador e permanecia no corpo deste até que o processo se invertesse. A mente projetada, no corpo do organismo futuro, passava-se por um membro da raça cuja forma exterior ostentasse; e logo aprendia, com a maior rapidez possível, tudo o que houvesse para aprender sobre a época escolhida e as informações e técnicas nela disponíveis.

Nesse meio-tempo a mente do hospedeiro, deslocada para a época e o corpo do usurpador, era guardada com todo o cuidado. Impediam-na de ferir o corpo que ocupava e privavam-na de todo conhecimento prévio com técnicas de interrogatório. Muitas vezes o interrogatório era conduzido no idioma nativo da mente hospedeira, pois explorações anteriores do futuro haviam trazido registros desse idioma. Se a mente viesse de um corpo cujo idioma a Grande Raça fosse incapaz de reproduzir por motivos físicos, as criaturas desenvolviam engenhosas máquinas capazes de reproduzir o idioma alienígena, como em um instrumento musical. Os integrantes da Grande Raça eram imensos cones rugosos com três metros de altura que tinham a cabeça e outros órgãos presos a membros extensíveis com trinta centímetros de espessura que saíam do ápice. Falavam estalando ou raspando as enormes patas ou garras presentes na extremidade de dois desses quatro membros e caminhavam expandindo e contraindo uma camada viscosa presa à enorme base de três metros.

Quando o espanto e o ressentimento da mente cativa se dissipavam, e quando (no caso de criaturas com um aspecto físico muito diferente) o horror relativo à estranha forma temporária desaparecia, o prisioneiro tinha a chance de estudar o novo ambiente e experimentar um sentimento de assombro e de sabedoria similar ao do usurpador. Uma vez tomadas as devidas precauções, e em troca dos serviços adequados, permitiam-lhe desbravar todo o mundo habitado em aeronaves titânicas ou nos enormes veículos similares a barcos e equipados com motores atômicos que andavam pelas grandes estradas, bem como frequentar à vontade as bibliotecas que continham os registros do passado e do futuro do planeta. Assim, vários prisioneiros faziam as pazes com o destino, pois eram todos dotados de intelectos extremamente argutos para os quais a exploração dos mistérios ocultos da Terra — capítulos fechados de passados inconcebíveis e redemoinhos vertiginosos de um futuro que incluía anos muito além da época em que originalmente viviam — constituía, não obstante os horrores abismais tantas vezes revelados, a experiência suprema da vida.

De vez em quando alguns prisioneiros tinham a chance de encontrar outras mentes capturadas no futuro — de trocar experiências com intelectos que viviam cem ou mil ou um milhão de anos antes ou depois da época em que existiam. Todos eram incentivados a escrever no próprio idioma a respeito de si mesmos e do período em que viviam; e esses documentos eram armazenados em um vasto arquivo central.

Cabe dizer que havia um tipo particularmente triste de prisioneiro com privilégios bem maiores do que aqueles oferecidos à maioria. Eram os exilados moribundos *permanentes*, cujos corpos futuros haviam sido capturados por sagazes integrantes da Grande Raça que, na iminência da morte, tentavam escapar à extinção mental. Esses exilados melancólicos não eram comuns como se poderia imaginar, uma vez que a longevidade da Grande Raça diminuía o apego que tinham à vida — em especial no caso das mentes superiores capazes de projeção. A partir desses casos de projeção permanente de mentes provectas surgiram inúmeras mudanças de personalidade duradouras na história recente — inclusive na história da humanidade.

Quanto aos casos típicos de exploração — uma vez que o conhecimento desejado fosse adquirido no futuro, a mente usurpadora construía um aparato idêntico àquele responsável pelo voo inicial e revertia o processo de projeção. Mais uma vez tornava a ocupar o próprio corpo na própria época, enquanto a mente cativa retornava ao corpo futuro que de pleno direito habitava. No entanto, quando um dos corpos morria durante a troca essa restauração não era possível. Nesses casos, é claro, a mente exploradora precisava — tal como a dos que tentavam escapar da morte — viver uma vida no futuro, em um corpo alienígena; ou então a mente cativa — como os exilados moribundos permanentes — terminava os dias na forma e na época passada a que pertencia a Grande Raça.

Esse destino era menos temível quando a mente cativa também pertencia à Grande Raça — uma ocorrência não muito rara, uma vez que em todos os períodos essas criaturas sempre estiveram muito interessadas no próprio futuro. O número de exilados moribundos permanentes da Grande Raça era muito pequeno — em boa parte devido às tremendas penalidades associadas ao deslocamento de futuras mentes da Grande Raça por parte do moribundo. Através da projeção, providências eram tomadas para aplicar essas penalidades às mentes transgressoras enquanto ocupavam os corpos futuros — e às vezes uma nova troca era efetuada à força. Casos bastante complexos de deslocamentos de mentes exploradoras ou mesmo aprisionadas por outras mentes oriundas de várias regiões do passado haviam sido descobertos e cuidadosamente retificados. Em todas as épocas desde o descobrimento da projeção mental, uma pequena mas importante parcela da população era constituída por mentes da Grande Raça oriundas de épocas passadas, que estavam de visita por períodos ora mais, ora menos longos.

Quando uma mente prisioneira de origem alienígena era devolvida ao próprio corpo futuro, via-se privada de tudo o que havia aprendido na época da Grande Raça através de um complexo processo de hipnose mecânica — um processo necessário em vista das consequências problemáticas do transporte de conhecimento em grandes quantidades. Os poucos casos de transmissão direta haviam causado — e em tempos futuros haveriam de causar ainda outros — enormes desastres. Foi em consequência de dois casos assim que (segundo os antigos mitos) a humanidade aprendeu o que sabia sobre a Grande Raça. Dentre todas as coisas que haviam *sobrevivido fisicamente* desde aquele mundo a éons de distância, restavam apenas certas ruínas de grandes pedras em lugares distantes e nas profundezas oceânicas, bem como partes do texto presente nos temíveis Manuscritos Pnakóticos.

Assim a mente em retorno voltava à própria época apenas com visões tênues e fragmentárias de tudo que havia vivido desde a captura. Todas as memórias que podiam ser erradicadas eram erradicadas, de modo que na maioria dos casos apenas um vazio à sombra dos sonhos remontava ao momento da primeira troca. Algumas mentes lembravam mais do que outras, e eventualmente o encontro casual de memórias oferecia pistas relativas ao passado proibido de épocas futuras. Não deve ter havido uma única época em que grupos ou cultos não tenham celebrado algumas dessas pistas em segredo. O *Necronomicon* sugeria a presença de um culto nesses moldes entre os humanos — um culto que por vezes auxiliava as mentes que viajavam através dos éons desde a época da Grande Raça.

Nesse ínterim os integrantes da Grande Raça tornaram-se quase oniscientes, e dedicaram-se a organizar trocas com mentes de outros planetas e explorar o passado e o futuro desses outros mundos. Da mesma forma, tentaram compreender os anos anteriores e a origem do orbe negro e entregue à morte através dos éons de onde sua própria herança mental havia surgido — pois a mente da Grande Raça era mais antiga do que a forma corpórea. Os seres de um mundo ancestral moribundo, depois de alcançar a sabedoria graças à obtenção de conhecimentos ocultos e supremos, haviam partido em busca de um novo mundo e de uma espécie em que pudessem ter uma longa vida; e assim projetaram as próprias mentes em massa para a raça mais apta a hospedá-los — as criaturas em forma de cone que povoavam a nossa Terra um bilhão de anos atrás. Assim surgiu a Grande Raça, enquanto as incontáveis mentes enviadas rumo ao passado foram abandonadas para morrer no horror de formas estranhas. Mais tarde a raça enfrentaria a morte uma segunda vez, e sobreviveria graças a outra migração das melhores mentes para o corpo de seres futuros dotados de maior longevidade física.

Eis o pano de fundo composto de lendas e alucinações entremeadas. Quando, por volta de 1920, dei uma forma coerente às minhas descobertas, senti um discreto alívio na tensão que os estágios iniciais da pesquisa haviam causado. Afinal, e a despeito de todos os devaneios provocados por emoções cegas, não haveria uma explicação lógica para a maioria desses fenômenos? Um simples acaso poderia ter levado minha mente a estudos obscuros durante o período da amnésia — e além do mais eu tinha estudado as lendas proibidas e encontrado os integrantes de cultos ancestrais e mal-afamados. Sem dúvida, essa era a origem do material que compôs os sonhos e os sentimentos de perturbação que me assolaram após o retorno da minha memória. Quanto às notas marginais em hieróglifos oníricos e em idiomas que ignoro atribuídas a mim pelos bibliotecários — eu poderia muito bem ter aprendido os rudimentos dessas línguas em meu estado secundário, enquanto os hieróglifos sem dúvida tinham sido engendrados pela minha fantasia a partir das descrições feitas em antigas lendas e *apenas mais tarde* entremeados aos meus sonhos. Tentei verificar certos detalhes em conversas com infames líderes de cultos, mas nunca consegui estabelecer as relações necessárias.

Às vezes o estranho paralelismo entre tantos casos diferentes em tantas épocas diferentes continuava me preocupando como no início das pesquisas, mas por outro lado eu tinha a impressão de que o folclore de veia fantástica tinha um caráter muito mais universal no passado do que no presente. Provavelmente todas as outras vítimas com sintomas semelhantes aos meus tinham um conhecimento familiar de longa data sobre as histórias que eu havia descoberto apenas no estado secundário. Quando essas vítimas perdiam a memória, associavam-se às criaturas dos mitos domésticos — os fabulosos invasores que deslocavam a mente dos homens — e assim embarcavam em uma busca por conhecimentos que pudessem levar de volta para um suposto passado inumano. Quando a memória retornava, invertiam o processo associativo e viam-se não mais como usurpadores, mas como as antigas mentes cativas. Por esse motivo os sonhos e as pseudomemórias seguiam o padrão convencional dos mitos.

Não obstante uma certa ponderosidade, essas explicações por fim suplantaram todas as outras no meu intelecto — em boa parte devido à fraqueza ainda maior das teorias rivais. Um número considerável de eminentes psicólogos e antropólogos aos poucos aceitou a minha hipótese. Quanto mais eu refletia, mais convincente parecia o meu raciocínio; até que por fim consegui erguer uma barricada poderosa contra as visões e impressões que ainda me acossavam. E se eu visse coisas à noite? Não seriam nada além das coisas sobre as quais eu tinha lido e ouvido falar. E se eu apresentasse estranhas aversões e perspectivas e pseudomemórias? Estas também seriam ecos dos mitos absorvidos no estado secundário. Nada que eu pudesse sonhar, nada que eu pudesse sentir poderia ter qualquer significado real.

Fortalecido por essa filosofia, consegui melhorar o meu equilíbrio nervoso, mesmo que as visões (mais do que as impressões abstratas) estivessem cada vez mais frequentes e mais repletas de detalhes perturbadores. Em 1922, mais uma vez me senti apto a desempenhar um trabalho regular e pus os meus conhecimentos recém-adquiridos em prática aceitando um cargo de professor assistente de psicologia na universidade. Minha antiga cátedra de economia política tinha sido ocupada havia muito tempo — e além do mais os métodos de ensinar a matéria haviam sofrido grandes mudanças desde o meu auge. Nessa época o meu filho estava começando os estudos de pós-graduação que culminaram no atual professorado, e por esse motivo fizemos muito trabalho conjunto.

IV.

Continuei, no entanto, a manter um registro minucioso dos sonhos extravagantes que me visitavam com tanta frequência e de maneira tão vívida. Um registro desses, segundo eu imaginava, despertaria interesse genuíno como documento psicológico. Os vislumbres ainda se pareciam demais com *memórias*, embora eu lutasse contra essa impressão com uma razoável margem de sucesso. Ao escrever, eu tratava esses avantesmas como coisas vistas; mas em qualquer outra situação considerava-as simples ilusões diáfanas trazidas pela noite. Nunca mencionei esses assuntos em conversas casuais, ainda que menções a elas tenham — como não poderia deixar de ser — ocasionalmente suscitado rumores acerca da minha saúde mental. É engraçado pensar que esses rumores circularam apenas entre os leigos, sem um único adepto entre os médicos ou psicólogos.

Quanto às visões que tive depois de 1914, pretendo mencionar aqui apenas umas poucas, dado que registros e relatos completos encontram-se à disposição de qualquer pesquisador sério. É evidente que com o passar do tempo as inibições foram desaparecendo, pois o escopo das minhas visões sofreu um aumento descomunal. Mesmo assim, nunca foram mais do que fragmentos desconexos que não evidenciavam nenhuma motivação clara. Nos sonhos, aos poucos tive a impressão de adquirir uma liberdade cada vez maior para explorar o ambiente em que eu me encontrava. Flutuei ao longo de estranhas construções de pedra, indo de uma a outra através de passagens subterrâneas descomunais que pareciam ser a via usual de deslocamento. Às vezes, nos níveis mais baixos, eu encontrava os enormes alçapões trancados ao redor dos quais pairava uma aura de medo e de maus agouros. Vi gigantescas piscinas tesseladas, bem como recintos fornidos de utensílios curiosos e inexplicáveis dos mais variados tipos. Havia cavernas colossais dotadas de mecanismos intrincados cujos contornos e propósitos eram completamente ignorados por mim, e cujo *som* se manifestou apenas depois de vários anos sonhando. Aproveito para ressaltar que a visão e a audição foram os únicos sentidos que exercitei no mundo visionário.

O verdadeiro horror começou em maio de 1915, quando tive o primeiro vislumbre das *criaturas vivas*. Foi antes que as minhas pesquisas ensinassem-me o que esperar dos mitos e dos relatos de caso. À medida que as barreiras mentais cediam, passei a vislumbrar grandes massas de vapor translúcido em diversas partes das construções e nas ruas lá embaixo. Estas últimas tornaram-se cada vez mais sólidas e distintas, até que, passado algum tempo, pude enfim discernir contornos monstruosos com uma alarmante facilidade. Pareciam enormes cones iridescentes, com cerca de três metros de altura e três metros de largura na base, feitos de um material estriado, semielástico e escamoso. Dos ápices saíam quatro membros cilíndricos flexíveis, cada um com trinta centímetros de espessura e composto de uma substância estriada como a que compunha os cones. Esses membros ora se contraíam quase até desaparecer, ora estendiam-se a uma distância de cerca de três metros. Dois deles terminavam em enormes garras ou pinças. Na extremidade de um terceiro havia quatro apêndices vermelhos em forma de trompete. O quarto terminava em um globo amarelado e irregular com cerca de sessenta centímetros de diâmetro e dotado de três grandes olhos dispostos ao longo da circunferência central. Acima da cabeça havia quatro ramificações cinzentas e delgadas que sustentavam apêndices similares a flores, enquanto da parte inferior pendiam oito antenas ou tentáculos esverdeados. A grande base do cone central era rematada por uma substância cinza e borrachenta que deslocava toda a entidade por meio de expansão e contração.

As ações das criaturas, embora inofensivas, causaram-me ainda mais horror do que a aparência — pois não é nem um pouco salubre observar seres monstruosos desempenhar ações intrinsecamente humanas. Essas entidades moviam-se de maneira inteligente através dos amplos recintos, pegando livros nas estantes e levando-os para as enormes mesas, ou vice-versa, e por vezes escrevendo com uma haste curiosa presa entre os tentáculos esverdeados. As enormes pinças eram usadas para carregar os livros e conversar — a comunicação era efetuava através de cliques e de arranhões. As entidades não trajavam nenhum tipo de indumentária, mas usavam pastas ou bolsas suspensas do alto do tronco cônico. Em geral mantinham a cabeça próxima ao topo do cone, porém muitas vezes a erguiam ou a abaixavam. Os outros três grandes membros tinham uma tendência natural a permanecer em repouso nas laterais do cone, contraídos a um comprimento de cerca de um metro e meio quando em desuso. A dizer pela velocidade com que liam, escreviam e operavam as máquinas (as que repousavam em cima das mesas pareciam de algum modo ligadas ao pensamento), concluí que a inteligência das criaturas seria muito superior à do homem.

Depois, passei a vê-las por toda parte; reunidas em grandes câmaras e corredores, às voltas com máquinas monstruosas em meio a criptas abobadadas e correndo ao longo das vastas estradas em gigantescos carros em forma de barco. Logo venci o meu temor, pois as entidades pareciam ser parte natural do ambiente que habitavam. Comecei a perceber diferenças entre os diversos indivíduos, e alguns pareceram estar sujeitos a um certo tipo de contenção. Estes últimos, embora não apresentassem nenhuma variação física, demonstravam uma variedade de gestos e de hábitos que os diferenciava não apenas da maioria, mas em boa medida também uns dos outros. Escreviam no que parecia ser, para a minha visão turva, uma enorme variedade de caracteres — sem jamais empregar os hieróglifos curvilineares usados pela maioria. Alguns, segundo imaginei, usavam o nosso próprio alfabeto. Muitos trabalhavam em uma velocidade bastante inferior à massa geral das entidades.

Durante todo esse tempo a *minha participação* nos sonhos parecia resumir-se à de uma consciência sem corpo dotada de uma visão mais ampla do que o normal; capaz de flutuar livremente ao redor, e no entanto restrita aos caminhos e à velocidade de tráfego normais. Apenas em agosto de 1915 as sugestões de existência corpórea começaram a me trazer inquietações. Digo "inquietações" porque a primeira fase consistiu apenas em uma associação puramente abstrata e assim mesmo infinitamente terrível entre a repulsa que eu sentia em relação ao meu próprio corpo e as cenas das minhas visões. Por algum tempo a minha preocupação maior durante os sonhos foi evitar qualquer relance em direção ao meu corpo, e ainda me lembro de como me senti grato pela total ausência de grandes espelhos naqueles estranhos aposentos. Fiquei profundamente transtornado ao notar que eu nunca via aquelas mesas descomunais — cuja altura não poderia ser inferior a três metros — a partir de um nível inferior ao da superfície.

A tentação mórbida de olhar em direção ao meu próprio corpo tornou-se cada vez maior, e em uma noite fatídica não pude mais resistir. A princípio o olhar que dirigi para baixo não revelou absolutamente nada. No instante seguinte, associei esse resultado ao fato de que a minha cabeça encontrava-se na extremidade de um pescoço flexível de enorme comprimento. Ao retrair o pescoço e olhar para baixo, percebi o vulto escamoso, rugoso e iridescente de um cone com três metros de altura e três metros de largura na base. Foi nesse instante que acordei metade dos habitantes de Arkham com os meus gritos ao emergir do abismo do sono.

Apenas depois de semanas de horrendas repetições consegui resignar-me a essas visões de mim mesmo naquela forma monstruosa. Nos sonhos, passei a me deslocar em meio a outras entidades desconhecidas, lendo os terríveis livros guardados nas intermináveis prateleiras e escrevendo por horas sem fim nas grandes mesas com uma haste manejada pelos tentáculos verdes que pendiam da minha cabeça. Fragmentos do que eu lia e escrevia permaneciam na minha memória. Eram os horrendos anais de outros mundos e outros universos, e de ímpetos de formas de vida amorfas além de todos os universos. Havia registros de estranhas ordens de seres que haviam povoado o mundo em passados esquecidos, e horripilantes crônicas de inteligências dotadas de corpos grotescos que o povoariam milhões de anos após a morte do último ser humano. Li capítulos da história humana cuja existência nenhum erudito de nossa época sequer concebe. Muitos desses textos estavam escritos no idioma dos hieróglifos, que estudei de maneira estranha, com o auxílio de máquinas que rangiam e revelavam o que sem dúvida era uma língua aglutinativa com sistemas de radicais sem nenhum parentesco com os idiomas humanos. Outros volumes eram escritos em outras línguas desconhecidas aprendidas com o mesmo sistema. Muito pouco estava escrito em línguas que eu compreendesse. Excelentes ilustrações — tanto as que faziam parte dos registros como as que formavam coleções distintas — forneceram-me uma ajuda inestimável. E o tempo todo eu tinha a impressão de estar compondo uma história da minha própria época em inglês. Ao despertar, eu me lembrava apenas de fragmentos isolados e desprovidos de qualquer significado em relação às línguas desconhecidas que o meu ser onírico havia aprendido, embora frases inteiras da história permanecessem comigo.

Aprendi — mesmo antes que o meu ser terreno houvesse estudado casos paralelos ou os antigos mitos que sem dúvida estavam na origem dos sonhos — que as entidades ao meu redor pertenciam à mais grandiosa raça do mundo, que havia conquistado o tempo e enviado mentes exploradoras a todas as épocas. Além do mais, eu sabia que me haviam capturado na minha própria época enquanto um *outro* usava o meu corpo nessa mesma época, e que algumas das outras estranhas formas hospedavam mentes capturadas em circunstâncias análogas. Eu parecia conversar, em uma estranha língua composta de cliques, com intelectos exilados de todos os confins do sistema solar.

Havia uma mente oriunda do planeta que conhecemos como Vênus, que viveria durante incalculáveis épocas vindouras, e outra de uma lua distante de Júpiter que vivia seis milhões de anos no passado. Quanto às mentes terrenas, havia alguns indivíduos da raça semivegetal dotada de asas e cabeça em forma de estrela-do-mar oriunda da Antártida paleogênea; um representante do povo reptiliano da fabulosa Valúsia; três dos hiperbóreos adoradores hirsutos e pré-humanos de Tsathoggua; um dos abomináveis Tcho-Tchos; dois representantes das hostes aracnídeas na última época da Terra; cinco da robusta espécie coleóptera posterior à humanidade, para a qual a Grande Raça um dia haveria de transferir as mentes mais argutas em massa ao defrontar-se com uma ameaça formidável; e vários outros pertencentes às mais variadas ramificações da humanidade.

Conversei com a mente de Yiang-Li, um filósofo do império de Tsan-Chan, que deve ascender no ano 5000 d.C.; com a mente de um general dos negros macrocéfalos que dominavam a África do Sul no ano 50000 a.C.; com a mente de um monge florentino do século XII chamado Bartolomeo Corsi; com a mente de um rei de Lomar que havia reinado nesse terrível domínio polar cem mil anos antes que os amarelos e atarracados inutos atacassem do oeste; com a mente de Nug-Soth, um feiticeiro no exército dos conquistadores sombrios do ano 16000 d.C.; com a mente de um romano chamado Titus Sempronius Blaesus, que tinha sido questor na época de Sula; com a mente de Khephnes, um egípcio da 14ª dinastia que me revelou o horripilante segredo de Nyarlathotep; com a mente de um sacerdote do reino de Atlântida; com a mente de James Woodville, um gentil-homem de Suffolk que vivia na época de Cromwell; com a mente de um astrônomo da corte no Peru pré-Inca; com a mente do físico australiano Nevil Kingston-Brown, que há de falecer em 2518 d.C.; com a mente de um arquimago da Yhe desaparecida no Pacífico; com a mente de Teodotides, oficial greco-báctrio do ano 200 a.C.; com a mente de um francês provecto da época de Luís XIII chamado Pierre-Louis Montmagny; com a mente de Crom-Ya, um líder cimério de 15 000 a.C.; e com tantos outros que meu cérebro não foi capaz de armazenar os segredos chocantes e prodígios vertiginosos que me revelaram.

Toda manhã eu acordava com febre, às vezes em uma tentativa frenética de verificar ou desacreditar informações ao alcance do conhecimento humano moderno. Fatos tradicionais revestiram-se de aspectos novos e duvidosos, e admirei-me com o devaneio onírico capaz de engendrar complementos tão surpreendentes à história e à ciência. Estremeci ao pensar nos mistérios que o passado poderia ocultar e tremi diante das ameaças que o futuro poderia trazer. As insinuações presentes na fala das entidades pós-humanas em relação ao destino da humanidade produziram em mim um efeito que não pretendo deixar registrado. Depois do homem haveria uma poderosa civilização de besouros, cujos corpos a elite da Grande Raça capturaria assim que um destino monstruoso se abatesse sobre o mundo ancestral. Mais tarde, à medida que a Terra se aproximasse do fim, as mentes projetadas mais uma vez migrariam através do tempo e do espaço — para outra parada nos corpos das entidades vegetais bulbosas que habitam Mercúrio. Mas depois haveria outras raças que se aferrariam de maneira patética ao planeta gelado e viveriam escondidas no núcleo repleto de horror até o inelutável fim.

Nos meus sonhos eu expandia sem parar a história da minha época que estava preparando — meio por vontade própria, meio por conta das promessas de mais oportunidades para pesquisas e viagens — para o arquivo central da Grande Raça. O arquivo era uma estrutura subterrânea colossal próxima ao centro da cidade, que passei a conhecer bem por força de frequentes trabalhos e consultas. Construído para durar tanto quanto a Grande Raça, e também para resistir às mais extremas convulsões do planeta, esse repositório titânico ultrapassava todas as demais estruturas na robustez maciça e montanhosa da construção.

Os registros, escritos ou impressos em enormes folhas de celulose resistentes ao extremo, eram encadernados em livros que se abriam na parte de cima, e eram armazenados em estojos individuais feitos de um estranho e levíssimo metal inoxidável de coloração acinzentada, decorados com padrões matemáticos e ostentando o título nos hieróglifos curvilineares da Grande Raça. Esses estojos eram guardados em fileiras de cofres retangulares — estantes fechadas e trancadas — feitas do mesmo metal inoxidável e trancadas com segredos de operação complexa. A história que escrevi foi colocada em um dos cofres referentes ao mais baixo nível dos vertebrados — a seção dedicada à cultura humana e às raças hirsutas e reptilianas que a precederam na dominação terrestre.

No entanto, nenhum sonho me forneceu uma visão abrangente da vida cotidiana. Apenas fragmentos nebulosos e desconexos, que com certeza não se apresentavam na sequência correta. Para dar um exemplo, tenho apenas uma ideia bastante imperfeita no que diz respeito ao meu alojamento no mundo onírico, embora eu acredite ter ocupado todo um imenso recinto de pedra. Aos poucos minhas restrições como prisioneiro desapareceram, de modo que as visões passaram a incluir vívidos périplos por estradas no meio da selva, estadias em estranhas cidades e explorações das obscuras e imponentes ruínas sem janelas que os integrantes da Grande Raça evitavam por conta de um curioso temor. Também houve longas viagens marítimas em enormes navios com vários conveses e capazes de velocidades impressionantes, e viagens por regiões selvagens em aeronaves fechadas e em forma de projétil movidas por repulsão elétrica. Além do amplo oceano quente havia outras cidades pertencentes à Grande Raça, e no continente longínquo eu discernia os rústicos vilarejos das criaturas aladas com focinhos pretos que se tornariam a raça dominante depois que a Grande Raça enviasse as mais ilustres mentes rumo ao futuro para escapar de um horror insidioso. As planuras e a vegetação exuberante eram sempre as principais características da cena. As colinas eram baixas e esparsas, e em geral apresentavam sinais de atividade vulcânica.

Sobre os animais que vi eu seria capaz de escrever volumes inteiros. Todos eram selvagens; pois a cultura mecanizada da Grande Raça tinha dispensado os animais domésticos havia muito tempo, e as fontes de alimento eram exclusivamente vegetais ou sintéticas. Répteis desajeitados de grande porte arrastavam-se em paludes vaporosos, esvoaçavam na atmosfera pesada ou nadavam nos mares e lagos; e nos espécimes avistados imaginei reconhecer vagamente os protótipos arcaicos e primitivos de inúmeras formas — dinossauros, pterodáctilos, ictiossauros, labirintodontes, ranforrincos, plesiossauros e outros — descritas pela paleontologia. Quanto a pássaros ou mamíferos, jamais os encontrei.

O solo e os pântanos ganhavam vida graças a cobras, lagartos e crocodilos, e insetos zumbiam sem parar em meio à exuberância da vegetação. Ao longe, no mar, monstros insuspeitos e ignotos jorravam colunas de espuma em direção ao céu vaporoso. Certa vez desci até o fundo do mar em um gigantesco submarino equipado com holofotes e vislumbrei horrores vivos de espantosa magnitude. Vi também as ruínas de incríveis cidades submersas e a riqueza da vida crinoide, braquiópode, coral e ictíica que se alastrava por toda parte.

No que diz respeito à fisiologia, à psicologia, ao folclore e à história detalhada da Grande Raça, minhas visões preservaram informações escassas, e muitos dos detalhes esparsos registrados neste documento foram colhidos nos meus estudos de antigas lendas e de outros casos, e não em meus próprios sonhos. Depois de algum tempo, é claro, as minhas leituras e as minhas pesquisas ultrapassaram as diversas fases dos sonhos, de modo que certos fragmentos oníricos vinham explicados *a priori* e ratificavam o que eu havia aprendido. Assim surgiu a minha consoladora hipótese de que as leituras e as pesquisas similares levadas a cabo pela minha personalidade secundária deveriam estar na origem de toda a abominável tessitura de pseudomemórias.

O período dos meus sonhos parecia remontar a pouco menos de cento e cinquenta milhões de anos, no período de transição entre o Paleozoico e o Mesozoico. Os corpos ocupados pela Grande Raça não representavam nenhuma linha de evolução terrestre ou sequer descrita pela ciência, mas pertenciam a um tipo orgânico peculiar, singularmente homogêneo e altamente especializado que apresentava tanto características animais quanto vegetais. A ação celular sem precedentes evitava grande parte da fadiga e eliminava por completo a necessidade de dormir. O alimento, assimilado através dos apêndices em forma de trompete na extremidade de um dos membros flexíveis, apresentava sempre um aspecto semifluido que em quase nada se assemelhava à comida de outros animais descritos pela ciência. As criaturas tinham apenas dois dos sentidos que reconhecemos — visão e audição, sendo esta última desempenhada pelos apêndices florais na extremidade das ramificações cinzentas que ostentavam no alto da cabeça —, mas também eram dotadas de vários outros sentidos incompreensíveis (que, no entanto, eram de difícil utilização para as mentes cativas que habitavam os estranhos corpos). Os três olhos eram dispostos de maneira a permitir uma visão mais ampla do que o normal. O sangue era uma sânie verde-escura e viscosa. As criaturas eram desprovidas de sexo, e reproduziam-se através de sementes ou esporos que se acumulavam nas bases do cone e germinavam apenas dentro d'água. Grandes tanques rasos eram usados para a criação da prole — sempre, no entanto, limitada a um número reduzido em razão da longevidade da espécie, que em geral vivia por quatro mil ou cinco mil anos.

Indivíduos defeituosos eram silenciosamente descartados assim que os defeitos eram percebidos. A doença e a proximidade da morte, na ausência do tato e da sensação de dor física, eram percebidas apenas por meio de sintomas visuais. Os mortos eram incinerados em cerimônias suntuosas. Às vezes, como já tive ocasião de dizer, uma mente arguta escapava da morte projetando-se rumo ao futuro; mas casos assim não eram comuns. Quando ocorriam, a mente exilada vinda do futuro era sempre tratada com a maior delicadeza possível até a dissolução do estranho invólucro que a abrigava.

A Grande Raça parecia formar uma nação ou uma liga mais ou menos coesa, com grandes instituições comuns, embora houvesse quatro divisões claras. O sistema político e econômico de cada unidade era uma espécie de socialismo fascista, em que os principais recursos eram distribuídos por igual, e o poder, delegado a um pequeno comitê governamental eleito pelo voto de todos os indivíduos capazes de passar em certos testes educacionais e psicológicos. A organização familiar não era muito valorizada, ainda que os laços entre pessoas de descendência comum fossem reconhecidos e os jovens fossem em geral criados pelos progenitores.

As semelhanças com as atitudes e as instituições humanas manifestavam-se de forma mais evidente nas áreas ligadas a elementos tratados com um alto nível de abstração ou no domínio sobre as necessidades básicas e não especializadas comuns a todo tipo de vida orgânica. Umas poucas semelhanças surgiram através da adoção consciente, uma vez que a Grande Raça sondava o futuro e copiava o que lhe aprouvesse. A indústria, altamente mecanizada, exigia pouco tempo de cada cidadão; e o abundante tempo livre era ocupado com atividades intelectuais e estéticas dos mais variados tipos. As ciências haviam alcançado um estágio quase inacreditável de desenvolvimento, e a arte era uma parte essencial da vida, embora no período dos meus sonhos já houvesse passado da crista e do meridiano. A tecnologia recebia estímulos poderosos graças à constante luta pela sobrevivência e pela manutenção da integridade física das grandes cidades, ameaçadas pelas prodigiosas convulsões geológicas das épocas primordiais.

O crime era uma prática muito rara e sempre coibida por uma polícia eficiente ao extremo. As punições iam desde a restrição de privilégios ou o encarceramento até a pena de morte ou grandes suplícios emocionais, e jamais eram administradas sem uma minuciosa análise prévia das motivações para o crime. O belicismo, nos últimos milênios em boa parte civil, ainda que ocasionalmente direcionado contra invasores reptilianos e octópodes, ou ainda contra os Grandes Anciões alados e com cabeça em formato de estrela-do-mar vindos da Antártida, era um acontecimento infrequente, embora sempre causasse imensa devastação. Um exército gigantesco equipado com armamentos elétricos capazes de façanhas impressionantes estava sempre a postos por motivos raramente mencionados, mas sem dúvida relativos ao constante temor inspirado pelas ruínas ancestrais e pelos enormes alçapões trancados nos níveis subterrâneos mais profundos.

Esse temor em relação às ruínas basálticas e aos alçapões devia-se em boa parte a sugestões tácitas — ou, na melhor das hipóteses, a sussurros furtivos. Nenhum detalhe a esse respeito podia ser encontrado nos livros que ocupavam as estantes comuns. O assunto era o único tabu que subsistia naquela sociedade, e parecia estar relacionado a terríveis conflitos passados e à ameaça futura que um dia obrigaria a Grande Raça a enviar as mentes mais privilegiadas em massa para o futuro. Por mais imperfeitas e fragmentárias que fossem as outras coisas vislumbradas em sonhos e lendas, esse assunto permanecia envolto em um mistério ainda mais espantoso. Os antigos mitos evitavam-no — ou talvez as eventuais alusões tenham sido removidas por algum motivo. Nos meus sonhos e no de outras vítimas de amnésia, as pistas eram muito raras. Os integrantes da Grande Raça jamais faziam qualquer menção ao tema, e tudo o que se podia descobrir vinha apenas das mentes cativas mais observadoras.

Segundo esses fragmentos de informação, na origem do temor estava uma terrível raça ancestral de semipólipos — entidades alienígenas que haviam chegado através do espaço vindas de universos infinitamente longínquos para dominar a Terra e três outros planetas solares cerca de seiscentos milhões de anos atrás. Eram compostos apenas em parte de matéria — ao menos segundo a nossa concepção de matéria — e tinham consciência e percepção completamente distintas de todos os outros organismos terrestres. Para dar um exemplo, os sentidos dessas criaturas não incluíam a visão; viviam em um mundo mental de estranhas impressões não visuais. Mesmo assim, eram materiais o suficiente para usar implementos de matéria quando a encontravam em outras zonas cósmicas; e precisavam de habitações — habitações um tanto peculiares. Embora os *sentidos* das criaturas conseguissem atravessar qualquer tipo de barreira material, a *substância* de que eram compostas não conseguia; e certas formas de atividade elétrica podiam destruí-las por completo. Eram capazes de se locomover pelo ar, embora não fossem dotadas de asas ou de qualquer outro meio visível de levitação. As mentes dessas criaturas eram talhadas de maneira a tornar impossível qualquer tipo de contato com a Grande Raça.

Quando chegaram à Terra, as criaturas ergueram opulentas cidades basálticas repletas de torres sem janelas e tornaram-se predadores ferozes dos seres que aqui encontraram. Assim era quando as mentes da Grande Raça atravessaram o vácuo desde o obscuro mundo transgaláctico conhecido nos perturbadores e duvidosos Fragmentos de Eltdown pelo nome de Yith. Graças aos instrumentos que criaram, os recém-chegados não tiveram dificuldades para subjugar as entidades predadoras e fazê-las recuar para as cavernas no interior da Terra que haviam incorporado à morada em nosso planeta e começado a habitar. Então trancaram as entradas e deixaram as criaturas entregues à própria sorte, ocupando a seguir a maioria das grandes cidades e preservando certas construções importantes por motivos mais relacionados à superstição do que à indiferença, à temeridade ou à preservação científica e histórica.

No entanto, com o passar dos éons surgiram indícios vagos e maléficos de que as Coisas Ancestrais estavam cada vez mais fortes e numerosas no mundo interior. Houve irrupções esporádicas de caráter particularmente odioso em certas cidades pequenas e remotas da Grande Raça e também em algumas das cidades ancestrais desertas que a Grande Raça não havia povoado — lugares onde os caminhos para os abismos não estavam trancados ou vigiados de maneira adequada. A partir de então precauções adicionais foram tomadas, e muitos dos caminhos acabaram fechados para sempre — embora em certos pontos estratégicos os integrantes da Grande Raça tenham mantido os alçapões trancados a fim de possibilitar uma investida eficaz contra as Coisas Ancestrais, caso algum dia surgissem em lugares inesperados; fissuras recentes causadas pelas mesmas alterações geológicas que haviam obstruído alguns caminhos e aos poucos ocasionado uma redução no número de estruturas e ruínas extraterrenas deixadas pelas entidades vencidas.

As irrupções das Coisas Ancestrais devem ter causado um choque indescritível, pois deixaram marcas indeléveis na psicologia da Grande Raça. O horror era tanto que nem sequer o *aspecto* das criaturas era mencionado — em nenhum momento fui capaz de obter informações claras sobre a aparência que tinham. Havia sugestões veladas de uma *plasticidade monstruosa* e de *lapsos temporários de visibilidade*, enquanto outros sussurros fragmentários faziam alusões a uma capacidade de *controlar rajadas de vento* e empregá-las para fins militares. Singulares ruídos de *assovios* e pegadas colossais com cinco dedos circulares também pareciam estar associadas às criaturas.

Era evidente que o destino temido pela Grande Raça — o destino que um dia haveria de precipitar milhões de mentes privilegiadas rumo ao abismo do tempo em busca de corpos estranhos num futuro mais seguro — estava relacionado a uma derradeira irrupção bem-sucedida dos Seres Anciões. As projeções mentais através de diferentes épocas haviam pressagiado o horror, e a Grande Raça decidiu que nenhum indivíduo em condições de fugir haveria de presenciá-lo. A história mais tardia do planeta deixava claro que o ataque seria uma vingança, e não uma simples tentativa de reocupar o mundo exterior — pois as projeções revelavam a permanência de raças subsequentes sem nenhum tipo de conflito com as entidades monstruosas. Talvez as entidades tivessem preferido os abismos interiores da Terra à superfície instável e castigada pelas tempestades, uma vez que, para elas, a luz nada significava. Talvez também estivessem enfraquecendo aos poucos com o passar dos éons. Na verdade, era certo que estariam extintas na época da raça pós-humana de besouros que as mentes em fuga ocupariam. Nesse meio-tempo, a Grande Raça mantinha uma vigilância constante, com armamento pesado sempre a postos apesar do total banimento do assunto nas conversas cotidianas e nos registros escritos. Mesmo assim, a sombra de um temor inominável pairava sobre os alçapões trancados e as escuras torres ancestrais sem janelas.

V.

Esse foi o mundo de onde toda noite meus sonhos traziam-me ecos abafados e distantes. Não tenho a menor esperança de conseguir dar uma ideia sequer aproximada do horror e do espanto contidos nesses ecos, pois consistiam numa qualidade intangível ao extremo — uma vívida sensação de *pseudomemória*. Conforme eu disse, meus estudos aos poucos forneceram-me uma defesa contra essas sensações sob a forma de explicações psicológicas racionais; e essa influência redentora ganhou força graças ao suave toque do hábito adquirido com a passagem do tempo. Apesar de tudo, no entanto, o terror insidioso retornava de vez em quando. Mesmo assim, não conseguia mais tomar conta de mim como antes; e depois de 1922 passei a viver uma vida normal de trabalho e recreação.

Com o passar dos anos comecei a sentir que a minha experiência — somada aos casos análogos e ao folclore relacionado — devia ser resumida e publicada em forma definitiva para o benefício dos pesquisadores sérios; assim, preparei uma série de artigos que davam conta de todo o período e ilustravam, com esboços bastante rudimentares, algumas das formas, cenários, motivos decorativos e hieróglifos vislumbrados nos meus sonhos. Os artigos foram publicados em diferentes ocasiões, entre 1928 e 1929, no *Journal of the American Psychological Society*, mas não chamaram muita atenção. Nesse ínterim, continuei a registrar minuciosamente os meus sonhos, ainda que o montante cada vez maior de registros tivesse atingido proporções um tanto problemáticas.

No dia 10 de julho de 1934, a Psychological Society me encaminhou a carta que culminou na fase mais horrenda de toda a minha provação insana. Tinha sido franqueada em Pilbarra, na Austrália Ocidental, e trazia a assinatura de uma pessoa que, conforme descobri mais tarde, era um engenheiro de minas de notável prestígio. A correspondência trazia algumas fotografias muito interessantes. Proponho-me a reproduzir o texto na íntegra, para que todos os leitores possam compreender a intensidade do efeito que a carta e os registros fotográficos tiveram sobre mim.

Por algum tempo, permaneci atônito e incrédulo; pois, embora muitas vezes houvesse pensado que poderia haver alguma base factual subjacente para certas fases das lendas que haviam pintado meus sonhos com cores tão extravagantes, eu continuava despreparado para me defrontar com os resquícios tangíveis de um mundo perdido e remoto a ponto de desafiar a imaginação. Os elementos mais devastadores foram as fotografias — que, contra um fundo de areia e com realismo frio e incontestável, retratavam certos blocos de pedra carcomidos pelo tempo, desgastados pela água e castigados pelas tempestades cujos topos levemente convexos e cujas bases levemente côncavas contavam a própria história. Quando as estudei com uma lupa percebi de maneira clara, em meio aos escombros e lascas, os traços dos enormes desenhos curvilineares e dos hieróglifos ocasionais que se revestiam de um significado para mim tão odioso. No entanto, eis aqui a carta, que fala por si própria:

49, Dampier Str.
Pilbarra, Austrália Ocidental,
18 de maio de 1934

Prof. N. W. Peaslee,
a/c Am. Psychological Society,
30, E. 41st Str.,
Nova York, E.U.A.

Caro Senhor: —

Uma recente conversa com o dr. E. M. Boyle, de Perth, bem como alguns periódicos com artigos seus que me foram enviados recentemente, levaram-me a lhe escrever para relatar certas coisas que observei no

Grande Deserto Arenoso a leste da mina de ouro nos arredores daqui. Em vista das peculiares lendas sobre antigas cidades com enormes construções em cantaria e estranhos desenhos e hieróglifos descritas pelo senhor, acredito ter me deparado com algo de suma importância.

Os aborígenes sempre contaram histórias sobre "grandes pedras cheias de marcas", e parecem nutrir um profundo temor em relação a essas coisas. Por algum motivo, relacionam-nas às próprias lendas raciais sobre Buddai, o velho de estatura gigantesca que permanece adormecido no subterrâneo com a cabeça apoiada no braço e que há de devorar o mundo no dia em que despertar. Existem lendas muito antigas e já em parte esquecidas sobre enormes cabanas subterrâneas construídas com pedras imensas, onde as passagens levam cada vez mais fundo e onde coisas terríveis aconteceram. Os aborígenes dizem que certa vez um grupo de guerreiros que fugia de uma batalha desceu por um desses caminhos e nunca mais voltou, e ventos horripilantes começaram a soprar de lá desde então. No entanto, em geral não se aproveita muito do que esses nativos dizem.

Mesmo assim, tenho mais coisas a dizer ao senhor. Dois anos atrás, enquanto eu fazia prospecção no deserto, cerca de oitocentos quilômetros a leste, deparei-me com alguns exemplares de pedra trabalhada que mediam cerca de noventa por sessenta por sessenta centímetros, desgastados e lascados ao extremo. Em um primeiro momento não logrei encontrar nenhuma das marcas relatadas pelos aborígenes, mas depois de um exame mais atento consegui perceber linhas gravadas em grande profundidade, apesar do desgaste. Eram curvas um tanto peculiares, como as que os aborígenes haviam tentado descrever. Imagino que fossem cerca de trinta ou quarenta blocos, alguns quase enterrados na areia, e todos dentro de um círculo com cerca de trezentos metros de diâmetro.

Depois de encontrá-los, examinei atentamente os arredores e fiz uma medição precisa do local com os meus instrumentos. Também registrei os dez ou doze blocos mais característicos, e envio as fotografias para que o senhor as analise. Comuniquei a descoberta e entreguei fotografias para as autoridades em Perth, mas ninguém parece haver tomado providência alguma. Mais tarde encontrei o dr. Boyle, que tinha lido os seus artigos no *Journal of the American Psychological Society*, e no momento oportuno fiz menção às pedras. O dr. Boyle foi tomado por um vivo interesse e demonstrou particular entusiasmo quando lhe mostrei as fotografias, dizendo que as pedras e as marcas correspondiam de maneira exata àquelas encontradas na cantaria com que o senhor sonhou e que se encontra descrita nas lendas. Ele pretendia escrever para o senhor, mas infelizmente teve contratempos. Nesse ínterim, enviou-me a maioria dos periódicos com os artigos escritos pelo senhor e, pelos desenhos e descrições, não tardei a perceber que as minhas pedras são aquelas a que o senhor se refere. O senhor pode tirar as suas próprias conclusões a partir das fotografias em anexo. Acredito que mais tarde o senhor deva ser contatado diretamente pelo dr. Boyle.

Agora percebo a importância que essas descobertas terão para o senhor. Sem dúvida estamos diante dos resquícios de uma civilização desconhecida mais antiga do que qualquer outra jamais sonhada, responsável pela formação da base para as lendas que o senhor discute. Como engenheiro de minas, tenho algum conhecimento de geologia, e posso lhe assegurar que aqueles blocos sugerem uma antiguidade assombrosa. São compostos principalmente de arenito e granito, embora haja um exemplar feito de um tipo bastante singular de *cimento* ou *concreto*. Todos exibem marcas relativas à ação da água, como se aquela parte do mundo tivesse ficado submersa para tornar a emergir muito tempo mais tarde — depois da construção e da utilização dos blocos. Refiro-me a centenas ou milhares de anos — ou Deus sabe quanto tempo mais. Não gosto sequer de pensar a respeito.

A dizer pelo minucioso trabalho que o senhor tem feito para rastrear as lendas e tudo aquilo com que se relacionam, creio que em breve o senhor possa liderar uma expedição ao deserto para fazer escavações arqueológicas. Tanto o dr. Boyle como eu estamos dispostos a participar desse trabalho caso o senhor — ou alguma organização que o senhor conheça — tenha meios de fornecer os subsídios necessários. Posso conseguir cerca de doze mineiros para fazer a parte mais pesada da escavação — os aborígenes seriam inúteis, pois descobri que nutrem um temor que beira a paranoia em relação ao local. Boyle e eu não pretendemos comentar o assunto com mais ninguém — afinal, o senhor é quem deve levar o crédito pelas descobertas.

A expedição sairia de Pilbarra e chegaria ao local após quatro dias viajando de trator — um equipamento necessário. O local fica a sudoeste do caminho seguido por Warburton em 1873, cento e sessenta quilômetros a sudeste de Joanna Spring. Uma alternativa seria transportar o material pelas águas do Rio De Grey — mas todos esses detalhes podem ser discutidos mais tarde. Grosso modo, as pedras encontram-se em um ponto próximo à latitude 22°3'14" Sul e à longitude 125°0'39" Leste. O clima é tropical, e as condições do deserto são um desafio tremendo. Qualquer expedição deve ser feita no inverno — em junho, julho ou agosto. Receberei de muito bom grado qualquer correspondência referente ao assunto, e desde já me coloco à disposição para ajudá-lo no que o senhor decidir fazer. Depois de ler seus artigos, fiquei muito impressionado com o profundo significado de todo esse assunto. O dr. Boyle deve lhe escrever em breve. Caso um contato mais rápido seja necessário, o senhor pode enviar um telegrama por rádio para Perth.

Espero ansiosamente uma resposta sua.

Saudações cordiais,
Robert B. F. Mackenzie

Quanto ao efeito imediato dessa missiva, muito pode ser encontrado na imprensa. Consegui obter subsídio da Universidade do Miskatonic para realizar a expedição, e tanto o sr. Mackenzie como o dr. Boyle prestaram-me um auxílio inestimável no que dizia respeito aos acertos na Austrália. Não oferecemos muitos detalhes ao grande público, uma vez que o assunto poderia receber um indesejável tratamento sensacionalista ou jocoso por parte do jornalismo barato. Assim, os relatos impressos eram raros; mas a divulgação na imprensa foi suficiente para dar conta da nossa busca por ruínas australianas e noticiar os diversos preparativos antes da viagem.

Os professores William Dyer, do departamento de geologia da universidade (líder da Expedição Antártica feita pela Universidade do Miskatonic em 1930-1), Ferdinand C. Ashley, do departamento de história antiga, e Tyler M. Freeborn, do departamento de antropologia — ao lado de Wingate, o meu filho —, foram os meus companheiros. Meu correspondente Mackenzie chegou a Arkham no início de 1935 e nos ajudou com os últimos preparativos. Mackenzie era um senhor competente e afável, com cerca de cinquenta anos, detentor de uma erudição invejável e de uma grande familiaridade com as condições de viagem no continente australiano. Tratores estavam à nossa espera em Pilbarra, e afretamos um navio a vapor de calado baixo o suficiente para subir o rio até aquele ponto. Estávamos preparados para escavar nas condições mais minuciosas e científicas possíveis, examinando cada grão de areia e evitando mexer em quaisquer objetos que pudessem estar na posição original.

Zarpamos de Boston a bordo do *Lexington* no dia 28 de março de 1935 e fizemos uma agradável viagem pelo Atlântico e pelo Mediterrâneo, através do Canal de Suez, ao longo do Mar Vermelho e através do Oceano Índico até chegar ao nosso destino. Desnecessário dizer que a mera visão do litoral da Austrália Ocidental me deprimiu e que detestei o rústico vilarejo minerador e as desalentadoras minas de ouro onde os tratores receberam os últimos carregamentos. O dr. Boyle nos recebeu e revelou-se um homem provecto e uma companhia agradável e inteligente — os conhecimentos que tinha acerca de psicologia levaram-no a longas discussões comigo e com o meu filho.

Sentíamos um misto de expectativa e desconforto quando enfim nossa equipe de dezoito homens partiu em direção às léguas áridas de areia e rocha. Na sexta-feira, dia 31 de maio, passamos a vau por um braço do Rio De Grey e adentramos o reino de absoluta desolação. Uma espécie de terror apossou-se de mim à medida que avançávamos rumo ao local onde se escondia o mundo primevo por trás das lendas — um terror sem dúvida reforçado por inquietantes sonhos e pseudomemórias que continuavam a me assaltar com uma força infatigável.

No dia 3 de junho, uma segunda-feira, avistamos o primeiro dos blocos parcialmente soterrados. Não sou capaz de descrever as emoções que tomaram conta de mim quando toquei — na realidade objetiva — um fragmento de cantaria ciclópica idêntico aos blocos que recobriam os corredores das minhas construções oníricas. Havia resquícios de entalhes — e minhas mãos tremeram quando reconheci parte do padrão decorativo curvilinear que para mim se revestia de um caráter infernal em virtude dos anos de pesadelos torturantes e pesquisas enigmáticas.

Um mês de escavações resultou em um total de mil duzentos e cinquenta blocos em vários estágios de desgaste e desintegração. A maioria era composta de megálitos entalhados com extremidades curvas. Uma minoria era composta de pedras menores, chatas, lisas e de corte quadrado ou octogonal — como os pisos e calçamentos nos meus sonhos —, enquanto outras poucas eram particularmente volumosas e curvadas ou inclinadas de maneira a sugerir o uso em abóbadas, ou mesmo como partes de arcadas ou marcos de janelas redondas. Quanto mais fundo e mais em direção ao nordeste nós cavávamos, mais blocos encontrávamos, mas não conseguíamos descobrir nenhum sinal de disposição organizada nas ruínas. O professor Dyer ficou estarrecido com a idade imensurável dos fragmentos, e Freeborn descobriu vestígios de símbolos que sugeriam relações obscuras com lendas de antiguidade infinita oriundas de Papua e da Polinésia. O estado de conservação e a dispersão espacial dos blocos faziam revelações tácitas sobre os ciclos vertiginosos do tempo e sobre convulsões geológicas de violência cósmica.

Tínhamos um avião à nossa disposição, e meu filho Wingate fez diversos voos a altitudes variadas no deserto de areia e rocha a fim de procurar sinais de contornos tênues em grande escala — diferenças no nível do terreno ou vestígios de blocos espalhados. Não obteve resultado algum; pois quando imaginava ter encontrado algum indício promissor, a viagem seguinte substituía-o por outro, igualmente vago — resultado da ação do vento sobre as areias inconstantes. Uma ou duas dessas sugestões efêmeras, no entanto, tiveram sobre mim um efeito bastante peculiar e desagradável. Pareciam encaixar-se de maneira horrível em algo que eu houvesse lido ou sonhado, sem no entanto ser capaz de recordar. Havia uma terrível *pseudofamiliaridade* a respeito dessas impressões — que de alguma forma levaram-me a olhar com desconfiança e apreensão para a abominável e estéril paisagem que se estendia a norte e a nordeste.

Por volta da primeira semana de julho fui tomado por um misto de emoções inexplicáveis em relação à região nordeste. Eu sentia horror e curiosidade — e, além disso, uma ilusão persistente e enigmática de *memória*. Tentei tirar essas ideias da cabeça com os mais variados expedientes psicológicos, porém sem sucesso. Também passei a sofrer com a insônia, mas recebi-a quase de bom grado em virtude da redução na quantidade de sonhos. Adquiri o hábito de fazer longas caminhadas solitárias à noite no deserto — em geral rumo ao norte ou ao nordeste, para onde a soma dos meus novos e estranhos impulsos parecia me atrair.

Às vezes, durante essas caminhadas, eu encontrava outros fragmentos parcialmente soterrados de cantaria ancestral. Embora houvesse menos blocos visíveis naquela região do que no local por onde havíamos começado as escavações, tive certeza de que a quantidade debaixo da superfície seria muito abundante. O chão era menos nivelado do que no local do nosso acampamento, e os fortes ventos que sopravam de vez em quando dispunham a areia em dunas temporárias — expondo assim vestígios das pedras ancestrais enquanto cobriam outros traços. Eu me sentia ansioso para que as escavações chegassem àquele território, mas ao mesmo tempo sentia um pavor indescritível das revelações que poderiam trazer. Os motivos são óbvios. Meu estado piorava a cada dia — em especial porque eu não conseguia explicá-lo.

O estado precário da minha saúde mental pode ser demonstrado pela minha reação à estranha descoberta que fiz em um de meus passeios noturnos. Foi na noite de 11 de julho, quando uma lua gibosa mergulhou as misteriosas dunas de areia em um curioso palor. Depois de avançar para além dos meus limites habituais, deparei-me com uma grande pedra que exibia diferenças notáveis em relação a todas as outras encontradas até aquele momento. Estava quase toda soterrada, porém me abaixei e cavouquei a areia com as mãos para mais tarde estudar o objeto com cuidado e suplementar o brilho do luar com o facho da minha lanterna elétrica. Ao contrário das outras pedras enormes, aquela exibia um corte perfeitamente quadrado, sem nenhuma superfície côncava ou convexa. Também parecia ser esculpida em uma substância basáltica muito diferente do granito, do arenito e eventualmente do concreto que formava os demais fragmentos.

De repente me levantei, virei de costas e corri o mais depressa que eu podia até o acampamento. Foi uma fuga inconsciente e irracional, e apenas quando cheguei perto da minha barraca percebi por que eu havia fugido. Foi então que me ocorreu. A estranha pedra negra remontava a algum dos meus sonhos ou leituras e estava associada aos horrores absolutos nas lendas de éons imemoriais. Era um dos blocos daquela cantaria basáltica ancestral que a mítica Grande Raça tanto temia — as ruínas altas e sem janelas deixadas pelas Coisas furtivas, semimateriais e alienígenas que supuravam nos abismos mais profundos da Terra, cujos poderes eólicos e invisíveis os alçapões trancados e as sentinelas eternamente a postos tentavam conter.

Passei a noite acordado, mas ao raiar do dia percebi que eu havia sido ingênuo ao permitir que a sombra de um mito me impressionasse daquela forma. Em vez de ficar assustado, eu devia ter demonstrado o entusiasmo de um descobridor. Na manhã seguinte contei a todos os outros sobre a minha descoberta — Dyer, Freeborn, Boyle e o meu filho — e saí para ver mais uma vez o bloco anômalo. No entanto, o fracasso estava à nossa espera. Eu não tinha prestado atenção à localização exata da pedra, e um vento posterior havia mudado toda a configuração das dunas de areia inconstante.

VI.

Chego enfim à parte crucial e mais difícil da minha narrativa — ainda mais difícil porque não consigo ter nenhuma certeza quanto à realidade do que ocorreu. Às vezes sou invadido por um desconfortável sentimento de que não foi sonho nem alucinação; e é esse sentimento — em vista das implicações devastadoras que a realidade objetiva da minha experiência haveria de suscitar — que me impele a fazer este registro. Meu filho — um psicólogo formado com conhecimentos profundos e de primeira mão sobre o meu caso — vai ser o primeiro juiz em relação ao que tenho a dizer.

Em primeiro lugar, permita-me esboçar os elementos básicos da situação. Na noite de 17 para 18 de julho, recolhi-me cedo após um dia de fortes ventanias, mas não consegui dormir. Depois de me levantar pouco antes das onze horas, aflito como sempre por aquele estranho sentimento relativo à paisagem ao nordeste, saí para um dos meus típicos passeios noturnos; vi e saudei uma única pessoa — um mineiro chamado Tupper — ao sair das nossas instalações. A lua, que começava a ir de cheia para minguante, brilhava no céu limpo e derramava sobre as areias ancestrais uma radiância branca e leprosa que por algum motivo pareceu-me dotada de malignidade infinita. Não havia vento, e as rajadas tampouco voltaram a soprar por quase cinco horas, como podem atestar Tupper e outros que passaram a noite em claro. O australiano me viu desaparecer a passos lépidos em meio às dunas pálidas que guardavam os segredos do nordeste.

Por volta das três e meia uma forte rajada soprou, acordando todos no acampamento e derrubando três das nossas barracas. O céu estava limpo, e o deserto, ainda blasonado pelo brilho leproso do luar. Enquanto a equipe se ocupava com as barracas, minha ausência foi percebida — mas, em vista dos meus passeios anteriores, a circunstância não foi motivo de alarme. E mesmo assim três homens — todos australianos — deram a impressão de pressentir algo sinistro no ar. Mackenzie explicou para o professor Freeborn que aquele era um temor presente no folclore dos aborígenes — pois os nativos tinham urdido um curioso mito sobre os ventos fortes que a longos intervalos sopravam pelo deserto quando o céu estava limpo. Aos sussurros, diziam que essas lufadas vinham das enormes cabanas subterrâneas de pedra onde coisas terríveis aconteciam — sem que jamais fossem percebidas, salvo em lugares próximos às grandes pedras entalhadas. Por volta das quatro horas as rajadas cessaram de maneira tão repentina como haviam começado, deixando as dunas de areia com um aspecto novo e desconhecido.

Eram pouco mais de cinco horas e a túmida lua fungoide afundava no oeste quando cheguei cambaleando de volta ao acampamento — sem chapéu, com as roupas em farrapos, o rosto arranhado e ensanguentado e sem a minha lanterna elétrica. A maioria dos homens tinha voltado para a cama, mas o prof. Dyer estava fumando um cachimbo em frente à barraca. Ao ver-me naquele estado resfolegante e quase frenético, tratou de chamar o dr. Boyle, e os dois puseram-me na cama e cuidaram de mim. Meu filho, despertado pelo burburinho, logo se juntou aos meus colegas; e juntos tentaram fazer com que eu me acalmasse e pegasse no sono.

Mas o sono me escapava. Meu estado psicológico era extremamente anômalo — diferente de qualquer outro que houvesse me acometido até então. Depois de um tempo insisti em falar — e assim expliquei a minha situação em frases elaboradas e nervosas. Disse que eu havia cansado e resolvi me deitar na areia para tirar um cochilo. Segundo meu relato, tive sonhos ainda mais assustadores do que o normal — e quando fui despertado pelas rajadas súbitas os meus nervos não aguentaram. Saí correndo em pânico, tropeçando em pedras parcialmente soterradas e assim reduzindo as minhas roupas a farrapos deploráveis. Devo ter dormido por um bom tempo — o que justificaria as várias horas de ausência.

Quanto a coisas estranhas vistas ou vividas, não fiz nenhuma referência — nesse quesito, demonstrei a mais absoluta discrição. Mas relatei uma mudança de opinião relativa à expedição como um todo, e solicitei a interrupção imediata das escavações rumo ao nordeste. Meu raciocínio apresentava evidentes sinais de fraqueza — pois eu falava em uma escassez de blocos, em um desejo de não ofender os mineiros supersticiosos, em uma possível falta de subsídios da parte da universidade e em outras coisas inexatas ou irrelevantes. Como seria de esperar, ninguém prestou atenção a esses desejos — nem mesmo o meu filho, cuja preocupação com a minha saúde era bastante óbvia.

No dia seguinte voltei a andar pelo acampamento, mas não tomei parte nas escavações. Ao ver que eu não poderia interromper os trabalhos, decidi voltar para casa o mais rápido possível por causa dos meus nervos, e fiz meu filho prometer que me levaria de avião até Perth — mil e seiscentos quilômetros a sudoeste — assim que terminasse de examinar a região que eu tanto queria deixar em paz. Se a coisa que eu tinha vislumbrado ainda estivesse visível, pensei que talvez eu pudesse tentar um alerta específico, mesmo que ao custo do ridículo. Talvez os mineiros conhecedores do folclore local pudessem me apoiar. Para me fazer um agrado, meu filho examinou a região na mesma tarde, sobrevoando todo o terreno que eu pudesse ter coberto durante a minha caminhada. Porém, nada do que eu havia descoberto foi avistado. O caso do bloco basáltico se repetia mais uma vez — a areia inconstante havia apagado todos os vestígios. Por um momento lamentei a perda de um objeto espantoso em um surto de pavor — mas no instante seguinte tive certeza de que a perda fora misericordiosa. Ainda creio que toda a minha experiência foi uma ilusão — especialmente se, conforme espero com todas as forças, aquele abismo infernal jamais for encontrado.

Wingate levou-me até Perth no dia 20 de julho, mas ele não quis abandonar a expedição e voltar para casa. Permaneceu ao meu lado até o dia 25, quando o vapor com destino a Liverpool zarpou. Agora, em uma cabine do *Empress*, entrego-me a longas e frenéticas meditações sobre o assunto — e cheguei à conclusão de que o meu filho deve pelo menos ser informado. Caberá a Wingate decidir sobre a ampla divulgação do assunto. Para melhor enfrentar qualquer eventualidade, preparei este resumo da minha vida pregressa — que muitos já conheciam a partir de fontes esparsas —, e agora pretendo contar, da maneira mais breve possível, o que parece ter acontecido durante o tempo que passei longe do acampamento naquela noite odiosa.

Com os nervos à flor da pele e levado a uma espécie de avidez perversa por aquele ímpeto apavorante, inexplicável e pseudomnemônico em direção ao nordeste, continuei arrastando os pés sob o brilho intenso da lua maligna e agourenta. Aqui e acolá eu percebia, absconsos pela areia, os primordiais blocos ciclópicos deixados para trás por éons inominados e esquecidos. A antiguidade incalculável e o horror à espreita naquela desolação monstruosa começaram a me oprimir como nunca dantes, e não pude deixar de pensar em meus sonhos enlouquecedores, nas terríveis lendas por trás dessas fantasias e nos temores demonstrados pelos nativos e mineiros em relação ao deserto e às pedras entalhadas.

Mesmo assim, continuei arrastando os pés como se rumasse a um encontro quimérico — cada vez mais assaltado por devaneios túrbidos, compulsões e pseudomemórias. Lembrei-me dos possíveis contornos de certas fileiras de pedras avistadas do ar pelo meu filho e indaguei por que me pareciam a um só tempo tão agourentas e familiares. Algo forçava o trinco da minha lembrança enquanto outra força desconhecida tentava manter o portal inviolado.

Não havia vento, e as areias pálidas curvavam-se para cima e para baixo como ondas do mar congeladas. Eu não sabia para onde estava indo, mas por algum motivo segui adiante com uma fatídica convicção. Meus sonhos transbordaram para o mundo real, de modo que cada megálito absconso na areia parecia fazer parte dos intermináveis cômodos e corredores de cantaria inumana, entalhados e decorados com hieróglifos e símbolos que eu conhecia muito bem dos anos passados como cativo da Grande Raça. Em certos momentos imaginei ver aqueles horrores cônicos e oniscientes executando tarefas cotidianas ao meu redor, e evitei olhar para baixo por medo de me descobrir como um semelhante das criaturas. Contudo, a cada instante eu via os blocos encobertos pela areia e ao mesmo tempo os cômodos e corredores; a lua maligna e agourenta e ao mesmo tempo as lâmpadas de cristal luminoso; o deserto interminável e ao mesmo tempo as samambaias balouçantes e as cicadófitas no outro lado das janelas. Eu estava desperto e sonhando ao mesmo tempo.

Não sei por quanto tempo nem por quantos quilômetros — e, a bem dizer, sequer em que direção — eu havia caminhado quando divisei a pilha de blocos revelada pelo vento diurno. Era o mais numeroso grupo avistado em um único lugar até então, e causou-me uma impressão tão profunda que as visões dos éons fabulosos desfizeram-se no mesmo instante. Mais uma vez havia apenas o deserto e a lua maligna e as ruínas de um passado ignoto. Cheguei mais perto e me detive, e projetei o facho adicional da minha lanterna elétrica em direção à pilha tombada. Uma duna havia sido levada pelo vento, revelando um amontoado elíptico irregular de megálitos e outros fragmentos menores com cerca de doze metros de largura e sessenta centímetros a dois metros e meio de altura.

Desde o primeiro momento percebi que aquelas pedras apresentavam características sem nenhum precedente. Não apenas a simples quantidade de blocos era inédita, mas algo nas linhas carcomidas pela areia chamou minha atenção enquanto eu as examinava sob o facho misto da lua e da minha lanterna. Não que apresentassem qualquer diferença essencial em relação aos espécimes anteriores. Era mais sutil. A impressão não surgia durante a contemplação de um bloco individual, mas apenas quando eu corria os olhos por vários deles. Foi então que a verdade enfim se revelou. Os desenhos curvilineares em muitos daqueles blocos estavam *intimamente relacionados* — eram partes de um vasto efeito decorativo. Pela primeira vez naquela desolação estremecida pelos éons eu havia me deparado com uma massa de cantaria na disposição ancestral — uma massa tombada e fragmentária, é verdade, porém remanescente no sentido mais literal da palavra.

Depois de subir em uma das pedras mais baixas, pus-me a escalar a pilha com grande esforço, limpando a areia aqui e acolá com os dedos e o tempo inteiro tentando interpretar as variações no tamanho, no formato, no estilo e nas relações dos desenhos. Passado algum tempo, pude conceber uma ideia vaga quanto à natureza da estrutura obliterada e dos desenhos que outrora recobriam as vastas superfícies de cantaria primordial. A identidade perfeita do todo com alguns dos meus vislumbres oníricos deixou-me inquieto e aterrorizado. Vi-me diante do que em outras épocas havia sido um corredor ciclópico com nove metros de altura, pavimentado com blocos octogonais e adornado com uma abóbada de estrutura robusta. Haveria cômodos à direita, e na extremidade oposta um daqueles estranhos planos inclinados desceria em curva até níveis ainda mais profundos.

Tive um violento sobressalto quando esses pensamentos me ocorreram, pois sugeriam mais do que os meros blocos haviam insinuado. Como eu sabia que aquele nível ficava no subterrâneo? Como eu sabia que o plano em aclive estaria atrás de mim? Como eu sabia que a longa passagem subterrânea até a Esplanada dos Pilares estaria à esquerda no nível imediatamente superior? Como eu sabia que a sala das máquinas e o túnel à direita que levava até o arquivo central estariam dois níveis abaixo de mim? Como eu sabia que haveria um daqueles horrendos alçapões trancados com barras de aço no fundo da construção, quatro níveis abaixo? Perplexo ante essa intrusão do mundo onírico, notei que eu estava tremendo e banhado em suor frio.

Então, em um derradeiro e insuportável momento, senti aquele tênue e insidioso sopro de ar frio que vinha de uma depressão próxima ao centro do enorme monte. No mesmo instante, como já havia acontecido antes, minhas visões desvaneceram e tornei a ver apenas o luar maligno, o deserto à espreita e aquele túmulo de cantaria paleogênea. Algo real e tangível, e no entanto repleto de infinitas sugestões de mistérios noctíferos, confrontou-me naquele instante. Aquele sopro de ar poderia significar apenas uma coisa — um abismo oculto de grandes proporções sob os blocos desordenados na superfície.

Minha primeira reação foi pensar nas sinistras lendas aborígenes sobre enormes cabanas subterrâneas em meio aos megálitos onde horrores são perpetrados e os grandes ventos nascem. Depois os pensamentos relativos aos meus próprios sonhos retornaram, e senti vagas pseudomemórias cutucarem minha lembrança. Que tipo de lugar estava abaixo de mim? Que fonte primeva e inconcebível de ciclos míticos ancestrais e pesadelos assombrosos eu estaria prestes a descobrir? Hesitei apenas por um instante, pois havia mais do que curiosidade e ardor científico me impelindo adiante e lutando contra os meus crescentes temores.

Eu parecia movimentar-me de forma quase automática, como o refém de um destino inescapável. Depois de guardar a lanterna no bolso, lutando com forças que jamais imaginei possuir, arrastei um titânico fragmento de pedra e a seguir outro, até sentir uma forte rajada cuja umidade criava um estranho contraste com o árido clima desértico. Uma fissura negra começou a se abrir, e por fim — quando terminei de mover todos os fragmentos pequenos o bastante para o deslocamento — o luar leproso refulgiu sobre uma abertura larga o suficiente para facultar a minha passagem.

Saquei a lanterna e lancei o facho reluzente para o interior da passagem. Lá embaixo havia um caos de cantaria desabada que formava um declive irregular em direção ao norte em um ângulo aproximado de quarenta e cinco graus, sem dúvida resultante de algum colapso vindo de cima em tempos idos. No desnível entre a passagem subterrânea e a superfície do deserto havia um abismo de trevas impenetráveis em cujo extremo superior era possível discernir os sinais de abóbadas gigantescas e sujeitas a uma fadiga tremenda. Naquele ponto, segundo me pareceu, as areias do deserto repousavam diretamente sobre as fundações de uma estrutura titânica que remontava à juventude da Terra — embora eu me declare incapaz de sequer conceber como podem ter se mantido intactas durante éons de convulsões geológicas.

Em retrospecto, a mera sugestão de uma descida repentina e solitária a um pélago envolto em mistério — num momento em que meu paradeiro não era conhecido por vivalma — parece ser o supremo apogeu da insanidade. Talvez tenha sido isso mesmo — porém naquela noite eu me aventurei sem hesitar na descida. Mais uma vez a atração e o impulso fatal que a cada instante pareciam guiar meus passos fizeram-se presentes. Acendendo a lanterna apenas a intervalos a fim de poupar as baterias, empreendi uma descida tresloucada pelo sinistro e ciclópico declive no outro lado da abertura — às vezes com o rosto voltado para a frente quando encontrava apoios sólidos para os pés e as mãos, e em outros momentos encarando a pilha de megálitos enquanto me agarrava e tropeçava de maneira precária. Em duas direções ao meu lado, paredes distantes de cantaria entalhada e desabada assomavam tênues sob o facho direto da lanterna. À frente, no entanto, havia somente uma negrura interminável.

Não registrei a passagem do tempo durante a trabalhosa descida. Meus pensamentos fervilhavam com tantas insinuações e imagens portentosas que meus arredores imediatos pareceram afastar-se a distâncias incalculáveis. Minhas sensações corpóreas morreram, e até o medo permaneceu apenas como uma gárgula estática e fantasmagórica que me encarava com malícia impotente. Por fim cheguei a um nível repleto de blocos desabados, fragmentos informes de pedra e areia e detritos de toda espécie imaginável. No outro lado — talvez a nove metros de distância — erguiam-se paredes maciças que culminavam em descomunais abóbadas de aresta. Com alguma dificuldade, notei que apresentavam entalhes, porém a natureza exata das figuras escapava à minha percepção. O que mais me impressionou foi a abóbada em si. O facho da minha lanterna não alcançava o teto, mas as partes menos elevadas dos arcos monstruosos eram bem distintas. Apresentavam uma identidade tão perfeita com o que eu tinha visto em incontáveis sonhos com o mundo arcaico que comecei a tremer vigorosamente pela primeira vez.

Atrás de mim, no alto, uma cintilação tênue servia como lembrança do distante mundo enluarado lá fora. Algum vago resquício de cautela sugeriu que eu não devia perdê-la de vista, pois de outra forma correria o risco de ficar sem guia para o meu retorno. Avancei rumo à parede à minha esquerda, onde os resquícios dos entalhes eram mais visíveis. O chão repleto de entulho representava uma travessia tão dificultosa quanto a descida inicial, mas com algum esforço consegui abrir passagem. A certa altura empurrei alguns blocos e chutei os detritos para examinar o aspecto do calçamento — e estremeci diante da fatídica e absoluta familiaridade sugerida pelas grandes pedras octogonais cuja superfície abaulada mantinha-se quase na configuração original.

A uma distância conveniente da parede, apontei a lanterna com um movimento lento e cuidadoso em direção aos resquícios dos entalhes. Um fluxo aquático de outrora parecia ter agido sobre a superfície de arenito, mas havia certas incrustações bastante singulares para as quais não pude encontrar nenhuma explicação. Em certos pontos a cantaria estava muito solta e desfigurada, e indaguei por quantos éons mais aquele edifício primordial e oculto poderia manter os traços remanescentes da forma originária em meio às convulsões terrestres.

Mas o que mais me entusiasmou foram os próprios entalhes. Apesar da decrepitude ocasionada pelo tempo, ainda era relativamente fácil percebê-los a curta distância; e a familiaridade íntima e absoluta de cada detalhe atordoou a minha imaginação. Que os atributos mais genéricos da cantaria ancestral parecessem familiares não estaria além da credibilidade ordinária. Ilustrando de forma poderosa os urdidores de certos mitos, haviam se corporificado em uma tradição de folclore críptico que, depois de chamar minha atenção durante o período amnésico, de alguma forma suscitou vívidas imagens no meu subconsciente. Mas como eu poderia explicar a precisão exata e minuciosa com que cada linha e cada espiral nos estranhos desenhos correspondia aos sonhos que me visitaram por mais de vinte anos? Que iconografia obscura e ignota poderia ter reproduzido as nuances dos sombreados que, de maneira persistente, exata e incansável, faziam cerco às minhas visões oníricas noite após noite?

Não se tratava de mera coincidência ou de uma semelhança remota. Em termos absolutos e definitivos, o primevo corredor milenar e oculto pelos éons que eu desbravava era o original de algo que em sonhos me era tão familiar quanto a minha própria casa na Crane Street, em Arkham. É verdade que em meus sonhos o lugar se revelava no esplendor que havia antecedido a decadência, porém a constatação em nada prejudicava a premissa de identidade. Eu tinha um senso de orientação absoluto e atroz. A estrutura por onde eu andava me era familiar. Familiar também era o lugar que ocupava naquela terrível cidade onírica ancestral. Percebi, com instintiva e pavorosa certeza, que eu poderia visitar sem me perder qualquer ponto no interior da estrutura ou da cidade que havia escapado às devastações de incontáveis eras. Por Deus, qual seria o significado de tudo aquilo? Como eu haveria aprendido tudo o que sabia? E que terrível realidade poderia estar por trás das antigas histórias a respeito de seres que tinham habitado aquele labirinto de pedra ancestral?

As palavras não conseguem transmitir mais do que uma mera fração da magnitude de horror e perplexidade que me devorava o espírito. Eu conhecia o lugar. Sabia o que havia à minha frente, e sabia o que houvera mais acima antes que as miríades de pisos sobranceiros tivessem se reduzido a poeira e escombros e deserto. Não é mais necessário, pensei enquanto sentia um calafrio, manter a tênue mancha do luar à vista. Fiquei dividido entre um anseio de fugir e um misto febril de curiosidade ardente e fatalidade inelutável. O que teria acontecido à descomunal megalópole da antiguidade nos milhões de anos desde a época dos meus sonhos? Quantos dos labirintos subterrâneos que atravessavam a cidade e ligavam todas as torres titânicas haveriam sobrevivido às turbulências da crosta terrestre?

Será que eu havia encontrado todo um mundo soterrado de arcaísmo profano? Será que eu ainda poderia encontrar a residência do calígrafo e a torre onde S'gg'ha, uma mente cativa dos vegetais carnívoros com cabeça em forma de estrela-do-mar originários da Antártida, havia entalhado certas figuras nos espaços vazios das paredes? Será que a passagem dois níveis abaixo, que levava ao salão das mentes cativas, ainda estaria desobstruída e atravessável? Nesse salão, a mente cativa de uma entidade impressionante — uma criatura semiplástica que habitava o interior oco de um planeta transplutoniano desconhecido dezoito milhões de anos no futuro — guardava um objeto que havia modelado em barro.

Fechei os olhos e levei a mão à cabeça na vã e ridícula tentativa de afastar esses insanos fragmentos oníricos da minha consciência. Então, pela primeira vez, senti de maneira distinta o frio, o movimento e a umidade do ar que me rodeava. Tremendo, percebi que uma vasta cadeia de abismos negros entregues à morte através dos éons sem dúvida avultava em um ponto adiante e abaixo de mim. Pensei nas terríveis câmaras, passagens e rampas tal como eu as recordava dos meus sonhos. Será que o caminho até o arquivo central ainda estaria aberto? Mais uma vez aquela fatalidade inelutável tornou a cutucar minha lembrança enquanto eu me lembrava dos impressionantes registros que outrora permaneciam nos cofres retangulares de metal inoxidável.

Lá, segundo os sonhos e as lendas, repousava toda a história pregressa e futura do *continuum* do espaço-tempo cósmico — escrita por mentes cativas oriundas de todos os orbes em todas as épocas do sistema solar. Loucura, é claro — mas eu não tinha adentrado um mundo noctífero tão insano quanto eu próprio? Pensei nas estantes de metal trancadas e nos curiosos movimentos necessários para abrir o segredo de cada uma. Tive uma recordação muito vívida da minha estante. Quantas vezes eu havia repetido o intrincado procedimento de giros e pressões na seção dos vertebrados terrestres, localizada no nível mais baixo! Todos os detalhes eram novos e ao mesmo tempo familiares. Se houvesse um cofre como o que aparecia nos meus sonhos, eu poderia abri-lo em um instante. Foi nesse ponto que a loucura me dominou por completo. No momento seguinte eu estava saltando e tropeçando pelos escombros rochosos em direção à inesquecível rampa que conduzia às profundezas mais abaixo.

VII.

A partir desse ponto, minhas impressões deixam de ser confiáveis — na verdade, tenho a desvairada esperança de que tudo não passe de um sonho demoníaco — ou de uma ilusão nascida de um delírio. A febre assolava meus pensamentos, e eu via tudo através de uma névoa — às vezes de maneira intermitente. Os débeis raios da minha lanterna perdiam-se na escuridão predominante, revelando detalhes fantasmáticos de paredes e entalhes que me sugeriam uma horrenda familiaridade, arruinados como estavam pela decadência dos éons. Em certo ponto uma enorme parte da abóbada havia desabado, e assim precisei me arrastar por cima de um imponente amontoado de pedras que chegava quase até o teto irregular e coberto por grotescas estalactites. Era o apogeu supremo de todos os pesadelos, tornado ainda mais medonho pela nota blasfema das pseudomemórias. Apenas um detalhe parecia novo — a saber, a minha própria estatura em relação à cantaria monstruosa. Senti-me oprimido por uma sensação inédita de pequenez, como se a visão daquelas paredes sobranceiras a partir de um corpo humano normal fosse radicalmente nova e anômala. De tempos em tempos eu lançava olhares nervosos em direção ao meu corpo, perturbado como estava pela minha forma humana.

Avancei pela negrura do abismo saltando, correndo e cambaleando — muitas vezes caindo e me machucando, e quase destruindo a minha lanterna em uma ocasião. Eu conhecia cada pedra e cada recôndito daquele labirinto demoníaco, e em vários pontos o facho da lanterna iluminava arcadas obstruídas e decrépitas, porém mesmo assim familiares. Certos cômodos haviam desabado por completo; outros estavam vazios ou repletos de escombros. Em alguns notei certos objetos de metal — ora quase intactos, ora quebrados ou ainda esmagados — que reconheci como os monstruosos pedestais ou mesas que surgiam em meus sonhos. Não me atrevi a imaginar o que poderiam ser na verdade.

Encontrei a rampa que conduzia aos níveis inferiores e comecei a descida — embora depois de um tempo meu progresso tenha sido interrompido por uma enorme fissura irregular cujo ponto mais estreito não podia ter menos de um metro e vinte centímetros. Nesse ponto a cantaria havia cedido, revelando trevas insondáveis nas caliginosas profundezas mais abaixo. Eu sabia da existência de outros dois pavimentos subterrâneos naquele edifício titânico, e estremeci com terror renovado quando me lembrei do alçapão trancado com barras de metal no último nível. Não haveria guardas naquela situação — pois o que espreitava lá embaixo havia outrora executado o odioso desígnio e sucumbido a um longo ocaso. Na época da raça pós-humana de besouros, já estaria morto. Mesmo assim, ao recordar as lendas nativas, estremeci mais uma vez.

Precisei fazer um tremendo esforço para saltar por cima do abismo hiante, uma vez que o chão repleto de escombros me impedia de tomar impulso — mas a loucura me impelia adiante. Escolhi um lugar próximo à parede esquerda — onde a fissura era menos larga e apresentava um ponto de aterrissagem livre de detritos perigosos — e, depois de um momento frenético, cheguei ao outro lado em segurança. Tendo enfim ganhado o nível inferior, segui aos tropeções pela arcada da sala das máquinas, onde me deparei com ruínas fantásticas parcialmente soterradas por mais escombros da abóbada desabada. Tudo era como eu lembrava, e assim escalei os montes que bloqueavam o acesso a um amplo corredor transverso cheio de confiança. Notei que aquela rota me levaria pelos subterrâneos da cidade até o arquivo central.

Eras incontáveis pareciam desfilar à minha frente enquanto eu tropeçava, saltava e me arrastava ao longo do corredor repleto de entulho. De vez em quando eu percebia os entalhes nas paredes manchadas pelo tempo — alguns familiares, outros talvez acrescentados em épocas posteriores aos meus sonhos. Uma vez que aquela era uma passagem subterrânea que ligava diferentes edificações, não havia arcadas a não ser nos pontos em que o caminho atravessava os níveis inferiores de prédios variados. Em algumas dessas intersecções eu me virava para olhar em direção a corredores e aposentos que despertavam vívidas memórias. Apenas por duas vezes deparei-me com alterações radicais em relação ao cenário dos meus sonhos — e em uma delas pude discernir os contornos intransponíveis da arcada que eu recordava.

Fui tomado por um forte tremor e tive um surto repentino de fraqueza debilitante enquanto percorria um apressado e hostil trajeto em meio à cripta no interior de uma das colossais torres sem janelas em ruínas cuja cantaria basáltica sugeria uma origem pavorosa mencionada apenas aos sussurros. Essa cripta primordial era redonda e media sessenta metros de uma extremidade à outra, sem apresentar nenhum entalhe na cantaria escura. O piso estava livre, à exceção da areia e do pó, e pude ver as passagens que subiam e desciam para outros níveis. Não havia escadas nem rampas — na verdade, em meus sonhos essas torres ancestrais permaneciam intocadas pela fabulosa Grande Raça. As criaturas que as haviam construído não precisavam de escadas ou rampas. Nos sonhos, a passagem descendente permanecia trancada e vigiada por guardas nervosos. Mas naquele instante estava aberta — negra e escancarada, emanando uma corrente de ar frio e úmido. Quanto às cavernas ilimitadas de noite perpétua que poderiam estar à espreita lá embaixo, não me atrevo sequer a imaginá-las.

Mais tarde, depois de escalar uma parte muito obstruída do corredor, cheguei a um local onde o teto tinha cedido por completo. Os escombros erguiam-se como uma montanha, e enquanto eu os escalava adentrei um vasto espaço vazio onde a minha lanterna não revelou nem paredes nem abóbadas. Pensei que aquele devia ser o porão da casa dos fornecedores de metal, que dava para uma esplanada próxima ao arquivo. O que teria acontecido estava muito além das minhas conjecturas.

Encontrei a continuação do corredor no outro lado da montanha de pedras e detritos, mas depois de uma curta caminhada me deparei com uma passagem completamente bloqueada onde as ruínas da abóbada quase tocavam o teto perigosamente abaulado. Como pude empurrar e afastar blocos suficientes para franquear uma passagem e como me atrevi a perturbar os fragmentos compactados sabendo que a menor alteração no equilíbrio poderia ter derrubado as incontáveis toneladas de cantaria escorada logo acima de mim são perguntas para as quais até hoje não tenho resposta. Era a loucura em estado puro que me impelia adiante e guiava meus passos — se, de fato, a minha aventura subterrânea não foi — conforme espero — uma alucinação infernal ou parte de um sonho. De qualquer modo, abri — ou sonhei ter aberto — uma passagem onde eu pudesse me enfiar. Enquanto me contorcia pelo monte de entulho — com a lanterna acesa enfiada fundo na boca — senti minha pele ser rasgada pelas fantásticas estalactites do teto irregular logo acima de mim.

Eu estava perto da grande estrutura arquivística subterrânea que parecia ser o meu objetivo. Após deslizar e descer o outro lado da barreira e desbravar o caminho ao longo do trajeto restante acionando a lanterna apenas a breves intervalos, cheguei a uma cripta baixa e circular — em estado de conservação esplêndido — com arcos que se abriam em todas as direções. As paredes, ou ao menos as partes que estavam ao alcance da minha lanterna, estavam cobertas de hieróglifos e entalhadas com os símbolos curvilineares típicos — alguns deles acrescidos em uma época posterior aos meus sonhos.

Percebi que aquele era o meu destino final e, no mesmo instante, virei-me em direção a uma arcada familiar à esquerda. Quanto à minha capacidade de encontrar um caminho desimpedido para todos os demais níveis remanescentes, acima ou abaixo da rampa, eu não tinha dúvida. Aquela pilha vasta e protegida pela Terra, que abrigava os anais de todo o sistema solar, fora construída com habilidade e resistência fora do comum para durar tanto quanto o próprio sistema. Blocos de tamanho monstruoso, assentados com precisão matemática e fixados com cimento de assombrosa dureza haviam se combinado para formar uma estrutura firme como o núcleo rochoso do planeta. Lá, depois de eras mais prodigiosas do que eu poderia conceber em sã consciência, a massa soterrada erguia-se com todos os contornos essenciais, com os amplos corredores empoeirados praticamente livres do entulho predominante em outros corredores e recintos.

A caminhada relativamente fácil a partir desse ponto afetou meus pensamentos de maneira curiosa. Toda a avidez frenética até então frustrada por obstáculos extravasou-se em uma espécie de velocidade febril, e literalmente corri pelas monstruosas passagens de teto baixo para além da arcada. Eu já não me impressionava mais com a familiaridade do ambiente ao redor. Por todos os lados assomava o porte monstruoso das grandes portas de metal cobertas por hieróglifos que protegiam as estantes do arquivo; algumas na posição original, outras abertas, e ainda outras amassadas e entortadas por movimentações geológicas sem força suficiente para estilhaçar a cantaria titânica. Aqui e acolá uma pilha empoeirada logo abaixo de uma estante vazia parecia indicar a localização dos estojos derrubados por abalos sísmicos. Em alguns pilares havia grandes símbolos ou letras proclamando as classes e as subclasses dos volumes.

Em dado momento me detive em frente a uma estante aberta, onde vi alguns dos familiares estojos metálicos ainda na posição original em meio à poeira onipresente. Estendendo a mão, alcancei com alguma dificuldade um espécime fino e o coloquei no chão a fim de examiná-lo. O título estava escrito com os hieróglifos curvilineares predominantes, mas um detalhe na disposição dos caracteres sugeria uma estranheza sutil. Eu estava perfeitamente familiarizado com o singular mecanismo do fecho curvo, então tratei de abrir a tampa ainda imune à ferrugem para ter acesso ao livro que estava lá dentro. Conforme o esperado, o exemplar media cerca de cinquenta por quarenta centímetros e tinha outros sete de espessura; e as capas de metal fino abriam pela parte de cima. As firmes páginas de celulose pareciam ter resistido às miríades de ciclos temporais que haviam atravessado, e assim comecei a estudar as letras rústicas de estranha pigmentação que compunham o texto — símbolos completamente distintos dos tradicionais hieróglifos entalhados e de qualquer outro alfabeto conhecido pela erudição humana — com a assombrosa impressão de uma pseudomemória. Ocorreu-me que aquela devia ser a linguagem empregada por uma mente cativa que eu havia conhecido brevemente em meus sonhos — a mente vinda de um grande asteroide onde subsistiam partes significativas da vida primeva e do folclore arcaico do planeta que o havia originado. Ao mesmo tempo, lembrei-me de que aquele nível do arquivo era dedicado aos volumes que tratavam de planetas não terrestres.

Quando parei de examinar o impressionante documento percebi que a minha lanterna estava começando a falhar, e assim me apressei em instalar a bateria sobressalente que eu sempre tinha comigo. A seguir, equipado com essa radiância mais intensa, retomei a corrida febril pelos labirintos intermináveis de passagens e corredores — reconhecendo de vez em quando uma estante familiar e sentindo uma vaga irritação por conta das condições acústicas que faziam minhas pegadas ecoarem naquelas catacumbas onde o silêncio e a morte haviam perdurado através dos éons. Até as marcas que meus sapatos deixavam na poeira intocada por milênios me faziam estremecer. Se meus sonhos insanos encerrassem qualquer resquício de verdade, jamais um ser humano havia galgado aqueles calçamentos imemoriais. Quanto ao objetivo particular da minha corrida desvairada eu não tinha nenhuma ideia consciente. No entanto, um impulso de latência maligna incitava minha vontade tresloucada e minhas lembranças enterradas, de modo que eu tinha a vaga impressão de não estar correndo ao acaso.

Cheguei a uma rampa descendente e a segui rumo a profundezas ainda mais recônditas. Vários níveis ficaram para trás à medida que eu corria, porém não me detive a fim de explorá-los. Minha cabeça perturbada havia começado a pulsar em um ritmo que logo pôs minha mão a tremer em uníssono. Eu queria destravar alguma coisa, e senti que conhecia todos os intrincados giros e pressões necessários à tarefa. Seria como um cofre moderno com um segredo de combinação. Sonho ou não, uma vez eu havia conhecido os movimentos — e ainda os conhecia. Como um sonho — ou mesmo um fragmento de folclore absorvido de maneira inconsciente — poderia ter me ensinado um detalhe tão minucioso é algo que não tentei explicar sequer a mim mesmo. Estava além de qualquer pensamento coerente. Toda essa experiência — a familiaridade chocante com um conjunto de ruínas desconhecidas e a identidade perfeita entre tudo o que eu via à minha frente e o cenário que apenas sonhos e fragmentos míticos poderiam ter sugerido — não era um horror que desafiava a razão? Provavelmente eu acreditava — como hoje ainda acredito em meus momentos de maior lucidez — que não poderia estar desperto, e que toda a cidade enterrada não passava de uma alucinação febril.

Por fim cheguei ao nível mais baixo e saí pela direita da rampa. Por alguma razão nebulosa, tentei abafar meus passos, mesmo que assim eu perdesse velocidade. Houve um trecho que temi atravessar naquele último nível encravado nas profundezas da Terra, e enquanto me aproximava lembrei-me do motivo para o meu temor. Era um dos alçapões trancados com barras de metal e vigiados de perto. Não haveria guardas naquela situação; assim, comecei a tremer e segui na ponta dos pés tal como eu havia feito ao atravessar a cripta de basalto onde um alçapão similar se escancarava. Senti uma corrente de ar frio e úmido, como eu havia sentido antes, e desejei que o meu trajeto seguisse em outra direção. Por que eu tinha de seguir aquele trajeto específico? Eu não sabia.

Quando cheguei ao trecho, percebi que o alçapão estava escancarado. Logo adiante as estantes recomeçavam, e no chão em frente a uma delas divisei uma pilha coberta por uma fina camada de pó onde alguns estojos haviam caído pouco tempo atrás. No mesmo instante um novo surto de pânico tomou conta de mim, embora eu não soubesse dizer o que o havia desencadeado. Pilhas de estojos caídos não eram raras, pois ao longo de incontáveis éons o labirinto escuro havia sido estremecido pelas convulsões da Terra e por vezes ecoado o clangor de objetos que desabavam. Apenas quando a travessia do trecho estava quase concluída eu percebi o motivo de meus violentos tremores.

Não era a pilha de objetos, mas algo relativo à poeira espalhada no chão o que me perturbava. À luz da minha lanterna, a poeira não apresentava o aspecto homogêneo esperado — havia pontos onde parecia mais fina, como se algo a houvesse tocado poucos meses antes. Não pude ter certeza, dado que mesmo esses pontos estavam cobertos por uma fina camada de poeira; mas uma vaga suspeita de regularidade nas marcas imaginadas foi motivo de grande inquietação. Quando aproximei a lanterna de um desses estranhos pontos, não gostei do que vi — pois a ilusão de regularidade era muito perfeita. Era como se houvesse linhas regulares de impressões compostas — impressões agrupadas de três em três, cada uma com cerca de trinta centímetros de comprimento, consistindo em cinco marcas quase circulares de oito centímetros, uma sempre à frente das outras quatro.

Essas possíveis marcas com trinta centímetros de comprimento pareciam seguir em dois sentidos, como se algo tivesse se deslocado para um lado e então retornado. Eram impressões muito tênues, e talvez fossem resultado de uma ilusão ou de uma coincidência; mas havia um elemento de terror difuso na maneira como se dispunham ao longo do chão. Em uma das extremidades jazia a pilha de estojos que devia ter caído não muito tempo atrás, e no outro lado estava o agourento alçapão com o vento frio e úmido, escancarado sem nenhum guarda à vista e revelando abismos que desafiavam a imaginação.

VIII.

A magnitude e a preponderância do meu estranho sentimento de compulsão podem ser demonstradas pela conquista do medo. Nenhum motivo racional poderia ter me impelido adiante depois das misteriosas impressões e das insidiosas pseudomemórias que despertavam. Minha mão direita, embora tremesse de pavor, continuava pulsando de ansiedade para abrir o segredo pressentido. Antes de dar por mim eu havia passado a pilha de estojos recém-caídos e estava correndo na ponta dos pés ao longo de passagens cobertas por uma poeira absolutamente homogênea em direção a um ponto a respeito do qual eu parecia deter um conhecimento mórbido e terrível. Minha mente fazia perguntas cuja origem e relevância mal haviam me ocorrido. Será que a estante seria acessível a um corpo humano? Será que a minha mão humana seria capaz de executar os movimentos lembrados através dos éons que o segredo requeria? Será que o segredo permanecia intacto e em bom estado de funcionamento? E o que eu faria — o que me atreveria a fazer — com o que (naquele instante comecei a perceber) eu ansiava por encontrar e ao mesmo tempo temia? Será que eu me defrontaria com a verdade impressionante e avassaladora de algo muito além do nosso conceito de normalidade ou com um mero despertar?

No instante seguinte eu havia cessado a minha corrida na ponta dos pés e estava parado, olhando para uma fileira de estantes repletas de hieróglifos que inspiravam uma familiaridade enlouquecedora. Estavam em um estado de preservação quase perfeito, e apenas três portas nos arredores haviam se aberto. Meus sentimentos em relação a essas estantes não podem ser descritos em palavras — tamanha a força e a insistência da impressão de um antigo conhecimento. Eu estava olhando para o alto, em direção a uma estante próxima ao topo e totalmente fora do meu alcance, imaginando o que fazer para me aproximar. Uma porta aberta na quarta prateleira a contar do chão poderia me ajudar, e as fechaduras das portas trancadas poderiam servir como apoios para os meus pés e as minhas mãos. Eu prenderia a lanterna entre os dentes, como havia feito em outros lugares onde havia precisado de ambas as mãos. Acima de tudo, eu não podia fazer barulho. Seria complicado descer com o objeto desejado, mas provavelmente eu conseguiria prender o fecho móvel na gola do casaco e carregá-lo como uma mochila. Logo voltei a me perguntar se o segredo permaneceria intacto. Quanto à minha capacidade de repetir os movimentos familiares eu não tinha a menor dúvida. Mas eu esperava que o segredo não estalasse nem rangesse — e que meus dedos operassem-no com a destreza necessária.

No instante mesmo em que pensava essas coisas eu já havia posto a lanterna na boca e começado a escalar. Os segredos salientes eram maus apoios; mas, como eu tinha imaginado, a prateleira aberta me ajudou um bocado. Usei a porta e a extremidade da própria abertura na escalada e assim evitei quaisquer estalos mais audíveis. Equilibrado sobre a parte superior da porta e me inclinando o máximo para a direita, consegui tocar no segredo que eu buscava. Meus dedos, um pouco anestesiados pela escalada, a princípio estavam muito desajeitados; mas logo percebi que tinham uma anatomia propícia. E o ritmo mnemônico que os animava era intenso. Através dos abismos desconhecidos do tempo, os intrincados movimentos secretos chegaram até o meu cérebro — pois em menos de cinco minutos de tentativas veio o clique cuja familiaridade pareceu ainda mais impressionante porque meus pensamentos conscientes não o esperavam. No instante seguinte a porta de metal se abriu devagar, apenas com rangidos mínimos.

Atônito, olhei para a fileira de estojos cinzentos que se revelaram e senti o acesso poderoso de uma emoção inexplicável. Quase fora do alcance da minha mão direita havia um estojo cujos hieróglifos curvados me fizeram tremer com sentimentos infinitamente mais complexos do que o simples aguilhão do medo. Ainda tremendo, consegui soltá-lo em meio a uma chuva de poeira grossa e trazê-lo para junto do meu corpo sem nenhum barulho que pudesse chamar a atenção. Como os demais estojos que eu havia manuseado, media pouco mais do que quarenta por cinquenta centímetros e apresentava desenhos matemáticos em baixo-relevo. A espessura era de quase oito centímetros. Mantendo-o preso entre o meu corpo e a superfície que eu havia escalado, mexi no fecho e por fim soltei o gancho. Abri a capa e desloquei o pesado objeto até as minhas costas, deixando o gancho preso à gola do meu casaco. Com as mãos livres, desci com certa dificuldade até o chão empoeirado e me preparei para inspecionar a minha recompensa.

Ajoelhado na poeira grossa, tornei a deslocar o estojo e coloquei-o no chão à minha frente. Com as mãos trêmulas, eu temia pegar o livro encerrado lá dentro quase tanto quanto eu o desejava — e me sentia compelido a pegá-lo. Aos poucos eu tinha compreendido o que haveria de encontrar, e a revelação quase paralisou minhas faculdades. Se a coisa estivesse lá — e se eu não estivesse sonhando —, as implicações estariam muito além do que o espírito humano pode suportar. O que mais me atormentava era a incapacidade momentânea de perceber que o cenário ao meu redor fazia parte de um sonho. O sentimento de realidade era atroz — e torna a se manifestar sempre que recordo a cena.

Por fim retirei o livro do estojo com as mãos ainda trêmulas e examinei fascinado os conhecidos hieróglifos estampados na capa. Parecia estar em ótimas condições, e as letras curvilineares do título puseram-me em um estado quase hipnótico, como se eu fosse capaz de compreendê-los. Na verdade, não posso jurar que eu não os tenha lido em algum pavoroso acesso temporário a memórias sobrenaturais. Não sei quanto tempo se passou antes que eu me atrevesse a abrir a fina capa metálica. Eu postergava e inventava desculpas. Tirei a lanterna da boca e a desliguei para economizar as baterias. Então, no escuro, reuni minha coragem — e enfim abri a capa sem acender a lanterna. Por último, projetei um breve facho de luz sobre a página exposta — mas não antes de me preparar para suprimir qualquer som a despeito do que eu pudesse encontrar.

Olhei por um instante e por pouco não desabei. Rangendo os dentes, no entanto, consegui manter silêncio. Deixei-me cair no chão e levei a mão à testa em meio às trevas que me cercavam. O que eu temia e esperava estava lá. Ou eu estava sonhando, ou o tempo e o espaço haviam se transformado em uma zombaria. Eu devia estar sonhando — mesmo assim, resolvi testar o horror levando aquela coisa de volta para mostrá-la ao meu filho, caso fosse de fato uma realidade concreta. Meus pensamentos rodopiavam a uma velocidade pavorosa, ainda que não houvesse nenhum objeto visível na escuridão ininterrupta ao meu redor. Ideias e imagens de terror absoluto — despertadas pelas possibilidades que o meu relance havia aberto — assoberbaram-me e embotaram-me os sentidos.

Pensei nas possíveis marcas na poeira e estremeci ao escutar o som da minha própria respiração enquanto pensava. Mais uma vez acendi a lanterna por um breve instante e olhei para a página como a vítima de uma serpente olha para os olhos e as presas do algoz. Então, com dedos trêmulos, no escuro, fechei o livro, guardei-o no estojo e fechei a tampa e o curioso gancho do fecho. Era aquilo o que eu precisava levar de volta para o mundo exterior, se realmente existisse — se o abismo realmente existisse — se eu e o mundo inteiro realmente existíssemos.

O momento exato em que me pus de pé e comecei a caminhada de volta não pode ser determinado. Parece-me estranho — e bastante ilustrativo do meu grau de alheamento em relação ao mundo normal — que eu não tenha olhado para o relógio uma única vez durante todas aquelas horas terríveis passadas no subterrâneo. De lanterna em punho, e com o agourento estojo debaixo do braço, me vi andando na ponta dos pés em uma espécie de pânico silencioso ao passar em frente ao abismo de onde o vento soprava e pelas sugestões de marcas à espreita no corredor. Reduzi minha cautela à medida que eu subia os intermináveis aclives, mas não pude afastar por completo uma sombra de apreensão que eu não havia sentido na jornada em direção ao fundo.

Eu temia ter de atravessar outra vez aquela cripta basáltica mais antiga do que a própria cidade, onde lufadas frias emanavam de profundezas entregues aos próprios desígnios. Pensei naquilo que a Grande Raça havia temido, e no que ainda podia estar à espreita — ainda que em uma forma débil ou moribunda — lá no fundo. Pensei nas possíveis marcas com cinco círculos e no que os sonhos haviam me dito a respeito dessas marcas — e nos estranhos ventos e assovios que as acompanhavam. E pensei nas histórias dos aborígenes modernos, em que o horror dos grandes ventos e das ruínas subterrâneas inomináveis era um elemento recorrente.

Graças a um símbolo entalhado em uma parede, eu sabia a que nível me dirigir, e por fim cheguei — depois de passar pelo outro livro que eu havia examinado — ao vasto espaço circular com o entroncamento das arcadas. À minha direita, reconhecível de imediato, estava o arco por onde eu havia chegado. Mais uma vez o atravessei, ciente de que o restante do trajeto seria mais árduo por conta do estado precário da cantaria no exterior do arquivo central. Meu novo fardo encerrado no estojo de metal pesava em minhas costas, e comecei a sentir uma dificuldade cada vez maior de manter-me em silêncio enquanto tropeçava em toda sorte de destroços e fragmentos.

Então cheguei ao monte de escombros que tocava o teto, onde eu havia franqueado uma estreita passagem. Meu pavor ao pensar em me contorcer mais uma vez até o outro lado mostrou-se infinito; pois a passagem inicial havia feito algum barulho, e naquele instante — depois de ver as terríveis marcas — eu temia fazer barulho acima de qualquer outra coisa. E o estojo agravava o problema de atravessar o estreito túnel. Mesmo assim, escalei a barreira da melhor forma possível e empurrei o estojo à minha frente através da abertura. Então, com a lanterna na boca, impeli o meu próprio corpo para a frente — novamente rasgando as costas nas estalactites. Quando tentei pegá-lo mais uma vez, o estojo caiu pela encosta de entulho, provocando um clangor inquietante e despertando ecos que me fizeram suar frio. Precipitei-me em direção ao objeto no mesmo instante e consegui recuperá-lo sem nenhum outro som — porém no momento seguinte o deslocamento dos blocos sob os meus pés causou estrondos sem precedentes.

Esses estrondos foram a minha ruína. Afinal, fosse em sonho ou na realidade, ouvi em resposta sons terríveis que vinham de um lugar longínquo às minhas costas. Imaginei ter ouvido um assovio estridente, distinto de todos os sons terrestres e além de qualquer descrição verbal adequada. Pode ter sido apenas a minha imaginação. Nesse caso, o que veio a seguir foi uma ironia macabra — uma vez que, não fosse pelo terror inspirado por essa primeira coisa, a segunda talvez jamais acontecesse.

Da maneira como foi, meu frenesi era absoluto e incontido. Depois de pegar a lanterna e me agarrar debilmente ao estojo, corri e saltei adiante sem nenhuma ideia na cabeça a não ser um desejo ardente de sair daquelas ruínas de pesadelo para o mundo desperto de luar e deserto vários níveis acima. Mal percebi quando cheguei à montanha de escombros que assomava rumo à vasta escuridão além do teto desabado, e me bati e me cortei repetidas vezes durante a fuga, enquanto subia pela encosta íngreme repleta de blocos e fragmentos afiados. Então veio o grande desastre. Meus pés escorregaram no exato instante em que eu atravessava o cume às cegas, despreparado para a súbita descida logo à frente, e assim me vi no meio de uma violenta avalanche de cantaria maciça, cujo estrondo digno de uma canhonada rasgou o ar negro da caverna com uma ensurdecedora série de reverberações que fez a terra estremecer.

Não me lembro de emergir desse caos, mas um fragmento momentâneo de consciência sugere que corri, cambaleei e tropecei ao longo da passagem em meio ao clamor — com o estojo e a lanterna ainda nas mãos. Quando me aproximei da primordial cripta de basalto que tanto me apavorava a loucura absoluta se instaurou, pois quando os ecos da avalanche silenciaram escutei uma repetição daquele terrível assovio alienígena que eu já imaginava ter ouvido antes. Dessa vez não havia margem para dúvidas — e, o que era pior, o assovio saía de um ponto não às minhas costas, mas *à minha frente*.

Devo ter gritado. Tenho uma vaga recordação de correr pela infernal cripta basáltica das Coisas Ancestrais e de ouvir aquele maldito som alienígena assoviando pela porta escancarada que se abria para as infindáveis trevas subterrâneas. Havia também um vento — não apenas uma brisa fria e úmida, mas uma rajada violenta e constante que soprava com frigidez e selvageria do pélago abominável onde os assovios obscenos se originavam.

Tenho lembranças de saltar e avançar sobre obstáculos dos mais variados tipos enquanto a torrente de vento e som estridente ganhava intensidade a cada momento e parecia retorcer-se de propósito ao meu redor enquanto investia contra mim desde os abismos às minhas costas e sob os meus pés. Mesmo estando às minhas costas, o vento tinha a singular capacidade de dificultar o meu progresso em vez de ajudá-lo, agindo como um nó de correr ou um laço jogado ao meu redor. Sem perceber o barulho que eu fazia, subi uma enorme barreira de blocos e mais uma vez cheguei à estrutura que conduzia de volta à superfície. Lembro-me de vislumbrar a arcada que dava para a sala de máquinas e de abafar um grito quando vi a rampa que descia em direção a um daqueles alçapões blasfemos que devia estar escancarado dois níveis abaixo. Mas em vez de gritar repeti várias vezes para mim mesmo que tudo não passava de um sonho do qual eu logo haveria de acordar. Talvez eu estivesse no acampamento — talvez na minha casa em Arkham. Com a sanidade fortalecida por essas esperanças, comecei a subir a rampa em direção ao nível superior.

Eu sabia que teria de reatravessar a fissura de um metro e vinte, mas estava demasiado aflito por outros temores e só percebi a totalidade do horror quando me vi prestes a encontrá-lo. Na descida, o salto havia sido fácil — mas será que eu conseguiria vencer a falha com a mesma destreza na subida, e além do mais prejudicado pelo medo, pela exaustão, pelo peso do estojo metálico e pela atração sobrenatural exercida por aquele vento demoníaco? Pensei nessas coisas apenas no último instante, e pensei também nas entidades sem nome que poderiam estar à espreita nos abismos negros abaixo do despenhadeiro.

Minha lanterna frenética começava a dar sinais de fraqueza, mas por conta de alguma memória obscura eu pressenti a proximidade da fissura. As rajadas gélidas e estridentes e os assovios nauseantes às minhas costas funcionaram naquele instante como um opiáceo misericordioso, embotando a minha imaginação ao horror do abismo hiante logo à frente. Então percebi novas rajadas e assovios *na minha frente* — marés de abominação que saíam pela fissura vindas de profundezas inimaginadas e inimagináveis.

Foi nesse momento que a mais pura essência dos pesadelos se abateu sobre mim. A sanidade se esvaiu — e, ignorando tudo a não ser o impulso animal da fuga, simplesmente me arrojei rumo à superfície em meio aos escombros da rampa como se o abismo nem sequer existisse. Quando percebi a borda do precipício, investi todas as reservas de força que eu ainda possuía em um salto frenético, porém no mesmo instante fui apanhado em um redemoinho pandemônico de sons abomináveis e escuridão absoluta e materialmente tangível.

Esse foi o fim da minha experiência, até onde consigo lembrar. Quaisquer impressões ulteriores pertencem unicamente ao domínio do delírio fantasmagórico. Sonho, loucura e memória se fundiram em uma série de alucinações fantásticas e fragmentárias que não podem manter nenhum tipo de relação com a realidade. Houve uma queda odiosa por léguas incalculáveis de uma escuridão viscosa e senciente, e uma babel de ruídos totalmente estranhos a tudo o que sabemos sobre a Terra e a vida orgânica em nosso planeta. Sentidos dormentes e rudimentares pareceram despertar no meu âmago, sugerindo abismos e vácuos povoados por horrores flutuantes que levavam a penhascos desprovidos de sol e a oceanos e cidades fervilhantes com torres basálticas sem janelas, onde nenhuma luz jamais brilhava.

Segredos do planeta primordial e de éons imemoriais passaram pela minha cabeça sem a ajuda da visão ou da audição, e assim eu soube de coisas que nem os meus sonhos mais desvairados haviam sequer insinuado. O tempo inteiro os dedos frios do vapor úmido me agarravam e me cutucavam, e aqueles odiosos e quiméricos assovios gritavam como demônios por cima da babel e do silêncio que se alternavam nos redemoinhos de escuridão ao redor.

A seguir tive visões da cidade ciclópica dos meus sonhos — não em ruínas, mas tal como eu a havia sonhado. Eu estava mais uma vez no meu corpo cônico e inumano, misturado a multidões de indivíduos da Grande Raça e a mentes cativas que carregavam livros de um lado para outro nos corredores espaçosos e nas enormes rampas. No entanto, por cima dessas imagens surgiam clarões momentâneos de uma consciência não visual que envolvia batalhas desesperadas, de embates para se libertar dos tentáculos preênseis de um vento assoviante, de um voo insano como o de um morcego através do ar semissólido, de uma fuga desesperada pela escuridão vergastada por ciclones e de tropeços e cambaleios frenéticos na cantaria desabada.

Em certo momento houve um clarão bastante singular e intrusivo de uma semivisão — a suspeita tênue e difusa de uma radiância azulada muito acima de mim. Depois veio um sonho em que eu escalava e me arrastava enquanto era perseguido pelo vento — em que eu me contorcia sob um luar sardônico através de uma pilha de entulho que deslizava e desabava atrás de mim no meio de um mórbido furacão. Foi a pulsação maligna e monótona do luar enlouquecedor que por fim marcou o meu retorno ao que eu outrora havia conhecido como o mundo real e objetivo.

Eu me arrastava de bruços pelas areias do deserto australiano, e ao meu redor uivava um tumulto de ventos como eu jamais tinha conhecido na superfície do nosso planeta. Minhas roupas estavam em farrapos, e todo o meu corpo era uma massa de batidas e arranhões. Minha consciência retornou muito devagar, e em nenhum momento eu soube dizer com certeza em que ponto minhas verdadeiras memórias haviam dado lugar aos sonhos delirantes. Parecia ter havido uma pilha de blocos titânicos, um abismo mais abaixo, uma monstruosa revelação do passado e um horror digno de um pesadelo no fim — mas quanto seria real? Minha lanterna tinha desaparecido, assim como qualquer estojo de metal que eu pudesse ter descoberto. Teria havido um estojo — ou um abismo — ou um monte? Com a cabeça erguida, olhei para trás e vi apenas as estéreis areias ondulantes do deserto.

O vento demoníaco amainou, e a túmida lua fungoide afundou na vermelhidão a oeste. Pus-me de pé e comecei a cambalear rumo ao sudoeste, na direção do acampamento. O que havia acontecido comigo na realidade? Será que eu tinha apenas sofrido um colapso no deserto e arrastado um corpo assolado por sonhos inquietantes ao longo de quilômetros de areia e blocos soterrados? De outra forma, como eu poderia continuar vivendo? Nessa nova dúvida, toda a minha fé na irrealidade nascida dos mitos e surgida nas minhas visões dissolveu-se mais uma vez na antiga dúvida infernal. Se aquele abismo era real, então a Grande Raça era real — e as blasfêmias de ensinamentos e capturas no vórtice cósmico do tempo não seriam mitos ou pesadelos, mas uma realidade terrível e avassaladora.

Será que eu havia, na realidade atroz, visitado o mundo pré-humano de cento e cinquenta milhões de anos atrás naqueles dias obscuros e enigmáticos de amnésia? Será que o meu corpo presente havia servido como veículo para uma medonha consciência alienígena egressa dos paleogêneos abismos do tempo? Será que eu, como mente cativa daqueles horrores rastejantes, teria de fato conhecido a amaldiçoada cidade de pedra na época do apogeu primordial e me arrastado por aqueles vastos corredores na forma abominável do meu captor? Seriam aqueles sonhos torturantes de mais de vinte anos o resultado de atrozes e monstruosas *memórias*? Teria eu de fato conversado com mentes oriundas dos mais inalcançáveis confins do espaço e do tempo, aprendido os segredos do universo, passados e futuros, e escrito os anais do meu próprio mundo para os estojos metálicos daquele arquivo titânico? E seriam aqueles outros — aquelas horrendas Coisas Ancestrais dos ventos enlouquecedores e dos assovios demoníacos — na verdade uma ameaça remanescente à espreita, aguardando e definhando em abismos negros enquanto as mais variadas formas de vida desenvolviam-se em ciclos multimilenares na superfície de um planeta devastado pelos éons?

Não sei. Se aquele abismo e os horrores que encerrava forem reais, não resta esperança. Neste caso, seria uma verdade incontestável que sobre o mundo da humanidade paira uma incrível e zombeteira sombra vinda do tempo. Graças ao destino misericordioso, não existe nenhuma prova de que essas coisas sejam mais do que novas fases em meus sonhos nascidos de mitos. Eu não trouxe de volta o estojo metálico que serviria de prova, e até agora os corredores subterrâneos tampouco foram encontrados. Se as leis do universo forem bondosas, jamais serão encontrados. Mesmo assim, preciso contar ao meu filho o que vi ou imagino ter visto, e permitir que use o próprio juízo como psicólogo para avaliar a realidade da minha experiência e transmitir meu relato a outras pessoas.

Afirmei que a espantosa realidade por trás dos meus tormentosos anos oníricos depende, em caráter absoluto, da realidade do que julguei ter visto naquelas ruínas ciclópicas soterradas. Foi difícil para mim registrar por escrito essa revelação crucial, embora nenhum leitor tenha deixado de adivinhá-la. É claro que a revelação estava no livro encerrado no estojo metálico — o estojo que retirei do covil esquecido em meio à poeira intocada de um milhão de séculos. Nenhum olhar tinha visto, nenhuma mão havia tocado aquele livro desde a chegada do homem a este planeta. Mesmo assim, quando acendi a lanterna sobre a página no pavoroso abismo megalítico, percebi que as letras de estranha pigmentação impressas sobre as frágeis páginas de celulose escurecidas pelos éons na verdade não eram hieróglifos inominados que remontavam à juventude da Terra. Eram apenas as letras do nosso alfabeto, traçando palavras da língua inglesa na minha própria caligrafia.

A casa temida

I.

Mesmo nos grandes horrores é bastante raro que a ironia se encontre ausente. Às vezes o sentimento entra de maneira direta na composição dos eventos, e às vezes surge apenas em razão do caráter fortuito que estes ocupam em meio a pessoas e lugares. Este último caso pode ser exemplificado de maneira esplêndida por um episódio ocorrido na antiga cidade de Providence, onde, no fim da década de 1840, Edgar Allan Poe cortejava sem êxito a talentosa poetisa sra. Whitman. Poe em geral se hospedava na Mansion House da Benefit Street — na célebre Golden Ball Inn, que abrigou Washington, Jefferson e Lafayette —, e tinha por caminhada favorita o trajeto que seguia rumo ao norte ao longo da mesma rua que conduzia à casa da sra. Whitman e ao St. John's Churchyard, cujo estoque de lápides do século XVIII sempre exercera sobre ele um fascínio singular.

Mas eis que surgiu uma ironia. Nessa caminhada, repetida tantas vezes, o mestre do terrível e do bizarro era obrigado a passar em frente a uma casa em particular no lado da rua que dava para o leste; uma estrutura suja e antiquada que se empoleirava na abrupta encosta da colina, com um enorme jardim negligenciado que remontava à época em que a região era em parte campo aberto. Parece que ele jamais escreveu a respeito do assunto ou sequer o mencionou, e tampouco há evidências de que a tenha percebido. Mesmo assim, para as duas pessoas em posse de certas informações, a casa em questão se iguala ou supera as mais desvairadas fantasias do gênio que tantas vezes a deixou para trás sem perceber, e ademais se ergue com um sorriso zombeteiro como símbolo de tudo o que é inefavelmente horrendo.

A casa era — e a bem dizer ainda é — do tipo que atrai a atenção dos curiosos. Originalmente uma construção típica de fazenda ou similar, seguia o padrão vigente na Nova Inglaterra durante a metade do século XVIII — a arquitetura próspera, com telhado de duas águas, dois andares e sótão desprovido de trapeira, com o vão da porta em estilo georgiano e os lambris interiores ditados pelo progresso do gosto naquela época. A casa era voltada para o sul e tinha uma empena coberta pelo solo até a altura das janelas mais baixas que davam para a colina a leste, enquanto a outra tinha as fundações expostas em direção à rua. A construção, terminada mais de um século e meio atrás, havia seguido as alterações e o endireitamento da rua nos arredores; pois a Benefit Street — a princípio chamada de Back Street — era uma ruela sinuosa que atravessava os cemitérios dos primeiros colonos, e que foi endireitada apenas quando a remoção dos corpos para o North Burial Ground facultou a passagem entre os antigos jazigos familiares.

No início, a parede a oeste erguia-se cerca de sete metros a partir de um gramado íngreme à beira da estrada; porém um alargamento da rua por volta da época da Revolução acabou com boa parte do espaço entre uma coisa e a outra, e assim expôs as fundações, de modo que foi necessário construir uma parede de tijolos no porão, o que conferia ao nível inferior da casa uma fachada com duas portas e duas janelas acima do nível do chão, próximas ao novo local de passeio público. Quando o calçamento foi assentado, um século atrás, o último recuo foi removido; e durante suas caminhadas Poe deve ter visto apenas uma subida íngreme de tijolos cinzentos e tristes junto ao passeio, colmada a uma altura de três metros pelo antigo revestimento da casa.

O terreno em estilo rural estendia-se colina acima, quase até a Wheaton Street. O espaço ao sul da casa, localizado na Benefit Street, situava-se evidentemente muito acima do nível da calçada, e assim formava um terraço delimitado por um muro elevado de pedras úmidas e cobertas de musgo atravessadas por um lance de estreitos degraus que seguia por entre superfícies que mais pareciam um cânion nas regiões superiores do gramado abandonado, dos muros de tijolo recobertos de muco e dos jardins abandonados, cujas urnas de cimento em ruínas, chaleiras enferrujadas caídas de tripés feitos com gravetos nodosos e parafernália similar chamavam a atenção para a porta de entrada castigada pelas intempéries com a claraboia quebrada, os pilares jônicos apodrecidos e o frontão triangular carcomido pelos vermes.

O que ouvi na minha juventude a respeito da casa temida foi apenas que por lá as pessoas morriam em números alarmantes. Foi por esse motivo, segundo me disseram, que os proprietários se mudaram cerca de vinte anos depois de construir a casa. Era uma residência sem dúvida insalubre, talvez em razão da umidade e dos fungos que cresciam no porão, do odor enfermiço, do vento encanado pelos corredores e da qualidade do poço e da água. Essas coisas todas já eram ruins o bastante, e eram também as únicas que desfrutavam de crédito junto às pessoas de minha convivência. Foram os cadernos do meu tio antiquário, o dr. Elihu Whipple, que por fim me revelaram as suposições vagas e obscuras que formavam uma impressão subjacente ou um folclore acerca dos criados e das pessoas humildes de outrora; suposições essas que jamais chegavam longe, e que tinham sido em boa parte esquecidas quando Providence cresceu a ponto de se transformar em uma metrópole com uma população moderna e variada.

O fato é que a casa nunca foi vista pela maioria da comunidade como "assombrada" em qualquer acepção do termo. Não havia histórias sobre o tilintar de correntes, rajadas de ar frio, luzes que se apagavam ou rostos nas janelas. Os extremistas às vezes diziam que a casa era "desafortunada", mas esse era o ponto máximo a que chegavam. O que estava além de qualquer disputa era que um grande número de pessoas morria por lá; ou, mais precisamente, *havia morrido* por lá, visto que após certos eventos um tanto peculiares ocorridos há sessenta anos a casa acabou desabitada em razão da absoluta impossibilidade de alugá-la. Essas vidas não eram ceifadas de uma hora para outra; a impressão era de que tinham a vitalidade drenada às escondidas, de maneira que cada vítima morria de forma prematura como resultado de qualquer tendência à fraqueza que tivesse naturalmente evidenciado. Os que não haviam morrido apresentavam graus variados de anemia ou da tísica, e por vezes um declínio nas faculdades mentais, que trazia maus agouros em relação à salubridade da construção. Cumpre acrescentar que as casas vizinhas pareciam estar totalmente livres dessa qualidade maléfica.

Eis o quanto eu sabia antes que as minhas indagações constantes levassem meu tio a mostrar-me as anotações que por fim impeliram-nos a uma horrenda investigação. Em minha infância a casa temida encontrava-se desabitada, com árvores inóspitas, retorcidas e terríveis, grama alta e estranha e ervas daninhas saídas de um pesadelo no pátio elevado com terraço onde os pássaros jamais se demoravam. Eu e outros garotos tínhamos por hábito frequentar o local, e ainda recordo o meu terror juvenil não apenas ao perceber a estranheza mórbida da sinistra vegetação, mas também a atmosfera quimérica e o odor da casa dilapidada, cuja porta da frente, sempre destrancada, atravessávamos com frequência em busca de calafrios. As pequenas vidraças das janelas estavam quase todas quebradas, e uma inefável atmosfera de desolação pairava ao redor dos lambris precários, das venezianas internas decrépitas, do papel de parede descascado, do gesso em ruínas, das escadarias rangentes e dos fragmentos de mobília destruída que ainda restavam. O pó e as teias de aranha acrescentavam um toque lúgubre; e era preciso ser um garoto muito destemido para subir voluntariamente a escada que levava ao sótão, uma enorme peça com vigas aparentes e iluminada apenas pelas diminutas janelas cintilantes na extremidade das empenas, atulhada com uma mixórdia de baús, cadeiras e rocas que os infinitos anos de armazenamento tinham amortalhado e transformado em vultos monstruosos e demoníacos.

Apesar de tudo, o sótão não era a parte mais terrível da casa. Era o porão úmido e gélido que por algum motivo exercia sobre nós a repulsa mais intensa, mesmo que se localizasse acima do nível do chão e desse para o lado da rua e tivesse apenas uma fina porta e uma parede de alvenaria guarnecida com janela a separá-la do movimento na calçada. Mal conseguíamos decidir entre frequentá-lo em nossa fascinação espectral ou renegá-lo para salvar nossas almas e nossa sanidade. Em primeiro lugar, o mau cheiro da casa era mais intenso naquele cômodo; e, em segundo lugar, não gostávamos nem um pouco dos fungos brancos que por vezes brotavam do chão de terra batida após as chuvas de verão. Esses fungos, grotescos como a vegetação no pátio externo, revelavam silhuetas horrendas; eram odiosas paródias de agáricos e cachimbos-de-índio que jamais havíamos visto em qualquer outra situação. Apodreciam depressa, e em um certo estágio tornavam-se quase fosforescentes, de maneira que os transeuntes noturnos eventualmente mencionavam um fogo das bruxas que cintilava por trás das vidraças quebradas nas janelas que espalhavam fedor.

Nunca — sequer nos momentos de desatino em pleno Dia das Bruxas — visitávamos o porão à noite, mas por vezes em nossas visitas diurnas conseguíamos detectar essa fosforescência, em particular nos dias escuros e úmidos.

Também havia uma coisa mais sutil que não raro imaginávamos ter percebido — uma coisa deveras estranha que, no entanto, era na melhor das hipóteses sugestiva. Refiro-me a uma espécie de contorno nebuloso e branquicento sobre o chão de terra — um depósito vago e cambiante de mofo ou salitre que ocasionalmente nos imaginávamos capazes de rastrear em meio aos esparsos crescimentos fúngicos próximos à enorme lareira na cozinha do porão. De vez em quando nos ocorria que esse desenho no chão apresentava uma impressionante semelhança com a silhueta de uma figura humana encolhida, embora via de regra essa similaridade não existisse, e com frequência não fosse possível encontrar sequer o depósito de matéria branquicenta. Numa certa tarde chuvosa em que essa ilusão apresentou-se de maneira singularmente forte, e quando, ademais, imaginei ter divisado uma espécie de exalação tênue, amarelada e cintilante a erguer-se do desenho nitroso em direção à bocarra da lareira, falei com meu tio a respeito do assunto. Ele sorriu quando lhe apresentei o conceito, mas tive a impressão de que aquele sorriso insinuava certas reminiscências. Mais tarde eu soube que uma ideia similar havia se manifestado nas antigas histórias das pessoas simples — uma ideia que aludia às formas de ghouls e de lobos assumidas pela fumaça que saía da grande chaminé, bem como aos bizarros contornos observados nas raízes sinuosas que penetravam abaixo do porão e se entranhavam em meio às fundações danificadas.

II.

Apenas depois que atingi a idade adulta o meu tio se dispôs a me apresentar as anotações e os dados que havia coligido acerca da casa temida. O dr. Whipple era um médico sensato e conservador da escola antiga, e em razão do interesse que tinha pelo lugar não sentia nenhum pendor a empurrar mentes jovens rumo ao sobrenatural. A visão que tinha a respeito do assunto postulava uma construção e uma localização marcadamente insalubres e não tinha nada a ver com o sobrenaturalismo; porém mesmo assim ele sabia que o elemento pitoresco responsável por despertar-lhe o interesse ainda na infância daria início a toda sorte de terríveis associações imaginativas na mente de um garoto.

O médico era solteiro; um cavalheiro de cabelos brancos, rosto bem escanhoado e modos antigos, e ademais um historiador de renome que por vezes havia quebrado lanças com guardiões da tradição controversos como Sidney S. Rider e Thomas W. Bicknell. Morava com um criado em uma casa georgiana fornida de uma aldraba e degraus com corrimão de ferro, empoleirada de maneira vertiginosa na subida íngreme da North Court Street ao lado do antigo pátio de tijolos e da casa colonial onde o avô — primo do cap. Whipple, o célebre corsário que no ano de 1772 incendiou a escuna armada *Gaspee* quando estava a serviço de Vossa Majestade — tinha votado, no dia 4 de maio de 1776, pela independência da colônia de Rhode Island. Ao redor, na biblioteca úmida e baixa com lambris brancos e bolorentos, guarnecida com um painel ricamente entalhado acima da lareira e pequenas janelas ensombrecidas por trepadeiras, estavam as relíquias e os registros da antiga família, em meio aos quais se encontravam muitas alusões dúbias à casa temida na Benefit Street. O local pestilento não era longe — pois a Benefit Street corre logo acima do tribunal, ao longo da íngreme colina escalada pelos primeiros colonizadores.

Quando enfim minhas importunações constantes e minha idade mais avançada conseguiram obter de meu tio o conhecimento que eu tanto buscava, deparei-me com uma crônica bastante singular. Por mais longo, estatístico e tediosamente genealógico que o assunto fosse, ao menos em parte, havia um fio contínuo de ameaça, um horror persistente e uma malevolência sobrenatural que me impressionaram ainda mais do que haviam impressionado o bom doutor. Era possível encontrar relações extraordinárias entre acontecimentos separados, e detalhes à primeira vista insignificantes revelavam-se minas de possibilidades horripilantes. Surgiu em mim uma curiosidade nova e febril, comparada à qual minha curiosidade de menino parecia débil e incipiente. A primeira revelação me levou a empreender uma abrangente pesquisa, e por fim a lançar-me na temível busca que se mostrou tão desastrosa para mim e para os meus. No fim meu tio insistiu em juntar-se a mim na busca que eu havia iniciado, e após a noite fatídica que passamos juntos naquela casa ele não estava mais ao meu lado quando saí. Estou sozinho sem aquela alma bondosa que preencheu os longos anos de vida apenas com honra, virtude, bom gosto, benevolência e aprendizado. Mandei erguer uma urna de mármore para honrar-lhe a memória no St. John's Churchyard — o lugar que Poe tanto amava — o bosque secreto com a colina repleta de salgueiros gigantes, onde túmulos e lápides amontoam-se em silêncio entre o vetusto vulto da igreja e as casas e os muros de arrimo da Benefit Street.

A história da casa, escondida em um labirinto de datas, não revelou nenhum detalhe sinistro que dissesse respeito à construção ou à próspera e honrada família que a havia construído. Mesmo assim, desde o início a mácula da calamidade, que não tardou a ganhar um significado agourento, mostrava-se evidente. Os registros meticulosamente compilados por meu tio começavam na época da construção, em 1763, e acompanhavam o tema com uma riqueza de detalhes fora do comum. A casa temida, segundo tudo indica, foi em um primeiro momento ocupada por William Harris e sua esposa Rhoby Dexter, bem como pelos filhos Elkanah, nascido em 1755, Abigail, nascida em 1757, William, Jr., nascido em 1759, e Ruth, nascida em 1761. Harris era um mercador e um marinheiro de vulto no comércio com as Índias Ocidentais, e tinha ligações com a firma que Obadiah Brown mantinha com os sobrinhos. Após a morte de Brown em 1761, a nova firma Nicholas Brown & Co. encarregou-o do brigue de cento e vinte toneladas *Prudence*, construído em Providence, e assim pôde erguer a residência com que tanto havia sonhado desde o casamento.

O local escolhido — uma parte recém-aterrada da nova Back Street, que estava em voga na época e avançava ao longo da colina acima do populoso distrito de Cheapside — era tudo o que poderia desejar, e a construção fez jus ao local. Era a melhor casa que recursos moderados poderiam obter, e Harris apressou a mudança para que todos estivessem realocados antes do nascimento do quinto filho no seio da família. O parto ocorreu em dezembro, mas o garoto veio natimorto. Nenhuma criança haveria de nascer com vida naquela casa por um século e meio.

Em abril uma doença acometeu as crianças, e Abigail e Ruth morreram antes que o mês chegasse ao fim. O dr. Job Ives diagnosticou a moléstia como uma febre infantil, mas outros declararam que se tratava de um simples definhamento ou de uma simples degradação. De qualquer modo, parecia ser contagioso; pois Hannah Bowen, que trabalhava como criada na casa, morreu no fim do junho seguinte. Eli Liddeason, o outro criado, queixava-se com frequência de fraqueza; e teria voltado à fazenda do pai em Rehoboth se não fosse um súbito apego a Mehitabel Pierce, contratada para ocupar o lugar de Hannah. Mas ele também morreu no ano seguinte — um ano deveras triste, uma vez que marcou a morte do próprio William Harris, enfraquecido como estava pelo clima da Martinica, onde o trabalho obrigara-o a permanecer durante longos períodos nas décadas anteriores.

A viúva Rhoby Harris jamais conseguiu superar a perda do marido, e o passamento do primogênito Elkanah dois anos mais tarde foi o golpe de misericórdia no juízo que lhe restava. Em 1768 sucumbiu a uma leve forma de insanidade, e a partir de então foi confinada à parte de cima da casa; Mercy Dexter, a irmã solteira mais jovem, mudou-se para a casa a fim de tomar conta da família. Mercy era uma mulher simples e ossuda com uma força admirável; mas a saúde dela piorou visivelmente a partir do momento em que chegou. Era muito leal à irmã desventurada, e tinha uma afeição especial por William, o único sobrinho ainda vivo, que, embora tivesse nascido robusto, havia se transformado em um garoto doente e esquálido. Nesse ano a criada Mehitabel morreu, e o outro criado, Preserved Smith, foi embora sem oferecer nenhuma explicação coerente — mencionou apenas certas histórias fantasiosas e reclamou do cheiro que envolvia a casa. Por um tempo Mercy não conseguiu mais ninguém para ajudá-la, uma vez que as sete mortes e o caso de loucura, todos ocorridos em um período de apenas cinco anos, tinham dado azo a rumores que mais tarde haveriam de se tornar demasiado bizarros. No fim, todavia, conseguiu novos criados vindos de fora; Ann White, uma mulher rabugenta da parte de North Kingstown que hoje é Exeter, e um competente homem de Boston chamado Zenas Low.

Foi Ann White quem primeiro deu uma forma definida aos boatos sinistros. Mercy devia ter pensado duas vezes antes de contratar qualquer pessoa de Nooseneck Hill, pois na época, como ainda hoje, essa região afastada era a sede das mais desagradáveis superstições. Ainda em 1892 uma comunidade de Exeter exumou um cadáver e promoveu uma cerimônia de cremação do coração para evitar supostas assombrações que perturbavam a saúde e a paz do público — e assim é possível imaginar a mentalidade em idos de 1768. A língua de Ann era perniciosamente ativa, e Mercy viu-se obrigada a dispensá-la poucos meses depois, substituindo-a por Maria Robbins, uma fiel e amistosa amazona de Newport.

Nesse meio-tempo a pobre Rhoby Harris dava voz a sonhos e devaneios de caráter absolutamente medonho.

Por vezes os gritos tornavam-se insuportáveis, e por longos períodos ela vociferava horrores com tanta veemência que era preciso transferir a residência do filho temporariamente para a casa do primo Peleg Harris, que ficava na Presbyterian Lane, próxima ao novo prédio da universidade. O garoto dava a impressão de melhorar após essas visitas, e se Mercy fosse tão sábia quanto era bem-intencionada, teria deixado o sobrinho morar em caráter permanente com Peleg. A tradição demonstra certa relutância em detalhar o que a sra. Harris gritava nos surtos de violência; ou, a bem dizer, apresenta relatos extravagantes a ponto de refutarem a si mesmos por conta da natureza manifestamente absurda. Sem dúvida soaria absurdo ouvir histórias em que uma mulher que aprendeu tão somente os rudimentos do francês por vezes gritava por horas a fio em uma forma vernacular e idiomática dessa língua, ou que a mesma pessoa, sozinha e protegida como estava, apresentasse reclamações inflamadas a respeito de uma coisa que a vigiava e a mordia e mastigava. Em 1772 o criado Zenas morreu, e ao receber a notícia a sra. Harris gargalhou com um júbilo estarrecedor de todo estranho à antiga personalidade. No ano seguinte ela própria morreu e foi enterrada ao lado do marido no North Burial Ground.

Quando começaram as atribulações com a Grã-Bretanha em 1775, William Harris, apesar dos meros dezesseis anos e da constituição fraca, conseguiu se alistar no Exército da Observação sob o comando do general Greene; e a partir de então começou a desfrutar de saúde e de prestígio cada vez maiores. Em 1780, na condição de capitão das forças de Rhode Island em Nova Jersey sob as ordens do coronel Angell, conheceu e desposou Phebe Hetfield de Elizabethtown, e no ano seguinte levou-a a Providence depois de receber uma dispensa honrosa.

Mas o retorno do jovem soldado não foi marcado somente pela alegria. A casa, é verdade, ainda estava em boas condições, e a rua fora alargada e tivera o nome trocado de Back Street para Benefit Street. Porém a estatura outrora robusta de Mercy Dexter fora acometida por uma estranha degradação, de maneira que se via reduzida a uma figura corcunda e patética com uma voz cava e uma tez de palor desconcertante — qualidades compartilhadas em certo grau por Maria, a única criada remanescente. No outono de 1782, Phebe Harris deu à luz uma filha natimorta, e no dia 15 de maio seguinte Mercy Dexter abandonou uma vida útil, austera e virtuosa.

William Harris, por fim convencido da natureza radicalmente insalubre daquela morada, resolveu adotar as medidas necessárias a fim de fechá-la e abandoná-la para sempre. Depois de arranjar uma acomodação temporária para si e para a esposa na recém-inaugurada Golden Ball Inn, providenciou a construção de uma casa nova e ainda mais bem-acabada na Westminster Street, junto à parte da cidade que crescia do outro lado da Great Bridge. Lá, em 1785, nasceu-lhe o filho Dutee; e lá a família morou até que as influências do comércio os levassem de volta ao outro lado do rio e colina acima para a Angell Street, no mais novo distrito residencial do East Side, onde o finado Archer Harris veio a construir a suntuosa mas horrenda mansão com telhado francês em 1876. Tanto William como Phebe sucumbiram à epidemia de febre amarela em 1797, mas Dutee foi criado pelo primo Rathbone Harris, filho de Peleg.

Rathbone era um homem pragmático, e por esse motivo alugou a casa da Benefit Street ainda que William quisesse mantê-la desocupada. Julgava que era um dever do responsável pela curatela aproveitar da melhor forma possível os bens do garoto, e portanto não se preocupou com as mortes ou doenças que haviam causado tantas mudanças entre os inquilinos da casa nem com a aversão cada vez maior com que era tratada pela população em geral. É provável que não tenha sentido nada além de irritação quando, em 1804, a prefeitura ordenou que fumigasse o lugar com enxofre, alcatrão e cânfora por conta das célebres mortes de quatro pessoas ocorridas no interior da casa, presumivelmente causadas pela epidemia de febre, que no entanto já começava a diminuir nessa época. Disseram que o lugar cheirava a febre.

O próprio Dutee não tinha muito apreço pela casa, pois havia crescido e se tornado um corsário, e serviu com distinção no *Vigilant* sob o comando do cap. Cahoone na Guerra de 1812. Voltou para casa ileso, casou-se em 1814 e foi pai na memorável noite de 23 de setembro de 1815, quando um vendaval espalhou as águas da baía por metade da cidade e arrastou uma chalupa até a Westminster Street, de maneira que os mastros quase tocaram as janelas dos Harris como que para afirmar que o recém-nascido, chamado Welcome, era filho de um marinheiro.

Welcome morreu antes do pai, mas teve um fim glorioso na batalha de Fredericksburg em 1862. Nem ele nem o filho Archer conheciam a casa temida a não ser como um empecilho quase impossível de alugar — talvez por conta da umidade e do odor doentio característicos do descaso e da idade avançada. De fato, a casa não foi mais alugada após uma série de mortes que culminou em 1861, embora o fato tenha sido obscurecido pela eclosão da guerra. Carrington Harris, o último descendente na linhagem paterna, conhecia-a apenas como um local deserto e pitoresco rodeado de lendas antes que eu lhe relatasse a minha experiência. Tinha a intenção de demolir a construção e erguer um prédio de apartamentos, mas depois de ouvir meu relato decidiu-se a manter a casa de pé, instalar água encanada e alugá-la. Por enquanto não teve nenhuma dificuldade para encontrar inquilinos. O horror passou.

III.

Não seria difícil imaginar o quanto fui afetado pelos anais da família Harris. Nesse registro contínuo tive a impressão de detectar a presença de um mal persistente que transcendia qualquer outro elemento da Natureza como eu a conhecia; um mal sem dúvida relacionado à casa e não à família. Essa impressão foi confirmada pelo acúmulo pouco sistemático de informações variadas reunidas pelo meu tio — lendas transcritas a partir dos boatos contados pela criadagem, recortes de jornais, cópias de certidões de óbito emitidas por colegas médicos e assim por diante. Não posso reproduzir todo esse material, posto que meu tio era um antiquário incansável e um homem profundamente interessado na casa temida; mas posso fazer referência a muitos pontos salientes que devem receber atenção devido à recorrência em diversos relatos oferecidos pelas mais variadas fontes. Para dar um exemplo, os boatos contados pela criadagem eram praticamente unânimes em atribuir *ao porão bolorento e malcheiroso* da casa uma vasta supremacia em termos de influência maligna. Havia criados — particularmente Ann White — que se recusavam a usar a cozinha do porão, e pelo menos três lendas claramente definidas referiam-se aos estranhos contornos quase humanos ou diabólicos assumidos pelas raízes das árvores e pelos acúmulos de bolor naquela região. Essas últimas narrativas despertaram meu profundo interesse por conta das coisas vistas em minha infância, mas eu sentia que esse significado estava em boa parte obscurecido por acréscimos originados no substrato local de relatos fantasmagóricos.

Ann White, com a superstição de Exeter, havia promulgado aquele que era ao mesmo tempo o relato mais extravagante e mais consistente; de acordo com o qual sob a casa estaria enterrado um daqueles vampiros — os mortos que retêm a forma corpórea e vivem do sangue e do fôlego dos vivos — cujas legiões odiosas à noite se espalham na forma de espíritos ou predadores. Para destruir um vampiro, segundo contam as avós, é preciso exumá-lo e queimar-lhe o coração, ou pelo menos cravar-lhe uma estaca nesse órgão; e a insistência obstinada de Ann por uma busca sob o porão desempenhara um papel decisivo em sua dispensa.

Suas histórias, no entanto, atraíram uma audiência numerosa e foram mais prontamente aceitas porque a casa de fato se erguia em um terreno outrora usado como cemitério. Para mim, esse interesse dependia menos da circunstância que da maneira singularmente apropriada como tudo se encaixava em certas outras coisas — o relato feito pelo antigo criado Preserved Smith, que havia precedido Ann e jamais soubera o que quer que fosse acerca da sucessora, de acordo com o qual alguma coisa "roubava-lhe o fôlego" à noite; as certidões de óbito relativas às vítimas da febre em 1804, assinadas pelo dr. Chad Hopkins, que traziam a revelação de que os cadáveres das quatro vítimas foram encontrados inexplicavelmente privados de sangue; e as passagens obscuras das vociferações da pobre Rhoby Harris, durante as quais mencionava os dentes afiados de uma presença com olhos vidrados e visível apenas em parte.

Por mais que eu me considere livre de superstições injustificáveis, essas coisas todas produziram em mim uma sensação estranha, tornada ainda mais intensa por dois recortes de jornais independentes que se relacionavam às mortes ocorridas na casa temida — um do *Providence Gazette and Country-Journal* de 12 de abril de 1815 e o outro do *Daily Transcript and Chronicle* de 27 de outubro de 1845 —, ambos coincidentes no que dizia respeito a uma circunstância cuja repetição parecia notável. Em ambos os casos, parece que a pessoa moribunda — em 1815 uma senhora chamada Stafford e em 1845 um mestre-escola de meia-idade chamado Eleazar Durfee — sofrera uma transfiguração medonha; com um olhar que se tornara vidrado e com repetidas tentativas de morder o pescoço do médico responsável. Ainda mais enigmático, no entanto, era o último caso, que pusera fim à locação da casa — uma série de mortes por anemia precedida por episódios de loucura progressiva em que os enfermos atentavam contra a vida de parentes fazendo-lhes incisões no pulso ou no pescoço.

Esses fatos ocorreram em 1860 e 1861, quando o meu

tio havia começado o exercício da medicina; e antes de tomar o rumo do front ele ouviu muitas histórias dos colegas de profissão mais velhos. O detalhe realmente inexplicável era o modo como as vítimas — pessoas ignorantes, pois naquele momento a malcheirosa e amplamente temida casa já não poderia ser alugada para mais ninguém — balbuciavam imprecações em francês, uma língua que em nenhuma hipótese poderiam ter estudado. Aquilo fazia pensar na pobre Rhoby Harris um século atrás, e afetou meu tio de maneira tão profunda que ele começou a reunir dados históricos acerca da casa depois de ouvir, pouco tempo após retornar da guerra, o relato de primeira mão feito pelos drs. Chase e Whitmarsh. De fato, para mim estava claro que meu tio havia refletido longamente a respeito do assunto, e que se alegrara com o meu interesse — um interesse aberto e solidário, que lhe permitia discutir comigo assuntos que outros teriam recebido com gargalhadas. A fantasia de meu tio não fora tão longe quanto a minha, mas ele achava que aquele era um lugar excepcional em termos de potencialidades imaginativas e digno de nota como inspiração no campo do grotesco e do macabro.

Quanto a mim, eu estava disposto a encarar o assunto com a mais absoluta seriedade, e de imediato comecei não apenas a revisar as evidências, mas também a acumular tantas mais quanto me fosse possível. Conversei com o provecto Archer Harris, na época proprietário da casa, em diversas ocasiões antes de sua morte em 1916; e dele e de Alice, sua irmã solteira, obtive uma corroboração autêntica de todos os dados coligidos por meu tio. Quando, no entanto, perguntei-lhes acerca do tipo de ligação que a casa poderia ter com a França ou com a língua francesa, os dois confessaram-se tão ignorantes quanto eu. Archer não sabia de nada, e tudo o que a srta. Harris soube informar foi que uma velha alusão ouvida por seu avô Dutee Harris poderia trazer um pouco de luz ao assunto.

O velho marujo, que sobrevivera por dois anos à morte do filho Welcome no campo de batalha, não conhecera pessoalmente a lenda; mas lembrava-se de que a primeira governanta, a velha Maria Robbins, parecia ter consciência de uma presença sinistra que conferia às vociferações em francês de Rhoby Harris um estranho sentido que ela própria ouvira com muita frequência durante os últimos dias daquela mulher desafortunada. Maria estivera na casa temida de 1769 até a remoção da família em 1783, e presenciara a morte de Mercy Dexter. Certa vez fizera ao pequeno Dutee referências a uma circunstância algo peculiar ocorrida durante os últimos instantes de Mercy, mas logo ele se esquecera de tudo, a não ser pela impressão de que se tratava de um acontecimento estranho. Como se não bastasse, a neta recordava até mesmo esse tanto com certa dificuldade. Ela e o irmão não nutriam muito interesse pela casa como Carrington, o filho de Archer e atual proprietário, com quem tive ocasião de falar após a minha experiência.

Após exaurir as informações que a família Harris tinha condições de oferecer, voltei minha atenção aos antigos registros e títulos da cidade com mais afinco do que o meu tio ocasionalmente demonstrara naquela mesma empreitada. O que eu procurava era uma história detalhada daquele local, desde a primeira ocupação em 1636 — ou mesmo antes, caso lendas dos índios Narragansett fossem encontradas e pudessem complementar as informações. Logo no início, descobri que o terreno fizera parte do lote alongado originalmente concedido a John Throckmorton; era uma de várias faixas similares que começavam na Town Street, ao lado do rio, e avançavam colina acima até um ponto que correspondia mais ou menos ao local onde hoje situa-se a Hope Street. O lote de Throckmorton, é claro, mais tarde foi subdividido; e tornei-me bastante minucioso ao acompanhar as transformações na seção onde a Back ou Benefit Street foi mais tarde construída.

Segundo antigos rumores, aquele local tinha sido o cemitério dos Throckmorton; mas, ao examinar os registros com a devida atenção, descobri que todos os túmulos haviam sido transferidos desde muito tempo para o North Burial Ground, na Pawtucket West Road.

Por fim, de repente encontrei — graças a um feliz golpe de sorte, uma vez que não constava no principal arquivo de registros e assim poderia facilmente ter sido ignorado — um detalhe que despertou meu entusiasmo, visto que parecia oferecer uma explicação para todos os aspectos mais esquisitos daquele assunto como um todo. Era o registro do arrendamento de um pequeno lote de terra, feito em 1697, para um certo Etienne Roulet e sua esposa. Enfim o elemento francês havia surgido — juntamente com outro elemento de horror mais profundo que o nome conjurara desde os mais obscuros recônditos de minhas leituras bizarras e heterogêneas —, e assim comecei a estudar febrilmente o planejamento daquela localidade tal como se apresentava antes do corte e do endireitamento parcial da Back Street, promovidos entre 1747 e 1758. Descobri o que eu mais ou menos esperava: que, no ponto onde se erguia a casa temida, os Roulet haviam construído o cemitério da família, atrás de uma cabana com sótão, e que não havia registros de uma subsequente transferência de jazigos. De fato, o documento acabava de maneira confusa; e fui obrigado a esquadrinhar tanto a Rhode Island Historical Society como a Shepley Library antes de encontrar uma porta local que pudesse ser aberta pelo nome de Etienne Roulet. No fim consegui fazer uma descoberta; uma descoberta de impacto a um só tempo vago e monstruoso, que de imediato levou-me a examinar o porão da casa temida com atenção renovada e cheio de entusiasmo.

Os Roulet, ao que parecia, haviam chegado em 1696 de East Greenwich, pela costa oeste de Narragansett Bay. Eram huguenotes de Caude, e tinham encontrado uma oposição ferrenha até que os vereadores de Providence lhes permitissem estabelecer-se por lá. A impopularidade acompanhara-os em East Greenwich, aonde haviam chegado em 1686 após a revogação do Édito de Nantes, e corriam rumores de que a causa da antipatia estendia-se para além do simples preconceito racial e nacional, e para além das disputas entre colonizadores franceses e ingleses que nem mesmo o governador Andros foi capaz de aplacar. Mas o protestantismo ardente da família — demasiado ardente, segundo dizia-se aos sussurros — e o evidente desespero quando foram literalmente expulsos do vilarejo rumo ao sul da baía haviam comovido os vereadores de Providence. Naquele lugar os estrangeiros receberam um abrigo; e o moreno Etienne Roulet, menos hábil na agricultura do que na leitura de livros estranhos e na preparação de estranhos diagramas, passou a ocupar um posto burocrático no armazém portuário de Pardon Tillinghast, na parte mais ao sul da Town Street. Mais tarde, no entanto, houve uma agitação qualquer — talvez quarenta anos depois, após a morte do velho Roulet —, e ninguém recebera notícias da família desde então.

Havia indícios de que os Roulet foram recordados e amiúde discutidos por mais de um século como um incidente vívido na rotina daquela pacata cidade portuária da Nova Inglaterra. Paul, o filho de Etienne, um sujeito mal-humorado cuja postura errática provavelmente havia precipitado a agitação responsável pela eliminação da família, era uma fonte particularmente interessante de especulação; e, muito embora Providence jamais tenha compartilhado o pânico em relação às bruxas observado nos vilarejos puritanos ao redor, velhas supersticiosas insinuavam livremente que as orações deste homem não eram nem feitas nas ocasiões próprias nem dirigidas ao objeto próprio. Tudo isso sem dúvida havia servido como base para a lenda conhecida pela velha Maria Robbins. Que relação mantinha com as vociferações francesas de

Rhoby Harris e outros habitantes da casa temida, somente a imaginação ou uma descoberta futura poderia determinar. Indaguei-me quantas, dentre as pessoas que haviam conhecido as lendas, haviam percebido a relação que mantinham com o terror revelado por minhas variadas leituras; aquele item aziago nos anais de horror mórbido que narram a história da criatura chamada *Jacques Roulet, de Caude*, condenado à morte em 1598 por demonolatria e mais tarde salvo da fogueira pelo parlamento de Paris, que mandara trancafiá-lo em um manicômio. Jacques Roulet fora encontrado recoberto de sangue e pedaços de carne em um bosque, logo após um menino ser morto e dilacerado por dois lobos. Um dos lobos dera a impressão de ter fugido sem nenhum ferimento. Sem dúvida uma história fascinante para contar ao pé da lareira, com um estranho significado no que dizia respeito ao nome e ao lugar; mas por fim concluí que as boatarias de Providence não podiam conhecer o assunto. Se o conhecessem, a coincidência de nomes teria desencadeado uma reação drástica e assustada — de fato, será que mesmo a circulação limitada de boatos não teria precipitado a agitação final que varrera os Roulet do local que habitavam?

Passei a visitar o lugar amaldiçoado com frequência cada vez maior; a estudar a vegetação insalubre do jardim, examinando todas as paredes da construção e esquadrinhando cada centímetro do chão de terra batida no porão. Por fim, com a permissão de Carrington Harris, mandei fazer uma chave para a porta não utilizada do porão, que saía diretamente à Benefit Street, visto que eu preferia ter um acesso mais imediato ao mundo exterior do que aquele proporcionado pela sequência da escadaria escura, do piso térreo e da porta de entrada. E lá, onde a morbidez espreitava com maior intensidade, procurei e cutuquei durante longas tardes com a luz do sol a filtrar pelas janelas altas repletas de teias de aranha, enquanto uma impressão de segurança emanava da porta destrancada que me colocava a poucos metros do plácido calçamento no lado de fora. Não houve novidade que recompensasse meus esforços — apenas a mesma umidade opressiva e as mesmas sugestões de odores nocivos e contornos de salitre no chão —, e julgo que muitos pedestres devem ter me observado intrigados através das janelas quebradas.

Finalmente, por sugestão do meu tio, decidi empreender buscas noturnas; e em uma meia-noite tempestuosa fiz correr o facho de uma lanterna elétrica sobre o chão bolorento repleto de formas extravagantes e fungos distorcidos e semifosforescentes. O local havia me provocado um curioso desânimo naquela noite, e eu estava quase preparado quando vi — ou imaginei ter visto —, em meio aos depósitos esbranquiçados, os contornos bem definidos da "forma amontoada" de que eu suspeitara na minha infância. A clareza com que se apresentou era inédita e impressionante — e, à medida que eu observava, tive a impressão de perceber mais uma vez a emanação tênue, amarelada e cintilante que me sobressaltara naquela tarde chuvosa de tantos anos atrás.

Acima do contorno antropomórfico de bolor próximo à lareira aquilo se ergueu; um vapor sutil, enfermiço e quase luminoso que, enquanto pairava trêmulo em meio à umidade, deu a impressão de apresentar vagas e impressionantes sugestões de forma, e então aos poucos sucumbiu a uma decadência nebulosa e subiu pela negrura da grande chaminé, deixando um rastro de miasma fétido por onde havia passado. Foi uma visão horrenda, tornada ainda pior em razão do que eu sabia a respeito do local. Recusando-me a fugir, observei enquanto a forma se dissipava — e, enquanto eu observava, senti-me também observado por olhos mais imaginados do que visíveis. Quando narrei o ocorrido, meu tio demonstrou grande entusiasmo; e, após uma hora tensa de reflexão, ele chegou a uma conclusão drástica e definitiva. Ao sopesar em pensamento a importância daquele assunto, e o significado que teria a nossa relação para com aquilo, insistiu que desafiássemos — e se possível destruíssemos — o horror daquela casa mediante uma ou mais noites de vigília agressiva naquele porão amaldiçoado pelos fungos.

IV.

Na quarta-feira, dia 25 de junho de 1919, após notificar Carrington Harris sem no entanto apresentar quaisquer suposições relativas àquilo que esperávamos encontrar, eu e meu tio levamos à casa temida duas cadeiras de campanha e uma cama dobrável de campanha, bem como certos mecanismos científicos de maior peso e complexidade. Estes foram postos no porão durante o dia, e na mesma ocasião recobrimos as janelas com papel e fizemos planos de voltar à noite para a nossa primeira vigília. Havíamos trancado a porta que levava do porão ao piso térreo; e, de posse de uma chave que abria a porta externa do porão, preparamo-nos para lá deixar o nosso aparato caro e sensível — que havíamos obtido em segredo e a um custo muito elevado — por quantos dias nossas vigílias pudessem estender-se. Nossa intenção era mantermo-nos acordados até bastante tarde para então nos revezarmos em vigílias individuais com duas horas de duração — primeiro eu, e então meu companheiro; o membro rendido poderia repousar na cama de campanha.

A liderança natural com que meu tio providenciou os instrumentos nos laboratórios da Brown University e da Cranston Street Armoury, somada à maneira como instintivamente assumiu o comando de nossa empreitada, foi uma demonstração admirável da vitalidade e da resistência potenciais em um homem de oitenta e um anos. Elihu Whipple vivera de acordo com as leis de higiene que apregoava na condição de médico, e se não fosse pelo que sucedeu mais tarde ainda estaria aqui no mais pleno vigor. Somente duas pessoas imaginam o que pode ter acontecido — Carrington Harris e eu. Tive de contar o que eu sabia a Harris porque ele era proprietário da casa e merecia saber o que havia saído de lá. Mas também havíamos conversado antes de nossa empreitada; e senti que, após a partida de meu tio, ele haveria de compreender e ajudar-me a fornecer explicações públicas de interesse vital. Harris tornou-se muito pálido, mas concordou em me ajudar e decidiu que a partir daquele momento não haveria riscos em alugar a casa.

Declarar que não estávamos apreensivos naquela noite chuvosa de vigília seria um exagero a um só tempo grosseiro e ridículo. Como já tive ocasião de afirmar, não alimentávamos nenhum tipo de superstição infantil, mas a reflexão e o estudo científico haviam nos ensinado que o universo tridimensional conhecido abarca somente uma fração ínfima desse cosmo de substância e energia. Nesse caso, uma abundância maciça de evidências originárias de numerosas fontes autênticas apontava para a existência pertinaz de certas forças imbuídas de enorme poder e — quando examinadas do ponto de vista humano — excepcional malignidade. Dizer que acreditávamos em vampiros ou lobisomens seria uma afirmação irresponsável e demasiado abrangente. Antes, devo asseverar que não estaríamos dispostos a negar a possibilidade de certas modificações invulgares e jamais descritas das forças vitais e da matéria atenuada, que existem a intervalos bastante infrequentes no espaço tridimensional por conta da relação mais estreita que mantêm com outras unidades espaciais, mas assim mesmo próximas o suficiente dos limiares de nosso mundo para fornecer-nos manifestações ocasionais que nós, por falta de uma perspectiva mais privilegiada, não temos esperança nenhuma de compreender.

Em suma, para mim e para o meu tio parecia que uma gama de fatos incontestáveis apontava sempre para a mesma influência duradoura e insidiosa na casa temida; uma influência que podia ser rastreada até um daqueles malfadados colonizadores franceses que haviam chegado dois séculos atrás, e que se mantinha em plena operação graças a leis singulares e desconhecidas de movimentos atômicos e eletrônicos. Que a família Roulet tivesse uma afinidade bastante anômala com outros círculos da entidade — esferas negras que para as pessoas comuns despertam apenas repulsa e terror — parece ser um fato comprovado por registros históricos. Será então que as agitações na longínqua década de 1730 não teriam dado início a certos padrões cinéticos no intelecto mórbido de um ou mais integrantes da família — notavelmente o sinistro Paul Roulet —, que teriam obscuramente sobrevivido aos corpos assassinados e enterrados pela turba e continuado a funcionar em um espaço multidimensional em sintonia com as linhas de força originárias, determinadas por um ódio frenético em relação à comunidade que os rodeava?

Essa não seria uma impossibilidade física ou bioquímica à luz da nova ciência, que inclui teorias da relatividade e da ação intra-atômica. Pode-se facilmente imaginar um ignoto núcleo de substância ou energia, amorfo ou ainda com outras características, mantido vivo graças a subtrações imperceptíveis ou imateriais da força vital de tecidos e fluidos corpóreos de outras coisas dotadas de uma vida mais palpável, nas quais penetra e em cuja matéria às vezes funde-se por completo. Essa ação poderia ser ativamente hostil, ou poderia ser meramente ditada por instintos cegos de autopreservação. De qualquer forma, em nosso esquema de coisas um monstro desses teria de necessariamente caracterizar-se como uma anomalia e um intruso, cuja extirpação apresenta-se como um imperativo a todo homem que não se revele um inimigo da saúde, da vida e da sanidade do mundo.

O que nos deixou perplexos foi nossa absoluta ignorância em relação ao aspecto em que poderíamos encontrar essa coisa. Nenhuma pessoa sã jamais a tinha visto, e mesmo os que a haviam pressentido em caráter definido eram poucos. Poderia tratar-se de energia em forma pura — uma forma etérea e externa ao reino da substância — ou poderia tratar-se em parte de matéria; uma massa equívoca e ignota de plasticidade, capaz de transmutar-se livremente em aproximações nebulosas dos estados sólido, líquido e gasoso, bem como em um tênue estado de partículas ausentes. O contorno antropomórfico de bolor no chão, a forma do vapor amarelado e a curvatura das raízes nas antigas histórias sugeriam pelo menos uma conexão remota com a forma humana; mas quão representativa ou permanente essa similaridade poderia ser, ninguém saberia afirmar com certeza.

Desenvolvemos duas armas para enfrentar a criatura; um tubo de Crookes alimentado por baterias potentes e equipado com telas e refletores especiais, caso se revelasse intangível e oponível somente por meio de radiações de éter vigorosamente destrutivas, e dois lança-chamas militares do tipo usado na Guerra Mundial, caso se revelasse parcialmente material e passível de destruição mecânica — pois, como os rústicos supersticiosos de Exeter, estávamos dispostos a queimar o coração daquela coisa se houvesse um coração a ser queimado. Todo esse mecanismo agressivo foi montado no porão e cuidadosamente disposto em relação à cama e às cadeiras de campanha, bem como em relação ao ponto em frente à lareira onde o bolor assumira estranhas formas. Aquele contorno sugestivo, a propósito, encontrava-se visível somente a duras penas quando posicionamos nossa mobília e nossos instrumentos, e também quando retornamos à tarde para a vigília. Por um momento cheguei a duvidar de que eu a tivesse enxergado na forma evidenciada com maior clareza — mas logo me lembrei das lendas.

Nossa vigília no porão começou às dez da noite, no horário de verão, e mesmo após certo tempo não tivemos nenhum indício de avanço pertinente. Apenas o brilho tênue e filtrado das lâmpadas de iluminação pública importunadas pela chuva no lado de fora e a fosforescência tênue dos odiosos fungos no lado de dentro revelavam a pedra gotejante das paredes, de onde todos os resquícios da caiadura haviam desaparecido; o chão úmido, fétido e bolorento de terra batida com seus fungos obscenos; os escombros do que outrora haviam sido bancos, cadeiras e mesas, bem como outros itens menos identificáveis de mobiliário; as tábuas pesadas e vigas maciças que sustentavam o térreo mais acima; a porta decrépita de madeira que levava a receptáculos e câmaras em outras partes da casa; a escada de pedra em ruínas com o corrimão de madeira destroçado; e a rústica e cavernosa lareira de tijolos pretos, onde fragmentos de ferro revelavam a antiga presença de ganchos, trasfogueiros, espetos, um braço móvel e uma portinhola para a caçarola — essas coisas e o austero conjunto formado pelos bancos e pela cama de campanha, juntamente com o pesado e complexo maquinário destrutivo que havíamos levado.

Como em minhas explorações anteriores, havíamos deixado a porta que dava para a rua destrancada; de maneira que uma rota de escape prática e direta estivesse à disposição caso nos defrontássemos com manifestações além do nosso poder de reação. Acreditávamos que nossa presença noturna continuada acabaria por despertar a entidade maligna que lá espreitava; e que, estando tudo preparado, conseguiríamos destruí-la com um dos meios que tínhamos a nosso alcance tão logo a houvéssemos reconhecido e observado por tempo suficiente. Quanto ao tempo necessário para invocar e extinguir aquela coisa, não tínhamos a menor ideia. Ocorreu-nos, ademais, que a empreitada trazia riscos consideráveis; pois não havia como prever a força daquela coisa. Mas julgamos que a aposta valia o risco, e embarcamos juntos, sozinhos e sem nenhum tipo de hesitação; conscientes de que a busca de ajuda externa não poderia senão expor-nos ao ridículo e pôr tudo a perder. Esse era o nosso estado de espírito ao conversar noite adentro — até que a sonolência cada vez mais intensa de meu tio levasse-me a lembrá-lo de se deitar para o repouso de duas horas.

Um sentimento próximo do medo tomou conta de mim quando me vi sozinho de madrugada — e digo sozinho porque aquele que se encontra ao lado de uma pessoa adormecida encontra-se de fato sozinho; talvez mais sozinho do que imagina. A respiração do meu tio era pesada, com inspirações e expirações profundas, acompanhadas pela chuva do lado de fora e pontuada pelo enervante som de água gotejante no lado de dentro — pois a casa era repulsivamente úmida, mesmo no tempo seco, e efetivamente pantanosa durante aquela tempestade. Estudei a cantaria solta e antiga das paredes sob a luminescência dos fungos e dos raios tênues que chegavam da rua pelas frestas nas janelas cobertas; e a certa altura, quando a atmosfera nauseante do lugar deu a impressão de estar prestes a me causar enjoos, abri a porta e olhei para o alto da rua, banqueteando minha visão com o cenário familiar e meu olfato com o ar fresco e salubre. Mesmo assim, não ocorreu nada que pudesse recompensar minha observação; e pus-me a bocejar com frequência, visto que a fadiga começava a vencer minha apreensão.

Porém logo um movimento feito por meu tio enquanto dormia chamou-me a atenção. Por repetidas vezes ele havia se virado durante a primeira meia hora, mas naquele momento respirava com uma irregularidade singular, e ocasionalmente soltava um suspiro que trazia mais do que a sugestão remota dos arquejos de um homem que sufoca. Apontei o facho da minha lanterna elétrica para a cama e descobri que ele tinha o rosto virado, de maneira que me levantei e fui para o outro lado da cama. Mais uma vez direcionei o facho da lanterna a fim de ver se estava sofrendo de qualquer forma. O que descobri foi motivo de um nervosismo surpreendente, tendo-se em vista o caráter relativamente trivial. Deve ter sido a simples associação de circunstâncias inusitadas à natureza sinistra de nossa localização e de nossa missão, pois a circunstância em si não era nem assustadora nem sobrenatural. Ocorreu simplesmente que a expressão facial do meu tio, sem dúvida perturbada pelos estranhos sonhos que nossa situação despertava, revelava uma agitação considerável, e não lhe parecia muito característica. A expressão habitual era de uma calma gentil e polida, ao passo que naquele instante uma miscelânea de emoções parecia travar uma batalha em seu âmago. Acredito que a *variedade* do todo foi a principal causa de minha perturbação. Meu tio, enquanto arquejava e se virava em meio à perturbação cada vez maior com os olhos semicerrados, parecia ser não um, mas vários homens, e sugeria uma curiosa qualidade de alheamento em relação a si próprio.

De repente ele começou a balbuciar, e não gostei da aparência de seus lábios e dentes quando se pôs a falar. A princípio as palavras eram incompreensíveis, porém logo — com um sobressalto enorme — reconheci certos aspectos que me encheram de um medo gelado até eu recordar a educação abrangente que meu tio havia recebido e as incontáveis traduções de artigos antropológicos e antiquários que havia feito para a *Revue des Deux Mondes*. Pois o respeitável Elihu Whipple estava balbuciando *em francês*, e as poucas frases que pude discernir pareciam dizer respeito aos mais obscuros mitos que havia adaptado a partir da famosa revista de Paris.

De repente o suor brotou na testa daquele homem adormecido e ele deu um salto repentino, já meio desperto. A algaravia francesa transformou-se num grito em inglês, e a voz rouca exclamou: "Meu fôlego, meu fôlego!". Então a vigília tornou-se completa e, com o retorno da expressão do rosto ao estado normal, meu tio pegou a minha mão e começou a relatar um sonho cujo núcleo de significado eu somente pude imaginar tomado por um sentimento de espanto.

Segundo me contou, meu tio havia deixado uma série ordinária de imagens oníricas para adentrar uma cena cuja estranheza não se encontrava relacionada a nenhuma leitura de outrora. Era um cenário terreno, e simultaneamente extraterreno — um caos nebuloso e geométrico em que podiam ser vistos elementos de coisas familiares nas combinações mais inesperadas e perturbadoras. Havia a sugestão de imagens estranhamente desordenadas e justapostas; uma disposição em que a essência do tempo e do espaço parecia dissolver-se e misturar-se da forma mais ilógica possível. Nesse torvelinho caleidoscópico de imagens fantasmagóricas havia relances singulares, se me é dado expressar-me assim, de notável clareza, mas também de inexplicável heterogeneidade.

A certa altura meu tio imaginou encontrar-se em uma cova recém-cavada com uma multidão de rostos tomados pela raiva e emoldurados por cachos e tricornes que o olhavam cheios de desprezo. Logo teve a impressão de encontrar-se no interior de uma casa — uma casa antiga, segundo tudo indicava —, mas os detalhes e os habitantes sofriam alterações constantes, e ele nunca tinha certeza em relação aos rostos ou à mobília, ou mesmo em relação ao próprio recinto, uma vez que portas e janelas também davam a impressão de encontrar-se em um estado de fluxo tão intenso quanto aquele observável em objetos presumivelmente móveis. A estranheza era grande — uma estranheza infernal —, e meu tio falou quase acovardado, como se eu não fosse dar-lhe crédito, ao declarar que, dentre os estranhos rostos, muitos sem dúvida tinham as feições da família Harris. Durante todo esse tempo havia uma sensação pessoal de sufocamento, como se uma presença insidiosa se houvesse espalhado por todo o corpo dele e tentasse assumir o controle dos processos vitais. Estremeci ao pensar nesses processos vitais, desgastados como se encontravam ao fim de oitenta e um anos de funcionamento ininterrupto, em conflito com forças desconhecidas que provocariam temor até mesmo em um sistema jovem e robusto; mas logo a seguir pensei que sonhos não passam de sonhos e que, por mais incômodas que fossem essas visões, não poderiam ser mais do que a reação do meu tio às investigações e às expectativas que nos últimos tempos haviam ocupado os nossos pensamentos à exclusão de todo o restante.

A conversa logo ajudou a dispersar minha sensação de estranheza; e, quando a minha vez chegou, sucumbi aos bocejos e fui dormir na cama de campanha. Nessa altura o meu tio parecia muito desperto, e de bom grado assumiu como vigia, mesmo que o pesadelo o houvesse despertado bem antes que acabassem as duas horas de repouso que lhe cabiam. O sono logo me venceu, e fui de pronto assombrado por sonhos de caráter absolutamente perturbador. Em minhas visões, senti uma solidão cósmica e abismal; com a hostilidade surgindo por todos os lados na prisão em que eu me encontrava confinado. Eu parecia estar amarrado e amordaçado, recebendo as provocações dos gritos longínquos de multidões distantes e sedentas de sangue. O rosto do meu tio surgiu com associações menos agradáveis do que na vigília, e lembro-me de muitos esforços e muitas tentativas fúteis de gritar. Não foi um sono agradável, e por um instante não lamentei o grito cortante que partiu as barreiras do sonho e arrojou-me em uma vigília clara e assustada em que todos os objetos diante dos meus olhos revelavam-se com mais do que a clareza e a realidade naturais.

V.

Eu tinha o rosto voltado para o lado oposto àquele onde se encontrava a cadeira de meu tio, de maneira que, nesse lampejo repentino da vigília, somente vi a porta que dava para a rua, a janela que dava para o norte e a parede, o chão e o teto no lado norte do recinto — todos fotografados com uma vividez mórbida pelo meu cérebro em uma luz mais clara do que a luminescência dos fungos e a luz da rua lá fora. Não era uma luz forte e nem mesmo relativamente forte; decerto não serviria para ler um livro. Mesmo assim, foi suficiente para projetar sobre o chão uma sombra minha e da cama, e tinha uma força amarelada e primitiva que sugeria coisas mais potentes do que a luminosidade. Percebi esse detalhe com uma agudeza insalubre, não obstante o fato de que dois de meus outros sentidos encontravam-se sob ataque. Pois em meus ouvidos soavam as reverberações daquele grito apavorante, enquanto minhas narinas repugnavam o fedor que preenchia o lugar. Meus pensamentos, tão alertas quanto os meus sentidos, reconheceram a estranheza e a gravidade da situação; e de maneira quase automática pus-me de pé com um salto e me virei em direção aos instrumentos de aniquilação que havíamos deixado a postos no contorno bolorento em frente à lareira. Ao virar o rosto, estremeci pensando no que haveria de encontrar; pois o grito fora dado na voz do meu tio, e eu não conhecia a ameaça contra a qual teria de nos defender.

A visão foi ainda pior do que eu havia esperado. Existem horrores para além do horror, e nesse caso tratava-se de uma concentração de toda a repugnância concebível apenas em sonhos que o cosmo guarda para atingir somente uns poucos desgraçados e amaldiçoados. Da terra acometida pelos fungos ergueu-se uma luz vaporosa e cadavérica, amarelada e enfermiça, que chapinhou e borbulhou até atingir uma estatura gigantesca de vagos contornos semi-humanos e semimonstruosos, através da qual eu ainda conseguia ver a chaminé e a lareira mais além. Era feita de olhos — lupinos e zombeteiros —, e a cabeça rugosa e insectoide dissolveu-se em uma fina pluma de névoa que descreveu volutas pútridas ao meu redor e por fim desapareceu ao subir pela chaminé. Afirmo ter visto essa coisa, mas foi somente por meio de uma retrospecção consciente que pude traçar de maneira definida aquela forma odiosa. No momento em que tudo aconteceu, para mim aquilo não passava de uma nuvem agitada e fosforescente de repugnância fúngica, que envolvia e dissolvia em uma plasticidade abominável o único objeto que comandava minha atenção. Esse objeto era o meu tio — o respeitável Elihu Whipple —, que, com feições negras e decrépitas, abria sorrisos zombeteiros para mim e dirigia-me algaravias, e estendia garras úmidas para dilacerar-me em meio à fúria que aquele horror havia trazido.

O que me impediu de enlouquecer foi o instinto de seguir o protocolo. Eu havia treinado para o momento crucial, e esse treinamento cego salvou-me a vida. Ao reconhecer o mal borbulhante como uma substância inalcançável para a matéria ou mesmo a química da matéria, e ignorando portanto o lança-chamas que assomava à minha esquerda, liguei a corrente elétrica que alimentava o tubo de Crookes e apontei para aquela cena de blasfêmia imortal as mais fortes radiações de éter que a arte humana é capaz de fazer despertar nos espaços e fluidos da natureza. Fez-se uma névoa azul e houve um chapinhar frenético, e a fosforescência amarelada tornou-se mais tênue diante dos meus olhos. Mas eu vi que esse caráter mais tênue dizia respeito apenas ao contraste, e que as ondas emitidas pelo aparato não surtiam efeito algum.

Então, no meio daquele espetáculo demoníaco, vislumbrei um novo horror que trouxe gritos aos meus lábios e me fez avançar em meio a tropeços e apalpadelas rumo à porta destrancada que dava para a rua tranquila, alheia a todos os terrores que eu lançava sobre o mundo, bem como a todos os juízos e vereditos que eu fazia cair sobre mim. Nessa tênue mistura de azul e amarelo, a forma do meu tio havia começado um processo nauseante de liquefação cuja essência escapa a qualquer descrição, e durante a qual se viam no rosto que desaparecia transformações de identidade que somente a loucura poderia conceber.

Ele era ao mesmo tempo um demônio e uma multidão, uma casa mortuária e uma procissão. Iluminado por raios mistos e incertos, aquele rosto gelatinoso assumiu uma dúzia — uma vintena — uma centena — de aspectos; sempre rindo enquanto afundava no chão em um corpo que derretia como uma vela de sebo, na forma caricatural de legiões estranhas e mesmo assim conhecidas.

Vi as feições da linhagem dos Harris, masculinas e femininas, adultas e infantis, e outras feições jovens e provectas, rústicas e refinadas, familiares e desconhecidas. Por um instante surgiu uma cópia degradada da miniatura da pobre e louca Rhoby Harris que eu vira no School of Design Museum, e em outro momento imaginei ter um relance do vulto ossudo de Mercy Dexter da maneira como eu a recordava de uma pintura na casa de Carrington Harris. Era horrendo para muito além do concebível; e já perto do fim, quando uma curiosa mistura de rostos de criados e bebês cintilou perto do chão bolorento, onde uma poça de graxa verde se espalhava, foi como se as feições alternadas lutassem umas contra as outras na tentativa de formar os contornos do gentil rosto do meu tio. Gosto de pensar que ele chegou a existir naquele momento, e que tentou despedir-se de mim. Tenho a impressão de que solucei uma despedida de minha própria garganta seca enquanto me precipitava em direção à rua; um discreto fio de graxa me acompanhou quando atravessei a porta e cheguei à calçada encharcada pela chuva.

Todo o restante foi obscuro e monstruoso. Não havia ninguém na rua molhada, e no mundo inteiro não havia nenhuma pessoa a quem eu tivesse coragem de narrar minha história. Caminhei a esmo rumo ao sul até deixar para trás College Hill e o Athenaeum, desci a Hopkins Street e atravessei a ponte em direção ao distrito financeiro, onde altos edifícios pareciam me guardar como as coisas modernas guardam o mundo contra portentos insalubres e ancestrais. Logo o alvorecer cinzento desdobrou-se na umidade vinda do leste, desenhando a silhueta da colina arcaica e seus venerandos coruchéus, e atraindo-me para o lugar onde minha terrível empresa permanecia inacabada. E no fim voltei, molhado, com a cabeça a descoberto e confuso em meio à luz matinal, e adentrei aquela porta horrenda que eu havia deixado entreaberta na Benefit Street, e que batia de maneira críptica ante os olhos de todos os moradores que haviam despertado cedo e com os quais não tive coragem de falar.

A graxa havia desaparecido, pois o chão bolorento era poroso. E em frente à lareira não havia nenhum vestígio do contorno gigante e encolhido que o salitre formava. Olhei para a cama, para as cadeiras, para os instrumentos, para o meu chapéu abandonado e para o chapéu de palha do meu tio. Minha confusão era enorme, e mal pude recordar o que era sonho e o que era realidade. A seguir o juízo retornou, e eu soube que havia testemunhado coisas mais horríveis do que sonhara. Sentei-me e tentei fazer conjecturas sobre o que acontecera até o ponto em que a sanidade me permitia, e também sobre como pôr fim àquele horror, se de fato tivesse ocorrido na realidade. Pois aquilo não parecia ser matéria, nem éter, nem qualquer outra substância concebível pelo intelecto humano. O que seria, nesse caso, senão uma *emanação exótica*, um vapor vampírico, como aquele que os rústicos de Exeter afirmam estar sempre à espreita em determinados cemitérios? Senti que essa seria a pista, e mais uma vez tornei a olhar para o chão em frente à lareira, onde o bolor e o salitre haviam assumido estranhas formas. Em dez minutos eu havia me decidido, e então peguei meu chapéu e fui para casa, onde tomei banho, comi e por telefone fiz a encomenda de uma picareta, uma pá, uma máscara antigás militar e seis garrafões de ácido sulfúrico, todos entregues na manhã seguinte junto à porta do porão da casa temida na Benefit Street. Uma vez recebido o pedido, tentei dormir; mas fracassei, e passei as horas lendo e compondo versos para contrabalancear minha disposição.

Às onze horas da manhã seguinte comecei a cavar. Fazia um dia ensolarado, e senti-me alegre. Eu ainda estava sozinho, pois a despeito do quanto temesse o horror desconhecido que procurava, havia mais temor ainda na ideia de contar para outras pessoas. Mais tarde contei tudo a Harris, apenas em razão da necessidade, e também porque ele ouvira estranhos boatos de pessoas mais velhas que lhe haviam despertado uma discreta predisposição à crendice. Quando revirei a terra preta em frente à lareira, enquanto minha pá fazia com que uma sânie amarela e viscosa escorresse dos fungos brancos que eram assim cortados, estremeci ante os pensamentos duvidosos quanto ao que eu poderia encontrar. Há segredos no interior da Terra que não fazem bem aos homens, e esse me parecia ser um deles.

Minhas mãos tremiam a olhos vistos, mas assim mesmo continuei a cavar; e passado um certo tempo eu me encontrava de pé no interior do buraco assim cavado. Com o aprofundamento do buraco, um quadrilátero medindo quase dois metros de lado, o cheiro maléfico intensificou-se; e tive a certeza de estar em contato direto com a coisa infernal cujas emanações tinham amaldiçoado a casa por mais de um século e meio. Perguntei-me que aspecto teria — que forma poderia assumir e de que substância poderia ser feita, e a que tamanho haveria chegado após longas épocas sorvendo tantas vidas. Por fim saí do interior do buraco e dispersei a terra acumulada, dispondo os volumosos garrafões de ácido em dois lados para que, no momento necessário, eu pudesse vertê-los na abertura em rápida sucessão. Depois, coloquei terra ao longo dos lados restantes; trabalhando sem pressa e passando a usar minha máscara de gás à medida que o cheiro ganhava intensidade. Eu estava quase nervoso com a proximidade a uma coisa inominável saída do fundo de um poço.

De repente minha pá atingiu algo macio. Estremeci e fiz menção de sair do buraco, cujas bordas batiam na altura do meu pescoço. Mas logo a coragem retornou, e continuei a remover a terra sob a luz da lanterna elétrica que eu havia providenciado. A superfície que descobri era ictíica e vítrea — uma espécie de gelatina semipútrida com sugestões de translucência. Continuei a revolver a terra e vi que aquilo tinha uma forma. Havia uma falha no ponto em que parte da substância encontrava-se dobrada. A área exposta era enorme, e grosso modo cilíndrica; como um colossal tubo azul-claro dobrado ao meio, com cerca de sessenta centímetros de diâmetro na parte mais larga. Revolvi a terra ainda mais, e logo, em um movimento abrupto, saltei para fora do buraco e para longe daquela coisa imunda; e então desarrolhei e inclinei os garrafões, vertendo o conteúdo corrosivo dos recipientes um atrás do outro nas profundezas daquele abismo de morte sobre a anomalia inconcebível cujo *cotovelo* titânico eu vislumbrara.

O torvelinho cegante de vapores amarelo-esverdeados que emanou tempestuosamente daquele buraco à medida que as torrentes de ácido se derramavam jamais há de abandonar minha lembrança. Por toda a colina as pessoas ainda falam no "dia amarelo", quando uma virulenta e horrível fumaça se ergueu dos resíduos industriais despejados no Rio Providence — mas eu sei que todos se enganam em relação à origem desse fenômeno. Falam também do terrível rugido que ao mesmo tempo se ergueu de uma tubulação de água ou de um encanamento de gás no subsolo — porém mais uma vez eu poderia corrigir essa impressão, se tivesse coragem. Foi um choque inefável, e não sei como sobrevivi. Perdi a consciência após esvaziar o quarto garrafão, que tive de manusear depois que os vapores haviam começado a penetrar minha máscara; mas quando recobrei a consciência notei que o buraco já não emanava mais vapores.

Os dois garrafões restantes foram despejados sem nenhum resultado particular, e passado certo tempo pareceu-me seguro usar a pá e lançar a terra de volta no buraco. O crepúsculo chegou antes que eu terminasse, porém o medo havia deixado aquele lugar. A umidade parecia menos fétida, e todos os estranhos fungos haviam murchado e se reduzido a um pó cinzento e inofensivo, que se espalhava como cinza pelo chão. Um dos terrores mais profundos da Terra havia perecido para sempre; e, se existe um inferno, este por fim deve ter recebido a alma demoníaca daquela coisa blasfema. Enquanto eu batia a última pá de terra, derramei a primeira das muitas lágrimas com que prestei um tributo sincero à memória de meu amado tio.

Na primavera seguinte já não havia grama pálida nem plantas estranhas no jardim da casa temida, e logo depois Carrington Harris enfim a alugou. A casa ainda é um lugar espectral, mas hoje aquela estranheza me fascina — e, com meu alívio, hei de sentir também uma singular melancolia quando for demolida para dar vez a uma loja barata ou a um prédio vulgar. As velhas macieiras estéreis do pátio começaram a dar pequenos e doces frutos, e no ano passado os pássaros fizeram ninhos em seus galhos retorcidos.

A sombra de Innsmouth

I.

Durante o inverno de 1927-8, agentes do Governo Federal conduziram uma estranha investigação secreta a fim de averiguar certas condições no antigo porto de Innsmouth, estado de Massachusetts. A investigação só veio a público em fevereiro, quando ocorreu uma série de buscas e prisões, seguida pelo incêndio e pela dinamitação — ambos conduzidos com toda a cautela — de um assombroso número de casas decrépitas, caindo aos pedaços e supostamente vazias ao longo do porto abandonado. Para as almas menos desconfiadas, a ocorrência passou como se fosse apenas um duro golpe desferido no curso de uma convulsiva guerra contra a bebida.

Os que acompanhavam os jornais, no entanto, admiravam-se com o prodigioso número de prisões, o enorme contingente de homens mobilizado para efetuá-las e também com o sigilo que cercava o destino dos prisioneiros. Não se teve notícia de julgamentos nem de acusações; os prisioneiros tampouco foram avistados nos cárceres país afora. Houve rumores vagos sobre uma doença estranha e campos de concentração, e mais tarde falou-se sobre a dispersão dos prisioneiros em instalações navais e militares, mas nada jamais se confirmou. O porto de Innsmouth ficou quase deserto, e até hoje limita-se a dar sinais de uma existência retomada aos poucos.

As reclamações de várias organizações liberais foram recebidas com longos debates sigilosos, e representantes foram enviados a certos campos e prisões. Logo todas essas sociedades adotaram uma postura surpreendente de inércia e silêncio. Os jornalistas não desistiram tão fácil, mas no fim pareciam estar cooperando com as forças governamentais. Apenas um jornal — um tabloide sempre ignorado por conta de políticas radicais — fez menção ao submarino de águas profundas que lançou torpedos contra o abismo marinho logo além do Recife do Diabo. Essa notícia, ouvida por acaso em um reduto de marinheiros, parecia um exagero consumado; pois o negro recife se localiza a mais de dois quilômetros do porto de Innsmouth.

Pessoas em todo o país e nas cidades vizinhas falavam um bocado entre si, mas diziam muito pouco ao mundo exterior. Havia se falado sobre o estado moribundo e semiabandonado de Innsmouth por quase meio século, e nenhuma novidade poderia ser mais absurda ou mais medonha do que os sussurros e as insinuações de anos atrás. Vários acontecimentos haviam ensinado os nativos a agir com discrição, e agora não havia motivo para pressioná-los. A verdade é que sabiam muito pouco; pois vastos pântanos salgados, inóspitos e desabitados separam os habitantes de Innsmouth dos vizinhos no interior do continente.

Mas enfim eu desafiarei a proibição de falar sobre este assunto. Os fatos, estou certo, são tão contundentes que, salvo o choque da repulsa, nenhum mal à população pode resultar de certos esclarecimentos a respeito do que os investigadores horrorizados descobriram em Innsmouth. Além do mais, a descoberta admite diferentes interpretações. Não sei ao certo quanto da história me foi contado e tenho inúmeras razões para não querer me aprofundar no assunto. Tive contato mais direto do que qualquer outro leigo e recebi impressões que ainda podem me levar a tomar medidas drásticas.

Fui eu que fugi desesperado de Innsmouth nas primeiras horas do dia 16 de julho de 1927, e foram os meus apelos desesperados por investigações e medidas governamentais que precipitaram todo o episódio narrado. Dispus-me a permanecer em silêncio enquanto o assunto ainda era recente e incerto; mas agora que essa antiga história não mais desperta a curiosidade ou o interesse do público, sinto o estranho impulso de falar aos sussurros sobre as horas terríveis que passei naquele malfadado porto à sombra da morte e covil de abominações blasfemas. O simples relato ajuda-me a recobrar a confiança nas minhas faculdades; a convencer-me de que não fui o primeiro a sucumbir perante a alucinação coletiva saída de um pesadelo. Também me ajuda a decidir-me em relação a uma terrível providência que me aguarda no futuro.

Eu nunca tinha ouvido o nome de Innsmouth até a véspera do dia em que a vi pela primeira — e até agora última — vez. Eu estava comemorando a minha recém-atingida maioridade com uma viagem pela Nova Inglaterra — para fins turísticos, antiquários e genealógicos — e planejava, ao deixar a antiga Newburyport, seguir viagem até Arkham, a cidade natal de minha família materna. Eu não tinha carro e viajava em trens, bondes e automóveis, sempre buscando a alternativa mais em conta. Em Newburyport, informaram-me de que o trem a vapor era a única maneira de chegar a Arkham; e foi apenas no guichê de bilhetes da estação ferroviária, quando hesitei diante do elevado custo da passagem, que eu soube da existência de Innsmouth. O funcionário robusto e de expressão astuta, com um sotaque que o traía como forasteiro, pareceu solidário ao meu esforço econômico e deu-me uma sugestão que ninguém mais havia feito.

"O senhor também pode pegar o *velho ônibus* se quiser", disse ele um pouco hesitante, "mas já lhe aviso que não é grande coisa. Ele passa por Innsmouth — talvez o senhor já tenha ouvido alguma coisa a respeito — então as pessoas daqui evitam pegá-lo. O proprietário é um sujeito de Innsmouth, chamado Joe Sargent, mas acho que ele nunca consegue clientes aqui, tampouco em Arkham. Eu nem imagino como esse ônibus ainda existe. Acho que o preço é bom, mas nunca vejo mais do que dois ou três passageiros — ninguém a não ser os habitantes de Innsmouth. Se não houve nenhuma alteração recente nos horários, ele sai da Praça, em frente à Hammond's Drug Store, às dez da manhã e às sete da noite. Parece uma lata-velha — eu mesmo nunca andei naquilo."

Essa foi a primeira vez que ouvi o nome de Innsmouth, refúgio das sombras. Qualquer referência a uma localidade ausente dos mapas e dos mais recentes guias de viagem teria despertado o meu interesse, e a intrigante alusão feita pelo funcionário provocou algo muito semelhante à curiosidade. Um vilarejo capaz de inspirar tamanho desgosto nas localidades vizinhas deveria ser pelo menos inusitado e digno da atenção de um turista. Se Innsmouth ficasse no meio do caminho até Arkham eu faria uma parada — e assim pedi ao funcionário que me dissesse mais alguma coisa sobre o lugar. Ele foi muito cauteloso e falou com ares de discreta superioridade em relação ao que dizia.

"Innsmouth? Ah, é um vilarejo estranho na foz do Manuxet. Já foi quase uma cidade — um porto e tanto antes da Guerra de 1812 — mas o lugar ficou jogado às traças pelos últimos cem anos. Já não há mais ferrovias — a B&M nunca passou por lá, e o ramal que saía de Rowley foi abandonado uns anos atrás.

"Tem mais casas vazias do que pessoas por lá, eu acho, e não existe um único negócio além dos peixes e das lagostas. Todo mundo vende os produtos aqui, em Arkham ou em Ipswich. Chegaram até a construir algumas fábricas, mas não sobrou nada além de uma refinaria de ouro que mal funciona meio turno.

"A refinaria já foi grande, e o Velho Marsh, o proprietário, deve ser mais rico do que Creso. Ele é um velho estranho que nunca se afasta muito de casa. Dizem que, na velhice, desenvolveu uma doença cutânea ou alguma deformidade que o leva a se esconder. É neto do capitão Obed Marsh, o fundador da empresa. Parece que a mãe dele era estrangeira — uma ilhoa dos Mares do Sul —, então fizeram um grande escândalo quando o capitão desposou uma garota de Ipswich cinquenta anos atrás. Isso sempre acontece com os habitantes de Innsmouth, e as pessoas de lá sempre tentam esconder o sangue que trazem nas veias. Mas para mim os filhos e os netos de Marsh se parecem com qualquer outra pessoa. Às vezes eles vêm até aqui — mas, pensando melhor, os filhos mais velhos não têm aparecido nos últimos tempos. Eu nunca vi o velho.

"Por que todo mundo é tão negativo em relação a Innsmouth? Ora, meu jovem, não leve tão a sério tudo o que dizem por aqui! É difícil fazer as pessoas falarem, mas quando começam elas não param mais. E assim correm boatos sobre Innsmouth — quase sempre aos cochichos — já faz mais de cem anos, eu acho, e até onde sei as pessoas sentem mais medo do que qualquer outra coisa. Certas histórias fariam dar boas risadas — coisas sobre o capitão Marsh assinando contratos com o diabo e trazendo diabretes do inferno para viver em Innsmouth, ou sobre seitas satânicas e terríveis sacrifícios descobertos em algum lugar perto do cais por volta de 1845 — mas eu sou de Panton, Vermont, e esse tipo de história não me convence.

"Mas o senhor tem que ouvir o que o pessoal dos velhos tempos fala sobre o recife negro ao largo — o Recife do Diabo, como o chamam. A maior parte do tempo o recife fica acima do nível do mar, e mesmo quando a maré sobe a água mal consegue encobri-lo, mas ainda assim não se poderia chamar aquilo de ilha. Reza a lenda que às vezes legiões inteiras de demônios surgem no recife e espalham-se ao redor — ou ficam entrando e saindo de uma gruta perto do topo. É um terreno irregular, acidentado, a uns dois quilômetros da costa, e nos últimos dias do porto os marinheiros chegavam a fazer grandes desvios só para evitá-lo.

"Ou melhor, os marinheiros que não eram de Innsmouth. Uma das teimas que tinham com o velho capitão Marsh era que às vezes ele insistia em atracar no recife à noite dependendo da maré. Talvez seja verdade, pois eu admito que a formação rochosa parece interessante, e não é impossível que ele tenha procurado e até encontrado um tesouro pirata; mas também falavam em negociações com demônios. O fato é que, no geral, foi o capitão quem deu má fama ao recife.

"Tudo aconteceu antes da grande epidemia de 1846, quando mais da metade da população de Innsmouth foi dizimada. Ninguém descobriu ao certo o que aconteceu, mas deve ter sido alguma doença estrangeira trazida da China ou de algum outro lugar pelos navios. Foi um período difícil — arruaças e todo tipo de coisas sórdidas que provavelmente ninguém de fora imagina —, e o lugar ficou em condições lamentáveis. Hoje não deve ter mais de trezentas ou quatrocentas pessoas morando por lá.

"O verdadeiro motivo por trás de tudo o que as pessoas sentem é simplesmente um preconceito racial — mas eu não as culpo. Eu mesmo detesto os habitantes de Innsmouth e não me daria o trabalho de ir até o vilarejo. Imagino que o senhor saiba — embora eu perceba o sotaque do Oeste — o quanto os navios aqui da Nova Inglaterra se envolveram com estranhos portos na África, na Ásia, nos Mares do Sul e em toda parte, e também a quantidade de pessoas estranhas que às vezes traziam para cá. Provavelmente o senhor já ouviu falar do homem de Salém que voltou com uma esposa chinesa, e talvez saiba que ainda há ilhéus de Fiji nos arredores de Cape Cod.

"Bem, algo semelhante deve ter acontecido em Innsmouth. Aquele lugar sempre esteve muito isolado do resto do país por pântanos e córregos, e não sabemos muita coisa sobre o que aconteceu por lá; mas é quase certo que o velho capitão Marsh tenha trazido espécimes um tanto singulares quando assinou contratos para os três navios que tinha nos anos 1820 e 1830. Sem dúvida, hoje os habitantes de Innsmouth têm traços bastante peculiares — eu não sei explicar direito, mas é uma coisa que faz você sentir arrepios. O senhor vai notar no próprio Sargent se tomar o ônibus. Uns têm a cabeça estreita com nariz chato e olhos saltados e arregalados que parecem não piscar jamais; e a pele deles também tem algo de errado. É áspera e escamosa, e as laterais do pescoço são ressequidas, ou então enrugadas. Eles também perdem o cabelo ainda muito jovens. Os velhos têm o pior aspecto — e para falar a verdade eu nunca vi alguém muito velho de lá. Imagino que devam todos morrer de tanto se olhar no espelho! Até os animais têm medo — antes dos automóveis, eles tinham problemas constantes com os cavalos.

"Todo mundo daqui, de Arkham e de Ipswich prefere manter distância, e eles também são meio antissociais quando vêm para cá ou quando alguém daqui inventa de pescar nas águas de lá. O mar está sempre repleto de peixes nos arredores do porto de Innsmouth, mesmo quando a pesca é escassa em toda parte — mas tente o senhor pescar lá e veja como o mandam embora! Antes aquela gente vinha para cá de trem — depois que o ramal foi abandonado, caminhavam e pegavam o trem em Rowley —, mas agora eles usam o ônibus.

"Sim, existe um hotel em Innsmouth — chama-se Gilman House — mas não acredito que seja grande coisa. Não aconselho o senhor a arriscar. É melhor ficar por aqui e tomar o ônibus das dez horas amanhã de manhã; e de lá o senhor pode pegar o ônibus das oito da noite e seguir até Arkham. Um inspetor parou no Gilman uns anos atrás e teve umas impressões bem desagradáveis do lugar. Parece que os hóspedes são um tanto esquisitos, porque nos outros quartos, que estavam quase todos vazios, o sujeito escutou vozes que lhe gelaram o sangue. Era uma língua estrangeira, mas ele disse que o pior de tudo era o timbre da voz que às vezes falava. Parecia tão sobrenatural — gorgolejante, segundo disse — que o homem não se atreveu a pôr o pijama e dormir. Simplesmente ficou de pé e fugiu assim que o dia raiou. A conversa durou quase a noite inteira.

"Esse sujeito — Casey era o nome dele — tinha umas quantas histórias sobre como os habitantes de Innsmouth o observavam e pareciam estar de guarda. Também disse que a refinaria de Marsh era um lugar estranho — uma velha instalação ao pé das corredeiras mais baixas do Manuxet. Tudo o que ele disse batia com o que eu já tinha ouvido. Livros em péssimas condições e nenhum indício de transações comerciais. Sabe, a origem do ouro que os Marsh refinam foi sempre um grande mistério. Eles nunca pareciam comprar muito, mas uns anos atrás expediram um enorme carregamento de lingotes.

"Corriam histórias sobre estranhas joias estrangeiras que os marinheiros e os homens da refinaria vendiam às escondidas, e que de vez em quando apareciam enfeitando as mulheres da família Marsh. Uns achavam que o capitão Obed as conseguia em algum porto pagão, em especial porque sempre encomendava contas de vidro e outras bugigangas que os homens do mar em geral levavam para o escambo com os nativos. Outros achavam, e ainda acham, que o homem tinha encontrado um baú pirata no Recife do Diabo. Mas tem um detalhe estranho. O capitão morreu há sessenta anos, e desde a Guerra Civil nenhum grande navio zarpou de lá; mesmo assim, os Marsh continuam comprando alguns desses objetos — na maior parte quinquilharias de vidro e de borracha, segundo dizem. Talvez os habitantes de Innsmouth gostem de se enfeitar com aquilo — Deus é testemunha de que acabaram tão degenerados quanto os canibais dos Mares do Sul e os selvagens da Guiné.

"A peste de 46 deve ter acabado com todo o sangue bom do lugar. Seja como for, hoje eles são um povoado suspeito, e os Marsh e as outras famílias ricas são tão ruins quanto os outros. Como eu disse, o lugar deve ter no máximo quatrocentos habitantes, apesar de todas as ruas que dizem haver por lá. Acho que são o que costumam chamar de 'escória branca' no Sul — criminosos matreiros, cheios de segredos. A produção de peixes e lagostas é grande e o transporte é feito de caminhão. O mais estranho é que a pesca é farta só lá e em nenhum outro lugar.

"Ninguém consegue dar conta da população, e o trabalho dos servidores públicos e recenseadores é um inferno. O senhor também precisa saber que forasteiros enxeridos não são bem-vindos em Innsmouth. Eu mesmo já ouvi falar de mais de um homem de negócios ou funcionário do governo que sumiu por lá, sem contar outro que supostamente enlouqueceu e hoje está no manicômio em Danvers. Devem ter dado um susto e tanto no coitado.

"É por isso que eu não iria à noite se fosse o senhor. Nunca estive lá e não tenho vontade de ir, mas acho que um passeio diurno não poderia fazer mal nenhum — embora as pessoas daqui possam tentar fazê-lo desistir da ideia. Se o senhor está apenas fazendo turismo e procurando peças antigas, Innsmouth pode ser um lugar interessante."

Assim, passei o fim da tarde na Biblioteca Pública de Newburyport, buscando mais informações a respeito de Innsmouth. Quando tentei fazer perguntas aos nativos nas lojas, no refeitório, nas oficinas mecânicas e no quartel dos bombeiros, descobri que convencê-los a falar era mais difícil do que o funcionário da estação tinha previsto; e percebi que não haveria tempo hábil para vencer essa reticência inicial. Todos pareciam nutrir alguma suspeita obscura, como se existisse algo de errado na demonstração de qualquer interesse relativo a Innsmouth. Na ACM, onde eu estava hospedado, o recepcionista tentou dissuadir-me do passeio a um lugar tão inóspito e decadente; e os funcionários da biblioteca tiveram a mesma atitude. Naturalmente, aos olhos das pessoas cultas, Innsmouth não passava de um caso de degradação cívica levada ao extremo.

Os livros sobre a história do Condado do Essex nas prateleiras da biblioteca serviram para pouca coisa além de informar-me que o vilarejo fora fundado em 1643, tivera estaleiros famosos antes da Revolução e firmara-se como uma grande sede de prosperidade marítima no início do século XIX e mais tarde como um centro industrial de segunda ordem às margens do Manuxet. A epidemia e os levantes de 1846 eram mencionados muito de passagem, como se constituíssem um descrédito ao condado.

As referências ao declínio eram poucas, embora a relevância das informações fosse inconfundível. Depois da Guerra Civil a vida industrial ficou restrita à Refinaria Marsh, e o comércio de lingotes de ouro era o único resquício de atividade econômica para além da eterna pesca. A pesca começou a dar cada vez menos dinheiro à medida que os preços caíam e a competição das grandes corporações aumentava, mas jamais houve falta de pescado no porto de Innsmouth. Os estrangeiros raramente se instalavam no vilarejo, e certos indícios velados indicavam que imigrantes polacos e portugueses haviam sido afastados de maneira um tanto drástica.

O mais interessante era uma referência às estranhas joias vagamente associadas a Innsmouth. Sem dúvida as peças haviam impressionado as pessoas da região, pois os espécimes eram mencionados tanto no museu da Universidade do Miskatonic, em Arkham, como na sala de exibições da Sociedade Histórica de Newburyport. As descrições fragmentárias desses objetos eram simples e prosaicas, mas deram-me a impressão de conter uma mensagem subjacente de persistente estranheza. Havia algo a respeito delas que parecia tão singular e instigante que eu não consegui tirá-las da cabeça e, apesar do relativo avançado da hora, resolvi ver o espécime local — descrito como um objeto grande e de proporções estranhas, sem dúvida concebido como uma tiara — se fosse possível.

Na biblioteca deram-me uma carta de apresentação a ser entregue para a curadora da Sociedade, a srta. Anna Tilton, que morava nas redondezas, e após uma breve explicação essa gentil senhora teve a bondade de conduzir-me até o prédio fechado, uma vez que não era demasiado tarde. A coleção era muito impressionante, mas no estado de espírito em que me encontrava eu não tinha olhos para nada além do bizarro objeto que reluzia no armário do canto, sob a luz das lâmpadas elétricas.

Não foi preciso nenhuma sensibilidade particular à beleza para me deixar estupefato diante do peculiar esplendor da fantasia opulenta e exótica que descansava sobre uma almofada de veludo púrpura. Mesmo agora me é difícil descrever o que vi, embora tenha ficado claro que se tratava de uma tiara, conforme a descrição que eu havia lido. O objeto era alto na frente e apresentava uma circunferência enorme e irregular, como se desenhada para uma cabeça de aberrante formato elíptico. O material predominante parecia ser ouro, mesmo que o lustre um pouco mais claro sugerisse uma estranha liga de metais igualmente belos e de difícil identificação. A tiara estava em perfeitas condições, e horas poderiam ser empregadas no estudo dos impressionantes e intrigantes desenhos — alguns deles simples padrões geométricos, outros de inspiração claramente marinha — entalhados ou moldados em alto-relevo na superfície com uma ourivesaria incrivelmente hábil e graciosa.

Quanto mais eu olhava, mais o objeto me fascinava; e nesse fascínio havia um elemento perturbador que não se deixaria classificar ou explicar senão a duras penas. Em um primeiro momento, atribuí meu desconforto à estranha qualidade extraterrena da arte. Todos os outros objetos artísticos que eu vira até então davam a impressão de pertencer a uma corrente racial ou nacional conhecida, ou então se apresentavam como subversões modernistas a uma das correntes conhecidas. Mas a tiara não. Com certeza era produto de uma técnica bem estabelecida, de maturidade e perfeição infinitas, ainda que essa técnica estivesse absolutamente distante de qualquer outra — do Oriente ou do Ocidente, antiga ou moderna — de que eu já tivesse ouvido falar ou visto exemplos. Era como se a ourivesaria viesse de outro planeta.

No entanto, logo percebi que o meu desconforto tinha uma segunda origem, talvez tão potente quanto a primeira, nas sugestões pictóricas e matemáticas dos estranhos desenhos. As linhas insinuavam mistérios remotos e abismos inconcebíveis no tempo e no espaço, e a monótona natureza aquática dos relevos revestia-se de um aspecto quase sinistro. Entre os relevos havia monstros fabulosos de repulsa e malevolência atroz — de aspecto meio ictíico e meio batráquio — que não podiam ser dissociados de um certo assombro e de uma inquietante sensação de pseudomemória, como se evocassem imagens a partir de células e tecidos recônditos cujas funções mnemônicas fossem absolutamente primevas e incrivelmente ancestrais. Por vezes imaginei que do contorno desses sapos-peixes blasfemos emanasse a suprema quintessência da malignidade inumana e ignota.

Pareceu-me um tanto estranho o contraste entre o formidável aspecto da tiara e a breve e prosaica história do objeto, narrada pela srta. Tilton. A tiara fora penhorada por um valor irrisório em uma das lojas na State Street em 1873 por um bêbado de Innsmouth que logo depois foi morto em uma briga. A Sociedade adquiriu-a diretamente da casa de penhor e logo lhe concedeu um lugar que fizesse jus à sua qualidade artística. Classificaram-na como sendo uma peça indiana ou indo-chinesa, embora a atribuição fosse assumidamente incerta.

A srta. Tilton, depois de comparar todas as possíveis hipóteses relativas à origem e à presença da tiara na Nova Inglaterra, via-se inclinada a crer que fosse parte de algum tesouro pirata descoberto pelo velho capitão Obed

Marsh. A hipótese ganhou força ao menos em parte graças às insistentes ofertas de somas vultuosas que os Marsh começaram a fazer pelo adorno assim que souberam de sua existência, que vinham se repetindo apesar da determinação da Sociedade a não o vender.

Enquanto me acompanhava até a saída, a gentil srta. Tilton deixou claro que a teoria dos piratas como explicação para a fortuna dos Marsh era muito popular entre as pessoas esclarecidas da região. A própria impressão que tinha em relação à ensombrecida Innsmouth — onde jamais havia estado — resumia-se a uma profunda repulsa por uma comunidade que afundava cada vez mais na escala cultural, e ela me assegurou de que os rumores de adoração ao demônio explicavam-se em parte graças a um culto secreto que havia ganhado força por lá e engolido todas as igrejas ortodoxas.

Chamava-se, segundo fui informado, "A Ordem Esotérica de Dagon", e consistia indubitavelmente numa crença depravada e de índole pagã importada do Oriente havia um século, na época em que a indústria pesqueira de Innsmouth enfrentava um período de escassez. A persistência do credo entre as pessoas humildes era bastante natural em vista do ressurgimento súbito e duradouro do excelente pescado, e a nova religião logo passou a ser a maior influência na cidade, desbancando a Maçonaria e estabelecendo sede no velho Templo Maçônico de New Church Green.

Para a devota srta. Tilton, tudo isso constituía um excelente motivo para evitar o antigo vilarejo de ruína e desolação; mas para mim eram atrativos a mais. Às minhas expectativas históricas e arquitetônicas agora se acrescentava uma intensa disposição antropológica, e mal consegui pregar os olhos no pequeno quarto da ACM enquanto esperava pelo amanhecer.

II.

Pouco antes das dez horas da manhã eu estava a postos com uma pequena valise em frente à Hammond's Drug Store na antiga Praça do Mercado à espera do transporte para Innsmouth. Logo antes da chegada do ônibus, percebi um afastamento geral dos transeuntes em direção a outros lugares da rua ou ao restaurante Ideal Lunch, no outro lado da praça. O funcionário da estação não tinha exagerado ao descrever a aversão que os nativos sentiam em relação a Innsmouth e seus habitantes. Passados alguns momentos um pequeno ônibus em estado de extrema decrepitude e pintado em tons cinzentos sacolejou até a State Street, fez a curva e parou do meu lado, junto ao calçamento. Na mesma hora pressenti que aquele era o ônibus; um palpite logo confirmado pela identificação *Arkham-Innsmouth--Newb'port* quase ilegível no para-brisa.

Havia apenas três passageiros — homens morenos e desleixados de semblante carrancudo e aspecto jovem —, e quando o veículo parou os três desceram meio de arrasto e começaram a subir a State Street em silêncio, de maneira quase furtiva. O motorista também desceu, e fiquei observando quando entrou na farmácia para comprar alguma coisa. Pensei que deveria ser Joe Sargent, o homem mencionado pelo funcionário da estação; e antes mesmo que eu notasse quaisquer outros detalhes fui atingido por uma onda de repulsa espontânea que não podia ser contida nem explicada. De repente pareceu-me muito natural que os nativos de Newburyport não quisessem tomar um ônibus que pertencesse a Sargent e fosse dirigido por ele, nem visitar com maior frequência o habitat do homem e de seus conterrâneos.

Quando o motorista saiu da farmácia, examinei-o mais de perto e tentei estabelecer a origem da minha terrível impressão. Era um homem magro, de ombros curvados, com cerca de um metro e oitenta, que usava trajes azuis surrados e um boné de golfe cinza todo puído. Talvez tivesse uns trinta e cinco anos, mas as estranhas e profundas dobras nas laterais do pescoço faziam-no parecer mais velho caso não se examinasse o rosto impassível e inexpressivo. Tinha a cabeça estreita, olhos arregalados de um tom azul-aquoso que pareciam não piscar jamais, nariz chato, testa e queixo pequenos e orelhas curiosamente subdesenvolvidas. Os lábios grossos e protuberantes, bem como as faces ásperas e cinzentas, pareciam quase imberbes a não ser por uns poucos fios loiros que cresciam enrolados a intervalos irregulares; e nesses pontos a tez parecia estranhamente áspera, como se estivesse descamando por conta de uma afecção cutânea. As mãos eram grandes, tinham veias grossas e apresentavam uma improvável coloração azul-acinzentada. Os dedos eram bastante curtos em relação ao resto do corpo e pareciam ter uma tendência natural a crisparem-se junto à enorme palma. Enquanto Sargent caminhava em direção ao ônibus, percebi-lhe as passadas trôpegas e notei que tinha os pés desmesuradamente grandes. Quanto mais eu os estudava, mais eu ficava intrigado pensando onde aquele homem encontraria sapatos que lhe servissem.

Uma certa oleosidade da pele aguçou minha aversão pelo sujeito. Era óbvio que Sargent trabalhava ou ao menos frequentava os atracadouros dos navios pesqueiros, pois exalava um odor muito característico. Não arrisco nenhum palpite quanto ao sangue estrangeiro que corria em suas veias. Aquelas peculiaridades não eram asiáticas, polinésias, levantinas nem negroides, mas ainda assim eu compreendi por que as pessoas o consideravam estrangeiro. Quanto a mim, a primeira ideia que me ocorreu foi a de degeneração biológica.

Lamentei a situação ao perceber que não havia outros passageiros no ônibus. Por algum motivo a ideia de andar naquele ônibus sozinho com o motorista não me agradava. No entanto, à medida que a hora da partida se aproximava, dominei meus temores e embarquei depois daquele homem, entregando-lhe uma cédula de um dólar e murmurando a palavra "Innsmouth". Por um breve instante ele me lançou um olhar curioso enquanto, em silêncio, devolveu os meus quarenta centavos de troco. Escolhi um assento afastado, porém no mesmo lado do ônibus, uma vez que eu pretendia apreciar a orla ao longo do trajeto.

Por fim o decrépito veículo pôs-se em marcha com um solavanco e passou ruidosamente pelos antigos prédios da State Street em meio à nuvem de fumaça do escapamento. Enquanto eu observava os pedestres na calçada, pareceu-me que todos se esforçavam em não olhar para o ônibus — ou ao menos em não parecer estar olhando para o veículo. Logo dobramos à esquerda para entrar na High Street, onde o calçamento era um pouco mais regular; passamos por imponentes casarões antigos que remontavam aos primeiros tempos da república e casas de campo coloniais ainda mais antigas, por Lower Green e pelo Parker River, e enfim chegamos a um longo e monótono trecho que bordejava a orla.

O dia estava ensolarado e quente, mas a paisagem de areia, carriço e outros arbustos retorcidos ficava cada vez mais desolada à medida que avançávamos. Do outro lado da janela eu enxergava o mar azul e a linha arenosa da Plum Island, e chegamos ainda mais perto da praia quando a nossa estrada secundária desviou da via principal rumo a Rowley e Ipswich. Não havia casas à vista, e pelo estado em que se encontrava a estrada pude deduzir que o tráfego de automóveis era muito escasso. Os postes telefônicos, pequenos e estragados pelo tempo, tinham apenas dois fios. Vez ou outra atravessávamos pontes rústicas de madeira erguidas acima dos braços de mar que isolavam a região.

Às vezes eu percebia troncos de árvores mortas e fundações em ruínas na superfície da areia e lembrava-me da velha história mencionada em um dos livros que eu havia consultado, segundo a qual Innsmouth já fora fértil e densamente povoada. Consta que a mudança viera com a epidemia de 1846, e as pessoas mais humildes acreditavam que a peste tinha alguma ligação sombria com forças ocultas do mal. Na verdade, tudo fora causado pelo desmatamento dos bosques mais próximos da orla, que privou o solo de proteção e abriu caminho para as ondas de areia sopradas pelo vento.

Finalmente perdemos Plum Island de vista e deparamo-nos com a imensidão do Atlântico à nossa esquerda. A via estreita começou a ficar cada vez mais íngreme, e fui tomado por uma peculiar sensação de inquietude ao olhar para o cume solitário à frente, no ponto em que a estrada tocava o céu. Era como se o ônibus estivesse prestes a decolar, a abandonar de uma vez por todas a sanidade terrena para misturar-se aos enigmas desconhecidos das esferas superiores e dos mistérios celestes. O cheiro da maresia foi um presságio de maus agouros, e as costas recurvadas e duras do motorista, bem como a cabeça estreita, tornaram-se ainda mais odiosas. Enquanto eu o observava, percebi que a parte de trás da cabeça era quase tão calva quanto o rosto e apresentava apenas uns poucos fios enrolados sobre uma áspera superfície acinzentada.

Então chegamos ao cume e contemplamos o vale que se descortinava lá embaixo, onde o Manuxet deságua no mar logo ao norte da longa serra que culmina em Kingsport Head e faz uma curva abrupta em direção a Cape Ann. No horizonte longínquo e brumoso, com algum custo pude distinguir a silhueta de Kingsport Head, colmada pela estranha casa à moda antiga que tantas lendas mencionam; mas naquele instante toda a minha atenção estava centrada no panorama logo aos meus pés. Percebi que enfim eu estava cara a cara com a ensombrecida Innsmouth.

Era um vilarejo extenso e de muitas construções, porém com uma sinistra ausência de vida. Naquele emaranhado de chaminés mal se via uma pluma de fumaça, e três altos coruchéus assomavam, inóspitos e nus, contra o panorama do horizonte marítimo. A parte superior de um estava ruindo, e nele e em um outro se viam apenas enormes buracos escuros que outrora haviam abrigado relógios. Um vasto amontoado de mansardas e empenas transmitia com pungente clareza a ideia de corrosão por larvas, e quando nos aproximamos do trecho descendente da estrada pude ver que muitos telhados haviam desabado. Também havia casarões georgianos quadrados, com telhados de várias águas, cúpulas e belvederes. Estes ficavam quase todos a uma boa distância da água, e um ou dois pareciam estar em condições razoáveis de conservação. Estendendo-se terra adentro entre as construções, divisei a ferrovia, abandonada à grama e à ferrugem, ladeada por postes telegráficos tortos, já sem fios, e as linhas meio obscurecidas do antigo caminho feito pelas carruagens com destino a Rowley e Ipswich.

A decadência era ainda maior perto da zona portuária, embora em meio ao abandono eu tenha descoberto o campanário branco de uma estrutura razoavelmente bem conservada que parecia uma fabriqueta. O porto, havia muito coberto pela areia, era protegido por um antigo quebra-mar construído em rocha; no qual pude notar as diminutas silhuetas de alguns pescadores, e em cuja extremidade havia o que pareciam ser os destroços de um farol de outrora. Uma língua de areia havia se formado no interior do molhe, e nela havia algumas cabines decrépitas, barcos atracados e armadilhas de lagosta espalhadas. As águas profundas pareciam estar além do campanário, no ponto em que o rio fazia uma curva rumo ao sul para desaguar no oceano junto à extremidade do quebra-mar.

Aqui e acolá, ruínas de antigos trapiches estendiam-se a partir da margem e terminavam em um amontoado de ripas podres, sendo as estruturas ao sul as mais arruinadas. E mar adentro, apesar da maré alta, vislumbrei uma extensa linha negra que mal se erguia acima da superfície, mas sugeria uma estranha malignidade latente. Aquele, eu bem sabia, devia ser o Recife do Diabo. Enquanto eu observava, um curioso fascínio pareceu acrescentar-se à macabra repulsa; e, por mais estranho que seja, esta nota sutil pareceu-me ainda mais perturbadora do que a impressão inicial.

Não encontramos ninguém pelo caminho, mas logo passamos por fazendas abandonadas nos mais diversos estágios de ruína. Logo percebi algumas casas habitadas com trapos enfiados nas janelas quebradas e conchas e peixes mortos espalhados na sujeira dos pátios. Uma ou duas vezes vi pessoas apáticas limpando jardins estéreis ou catando mariscos na praia fétida logo abaixo, e grupos de crianças imundas e de aspecto simiesco brincando em frente a soleiras tomadas pelas ervas daninhas. Por algum motivo essas pessoas pareciam mais inquietantes do que as construções abandonadas, pois quase todas apresentavam certas peculiaridades na fisionomia e nos gestos que despertavam uma aversão instintiva sem que eu fosse capaz de defini-las ou compreendê-las. Por um instante imaginei que a constituição física característica da região pudesse sugerir uma imagem vista em outro lugar — talvez num livro — em circunstâncias de particular horror e melancolia; mas essa falsa lembrança dissipou-se muito depressa.

Quando o ônibus chegava ao fim da descida, escutei o som constante de uma cachoeira em meio ao silêncio sobrenatural. As casas fora de prumo e com a pintura descascada tornaram-se ainda mais numerosas nos dois lados da estrada e começaram a exibir mais tendências urbanas do que as construções que deixávamos para trás. O panorama à frente havia se reduzido a uma rua, e em certos pontos eu conseguia ver os resquícios de uma estrada de paralelepípedos com calçamento de tijolo. Todas as casas pareciam estar abandonadas, e havia falhas ocasionais onde chaminés desmanteladas e paredes de porão indicavam o desabamento de antigas construções. Toda a cena vinha mergulhada no odor de peixe mais nauseabundo que se pode conceber.

Logo começaram a aparecer cruzamentos e entroncamentos; na esquerda, os que conduziam aos reinos não pavimentados de sordidez e ruína, enquanto os da direita ofereciam panoramas da opulência passada. Até então eu não tinha visto ninguém no vilarejo, mas logo surgiram indícios de habitação esparsa — janelas acortinadas aqui e ali e uns poucos automóveis estropiados junto à calçada. Aos poucos, as ruas e calçamentos começaram a apresentar uma demarcação mais nítida, e embora a maioria das casas fosse um tanto antiga — construções de madeira e alvenaria do início do século XIX —, estavam em plenas condições de habitação. Como antiquário diletante, quase esqueci da náusea olfativa e da sensação de ameaça e repulsa em meio àquela rica e intocada herança do passado.

Porém eu não chegaria ao meu destino sem uma fortíssima impressão de desagrado pungente. O ônibus tinha alcançado uma confluência de pontos radiais com igrejas nos dois lados e as ruínas de um deplorável jardim circular no centro, e eu observava um enorme templo guarnecido com pilastras no cruzamento à direita. A pintura outrora branca da construção havia se tornado cinza e estava descascando, e a placa preta e dourada no frontão estava tão desgastada que tive de me esforçar para distinguir as palavras "Ordem Esotérica de Dagon". Descobri que aquele era o antigo templo maçônico transformado em sede do culto depravado. Enquanto eu me esforçava para decifrar a inscrição, minha atenção foi distraída pelas notas estridentes de um sino rachado na calçada oposta, e virei-me depressa a fim de olhar pela janela no meu lado do ônibus.

O som vinha de uma igreja de cantaria com uma torre baixa, erguida mais tarde do que a maioria das casas, construída com uma canhestra inspiração gótica e dotada de um porão desproporcionalmente alto com janelas cobertas por venezianas. Embora os ponteiros do relógio estivessem ausentes no lado que vislumbrei, eu sabia que aquelas ríspidas badaladas estavam dando onze horas. De repente, toda a noção de tempo deu lugar a uma imagem de intensa nitidez e de horror inexplicável que se apoderou de mim antes que eu pudesse compreendê-la. O acesso ao porão estava aberto, revelando um retângulo de escuridão no interior da igreja. E enquanto eu olhava, alguma coisa atravessou ou pareceu atravessar aquele retângulo escuro, marcando a ferro em minha lembrança a concepção momentânea de um pesadelo que pareceu ainda mais enlouquecedor porque uma análise não era capaz de apontar um único motivo para inquietação.

Era um ser vivo — além do motorista, o primeiro que eu via desde a nossa entrada na parte mais compacta da cidade —, e se porventura o meu ânimo se mostrasse mais firme eu não teria percebido terror algum naquilo. Conforme notei no instante seguinte, era o pastor, trajando vestes peculiares sem dúvida introduzidas pela Ordem de Dagon desde a mudança nos rituais eclesiásticos da região. O que provavelmente mais chamou a atenção do meu olhar subconsciente e conferiu-lhe um toque de horror grotesco foi a tiara que o sacerdote ostentava na cabeça; uma réplica quase exata do objeto que a srta. Tilton me havia mostrado na noite anterior. O efeito dessa duplicata sobre a minha fantasia conferiu qualidades inefavelmente sinistras ao rosto difuso e à trôpega forma envolta em um manto. Logo percebi que não havia motivo para a horripilante sensação causada pela minha pseudomemória maligna. Não seria natural que o misterioso culto da região tivesse adotado um estilo único de ornamento de cabeça tornado familiar à comunidade graças a algum estranho contato — talvez através de um baú do tesouro?

Jovens de aspecto repelente surgiram a intervalos esparsos nas calçadas — indivíduos solitários e grupos silenciosos de dois ou três. Os térreos das decrépitas construções por vezes abrigavam lojinhas com placas sórdidas, e percebi um ou dois caminhões estacionados enquanto avançávamos aos solavancos. O som de cachoeiras tornou-se cada vez mais distinto, até que percebi um rio bastante profundo à minha frente, atravessado por uma ampla ponte com balaustrada de ferro depois da qual se descortinava uma enorme praça. Enquanto sacolejávamos pela ponte, olhei para os dois lados e observei algumas construções industriais na margem verdejante ou um pouco mais para baixo. A água lá embaixo era muito abundante, e pude ver dois conjuntos de cascatas acima da correnteza, à minha direita, e pelo menos um abaixo da correnteza, à minha esquerda. Naquele ponto o fragor das águas era quase ensurdecedor. Logo avançamos até uma grande praça semicircular do outro lado do rio e paramos à direita de um alto prédio rematado por uma cúpula, com resquícios de tinta amarela e uma placa desbotada onde se lia o nome Gilman House.

Senti-me aliviado ao sair do ônibus e fui direto ao desgastado saguão do hotel deixar a minha valise. Havia apenas uma pessoa à vista — um senhor sem a típica "aparência de Innsmouth" —, mas, ao lembrar das estranhas coisas que já haviam acontecido no hotel, preferi não o aborrecer com as dúvidas que me inquietavam. Em vez disso, caminhei até a praça, de onde o ônibus já havia partido, e comecei a observar o cenário com atenção minuciosa.

Um dos lados da esplanada consistia na linha reta do rio; o outro era um semicírculo de casas de alvenaria com telhados fora de prumo que remontavam ao século XIX, de onde várias ruas seguiam rumo ao sudeste, ao sul e ao sudoeste. Os postes de iluminação pública eram poucos e pequenos — todos com luzes incandescentes de baixa potência —, e alegrei-me por ter planejado minha partida antes do anoitecer, embora soubesse que a lua estaria radiante. Todas as construções estavam razoavelmente bem conservadas, e dentre elas havia talvez uma dúzia de lojas em pleno funcionamento; uma das quais era uma mercearia da rede First National e as outras um restaurante deplorável, uma farmácia, um escritório de comércio de peixe no atacado e por último, na extremidade leste da esplanada, junto ao rio, um escritório da única indústria local — a Refinaria Marsh. Talvez houvesse mais umas dez pessoas à vista, e quatro ou cinco automóveis e caminhões espalhados ao redor. Deduzi que aquele fosse o centro da vida cívica em Innsmouth. Em direção ao leste eu tive vislumbres azuis do porto, e em primeiro plano erguiam-se as ruínas decrépitas de três coruchéus georgianos outrora belos. E na direção do rio, na margem oposta, vi o campanário branco encimando o que imaginei ser a Refinaria Marsh.

Por um ou outro motivo preferi fazer as primeiras perguntas na mercearia pertencente à rede, pois os funcionários teriam maiores chances de não serem nativos. Lá encontrei um garoto solitário de dezessete anos e congratulei-me ao notar sua disposição e afabilidade, que prometiam uma acolhida calorosa. O jovem parecia excepcionalmente ávido por uma conversa, e não tardei a concluir que não gostava de Innsmouth nem do odor de peixe ou dos furtivos habitantes do vilarejo. Qualquer palavra trocada com um forasteiro era-lhe um alívio. Ele vinha de Arkham, estava hospedado na residência de uma família de Ipswich e voltava para casa sempre que tinha oportunidade. A família não gostava que trabalhasse em Innsmouth, mas a empresa o havia transferido para lá e ele não queria abandonar o emprego.

Segundo me disse, não havia biblioteca pública nem câmara de comércio em Innsmouth, mas eu provavelmente não teria dificuldades para me orientar. A rua de onde eu tinha vindo era a Federal. Rumo ao oeste ficavam as antigas ruas dos bairros residenciais mais abastados — a Broad, a Washington, a Lafayette e a Adams —, e para o outro lado ficavam os cortiços à beira d'água. Era nesses cortiços — ao longo da Main Street — que eu encontraria as antigas igrejas georgianas, porém estavam todas abandonadas desde muito tempo. Seria aconselhável não dar muito na vista nesses arrabaldes — em especial ao norte do rio —, uma vez que os habitantes eram rabugentos e hostis. Alguns forasteiros haviam até mesmo desaparecido.

Certos lugares eram território proibido, como ele mesmo havia aprendido a um custo nada desprezível. Não se podia, por exemplo, vagar por muito tempo ao redor da Refinaria Marsh, nem ao redor das igrejas ainda em atividade, nem ao redor do Templo da Ordem de Dagon em New Church Green. Essas igrejas eram muito estranhas — todas rejeitadas com veemência pelas respectivas denominações em outras localidades e, ao que tudo indicava, adeptas dos mais esdrúxulos cerimoniais e paramentos eclesiásticos. As crenças eram misteriosas e heterodoxas, e aludiam a certas transformações milagrosas que culminariam em uma espécie de imortalidade do corpo ainda na terra. O pároco do garoto — o pastor Wallace da Igreja Metodista Episcopal em Arkham — já havia feito um apelo para que não se juntasse a nenhuma congregação em Innsmouth.

Quanto aos habitantes de Innsmouth — o jovem mal sabia o que pensar deles. Eram tão furtivos e espantadiços quanto os animais que moram entocados, e mal se podia imaginar como passavam o tempo quando não estavam pescando. Talvez — a dizer pela quantidade de bebida ilegal que consumiam — passassem a maior parte do dia em um estupor etílico. Todos pareciam estar juntos em uma espécie de fraternidade taciturna — desprezando o mundo como se tivessem acesso a outras esferas mais interessantes do ser. A aparência da maioria — em especial aqueles olhos arregalados que pareciam não piscar jamais — era sem dúvida chocante; e suas vozes tinham timbres odiosos. Era terrível ouvir os cânticos que entoavam na igreja à noite, em especial durante as principais festividades e assembleias, realizadas duas vezes por ano nos dias 30 de abril e 31 de outubro.

Gostavam muito da água e nadavam um bocado, tanto no rio como no porto. Competições de nado até o Recife do Diabo eram muito comuns, e todos pareciam suficientemente treinados para competir nesse árduo esporte. Pensando melhor, em geral só se viam jovens em público, e dentre estes os mais velhos eram os mais propensos a terem uma aparência maculada. A maior parte das exceções ficava por conta das pessoas sem nenhum traço aberrante, como o velho balconista do hotel. Era curioso pensar no que teria acontecido à população mais velha, e também se a "aparência de Innsmouth" não seria um estranho e insidioso fenômeno mórbido que se tornava mais grave à medida que a idade avançava.

É claro que apenas uma moléstia rara poderia desencadear alterações anatômicas tão profundas e radicais em um indivíduo adulto — alterações que envolviam características ósseas básicas como o formato do crânio —, porém nem mesmo este aspecto se apresentava de forma mais assombrosa e inaudita do que as manifestações visíveis da moléstia como um todo. O garoto deu a entender que seria difícil tirar conclusões sólidas a respeito do assunto, uma vez que era impossível a um forasteiro ter contato pessoal com os nativos, independentemente do tempo que morasse em Innsmouth.

Ele também afirmou ter certeza de que vários espécimes muito piores do que os piores à vista permaneciam trancafiados em outros lugares. Às vezes ouviam-se os mais estranhos sons. Os casebres caindo aos pedaços no porto, ao norte do rio, supostamente eram conectados uns aos outros por túneis secretos, constituindo assim uma verdadeira galeria de aberrações ocultas. Que tipo de sangue estrangeiro corria nas veias daqueles seres — se é que tinham algum — era impossível dizer. Às vezes eles escondiam certas figuras particularmente repugnantes quando agentes do governo ou outras pessoas de fora visitavam o vilarejo.

Questionar os nativos a respeito do lugar, segundo ouvi de meu informante, seria inútil. O único disposto a falar era um senhor de idade muito avançada, mas de aparência normal, que morava em um casebre no extremo norte da cidade e passava o tempo fazendo caminhadas ou vagando nas proximidades do quartel dos bombeiros. Essa figura grisalha, Zadok Allen, tinha noventa e seis anos e parecia ter um parafuso solto, além de ser o notório bêbado do vilarejo. Era uma criatura estranha e furtiva, que o tempo inteiro olhava para trás como se temesse alguma coisa e, quando sóbrio, recusava-se a falar com estranhos. No entanto, também era incapaz de resistir a uma oferta de seu veneno favorito; e, uma vez bêbado, dispunha-se a sussurrar fragmentos surpreendentes de suas memórias.

Mas a verdade é que muito pouco do que se arrancava do homem poderia ser útil; pois todas as histórias traziam sugestões insanas e incompletas de portentos e horrores impossíveis, que não poderiam ter outra origem que não os próprios desatinos de sua fantasia. Ninguém lhe dava crédito, porém os nativos não gostavam que bebesse e falasse com forasteiros; e nem sempre era seguro ser visto às voltas com aquele homem. O sujeito era a origem mais provável de certos boatos e histórias delirantes.

Muitos residentes nascidos em outros lugares relatavam visões monstruosas de tempos em tempos, mas levando-se em conta as histórias do velho Zadok e a deformação dos nativos, não surpreende que essas ilusões fossem corriqueiras. Estes residentes jamais permaneciam na rua durante a madrugada, pois havia um entendimento tácito de que seria pouco sensato fazê-lo. Além do mais, as ruas eram pavorosamente escuras.

Quanto aos negócios — a abundância de pescado era quase sobrenatural, mas os nativos tiravam-lhe cada vez menos proveito. Para piorar, os preços estavam caindo e a concorrência ganhava força. É claro que o principal negócio do vilarejo era a refinaria, que tinha um escritório comercial situado na praça a poucos metros de onde estávamos, em direção ao leste. O Velho Marsh nunca era visto, embora às vezes fosse até a firma em um carro fechado e acortinado.

Ouviam-se inúmeros rumores sobre o aspecto físico de Marsh. Em priscas eras, Marsh tinha sido um dândi notório, e diziam que ainda trajava os elegantes casacos da época eduardiana, embora adaptados a certas deformidades físicas. Antes, seus filhos cuidavam da administração do escritório na praça, mas nos últimos tempos evitavam aparecer em público e preferiam deixar o grosso dos negócios para a nova geração. Os filhos e as irmãs tinham assumido um aspecto muito esquisito, em especial os mais velhos; e corriam boatos de que a saúde de todos estava em risco.

Uma das filhas era uma mulher repugnante, de aspecto reptiliano, que ostentava uma profusão de joias sem dúvida pertencentes à mesma tradição exótica que dera origem à tiara. Meu informante já tinha visto o adorno por diversas vezes e escutado histórias sobre um tesouro secreto de piratas ou demônios. Os sacerdotes — ou padres, ou como quer que se chamassem — também usavam ornamentos semelhantes na cabeça; mas vê-los era uma ocorrência rara. O jovem nunca tinha visto outro espécime, embora corressem boatos sobre um grande número deles nos arredores de Innsmouth.

Os Marsh, bem como as três outras famílias aristocráticas do vilarejo — os Waite, os Gilman e os Eliot — eram todos muito reservados. Viviam em enormes casas na Washington Street, nas quais supostamente ocultavam parentes ainda vivos cuja aparência impedia aparições em público e cujas mortes já haviam sido devidamente comunicadas e registradas.

Quando me avisou de que muitas ruas já não tinham mais identificação, o jovem desenhou-me um mapa rústico, porém abrangente e detalhado, dos principais pontos da cidade. Ao ver o esboço, percebi que seria de grande serventia e guardei-o no bolso com profusos agradecimentos. Insatisfeito com a sordidez do único restaurante que eu havia encontrado, comprei um suprimento razoável de biscoitos de queijo e wafers de gengibre para que me servissem de almoço mais tarde. O meu programa, decidi então, seria galgar as ruas principais, conversar com quaisquer outros forasteiros que cruzassem o meu caminho e tomar o ônibus das oito para Arkham. O vilarejo, a meu ver, ilustrava a decadência pungente e exagerada de toda uma comunidade; mas, na falta de uma formação sólida em sociologia, decidi limitar-me a observações no campo da arquitetura.

Assim comecei minhas andanças sistemáticas, embora algo confusas, pelos becos estreitos e ensombrecidos de Innsmouth. Depois de cruzar a ponte e dobrar uma esquina em direção ao rumor das corredeiras mais baixas, passei perto da refinaria dos Marsh, que pareceu estranhamente silenciosa para uma indústria. A construção erguia-se na margem elevada do rio, próxima a uma ponte e a uma confluência de ruas que tomei por um antigo centro cívico, que após a Revolução teria dado lugar à Praça Central.

Ao reatravessar o rio pela ponte da Main Street, deparei-me com uma região de absoluta desolação que por algum motivo pôs-me a tremer. Pilhas de mansardas desabadas formavam um panorama irregular e fantástico, acima do qual se erguia o coruchéu decapitado e tétrico de uma antiga igreja. Algumas casas na Main Street eram habitadas, mas a maioria tinha as portas e as janelas pregadas com tábuas. Pelas ruelas com chão de terra, vi as janelas negras e escancaradas de casebres abandonados, muitos dos quais se inclinavam em ângulos perigosos e inacreditáveis sobre as ruínas de suas fundações. As janelas pareciam lançar-me um olhar tão espectral que precisei tomar coragem para voltar-me ao leste, em direção ao porto. Sem dúvida, o terror despertado por uma casa deserta aumenta em progressão geométrica, e não aritmética, à medida que as casas multiplicam-se para formar um panorama da mais absoluta desolação. A visão de intermináveis avenidas à mercê de espaços vazios e da morte e a ideia de infinitos compartimentos negros e ameaçadores interligados, entregues às teias de aranha e às memórias do verme conquistador, despertam aversões e pavores primitivos que nem mesmo a mais robusta filosofia é capaz de dissipar.

A Fish Street estava tão deserta quanto a Main, embora tivesse muitos depósitos construídos com pedras e tijolos ainda em excelente estado. O cenário na Water Street era quase o mesmo, salvo pelas grandes falhas em direção ao mar que outrora haviam sido atracadouros. Não vi um único ser vivo afora os pescadores no quebra-mar longínquo e não ouvi um único som afora o chapinhar das marés no porto e o rumor das corredeiras do Manuxet. O vilarejo exercia uma influência cada vez mais poderosa sobre os meus nervos, e assim olhei para trás desconfiado enquanto eu fazia o trajeto de volta pela ponte balouçante da Water Street. A ponte da Fish Street, segundo o meu mapa, estava em ruínas.

Ao norte do rio havia resquícios de uma existência sórdida — fornecedores de peixe na Water Street, chaminés fumarentas e telhados remendados aqui e acolá, sons intermitentes de origem indeterminada e por vezes vultos trôpegos em ruas lúgubres e becos de chão batido — mas por algum motivo achei tudo aquilo ainda mais opressivo do que o abandono ao sul. Para começar, lá as pessoas eram ainda mais repugnantes e disformes do que os habitantes do centro; de maneira que por inúmeras vezes vi-me assolado por impressões ameaçadoras de algo absolutamente fantástico que eu não conseguia definir. Sem dúvida as características dos nativos de Innsmouth eram mais evidentes à beira-mar do que em terra — a não ser que a "aparência de Innsmouth" fosse uma doença em vez de uma herança sanguínea, sendo que neste caso o porto abrigaria os casos mais avançados.

Um detalhe bastante perturbador foi a *distribuição* dos poucos sons que ouvi. O mais natural seria que viessem apenas das casas habitadas, mas a verdade é que quase sempre pareciam mais fortes justamente atrás das tábuas pregadas às portas e janelas de certas fachadas. Ouvi rangidos, estrépitos e ruídos ásperos e duvidosos; e pensei com alguma inquietação nas galerias secretas mencionadas pelo garoto da mercearia. De repente, flagrei-me imaginando como seriam as vozes dos nativos. Eu não tinha ouvido uma única palavra nos arredores do porto e, por algum motivo, a ideia de que o silêncio pudesse ser perturbado enchia-me de temores.

Após deter-me apenas tempo suficiente para observar duas belas igrejas em ruínas na Main e na Church Street, apressei-me em deixar para trás os casebres abjetos da zona portuária. Em termos lógicos, a minha próxima parada seria New Church Green, mas por algum motivo eu relutava em passar mais uma vez pela igreja onde tinha vislumbrado o vulto inexplicavelmente horripilante daquele estranho padre ou pastor com o diadema. Ademais, o jovem da mercearia havia me dito que as igrejas, bem como o Templo da Ordem de Dagon, não eram locais recomendáveis aos forasteiros.

Assim, segui pela Main Street até chegar à Martin, quando fiz uma curva em direção ao continente, atravessei a Federal Street a norte de New Church Green e entrei no decadente bairro aristocrático entre a Broad, a Washington, a Lafayette e a Adams Street. Embora essas antigas avenidas opulentas sofressem com a deterioração e o abandono, aquela dignidade à sombra dos ulmeiros não havia desaparecido por completo. As diferentes mansões chamavam-me a atenção uma atrás da outra, a maioria delas em ruínas, com tábuas a tapar portas e janelas e pátios abandonados, embora uma ou duas por quarteirão dessem sinais de estar ocupadas. Na Washington Street havia uma série de quatro ou cinco em excelentes condições, com jardins e quintais bem cuidados. A mais suntuosa — com *parterres* que avançavam até a Lafayette Street — eu imaginei que fosse a residência do Velho Marsh, o inválido proprietário da refinaria.

Nessas ruas não se avistava nenhum ser vivo, e fiquei meditando sobre a ausência de cães e gatos em Innsmouth. Outra coisa que me intrigou e me perturbou, até mesmo em algumas das mansões mais conservadas, foram as venezianas completamente fechadas em muitas janelas de sótão e de terceiro andar. A furtividade e a discrição pareciam ser atributos universais naquela cidade silente de estranheza e morte, e não consegui livrar-me da sensação de estar sendo observado de todos os lados por olhos arregalados, eternamente abertos.

Estremeci quando o campanário à minha esquerda fez soar três horas. Eu lembrava muito bem da igreja que dava origem àquelas notas. Seguindo pela Washington Street em direção ao rio, cheguei a um antigo distrito industrial e comercial; percebi as ruínas de uma fábrica mais adiante e logo vi outras, bem com os resquícios de uma velha estação de trem e de uma ponte ferroviária coberta mais além, sobre o rio à minha direita.

Havia uma placa de aviso na instável ponte à minha frente, mas resolvi correr o risco e atravessá-la em direção à margem sul, onde havia mais sinais de vida. Criaturas furtivas e trôpegas lançaram olhares crípticos na minha direção, e rostos um pouco mais normais me observaram com modos distantes e curiosos. Innsmouth estava se tornando mais insuportável a cada instante que passava, e assim desci a Paine Street em direção à Praça Central na esperança de arranjar uma condução que me levasse até Arkham antes do horário de partida ainda longínquo de meu ônibus sinistro.

Foi então que vi o decrépito quartel dos bombeiros à minha esquerda e percebi um velho de rosto esbraseado, barba cerrada e olhos aquosos envolto em farrapos, sentado na frente da construção, conversando com dois bombeiros desleixados, porém de aspecto normal. Aquele homem, claro, só poderia ser Zadok Allen, o nonagenário meio louco e alcoólatra cujas histórias sobre o passado e as sombras de Innsmouth eram tão horripilantes e incríveis.

III.

Deve ter sido algum demônio da obstinação — ou o fascínio sardônico exercido por fontes obscuras e recônditas — que me levou a mudar de planos da maneira como fiz. Eu já havia resolvido limitar minhas observações estritamente à arquitetura e estava caminhando depressa em direção à Praça Central em busca de um meio de transporte que me tirasse o mais rápido possível daquela cidade de ruína e de morte; mas a visão de Zadok Allen suscitou novos pensamentos e fez-me diminuir o passo, sem saber o que fazer.

Haviam me assegurado de que o velho era incapaz de fazer outra coisa que não discorrer sobre lendas fantasiosas, desconexas e inacreditáveis, e também haviam me advertido de que os nativos ofereciam certo perigo a quem fosse visto em sua companhia; mesmo assim, uma antiga testemunha da decadência do vilarejo, com memórias que remontavam ao tempo dos navios e das fábricas, era uma tentação à qual razão nenhuma me faria resistir. Afinal de contas, os mais estranhos e loucos mitos muitas vezes são apenas alegorias baseadas na verdade — e o velho Zadok devia ter presenciado todos os acontecimentos nos arredores de Innsmouth pelos últimos noventa anos. A curiosidade venceu a sensatez e a cautela e, em meu egotismo juvenil, imaginei ser possível peneirar um núcleo de história factual a partir da torrente confusa e extravagante que eu provavelmente obteria graças à ajuda de um uísque.

Eu sabia que não poderia abordá-lo naquele momento, pois os bombeiros perceberiam meu intento e fariam objeções. Assim, resolvi me preparar buscando um destilado de alambique em um local onde o garoto da mercearia informou-me que haveria bebida em grande quantidade. Em seguida eu ficaria vagando nas cercanias do quartel dos bombeiros e puxaria conversa com o Velho Zadok assim que ele saísse para um de seus frequentes passeios errantes. Segundo o jovem, o homem era muito inquieto e raras vezes permanecia no entorno do quartel por mais de uma ou duas horas.

Embora não tenha sido barato, tampouco foi difícil obter uma garrafa de uísque nos fundos de uma repugnante loja de conveniências próxima à Praça Central, na Eliot Street. O sujeito imundo que me atendeu tinha alguns traços típicos da "aparência de Innsmouth", mas tratou-me com cortesia; talvez por estar mais habituado a lidar com os forasteiros — caminhoneiros, negociantes de ouro e outros — que por vezes apareciam no vilarejo.

Ao retornar para a Praça, notei que a sorte estava a meu favor; pois — ao sair da Paine Street pela esquina do Gilman House — vislumbrei nada menos do que o vulto alto, esquálido e maltrapilho do velho Zadok Allen. Pondo o meu plano em prática, chamei-lhe a atenção brandindo a garrafa recém-comprada; e logo percebi que o homem estava arrastando os pés na minha direção quando dobrei na Waite Street, em direção à zona mais deserta que eu conseguia imaginar.

Eu me orientava segundo o mapa desenhado pelo garoto da mercearia enquanto tentava chegar ao trecho totalmente deserto da zona portuária onde eu já havia estado. As únicas pessoas à vista eram os pescadores no quebra-mar longínquo; e, depois de andar uns poucos quarteirões em direção ao sul, eu os deixei para trás e logo adiante descobri dois assentos em um trapiche abandonado, quando me vi livre para questionar o velho Zadok longe de todos os olhares por tempo indeterminado. Antes de chegar à Main Street ouvi um débil e ofegante chamado de "Senhor!" às minhas costas e deixei que o homem me alcançasse e tomasse goles copiosos da garrafa.

Comecei a sondá-lo enquanto caminhávamos em direção à Water Street e fazíamos uma curva ao sul, em meio à desolação onipresente e às ruínas em ângulos insanos; mas logo descobri que aquela língua provecta não se soltaria tão depressa quanto eu imaginara a princípio. Por fim divisei um terreno entre dois muros desabados em direção ao mar, com a extensão de um atracadouro coberto de algas marinhas que se projetava adiante. Amontoados de pedras musguentas à beira-mar serviriam como assentos razoáveis, e o local ficava totalmente oculto pelas ruínas de um armazém ao norte. Pensei que aquele seria o cenário ideal para um longo colóquio secreto; e assim conduzi meu companheiro até lá e escolhi um lugar para sentar em meio às pedras cobertas de musgo. A atmosfera de morte e abandono era tétrica, e o odor de peixe, quase intolerável; mas eu estava decidido a não permitir que nada me detivesse.

Ainda me restariam cerca de quatro horas de conversa se eu pegasse o ônibus das oito horas para Arkham, e assim comecei a oferecer mais bebida para o velho beberrão enquanto eu consumia o meu frugal almoço. Tomei cuidado para não exagerar na generosidade, pois eu não queria que a verborragia etílica de Zadok evoluísse para um quadro de estupor. Uma hora depois, seu silêncio furtivo deu sinais de desaparecer, mas para minha grande decepção o velho ainda evitava as minhas perguntas sobre Innsmouth e as sombras do passado. Dispôs-se apenas a discutir os assuntos do momento, revelando grande intimidade com os jornais e uma forte tendência a filosofar por meio de máximas interioranas.

No fim da segunda hora comecei a temer que o litro de uísque pudesse não ser o bastante para obter resultados, e imaginei se não seria melhor deixar o velho Zadok a fim de providenciar mais bebida. Nesse exato instante, porém, a sorte ofereceu a abertura que as minhas perguntas não haviam logrado; e as novas divagações ofegantes do velho fizeram com que eu me inclinasse para a frente e escutasse com muita atenção. Minhas costas estavam voltadas para o mar, que tresandava a peixe, e alguma coisa desviou o olhar do velho beberrão para a silhueta baixa e distante do Recife do Diabo, que se erguia nítida e fascinante por cima das ondas. A visão pareceu desagradá-lo, pois logo ele começou a desfiar uma série de leves imprecações que terminaram com um sussurro confidencial e um misterioso sorriso. O homem se inclinou em direção a mim, puxou-me pela lapela do casaco e, por entre os dentes, fez insinuações que não teriam como passar despercebidas.

"Foi lá que tudo começô — naquele lugar maldito onde as água afundo de repente. Aquilo é o portão do inferno... nenhuma sonda bate no fundo. Foi tudo culpa do velho capitão Obed — ele que descobriu mais do que devia nas ilha do Mar do Sul.

"Todo mundo tava passano apuro na época. O comércio ia mal, os moinho trabalhavo cada dia menos, até os mais novo, e os melhor homem daqui tinho morrido na pirataria da Guerra de 1812 ou sumido co'os brigue *Elizy* e *Ranger*, as duas empresa de Gilman. Obed Marsh tinha três navio — o patacho *Columby*, o brigue *Hetty* e a barca *Sumatry Queen*. Ele era o único que ainda fazia negócio nas Índia Oriental e no Pacífico, apesar que o lugre-patacho *Malay Pride*, de Esdras Martin, resistiu até 1828.

"Nunca existiu outro sujeito que nem o capitão Obed — aquele homem era o demo! He, he! Eu lembro dele falano sobre os país do estrangeiro, e chamano todos os negro de cretino porque eles io nos culto cristão e carregavo cada um o seu fardo de cabeça baixa. Dizeno que eles devio tratá de arrumá uns deus melhor, que nem o pessoal lá das Índia... uns deus que oferecesse mais pescado em troca de sacrifício, que realmente escutasse as oração.

"Matt Eliot, o imediato, tamém falava um bocado, mas era contra essas heresia. Ele contava uma história sobre uma ilha a leste do Taiti, onde tinha umas ruína de pedra muito antiga que ninguém sabia nada a respeito delas, que nem as de Ponape, nas Carolina, só que com uns rosto entalhado que mais parecio as estátua da Ilha de Páscoa. Tamém tinha uma ilha vulcânica por perto, onde tinha mais umas ruína diferente — umas ruína totalmente desgastada, como se tivesse passado muito tempo debaixo d'água, co'os desenho de uns monstro terrível.

"Ah, senhor, e Matt dizia que por lá tinha mais peixe do que os nativo conseguio pescá, e as pessoa andavo co'umas pulseira e uns bracelete e uns adorno de cabeça feito dum tipo estranho de ouro e coberto co'umas figura de monstro que nem os das pedra na ilhota — parecido com uns sapo-peixe ou uns peixe-sapo desenhado em tudo quanto era pose como se fosse gente. Ninguém nunca conseguiu descobri de onde eles tiravo aquilo, e os outros nativo ficavo espantado com a quantidade de peixe que eles pegavo até quando faltava peixe nas ilha mais próxima. E Matt tamém começô a ficá encucado, e o capitão Obed tamém. Além do mais o capitão Obed notô que muitos jovem de boa figura desaparecio pra sempre ano após ano, e que não tinha muitos velho por lá. Ele tamém achava que o pessoal era pra lá de esquisito, mesmo pra um bando de canaca.

"Só Obed conseguiu arrancá a verdade daqueles pagão. Eu não sei o que ele fez, mas sei que começô ofereceno umas coisa em troca pelos objeto dourado dos nativo. Depois perguntô de onde vinha aquilo, se eles conseguio mais, e no fim fez o velho chefe Walakea soltá a língua. Só Obed mesmo pra acreditá no que aquele velho demônio disse, mas o capitão conseguia lê as pessoa como quem lê um livro. He, he! Ninguém acredita hoje quando eu digo, e não acho que o senhor vá acreditá — mas quem diria, o senhor tamém tem umas vista aguçada que nem o capitão!"

O sussurro do velho começou a ficar cada vez mais indistinto, e percebi que eu tremia com os terríveis e sinceros presságios da entonação, mesmo sabendo que a história não poderia ser mais do que a fantasia de um bêbado.

"Depois Obed aprendeu que existe coisas na terra que a maioria das pessoa nem imagina — e tamém nem acreditaria se ouvisse falá. Parece que os canaca tavo sacrificano um bando de moço e moça pra algum deus do fundo do mar, e em troca eles conseguio tudo quanto era tipo de favor. Eles encontravo as criatura na tal ilhota das ruína esquisita, e parece que os desenho dos monstro em formato de peixe-sapo ero pra ser as figura delas. Talvez essas criatura tenho dado origem às história das sereia e a outras parecida. Elas tinho várias cidade no fundo do mar, e a ilha tamém tinha vindo lá de baixo. Parece que algumas dessas criatura ainda tavo viva nas construção de pedra quando a ilha subiu de repente. Foi aí que os canaca descobriro que elas vivio no fundo do mar. Eles começaro a se comunicá por gesto, e não demorô muito até que começaro as negociação.

"Aquelas coisa gostavo mesmo de sacrifício humano. Esses ritual ero muito antigo, mas as criatura perdero contato co'o mundo da superfície depois de um tempo. Eu não tenho a menor ideia do que eles fazio co'as vítima, e acho que o capitão Obed não teve muita curiosidade de perguntá. Mas pros pagão ia tudo muito bem, porque pra eles era uma época difícil e eles tavo desesperado. Aí eles oferecio uns moço e umas moça em sacrifício aos bicho do mar duas vez por ano — na Noite de Walpurgis e no Dia das Bruxa — sem falhá nunca. E tamém davo algumas das traquitana de madeira que eles fazio. O que as criatura prometero foi pesca farta — a peixarada ia de tudo quanto era canto do oceano pra lá — e tamém de tempo em tempo uns objeto que parecio de ouro.

"Ora, como eu tava dizeno, os nativo encontraro essas coisa na ilha do vulcão — eles io até lá de canoa pros sacrifício e coisa e tal, e trazio de volta as joia dourada que conseguio em troca. No início as criatura não chegavo nem perto da ilha principal, mas depois de um tempo elas começaro a querê i. Parece que insistiro depois de se misturá co'os nativo e de começá a festejá junto as data importante — a Noite de Walpurgis e o Dia das Bruxa. O senhor tá entendeno? Eles conseguio vivê tanto na água quanto fora — acho que é isso que chamo de anfíbio. Os canaca explicaro pras criatura que os habitante das ilha vizinha poderio querê acabá com a raça delas se ficasse sabeno que elas tavo por lá, mas os bicho dissero que não se importavo, porque eles podio acabá com toda a humanidade se quisesse — qué dizê, com todos que não tivesse o sinal secreto que dize que os Grande Ancião tinho. Mas, como não querio se dá o trabalho, as criatura davo um jeito de sumi quando alguém visitava a ilha.

"Quando chegô a hora de tê filho com aqueles peixe com cara de sapo, os canaca parece que ficaro um pouco receoso, mas no fim descobriro uma coisa que mudô tudo. Parece que os humano têm alguma relação co'as fera do mar — que tudo quanto é ser vivo que existe veio do mar, e só precisa de uma pequena mudança pra voltá pra lá. Aquelas coisa dissero pros canaca que misturano os dois sangue diferente eles terio uns filho com jeito de gente, que depois ficario cada vez mais parecido com as criatura até chegá a hora de pulá na água e se juntá aos outro no fundo do mar. E essa é a parte mais importante, filho — os que viravo peixe e mergulhavo no mar *não morrio nunca mais*. Aquelas coisa não morrio nunca, só se alguém matasse elas com violência.

"Ah, e parece que quando Obed descobriu tudo isso o sangue daqueles peixe já corria nas veia dos ilhéu. Quando ficavo mais velho e começavo a dá na vista, eles se escondio até podê entrá na água e sumi de uma vez por todas. Uns ero mais afetado que os outro, e tamém tinha os que nunca se transformavo o suficiente pra entrá na água; mas quase sempre a coisa funcionava do jeito que as criatura tinho dito. Os que nascio mais parecido com peixe se transformavo mais depressa, mas os que ero quase totalmente humano às vez ficavo na ilha até depois dos setenta ano, mesmo que desse uns mergulho antes disso pra experimentá. As gente que tinho ido pra água em geral fazio visita aos parente em terra, então era comum que alguém pudesse conversá com o bisavô de seu próprio avô, que já tinha ido pra água vários século atrás.

"Ninguém nem pensava em morrê — a não sê nas guerra contra os otro ilhéu, ou então nos sacrifício pros deus marinho lá embaixo, ou de mordida de cobra ou de peste ou de doença repentina ou de alguma outra coisa antes que eles pudesse i pra água — todo mundo simplesmente esperava por uma mudança que nem parecia tão ruim depois de um tempo. Os ilhéu achavo que tudo que eles recebio em troca valia a pena comparado ao que davo — e eu acho que Obed deve tê achado a mesma coisa depois de pensá mais um pouco sobre a história do velho Walakea. Mas acontece que Walakea era um dos que não tinho nenhum sangue de peixe — ele era de uma linhagem real que casava co'os nobre de outras ilha.

"Walakea mostrô pra Obed muitos dos rito e dos encantamento que tinho que ver co'as criatura marinha, e tamém deixô ele vê os habitante do vilarejo que já tinho perdido a forma humana. Mas, por um que outro motivo, ele nunca deixô o capitão vê um dos bicho que saío da água. No fim Walakea deu pro capitão um cacareco estranho feito de chumbo ou algo assim, que servia pra atraí as criatura de qualquer lugar na água onde pudesse existi um ninho. A ideia era atirá aquilo na água co'as oração certa e não sei o que mais. Walakea imaginava que aquelas coisa tavo espalhada pelo mundo inteiro, então qualquer um podia olhá ao redor e invocá elas tudo se quisesse.

"Matt não gostô nem um pouco dessa história toda e quis que Obed ficasse longe da ilha; mas o capitão tinha sede de lucro e descobriu que podia consegui as joia dourada a um preço tão baixo que valeria a pena se especializá naquilo. As coisa ficaro assim por muitos anos, e Obed juntô o suficiente daquele ouro pra começá a refinaria na antiga oficina de pisoagem de Waite. Ele não se arriscô a vendê as peça como elas ero, porque as pessoa não io pará com as pergunta. Mesmo assim os homem dele de vez em quando pegavo uma daquelas joia e sumio com ela, mesmo que tivesse jurado ficá quieto; e o capitão deixava as mulher da família usá algumas das peça que parecio mais humana que as outra.

"Ah, em 38 — quando eu tinha sete ano — Obed descobriu que todos os ilhéu tinho sumido entre uma viagem e a outra. Parece que os outro ilhéu descobriro o que tava aconteceno e resolvero os problema co'as próprias mão. Eles devio tê os tal símbolo mágico que ero a única coisa que fazia medo às criatura do mar. Não tem como sabê o que aqueles canaca pode tê aprontado depois que uma ilha apareceu de repente, vinda do fundo do mar e cheia de umas ruína mais velha que o dilúvio. Ero uns homem muito temente a Deus — não deixaro pedra sobre pedra na ilha principal nem na ilhota vulcânica, a não sê os pedaço de ruína grande demais pra derrubá. Em alguns lugar tinha umas pedrinha espalhada ao redor — como que uns amuleto — e nelas tava desenhado o que chamam por aí de suástica. Aquilo devia sê o símbolo dos Grande Ancião. As pessoa sumida, nenhuma pista dos objeto dourado e os canaca das ilha vizinha não falavo uma palavra a respeito. Nem ao menos admitio que um povo tinha morado naquela ilha.

"Foi um golpe duro pro capitão Obed, porque os negócio dele tavo indo de mal a pior. Innsmouth tamém sofreu, porque nessa época o que era bom pro capitão de um navio em geral tamém era bom pra tripulação. A maioria das pessoa no vilarejo passô essa época de penúria igual a uns cordeirinho resignado, mas a coisa era séria mesmo porque o pescado tava escasso e a coisa também não tava boa pras indústria.

"Foi aí que o capitão Obed começô a amaldiçoá as pessoa por elas serem um bando de cordeirinho cristão que ficavo orano pra um deus que não ajudava em nada. Ele disse que tinha conhecido um povo que orava pra uns deus que davo tudo que eles precisavo de verdade, e que se alguns homem de coragem ficasse do lado dele, ele podia consegui poderes suficiente pra trazê muito peixe e um bocado de ouro. Claro que os antigo tripulante do *Sumatry Queen* que tinho visto a ilha sabio do que o capitão tava falano e não tavo muito interessado em se misturá às criatura do mar que eles tinho ouvido falá, mas os que não sabio de nada se deixaro levá pelas palavra do capitão e começaro a perguntá pra ele o que poderio fazê pra abraçá essa fé que dava resultado."

Neste ponto o velho hesitou, balbuciou alguma coisa e sucumbiu a um silêncio agourento e nervoso; começou a olhar para trás e logo se virou por completo a fim de observar os distantes contornos negros do recife. O velho Zadok não respondeu quando lhe dirigi a palavra, e assim precisei deixar que terminasse a garrafa. O insano causo que eu estava escutando despertava o meu profundo interesse, pois eu imaginava que nele estivesse contida alguma alegoria rústica baseada na estranheza de Innsmouth e trabalhada por uma imaginação a um só tempo criativa e repleta de fragmentos de lendas exóticas. Nem por um instante acreditei que a história tivesse qualquer fundamento na realidade; mas ainda assim o relato encerrava um terror genuíno, embora apenas em razão das referências às estranhas joias sem dúvida alguma semelhantes à tiara maligna que eu vira em Newburyport. Talvez os ornamentos tivessem mesmo vindo de alguma ilha estranha; e não é impossível que as histórias fantasiosas fossem invenções do finado Obed, e não do velho beberrão.

Entreguei a garrafa a Zadok, que sorveu até a última

gota da bebida. Era curioso notar sua resistência ao uísque, pois seguia falando com uma voz aguda e rouca, sem enrolar a língua. O homem lambeu o gargalo e pôs a garrafa no bolso, quando então começou a menear a cabeça e a cochichar para si mesmo. Inclinei-me para a frente na tentativa de captar as palavras e imaginei ter percebido um sorriso sardônico por trás da barba cerrada. De fato, Zadok estava formando palavras — e eu pude apreender algumas delas.

"Pobre Matt — Matt sempre foi contra — tentô trazê mais gente pro lado dele e teve longas conversa co'os pregador — mas não deu em nada — eles mandaro o pastor congregacional embora do vilarejo, e o metodista acabou desistino — nunca mais viro Resolved Babcock, o pastor batista — Ira Divina — eu era uma criaturinha de nada, mas ouvi o que eu ouvi e vi o que eu vi — Dagon e Ashtoreth — Belial e Belzebu — o Bezerro de Ouro e os ídolo de Canaã e dos Filisteu — as abominação da Babilônia — *Mene, mene, tekel, upharsin...*"

Mais uma vez Zadok deteve-se, e pela expressão de seus olhos azul-aquosos temi que ele pudesse cair em um estupor a qualquer momento. Mas quando gentilmente eu lhe sacudi o ombro, o homem voltou-se em minha direção com uma lucidez surpreendente e proferiu mais algumas frases obscuras.

"Não acredita em mim, hein? He, he, he — pois então me diga, filho, por que é que o capitão Obed e outras vinte e poucas pessoa costumavo remá em volta do Recife do Diabo na calada da noite e entoá uns cântico tão alto que dava pra ouvi as cantoria por todo o vilarejo quando o vento soprava? Por quê, hein? E por que o capitão Obed volta e meio jogava umas coisa pesada nas profundeza do mar lá do outro lado do recife, onde o fundo despenca num abismo que nenhuma sonda alcança? O que o capitão fez com aquele cacareco engraçado que Walakea deu pra ele? O quê, filho? E pra que eles ficavo uivano na Noite de Walpurgis, e depois de novo no Dia das Bruxa? E por que os novo pastor da igreja — uns homem que antes ero marinheiro — usavo aqueles manto esquisito e se enfeitavo co'os adereço dourado que o capitão tinha trazido? Hein?"

Neste ponto, os olhos azul-aquosos tinham assumido uma aparência selvagem que beirava a paranoia, e a barba branca eriçou-se como se um impulso elétrico a houvesse atravessado. É provável que o velho Zadok tenha notado quando eu me afastei, pois começou a dar gargalhadas malignas.

"He, he, he, he! Começano a se dá conta, é? Talvez o senhor pudesse tê gostado de está na minha pele naquela época, veno as criatura indo pro mar do alto da cúpula da minha casa, à noite. Ah, pois saiba que as criança não têm nada de boba, e eu não perdi um ai do que as pessoa falavo sobre o capitão Obed e as gente que io até o recife! He, he, he! Imagine que uma noite eu levei a luneta do meu pai até o alto da cúpula e vi o recife formigano com uns vulto que mergulharo assim que a lua apareceu? Obed e as gente dele tavo num barquinho a remo, mas as outra figura mergulharo na parte mais funda do oceano e nunca mais aparecero... Como o senhor acha que se sente um moleque sozinho numa cúpula veno um bando de criatura *que não são humana*...? Hein...? He, he, he, he..."

O velho estava às raias da histeria, e eu comecei a tremer com uma apreensão indescritível. Zadok aferrou-me pelo ombro com uma garra disforme, e tive a impressão de que os movimentos que fazia não eram de alegria.

"Já imaginô numa noite o senhor vê uma coisa pesada seno içada pra fora do barco de Obed, e no dia seguinte descobri que um jovem tinha desaparecido? Hein? Ninguém nunca mais teve notícia de Hiram Gilman. Sabia? E Nick Pierce, e Luelly Waite, e Adoniram Southwick, e Henry Garrison? Hein? He, he, he, he... Uns vulto conversano com uns gesto de mão... isso os que tinho mão de verdade...

"Ah, foi nessa época que Obed começô a se recuperá um pouco. As pessoa viro as três filha dele usano uns enfeite dourado que ninguém nunca tinha visto nada parecido antes e logo a fumaça começô a corrê pelas chaminé da refinaria outra vez. Outros tamém prosperavo... o porto de repente ficô coalhado de peixe e só Deus sabe quantas tonelada foro levada pra Newburyport, Arkham e Boston. Foi aí que Obed fez que construísse o velho ramal da ferrovia. Uns pescador de Kingsport ouviro falá da fartura e viero pra cá numas chalupa, mas todos eles desaparecero. Ninguém nunca mais teve notícia. E bem nessa época fundaro aqui a Ordem Esotérica de Dagon e compraro o Templo Maçônico da Loja do Calvário pra usá como sede... he, he, he! Matt Eliot era maçom e foi contra a venda, mas bem por essa época ele também sumiu.

"Cuide bem, eu não tô dizeno que Obed queria fazê as coisa igual eles fazio na ilha dos canaca. No início eu acho que ele não queria sabê de misturá as raça nem de criá um bando de jovem pra sê transformado em peixe imortal. Ele só queria o ouro, e tava disposto a pagá qualquer preço, e eu acho que os *outro* se dero por satisfeito por um tempo...

"Só que em 64 os morador da cidade resolvero abri os olho e aí tiraro as própria conclusão deles. Era muita gente sumida — muita pregação maluca nas missa de domingo — muita conversa sobre o recife. Acho que eu fiz a minha parte contano pra Selectman Mowry o que eu tinha visto do alto da cúpula. Uma noite teve um grupo que seguiu o pessoal de Obed até o recife, e eu ouvi os barco trocano tiro. No dia seguinte Obed e outras vinte e duas pessoa tavo no xadrez, com todo mundo se perguntano afinal o que tinha acontecido e que acusação poderio fazê contra eles. Deus do Céu, se alguém imaginasse... algumas semana mais tarde, quando passô um tempo sem que ninguém jogasse nada ao mar..."

Zadok começava a dar sinais de medo e exaustão, e assim permiti que se mantivesse calado por alguns instantes, embora eu não conseguisse tirar os olhos do relógio. A maré havia começado a subir, e o som das ondas parecia exaltá-lo. Alegrei-me com a mudança, pois na maré alta o odor de peixe poderia diminuir um pouco. Mais uma vez tive de me esforçar para captar os sussurros do velho.

"Naquela noite terrível... Eu vi eles... Eu tava na cúpula... ero hordas e mais hordas por todo o recife, tudo nadano pelo porto em direção ao Manuxet... Meu Deus, o que aconteceu naquela noite... eles chacoalharo a nossa porta, mas o meu pai não abria... até que ele resolveu saí pela janela da cozinha com o mosquete pra i atrás de Selectman Mowry e decidi o que fazê... Pilhas de gente morta e ferida... tiros... gritaria... um alarido dos inferno no Antigo Mercado e na Praça Central e em New Church Green... arrombaro o portão da cadeia... proclamação... traição... depois viero dizê que a peste tinha levado metade das pessoa no vilarejo... não sobrô ninguém além dos que se dispunho a ficá do lado de Obed e daquelas criatura ou ao menos a ficá quieto... eu nunca mais fiquei sabeno do meu pai..."

O velho estava ofegante e suava muito. Ele apertou o meu ombro com mais força.

"Pela manhã já tinho limpado tudo — mas ficaro alguns *resquício*... O capitão Obed assumiu o comando, por assim dizê, e disse que as coisa io mudá... que *outros* tamém io participá dos culto com a gente, e certas casa tivero que recebê os *hóspede*... *eles* querio se misturá, que nem já tinho feito co'os canaca, e o capitão é que não ia tentá impedi. Obed foi além da conta... mais parecia um louco. Ele disse que os bicho io nos trazê pescado se a gente desse o que eles querio...

"Por fora nada ia mudá, mas era pra gente evitá falá co'os forasteiro se não quisesse tê problema. Todo mundo teve que fazê o Juramento de Dagon, e mais tarde teve um segundo e um terceiro juramento que alguns de nós fizemo. Quem mais ajudasse, mais ganhava — ouro e outras coisa assim — e não resolvia nada fazê cara feia, porque tinha milhares das criatura no fundo do mar. Elas preferio não tê que saí da água pra acabá com a humanidade, mas se alguém entregasse o segredo e esse fosse o único jeito, tampouco terio muito trabalho pra dá cabo de tudo. A gente não tinha os amuleto pra afastá eles que nem os ilhéu dos Mar do Sul, e os canaca se negavo a revelá o segredo deles.

"Era só não se descuidá dos sacrifício e oferecê umas tralha e abrigo no vilarejo quando as criatura quisesse que tudo ia ficá em paz. Os peixe não se importavo que contasse essas história longe de Innsmouth — desde que ninguém se metesse a xeretá por aqui. E aí um bando de convertido da Ordem de Dagon — as criança, em vez de morrê, voltavo pra Mãe Hidra e pro Pai Dagon de onde todos nós viemo — *Iä! Iä! Cthulhu fhtagn! Ph'nglui mglw'nafh Cthulhu R'lyeh wgah-nagl fhtagn* —"

O velho Zadok sucumbia depressa à loucura total enquanto eu esperava com a respiração suspensa. Pobre alma atormentada — a que profundezas delirantes o álcool, somado ao ressentimento que ele sentia em relação à decadência, à estranheza e à doença que o rodeavam havia precipitado sua fantasia! A seguir o homem começou a gemer, e lágrimas correram pelos sulcos de sua face para se perder no emaranhado da barba.

"Meu Deus, tudo o que eu vi desde os meus quinze ano — *Mene, mene, tekel, upharsin!* — as pessoa desaparecida, mais as que se mataro — as que contavo histórias em Arkham e Ipswich e outros lugar como esses ero tudo tida por louca, que nem o senhor tá me achano agora — mas por Deus, tudo que eu vi — Eles terio me matado há muito tempo por tudo que eu sei, só que eu fiz o primeiro e o segundo juramento de Dagon perante o capitão Obed, então eu tava protegido a não ser que um júri provasse que eu tava falano a respeito por aí... mas eu me recusei a fazê o terceiro juramento — prefiro morrê do que fazê uma coisa dessas —

"E piorô ainda mais na época da Guerra Civil, *quando as criança nascida em 64 já tavo crescida* — ou melhor, nem todas. Eu tinha medo — nunca mais espiei coisa nenhuma depois daquela noite e nunca mais vi uma daquelas criatura de perto em toda a minha vida. Qué dizê, nenhuma de sangue puro. Eu fui pra guerra e, se tivesse coragem ou a cabeça no lugar, eu nunca ia tê voltado pra cá. Mas na minha correspondência dizio que as coisa não tavo tão ruim assim. Acho que era porque os homem do alistamento tavo na cidade depois de 63. Depois da guerra tudo voltô a ficá ruim. As pessoa começaro a empobrecê — foi um monte de firma e de loja fechano — o porto ficô cheio de navio parado — desistiro da ferrovia — mas *aquelas coisa*... aquelas coisa nunca pararo de nadá de lá pra cá no rio vindo daquele maldito recife dos inferno — e cada vez mais janelas de sótão ero pregada com tábua, e cada vez mais barulhos vinho das casa onde não devia tê ninguém...

"As pessoa de fora conto cada história a respeito da gente — eu imagino que o senhor tenha ouvido algumas, a dizê pelas coisa que me pergunta — umas história sobre o que eles vio de vez em quando, e sobre as joia esquisita que ainda aparece de tempo em tempo vinda não se sabe de onde e que ainda não derretero todas — mas nunca é nada definitivo. E tamém ninguém acredita. Dize que é um tesouro pirata e acho que as pessoa de Innsmouth têm sangue estrangeiro ou são destemperada ou alguma coisa assim. Além do mais, quem mora aqui evita falá co'os forasteiro a todo custo e faz o quanto pode pra não despertá a curiosidade alheia, ainda mais à noite. Os bicho fico apavorado quando vee aquelas criatura — os cavalo mais até do que as mula — mas quando eles começaro a andá de carro tudo ficô bem.

"Em 46 o capitão Obed casô co'uma segunda esposa *que ninguém nunca viu* — tem quem dissesse que ele nem queria, mas que as criatura obrigaro — e teve três filho com ela — dois desaparecero ainda na meninice, mas a moça que sobrô parecia normal e estudô na Europa. No fim Obed usô de alguma artimanha pra casá a filha co'um sujeito de Arkham que não suspeitava de nada. Mas agora ninguém qué tê nada que vê com o pessoal aqui de Innsmouth. Barnabas Marsh, que hoje é o encarregado da refinaria, é neto de Obed pela família da primera esposa — filho de Onesiphorus, o filho mais velho do capitão, *mas a mãe era outra que nunca aparecia na rua.*

"Hoje Barnabas é um homem muito mudado. Não consegue mais fechá os olho e tá todo deformado. Dize que ainda usa roupa de gente, mas parece que logo deve entrá na água. Talvez ele já tenha experimentado — às vezes essas coisa passo um tempo mergulhada antes de i de vez pro mar. Ninguém vê ele em público já vai fazê dez ano. Nem imagino como a coitada da esposa dele deve se senti — ela é de Ipswich, e quase lincharo Barnabas por lá quando ele cortejô a moça já há uns cinquenta ano atrás. O capitão Obed morreu em 78, e a geração seguinte tamém já se foi a essas altura — os filho da primeira esposa morrero, e o resto... só Deus sabe..."

O som da maré tornava-se cada vez mais insistente, e aos poucos pareceu transformar o sentimentalismo lacrimoso do velho em um temor vigilante. De vez em quando ele fazia pausas para repetir as espiadelas nervosas por cima do ombro ou em direção ao recife, e em seguida, apesar do caráter absurdo da história, também me vi tomado por um vago sentimento de apreensão. Zadok começou a falar de um jeito mais estridente e pareceu decidido a instigar a própria coragem elevando o tom da voz.

"Ah, mas então, por que o senhor não diz nada? Que tal morá numa cidade que nem essa, com tudo apodreceno, morreno, cheia de monstro se arrastano dentro das casa fechada e balino e latino e saltitano pelos porão escuro e pelos sótão em cada esquina? Hein? Que tal escutá os uivo que noite atrás de noite sae das igreja e do Tempo da Ordem de Dagon e *sabê pelo menos em parte de on-*

de vem os uivo? Que tal escutá os som que sempre vêm daquele recife infernal toda Noite de Walpurgis e todo Dia das Bruxa? Hein? O senhor acha que eu sô um velho maluco, é? Bem, pois fique sabeno que *existe coisa pior*!"

Neste ponto Zadok estava gritando, e o desvario frenético em sua voz me perturbava mais do que eu gostaria de admitir.

"Maldito seja, não fique aí só me olhano com essa cara — o capitão Obed Marsh tá no inferno, onde é o lugar dele! He, he... no inferno, cuide bem! Não tem mais como me pegá — eu não fiz nada nem disse nada pra ninguém —

"Ah, você, filho? Ora, mesmo que eu ainda nunca tenha dito nada pra ninguém, agora eu vô! Fique aí bem quietinho e ouça, garoto — ouça o que eu nunca disse pra ninguém... Eu disse que não xeretei mais depois daquela noite — *mas eu descobri mais coisa assim mesmo*!

"Qué sabê qual é o maior horror de todos, qué? Pois bem — não é o que os peixe-demônio *fizero*, mas o que eles *ainda vão fazê*! Eles tão trazeno uma coisa lá de onde eles vêm aqui pro vilarejo — já faz anos, e de um tempo pra cá vêm diminuino o passo. As casa a norte do rio entre a Water e a Main Street estão apinhada — apinhada co'os demônio e com *tudo que eles trouxero* — e quando eles estivere pronto... Isso mesmo, *quando eles estivere pronto* — o senhor sabe o que é um *shoggoth*...?

"Ei, tá me ouvino? Eu vô lhe contá o que são aquelas coisa — *eu vi uma delas na noite que eu*... EH — AHHHH! — AH! E'YAAHHHH..."

O terror inesperado e o desespero sobrenatural no grito do velho quase me fizeram desmaiar. Seus olhos, fixos no mar de odor fétido, pareciam prestes a saltar das órbitas; enquanto o rosto estava fixo em uma máscara digna da tragédia grega. A garra descarnada apertou meu ombro com uma intensidade monstruosa, e o velho não esboçou nenhuma reação quando virei a cabeça para ver o que havia lhe chamado a atenção.

Não consegui ver nada. Apenas a maré crescente, com ondas talvez um pouco mais próximas do que a distante linha da rebentação. Mas a essa altura Zadok estava me sacudindo, e virei-me para trás a fim de testemunhar o derretimento daquela expressão congelada pelo medo, que logo revelou um caos de pálpebras palpitantes e lábios balbuciantes. Então ele recobrou a voz — embora apenas como um débil sussurro.

"*Saia daqui!* Saia daqui! *Eles nos viro* — saia daqui e salve a sua vida! Não espere mais um instante — *eles descobriro* — Corra — depressa — *pra longe daqui* —"

Mais uma onda quebrou com força na estrutura do que outrora havia sido um cais e transformou o sussurro do velho lunático em mais um grito inumano de gelar o sangue.

"E-YAAHHHH...! YHAAAAAAA...!"

Antes que eu pudesse organizar a confusão de meus pensamentos, o velho havia largado o meu ombro e corrido para o interior do continente rua afora, cambaleando rumo ao norte enquanto dava a volta no muro do armazém.

Olhei mais uma vez para o mar, porém não havia nada lá. Quando cheguei à Water Street e olhei em direção ao norte, não havia mais nenhum sinal de Zadok Allen.

IV.

Mal posso descrever o efeito desse horripilante episódio sobre o meu estado de espírito — um episódio a um só tempo desvairado e lamuriante, pavoroso e grotesco. O garoto da mercearia havia me dado o alerta, mas ainda assim a realidade deixou-me confuso e perturbado. Por mais pueril que a história parecesse, a sinceridade e o horror insanos do velho Zadok haviam me inspirado uma crescente inquietude que se juntara ao meu sentimento anterior de asco pelo vilarejo e pela maldição das sombras intangíveis.

Mais tarde eu teria ocasião para peneirar o relato e dele extrair um núcleo de alegoria histórica; mas naquele momento eu queria apenas tirá-lo da cabeça. O avançado da hora começava a se tornar perigoso — meu relógio marcava sete e quinze, e o ônibus para Arkham saía da Praça Central às oito —, então tentei organizar os pensamentos da maneira mais neutra e objetiva possível enquanto eu caminhava depressa pelas ruas desertas com telhados esburacados e casas desmanteladas na direção do hotel onde eu havia deixado a minha valise e de onde o ônibus partiria.

Embora a luz dourada do entardecer conferisse aos antigos telhados e às chaminés decrépitas um ar de beleza mística e tranquilidade, eu não conseguia resistir ao impulso de olhar para trás de vez em quando. Com certeza seria uma grande alegria deixar o fétido e ensombrecido vilarejo de Innsmouth, mas desejei que houvesse algum outro meio de transporte além do ônibus dirigido pelo sinistro Sargent. Porém, não me afastei com excessiva pressa, pois havia detalhes arquitetônicos dignos de observação a cada esquina silenciosa; e calculei que eu poderia, sem dificuldade, percorrer o trajeto necessário em meia hora.

Após examinar o mapa desenhado pelo garoto da mercearia em busca de uma rota que eu ainda não houvesse percorrido, segui pela Marsh Street até a Praça Central. Perto da esquina com a Fall Street comecei a ver grupos esparsos cochichando às furtadelas, e, quando finalmente cheguei à praça, percebi que quase todos aqueles desocupados estavam reunidos junto à porta do Gilman House. Era como se inúmeros olhos arregalados e aquosos, que não piscavam jamais, estivessem a me vigiar enquanto eu pegava a minha valise do saguão, e torci para que nenhuma daquelas criaturas desagradáveis me fizesse companhia durante a viagem.

O ônibus, um tanto adiantado, chegou com três passageiros antes das oito, e na calçada um sujeito de ar maligno balbuciou certas palavras incompreensíveis ao motorista. Sargent pegou um malote postal e um fardo de jornais e adentrou o hotel; enquanto os passageiros — os mesmos homens que eu vira chegar a Newburyport pela manhã — arrastaram-se pela calçada e trocaram sons guturais com um dos ociosos em uma língua que eu teria jurado não ser inglês. Embarquei no ônibus vazio e sentei-me no mesmo assento de antes, porém eu mal havia me acomodado quando Sargent reapareceu e começou a emitir certos balbucios produzidos no fundo da garganta que me inspiraram uma singular repulsa.

De fato, a sorte não parecia estar ao meu lado. O motor apresentara problemas, apesar da viagem sem contratempos desde Newburyport, e o ônibus não poderia seguir até Arkham. Não seria possível realizar o conserto à noite e tampouco haveria outra maneira de conseguir um transporte para sair de Innsmouth, fosse para ir a Arkham ou a qualquer outro lugar. Sargent pediu desculpas, mas informou que eu não teria alternativa senão hospedar-me no Gilman. Provavelmente o recepcionista conseguiria um desconto, mas não havia mais nada a fazer. Perplexo ante o obstáculo inesperado e temendo com todas as minhas forças a chegada da noite no vilarejo decadente e escuro, desci do ônibus e fui até o saguão do hotel, onde o recepcionista estranho e rabugento informou-me que eu poderia ocupar o quarto 428 no último andar — um quarto amplo, mas sem água corrente — por um dólar.

Apesar das histórias que haviam me contado a respeito do lugar em Newburyport, assinei o livro de registro, paguei pela estadia, deixei que o recepcionista carregasse a minha mala e segui o funcionário amargurado e solitário por três lances de escada em meio a corredores empoeirados que pareciam entregues ao mais completo abandono. Meu aposento, um quarto de fundos com duas janelas e mobília parca e barata, dava para um pátio sórdido, ladeado por blocos baixos de tijolo, e comandava a vista de uma fileira de telhados decrépitos no ocidente com um cenário pantanoso mais além. No fim do corredor havia um banheiro — uma desanimadora relíquia com um antigo vaso de mármore, uma banheira de estanho, uma lâmpada elétrica de brilho tênue e painéis de madeira bolorenta envolvendo os canos.

Aproveitando que o dia ainda estava claro, desci à Praça Central e olhei ao redor em busca de um restaurante; e então percebi os estranhos olhares que as vis criaturas ociosas lançavam em minha direção. Como a mercearia estava fechada, vi-me obrigado a jantar no restaurante que antes eu havia refugado; fui atendido por um homem corcunda, de cabeça estreita e olhos vigilantes e por uma garota de nariz achatado, com mãos inacreditavelmente grossas e desajeitadas. A comida era servida no balcão, e fiquei aliviado ao perceber que a maioria dos alimentos vinha de latas e pacotes. Uma sopa de legumes com biscoitos foi o quanto me bastou, e logo retornei ao meu lúgubre quarto no Gilman; ao chegar, peguei com o recepcionista de olhar maléfico um jornal vespertino e uma revista manchada que estavam no frágil suporte ao lado do balcão.

Como as trevas se adensavam, liguei a débil lâmpada elétrica acima da cama de ferro barata e fiz todo o possível para retomar a leitura que eu havia começado. Achei que seria aconselhável providenciar uma distração sadia para os meus pensamentos, pois de nada adiantaria ficar ruminando as aberrações do antigo vilarejo assolado pelas sombras enquanto eu ainda estivesse em seus confins. A história absurda que o velho bêbado havia me contado não prometia sonhos muito tranquilos, e senti que eu deveria manter a imagem daqueles olhos desvairados e aquosos o mais longe possível da minha imaginação.

Ademais, eu não poderia ficar pensando no que o inspetor da fábrica havia dito ao agente de Newburyport sobre o Gilman House e as vozes dos hóspedes noturnos — tampouco no rosto sob a tiara no vão da porta da igreja; um rosto cujo horror permanecia insondável aos meus pensamentos conscientes. Talvez fosse mais fácil evitar pensamentos inquietantes em um quarto menos bolorento. Da maneira como foi, o bolor letal misturava-se pavorosamente ao odor de peixe e despertava em minha fantasia pensamentos sórdidos e funestos.

Outra coisa que me perturbou foi a ausência de um ferrolho na porta do quarto. Certas marcas evidenciavam a presença recente de um, porém havia indícios de uma retirada feita pouco tempo atrás. Sem dúvida havia apresentado algum problema, como tantas outras coisas no edifício decrépito. Tomado pelo nervosismo, olhei ao redor e descobri um ferrolho no roupeiro que, a julgar pelas marcas, parecia ter o mesmo tamanho da antiga tranca na porta. Para amenizar a tensão, embora apenas em parte, ocupei-me transferindo o mecanismo para o lugar vazio na porta com a ajuda de uma prática ferramenta três em um, que incluía uma chave de fenda e que eu trazia presa ao chaveiro. O ferrolho ajustou-se à perfeição, e senti certo alívio ao saber que eu poderia trancá-lo quando fosse deitar. Não que eu esperasse precisar do mecanismo, mas qualquer símbolo de segurança seria bem-vindo em um ambiente daqueles. Havia ferrolhos em boas condições nas duas portas laterais que davam acesso aos quartos adjacentes, e a seguir também os fechei.

Não me despi, mas resolvi ler até ficar sonolento para só então me deitar, tirando apenas o casaco, o colarinho e os sapatos. Peguei uma lanterna portátil da minha valise e guardei-a no bolso da calça, para que pudesse ler durante a vigília caso mais tarde eu acordasse no escuro. O sono, entretanto, não veio; e quando enfim resolvi analisar os meus pensamentos inquietei-me ao descobrir que, inconscientemente, eu vinha prestando atenção a algum ruído — ao ruído de alguma coisa que me enchia de horror, embora eu fosse incapaz de nomeá-la. A história do inspetor devia ter instigado a minha imaginação mais do que eu suspeitava. Mais uma vez tentei ler, mas não consegui me concentrar.

Passado algum tempo, tive a impressão de ouvir as escadas e os corredores rangerem, e imaginei se os outros quartos estariam ocupados. Contudo, não havia vozes, e ocorreu-me que os rangidos tinham um certo caráter furtivo. Aquilo não me agradou em nada, e pensei se não seria melhor passar a noite acordado. O vilarejo era repleto de pessoas estranhas e havia sido o palco de vários desaparecimentos. Será que eu estava em uma daquelas pousadas onde os viajantes são mortos por ladrões? Com certeza eu não parecia um homem de posses. Ou será que os nativos eram mesmo tão ressentidos em relação a forasteiros curiosos? Será que o evidente caráter turístico de minha viagem, somado às repetidas consultas ao mapa, havia despertado atenção indesejada? Ocorreu-me que os meus nervos deveriam estar muito alterados para que simples rangidos dessem origem a especulações dessa ordem — mas ainda assim lamentei não estar armado.

Por fim, sentindo o peso de uma fadiga sem sono, tranquei a porta recém-guarnecida do corredor, apaguei a luz e atirei-me no colchão duro e irregular — de casaco, sapatos, colarinho e tudo mais. Na escuridão, até os menores ruídos da noite pareciam amplificados, e uma torrente de pensamentos inquietantes tomou conta de mim. Lamentei ter apagado a luz, e no entanto eu estava demasiadamente cansado para levantar-me e acendê-la outra vez. Então, após um longo intervalo de angústia iniciado por um novo ranger nas escadas e no corredor, percebi o leve e inconfundível som que parecia ser a concretização macabra de todas as minhas apreensões. Sem a menor sombra de dúvida, alguém estava tentando abrir a porta do meu quarto — de maneira cautelosa e furtiva — com uma chave.

Quando notei o perigo iminente, a intensidade dos meus sentimentos talvez tenha diminuído em vez de aumentar, tendo em vista os meus vagos temores prévios. Embora sem nenhum motivo palpável, eu estava instintivamente em alerta — o que me serviria de vantagem naquele momento de crise real, qualquer que fosse sua natureza. Mesmo assim, a transformação de um pressentimento vago em uma realidade imediata foi um choque profundo, que me acertou com todo o impacto de uma pancada genuína. Nem passou pela minha cabeça que os movimentos na porta pudessem ser um engano. Eu só conseguia pensar em desígnios maléficos, e mantive-me em silêncio sepulcral, aguardando os movimentos seguintes do invasor.

Passados alguns momentos os ruídos cessaram, e ouvi alguém abrindo o quarto ao norte com uma chave mestra. Logo alguém tentou abrir a porta que dava acesso ao meu quarto. O ferrolho impediu, é claro, e então escutei o assoalho ranger enquanto o gatuno deixava o aposento. Depois de mais alguns instantes escutei outros ruídos e soube que alguém estava adentrando o quarto ao sul. Mais uma discreta tentativa de abrir a porta entre os quartos, e mais rangidos de passos que se afastavam. Dessa vez os rangidos seguiram pelo corredor até o lance de escadas, e assim eu soube que o invasor havia percebido não haver meio de ingresso ao meu quarto e abandonado as tentativas, pelo menos até que o futuro trouxesse novidades.

A presteza com que tracei um plano de ação demonstra que meu subconsciente deve ter passado horas atento a alguma ameaça enquanto cogitava possíveis meios de fuga. Desde o primeiro instante eu soube que aquela presença estranha não representava um problema a ser confrontado, mas um perigo do qual eu devia fugir a qualquer custo. A única coisa a fazer era sair do hotel o mais rápido possível por algum outro acesso que não as escadas e o saguão de entrada.

Levantei com cuidado, apontei o facho da lanterna em direção ao interruptor e tentei acender a lâmpada acima da cama a fim de escolher os pertences necessários a uma fuga inesperada, deixando a minha valise para trás. Contudo, nada aconteceu; e percebi que a eletricidade fora cortada. Sem dúvida, um complô maligno e enigmático de grandes proporções estava em andamento — mas eu não saberia dizer em que consistia. Enquanto fiquei pensando no que fazer, com a mão no interruptor inútil, escutei um rangido abafado no andar de baixo e imaginei ouvir vozes conversando. No instante seguinte tive dúvidas de que os sons mais graves fossem vozes, pois os ríspidos latidos e os coaxados de sílabas incompreensíveis não guardavam quase nenhuma semelhança com a fala humana. Então voltei a pensar com força renovada nas coisas que o inspetor da fábrica tinha ouvido à noite naquele prédio tomado pelo bolor e pela peste.

Depois de encher os bolsos à luz da lanterna, pus o chapéu na cabeça e andei na ponta dos pés até as janelas para considerar a possibilidade de uma descida. Apesar das leis de segurança vigentes no estado, não havia escadas de incêndio naquele lado do hotel, e percebi que as janelas do quarto não ofereciam nada além de uma queda de três andares até o calçamento do pátio. À esquerda e à direita, no entanto, o hotel era ladeado por blocos comerciais, cujos telhados ficavam a uma distância razoável da minha janela no quarto andar. Para alcançar uma dessas construções eu teria de estar em um quarto a duas portas do meu — fosse a norte ou a sul —, e assim meus pensamentos instantaneamente se puseram a calcular minhas chances de sucesso na empreitada.

Decidi que eu não poderia arriscar uma saída ao corredor, onde os meus passos sem dúvida seriam ouvidos e as dificuldades para chegar a um dos quartos desejados seriam insuperáveis. Meu progresso, se eu pretendesse fazer algum, só poderia dar-se através das portas menos robustas entre os quartos adjacentes; cujos ferrolhos e fechaduras eu teria de vencer usando o ombro como aríete sempre que oferecessem resistência. O plano seria viável graças ao péssimo estado de conservação do hotel e das instalações; mas percebi que seria impossível pô-lo em prática sem fazer barulho. Assim, eu teria de contar apenas com a velocidade e a chance de chegar a uma janela antes que as forças hostis se organizassem o suficiente para abrir a porta certa com uma chave mestra. Reforcei a porta do quarto com a cômoda — devagar, para fazer o menor barulho possível.

Notei que minhas chances eram ínfimas e preparei-me para o pior. Mesmo que eu chegasse a outro telhado, o problema não estaria resolvido, pois ainda me restaria a tarefa de chegar até o chão e fugir do vilarejo. Uma coisa a meu favor era o estado de abandono e decrepitude das construções vizinhas, bem como a quantidade de claraboias escuras que se abriam em ambos os lados.

Depois de consultar o mapa feito pelo garoto da mercearia e concluir que a melhor rota para deixar a cidade seria o sul, lancei um olhar para a porta que dava para esta direção. A porta abria para dentro, e assim — depois de soltar o ferrolho e descobrir a existência de outras seguranças — notei que seria mais difícil forçá-la. Levado pela cautela a abandonar a rota, arrastei a cama de encontro à porta a fim de evitar qualquer investida feita mais tarde a partir do quarto vizinho. A porta ao norte abria para fora, e então — ainda que estivesse chaveada ou trancada pelo outro lado — eu soube que aquela seria a minha rota. Se conseguisse alcançar os telhados das construções na Paine Street e descer até o nível da calçada, talvez eu pudesse correr pelo pátio em frente aos prédios vizinhos ou pelo outro lado da rua até a Washington ou a Bates — ou ainda sair na Paine e avançar em direção ao sul até chegar à Washington. De qualquer modo, eu tentaria chegar à Washington de alguma forma e sair depressa da região da Praça Central. Se possível, evitaria a Paine, uma vez que o quartel dos bombeiros provavelmente estaria aberto a noite inteira.

Enquanto pensava nessas coisas, olhei para baixo, em direção ao mar decrépito de telhados em ruínas iluminado pelos raios de uma lua quase cheia. À direita, as águas negras do rio fendiam o panorama; fábricas abandonadas e a estação ferroviária prendiam-se ao leito como cracas. Mais além, a ferrovia enferrujada e a estrada para Rowley atravessavam o terreno plano e pantanoso salpicado por ilhotas de terra alta e seca cobertas por vegetação rasteira. À esquerda, a paisagem cortada por córregos era mais próxima, e a brancura da estrada em direção a Ipswich cintilava ao luar. Do meu lado do hotel não se via a rota sul em direção a Arkham que eu estava decidido a tomar.

Eu ainda estava distraído com especulações indecisas sobre o melhor momento de forçar a porta norte e sobre como chamar a menor atenção possível quando notei que os ruídos vagos no andar de baixo haviam dado lugar a rangidos mais fortes nas escadas. Uma luz oscilante apareceu na claraboia do meu quarto, e as tábuas do corredor começaram a estremecer sob um peso vultuoso. Sons abafados de possível origem vocal se aproximaram, e por fim uma batida firme soou na porta do corredor.

Por um instante eu simplesmente prendi a respiração e aguardei. Tive a impressão de que passaram eternidades, e o nauseante odor de peixe ao meu redor pareceu intensificar-se de maneira repentina e espetacular. A batida repetiu-se — por diversas vezes, com insistência cada vez maior. Eu sabia que havia chegado o momento de agir, e de imediato abri o ferrolho da porta que dava para o quarto ao norte, preparando-me para golpeá-la. As batidas na porta do corredor ficaram mais altas, e nutri esperanças de que os rumores pudessem encobrir o barulho de meus esforços. Pondo enfim o meu plano em prática, investi repetidas vezes contra o fino painel usando o meu ombro esquerdo, alheio aos impactos e à dor. A porta resistiu mais do que eu havia imaginado, porém não desisti. E durante todo esse tempo o clamor à porta só fazia aumentar.

Por fim a porta que dava acesso ao quarto vizinho cedeu, mas com tamanho estrépito que eu sabia que aqueles lá fora teriam me ouvido. No mesmo instante as batidas deram lugar a pancadas frenéticas, enquanto chaves tilintavam augúrios na porta de entrada dos dois quartos ao lado. Depois de atravessar a passagem recém-aberta, consegui barricar a porta de entrada do quarto ao norte antes que a fechadura fosse aberta; porém nesse mesmo instante ouvi a porta do terceiro quarto — de onde eu pretendia alcançar o telhado lá embaixo — sendo aberta com uma chave mestra.

Por um instante fui arrebatado pelo mais absoluto desespero, já que eu parecia estar encurralado em um aposento sem via de egresso pela janela. Uma onda de horror quase sobrenatural tomou conta de mim e conferiu uma singularidade terrível e inexplicável às marcas na poeira, vistas de relance à luz da lanterna, deixadas pelo intruso que pouco tempo atrás havia tentado abrir a porta a partir daquele quarto. Então, graças a um automatismo que persistiu mesmo ao defrontar-se com a ausência de esperança, avancei até a outra porta de acesso entre os quartos e, sem dar por mim, executei os movimentos necessários à tentativa de forçá-la e — se os ferrolhos estivessem intactos como no segundo quarto — trancar a porta do corredor no terceiro quarto antes que a fechadura fosse aberta pelo lado de fora.

Um golpe de sorte veio em meu auxílio — pois a porta que separava os quartos à frente não só estava destrancada, como também entreaberta. Em um instante eu a havia transposto e estava com o joelho e o ombro direitos na porta do corredor, que visivelmente começava a se abrir para dentro. Meu esforço deve ter surpreendido o intruso, pois a porta fechou com o baque e assim consegui trancar o ferrolho, como eu havia feito na outra porta. Um pouco aliviado, escutei as batidas nas duas outras portas diminuírem quando um rumor confuso começou junto à porta que eu havia barricado com a cama. Ficou evidente que os meus atacantes haviam ganhado o quarto ao sul e estavam se reunindo para um ataque lateral. Porém, no mesmo instante ouvi o som de uma chave mestra na porta do quarto adjacente ao norte e soube estar diante de um perigo ainda mais iminente.

A porta entre os dois quartos estava escancarada, mas não houve tempo sequer de pensar em impedir a entrada pela porta do corredor. Tudo o que pude fazer foi fechar e trancar as portas internas de ambos os lados — empurrando uma cama contra uma, uma cômoda contra a outra e arrastando um lavatório até a porta do corredor. Notei que seria necessário lançar mão dessas barreiras improvisadas até que eu pudesse sair pela janela e alcançar o telhado no bloco comercial da Paine Street. Porém, mesmo nesse momento crucial o meu maior horror era de todo alheio à precariedade das minhas defesas. Eu tremia porque os meus algozes, afora certos estertores, grunhidos e latidos abafados a intervalos irregulares, não emitiam nenhum som vocal humano puro ou inteligível.

Enquanto eu rearranjava a mobília e corria em direção às janelas, escutei um rumor terrível ao longo do corredor que dava para o quarto ao norte e percebi que as pancadas no aposento ao sul haviam cessado. Ficou claro que meus oponentes estavam prestes a concentrar esforços na débil porta interna que levaria diretamente a mim. Na rua, o luar brincava na cumeeira do bloco lá embaixo, e percebi que o salto envolveria um risco desesperado em vista da superfície íngreme onde eu haveria de pousar.

Depois de examinar as condições, escolhi a janela mais ao sul como via de escape; planejando aterrissar na elevação interna do telhado e de lá correr até a claraboia mais próxima. Uma vez no interior das decrépitas estruturas de tijolo eu teria de estar pronto para uma perseguição; mas ainda me restava a esperança de descer e atravessar as portas escancaradas ao longo do pátio ensombrecido para enfim chegar até a Washington Street e deixar o vilarejo para trás rumo ao sul.

O estrépito na porta interna ao norte havia atingido níveis pavorosos, e notei que o painel de madeira começava a rachar. Era evidente que os atacantes haviam trazido algum objeto pesado para fazer as vezes de aríete. A cama, no entanto, seguia firme no lugar; de modo que ainda me restava uma chance de sucesso na fuga. Ao abrir a janela, percebi que estava flanqueada por pesadas cortinas de veludo que pendiam de argolas douradas enfiadas em um varão, e também que havia um prendedor para as venezianas no lado externo da parede. Vendo aí um possível meio de evitar os perigos de um salto, puxei o tecido com força e derrubei as cortinas com varão e tudo; e logo enfiei duas argolas no prendedor da veneziana e joguei todo o veludo para a rua. Os drapeados chegavam até o telhado vizinho, e percebi que as argolas e o prendedor provavelmente aguentariam o meu peso. Então, saindo pela janela e descendo pela corda improvisada, deixei para trás de uma vez por todas o ambiente mórbido e tenebroso do Gilman House.

Cheguei em segurança às telhas soltas do telhado íngreme e consegui ganhar a escuridão da claraboia sem um único resvalo. Ao olhar para cima, em direção à janela por onde eu havia saído, notei que ainda estava escura, embora além das chaminés decrépitas ao norte eu pudesse ver luzes agourentas ardendo no Templo da Ordem de Dagon, na igreja batista e na igreja congregacional que me haviam inspirado tanto horror. Não parecia haver ninguém no pátio logo abaixo, e torci para que eu tivesse uma chance de escapar antes que soassem o alarme geral. Ao apontar o facho da lanterna para o interior da claraboia, notei que não havia degraus no interior. Contudo, a distância era curta, e assim me arrastei até a borda e deixei-me cair; o chão estava muito empoeirado e cheio de caixas e barris arrebentados.

O lugar tinha um aspecto lúgubre, mas naquela altura eu não me importava mais com essas impressões e logo avancei rumo à escadaria de lanterna em punho — depois de um breve lance de olhos em direção ao meu relógio de pulso, que marcava duas horas da manhã. Os degraus estalaram, mas pareceram sólidos o bastante; e, passando por um segundo andar que fazia as vezes de celeiro, desci correndo até o térreo. A desolação era completa, e só o que se ouvia além dos meus passos era o som do eco. Por fim alcancei o saguão do térreo, em cuja extremidade percebi um tênue retângulo luminoso que indicava a localização da porta arruinada que se abria para a Paine Street. Andando na direção contrária, descobri que a porta dos fundos também estava aberta; e desci correndo os cinco degraus de pedra que levavam ao calçamento abandonado do pátio.

Os raios do luar não chegavam até lá embaixo, mas eu conseguia enxergar o caminho sem o auxílio da lanterna. Algumas das janelas no Gilman House cintilavam no escuro, e imaginei ter ouvido sons confusos lá dentro. Caminhando com passos leves até o lado que dava para a Washington Street, percebi diversas portas abertas e resolvi sair pela mais próxima. O corredor interno estava escuro como breu, e ao chegar à outra extremidade vi que a porta para a rua estava bloqueada e não seria possível abri-la. Decidido a tentar outro prédio, voltei tateando até o pátio, mas precisei deter-me quando cheguei perto do vão de entrada.

Uma multidão de vultos indefinidos estava saindo por uma porta do Gilman House — lanternas balançavam na escuridão e terríveis vozes coaxantes trocavam lamúrias graves em uma língua que com certeza não era inglês. As figuras moviam-se indecisas, e percebi, para o meu alívio, que não sabiam para onde eu tinha ido; porém assim mesmo senti um calafrio varar-me o corpo dos pés à cabeça. À distância, não era possível distinguir os traços das criaturas, mas a postura recurvada e os passos trôpegos inspiravam-me uma repulsa abominável. O pior de tudo foi quando notei uma figura que trajava um manto e ostentava de maneira inconfundível uma tiara de desenho terrivelmente familiar. Enquanto as figuras dispersavam-se pelo pátio, senti meus temores aumentarem. E se eu não conseguisse encontrar via de egresso para sair à rua? O odor de peixe era nauseante, e não sei como o suportei sem perder os sentidos. Mais uma vez seguindo às apalpadelas em direção à rua, abri uma porta do corredor e descobri um aposento vazio de janelas fechadas, mas sem caixilhos. Movimentando o facho da lanterna, descobri que eu poderia abrir as venezianas; e em mais um instante eu havia me esgueirado para fora e estava cuidadosamente fechando o acesso.

Logo me encontrei na Washington Street, e não percebi nenhuma criatura viva nem luz alguma além dos raios do luar. Em várias direções ao longe, no entanto, eu escutava vozes ríspidas, passos e um curioso movimento rítmico que não soava exatamente como passos. Era evidente que eu não tinha tempo a perder. Eu estava bem orientado em relação aos pontos cardeais e regozijei-me ao ver que todos os postes de iluminação pública estavam desligados, como em geral se vê nas noites de luar em regiões rurais pouco prósperas. Alguns dos sons vinham do sul, porém mantive-me firme na decisão de fugir por essa direção. Eu tinha certeza de que não faltariam portas desertas para me abrigar caso eu encontrasse uma ou mais pessoas em meu encalço.

Pus-me a caminhar depressa, com passos leves e próximo às casas em ruínas. Apesar de estar com a cabeça a descoberto e com os trajes em desalinho após minha árdua escalada, não se poderia dizer que eu chamasse a atenção; e assim teria uma boa chance de passar despercebido caso encontrasse um transeunte qualquer. Na Bates Street, recolhi-me a um vestíbulo vazio enquanto duas figuras trôpegas passavam à minha frente, mas logo voltei ao caminho e aproximei-me do espaço aberto onde a Eliot Street passa em sentido oblíquo pela Washington no cruzamento com a South. Embora eu nunca o tivesse visto, o local parecia perigoso no mapa desenhado pelo garoto da mercearia; pois naquele ponto o luar iluminaria todo o cenário ao redor. Mesmo assim, seria inútil tentar evitá-lo, uma vez que qualquer rota alternativa envolveria desvios que resultariam em mais demora e em uma visibilidade possivelmente desastrosa. A única coisa a fazer era atravessar o trecho com coragem e à vista de todos; imitando o andar trôpego dos nativos da melhor maneira possível, torcendo para que ninguém — ou pelo menos nenhum de meus perseguidores — estivesse nos arredores.

Eu não fazia a menor ideia da maneira como a perseguição estava organizada — tampouco em relação ao propósito daquilo. Parecia haver uma comoção anormal no vilarejo, mas imaginei que a notícia da minha fuga do Gilman ainda não se teria espalhado. Logo eu teria de sair da Washington em direção a outra rua ao sul; pois a multidão do hotel sem dúvida estaria atrás de mim. Na última construção antiga eu devia ter deixado rastros revelando como havia ganhado a rua.

O espaço aberto, conforme eu imaginara, estava mergulhado no intenso brilho do luar; e percebi os destroços de um parque no interior de uma cerca de ferro no centro. Por sorte não havia ninguém por perto, embora singulares zunidos ou rugidos parecessem ganhar intensidade na direção da Praça Central. A South Street era muito larga e apresentava um leve declive que descia até a zona portuária, comandando assim uma ampla visão do oceano; e nesse momento desejei que ninguém estivesse olhando para cima enquanto eu a cruzava em meio aos raios luminosos do luar.

Nada impediu meu progresso, e não se fez nenhum som capaz de indicar que eu fora avistado. Olhando ao redor, sem querer diminuí o passo por um instante a fim de contemplar o belo panorama marítimo que resplendia sob o luar no fim da rua. Muito além do quebra-mar estava a silhueta difusa e escura do Recife do Diabo, e ao vislumbrá-la não pude deixar de pensar em todas as terríveis lendas que eu havia descoberto nas últimas trinta e quatro horas —

lendas que retratavam aquela rocha irregular como um verdadeiro portão de acesso a reinos de horror insondável e aberrações inconcebíveis.

Então, sem nenhum aviso, percebi clarões intermitentes no recife longínquo. As luzes eram bem definidas e inconfundíveis, e despertaram em meus pensamentos um horror cego além de qualquer medida racional. Os músculos em meu corpo contraíram-se, prontos para fugir em pânico, e só foram vencidos por uma cautela inconsciente e um fascínio quase hipnótico. Para piorar ainda mais a situação, no alto da cúpula do Gilman House, que assomava no nordeste às minhas costas, começou uma série de clarões análogos, porém a intervalos diferentes, que não poderia ser nada além de um sinal em resposta.

Após dominar meus músculos e perceber mais uma vez a situação vulnerável em que me encontrava, retomei as passadas lépidas e trôpegas, embora eu tenha mantido o olhar fixo no agourento recife infernal por todo o trecho em que a South Street me oferecia uma vista do mar. Eu era incapaz de imaginar o significado de todo aquele procedimento; a não ser que envolvesse algum estranho ritual ligado ao Recife do Diabo, ou então que um navio tivesse atracado naquela rocha sinistra. Segui pela esquerda, contornando o gramado em ruínas; e o tempo inteiro eu contemplei o esplendor do oceano sob o luar espectral do verão e observei os clarões crípticos daqueles fachos de luz inomináveis e inexplicáveis.

Foi então que a mais terrível impressão se abateu sobre mim — a impressão que destruiu meus últimos vestígios de autocontrole e me pôs em uma marcha frenética em direção ao sul, conduzindo-me para além da escuridão de portas escancaradas e de janelas à espreita com olhos de peixe naquela rua deserta saída de um pesadelo. Pois um olhar mais atento revelou que as águas iluminadas entre o recife e a orla não estavam vazias. O mar revolvia-se com uma horda fervilhante de vultos que nadavam em direção ao vilarejo; e mesmo à enorme distância em que eu me encontrava, um único relance bastou para revelar que as cabeças balouçantes e os apêndices convulsos eram estranhos e aberrantes a ponto de desafiar qualquer expressão ou formulação consciente.

Minha corrida frenética cessou antes que eu tivesse percorrido um único quarteirão, pois à minha esquerda comecei a ouvir algo como o clamor de uma perseguição organizada. Havia passos e sons guturais, e um veículo motor passou estrondeando pela Federal Street em direção ao sul. Em um segundo todos os meus planos mudaram — pois se a estrada ao sul estivesse bloqueada, a única maneira seria encontrar outra rota de fuga para sair de Innsmouth. Parei e me escondi no vão escuro de uma porta, refletindo sobre a sorte que me fizera sair do espaço aberto ao luar antes que os meus perseguidores chegassem à rua paralela.

A reflexão seguinte foi menos reconfortante. Como a perseguição estava em curso em outra rua, ficou claro que o grupo não estava no meu encalço direto. Ninguém tinha me visto, mas havia um plano para impedir a minha fuga. A consequência natural do fato, portanto, era que todas as estradas que saíam de Innsmouth deveriam estar sujeitas a uma vigilância semelhante; pois ninguém sabia que rota eu pretendia tomar. Se fosse assim, eu teria de fugir afastado de qualquer estrada; mas como, tendo em vista a natureza pantanosa e salpicada de córregos na região? Por um instante fui tomado pela vertigem — tanto em consequência do desespero como também do aumento na intensidade do onipresente odor de peixe.

Então pensei na ferrovia abandonada em direção a Rowley, com uma linha sólida de terra coberta de cascalho e de grama que ainda avançava em direção ao noroeste a partir da estação arruinada nos arredores do rio. Havia uma chance de que os nativos não pensassem nessa possibilidade; uma vez que a desolada vegetação espinhosa tornava o terreno quase intransponível e, portanto, a mais improvável rota de um fugitivo. Eu havia observado a paisagem da minha janela no hotel e sabia que rumo tomar. O trecho inicial era visível a partir da estrada para Rowley e também de outros lugares altos no vilarejo; mas talvez fosse possível arrastar-me sem ser visto em meio aos arbustos. Fosse como fosse, esta seria a minha única chance de escapar e não havia mais nada a fazer senão correr o risco.

Recolhendo-me ao corredor de meu abrigo deserto, novamente consultei o mapa desenhado pelo garoto da mercearia com a ajuda da lanterna. O problema imediato era como chegar à antiga estação de trem; e não tardei a perceber que a opção mais segura seria avançar até a Babson Street, dobrar a oeste na Lafayette — dando a volta em um espaço aberto semelhante ao que eu já havia atravessado, porém sem cruzá-lo — para depois voltar ao norte e ao oeste em uma linha ziguezagueante que passaria pela Lafayette, pela Bates, pela Adams e pela Bank Street — esta última ladeando o córrego — para enfim chegar à estação deserta e dilapidada que eu tinha avistado da janela. Meu motivo para avançar até a Babson era que eu não queria cruzar o espaço aberto outra vez nem começar minha jornada em direção ao oeste por uma via tão larga quanto a South Street.

Pondo-me mais uma vez a caminhar, atravessei para o lado direito da rua a fim de chegar à Babson do modo mais discreto possível. Os barulhos continuavam na Federal Street e, quando olhei para trás, imaginei ter visto um clarão perto da construção por onde eu havia escapado. Ansioso para sair da Washington Street, pus-me a correr, contando com a sorte para não encontrar nenhum olhar vigilante. Na esquina com a Babson Street alarmei-me ao perceber que uma das casas ainda era habitada, conforme atestavam as cortinas penduradas na janela; mas não havia luzes no interior, e assim passei sem nenhum percalço.

Na Babson Street, que atravessava a Federal e assim poderia revelar minha presença, mantive-me o mais próximo possível às construções desabadas e irregulares, parando duas vezes no vão de uma porta quando os barulhos às minhas costas aumentaram por alguns instantes. O espaço desolado à minha frente reluzia ao luar, porém minha rota não me obrigaria a cruzá-lo. Durante a segunda pausa, comecei a perceber uma nova distribuição dos sons vagos; e ao espiar de meu esconderijo percebi um automóvel avançando em alta velocidade pelo espaço aberto, seguindo pela Eliot Street, que naquele ponto cruza a Babson e a Lafayette.

Enquanto eu observava — com um nó na garganta devido ao súbito aumento na intensidade do odor de peixe, ocorrido após um breve período de alívio —, notei um bando de formas rústicas e corcundas arrastando-se na mesma direção; e soube que aquele devia ser o grupo responsável por vigiar a saída a Ipswich, uma vez que essa estrada é uma extensão da Eliot Street. Duas das figuras que vislumbrei trajavam mantos volumosos, e uma trazia sobre a cabeça um diadema pontiagudo que emanava reflexos brancos ao luar. O andar dessa figura era tão peculiar que cheguei a sentir um calafrio — pois tive a impressão de que a criatura estava quase *saltitando*.

Quando o último integrante do bando sumiu de vista, continuei avançando; dobrei correndo a esquina da Lafayette Street e atravessei a Eliot o mais rápido possível, por medo de que os mais atrasados do grupo ainda estivessem naquele trecho. Escutei alguns sons coaxantes e estrepitosos ao longe, na direção da Praça Central, mas completei o trajeto a salvo de qualquer desastre. O meu maior temor era cruzar mais uma vez a amplitude enluarada da South Street — com sua vista para o mar —, e precisei tomar coragem para esse suplício. As chances de alguém estar à espreita eram grandes, e eventuais criaturas ainda na Eliot Street poderiam ver-me de dois pontos diferentes. No último instante decidi que seria melhor diminuir o passo e fazer a travessia como antes, imitando o andar trôpego dos nativos de Innsmouth.

Quando o panorama marítimo mais uma vez descortinou-se — dessa vez à minha direita —, eu estava quase determinado a não lhe dar atenção. Contudo, não pude resistir; e lancei um olhar de soslaio enquanto me arrastava em direção às sombras protetoras logo adiante. Contrariamente à minha expectativa, não havia nenhum navio à vista. A primeira coisa que me chamou a atenção foi um pequeno barco a remo que se aproximou dos velhos atracadouros trazendo um objeto volumoso e coberto com lona. Os remadores, embora distantes e indefiníveis, tinham um aspecto particularmente repugnante. Também percebi inúmeros nadadores; ao mesmo tempo que, no longínquo recife negro, notei uma cintilação tênue e contínua, diferente dos clarões intermitentes e tingida por um matiz singular que eu não saberia identificar com precisão. Acima dos telhados inclinados à direita assomava a cúpula do Gilman House, completamente às escuras. O odor de peixe, antes dissipado por uma brisa piedosa, retornou mais uma vez com uma intensidade enlouquecedora.

Eu mal havia atravessado a rua quando escutei um grupo balbuciante avançando pela Washington Street, vindo do norte. Quando chegaram ao amplo espaço aberto de onde tive o primeiro vislumbre inquietante das águas ao luar eu pude vê-los claramente um quarteirão adiante — e fiquei abismado com a anormalidade bestial dos rostos e com a sub-humanidade canina do caminhar agachado. Havia um homem que se deslocava com movimentos simiescos, muitas vezes arrastando os longos braços pelo chão; enquanto uma outra figura — de manto e tiara — parecia avançar quase aos saltos. Imaginei que o grupo seria o mesmo avistado no pátio do Gilman — e, portanto, aquele que me seguia mais de perto. Quando algumas figuras voltaram o rosto em minha direção, fui transfixado pelo pavor, mas consegui manter o passo trôpego e casual que eu havia adotado. Até hoje não sei se fui visto ou não. Se fui, meu estratagema deve tê-los ludibriado, pois todos cruzaram o espaço enluarado sem desviar do percurso — enquanto coaxavam e vociferavam em um odioso patoá gutural que não fui capaz de identificar.

De volta à sombra, retomei minha corrida até passar pelas casas desabadas e decrépitas que contemplavam a noite com olhos vazios. Depois de atravessar para a calçada oeste, dobrei a primeira esquina que dava para a Bates Street, onde me mantive próximo às construções ao sul. Passei por duas casas com indícios de habitação, uma das quais tinha luzes nos andares superiores, porém não me deparei com nenhum obstáculo. Quando dobrei na Adams Street senti-me um tanto mais seguro, mas levei um choque quando um homem saiu se arrastando de uma porta escura bem à minha frente. Mas ele estava demasiado bêbado para constituir ameaça; e assim cheguei às ruínas desoladas dos armazéns na Bank Street em segurança.

Nada se mexia na rua deserta às margens do córrego, e o rumor das cachoeiras abafava as minhas passadas. Foi uma longa corrida até a estação em ruínas, e as paredes do enorme armazém de tijolos à minha volta por algum motivo pareciam mais aterradoras do que as demais casas. Por fim vi o arco da antiga estação — ou o que restava dele — e apressei-me em direção à ferrovia que começava na extremidade mais distante.

Os trilhos estavam enferrujados, porém em boa parte intactos, e não mais do que a metade dos dormentes havia apodrecido. Andar ou correr naquela superfície era muito difícil; mas fiz o melhor que pude e consegui manter uma velocidade razoável. Por um bom pedaço os trilhos ficavam à beira do rio, e por fim cheguei à longa ponte coberta no ponto em que atravessava o abismo a uma altura vertiginosa. As condições da ponte determinariam o passo a seguir. Se fosse possível, eu haveria de atravessá-la; se não, teria de me arriscar em mais andanças pelas ruas até conseguir acesso a uma ponte rodoviária em boas condições.

O enorme comprimento da antiga ponte reluzia com um brilho espectral ao luar, e notei que pelo menos nos primeiros metros os dormentes estavam em condições razoáveis. Acendi minha lanterna ao entrar e quase fui derrubado pela nuvem de morcegos que saiu voando do interior do túnel. Pelo meio do caminho havia uma falha perigosa nos dormentes que por um instante ameaçou deter o meu progresso; mas no fim arrisquei um salto desesperado, que por sorte obteve êxito.

Fiquei feliz quando tornei a ver o luar ao sair do túnel macabro. Os velhos trilhos atravessavam a River Street em uma passagem de nível e então seguiam para uma região mais rural de Innsmouth onde o detestável odor de peixe era menos pungente. A densa vegetação espinhosa dificultava o meu progresso e rasgava impiedosamente as minhas roupas, mas ainda assim me dei por satisfeito ao perceber que estaria protegido em caso de perigo. Eu sabia que boa parte da minha rota era visível a partir da estrada em direção a Rowley.

A região pantanosa começava logo a seguir, e o trilho solitário avançava por um trecho baixo e coberto de grama onde as ervas daninhas eram um pouco mais escassas. A seguir vinha uma espécie de ilha em terreno elevado, onde a ferrovia cruzava um desmonte raso tomado por arbustos e espinheiros. Senti um grande alívio ao encontrar esse abrigo parcial, pois a estrada para Rowley deveria estar a uma distância inquietantemente curta segundo a observação que eu havia feito de minha janela. No fim do desmonte, a estrada atravessaria os trilhos e afastar-se-ia rumo a uma distância segura; mas nesse meio-tempo eu precisaria tomar todo o cuidado possível. A essa altura eu tinha certeza de que a ferrovia não estava sendo observada.

Logo antes de adentrar o desmonte eu olhei para trás, mas não vi ninguém em meu encalço. Os vetustos telhados e coruchéus da decadente Innsmouth cintilavam com um brilho encantador e etéreo sob o luar pardacento, e imaginei o aspecto que teriam apresentado nos velhos tempos, antes que as sombras se abatessem sobre o vilarejo. A seguir, enquanto o meu olhar se dirigia para o interior do continente, uma visão menos pacata chamou a minha atenção e paralisou-me por um instante.

O que eu vi — ou imaginei ter visto — foi a perturbadora sugestão de um movimento ondulante no sul longínquo; e essa sugestão levou-me a concluir que uma enorme horda de criaturas deveria estar saindo da cidade em direção à estrada de Ipswich. A distância era grande, e eu não conseguia distinguir os detalhes; mas a maneira como aquela coluna se deslocava não me agradou nem um pouco. O contorno ondulava demais e cintilava com demasiada intensidade sob os raios da lua que naquele instante deslizava rumo ao ocidente. Também havia a sugestão de um som, embora o vento estivesse soprando no sentido contrário — a sugestão de estrépitos e mugidos bestiais ainda piores do que os balbucios que eu havia escutado antes.

Toda sorte de conjecturas desagradáveis passava pela minha cabeça. Pensei nas criaturas de Innsmouth que, segundo rumores, habitariam antigas galerias em ruínas próximas ao porto. Também pensei nos nadadores inomináveis que eu tinha visto. Somando os grupos avistados até então, bem como os que eu imaginava estarem de tocaia nas outras estradas, o número dos meus perseguidores era estranhamente elevado para uma cidade tão despopulada como Innsmouth.

De onde teriam vindo todos os integrantes da densa coluna que naquele instante eu contemplava? Será que as antigas galerias inexploradas estariam fervilhando com seres disformes e ignotos, de existência até então inconcebida? Ou algum navio teria transportado uma legião de intrusos desconhecidos até o recife infernal? Quem eram aquelas criaturas? Por que estavam lá? E se avançavam em colunas pela estrada em direção a Ipswich, será que as patrulhas do outro lado também teriam recebido reforços?

Eu havia adentrado o desmonte tomado pelos arbustos e avançava com dificuldade, a um passo lento, quando mais uma vez um repugnante odor de peixe dominou o panorama. Será que o vento teria mudado para o leste, de modo a soprar do oceano em direção ao vilarejo? Concluí que esta seria a única explicação, pois comecei a ouvir terríveis murmúrios guturais vindos de um ponto até então silencioso. Mas havia outro som — de batidas ou pancadas colossais que, por algum motivo, conjuravam imagens de caráter absolutamente odioso. O ruído levou-me a abandonar a lógica enquanto pensava na repelente coluna ondulante na longínqua estrada que levava a Ipswich.

Logo a intensidade do fedor e dos sons aumentou e, tremendo, senti-me grato pela proteção oferecida pelo desmonte. Lembrei-me de que naquele ponto a estrada para Rowley passava muito perto da antiga ferrovia antes de guinar para o oeste e afastar-se. Algo estava vindo por aquela estrada, e precisei abaixar-me até que passasse e desaparecesse por completo na distância. Graças a Deus as criaturas não usavam cães na perseguição — embora talvez fosse impossível em vista do odor que infestava toda a região. Agachado em meio aos arbustos da fenda arenosa eu me sentia razoavelmente seguro, embora soubesse que os meus perseguidores cruzariam os trilhos à minha frente pouco mais de cem metros adiante. Eu poderia vê-los, mas eles, salvo no caso de algum milagre maligno, não me veriam.

De repente fui tomado por uma forte aversão à ideia de observar a travessia. Vi o espaço enluarado por onde o cortejo passaria e tive pensamentos curiosos sobre a conspurcação irremediável do lugar. Talvez fossem as piores criaturas de Innsmouth — uma visão que ninguém faria questão de recordar.

O fedor tornou-se ainda mais insuportável, e os barulhos transformaram-se em uma babel de coaxados, uivos e latidos que não tinham sequer a mais remota semelhança com a fala humana. Seriam aquelas as vozes dos meus perseguidores? Será que tinham cães, afinal de contas? Até então eu não tinha visto nenhum dos habitantes mais degradados de Innsmouth. As batidas ou pancadas eram monstruosas — eu não poderia olhar para as criaturas degeneradas que as provocavam. Tinha de manter os olhos fechados até que os sons desaparecessem no oeste. A horda estava muito próxima — o ar vinha contaminado pelos rosnados brutais, e o chão quase estremecia no ritmo daquelas passadas inconcebíveis. Por pouco não parei de respirar, e concentrei toda a minha força de vontade em manter os olhos fechados.

Ainda não sei dizer se o que veio a seguir foi uma realidade horrenda ou apenas um pesadelo alucinatório. As medidas governamentais em resposta aos meus apelos frenéticos parecem confirmar a existência de uma realidade monstruosa; mas será que podemos descartar a hipótese de uma alucinação recorrente na atmosfera quase hipnótica daquele vilarejo ancestral, obscuro e tomado pelas sombras? Lugares assim são dotados de estranhas propriedades, e o legado de lendas insanas pode muito bem ter agido sobre mais de uma imaginação humana em meio às ruas desertas e malcheirosas e aos escombros de telhados apodrecidos e coruchéus arruinados. Não seria possível que o germe de uma loucura contagiosa estivesse à espreita nas profundezas da sombra que paira sobre Innsmouth? Quem pode ter certeza da realidade depois de ouvir histórias como aquelas contadas pelo velho Zadok Allen? A polícia jamais encontrou o corpo do velho Zadok, e ninguém sabe que fim levou. Onde acaba a loucura e onde começa a realidade? Será possível que até os meus temores mais recentes sejam meras ilusões?

Seja como for, preciso tentar explicar o que eu acredito ter visto à noite, sob a luz zombeteira da lua amarela — o que eu acredito ter visto andar pela estrada que levava a Rowley bem diante dos meus olhos enquanto eu permanecia agachado em meio aos arbustos daquele inóspito desmonte na ferrovia. É claro que fracassei na tentativa de manter os olhos fechados. A decisão estava fadada ao fracasso — pois quem poderia manter-se agachado de olhos fechados enquanto uma legião de entidades coaxantes e uivantes de origem desconhecida se debate com grande estrépito ao passar pouco mais de cem metros adiante?

Eu me julgava preparado para o pior, e de fato deveria estar em virtude de tudo o que tinha visto antes. Afinal, se os meus outros perseguidores eram de uma anormalidade abominável, eu não deveria estar pronto para vislumbrar o elemento anormal *em grau mais elevado* — ou mesmo para defrontar-me com formas em que o normal não desempenhava nenhuma parte? Não abri os olhos até que o clamor atingisse um ponto diretamente à minha frente. Neste momento eu soube que uma longa fileira de criaturas deveria estar bem à vista no ponto em que as laterais do desmonte se achatavam e a estrada atravessava a ferrovia — e não pude resistir a uma amostra dos horrores que a zombeteira lua amarela tinha a oferecer.

Para mim, por todo o tempo de vida que ainda me resta sobre a terra, aquela visão enterrou de vez qualquer vestígio de paz de espírito e de confiança na integridade da Natureza e da mente humana. Nada do que eu pudesse ter imaginado — nada do que eu poderia ter concebido ainda que levasse ao pé da letra a história maluca contada pelo velho Zadok — chegaria aos pés da realidade demoníaca e blasfema que presenciei — ou acredito ter presenciado. Tentei insinuar o que vi para postergar o horror de uma descrição direta. Será possível que nosso planeta tenha de fato engendrado essas criaturas? Que olhos humanos possam mesmo ter visto, na substância da carne, o que até então o homem só havia conhecido em devaneios febris e lendas fantasiosas?

E no entanto eu os vi em fileiras intermináveis — debatendo-se, saltando, coaxando, balindo — uma bestialidade crescente sob o brilho espectral do luar, na sarabanda grotesca e maligna de um pesadelo aterrador. Alguns ostentavam tiaras daquele inominável minério dourado... outros trajavam mantos... e um outro, que seguia à frente, estava vestido com um funéreo manto preto e calças listradas, e trazia um chapéu de feltro sobre o apêndice disforme que fazia as vezes de cabeça...

Acho que a cor predominante era um verde-acinzentado, embora as criaturas tivessem a barriga branca. A maioria tinha corpos brilhosos e escorregadios, mas a protuberância nas costas era escamosa. As silhuetas eram vagamente antropoides, enquanto as cabeças eram como as dos peixes, dotadas de prodigiosos olhos arregalados que não se fechavam jamais. Nas laterais do pescoço tinham guelras palpitantes, e os dedos na extremidade das patas eram ligados por uma membrana. Todos se deslocavam com saltos irregulares — ora sobre duas patas, ora sobre quatro. Por algum motivo fiquei aliviado ao perceber que não tinham mais de quatro membros. As vozes coaxantes e uivantes, sem dúvida usadas para a comunicação articulada, sugeriam todas as nuances expressivas de que os rostos de olhar vidrado careciam.

Mas, apesar de toda a monstruosidade, a cena não deixava de ser familiar. Eu sabia muito bem o que aquelas criaturas deviam ser — afinal, a memória da maligna tiara em Newburyport ainda não estava fresca? Aqueles eram os sapos-peixes blasfemos de origem inominável — vivos e horripilantes —, e ao vê-los eu também soube por que o padre corcunda no escuro porão da igreja havia me inspirado tamanho terror. O número das criaturas era incalculável. Tive a impressão de ver hordas infindáveis — e com certeza o vislumbre momentâneo que tive só poderia ter revelado uma fração ínfima do total. No instante seguinte tudo foi obscurecido por um piedoso desmaio; o primeiro em minha vida.

V.

Foi uma suave chuva diurna que me acordou do estupor em que eu me encontrava no desmonte da ferrovia, e quando me arrastei em direção à estrada mais à frente não percebi nenhum rastro no barro recém-formado. O odor de peixe também havia desaparecido. Os telhados em ruínas e os coruchéus desabados de Innsmouth assomavam no horizonte cinza a sudeste, mas não percebi uma só criatura viva na desolação dos pântanos salgados ao redor. Meu relógio indicava que já era mais de meio-dia.

A realidade dos eventos recentes era um tanto incerta em meus pensamentos, mas eu sentia que algo horripilante permanecia em segundo plano. Eu precisava sair do vilarejo assolado pelas sombras — e para tanto comecei a testar meus músculos exaustos. Apesar do cansaço, da fome, da perturbação e do horror prolongados, descobri que eu era capaz de caminhar; e assim comecei a deslocar-me lentamente ao longo da estrada lamacenta que conduzia a Rowley. Antes que a noite caísse eu já havia chegado à cidade, feito uma refeição e vestido roupas apresentáveis. Tomei o trem noturno até Arkham e no dia seguinte tive uma longa e séria conversa com representantes do governo; um procedimento mais tarde repetido em Boston. O resultado desses colóquios é de conhecimento público — e, pelo bem da normalidade, eu gostaria que não houvesse mais nada a acrescentar. Talvez eu esteja sucumbindo à loucura — mas talvez um horror ainda maior — ou um portento ainda maior — esteja próximo.

Como se pode imaginar, desisti de quase todos os planos da minha viagem — as distrações cênicas, arquitetônicas e antiquárias que tanto me enchiam de expectativa. Tampouco me atrevi a examinar a estranha joia que supostamente integra o acervo do Museu da Universidade do Miskatonic. Contudo, aproveitei minha estada em Arkham para reunir apontamentos genealógicos que eu buscava havia muito tempo; anotações muito superficiais e apressadas, que no entanto seriam de grande serventia mais tarde, quando eu tivesse tempo de compará-las e classificá-las. O curador da sociedade histórica na cidade — o sr. E. Lapham Peabody — recebeu-me com grande cortesia e manifestou um raro interesse quando mencionei ser neto de Eliza Orne, que havia nascido em Arkham no ano de 1867 e casado com James Williamson, de Ohio, aos dezessete anos.

Parece que um de meus tios maternos havia visitado a cidade vários anos atrás em uma busca muito semelhante à minha; e que a família da minha avó despertava uma certa curiosidade nos nativos. O sr. Peabody explicou-me que houve muita discussão acerca do casamento de meu bisavô, Benjamin Orne, logo após a Guerra Civil; uma vez que a linhagem da noiva era um tanto enigmática. Segundo o entendimento mais comum, a moça era uma órfã da família Marsh de New Hampshire — prima dos Marsh do condado de Essex —, que no entanto havia estudado na França e sabia muito pouco sobre a família. Um tutor havia depositado dinheiro em um banco de Boston a fim de prover o sustento da menina e de sua governanta francesa; mas ninguém em Arkham conhecia seu nome, e assim, quando ele desapareceu, a governanta assumiu o posto graças a uma nomeação judicial. A francesa — falecida havia tempos — era muito reservada, e algumas pessoas diziam que poderia ter falado mais do que falou.

Porém o mais surpreendente era que ninguém conseguia localizar os pais da jovem — Enoch e Lydia (Meserve) Marsh — entre as famílias conhecidas de New Hampshire. Muitos achavam que a moça talvez fosse filha de algum Marsh proeminente — sem dúvida ela tinha os olhos dos Marsh. O enigma se complicou ainda mais com seu falecimento prematuro, durante o parto da minha avó — sua única filha. Como eu tivesse impressões desfavoráveis acerca da família Marsh, não recebi de bom grado a notícia de que esse nome pertencia à minha própria genealogia; nem tomei como elogio a insinuação feita pelo sr. Peabody de que eu também tinha os olhos dos Marsh. Entretanto, agradeci-lhe pelas informações, que sem dúvida seriam valiosas; e fiz copiosas anotações e listas bibliográficas referentes à bem documentada família Orne.

De Boston voltei direto a Toledo, e mais tarde passei um mês inteiro em Maumee recuperando-me do meu suplício. Em setembro matriculei-me em Oberlin para o meu ano final, e até junho ocupei-me com os estudos e outras atividades saudáveis — lembrado dos terrores passados somente pelas visitas ocasionais de funcionários do governo envolvidos na campanha lançada após os apelos que eu havia feito e as provas que eu havia apresentado. Em meados de julho — apenas um ano após os acontecimentos em Innsmouth — passei uma semana com a família da minha finada mãe em Cleveland, confrontando parte dos meus dados genealógicos com as várias notas, tradições e heranças que subsistiam e tentando organizar os dados de maneira coerente.

A tarefa não era exatamente agradável, pois a atmosfera na casa dos Williamson sempre me deprimia. Havia algo de mórbido no ar, e minha mãe jamais me encorajava a fazer visitas aos meus avós durante a minha infância, embora sempre recebesse o pai com alegria nas vezes em que ele nos visitava em Toledo. Minha avó nascida em Arkham sempre me parecera estranha e assustadora, e não me lembro de ter sentido tristeza alguma quando ela desapareceu. Eu contava oito anos na época, e diziam que ela tinha saído sem rumo, arrasada com o suicídio de meu tio Douglas, seu filho mais velho. Ele havia se matado com um tiro após uma viagem à Nova Inglaterra — sem dúvida a mesma viagem que motivara a breve menção a seu nome na Sociedade Histórica de Arkham.

Meu tio guardava certa semelhança física com a mãe, e eu também nunca gostei muito dele. Algo em relação ao olhar arregalado e fixo de ambos despertava em mim uma perturbação inexplicável. Minha mãe e meu tio Walter não eram assim. Os dois haviam puxado mais ao pai, embora o meu desafortunado primo Lawrence — filho de Walter — tenha sido quase uma duplicata perfeita da minha avó antes que a doença o confinasse à segregação permanente de um sanatório em Canton. Eu não o tinha visto em quatro anos, mas certa vez meu tio deu a entender que o estado dele, tanto mental como físico, era muito precário. Essa preocupação sem dúvida havia contribuído em boa parte para a morte da mãe de Lawrence dois anos antes.

Juntos, meu avô e seu filho Walter, que era viúvo, eram os únicos remanescentes da família em Cleveland, mas a memória dos velhos tempos fazia-se notar com grande intensidade. Eu ainda me sentia pouco à vontade por lá e tentei concluir minhas pesquisas no menor tempo possível. Inúmeros registros e tradições dos Williamson foram-me repassados pelo meu avô; mas para o material relativo aos Orne eu tive de contar com meu tio Walter, que pôs à minha disposição todos os seus arquivos, que incluíam bilhetes, cartas, recortes, relíquias de família, fotografias e miniaturas.

Foi ao examinar as cartas e fotografias desse lado da família que comecei a sentir um certo terror relativo à minha própria genealogia. Como eu disse, o aspecto de minha avó e de meu tio Douglas sempre havia sido motivo de inquietação para mim. Mesmo anos depois do falecimento de ambos, contemplei os rostos nas fotografias tomado por um sentimento de estranheza e repulsa ainda mais intenso. A princípio, fui incapaz de compreender meus sentimentos, mas aos poucos uma espécie de *comparação* começou a penetrar meu inconsciente, apesar da recusa de meu consciente em admitir qualquer sugestão relacionada. Estava claro que os traços característicos daqueles rostos sugeriam algo que antes não haviam sugerido — algo que resultaria em um pânico descontrolado caso assumisse a forma de um pensamento consciente.

Porém o choque mais violento veio quando o meu tio mostrou-me as joias dos Orne, guardadas em um cofre no centro da cidade. Algumas das peças eram delicadas e inspiradoras, mas havia uma caixa de estranhas joias antigas, legadas pela misteriosa bisavó, que meu tio relutou em mostrar-me. Segundo me disse, as peças tinham um aspecto grotesco, que beirava o repulsivo, e possivelmente jamais haviam sido usadas em público; embora a minha avó gostasse de admirá-las. Havia histórias vagas que atribuíam maus agouros àquelas joias, e a governanta francesa da minha bisavó havia dito que seria arriscado usá-las na Nova Inglaterra, mesmo que não houvesse problema algum em exibi-las na Europa.

Enquanto desembrulhava o pacote devagar e meio a contragosto, meu tio insistiu para que eu não me espantasse com a estranheza e o caráter com frequência horrendo daqueles objetos. Artistas e arqueólogos haviam notado a maestria do ourives e a absoluta excentricidade da execução, mas ninguém fora capaz de definir a natureza exata do material nem de atribuí-los a uma tradição artística específica. Havia dois braceletes, uma tiara e uma espécie de peitoral, sendo este último ornado com figuras de extravagância quase insuportável em alto-relevo.

Durante a descrição eu havia mantido estrita vigilância sobre os meus sentimentos, porém meu rosto deve ter traído a escalada de meus temores. Meu tio adotou uma expressão preocupada e deteve as mãos para melhor examinar o meu semblante. Fiz um gesto indicando que continuasse a desembrulhar o pacote, o que fez com visível relutância. Ele parecia estar à espera de uma reação quando a primeira peça — a tiara — foi revelada, mas duvido que esperasse pelo que de fato aconteceu. Nem eu mesmo esperava, pois já me imaginava preparado para a revelação que as joias trariam consigo. O que fiz foi desmaiar em silêncio, tal como eu havia feito em meio aos arbustos no desmonte à beira da ferrovia no ano anterior.

Desse dia em diante a minha vida tem sido um pesadelo de maus augúrios e apreensão, e já não sei mais quanto é uma verdade horrenda e quanto é loucura. A minha bisavó tinha sido uma Marsh de linhagem desconhecida casada com um homem de Arkham — e Zadok não havia dito que a filha de Obed Marsh com uma esposa monstruosa tinha se casado com um homem de Arkham graças a uma artimanha? O velho beberrão não havia balbuciado alguma coisa sobre a semelhança dos meus olhos e os do capitão Obed? Em Arkham, o curador também me havia dito que eu tinha os olhos dos Marsh. Então Obed Marsh era o meu próprio trisavô? Quem — ou *o quê* — era então a minha trisavó? Mas talvez tudo não passe de loucura. Não seria nada estranho se os ornamentos de ouro esbranquiçado tivessem sido comprados de algum marinheiro de Innsmouth pelo pai da minha bisavó, quem quer que tenha sido. E talvez os olhos arregalados no rosto da minha avó e do meu tio suicida não passem de fantasias da minha imaginação — a mais pura fantasia exacerbada pela sombra de Innsmouth, que pinta meus devaneios em cores tão escuras. Mas por que o meu tio haveria cometido suicídio após uma viagem de cunho genealógico à Nova Inglaterra?

Por mais de dois anos evitei estas reflexões com algum sucesso. Meu pai conseguiu um emprego para mim em um escritório de seguros, e eu me enterrei na rotina o mais fundo que pude. No inverno de 1930-1, contudo, vieram os sonhos. No início eram esparsos e insidiosos, porém aumentaram em frequência e nitidez à medida que as semanas passavam. Grandes panoramas líquidos descortinavam-se à minha frente, e eu parecia vagar por titânicos pórticos submersos e labirintos de muralhas ciclópicas tendo apenas peixes grotescos por companhia. Então *outros vultos* começavam a aparecer, enchendo-me de um horror inefável no momento em que eu despertava. Mas durante o sonho eu não sentia pavor algum — eu me sentia como um deles; usava as mesmas vestes inumanas, andava pelos mesmos caminhos aquáticos e fazia orações monstruosas em templos malignos no fundo do mar.

Havia muitas outras coisas das quais não me recordo, mas as lembranças que eu tinha toda manhã ao acordar bastariam para conferir-me o estigma do louco ou do gênio se eu ousasse confiá-las ao papel. Eu sentia que uma terrível influência aos poucos tentava arrastar-me para longe do mundo da sanidade em direção a abismos inomináveis de escuridão e estranheza; e o processo teve consequências nefastas. Minha saúde e minha aparência pioravam dia após dia, até o ponto em que fui obrigado a abandonar meu emprego para abraçar a vida monótona e reclusa de um inválido. Alguma moléstia nervosa me afligia, e por vezes eu mal conseguia fechar os olhos.

Foi então que comecei a estudar meu reflexo no espelho com crescente espanto. A lenta deterioração imposta pela doença não era uma visão agradável, mas no meu caso havia algo mais sutil e mais enigmático em segundo plano. Meu pai também pareceu notar, pois começou a me lançar olhares curiosos e quase temerosos. O que estava acontecendo comigo? Será que aos poucos eu estava ficando parecido com a minha avó e o meu tio Douglas?

Certa noite eu sonhei que encontrava a minha avó no fundo do mar. Ela morava em um palácio fosforescente de vários terraços, com jardins de estranhos corais leprosos e grotescas florescências ondulantes, e me recebeu com uma demonstração de afeto que talvez tenha sido sarcástica. Ela estava mudada — como todos os que vão para a água — e me disse que não havia morrido. Na verdade, tinha ido até um lugar descoberto pelo filho suicida e mergulhado em direção a um reino cujos prodígios — igualmente reservados ao primogênito — meu tio havia desprezado com uma pistola fumegante. Aquele também seria o meu reino — não havia escapatória. Eu não morreria jamais e estava destinado a viver com todos aqueles que existiam mesmo antes de a humanidade caminhar sobre a terra.

Também encontrei aquela que havia sido a avó dela. Por oitenta mil anos Pth'thya-l'yi tinha vivido em Y'ha-nthlei, para onde voltou depois que Obed Marsh morreu. Y'ha--nthlei não fora destruída quando os homens da superfície lançaram a morte contra o mar. Foi apenas ferida, mas não destruída. As Criaturas Abissais jamais seriam destruídas, ainda que a magia paleogênea dos Anciões esquecidos às vezes pudesse barrá-los. Por ora, apenas descansariam; mas um dia, se ainda lembrarem, hão de erguer-se mais uma vez e prestar o tributo exigido pelo Grande Cthulhu. Da próxima vez seria uma cidade maior do que Innsmouth. O plano era dispersar a raça, e para tanto haviam criado os meios necessários; mas agora ficariam à espera uma vez mais. Por ter trazido a morte da superfície eu precisaria fazer uma penitência, mas não seria pesada. Foi neste sonho que vi um shoggoth pela primeira vez, e a visão despertou-me em meio a gritos atrozes. Naquela manhã o espelho não deixou mais dúvidas de que *eu havia adquirido a aparência de Innsmouth.*

Ainda não me dei um tiro, como fez meu tio Douglas. Comprei uma automática e por pouco já não puxei o gatilho, mas certos sonhos me impediram. Os paroxismos de horror estão diminuindo, e em vez de medo eu sinto uma atração inexplicável pelas profundezas oceânicas. Ouço e faço coisas estranhas durante o sono, e acordo em uma espécie de exaltação que assumiu o lugar antes ocupado pelo horror. Não acho que eu precise esperar pela transformação completa como a maioria. Se eu procedesse assim, meu pai provavelmente me trancaria em um sanatório, como aconteceu ao meu desafortunado primo. Esplendores magníficos e inauditos me aguardam nas profundezas, e em breve hei de encontrá-los. *Iä-R'lyeh! Cthulhu fhtagn! Iä! Iä!* Não, não devo puxar o gatilho — nada me fará puxá-lo!

Pretendo ajudar meu primo a escapar do hospício em Canton para juntos seguirmos rumo às prodigiosas sombras de Innsmouth. Nadaremos até o infausto recife para mergulhar nos abismos negros até avistar as inúmeras colunas da ciclópica Y'ha-nthlei, e no covil das Criaturas Abissais habitaremos em meio a glórias e maravilhas por toda a eternidade.

O mausoléu

Sedibus ut saltem placidis in morte quiescam.
Virgílio

Ao relatar as circunstâncias que levaram ao meu confinamento neste abrigo para os insanos, tenho plena consciência de que minha situação pode lançar uma dúvida compreensível quanto à veracidade da minha narrativa. É um fato lamentável que a humanidade em geral tenha uma concepção demasiado limitada para avaliar com paciência e inteligência os fenômenos isolados, observados apenas por um reduzido número de indivíduos psicologicamente sensíveis que se mantêm à margem da existência vulgar. Homens de maior envergadura intelectual sabem que não existe uma distinção clara entre o real e o irreal; que todas as coisas se apresentam da maneira como se apresentam somente em virtude dos mais delicados processos físicos e mentais por meio dos quais tomamos consciência dos fenômenos; porém o materialismo prosaico da maioria sentencia como loucura os lampejos de vidência que penetram o véu do empirismo comezinho.

Meu nome é Jervas Dudley, e desde a infância tenho sido um sonhador e um visionário. Abastado para muito além das necessidades de uma vida comercial e em razão do temperamento inapto para os estudos formais e recreações sociais dos meus conhecidos, desde sempre habito domínios longínquos à margem do mundo visível; dediquei minha juventude e minha adolescência a livros antigos e desconhecidos, bem como a vagar pelos campos e bosques nos arredores da minha casa ancestral. Não acredito que o que eu tenha lido nesses livros ou visto nesses campos e bosques fosse exatamente o que outros meninos viam e liam; mas quanto a esse assunto devo calar-me, posto que uma narrativa mais detalhada serviria apenas para confirmar as injúrias cruéis lançadas sobre o meu intelecto, que por vezes ouço em meio aos sussurros dos insidiosos funcionários ao meu redor. De minha parte, bastará oferecer um relato dos acontecimentos, sem analisar as causas.

Disse eu que habitava domínios longínquos, à margem do mundo visível; mas não disse que os habitava sozinho. Essa seria uma empresa impossível a qualquer ser humano; que, sem a companhia dos vivos, acabaria fatalmente atraído pela companhia de coisas que não são ou não mais estão vivas. No bosque próximo à minha casa existe um vale em cujas profundezas crepusculares eu passava a maior parte do tempo — lendo, pensando e sonhando. Foi por aquelas encostas recobertas de musgo que dei os primeiros passos da infância, e foi ao redor dos carvalhos grotescamente retorcidos que as minhas primeiras fantasias da meninice foram conjuradas. Logo passei a conhecer as dríades que presidiam aquelas árvores, e com frequência observei o êxtase de suas danças sob os raios débeis da lua minguante — porém sobre essas coisas não devo falar. Hei de falar apenas sobre o mausoléu solitário no mais escuro bosque da encosta; o mausoléu abandonado da família Hyde, uma velha e nobre linhagem cujo último descendente direto fora sepultado no interior daqueles recônditos sombrios décadas antes do meu nascimento.

O sepulcro a que me refiro é entalhado em granito ancestral e encontra-se castigado pelas intempéries e pelas névoas úmidas de gerações. Escavada diretamente na colina, a estrutura revela-se somente na entrada. A porta, uma ponderosa e severa laje de pedra, é sustentada por dobradiças de ferro enferrujado, e encontra-se trancada *com uma fresta* de maneira estranhamente sinistra por meio de pesadas correntes e cadeados, segundo os terríveis costumes de meio século atrás. A casa da raça cujos descendentes lá se encontram outrora sobranceava o declive que abriga o mausoléu, porém desde então fora arrasada pelas chamas causadas pela desastrosa queda de um raio. Sobre a tempestade da meia-noite que havia destruído a mansão soturna os antigos habitantes da região por vezes falavam com a voz intranquila e baixa, fazendo alusões àquilo que chamavam de "ira divina" de uma forma que anos mais tarde intensificou vagamente o fascínio sempre intenso que eu sentia por aquele obscuro sepulcro na floresta. Somente um homem havia perecido no incêndio. Quando o último membro da família Hyde foi enterrado naquele local de silêncio e sombras, a triste urna de cinzas havia chegado de um país distante, para onde a família se mudara quando a mansão queimou. Não resta ninguém que ponha flores em frente ao portal de granito, e poucos são os que se dispõem a desbravar as angustiosas sombras que parecem demorar-se sobre aquelas pedras desgastadas pela água.

Jamais hei de esquecer a tarde em que me deparei com aquela morada da morte oculta na colina. O ano estava na plenitude do verão, quando a alquimia da Natureza transmuta o panorama silvestre em uma massa vívida e praticamente homogênea de verde; quando os sentidos encontram-se quase inebriados com a exuberância da vegetação úmida e os cheiros sutis e indefiníveis da terra e das plantas. Em ambientes como esse o intelecto perde toda a perspectiva; o tempo e o espaço parecem triviais e irreais, e ecos de um esquecido passado pré-histórico instigam o fascínio da consciência. Eu passara o dia inteiro caminhando em meio aos bosques místicos do vale, tendo ideias que não devo revelar e conversando com seres que não devo nomear. Na época um menino de dez anos, eu já vira e ouvira inúmeros portentos ignorados pela turba, e parecia bastante mais velho em determinados aspectos.

Quando, ao abrir caminho entre dois espinheiros-bravos, de repente me deparei com a entrada do sepulcro, eu não tinha nenhuma ideia quanto à natureza da minha descoberta. Os blocos escuros de granito, a curiosa fresta na porta e os entalhes funéreos que encimavam o arco não me despertaram associações de caráter melancólico ou terrível. Acerca de túmulos e mausoléus eu tinha inúmeros conhecimentos e fantasias, mas em razão do meu temperamento peculiar todo contato pessoal com pátios de igreja e cemitérios fora proibido. A estranha construção de pedra na encosta arborizada era para mim não mais do que uma fonte de interesse e especulação; e o interior frio e úmido, em direção ao qual eu debalde espreitava pela tentadora abertura da fresta, não trazia para mim nenhuma sugestão de morte ou decomposição. Mas foi naquele instante de curiosidade que nasceu o desejo irracional e insano que me precipitou ao inferno deste confinamento. Incitado por uma voz que devia ter origem na implacável alma da floresta, resolvi adentrar a cativante escuridão a despeito das ponderosas correntes que barravam meu progresso. Na luz evanescente do dia, chacoalhei aqueles obstáculos enferrujados na tentativa de abrir a porta de pedra e tentei espremer minha forma diminuta através do espaço que se oferecia; mas nenhum desses planos obteve sucesso. A princípio curioso, eu sentia-me frenético a essa altura; e quando voltei para casa em meio ao crepúsculo cada vez mais escuro, eu havia jurado aos cem deuses do bosque que *a despeito do quanto me custasse* um dia eu haveria de forçar minha entrada para o interior daquelas profundezas negras e gélidas que pareciam clamar por mim. O médico com a barba grisalha que vem todos os dias ao meu quarto certa vez disse a um visitante que essa decisão marcou o início da minha lastimável monomania; porém deixo o julgamento a cargo dos meus leitores, que ao fim e ao cabo estarão a par de tudo.

Os meses que sucederam à descoberta passaram-se em

meio a vãs tentativas de forçar o complexo cadeado na porta entreaberta do sepulcro e a discretos questionamentos em relação à natureza e à história daquela estrutura. Com os ouvidos sempre atentos de um menino, descobri muita coisa, embora minha reserva habitual tenha me levado a não revelar minhas informações nem minhas intenções a quem quer que fosse. Talvez valha a pena mencionar que não fiquei surpreso nem assustado com minhas descobertas relativas à natureza do sepulcro. Certas ideias um tanto originais acerca da vida e da morte haviam me levado a estabelecer uma vaga associação entre a terra fria e a imagem de um corpo que respirava; eu sentia que a grande e sinistra família da mansão incendiada estaria de certa forma representada no interior do refúgio pétreo que eu tencionava desbravar. Histórias contadas aos balbucios sobre excessos profanos cometidos em épocas passadas naquele antigo salão despertaram-me um novo e renovado interesse pelo mausoléu, em cuja porta eu passava horas sentado dia após dia. Certa vez enfiei uma vela acesa no interior da porta quase selada, mas não consegui ver nada além de um lance de úmidos degraus que desciam rumo ao interior da terra. O odor daquele lugar nauseava-me, porém ao mesmo tempo me enfeitiçava. Eu tinha a impressão de já o haver sentido antes, em um passado anterior a qualquer recordação; anterior mesmo em relação à ocupação deste corpo que hoje animo.

No ano seguinte àquele em que descobri o mausoléu, deparei-me com uma tradução carcomida por larvas das *Vidas paralelas* de Plutarco no sótão repleto de livros que guarnecia a minha casa. Ao ler sobre a vida de Teseu, impressionei-me com a passagem que versa a respeito da grande pedra sobre a qual o herói encontraria os sinais de reconhecimento assim que tivesse crescido o suficiente para levantar aquele peso tremendo com as próprias forças. Essa lenda dispersou minha aguda impaciência para adentrar o sepulcro, pois levou-me a sentir que a hora não havia chegado. Mais tarde, disse eu de mim para comigo, hei de ganhar a força e o engenho que talvez me permitam abrir a porta fortemente acorrentada sem esforço; mas até então faço bem em conformar-me ao que parece ser a vontade do Destino.

Como resultado, minhas vigílias junto da porta úmida tornaram-se menos persistentes, e boa parte do meu tempo passou a ser empregada em outras buscas singulares. Por vezes eu me levantava em silêncio à noite e esgueirava-me para a rua a fim de caminhar em pátios de igreja e cemitérios, lugares de onde meus pais obrigavam-me a manter distância. O que eu fazia durante essas rondas já não posso revelar, posto que hoje não tenho certeza quanto à realidade de certas coisas; mas sei que no dia seguinte a essas andanças noturnas eu com frequência espantava as pessoas mais próximas com meus conhecimentos acerca de assuntos praticamente esquecidos por muitas gerações. Foi ao cabo de uma noite como essa que choquei a comunidade local com uma ideia esquisita sobre o enterro do rico e célebre fazendeiro Brewster, um historiador local enterrado em 1711 cuja lápide de ardósia, que trazia entalhado o símbolo da caveira sobre ossos cruzados, aos poucos reduzia-se a pó. Em um momento de imaginação pueril, jurei que não apenas o coveiro Goodman Simpson havia subtraído os sapatos com fivelas de prata, as meias de seda e os calções de cetim ao fazendeiro antes do enterro; mas que o próprio cavalheiro, ainda não de todo inanimado, executara duas voltas no interior do caixão já coberto de terra no dia posterior ao enterro.

Mas a ideia de adentrar o mausoléu jamais abandonou meus pensamentos, instigado como eu estava pela descoberta genealógica inesperada de que a minha própria linhagem materna tinha uma ligação distante com a família presumidamente extinta dos Hyde. Como último representante da minha linhagem paterna, eu era também o último dessa linhagem mais antiga e misteriosa. Comecei a sentir como se o mausoléu fosse *meu*, e a aguardar com ansiedade o momento em que eu poderia transpor aquele portal de pedra e descer os degraus de pedra escorregadia em meio à escuridão. Eu tinha adquirido o hábito de *escutar* com enorme atenção junto à fresta da porta, escolhendo sempre as minhas horas favoritas da madrugada silenciosa para essa singular vigília. Quando atingi a maturidade eu tinha aberto uma pequena clareira no bosque em frente à embolorada fachada na encosta, que permitia à vegetação próxima circundar e cobrir o espaço como se fosse as paredes e o teto de um caramanchão silvestre. Esse caramanchão era o meu templo, a porta trancada, o meu santuário, e naquele local eu me deitava de braços abertos sobre a terra coberta de musgo, pensando estranhos pensamentos e sonhando estranhos sonhos.

A noite da primeira revelação estava quente e úmida. Devo ter adormecido como resultado da fadiga, pois foi com um sentimento claro de despertar que ouvi as *vozes*. Quanto ao timbre e aos sotaques, hesito em falar; quanto à sua *natureza*, recuso-me a falar; mas posso dizer que apresentavam certas diferenças sobrenaturais de vocabulário, pronúncia e modo de articulação. Todos os matizes dialetais da Nova Inglaterra — das sílabas rústicas dos colonos puritanos à retórica precisa de cinquenta anos atrás — pareciam estar representados naquele umbroso colóquio, embora eu tenha percebido o fato somente mais tarde. Naquele momento, a bem dizer minha atenção estava ocupada com outro fenômeno; um fenômeno tão fugaz que eu não poderia jurar que correspondesse de fato à realidade. Tive a impressão vaga de que, quando acordei, uma *luz* fora extinta às pressas no interior do sepulcro escavado na rocha. Não acredito que eu estivesse atônito ou tomado de pânico, mas sei que sofri uma grande e permanente *mudança* naquela noite. Ao retornar para casa, fui diretamente a um baú de madeira podre que era guardado no sótão, no qual encontrei a chave que usei no dia seguinte para abrir sem dificuldade a barreira contra a qual eu tantas vezes investira em vão.

Foi sob a luz tênue do entardecer que primeiro adentrei o sepulcro na encosta abandonada. Um feitiço pairava sobre mim, e meu coração batia aos sobressaltos com uma exultação que mal posso descrever. Quando fechei a porta às minhas costas e desci os degraus gotejantes à luz da minha vela solitária, tive a impressão de conhecer o caminho; e, embora a chama bruxuleasse em meio ao fedor sufocante daquele local, senti-me estranhamente em casa no ar embolorado daquela casa mortuária. Olhando ao redor, percebi diversos catafalcos de mármore sobre os quais havia caixões, ou resquícios de caixões. Uns estavam lacrados e intactos, porém outros haviam praticamente sumido, deixando para trás apenas pegadores e placas de prata em meio a curiosos montes de poeira branquicenta. Em uma das placas li o nome de Sir Geoffrey Hyde, que chegara de Sussex em 1640 e morrera poucos anos mais tarde. Em uma alcova bastante conspícua havia um esquife bem preservado e vazio, adornado com um único nome que me levou a abrir um sorriso e sentir calafrios. Um rompante inexplicável fez com que eu subisse no catafalco, apagasse a vela e me deitasse no interior do receptáculo desocupado.

Na luz cinzenta do alvorecer, deixei o sepulcro com passos cambaleantes e tranquei a corrente da porta ao sair. Eu já não era mais um rapaz, embora somente vinte e um invernos tivessem enregelado meu corpo mortal. Os habitantes do vilarejo que tinham por hábito acordar cedo observaram com espanto minha volta para casa e admiraram-se com os visíveis indícios de excessos lascivos em uma pessoa que levava uma vida sabidamente regrada e solitária. Apareci diante dos meus pais somente após um longo sono restaurador.

A partir de então, passei a visitar o mausoléu todas as noites — sempre vendo, ouvindo e fazendo coisas que não posso jamais revelar. Minha fala, sempre muito suscetível a influências próximas, foi a primeira coisa a sucumbir à mudança, e os súbitos maneirismos arcaicos na minha dicção não tardaram a ser notados. Mais tarde meu comportamento passou a incluir uma ousadia e uma incúria bastante estranhas ao meu caráter, e por fim passei a me comportar como um homem do mundo, a despeito do isolamento de uma vida inteira. Minha língua, até então silenciosa, revelava-se volúvel com a facilidade grácil de um Chesterfield, ou então com o cinismo pagão de um Rochester. Passei a evidenciar uma erudição peculiar muito distinta da sabedoria monástica sobre a qual eu me debruçara na juventude; e cobri as páginas de rosto dos meus livros com epigramas improvisados que traziam sugestões de Gay, Prior e de todos os mais exuberantes intelectuais e rimadores do período augustano. Certa manhã no desjejum quase provoquei um desastre ao declamar, com maneirismos palpavelmente etílicos, uma efusão de arroubos bacânticos originada no século XVIII; um exemplo da espirituosidade georgiana jamais registrado nos livros, com estrofes mais ou menos assim:

Tragam agora os canecos de cerveja —
Um brinde a tudo o que hoje a vida enseja!
Nos pratos de todos há montes de assado —
Beber e comer são o alívio do fado:
    Enchamos a pança
    E vamos à dança;
Pois mortos não deixam a amada de herança!

De Anacreonte era o nariz rubicundo;
Porém de que importa ao alegre e jucundo?
Dane-se! Antes ter vermelho o nariz
a branco de neve — e morrer infeliz!
    Betty, dá-me a mim
    Teus lábios carmim;
Nem mesmo no inferno há outros assim!

O jovem Harry, já lerdo e sem destreza,
Perdeu a peruca e acabou sob a mesa;
Mas encham canecos no brinde à saúde —
Cair é melhor que descer no ataúde!
Gozemos, portanto,
E bebamos um tanto:
Sete palmos abaixo há somente pranto!

Carregue-me o diabo! Já mal posso andar,
Aguentar-me de pé ou mesmo falar!
Estalajadeiro — que Betty me acalente;
Quero ir para casa tendo minha esposa ausente!
Eu muito bem sei:
Por fim arriei,
Mas por um tempo fui desse mundo o rei!

Por volta dessa época eu comecei a desenvolver o meu atual medo de fogo e de tempestades elétricas. Antes indiferente a esses fenômenos, passei a encará-los com um terror inefável, e a recolher-me para os recônditos mais inacessíveis da casa sempre que os céus ameaçavam protagonizar um espetáculo elétrico. Um dos meus lugares preferidos durante o dia era o porão em ruínas da mansão outrora incendiada, e na minha fantasia eu imaginava a estrutura como deveria ter sido no auge do esplendor. Houve uma ocasião em que assustei um morador do vilarejo ao conduzi-lo cheio de confiança a um subporão raso, cuja existência parecia conhecida por mim ainda que o local se houvesse mantido longe dos olhos e das lembranças de várias gerações.

Por fim chegou o momento que eu desde muito temia. Meus pais, alarmados com os modos e a aparência do filho único, começaram a exercer sobre os meus movimentos uma gentil espionagem que ameaçava culminar em desastre. Eu não havia falado a ninguém sobre minhas visitas ao mausoléu, tendo sempre guardado meu intento secreto com fervor religioso desde a infância; mas a partir desse momento me vi obrigado a cercar-me de cuidados ao galgar os labirintos do vale arborizado para garantir o despiste de um eventual perseguidor. A chave do mausoléu era mantida em um cordão que passava o tempo inteiro em meu pescoço — uma presença conhecida somente por mim. Eu nunca retirava do sepulcro as coisas encontradas no interior daquelas paredes.

Certa manhã, quando eu deixava o mausoléu frio e úmido e trancava a corrente do portal com a mão levemente trêmula, percebi em um bosque próximo o temido semblante de um observador. Sem dúvida o fim estava próximo, uma vez que meu caramanchão fora descoberto e o objetivo de minhas jornadas noturnas revelado. O homem não me abordou, de maneira que me apressei a voltar para casa na tentativa de ouvir o que ele haveria de contar ao meu inquieto pai. Será que minhas jornadas para além da porta acorrentada estariam a ponto de serem reveladas para o mundo? Imagine o deleite de minha surpresa ao ouvir o espião informar meu pai, em sussurros cautelosos, que *eu havia passado a noite no caramanchão em frente ao mausoléu*, com os olhos sonolentos fixos no ponto em que se localizava a fresta daquele portal obstado por uma corrente! Que milagre teria levado o observador a ter essa ilusão? Nesse ponto me convenci de que eu estava sob a proteção de uma força sobrenatural. Sentindo-me alentado por essa intervenção celestial, passei a fazer minhas incursões ao mausoléu sem qualquer disfarce, certo de que ninguém poderia observar minha entrada. Por uma semana gozei ao máximo as alegrias de uma cordialidade mortuária que não posso descrever — mas então a *coisa* aconteceu, e fui trazido a esta odiosa morada de tristeza e monotonia.

Eu não devia ter saído naquela noite; pois a mácula do trovão estava sobre as nuvens, e uma fosforescência infernal ergueu-se do pântano fétido rumo ao fundo do vale. O chamado dos mortos também estava diferente. Em vez do mausoléu entalhado na pedra, era ao porão incendiado na crista da encosta que o demônio chamava-me com gesticulações invisíveis. Quando emergi do bosque na planície em frente à ruína, deparei-me sob o luar nebuloso com uma coisa que eu sempre tivera o pressentimento vago de encontrar. A mansão, desaparecida mais de um século atrás, novamente se erguia em todo o esplendor original ante o meu olhar embevecido; as janelas todas resplandeciam com o brilho de inúmeras candeias. Pela longa estrada avançavam os coches da aristocracia de Boston, enquanto a pé chegavam numerosos cortejos de vultos empoados que habitavam as mansões circunjacentes. Juntei-me à turba, mesmo sabendo que meu lugar era ao lado dos anfitriões, e não dos convivas. No interior do salão havia música, riso e uma taça de vinho em cada mão. Muitos dos rostos pareceram-me familiares, conquanto eu houvesse de reconhecê-los melhor se estivessem ressequidos ou carcomidos pela morte e pela decomposição. Em meio a uma turba indômita e despreocupada, eu era o mais indômito e o mais abandonado. Blasfêmias galhardas derramavam-se em torrentes dos meus lábios, e em meus espirituosos ultrajes eu não respeitava as leis de Deus, do Homem ou da Natureza. De repente o ribombar de um trovão, que ressoou mesmo em meio ao fragor daqueles excessos animalescos, partiu o próprio teto e instaurou o silêncio do medo em meio à ruidosa companhia. Línguas vermelhas de labaredas e sopros de um calor escaldante devoraram a casa; e os comensais, abalados pelo terror ao perceber a iminência de uma calamidade que parecia transcender os limites da Natureza cega, fugiram aos gritos rumo à noite. Somente eu fiquei para trás, preso ao meu assento por um medo abjeto que jamais sentira. E então um segundo horror se apossou de minha alma. Queimado vivo até virar um punhado de cinzas, com o corpo espalhado pelos quatro ventos, *eu jamais haveria de jazer no mausoléu dos Hyde!* Acaso meu caixão já não estava preparado para me receber? Acaso eu não tinha o direito de repousar por toda a eternidade com os descendentes de Sir Geoffrey Hyde? Ah! Eu havia de reivindicar minha herança de morte, nem que minha alma tivesse de atravessar diferentes épocas em busca de uma morada corpórea para representá-la sobre o catafalco vago na alcova do mausoléu. *Jervas Hyde* jamais teria o destino triste de Palinuro!

À medida que o fantasma da mansão em chamas esvanecia, vi-me gritando e me debatendo loucamente nos braços de outros dois homens, um dos quais era o espião que me havia seguido até o mausoléu. A chuva derramava-se em torrentes, e no horizonte ao sul lampejavam os relâmpagos que haviam passado acima de nossas cabeças. Meu pai, com o rosto marcado pela tristeza, manteve-se ao meu lado enquanto eu exigia aos gritos que me levassem ao mausoléu, e reiteradamente suplicou aos meus captores que me tratassem com a maior gentileza possível. Um círculo enegrecido no porão arruinado oferecia testemunho da violenta rajada caída dos céus; e naquele mesmo ponto um grupo de curiosos do vilarejo equipados com lampiões abria uma pequena e antiga caixa trabalhada que o raio havia revelado. Interrompendo minhas convulsões fúteis e improdutivas, observei-os quando examinaram o baú do tesouro, e assim me foi permitido testemunhar a descoberta. A caixa, provida de presilhas que haviam sido rompidas pelo golpe de pá que a retirara da terra, continha muitos papéis e objetos de valor; porém eu tinha olhos para uma única coisa. Refiro-me à miniatura em porcelana de um jovem com uma elegante peruca de bolsa, que ostentava as iniciais "J. H.". O rosto era de tal feitio que ao observá-lo eu tive a impressão de que examinava a minha própria figura no espelho.

No dia seguinte fui trazido para esta sala com janelas gradeadas, mas tenho recebido informações acerca de certas coisas por meio de um criado idoso e simplório por quem eu tinha carinho durante a infância e que, como eu, adora o pátio da igreja. O pouco que me atrevi a relatar quanto às minhas experiências no interior do mausoléu foi recebido com sorrisos de compaixão. Meu pai, que me faz visitas frequentes, afirma que em nenhum momento eu cheguei a transpor o portal acorrentado, e jura que o cadeado tomado pela ferrugem permanecia intocado por mais de cinquenta anos quando o examinou. Chega a dizer que todas as pessoas do vilarejo sabiam das minhas caminhadas até o mausoléu, e que com frequência me viam adormecido no caramanchão em frente à sinistra fachada, com os olhos semicerrados fixos na fresta que conduzia ao interior. Contra essas asserções faltam-me provas a oferecer, posto que a chave do cadeado foi perdida naquela noite de horrores. As coisas estranhas sobre o passado, que aprendi durante os meus encontros noturnos com os mortos, são de todo desconsideradas pelo meu pai, que afirma ser este apenas o resultado do meu duradouro e implacável apetite por bisbilhotar os antigos volumes na biblioteca da família. Se não fosse pelo meu velho criado Hiram, a essa altura eu estaria convencido de que não passo de um louco.

Porém Hiram, leal mesmo durante essa provação, manteve a fé que tinha em mim e fez o que me impele a levar a público ao menos parte da minha história. Faz uma semana desde que rompeu o cadeado que mantinha a porta do mausoléu perpetuamente fechada apesar da fresta e desceu com um lampião àquelas profundezas tenebrosas. Em um catafalco na alcova, encontrou um caixão antigo porém vazio, cuja placa traz o solitário nome "*Jervas*". Nesse caixão daquele mausoléu prometeram-me que hei de ser enterrado.

O Velho Terrível

Foi uma ideia de Angelo Ricci, Joe Czanek e Manuel Silva fazer uma visita ao Velho Terrível. Esse velho mora sozinho numa casa muito antiga da Water Street, próxima ao mar; e tem a fama de ser um homem excepcionalmente rico e excepcionalmente fraco — uma situação muito atraente a homens na profissão dos Messrs. Ricci, Czanek e Silva, que não era outra senão o roubo indigno.

Os habitantes de Kingsport dizem e pensam acerca do Velho Terrível muitas coisas que em geral o mantêm longe da atenção de gentis-homens como o sr. Ricci e seus colegas, mesmo que provavelmente detenha uma fortuna de magnitude desconhecida em um local qualquer próximo à venerável e bolorenta morada. Trata-se na verdade de um homem deveras estranho, que se imagina ter sido em outra época capitão de clíperes nas Índias Orientais; é tão velho que ninguém mais o recorda jovem, e tão arredio que poucos conhecem seu verdadeiro nome. Em meio às árvores retorcidas no jardim daquela antiga e negligenciada residência, o velho mantém uma coleção de estranhas pedras de grandes dimensões, estranhamente agrupadas e pintadas de maneira a sugerir os ídolos de um obscuro templo oriental. Essa coleção assusta a maioria dos garotos que adoram provocar o Velho Terrível usando como pretexto os longos cabelos brancos e a barba grisalha, ou quebrar-lhe as pequenas janelas com projéteis mal-intencionados; mas existem outras coisas que assustam as pessoas mais velhas e mais curiosas que por vezes se aproximam da casa a fim de olhar através das vidraças empoeiradas. Essas pessoas dizem que em cima de uma mesa localizada em um cômodo austero no rés do chão encontram-se muitas garrafas deveras singulares, cada uma tendo no interior um pequeno fragmento de chumbo suspenso por um fio, como um pêndulo. E dizem que o Velho Terrível conversa com essas garrafas, empregando nomes como Jack, Cara-Talhada, Grande Tom, Joe da Espanha, Peters e Imediato Ellis, e que toda vez que fala com uma garrafa o diminuto pêndulo de chumbo no interior emite certas vibrações como que em resposta. Aqueles que viram o alto e magro Velho Terrível envolvido nessas conversas não tornam a observá-lo. Mas Angelo Ricci, Joe Czanek e Manuel Silva não tinham sangue de Kingsport; pertenciam àquela linhagem nova, heterogênea e estrangeira que se mantém à margem do círculo encantado que encerra a vida e as tradições da Nova Inglaterra, e viam no Velho Terrível tão somente um velhote claudicante e indefeso, que não conseguia andar sem o auxílio da bengala entalhada e cujas mãos finas e débeis tremiam de modo a despertar compaixão. A seu modo, os três compadeciam-se daquele sujeito solitário e rejeitado, a quem todos evitavam, e para quem todos os cachorros latiam de maneira singular. Mas negócios são negócios, e para um ladrão que põe a alma na profissão existe um atrativo e um desafio na ideia de um homem muito velho e muito fraco que não tem conta no banco e que paga por suas poucas necessidades no mercado do vilarejo usando moedas de ouro e prata da Espanha, cunhadas dois séculos atrás.

Os Messrs. Ricci, Czanek e Silva escolheram a noite de 11 de abril para a visita. O sr. Ricci e o sr. Silva haveriam de travar uma conversa com aquele gentil-homem, enquanto o sr. Czanek haveria de aguardar que retornassem — presumivelmente com um fardo de metal — em um carro a motor coberto na Ship Street, próximo ao portão do muro de fundos na propriedade do anfitrião. O desejo de fugir a explicações desnecessárias caso houvesse contratempos com a polícia exigia que esses planos se revestissem de um caráter discreto e pouco ostentatório.

Conforme o combinado, os três aventureiros partiram em separado a fim de mais tarde evitar suspeitas de maquinações insidiosas. Os Messrs. Ricci e Silva encontraram-se na Water Street, junto ao portão da casa do velho, e embora não gostassem da forma como a lua brilhava sobre as pedras pintadas depois de filtrar pelos galhos em botão nas árvores retorcidas, tinham assuntos mais importantes a ocupá-los do que superstições inúteis. Temiam que pudesse ser um trabalho desagradável fazer com que o Velho Terrível se dispusesse a falar sobre a prata e o ouro escondidos, pois velhos capitães têm a fama de serem teimosos e recalcitrantes. Mesmo assim, tratava-se de um homem muito velho e muito fraco, e os visitantes eram dois. Os Messrs. Ricci e Silva tinham experiência na arte de tornar loquazes mesmo as pessoas mais indispostas, e os gritos de um homem particularmente venerável e fraco podem ser abafados sem dificuldades. E assim os dois se aproximaram de uma janela iluminada e ouviram o Velho Terrível em uma conversa pueril com as garrafas dos pêndulos. A seguir puseram máscaras e bateram solicitamente na porta de carvalho marcada pelas intempéries.

A espera pareceu demasiado longa ao sr. Czanek, que mexia sem parar na chave do carro a motor parado junto ao portão nos fundos da casa do Velho Terrível na Ship Street. Parecia um pouco mais suscetível do que o normal, e não gostou dos pavorosos gritos que ouviu naquela casa antiga logo após o horário combinado para o feito. Acaso não havia pedido aos colegas que fossem tão gentis quanto possível com o velho e patético capitão? Nervoso, o sr. Czanek pôs-se a olhar para o estreito portão de carvalho no alto muro coberto de hera. Com frequência consultava o relógio e perguntava-se qual seria a razão da demora. Será que o velho teria morrido antes de revelar a localização do tesouro, e assim uma revista minuciosa tornara-se necessária? O sr. Czanek não estava gostando nem um pouco de esperar todo aquele tempo num lugar escuro. Porém logo pressentiu um passo ou uma batida leve no interior do portão, ouviu um movimento discreto na fechadura enferrujada e viu o portão estreito e pesado abrir-se para dentro. E, sob o brilho pálido da única lâmpada de iluminação pública, apertou os olhos para ver o que os colegas haviam trazido daquela casa sinistra que assomava logo atrás. Mas quando olhou ele não viu o que esperava; pois lá não estavam os colegas, mas apenas o Velho Terrível, apoiado em silêncio na bengala entalhada com um sorriso horrendo no rosto. O sr. Czanek jamais havia percebido a cor dos olhos daquele homem; naquele instante viu que eram amarelos.

Pequenas coisas são motivo de considerável alvoroço em cidades pequenas, e foi por esse motivo que os habitantes de Kingsport passaram toda aquela primavera e todo aquele verão falando a respeito dos três corpos irreconhecíveis, horrivelmente dilacerados a golpes desferidos por sabres de abordagem e mutilados como que pelos golpes de inúmeros saltos de botina, que a maré havia trazido. E houve quem falasse sobre coisas triviais, como o carro a motor abandonado descoberto na Ship Street, ou certos gritos inumanos, provavelmente emitidos por um animal perdido ou um pássaro migratório, ouvido à noite por cidadãos insones. Mas o Velho Terrível não tinha interesse nos rumores de um vilarejo ocioso. Era um homem por natureza reservado, e quando um homem encontra-se velho e fraco a reserva é dobrada. Além disso, um capitão de idade tão avançada deve haver testemunhado vintenas de coisas bem mais chocantes nos dias longínquos de uma juventude esquecida.

A transição de Juan Romero

Sobre os eventos que se passaram na mina de Norton durante os dias 18 e 19 de outubro de 1894 não tenho a menor inclinação a falar. Um sentimento de dever para com a ciência é tudo o que me impele a recordar, nestes meus últimos anos de vida, essas cenas e esses acontecimentos repletos de um terror duplamente agudo, posto que não sei defini-lo por completo. Mas acredito que antes de morrer devo contar o quanto sei a respeito de — daquilo a que eu talvez pudesse chamar de transição — de Juan Romero.

Meu nome e minha origem não precisam ser legados à posteridade; com efeito, parece melhor que não o sejam — pois, quando um homem migra de repente para um dos Estados ou das Colônias, deixa para trás o passado. Ademais, o homem que outrora fui não tem nenhum tipo de relevância para esta narrativa, a não ser talvez pelo fato de que, durante o meu tempo de serviço na Índia, eu passava mais tempo em casa, na companhia de professores nativos de barbas grisalhas, do que junto aos meus colegas do oficialato. Eu tinha uma familiaridade considerável com a estranha sabedoria do Oriente quando fui acossado pelas calamidades que resultaram na minha nova vida no Oeste americano — uma vida na qual tive por bem aceitar um nome — meu nome presente, deveras comum e desprovido de qualquer significado.

No verão e no outono de 1894 eu morava nos domínios estéreis das Montanhas Cactus e trabalhava como um operário comum na célebre mina de Norton, cuja descoberta por um velho prospector anos atrás transformara por completo a região circunjacente, que deixou de ser um deserto solitário para tornar-se um fervilhante caldeirão de vida sórdida. Uma caverna de ouro, localizada embaixo de um lago na montanha, havia enriquecido o venerável descobridor para muito além dos mais desvairados sonhos, e naquele momento funcionava como base para a escavação de extensas galerias levada a cabo pela corporação a que enfim fora vendida. Grutas adicionais foram mais tarde encontradas, e a produção de metal amarelo foi enorme; de maneira de que um poderoso e heterogêneo exército de mineiros trabalhava dia e noite pelas numerosas passagens e vãos rochosos. O superintendente, um sr. Arthur, com frequência discorria sobre a singularidade das formações geológicas locais, especulava sobre as prováveis causas daquele sistema de cavernas e fazia estimativas sobre o futuro daquele titânico esforço de mineração. Afirmava que aquelas cavidades auríferas eram o resultado da ação da água, e acreditava que a última das cavernas logo seria desbravada.

Não se passou muito tempo após a minha chegada e a minha contratação para que Juan Romero chegasse à mina de Norton. Como integrante de uma grande aglomeração de mexicanos desleixados vindos do país vizinho, o sujeito chamava atenção em primeiro lugar por conta das feições do rosto, que, embora remetessem claramente ao tipo dos índios peles-vermelhas, tinham uma cor delicada e traços refinados, muito distintos daqueles que caracterizavam os "graxeiros" ou paiutes daquela localidade. É curioso que, embora apresentasse diferenças marcantes em relação à massa de índios hispanizados e tribais, Romero não desse a menor impressão de ter sangue caucasiano. Não era o conquistador castelhano nem o pioneiro americano, mas o ancestral e nobre asteca que a imaginação conjurava quando aquele trabalhador silencioso levantava-se de manhã cedo e olhava fascinado para o sol que se erguia acima das montanhas a oriente, estendendo os braços em direção ao orbe luminoso como que na execução de um rito cuja natureza nem mesmo ele próprio era capaz de compreender. Mas, a não ser pelas feições, Romero não tinha nenhuma outra característica que sugerisse nobreza. Ignorante e sujo, ele sentia-se em casa em meio aos outros mexicanos de pele morena, posto que tinha (segundo me disseram mais tarde) uma origem das mais reles. Haviam-no encontrado, ainda menino, em uma rústica choupana montanhesa, como único sobrevivente de uma epidemia letal que assolara a região. Próximo à choupana, perto de uma estranha fissura na rocha, havia dois esqueletos recém-bicados pelos abutres — presumivelmente os restos de seus progenitores. Ninguém recordava quem eram, e ambos logo foram esquecidos pela maioria das pessoas. A bem dizer, a destruição da choupana e o fechamento da fissura na rocha por uma avalanche subsequente contribuíram para apagar a cena até mesmo da lembrança. Criado por um abigeatário mexicano que lhe dera o nome, Juan era diferente de seus compatriotas.

O apego que Romero manifestava em relação a mim sem dúvida começara graças ao antigo e pitoresco anel hindu que eu usava quando não tinha as mãos ocupadas com o trabalho. Em relação à natureza desse objeto e ao modo como chegou a mim, não posso falar. Era o meu último elo com o capítulo de uma vida para sempre fechada, e eu o estimava muito. Logo percebi que o mexicano de aspecto singular mostrou-se interessado, porém o admirava com uma expressão que afastava toda e qualquer suspeita de mera cobiça. Os hieróglifos ancestrais pareciam despertar recordações naquela mente rústica porém ativa, embora ele não pudesse ter visto coisas parecidas na vida pregressa. Em poucas semanas após chegar, Romero passou a ser como que um servo fiel, não obstante o fato de que eu mesmo não era mais do que um humilde mineiro. Nossas conversas eram a princípio limitadas. Ele não conhecia muitas palavras em inglês, e eu descobri que meu espanhol de Oxford era muito diferente do patoá falado pelos trabalhadores da Nova Espanha.

O evento que estou prestes a relatar não foi antecipado por longas premonições. Embora o homem Romero houvesse me interessado, e embora o meu anel exercesse sobre ele uma influência muito peculiar, acredito que nenhum de nós tinha qualquer tipo de expectativa em relação ao que aconteceria na sequência da grande detonação. Considerações geológicas haviam determinado uma extensão da mina em sentido vertical a partir da parte mais profunda da área subterrânea; e a crença do superintendente, de acordo com a qual não encontraríamos nada além de rocha sólida, levou ao emprego de uma carga prodigiosa de dinamite. Eu e Romero não tínhamos nenhuma relação com essa tarefa, e assim as primeiras notícias que recebemos das condições extraordinárias vieram de outros trabalhadores. A carga, talvez mais forte do que fora estimado, pareceu estremecer toda a montanha. As janelas nos barracões da encosta foram estilhaçadas pelo impacto, e mineiros de todas as galerias mais próximas foram derrubados ao chão. O lago Jewel, localizado acima do palco da ação, estremeceu como durante uma tempestade. Uma investigação revelou que um novo abismo se abria indefinidamente sob o ponto da detonação; abismo esse tão monstruoso que nenhuma sonda à mão foi capaz de chegar ao fundo, e nenhuma lâmpada foi capaz de iluminá-lo. Estupefatos, os escavadores marcaram uma reunião com o superintendente, que ordenou que grandes extensões de corda fossem levadas ao fosso, emendadas e baixadas até que se encontrasse o fundo.

Não tardou até que os trabalhadores de rosto pálido comunicassem ao superintendente o fracasso nessa tarefa. De maneira firme porém respeitosa, esses homens recusaram-

-se a retornar ao abismo e a trabalhar na mina enquanto não pudesse ser fechado. Todos viram-se defrontados com uma coisa muito além daquilo que conheciam, pois até onde foi possível determinar o vazio estendia-se infinitamente para baixo. O superintendente não os repreendeu. Em vez disso, refletiu e fez planos para o dia seguinte. A equipe noturna não trabalhou naquele entardecer.

Às duas horas da manhã, um coiote solitário da montanha pôs-se a uivar desconsolado. De um lugar qualquer na mina, um cachorro latiu em resposta; talvez para o coiote — talvez para outra coisa. Uma tempestade se armava nos picos das montanhas, e nuvens de formatos esquisitos deslizaram horrendamente pelo rasgo de luz celestial que marcava os esforços da lua gibosa por brilhar através das camadas formadas pelos vapores dos cirros-estratos. Foi a voz de Romero, vinda do beliche acima, que me acordou; uma voz entusiasmada e tensa em razão de uma expectativa vaga que fui incapaz de compreender:

"*¡Madre de Dios! — el sonido — ese sonido — ¡oiga Vd.! ¿lo oye Vd.? — Señor,* ESSE SOM!"

Escutei, perguntando-me acerca do significado dessas palavras. O coiote, o cachorro, a tempestade — tudo era audível; a última, em particular, começou a ganhar volume à medida que o vento uivava com uma força a cada instante mais frenética. Os clarões dos relâmpagos eram visíveis pela janela da barraca. Perguntei ao nervoso mexicano, repetindo os sons que eu tinha ouvido:

"*¿El coyote? — ¿el perro? — ¿el viento?*"

Mas Romero não respondeu. Porém logo começou a sussurrar como que espantado:

"*El ritmo, Señor — el ritmo de la tierra* — ESSA PULSAÇÃO NO INTERIOR DA TERRA!"

E então eu também ouvi; ouvi e estremeci sem compreender ao certo por quê. No fundo, no fundo e abaixo havia um som — um ritmo, como aquele trabalhador havia dito — que, embora deveras abafado, dominava o cachorro, o coiote e a tempestade iminente. Tentar descrevê-lo seria inútil — pois não existe descrição possível. Talvez fosse como o rumor dos motores nas partes mais baixas de um enorme cruzeiro, da maneira como é sentido no convés, mas o caráter mecânico era menos pronunciado; e parecia não ser de todo alheio aos elementos da vida e da consciência. Dentre todas as qualidades evidenciadas, o *distanciamento* nas profundezas da terra foi aquela que me causou a impressão mais forte. Ocorreram-me fragmentos de uma passagem de Joseph Glanvill que Poe citou com efeito tremendo —

> "— a vastidão, a grandeza e a inescrutabilidade das obras d'Ele, *que têm uma profundidade maior do que o poço de Demócrito*."

De repente Romero saltou do beliche, parou à minha frente a fim de observar o estranho anel em meu dedo, que emitia um brilho esquisito a cada relâmpago, e pôs-se a olhar fixamente em direção ao poço da mina. Eu também me levantei, e nós dois permanecemos imóveis por um tempo, apurando os ouvidos enquanto aquele ritmo obscuro parecia cada vez mais revestir-se de um elemento vital. A seguir, sem nenhuma volição aparente, começamos a nos aproximar da porta, que batia sob o efeito das rajadas com uma reconfortante sugestão de realidade terrena. O cântico das profundezas — pois era o que o som parecia ser naquele instante — aumentou de volume e ganhou nitidez; e sentimo-nos irresistivelmente atraídos rumo à tempestade, e de lá rumo à negrura hiante da mina.

Não encontramos nenhuma outra criatura, pois os homens do turno da noite haviam sido dispensados e sem dúvida estariam no vilarejo de Dry Gulch derramando rumores sinistros nos ouvidos de um estalajadeiro sonolento. Na guarita, contudo, um pequeno quadrado de luz amarela brilhava como o olho de uma sentinela. Perguntei-

-me se o som rítmico poderia ter influenciado o guarda; porém Romero movia-se com mais brio, e assim resolvi acompanhá-lo sem fazer pausas.

Enquanto descíamos pelo poço, o som abaixo tornou-se mais complexo. Em um instante horrendo, soou como uma espécie de cerimônia oriental, com batidas de tambores e cânticos entoados por diversas vozes. Conforme eu disse, passei um bom tempo na Índia. Eu e Romero movíamo-nos sem grandes hesitações em meio a cabeceiras e escadas descendentes, sempre em direção àquela coisa que nos atraía, mas também sempre com medo e relutância lastimáveis. A certa altura julguei que eu havia enlouquecido — foi quando, ao indagar como o caminho estava iluminado mesmo na ausência de lamparinas e velas, percebi que o anel ancestral em meu dedo emitia uma radiância sinistra e espalhava um brilho mortiço pelo ar úmido e sufocante que nos rodeava.

Sem nenhum aviso, após descer muitas escadas rústicas, Romero pôs-se a correr e me deixou para trás. Uma nota até então inaudita nos tambores e nos cânticos, perceptível somente a duras penas, afetara-o de maneira surpreendente; e, com um grito desvairado, ele arrojou-se sem qualquer meio de orientação rumo às trevas da caverna. Ouvi diversos gritos à minha frente enquanto ele avançava aos tropeços por galerias planas e descia a uma velocidade ensandecida as escadas precárias. Mas, por mais assustado que eu estivesse, mantive-me atento o bastante para notar que a fala de Romero, quando articulada, revelava um caráter a mim desconhecido. Polissílabos duros e impressionantes haviam substituído a costumeira mistura de espanhol ruim e inglês ainda pior, e em meio a esses somente o repetido grito de "*Huitzilopotchli*" parecia remotamente familiar. Mais tarde percebi que a palavra tinha origem nos escritos de um grande historiador — e estremeci ao descobrir essa associação.

O clímax daquela noite terrível foi complexo, mas também breve, e começou assim que cheguei à caverna final da jornada. Da escuridão à minha frente veio um derradeiro grito do mexicano, acompanhado por um coro dos sons mais agressivos que eu poderia ouvir e mesmo assim viver para contar a história. Naquele momento foi como se todos os terrores e monstros ocultos da terra houvessem articulado um som cujo objetivo fosse subjugar a raça humana. Ao mesmo tempo a luz do meu anel extinguiu-se, e eu vi uma nova luz cintilando em um ponto mais baixo a poucos metros de mim. Eu havia chegado à beira do abismo, que naquele momento irradiava luz, e que sem dúvida havia tragado o desafortunado Romero. Ao avançar, olhei para o interior do abismo cujo fundo nenhuma sonda fora capaz de encontrar, e que naquele momento havia se transformado em um pandemônio de chamas bruxuleantes e agitação horrenda. A princípio não discerni nada além de um rasgo de luminosidade; mas a seguir formas infinitamente distantes começaram a se afastar da confusão e vi — seria Juan Romero? — *por Deus! Eu não me atrevo a revelar o que vi...!* Um poder celeste vindo em meu auxílio obliterou tanto os sons como as visões em um estrépito como aquele produzido quando dois universos colidem no espaço. Sobreveio o caos, e por fim conheci a paz do olvido.

Mal sei como dar continuidade à história, visto que envolve condições demasiado singulares; mas disponho-me a fazer o melhor possível, sem nenhuma pretensão de separar o real do imaginário. Quando acordei eu estava seguro em meu beliche, e a claridade vermelha da aurora era visível pela janela. Um pouco mais adiante, o corpo inerte de Juan Romero jazia em cima de uma mesa, rodeado por um grupo de homens que incluía o médico do acampamento. Os homens discutiam a estranha morte do mexicano enquanto dormia; uma morte talvez ligada ao terrível relâmpago que havia atingido e estremecido a montanha. Não havia nenhuma causa de morte aparente, e a autópsia tampouco foi capaz de revelar um motivo para que Romero tivesse abandonado os vivos. Fragmentos da conversa revelavam para além de qualquer dúvida que nem eu nem Romero havíamos deixado a barraca durante aquela noite; e que nenhum de nós dois estivera acordado durante a pavorosa tempestade que passara sobre as montanhas de Cactus. Segundo os homens que se aventuraram a descer o poço da mina, a tempestade havia causado um extenso desmoronamento e fechado por completo o profundo abismo que tanta apreensão havia causado no dia anterior. Quando perguntei ao guarda que sons tinha ouvido antes do estrondoso relâmpago, ele mencionou um coiote, um cachorro e o vento rosnante da montanha — nada mais. Não questiono a veracidade do relato.

Quando os trabalhos foram retomados, o superintendente Arthur chamou homens particularmente confiáveis para conduzir investigações próximas ao local onde o abismo havia surgido. Mesmo sem dar sinais de entusiasmo, os homens obedeceram; e um longo buraco foi perfurado. Os resultados foram curiosos. O teto do espaço vazio, observado quando ainda se encontrava aberto, não era particularmente espesso; porém naquele momento as perfuratrizes dos investigadores deparavam-se com o que parecia ser uma extensão ilimitada de rocha sólida. Sem encontrar mais nada, nem mesmo ouro, o superintendente abandonou essas tentativas; mas um olhar perplexo por vezes ainda lhe surge no semblante quando está sentado à escrivaninha.

Há um outro detalhe curioso. Pouco depois de acordar naquela manhã após a tempestade, dei pelo sumiço inexplicável do anel hindu que eu usava no dedo. Eu o estimava muito, porém assim mesmo tive uma sensação de alívio ao constatar esse desaparecimento. Se um dos meus colegas mineiros apossou-se desse objeto, deve ter sido bastante hábil ao dele se desfazer, pois apesar dos anúncios e de uma busca feita pela polícia, o anel nunca mais foi encontrado. Não creio que tenha sido roubado por mãos humanas, pois aprendi muitas coisas estranhas na Índia.

Minha opinião quanto à experiência como um todo varia de tempos em tempos. À luz do dia e na maioria das estações, consigo pensar em quase tudo como se fosse parte de um mero sonho; porém às vezes, no outono, por volta das duas horas da madrugada, quando os ventos e os bichos uivam desconsolados, pressinto nas inconcebíveis profundezas mais abaixo uma sugestão blasfema de pulsação rítmica... e sinto que a transição de Juan Romero foi de fato terrível.

Na cripta

Não há nada mais absurdo, a meu ver, do que a associação costumeiramente feita entre o familiar e o saudável que parece impregnar a psicologia da multidão. Basta mencionar uma bucólica paisagem ianque, um coveiro atabalhoado com nervos de aço e um acidente leviano em uma cripta e nenhum leitor médio seria levado a esperar mais do que uma manifestação vigorosa, embora grotesca, da comédia. Deus sabe, no entanto, que a narrativa comezinha que a morte de George Birch permite-me apresentar tem aspectos ao lado dos quais muitas de nossas mais negras tragédias parecem leves.

Birch foi acometido por uma invalidez e mudou de negócio em 1881, porém jamais tocava no assunto se podia evitá-lo. Nem ele nem o dr. Davis, o velho médico que faleceu anos atrás. Costumava-se dizer que o choque e a moléstia tinham sido os resultados de um descuido infeliz em função do qual Birch acabara trancado por nove horas em uma cripta do cemitério de Peck Valley, de onde escapou somente com recurso a procedimentos mecânicos um tanto rústicos e desastrosos; porém, conquanto essa parte fosse indubitavelmente verdadeira, havia coisas mais sombrias que o homem costumava repetir-me aos sussurros em meio aos delírios etílicos que o afligiam já próximo do fim. Birch confiava em mim porque eu era seu médico, e porque talvez sentisse necessidade de um confidente após o falecimento de Davis. Ele era solteiro e não tinha família.

Antes de 1881, Birch fora o coveiro de Peck Valley; um espécime particularmente endurecido e primitivo, mesmo em se tratando desse tipo de espécime. As práticas que ouvi serem imputadas a ele seriam inacreditáveis ainda hoje, pelo menos na cidade; e mesmo Peck Valley teria estremecido se conhecesse a ética bastante flexível desse artista mortuário no que dizia respeito a assuntos tão relativos como a onerosa "inclusão" de peças de vestuário invisíveis sob o tampo do caixão e o grau de dignidade a ser observado ao se dispor e adaptar as partes ocultas do corpo dos inanimados ocupantes de receptáculos nem sempre calculados com a mais sublime precisão. Ademais, Birch era relaxado, insensível e indesejável em termos profissionais; mesmo assim, não acredito que fosse um homem mau. Era apenas rústico de índole e de fibra — indiferente, relapso e beberrão, como prova o acidente facilmente evitável, e desprovido daquele mínimo de imaginação que mantém o cidadão médio dentro de certos limites estabelecidos pelo gosto.

Mal posso saber por onde começar a história de Birch, visto que não sou um contador de histórias experiente. Imagino que se possa começar no frio dezembro de 1880, quando o solo congelou e os coveiros do cemitério perceberam que não poderiam mais cavar sepulturas enquanto não chegasse a primavera. Felizmente o vilarejo era pequeno e a taxa de mortalidade, baixa, de maneira que foi possível assegurar a todos os encargos inanimados de Birch um abrigo provisório na antiga cripta temporária. O coveiro tornou-se duplamente letárgico como resultado daquele frio cortante, e além disso pareceu superar-se a si mesmo em termos de irresponsabilidade. Em nenhuma outra época produzira caixões mais desleixados e mais deselegantes, ou desprezara de forma mais flagrante as necessidades da fechadura enferrujada na porta da cripta, que ele abria e fechava com um abandono indiferente.

Por fim a primavera chegou e a neve começou a derreter, e as covas foram laboriosamente preparadas para os nove frutos colhidos pela morte que aguardavam na cripta. Embora receasse os inconvenientes do transporte e do sepultamento, Birch começou a transferência em uma desagradável manhã de abril, mas encerrou o trabalho antes do meio-dia em razão da pesada chuva que parecia irritar-lhe o cavalo, tendo posto um único habitáculo mortal no sítio de repouso permanente. Tratava-se de Darius Peck, o nonagenário cuja sepultura não ficava demasiado longe da cripta. Birch decidiu que havia de começar o dia seguinte com o pequeno e velho Matthew Fenner, cuja sepultura situava-se também em local próximo; mas de fato postergou o assunto por outros três dias, e começou a trabalhar somente na Sexta-Feira Santa, dia 15. Como não era afeito a superstições, nem sequer reparou na data, embora mais tarde viesse a recusar a execução de qualquer tarefa importante no fatídico sexto dia da semana. Não há dúvida de que os acontecimentos daquela tarde provocaram mudanças enormes em George Birch.

Na tarde da sexta-feira, dia 15 de abril, portanto, Birch partiu rumo à cripta com o cavalo e a carroça a fim de transferir o corpo de Matthew Fenner. Mais tarde viria a admitir que não estava de todo sóbrio, ainda que não tivesse se entregado à bebedeira a que mais tarde haveria de recorrer na tentativa de esquecer certas coisas. Encontrava-se apenas zonzo e descuidado o bastante para incomodar a sensibilidade do cavalo, que, ao ser levado com brutalidade em direção à cripta, relinchava, cavoucava o chão e virava a cabeça, mais ou menos como fizera antes ao ser incomodado pela chuva. O dia estava claro, mas um vento forte havia começado a soprar; e Birch alegrou-se ao chegar a um abrigo quando destrancou a porta de ferro e adentrou a cripta escavada na encosta. Outros não teriam celebrado aquela câmara úmida e malcheirosa com os oito caixões largados sem qualquer tipo de cuidado; mas naquela época Birch era um tanto insensível e mostrava-se interessado simplesmente em pegar o caixão certo para a sepultura certa. Não havia se esquecido das críticas recebidas quando os parentes de Hannah Bixby, desejosos de transportar os restos mortais dessa mulher para o cemitério da cidade para onde haviam se mudado, descobriram o caixão do juiz Capwell sob a lápide da sepultura.

A luz era tênue, mas Birch tinha boa visão e não pegou o caixão de Asaph Sawyer por engano, embora fosse um caixão muito similar. De fato, havia construído aquele caixão para Matthew Fenner, porém descartou-o como sendo um trabalho demasiado relapso e desleixado, em um curioso acesso de sentimentalismo causado por lembranças da gentileza e da generosidade que aquele pequeno velho havia demonstrado para com ele quando da ruína financeira de cinco anos atrás. Birch ofereceu a Matt o melhor que poderia fazer em termos de carpintaria, mas foi precavido o bastante para guardar o espécime rejeitado e colocá-lo em uso quando Asaph Sawyer morreu de uma febre maligna. Sawyer não era um homem amável, e circulavam muitas histórias sobre seu instinto quase inapaziguável de vingança e sobre a memória persistente em relação a qualquer tipo de injustiças reais ou imaginárias cometidas a fim de prejudicá-lo. Para ele, Birch não teve nenhum problema em atribuir o caixão desleixado, que naquele momento tirava do caminho em busca do caixão de Fenner.

Mas, assim que reconheceu o caixão do velho Matt, a porta bateu com o vento, deixando-o em uma penumbra ainda mais escura do que antes. A claraboia estreita deixava passar apenas a luz mais tênue, e o duto de ventilação fixado ao teto praticamente nenhuma, de maneira que Birch se viu limitado a apalpadelas profanas enquanto caminhava hesitante em meio às caixas oblongas para chegar ao ferrolho. Em meio àquele crepúsculo funéreo, virou a maçaneta enferrujada, forçou os painéis de ferro e perguntou-se por que aquele portal maciço tornara-se de repente tão recalcitrante. Foi também naquele crepúsculo que se apercebeu da realidade e começou a gritar com todas as forças, como se o cavalo no lado de fora pudesse fazer mais do que relinchar uma resposta antipática. O fato era que o ferrolho, sempre tão negligenciado, encontrava-se naturalmente quebrado, e assim deixara o coveiro preso na cripta, vítima de sua própria incúria.

Tudo deve ter acontecido por volta das três e meia da tarde. Birch, um homem prático e fleumático por natureza, não gritou por muito tempo, mas começou a tatear no intuito de encontrar certas ferramentas que recordava ter visto em um recôndito da cripta. Não é certo que tenha sido acometido pelo horror e pela veemente estranheza da situação, mas o simples fato de ver-se aprisionado em um local tão distante dos caminhos diários feitos por outras pessoas foi o bastante para exasperá-lo por completo. O dia de trabalho fora interrompido de maneira lúgubre, e a não ser que o acaso levasse um andarilho para aquelas plagas, talvez fosse necessário passar a noite inteira por lá — ou ainda mais tempo. Após encontrar a pilha de ferramentas e selecionar um martelo e um formão, Birch passou novamente pelos caixões e aproximou-se da porta. O ar tornara-se insalubre ao extremo; mas ele não prestou atenção a esse detalhe enquanto trabalhava, como que por instinto, no metal corroído do ferrolho. Teria dado qualquer coisa em troca de uma lamparina ou de um toco de vela; porém, na falta destes, laborou quase às cegas da melhor forma possível.

Ao perceber que o ferrolho não cederia, pelo menos não a ferramentas tão ordinárias sob condições tão umbrosas quanto aquelas, Birch olhou ao redor à procura de outras vias de escape. A cripta tinha sido escavada em uma encosta, de maneira que o duto de ventilação no teto atravessava vários metros de terra, o que tornava absolutamente inútil qualquer plano de avançar por aquele caminho. Acima da porta, no entanto, a claraboia alta, pouco mais do que uma fresta na fachada de tijolos, prometia um alargamento em potencial a um trabalhador diligente; e assim os olhos de Birch passaram um longo tempo fixos naquele ponto enquanto ele cogitava uma forma de alcançá-lo. Não havia nada semelhante a uma escada na cripta, e os nichos para os caixões nas laterais e nos fundos do recinto — que Birch raramente se dava o trabalho de usar — não ofereciam qualquer oportunidade de subida até o alto da porta. Somente os próprios caixões apresentavam-se como degraus em potencial, e, enquanto os considerava, Birch especulou a respeito da melhor forma de transportá-los. A altura de três caixões, segundo calculou, seria o bastante para alcançar a claraboia; mas o melhor seria usar quatro. Os caixotes eram suficientemente regulares, e assim podiam ser empilhados como se fossem blocos; Birch pôs-se a calcular a forma mais estável de arranjar todos os oito para montar uma plataforma escalável com quatro blocos de altura. Enquanto traçava seus planos, Birch não pôde suprimir o desejo de que as unidades que haviam de compor a escada tivessem sido fabricadas com mais desvelo. Quanto a ser dotado de imaginação suficiente para desejar que os caixotes estivessem vazios, essa parece ser uma possibilidade bastante remota.

Por fim Birch decidiu montar uma base de três blocos paralelos à parede, seguida por duas camadas com dois blocos de altura cada e em cima destes um caixote único que faria as vezes de plataforma. Essa disposição poderia ser escalada com um mínimo de dificuldade e alcançaria a altura desejada. Melhor ainda seria utilizar apenas dois caixotes da base para suportar toda a superestrutura, deixando um livre para ser novamente empilhado no topo caso a façanha da escapada exigisse altitude maior. E assim o prisioneiro esforçou-se durante o lusco-fusco, carregando aqueles resquícios inertes de mortalidade com absoluta sem-cerimônia à medida que a diminuta Torre de Babel alteava-se um andar de cada vez. Muitos dos caixões começaram a rachar com a fadiga do manuseio, e Birch planejara guardar o caixão robusto do pequeno e velho Matthew Fenner para o topo, de forma a garantir a superfície mais firme possível a fim de apoiar os pés. Em meio à penumbra, confiou acima de tudo no tato para escolher o caixão certo, e de fato encontrou-o quase por acidente, uma vez que lhe caiu nas mãos como que por uma estranha vontade depois que, sem dar por si, havia-o colocado ao lado de outro no terceiro nível.

Com a torre por fim terminada, e após fazer um intervalo durante o qual sentou-se no último degrau daquele sinistro aparelho para descansar os braços doloridos, Birch subiu cautelosamente, levando consigo as ferramentas, e postou-se defronte à estreita claraboia. As bordas da abertura eram de tijolo maciço, e parecia haver pouca dúvida de que em não muito tempo seria possível abrir um espaço largo o bastante para dar passagem a seu corpo. Quando as batidas do martelo começaram a soar, o cavalo no lado de fora relinchou de uma forma que podia ter sido uma exortação, ou para outros uma zombaria. Qualquer que fosse o caso, seria uma reação adequada; pois a inesperada tenacidade da alvenaria de aparência prosaica foi sem dúvida um comentário sobre a vaidade das esperanças mortais e a origem de uma tarefa cuja execução demandava todos os estímulos possíveis.

A noite caiu e encontrou Birch ainda a trabalhar. A essa altura, trabalhava principalmente com base no tato, uma vez que nuvens haviam encoberto a lua; e, embora o progresso fosse lento, sentiu-se motivado pela extensão dos avanços feitos em cima e embaixo da abertura. Birch teve a certeza de que conseguiria sair por volta da meia-noite — embora, como de costume em seu caso, esse pensamento surgisse desprovido de quaisquer sugestões de mau agouro. Despreocupado em relação a quaisquer meditações opressivas acerca da hora, do lugar e da companhia que tinha sob os pés, manteve-se filosoficamente a lascar a alvenaria pétrea, praguejando toda vez que um fragmento voava-lhe ao rosto e rindo toda vez que um fragmento acertava o cavalo cada vez mais arisco, que cavoucava o chão com as patas junto a um cipreste. No devido tempo o buraco tornou-se largo o bastante para que Birch de tempos em tempos experimentasse-o com o corpo, pondo os caixões logo abaixo a balançar e a estalar com esses movimentos. Logo descobriu que não seria preciso empilhar mais um caixão na plataforma para chegar à altura certa, posto que o buraco encontrava-se na altura exata para que pudesse usá-lo assim que a largura permitisse.

Devia ser meia-noite quando Birch por fim concluiu que poderia esgueirar-se pela claraboia. Cansado e suado apesar dos muitos intervalos para descanso, desceu até o chão da cripta e passou um tempo sentado no caixote ao pé da escada para reunir as forças de que ainda dispunha para o esforço final e o derradeiro salto para o lado de fora. O cavalo faminto relinchava constantemente de forma quase sobrenatural, e Birch sentiu o desejo vago de que o animal parasse. Curiosamente, sentia-se pouco alegre com a iminência da fuga, e a bem dizer quase temia o esforço necessário, pois seu corpo tinha a rotundidade indolente que marca o princípio da meia-idade. Enquanto galgava os caixões rachados, sentiu o peso do corpo de maneira contundente; em particular quando, ao pisar sobre o último, ouviu o estalo seco que prenuncia o despedaçamento completo da madeira. Segundo tudo indicava, planejara em vão ao escolher o caixão mais firme para servir como plataforma; pois, assim que tornou a apoiar o peso sobre o caixote, a tampa podre cedeu, jogando-o cerca de sessenta centímetros para baixo rumo a uma superfície que nem sequer ousava imaginar. Enlouquecido pelo som, ou pelo odor fétido que se evolou, o cavalo que o esperava soltou um grito que pareceu demasiado frenético para ser um relincho e disparou em um galope desatinado noite adentro, com a carroça balançando desgovernada logo atrás.

Birch, naquela situação macabra, encontrava-se em um patamar demasiado baixo para conseguir esgueirar-se pela claraboia alargada, mas juntou todas as forças para fazer uma derradeira tentativa motivada pelo desespero. Segurando-se nas bordas da abertura, tentou erguer o peso do corpo quando de repente percebeu um retardamento no impulso que havia tomado sob a forma daquilo que pareceu ser um atrito contra ambos os tornozelos. No momento seguinte, Birch teve medo pela primeira vez naquela noite; pois, ainda que lutasse, não conseguia livrar-se da força desconhecida que insistia em manter seus pés como reféns. Dores horríveis, como de ferimentos brutais, subiram-lhe ao longo das panturrilhas; e em seus pensamentos surgiu um torvelinho de pavor misturado a um materialismo insaciável, que sugeria lascas de madeira, pregos soltos ou ainda outros atributos de uma caixa de madeira partida. Pode ser que tenha gritado. De qualquer modo, o certo é que chutou e debateu-se freneticamente, por reflexo, enquanto tinha a consciência em parte eclipsada por um quase desmaio.

O instinto o guiou durante a travessia da claraboia e durante o rastejamento ulterior, que seguiu o violento baque contra o chão úmido. Já não podia caminhar, segundo parecia, e a lua recém-surgida deve haver testemunhado um espetáculo terrível enquanto Birch arrastava os tornozelos ensanguentados em direção à zeladoria do cemitério, com os dedos agarrando-se ao bolor negro em uma pressa desatinada e o corpo respondendo com a lentidão enlouquecedora que nos aflige quando somos acossados por espectros em um pesadelo. Estava claro, no entanto, que não havia perseguidor; pois Birch estava sozinho e vivo quando Armington, o zelador, atendeu o discreto arranhar feito à porta.

Armington acomodou Birch em uma cama sobressalente e pediu a Edwin, o filho pequeno, que chamasse o dr. Davis. O homem ferido estava consciente, mas dizia apenas frases desconexas, limitando-se a balbuciar coisas tais como: "Ah, meus tornozelos!", "Solte-me!", ou "Preso na cripta". Por fim o médico chegou com a maleta e fez perguntas sóbrias, removendo certas peças de roupa, os sapatos e as meias do paciente. Os ferimentos — pois ambos os tornozelos apresentavam lacerações terríveis na altura dos tendões de aquiles — deram a impressão de intrigar profundamente o velho médico, chegando quase a ponto de assustá-lo. Os questionamentos ao paciente revestiram-se de um caráter mais tenso do que seria costumeiro no contexto médico, e as mãos do clínico tremiam enquanto aplicava curativos sobre aqueles pés mutilados, cobrindo-os como se desejasse ocultar aquelas feridas o mais depressa possível.

Para um médico impessoal, o interrogatório sinistro e perplexo de Davis logo tornou-se bastante estranho à medida que tentava extrair do coveiro enfraquecido os mínimos detalhes relacionados àquela horrível experiência. Havia uma ansiedade notável em descobrir se Birch tinha certeza — absoluta certeza — quanto à identidade do ocupante do caixão no alto da pilha; em descobrir como o escolhera, como tivera certeza de que aquele era o caixão de Fenner em meio à penumbra e como o distinguira da cópia de qualidade inferior destinada ao implacável Asaph Sawyer. Seria possível que o caixão de Fenner cedesse com tanta facilidade? Davis, um médico rural de longa data, naturalmente tinha visto ambos nos respectivos funerais, e a bem dizer atendera tanto Fenner como Sawyer durante a última doença. Tinha chegado a se perguntar, durante o funeral de Sawyer, como o vingativo fazendeiro poderia ter cabido, de corpo estendido, em um caixão tão similar ao do pequeno Fenner.

Passadas duas horas inteiras o dr. Davis foi embora, depois de suplicar a Birch que afirmasse, em toda e qualquer ocasião, que os ferimentos tinham sido causados exclusivamente por lascas de madeira e pregos soltos. O que mais, acrescentou, poderia ser provado ou acreditado? Mas o ideal seria falar o menos possível a respeito do ocorrido, e impedir que outro médico tratasse aqueles ferimentos. Birch observou esse conselho durante o resto da vida até o momento em que me contou sua história — e, quando vi aquelas cicatrizes antigas e branquicentas, concordei que de fato tinha sido o melhor a fazer. Ele permaneceu aleijado para o resto da vida, porque os grandes tendões haviam sido cortados; mas acho que o maior aleijamento foi o da alma. Os processos mentais, outrora tão lógicos e fleumáticos, receberam cicatrizes indeléveis; e era digno de pena vê-lo reagir a alusões fortuitas a palavras como "sexta-feira", "cripta", "caixão" e outras de concatenação menos óbvia. O cavalo assustado no fim voltou para casa, mas a imaginação assustada de Birch jamais pôde fazer o mesmo. Ele mudou de ramo, mas era como se fosse a vítima constante de uma força oculta. Pode ter sido apenas o medo, ou pode ter sido o medo acrescido de um estranho remorso atrasado por conta de cruezas passadas. A bebida, claro, somente agravava o que devia aliviar.

Quando o dr. Davis se despediu de Birch naquela noite ele pegou a lamparina e foi à antiga cripta temporária. A lua iluminava os fragmentos de tijolo e a fachada avariada, e o ferrolho da grande porta cedeu de pronto a um toque vindo de fora. Embrutecido pelas antigas provações em salas de dissecação, o médico entrou e olhou ao redor, contendo a náusea do corpo e da mente induzida pelas visões e pelos cheiros ao redor. Chegou a gritar em um dado momento, e logo depois produziu um barulho assustado ainda mais terrível. Depois voltou correndo à zeladoria e quebrou todas as regras da vocação chamando e sacudindo o paciente, e importunando-o com uma sequência de sussurros trêmulos capazes de queimar-lhe os ouvidos atônitos como o crepitar do vitríolo.

"Birch, aquele era o caixão de Asaph, como eu tinha imaginado! Reconheci a arcada dentária, com os dentes frontais ausentes da mandíbula superior — pelo amor de Deus, nunca mostre aquelas feridas a ninguém! O corpo estava muito deteriorado, mas se já vi a expressão da vingança em um rosto — ou naquilo que foi outrora um rosto... Você sabe que ele era um demônio vingativo — sabe que ele arruinou o velho Raymond trinta anos depois do processo judicial sobre o limite dos terrenos, e sabe que em agosto último pisoteou o cachorrinho que o havia mordido no ano anterior... Ele era a encarnação do diabo, Birch, e acho que essa obsessão de fazer valer dente por dente seria capaz de triunfar sobre a própria morte. Meu Deus, quanta fúria! Eu detestaria ser o alvo dele!

"Mas por que você fez uma coisa dessas, Birch? Ele era um patife, e não culpo você por ter lhe dado um caixão descartado, mas você sempre foi do tipo que vai longe demais! Não haveria problema em ser um pouco relapso com a função toda, mas você sabia que Fenner era um homem pequeno.

"Nunca vou tirar aquela imagem da minha cabeça enquanto eu viver. Você deve ter chutado com força, porque o caixão de Asaph estava no chão. O crânio dele estava afundado, e todo o restante espalhava-se ao redor. Eu já tinha visto muita coisa, mas dessa vez foi demais. Olho por olho! Que Deus me perdoe, Birch, mas você teve o que merecia. A caveira me deu embrulhos no estômago, mas o pior foi o resto — *as pernas cortadas na altura dos tornozelos para fazê-lo caber no caixão descartado de Matt Fenner!*"

Ele

Eu o vi em uma noite passada em claro, enquanto caminhava como um desesperado para salvar minha alma e minha visão. Minha vinda a Nova York fora um equívoco; pois ao sair em busca de inspiração e arrebatamento profundo nos fervilhantes labirintos das ruas ancestrais que se retorcem infinitamente de esplanadas e praças e zonas portuárias esquecidas a esplanadas e praças e zonas portuárias igualmente esquecidas, e nas modernas torres e pináculos ciclópicos que se erguem em negrura babilônica sob as luas minguantes, ao invés do que eu procurava encontrei somente um sentimento de horror e opressão que ameaçava dominar-me, paralisar-me e aniquilar-me.

A desilusão fora gradual. Quando cheguei pela primeira vez à cidade eu a vi ao pôr do sol, a partir de uma ponte, espraiando-se majestosamente sobre as águas, com incríveis cumes e pirâmides que se erguiam como flores delicadas a partir de concentrações de névoa violeta para brincar com as nuvens douradas e as primeiras estrelas do entardecer. Depois a cidade acendeu uma a uma as janelas acima das marés cintilantes, onde lanternas balouçavam e deslizavam e buzinas articulavam as mais estranhas harmonias, e transformou-se no firmamento estrelado de um sonho, que sugeria a música das fadas e parecia estar à altura dos portentos de Carcassone e Samarcanda e Eldorado e de todas as gloriosas cidades fabulescas. Logo a seguir fui conduzido por aqueles caminhos antigos tão caros à minha fantasia — ruelas estreitas e curvas e passagens onde fileiras de casas georgianas de tijolo à vista brilhavam com trapeiras no alto de portas guarnecidas por colunas que haviam observado a passagem de sedãs dourados e coches de acabamento em madeira —, e na primeira revelação dessas coisas desejadas eu havia de fato me encontrado com tesouros que na ocasião certa teriam feito de mim um poeta.

Mas o sucesso e a felicidade não estavam em meu destino. A luz ofuscante que chegou com o dia revelou apenas sordidez, estranheza e a perniciosa elefantíase da pedra que subia e espalhava-se cada vez mais por onde antes a lua havia sugerido beleza e magia ancestral; e as multidões de pessoas que se movimentavam pelas ruas estreitas eram compostas de forasteiros atarracados e de pele escura com rostos endurecidos e olhos estreitos, forasteiros astutos e sem qualquer ligação com as cenas ao redor, que jamais teriam qualquer tipo de importância para o homem de olhos azuis à moda antiga, com o amor a estradas verdejantes e coruchéus brancos da Nova Inglaterra que no coração trazia.

Então, em vez dos poemas que eu havia esperado, fui acometido somente por um vazio trêmulo e por uma solidão inefável; e por fim vi uma verdade terrível que até então ninguém ousara mencionar — o segredo insussurrável de todos os segredos — o fato de que essa cidade de pedra e estridência não é uma perpetuação senciente da Velha Nova York assim como Londres em relação à Velha Londres e Paris em relação à Velha Paris, mas encontra-se morta, tendo o cadáver apenas em parte embalsamado e infestado por estranhas coisas que já nada têm a ver com aquilo que foi em vida. Ao fazer essa descoberta não pude mais ter um sono tranquilo, embora um sentimento parecido com a tranquilidade resignada tenha aos poucos formado o hábito de manter-me longe das ruas durante o dia e aventurar-me em passeios somente à noite, quando a escuridão evoca o pouco de passado que ainda paira sobre aquilo tudo como um espectro, e as antigas portas brancas recordam as nobres formas que outrora as atravessavam. Uma vez encontrado esse modo de alívio, cheguei a escrever um reduzido número de poemas, mas ainda me abstinha de voltar à minha família por receio de causar a impressão de quem volta rastejando de uma derrota ignóbil.

E então, em uma noite insone, encontrei o homem. Foi numa esplanada grotesca e oculta em Greenwich, pois em minha ignorância eu me deslocara até lá, posto que ouvira falar a respeito daquele bairro como sendo o território natural de artistas e poetas. As estradas e casas arcaicas e os vislumbres inesperados de praças e esplanadas haviam de fato sido um deleite para mim, mas quando encontrei os pretensos artistas e poetas cuja excentricidade é ouropel e cujas vidas são uma negação de toda a beleza pura da arte e da poesia, lá me demorei somente pelo amor a essas coisas veneráveis. Imaginei-as como deviam ter sido na época do apogeu, quando Greenwich era um vilarejo plácido que ainda não fora engolido pela cidade; e nas horas que precediam a aurora, quando todos os noctívagos já haviam tornado a casa, eu costumava andar sozinho em meio àquelas voltas crípticas e refletir sobre os mistérios arcanos que gerações inteiras lá haviam depositado. Esse hábito manteve a minha alma viva e trouxe-me uns poucos sonhos e visões como aqueles pelos quais o poeta em mim ansiava.

O homem interpelou-me por volta das duas horas em uma madrugada de agosto envolta em nuvens, enquanto eu vagava por uma série de pátios acessíveis somente por meio dos corredores escuros entre os diferentes prédios, que outrora formavam uma rede contínua de ruelas pitorescas. Eu os conhecera graças a rumores vagos, e descobri que não constavam em nenhum mapa atual; mas o fato de que haviam sido olvidados tornava-os ainda mais caros a mim, de maneira que os procurei em duas ocasiões distintas com meu entusiasmo habitual. Uma vez que os encontrei, meu entusiasmo foi redobrado; pois um elemento qualquer naquele arranjo trazia sugestões vagas que poderiam ser apenas uns poucos exemplares de muitos outros — contrapartes mudas e noturnas, obscuramente alojadas entre muros altos e quintais abandonados, ou deslustrosamente à espreita por trás de arcos, ocultas pelas hordas de falantes de línguas estrangeiras ou guardadas por artistas furtivos e discretos cujo ofício não convém à luz do dia.

Ele falou comigo sem receber nenhum convite, apenas ao perceber minha disposição e meus olhares enquanto eu observava certas portas aldrabadas no alto de escadas com balaustradas de ferro, que tinham o brilho pálido de claraboias rendilhadas a lançar os raios tênues sobre o meu rosto. O homem tinha o rosto na sombra e usava um chapéu de aba larga que se adequava perfeitamente ao antiquado manto que envergava; porém me senti levemente inquieto antes mesmo que se dirigisse a mim. O porte era muito pequeno, caracterizado por uma esqualidez praticamente cadavérica; e a voz revelou-se extraordinariamente mansa e cava, embora não de todo grave. Ele tinha, segundo disse, observado minhas excursões por diversas vezes, e concluído que eu me assemelhava a si no amor pelos vestígios de tempos passados. Será que eu não gostaria de ter um guia com longa prática nessas explorações, dotado de informações locais mais profundas do que todas aquelas que um evidente recém-chegado poderia ter obtido?

À medida que ele falava, tive um vislumbre do rosto sob o brilho amarelo de uma trapeira. Era um semblante provecto e nobre, que chegava mesmo a parecer elegante; e trazia as marcas de uma linhagem e de um refinamento pouco usuais naquela época e naquele lugar. No entanto, havia uma qualidade que me perturbava quase tanto quanto me agradava — talvez parecesse demasiado branco, ou demasiado indiferente, ou demasiado em desacordo com o lugar para que eu me sentisse confortável ou à vontade. Fosse como fosse, eu o acompanhei; pois naqueles dias lúgubres a minha busca por belezas e mistérios antigos era tudo de que eu dispunha para manter viva a minha alma, e considerei que seria um raro favor do Destino pôr em meu caminho um homem cuja busca parecia ter ido bem mais longe do que a minha.

A noite parecia reduzir o homem no manto ao silêncio, e por uma hora e tanto fui conduzido sem palavras desnecessárias, ouvindo apenas os mais sucintos comentários acerca de nomes antigos, datas e mudanças, e tendo meu progresso orientado em boa parte através de gestos enquanto apertamo-nos por interstícios, atravessamos corredores na ponta dos pés, vencemos muros de pedra e a certa altura engatinhamos por uma baixa passagem em arco extensa e tortuosa que por fim me levou a perder por completo todo e qualquer sentido de orientação preservado até então. As coisas que vimos eram antigas e maravilhosas, ou pelo menos era assim que pareciam sob os poucos raios de luz que as banhavam enquanto as víamos — e nunca hei de esquecer as colunas jônicas decrépitas e as pilastras caneladas e balaústres de ferro colmados por urnas e janelas com lintéis trapezoidais e claraboias decorativas que pareciam tornar-se cada vez mais estranhas e cada vez mais pitorescas enquanto avançávamos por aquele labirinto inesgotável de antiguidade ignota.

Não encontramos vivalma, e à medida que o tempo passava as janelas iluminadas tornavam-se menos numerosas. As primeiras lâmpadas públicas que encontramos eram a óleo, no antigo formato de losango. Mais tarde percebi velas; e por fim, quando terminamos de atravessar um horrível pátio escuro onde meu guia teve de me orientar com a mão enluvada em meio à escuridão total até um estreito portão de madeira em um muro alto, chegamos a um fragmento de ruela iluminado apenas por lanternas postas a cada sete casas — lanternas coloniais de estanho, com topos cônicos e buracos nas laterais. Essa ruela tinha um aclive muito acentuado — mais acentuado do que eu imaginara possível naquela parte de Nova York —, e a parte superior estava totalmente bloqueada pelo muro coberto de hera em uma propriedade particular, para além do qual pude ver uma cúpula pálida e a copa de árvores que balouçavam contra uma vaga luminosidade no firmamento. Nesse muro havia um baixo portão em arco, feito de carvalho e decorado com pregos, que o homem destrancou usando uma chave ponderosa. Ao conduzir-me para o interior, ele percorreu na escuridão total um trajeto que parecia seguir por um caminho de cascalho e por fim chegar a um lance de degraus em pedra que levava à porta da casa, que novamente foi destrancada e aberta para mim.

Entramos, e assim que o fizemos eu me senti atordoado por conta do fedor de mofo infinito que soprou em nosso encontro e que devia ser fruto de séculos de decadência. Meu anfitrião não pareceu notar essa ocorrência, e por cortesia mantive-me em silêncio enquanto ele me guiava por uma escada em curva, através de um corredor e para dentro de um recinto cuja porta o ouvi fechar às nossas costas. Depois vi-o fechar as cortinas das três pequenas janelas que mal se revelavam sob o céu progressivamente mais claro; e em seguida ele atravessou a peça em direção ao consolo da lareira, raspou sílex em aço, acendeu duas velas em um candelabro de doze braços e fez um gesto que me convidava a uma conversa a meia-voz.

Naquela radiância tênue, percebi que estávamos em uma biblioteca ampla, guarnecida por mobiliário de bom gosto e lambris que remontavam ao primeiro quarto do século XVIII, ornada com esplêndidos frontões, uma opulenta cornija dórica e um magnífico painel entalhado a encimar a lareira. Acima das prateleiras apinhadas que se espalhavam a intervalos ao longo das paredes havia retratos de família muito bem executados; todos atingidos por um obscurecimento enigmático e dotados de uma inconfundível semelhança com o homem que naquele momento fazia um gesto para que eu me sentasse em uma poltrona ao lado da graciosa mesa Chippendale. Antes de sentar-se à minha frente, meu anfitrião deteve-se por um instante, como se estivesse constrangido; e então, removendo demoradamente as luvas, o chapéu de aba larga e o manto, revelou em uma pose teatral que envergava um traje completo da metade do período georgiano, desde os longos cabelos trançados e o rufo no pescoço até as calças na altura dos joelhos, as meias de seda e os sapatos de fivela que eu não havia percebido até aquele momento. Acomodando-se com movimentos vagarosos em uma poltrona com espaldar de lira, o homem pôs-se a me encarar fixamente.

Sem o chapéu, tinha um aspecto de idade extrema que até então mal parecera visível, e perguntei-me se aquela marca de singular longevidade não seria uma das fontes da minha inquietude original. Quando falava em frases longas, a voz mansa, cava e delicadamente abafada não raro tremia; e de vez em quando eu tinha enorme dificuldade em acompanhá-lo, posto que o escutava com um arrepio de espanto e um alarme inconfesso que se tornava mais intenso a cada instante que passava.

"O senhor está vendo", começou o meu anfitrião, "um homem de hábitos deveras excêntricos, para cujos trajes nenhuma explicação precisa ser oferecida a um homem com o seu intelecto e as suas inclinações. Ao refletir sobre épocas melhores, não hesitei em assenhorar-me de outros costumes e de adotar outras vestes e outra etiqueta — uma indulgência que não ofende a ninguém quando praticada sem ostentação. Tive a boa fortuna de herdar a sede rural de meus antepassados, mesmo que esta tenha sido absorvida por duas cidades: primeiro Greenwich, construída até esse ponto depois de 1800, e depois Nova York, que chegou em 1830. Havia muitas boas razões para manter esse lugar no seio da minha família, e não agi de maneira omissa ao tratar dessas obrigações. O gentil-homem que a herdou em 1768 estudou certas artes e fez certas descobertas, todas relacionadas a influências que residiam nesse lote de terreno e todas merecedoras da mais estrita preservação. Disponho-me agora a mostrar-lhe os curiosos efeitos dessas artes e descobertas, sob o compromisso do mais estrito sigilo; creio ter a perspicácia necessária para saber que não há razões para desconfiar do senhor ou de sua lealdade."

A seguir o homem se deteve, mas não pude fazer mais do que acenar a cabeça. Já tive ocasião de afirmar que eu estava alarmado, mas para a minha alma não havia nada mais letal do que o mundo de Nova York durante o dia — e, a despeito de aquele homem ser um excêntrico inofensivo ou um praticante de artes mais perigosas, eu não tinha escolha salvo acompanhá-lo de maneira a saciar minha sensação de espanto ante tudo aquilo que pudesse ter para me revelar. E assim o escutei.

"Para o — meu antepassado —", o homem prosseguiu com a voz mansa, "parecia haver certas qualidades deveras notáveis na vontade humana; qualidades essas relacionadas a uma insuspeita dominância, não apenas sobre os atos do próprio indivíduo e também de terceiros, mas também sobre todas as demais variedades de força e substância existentes na Natureza, e sobre incontáveis elementos e dimensões considerados ainda mais universais do que a própria Natureza. Será que tenho licença para dizer que ele zombava da santidade de coisas grandiosas como o tempo e o espaço, e que havia feito um estranho uso dos ritos de certos mestiços peles-vermelhas outrora estabelecidos nesse morro? Esses índios evidenciaram cólera quando o lugar foi construído, e revelaram-se assaz fastidiosos nas solicitações para visitar o pátio durante a lua cheia. Por muitos anos escalaram o muro todos os meses, sempre que podiam, e às furtadelas praticavam certos atos singulares. Em 68, o novo proprietário flagrou-os a todos enquanto assim se ocupavam e ficou como que petrificado ao ver o que viu. Depois, barganhou com os índios e ofereceu-lhes livre acesso ao pátio no que dizia respeito a essas atividades específicas, e assim descobriu que os avós daquela gente tinham adquirido o hábito de antepassados peles-vermelhas e em parte de um velho dos Países Baixos na época dos Estados Gerais. E — que a varíola o consuma — receio que esse gentil-homem possa ter lhes oferecido um rum de qualidade atroz — de propósito ou não — por uma semana inteira depois que se inteirou do segredo que era o único homem vivo a conhecer. O senhor é o primeiro a ouvir que existe um segredo, e eu mereceria a danação por mexer com esses — com esses poderes — caso o senhor não demonstrasse tão profundo interesse por essas coisas passadas."

Estremeci à medida que o homem passava a falar em tom mais coloquial — com a dicção familiar de uma outra época. Ele prosseguiu.

"Mas o senhor deve saber que o que esse — gentil-homem — obteve daqueles selvagens mestiços foi apenas uma parte ínfima do conhecimento que por fim acumulou. Ele não tinha estado em Oxford a troco de nada, nem falado sem motivo com um velho químico e astrônomo de Paris. Em suma, o homem convenceu-se de que o mundo não é mais do que a fumaça de nossos intelectos: pois encontra-se além do populacho, mas para os sábios é digno de ser tragado e expelido em baforadas como uma nuvem de tabaco nobre da Virgínia. O que desejamos pode ser criado ao nosso redor; e o que não desejamos pode ser dissipado. Não digo que seja uma verdade completa, mas é uma verdade suficiente para oferecer um belo espetáculo de tempos em tempos. O senhor, imagino, sentiria uma pontada de curiosidade por um vislumbre mais completo de anos outros que não aqueles que a sua fantasia lhe oferece; esteja portanto disposto a conter o medo ante o que agora me disponho a mostrar-lhe. Aproxime-se da janela e mantenha-se em silêncio."

Nesse momento o meu anfitrião tomou-me a mão a fim de me puxar para junto de uma das duas janelas localizadas na parede mais larga daquele cômodo malcheiroso, e ao ser tocado por aqueles dedos nus meu corpo enregelou-se. A carne, embora seca e firme, tinha a qualidade do gelo; e quase me esquivei do contato. Porém mais uma vez pensei no vazio e no horror da realidade, e reuni a coragem necessária para segui-lo aonde quer que me levasse. Uma vez chegado à janela, o homem abriu as cortinas de seda amarela e dirigiu o meu olhar rumo à escuridão no lado de fora. Por um instante não discerni nada a não ser uma miríade de pequenas luzes dançantes, muito, muito ao longe. Então, como que em resposta a um gesto insidioso descrito pela mão do meu anfitrião, um clarão de luz e calor brincou por aquela cena, e de repente vi um mar de vegetação exuberante — uma vegetação imaculada, e não o mar de telhados que se esperaria de qualquer mente sã. À minha direita as águas do Hudson luziam com reflexos maliciosos, e na distância à frente eu divisava a cintilância de um vasto pântano salgado coalhado de libélulas nervosas. O clarão esvaiu-se e um sorriso malévolo iluminou o rosto macilento do provecto necromante.

"Isso se passou antes da minha época — antes da época do novo proprietário. Tentemos novamente, por obséquio."

Eu sentia a cabeça leve, ainda mais leve do que a modernidade odiosa daquela cidade maldita me levara a senti-la.

"Pelo bom Deus!", eu exclamei; "o senhor é capaz de conjurar *qualquer época*?" E, quando o homem acenou a cabeça e revelou tocos negros no lugar daquilo que outrora haviam sido presas amarelas, precisei agarrar-me às cortinas para não cair. Mas ele me susteve com aquela garra terrível e gelada e novamente fez o insidioso gesto.

Mais uma vez a luz brilhou — porém dessa feita sobre uma cena de todo estranha. Era Greenwich, aquilo que Greenwich costumava ser, com um telhado ou uma fileira de casas aqui e acolá, como aquelas que ainda hoje vemos, porém acompanhadas por adoráveis estradas e campos verdejantes e diversas áreas comuns recobertas de grama. O pântano ainda luzia um pouco adiante, porém mais além eu via os coruchéus do que naquele momento era toda Nova York, com Trinity e St. Paul's e a Igreja de Tijolos a dominar suas irmãs, e uma leve névoa de fumaça que pairava sobre a cena. Respirei fundo, menos pela visão em si do que pelas inúmeras possibilidades que minha imaginação conjurou aterrorizada.

"O senhor consegue — o senhor atreve-se — a ir *muito adiante*?" Falei com espanto, e imagino que o homem tenha compartilhado desse mesmo sentimento por um instante, porém logo o sorriso maligno voltou.

"*Muito adiante?* O que vi poderia transformá-lo em uma louca estátua de pedra! Para trás, para trás — para diante, *para diante* — veja, seu parvo lacrimoso!"

E ao rosnar a frase por entre os dentes ele fez um novo gesto, trazendo ao céu um clarão ainda mais ofuscante do que aqueles que havia conjurado anteriormente. Por três segundos inteiros eu vislumbrei aquela cena pandemoníaca, e durante esse tempo divisei um panorama que para sempre há de me atormentar em sonhos. Vi os céus verminosos com estranhas coisas voadoras, e mais abaixo uma infernal cidade negra de enormes terraços de pedra com pirâmides que se alçavam impetuosamente à lua, e luzes demoníacas que ardiam em janelas incontáveis. E, enxameando de modo abjeto nas galerias aéreas, vi o povo amarelo de olhos estreitos que habitava aquela cidade, trajado horrivelmente de laranja e vermelho, e dançando insanamente ao ritmo de tímpanos febris, com o estrépito de crótalos obscenos e os gemidos maníacos de chifres abafados, cujos lamentos incansáveis erguiam-se e baixavam-se em movimentos ondulatórios, como as ondas de um blasfemo oceano de betume.

Divisei esse panorama, segundo disse, e ouvi com o ouvido da mente o profano Domdaniel de cacofonia que o acompanhava. Aquela era a consumação vociferante de todo o horror que a cidade-cadáver havia instigado em minha alma e, esquecendo todos os pedidos de silêncio, gritei e gritei e gritei enquanto os meus nervos cediam e as paredes estremeciam ao meu redor.

E então, à medida que o clarão se dissipava, vi que meu anfitrião também estava trêmulo; uma expressão de medo atroz mitigara de seu rosto a distorção serpentina da raiva suscitada pelos meus gritos. Ele cambaleou, agarrou-se às cortinas da mesma forma como eu antes fizera e agitou a cabeça desesperadamente, como um animal caçado. Só Deus sabe por quê, pois enquanto os ecos dos meus gritos se dissipavam veio um outro som carregado de sugestões tão infernais que apenas a percepção embotada foi capaz de manter-me consciente e são. Era o constante e discreto ranger da escada no outro lado da porta trancada, como se os degraus estivessem a ser galgados por uma horda descalça ou com sapatos de couro; e por fim o rumor decidido e cauteloso do ferrolho de latão que reluzia sob o brilho débil das velas. O velho estendeu as mãos em minha direção e cuspiu em mim através do ar bolorento, e latiu coisas na garganta enquanto balançava com a cortina amarela a que se agarrava.

"A lua cheia — maldito seja — seu... seu cão — foi o senhor que os chamou, e eles vieram atrás de mim! Com pés em mocassins — homens mortos — que Deus os castigue, seus demônios vermelhos, mas não fui eu que envenenei o rum — acaso não mantive a mágica consumida pela varíola a salvo? — Foram vocês mesmos que adoeceram de tanto beber, malditos sejam, mas agora querem deitar a culpa no gentil-homem — já chega! Destranquem o ferrolho — não tenho nada para vocês aqui —"

Nesse momento três batidas lentas e deliberadas fizeram estremecer os painéis da porta, e uma espuma branca se acumulou na boca daquele mago frenético. Aquele pavor transformado em desespero de aço ofereceu uma oportunidade para que a raiva contra mim ressurgisse; e o homem deu mais um passo cambaleante para a frente, rumo à mesa em que eu me apoiava. As cortinas, ainda presas em sua mão direita enquanto a garra esquerda avançava em minha direção, retesaram-se e por fim desprenderam-se do opulento suporte, inundando o recinto com o luar pleno que o clarear do céu havia pressagiado. Sob aqueles raios esverdeados as velas empalideceram, e um novo aspecto de decadência espalhou-se pelo cômodo que tresandava um cheiro almiscarado em meio aos painéis verminosos, o assoalho cedido, o consolo surrado, a mobília decrépita e as cortinas em andrajos. E espalhou-se também sobre o velho, talvez vindo da mesma fonte ou talvez em razão de seu medo e de sua veemência, e logo o vi enrugar-se e enegrecer-se ao mesmo tempo que avançava e esforçava-se por dilacerar-me com garras vulturinas. Somente os olhos permaneceram intactos, e logo passaram a brilhar com uma incandescência propulsiva e dilatada que aumentava enquanto o rosto ao redor ardia e se extinguia.

As batidas repetiram-se com maior insistência, e dessa vez tinham um certo timbre metálico. A coisa preta à minha frente estava reduzida a uma cabeça com olhos que em vão tentava arrastar-se pelo assoalho cedido em minha direção enquanto por vezes emitia débeis cuspidelas de malevolência imortal. Logo pancadas ágeis e potentes atingiram os painéis de madeira enfermiça, e pude ver o brilho de uma machadinha atravessar a madeira lascada. Não esbocei nenhum movimento, porque não consegui; apenas observei estupefato enquanto a porta desfazia-se em pedaços e dava passagem ao fluxo colossal de uma substância negra e informe, coalhada de olhos brilhantes e malévolos. Aquilo se derramou de maneira untuosa, como uma enchente de óleo que escapa através de uma antepara podre, virou uma cadeira ao espalhar-se e por fim escorreu para baixo da mesa e avançou pelo recinto, em direção ao ponto em que a cabeça enegrecida com olhos permanecia a me encarar. A seguir fechou-se ao redor da cabeça, engolindo-a por completo, e no momento seguinte pôs-se a se afastar, levando consigo aquele fardo invisível sem me tocar, e novamente escorreu pelo escuro vão da porta e desceu as escadas não vistas, que rangeram como antes, embora na ordem inversa.

Por fim o assoalho cedeu por completo e eu escorreguei arquejando rumo à câmara noctífera mais abaixo, engasgando-me com teias de aranha e quase desfalecendo em terror. A lua verde, que brilhava através das janelas quebradas, mostrou-me a porta entreaberta do corredor; e ao me levantar do chão repleto de fragmentos de gesso e retorcer-me a fim de me livrar do teto desabado eu vi passar uma horrenda torrente de negrura, com vintenas de olhos ameaçadores a brilhar. Aquela coisa estava à procura do acesso ao porão, e ao encontrá-lo desapareceu rumo ao interior. Logo senti que o chão daquele recinto subterrâneo estava cedendo, como fizera o do andar superior, e a certa altura um estrondo vindo de cima foi seguido pela queda, visível pela janela a oeste, de uma forma que parecia ser a cúpula. Por ora livre dos escombros, apressei-me pelo corredor rumo à porta da frente; e, ao descobrir-me incapaz de abri-la, peguei uma cadeira e quebrei uma janela, para então sair em frenesi ao gramado abandonado onde o luar dançava sobre a grama e as ervas daninhas com um metro de altura. O muro era alto, e todos os portões encontravam-se trancados; porém ao mover uma pilha de caixas em um canto eu pude ganhar o topo e me agarrar à grande urna esculpida em pedra que lá se encontrava.

Exausto, eu via ao meu redor somente estranhas paredes, janelas e velhas mansardas. A rua íngreme por onde eu havia chegado não estava visível em nenhuma parte, e o pouco que vi sucumbiu depressa à névoa que chegou do rio, malgrado o intenso luar. De repente a urna à qual eu me agarrava pôs-se a tremer, como se compartilhasse da minha própria desorientação letal; e no instante seguinte o meu corpo foi lançado para baixo rumo a um destino ignoto.

O homem que me encontrou disse que eu devia ter me arrastado por uma distância considerável apesar dos ossos quebrados, pois havia uma trilha de sangue até onde havia se atrevido a olhar. A chuva que se armava logo apagou essa marca que indicava a cena de minha provação, e nenhum relato pôde revelar mais do que o meu surgimento — vindo de um local ignorado — na entrada de um diminuto pátio negro próximo à Perry Street.

Nunca tentei retornar àqueles labirintos tenebrosos e não estaria disposto a indicar o caminho a um homem são mesmo que eu pudesse. Quanto a quem ou o que era aquela criatura ancestral, não faço a menor ideia; mas repito que a cidade está morta e encontra-se repleta de horrores insuspeitos. Para onde *ele* foi eu não saberia dizer; quanto a mim, tornei a minha casa, junto das estradas puras da Nova Inglaterra por onde as fragrantes brisas marítimas sopram ao entardecer.

Herbert West — Reanimador

I. UM GRITO NO ESCURO

Sobre Herbert West, meu amigo na universidade e mais tarde na vida adulta, falo sempre tomado pelo mais absoluto terror. Esse terror não se deve por inteiro aos detalhes sinistros de seu recente desaparecimento, mas foi aos poucos engendrado pela natureza da obra a que dedicou sua vida, e adquiriu a forma aguda mais de dezessete anos atrás, quando estávamos no terceiro ano de nosso curso na Escola de Medicina da Universidade do Miskatonic em Arkham. Enquanto West estava ao meu lado, o portento e o diabolismo dos experimentos que conduzia fascinavam-me ao extremo, e eu era seu companheiro mais próximo. Agora que ele se foi e o feitiço encontra-se quebrado, o medo que sinto é ainda mais profundo. As lembranças e as possibilidades são, como nunca dantes, ainda mais horrendas do que a realidade.

O primeiro incidente horrível depois que nos conhecemos foi o choque mais profundo que já tive, e é apenas com enorme relutância que me disponho a narrá-lo. Conforme eu disse, aconteceu na época em que frequentávamos a escola de medicina, onde West havia ganhado notoriedade graças a suas teorias delirantes a respeito da morte e da possibilidade de vencê-la por meios artificiais. Essas opiniões, amplamente ridicularizadas pelos professores da faculdade e também por outros alunos, baseavam-se na natureza essencialmente mecanicista da vida, e relacionavam-se a maneiras de se operar o maquinário humano por meio de uma ação química calculada após a cessação dos processos naturais. Nos experimentos com diversas soluções reanimadoras, West matou e tratou um número imenso de coelhos, porquinhos-da-índia, gatos, cachorros e macacos, até se tornar o principal estorvo em toda a universidade. Por muitas vezes ele conseguira de fato obter sinais de vida em animais supostamente mortos; em muitos casos, esses sinais eram violentos, porém logo West viu que o aperfeiçoamento do processo, caso fosse possível, exigiria uma vida inteira dedicada à pesquisa. Da mesma forma, tornou-se claro que, uma vez que a mesma solução jamais agia da mesma forma sobre diferentes espécies, seria necessário obter espécimes humanos para dar continuidade ao progresso especializado. Foi nesse ponto que West teve o primeiro conflito com as autoridades universitárias e foi proibido de levar os experimentos adiante por ninguém menos do que o próprio diretor da escola de medicina — o erudito e benevolente dr. Allan Halsey, cuja beneficência em favor dos necessitados é ainda hoje lembrada por todos os antigos moradores de Arkham.

Eu sempre fui deveras tolerante em relação às aspirações de West, e com frequência discutíamos suas teorias, cujas ramificações e corolários eram praticamente infinitos. Alinhado a Haeckel, segundo o qual a vida é um processo físico e químico e portanto a suposta "alma" não passa de um mito, meu amigo acreditava que a reanimação artificial dos mortos dependia apenas da condição dos tecidos; e que, a não ser que a decomposição já houvesse de fato começado, um cadáver dotado de todos os órgãos poderia, uma vez tomadas as medidas necessárias, ser novamente posto a funcionar da maneira peculiar a que damos o nome de vida. Quanto ao fato de que a vida psíquica ou intelectual poderia ser afetada pela leve deterioração de células cerebrais delicadas que mesmo um breve período de morte seria capaz de provocar, West estava de todo ciente. A princípio, nutrira a esperança de encontrar um reagente capaz de restaurar a vitalidade antes que o processo da morte se completasse, porém repetidos fracassos nos experimentos com animais demonstraram que os movimentos vitais naturais e artificiais eram mutuamente incompatíveis. A partir de então, passou a buscar os espécimes mais frescos possíveis a fim de injetar-lhes soluções na corrente sanguínea imediatamente após a extinção da vida. Foi essa a circunstância que exacerbou o ceticismo dos professores, segundo os quais a morte definitiva talvez não houvesse ocorrido em todos os casos. Mas os professores não se detiveram a fim de examinar o assunto de forma minuciosa e racional.

Logo que a proibição desses experimentos passou a vigorar na faculdade, West confidenciou-me que estava decidido a encontrar uma forma de obter corpos humanos frescos e assim continuar em segredo os experimentos que não mais poderia realizar abertamente. Ouvi-lo discorrer sobre as formas e maneiras de levar o plano a cabo era um tanto macabro, pois na universidade jamais havíamos providenciado espécimes anatômicos por conta própria. Sempre que o necrotério revelava-se insuficiente, dois negros locais encarregavam-se do problema, sem que jamais lhes fizessem muitas perguntas. Na época, West era um rapaz pequeno e magro, de feições delicadas e óculos, cabelos louros e olhos azul-pálidos com uma voz mansa, e pareceu-me irreal ouvi-lo discorrer sobre os diferentes méritos do cemitério de Christchurch e do cemitério de indigentes. Por fim decidimo-nos pelo cemitério de indigentes, uma vez que os corpos no cemitério de Christchurch eram quase todos embalsamados, o que teria um impacto catastrófico na pesquisa levada a efeito por West.

Por volta dessa época eu desempenhava o papel de um assistente dedicado e fascinado e ajudava-o a tomar as mais variadas decisões, não apenas em relação à origem dos corpos mas também em relação à escolha de um local apropriado para o nosso repugnante ofício. Fui eu que pensei na fazenda abandonada dos Chapman, para além de Meadow Hill, onde montamos, no rés do chão, uma sala de operações e um laboratório, ambos guarnecidos por cortinas pretas destinadas a ocultar nossos afazeres noturnos. O local era muito distante de todas as estradas e suficientemente afastado das casas circunjacentes, mas assim mesmo certas precauções eram necessárias, posto que rumores acerca de estranhas luzes acesas por andarilhos noctívagos logo precipitariam a ruína de nossa empreitada. Combinamos que aquilo tudo seria tratado como um laboratório de química se fôssemos descobertos. Aos poucos, equipamos nossa lúgubre instalação científica com materiais comprados em Boston ou silenciosamente tomados de empréstimo à universidade — materiais esses meticulosamente tornados irreconhecíveis salvo aos olhares de especialistas — e arranjamos as pás e picaretas necessárias aos muitos enterros que precisaríamos fazer no porão. Na universidade usávamos um incinerador, porém o aparato seria demasiado caro para o nosso laboratório clandestino. Os corpos eram sempre um estorvo — inclusive os diminutos corpos de porquinhos-da-índia que resultavam dos pequenos experimentos feitos por West no quarto da pensão.

Acompanhávamos os anúncios fúnebres como ghouls, posto que nossos espécimes demandavam certas características especiais. Precisávamos de corpos enterrados logo após a morte que não tivessem sofrido nenhum processo de preservação artificial, preferencialmente livres de qualquer má-formação e necessariamente com todos os órgãos ainda presentes. As vítimas de acidentes eram nossa maior esperança. Passamos semanas sem qualquer notícia de um espécime adequado, embora contatássemos as autoridades do hospital e do necrotério com frequência, sempre invocando o nome da universidade a fim de não levantar suspeitas. Descobrimos que a universidade tinha a preferência em todos os casos, de maneira que talvez fosse necessário permanecer em Arkham durante o verão, quando somente as aulas do curso de verão eram oferecidas. Por fim recebemos o favor da sorte, pois houve um dia em que tivemos notícias de um caso muito próximo do ideal no cemitério de indigentes: um jovem trabalhador robusto que morrera afogado na manhã anterior em Sumner's Pond e fora enterrado às custas do município sem demora e sem embalsamamento. Naquela tarde encontramos a cova recém-cavada, e pusemo-nos a trabalhar logo após a meia-noite.

Foi uma tarefa repugnante que levamos a cabo na madrugada escura, mesmo que à época ainda não sentíssemos o horror a cemitérios que experiências mais tardias nos provocaram. Levamos pás e lampiões a óleo, pois embora naquele tempo já houvesse lanternas elétricas, essas não eram tão eficientes quanto os equipamentos de tungstênio fabricados hoje em dia. O processo de exumação relevou-se lento e sórdido — aquele poderia ter sido um momento de poesia macabra se fôssemos artistas em vez de cientistas —, mas alegramo-nos ao sentir que nossas pás haviam batido contra madeira. Quando o caixão de pinho foi completamente revelado, West adentrou a cova e removeu-lhe a tampa, arrastando e erguendo o conteúdo. Estendi as mãos para baixo e puxei o conteúdo para fora da cova, e então nós dois trabalhamos duro para restaurar a cova ao aspecto original. O processo deixou-nos um tanto nervosos — em particular o corpo enrijecido e o semblante vazio de nosso primeiro troféu —, porém assim mesmo logramos apagar todos os traços de nossa visita. Quando compactamos a última pá de terra lançada, acondicionamos o espécime em um saco de lona e partimos rumo à antiga fazenda dos Chapman, além de Meadow Hill.

Em uma mesa de dissecação improvisada, à luz de um poderoso lampião de carbureto, o espécime revestiu-se de um aspecto menos espectral. Tratava-se de um rapaz forte e aparentemente sem imaginação do tipo "plebeu saudável" — porte imponente, olhos cinzentos e cabelos morenos — um animal desprovido de sutilezas psicológicas, no qual provavelmente haviam funcionado os processos vitais mais simples e mais saudáveis. Naquele momento, com os olhos fechados, ele parecia mais adormecido do que morto, embora o teste especializado feito pelo meu amigo tenha afastado quaisquer dúvidas a esse respeito. Por fim havíamos obtido aquilo que West sempre desejara — um cadáver real do tipo ideal, pronto para receber a solução preparada de acordo com as teorias e os cálculos mais rigorosos para o uso em humanos. Sentimos o marcado aumento da tensão. Sabíamos que as chances de um sucesso absoluto eram ínfimas e não podíamos evitar o medo pavoroso dos resultados grotescos que seriam obtidos no caso de uma reanimação meramente parcial. Estávamos particularmente apreensivos no tocante à mente e aos impulsos da criatura, visto que no intervalo transcorrido desde a morte poderia ter havido deterioração nas mais delicadas células cerebrais. De minha parte, eu continuava a aventar ideias singulares relativamente à tradicional "alma" do homem, e assim fui tomado por um sentimento de reverência ante os segredos que poderiam ser revelados por um homem que retornasse dos mortos. Perguntei-me que visões poderiam ter recebido aquele plácido rapaz em esferas a nós inacessíveis, e se estaria em condições de narrá-las caso a vida fosse integralmente restaurada. Porém o sentimento não foi avassalador, posto que em boa medida eu compartilhava do materialismo defendido pelo meu amigo. West estava mais calmo do que eu quando por fim inoculou uma grande quantidade de fluido no braço daquele corpo e a seguir cobriu a incisão com uma bandagem.

A espera foi exasperante, mas West jamais esmoreceu. De tempos em tempos, aplicava o estetoscópio ao espécime e constatava o resultado negativo com uma resignação filosófica. Cerca de quarenta e cinco minutos depois, sem qualquer sinal de vida, West declarou que a solução não fora apropriada, mas permaneceu decidido a aproveitar a oportunidade ao máximo e fazer uma alteração na fórmula antes de descartar aquele troféu macabro. Naquela tarde havíamos aberto uma cova no porão, e teríamos de fechá-la ao amanhecer — pois, embora tivéssemos instalado uma fechadura na casa, pretendíamos minimizar tanto quanto possível a chance de uma descoberta funesta. Ademais, o corpo não se manteria fresco até a noite seguinte. Assim, levando conosco o lampião de carbureto ao laboratório adjacente, deixamos nosso hóspede silencioso estendido no escuro e devotamos toda a nossa energia ao preparo de uma nova solução, cujas medições e pesagens foram supervisionadas por West com uma atenção quase fanática.

O terrível desfecho foi repentino e de todo inesperado. Eu transferia um líquido qualquer de um tubo de ensaio para outro e West encontrava-se ocupado com o queimador a álcool que fazia as vezes de bico de Bunsen naquela construção sem instalações de gás quando, na sala escura que havíamos deixado, ecoou a mais terrível e mais demoníaca sucessão de gritos que ouvimos em toda a nossa vida. O caos de sons irreproduzíveis não seria mais inefável nem mesmo se os portões do inferno fossem abertos para dar vazão à agonia das almas condenadas, pois aquela cacofonia inconcebível concentrava o terror superno e o desespero absoluto de todas as coisas vivas da natureza. Não podia ser um som humano — não é do homem fazer aquele tipo de som — e, sem pensar em nossa atividade recente ou na possibilidade de seu descobrimento, tanto eu como West corremos até a janela mais próxima como dois animais feridos, virando o queimador, tubos e retortas e saltando como loucos rumo à noite estrelada naquele cenário rural. Pode ser que tenhamos corrido aos gritos ao avançar em frenesi rumo à cidade, mas quando nos aproximamos tratamos de conter-nos um pouco — apenas o suficiente para dar a impressão de sermos dois pândegos noctívagos que tornavam a casa ao fim de uma esbórnia.

Não nos separamos, mas fomos ao quarto de West, onde conversamos aos sussurros com o gás ligado até o amanhecer. Naquela altura já tínhamos nos acalmado um pouco graças a teorias racionais e planos investigativos, para assim poder dormir pela manhã — a despeito de nossas aulas. Porém naquela mesma noite duas notas de jornal sem qualquer relação aparente mais uma vez impediram-nos de dormir. A antiga casa na fazenda dos Champan havia queimado por completo, não tendo restado nada além de uma pilha de cinzas; um resultado compreensível em função do queimador virado. Além disso, houvera uma tentativa de profanação em uma cova recém-cavada no cemitério de indigentes, feita mediante a ação de mãos sem qualquer tipo de pá. Fomos incapazes de compreender esse item, visto que havíamos tomado o cuidado de compactar a terra revolvida.

A partir de então, por dezessete anos West olhava com frequência para trás e afirmava ouvir o som de pegadas às suas costas. E agora ele desapareceu.

II. O DEMÔNIO DA PESTE

Jamais vou me esquecer daquele horrendo verão de dezesseis anos atrás, quando, feito um espírito maligno das hordas de Iblis, o tifo mordaz assolou a cidade de Arkham. É por conta desse flagelo satânico que a maioria das pessoas recorda o ano, pois de fato o terror espreitava com asas de morcego por sobre as pilhas de caixões no cemitério de Christchurch; mas para mim há um horror ainda maior naquela época — um horror conhecido apenas por mim, agora que Herbert West se encontra desaparecido.

Eu e West trabalhávamos como pós-graduandos nos cursos de verão oferecidos pela Escola de Medicina da Universidade do Miskatonic, e meu amigo tinha obtido grande notoriedade por conta de experimentos relacionados à revivificação dos mortos. Após a matança científica de incontáveis animais de pequeno porte, esse trabalho aberrante fora ostensivamente encerrado por ordem de nosso cético diretor, o dr. Allan Halsey; apesar disso, West continuara a conduzir certos experimentos secretos no quarto da sórdida pensão onde morava, e em uma terrível e inesquecível ocasião havia levado um corpo do local de sepultamento, no cemitério de indigentes, para uma fazenda abandonada além de Meadow Hill.

Eu o acompanhei nessa odienta ocasião, e vi-o injetar nas veias estáticas o elixir que talvez fosse capaz de restaurar até certo ponto os processos químicos e físicos da vida. Tudo acabou em horror — um delírio de medo que aos poucos acabamos por atribuir aos nossos próprios nervos sobrecarregados —, e a partir de então West nunca mais foi capaz de abandonar o enlouquecedor sentimento de viver como um homem acossado e assombrado. O corpo não estava fresco o suficiente, e é óbvio que para a restauração dos atributos mentais pretendidos um corpo deve estar deveras fresco; além disso, o incêndio da antiga casa impediu-nos de enterrar aquela coisa. Seria melhor caso pudéssemos ter certeza de que aquilo se encontrava sob a terra.

Após esse experimento, West abandonou as pesquisas por um tempo; porém, à medida que o fervor do cientista nato aos poucos retornava, ele tornou a importunar a faculdade ao solicitar acesso à sala de dissecação e a espécimes humanos frescos para a realização do trabalho que julgava ter suma importância. Mas esses apelos foram em vão, pois a decisão do dr. Halsey mostrou-se inflexível, e os demais professores endossaram por unanimidade o veredito da diretoria. Na teoria radical da reanimação, não viam nada além das fantasias imaturas de um jovem diletante cujo porte diminuto, cabelos louros, olhos azuis guarnecidos por óculos e voz mansa não davam nenhuma pista em relação ao poder sobrenatural — quase diabólico — do frio intelecto que abrigavam. Ainda hoje posso ver West como era naquela época — porém logo começo a tremer. O semblante tornou-se mais duro, porém nunca envelhecido. E agora houve o incidente no hospício de Sefton e West desapareceu.

West teve uma altercação bastante desagradável com o dr. Halsey perto do último período antes de nossa formatura — uma discussão bastante prolixa que, em vez de beneficiá-lo, rendeu ainda mais crédito ao bondoso diretor em termos de cortesia. West sentia-se prejudicado de maneira desnecessária e irracional na execução de um trabalho sublime; um trabalho que naturalmente poderia conduzir da maneira que bem lhe aprouvesse em anos vindouros, mas que desejava começar enquanto ainda tinha acesso às excelentes instalações da universidade. Que um grupo de senhores presos à tradição pudesse ignorar os singulares resultados que havia obtido em animais e negar-lhe qualquer possibilidade de reanimação era de todo revoltante e quase incompreensível para um jovem com o temperamento lógico de West. Somente a maturidade futura poderia levá-lo a compreender as limitações mentais do tipo "professor doutor" — o produto de gerações e gerações de lamentável puritanismo: benevolente, cioso e por vezes até mesmo gentil e amigável, porém sempre limitado, intolerante, obcecado por antigos costumes e desprovido de perspectiva. A idade traz mais empatia para com esses personagens imperfeitos mas assim mesmo dotados de almas elevadas cujo pior vício real é a timidez, que no fim acabam punidos através de uma exposição ao ridículo por conta de seus pecados intelectuais — pecados como o ptolemismo, o calvinismo, o antidarwinismo, o antinietzschianismo e toda sorte de sabatarianismo e legislação sumptuária. West, jovem apesar da impressionante formação científica, não tinha muita paciência com o bondoso dr. Halsey e seus colegas eruditos, e assim passou a cultivar um ressentimento cada vez mais profundo, somado a um desejo de provar suas teorias àqueles senhores obtusos de maneira grandiosa e dramática. Como a maioria dos jovens, nutria fantasias elaboradas que envolviam vingança, triunfo e por fim uma demonstração magnânima de perdão.

E então, das cavernas de pesadelo do Tártaro, emergiu aquele flagelo zombeteiro e letal. Quando tudo começou, eu e West já estávamos formados, mas continuávamos na universidade por conta de um trabalho extra no curso de verão, de maneira que ainda nos encontrávamos em Arkham quando a desgraça se abateu com força demoníaca sobre a cidade. Embora ainda não fôssemos médicos licenciados, já detínhamos o grau acadêmico, e assim nos vimos empurrados freneticamente para o serviço público à medida que o número de pessoas contaminadas aumentava. A situação estava praticamente fora de controle, e as mortes eram demasiado frequentes para que os coveiros locais pudessem dar conta de tudo. Enterros sem qualquer tipo de embalsamamento prévio eram feitos em rápida sucessão, e mesmo a cripta do cemitério de Christchurch estava lotada de caixões repletos de mortos não embalsamados. Essa circunstância não passou despercebida a West, que com frequência refletia sobre a ironia da situação — com tantos espécimes frescos, não havia nenhum para as pesquisas que desejava realizar! Estávamos completamente assoberbados de trabalho, e o terrível esgotamento mental e nervoso conduziu meu amigo a mórbidas cogitações.

Mas os gentis inimigos de West não estavam menos sujeitos a esses deveres prostrantes. A universidade havia praticamente fechado, e todos os médicos da faculdade estavam ocupados na luta contra a febre tifoide. O dr. Halsey, em particular, havia se distinguido pelo sacrifício feito ao empregar suas habilidades extraordinárias com toda a energia do coração a casos que muitos outros médicos rejeitavam em razão do perigo ou da ausência de qualquer tipo de perspectiva. Antes que se passasse um mês, o intrépido diretor da faculdade de medicina havia se transformado em verdadeiro herói popular, conquanto parecesse alheio à fama em meio aos esforços para não sofrer um colapso devido à fadiga do corpo e à exaustão dos nervos. West não pôde esconder a admiração com a fortitude do adversário, mas por conta disso tornou-se ainda mais determinado a provar-lhe a verdade das espantosas doutrinas que cultivava. Aproveitando-se da falta de organização no trabalho universitário e nas regulações sanitárias do município, por fim West obteve um corpo recém-falecido que foi contrabandeado para a sala de dissecação da universidade, onde na minha presença injetou-lhe uma nova modificação da solução. A coisa chegou de fato a abrir os olhos, porém se manteve olhando para o teto com uma expressão de horror petrificante antes de sucumbir novamente a uma inércia da qual nada mais pôde retirá-la. West afirmou que o corpo não estava fresco o suficiente — o ar quente do verão não favorece os cadáveres. Quase fomos descobertos antes que pudéssemos incinerar a coisa, e West passou a questionar a sensatez de repetir aquele flagrante abuso do laboratório universitário.

A epidemia atingiu o ponto máximo no mês de agosto. Eu e West estávamos praticamente mortos, e o dr. Halsey de fato morreu no dia 14. Todos os alunos compareceram ao funeral organizado às pressas no dia 15, levando uma impressionante coroa de flores, muito embora esta tenha sido ofuscada pelos tributos enviados por cidadãos abastados de Arkham e pelo governo municipal. Foi quase um evento público, pois o diretor sem dúvida fora um benfeitor da sociedade. Ao fim do enterro estávamos todos um pouco deprimidos, e passamos a tarde no bar da Commercial House, onde West, embora abalado pela morte do principal adversário, acalmou-nos com referências variadas às suas notórias teorias. À medida que a noite avançava a maioria dos alunos voltou para casa ou foi cuidar de outros compromissos; porém West convenceu-me a ajudá-lo a "tirar o máximo proveito da noite". A senhoria de West nos viu retornar ao quarto por volta das duas horas da manhã com um terceiro homem entre nós dois; disse ao marido que sem dúvida havíamos jantado e bebido com evidente gosto.

Segundo tudo indica, essa azeda senhora tinha razão; pois às três da manhã a pensão inteira foi despertada por gritos vindos do quarto de West, que ao ter a porta arrombada pelos demais moradores revelou-nos prostrados e inconscientes sobre o carpete manchado de sangue — lanhados, agredidos e surrados, com os resquícios dos recipientes e instrumentos de West espalhados ao redor. Somente a janela aberta revelou-nos o fim que levara nosso agressor, e muitas das pessoas que vieram em nosso auxílio indagaram-se quanto às condições daquele homem após a formidável queda do segundo andar até o gramado mais abaixo. Havia estranhos trajes no quarto, mas ao recuperar a consciência West disse que não pertenciam ao estranho, mas eram espécimes coletados para uma análise bacteriológica que integrava as pesquisas feitas sobre a transmissão de doenças por germes. West ordenou que fossem queimadas assim que possível na grande lareira. À polícia, nós dois afirmamos desconhecer a identidade do nosso companheiro. De acordo com o nervoso depoimento de West, o homem era apenas um estranho que havíamos encontrado em um bar de localização ignorada no centro da cidade. Estávamos todos bastante alegres, e eu e West não queríamos que nosso pugnaz companheiro fosse caçado.

Aquela mesma noite testemunhou o segundo horror de Arkham — o horror que para mim eclipsou o próprio surgimento da peste. O cemitério de Christchurch foi palco de um assassinato terrível; um guarda foi morto a golpes de garras de forma não apenas demasiado horrenda para ser descrita, mas também duvidosa quanto ao envolvimento de qualquer agência humana. A vítima fora vista ainda viva depois da meia-noite — porém o raiar do dia revelou uma coisa inefável. O gerente de um circo na cidade próxima de Bolton foi questionado, mas asseverou que nenhum dos animais havia fugido da jaula. As pessoas que encontraram o corpo descobriram uma trilha de sangue que avançava até a cripta, onde uma pequena poça de líquido rubro depositara-se no concreto logo em frente ao portão. Uma trilha menos visível seguia em direção ao bosque, porém logo desaparecia.

Na noite seguinte os demônios dançaram sobre os telhados de Arkham, e uma loucura insalubre ululou ao vento. Por toda a cidade febril espalhava-se uma maldição que uns diziam ser maior do que a peste, enquanto outros afirmavam ser a encarnação da própria alma demoníaca da peste. Oito casas foram invadidas por uma coisa inominada que deixou um rastro de morte rubra — ao todo, dezessete restos de corpos mutilados foram deixados para trás pelo monstro sádico e silencioso que vagara por aquelas plagas. Certas pessoas tinham-no visto no escuro, e disseram que era branco como um símio disforme, ou ainda um demônio antropomórfico. A criatura não deixara todos aqueles sobre os quais havia investido para trás — pois também estava faminta. O número de vítimas era catorze; três dos corpos estavam em casas visitadas pela peste e já não se encontravam vivos.

Na terceira noite, frenéticos grupos de buscas sob os auspícios da polícia capturaram o monstro em uma casa na Crane Street, perto do campus da Universidade do Miskatonic. Haviam organizado aquela busca com todo o cuidado necessário, mantendo-se em contato graças a estações voluntárias de telefonia, e quando alguém nos arredores da universidade relatou ter ouvido arranhões em uma janela fechada, a rede logo foi estendida. Graças ao alerta feito e às precauções tomadas por todos, houve apenas mais duas vítimas, e a captura foi efetuada sem maiores baixas. A coisa foi enfim detida por uma bala, embora não uma bala fatal; e então foi levada às pressas para o hospital em meio ao sentimento geral de celebração e repulsa.

Era um homem. Esse tanto estava claro, a despeito dos olhos nauseantes, do simianismo afônico e da selvageria demoníaca. Os médicos puseram bandagens sobre as feridas e levaram-no para o hospício em Sefton, onde passou os dezesseis anos seguintes batendo a cabeça nas paredes de uma cela acolchoada — até o incidente ocorrido pouco tempo atrás, quando escapou em circunstâncias que poucos dispõem-se a mencionar. O que mais causou repulsa entre os membros do grupo de buscas de Arkham foi aquilo que perceberam quando o rosto do monstro foi limpo — a semelhança inacreditável e escarninha com um abnegado e erudito mártir enterrado apenas três dias antes — o finado dr. Allan Halsey, benfeitor da sociedade e diretor da Escola de Medicina da Universidade do Miskatonic.

Para mim e para o desaparecido Herbert West, o desgosto e o horror foram supremos. Mesmo agora à noite estremeço ao pensar no ocorrido; estremeço ainda mais do que naquela manhã, quando West balbuciou em meio às bandagens,

"Maldição! O corpo não estava fresco o suficiente!"

III. SEIS TIROS AO LUAR

É bastante incomum deflagrar todos os seis cartuchos de um revólver em sequência quando um seria o bastante, porém muitas coisas na vida de Herbert West eram um tanto incomuns. Para dar um exemplo, não é habitual que um jovem médico, ao concluir os estudos na universidade, veja-se obrigado a ocultar as motivações que o levam a escolher o local da casa e do consultório, porém foi assim que se passou com Herbert West. Quando eu e West obtivemos nosso grau na Escola de Medicina da Universidade do Miskatonic e tentamos remediar nossa pobreza abrindo um consultório médico, tomamos enorme cuidado para não revelar que escolhemos nossa casa por ser bastante isolada e razoavelmente perto do cemitério de indigentes.

Esse tipo de reticência não raro tem bons motivos, e assim foi também em nosso caso, pois nossas exigências eram aquelas que resultam de uma atividade notoriamente impopular. Na superfície, éramos apenas dois médicos, porém no fundo havia motivos alimentados por ambições bem maiores e bem mais terríveis — pois a essência da existência de Herbert West era uma busca em meio aos domínios negros e proscritos do desconhecido, onde tinha a esperança de desvendar o segredo da vida e restaurar a um estado de animação perpétua a fria matéria do cemitério. Uma busca como essa demanda materiais estranhos, entre os quais se encontram corpos humanos frescos; e, para ter à disposição suprimentos dessas coisas indispensáveis, é preciso levar uma vida pacata não muito distante de um local de sepultamento informal.

Eu e West havíamos nos conhecido na universidade, e eu fora o único a simpatizar com seus horrendos experimentos. Aos poucos, transformei-me em seu inseparável assistente, e quando concluímos nossos estudos na universidade tivemos de permanecer juntos. Não foi nada fácil encontrar um bom consultório para dois médicos em sociedade, mas por fim a influência da universidade assegurou-nos um consultório em Bolton — uma cidade industrial perto de Arkham, sede da universidade. A indústria têxtil de Bolton é a maior em todo o vale do Miskatonic, e os empregados poliglotas nunca são muito populares como pacientes em meio aos médicos locais. Escolhemos nossa casa com o maior cuidado, optando enfim por uma construção bastante precária no fim da Pond Street — cinco números afastada do vizinho mais próximo, e separada do cemitério de indigentes apenas por um terreno coberto de grama e cortado por uma estreita ramificação da densa floresta localizada mais ao norte. A distância era maior do que gostaríamos, mas não seria possível arranjar uma casa mais próxima sem ir para o outro lado do cemitério, já completamente fora do distrito industrial. Não estávamos de todo insatisfeitos, no entanto, visto que não havia ninguém a separar-nos de nossa sinistra fonte de suprimentos. O caminho era um pouco longo, mas ao menos podíamos arrastar nossos silenciosos espécimes sem qualquer perturbação.

Nosso consultório parecia surpreendentemente grande para ser o primeiro — grande o bastante para agradar qualquer médico recém-formado, e grande o bastante para revelar-se um aborrecimento e um fardo para dois estudiosos cujos reais interesses estavam em outro campo. Os trabalhadores da indústria têxtil eram dados a impulsos turbulentos; e, além dos mais variados impulsos naturais, as constantes brigas e altercações envolvendo facas mantinham-nos sempre ocupados. Mas o que mais ocupava nossos pensamentos era o laboratório secreto que havíamos montado no porão — o laboratório com a mesa longa sob as luzes elétricas, onde com frequência passávamos a madrugada injetando as várias soluções de West nas veias das coisas que arrastávamos desde o cemitério de indigentes. West fazia experimentos como um louco a fim de encontrar uma forma de restaurar os movimentos vitais do homem após a cessação causada por aquilo que chamamos de morte, porém havia encontrado os mais sinistros obstáculos. A solução tinha de ser preparada de maneira diferente a depender da espécie — o que servia para porquinhos-da-índia não servia para seres humanos, e mesmo diferentes espécimes humanos exigiam profundas modificações.

Os corpos tinham de ser excepcionalmente frescos, porque mesmo a mais leve decomposição dos tecidos cerebrais impossibilitava a reanimação perfeita. A bem dizer, o maior problema era obter corpos frescos o suficiente — West teve resultados terríveis durante as pesquisas secretas realizadas na época da universidade com cadáveres de procedência duvidosa. Os resultados da reanimação parcial ou imperfeita eram ainda mais horrendos do que aquilo que se obtinha em caso de fracasso total, e nós dois tínhamos recordações terríveis daquelas coisas. Desde nossa primeira sessão demoníaca na fazenda abandonada em Meadow Hill, na cidade de Arkham, nutríamos um sentimento de ameaça iminente; e West, embora na maior parte do tempo se comportasse como um autômato científico de cabelos louros e olhos azuis, em diversas ocasiões mencionou a sensação aterrorizante de sentir-se espreitado. Tinha a impressão de que um vulto o seguia — um delírio psicológico causado por nervos à flor da pele, tornado ainda mais potente graças ao fato indiscutivelmente perturbador de que pelo menos um de nossos espécimes reanimados encontrava-se vivo — um organismo carnívoro trancado em uma cela acolchoada no hospício de Sefton. E havia também outro — o nosso primeiro experimento — cujo destino exato jamais descobríramos.

Tivemos sorte com os espécimes de Bolton — mais sorte do que em Arkham. Não havia se passado nem uma semana desde a abertura do consultório quando obtivemos a vítima de um acidente fatal na própria noite do enterro e fizemos o corpo abrir os olhos com uma expressão de surpreendente racionalidade antes que a solução nos falhasse. Ao corpo faltava um dos braços — se estivesse completo, talvez nosso sucesso fosse maior. Entre a ocasião mencionada e o janeiro seguinte conseguimos outros três corpos;

um caso de fracasso total, outro de visível atividade muscular e por último uma coisa trêmula que chegou a se levantar sozinha e emitir um som. A seguir veio um período de sorte minguante; o número de enterros caiu, e os poucos que ocorriam diziam respeito a espécimes ou demasiado enfermos ou demasiado mutilados para os nossos propósitos. Acompanhávamos todas as mortes e as circunstâncias em que haviam ocorrido com atenção minuciosa.

Em uma noite de março, no entanto, obtivemos de maneira inesperada um espécime que não viera do cemitério de indigentes. Em Bolton, o espírito dominante do puritanismo havia tornado o boxe ilegal — com o resultado esperado. Lutas sub-reptícias e malconduzidas entre os trabalhadores da indústria têxtil eram corriqueiras, e em certas ocasiões chegava a haver a importação de talento profissional de baixa qualidade. Naquela noite próxima ao fim do inverno houvera uma dessas lutas, que evidentemente tivera um fim desastroso, uma vez que dois polacos temerosos nos haviam procurado com súplicas incoerentes, feitas aos balbucios, para que atendêssemos a um caso particularmente secreto e desesperador. Prontamente os acompanhamos até um curral abandonado, onde uns poucos integrantes daquilo que antes fora uma multidão de estrangeiros assustados observavam um vulto preto estendido no chão.

A luta fora entre Kid O'Brien — um jovem canhestro e naquele instante trêmulo, com um nariz aquilino nem um pouco hibérnico — e Buck Robinson, conhecido pela alcunha de "A fumaça do Harlem". O negro fora nocauteado e perdera a consciência, e após um exame momentâneo pudemos constatar que nunca mais haveria de recuperá-la. O homem tinha um aspecto horrendo e similar a um gorila, com braços excessivamente longos que eu não poderia descrever senão como patas dianteiras, e um rosto que conjurava imagens de segredos inomináveis do Congo e do ruflar de tambores sob a lua sinistra. O corpo devia ter parecido ainda mais terrível em vida — porém o mundo abriga muitas coisas feias. O medo pairava sobre a plateia digna de pena, uma vez que ninguém sabia como a lei haveria de tratá-los se o incidente não fosse silenciado; e todos manifestaram gratidão quando West, a despeito de meus tremores involuntários, dispôs-se a se encarregar daquela coisa de maneira discreta — para fins que eu conhecia demasiado bem.

O luar cintilava acima do panorama liberto da neve, porém vestimos aquela coisa e a levamos para casa entre nós dois por ruas e campos desertos, como outrora havíamos carregado uma coisa parecida no curso de uma horrível noite em Arkham. Aproximamo-nos de casa pelo gramado que ficava na parte de trás da propriedade, entramos com o espécime pela porta dos fundos, descemos a escada e o preparamos para o experimento habitual. Nosso temor em relação à polícia era tremendo, embora tivéssemos planejado a nossa viagem de maneira a evitar o guarda solitário daquela região.

O resultado foi um enfadonho anticlímax. Por mais lúgubre que parecesse, nosso troféu revelou-se de todo indiferente às várias soluções que lhe injetamos no braço preto, visto que as fórmulas preparadas tinham por base apenas a experiência prévia com espécimes brancos. E assim, à medida que a madrugada aproximava-se perigosamente da aurora, fizemos como havíamos feito com os outros — arrastamos a coisa pelo gramado até a ramificação da floresta mais próxima ao cemitério de indigentes e a enterramos lá na melhor cova que o solo congelado nos permitia cavar. A cova não era muito profunda, mas revelou-se tão boa quanto aquela destinada ao espécime anterior — a coisa que se levantara sozinha e emitira um som. À luz de nossas lanternas tênues, ocultamos a cova por trás de folhas e trepadeiras mortas, praticamente certos de que a polícia jamais a encontraria no meio de uma floresta tão densa e tão escura.

No dia seguinte passei a me sentir cada vez mais apreensivo em relação à polícia, visto que haviam surgido rumores de uma suposta luta que acabara em morte. West tinha uma fonte adicional de preocupação, uma vez que naquela tarde fora chamado para atender a um caso que acabou de forma ameaçadora. Uma italiana fora acometida por um surto de histeria motivado pelo desaparecimento do filho — um menino de cinco anos que saíra de casa pela manhã e não retornara para o jantar —, e em razão disso havia desenvolvido sintomas alarmantes para uma pessoa que já sofria com um coração fraco. Era uma histeria tola, pois o menino havia fugido diversas vezes no passado; mas os camponeses italianos são muito supersticiosos, e a mulher parecia tão incomodada por crendices quanto por fatos. Por volta das sete horas da tarde ela veio a falecer, e o marido desesperado protagonizou uma cena terrível quando tentou matar West, acusando-o de não ter salvado a vida da esposa. Os amigos o seguraram assim que puxou um estilete, mas West partiu em meio a gritos inumanos, imprecações e juras de vingança. Em meio a essa aflição, o sujeito parecia ter se esquecido do filho, que continuava desaparecido enquanto a noite avançava. Falou-se em uma busca na floresta, mas os amigos da família estavam ocupados com a finada mulher e o marido vociferante. No geral, o impacto sobre os nervos de West deve ter sido tremendo. O receio em relação à polícia e ao italiano louco devem ter pesado em seus ombros.

Recolhemo-nos por volta das onze horas, mas eu não dormi bem. Bolton tinha uma força policial surpreendentemente boa para uma cidade pequena, e eu não consegui dormir temendo o alvoroço que teria início caso o incidente da noite anterior um dia fosse descoberto. Um acontecimento desses poderia significar o fim de nossas atividades no local — e talvez resultar em prisão, tanto para mim quanto para West. Não gostei nem um pouco dos rumores que circulavam sobre uma briga. Quando o relógio marcou três horas o luar brilhou em meus olhos, porém me virei para o lado sem me levantar para baixar a persiana. Em seguida comecei a ouvir um rumor constante na porta dos fundos.

Permaneci deitado, um pouco atônito, porém logo ouvi West bater na porta do meu quarto. Ele trajava pijama e chinelos, e tinha nas mãos um revólver e uma lanterna elétrica. Por conta do revólver eu soube que ele pensava mais no italiano louco do que na polícia.

"É melhor atendermos", ele sussurrou. "Não atender não resolveria nada, e além do mais pode ser um paciente — seria a cara de um desses tolos bater na porta dos fundos."

Descemos os dois na ponta dos pés, com um medo em parte justificado e em parte devido aos sentimentos que se manifestam na alma em madrugadas estranhas. O rumor continuou, dessa vez mais alto. Quando chegamos à porta eu a destranquei e a abri por completo, e, quando o luar revelou a silhueta de uma forma, West reagiu de modo um tanto singular. Apesar do risco evidente de chamar atenção e atrair a temida investigação policial — uma consequência felizmente evitada pelo relativo isolamento de nossa casa —, com um movimento brusco, agitado e desnecessário, meu amigo descarregou todos os seis cartuchos do revólver em nosso visitante noturno.

Pois esse visitante não era nem o italiano nem um policial. Delineado de maneira horrenda contra o brilho da lua espectral assomava uma coisa gigantesca e disforme, inconcebível a não ser em pesadelos — uma assombração negra como breu, de olhos vidrados e praticamente quadrúpede, recoberta por folhas, trepadeiras e bolor, suja de sangue coagulado, que tinha entre os dentes brilhantes um terrível objeto cilíndrico da cor da neve que terminava em cinco dedinhos.

IV. O GRITO DO MORTO

O grito de um homem morto instilou-me o profundo horror ao dr. Herbert West que desde então perturbou os anos remanescentes de nossa amizade. É natural que o grito de um homem morto revele-se causa de horror, pois evidentemente não se trata de um evento agradável nem corriqueiro; mas eu estava habituado a esse tipo de experiência, de maneira que nessa ocasião sofri apenas em razão de uma circunstância excepcionalmente singular. E, conforme dei a entender, meu temor não estava relacionado ao morto.

Herbert West, a quem eu me relacionava na condição de sócio e assistente, tinha interesses científicos que em muito ultrapassavam a rotina de um médico numa cidade pequena. Foi por esse motivo que, ao abrir um consultório em Bolton, ele havia escolhido uma casa isolada, próxima ao cemitério de indigentes. Dito de maneira breve e ríspida, o único interesse constante de West era o estudo secreto dos fenômenos relacionados à vida e à cessação da vida, que culminariam na reanimação dos mortos por meio da injeção de soluções excitantes. Para levar a cabo esses experimentos macabros era necessário ter acesso regular a um suprimento de corpos humanos muito frescos; muito frescos porque a menor deterioração causava danos irreversíveis à estrutura do cérebro, e humanos porque a solução tinha de ser preparada de maneiras diferentes para diferentes tipos de organismo. Dezenas de coelhos e porquinhos-da-índia tinham sido mortos e tratados, mas o caminho aberto dessa forma levou-o a um beco sem saída. West jamais obtivera sucesso completo porque jamais conseguira obter um cadáver suficientemente fresco. O que mais desejava eram corpos recém-abandonados pela vitalidade; corpos com todas as células intactas, capazes de receber novamente o impulso rumo àquela forma de movimento a que chamamos de vida. Havia esperança de que essa segunda vida artificial pudesse ser eternizada por meio de reaplicações da solução, pois sabíamos graças à experiência que o procedimento não produzia resultados em corpos que ainda estivessem animados pela vida natural. De maneira a estabelecer os movimentos artificiais, essa vida natural precisava extinguir-se — os espécimes precisavam estar deveras frescos, porém genuinamente mortos.

Essa busca formidável teve início quando eu e West éramos alunos da Escola de Medicina da Universidade do Miskatonic em Arkham, onde compreendemos de maneira consumada a natureza puramente mecânica da vida. Tudo aconteceu há sete anos, porém West não parece ter envelhecido um dia sequer — era um homem pequeno, louro, de rosto escanhoado e voz mansa que usava óculos e por vezes tinha, nos olhos frios e azuis, lampejos que revelavam o fanatismo crescente e inabalável que seu caráter evidenciava sob a pressão daquelas terríveis pesquisas. Nossos experimentos com frequência eram odiosos ao extremo: o resultado era a reanimação deficiente, quando a matéria inerte do cemitério era galvanizada e executava movimentos sobrenaturais, inconscientes e mórbidos sob o efeito de modificações variadas à solução vital.

Uma dessas coisas soltara um grito capaz de abalar os nervos de maneira permanente; outra havia se erguido com um movimento brusco e então nos surrado até que perdêssemos a consciência para depois fugir de maneira chocante e acabar confinada atrás das grades de um hospício; e ainda outra, uma abominável monstruosidade africana, escavara a própria cova rasa e cometera uma atrocidade — West viu-se obrigado a deflagrar seis tiros sobre esse objeto. Não conseguíamos obter corpos suficientemente frescos a ponto de exibir quaisquer traços de consciência após a reanimação, de maneira que os resultados foram em todos os casos horrores inomináveis. Era perturbador imaginar que um ou talvez dois daqueles monstros ainda pudessem estar vivos — e esse pensamento nos acompanhou como uma sombra até que West desaparecesse em circunstâncias terríveis. Mas, quando o grito soou no laboratório do porão em nossa casa isolada em Bolton, nossos medos estavam subordinados à ansiedade por obter espécimes deveras frescos. West estava mais ávido do que eu, e tive a impressão de que olhava com certo desejo para qualquer físico que exibisse marcas de excelente saúde.

Foi em julho de 1910 que a falta de sorte em relação aos espécimes começou a mudar. Eu fizera uma longa visita aos meus pais em Illinois, e ao retornar encontrei West em um estado de marcada exultação. Muito entusiasmado, ele contou-me que provavelmente havia resolvido o problema relativo ao frescor dos corpos por meio de uma abordagem totalmente nova — a preservação artificial. Eu sabia que West vinha trabalhando em um novo líquido de embalsamamento nada usual, e não fiquei nem um pouco surpreso ao descobrir que tinha obtido bons resultados; mas enquanto não terminei de ouvir a explicação permaneci um tanto perplexo em relação à utilidade que um líquido com aquelas características poderia ter para o nosso trabalho, uma vez que a deterioração dos espécimes ocorria sobretudo durante o tempo decorrido antes que os tivéssemos à nossa disposição. Segundo constatei, esse detalhe não tinha passado desapercebido a West, que desenvolvera o líquido de embalsamamento para uso futuro, e não imediato, e confiara ao destino a obtenção de um novo corpo muito fresco e jamais sepultado, conforme ocorrera na ocasião em que obtivemos o corpo do negro morto na luta em Bolton. Por fim o destino fora misericordioso para conosco, de maneira que naquele momento havia no laboratório do porão um cadáver em que o processo de deterioração não poderia em nenhuma hipótese ter começado. No tocante ao produto da reanimação e à possibilidade de que a mente e a razão fossem igualmente reanimadas, West não se arriscava a fazer qualquer previsão. O experimento seria um marco em nossos estudos, e ele havia guardado o corpo até o meu retorno, para que ambos pudéssemos compartilhar o espetáculo da forma habitual.

West contou-me como havia obtido o espécime. Aquele fora um homem robusto; um forasteiro bem-vestido que acabara de sair do trem para fechar negócios com a indústria têxtil de Bolton. A caminhada pela cidade fora longa, e quando esse viajante parou em nossa casa a fim de pedir informações sobre o trajeto que levava às fábricas de repente sentiu a cabeça demasiado pesada. O homem havia recusado um estimulante, e no momento seguinte caiu morto ao chão. Como não poderia deixar de ser, o corpo foi visto por West como uma dádiva celeste. Na breve conversa que entabularam, o forasteiro havia revelado que era desconhecido em Bolton, e a posterior busca realizada em seus bolsos revelou tratar-se de um certo Robert Leavitt, de St. Louis, que de acordo com os indícios obtidos não tinha quaisquer familiares vivos que pudessem comunicar o desaparecimento à polícia. Se esse homem não pudesse ser restaurado à vida, ninguém saberia de nosso experimento. Costumávamos enterrar nossos materiais em um denso bosque localizado entre a nossa casa e o cemitério de indigentes. Por outro lado, caso a vida pudesse ser restaurada, nossa fama estaria brilhantemente gravada na história para todo o sempre. Sendo assim, West pôs-se a injetar no pulso do corpo a solução que haveria de mantê-lo fresco até o meu retorno. A questão do coração presumivelmente fraco, que a meu ver ameaçava o sucesso do experimento, não parecia causar nenhum tipo de preocupação a West. Ele tinha a esperança de conseguir aquilo que até então jamais conseguira — reacender a centelha da razão de maneira a obter um ser vivo normal.

E assim, na noite de 18 de julho de 1910, eu e Herbert West descemos ao laboratório do porão e fitamos o vulto branco e silente que se revelava sob os raios da lâmpada a arco voltaico. O líquido de embalsamamento havia funcionado de maneira impressionante, pois ao observar fascinado o corpo robusto que lá repousara por catorze dias sem apresentar nenhum sinal de enrijecimento, vi-me obrigado a pedir a West uma confirmação de que a coisa de fato encontrava-se morta. Essa confirmação foi prontamente oferecida; West lembrou-me de que a solução reanimadora jamais era usada sem testes minuciosos para confirmar a extinção da vida, uma vez que não faria efeito caso a vida original ainda se encontrasse presente. Enquanto West ocupava-se com as etapas preliminares, impressionei-me com a vasta complexidade do novo experimento; uma complexidade tão vasta que ele não poderia confiar em nenhuma outra mão além da sua. Depois de me proibir de tocar o corpo, West a princípio injetou uma droga no pulso, ao lado do ponto em que havia inserido a agulha para injetar o líquido de embalsamamento. Aquilo, segundo me explicou, tinha por objetivo neutralizar a ação do líquido e restaurar o sistema ao estado normal de relaxamento para que a solução reanimadora pudesse agir livremente ao ser injetada. Logo a seguir, quando uma alteração e um leve tremor pareceram acometer os membros do morto, West aplicou-lhe violentamente um objeto similar a um travesseiro sobre o rosto, e lá o manteve até que o cadáver mais uma vez parecesse imóvel e pronto para a nossa tentativa de reanimação. O pálido entusiasta a seguir fez os últimos testes perfunctórios a fim de certificar-se quanto à total extinção da vida e afastou-se satisfeito para enfim injetar no braço esquerdo uma quantia escrupulosamente medida do elixir vital, preparado ao longo da tarde com mais cuidado do que aquele que exercêramos na época da universidade, quando nossas maiores conquistas eram apenas descobertas incipientes. Não sei como expressar o angustioso suspense enquanto aguardávamos sobressaltados o resultado naquele primeiro espécime realmente fresco — o primeiro em relação ao qual podíamos nutrir a expectativa de que abrisse a boca a fim de produzir uma fala articulada, talvez a fim de contar-nos aquilo que vislumbrara para além do abismo insondável.

West era um materialista que não acreditava na existência da alma e atribuía todo o funcionamento da consciência a fenômenos corpóreos; por conseguinte, não esperava nenhuma revelação de horrendos segredos oriundos de cavernas e abismos situados além da barreira da morte. Eu não tinha grandes discordâncias teóricas a esse respeito, porém assim mesmo acalentava os resquícios da fé primitiva dos meus antepassados, de maneira que não pude deixar de olhar para o cadáver com um misto de reverência e expectativa mórbida. Ademais — eu não conseguia afastar dos meus pensamentos aquele terrível grito inumano ouvido na noite em que fizemos nosso primeiro experimento na fazenda deserta em Arkham.

Pouco tempo se passou até que eu me convencesse que daquela vez o experimento não seria um fracasso total. Um rubor sutil tomou conta daquelas faces até então brancas como o papel e espalhou-se sob os curtos fios da barba castanho-clara. West, que tinha a mão sobre o pulso esquerdo, de repente acenou a cabeça; e quase no mesmo instante uma condensação formou-se no espelho inclinado sobre a boca do corpo. Seguiram-se movimentos espasmódicos dos músculos, e por fim uma respiração audível, acompanhada por um visível ondular da caixa torácica. Olhei para as pálpebras cerradas e tive a impressão de notar um tremor. Então as pálpebras se abriram, revelando olhos cinzentos, calmos e vivos, mas ainda irracionais e sem nenhum indício de curiosidade.

Em um desatino fantástico, sussurrei perguntas ao pé daqueles ouvidos rosados; questionamentos sobre outros mundos cuja memória poderia estar ainda presente. O terror subsequente afastou essas ideias, mas acho que a última pergunta, que cheguei a repetir, foi: "Onde você esteve?". Ainda não sei se obtive resposta ou não, pois nenhum som deixou aqueles lábios finos e bem desenhados; mas sei que naquele momento imaginei vê-los a se mover, formando sílabas que eu teria vocalizado como "somente agora" caso essa frase tivesse qualquer sentido ou relevância. Mas naquele momento, conforme afirmo, eu me sentia enlevado pela convicção de que um objetivo grandioso fora alcançado, e de que pela primeira vez um cadáver reanimado havia enunciado palavras compreensíveis motivadas pela razão. No momento seguinte já não havia mais dúvida quanto ao triunfo; não havia mais dúvida de que a solução havia completado, pelo menos em caráter temporário, a missão de restaurar a vida racional e articulada ao morto. Mas esse triunfo encerrou aquele que para mim foi o maior dentre todos os horrores — não o horror da coisa que falava, mas do feito que eu havia testemunhado e do homem a quem meu destino profissional estava ligado.

Pois aquele corpo deveras fresco, que em meio a movimentos espasmódicos por fim recuperou a consciência total de um ser aterrorizado, que tinha os olhos dilatados enquanto rememorava sua última visão nesta terra, estendeu as mãos à frente em uma luta de vida ou morte contra o próprio ar; e, sucumbindo de repente a um segundo e definitivo ocaso do qual não poderia haver retorno, soltou o grito que há de ecoar por todo o sempre em minha dolorosa lembrança:

"Socorro! Saia de perto de mim, seu louro atrevido — ponha essa maldita agulha longe de mim!"

V. O HORROR VINDO DAS SOMBRAS

Muitos homens fizeram relatos de coisas horrendas e jamais impressas que aconteceram durante a Grande Guerra. Algumas dessas coisas me levaram a desmaiar, outras fizeram-me estremecer com uma náusea devastadora, e ainda outras levaram-me a estremecer e a voltar o rosto para trás ao caminhar por lugares escuros; mas apesar disso tudo acredito estar em posição de fazer o relato mais horrendo de todos — o chocante, inconcebível e sobrenatural horror vindo das sombras.

Em 1915 eu era um médico com a patente de primeiro-tenente num regimento canadense em Flandres — um dentre muitos americanos a preceder o governo no gigantesco conflito. Eu não havia entrado para o Exército por iniciativa própria, mas antes como resultado do alistamento do homem a quem eu servia como um assistente indispensável — o célebre cirurgião de Boston, dr. Herbert West. O dr. West mostrara-se desejoso de servir como cirurgião em uma grande guerra e, quando a chance se ofereceu, levou-me consigo, praticamente contra a minha vontade. Havia motivos para que eu me sentisse alegre caso a guerra nos separasse; motivos para que eu considerasse a prática das ciências médicas e a companhia de West cada vez mais exasperantes; mas, quando ele foi a Ottawa e por influência de um colega obteve a patente de major, não pude resistir à persuasão imperiosa daquele homem decidido, que eu haveria de acompanhar na minha capacidade habitual.

Quando afirmo que o dr. West mostrou-se desejoso de servir no campo de batalha, não pretendo dizer que evidenciasse qualquer inclinação ao belicismo ou preocupação com o bem-estar da civilização. West operava sempre com a frieza de uma máquina intelectual de porte diminuto, loura, com olhos azuis e óculos; acredito que em segredo tenha zombado do entusiasmo marcial e das censuras à neutralidade indolente que eu por vezes fazia. Havia no entanto um motivo para que desejasse estar na batalha em Flandres; e para alcançá-lo fora preciso assumir uma aparência militar. Aquilo que West desejava não era o que a maioria das pessoas deseja, mas uma coisa ligada ao singular campo das ciências médicas a que se dedicava de forma clandestina, e no qual obtivera resultados impressionantes e por vezes horrendos. Refiro-me aqui a nada menos do que um suprimento constante de homens recém-mortos nos mais variados estágios de desmembramento.

Herbert West precisava de corpos frescos porque a obra de sua vida era a reanimação dos mortos. Essa obra permanecia desconhecida à clientela de famosos que rapidamente havia feito sua fama após a chegada a Boston; mas assim mesmo era conhecida por mim, seu amigo mais próximo e único assistente desde os velhos tempos da Escola de Medicina na Universidade do Miskatonic em Arkham. Foi nessa época que West deu início aos terríveis experimentos — primeiro em animais de pequeno porte e a seguir em corpos humanos obtidos de maneira chocante. Havia uma solução que ele injetava nas veias das coisas mortas, que, se estivessem frescas o bastante, respondiam de maneira extraordinária. West teve muito trabalho até chegar à fórmula correta, pois cada tipo de organismo requeria um tipo de estímulo adaptado especialmente para si. O terror o espreitava quando refletia sobre os fracassos parciais; coisas inomináveis haviam resultado de soluções imperfeitas ou de corpos menos frescos do que o necessário. Certo número desses fracassos permanecera vivo — um encontrava-se confinado num hospício, enquanto outros haviam desaparecido —, e ao pensar nas possibilidades concebíveis mas praticamente impossíveis West com frequência estremecia por trás da compostura habitual.

West não tardou a descobrir que o absoluto frescor era o principal requisito para a utilidade dos espécimes, e destarte recorrera aos expedientes mais terríveis e inumanos dos ladrões de sepultura. Na universidade e mais tarde no consultório que compartilhamos na cidade industrial de Bolton, minha atitude em relação a West baseou-se majoritariamente no fascínio e na admiração; porém, à medida que a ousadia dos métodos aumentava, o medo começou a me roer por dentro. Eu já não gostava da maneira como West olhava para corpos vivos e sadios; e por fim houve uma sessão digna de um pesadelo no laboratório do porão, durante a qual descobri que um determinado espécime ainda estava vivo quando West o obteve. Essa foi a primeira vez em que West logrou reviver a qualidade do pensamento racional em um cadáver; e esse sucesso, embora obtido a um custo hediondo, havia-o endurecido de uma vez por todas.

Quanto aos métodos empregados nos cinco anos a partir desse momento, não me atrevo a falar. Eu me sentia preso a ele pela força do medo em estado bruto, e testemunhei cenas que nenhuma língua humana seria capaz de expressar. Aos poucos comecei a achar o próprio Herbert West mais terrível do que qualquer uma das coisas que fazia — e foi então que me apercebi de que o ímpeto científico outrora normal de encontrar uma forma de prolongar a vida havia se degenerado em uma reles curiosidade mórbida e funesta e em uma atração oculta pelo exotismo pútrido. Os interesses de West haviam se transformado em um vício infernal e perverso relacionado a anomalias repugnantes e demoníacas; ele observava calmamente monstruosidades artificiais que teriam feito muitos homens saudáveis caírem mortos de horror e ojeriza; e, por trás da intelectualidade pálida, tornou-se um meticuloso Baudelaire dos experimentos físicos — um lânguido Heliogábalo da sepultura.

Abraçava o perigo sem hesitação e praticava crimes sem remorso. Acredito que West chegou ao apogeu quando demonstrou que a vida racional poderia ser restaurada — e então passou a buscar novos horizontes a conquistar nos experimentos relacionados à reanimação de partes amputadas dos corpos. West desenvolveu ideias delirantes e originais acerca das propriedades vitais independentes de células orgânicas e tecidos nervosos separados dos sistemas fisiológicos naturais e conseguiu resultados preliminares repugnantes sob a forma de tecidos imortais nutridos artificialmente, obtidos a partir dos ovos quase chocados de um réptil tropical indescritível. Havia duas questões biológicas que se mostrava ansioso por desvendar — a primeira dizia respeito à possibilidade de se obter sinais de consciência e ação racional sem a participação do cérebro, contando-se apenas com a espinha dorsal e outros centros nervosos; a segunda dizia respeito à existência de uma relação intangível e etérea capaz de estabelecer uma ligação entre partes cirurgicamente separadas daquilo que antes fora um único organismo vivo. Toda essa pesquisa requeria um suprimento prodigioso de carne humana recém-abatida — e foi por isso que Herbert West envolveu-se com a Grande Guerra.

A coisa inefável e fantasmática a que me refiro ocorreu em uma meia-noite no fim de março de 1915, em um hospital de campanha montado atrás das linhas de combate em St. Eloi. Ainda hoje me pergunto se não pode ter sido apenas o sonho demoníaco causado por um delírio. Em uma sala na parte leste do galpão que ocupávamos em caráter temporário, West tinha um laboratório particular que lhe fora atribuído sob o pretexto de que estava desenvolvendo métodos novos e radicais para o tratamento de casos irreparáveis de mutilação. Lá, ele trabalhava como um açougueiro em meio às mercadorias sangrentas — jamais pude me acostumar à leveza de espírito com que manuseava e classificava determinadas coisas. Por vezes West de fato realizava pequenos milagres cirúrgicos para os soldados, porém seu maior prazer tinha origem em uma atividade menos pública e menos filantrópica que lhe exigia diversas explicações acerca dos peculiares sons produzidos, anômalos mesmo naquela verdadeira babel dos condenados. Em meio a esses sons encontravam-se frequentes disparos de revólver — sem dúvida uma ocorrência comum no campo de batalha, porém bastante inusitada no interior de um hospital. Os espécimes reanimados pelo dr. West não se destinavam a uma existência longa ou ao grande público. Afora os tecidos humanos, West empregava o tecido embrionário de réptil que havia cultivado com resultados bastante singulares. Esse material era mais resistente do que os tecidos humanos no que dizia respeito à preservação da vida em fragmentos desligados de quaisquer outros órgãos, e essa era a principal ocupação do meu amigo na época. Em um canto escuro do laboratório, logo acima de um estranho queimador de incubação, West mantinha um recipiente cheio desse material celular reptiliano, que se multiplicava e crescia de maneira inchada e horrenda.

Na noite a que me refiro obtivemos um esplêndido novo espécime — um homem ao mesmo tempo fisicamente robusto e com um intelecto suficientemente desenvolvido para que a presença de um sistema nervoso sensível estivesse garantida. Foi um acontecimento irônico, pois tratava-se do oficial que ajudara West a obter a patente, e que a partir de então deveria ter sido nosso parceiro. Ademais, no passado esse homem tinha estudado a teoria da reanimação sob os auspícios de West. O major Sir Eric Moreland Clapham-Lee, condecorado com a Ordem de Serviços Distintos, era o mais hábil cirurgião em nossa divisão, e foi designado às pressas para o setor de St. Eloi quando as notícias da batalha encarniçada chegaram ao quartel-general. Esse homem havia chegado em um avião pilotado pelo intrépido tenente Ronald Hill somente para ser abatido enquanto ainda sobrevoava o destino. A queda fora espetacular e formidável; o acidente deixou Hill irreconhecível, mas o exímio cirurgião, embora tivesse sofrido uma decapitação parcial, encontrava-se praticamente intacto em todos os demais aspectos. Tomado pela cobiça, West apossou-se da coisa morta que outrora fora seu amigo e colega; estremeci ao ver quando terminou de cortar-lhe a cabeça e a colocou no recipiente infernal repleto do carnoso tecido reptiliano a fim de preservá-

-la para experimentos futuros, e então começou a tratar do corpo decapitado na mesa de cirurgia. West injetou-lhe sangue novo, ligou certas veias, artérias e nervos no pescoço decapitado e fechou a abertura macabra com um enxerto de pele retirado de um espécime não identificado que trajava um uniforme de oficial. Eu sabia o que ele pretendia — descobrir se aquele corpo altamente organizado poderia, mesmo sem a cabeça, exibir sinais da vida mental que caracterizava o distinto major Sir Eric Moreland Clapham-Lee. O tronco do outrora estudioso de reanimação naquele instante servia como um odioso meio para a demonstração da teoria.

Ainda hoje posso ver Herbert West sob o brilho sinistro da luz elétrica, injetando a solução reanimadora no braço do corpo decapitado. Declaro-me incapaz de descrever a cena — eu desfaleceria com a mera tentativa, pois a loucura presidia aquela sala repleta de coisas mórbidas, com sangue e restos humanos espalhados pelo chão pegajoso e aberrações reptilianas a germinar, borbulhar e cozinhar sobre o espectro de uma chama azulada e sutil em um distante recôndito de sombras negras.

O espécime, conforme West afirmou em mais de uma ocasião, era dotado de um sistema nervoso extraordinário. As expectativas eram altas; quando surgiram pequenas contrações, pude ver o entusiasmo febril no rosto de West. Acredito que estivesse a ponto de observar a prova da opinião que mantinha com ardor cada vez mais ferrenho, segundo a qual a razão e a personalidade existiam independentemente do cérebro — segundo a qual o homem não é dotado de um espírito central e estruturante, mas resume-se a um mecanismo de matéria física em que cada parte revela-se mais ou menos completa em si mesma. Com uma demonstração triunfante, West estava prestes a relegar o mistério da vida à categoria dos mitos. O corpo a essa altura exibia contrações mais vigorosas, e sob o nosso olhar incrédulo começou a arquejar de maneira terrível.

Os braços debateram-se de forma perturbadora, as pernas se encolheram e os músculos contraíram-se em uma convulsão repugnante. Então aquela coisa decapitada estendeu os braços em um gesto de inequívoco desespero — um desespero inteligente, que parecia capaz de provar todas as teorias de Herbert West. Sem dúvida os nervos estavam a recordar a última ação que o homem praticara em vida: a luta por libertar-se do aeroplano em queda livre.

O que aconteceu a seguir, jamais hei de saber. Pode muito bem ter sido uma alucinação momentânea causada pela destruição súbita e instantânea da construção por um cataclismo de bombas alemãs — quem mais poderia saber, visto que eu e West fomos oficialmente os únicos sobreviventes? Era nisso que West parecia estar disposto a crer antes do recente desaparecimento, mas houve momentos em que se mostrou incapaz, pois era demasiado estranho que nós dois tivéssemos sofrido com a mesma alucinação. A ocorrência em si era prosaica, e pareceu notável apenas pelas insinuações que trazia.

O corpo em cima da mesa levantou-se com um horrendo tatear às cegas, e por fim ouvimos um som. Eu não chamaria aquilo de voz, posto que era demasiado terrível. Mesmo assim, o que havia de mais terrível não era o timbre. Nem a mensagem — um simples grito de "Ronald, pelo amor de Deus, pule!". O terror tinha origem na fonte daquela voz.

O som viera do grande recipiente coberto no recôndito funesto das lúgubres sombras negras.

VI. AS LEGIÕES DA TUMBA

Quando o dr. Herbert West desapareceu um ano atrás, a polícia de Boston submeteu-me a um rigoroso interrogatório. A suspeita era que eu estivesse ocultando detalhes e talvez suspeitasse de coisas mais graves; mas não pude contar a verdade porque ninguém teria acreditado. A polícia sabia que West envolvera-se com atividades a respeito das quais homens ordinários não tinham a menor ideia, pois os odiosos experimentos que conduzia no campo da reanimação de cadáveres tinham atingido proporções demasiado grandes para que fossem mantidos em sigilo absoluto; mas a catástrofe final, que arruinou minha alma por completo, trouxe elementos de fantasia demoníaca que me levaram a pôr em dúvida a realidade do que vi.

Eu era o amigo mais próximo de West e seu único assistente de confiança. Conhecêramo-nos anos antes, na escola de medicina, e desde o primeiro momento eu participei dos terríveis experimentos que ele conduzia. West aos poucos tentara aperfeiçoar uma solução que, injetada nas veias dos recém-falecidos, era capaz de restaurar-lhes a vida; um trabalho que exigia abundância de corpos frescos e portanto medidas completamente antinaturais. Ainda mais chocantes eram os produtos de certos experimentos — grotescos amontoados de carne que devia estar morta, mas que West havia restaurado a um estado de animação cega, acéfala e nauseante. Via de regra eram esses os resultados, uma vez que para redespertar a mente era necessário dispor de espécimes absolutamente frescos, cujas delicadas células cerebrais se encontrassem integralmente a salvo de toda e qualquer deterioração.

Foi essa necessidade de cadáveres deveras frescos que precipitou a ruína moral de West. Era difícil obtê-los, e em uma ocasião fatídica West arranjara um espécime que ainda gozava do pleno vigor da vida. Um embate, uma agulha e um poderoso alcaloide o haviam transformado em um cadáver deveras fresco, e assim o experimento obteve sucesso por um breve e memorável instante; porém West emergiu com a alma endurecida e marcada a ferro, e também um olhar frio que por vezes dava a impressão de avaliar, com uma expressão analítica e repugnante, certos homens de intelecto particularmente sensível e físico particularmente vigoroso. Nos últimos tempos eu passei a sentir um pronunciado medo de West, que também havia começado a me encarar dessa forma. Outras pessoas não percebiam esse olhar, mas percebiam meu temor; e após o desaparecimento de West começaram a embasar suspeitas absurdas nessa constatação.

Na verdade, West sentia mais temor do que eu, pois suas aspirações grotescas haviam-no impelido a uma vida inteira de furtividade e medo de cada sombra. Em parte ele temia a polícia; mas às vezes o nervosismo era mais profundo e mais nebuloso, e dizia respeito a certas coisas indescritíveis nas quais havia injetado uma vida mórbida sem jamais ver essa mesma vida extinguir-se. Em geral, os experimentos se encerravam com um revólver, mas em certos casos West não fora rápido o suficiente. Havia o primeiro espécime, em cuja sepultura profanada mais tarde encontraram-se marcas de garras. Havia também o corpo do professor da Universidade do Miskatonic que praticara canibalismo antes de ser capturado e confinado — mesmo sem qualquer tipo de identificação — a uma cela no hospício de Sefton, onde passou dezesseis anos batendo nas paredes acolchoadas. Porém a maioria dos outros resultados que talvez houvessem sobrevivido eram coisas menos propensas à descrição — pois em anos mais recentes o furor científico de West havia degenerado em uma mania fantástica e insalubre, que o levara a desperdiçar o principal talento revitalizando não mais corpos humanos, mas partes isoladas de corpos, ou então partes ligadas a material orgânico inumano. Os experimentos tinham atingido um estágio repugnante e demoníaco à época do desaparecimento; muitos não poderiam ser nem ao menos sugeridos em um texto impresso. A Grande Guerra, durante a qual nós dois servimos como cirurgiões, havia intensificado esse aspecto de West.

Ao afirmar que o medo que ele sentia em relação aos próprios espécimes era nebuloso, refiro-me em particular à natureza complexa que o revestia. Parte desse temor vinha tão somente da certeza quanto à existência desses monstros inomináveis, enquanto outra parte devia-se à apreensão relativa ao perigo físico que poderiam representar em determinadas circunstâncias. O desaparecimento de praticamente todos acirrava mais ainda o horror da situação — pois West conhecia apenas o paradeiro da coisa lastimável que se encontrava confinada a um hospício. Mas havia também um medo mais sutil — uma sensação fantástica resultante do curioso experimento levado a cabo no exército canadense no ano de 1915. West, no meio de uma batalha encarniçada, havia reanimado o major Sir Eric Moreland Clapham-Lee, condecorado com a Ordem de Serviços Distintos — um colega que sabia dos experimentos conduzidos e que poderia tê-los reproduzido. A cabeça do major fora removida para que as possibilidades de uma vida semi-inteligente no corpo pudessem ser investigadas. No mesmo instante em que a construção foi destruída por uma bomba alemã o experimento revelou-se um sucesso. O tronco movimentou-se de forma inteligente; e, por mais inacreditável que pareça, tivemos ambos a impressão doentia de que sons articulados haviam saído da cabeça removida e conservada no recipiente mantido em um canto escuro do laboratório. De certo modo, a bomba fora piedosa — mas West nunca conseguiu persuadir-se de que realmente houvera apenas dois sobreviventes, como gostaria de acreditar. Ele costumava fazer conjecturas angustiadas sobre as possíveis ações de um médico sem cabeça capaz de promover a reanimação dos mortos.

O último alojamento de West fora uma veneranda casa elegante com vista para um dos mais antigos cemitérios de Boston. Havia escolhido o local em um rompante puramente simbólico e estético, uma vez que a maioria dos túmulos abrigava defuntos enterrados durante o período colonial com reduzido interesse para um cientista em busca de corpos deveras frescos. O laboratório era mantido em um subporão construído por trabalhadores importados e incluía um amplo incinerador responsável pelo descarte silencioso e completo desses corpos, ou ainda de fragmentos e zombarias sintéticas de corpos que faziam as vezes de sobras dos mórbidos experimentos e blasfemos divertimentos do proprietário. Durante a escavação do porão, os trabalhadores depararam-se com uma construção de alvenaria excepcionalmente antiga, sem dúvida ligada ao velho cemitério, embora demasiado profunda para comunicar-se com os sepulcros conhecidos que lá se encontravam. Após realizar uma série de cálculos, West chegou à conclusão de que se tratava de uma câmara secreta sob o túmulo da família Averill, cujo último membro fora enterrado no ano de 1768. Eu estava ao lado dele quando se pôs a estudar as paredes gotejantes e cobertas de salitre reveladas pelos golpes de pás e picaretas desferidos pelos trabalhadores, e estava preparado para o horrendo sobressalto que acompanharia a revelação de segredos tumulares mantidos intactos ao longo de séculos; mas pela primeira vez a timidez vencera a curiosidade natural de West, que traiu a própria fibra degenerada ao ordenar que a construção de pedra fosse deixada em paz e fechada com gesso. E assim o local permaneceu até o desfecho trazido por aquela noite infernal — atrás das paredes que delimitavam o laboratório secreto. Falo sobre a decadência de West, porém devo acrescentar que esse era um fenômeno puramente mental e intangível. Por fora ele manteve-se o mesmo até o fim — um homem calmo, frio, de porte diminuto e louro, com olhos azuis por trás das lentes dos óculos e um aspecto jovem que mesmo o acúmulo de anos e temores parecia incapaz de alterar. Aparentava estar calmo mesmo quando pensava na sepultura com marcas de garras e olhava para trás; mesmo quando pensava na coisa carnívora que roía e empurrava as grades do hospício em Sefton.

O fim de Herbert West começou certa noite em nosso escritório conjunto, enquanto ele olhava alternadamente para o jornal e para mim com uma expressão curiosa. Uma estranha manchete havia lhe chamado a atenção em meio às páginas amassadas, e uma inominável garra titânica de repente pareceu ressurgir dezesseis anos mais tarde. Um incidente temível e inacreditável ocorrido no hospício de Sefton, a oitenta quilômetros, causara espanto à vizinhança e perplexidade à polícia. Durante a madrugada, um grupo silencioso adentrara os limites da instituição e o homem que os liderava dirigiu-se aos funcionários. Tratava-se de uma ameaçadora figura militar, que falava sem mexer os lábios e cuja voz parecia quase ventriloquamente ligada à enorme caixa preta que trazia nos braços. O rosto, sem nenhuma expressão, era belo a ponto de parecer radiante, mas chocou o supervisor quando foi iluminado — pois não passava de um rosto de cera com olhos de vidro pintado. Sem dúvida o homem sofrera um acidente indescritível. Um homem maior guiava-lhe os passos; um vulto repulsivo, cujo rosto azulado parecia em parte consumido por uma moléstia desconhecida. O porta-voz pediu a custódia do monstro canibal levado de Arkham dezesseis anos atrás; e, ao receber a recusa, fez um sinal que precipitou um horripilante motim. Aqueles demônios surraram, morderam e pisotearam todos os funcionários que não haviam fugido, matando quatro e por fim obtendo sucesso na libertação do monstro. As vítimas em condições de recordar o evento sem ataques de histeria juraram que as criaturas agiam menos como homens e mais como autômatos inconcebíveis guiados pelo líder com rosto de cera. Quando o socorro pôde enfim ser chamado, todos os resquícios dos homens e do louco resgatado haviam desaparecido.

Da hora em que leu essa notícia até a meia-noite, West permaneceu sentado em um estado similar à paralisia. À meia-noite a campainha tocou, causando-lhe um sobressalto terrível. Todos os criados dormiam no sótão, de maneira que eu mesmo abri a porta. Conforme relatei à polícia, não havia nenhum veículo na rua; apenas um grupo de estranhos vultos que traziam uma caixa, depositada no corredor depois que um deles exclamou em uma voz de todo inumana: "Encomenda expressa". Os vultos afastaram-se da casa com passos claudicantes, e ao observá-los tive a estranha impressão de que tomaram o caminho do antigo cemitério que fazia divisa com os fundos da casa. Quando fechei a porta, West desceu e olhou para a caixa. Tinha cerca de sessenta centímetros de lado e trazia estampados o nome de West e o endereço correto. Além disso, trazia como remetente "Eric Moreland Clapham-Lee, St. Eloi, Flandres". Seis anos antes, na sequência de um bombardeio em Flandres, um hospital havia desmoronado sobre o corpo reanimado do dr. Clapham-Lee e sobre a cabeça seccionada que — possivelmente — havia emitido sons articulados.

West não estava sequer exasperado a essa altura. Na verdade, parecia entregue a pensamentos macabros. Em seguida ele disse: "Esse é o fim — mas vamos incinerar essa — coisa". Levamos a coisa ao laboratório subterrâneo — apurando os ouvidos. Não me lembro dos detalhes — você pode imaginar o estado em que se encontravam os meus nervos —, mas seria uma mentira terrível afirmar que fui eu o responsável por colocar o corpo de Herbert West no incinerador. Nós dois colocamos lá dentro a caixa de madeira ainda fechada, cerramos a porta e ligamos a eletricidade. E no fim nenhum som veio da caixa.

West foi o primeiro a notar os farelos de gesso que caíam da parede que impedia o acesso à antiga construção de alvenaria que levava ao cemitério. Estive a ponto de sair correndo, porém ele me impediu. Então vi uma pequena abertura negra, recebi uma rajada de algidez funérea e senti o odor das entranhas cadavéricas daquela terra putrescente. Não houve som — as lâmpadas elétricas simplesmente se apagaram e vi, delineada contra a fosforescência do abismo, uma horda de vultos que laboravam em silêncio e que somente a loucura — ou coisa ainda pior — seria capaz de conjurar. Havia silhuetas humanas, semi-humanas, remotamente humanas e completamente inumanas — a horda era grotescamente heterogênea. Todos removiam em silêncio, uma a uma, as pedras daquela parede que atravessara os séculos. Assim que a brecha tornou-se ampla o suficiente, os vultos adentraram o laboratório em fila única, liderados por uma coisa insidiosa com uma bela cabeça de cera. A monstruosidade de olhar insano que vinha logo atrás do líder agarrou Herbert West. West não resistiu e não emitiu nenhum som. Então todas as criaturas saltaram para cima dele e o dilaceraram por completo diante dos meus olhos, para então levar os fragmentos do corpo rumo àquela galeria subterrânea de abominações fabulosas. A cabeça de West foi levada pelo líder com cabeça de cera, que envergava um uniforme do exército canadense. Enquanto aquilo aos poucos desaparecia, pude ver que os olhos azuis por trás dos óculos cintilavam com um brilho horrendo — um primeiro sinal de emoção frenética e visível.

Os criados encontraram-me desacordado na manhã seguinte. West havia desaparecido. O incinerador continha apenas cinzas inidentificáveis. Fui interrogado pelos investigadores, mas o que eu poderia dizer? Aqueles homens não percebem a ligação entre West e a tragédia de Sefton; tampouco entre West e o homem com a caixa de madeira, cuja existência negam. Contei-lhes a respeito da galeria subterrânea, mas eles apontaram para o gesso intacto da parede e riram de mim. A partir de então não lhes disse mais nada. Os investigadores deram a entender que sou um louco ou assassino — provavelmente um louco. Mas talvez eu não tivesse enlouquecido se aquelas legiões da tumba não fossem tão silenciosas.

Do além

Horrenda para além da imaginação foi a mudança que se operou em meu grande amigo Crawford Tillinghast. Eu não o via desde quando, dois meses e meio atrás, ele me revelara o objetivo das pesquisas físicas e metafísicas que o ocupavam; desde quando respondeu às minhas reprimendas espantadas e quase assustadas expulsando-me do laboratório e da casa onde morava em um acesso de raiva incontida. Eu sabia que ele passava a maior parte do tempo encerrado no laboratório do sótão com a aquela maldita máquina elétrica, comendo pouco e impedindo até mesmo os criados de entrar, porém nunca imaginei que um breve período de dez semanas poderia alterar e desfigurar uma criatura humana daquela forma. Não é nada agradável ver um homem robusto tornar-se de repente magro, e é ainda pior quando a pele solta ganha matizes amarelados ou pardacentos, os olhos tornam-se fundos e ganham olheiras e um brilho preternatural, a testa põe-se enrugada e revela veias salientes e as mãos tornam-se inquietas e trêmulas. Quando soma-se a tudo isso um desleixo repugnante, uma displicência terrível no vestir, um emaranhado de cabelos escuros com raízes encanecidas e um volume incontido de barba grisalha num rosto outrora bem escanhoado, o efeito cumulativo é deveras chocante. Mas esse era o aspecto de Crawford Tillinghast na noite em que uma mensagem apenas em parte coerente chamou-me à sua porta após minhas semanas de exílio; esse foi o trepidante espectro que me recebeu de candeia na mão enquanto lançava um olhar furtivo para trás, como se temesse coisas invisíveis naquela antiga e solitária casa recuada na Benevolent Street.

Que Crawford Tillinghast um dia se dedicasse ao estudo da ciência e da filosofia foi um equívoco. Esses assuntos deviam ser deixados ao encargo dos pesquisadores frios e impassíveis, pois oferecem apenas duas alternativas igualmente trágicas ao homem de sentimento e ação: desespero caso a busca fracasse e terrores inefáveis e inconcebíveis caso obtenha sucesso. Tillinghast fora outrora uma vítima solitária e melancólica do fracasso; mas naquele instante eu soube, com temores nauseantes, que havia se tornado uma vítima do sucesso. Eu o advertira dez semanas atrás, quando saiu-se com a história daquilo que julgava estar prestes a descobrir. Tillinghast estava corado e entusiasmado e falava com uma voz aguda e pouco natural, embora sempre pedante.

"O que sabemos", ele perguntou, "acerca do mundo e do universo que nos rodeiam? Os meios de que dispomos para receber impressões são absurdamente limitados, e nossas ideias quanto aos objetos que nos cercam revelam-se infinitamente obtusas. Podemos ver as coisas somente da maneira como fomos construídos para vê-las, e não fazemos a menor ideia quanto à sua natureza absoluta. Com cinco débeis sentidos, fingimos compreender o cosmo infinitamente complexo, porém outros seres, dotados de sentidos mais amplos, mais aguçados ou diferentes, poderiam não apenas ver tudo aquilo que vemos sob outra perspectiva, mas também ver e estudar mundos inteiros de matéria, energia e vida que jamais poderiam ser detectados pelos sentidos de que dispomos. Sempre acreditei que mundos estranhos e inacessíveis escondem-se às nossas costas, *e agora acredito ter encontrado uma forma de derrubar as barreiras*. Não estou brincando. Daqui a vinte e quatro horas aquela máquina próxima à mesa vai gerar ondas capazes de agir sobre órgãos sensoriais que existem em nós apenas como resquícios atrofiados ou vestígios rudimentares. Essas ondas vão revelar inúmeros panoramas desconhecidos ao homem, muitos dos quais são desconhecidos a tudo aquilo que entendemos por vida orgânica. Enfim havemos de ver aquilo que faz os cães latirem no escuro e os gatos levantarem as orelhas ao soar da meia-noite. Havemos de ver essas coisas todas e ainda outras que nenhuma criatura viva jamais viu. Havemos de transcender o tempo, o espaço e as dimensões, e perscrutar o fundo da criação sem as amarras do corpo."

Quando Tillinghast disse essas coisas eu o admoestei, pois conhecia-o bem o suficiente para sentir medo em vez de achar graça; mas ele reagiu como um fanático e expulsou-me de casa. Naquele instante mostrava-se igualmente fanático, mas o desejo de falar havia vencido o ressentimento, e assim ele me escrevera em tom peremptório, com uma caligrafia que eu mal fui capaz de reconhecer. Quando adentrei a morada daquele amigo repentinamente transformado em uma gárgula, senti-me infectado pelo terror que parecia espreitar nas sombras. As palavras e as convicções expressas dez semanas antes pareciam estar corporificadas na escuridão atrás do pequeno círculo de luz ao redor da vela, e senti náuseas ao perceber a voz alterada e cava do meu anfitrião. Desejei que os criados estivessem perto, e não gostei quando Tillinghast afirmou que todos haviam partido três dias antes. Parecia estranho que Gregory, pelo menos, estivesse disposto a abandonar o patrão sem avisar um amigo tão próximo como eu. Fora ele quem me repassara todas as informações que tive de Tillinghast depois de ser expulso durante o acesso de fúria.

Porém logo os meus temores subordinaram-se a uma curiosidade e a um fascínio cada vez maiores. O que Crawford Tillinghast poderia querer de mim naquele instante eu seria incapaz de dizer, mas parecia certo que tivesse um segredo ou uma descoberta estupenda a revelar. Antes eu havia protestado contra os perturbadores estudos relacionados a assuntos inconcebíveis; mas naquele instante, sentindo-me próximo de um sucesso ao menos parcial, eu quase compartilhei daquele espírito, por mais terrível que parecesse o custo da vitória. Em meio à escuridão vazia da casa, acompanhei a vela balouçante nas mãos daquela trêmula paródia de um homem. A eletricidade parecia estar desligada, e quando indaguei a esse respeito o meu guia respondeu que havia motivos para tanto.

"Seria demais... Eu não me atreveria", ele respondeu num balbucio. Notei em particular o novo hábito de balbuciar, pois Tillinghast não era dado a falar sozinho. Adentramos o laboratório no sótão e observei aquela odiosa máquina elétrica, que brilhava com uma luminosidade doentia, sinistra e violácea. Estava ligada a uma poderosa bateria química, mas não parecia receber nenhuma corrente; pois lembro-me de que, nos estágios iniciais, aquilo tinha produzido engasgos e rumores quando ligado. Em resposta à minha pergunta, Tillinghast balbuciou que aquele brilho permanente não era um brilho elétrico no sentido em que costumamos entender esse termo.

Logo ele me pôs sentado ao lado da máquina, de maneira que eu a tivesse à minha direita, e acionou uma chave localizada em meio a uma série de bulbos de vidro. Os conhecidos engasgos recomeçaram, transformaram-se em um zumbido e a seguir em um rumor discreto a ponto de sugerir um retorno ao silêncio. Nesse meio-tempo a luminosidade aumentou, tornou a diminuir e então revestiu-se de uma cor ou mistura de cores pálida e extravagante que eu não saberia identificar nem descrever. Tillinghast me observava e examinava minha expressão perplexa.

"Você sabe o que é isso?", ele me perguntou. "*Isso é ultravioleta.*" A seguir ele conteve uma risada ao perceber minha surpresa. "Você imaginou que o ultravioleta era invisível, e de fato é — mas *agora* você pode ver não apenas isso como também muitas outras coisas invisíveis.

"Ouça! As ondas produzidas por aquela coisa despertam em nós mil sentidos adormecidos; sentidos que herdamos ao longo de éons de evolução, desde os elétrons livres até o estágio da humanidade orgânica. Eu vi a *verdade*, e pretendo mostrá-la. Você quer saber como é? Eu vou lhe contar." Nesse ponto Tillinghast sentou-se à minha frente, apagou a vela com um sopro e fitou-me nos olhos com uma expressão horrenda. "Os seus órgãos dos sentidos — primeiro os ouvidos, segundo acredito — vão captar muitas dessas impressões, pois mantêm ligações estreitas com os órgãos adormecidos. E depois há de ser a vez dos outros. Você já ouviu falar da glândula pineal? Acho graça dos endocrinologistas rasos, colegas de Freud na estupidez e na presunção. Que essa glândula é o maior de todos os nossos órgãos dos sentidos — essa foi a *minha descoberta*. No fim é como a visão; há uma transmissão de impulsos visuais para o cérebro. Se você for normal, essa é a forma como há de apreender a maior parte... Enfim, a maior parte das evidências *do além*."

Olhei para o amplo espaço do sótão com a parede enviesada que dava para o sul, iluminado pelo brilho tênue que o olhar cotidiano não vê. Os cantos mais distantes pareciam envoltos pelas sombras, e o lugar inteiro revestia-se de uma irrealidade que obscurecia sua verdadeira natureza e chamava a imaginação ao simbolismo e à fantasmagoria. Durante o intervalo em que Tillinghast se manteve em silêncio, imaginei-me em um vasto e formidável templo de deuses mortos há muito tempo; um edifício vago, guarnecido com incontáveis colunas de pedra negra que se erguiam a partir do chão de lajes úmidas rumo a uma altura nebulosa fora do alcance da minha visão. A imagem mostrou-se vívida por um tempo, mas aos poucos deu vez a uma ideia mais terrível: a de uma solidão total e absoluta em meio ao espaço infinito, sem imagens nem sons. Parecia haver um vazio e nada mais, e senti um medo pueril que me levou a sacar do coldre em minha cintura o revólver que eu sempre carregava após o cair da noite desde que fora assaltado na zona leste de Providence. E então, dos recônditos mais longínquos do isolamento, um *som* deslizou aos poucos rumo à existência. Era infinitamente discreto, sutilmente vibrante e inconfundivelmente musical, porém revelava uma qualidade frenética que fez com que o impacto fosse sentido como uma delicada tortura de todo o meu corpo. Tive sensações como aquela que sentimos ao arranhar por acidente uma superfície de vidro fosco. Ao mesmo tempo surgiu algo como uma rajada de ar frio, que deu a impressão de soprar a partir da mesma direção de onde vinha o som distante. Enquanto eu aguardava com a respiração suspensa, percebi que tanto o som como o vento ganhavam intensidade; o efeito foi o de causar-me a estranha sensação de estar amarrado aos trilhos no caminho de uma enorme locomotiva. Comecei a falar com Tillinghast, e de repente todas essas impressões extraordinárias se dissiparam. Vi apenas o homem, a máquina cintilante e o cômodo na penumbra. Tillinghast tinha no rosto um sorriso repugnante por conta do revólver que eu havia sacado em um gesto quase instintivo, mas pela expressão eu soube que ele tinha ouvido tanto quanto eu, se não mais. Falei aos sussurros sobre o que eu havia vivenciado, e ele me pediu que permanecesse no estado de maior silêncio e maior receptividade possível.

"Não se mexa", ele advertiu-me, "pois sob esses raios podemos *tanto ver como ser vistos.* Eu lhe contei que os criados haviam partido, mas não contei *de que forma.* Foi aquela caseira estúpida — ela ligou as luzes do andar de baixo mesmo depois que eu a adverti quanto a isso, e assim os fios captaram as vibrações por simpatia. Deve ter sido terrível — pude ouvir os gritos aqui em cima apesar de tudo o que eu via e ouvia vindo de outra direção, e foi terrível encontrar mais tarde os montes de roupas vazias pela casa. As roupas da sra. Updike estavam perto do interruptor no corredor de entrada — e assim eu soube que foi ela. Ninguém escapou. Mas desde que você não se mexa estamos razoavelmente seguros. Lembre-se de que estamos lidando com um mundo horrendo onde somos praticamente indefesos... *Não se mexa!*"

O choque combinado da revelação e do comando abrupto provocaram-me uma espécie de paralisia, e sob a influência do terror minha consciência novamente se abriu às impressões vindas daquilo que Tillinghast chamava de "*além*". Eu me encontrava em uma voragem de som e movimento, com imagens confusas diante dos meus olhos. Enxerguei os contornos indistintos do cômodo, mas de um ponto qualquer no espaço parecia derramar-se uma coluna pulsante de nuvens ou formas irreconhecíveis que penetrava o teto em um ponto mais à frente e mais à direita. Logo vislumbrei novamente o efeito do templo, mas dessa vez os pilares erguiam-se a um oceano aéreo de luz que emanava um raio ofuscante pelo mesmo caminho da coluna nebulosa que eu vira antes. Depois a cena assumiu um aspecto quase de todo caleidoscópico, e no meio daquela mistura de sons, visões e impressões sensoriais não identificadas eu senti que estava prestes a me dissolver ou a de outro modo perder a solidez da minha forma. Hei de recordar para sempre um lampejo particularmente claro. Por um instante eu tive a impressão de vislumbrar o rasgo de um estranho céu noturno repleto de esferas brilhantes que revoluteavam, e enquanto eu me afastava percebi que os sóis reluzentes formavam uma constelação ou uma galáxia de forma definida, sendo essa forma o rosto distorcido de Crawford Tillinghast. Em outro momento senti o contato de enormes coisas animadas que me roçavam e por vezes *caminhavam ou deslizavam através do meu corpo presumidamente sólido*, e pensei ter visto Tillinghast a encará-las como se tivesse sentidos mais bem treinados capazes de distingui-las no plano visual. Lembrei-me do que dissera a respeito da glândula pineal e indaguei-me sobre o que ele poderia ver com a visão sobrenatural.

De repente senti-me como se minha visão fosse amplificada. Acima do caos luminoso e umbroso ergueu-se uma figura que, embora vaga, trazia consigo os elementos da consistência e da permanência. De certo modo a cena parecia familiar, uma vez que o elemento incomum superimpunha-se à cena corriqueira e pedestre mais ou menos como uma imagem de cinema pode ser projetada sobre a cortina pintada de um teatro. Eu via o laboratório do sótão, a máquina elétrica e a forma ignóbil de Tillinghast à minha frente; mas em todo o espaço entre os objetos materiais familiares não havia sequer uma partícula desocupada. Formas indescritíveis vivas e de outra natureza misturavam-se em um caos repugnante, e perto de todas as coisas familiares havia mundos inteiros de entidades alienígenas e desconhecidas. Da mesma forma, parecia que todas as coisas conhecidas entravam na composição de outras coisas desconhecidas e vice-versa. Entre os objetos vivos destacavam-se grandes monstruosidades negras e gelatinosas que tremulavam flacidamente em harmonia com as vibrações saídas da máquina. Estavam presentes em uma profusão abjeta, e percebi com horror que *interpenetravam-se*; que eram semifluidas e capazes de passar umas através das outras e através daquilo que conhecemos como matéria sólida. Essas coisas não paravam por um instante sequer, mas pareciam flutuar ao redor com um propósito maligno. Às vezes pareciam devorar-se umas às outras, quando a criatura atacante lançava-se sobre a vítima e fazia com que esta última fosse obliterada no mesmo instante. Tremendo, imaginei ter descoberto o que havia obliterado os pobres criados de Tillinghast, e não pude tirar aquelas coisas dos meus pensamentos enquanto eu me empenhava em observar as outras propriedades no mundo recém-revelado que existe ao nosso redor. Mas Tillinghast continuava a me observar, e então se pôs a falar.

"Está vendo? Está vendo? Está vendo as coisas que flutuam e vagueiam ao redor e através de você em todos os instantes da sua vida? Está vendo as criaturas que formam aquilo que os homens chamam de ar puro e de céu azul? Por acaso eu não tive sucesso em derrubar esse obstáculo? Por acaso eu não mostrei a você mundos a que nenhum outro homem vivo teve acesso?" Ouvi-o gritar em meio àquele caos terrível e olhei para o rosto desvairado que se encontrava ofensivamente próximo ao meu. Os olhos eram buracos flamejantes, e encaravam-me com o que naquele instante percebi ser um ódio desmesurado. A máquina continuava a produzir um rumor odioso.

"Você acha que foram essas coisas bracejantes que acabaram com os criados? Tolo! São todas inofensivas. Mas os criados *se foram*, não é mesmo? Você tentou me deter; você me desincentivou quando eu precisava de todo o apoio que pudesse obter; você teve medo da verdade cósmica, seu covarde maldito, mas agora eu peguei você! O que levou os criados? O que os fez gritar tão alto...? Você não sabe, então? Pois logo há de saber! Olhe para mim — escute o que eu tenho a dizer — você acha mesmo que existem coisas como o tempo e a magnitude? Imagina mesmo que existem coisas como a forma e a matéria? Nesse caso afirmo ter ido longe demais para que o seu cérebro limitado possa conceber o que eu fiz! Eu vi além dos confins da infinitude e conjurei os demônios das estrelas... Eu controlei as sombras que saltam de mundo em mundo espalhando a morte e a loucura... O espaço pertence a mim, você entende? Essas coisas agora estão à minha caça — as coisas que devoram e dissolvem — mas eu sei como evitá-las. É a você que elas vão pegar, como pegaram os criados! E esses movimentos, meu caro amigo? Eu avisei que era perigoso mexer-se. Venho poupando você ao pedir que se mantenha imóvel — poupando você para que tenha ainda mais visões e me escute. Se você tivesse se mexido, as coisas já o teriam pegado muito tempo atrás. Mas não se preocupe; elas não devem *machucar* você. E não machucaram os criados — foi *vê-las* que fez os pobres-diabos gritarem daquela forma. Meus bichos de estimação não são nada bonitos, e vêm de lugares onde os padrões estéticos são — *muito diferentes*. Posso garantir que a desintegração é quase indolor — mas *quero que você os veja*. Eu quase os vi, mas soube quando parar. Você não está curioso? Eu sempre soube que você não era um cientista! Tremendo, hein? Tremendo de ansiedade por ver as coisas supremas que eu descobri? Por que você não se mexe, então? Está cansado? Bem, não se preocupe, meu amigo, porque *eles estão chegando*... Olhe! Olhe, maldito, olhe...! Está acima do seu ombro esquerdo..."

O que ainda resta a ser dito é deveras breve, e talvez lhe seja familiar em razão dos relatos feitos pelos jornais. A polícia ouviu um tiro na antiga casa dos Tillinghast e encontrou-nos lá — Tillinghast morto e eu desacordado. Prenderam-me porque eu tinha o revólver na mão, porém me soltaram três horas mais tarde, quando descobriram que uma apoplexia fora responsável por dar cabo de Tillinghast e também que o meu tiro fora direcionado à perigosa máquina que agora se encontra irremediavelmente despedaçada no chão do laboratório. Não falei muito a respeito do que vi, pois eu temia que o legista se mostrasse cético; mas a partir da breve narrativa que ofereci, o médico afirmou que eu sem dúvida fui hipnotizado por aquele louco vingativo e homicida.

Eu gostaria de acreditar nas palavras desse médico. Seria mais fácil acalmar meus nervos intranquilos se eu pudesse esquecer aquilo que agora sei a respeito do ar e do céu acima e ao redor de mim. Jamais sinto que estou sozinho ou em paz, e uma terrível sensação de perseguição por vezes me enregela quando estou cansado. O que me impede de acreditar no médico é um fato simples — jamais encontraram os corpos dos criados que a polícia acusa Crawford Tillinghast de ter assassinado.

O templo

(Manuscrito encontrado na costa de Yucatán.)

Em 20 de agosto de 1917 eu, Karl Heinrich, Graf von Altberg-Ehrenstein, capitão-tenente da Marinha Imperial Alemã encarregado do submarino U-29, deposito esta garrafa e este relato no Oceano Atlântico em coordenadas a mim desconhecidas, mas próximas a latitude 20° Norte, longitude 35° Oeste, onde minha embarcação repousa avariada no leito oceânico. Tomo essa atitude em razão do meu desejo de trazer certos fatos singulares ao conhecimento público; uma tarefa da qual, segundo acredito, não devo ter a oportunidade de me desincumbir pessoalmente, uma vez que minhas atuais circunstâncias revelam-se tão desesperadas quanto extraordinárias, e relacionam-se não apenas às avarias irreparáveis sofridas pelo U-29, mas também ao abalo catastrófico sofrido pela minha determinação germânica.

Na tarde de 18 de junho, conforme o relato transmitido por rádio ao U-61, que se dirigia a Kiel, torpedeamos a fragata britânica *Victory* no trajeto entre Nova York e Liverpool, na latitude 45°16' Norte, longitude 28°34' Oeste, permitindo que a tripulação escapasse em botes para assim obter uma boa tomada cinematográfica para os registros do almirantado. O navio foi a pique de maneira pitoresca, com a proa afundando primeiro e a popa erguendo-se aos ares enquanto o casco descia perpendicularmente em relação ao leito do mar. Nossa câmera registrou tudo, e lamento que uma película tão extraordinária talvez jamais chegue a Berlim. A seguir afundamos os botes com nossas armas e tornamos a submergir.

Quando voltamos à superfície, por volta do pôr do sol, encontramos no convés o corpo de um marinheiro que tinha as mãos inexplicavelmente agarradas à balaustrada. O pobre sujeito era jovem, tinha a tez bastante escura e era muito donairoso; provavelmente italiano ou grego, e sem dúvida um membro da tripulação do *Victory*. Decerto havia buscado refúgio na mesma embarcação que se vira obrigada a destruir aquela em que navegava — mais uma vítima da injusta guerra de agressão que os porcos-cães ingleses lançaram contra a pátria germânica. Nossos homens revistaram-no em busca de souvenirs e encontraram no bolso do casaco um curioso item de marfim entalhado que representa o busto de um jovem com a fronte cingida por uma coroa de louros. Meu colega, o tenente Klenze, convenceu-se de que aquele era um objeto muito antigo de grande valor artístico, e assim o tomou para si. Como aquilo teria chegado à posse um marinheiro comum, nem eu nem o tenente poderíamos imaginar.

Quando esse homem morto foi jogado em alto-mar, dois incidentes ocorridos a seguir causaram grande alvoroço entre os membros da tripulação. Os olhos do sujeito estavam fechados; mas quando o corpo foi arrastado para junto da balaustrada puseram-se novamente arregalados, e muitos dos homens pareciam ter a estranha fantasia de que se haviam fixado em Schmidt e Zimmer, que estavam debruçados por cima do cadáver. O contramestre Müller, um homem de idade avançada que teria mais juízo se não fosse um porco supersticioso da Alsácia, ficou tão impressionado que se pôs a observar o corpo atirado ao mar e se disse convencido de que, após afundar um pouco, dispôs os braços e as pernas em uma postura natatória e avançou sob as ondas rumo ao sul. Eu e Klenze não gostamos nada desse rompante de ignorância campestre e fizemos duras admoestações aos homens, e a Müller em particular.

No dia seguinte uma situação problemática foi causada pela indisposição de parte da tripulação. Esses homens davam sinais claros de exaustão nervosa por conta da longa viagem, e afirmaram ter sofrido com pesadelos. Muitos pareciam atônitos e apalermados; e, após certificar-me de que não estavam fingindo aquela fraqueza, dispensei-os de todos os afazeres. O mar estava bravio, e assim descemos a uma profundidade maior de maneira que as ondas causassem-nos menos problemas. Logo encontramos um ambiente de relativa calmaria, apesar de uma enigmática corrente na direção sul que não constava em nenhuma de nossas cartas náuticas. Os lamentos dos homens doentes eram sem dúvida um estorvo, mas como não parecessem baixar a moral da tripulação restante, escusamo-nos de recorrer a medidas drásticas. Nosso plano era permanecer onde estávamos de maneira a interceptar o cruzeiro *Dacia*, mencionado nas informações obtidas por agentes em Nova York.

No início do entardecer voltamos à superfície e descobrimos o mar um pouco menos agitado. A fumaça de um navio de guerra revelava-se no horizonte a norte, porém a distância e a capacidade de submergir garantiam nossa segurança. O que mais nos preocupava era a conversa do contramestre Müller, que se tornou cada vez mais desvairada à medida que a noite se aproximava. O homem encontrava-se num estado de puerilidade lamentável, e pôs-se a balbuciar delírios acerca de cadáveres que passavam em frente às vigias submersas; corpos mortos que o encaravam com o olhar fixo e que, apesar do inchaço, pareciam-lhe familiares por conta de tê-los visto durante nossas vitoriosas façanhas alemãs. Disse que o rapaz que havíamos encontrado na balaustrada e depois jogado ao mar era o líder desses cadáveres. Esse era um comportamento anômalo e terrível, de maneira que Müller foi acorrentado e recebeu uma série de firmes chibatadas. Os homens não se mostraram satisfeitos com esse castigo físico, mas a disciplina fazia-se necessária. Da mesma forma, negamos o pedido feito por uma delegação chefiada pelo marinheiro Zimmer no sentido de que a singular cabeça entalhada em marfim fosse jogada ao mar.

Em 20 de junho, os marinheiros Bohm e Schmidt, que tinham adoecido no dia anterior, foram vitimados por uma loucura violenta. Lamentei que não houvesse um médico em nosso quadro de oficiais, posto que as vidas alemãs são preciosas; mas as vociferações constantes de ambos em relação à existência de uma terrível maldição eram uma total subversão da disciplina, e assim medidas drásticas foram tomadas. A tripulação aceitou o ocorrido tacitamente, mas o desfecho pareceu acalmar Müller, que assim parou de causar-nos problemas. À noite o soltamos, e ele ocupou-se com suas atribuições em absoluto silêncio.

Na semana a seguir estávamos todos nervosos, à espera do *Dacia*. A tensão foi agravada pelo desaparecimento de Müller e Zimmer, que sem dúvida suicidaram-se em decorrência do pavor que parecia acossá-los, conquanto ninguém os tenha visto no ato de jogar-se ao mar. Regozijei-me ao saber que estava livre de Müller, que mesmo em silêncio afetava negativamente a tripulação. A partir de então, todos pareciam inclinados a manter-se em silêncio, como se nutrissem um medo oculto. Muitos dos homens adoeceram, mas não houve perturbações. O tenente Klenze sofria com a tensão e importunava-se com as menores bagatelas — como o cardume de golfinhos que se reuniu ao redor do U-29 em números cada vez maiores e a crescente intensidade da corrente rumo ao sul que não constava em nossas cartas.

Por fim restou claro que havíamos perdido por completo a passagem do *Dacia*. Esses fracassos não eram incomuns, e sentimo-nos mais satisfeitos do que decepcionados, uma vez que assim nosso retorno a Wilhelmshaven estaria assegurado. Ao meio-dia de 28 de junho tomamos o rumo nordeste, e apesar dos contratempos em parte cômicos motivados pelo número anormal de golfinhos logo estávamos a caminho.

A explosão na casa de máquinas às duas horas da tarde foi uma surpresa total. Não se haviam percebido defeitos no maquinário ou negligência da parte dos homens, porém de um momento para outro a embarcação como um todo foi sacudida por uma colossal onda de choque. O tenente Klenze correu até a sala de máquinas e descobriu que o tanque de combustível e a maior parte do mecanismo foram destruídos, e que os engenheiros Raabe e Schneider haviam morrido na explosão. Nossa situação era deveras grave; pois, embora nossos regeneradores químicos de ar se encontrassem intactos, e embora pudéssemos usar os mecanismos para fazer o submarino flutuar, afundar e abrir as comportas enquanto nossas reservas de ar comprimido e baterias durassem, não havia maneira de propelir ou guiar a embarcação. Sair em busca de um resgate nos botes seria colocar-nos à mercê de inimigos amargurados com nossa grandiosa nação germânica, e desde o episódio com o *Victory* nosso rádio havia fracassado em estabelecer contato com outro submarino da Marinha Imperial.

Da hora do acidente até 2 de julho, permanecemos à deriva em uma rota que avançava sempre rumo ao sul, praticamente sem planos e sem encontrar outras embarcações. Os golfinhos continuavam a rodear o U-29 — uma circunstância notável em vista da longa distância que havíamos percorrido. Na manhã de 2 de julho avistamos um navio de guerra com a bandeira americana, e os homens mostraram-se deveras afoitos na intenção de render-se. No fim o tenente Klenze viu-se obrigado a disparar contra um marinheiro chamado Traube, que insistia nesse ato antigermânico com particular fervor. Essa resolução conteve temporariamente os ânimos, e assim submergimos a fim de ocultar nossa presença.

Na tarde seguinte uma densa revoada de pássaros marítimos apareceu vinda do sul, e o oceano trouxe ondulações de mau agouro. Após fechar nossas escotilhas, aguardamos por um tempo até perceber que teríamos de submergir ou correr o risco de sermos levados pelas ondas cada vez maiores e mais numerosas. Nossa pressão e nossa eletricidade haviam diminuído, e embora quiséssemos evitar todo e qualquer emprego desnecessário de nossos recursos mecânicos, nesse caso não tivemos opção. Não submergimos muito, e quando horas mais tarde o mar se acalmou decidimos retornar à superfície. Nesse ponto, contudo, um novo problema surgiu; pois a embarcação não respondia aos nossos comandos, nem mesmo com todos os esforços envidados pelos mecânicos. Com o temor cada vez maior do confinamento em uma prisão submarina começaram a surgir entre os homens certos boatos sobre a imagem de marfim do tenente Klenze, mas a visão de uma pistola foi o bastante para acalmá-los. Mantivemos os pobres-diabos tão ocupados quanto possível, e ordenamos que trabalhassem no maquinário mesmo cientes de que o esforço seria em vão.

Eu e Klenze em geral dormíamos em horários diferentes; e foi durante o meu repouso, por volta das cinco da manhã do dia 4 de julho, que teve início o motim. Os últimos seis porcos restantes, ao suspeitar que estávamos perdidos, de um momento para outro explodiram numa fúria ensandecida por não havermos nos rendido ao navio de guerra ianque dois dias atrás; e por esse motivo entregaram-se a um delírio de imprecações e destruição. Rugiram como os animais que eram, e destruíram indiscriminadamente móveis e instrumentos, vociferando dislates relacionados à maldição da imagem de marfim e ao rapaz de tez morena que os havia encarado para então afastar-se a nado. O tenente Klenze mostrou-se paralisado e ineficiente, como se poderia esperar de um nativo frouxo e efeminado da Renânia. Abati os seis homens a tiros, porque foi necessário; certifiquei-me de que nenhum continuasse vivo.

Descartamos os corpos através das escotilhas duplas e vimo-nos sozinhos no U-29. Klenze parecia bastante nervoso e começou a beber muito. Decidimos permanecer vivos pelo máximo de tempo possível, usando o farto estoque de provisões e o abastecimento químico de oxigênio, que nada haviam sofrido com o frenesi selvagem daqueles seis porcos-cães. Nossas bússolas, medidores de profundidade e outros instrumentos delicados estavam todos destruídos; a partir daquele momento, nosso método de orientação haveria de resumir-se a um palpite informado, que tinha por base nossos relógios, o calendário e a deriva estimada a partir dos objetos que pudéssemos discernir através das vigias ou da torre de comando. Por sorte ainda dispúnhamos de baterias capazes de servir-nos por um longo período, tanto para a iluminação do interior quanto para a alimentação do holofote externo. Muitas vezes corríamos o facho luminoso ao redor da embarcação, mas víamos apenas golfinhos nadando paralelamente à rota de nossa deriva. Fui tomado de interesse científico por aqueles golfinhos; pois, embora o *Delphinus delphis* comum seja um mamífero cetáceo incapaz de viver sem oxigênio, pude observar atentamente uma daquelas criaturas por duas horas e constatei que em nenhum momento havia retornado à superfície.

Com a passagem do tempo, eu e Klenze chegamos à conclusão de que estávamos avançando rumo ao sul a uma profundidade cada vez maior. Tomamos notas acerca da fauna e da flora marítima e fizemos muitas leituras acerca do assunto nos livros que eu tinha comigo para os momentos livres. Mesmo assim, não pude deixar de perceber os conhecimentos científicos inferiores do meu companheiro. Aquele homem não tinha um intelecto prussiano, mas era dado a fantasias e especulações desprovidas de qualquer valor. A aproximação inevitável da morte teve sobre ele um efeito curioso; volta e meia punha-se a rezar cheio de remorso pelos homens, mulheres e crianças que havíamos mandado para o fundo do oceano, esquecendo-se de que nobres são todas as coisas que servem ao estado germânico. Passado um tempo, Klenze teve o juízo visivelmente afetado, e a partir de então começou a passar longos períodos contemplando a imagem de marfim e criando histórias fantasiosas sobre coisas perdidas e esquecidas nas profundezas do mar. Por vezes, à guisa de experimento psicológico, eu incentivava essas divagações e punha-me a escutar aquele sem-fim de citações poéticas e histórias sobre embarcações naufragadas. Lamentei a situação, pois não me compraz ver um alemão sofrer; mas aquele não seria um bom companheiro para encontrar a morte. Quanto a mim, eu sentia-me orgulhoso, pois sabia que minha pátria havia de reverenciar-me a memória e que meus filhos haveriam de crescer para tornarem-se homens como eu.

Em 9 de agosto, vislumbramos o fundo do oceano e o examinamos com o poderoso facho do holofote. Era uma vasta planície levemente ondulada, em boa parte coberta por algas marinhas e conchas de pequenos moluscos. Aqui e acolá viam-se objetos viscosos de contornos enigmáticos, com drapeados de algas e incrustações de cracas; Klenze afirmou que deviam ser antigas embarcações repousando em túmulos submarinos. Além disso, mostrou-se perplexo em relação a uma coisa, uma projeção de matéria sólida que se erguia do fundo a cerca de um metro e vinte no ponto mais alto; tinha cerca de sessenta centímetros de largura, com as laterais chatas e superfícies lisas que se encontravam no topo em um ângulo deveras obtuso. Para mim, aquilo parecia uma simples projeção rochosa, mas Klenze imaginou ter visto inscrições. Passado um tempo, meu companheiro pôs-se a tremer e virou o rosto para não ter de contemplar aquela cena; porém mostrou-se incapaz de oferecer qualquer tipo de explicação, limitando-se a externar assombro com a vastidão, a escuridão, o isolamento, a antiguidade e o mistério dos abismos oceânicos. Klenze tinha a mente cansada, mas eu, como o bom alemão que sou, não tardei a perceber duas coisas: que o U-29 resistia excepcionalmente bem à pressão das profundezas marítimas e que aqueles estranhos golfinhos ainda nadavam ao nosso redor, mesmo numa profundidade em que a existência de organismos evoluídos é considerada inviável pela maioria dos naturalistas. Convenci-me de que eu havia superestimado a nossa profundidade; mas assim mesmo devíamos encontrar-nos fundo o suficiente para que fenômenos como esse fossem dignos de nota. Nossa velocidade rumo ao sul, conforme a estimei observando nosso movimento em relação ao leito do oceano, estava de acordo com a estimativa prévia, feita com base na velocidade dos organismos pelos quais havíamos passado a profundidades menores.

Às três e quinze da tarde de 12 de agosto o pobre Klenze por fim mergulhou na loucura. Ele estava na torre de comando usando o holofote quando o vi correr em direção ao compartimento da biblioteca, onde eu estava lendo; a expressão do rosto traiu-o no mesmo instante. Faço aqui o registro do que ouvi, sublinhando as palavras enunciadas com maior ênfase: "*Ele* está chamando! *Ele* está chamando! Eu consigo ouvir! Precisamos sair daqui!". Enquanto falava, Klenze pegou a imagem de marfim, que estava em cima da mesa, colocou-a no bolso e agarrou-me o braço na tentativa de me levar pela gaiuta da escotilha rumo ao convés. No mesmo instante compreendi que pretendia abrir a escotilha e mergulhar comigo nas águas que nos circundavam, em um rompante de mania homicida para o qual eu não estava preparado. Quando resisti e tentei acalmá-lo, ele se tornou mais violento, e então disse: "Vamos lá — não espere até mais tarde; antes se arrepender e ser perdoado do que desafiar e acabar condenado!". Logo tentei o plano oposto, e disse-lhe que ele estava louco — deploravelmente insano. Klenze manteve-se indiferente e gritou: "Se estou louco é por misericórdia! Que os deuses apiedem-se do homem endurecido, que se mantém composto na indiferença até o horrendo fim! Venha! Enlouqueça enquanto *ele* ainda nos chama com misericórdia!".

A exaltação pareceu aliviar a pressão que lhe afligia o

cérebro, pois assim que terminou de falar Klenze mostrou-se bem mais calmo e pediu que eu o deixasse partir sozinho caso não quisesse acompanhá-lo. Minha forma de proceder revelou-se de pronto. Aquele homem era um alemão, porém apenas um simplório da Renânia; e havia se transformado em um louco potencialmente perigoso. Se eu lhe facultasse pôr em prática aquele pedido suicida, eu estaria de uma vez por todas livre de um homem que já não era mais um companheiro, mas acima de tudo uma ameaça. Pedi a ele que me entregasse a imagem de marfim antes de prosseguir, mas esse pedido resultou em gargalhadas sinistras que não me atrevo a repetir. Perguntei então se não gostaria de me entregar um objeto pessoal ou um cacho de seus cabelos para que fossem entregues à sua família caso eu me salvasse, mas a resposta foi novamente aquela estranha gargalhada. E assim, enquanto Klenze subia pela gaiuta, desci a fim de operar as alavancas e acionar, nos intervalos adequados, o maquinário que havia de lançá-lo rumo à morte. Quando vi que ele já não se encontrava no interior da embarcação, percorri as águas ao redor com o holofote a fim de obter um último vislumbre de meu companheiro; a intenção era verificar se a pressão da água haveria de achatar-lhe, conforme previa a teoria, ou se o corpo permaneceria intacto, como o daqueles extraordinários golfinhos. No entanto, não obtive sucesso nessa busca pelo meu finado companheiro, pois os golfinhos agrupavam-se em uma massa densa e obscura ao redor da torre de comando.

Naquela tarde arrependi-me de não haver furtivamente subtraído a imagem de marfim ao bolso do pobre Klenze quando ele se foi, pois era uma lembrança que me fascinava. Eu não conseguia esquecer aquela jovem cabeça com a coroa de louros, mesmo não sendo por natureza um artista. Também lamentei não ter companhia para conversar. Klenze, conquanto não estivesse à altura do meu intelecto, era melhor do que ninguém. Não dormi bem durante aquela noite, e perguntei-me quando o fim haveria de chegar. A probabilidade de um resgate era ínfima.

No dia seguinte, subi à torre de comando e dediquei-me às costumeiras explorações com o holofote. A norte o panorama era praticamente o mesmo desde que havíamos observado o fundo quatro dias antes, mas percebi que a deriva do U-29 havia desacelerado. Porém, quando voltei o facho de luz rumo ao sul, percebi que o leito oceânico mais à frente precipitava-se em um declive acentuado e em certos pontos revelava blocos de pedra curiosamente regulares, que pareciam estar dispostos segundo padrões definidos. A embarcação não afundou de maneira a acompanhar a maior profundidade do oceano, e assim fui obrigado a ajustar o holofote para que projetasse o facho luminoso em ângulo quase vertical. Em razão dessa mudança abrupta um fio acabou por soltar-se, o que demandou vários minutos necessários ao reparo; mas por fim a luz tornou a acender-se e encheu o vale submarino mais abaixo.

Não sou dado a arroubos de emoção, porém meu espanto foi tremendo quando vi o que se revelava sob aquele brilho elétrico. Mesmo assim, como um homem criado sob a melhor *Kultur* existente na Prússia, eu não deveria sentir-me espantado, posto que tanto a geologia como a tradição mencionam grandes transposições nas áreas oceânicas e continentais. O que vi foi um extenso e elaborado conjunto de edifícios em ruínas; todos construídos em um estilo de arquitetura magnífico porém ignoto, nos mais variados estados de conservação. Os edifícios pareciam ser construídos acima de tudo em mármore e cintilavam na brancura sob o facho do holofote; o plano geral parecia ser aquele de uma cidade grande no fundo de um vale estreito, com um grande número de casas e templos isolados nas íngremes encostas mais acima. Os telhados estavam desabados e as colunas encontravam-se quebradas, mas restava ainda um ar de esplendor imemorialmente ancestral que nada poderia apagar.

Por fim defrontado com a Atlântida que eu outrora

considerara em boa parte um mito, transformei-me em um ávido explorador. No fundo do vale um rio outrora havia corrido; pois, ao examinar a cena com mais atenção, divisei resquícios de pedra e pontes de mármore e quebra-mares, e terraços e margens outrora belos e verdejantes. Em meu entusiasmo, tornei-me quase tão patético e sentimental quanto o pobre Klenze, e demorei a perceber que a corrente rumo ao sul por fim havia cessado, o que permitiu ao U-29 afundar lentamente rumo à cidade submersa como um aeroplano aterrissa em uma cidade na terra mais acima. Também levei um tempo para notar que o estranho cardume de golfinhos havia desaparecido.

Por cerca de duas horas a embarcação repousou em uma esplanada próxima à muralha rochosa do vale. De um lado eu podia observar a cidade inteira, desde a esplanada até a antiga margem do rio; do outro lado, a uma proximidade extraordinária, fui confrontado pela fachada ricamente trabalhada e excepcionalmente preservada de uma enorme construção, sem dúvida um templo escavado na rocha sólida. Quanto ao trabalho exigido pela construção daquela coisa titânica, posso apenas fazer conjecturas. A fachada, de imensa magnitude, dá a impressão de abrigar um único aposento contínuo por trás da rocha, pois as janelas são muitas e encontram-se distribuídas por toda a parte. No centro abre-se uma porta enorme, guarnecida por um impressionante lance de degraus e rodeada por belíssimas entalhaduras que parecem relevos de bacantes. Porém o mais impressionante são as enormes colunas e o enorme friso, ambos decorados com esculturas de beleza inexpressável que evidentemente retratam cenas pastorais idealizadas e procissões de sacerdotes e sacerdotisas que carregam estranhos objetos cerimoniais em adoração a um deus radiante. A arte é de uma perfeição consumada, similar à helênica mas assim mesmo estranhamente distinta. A impressão causada é de uma antiguidade assombrosa, como se aquilo fosse o mais remoto ancestral da arte grega, e não o antecessor imediato. Não posso sequer por um instante duvidar de que cada detalhe naquela construção tremenda foi construído a partir da rocha virgem nas encostas de nosso planeta. O prédio integra a parede do vale, embora eu não imagine de que maneira o vasto interior possa ter sido escavado. Talvez uma caverna ou uma série de cavernas outrora tenha guarnecido o núcleo. Nem o tempo nem a submersão haviam sido capazes de corroer a grandeza cabal desse formidável santuário — pois devia tratar-se de um santuário — que, mesmo passados milhares de anos, permanece imaculado e inviolado na noite e no silêncio intermináveis de um pélago oceânico.

Não posso estimar o número de horas que passei admirando a cidade submersa com prédios, arcos, estátuas e pontes, bem como esse templo colossal de beleza e mistério. Embora eu soubesse que a morte estava a cada instante mais próxima, a curiosidade me devorava; e assim continuei a apontar o holofote ao redor em minha busca incessante. O facho de luz permitiu-me descobrir inúmeros detalhes, mas recusou-se a oferecer um único vislumbre do que pudesse estar além do portal vazio que franqueava o acesso àquele templo escavado em rocha; passado um tempo, desliguei a eletricidade, ciente de que eu precisava poupar energia. O facho de luz estava mais tênue do que estivera durante as semanas à deriva. E, como que açulado pela iminente privação de luz, meu ímpeto de explorar aqueles recônditos aquosos ganhou ainda mais força. Eu, um alemão, haveria de ser o primeiro a galgar aquelas passagens esquecidas pelos éons!

Retirei do depósito e passei em revista um traje de mergulho feito de metal articulado, e testei uma lanterna e um regenerador de ar portáteis. Embora eu previsse dificuldades para operar as escotilhas sozinho, acreditei ser possível vencer todos os obstáculos com as minhas habilidades científicas e enfim poder caminhar por aquela cidade morta.

Em 16 de agosto eu deixei o U-29, e laboriosamente

avancei pelas ruas decadentes e recobertas de lodo até a margem do rio ancestral. Não encontrei esqueletos nem outros resquícios humanos, mas ganhei uma verdadeira fortuna de sabedoria arqueológica a partir de moedas e esculturas. Quanto a essa descoberta, nada tenho a manifestar senão meu espanto ao ver-me perante uma cultura que se encontrava no zênite da glória quando os homens das cavernas vagavam pela Europa e o Nilo corria inobservado rumo ao mar. Incumbe a outros, guiados por este manuscrito caso um dia venha a ser encontrado, desvendar os mistérios aos quais somente posso aludir. Retornei à embarcação quando as baterias perderam força, determinado a explorar o templo de rocha no dia seguinte.

Em 17 de agosto, quando meu ímpeto de explorar o mistério do templo revelou-se ainda mais insistente, fui acometido por uma grande decepção; pois descobri que os materiais necessários à recarga da lanterna portátil haviam perecido em julho, no motim daqueles porcos. Fui tomado por uma fúria sem limites, porém meu talante germânico impediu que eu me lançasse despreparado rumo àquele interior de negrura absoluta, que poderia revelar-se o covil de um monstro marinho indescritível ou ainda um labirinto submarino de cujos meandros eu jamais poderia extricar-me. Tudo o que pude fazer foi ligar o holofote cada vez mais débil do U-29 e, valendo-me desse auxílio, galgar os degraus do templo a fim de estudar as entalhaduras do exterior. O facho de luz adentrava o portal em um ângulo elevado, de maneira que olhei rumo ao interior para ver se eu poderia discernir o que quer que fosse, porém o esforço foi em vão. Nem mesmo o teto era visível; e, embora eu tenha dado um passo ou dois rumo ao interior depois de testar a firmeza do chão com um cajado, não me aventurei a ir mais longe. Pela primeira vez na vida tive um sentimento genuíno de pavor. Comecei a perceber o mecanismo que motivara os surtos de Klenze, pois quanto mais o templo me atraía, mais eu temia aqueles pélagos aquosos com um terror cego e crescente. Ao retornar para o submarino, desliguei as luzes e pus-me a cogitar no escuro. A essa altura a eletricidade precisa ser guardada para emergências.

Passei o sábado 18 em absoluta escuridão, atormentado por lembranças e memórias que ameaçavam vencer minha determinação germânica. Klenze enlouqueceu e pereceu antes de chegar a essa ruína de um passado remoto e insalubre e aconselhou-me a segui-lo. Será que o Destino estaria preservando minha razão apenas para me atrair irresistivelmente rumo a um fim ainda mais horrível e inconcebível, porque jamais sonhado? Meus nervos estavam muito cansados, e precisei abandonar essas impressões deixadas por homens fracos.

Não consegui dormir no sábado, e acendi as luzes a despeito do futuro que me espera. É lamentável que a eletricidade não vá durar mais do que o ar e os mantimentos. Revivi meus pensamentos de eutanásia e examinei minha pistola automática. Já pela manhã devo ter adormecido com as luzes ainda ligadas, pois na tarde de ontem acordei na escuridão total e descobri que as baterias haviam se esgotado. Risquei vários fósforos em sucessão, e lamentei desesperadamente a incúria que muito tempo atrás nos levou a exaurir as poucas velas de que dispúnhamos.

Depois de observar a extinção do último fósforo que me atrevi a desperdiçar, passei um longo tempo sentado no escuro. Enquanto eu refletia sobre o fim inevitável, meus pensamentos recapitularam os eventos pregressos e deram força a uma impressão latente que teria levado um homem mais fraco e mais supersticioso a estremecer. *A cabeça do deus radiante nas esculturas que adornam o templo de pedra é a mesma daquele objeto de marfim entalhado que o marinheiro morto trouxe do mar e que o pobre Klenze levou de volta ao mar.*

Senti-me um pouco confuso ao perceber a coincidência, mas não capitulei ao terror. Somente os pensadores de constituição inferior explicam fenômenos singulares e complexos recorrendo ao primitivo atalho do sobrenaturalismo. A coincidência parecia estranha, porém sou um pensador demasiado rigoroso para estabelecer correspondências entre circunstâncias que não admitem relações lógicas, ou ainda para instituir nexos fantasiosos entre os acontecimentos desastrosos que tiveram início com o episódio do *Victory* e trouxeram-me ao meu atual dilema. Por sentir que um descanso mais profundo seria necessário, tomei um sedativo e pus-me a dormir. Minha condição nervosa refletiu-se em meus sonhos, pois tive a impressão de ouvir os gritos de pessoas que se afogavam e de ver rostos pressionados contra as vigias submersas da embarcação. Em meio aos rostos dos mortos estava o rosto vivo e zombeteiro do rapaz com a imagem de marfim.

Preciso tomar cuidado ao registrar meu despertar de hoje, pois encontro-me abalado, e não posso negar que deve haver uma parcela generosa de alucinação misturada aos fatos. Em termos psicológicos, meu caso é dos mais interessantes, e lamento que não possa ser objeto de análise científica por um competente especialista alemão. Quando abri os olhos, minha primeira sensação foi um desejo irresistível de visitar o templo de pedra; desejo esse que aumentava a cada instante, mas ao qual tive o impulso natural de resistir graças à ação do medo que operava em sentido contrário. Logo veio a impressão de *luz* em meio à escuridão das baterias gastas, e imaginei discernir um brilho fosforescente através da vigia que se abria em direção ao templo. Esse detalhe chamou-me a atenção, pois eu não conhecia nenhum organismo pelágico capaz de emitir aquela luminosidade. Porém antes que eu pudesse começar uma investigação veio uma terceira impressão que, em razão do caráter irracional, levou-me a questionar a objetividade de tudo aquilo que os meus sentidos pudessem registrar naquele momento. Tratava-se de uma miragem aural; uma sensação de sons melódicos e rítmicos, como os de um rústico mas belo cântico ou coral, que vinham do exterior e atravessavam o casco à prova de som do U-29. Convencido da minha anomalia psicológica, acendi fósforos e preparei uma dose reforçada de brometo de sódio, que serviu para acalmar-me e dissipar a ilusão de som. Mas a fosforescência permaneceu, e tive dificuldade para controlar o impulso pueril de me aproximar da vigia e buscar a fonte da luminosidade. Era uma impressão terrivelmente real, e logo pude distinguir os objetos familiares ao meu redor e o copo vazio de brometo de sódio, do qual eu não recebia nenhuma impressão visual a partir do lugar onde se encontrava. Esta última circunstância levou-me a refletir, e então atravessei o recinto e toquei no copo. Estava de fato no lugar onde eu imaginara vê-lo. A partir daquele instante eu soube que ou a luz era real ou então era parte de uma alucinação tão fixa e tão consistente que eu não poderia nutrir esperanças de dissipá-la; e assim, depois de abandonar toda e qualquer resistência, subi à torre de comando a fim de procurar a fonte daquela agência luminosa. Não seria outro submarino, capaz de oferecer-me a chance de um resgate?

O leitor faria bem em não aceitar nada daquilo que relato a seguir como a verdade objetiva, pois, visto que os eventos narrados transcendem as leis naturais, a única explicação possível é que sejam criações subjetivas de um intelecto levado aos próprios limites. Quando ganhei a torre de comando, descobri que o mar estava menos luminoso do que eu havia esperado. Não havia nenhuma fosforescência vegetal ou animal ao meu redor, e a cidade que descia rumo à margem do rio permanecia envolta na escuridão. O que vi não foi nem espetacular nem grotesco nem aterrorizante, mas assim mesmo bastou para destruir o último vestígio da confiança que eu tinha em meu juízo. *Pois a porta e as janelas do templo submarino escavado na encosta rochosa brilhavam com uma radiância bruxuleante, como se a chama de um imponente altar estivesse a arder no interior.*

Os acontecimentos ulteriores foram caóticos. Enquanto eu fitava a porta e as janelas que se iluminavam com um brilho preternatural, fui acometido pelas mais extravagantes visões — visões tão extravagantes que não posso sequer relatá-las. Imaginei ter vislumbrado objetos no templo — tanto estacionários como móveis — e tive a impressão de novamente ouvir o cântico irreal que a mim flutuara quando do meu primeiro despertar. E acima de tudo sobranceavam pensamentos e medos centrados no rapaz encontrado no mar e na imagem de marfim cuja forma encontrava-se duplicada no friso e nas colunas do templo à minha frente. Lembrei-me do pobre Klenze, e perguntei-me onde seu corpo estaria com a imagem que levara de volta ao mar. Klenze tentara fazer um alerta e eu não lhe dera ouvidos — porém tratava-se de um tolo da Renânia que enlouquecia ao encontrar problemas que um prussiano seria capaz de tolerar sem nenhuma dificuldade.

O restante é demasiado simples. Meu impulso de visitar e adentrar o templo agora se transformou em um comando inexplicável e imperioso ao qual não posso mais resistir. Minha própria determinação germânica não controla mais os meus atos, e minha vontade doravante somente pode ser exercida no que diz respeito a assuntos menores. Essa foi a loucura que precipitou Klenze rumo à morte no oceano, desprotegido e indefeso; mas eu sou um prussiano e um homem de juízo, e pretendo usar até o derradeiro fim a pouca determinação que ainda me resta. Quando percebi que eu não poderia mais resistir, preparei o traje de mergulho, o capacete e o regenerador de ar para uso imediato; e no instante seguinte pus-me a escrever esta apressada crônica na esperança de que um dia possa chegar ao mundo. Hei de consignar o manuscrito a uma garrafa e confiá-la ao oceano quando eu deixar o U-29 para sempre.

Não temo nada, nem mesmo as profecias do louco Klenze. Aquilo que vi não pode corresponder à verdade, e sei que mesmo na pior das hipóteses minha loucura deve resultar apenas em um sufocamento quando o ar for esgotado. A luz no interior do templo é uma alucinação, e hei de morrer uma morte serena, como um alemão, nessas profundezas negras e esquecidas. As gargalhadas demoníacas que ouço enquanto escrevo têm origem no meu próprio juízo cada vez mais abalado. Sendo assim, hei de equipar-me com o traje de mergulho e caminhar determinado rumo ao santuário primordial; rumo àquele segredo de águas insondadas e séculos incontáveis.

Além da barreira do sono

Um laivo de sono toma conta de mim.
Shakespeare

Com frequência indaguei-me se a maior parte da humanidade detém-se a fim de refletir sobre o significado por vezes titânico dos sonhos e do obscuro universo a que pertencem. Enquanto a maior parte de nossas visões noturnas talvez não seja mais do que tênues e fantásticos reflexos das experiências em vigília — uma tese da qual Freud discorda com um simbolismo infantil —, resta ainda um certo número de ocorrências cuja natureza etérea e misteriosa não admite interpretações comezinhas, e cujo efeito vagamente incitante e inquietante sugere possíveis vislumbres de uma esfera da existência mental tão importante quanto a vida do corpo, embora desta separada por uma barreira praticamente intransponível. Com base na minha experiência, não vejo como duvidar de que o homem, enquanto alheio à consciência terrestre, esteja de fato vagando em outra vida incorpórea vastamente distinta daquela vida que conhecemos, e da qual somente os mais remotos e nebulosos resquícios persistem após o despertar. A partir dessas memórias imprecisas e fragmentárias podemos fazer muitas inferências, mas as provas revelam-se poucas. Podemos supor que nos sonhos a vida, a matéria e a vitalidade, da maneira como existem na terra, não são grandezas constantes; e que o tempo e o espaço não existem da maneira como os conhecemos durante a vigília. Por vezes acredito que essa vida menos ligada à matéria é a mais verdadeira, e que nossa vã presença no globo terrestre representa apenas um fenômeno secundário ou meramente virtual.

Foi a partir de uma fantasia juvenil repleta de especulações como essas que despertei certa tarde no inverno de 1900-1, quando chegou à instituição estadual de psiquiatria onde eu desenvolvia meu estágio acadêmico o paciente cujo caso até hoje me assombra sem trégua. O nome, da maneira como consta nos registros, era Joe Slater, ou Slaader, e a aparência era aquela típica dos habitantes da região de Catskill Mountain; um desses estranhos e repugnantes descendentes de colonos e camponeses primitivos, cujo isolamento de quase três séculos nas encostas remotas de uma localidade pouco visitada levou-os a sucumbir a uma espécie de degeneração barbárica em vez de evoluir como os irmãos mais bem localizados que vivem nos distritos mais densamente povoados. Em meio a essa gente estranha, que corresponde perfeitamente aos elementos decadentes conhecidos no Sul como *white trash*, a lei e a moral são inexistentes; e a capacidade mental que evidenciam é provavelmente menor do que aquela observável em qualquer outro grupo dos povos americanos nativos.

Joe Slater, que chegou à instituição sob a custódia vigilante de quatro policiais estaduais e foi descrito como um indivíduo de alta periculosidade, não evidenciou nenhum traço dessa predisposição violenta quando o vi pela primeira vez. Embora tivesse uma estatura acima da média e uma constituição robusta, esse homem causava uma impressão absurda de estupidez inofensiva que se devia ao azul pálido e sonolento dos olhinhos diminutos, à escassez da barba loura negligenciada e jamais raspada e à tendência do pesado lábio inferior de manter-se como que pendente. Sua idade era desconhecida, uma vez que em meio àquela gente não existem registros familiares nem laços familiares permanentes; mas, a dizer pela calvície na parte anterior da cabeça e pelo desgaste observável nos dentes, o cirurgião-chefe registrou-o como um homem de aproximadamente quarenta anos.

Tudo o que se podia saber a respeito desse caso encontrava-se em documentos médicos e judiciais. Este homem, um andarilho e caçador, sempre fora um estranho aos olhos de seus primitivos companheiros. Dormia habitualmente até muito além do horário corriqueiro, e ao despertar com frequência punha-se a falar sobre coisas desconhecidas de forma bizarra a ponto de inspirar medo até mesmo nos corações do populacho desprovido de imaginação. Não que a maneira de se expressar fosse original, pois falava sempre no patoá grosseiro do ambiente em que vivia; mas o tom e a forma das elucubrações revelavam desvarios tão misteriosos que ninguém seria capaz de ouvi-lo sem apreensão. O próprio homem em geral revelava-se tão atônito e apavorado quanto aqueles que o ouviam, e cerca de uma hora após o despertar esquecia-se de tudo aquilo que havia dito, ou pelo menos de tudo aquilo que o havia levado a dizer o que dissera, para então retornar à normalidade bovina e parcialmente amistosa dos outros nativos das colinas.

À medida que Slater envelhecia, as aberrações matinais davam a impressão de tornar-se cada vez mais frequentes e mais violentas — até que, cerca de um mês antes de sua chegada à instituição, sobreviesse a tragédia que culminou na prisão pelas autoridades competentes. No dia fatídico, por volta do meio-dia, após um sono profundo começado por uma pândega de uísque às cinco horas da tarde anterior, o homem levantara-se com um movimento brusco; a seguir, pôs-se a ulular de maneira tão horrenda e tão sobrenatural que diversos vizinhos acudiram à sua cabana — uma pocilga imunda onde morava com uma família tão indescritível como o próprio. Depois de sair correndo pela neve, o homem erguera os braços e dera início a uma série de saltos verticais; aos gritos, afirmava estar determinado a atingir "uma enorme, enorme cabana com luz no teto e nas paredes e no assoalho, e a alta e estranha música longínqua". Enquanto dois homens de estatura mediana tentavam contê-lo, Slater debatia-se com a força e a fúria de um maníaco, vociferando sobre o desejo e a necessidade de encontrar e matar uma certa "coisa que brilha e treme e gargalha". Por fim, após derrubar temporariamente um dos captores valendo-se de um golpe repentino, lançou-se sobre o outro em um êxtase demoníaco de sanguinolência, bradando como um demônio que estava decidido a "pular o mais alto possível e abrir caminho a fogo por qualquer coisa que tentasse impedi-lo". Nesse momento a família e os vizinhos fugiram em pânico, e quando os mais corajosos voltaram Slater havia sumido — e deixado para trás um irreconhecível amontoado de carne pulposa que não mais do que uma hora atrás tinha sido um homem. Nenhum dos montanheses se atreveu a persegui-lo, e é provável que recebessem a eventual notícia da morte de Slater em meio ao frio com alegria; porém, quando dias mais tarde ouviram sua voz em um desfiladeiro longínquo, perceberam que o homem encontrara meios de sobreviver, e que seria necessário retirá-lo do local. Logo se organizou um grupo de busca armado, cujo propósito (a despeito da intenção original) passou a ser o de oferecer o auxílio necessário ao xerife depois que um dos raramente bem-vistos policiais do estado por acaso observou, a seguir questionou e por fim se juntou ao grupo original.

No terceiro dia Slater foi encontrado inconsciente no interior de uma árvore oca e levado para a cadeia mais próxima, onde alienistas de Albany examinaram-no assim que recuperou a consciência. Aos alienistas, Slater contou uma história bastante simples. Segundo disse, fora dormir em uma tarde mais ou menos ao pôr do sol, depois de muito beber destilados. Ao acordar, descobriu que tinha as mãos ensanguentadas e que estava em frente à cabana onde morava, tendo o cadáver do vizinho Peter Slader aos pés. Horrorizado, ele correu para a floresta em uma tentativa pífia de fugir da cena daquilo que devia ter sido um crime seu. Para além disso, Slater parecia não saber de mais nada, e nem mesmo o interrogatório conduzido por oficiais experientes mostrou-se capaz de revelar fatos adicionais. Naquela mesma noite Slater dormiu tranquilamente, e na manhã seguinte acordou sem quaisquer intercorrências, salvo por uma expressão levemente alterada. O dr. Barnard, que observava o paciente, imaginou ter percebido naqueles olhos azul-pálidos um lampejo peculiar; e nos lábios flácidos uma contração praticamente imperceptível, que poderia indicar uma determinação consciente. Ao ser questionado, no entanto, Slater retornou à indolência habitual dos montanheses, e limitou-se a repetir o que afirmara na véspera.

A terceira manhã trouxe o primeiro surto psiquiátrico do homem. Ao fim de um sono agitado, explodiu em um frenesi tão poderoso que os esforços de quatro homens precisaram ser combinados a fim de prendê-lo em uma camisa de força. Os alienistas escutaram-no com atenção, uma vez que a curiosidade de todos fora aguçada pelas histórias sugestivas mas em boa parte incoerentes narradas pela família e pelos vizinhos. Slater delirou por mais de quinze minutos, durante os quais balbuciou no dialeto rural a respeito de enormes construções de luz, oceanos de espaço, uma estranha música e montanhas e vales ensombrecidos. Mas acima de tudo concentrou-se em uma misteriosa entidade cintilante que tremia e gargalhava e zombava. Essa vasta e diáfana entidade parecia ter lhe causado um mal terrível, e matá-la numa vingança triunfante era o seu maior desejo. A fim de atingi-lo, segundo afirmou, seria necessário sobrevoar abismos de nada, *queimando* todos os obstáculos que encontrasse pelo caminho. Esse foi o discurso de Slater, que por fim cessou tão de repente como havia começado. O fogo da loucura extinguiu-se de seus olhos, e com um olhar de surpresa perplexa ele olhou para os interrogadores e perguntou por que estava preso na camisa de força. O dr. Barnard soltou as tiras de couro e não tornou a apertá-las senão à noite, quando logrou convencer Slater a aceitá-las voluntariamente, em nome do próprio bem-estar. A essa altura o homem já admitira que por vezes dizia coisas estranhas, ainda que não soubesse explicar por quê.

No prazo de uma semana houve mais dois surtos, porém os médicos pouco descobriram a partir dessas ocorrências. Quanto à *origem* das visões de Slater houve muita especulação, pois como o homem não sabia ler nem escrever, e de acordo com todas as evidências disponíveis jamais tinha ouvido uma lenda ou um conto de fadas, a riqueza daquelas imagens parecia inexplicável. O fato de que não provinham de nenhum mito ou romance conhecido era demonstrado pela constatação de que aquele lunático desafortunado expressava-se sempre com os modos rústicos que lhe eram próprios. Vociferava a respeito de coisas que era incapaz de interpretar; coisas que afirmava ter vivenciado, mas que não poderia ter aprendido por meio de uma narrativa normal ou conexa. Os alienistas logo concordaram que sonhos anômalos deviam estar na fundação do distúrbio; sonhos cuja vividez seria capaz de temporariamente dominar por completo a mente desperta daquele homem inferior. Uma vez cumpridas as formalidades necessárias, Slater respondeu a uma acusação de homicídio e foi absolvido em função dos transtornos mentais, para ser então levado à instituição onde eu ocupava meu humilde posto.

Descrevi-me como um constante especulador no que diz respeito à vida onírica, e essa declaração poderia servir como justificativa para o ímpeto com que me lancei ao estudo do novo paciente tão logo os detalhes relativos ao caso chegaram a meu conhecimento. Slater parecia demonstrar uma predisposição amistosa em relação a mim, sem dúvida nascida do interesse que eu era incapaz de esconder e dos modos gentis de que eu me valia ao questioná-lo. Não que alguma vez tenha me reconhecido durante os surtos, quando eu me debruçava com a respiração suspensa por sobre aqueles caóticos mas assim mesmo cósmicos panoramas verbais; mas o homem pôde conhecer-me nas horas serenas, quando sentava-se junto à janela gradeada para trançar cestos de palha e salgueiro, talvez ansiando pela liberdade nas montanhas da qual estava para sempre privado. A família jamais foi visitá-lo; provavelmente haviam encontrado outro patriarca, como é costumeiro em meio aos montanheses decadentes.

Aos poucos senti-me tomado por um profundo sentimento de espanto em relação aos devaneios fantásticos e insanos de Joe Slater. O homem evidenciava uma inferioridade lastimosa no que dizia respeito ao intelecto e à linguagem; mas aquelas visões titânicas e cintilantes, mesmo quando descritas em vernáculo bárbaro e desconexo através das grades, eram definitivamente coisas que somente uma consciência superior ou mesmo excepcional poderia conceber. Como, eu com frequência me perguntava, a imaginação rasteira de um degenerado de Catskill poderia conjurar panoramas cuja existência fazia pressupor a centelha do gênio à espreita? Como um cretino e um rústico poderia ter adquirido sequer a mais remota ideia quanto aos domínios de radiância e espaço supernos acerca dos quais Slater vociferava no apogeu do delírio? Cada vez mais eu me via inclinado a crer que na personalidade indigna que se encolhia à minha frente residia o núcleo de um fenômeno completamente além da minha compreensão; e também um fenômeno infinitamente além da compreensão de médicos e cientistas mais experientes, porém menos imaginativos.

Mesmo assim, não fui capaz de chegar a nenhum tipo de conclusão definitiva. O resumo de toda a pesquisa que realizei era que Slater, em uma vida semicorpórea e onírica, vagava ou flutuava por resplendentes e prodigiosos vales, campos, jardins, cidades e palácios de luz em regiões infinitas e ignotas. Que nessas regiões não era um camponês nem um degenerado, mas um ser importante com uma vida plena, que se movimentava cheio de orgulho e opulência, mantido em xeque somente pela ação de um inimigo mortal que parecia ser uma entidade visível mas de constituição etérea, e que não dava a impressão de ter aspecto humano, posto que Slater jamais se referia a essa entidade como um *homem* ou valendo-se de qualquer outro termo que não *coisa*. Essa *coisa* havia provocado em Slater um mal horrendo porém jamais especificado, que o maníaco (caso fosse de fato um maníaco) ansiava por vingar. A julgar pela forma como Slater referia-se à maneira como se relacionavam, imaginei que ele e a *coisa luminosa* se confrontassem de igual para igual; que na existência onírica o homem também era uma *coisa* pertencente à mesma raça que o inimigo. Essa impressão foi mantida graças às frequentes referências feitas a *voos através do espaço* e ao ato de *queimar* tudo aquilo que lhe obstasse o progresso. Mesmo assim, essas ideias eram formuladas em palavras rústicas e de todo inadequadas à evocação das circunstâncias descritas — uma observação que me levou a concluir que, se o mundo onírico de fato existisse, a comunicação oral não seria o meio empregado para a transmissão do pensamento. Será que a alma onírica que residia naquele corpo inferior travava uma batalha desesperada na tentativa de expressar conceitos que a língua humilde e hesitante da estupidez seria incapaz de proferir? Será que eu me encontrava na presença de emanações intelectuais capazes de revelar o mistério se eu simplesmente conseguisse fazer a leitura e a interpretação necessárias? Não contei nada para os meus colegas mais velhos acerca dessas coisas, pois a meia-idade é cética, cínica e avessa a novas ideias. Ademais, o diretor da instituição havia feito uma advertência paternal no sentido de que eu estava trabalhando demais e precisava descansar.

Desde muito tempo eu mantinha a convicção de que o pensamento humano consiste basicamente em movimentos atômicos ou moleculares convertidos em ondas de éter radiante, similares ao calor, à luz e à eletricidade. Essa convicção levou-me a contemplar a possibilidade da telepatia ou da comunicação mental por meio de aparelhos desenvolvidos especificamente para este fim, e na época da universidade eu havia construído um conjunto de transmissores e receptores similares aos volumosos equipamentos empregados na telegrafia sem fio durante a época primitiva que antecedeu o rádio. Eu os havia testado com um colega; porém, como não obtivesse resultados, logo tratei de guardá-los com outras sobras de material científico para uma possível aplicação futura. Por força do ímpeto abrasador de investigar a vida onírica de Joe Slater, recorri mais uma vez a esses instrumentos, e passei vários dias a repará-los para que fossem postos em uso. Quando me certifiquei de que estavam prontos, aproveitei a primeira oportunidade que se ofereceu para experimentá-los. A cada novo surto violento de Slater eu fixava o transmissor em sua fronte e o receptor na minha, fazendo o tempo inteiro ajustes delicados na tentativa de captar os supostos comprimentos de onda gerados pela energia intelectual. Eu não fazia muita ideia quanto à maneira como as impressões desses pensamentos poderiam, se transmitidas de maneira adequada, despertar uma resposta inteligente em meu cérebro; mas tinha certeza de que seria capaz de detectá-las e interpretá-las. Meus experimentos continuaram, embora eu não houvesse informado ninguém acerca da natureza de que se revestiam.

Foi no dia 21 de fevereiro de 1901 que a coisa por fim aconteceu. Quando volto o olhar para aquela época distante tudo parece irreal, e por vezes me pergunto se o velho dr. Fenton não tinha razão quando atribuiu tudo à minha imaginação suscetível. Recordo que ele me ouviu com imensa bondade e paciência, mas ao fim entregou-me um pó para os nervos e providenciou-me a licença de seis meses que teve início na semana a seguir. Naquela fatídica noite eu me sentira deveras agitado e exasperado — pois, a despeito do excelente atendimento que recebia, sem dúvida Joe Slater estava morrendo. Talvez fosse a privação da liberdade nas montanhas, ou talvez a agitação mental se houvesse tornado aguda demais para um físico lerdo; o certo é que a chama da vitalidade bruxuleava e extinguia-se naquele corpo decadente. Já perto do fim, Slater parecia sonolento quando a noite caiu e ele sucumbiu a um sono agitado. Não lhe vesti a camisa de força como era praxe durante o sono, pois julguei que o homem estava fraco demais para que representasse qualquer tipo de perigo, mesmo que tornasse a acordar em um estado de confusão mental antes de falecer. Mas coloquei na cabeça dele e também na minha os dois polos do meu "rádio cósmico", esperando contra todas as expectativas captar uma última mensagem do mundo onírico no exíguo tempo que me restava. Na cela tínhamos conosco um enfermeiro, sujeito medíocre que não compreendia o propósito daquele aparato e a quem não ocorrera questionar meu procedimento. Quando a noite avançou, vi a cabeça pender de maneira desajeitada quando ele adormeceu, porém não o importunei. Quanto a mim, logo devo ter dormitado um pouco, embalado pelo ritmo respiratório do homem sadio e do moribundo.

Fui acordado pelo som de uma bizarra melodia lírica. Acordes, vibrações e êxtases harmônicos fremiam com ímpeto em meus dedos, enquanto minha visão arrebatada penetrava no suntuoso espetáculo da beleza suprema. Paredes, colunas e arquitraves de fogo vivo refulgiam ao redor do ponto em que eu parecia flutuar em pleno ar, para então se estenderem acima de mim numa abóbada de altura infinita e esplendor inefável. Amalgamando-se a essa cena de magnificência palaciana, ou antes por vezes suplantando-a em uma rotação caleidoscópica, surgiam vislumbres de extensas planícies e vales graciosos, montanhas elevadas e grutas convidativas — tudo coberto pelos mais belos atributos cênicos que meu olhar encantado seria capaz de conceber, e no entanto formado integralmente por uma entidade cintilante, etérea e plástica dotada de uma consistência que dava a impressão de participar tanto da matéria como do espírito. Enquanto eu olhava admirado, percebi que meu próprio cérebro trazia a chave necessária àquelas metamorfoses encantadoras, pois os panoramas que se revelavam a mim eram aqueles que a cada novo instante meus pensamentos mais ansiavam por contemplar. Em meio a esse reino elísio, vi-me não como um forasteiro, pois cada visão e cada som me eram familiares, assim como haviam sido por incontáveis éons de eternidade — e haveriam de permanecer durante as eternidades vindouras.

Foi então que a aura resplendente do meu irmão de luz aproximou-se e entabulou comigo um colóquio de alma a alma, com uma silenciosa e perfeita troca de pensamentos. O momento era de triunfo iminente — pois aquele ser a mim irmanado não escapava enfim dos grilhões que periodicamente lhe eram impostos? Não escapava para sempre, disposto a perseguir o amaldiçoado opressor rumo aos mais longínquos confins do éter, para que sobre ele fizesse recair uma vingança cósmica e flamejante capaz de estremecer as próprias esferas? Flutuamos dessa maneira por um tempo, mas logo percebi que os objetos ao nosso redor davam a impressão de borrar-se e desaparecer, como se uma força nos chamasse de volta à terra — o lugar para onde eu menos gostaria de ir. A forma próxima de mim também parecia sentir essa mudança, pois aos poucos encaminhou nosso colóquio à conclusão e saiu de cena, desvanecendo a uma velocidade um pouco menor que a dos restantes objetos ao redor. Trocamos mais uns pensamentos e eu soube que aquele ser luminoso e eu estávamos sendo chamados de volta aos grilhões, embora para o meu irmão de luz aquela fosse a última vez. Com o lastimoso invólucro planetário já praticamente extinto, em menos de uma hora aquele semelhante meu estaria livre para perseguir o opressor pela Via Láctea, além das estrelas longínquas e rumo aos confins da infinitude.

Um choque bem definido separa minha impressão final relativa à cena de luz desvanecente e meu subsequente despertar repentino e envergonhado, quando me endireitei na cadeira e vi o moribundo mexer-se hesitantemente no sofá. Joe Slater estava de fato acordando, embora provavelmente pela última vez. Ao examiná-lo mais de perto, notei que nas bochechas enfermiças havia um rubor até então jamais observado. Os lábios também pareciam estranhos — apertados como que pela força de uma personalidade mais forte que a de Slater. O rosto inteiro por fim começou a tensionar-se, e a cabeça pôs-se a balançar com os olhos fechados. Não despertei o enfermeiro adormecido, mas reajustei as faixas do meu "rádio telepático" na cabeça daquele homem, decidido a captar uma possível mensagem de adeus. De repente a cabeça voltou-se na minha direção e os olhos se arregalaram, levando-me a fitar com espanto a cena à minha frente. O homem que antes fora Joe Slater, o decadente de Catskill, naquele instante me encarava com um par de olhos luminosos e expandidos cujo brilho azul parecia sutilmente mais profundo. Nem a mania nem a degeneração se revelavam naquele olhar, e tive a certeza absoluta de estar diante de um rosto por trás do qual se encontrava um intelecto ativo da mais elevada ordem.

Nesse ponto meu cérebro percebeu a força externa que o influenciava. Fechei meus olhos a fim de concentrar-me, e fui recompensado com a revelação positiva de que *a mensagem mental tão esperada por fim havia chegado*. As ideias transmitidas formaram-se rapidamente em minha consciência, e embora nenhum tipo de linguagem fosse empregado, a associação costumeira entre ideia e expressão era tão próxima que tive a impressão de receber a mensagem em inglês escorreito.

"*Joe Slater morreu*", aquela voz ou agência petrificante sentenciou de além da barreira do sono. Meus olhos abertos procuraram o sofá do moribundo em um horror repleto de curiosidade, mas os olhos azuis permaneciam a observar com uma expressão calma, e o semblante ainda parecia dotado da inteligência que o animava. "É melhor que tenha morrido, posto que não era apto a portar o intelecto ativo da entidade cósmica. Aquele corpo grosseiro não poderia sofrer os ajustes necessários para transitar entre a vida etérea e a vida planetária. Slater tinha muito de animal e pouco de humano; mesmo assim, foi graças a essa deficiência que você me descobriu, pois as almas cósmicas e planetárias não deviam jamais se encontrar. Slater foi meu tormento e minha prisão diurna por quarenta e dois anos terrestres. Quanto a mim, sou uma entidade como aquela em que você se transforma na liberdade do sono livre de sonhos. Sou o seu irmão de luz, e flutuei em sua companhia pelos vales refulgentes. Não me é concedido fazer revelações sobre o seu aspecto real ao seu aspecto terrestre, mas somos todos exploradores na vastidão do espaço e viajantes em épocas incontáveis. No ano que vem posso estar no escuro Egito a que você chama de antigo, ou no cruel império de Tsan-Chan que há de começar daqui a três mil anos. Eu e você estivemos à deriva por mundos que orbitam a estrela vermelha de Arcturus, e habitamos os corpos dos filósofos insectoides que rastejam orgulhosamente pela quarta Lua de Júpiter. Como o aspecto terrestre sabe pouco acerca da vida e daquilo que encerra! Como precisa saber pouco a fim de resguardar a própria tranquilidade! Quanto ao opressor, não posso falar. Na Terra vocês sentiram subconscientemente essa presença — vocês, que sem conhecer o motivo deram àquele raio de luz pulsante o nome de *Algol, a Estrela-Demônio*. Passei éons a esforçar-me em vão por encontrar e vencer o opressor, impedido apenas pelas limitações físicas. Mas hoje à noite hei de ascender como a Nêmesis que traz consigo uma vingança luminosa e cataclísmica. *Procure--me no céu, perto da Estrela-Demônio.* Não posso falar mais, pois o corpo de Joe Slater aos poucos torna-se rígido e frio, e o cérebro rústico para de vibrar conforme o meu desejo. Você foi meu amigo neste cosmo; meu único amigo neste planeta — a única alma a me encontrar por trás da forma repelente que agora jaz inerte no sofá. Havemos de nos encontrar novamente — talvez em meio à névoa cintilante da Espada de Órion, talvez em um platô desolado na Ásia pré-histórica. Talvez em sonhos esquecidos hoje à noite; ou talvez de outra forma, éons no futuro, após a obliteração total do sistema solar."

Nesse ponto as ondas de pensamento cessaram de repente, e os olhos pálidos do sonhador — ou seria melhor dizer daquele homem morto? — tornaram-se vidrados como os de um peixe. Em um estupor parcial, aproximei-me do sofá e tomei-lhe o pulso, que estava frio, rígido e sem batimentos cardíacos. As bochechas enfermiças tornaram a empalidecer e os lábios entreabriram-se, revelando as presas podres do degenerado Joe Slater. Senti meu corpo estremecer, cobri aquele rosto horrendo com um cobertor e acordei o enfermeiro. Então saí da cela e fui em silêncio à minha sala. Eu sentia um anseio inexplicável e insaciável por um sono cujos sonhos eu houvesse de esquecer.

Clímax? Que prosaico relato científico poderia jactar--se com esse tipo de efeito retórico? Simplesmente registrei certas coisas que se apresentaram a mim como fatos, para que você as interprete conforme achar melhor. Torno a afirmar que o velho dr. Fenton, meu superior, nega a realidade de tudo aquilo que relatei. Declarou-se convicto de que fui vitimado por um surto nervoso e de que eu precisava com urgência das longas férias com remuneração integral que me foram generosamente oferecidas. E afiançou-me, em nome da própria honra profissional, que Joe Slater não passava de um paranoico ignorante, cujas ideias fantásticas deviam ter origem no grosseiro folclore hereditário que circula mesmo nas comunidades mais decadentes. O dr. Fenton fez todas essas afirmações — porém não consigo esquecer o que vi no céu durante a noite que sucedeu àquela em que Slater morreu. Para que você não me considere uma testemunha imparcial, acrescento a esse testemunho final as palavras de um terceiro, que talvez possam fazer as vezes do clímax que você espera. Transcrevo *ipsis litteris* o relato sobre a estrela *Nova Persei*, retirado das páginas escritas pelo eminente astrônomo, prof. Garrett P. Serviss:

> No dia 22 de fevereiro de 1901, uma nova e maravilhosa estrela foi descoberta pelo dr. Anderson, de Edimburgo, *não muito longe de Algol.* Anteriormente não havia nenhuma estrela visível naquele ponto. Passadas vinte e quatro horas, o brilho da estrela recém-descoberta ofuscou Capela. Um ou dois dias mais tarde esse brilho diminuiu, e ao cabo de meses mal podia ser percebido a olho nu.

A coisa na soleira da porta

I.

É verdade que disparei seis tiros contra a cabeça do meu melhor amigo, mas espero provar com este depoimento que não o matei. A princípio vão dizer que sou louco — mais louco do que o homem que alvejei em uma cela no hospício de Arkham. Porém mais tarde certos leitores hão de avaliar todas as minhas declarações, correlacioná-las aos fatos conhecidos e perguntar-se como eu poderia ter pensado de outra forma ao defrontar-me com a evidência daquele horror — daquela coisa na soleira da porta.

Até então, eu mesmo não via senão loucura nas histórias desvairadas que me levaram a agir. Neste exato instante ainda me pergunto se fui induzido ao erro — ou se de fato não sou louco. Não sei — mas outros também contam histórias estranhas acerca de Edward e Asenath Derby, e nem mesmo os céticos da polícia conseguiram apresentar uma hipótese que explicasse aquela terrível e derradeira visita. Tentaram elaborar uma teoria sobre uma brincadeira macabra ou um recado intimidador enviado pelos serviçais dispensados, mas no fundo sabem que a verdade é infinitamente mais incrível e terrível.

Portanto, afirmo que não matei Edward Derby. Pelo contrário: vinguei-o, e ao vingá-lo purguei a Terra de um horror cuja sobrevivência poderia ter precipitado horrores sem precedentes sobre toda a raça humana. Existem zonas de sombras escuras muito próximas aos caminhos que trilhamos no dia a dia, e de vez em quando um espírito maléfico emerge à luz. Nesses casos, o homem que detém esse conhecimento tem o dever de atacar sem medir as consequências.

Conheci Edward Pickman Derby durante a vida inteira. Mesmo sendo oito anos mais jovem do que eu, Edward era tão precoce que passamos a ter muito em comum quando ele tinha oito e eu dezesseis anos. Era o mais fantástico gênio infantil que tive a oportunidade de conhecer, e aos sete anos escrevia versos de cunho sombrio, fantástico e quase mórbido que impressionaram os tutores de que vivia rodeado. Talvez a educação particular e os mimos do isolamento tivessem alguma relação com esse desabrochar prematuro. Como filho único, Edward tinha fraquezas orgânicas que causaram espanto nos zelosos pais e os levaram a manter o filho sempre à rédea curta. Não podia sair sem a babá e poucas vezes tinha a oportunidade de brincar à vontade com outras crianças. Todos esses fatores sem dúvida incentivaram no garoto uma estranha vida secreta em que a imaginação era a única via de acesso à liberdade.

De qualquer maneira, esse aprendizado juvenil foi prodigioso e bizarro; e a naturalidade dos versos que escrevia cativou-me, apesar da idade mais avançada. Por volta dessa época eu tinha certas inclinações à arte de cunho grotesco, e assim encontrei no jovem menino uma rara alma irmã. O que estava por trás desse amor conjunto por sombras e portentos era, sem dúvida, a ancestral, embolorada e insidiosa cidade onde vivíamos — a Arkham amaldiçoada por bruxas e assombrada pelas lendas, cujas mansardas decrépitas e balaustradas georgianas em ruínas espreitam sob o peso dos séculos à margem dos sinistros murmúrios do Miskatonic.

Com o passar do tempo, tomei gosto pela arquitetura e desisti de ilustrar um livro com os poemas demoníacos de Edward, mas nosso espírito de camaradagem não arrefeceu. O gênio do meu jovem amigo teve um desenvolvimento extraordinário, e aos dezoito anos Derby causou sensação com o lançamento de uma coletânea de poemas macabros intitulada *Azathoth e outros horrores*. Mantinha uma correspondência íntima com o célebre poeta baudelairiano Justin Geoffrey, que escreveu *O povo do monólito* e morreu gritando em um hospício em 1926, depois de uma visita a um sinistro e agourento vilarejo na Hungria.

Nas questões relativas a iniciativa e assuntos práticos, no entanto, Derby era muito prejudicado em razão da existência cercada de mimos. Tinha melhorado de saúde, mas a dependência pueril era fomentada pelo zelo excessivo dos pais, e por esse motivo nunca viajava sozinho, nem tomava decisões independentes ou assumia responsabilidades. Logo todos perceberam que Derby não estaria à altura de uma batalha na arena comercial ou profissional, mas graças à vultuosa fortuna da família esse fato não encerrava nenhuma tragédia. Mesmo quando cresceu e tornou-se um homem adulto, Edward manteve a enganadora aparência de um menino. Com os cabelos loiros e os olhos azuis, tinha as feições joviais de uma criança; e as tentativas de cultivar um bigode não foram percebidas sem uma certa dificuldade. A voz era mansa e suave, e a vida repleta de mordomias e sem nenhum exercício conferiu-lhe uma aparência rechonchuda e juvenil em vez do aspecto rotundo típico da meia-idade prematura. Tinha uma boa altura, e o rosto formoso poderia ter sido o de um notável galanteador se a timidez não o houvesse relegado ao isolamento e aos livros.

Os pais levavam-no para o estrangeiro todos os verões, e Derby apreendeu depressa os aspectos superficiais do pensamento e da expressão na Europa. Os talentos dignos de um Poe voltaram-se cada vez mais para o decadentismo, e diferentes anseios e sensibilidades artísticas não tardaram a despertar. Tivemos conversas memoráveis nessa época. Eu tinha me formado em Harvard, estudado em um escritório de arquitetura em Boston, casado e por fim retornado a Arkham para exercer a minha profissão — e passei a morar na casa da minha família, na Saltonstall Street, depois que o meu pai se mudou para a Flórida por motivos da saúde. Edward visitava-me quase todas as noites, e assim passei a vê-lo como uma pessoa da casa. Tinha um jeito particular de tocar a campainha ou fazer soar a aldraba que acabou se tornando um verdadeiro código, de maneira que, após o jantar, eu sempre aguardava as três batidas rápidas e familiares, seguidas por outras duas após uma breve pausa. Com menos frequência eu o visitava, notando sempre com inveja os tomos obscuros que compunham a biblioteca em permanente expansão.

Derby se formou na Universidade do Miskatonic, em Arkham, uma vez que os pais não o deixaram estudar longe de casa. Começou os estudos aos dezesseis anos e completou o curso em seis semestres, diplomando-se em literatura inglesa e francesa e recebendo notas altas em todas as disciplinas, à exceção de matemática e de ciências. Teve pouca convivência com outros alunos, embora visse com certa inveja o grupo de colegas "atrevidos" ou "boêmios" — cujo linguajar superficialmente "atilado" e cuja pose despropositadamente sarcástica Edward imitava, e cuja postura questionável desejava ter a coragem de adotar.

O que fez então foi transformar-se em um devoto quase fanático da sabedoria mágica obscura, um tema que rendeu e continua a render fama para a biblioteca da Universidade do Miskatonic. Como um eterno diletante na superfície da fantasia e da estranheza, Derby mergulhou fundo nas runas e enigmas legados por um passado fabuloso com o objetivo de orientar ou confundir a posteridade. Dedicou-se à leitura de tomos como o terrível *Livro de Eibon*, o *Unaussprechlichen Kulten* de Von Junzt e o proscrito *Necronomicon* do árabe louco Abdul

Alhazred, embora não tenha contado aos pais que havia manuseado essas obras. Edward tinha vinte anos quando meu único filho nasceu, e pareceu encher-se de orgulho quando batizei o recém-nascido de Edward Derby Upton para honrar meu amigo.

Quando completou vinte e cinco anos Edward Derby era um homem de saber prodigioso e um poeta e fantasista de fama considerável, embora a escassez de contatos e de responsabilidades tivesse retardado seu desenvolvimento literário por tornar seus trabalhos derivativos e excessivamente livrescos. Acredito ter sido o amigo mais próximo de Edward — um companheiro em quem eu encontrava uma mina inesgotável de tópicos teóricos vitais e que recorria a mim em busca de conselhos relativos a assuntos que preferia não levar ao conhecimento dos pais. Edward permaneceu solteiro — mais em razão da timidez, da inércia e do zelo excessivo dos pais do que como resultado de convicções íntimas — e movimentava-se em sociedade apenas com os gestos mais perfunctórios e modestos que se pode conceber. Quando a guerra eclodiu, tanto a saúde como a timidez inata mantiveram-no em casa. Eu fui mandado para Plattsburg, mas nunca viajei ao estrangeiro.

E assim o tempo passou. Edward perdeu a mãe aos trinta e quatro anos, e por meses viu-se incapacitado por uma estranha moléstia psicológica. No entanto, o pai levou-o à Europa, e assim conseguiu superar esses problemas sem nenhuma sequela perceptível. Mais tarde deu a impressão de sucumbir a uma espécie de júbilo grotesco, que parecia motivado por uma libertação parcial de grilhões invisíveis. Apesar da tenra idade, Edward passou a conviver com o grupo de colegas mais "avançados", e esteve presente em episódios um tanto insensatos — tendo em certa ocasião pagado uma pesada chantagem (com dinheiro tomado de empréstimo a mim) para ocultar do pai a participação em um determinado evento. Certos rumores sussurrados acerca desse grupo insensato da Universidade do Miskatonic eram singulares ao extremo. Falou-se até mesmo em magia negra e em acontecimentos totalmente além da credibilidade.

II.

Edward tinha trinta e oito anos quando conheceu Asenath Waite. Asenath, segundo acredito, tinha vinte e três anos na época, e frequentava um curso especial de metafísica medieval na Universidade do Miskatonic. A filha de um amigo meu já a havia conhecido — na Hall School em Kingsport — e demonstrado uma inclinação a evitá-la por conta da reputação um tanto peculiar. Asenath era baixa, morena e muito bonita, a não ser pelos olhos demasiado protuberantes; mas alguma coisa naquela expressão alienava as pessoas mais sensíveis. Contudo, era em boa parte a origem e a maneira de conversar que levavam as pessoas comuns a evitá-la. Asenath pertencia ao ramo da família Waite estabelecido em Innsmouth, e por várias gerações lendas sombrias vinham se acumulando ao redor desse lugar decrépito e abandonado e das pessoas que o habitavam. Circulavam histórias sobre terríveis barganhas por volta de 1850 e sobre um estranho elemento "não exatamente humano" nas famílias antigas do vilarejo pesqueiro arrasado — histórias que somente os antigos ianques são capazes de engendrar e repetir com o devido espanto.

O caso de Asenath era agravado pelo fato de que era filha de Ephraim Waite — uma filha temporã, nascida de uma esposa desconhecida que sempre trazia um véu sobre o rosto. Ephraim morava em uma mansão decadente na Washington Street, em Innsmouth, e os que tinham visto o lugar (pois os habitantes de Arkham evitam ir a Innsmouth sempre que possível) afirmavam que as janelas do sótão estavam sempre pregadas com tábuas e que estranhos sons por vezes emanavam do interior enquanto a noite caía. Sabia-se que o velho tinha sido um prodigioso estudante de magia em priscas eras, e certas lendas asseveravam que era capaz de invocar ou dissipar tempestades marítimas a seu bel-prazer. Eu o tinha visto uma ou duas vezes durante a minha juventude, quando veio a Arkham consultar tomos proscritos na biblioteca da universidade, e detestei-lhe o rosto saturnino e lupino, coberto por um emaranhado de barba cinza-chumbo. Ephraim morreu louco — em circunstâncias um tanto suspeitas — pouco antes que a filha (que, de acordo com a vontade expressa no testamento, foi posta sob a curatela do diretor) fosse admitida na Hall School, mas a moça era uma discípula de avidez mórbida e por vezes evidenciava uma semelhança quase demoníaca com o pai.

O amigo cuja filha tinha sido colega de Asenath Waite ofereceu diversas informações um tanto curiosas quando a notícia dessa aproximação com Edward começou a se espalhar. Tudo indicava que Asenath tivesse se passado por uma espécie de feiticeira na escola, e que de fato tivesse dado a impressão de executar portentos impressionantes. Dizia-se capaz de conjurar tempestades elétricas, embora o aparente sucesso fosse via de regra atribuído a uma incrível capacidade de previsão. Todos os animais demonstravam evidente repulsa na proximidade de Asenath, que conseguia levar qualquer cachorro a uivar executando certos gestos com a mão direita. Havia momentos em que dava breves mostras de conhecimentos de línguas muito singulares — e chocantes ao extremo — para uma moça tão jovem; e nessas ocasiões assustava os colegas com sorrisos maliciosos e piscadelas de caráter inexplicável, e parecia regozijar-se na lúdica e obscena ironia da situação.

O mais estranho, no entanto, eram os casos fartamente atestados de influência sobre outras pessoas. Sem nenhuma sombra de dúvida, Asenath era uma hipnotista genuína. Ao encarar fixamente uma colega, muitas vezes dava a essa a distinta impressão de uma *troca de persona-*

lidade — como se a vítima fosse por alguns instantes posta no corpo da feiticeira e assim pudesse olhar para o outro lado da sala em direção ao próprio corpo, com olhos que chamejavam e esbugalhavam-se em uma expressão ignota. Asenath muitas vezes fazia afirmações desvairadas sobre a natureza da consciência e a independência desta em relação ao invólucro físico — ou pelo menos em relação aos processos biológicos do invólucro físico. A mais profunda raiva que sentia, no entanto, era motivada pelo fato de não ter nascido homem, pois acreditava que o cérebro masculino era dotado de poderes cósmicos únicos e de alcance longínquo. Segundo dizia, com o cérebro de um homem seria capaz não apenas de equiparar-se, mas até mesmo de superar o pai no domínio exercido sobre as forças desconhecidas.

Edward conheceu Asenath em um encontro da "intelligentsia" promovido no alojamento estudantil e não conseguia falar a respeito de mais nada quando me fez uma visita no dia seguinte. Tinha encontrado na moça toda sorte de interesse e de erudição que o ocupava durante a maior parte do tempo, e além do mais impressionou-se muito com a bela figura. Eu nunca a tinha visto e lembrava-me apenas de referências casuais ao nome, mas sabia quem era. Parecia uma lástima que Derby ficasse tão enfatuado a respeito de Asenath; mas eu não disse nada para desencorajá-lo, uma vez que a paixão se inflama ainda mais com a oposição. Conforme eu disse, Edward não mencionou nada ao pai.

Nas semanas a seguir, o jovem Derby tocou em poucos assuntos que não fossem Asenath. As pessoas notaram esse galanteio outonal de Edward, embora concordassem que não demonstrava ter a idade que tinha nem parecesse um companheiro inapropriado para aquela divindade bizarra. Tinha apenas uma pequena barriga, a despeito da indolência e da indulgência em excesso, e o rosto não apresentava nenhuma ruga. Asenath, por outro lado, tinha os pés de galinha prematuros causados pelo exercício de uma vontade inquebrantável.

Por volta dessa época Edward levou a moça para me conhecer, e no mesmo instante percebi que o interesse não era de forma alguma unilateral. Asenath lançava olhares constantes com uma expressão quase predatória, e logo percebi que se tratava de uma intimidade que não poderia ser desfeita. Pouco tempo depois recebi uma visita do velho sr. Derby, por quem sempre tive admiração e respeito. Esse senhor havia escutado boatos sobre a nova amizade do filho e arrancado toda a verdade do "menino". Edward tinha a intenção de se casar com Asenath, e havia chegado ao ponto de sair à procura de uma casa nos subúrbios. Conhecendo a grande influência que em geral eu exercia sobre o filho, o pai solicitou minha ajuda para interromper essa agourenta união; mas expressei minhas dúvidas tomado de pesar. Não se tratava da vontade fraca de Edward, mas da vontade implacável da mulher. O eterno menino havia transferido a dependência em relação à imagem da família para uma imagem mais forte, e nada mais poderia ser feito.

O casamento foi celebrado um mês depois — por um juiz de paz, a pedido da noiva. Seguindo o meu conselho, o sr. Derby não se opôs; e, junto comigo, com a minha esposa e o meu filho, compareceu à breve cerimônia — que no mais estava repleta de jovens insensatos da universidade. Asenath tinha comprado a antiga propriedade de Crowninshield, no fim da High Street, e os recém-casados decidiram estabelecer-se por lá depois de uma breve viagem a Innsmouth, de onde trouxeram um trio de serviçais, livros e utensílios domésticos. Provavelmente não foi a consideração por Edward e pelo patriarca da família, mas um desejo pessoal de estar perto da universidade, da biblioteca e do grupo de pessoas "sofisticadas" que levou Asenath a estabelecer-se em Arkham em vez de retornar para casa em caráter permanente.

Quando Edward me visitou após a lua de mel tive a impressão de que estava um pouco mudado. Asenath havia feito com que abandonasse o ralo bigode, mas havia algo mais. Edward parecia mais sóbrio e mais pensativo, e o habitual beiço de rebeldia infantil fora substituído por uma expressão de tristeza quase genuína. Não consegui decidir se a mudança me agradava ou não. Sem dúvida, meu amigo parecia mais adulto do que nunca. Talvez o casamento fosse uma coisa boa — será que a *mudança* de dependência não poderia funcionar como o primeiro passo rumo a uma *neutralização* que culminaria na independência responsável? Edward apareceu sozinho, pois Asenath estava muito ocupada. Havia trazido uma grande quantidade de livros e utensílios de Innsmouth (Derby estremeceu ao pronunciar o nome), e estava terminando de restaurar a casa e a propriedade de Crowninshield.

A residência de Asenath em — naquele vilarejo — era um lugar inquietante, mas certos objetos haviam ensinado coisas novas a Edward. Sob a tutela da esposa, progrediu depressa no conhecimento esotérico. Certos experimentos propostos tinham uma natureza demasiado ousada e radical — Edward sentia-se pouco à vontade para descrevê-los, porém mesmo assim demonstrava total confiança nos poderes e nas intenções de Asenath. Os três criados eram todos estranhos — um casal de idade muito avançada, que tinha estado com o velho Ephraim e por vezes fazia referências crípticas a esse personagem e à falecida mãe de Asenath, e uma moça de tez escura que tinha feições visivelmente anômalas e parecia exsudar um eterno odor de peixe.

III.

Nos dois anos seguintes passei a ver Derby com uma frequência cada vez menor. Às vezes passavam-se duas semanas inteiras sem que eu ouvisse a batida tripla seguida por outra dupla na porta da frente; e, quando por fim aparecia — ou quando eu lhe fazia uma visita, o que acontecia a intervalos cada vez mais esparsos —, mostrava-se pouco disposto a discutir assuntos de vital importância. Tinha adotado uma postura sigilosa em relação aos estudos ocultos que outrora expunha e descrevia com tanto apuro, e preferia não falar sobre a esposa. Asenath tinha envelhecido muito desde o casamento, e — por mais estranho que pareça — de repente parecia a integrante mais velha do casal. No rosto, trazia estampada a mais ferrenha expressão de determinação que eu já tinha visto; o aspecto geral parecia infundir uma repulsa vaga e indefinível. Minha esposa e meu filho perceberam com a mesma intensidade que eu, e todos nós aos poucos deixamos de visitá-la — uma decisão que, conforme Edward reconheceu em um momento de falta de tato pueril, havia despertado em Asenath um sentimento de profunda gratidão. Às vezes os Derby partiam em longas viagens — sempre com o pretexto de ir para a Europa, mesmo que Edward por vezes insinuasse destinos mais obscuros.

Uma vez passado o primeiro ano as pessoas começaram a falar sobre a mudança em Edward Derby. Eram conversas muito casuais, pois a mudança era meramente psicológica; mas traziam à tona certos detalhes interessantes. De vez em quando, Edward parecia adotar expressões e fazer coisas totalmente incompatíveis com a natureza de seu tradicional caráter molenga. Para dar um exemplo — embora nos velhos tempos não soubesse dirigir um carro, em certas ocasiões passou a ser visto entrando e saindo da estrada que levava a Crowninshield no possante Packard de Asenath, dirigindo com grande perícia e enfrentando o tráfego com uma habilidade e uma determinação completamente alheias à sua natureza habitual. Nesses casos, parecia sempre estar voltando de uma viagem ou embarcando em outra — mas que tipo de viagem ninguém sabia dizer, embora o motorista quase sempre tomasse a velha estrada para Innsmouth.

Talvez pareça estranho, mas a metamorfose não teve um efeito de todo positivo. As pessoas começaram a dizer que Edward ostentava uma fisionomia demasiado semelhante à da esposa, ou à do próprio Ephraim Waite nesses momentos — ou talvez esses momentos parecessem sobrenaturais justamente em virtude da raridade. Às vezes, horas depois de partir dessa maneira, Derby retornava prostrado e inerte no assento traseiro enquanto um chofer ou um mecânico sem dúvida contratado dirigia o carro. Da mesma forma, o aspecto preponderante que ostentava nas ruas ao longo desse período de crescente retraimento social (que, devo acrescentar, atingiu as visitas que me fazia) era a antiga postura indecisa — somada a uma puerilidade ainda mais irresponsável do que em épocas passadas. Enquanto o rosto de Asenath envelhecia, o de Edward — afora nessas ocasiões excepcionais — relaxava em uma espécie de imaturidade excessiva, a não ser quando os traços de uma nova tristeza ou de uma nova compreensão insinuavam-se em um lampejo. Tudo era muito intrigante. Nesse meio-tempo os Derby se afastaram quase por completo do alegre círculo da universidade — não por falta de afinidade, segundo os boatos, mas porque algo nos estudos que conduziam chocou até mesmo os mais ferrenhos decadentistas.

No terceiro ano do casamento Edward começou a fazer alusões mais diretas acerca de um vago sentimento de medo e insatisfação. Tecia comentários segundo os quais as coisas teriam "ido longe demais", e falava em um tom lúgubre sobre o imperativo de "preservar a identidade". A princípio tratei de ignorar essas referências, mas com o passar do tempo comecei a fazer questionamentos discretos, sempre tendo em mente o que a filha do meu amigo dissera a respeito da influência hipnótica de Asenath sobre as outras meninas na escola — dos casos em que outras alunas tinham imaginado estar no corpo dela olhando em direção ao próprio corpo no outro lado da sala. Esses questionamentos pareceram despertar a um só tempo desconfiança e gratidão, e a certa altura Edward balbuciou alguma coisa a respeito de termos uma conversa séria em uma ocasião futura.

Por volta dessa época o velho sr. Derby faleceu — um fato que mais tarde despertou minha profunda gratidão. Edward sofreu um forte abalo, mas não se mostrou de maneira alguma tresloucado. Tinha mantido pouco contato com o pai depois do casamento, pois Asenath havia concentrado em si toda a essência vital dos laços familiares. Houve quem o acusasse de indiferença em relação à perda — em especial porque os rompantes de confiança e animação no carro eram cada vez mais frequentes. Logo Edward manifestou o desejo de mudar-se de volta para a antiga mansão dos Derby, mas Asenath insistiu em permanecer na propriedade de Crowninshield, à qual havia se habituado.

Pouco tempo depois a minha esposa ouviu um comentário bastante singular de uma amiga — uma das raras pessoas que não havia se afastado dos Derby. Essa amiga tinha ido até o fim da High Street para fazer uma visita ao casal e visto um carro sair em alta velocidade, com o rosto estranhamente convicto e quase zombeteiro de Edward acima do volante. Ao tocar a campainha, foi informada pela criada com feições repulsivas de que Asenath também havia saído; mas ao ir embora lançou um olhar rumo ao segundo piso da casa. Então, numa das janelas da biblioteca de Edward, vislumbrou um rosto que se escondeu às pressas — um rosto cuja expressão de sofrimento, derrota e lúgubre desesperança era mais pungente do que se poderia descrever com palavras. Era — por mais incrível que pareça, em vista do aspecto em geral triunfante — o rosto de Asenath; porém a visitante jurou que, naquele momento, foram os olhos tristes e velados do pobre Edward que a fitaram.

Por volta dessa época as visitas de Edward tornaram-se um pouco mais frequentes, e as insinuações, às vezes concretas. Contudo, não havia como acreditar no que afirmava, nem mesmo na Arkham secular e assombrada pelas lendas — embora discorresse sobre a sabedoria obscura com uma sinceridade e uma convicção que me levaram a temer pela sanidade do meu interlocutor. Edward falava sobre terríveis encontros em lugares ermos, sobre ruínas ciclópicas no coração dos bosques do Maine sob as quais vastas escadarias mergulhavam em abismos de segredos noctíferos, sobre ângulos complexos que permitiam atravessar barreiras invisíveis rumo a outras regiões do espaço e do tempo e sobre pavorosas trocas de consciência que permitiam explorações em lugares remotos e proscritos, em outros mundos e em diferentes *continua* do espaço-tempo.

De vez em quando tentava fundamentar certas alusões insanas exibindo objetos que me causavam a mais absoluta perplexidade — objetos de cores fugidias e texturas desconcertantes como jamais se havia encontrado na Terra, cujas superfícies e curvas desvairadas não correspondiam a nenhum desígnio e não se adequavam a nenhuma geometria concebível. Declarou que essas coisas vinham "do espaço sideral", e que a esposa sabia como obtê-las. Às vezes — embora sempre com sussurros temerosos e ambíguos — fazia insinuações a respeito do velho Ephraim Waite, com quem havia se encontrado em certas ocasiões na biblioteca da universidade. Essas adumbrações jamais ganhavam contornos específicos, mas pareciam girar em torno de uma dúvida particularmente atroz quanto à possibilidade de que o velho feiticeiro estivesse de fato morto — tanto em um sentido espiritual quanto físico.

Por vezes Derby interrompia-se de repente durante uma dessas revelações, e eu me perguntava se Asenath poderia ter adivinhado o que estava falando à distância para então detê-lo por meio de um mesmerismo telepático — o mesmo tipo de poder que havia demonstrado na escola. Não tenho dúvidas de que suspeitava das revelações feitas pelo marido, pois, à medida que as semanas passavam, tentou impedir as visitas de Edward mediante palavras e olhares de poder absolutamente inexplicável. Somente a duras penas meu amigo conseguia encontrar-me, pois, embora afirmasse estar indo para outro lugar, em geral uma força invisível tolhia-lhe os movimentos ou levava-o a esquecer momentaneamente o destino. As visitas em geral eram feitas quando Asenath estava longe — "longe no corpo dela mesma", como Edward certa vez expressou-se de maneira um tanto críptica. Asenath sempre descobria mais tarde — a criadagem observava as idas e vindas —, mas sem dúvida julgou inapropriado tomar qualquer medida mais drástica.

IV.

Derby estava casado havia mais de três anos naquele agosto em que recebi o telegrama do Maine. Fazia dois meses que eu não o via, mas tinha ouvido dizer que estava viajando "a negócios". Asenath supostamente tinha ido junto, embora os mexeriqueiros atentos declarassem que havia alguém no andar superior da casa por trás das janelas com cortinas duplas. Observaram também as compras feitas pelos criados. E a essa altura o oficial de justiça de Chesuncook tinha enviado um telegrama a respeito de um louco imundo que havia saído do bosque em meio a delírios vociferantes e implorava aos berros para que eu o protegesse. Era Edward — e mal estava em condições de recordar o próprio nome e o meu nome e endereço.

Chesuncook situa-se próxima ao mais antigo, profundo e inexplorado cinturão de florestas no Maine, e foi necessário um dia inteiro de sacolejos febris em meio a um cenário fantástico e formidável para chegar lá de carro. Encontrei Derby em uma cela no asilo de mendicidade, oscilando entre o frenesi e a apatia. De pronto reconheceu-me e começou a derramar uma torrente desconexa e pouco coerente de palavras na minha direção.

"Dan — pelo amor de Deus! O abismo dos shoggoths! A descida de seis mil degraus... a abominação das abominações... Eu nunca deixei que ela me levasse, mas depois acabei lá... Iä! Shub-Niggurath...! O vulto se ergueu do altar, e havia quinhentos uivando... A Coisa Encapuzada baliu 'Kamog! Kamog!' — esse era o nome secreto do velho Ephraim no Sabá... Eu estava lá, onde ela prometeu não me levar... Um segundo antes eu estava trancado na biblioteca, e de repente eu estava no lugar para onde ela tinha ido com o meu corpo — um lugar de absoluta blasfêmia, o abismo profano onde começam os domínios das trevas e a sentinela vigia o portão... Eu vi um shoggoth — aquilo mudou de forma... Eu não aguento mais... Não vou aguentar mais... Vou matá-la se eu for para lá mais uma vez... Vou matar aquela entidade... seja mulher, homem ou coisa... Vou matar aquilo! Vou matar aquilo com as minhas próprias mãos!"

Levei uma hora para acalmá-lo, mas por fim Edward cedeu. No dia seguinte fui providenciar-lhe roupas decentes no vilarejo, e a seguir partimos rumo a Arkham. A fúria histérica havia se aplacado, e Edward preferiu guardar silêncio, embora tenha começado a balbuciar para si mesmo em tom sombrio quando o carro passou por Augusta — como se a visão de uma cidade trouxesse recordações perturbadoras. Era evidente que não desejava voltar para casa; e, considerando-se os delírios fantásticos que parecia ter em relação à esposa — delírios sem dúvida originados pelas sevícias hipnóticas reais a que se havia sujeitado —, achei melhor que não voltasse. Decidi acolhê-lo em minha própria casa por um tempo, independente do possível mal-estar em relação a Asenath. Mais tarde eu o ajudaria a obter o divórcio, pois não havia dúvida de que certos fatores psicológicos haviam transformado o casamento em uma empresa suicida para o meu amigo. Quando mais uma vez nos vimos no campo aberto os balbucios de Derby cessaram, e assim deixei que adormecesse no assento ao meu lado enquanto eu dirigia.

Durante a travessia de Portland, no fim da tarde, os balbucios começaram novamente, ainda mais distintos do que antes, e ao escutá-los percebi uma torrente de absurdos insanos a respeito de Asenath. A extensão dos estragos causados aos nervos do meu amigo era evidente, pois Edward havia tecido um abrangente conjunto de alucinações ao redor da esposa. Aquela crise, segundo os furtivos balbucios, era apenas mais uma de uma longa série. Asenath estava se apossando dele, e ele sabia que em breve ela não o largaria mais. Mesmo naquele instante, provavelmente o largava apenas quando necessário, pois não conseguia fazer com que a possessão durasse muito tempo. Ela se apossava do corpo dele com frequência e ia a lugares inefáveis participar de rituais inefáveis, deixando-o preso no corpo dela, trancado no segundo andar — mas às vezes não conseguia aguentar por muito tempo, e de repente ele se via de volta ao próprio corpo em um lugar distante, horrendo e possivelmente desconhecido. Certas vezes ela o repossuía à força, mas em outras não conseguia. Muitas vezes Edward acabava perdido em um lugar como aquele onde eu o havia encontrado... em mais de uma ocasião tinha precisado encontrar o caminho de volta para casa e percorrer distâncias pavorosas com um motorista contratado depois de localizar o carro.

O pior era que ela o possuía durante períodos cada vez mais longos a cada nova investida. Queria ser homem — ser completamente humana — e por isso o havia possuído. Tinha pressentido a combinação de um cérebro altamente desenvolvido com uma vontade fraca. Um dia qualquer haveria de dominá-lo por completo e desaparecer com o corpo dele — desaparecer a fim de tornar-se uma grande feiticeira como o pai e deixá-lo preso naquele invólucro feminino que não era sequer completamente humano. Ah, agora ele sabia tudo sobre o sangue de Innsmouth. Houve tráfico com coisas do mar — foi horrível... Quanto ao velho Ephraim — ele tinha descoberto o segredo, e quando envelheceu fez algo terrível a fim permanecer vivo... queria viver para sempre... No fim Asenath haveria de triunfar — uma demonstração de sucesso já havia ocorrido.

À medida que Derby balbuciava eu me virei para vê-lo melhor, e assim confirmei a impressão de mudança que uma observação anterior havia me dado. Paradoxalmente, aparentava estar em melhor forma do que o normal — mais robusto, mais desenvolvido e sem os resquícios de moleza causados pelos hábitos indolentes. Era como se estivesse mantendo-se ativo e devidamente exercitado pela primeira vez naquela vida rodeada de mimos, e imaginei que a força de Asenath devia tê-lo impelido rumo a canais pouco habituais de movimento e vigilância. Porém naquele instante os pensamentos de Edward se encontravam em um estado lastimável, pois balbuciava extravagâncias febris a respeito da esposa, a respeito de magia negra, a respeito do velho Ephraim e a respeito de uma certa revelação que haveria de convencer até a mim. Repetiu nomes que reconheci do antigo manuseio de tomos proscritos, e por vezes fez-me estremecer com um certo fio de consistência mitológica — de persuasiva coerência — que perpassava todos aqueles murmúrios. Volta e meia se detinha, como que para reunir a coragem necessária para a derradeira e terrível revelação.

"Dan, Dan, você não se lembra de Ephraim — do olhar desvairado e da barba desgrenhada que nunca ficava grisalha? Uma vez ele me encarou, e eu jamais esqueci. E agora *ela* me encara do mesmo jeito. *E eu sei por quê!* Ele encontrou o segredo no *Necronomicon* — a fórmula. Ainda não tenho coragem de revelar o número da página, mas quando eu disser você mesmo pode ler e compreender. Assim você vai saber o que engoliu a minha vida. Sempre, sempre, sempre — de corpo em corpo — ele quer viver para sempre. A centelha da vida — ele sabe como quebrar a ligação... às vezes surgem lampejos mesmo em um corpo morto. Eu posso dar pistas, e talvez você entenda. Dan, me escute — você sabe por que a minha esposa sempre se esforça tanto com aquela caligrafia inclinada para trás? Você já viu um manuscrito do velho Ephraim? Quer saber por que eu estremeci quando vi certas anotações feitas às pressas por Asenath?

"Asenath... *existe uma pessoa com esse nome?* Por que parecem ter suspeitado que havia veneno no estômago do velho Ephraim? Por que os Gilman sussurram histórias sobre a maneira como ele gritava — como uma criança apavorada — quando enlouqueceu e Asenath trancou-o no porão acolchoado onde — a outra — estava? *Será que a alma trancafiada foi a do velho Ephraim? Quem trancafiou quem?* Por que Ephraim havia dedicado meses à procura de alguém com um intelecto perfeito e uma vontade fraca? Por que tanto amaldiçoou o fato de a filha não ter sido um filho? Diga-me, Daniel Upton — *que metempsicose demoníaca foi perpetrada na casa de horrores onde aquele monstro blasfemo tinha uma criança ingênua, de sangue mestiço e vontade fraca à sua mercê?* Será que foi uma troca permanente — como no fim ela há de fazer comigo? Diga-me por que essa coisa que afirma ser Asenath usa uma caligrafia diferente quando não está sendo observada, *para que fique idêntica à caligrafia de...*"

Foi então que aconteceu. Derby elevou a voz a um grito agudo e cortante enquanto vociferava e de repente calou-se com um movimento quase mecânico. Pensei nas diferentes ocasiões na minha casa em que confidências de natureza similar haviam cessado de maneira abrupta — em que tive a impressão de perceber que uma onda telepática obscura com origem na força mental de Asenath havia interferido para mantê-lo calado. Mas aquilo, pensei eu, era totalmente diferente — e infinitamente mais horrendo. O rosto ao meu lado contorceu-se de maneira quase irreconhecível por alguns momentos, enquanto o corpo inteiro foi varado por um violento tremor — como se todos os ossos, órgãos, músculos, nervos e glândulas estivessem reajustando-se a uma postura, a um padrão enunciativo e a uma personalidade radicalmente diferentes.

Quanto à natureza exata do horror supremo, eu não

saberia precisá-la nem que a minha vida dependesse disso; mesmo assim, fui atingido por uma onda de náusea e repulsa — por um sentimento gélido e petrificante de estranheza e anormalidade suprema — cuja tremenda intensidade fez com que meus dedos vacilassem e hesitassem no volante. A figura ao meu lado parecia cada vez menos um amigo de longa data e cada vez mais uma intrusão monstruosa do espaço sideral — um foco abominável e maldito de forças cósmicas malignas e ignotas.

Hesitei por apenas um segundo, mas nesse instante exato o meu companheiro agarrou-se ao volante e obrigou-me a trocar de lugar. O crepúsculo já estava bastante avançado, e as luzes de Portland cintilavam às nossas costas, de maneira que não pude ver-lhe o rosto. O brilho dos olhos, no entanto, era fenomenal; e eu soube que ele devia encontrar-se naquele singular estado energizado — tão contrário à personalidade habitual — que tantas pessoas haviam percebido. Parecia estranho e inacreditável que o moroso Edward Derby — um homem incapaz de afirmar-se e que nunca tinha aprendido a dirigir — de repente se pusesse a dar-me ordens e a tomar de mim a direção do meu próprio carro, mas foi exatamente o que aconteceu. Derby passou um tempo sem falar, e em meu horror inexplicável regozijei-me com aquele silêncio.

Nas luzes de Biddeford e Saco percebi os lábios rígidos e estremeci ao notar o fulgor que tinha nos olhos. As pessoas tinham razão — Edward de fato guardava uma impressionante semelhança em relação à esposa e ao velho Ephraim durante as crises. Não me espantei ao saber que ninguém as apreciava — havia uma atmosfera sobrenatural e diabólica a respeito daquela situação, e senti o elemento sinistro com ainda mais intensidade em razão das vociferações desvairadas que eu tinha ouvido antes. Mesmo que eu tivesse conhecido Edward Pickman Derby durante uma vida inteira, aquele homem era um estranho — um intruso surgido do mais negro abismo.

Derby manteve-se calado até que chegássemos a um trecho escuro da estrada; e quando falou a voz soou absolutamente desconhecida. Estava mais profunda, mais firme e mais decidida do que nunca; e o sotaque e a dicção haviam mudado por completo — embora recordassem de maneira vaga, remota e um tanto perturbadora algo que eu não saberia definir ao certo. Imaginei detectar resquícios de uma ironia muito profunda e muito genuína no timbre — não a pseudoironia vivaz e extravagante dos jovens "sofisticados", que Derby por vezes afetava, mas um elemento sinistro, primitivo, insidioso e de malignidade latente. Admirei-me com a temperança demonstrada logo após uma crise de balbucios frenéticos.

"Espero que você perdoe o meu ataque de antes, Upton", ele disse. "Você sabe em que estado os meus nervos se encontram, e acho que você pode desculpar essas coisas. Na verdade, estou muito agradecido por essa carona de volta para casa.

"E por favor esqueça todas as coisas impensadas que eu possa ter dito a respeito da minha esposa — e das coisas em geral. É apenas o resultado do estudo em excesso em uma área como a minha. Minha filosofia é repleta de conceitos bizarros, e o intelecto exausto acaba por criar toda sorte de aplicações concretas imaginárias. De agora em diante vou tratar de descansar um pouco — é provável que você passe um tempo sem me ver, mas não culpe Asenath.

"Essa viagem foi um pouco estranha, mas na verdade é tudo muito simples. Existem certas relíquias indígenas nos bosques ao norte — monólitos e assim por diante — com uma grande importância no campo do folclore, e eu e Asenath estamos investigando essas coisas. Foi uma busca difícil, e acho que a minha cabeça acabou prejudicada. Preciso mandar alguém buscar o carro quando eu chegar em casa. Um mês de descanso e vou estar de volta à ativa."

Não recordo ao certo qual foi a minha participação na conversa, pois a perplexidade ante a estranheza do meu companheiro de assento ocupou todos os meus pensamentos. A cada instante que passava o sentimento de um inapreensível horror cósmico aumentava, e por fim vi-me tomado por um anseio quase delirante de que a viagem chegasse ao fim. Derby não pareceu disposto a me devolver a direção, e rejubilei-me ao perceber a velocidade com que deixávamos Portsmouth e Newburyport para trás.

No entroncamento onde a via principal segue rumo ao continente e evita a passagem por Innsmouth, temi que o motorista tomasse a desolada estrada costeira que atravessa esse abominável lugar. Entretanto, não foi o que aconteceu, e passamos por Rowley e Ipswich em alta velocidade rumo ao nosso destino. Chegamos a Arkham antes da meia-noite e vimos que as luzes da antiga casa de Crowninshield seguiam acesas. Derby saiu do carro com uma rápida sequência de agradecimentos, e eu dirigi sozinho até a minha casa com uma estranha sensação de alívio. Tinha sido uma viagem terrível — ainda mais terrível porque eu não sabia explicar ao certo por quê —, e não lamentei a previsão de Edward segundo a qual eu poderia esperar que se ausentasse por um longo período.

V.

Os dois meses a seguir foram marcados por rumores. As pessoas diziam ter visto Derby com frequência cada vez maior no estado energizado, e Asenath quase nunca estava em casa para receber os poucos visitantes habituais. Recebi apenas uma visita de Edward, quando apareceu durante um rápido intervalo com o carro de Asenath — devidamente resgatado de onde quer que tivesse sido abandonado no Maine — a fim de pegar de volta certos livros que havia me emprestado. Apresentou-se no novo estado, e deteve-se apenas tempo suficiente para fazer uns poucos comentários polidos e evasivos. Estava claro que não tinha nada a discutir comigo naquela condição — e percebi que nem ao menos tinha se preocupado em usar a velha batida tripla seguida por outra dupla ao tocar a campainha. Como naquele entardecer no interior do carro, senti um horror difuso e infinitamente profundo que eu não seria capaz de explicar, de modo que a partida prematura foi para mim um alívio prodigioso.

No meio de setembro Derby passou uma semana fora, e certos integrantes do grupo decadentista da Universidade do Miskatonic falaram com propriedade a respeito do assunto — insinuando um encontro com o célebre líder de um culto, recém-expulso da Inglaterra, que havia se estabelecido em Nova York. Quanto a mim, eu não conseguia afastar nosso estranho retorno do Maine dos meus pensamentos. A transformação que eu havia testemunhado afetou-me de maneira profunda, e repetidas vezes flagrei-me em plena tentativa de explicar o ocorrido — e o horror extremo que havia inspirado em mim.

Porém os mais estranhos rumores eram os que diziam respeito ao choro na antiga casa de Crowninshield. A voz parecia ser a de uma mulher, e certos jovens diziam que soava como a de Asenath. Erguia-se apenas a intervalos esparsos, e por vezes era abafada como que por uma espécie de sufocamento. Houve tratativas a respeito de uma investigação, mas estas foram interrompidas certo dia quando Asenath saiu às ruas e falou cheia de entusiasmo com um grande número de conhecidos — desculpando-se pela recente ausência e comentando de maneira casual a crise nervosa e a histeria de um visitante de Boston. O visitante jamais foi visto, mas o reaparecimento de Asenath não deixava nada a dizer. Mais tarde alguém complicou a situação quando revelou aos sussurros que por uma ou duas vezes tinha ouvido o choro de um homem.

Certa noite no meio de outubro eu ouvi a familiar batida tripla seguida por outra dupla na porta da frente. Quando me levantei para atender, deparei-me com Edward nos degraus da entrada e percebi no mesmo instante que aquela era a antiga personalidade que eu não encontrava desde a ocasião dos delírios no terrível retorno de Chesuncook. O rosto convulsionava-se em uma mistura de emoções conflitantes em que o medo e o triunfo pareciam dividir o terreno, e Derby lançou olhares furtivos por cima do ombro assim que fechei a porta às suas costas.

Depois de me seguir com passos desajeitados até o estúdio, pediu-me um pouco de uísque para acalmar os nervos. Furtei-me a questioná-lo e esperei que tocasse por vontade própria no assunto que pretendesse discutir. Por fim Edward arriscou certas informações com a voz embargada.

"Asenath foi embora, Dan. Tivemos uma longa conversa na noite passada enquanto os criados estavam fora e fiz com que ela jurasse que ia parar de me perseguir. É claro que eu tive a ajuda de certas — de certas defesas ocultas que nunca discuti com você. Ela se viu obrigada a ceder, mas foi tomada por uma verdadeira fúria. Depois simplesmente arrumou as malas e partiu rumo a Nova York — saiu de casa a tempo de pegar o ônibus das oito e vinte para Boston. Acho que as pessoas vão falar a respeito, mas não há o que fazer. Você não precisa dizer que houve qualquer tipo de problema — diga apenas que ela partiu em uma longa viagem de pesquisa.

"É provável que ela se hospede com um grupo horrendo de devotos. Espero que parta rumo ao oeste e peça o divórcio — como quer que seja, eu a fiz prometer que se manteria afastada e me deixaria em paz. Foi horrível, Dan — ela roubava o meu corpo — me expulsava — fazia de mim um prisioneiro. Eu fiquei em silêncio e fingi que aceitava, mas tive que permanecer de guarda. Assim eu poderia arquitetar um plano, porque ela não consegue ler os meus pensamentos de maneira literal ou em detalhe. Tudo o que conseguia perceber era uma espécie de atitude genérica de rebelião — mas ela sempre achou que eu estava indefeso. Nunca achou que eu conseguiria derrotá-la... mas eu tinha um ou dois feitiços que funcionaram."

Derby olhou por cima do ombro e tomou mais um pouco de uísque.

"Paguei e dispensei aqueles malditos criados hoje de manhã quando voltaram. Não gostaram nem um pouco, mas foram embora. São como Asenath — gente de Innsmouth — e os quatro eram unha e carne. Espero que me deixem em paz — não gostei da forma como gargalharam ao ir embora. Preciso recuperar o maior número possível de ex-criados do meu pai. Quero me mudar de volta para casa.

"Você deve achar que sou louco, Dan — mas a história de Arkham insinua certas coisas que sustentam tudo o que eu disse — e tudo o que ainda vou dizer. Você mesmo testemunhou uma das transformações — no seu carro, depois que eu falei sobre Asenath enquanto voltávamos do Maine. Naquele instante ela me pegou — me expulsou do meu corpo. A última coisa que recordo da viagem foi o momento em que eu estava perturbado, tentando contar para você *o que é aquela criatura demoníaca*. Na mesma hora ela me pegou, e no instante seguinte eu estava de volta em casa — na biblioteca onde os malditos criados tinham me trancafiado — e no corpo daquela maldita criatura do demônio... que nem ao menos é humano... Sabe, foi Asenath quem você levou de volta para casa... aquele lobo predatório se apossou do meu corpo... Você devia ter percebido a diferença!"

Estremeci quando Derby se calou. Sem dúvida eu *tinha* percebido a diferença — mas como aceitar uma explicação com esse grau de insanidade? Meu perturbado visitante tornou-se ainda mais inquieto.

"Eu precisava — precisava me salvar. Dan! Asenath teria me pegado de jeito no Dia das Bruxas — os cultistas celebram um Sabá em Chesuncook, e o sacrifício teria completado o processo. Ela teria me pegado de jeito... ela seria eu, e eu seria ela... para sempre... seria tarde demais... O meu corpo seria dela para sempre... Ela seria um homem completamente humano, como sempre quis ser... Acho que ela me tiraria do caminho — talvez matasse o próprio ex-corpo comigo dentro, aquela maldita, *exatamente como fez antes* — exatamente como ela, ou ele, ou aquilo fez antes..."

Nesse instante o rosto de Edward assumiu uma expressão distorcida e atroz, e aproximou-se do meu enquanto a voz se reduzia a um sussurro.

"Você deve ter entendido o que eu insinuei no carro — *que ela na verdade não é Asenath, mas o velho Ephraim.* Minhas suspeitas começaram um ano e meio atrás, mas hoje eu tenho certeza. A caligrafia a denuncia quando não está de guarda — *às vezes ela faz anotações em uma caligrafia idêntica à que se encontra nos manuscritos do pai, traço por traço* — e às vezes diz coisas que somente um homem velho como Ephraim poderia dizer. Ele trocou de corpo com Asenath quando sentiu a proximidade da morte — ela era a única pessoa disponível com um intelecto adequado e uma vontade fraca o bastante — se apossou do corpo dela de maneira permanente, assim como ela quase se apossou do meu, e depois envenenou o velho corpo em que a tinha aprisionado. Por acaso você não percebeu o espírito do velho Ephraim a espiar inúmeras vezes pelos olhos demoníacos de Asenath... e também pelos meus, quando ela se apossava do meu corpo?"

Os sussurros vinham acompanhados por arquejos, e Edward deteve-se para tomar fôlego. Eu não disse nada, e quando ele voltou a falar a voz estava mais próxima do normal. Pensei que era um caso para internação no hospício, mas eu não seria a pessoa a mandá-lo para lá. Talvez o tempo e o afastamento de Asenath fossem suficientes. Percebi que Edward nunca mais se envolveria com o ocultismo mórbido.

"Depois eu conto mais detalhes — mas agora preciso descansar por um bom tempo. Vou lhe contar a respeito dos horrores proscritos em que ela me iniciou — a respeito dos horrores ancestrais que nesse exato instante pululam em recônditos afastados na companhia de sacerdotes monstruosos responsáveis por mantê-los vivos. Existem pessoas que sabem coisas sobre o universo que ninguém deveria saber, e que fazem coisas que ninguém deveria ser capaz de fazer. Eu me afundei nisso até o pescoço, mas agora chega. Hoje mesmo trataria de queimar o maldito *Necronomicon* e todos os outros livros de ocultismo se eu fosse o bibliotecário da universidade.

"Mas agora ela não tem como me pegar. Tenho que sair daquela propriedade maldita o mais depressa possível e me restabelecer na minha casa. Sei que posso contar com você se eu precisar de ajuda. Aqueles criados demoníacos, você sabe... e também se as pessoas ficarem curiosas demais a respeito de Asenath. Você entende que eu não posso dar um endereço... E além do mais existem certos grupos de pesquisadores — cultos, sabe — que talvez não entendam a nossa separação... e alguns têm ideias e métodos pavorosamente singulares. Eu sei que você vai estar do meu lado se qualquer coisa acontecer — mesmo se eu tiver que lhe dizer coisas chocantes..."

Edward passou a noite em um dos meus quartos de hóspedes, e pela manhã parecia mais calmo. Discutimos certas providências atinentes ao retorno para a mansão dos Derby, e torci para que o meu amigo fizesse a mudança o mais depressa possível. Não recebi nenhuma visita no entardecer seguinte, mas vi-o com frequência durante as semanas posteriores. Conversávamos o menos possível a respeito de coisas estranhas e desagradáveis, mas discutíamos a reforma da antiga casa dos Derby e as viagens que Edward prometeu fazer comigo e com o meu filho quando o verão chegasse.

Quanto a Asenath, não dizíamos praticamente nada, pois notei que o assunto era um tanto perturbador. Os boatos corriam, é claro; porém não chegavam a causar surpresa em vista do estranho zoológico reunido na antiga casa de Crowninshield. Uma coisa que não me agradou foi o comentário espalhafatoso feito pelo banqueiro de Derby no Clube da Universidade do Miskatonic — acerca de cheques que Edward mandava regularmente para Moses e Abigail Sargent e Eunice Babson em Innsmouth. Tive a impressão de que os criados de semblante maléfico estariam a chantageá-lo — embora não tivesse feito nenhuma alusão a esse respeito.

Desejei que o verão — e as férias do meu filho em Harvard — chegassem o quanto antes, para que assim pudéssemos levar Edward para a Europa. Percebi que ele não se recuperava depressa, como eu tinha imaginado a princípio; havia sempre uma nota de histeria na alegria ocasional, ao passo que os momentos de pavor e depressão eram demasiado frequentes. A antiga casa dos Derby ficou pronta em dezembro, mas Edward adiava constantemente a mudança. Embora odiasse e parecesse temer a propriedade de Crowninshield, ao mesmo tempo sentia-se preso ao lugar. Parecia incapaz de começar a desmontar as coisas e inventava toda sorte de pretextos a fim de postergar a ação. Quando lhe chamei a atenção para esse detalhe, Derby evidenciou um pavor inexplicável. O antigo mordomo do falecido patriarca — que naquele instante encontrava-se na casa com outros antigos criados readquiridos da família — disse-me certo dia que a maneira como Edward espreitava pelos cômodos, e em especial no porão, causava-lhe uma impressão de estranheza e insalubridade. Perguntei-me se Asenath estaria mandando cartas perturbadoras, mas o mordomo disse que nenhuma das correspondências recebidas poderia ser dela.

VI.

Por volta do Natal, Derby entrou em surto durante uma das visitas a minha casa. Eu tentava entabular uma conversa sobre a nossa viagem no verão seguinte quando de repente ele deu um grito e pulou da cadeira com uma expressão chocante de pavor incontrolável — um pânico e um desespero cósmico que apenas os mais profundos abismos de um pesadelo poderiam infundir nas mentes salubres.

"Meu cérebro! Meu cérebro! Meu Deus, Dan — estão me cutucando — do além — batendo — puxando — maldita — agora mesmo — Ephraim — Kamog! Kamog! — O abismo dos shoggoths — Iä! Shub-Niggurath! O Bode com a Prole de Mil Filhotes...

"A chama — a chama... além do corpo, além da vida... na Terra... ah, meu Deus...!"

Puxei-o de volta à cadeira e derramei um pouco de vinho em sua boca, e assim o frenesi reduziu-se a uma apatia inerte. Edward não resistiu, porém manteve os lábios em movimento como se falasse consigo próprio. Naquele instante percebi que tentava falar comigo, e aproximei o ouvido de seus lábios a fim de captar as débeis palavras.

"... de novo, de novo... ela está tentando... Eu devia ter imaginado... nada pode deter aquela força; nem a distância, nem a magia, nem a morte... e ela chega cada vez mais perto, quase sempre à noite... Eu não tenho o que fazer... é horrível... meu Deus, Dan, *se ao menos você pudesse conceber esse horror...*"

Quando Edward por fim sucumbiu a um estupor, aconcheguei-o com almofadas e deixei que o sono o vencesse. Não chamei um médico porque eu sabia muito bem o que seria dito sobre o estado mental do meu amigo, e preferi dar uma chance à natureza. Quando Derby acordou, à meia-noite, levei-o até o quarto no andar de cima, porém na manhã seguinte meu visitante não estava mais lá. Tinha saído em silêncio — e o mordomo, quando fiz contato telefônico, disse-me que estava em casa andando inquieto de um lado para outro na biblioteca.

O declínio de Edward foi rápido a partir desse ponto. Não tornou a me fazer visitas, mas eu ia vê-lo todos os dias. Estava sempre em uma poltrona da biblioteca, olhando para o vazio com ares de quem tenta escutar. Às vezes conseguia falar de maneira racional, mas sempre a respeito de tópicos cotidianos. Qualquer menção à situação em que se encontrava, a planos futuros ou a Asenath desencadeava um frenesi. O mordomo fez relatos de surtos terríveis à noite, durante os quais poderia acabar se machucando.

Tive longas conversas com o médico, o banqueiro e o advogado de Derby, e por fim levei o médico e dois outros especialistas para vê-lo. As convulsões que resultaram dos primeiros questionamentos foram violentas e comoventes — e na mesma noite um carro fechado levou aquele pobre corpo espasmódico para o Sanatório de Arkham. Fui nomeado curador de Edward e passei a visitá-lo duas vezes por semana — e quase sempre eu tinha de refrear o choro ao ouvir os gritos desvairados, os sussurros paranoicos e as terríveis e incansáveis repetições de frases como "Eu não tinha opção — eu não tinha opção... aquilo vai me pegar... vai me pegar... lá embaixo... lá embaixo, no escuro... Mãe, mãe! Dan! Socorro... socorro...".

Quanto às chances de recuperação, ninguém sabia precisá-las; mas fiz o possível para manter o otimismo. Edward precisaria de um lar caso se recuperasse, e assim transferi a criadagem para a mansão dos Derby, que sem dúvida seria a opção mais salubre. O que fazer com a casa de Crowninshield, repleta de arranjos complexos e coleções de objetos absolutamente inexplicáveis, eu não poderia decidir sozinho; e assim deixei-a como estava — pedindo à criadagem da mansão dos Derby que fosse até o local e tirasse o pó dos principais cômodos uma vez por semana e ordenando ao responsável pelas fornalhas que acendesse o fogo nesses dias.

O pesadelo final veio antes da Candelária — prenunciado em uma ironia cruel por um falso lampejo de esperança. Certa manhã no fim de janeiro recebi um telefonema do sanatório em que me informaram que as faculdades mentais de Edward haviam retornado de repente. A memória contínua, segundo me disseram, havia sofrido danos graves; mas a sanidade estava garantida. O paciente deveria permanecer um tempo em observação, mas havia poucas dúvidas em relação ao desfecho. Se tudo corresse bem, deveria receber alta dentro de uma semana.

Pus-me a caminho tomado de entusiasmo, mas fiquei confuso quando uma enfermeira me acompanhou até o quarto de Edward. O paciente ergueu-se para me cumprimentar e estendeu a mão com um sorriso polido; mas percebi no mesmo instante que ostentava a estranha personalidade energizada que parecia contrária à sua própria natureza — a personalidade competente que para mim revestia-se de um horror vago, e que o próprio Edward tinha me asseverado tratar-se da alma invasora da esposa. Lá estava a mesma visão flamejante — parecida com Asenath e com o velho Ephraim — e a mesma boca impassível; e quando falou eu percebi a mesma ironia sinistra e insidiosa da voz — a ironia profunda que insinuava uma malignidade latente. Aquela era a pessoa que havia dirigido o meu carro em uma noite cinco meses atrás — a pessoa que eu não via desde a breve visita em que havia se esquecido do velho toque na campainha e que me instilava toda sorte de temores nebulosos — e que naquele instante enchia-me com o mesmo sentimento de alheamento blasfemo e de inefável morbidez cósmica.

Falou em um tom afável sobre os trâmites necessários à alta — e não me restou nada a fazer senão concordar, a despeito de certas lacunas um tanto peculiares nas memórias recentes. Mesmo assim eu sentia que alguma coisa estava terrível e inexplicavelmente errada e anormal. Havia horrores nesse elemento que eu era incapaz de alcançar ou mesmo de sondar. Aquela era sem dúvida uma pessoa sã — mas seria de fato o Edward Derby que eu conhecia? Se não, quem ou o que seria — *e onde estaria Edward?* Será que aquilo deveria estar livre ou confinado... ou será que deveria ser extirpado da face da Terra? Havia uma nota de sarcasmo abismal em cada palavra que a criatura proferia — o olhar semelhante ao de Asenath conferia uma profunda e inescrutável zombaria a certas palavras acerca de "uma liberdade precoce adquirida graças ao *confinamento em um local particularmente exíguo*". Devo ter me portado de maneira um tanto canhestra, e alegrei-me na hora da despedida.

Durante todo aquele dia e todo o dia seguinte eu vasculhei meus pensamentos em busca de respostas. O que teria acontecido? Que intelecto estaria à espreita por trás daquele olhar estranho no semblante de Edward? Eu não conseguia me concentrar em nada a não ser nesse enigma vagamente terrível, e desisti por completo de executar minhas tarefas habituais. Na segunda manhã telefonaram-me do hospital para informar que o convalescente não havia sofrido nenhuma recaída, e ao entardecer eu estava à beira de um colapso nervoso — um estado que reconheço, embora outros insistam em dizer que teria sido o único responsável pelas cores fortes da minha visão subsequente. Não tenho nada a dizer a esse respeito, salvo que nenhuma loucura de minha parte seria capaz de explicar *todas* as evidências.

VII.

Foi à noite — depois daquele segundo entardecer — que um horror supremo e atroz subjugou-me e agrilhoou meu espírito com um pânico negro e tenaz do qual não poderei jamais escapar. Tudo começou com um telefonema pouco antes da meia-noite. Somente eu ainda estava de pé, e com um gesto sonolento peguei o fone na biblioteca. Não parecia haver ninguém na linha, e eu estava prestes a desligar e ir para a cama quando meu ouvido captou uma tênue insinuação sonora do outro lado. Seria alguém tentando vencer uma grande dificuldade para falar? Enquanto eu escutava, pensei ter ouvido um borbulhar de caráter líquido — "*glub... glub... glub*" — que trazia uma estranha sugestão de divisões inarticuladas e incompreensíveis de palavras e sílabas. Perguntei, "Quem é?". Mas a resposta foi apenas "*glub-glub... glub-glub*". Presumi que o ruído tivesse origem mecânica; mas, imaginando que pudesse se tratar de um instrumento quebrado, capaz de receber, mas não de enviar, acrescentei, "Não consigo ouvir. É melhor desligar e tentar o serviço de informações". No mesmo instante ouvi o barulho do fone sendo colocado no gancho no outro lado da linha.

Como já tive ocasião de dizer, esse episódio aconteceu pouco antes da meia-noite. Quando mais tarde a ligação foi rastreada, constatou-se que tinha partido da antiga casa de Crowninshield, mesmo que ainda faltasse meia semana para o dia em que a criada deveria ir até lá. Limito-me apenas a oferecer um vislumbre do que foi encontrado na casa — a desordem em um cômodo remoto no porão, os rastros, a sujeira, o armário revirado às pressas, as inexplicáveis marcas no telefone, os suprimentos de escritório usados de maneira canhestra e o fedor odioso que pairava sobre tudo. Os investigadores da polícia, coitados, apresentaram teoriazinhas presunçosas e continuam em busca dos sinistros criados demitidos — que desapareceram em meio ao furor atual. Falam em uma tétrica vingança motivada por certas coisas que foram feitas, e dizem que eu estava incluído por ser o conselheiro e o melhor amigo de Edward.

Idiotas! — Por acaso acham que aqueles palhaços seriam capazes de forjar a caligrafia? Por acaso acham que seriam capazes de provocar o que aconteceu mais tarde? Será que estão cegos às alterações no corpo que outrora pertenceu a Edward? Quanto a mim, *hoje acredito em tudo o que Edward Derby me contou.* Além dos limites da vida espreitam horrores inconcebíveis, mas por vezes as investigações humanas os trazem para o interior da nossa esfera de conhecimento. Ephraim — Asenath — foi esse demônio que os invocou, e esse o motivo que os levou a tragar Edward como agora me tragam.

Como posso saber que estou a salvo? Esses poderes sobrevivem à morte do invólucro físico. No dia seguinte — à tarde, quando me recuperei da minha prostração e pude voltar a caminhar e a falar de maneira coerente — fui ao hospício e matei-o a tiros a fim de resguardar Edward e o mundo inteiro, mas será que posso ter certeza antes da cremação? O corpo está sendo mantido para a realização de autópsias inúteis por diferentes legistas — mas insisto em dizer que deve ser cremado. *Aquele corpo deve ser cremado — aquele corpo que não pertencia a Edward Derby no momento em que atirei.* Sem a cremação talvez eu enlouqueça, pois devo ser o próximo. No entanto, minha vontade é forte — e não vou permitir que seja minada pelos terrores que nesse instante brotam-lhe ao redor. Uma vida — Ephraim, Asenath e Edward — quem será o próximo? *Não vou* ser expulso do meu corpo... *Não vou* trocar de alma com aquele cadáver que foi crivado de balas no hospício!

Mas permita-me tentar oferecer uma narrativa coerente do horror final. Não vou falar sobre os fatos ignorados com persistência pelos agentes da polícia — as histórias sobre a coisa atarracada, grotesca e malcheirosa avistada na rua por pelo menos três diferentes transeuntes na High Street pouco antes das duas horas e as singulares pegadas em certos locais. Direi apenas que por volta das duas horas a campainha e a aldraba me acordaram — tanto a campainha como a aldraba, tocadas de maneira alternada e hesitante em uma espécie de frágil desespero, *e em ambos os casos tentando manter o antigo sinal de Edward com três batidas seguidas por outras duas.*

Quando despertei do sono, meus pensamentos entraram em tumulto. Derby à porta — e lembrando-se do antigo código! A nova personalidade o havia esquecido... será que Edward de repente estaria de volta ao antigo estado?

Mas qual seria o motivo para tanto nervosismo e tanta pressa? Será que teria sido dispensado antes do tempo ou teria fugido? Talvez, pensei enquanto eu vestia apressadamente um roupão e corria escada abaixo, o retorno à antiga personalidade houvesse trazido consigo os delírios e a violência, o que poderia ter causado a revogação do pedido de alta e levado o paciente a uma busca desesperada pela liberdade. O que quer que houvesse acontecido, era o bom e velho Edward, e eu haveria de ajudá-lo!

Quando abri a porta e deparei-me com a negrura rematada pela copa dos ulmeiros, uma lufada de vento insuportavelmente fétido quase me prostrou ao chão. Engasguei-me devido à náusea, e por um instante mal pude enxergar o vulto atarracado e corcunda nos degraus da entrada. A batida tinha sido a de Edward, mas quem era aquela paródia medonha e desfigurada? Para onde Edward teria ido? O toque havia soado apenas um segundo antes que a porta se abrisse.

O visitante trajava uma das sobrecasacas de Edward — a barra quase tocava o chão, e as mangas estavam arregaçadas, porém mesmo assim cobriam-lhe as mãos. A cabeça vinha enfiada fundo em um chapéu, enquanto um cachecol de seda ocultava o rosto. Quando dei um passo indeciso à frente, a figura emitiu o mesmo som semilíquido que eu tinha ouvido ao telefone — "*glub... glub...*" — e estendeu na minha direção um grande papel coberto por uma caligrafia miúda empalado na extremidade de um lápis comprido. Ainda zonzo em consequência do fedor mórbido e inexplicável, tomei o papel e tentei lê-lo sob a luz no vão da porta.

Sem dúvida era a caligrafia de Edward. Mas por que teria escrito quando estivera próximo o suficiente para tocar a campainha — e por que a caligrafia parecia tão canhestra, rústica e trêmula? Não consegui distinguir nada em meio à penumbra, e assim retornei ao corredor; a figura atarracada seguiu-me com cambaleios mecânicos, mas deteve-se na soleira da porta interna. O odor daquele singular mensageiro era realmente formidável, e desejei (não em vão, graças a Deus) que minha esposa não acordasse para vê-lo.

Então, quando enfim li o papel, senti minhas pernas cederem sob o meu peso e minha visão toldar-se. Quando recobrei os sentidos eu me encontrava prostrado no chão, ainda segurando a maldita folha de papel entre os dedos crispados pelo medo. Eis o que dizia:

> Dan — vá até o sanatório e mate aquela coisa. Extermine-a. Aquilo não é mais Edward Derby. Asenath — ela me pegou — *e está morta há três meses e meio*. Eu menti quando disse que ela tinha ido embora. Eu a matei. Fui obrigado. Foi muito repentino, mas estávamos sozinhos e eu estava no corpo certo. Vi um candelabro e fraturei-lhe a cabeça. Ela teria me pegado de vez no Dia das Bruxas.
>
> Enterrei-a debaixo de umas caixas velhas no cômodo mais afastado do porão e tratei de apagar todos os resquícios. Os criados desconfiaram na manhã seguinte, mas guardam segredos de tal maneira terríveis que não se atreveram a chamar a polícia. Depois eu os dispensei, mas só Deus sabe o que eles — e outros membros do culto — ainda podem fazer.
>
> Por um tempo pensei que eu estava a salvo, mas logo comecei a sentir os cutucões no meu cérebro. Eu sabia o que era — eu devia ter lembrado. Uma alma como a dela — ou como a de Ephraim — tem uma certa independência em relação à existência física, e continua a viver após a morte enquanto o corpo durar. Ela estava tentando me pegar — me obrigando a trocar de corpo — *se apossando do meu corpo e me aprisionando no cadáver enterrado no porão.*
>
> Eu sabia o que estava por vir — e por isso surtei e acabei indo para o hospício. Foi então que aconte-

ceu — vi-me sufocado no escuro — preso na carcaça putrescente de Asenath, sob as caixas onde eu a havia enterrado no porão. E eu soube que ela devia estar ocupando o meu corpo no sanatório — *em caráter permanente*, uma vez que o Dia das Bruxas havia passado e o sacrifício funcionaria mesmo sem a presença dela — que devia estar sã e pronta para lançar-se como ameaça ao mundo. Eu estava desesperado, *mas apesar de tudo consegui me libertar cavando uma saída com as mãos.*

Meu estado é precário demais para que eu possa falar — não consegui no telefone — mas ainda consigo escrever. Vou dar um jeito de me endireitar e de fazer com que essa derradeira mensagem de alerta chegue até você. *Mate aquele demônio* se você valoriza a paz e o sossego do mundo. *Cuide para que o corpo seja cremado.* Se não for, vai continuar a viver para sempre, de corpo em corpo, e não tenho como prever o que aconteceria. Mantenha-se longe da magia negra, Dan... é coisa do diabo. Adeus — você foi um grande amigo. Conte para a polícia qualquer história plausível — e lamento ter envolvido você nessa situação. Logo vou encontrar minha paz — essa coisa não vai aguentar muito tempo. Espero que você consiga ler essa mensagem. *E mate aquela coisa — mate-a.*

Do seu amigo — Ed.

Somente mais tarde li o terço final dessa nota, pois eu havia desmaiado no fim do terceiro parágrafo. E desmaiei mais uma vez quando tive um vislumbre e senti o cheiro daquilo que estava a obstruir a soleira da minha porta. O mensageiro havia perdido os movimentos e a consciência.

O mordomo, um homem de mais fibra do que eu, não desmaiou ao ver o que o esperava no corredor pela manhã. Em vez disso, telefonou para a polícia. Quando os agentes chegaram fui levado para a minha cama no andar de cima, mas a — aquela outra massa — permanecia no mesmo local onde havia desabado na noite anterior. Os homens cobriram o nariz com lenços.

O que por fim encontraram no interior das roupas estranhamente variadas de Edward foi em boa parte um horror liquescente. Mas também havia ossos — e um crânio fraturado. Um exame de arcada dentária comprovou que o crânio havia pertencido a Asenath.

Os sonhos na casa da bruxa

Se foram os sonhos a trazer a febre ou a febre a trazer os sonhos, Walter Gilman não saberia dizer. Por trás de tudo escondia-se o horror aziago e pútrido da antiga cidade, e da embolorada e profana empena da água-furtada onde escrevia e estudava e debatia-se com números e fórmulas quando não estava se revirando na humilde cama de ferro. Seus ouvidos tornavam-se cada vez mais sensíveis a um grau preternatural e intolerável, e desde muito tempo ele havia parado o relógio de consolo barato cujo tique-taque passara a soar como o clamor de uma artilharia. À noite, os sutis rumores da cidade negra lá fora, os sinistros passos de ratos no interior das divisórias verminosas e o ranger de tábuas ocultas naquela casa secular eram suficientes para causar-lhe uma sensação de pandemônio estridente. A escuridão parecia estar sempre repleta de um som inexplicável — e assim mesmo ele por vezes temia que os ruídos sucumbissem e assim lhe permitissem discernir outros sons ainda mais tênues que pareciam espreitar por trás.

Estava na imutável Arkham, a cidade assombrada pelas lendas, com amontoados de mansardas que balançam e cedem acima de águas-furtadas onde bruxas escondiam-se dos homens do rei na antiga e negra época da Província. Não havia naquela cidade outro local mais envolto por lembranças macabras do que a própria água-furtada que o abrigava — pois eram aquela casa e aquele cômodo que haviam oferecido abrigo a Keziah Mason, cuja fuga da prisão de Salém ninguém jamais fora capaz de elucidar. Foi em 1692 — o carcereiro enlouqueceu e pôs-se a balbuciar frases desconexas sobre uma pequena criatura felpuda com presas brancas que saiu da cela de Keziah, e nem mesmo Cotton Mather foi capaz de explicar as curvas e ângulos desenhados nas paredes de pedra cinzenta com um fluido vermelho e viscoso.

Talvez Gilman não devesse ter estudado tanto. O cálculo não euclidiano e a física quântica são capazes de levar qualquer intelecto ao limite; e, quando se veem misturados ao folclore e associados ao estranho panorama de realidade multidimensional por trás das sugestões macabras em contos góticos e aos sussurros desvairados que surgem ao pé da lareira, dificilmente se poderia evitar por completo uma considerável tensão mental. Gilman era de Haverhill, mas somente após entrar na Universidade de Arkham começou a estabelecer ligações entre a matemática que estudava e as lendas fantásticas da magia primeva. No ar daquela cidade ancestral pairava um elemento que exercia uma influência obscura sobre a imaginação. Os professores da Universidade do Miskatonic insistiram para que não levasse aquilo demasiado a sério, e Gilman voluntariamente se interrompeu a diversas alturas. Ademais, haviam-no impedido de consultar certos livros antigos e duvidosos acerca de segredos proscritos guardados a sete chaves na biblioteca da universidade. Mas todas essas precauções chegaram tarde demais, quando Gilman já detinha horrendos indícios sobre o temível *Necronomicon* de Abdul Alhazred, o fragmentário *Livro de Eibon* e o proscrito *Unaussprechlichen Kulten* de Von Junzt, e mostrou-se capaz de correlacioná-los a fórmulas abstratas relativas às propriedades do espaço e às ligações entre dimensões conhecidas e desconhecidas.

Ele sabia que tinha um quarto na antiga Casa da Bruxa — esse, a bem dizer, fora o motivo para que o escolhesse. Havia farto material sobre o julgamento de Keziah Mason nos registros do condado de Essex, e as confissões dela extraídas pelo tribunal de Oyer e Terminer haviam exercido sobre Gilman um fascínio de todo irracional. Na presença do juiz Hathorne, a bruxa discorrera sobre linhas e curvas que podiam ser traçadas de maneira a apontar em direções que atravessavam as paredes do espaço conhecido rumo a espaços mais além e dera a entender que essas linhas e curvas eram com frequência empregadas em certos encontros promovidos à meia-noite no vale escuro da pedra branca além de Meadow Hill e na ilha desabitada do Miskatonic. E também falou sobre o Homem Preto, sobre o juramento que havia feito e o nome secreto de Nahab. Por fim ela desenhou aquelas figuras nas paredes da cela e desapareceu.

Gilman tinha estranhas crenças a respeito de Keziah, e sentiu um inesperado calafrio ao descobrir que a casa onde esta havia morado ainda estava de pé duzentos e trinta e cinco anos mais tarde. Quando ouviu os sussurros abafados que circulavam por Arkham sobre a presença persistente de Keziah na velha casa e nas ruas estreitas, sobre as marcas irregulares de dentes humanos que por vezes apareciam nas pessoas que dormiam naquela casa e também em outras, sobre o choro de criança que se ouvia por volta da Noite de Walpurgis e do Dia das Bruxas, sobre o fedor com frequência notado na água-furtada da velha casa após essas datas temidas e sobre a pequena criatura felpuda com presas afiadas que assombrava a estrutura bolorenta e a cidade e usava o focinho para cutucar as pessoas nas horas negras antes do amanhecer, Gilman decidiu que a qualquer custo havia de morar no local. Não foi difícil obter um quarto, pois a casa era impopular, difícil de alugar e havia tempos funcionava como uma acomodação barata. Gilman não sabia o que esperava encontrar, mas queria estar presente na mesma construção em que uma circunstância havia de uma hora para outra oferecido a uma velha medíocre do século XVII uma revelação acerca de profundezas matemáticas talvez muito além dos mais avançados estudos modernos desenvolvidos por Planck, Heisenberg, Einstein e De Sitter.

Gilman examinou tábuas e paredes de gesso à procura de vestígios deixados por traçados crípticos em todos os pontos acessíveis onde o papel de parede havia se descolado, e ao cabo de uma semana conseguiu chegar ao quarto leste da água-furtada, onde Keziah supostamente havia praticado feitiços. O quarto estava vazio desde o princípio — ninguém jamais o havia ocupado por um longo tempo —, mas o senhorio polonês relutou em alugá-lo. Porém nada sucedera a Gilman até o momento da febre. Nenhum fantasma de Keziah esvoaçava pelos corredores e câmaras sombrias, nenhuma criatura felpuda entrava naquela austera morada para cutucá-lo com o focinho e nenhum registro dos encantamentos da bruxa recompensou-lhe as incansáveis buscas. Às vezes Gilman fazia caminhadas pelos recônditos ensombrecidos de ruelas sem pavimentação e com cheiro de mofo onde pitorescas casas marrons de idade desconhecida inclinavam-se, cediam e lançavam olhares escarninhos por janelas estreitas com vidraças pequenas. Lá, sabia que coisas estranhas tinham outrora acontecido, e por trás da superfície havia uma sugestão tênue de que nem tudo naquele passado monstruoso — pelo menos nos becos mais escuros, mas estreitos e mais labirínticos — haveria de todo perecido. Em duas ocasiões Gilman também remou até a mal-afamada ilha no Miskatonic e chegou a fazer um esboço dos singulares ângulos descritos pelas fileiras de perafitas cinzentas recobertas de musgo com uma origem obscura e imemorial.

O quarto que ocupava tinha dimensões amplas, mas uma disposição curiosa e irregular; a parede norte inclinava-se notavelmente para dentro à medida que avançava rumo aos fundos do cômodo, enquanto o telhado inclinava-se ligeiramente para baixo na mesma direção. Para além de uma toca de rato visível e do sinal de outras, fechadas em épocas anteriores, não havia nenhum acesso — nem sequer indícios de um antigo acesso — ao espaço que devia ter existido entre a parede inclinada e a parede externa reta na face norte da casa, embora um exame feito a partir do exterior revelasse o ponto exato onde uma janela fora emparedada em uma data muito remota. O sótão no pavimento superior — que devia ter um piso enviesado — encontrava-se da mesma forma inacessível. Quando subiu uma escada rumo ao sótão repleto de teias de aranha localizado mais acima, Gilman encontrou vestígios de uma antiga via de ingresso recoberta por uma camada grossa e possante de antigas tábuas fixadas com os robustos pinos de madeira usados na carpintaria do período colonial. No entanto, não houve argumento capaz de convencer o impassível senhorio a autorizar uma investigação desses locais fechados.

À medida que o tempo passava, a atenção dispensada por Gilman à parede e ao teto de formato irregular aumentava; pois havia começado a enxergar naqueles estranhos ângulos um significado matemático que parecia oferecer pistas vagas acerca do propósito a que serviam. A velha Keziah, pensou ele, devia ter excelente motivos para viver em um quarto dotado de estranhos ângulos; afinal, não era graças a certos ângulos que afirmara ter ultrapassado os limites do mundo e do espaço que conhecemos? Esse interesse aos poucos afastou-se dos vazios insondados por trás das superfícies enviesadas, uma vez que naquele momento o propósito das superfícies parecia dizer respeito ao lado em que se encontrava.

O toque da febre e os sonhos começaram no início de fevereiro. Havia motivos para crer que os curiosos ângulos no quarto de Gilman estariam provocando um efeito estranho e quase hipnótico sobre o inquilino; e à medida que o inverno desolador avançava ele se apanhava com frequência cada vez maior a olhar fixamente para o canto em que o teto enviesado para baixo encontrava a parede enviesada para dentro. Por volta dessa época, a incapacidade de concentrar-se nos estudos formais passou a ser motivo de considerável preocupação; a apreensão com os exames no meio do ano era muito intensa. Mas o sentido da audição exagerado dificilmente pareceria menos incômodo. A vida havia se transformado em uma insistente e quase insuportável cacofonia, sempre acompanhada por aquela constante e terrível impressão de *outros* sons — talvez vindos de regiões além da vida — que vibravam nos limiares da audição. No que dizia respeito a barulhos concretos, os ratos nas antigas divisórias eram o pior. Por vezes os ruídos pareciam não apenas furtivos, mas deliberados. Quando vinha de trás da parede enviesada ao norte, o som parecia chegar misturado a uma espécie de rumor seco — e, quando vinha do sótão fechado por séculos acima do teto enviesado, Gilman comportava-se como se estivesse à espera de um horror que ganhasse tempo antes da investida final para tragá-lo por completo.

Os sonhos que tinha encontravam-se muito além da sanidade, e Gilman sentia que deviam ser um resultado conjunto dos estudos nos campos da matemática e do folclore. Ele vinha pensando demais acerca das regiões vagas que segundo as fórmulas estudadas deviam encontrar-se para além das três dimensões que conhecemos, bem como sobre a possibilidade de que a velha Keziah Mason — guiada por uma influência além de qualquer conjectura — de fato houvesse encontrado o portal que franqueava o acesso a essas mesmas regiões. Os antigos registros do condado, que incluíam o relato da acusada e os pronunciamentos dos acusadores, traziam sugestões diabólicas de coisas muito além da experiência humana — e as descrições da pequena criatura felpuda e célere que agia como serviçal de Keziah eram meticulosamente realistas, malgrado os detalhes inacreditáveis.

Essa criatura — do tamanho de um rato grande e curiosamente chamada pelos locais de "Brown Jenkin" —

parecia ser fruto de um caso notável de alucinação coletiva, pois em 1692 onze pessoas ofereceram testemunhos em que afirmaram tê-la visto. Além disso, corriam rumores recentes que traziam um elevado e surpreendente grau de coincidência. As testemunhas haviam dito que a criatura tinha cabelos longos e a forma de um rato, porém o rosto barbado e com presas afiadas era pavorosamente humano, e as patas eram como diminutas mãos humanas. Essa criatura fazia circularem mensagens entre Keziah e o demônio, e era alimentada com o sangue da bruxa — o qual chupava como um vampiro. A voz era uma risadinha horrenda, capaz de falar todas as línguas. Dentre todas as monstruosidades bizarras nos sonhos de Gilman, nada lhe causava mais pânico e mais náusea do que essa blasfema e diminuta criatura híbrida, cuja imagem surgia-lhe diante dos olhos em forma mil vezes mais odiosa do que qualquer outra coisa que sua mente pudesse apreender a partir de registros antigos e rumores modernos durante a vigília.

Os sonhos de Gilman consistiam na maior parte em mergulhos rumo a abismos infinitos de inexplicáveis matizes crepusculares e sons extravagantemente desordenados; abismos esses cujas propriedades materiais e gravitacionais e cuja relação com a própria entidade não poderia de maneira nenhuma explicar. Ele não caminhava nem escalava, não voava nem nadava, não se arrastava nem se debatia; porém sempre experimentava uma forma de locomoção em parte voluntária e em parte involuntária. Quanto à própria condição, não estava em posição de julgar, visto que a visão de braços, pernas e torso parecia estar sempre impedida por um estranho desaprumo na perspectiva; mas sentia que a organização do físico e das faculdades mentais encontrava-se como que transmutada e obliquamente projetada — embora não sem uma certa relação grotesca com as proporções e propriedades normais.

Os abismos não estavam de nenhum modo vazios, pois eram ocupados por massas de uma substância de coloração alienígena com ângulos indescritíveis; certos espécimes pareciam orgânicos, enquanto outros pareciam inorgânicos. Um reduzido número dos objetos orgânicos suscitava lembranças vagas na mente de Gilman, embora não lhe fosse possível formar uma ideia consciente acerca daquilo com o que se pareciam ou se assemelhavam como que em uma zombaria. Nos sonhos mais tardios Gilman começou a distinguir as variadas categorias em que os objetos orgânicos davam a impressão de se dividir, que pareciam envolver — em todos os casos — uma espécie radicalmente distinta nos padrões de comportamento e nos impulsos mais básicos. Dentre essas categorias, uma em especial pareceu-lhe incluir objetos levemente menos ilógicos e irrelevantes do que os membros das outras categorias naquilo que dizia respeito aos movimentos.

Todos os objetos — tanto orgânicos como inorgânicos — encontravam-se totalmente além da descrição e da compreensão. Gilman por vezes comparava as massas inorgânicas a prismas, labirintos, agrupamentos de cubos e planos e construções ciclópicas; e as coisas orgânicas afiguravam-se-lhe das mais variadas formas, como aglomerados de bolhas, polvos, centopeias, ídolos hindus e intrincados arabescos despertados a uma existência ofídica. Tudo aquilo que via era inefavelmente ameaçador e horrendo; e sempre que uma das entidades orgânicas executava um movimento que sugeria a percepção de que ele se encontrava presente, Gilman sentia um pavor horrendo e absoluto que em geral fazia-o despertar. Quanto à maneira como as entidades orgânicas se moviam, não saberia dizer mais do que poderia afirmar sobre os próprios meios de locomoção. Mais tarde Gilman observou um mistério adicional — a tendência de certas entidades a aparecer de repente a partir do espaço vazio, ou desaparecer por completo de maneira igualmente repentina. A confusão de sons estridentes e retumbantes que permeavam os abismos estava além de qualquer análise de frequência, timbre e ritmo; mas parecia manter-se em sincronia com vagas alterações visuais observáveis em todos os objetos indefinidos, tanto orgânicos quanto inorgânicos. Gilman tinha um pavor constante de que aquilo pudesse erguer-se a um patamar insuportável de intensidade durante uma daquelas flutuações inevitáveis e obscuras.

Mas não foi naquelas voragens de estranheza total que por fim viu Brown Jenkin. Esse pequeno horror chocante estava reservado para os sonhos mais leves e mais nítidos que o acossavam logo antes que sucumbisse às mais vertiginosas profundezas do sono. Quando estava deitado no escuro, lutando para manter-se acordado, um brilho luculento dava a impressão de cintilar por aquele cômodo secular, revelando em uma névoa violácea a convergência dos planos angulosos que lhe ocupavam os pensamentos de maneira deveras insidiosa. O horror parecia surgir na toca de rato localizada no canto e aproximar-se a passos tamborilantes pelo assoalho cedido de tábuas desgastadas com uma expectativa maligna no diminuto rosto humano e barbado — mas felizmente esse sonho dissipava-se antes que a criatura chegasse perto o bastante para cutucá-lo com o focinho. Os caninos eram diabolicamente longos e afiados. Todos os dias Gilman tentava fechar a toca, mas à noite os reais habitantes daquelas divisórias tratavam de roer a obstrução, independentemente do que fosse. Certa vez o senhorio havia pregado uma placa de metal por cima da abertura, porém na noite seguinte os ratos abriram um novo buraco — e ao roer o material empurraram para o quarto um pequeno e curioso fragmento ósseo.

Gilman não comunicou a febre ao médico, pois sabia que não obteria a aprovação nos exames se o encaminhassem à enfermaria da universidade numa altura em que cada instante livre era dedicado aos estudos. Da maneira como aconteceu, foi reprovado em Cálculo 4 e Psicologia Geral Avançada, embora ainda com esperanças de recuperar o terreno perdido. Em março o elemento novo surgiu nos sonhos leves e preliminares, e a odiosa forma de Brown Jenkin começou a surgir acompanhada por um borrão nebuloso que aos poucos ganhou os contornos de uma velha corcunda. Esse acréscimo perturbou-o mais do que seria capaz de explicar, e no fim Gilman percebeu que aquela figura assemelhava-se à velha que em duas ocasiões havia de fato encontrado nos recônditos escuros das ruelas próximas aos cais abandonados. Nessas ocasiões, o olhar maligno, sardônico e aparentemente imotivado dessa anciã levou-o quase a tremer — em particular na primeira vez, quando um enorme rato que atravessava o escuro acesso a um beco vizinho fê-lo pensar irracionalmente em Brown Jenkin. E mais tarde esses temores nervosos passaram a se espelhar em sonhos desordenados.

Que a influência da antiga casa como um todo fosse insalubre, Gilman não teria como negar; porém traços dos mórbidos interesses anteriores mantinham-no por lá. Ele afirmava que a febre era a única responsável por aquelas fantasias noturnas, e que tão logo aquele toque o deixasse estaria livre das monstruosas visões. Essas visões, no entanto, revestiam-se de uma vividez e de uma verossimilhança repugnantes, e ao despertar Gilman tinha sempre a impressão vaga de ter passado por muito mais coisas do que aquelas que recordava. Manifestava uma certeza horrenda de que em sonhos esquecidos havia falado com Brown Jenkin e a velha, que teriam insistido para que os acompanhasse até um lugar determinado a fim de encontrar-se com um ser de poder ainda maior.

Próximo ao fim de março Gilman começou a estudar matemática, enquanto as outras disciplinas perturbavam-no cada vez mais. Estava desenvolvendo uma forma intuitiva de resolver equações de Riemann, e impressionou o professor Upham ao demonstrar compreensão plena de problemas envolvendo quatro dimensões e de outros tantos que haviam deixado perplexo todo o restante da turma. Certa tarde houve uma discussão acerca da possibilidade de curvaturas aberrantes no espaço, bem como de pontos teóricos de aproximação ou mesmo contato entre a nossa parte do cosmo e outras regiões tão distantes quanto as mais longínquas estrelas ou os próprios abismos transgalácticos — ou mesmo tão fabulosamente remotas quanto as unidades cósmicas imaginadas para além do *continuum* do espaço-tempo einsteiniano. O tratamento dado por Gilman a esse tema despertou a admiração de todos, mesmo que certas ilustrações de princípios hipotéticos tenham causado um aumento nos rumores sempre fartos acerca de suas excentricidades nervosas e solitárias. O que levou os estudantes a balançar a cabeça foi a exposição sóbria de uma teoria segundo a qual — dado um conhecimento matemático admitidamente superior à capacidade de aquisição humana — um homem poderia deliberadamente se transportar da terra para qualquer outro corpo celestial localizado em uma infinidade de coordenadas específicas no padrão cósmico.

Esse transporte, de acordo com a explicação oferecida, poderia ocorrer em apenas dois estágios; em primeiro lugar, uma passagem para fora da esfera tridimensional que conhecemos, e em segundo lugar uma passagem de volta à esfera tridimensional em outra coordenada — talvez infinitamente remota. Que uma façanha dessas pudesse ser levada a efeito sem o sacrifício da vida era uma hipótese concebível em diversos casos. Qualquer ser vivo de qualquer parte do espaço tridimensional provavelmente sobreviveria na quarta dimensão; e a sobrevivência à segunda etapa ver-se-ia sujeita ao ponto alienígena do espaço tridimensional escolhido para a reentrada. Habitantes de certos planetas poderiam viver em certos outros — e até mesmo em planetas de outras galáxias, ou ainda em fases dimensionais similares de outros *continua* do espaço-tempo —, embora naturalmente deva haver um vasto número de corpos ou zonas mutuamente inabitáveis, ainda que matematicamente justapostos.

Também era concebível que os habitantes de um determinado reino dimensional pudessem sobreviver à entrada em diversos reinos ignotos e incompreensíveis com dimensões adicionais ou indefinidamente múltiplas — a despeito de estarem dentro ou fora do respectivo *continuum* de espaço-tempo —, e que o inverso fosse igualmente verdadeiro. A ideia não passava de uma especulação, conquanto houvesse praticamente certeza de que o tipo de mutação envolvida na passagem de um determinado plano dimensional para o plano seguinte não seria um processo destrutivo para a integridade biológica da maneira como a compreendemos. Gilman não pôde esclarecer a contento as razões para esta última alegação, mas a relativa obscuridade no tocante a esse aspecto viu-se mais do que compensada pela clareza evidenciada em relação a outros aspectos igualmente complexos. O professor Upham, em particular, apreciou muito a demonstração das relações existentes entre a matemática superior e certas fases de sabedoria mágica transmitidas através dos tempos desde uma antiguidade inefável — humana ou pré-humana — que detinha conhecimentos sobre o cosmo e as leis que o regem ainda maiores do que aqueles que hoje detemos.

Por volta de 1º de abril, Gilman passou a demonstrar uma preocupação cada vez maior em razão da febre que não passava. Ademais, estava perturbado com os comentários feitos por outros inquilinos acerca do sonambulismo que o acometia. Segundo os relatos, com frequência ele se ausentava da cama, e o ranger das tábuas sob o peso do corpo durante a madrugada era notado pelo homem que habitava o quarto de baixo. Esse sujeito também mencionou o rumor de sapatos à noite, porém Gilman imaginou tratar-se de um equívoco, uma vez que tanto os sapatos quanto os demais itens de vestuário encontravam-se sempre no devido lugar pela manhã. Seria possível desenvolver toda sorte de alucinações auditivas naquela velha e mórbida casa — pois não era verdade que o próprio Gilman, mesmo durante o dia, estava convencido de que certos barulhos além dos arranhões feitos pelos ratos vinham de vazios negros além da parede enviesada e acima do teto enviesado? Seus ouvidos patologicamente sensíveis começaram a procurar o som de passos abafados no sótão imemorialmente fechado mais acima, e por vezes a ilusão dessas coisas era agonicamente realista.

Contudo, ele sabia que havia se transformado em um sonâmbulo; pois em duas ocasiões diferentes seu quarto fora encontrado vazio, embora todas as roupas estivessem no lugar. Tinha recebido a confirmação de Frank Elwood, um colega da universidade cuja pobreza o obrigava a se alojar naquela casa impopular e sórdida. Durante a madrugada, Elwood dedicava-se aos estudos quando subiu em busca de ajuda para resolver uma equação diferencial e descobriu que Gilman encontrava-se ausente. Fora um tanto presunçoso abrir a porta destrancada após bater e não receber nenhum tipo de resposta, mas a ajuda era realmente muito necessária, e assim ele imaginou que o colega não se importaria de ser acordado com um leve empurrão. Porém Gilman não estava no quarto em nenhuma dessas ocasiões — e, ao ser informado acerca do ocorrido, indagou por onde poderia ter vagado, descalço e trajando apenas as roupas de dormir. Sendo assim, decidiu investigar o assunto mais a fundo caso os relatos de sonambulismo persistissem, e pensou em espalhar farinha no chão do corredor para descobrir aonde as pegadas levariam. A porta era a única via concebível de egresso, pois não havia onde apoiar os pés fora da estreita janela.

À medida que abril passava, a audição febril de Gilman começou a ser importunada pelas lamuriosas preces de um supersticioso consertador de teares chamado Joe Mazurewicz, que tinha um quarto no térreo. Mazurewicz havia contado longas e fastidiosas histórias sobre o fantasma da velha Keziah e aquela criatura felpuda de presas afiadas que cutucava as pessoas com o focinho e disse que às vezes sentia-se a tal ponto assombrado que somente um crucifixo de prata — que lhe fora oferecido pelo padre Iwanicki, da Igreja de Santo Estanislau — era capaz de oferecer-lhe consolo. Naquele momento, o homem rezava porque o Sabá das Bruxas estava próximo. A Noite de Walpurgis, quando os mais negros assombros do inferno caminhavam sobre a terra e os servos de Satã congregavam-se para celebrar ritos e consumar atos inefáveis. Era sempre uma época muito ruim em Arkham, mesmo que os bons homens na Miskatonic Avenue, na High Street e na Saltonstall Street fingissem nada saber a esse respeito. Atos vis seriam cometidos — e provavelmente uma ou duas crianças acabariam desaparecendo. Joe sabia dessas coisas, pois no interior repleto de tradições antigas sua avó tinha ouvido histórias da própria avó. Fazia bem rezar e dedilhar as contas do rosário naquela época. Por três meses Keziah e Brown Jenkin haviam se mantido longe do quarto de Joe, longe do quarto de Paul Choynski e longe de todos os outros lugares imagináveis — e não era um bom augúrio que estivessem se contendo daquela forma. Deviam estar tramando alguma coisa.

Gilman foi ao consultório médico no dia 16 daquele mês e surpreendeu-se ao descobrir que sua temperatura não estava tão alta quanto havia receado. O médico fez uma série de perguntas e por fim aconselhou-o a procurar um especialista em nervos. Ao pensar mais tarde sobre o ocorrido, Gilman alegrou-se por não ter consultado o ainda mais inquisitivo médico da universidade. O velho Waldron, que já lhe havia interrompido as atividades no passado, teria acabado por forçá-lo a tirar um período de descanso — um pedido impossível para quem estava tão perto de obter resultados extraordinários com as equações. Com certeza Gilman estava cada vez mais próximo dos limites entre o universo conhecido e a quarta dimensão — e quem saberia dizer quão longe poderia chegar?

Porém mesmo quando esses pensamentos lhe acudiam, Gilman se indagava sobre a origem dessa estranha confiança. Seria possível que esse perigoso sentimento de expectativa viesse das fórmulas nas folhas de papel que diariamente cobria de tinta? Os passos leves, furtivos e imaginários no sótão fechado atacavam-lhe os nervos. Logo surgiu também a sensação de que uma força externa tentava o tempo inteiro persuadi-lo a cometer um ato terrível do qual não se julgava capaz. E quanto ao sonambulismo? Aonde ia por vezes à noite? E o que seria aquela tênue sugestão de som que de vez em quando parecia filtrar pela confusão ensandecida de sons irreconhecíveis mesmo durante a vigília e em plena luz do dia? O ritmo não correspondia a nada existente na terra, a não ser talvez à cadência de um ou dois cânticos nefandos do Sabá, e por vezes Gilman temia que correspondesse a certos atributos dos gritos ou rugidos indefiníveis surgidos nos abismos sumamente alienígenas dos sonhos.

Nesse meio-tempo, os sonhos mostravam-se cada vez mais atrozes. Na fase leve e preliminar do sono, a velha má adquirira uma nitidez diabólica, e Gilman sabia que aquela era a mesma figura que o havia apavorado nos cortiços. A corcunda, o nariz comprido e o queixo enrugado tinham um aspecto inconfundível, e as roupas pardas e informes eram como os trajes que recordava. A expressão do rosto evidenciava malevolência e exultação, e ao acordar Gilman lembrava-se de uma voz rouca que o persuadia e o ameaçava. Ele tinha de encontrar o Homem Preto, e com eles todos chegar ao trono de Azathoth no centro do Caos supremo. Foram essas as palavras ditas pela velha. Uma vez que as descobertas independentes haviam chegado àquele ponto, ele teria de assinar com o próprio sangue o livro de Azathoth e assumir um nome secreto. O que o impedia de seguir com a velha, Brown Jenkin e os demais rumo ao trono do Caos onde flautas estridulantes assoviavam irracionalmente era o fato de que havia encontrado o nome "Azathoth" no *Necronomicon*, e sabia que aquilo representava um mal primevo demasiado horrendo para que fosse descrito.

A velha sempre aparecia do nada, perto do canto onde o teto enviesado encontrava a parede enviesada. Dava a impressão de cristalizar-se em um ponto junto do teto, e a cada noite parecia um pouco mais próxima e um pouco mais nítida antes que o sonho se transformasse. Brown Jenkin também parecia cada vez mais próximo, e suas presas amareladas reluziam com um brilho chocante naquela fosforescência violácea e extraterrena. A repugnante risadinha estridente não deixava os pensamentos de Gilman, que pela manhã lembrava-se de tê-la ouvido pronunciar as palavras "Azathoth" e "Nyarlathotep".

Nos sonhos mais profundos tudo parecia igualmente mais distinto, e Gilman pressentia que os abismos crepusculares ao seu redor pertenciam à quarta dimensão. As entidades orgânicas cujos movimentos pareciam menos irrelevantes e menos imotivados provavelmente eram projeções de formas de vida existentes em nosso planeta — inclusive seres humanos. O que as demais formas seriam nas esferas dimensionais únicas ou múltiplas que habitavam, Gilman não tinha coragem de imaginar. Duas dentre essas coisas dotadas de movimentos menos irrelevantes — um grande conglomerado de bolhas iridescentes e esferoides prolatos e um poliedro de cores ignotas e ângulos superficiais rapidamente cambiantes — pareciam notar sua presença e segui-lo ou flutuar logo adiante à medida que mudava de posição em meio a prismas titânicos, labirintos, agrupamentos de cubos e planos e quase construções; e nesse meio-tempo os gritos e rugidos indefiníveis tornavam-se cada vez mais altos, como se estivessem a se aproximar de um apogeu de intensidade absolutamente intolerável.

A noite de 19 para 20 de abril trouxe novas ocorrências. Gilman movia-se de forma semivoluntária pelos abismos crepusculares com a massa de bolhas e o pequeno poliedro flutuando logo adiante quando percebeu a peculiar regularidade dos ângulos formados pelas bordas dos enormes agrupamentos de prismas naquela região.

No instante seguinte encontrava-se fora do abismo, de pé e trêmulo em uma encosta rochosa banhada por uma intensa e difusa luz verde. Tinha os pés descalços e vestia as roupas de dormir, e quando tentou caminhar descobriu que mal conseguia levantar os pés. Um vapor revoluteante ocultava todo o cenário além da proximidade imediata, e Gilman encolheu-se ao pensar nos sons que poderiam emergir daquele vapor.

Logo viu duas formas avançando laboriosamente em sua direção — a velha e a criatura felpuda. A velha pôs-se de joelhos e cruzou os braços de maneira singular, enquanto Brown Jenkin apontou uma direção com uma pata dianteira repugnantemente antropoide erguida com evidente dificuldade. Movido por um impulso externo a si mesmo, Gilman arrastou-se ao longo do trajeto determinado pelo ângulo formado entre os braços da velha e a direção que apontava a pata daquela pequena monstruosidade, porém antes de completar o terceiro passo viu-se de volta aos abismos crepusculares. Formas geométricas fervilharam ao redor, e logo ele se precipitou em uma queda vertiginosa e interminável. Por fim acordou na cama localizada na água-furtada de ângulos insanos na antiga casa pitoresca.

Não conseguiu fazer nada naquela manhã, e ausentou-se de todas as aulas. Um impulso desconhecido parecia atrair-lhe os olhos em uma direção aparentemente irrelevante, pois não conseguia parar de olhar para um ponto vazio no chão do quarto. À medida que o dia avançava, o foco daqueles olhos velados mudou de posição, e ao meio-dia ele havia vencido o impulso de olhar para o nada. Por volta de duas horas saiu para almoçar, e enquanto atravessava as ruelas da cidade percebeu que tomava sempre o rumo sudeste. Foi preciso um esforço consciente para deter-se em um refeitório na Church Street, e ao fim da refeição aquela atração desconhecida passou a exercer uma influência ainda maior.

Gilman sentiu que precisaria consultar um especialista em nervos, afinal de contas — talvez houvesse uma ligação com o sonambulismo —, mas nesse meio-tempo poderia ao menos tentar quebrar aquele mórbido feitiço por conta própria. Sem dúvida ainda tinha forças para caminhar no sentido oposto àquele rumo ao qual se via atraído; e pôs-se então a avançar deliberadamente na direção norte pela Garrison Street. Quando chegou à ponte que atravessava o Miskatonic estava suando frio, e precisou agarrar-se à fria balaustrada de ferro para olhar contra a corrente em direção à agourenta ilha cujas linhas regulares de perafitas ancestrais meditavam gravemente sob o sol da tarde.

E por fim sobressaltou-se. Havia uma figura viva claramente visível naquela ilha desolada, e um segundo exame confirmou tratar-se da estranha velha cujo aspecto sinistro havia se imiscuído com resultados desastrosos aos sonhos que tinha à noite. A grama alta perto da figura também se movia, como se uma segunda criatura estivesse a mover-se rente ao chão. Quando a velha esboçou um movimento em direção ao ponto onde se encontrava, Gilman fugiu precipitadamente da ponte e correu para o abrigo oferecido pelos becos labirínticos no cais da cidade. Por mais distante que fosse a ilha, sentia que um mal invencível e monstruoso emanava do olhar sardônico naquela figura corcunda e anciã com trajes pardos.

A atração rumo ao sudeste persistia, e foi somente por força de uma determinação tremenda que Gilman conseguiu arrastar-se de volta para a antiga casa e subir a escada decrépita. Por horas manteve-se imóvel e em silêncio, enquanto os olhos voltavam-se gradualmente ao oeste. Por volta das seis horas os ouvidos apurados captaram as rezas de Joe Mazurewicz dois andares abaixo, e em desespero Gilman pegou o chapéu e saiu para as ruas douradas pelo sol, deixando que a atração — nesse ponto rumo ao sul — levasse-o aonde bem entendesse. Uma hora depois a escuridão encontrou-o nos campos além de Hangman's Brook enquanto as estrelas da primavera cintilavam mais à frente. A necessidade de caminhar aos poucos se transformava em uma necessidade de executar saltos místicos no espaço, e de repente ele percebeu qual era a origem daquela atração.

Estava no céu. Um ponto definido em meio às estrelas reivindicava-o e chamava-o. Tudo indicava que seria um ponto entre as constelações de Hydra e Argo Navis, e naquele instante Gilman soube que tinha ansiado por aquilo desde o momento em que acordara logo após o raiar do dia. Pela manhã, as constelações encontravam-se sob o chão; à tarde, ergueram-se a sudeste, e naquele momento estavam grosso modo ao sul, embora rumassem a oeste. Qual seria o significado dessa nova revelação? Será que estaria enlouquecendo? Quanto tempo essa influência haveria de subsistir? Novamente reunindo as forças, Gilman deu meia-volta e arrastou-se rumo à antiga casa sinistra.

Mazurewicz aguardava-o na porta e pareceu ao mesmo tempo ansioso e relutante em contar-lhe aos sussurros um novo rumor baseado em superstições. Era uma história relacionada à luz da bruxa. Na noite anterior — fora o Dia dos Patriotas em Massachusetts — Joe havia estado na rua celebrando, e voltara para casa após a meia-noite. Ainda na rua, ao olhar para a casa teve a impressão de que a janela de Gilman estava às escuras; porém logo percebeu um tênue brilho violáceo no interior do cômodo. O polaco gostaria de alertar o jovem gentil-homem quanto àquela luminescência, pois todos em Arkham sabiam que aquela era a luz da bruxa Keziah, que surgia perto de Brown Jenkin e do espectro da própria velha. Ele não tinha mencionado nada disso antes, mas naquele momento vira-se obrigado a tocar no assunto porque aquele era um sinal de que Keziah e o serviçal de longas presas estavam assombrando aquele jovem gentil-homem. Às vezes ele, Paul Choynski e o senhorio Dombrowski tinham a impressão de ver aquela luz pelas rachaduras do sótão fechado acima do quarto do jovem gentil-homem, porém os três haviam feito um acordo de não falar sobre o assunto. Mesmo assim, seria melhor para o gentil-homem trocar de quarto e providenciar um crucifixo com um bom padre, como o padre Iwanicki.

Enquanto o homem divagava, Gilman sentiu um pânico mudo agarrá-lo pela garganta. Sabia que Joe devia estar meio bêbado ao chegar da celebração na noite anterior, porém a menção de uma luz violácea na janela da água-furtada parecia revestir-se de um significado terrível. Um brilho luculento como aquele sempre acompanhava a velha e a pequena criatura felpuda nos sonhos mais leves e mais nítidos que prefaciavam os mergulhos em abismos ignotos, e a ideia de que outra pessoa em vigília pudesse ter visto essa mesma radiância onírica encontrava-se totalmente além do horizonte de um intelecto são. Mas onde o sujeito teria arranjado uma história tão estranha? Será que ele mesmo não teria andado e falado pela casa enquanto dormia? Segundo Joe, não — mas seria preciso obter uma confirmação. Talvez Frank Elwood tivesse coisas a dizer, embora Gilman detestasse a ideia de lhe perguntar.

Febre — sonhos desvairados — sonambulismo — alucinações auditivas — atração por um ponto no céu — e ainda por cima uma suspeita de falar dormindo como um louco! Seria preciso interromper os estudos, consultar-se com um especialista em nervos e assenhorar-se de si. Quando subiu ao segundo andar, Gilman deteve-se em frente à porta de Elwood, porém logo viu que o jovem havia se ausentado. Relutantemente, continuou subindo rumo ao quarto na água-furtada e sentou-se no escuro. Ainda sentia o olhar atraído rumo ao sudoeste, mas também percebeu que apurava o ouvido em busca de sons vindos do sótão fechado mais acima, e teve a impressão de ver um maligno rasgo de luz violácea filtrar por uma rachadura infinitesimal no teto baixo e enviesado.

Naquela noite, enquanto Gilman dormia, a luz violácea surgiu-lhe com intensidade aumentada, e a velha bruxa e a criatura felpuda — ambas mais perto do que nunca — escarneceram dele com guinchos inumanos e gestos demoníacos. Sentiu-se contente ao afundar naqueles abismos crepusculares onde soavam rugidos vagos, mesmo que a busca do iridescente conglomerado de bolhas e do poliedro caleidoscópico fosse irritante e ameaçadora. E então veio a mudança, quando vastos planos convergentes de uma substância com aparência viscosa assomaram acima e abaixo — uma mudança que terminou em um lampejo de delírio e um clarão de luz ignota e alienígena, no qual o amarelo, o carmim e o índigo amalgamavam-se de forma inextricável e insana.

Ele estava como que deitado em um terraço elevado com uma balaustrada fantástica, acima de uma interminável selva de picos incríveis e extravagantes, planos equilibrados, domos, minaretes, discos horizontais apoiados no alto de pináculos e incontáveis formas de exuberância ainda maior — ora de pedra e ora de metal — que rutilavam magnificamente sob o brilho misto e quase escorchante do firmamento policromático. Ao olhar para cima, Gilman viu três estupendos discos flamejantes, cada um de uma cor distinta e localizado a uma altura distinta no horizonte curvo e infinitamente longínquo formado por montanhas baixas. Mais atrás, terraços em diversos níveis erguiam-se até onde o olhar alcançava. A cidade abaixo estendia-se até os limites da visão, e ele trouxe consigo um desejo de que nenhum som viesse daquele lugar.

O pavimento de onde se ergueu sem dificuldade era feito de uma pedra com veios que ele não saberia identificar; e as lajes polidas eram cortadas em formas de ângulos bizarros que lhe pareceram não assimétricas, mas antes baseadas em uma simetria extraterrena cujas leis não era capaz de compreender. A balaustrada chegava-lhe à altura do peito e tinha uma aparência primorosa graças ao fantástico trabalho em metal lavrado, enquanto ao longo do parapeito enfileiravam-se a intervalos regulares pequenas figuras de aspecto grotesco que evidenciavam um impressionante grau de artesania. Como o restante da balaustrada, essas figuras pareciam ser feitas de um metal brilhante cujo matiz não poderia ser identificado naquele caos de múltiplas refulgências; a natureza do material desafiava as mais ousadas conjecturas. Representavam um objeto canelado em forma de barril, com finos braços horizontais que irradiavam como raios de um anel central, e com protuberâncias ou bulbos verticais que se projetavam a partir do topo e da base. Cada uma dessas protuberâncias era o centro de um sistema com cinco braços longos e achatados de estrutura afunilada e triangular, dispostos ao redor como os braços de uma estrela-do-mar — praticamente horizontais, porém levemente curvados para longe do barril central. A base da protuberância inferior encontrava-se fundida com o parapeito com um ponto de contato muito delicado, de maneira que diversas figuras se haviam soltado da estrutura e encontravam-se ausentes. As figuras tinham cerca de doze centímetros de altura, enquanto os braços pontiagudos conferiam-lhes um diâmetro máximo de cerca de seis centímetros.

Quando se levantou, Gilman sentiu as lajes quentes em seus pés descalços. Estava completamente sozinho, e sua primeira atitude foi caminhar até a balaustrada e lançar um olhar vertiginoso à interminável cidade ciclópica mais de seiscentos metros abaixo. Ao apurar o ouvido, imaginou que uma confusão rítmica de assovios musicais quase imperceptíveis em uma vasta gama de tonalidades avolumava-se nas ruas estreitas mais abaixo e ansiou por ver os habitantes do lugar. A visão deixou-o zonzo após um tempo, de maneira que teria caído no pavimento se não houvesse instintivamente se agarrado à reluzente balaustrada. A mão direita caiu sobre uma das figuras, e a princípio aquele toque deu a impressão de ajudá-lo a se recompor. Mas o peso foi demais para a delicadeza do trabalho em metal, e assim a figura desprendeu-se na mão de Gilman. Ainda um pouco atônito, ele continuou a agarrá-la enquanto a outra mão buscava apoio no parapeito liso.

Mas nesse instante os ouvidos sensíveis captaram um som vindo de trás, e ele olhou em direção ao terraço plano. Aproximando-se de leve, embora sem nenhum tipo de furtividade aparente, surgiram cinco figuras, duas das quais eram a velha sinistra e o pequeno animal felpudo de presas afiadas. As outras três foram o que o levaram a perder a consciência — entidades vivas com cerca de dois metros e meio de altura, exatamente idênticas às figuras pontiagudas na balaustrada, que se locomoviam graças a uma vibração aracnoide dos apêndices equinodermos inferiores.

Gilman acordou na cama, encharcado de suor frio e com uma sensação dolorosa no rosto, nas mãos e nos pés. Após se levantar, lavou-se e vestiu-se em uma pressa frenética, como se fosse necessário sair da casa tão depressa quanto possível. Não sabia para onde ir, mas sentiu que mais uma vez teria de sacrificar a frequência às aulas. A atração rumo àquele ponto no céu entre Hydra e Argo havia desaparecido, mas outra, de força ainda maior, surgira para ocupar seu lugar. Naquele instante, Gilman sentia que tinha de ir para o norte — infinitamente ao norte. Como temesse atravessar a ponte que dava para a ilha desolada no Miskatonic, resolveu atravessar a ponte da Peabody Avenue. Ele com frequência tropeçava, posto que os olhos e os ouvidos mantinham-se presos a um ponto extremamente alto no céu azul e vazio.

Passada cerca de uma hora, Gilman conseguiu dominar-se e percebeu que estava longe da cidade. Por todos os lados estendia-se o panorama inóspito dos pântanos salgados, enquanto a estrada à frente levava a Innsmouth — aquela cidade antiga e abandonada que as pessoas de Arkham pareciam curiosamente avessas a visitar. Embora a atração rumo ao norte não houvesse diminuído, Gilman resistiu como resistira à outra atração, e por fim descobriu que era possível manter um certo equilíbrio entre as duas. Depois de voltar à cidade e tomar café em um estabelecimento comercial, pegou o caminho da biblioteca pública e pôs-se a folhear desatentamente as revistas de assuntos ligeiros. A certa altura encontrou amigos que lhe fizeram comentários sobre a pele bronzeada, porém nada disse sobre a caminhada. Às três horas da tarde ele almoçou em um restaurante, e nesse meio-tempo percebeu que a atração ou havia diminuído ou se dividido. A seguir, matou tempo em um cinema barato, assistindo a um filme insosso por diversas vezes em sequência sem prestar a menor atenção naquilo.

Por volta das nove horas seus passos levaram-no de volta para casa, onde então se deparou com a antiga construção. Joe Mazurewicz balbuciava preces incompreensíveis, e Gilman apressou-se rumo à água-furtada sem deter-se para ver se Elwood estava no quarto. O choque veio quando ligou a débil lâmpada elétrica. No mesmo instante soube que havia na mesa uma coisa que não devia estar lá, e um segundo olhar dissipou quaisquer dúvidas. Deitada de lado — visto que não pararia em pé sem auxílio — estava a pontiaguda e exótica figura que, naquele sonho monstruoso, ele havia soltado da balaustrada fantástica. Não faltava nenhum detalhe. O centro canelado em forma de barril, os braços finos e radiais, as protuberâncias nas extremidades e os braços achatados e levemente curvos que se estendiam a partir dessas protuberâncias, como uma estrela-do-mar — tudo estava lá. Sob a luz elétrica, a cor parecia ser um cinza iridescente com veios de matiz esverdeado, e Gilman pôde ver, em meio ao horror e à confusão mental, que uma das protuberâncias terminava em uma quebra irregular, correspondente ao ponto que a fixava no parapeito onírico.

Somente a tendência a um estupor confuso impediu-o de gritar. Essa fusão do sonho à realidade extrapolava todos os limites. Ainda confuso, Gilman pegou aquela coisa pontiaguda e cambaleou escada abaixo, até o quarto do senhorio Dombrowski. As preces lamentosas do supersticioso consertador de teares ainda soavam pelos corredores bolorentos, porém Gilman já não se importava mais com aquilo. O senhorio estava em casa e cumprimentou-o com modos amistosos. Não, não tinha visto aquele objeto antes nem sabia o que quer que fosse a respeito daquilo. Mas a esposa havia mencionado a descoberta de um estranho objeto de metal numa das camas depois de arrumar os quartos ao meio-dia, e talvez se tratasse daquilo. Dombrowski chamou-a, e a mulher apareceu. Sim, era aquilo. Ela tinha encontrado o objeto na cama do jovem gentil-homem — no lado que dava para a parede. Em um primeiro momento a descoberta tinha parecido muito esquisita, mas claro que o jovem gentil-homem tinha muitas coisas esquisitas no quarto — livros e objetos e figuras e anotações em papéis. Porém não havia mais nada que ela pudesse dizer.

E assim Gilman subiu novamente as escadas em um estado de perturbação mental, convencido de que ou ainda estava sonhando ou o sonambulismo havia atingido extremos inacreditáveis a ponto de levá-lo a fazer depredações em locais ignorados. De onde havia tirado aquela coisa bizarra? Ele não se lembrava de vê-la em nenhum museu de Arkham. Mas assim mesmo aquilo devia ter estado em outro lugar; e a visão do objeto furtado durante o sono devia ter causado a estranha imagem onírica do terraço com a balaustrada. No dia seguinte ele faria questionamentos discretos — e talvez aproveitasse para se consultar com o especialista em nervos.

Nesse meio-tempo, daria um jeito de monitorar o sonambulismo. Enquanto subia as escadas e atravessava o corredor da água-furtada, Gilman espalhou um punhado de farinha que havia pedido ao senhorio — com uma confissão sincera em relação ao objetivo. No caminho, deteve-se junto à porta de Elwood, mas o cômodo estava às escuras. Ao entrar no próprio quarto, Gilman largou a coisa pontiaguda em cima da mesa e deitou-se em absoluto estado de exaustão física e mental, sem nem ao menos despir-se. Do sótão fechado acima do teto enviesado, imaginou ouvir rumores leves de arranhões e passos, mas estava demasiado confuso para importar-se com aquilo. A atração críptica rumo ao norte voltou a ganhar força, embora naquele momento parecesse vir de um ponto mais baixo no céu.

Sob o brilho ofuscante e violáceo do sonho, a velha e a criatura felpuda de presas afiadas novamente surgiram com uma nitidez jamais vista. Dessa vez ambas o alcançaram, e Gilman sentiu as garras da velha a agarrarem-no. Foi puxado da cama rumo ao espaço vazio, e por um instante ouviu um rugido rítmico e divisou o crepúsculo informe dos abismos vagos que fervilhavam ao redor. Mas esse instante foi demasiado breve, pois no momento seguinte encontrava-se em um espaço austero e fechado, com vigas e tábuas rústicas que se encontravam no vértice logo acima de sua cabeça, tendo por baixo um curioso piso enviesado. No chão encontravam-se caixotes baixos repletos de livros dos mais variados graus de antiguidade e desintegração, e no centro havia uma mesa e um banco, aparentemente presos ao chão. Pequenos objetos de forma e natureza desconhecidas estavam dispostos sobre o tampo dos caixotes, e sob o brilho da refulgente luz violácea Gilman imaginou ver a contraparte da imagem pontiaguda que lhe causara tão horrenda perplexidade. À esquerda o chão inclinava-se de repente para baixo, revelando um abismo triangular e negro do qual, após um momento de rumores secos, emergiu a odiosa coisa felpuda com as presas amarelas e o semblante de homem barbado.

A anciã continuava a segurá-lo, e mais além erguia-se uma figura jamais vista — um homem alto e magro de tez escura, porém sem nenhum resquício de feições negroides, desprovido de cabelos e barba, que tinha por única vestimenta um manto amorfo de pesada fazenda preta. Os pés não podiam ser vistos em razão da mesa e do banco, mas ele devia estar calçado, uma vez que havia um pequeno ruído toda vez que trocava de posição. O homem não falou e não evidenciou nenhuma expressão naquelas feições pequenas e regulares. Simplesmente apontou para um livro de tamanho prodigioso que estava aberto em cima da mesa enquanto a anciã colocava uma enorme pena cinzenta na mão direita de Gilman. Sobre toda a cena pairava uma mortalha de medo enlouquecedor, e o apogeu foi atingido quando a criatura felpuda correu pelas roupas do sonhador até chegar-lhe ao ombro e então desceu pelo braço esquerdo, para então lhe aplicar uma mordida vigorosa no pulso, logo abaixo da manga. Quando o sangue escorreu da ferida, Gilman sucumbiu a um desmaio.

Gilman acordou na manhã do dia 22 com dor no pulso, e na manga encontrou uma mancha escura de sangue ressequido. As lembranças que tinha eram muito confusas, porém a cena com o homem preto no espaço desconhecido ainda parecia muito vívida. Os ratos deviam tê-lo mordido enquanto dormia, precipitando assim o apogeu daquele sonho terrível. Ao abrir a porta, Gilman viu que a farinha espalhada no corredor permanecia intocada, a não ser pelas enormes pegadas deixadas pelo grosseirão que se hospedava no outro lado da água-furtada. Pelo menos daquela vez não houvera episódio de sonambulismo. Mas providências teriam de ser tomadas em relação àqueles ratos. Seria preciso falar com o senhorio. Por mais uma vez Gilman tentou fechar o buraco na base da parede enviesada usando um castiçal que parecia ter as dimensões apropriadas. Sentia os ouvidos zumbirem de maneira horrenda, como se fizessem reverberar os ecos de um terrível clamor ouvido em sonho.

Enquanto tomava banho e trocava de roupa ele tentou rememorar o que havia sonhado após a cena no local iluminado pela luz violácea, porém nenhuma imagem definida cristalizou-se em seus pensamentos. A cena devia corresponder ao sótão fechado mais acima, que começara a acossar-lhe a imaginação com enorme violência, porém as impressões ulteriores eram demasiado tênues e nebulosas. Havia sugestões de vagos abismos crepusculares, e de ainda outros abismos mais vastos e mais negros para além — abismos nos quais as sugestões fixas de forma eram ausentes. Gilman fora levado até lá pelo conglomerado de bolhas e pelo diminuto poliedro que o perseguiam incessantemente; porém essas coisas, assim como ele próprio, haviam se transformado em nada mais do que plumas de uma névoa leitosa e cintilante naquele vazio extremo de negrura absoluta. Houvera uma cena mais adiante — uma pluma um pouco maior que de vez em quando condensava-se em inomináveis aproximações de forma —, e ele imaginou que o progresso dessas coisas não fora percorrido em linha reta, mas antes ao longo das curvas e espirais alienígenas de uma voragem etérea que obedecia a leis desconhecidas pela física e pela matemática de todos os cosmos imagináveis. Por fim houvera insinuações de enormes sombras furtivas, de uma monstruosa pulsação semiacústica e do estridente e monótono assovio de uma flauta invisível — mas isso fora tudo. Gilman constatou que havia concebido essa ideia a partir do que lera no *Necronomicon* sobre Azathoth, a entidade irracional que preside o tempo e o espaço a partir de um trono negro situado no centro do Caos.

Quando o sangue foi lavado, o ferimento no pulso revelou-se leve, e Gilman pôs-se a refletir sobre as duas minúsculas perfurações. Ocorreu-lhe que não tinha visto sangue na cama onde estava deitado — uma observação deveras curiosa em razão da quantidade encontrada na pele e na manga. Será que havia sofrido um episódio de sonambulismo no quarto, e que o rato o mordera enquanto se encontrava sentado numa cadeira ou parado em outra posição menos racional? Gilman examinou todos os cantos em busca de manchas ou dejetos escuros, porém não encontrou nada. Pensou que seria melhor espalhar farinha também no interior do quarto, bem como no corredor —

embora já não fossem necessárias provas adicionais no que dizia respeito ao sonambulismo. Ele sabia que era sonâmbulo — e a coisa a fazer era pôr um fim àquilo. Seria necessário pedir ajuda a Frank Elwood. Naquela manhã as estranhas atrações do espaço pareciam ter perdido força, porém outra sensação ainda mais inexplicável havia surgido. Tratava-se de um impulso vago e insistente de abandonar a situação em que se encontrava, mesmo que não oferecesse nenhuma sugestão quanto à direção específica da fuga a empreender. Ao pegar a estranha imagem pontiaguda em cima da mesa, Gilman teve a impressão de que a velha atração rumo ao norte tornava a ganhar força; mas assim mesmo essa sensação foi de todo suplantada por uma necessidade mais nova e mais premente.

Ele levou a imagem pontiaguda ao quarto de Elwood disposto a enfrentar as lamúrias do consertador de teares, que se erguiam desde o térreo. Graças aos céus Elwood estava no quarto, e dava a impressão de movimentar-se pelo aposento. Havia tempo para uma breve conversa antes do desjejum e da saída rumo à universidade, de maneira que Gilman aproveitou a ocasião para fazer um relato apressado de seus mais recentes sonhos e temores. O anfitrião mostrou-se compreensivo e afirmou que alguma providência teria de ser tomada. Mostrou-se chocado com o aspecto cansado e desalentado do visitante, e percebeu o estranho bronzeado pouco natural que outros já haviam percebido durante a semana anterior. Mesmo assim, não havia muito que pudesse dizer. Não vira Gilman em nenhuma expedição sonâmbula, e não tinha nenhuma ideia quanto ao que aquela imagem curiosa pudesse representar. Porém ouvira o franco-canadense que ocupava o quarto abaixo de Gilman conversando certa noite com Mazurewicz. Os dois relatavam os temores que sentiam em relação à Noite de Walpurgis, que chegaria em poucos dias; e trocavam comentários lastimosos sobre aquele jovem gentil-homem condenado. Desrochers, o sujeito que morava abaixo de Gilman, falara sobre passos ouvidos à noite, tanto calçados quanto descalços, e sobre a luz violácea que vira certa noite quando enfim havia tomado coragem para subir furtivamente as escadas e espiar pela fechadura de Gilman. O homem contou a Mazurewicz que não se atrevera a espiar após discernir aquela luz nas frestas ao redor da porta. Também houvera uma voz a falar em tom contido — e, quando o homem pôs-se a descrevê-la, sua dicção viu-se reduzida a um sussurro inaudível.

Elwood não sabia o que teria levado aquelas duas criaturas supersticiosas a compartilhar rumores, mas suspeitava que as imaginações tivessem sido excitadas ora pelos hábitos noturnos e pelas movimentações e declarações de Gilman durante os episódios de sonambulismo, ora pela iminente chegada da temível Noite de Walpurgis. Que Gilman houvesse falado durante o sono era um fato inconteste, e a dizer pelas escutas de Desrochers junto à porta de seu quarto restou evidente que a alucinação relativa à onírica luz violácea tornara-se pública. Aqueles simplórios não tardavam a imaginar que haviam testemunhado fenômenos estranhos acerca dos quais tivessem ouvido falar. Quanto ao plano de ação — seria melhor que Gilman se mudasse para o quarto de Elwood a fim de não dormir sozinho. Caso estivesse acordado, Elwood poderia despertá-lo tão logo começasse a falar ou a caminhar durante o sono. E logo seria preciso consultar-se com o especialista em nervos. Nesse meio-tempo, os dois levariam a imagem pontiaguda a vários museus próximos e também a certos professores universitários no intuito de identificá-la, contando a história de que a haviam encontrado em uma lixeira pública. E além disso Dombrowski teria que providenciar veneno para os ratos nas paredes.

Encorajado pela companhia de Elwood, Gilman decidiu comparecer às aulas naquele dia. Estranhas atrações continuavam a provocá-lo, mas ele conseguiu evitá-las com relativo sucesso. Durante um período livre, mostrou a imagem a diversos professores; todos evidenciaram genuíno interesse, mesmo que nenhum pudesse oferecer qualquer tipo de esclarecimento relativo à origem ou à natureza do objeto. Naquela noite Gilman dormiu no sofá que Elwood pedira ao senhorio para o quarto do segundo andar, e pela primeira vez em semanas teve um sono livre de sonhos inquietantes. Mas a febre não o havia largado, e as lamúrias do consertador de teares exerciam uma influência deveras irritante.

Durante os dias a seguir, Gilman desfrutou de uma imunidade quase total em relação às manifestações de morbidez. De acordo com Elwood, ele não demonstrara nenhuma tendência a levantar-se ou falar durante o sono; e nesse meio-tempo o senhorio estava colocando veneno de rato por toda parte. O único elemento perturbador era a conversa entre os estrangeiros supersticiosos, cujas imaginações eram propensas a tornar-se altamente excitadas. Mazurewicz sempre insistia em dizer que Gilman devia providenciar um crucifixo, e por fim impingiu-lhe um objeto que afirmou ter recebido a bênção do padre Iwanicki. Desrochers também fez comentários — de fato, insistiu em dizer que passos cautelosos haviam soado no quarto vazio acima do seu durante a primeira e a segunda noite da ausência de Gilman. Paul Choynski imaginou ter ouvido sons nos corredores e na escada durante a noite, e afirmou ter percebido um leve movimento em sua maçaneta, enquanto a sra. Dombrowski jurou ter visto Brown Jenkin pela primeira vez desde o Dia das Bruxas. Mas esses relatos ingênuos não poderiam ter nenhum significado real, e assim Gilman deixou o crucifixo de metal barato pendurado em um puxador na cômoda do anfitrião.

Por três dias, Gilman e Elwood sondaram os museus locais em um esforço no sentido de identificar a estranha imagem pontiaguda, sem no entanto obter sucesso. Por todo o lado, contudo, o interesse demonstrado era grande; pois o caráter absolutamente alienígena daquela coisa era um desafio tremendo à curiosidade científica. Um dos pequenos braços radiais foi quebrado e submetido a uma análise química — e o resultado ainda hoje é discutido em círculos acadêmicos. O professor Ellery encontrou platina, ferro e telúrio naquela estranha liga; porém misturado a esses três elementos havia pelo menos três outros elementos aparentes de elevado peso atômico que a química revelava-se de todo incapaz de classificar. Para além de não corresponderem a nenhum elemento conhecido, sequer prestavam-se a preencher os espaços vazios reservados a elementos prováveis no sistema periódico. O mistério permanece até hoje insolúvel, embora a imagem seja um dos objetos expostos no museu da Universidade do Miskatonic.

Na manhã do dia 27 de abril uma nova toca de rato surgiu no quarto onde Gilman era hóspede, mas Dombrowski fechou-a com uma folha de metal durante o dia. O veneno não fizera muito efeito, pois os arranhões e os passos no interior das paredes não haviam registrado praticamente nenhuma diminuição. Elwood esteve fora até de noite, e Gilman esperou o regresso do amigo. Não queria dormir sozinho no quarto — em especial porque em meio ao crepúsculo imaginou ter vislumbrado a repugnante velha cuja imagem vira-se horrivelmente transferida para os sonhos que tinha à noite. Perguntou-se quem seria aquela mulher, e o que estivera a seu lado fazendo retinir uma lata no amontoado de lixo junto à entrada de um pátio sórdido. A velha deu a impressão de percebê-lo e de abrir um sorriso zombeteiro — embora esse talvez fosse apenas um golpe da imaginação.

No dia seguinte os dois jovens estavam deveras cansados, e sabiam que haviam de dormir como duas pedras tão logo a hora chegasse. À noite ambos tiveram uma discussão sonolenta acerca dos estudos matemáticos que haviam dominado por completo e talvez até mesmo prejudicado Gilman, e especularam acerca de uma provável ligação obscura com a magia antiga e o folclore. Falaram sobre Keziah Mason, e Elwood aceitou que Gilman tinha bases científicas sólidas para imaginar que a bruxa houvesse descoberto informações estranhas e repletas de significado. Os cultos clandestinos aos quais essas bruxas pertenciam com frequência preservavam e transmitiam segredos inacreditáveis de éons ancestrais e esquecidos; e não era de todo impossível que Keziah de fato houvesse dominado a arte de transpor os portais que separam as dimensões. A tradição enfatiza a inutilidade das barreiras materiais quando se pretende barrar o progresso de uma bruxa; e quem poderia dizer o que se encontra por trás das antigas histórias sobre voos noturnos em cabos de vassoura?

Se um estudante moderno conseguiria adquirir poderes similares a partir de pesquisas matemáticas era uma questão ainda em aberto. O sucesso, de acordo com Gilman, poderia culminar em situações perigosas e francamente inconcebíveis; pois quem seria capaz de imaginar as condições vigentes em uma dimensão limítrofe mas em circunstâncias normais inacessível? Por outro lado, as possibilidades pitorescas revelavam-se enormes. O tempo poderia não existir em determinados cinturões do espaço, e ao se entrar e permanecer em um desses cinturões seria viável preservar a vida e a idade de maneira indefinida, sem jamais sofrer com o metabolismo ou o deterioramento orgânico a não ser pela módica quantia incorrida durante as visitas ao plano de origem ou a outros planos similares. Dessa forma seria possível adentrar uma dimensão atemporal e emergir em um período remoto na história da terra mantendo-se tão jovem como dantes.

Se alguém já teria logrado êxito na empresa seria difícil conjecturar com qualquer grau de autoridade. As antigas lendas são ambíguas e nebulosas, e em tempos históricos todas as tentativas de transpor limites proscritos parecem tornar-se ainda mais complexas por força de estranhas e terríveis alianças com seres e mensageiros extraterrenos. Havia a figura imemorial do arauto ou mensageiro de poderes ocultos e terríveis — o "Homem Preto" do culto às bruxas e o "Nyarlathotep" do *Necronomicon*. Havia também o enigma dos mensageiros e intermediários menores — os quase animais e estranhos híbridos que as lendas representam como serviçais das bruxas. Quando enfim se recolheram, cansados demais para continuar a discussão, Gilman e Elwood ouviram Joe Mazurewicz cambalear pela casa em um leve estado de embriaguez e estremeceram ao perceber a insistência desesperada de suas lamuriosas preces.

Naquela noite Gilman tornou a ver a luz violácea. No sonho, ouviu um arranhar e um roer por trás das divisórias, e teve a impressão de perceber uma tentativa canhestra de abrir o ferrolho que fechava o quarto. A seguir enxergou a velha e a pequena criatura felpuda avançando em sua direção pelo chão acarpetado. O rosto da anciã parecia iluminado por uma exultação inumana, e a pequena criatura torpe com presas amarelas soltou uma risadinha zombeteira ao apontar para o vulto adormecido de Elwood no sofá do outro lado do quarto. Um medo paralisante sufocou o impulso de gritar. Como na outra ocasião, a terrível velha agarrou Gilman pelos ombros e puxou-o da cama rumo ao espaço vazio. Mais uma vez a infinitude dos estridentes abismos crepusculares revelou-se em um lampejo, porém no instante seguinte Gilman viu-se de volta a um beco escuro, barrento e desconhecido, repleto de odores fétidos, onde as paredes putrescentes de antigas casas erguiam-se por toda parte.

À frente estava o homem preto com o manto que encontrara no espaço triangular do sonho anterior, enquanto a uma distância menor a velha gesticulava e fazia caretas arrogantes. Brown Jenkin roçava-se com uma jocosidade afetuosa nos tornozelos do homem preto, em boa parte ocultos pelo barro acumulado. À direita estava o vão escuro de uma porta, em direção à qual o homem preto apontou em silêncio. A bruxa lançou-se para além do limiar, arrastando Gilman pela manga do pijama. Havia escadas malcheirosas que produziam rangidos agourentos nas quais a velha parecia irradiar um tênue brilho violáceo; e por fim uma porta que levava para além do patamar. A velha soltou a tranca e a abriu, indicando com um gesto que Gilman a esperasse, e a seguir desapareceu pela abertura negra.

Os ouvidos sensíveis do jovem captaram um horrendo grito abafado, e no mesmo instante a anciã voltou, trazendo nos braços um pequeno vulto desacordado que logo tratou de empurrar na direção do sonhador, como se estivesse a ordenar que o carregasse. A visão daquela forma e a expressão naquele rosto foram suficientes para quebrar o feitiço. Ainda demasiado confuso para gritar, Gilman apressou-se pelas escadas e ao longo do barro que recobria a calçada, parando apenas quando foi agarrado e estrangulado pelo homem preto que esperava na rua. Ao perceber que a consciência por fim o abandonava, Gilman ouviu a risadinha da aberração com presas e aspecto de rato.

Na manhã do dia 29, Gilman despertou em meio a um torvelinho de horror. Assim que abriu os olhos soube de imediato que havia algo terrivelmente errado, pois estava de volta ao quarto na água-furtada com a parede e o teto enviesados, jogado sobre a cama desfeita. A garganta doía-lhe sem motivo plausível, e ao pôr-se sentado ele descobriu com terror crescente que tinha os pés e as pernas do pijama sujos de barro seco. Naquele momento as recordações pareciam irremediavelmente nebulosas, mas assim mesmo ele soube que devia ter sofrido mais um episódio de sonambulismo. Elwood dormia um sono demasiado profundo para que pudesse ouvi-lo e impedi-lo. No chão havia pegadas confusas, mas curiosamente essas não se estendiam rumo à porta. Quanto mais Gilman as examinava, mais singulares pareciam; pois além daquelas que reconhecia como suas havia outras, menores e arredondadas — como as marcas que os pés de uma cadeira ou uma mesa grande poderiam deixar, embora muitas fossem divididas ao meio. Também havia curiosos rastros de barro deixados por ratos, que saíam de uma nova toca e a essa retornavam. O estado de confusão absoluta e o medo da loucura atormentaram Gilman quando se aproximou da porta e viu que não havia marcas de barro no exterior do quarto. Quanto mais se lembrava do horrendo sonho, mas aterrorizado sentia-se — e o desespero tornava-se ainda mais profundo por força dos lamentosos cânticos entoados por Joe Mazurewicz dois andares abaixo.

Após descer ao quarto de Elwood, Gilman despertou seu anfitrião e pôs-se a contar o ocorrido, mas Elwood afirmou não ter a menor ideia do que pudesse ter acontecido. A localização anterior de Gilman, a maneira como havia retornado ao próprio quarto sem deixar marcas no corredor e a explicação para a mistura entre as marcas barrentas que sugeriam pés de mobiliário e as pegadas que ele mesmo havia deixado estavam totalmente além de toda e qualquer conjectura. Além disso, havia também as marcas escuras e lívidas em sua garganta, como se houvesse tentado estrangular a si próprio. Gilman levou as mãos ao pescoço, mas constatou que não havia a mais remota correspondência. Enquanto os dois conversavam, Desrochers apareceu e disse ter ouvido um terrível estrépito vindo de cima em plena madrugada. Não, não houvera ninguém na escada após a meia-noite — embora logo antes ele tivesse ouvido desagradáveis passos discretos na água-furtada que pareciam descer cautelosamente os degraus. Segundo o franco-canadense, aquela era uma época do ano terrível para Arkham. O jovem gentil-homem faria bem em usar o crucifixo que Joe Mazurewicz havia lhe dado. Nem mesmo o dia poderia garantir-lhe a segurança, pois depois da aurora houvera estranhos sons pela casa — em particular um lamento estridente e pueril, sufocado logo a seguir.

Gilman compareceu mecanicamente às aulas naquela manhã, embora não tivesse a menor capacidade de concentrar-se nos estudos. Vira-se tomado por um horrendo sentimento de apreensão e expectativa, e parecia estar à espera de um golpe devastador. Ao meio-dia, almoçou na Escola de Administração Pública da Universidade, lendo um jornal que havia encontrado no assento ao lado enquanto aguardava a sobremesa. Porém a sobremesa não chegou a ser consumida, pois um artigo na capa do jornal deixou-o fraco e de olhos arregalados, obrigando-o a pagar a conta e voltar cambaleando ao quarto de Elwood.

Um estranho sequestro ocorrera durante a noite anterior na Passarela de Orne, e o filho de dois anos de uma mulher estúpida chamada Anastasia Wolejko, que trabalhava como lavadeira, havia desaparecido. A mãe, segundo parecia, demonstrava temor em relação ao acontecimento já fazia um bom tempo; mas as razões que invocava para justificar esse temor eram tão grotescas que ninguém as levara a sério. A mulher afirmou ter visto Brown Jenkin na casa onde morava em diversas ocasiões desde o início de março, e a dizer pelas caretas e risadinhas da criatura afirmou saber que o pequeno Ladislas fora escolhido para o sacrifício no pavoroso Sabá durante a Noite de Walpurgis. Ela pediu à vizinha Mary Czanek que dormisse no quarto e tentasse proteger o menino, porém Mary não teve coragem. Contar a história à polícia estava fora de cogitação, visto que jamais acreditariam. Diversas crianças haviam sumido da mesma forma a cada novo ano desde muito tempo. O amigo Pete Stowacki não lhe ajudou porque de fato queria ver-se livre do menino.

Mas o que levou Gilman a suar frio foi o relato oferecido por dois pândegos que caminhavam perto do acesso à passarela logo após a meia-noite. Ambos confirmaram ter bebido, mas juraram ter visto um trio com vestes bizarras entrar por aquela passagem escura. Segundo disseram, havia um enorme negro envolto em um manto, uma velhota trajada com andrajos e um homem branco que usava roupas de dormir. A velha trazia o jovem de arrasto, enquanto nos calcanhares do negro um rato domesticado roçava-se e deitava-se no barro.

Gilman passou a tarde inteira atônito, e Elwood — que nesse ínterim tinha visto os jornais e formulado as mais terríveis conjecturas — encontrou-o nesse estado ao voltar para casa. Dessa vez seria impossível não suspeitar que um portento abominável precipitava-se sobre ambos. Entre as fantasmagorias de pesadelo e as realidades do mundo objetivo uma relação inconcebível e monstruosa aos poucos cristalizava-se, e somente uma vigilância extraordinária poderia evitar consequências ainda mais terríveis. Gilman teria de ver um especialista em nervos mais cedo ou mais tarde, porém não naquele momento, quando todos os jornais estavam repletos de notícias a respeito do sequestro.

Exatamente o que havia ocorrido era um mistério obscuro e enlouquecedor, e por um breve instante Gilman e Elwood compartilharam aos sussurros teorias as mais desvairadas possíveis. Será que Gilman havia inconscientemente obtido um sucesso maior do que imaginara nos estudos relativos ao espaço e às dimensões? Será que de fato havia deixado a esfera que habitamos rumo a pontos ignotos e inimagináveis? Onde estivera — se é que estivera naquilo que se pode chamar de lugar — durante aquelas noites de alheamento demoníaco? Os abismos crepusculares — os rugidos vagos — a encosta verde — o terraço escorchante — a atração rumo às estrelas — a suprema voragem negra — o homem preto — o beco embarrado e as escadas — a velha bruxa e o pequeno horror felpudo — o conglomerado de bolhas e o diminuto poliedro — o estranho bronzeado — o ferimento no pulso — a imagem inexplicável — os pés sujos de barro — as marcas na garganta — as histórias e os temores de estrangeiros supersticiosos — o que significariam todas essas coisas? Até que ponto as leis que governam a sanidade poderiam aplicar-se a um caso desses?

O sono não chegou para nenhum dos amigos naquela fatídica noite, e no dia seguinte ambos faltaram às aulas para cochilar. Era o dia 30 de abril, e o entardecer traria o Sabá infernal temido por todos os estrangeiros e por todos os supersticiosos. Mazurewicz chegou em casa às seis horas e disse que os trabalhadores da indústria diziam aos sussurros que os excessos da Noite de Walpurgis seriam celebrados no desfiladeiro escuro além de Meadow Hill, onde uma pedra branca ergue-se em um local estranhamente livre de vegetação. Certos trabalhadores haviam falado com a polícia e pedido que fosse dado início a uma busca pelo filho de Wolejko, mas não tinham esperança de que providências efetivas fossem tomadas. Joe tornou a pedir que o jovem gentil-homem usasse o crucifixo em uma corrente de níquel, e assim Gilman o pendurou em volta do pescoço e manteve-o sob a camisa para agradar ao sujeito.

Tarde da noite os dois jovens dormitavam nas cadeiras, embalados pelas orações rítmicas do consertador de teares no andar de baixo. Gilman ouvia a ladainha e cabeceava quando a audição sobrenaturalmente aguçada pareceu deter-se em um murmúrio sutil e terrível para além dos ruídos na antiga casa. Recordações insalubres das coisas que havia lido no *Necronomicon* e no Livro Negro vieram à tona, e logo ele pôs-se a balançar o corpo no ritmo infando que se dizia estar relacionado às mais negras cerimônias do Sabá e originar-se em um ponto fora do tempo e do espaço que conhecemos.

No mesmo instante ele descobriu o que tentava ouvir — o cântico infernal dos celebrantes no longínquo vale escuro. Como sabia tanto a respeito daquilo que os celebrantes esperavam? Como sabia o momento exato em que Nahab e um acólito estavam prestes a carregar o recipiente que acompanharia o galo preto e o bode preto? Gilman notou que Elwood tinha adormecido e tentou chamá-lo e despertá-lo. Mas alguma coisa fechou-lhe a garganta. Já não era senhor de si. Será que teria assinado o livro do homem preto, afinal de contas?

Logo os ouvidos febris e aguçados captaram notas distantes trazidas pelo vento. Chegaram depois de atravessar quilômetros de campos, encostas e becos, mas assim mesmo ele de pronto as reconheceu. As fogueiras deviam estar acesas, e a dança prestes a começar. Como resistir ao impulso de ir para lá? Com que forças havia se envolvido? Matemática — folclore — a casa — a velha Keziah — Brown Jenkin... e naquele instante ele viu que havia uma nova toca de rato na parede do sofá. Acima dos cânticos distantes e das preces mais próximas de Joe Mazurewicz ouvia-se outro som — um arranhar furtivo mas determinado vindo das divisórias. Gilman torceu para que as luzes elétricas não se apagassem. E então viu o pequeno rosto barbado com presas na abertura da toca — o pequeno e amaldiçoado rosto que guardava uma semelhança chocante e zombeteira com o rosto da velha Keziah — e ouviu movimentos discretos na maçaneta da porta.

Os estridentes abismos crepusculares surgiram em um clarão, e Gilman sentiu-se indefeso nas garras do conglomerado de bolhas iridescentes. À frente corria o diminuto poliedro caleidoscópico, e por todo aquele vazio convulso fez-se sentir uma elevação e uma aceleração do padrão tonal indefinido que dava a impressão de prenunciar um clímax inefável e insuportável. Gilman sabia o que estava por vir — o monstruoso clamor rítmico da Noite de Walpurgis, em cujo timbre cósmico haveriam de concentrar-se todas as vibrações primordiais e supremas que se ocultam por trás das esferas materiais e por vezes revelam-se em reverberações compassadas que penetram discretamente todas as camadas do ser e por todos os mundos conferem significado hediondo a certos períodos deveras temidos.

Porém tudo desapareceu em um segundo. Logo ele estava de volta ao exíguo cômodo iluminado pela luz violácea com o chão enviesado, as prateleiras baixas repletas de livros antigos, o banco e a mesa, os estranhos objetos e o abismo triangular de um lado. Na mesa havia uma pequena figura branca — um bebê despido e inconsciente —, enquanto do outro lado a monstruosa velha de sorriso zombeteiro encontrava-se postada com uma reluzente e grotesca faca na mão direita e um recipiente em metal pálido de estranhas proporções com singulares ornatos e delicados pegadores laterais na mão esquerda. A velha entoava o cântico de um ritual coaxante em uma língua que Gilman era incapaz de compreender, mas que parecia uma citação proscrita do *Necronomicon*.

Quando a cena tornou-se mais nítida, a bruxa inclinou-se para a frente e estendeu o recipiente para o outro lado da mesa — e, com um movimento involuntário, Gilman pegou-o com ambas as mãos, surpreso com a relativa leveza do objeto. No mesmo instante a repulsiva forma de Brown Jenkin surgiu na borda do abismo triangular à esquerda. Com um gesto, a velha indicou a Gilman como deveria segurar o recipiente, e a seguir ergueu a grotesca faca sobre o corpo da pequena vítima de pele alva tão alto quanto sua mão direita podia chegar. A criatura felpuda de presas amarelas começou a soltar risadinhas que davam continuidade ao ignoto ritual enquanto a bruxa coaxava horrendas réplicas. Gilman sentiu uma repulsa tormentosa e atroz em meio à paralisia mental e emocional que o dominava, e o recipiente de metal estremeceu em sua mão. Um segundo mais tarde o movimento vertical da faca quebrou o feitiço por completo, e ele deixou o recipiente cair com o clangoroso retinir de um sino enquanto suas mãos estenderam-se em um movimento frenético para impedir aquele feito monstruoso.

Em um átimo ele havia avançado pelo chão enviesado, dado a volta na mesa e retirado a faca das garras da velha, fazendo com que o objeto retinisse ao cair no interior do estreito abismo triangular. No momento seguinte, contudo, a situação inverteu-se; pois aquelas garras assassinas haviam se fechado com força ao redor de sua própria garganta enquanto o rosto enrugado contorcia-se em uma fúria insana. Gilman sentiu a corrente do crucifixo barato roçar-lhe o pescoço, e no perigo que corria perguntou-se como a visão daquele objeto sagrado poderia afetar a criatura maligna. A bruxa tinha uma força sobre-humana, mas enquanto ela se concentrava no estrangulamento Gilman enfiou a mão no interior da camisa e retirou o símbolo de metal, arrebentando a corrente de maneira a soltá-lo.

Ao ver aquilo a bruxa pareceu entrar em pânico e relaxou as mãos por tempo suficiente para que Gilman conseguisse desvencilhar-se. Ele afastou as garras de aço que tinha em volta do pescoço e teria empurrado a anciã rumo ao interior do abismo se as garras não houvessem recebido um novo ímpeto de força e tornado a fechar-se. Dessa vez Gilman decidiu retribuir da mesma forma, e suas próprias mãos estenderam-se em direção à garganta da criatura. Antes que percebesse o que acontecia a bruxa tinha a corrente do crucifixo ao redor do pescoço, e no instante seguinte Gilman puxou-a com força suficiente para cortar-lhe a respiração. Durante os derradeiros espasmos da velha ele sentiu uma mordida no tornozelo e viu que Brown Jenkin tinha vindo ajudá-la. Com um chute violento, lançou aquela criatura torpe rumo ao interior do abismo e ouviu-a gemer em um lugar mais abaixo.

Se havia matado a bruxa ancestral, Gilman não saberia dizer — mas abandonou-a no ponto mesmo onde havia caído. Então, ao virar-se, avistou em cima da mesa uma imagem que fez rebentar o último fio de sanidade que lhe restava. Brown Jenkin, com tendões fortes e quatro mãozinhas infernais de extrema destreza, mantivera-se ocupado enquanto a bruxa tentava sufocá-lo, e os esforços feitos não haviam sido em vão. O que Gilman havia impedido a faca de fazer ao peito da pequena vítima, as presas amarelas da blasfêmia felpuda haviam feito ao pulso — e o recipiente cheio encontrava-se no chão, ao lado do pequeno corpo inanimado.

Naquele delírio onírico Gilman ouviu o cântico demoníaco e alienígena do Sabá chegar desde uma distância infinita, e soube que o homem preto devia estar por lá. Memórias confusas misturaram-se a fórmulas matemáticas, e deram-lhe a impressão de que seus pensamentos subconscientes traziam os *ângulos* de que precisava para retornar ao mundo salubre — enfim sozinho e por conta própria. Gilman teve a certeza de que se encontrava no sótão imemorialmente fechado acima do próprio quarto, mas tinha sérias dúvidas quanto à possibilidade de escapar pelo chão enviesado ou pela via de egresso havia muito fechada. Ademais, a fuga de um sótão de sonho não haveria de meramente levá-lo a uma casa de sonho — uma projeção sobrenatural do destino real que buscava? Havia uma confusão total quanto à relação entre sonho e realidade em toda aquela experiência.

A passagem por abismos vagos seria terrível, pois o ritmo da Noite de Walpurgis continuaria a vibrar, e por fim ele seria obrigado a escutar de maneira clara a pulsação cósmica velada que temia com um horror mortal. Mesmo naquele instante era possível detectar um tremor grave e monstruoso cujo andamento inconstante vinha como que em um presságio. Na época do Sabá, essa vibração ganhava intensidade e atravessava mundos como um chamado para que os iniciados celebrassem ritos inefáveis. Metade dos cânticos do Sabá acompanhavam essa tênue pulsação que nenhum ouvido terreno poderia suportar em sua plena opulência espacial. Gilman também indagou se poderia confiar nos instintos para retornar à região correta do espaço. Como garantir que não haveria de chegar à encosta de um planeta distante iluminada por uma cintilância verde, ao terraço tesselado acima da cidade de monstros tentaculares em um ponto qualquer além da galáxia ou às espirais negras e voraginosas no vazio supremo do Caos, onde reina o irracional sultão-demônio Azathoth?

Momentos antes do salto rumo ao desconhecido a luz

violácea desapareceu e o deixou na escuridão absoluta. A bruxa — a velha Keziah — Nahab — aquilo devia ser a marca de sua morte. E, em meio aos cânticos distantes do Sabá e os gemidos de Brown Jenkin no abismo mais abaixo, Gilman imaginou ter ouvido um outro lamento ainda mais desvairado, vindo de profundezas ignotas. Joe Mazurewicz — as preces contra o Caos Rastejante de repente a transformar-se em um inexplicável grito triunfal — mundos de realidade sardônica impingirem-se sobre as voragens de um sonho febril — Iä! Shub-Niggurath! O Bode com a Prole de Mil Filhotes…

Gilman foi encontrado no chão da estranha água-furtada angulosa muito antes da aurora, pois um grito terrível havia trazido ao mesmo tempo Desrochers e Choynski e Dombrowski e Mazurewicz, e havia interrompido até mesmo o sono profundo que Elwood dormia na cadeira. Estava vivo e tinha os olhos abertos e arregalados, mas parecia em boa parte inconsciente. Na garganta havia a marca de mãos assassinas, e no tornozelo esquerdo uma mordida de rato. As roupas estavam muito amarrotadas, e o crucifixo de Joe havia desaparecido. Elwood sentiu o corpo estremecer, temeroso de sequer especular sobre a nova forma que o sonambulismo do amigo teria assumido. Mazurewicz parecia um pouco confuso em razão do "sinal" que afirmou ter recebido em resposta às suas preces, e pôs-se a fazer o sinal da cruz freneticamente quando os chiados e os guinchos de um rato soaram no outro lado da divisória enviesada.

Quando o sonhador foi posto no sofá do quarto de Elwood, os homens chamaram o dr. Malkowski — um médico que não contaria histórias em locais onde pudessem ser constrangedoras — para aplicar em Gilman duas injeções hipodérmicas que o fizeram relaxar em uma sonolência praticamente natural. Durante o dia o paciente recobrou a consciência, e por vezes sussurrou a Elwood frases desconexas sobre o mais recente sonho. Foi um processo doloroso, que no início trouxe à tona um fato novo e desconcertante.

Gilman — cujos ouvidos pareciam dotados de uma sensibilidade anômala nos últimos tempos — estava surdo como uma porta. O dr. Malkowski, chamado novamente às pressas, explicou a Elwood que ambos os tímpanos estavam perfurados como que pelo impacto de um som estrondoso, muito além da capacidade da resistência ou da imaginação humana. Como um som desses poderia ter sido ouvido nas últimas horas sem despertar todos os habitantes do Vale do Miskatonic era mais do que o digno médico poderia explicar.

Elwood escrevia sua parte da conversa em um papel a fim de manter um canal de comunicação aberto. Os amigos não sabiam o que fazer com toda aquela sequência de acontecimentos caóticos, e juntos decidiram que seria melhor pensar o menos possível sobre tudo o que ocorrera. Mesmo assim, os dois concordaram em deixar aquela casa ancestral e maldita tão logo fosse possível. Os jornais vespertinos mencionaram uma incursão da polícia a uma estranha celebração realizada em um desfiladeiro além de Meadow Hill pouco antes da aurora, bem como o fato de que a pedra branca que por lá se erguia era objeto de superstições mantidas havia muito tempo. Ninguém fora capturado, mas entre os fugitivos havia um negro enorme. Outra coluna afirmava que não fora encontrada nenhuma pista quanto ao paradeiro de Ladislas Wolejko, o menino desaparecido.

O horror final chegou naquela mesma noite. Elwood jamais há de esquecê-lo, e se viu forçado a manter-se longe da universidade durante o resto do período em razão do subsequente colapso nervoso. O jovem imaginou ouvir ratos por trás das divisórias ao longo de todo o entardecer, mas não prestou muita atenção a essas impressões. Porém mais tarde, depois que ele e Gilman haviam se deitado, vieram os gritos atrozes. Elwood levantou-se de sobressalto, acendeu as luzes e correu até o sofá onde dormia o hóspede. Esse ocupante emitia sons de natureza certamente inumana, como se estivesse a sofrer tormentos muito além da compreensão. Contorcia-se por baixo das cobertas, e uma grande mancha vermelha começava a se espalhar pelas roupas de cama.

Elwood mal teve coragem de tocá-lo, mas aos poucos os gritos e a agitação cessaram. A essa altura Dombrowski, Choynski, Desrochers, Mazurewicz e o ocupante do último andar estavam todos amontoados no vão da porta, e o senhorio havia mandado a esposa telefonar para o dr. Malkowski. Todos gritaram quando a forma de um grande rato saltou para fora das roupas de cama ensanguentadas e atravessou o cômodo rumo a uma nova toca próxima. Quando o médico chegou e afastou aquelas terríveis cobertas, Walter Gilman estava morto.

Seria bárbaro fazer mais do que sugerir o que poderia ter matado Gilman. Havia praticamente um túnel através do corpo — alguma coisa lhe havia devorado o coração. Dombrowski, sucumbindo ao desespero em razão do fracasso nas constantes tentativas de envenenar os ratos, abandonou de vez a ideia dos aluguéis e em uma semana mudou-se com todos os antigos inquilinos para uma casa sórdida porém menos antiga na Walnut Street. O pior de tudo foi manter Joe Mazurewicz quieto; pois o lúgubre consertador de teares já não se mantinha sóbrio e passava o tempo inteiro balbuciando e resmungando a respeito de coisas terríveis e espectrais.

Parece que naquela última noite fatídica Joe havia se abaixado para examinar o rastro carmim que ia do sofá de Gilman até a toca próxima. No carpete os rastros não eram muito visíveis, mas havia um pedaço de assoalho visível entre a borda do carpete e o rodapé. Nesse ponto, Mazurewicz fez uma descoberta monstruosa — ou imaginou ter feito, pois ninguém chegou à mesma conclusão, apesar do caráter inegavelmente singular das marcas encontradas. Os rastros no assoalho de fato não guardavam a menor semelhança com os rastros de um rato ordinário, mas nem mesmo Choynski e Desrochers quiseram admitir que se pareciam com as marcas deixadas por quatro diminutas mãos humanas.

A casa nunca mais foi alugada. Tão logo Dombrowski a desocupou, a mortalha da ruína final estendeu-se sobre a construção, pois as pessoas começaram a temê-la tanto por causa da antiga reputação como também por força de um novo odor fétido. Talvez o veneno deixado pelo antigo senhorio houvesse enfim funcionado, pois não muito tempo após a desocupação a casa foi motivo de inconvenientes para toda a vizinhança. Os oficiais de saúde localizaram a origem do cheiro nos espaços fechados acima e ao lado do quarto leste na água-furtada, e chegaram à conclusão de que o número de ratos mortos devia ser enorme. Mesmo assim, decidiram que não valeria a pena abrir e desinfetar espaços fechados desde tão longa data; pois o fedor logo passaria, e a localidade não era conhecida pelo asseio nos padrões sanitários. A bem dizer, após a Noite de Walpurgis e o Dia das Bruxas sempre haviam circulado histórias a respeito de cheiros inexplicáveis no último andar da Casa da Bruxa. Embora a contragosto, os vizinhos reconheceram a própria inércia — mas o fedor assim mesmo representava um motivo adicional para desmerecer o lugar. Em tempos mais recentes, a construção inteira foi condenada por um inspetor da defesa civil.

Os sonhos de Gilman e os acontecimentos que os sucederam jamais foram explicados. Elwood, cuja interpretação do episódio como um todo parece quase enlouquecedora, retornou à universidade no outono seguinte e graduou-se em junho. Descobriu que os boatos espectrais haviam diminuído na cidade, e a bem dizer é verdade que — malgrado os relatos de risadinhas fantasmagóricas pela casa deserta, que duraram tanto quanto a construção em si — não se ouviram balbucios acerca de novas aparições da velha

Keziah nem de Brown Jenkin desde a morte de Gilman. Por sorte Elwood não estava em Arkham mais tarde naquele mesmo ano, quando certos eventos deram novo ímpeto aos sussurros que versavam sobre horrores ancestrais. Claro que mais tarde ouviu falar a respeito do assunto e sofreu com os tormentos incontáveis da especulação sombria e desvairada; mas nada disso poderia ser tão ruim quanto a proximidade efetiva e a repetição das visões.

Em março de 1931, uma rajada de vento destruiu o teto e a chaminé da Casa da Bruxa abandonada, e assim um verdadeiro caos de tijolos em ruínas, revestimentos enegrecidos cobertos de musgo e tábuas e madeiras podres desabaram no interior do sótão e quebraram o assoalho, caindo no interior da água-furtada logo abaixo. Todo o andar da água-furtada foi ocupado pelos destroços, mas ninguém se deu o trabalho de mexer naquela desordem antes da inevitável demolição a que a estrutura fora condenada. O derradeiro acontecimento veio no dezembro seguinte, quando a limpeza do antigo quarto de Gilman por trabalhadores apreensivos e relutantes deu início aos rumores.

Em meio aos destroços que haviam caído através do antigo telhado enviesado havia muitas coisas que levaram os trabalhadores a parar e chamar a polícia. Mais tarde a polícia chamou o médico-legista e vários professores da universidade. Havia ossos, quebrados e lascados, mas sem dúvida humanos, cuja proveniência sem dúvida moderna causou perplexidade em razão do período remoto em que o único esconderijo possível — o sótão baixo de assoalho enviesado logo acima do quarto na água-furtada — fora supostamente fechado de maneira a impedir o acesso humano. O médico-legista determinou que parte da ossada pertencera a uma criança pequena, enquanto outra parte — encontrada com retalhos de um tecido pardo e apodrecido — pertencera a uma mulher baixa de idade avançada. O exame minucioso a que os destroços foram submetidos também revelou inúmeros ossos pequenos de ratos mortos no desabamento, bem como ossos de roedores mortos anteriormente e roídos de maneira a levantar uma série altamente produtiva de reflexões e controvérsias.

Entre os demais objetos encontrados havia fragmentos de inúmeros livros e jornais, bem como a poeira amarelada deixada pela desintegração total de livros e papéis ainda mais antigos. Tudo, sem exceção, parecia estar relacionado às formas mais avançadas e horrendas de magia negra; e a data sem dúvida recente de certos itens permanece um mistério tão insolúvel quanto o enigma dos ossos humanos. Um mistério ainda maior consiste na homogeneidade total das garatujas arcaicas encontradas em uma série de papéis cujas condições e marcas-d'água sugeriam uma diferença temporal de pelo menos cento e cinquenta ou duzentos anos. No entanto, houve aqueles para quem o grande mistério residisse na variedade dos objetos de todo inexplicáveis — objetos cujo formato, técnica e propósito resistiam a todo e qualquer tipo de conjectura — encontrados em meio aos destroços nos mais variados estados de conservação. Uma dessas coisas — motivo de profundo espanto para muitos professores da Universidade do Miskatonic — é uma monstruosidade bastante danificada que se assemelha à estranha imagem que Gilman havia doado para o museu universitário, embora seja maior, talhada em uma singular pedra azul e guarnecida por um pedestal com ângulos estranhos e coberto de hieróglifos indecifráveis.

Arqueólogos e antropólogos tentam ainda hoje explicar os desenhos marcados em um recipiente de metal leve cujo interior revelou manchas de um nefasto líquido escuro ao ser encontrado sob os escombros. Os estrangeiros e as avós crédulas também contam histórias sobre o crucifixo de níquel com a corrente partida descoberto em meio aos destroços e identificado por Joe Mazurewicz, que estremeceu ao dizer que se tratava do mesmo objeto que havia dado ao pobre Gilman anos atrás. Uns acreditam que o crucifixo foi levado ao sótão fechado pelos ratos, enquanto outros acham que deve ter passado todo esse tempo em um canto no antigo quarto de Gilman. Ainda outros, entre os quais se encontra o próprio Joe, apresentaram teorias demasiado fantásticas e desvairadas para que mereçam uma análise sóbria.

Quando a parede enviesada do quarto de Gilman foi derrubada, o vão outrora triangular entre aquela divisória e a parede norte da casa revelou uma quantidade proporcionalmente bem menor de escombros, tendo-se em vista as dimensões daquele espaço; porém os sinistros materiais antigos encontrados no interior deixaram os trabalhadores paralisados de medo. Em suma, o chão revelou-se um verdadeiro ossuário de crianças pequenas — também havia ossadas recentes, mas outras remontavam, em gradações infinitas, a períodos tão remotos que a decomposição estava praticamente consumada. Nessa camada mais profunda de ossos, havia uma faca de grandes dimensões e evidente antiguidade, com um desenho grotesco e ornamental — sobre a qual todas as ossadas repousavam.

Em meio a esses destroços, preso entre uma tábua caída e um amontoado de tijolos cimentados que outrora pertencera à chaminé arruinada, havia um objeto destinado a causar ainda mais perplexidade, terror velado e conversas abertamente supersticiosas em Arkham do que todas as outras descobertas feitas naquela construção assombrada e amaldiçoada. Esse objeto era o esqueleto parcialmente esmagado de um enorme rato que sofria de uma doença ignota, cujas formas aberrantes são ainda hoje tema de debate e fonte de notável reticência entre os integrantes do departamento de anatomia comparada na Universidade do Miskatonic. Poucas informações comprometedoras acerca desse esqueleto chegaram ao conhecimento do público, mas os trabalhadores que o encontraram falam aos sussurros e com horror na voz sobre a longa pelagem castanha a que estava associado.

Os rumores dão conta de que as diminutas patas sugerem características preênseis mais típicas de um macaco pequeno do que de um rato, enquanto o diminuto crânio de presas amarelas representa uma anomalia total e, quando visto a partir de certos ângulos, se parece com uma monstruosa paródia em miniatura de um crânio humano. Os trabalhadores apavorados fizeram o sinal da cruz ao deparar-se com essa blasfêmia, porém mais tarde acenderam velas de gratidão na igreja de Santo Estanislau em razão da estridente risadinha fantasmagórica que, segundo acreditavam, jamais tornariam a ouvir.

A cor que caiu do espaço

A oeste de Arkham as colinas se erguem selvagens, e existem vales de raízes profundas que nenhum machado jamais cortou. Existem desfiladeiros sombrios e estreitos onde as árvores se inclinam de maneira fantástica e onde pequenos riachos correm sem jamais ter refletido a luz do sol. Nas encostas mais suaves existem antigas fazendas de pedra com cabanas atarracadas e cobertas de musgo que por toda a eternidade ponderam os segredos da Nova Inglaterra, abrigadas pelas saliências rochosas; mas hoje estão todas vazias, com as chaminés em ruínas e as laterais cedendo sob o peso das baixas mansardas.

Os antigos habitantes foram embora, e os estrangeiros não gostam de morar por lá. Os franco-canadenses tentaram, os italianos tentaram e os poloneses vieram e foram embora. Não devido a coisas que possam ser vistas, ouvidas ou tocadas, mas devido a coisas imaginadas. O lugar não faz bem para a imaginação e não traz sonhos tranquilos à noite. Deve ser isso o que mantém os estrangeiros afastados, pois o velho Ammi Pierce nunca lhes contou nada sobre as lembranças que tem daqueles dias estranhos. Ammi, que nos últimos anos não anda bem da cabeça, é o único que restou, ou ao menos o único que ainda se atreve a falar hoje em dia; pois mora em uma casa próxima aos campos abertos e às estradas movimentadas no entorno de Arkham.

Antes havia uma estrada que atravessava as colinas e os vales e que cortava o terreno onde hoje fica o descampado maldito; mas as pessoas deixaram de usá-la e uma nova estrada curva foi construída mais ao sul. Ainda se encontram resquícios do antigo caminho em meio às ervas daninhas da natureza selvagem que retorna, e alguns desses resquícios sem dúvida persistirão mesmo quando os vales forem inundados pela nova represa. Os bosques escuros serão cortados e o descampado maldito ficará adormecido sob águas plácidas cuja superfície há de refletir o céu e ondular ao sol. Assim os segredos daqueles dias estranhos serão um só com os segredos das profundezas; um só com a sabedoria oculta do velho oceano e com todos os mistérios da Terra primitiva.

Quando visitei as colinas e os vales para medir o terreno da nova represa disseram-me que o lugar era amaldiçoado. Escutei o comentário em Arkham, e como essa é uma cidade muito antiga e repleta de histórias sobre bruxaria, achei que a maldição devia ser algo que as avós vinham sussurrando para as crianças havia séculos. O nome "descampado maldito" pareceu-me muito estranho e teatral, e me perguntei como teria entrado para o folclore dos puritanos. Mais tarde, porém, eu vi o emaranhado de vales e encostas a oeste e abandonei quaisquer perguntas que não versassem sobre a aura de mistério ancestral que pairava sobre o lugar. Era manhã, mas nos vales sempre havia sombras à espreita. As árvores cresciam muito próximas umas das outras, e os troncos eram grandes demais em relação às espécies típicas da Nova Inglaterra. Havia um silêncio profundo demais nas veredas entre as árvores, e o chão era macio demais por conta do musgo úmido e da camada formada por incontáveis anos de putrescência.

Nos espaços abertos, e em especial ao longo da antiga estrada, pequenas fazendas empoleiravam-se nas encostas; às vezes com todas as construções ainda de pé, às vezes com apenas uma ou duas remanescentes e às vezes com apenas uma chaminé solitária ou um pequeno porão meio soterrado. As ervas daninhas e os espinheiros reinavam, e coisas furtivas e selvagens farfalhavam em meio à vegetação rasteira. Uma névoa de irrequietude e opressão pairava sobre tudo; um toque irreal e grotesco, como se algum elemento vital de perspectiva ou de *chiaroscuro* não estivesse correto. Não me admirei ao saber que os estrangeiros não haviam ficado por lá, pois aquela não era uma região propícia ao sono. O cenário lembrava uma paisagem de Salvator Rosa; uma xilogravura proibida em uma história de terror.

Mas nada era tão assustador quanto o descampado maldito. Eu o reconheci assim que o enxerguei no fundo de um vale espaçoso; pois nenhum outro nome serviria para a coisa, e nenhuma outra coisa serviria para o nome. Era como se o poeta houvesse cunhado a expressão ao ver aquela região em particular. Logo que a avistei, pensei que devia ser resultado de um incêndio; mas por que nada mais havia crescido naqueles cinco acres de desolação cinzenta que se estendiam sob o céu como uma grande mancha corroída por ácido em meio aos campos e bosques? O descampado maldito ficava quase todo ao norte da antiga estrada, mas alcançava uma pequena área no outro lado. Senti uma estranha relutância ao me aproximar, e mesmo assim só consegui porque o dever me chamava mais além. Não havia vegetação de nenhum tipo em toda aquela extensão de terra — apenas um fino pó cinzento que nenhum vento parecia espalhar. As árvores próximas eram doentes e retorcidas, e muitos troncos mortos apodreciam ao redor. Enquanto caminhava às pressas, percebi as pedras e os tijolos desabados de uma velha chaminé e de um porão à minha direita, bem como a bocarra escancarada de um poço abandonado cujas emanações pútridas criavam reflexos singulares quando iluminadas pelos raios de sol. Até mesmo a caminhada pelo longo e escuro bosque mais além pareceu bem-vinda em comparação, e assim compreendi os sussurros temerosos dos habitantes de Arkham. Não havia casas nem ruínas próximas; mesmo em tempos antigos o local parecia ter sido remoto e solitário. Durante o crepúsculo, com medo de atravessar mais uma vez aquele lugar aziago, retornei à cidade pela estrada curva ao sul. Senti o desejo vago de que nuvens encobrissem o céu, pois uma estranha inquietude motivada pela vastidão celeste se havia instilado em minha alma.

À noite, fiz perguntas aos moradores mais velhos de Arkham sobre o descampado maldito e sobre "aqueles dias estranhos", uma expressão que muitos balbuciavam de maneira evasiva. No entanto, não obtive nenhuma resposta satisfatória; descobri apenas que o mistério era bem mais recente do que eu havia pensado. Não era de maneira alguma um tema de antigas lendas, mas algo ocorrido ainda durante a vida dos meus interlocutores. Tudo aconteceu por volta de 1880, quando uma família inteira desapareceu ou foi morta. Os meus interlocutores evitavam fornecer detalhes, e como todos me disseram para não prestar atenção aos relatos fantásticos do velho Ammi Pierce, fui procurá-lo na manhã seguinte, pois eu sabia que ele morava sozinho na antiga cabana decrépita onde as estranhas árvores começaram a crescer. O lugar era de uma antiguidade pavorosa e exsudava o leve odor miasmático que se entranha nas casas demasiado antigas. Somente após muitas batidas insistentes consegui acordar o velho, e quando se aproximou da porta com passos tímidos e cambaleantes notei que não estava feliz ao me ver. Não o encontrei tão debilitado quanto eu imaginava, mas os olhos pareciam caídos; e as roupas puídas, somadas à barba branca, conferiam-lhe um aspecto de desleixo e desamparo. Sem saber qual seria a melhor forma de levá-lo a contar as histórias, fingi que tinha ido tratar de negócios; falei sobre o meu trabalho como agrimensor e fiz perguntas genéricas sobre o distrito. Ammi Pierce era muito mais inteligente e educado do que me haviam levado a imaginar e sabia tanto do assunto quanto qualquer outra pessoa com quem eu houvesse conversado em Arkham. O homem não era como outros rústicos que eu havia encontrado nos locais que seriam inundados pela represa. Não protestou contra os quilômetros de antigos bosques e fazendas que desapareceriam sob as águas, embora a situação talvez fosse outra se a casa onde morava não estivesse fora dos limites do futuro lago. Tudo o que demonstrou foi alívio; alívio em relação ao destino dos antigos vales escuros por onde havia errado ao longo de uma vida inteira. Seria melhor que ficassem sob as águas — desde aqueles dias estranhos. E, uma vez feita essa declaração, a voz rouquenha do homem diminuiu de volume enquanto o corpo inclinou-se para a frente e o indicador direito começou a apontar com gestos trêmulos e impressionantes.

Foi então que ouvi a história, e enquanto aquela voz divagante rouquejava e sussurrava eu estremecia e tornava a estremecer apesar do verão. Muitas vezes tive de interromper divagações, esclarecer detalhes científicos que o homem conhecia apenas à força de repetir comentários dos pesquisadores e completar lacunas quando a lógica ou a continuidade se perdiam. Quando terminou, entendi por que estava com a sanidade um pouco abalada, e também por que os habitantes de Arkham não gostavam de falar sobre o descampado maldito. Corri de volta para o hotel antes do pôr do sol, temeroso de que as estrelas surgissem enquanto eu estivesse ao relento; e no dia seguinte retornei a Boston para pedir demissão. Nada me levaria a adentrar mais uma vez aquele caos difuso de antigas florestas e encostas, nem a defrontar mais uma vez o cinzento descampado maldito onde o poço negro escancarava a bocarra ao lado das pedras e tijolos desabados. Logo a represa será construída, e assim todos esses segredos ancestrais estarão guardados para sempre sob as profundezas das águas. Mas nem assim eu voltaria para aquele lugar à noite — pelo menos não em uma noite com estrelas sinistras a cintilar no céu; e nada me levaria a beber a água da represa de Arkham.

Segundo o velho Ammi, tudo começou com o meteorito. Antes, as últimas lendas fantasiosas remontavam à época da perseguição às bruxas, e mesmo então os bosques ocidentais não eram temidos como a pequena ilha no Miskatonic onde o demônio aparecia ao lado de um estranho altar de pedra mais antigo do que os índios. Os bosques não eram assombrados, e o crepúsculo fantástico em meio às árvores jamais despertou temor antes daqueles dias estranhos. Mas então vieram a nuvem branca ao meio-dia, a sequência de explosões no ar e o pilar de fumaça em um vale longínquo no bosque. À noite, todos em Arkham tinham ouvido falar a respeito da enorme rocha que caiu do céu e encravou-se ao lado do poço na propriedade de Nahum Gardner. Essa era a casa que havia no lugar mais tarde ocupado pelo descampado maldito — a bela casa branca de Nahum Gardner, cercada por jardins e pomares cheios de viço.

Nahum decidiu ir até a cidade falar às pessoas sobre a pedra, e no caminho parou na casa de Ammi Pierce. Na época Ammi tinha quarenta anos, e toda sorte de coisas singulares causava-lhe forte impressão. Ammi e a esposa acompanharam os três professores da Universidade do Miskatonic que na manhã seguinte saíram às pressas para ver aquele estranho visitante do espaço sideral desconhecido, e perguntaram-se por que Nahum o havia descrito como enorme no dia anterior. Enquanto apontava para o volumoso monte marrom acima da terra revolvida e da grama chamuscada próxima à arcaica cegonha do poço, Nahum disse que havia encolhido; mas os sábios responderam que pedras não encolhem. O objeto permanecia quente, e Nahum afirmou que havia cintilado à noite. Os professores experimentaram golpeá-lo com um martelo de geólogo e descobriram que era macio. Na verdade, era macio quase a ponto de ser maleável; e os três mais rasparam do que lascaram para colher uma amostra e fazer testes no laboratório. A amostra foi levada em um velho balde tomado de empréstimo à cozinha de Nahum, pois mesmo o fragmento menor recusava-se a esfriar. Na viagem de volta os homens pararam para descansar na casa de Ammi e ficaram pensativos quando a sra. Pierce comentou que o fragmento estava encolhendo e queimando o fundo do balde. Verdade que não era um pedaço muito grande, mas talvez houvessem colhido uma amostra menor do que imaginavam.

No dia seguinte — tudo se passou em junho de 1882 —, os professores mais uma vez se puseram a caminho tomados por uma grande empolgação. Ao passar pela casa de Ammi, falaram-lhe sobre as estranhas coisas que o espécime havia feito e sobre como havia desbotado quando o puseram em um béquer. O béquer também foi danificado, e os sábios mencionaram a afinidade da estranha pedra com a sílica. O espécime havia apresentado características inimagináveis no laboratório; não fez coisa alguma e não liberou nenhum tipo de gás ocluso ao ser aquecido, não reagiu com a pérola de bórax e não se volatilizou a temperatura alguma — sequer na chama de um maçarico de oxi-hidrogênio. Mostrou-se bastante maleável na bigorna, e no escuro apresentava uma notável luminosidade. Uma vez que se recusava a arrefecer, o espécime despertou o entusiasmo de toda a universidade; e, quando revelou faixas brilhantes diferentes de quaisquer matizes conhecidos ao ser aquecido no espectroscópio, houve muitas conversas exaltadas sobre a descoberta de novos elementos, propriedades ópticas bizarras e outras coisas que em geral dizem os homens de ciência perplexos quando se deparam com o desconhecido.

Por mais quente que estivesse, o espécime foi testado em um cadinho com todos os reagentes apropriados. Não reagiu com a água. Tampouco reagiu com o ácido clorídrico. O ácido nítrico e a água-régia não faziam mais do produzir sibilos e pequenos estouros contra aquela invencibilidade tórrida. Ammi teve dificuldade para recordar essas coisas, mas reconheceu alguns dos solventes quando recitei os nomes na ordem tradicional de aplicação. Tentaram a amônia e a soda cáustica, o álcool e o éter, o nauseante dissulfeto de carbono e uma dúzia de outros; mas, embora o peso do espécime diminuísse sem parar à medida que o tempo passava e o fragmento parecia esfriar aos poucos, os solventes não sofriam nenhuma alteração capaz de indicar que houvessem atacado a substância. Mesmo assim, não havia dúvidas de que era um metal. Para começar, era magnético; e a imersão nos solventes ácidos deu a impressão de revelar discretos traços das figuras de Widmannstätten encontradas em ferro meteórico. Quando o resfriamento alcançou um nível considerável, os testes passaram a ser conduzidos em recipientes de vidro; e as lascas do fragmento original foram deixadas em um béquer durante o trabalho. Na manhã seguinte, as lascas e o béquer haviam desaparecido sem deixar nenhum rastro, e apenas a madeira chamuscada indicava o lugar que haviam ocupado na prateleira.

Tudo foi relatado pelos professores ainda na porta da casa, e mais uma vez Ammi seguiu-os para ver o rochoso mensageiro das estrelas, embora dessa vez a esposa não os tenha acompanhado. Sem dúvida havia encolhido, e nem os sóbrios professores puderam duvidar do que viram. A terra marrom havia cedido por todos os lados; e, se no dia anterior o meteorito ultrapassava os dois metros, naquele instante mal chegava a um e meio. Ainda estava quente, e os sábios estudavam-lhe a superfície tomados pela curiosidade enquanto recolhiam uma amostra maior com o martelo e o cinzel. Cavaram um pouco mais fundo nessa segunda vez e, ao arrancar a crosta daquela massa reduzida, perceberam que o núcleo da coisa não era muito homogêneo.

Encontraram o que parecia ser a lateral de um glóbulo colorido incrustado na substância. A cor, que lembrava alguma das faixas no singular espectro do meteoro, era quase impossível de descrever; e foi apenas por analogia que puderam designá-la como tal. A textura era brilhosa, e leves batidas deram sinais do que parecia ser uma consistência quebradiça e um interior oco. Um dos professores deu uma pancada firme com o martelo e o glóbulo rompeu-se com um pequeno estouro nervoso. Nada saiu lá de dentro, e todos os vestígios da coisa sumiram com a perfuração. Restou apenas um vazio esférico de aproximadamente oito centímetros, e todos julgaram provável que outros fossem aparecer à medida que a substância externa se deteriorasse.

Quaisquer conjecturas seriam em vão; e assim, após uma tentativa fútil de encontrar mais glóbulos por meio de perfurações, os pesquisadores foram embora com o novo espécime — que, no entanto, mostrou-se tão impressionante quanto o predecessor no laboratório. Além de ser quase plástico, emitir calor, magnetismo e uma pequena luminosidade, baixar a temperatura em contato com ácidos corrosivos, apresentar um espectro desconhecido, deteriorar-se na presença do ar e atacar compostos de sílica com resultados mutuamente destrutivos, o espécime não apresentava nenhuma característica que permitisse uma identificação; e ao final dos testes os cientistas foram obrigados a reconhecer que não sabiam como classificá-lo. Não era nada que se pudesse encontrar na Terra, mas um fragmento do vasto espaço sideral; e portanto dotado de propriedades desconhecidas e sujeito a leis desconhecidas.

Naquela noite houve uma tempestade elétrica, e quando os professores foram à casa de Nahum no dia seguinte depararam-se com uma amarga decepção. A pedra, sendo magnética, devia apresentar alguma propriedade elétrica peculiar; pois havia "atraído os raios", segundo Nahum, com singular persistência. Em uma hora o fazendeiro viu seis raios caírem no sulco feito no pátio, e quando a tempestade passou não restava nada além de um buraco irregular e meio encoberto pela terra ao lado da ancestral cegonha. As escavações foram infrutíferas, e os cientistas comprovaram o desaparecimento. O fracasso era total; não restava mais nada a fazer senão voltar ao laboratório e continuar os testes com o fragmento cada vez menor, armazenado em um recipiente de chumbo. O fragmento durou uma semana, ao fim da qual nenhuma descoberta de valor havia sido feita. Quando desapareceu, não deixou nenhum resíduo para trás, e passado algum tempo os professores mal acreditavam ter visto com os próprios olhos aquele vestígio críptico dos insondáveis abismos siderais; aquela estranha e solitária mensagem vinda de outros universos e de outras esferas de matéria, força e entidade.

Como se poderia imaginar, o jornal de Arkham deu ampla cobertura ao incidente por conta do patrocínio universitário e mandou repórteres para entrevistar a família de Nahum Gardner. Pelo menos um diário de Boston também mandou um repórter, e em pouco tempo Nahum virou uma espécie de celebridade local. Era um homem magro e simpático de aproximadamente cinquenta anos que vivia com a mulher e os três filhos em uma agradável propriedade rural no vale. Ele e Ammi visitavam-se com bastante frequência, bem como as esposas de ambos; e, mesmo após todos esses anos, Ammi só tinha elogios para fazer ao vizinho. Nahum parecia sentir um discreto orgulho em virtude da atenção dedicada à propriedade da família e falou sobre o meteorito com frequência nas semanas a seguir. Julho e agosto foram quentes, e Nahum trabalhou com afinco na preparação do feno em uma pastagem de dez acres do outro lado de Chapman's Brook; a carreta rangente deixava sulcos profundos nas veredas ensombrecidas. O trabalho cansou-o mais do que havia cansado em outros anos, e assim Nahum começou a sentir os primeiros sinais da idade.

Então veio a época das frutas e da colheita. As peras e maçãs amadureciam aos poucos, e Nahum jurou que os pomares estavam mais bonitos do que nunca. As frutas apresentavam um tamanho impressionante e um brilho extraordinário, e cresciam com tanta abundância que barris sobressalentes foram encomendados para a futura colheita. Mas com o amadurecimento veio uma grande decepção; pois, apesar de todo aquele espetáculo de viço lustroso, nem uma única fruta prestava para comer. No sabor delicioso das peras e das maçãs haviam se insinuado o amargor e a doença, de modo que até uma pequena mordida suscitava um asco duradouro. O mesmo aconteceu com os melões e os tomates, e Nahum percebeu com tristeza que toda a colheita estava perdida. Nahum relacionou os acontecimentos e declarou que o meteorito havia envenenado o solo, e agradeceu a Deus que a maioria das plantações ficasse em terras mais altas ao longo da estrada.

O inverno chegou cedo e foi muito frio. Ammi passou a ver Nahum com menos frequência e notou que o amigo parecia preocupado. A bem dizer, a família inteira também parecia mais taciturna e menos assídua na igreja e em vários outros eventos sociais no campo. Não havia causa conhecida para essa reserva ou melancolia, embora todos os membros da família por vezes se queixassem da saúde e admitissem um vago sentimento de inquietude. O próprio Nahum fez a declaração mais explícita quando se disse preocupado com certas pegadas que havia encontrado na neve. Eram os rastros corriqueiros deixados por esquilos, coelhos e raposas, mas o pensativo fazendeiro afirmou ver algo de anormal na natureza e na disposição das pegadas. Nahum nunca ofereceu muitos detalhes, mas parecia imaginar que os rastros não evidenciavam a anatomia e o comportamento dos esquilos, coelhos e raposas da maneira esperada. Ammi escutou essas conversas sem muito interesse até a noite em que passou pela casa de Nahum no trenó, enquanto voltava de Clark's Corners. Era noite de lua e um coelho atravessou correndo a estrada, mas os saltos do animalzinho eram longos a ponto de causar desconforto em Ammi e no cavalo. O cavalo, aliás, teria saído a galope se não fosse a mão firme a segurar as rédeas. A partir de então Ammi começou a dar mais crédito às histórias de Nahum e a perguntar-se por que os cães dos Gardner pareciam tão ariscos e arredios pela manhã. Os animais quase não latiam mais.

Em fevereiro, os jovens McGregor de Meadow Hill estavam no mato caçando marmotas e, próximo à propriedade dos Gardner, alvejaram um espécime bastante peculiar. As proporções do corpo do animal pareciam alteradas de maneira indescritível, enquanto o rosto tinha uma expressão jamais vista em uma marmota. Os garotos pareceram muito assustados e na mesma hora jogaram o animal longe, de modo que apenas relatos grotescos chegaram aos habitantes do campo. A relutância dos cavalos em se aproximar da casa de Nahum também era notória, e assim todos os elementos necessários a um ciclo de lendas contadas aos sussurros pareciam estar presentes.

As pessoas juravam que ao redor da casa de Nahum a neve derretia mais depressa do que em qualquer outro lugar, e no início de março houve uma discussão no armazém de secos e molhados de Potter, em Clark's Corners. Stephen Rice havia passado pela propriedade dos Gardner pela manhã e percebido alguns repolhos-gambá crescendo na lama do outro lado da estrada. Jamais tinha visto exemplares tão grandes como aqueles, e além do mais as plantas apresentavam estranhas cores que não se deixavam descrever em palavras. Tinham um formato monstruoso, e o cavalo resfolegou ao captar um odor que Stephen jamais havia sentido. Durante a tarde muitas pessoas foram até lá para ver o fenômeno fora do normal, e todos concordaram que plantas como aquelas jamais cresceriam em um mundo saudável. Todos falaram das frutas arruinadas no outono, e assim começaram boatos de que as terras de Nahum estavam envenenadas. Só podia ser o meteorito; e, ao lembrar das estranhas características minerais citadas pelos professores da universidade, muitos fazendeiros foram consultá-los.

Certo dia os pesquisadores fizeram uma visita a Nahum; mas, como não gostavam de histórias fantásticas nem de folclore, tiraram conclusões bastante céticas. As plantas eram sem dúvida estranhas, mas os repolhos-gambá naturalmente têm formas, odores e cores um pouco estranhos. Talvez algum elemento mineral do meteorito tivesse adentrado o solo, mas nesse caso logo haveria de se diluir. Quanto às pegadas e aos cavalos assustadiços — não passavam de lendas do campo, sem dúvida inspiradas pelo fenômeno do aerólito. Não havia nada que os homens de ciência pudessem fazer contra boatos infundados, pois os rústicos supersticiosos acreditam em qualquer coisa. Assim, durante todos aqueles dias estranhos, os acadêmicos mantiveram-se afastados por desprezo. Apenas um, ao receber duas ampolas de pó para análise por ocasião de um trabalho policial mais de um ano e meio mais tarde, lembrou que a estranha cor daquele repolho-gambá tinha uma semelhança muito grande com as anômalas faixas de luz emitidas pelo fragmento do meteoro durante a análise espectroscópica feita na universidade, e também com o glóbulo quebradiço incrustado na pedra vinda do abismo. No início as amostras dessa análise emitiram as mesmas faixas peculiares, mas com o passar do tempo perderam essa propriedade.

As árvores ao redor da casa de Nahum brotavam antes do tempo e à noite balançavam de maneira agourenta ao sabor do vento. Thaddeus, um rapaz de quinze anos, filho de Nahum, jurava que as árvores também balançavam quando não tinha vento; mas nem os mais supersticiosos acreditaram. No entanto, não havia dúvidas de que uma certa agitação pairava no ar. Todos os membros da família Gardner adquiriram o hábito de ficar em silêncio tentando escutar um som que não saberiam descrever em termos conscientes. Na verdade, esse hábito era o resultado de certos momentos em que a consciência parecia escapar-lhes. Infelizmente, esses momentos ficaram cada vez mais frequentes com o passar das semanas, e logo todos diziam que havia algo de errado com a família Nahum. As primeiras saxífragas em flor apresentaram outra cor estranha; não exatamente como a do repolho-gambá, mas de qualquer modo uma cor relacionada e igualmente desconhecida de todos que a viam. Nahum levou algumas flores até Arkham e mostrou-as para o editor da *Gazette*, mas o dignitário não fez mais do que escrever um artigo humorístico, no qual ridicularizava os temores obscuros dos rústicos que moravam no campo. Outro equívoco de Nahum foi relatar a um insensível habitante da cidade a maneira como as enormes borboletas-antíope se comportavam em relação às saxífragas.

Abril trouxe uma espécie de loucura aos habitantes do campo e marcou o início do abandono da estrada para além da casa de Nahum. Era a vegetação. Todas as árvores do pomar floresciam em estranhas cores, e por todo o solo rochoso no pátio e na pastagem vizinha brotou uma bizarra espécie vegetal que apenas um botanista poderia relacionar à flora da região. Não se via nenhuma cor sã ou saudável a não ser pela grama e pela relva verdejantes; apenas, por toda a parte, os matizes prismáticos e berrantes de uma doentia cor primária subjacente que não tinha lugar entre os matizes terrestres conhecidos. Os calções-de-holandês transformaram-se em uma ameaça sinistra, e as sanguinárias-do-canadá pareciam insolentes naquela perversão cromática. Ammi e os Gardner achavam que a maioria das cores apresentava uma assombrosa familiaridade e chegaram à conclusão de que lembravam o glóbulo quebradiço no interior do meteoro. Nahum arou e semeou a pastagem de dez acres e as terras mais altas, mas não fez nada com o terreno em torno da casa. Sabia que seria inútil, e nutria esperanças de que as estranhas plantas do verão extraíssem todo o veneno do solo. Nesse ponto estava preparado para qualquer coisa e habituado à sensação de que havia algo próximo à espera de ser escutado. O distanciamento dos vizinhos o entristeceu, claro; mas entristeceu a esposa ainda mais. Os filhos se deram melhor, pois frequentavam a escola; mesmo assim, sempre se assustavam com os boatos. Thaddeus, um rapaz particularmente sensível, foi quem mais sofreu.

Em maio vieram os insetos, e a propriedade de Nahum virou um pesadelo de zumbidos e patinhas rastejantes. A maioria das criaturas parecia evidenciar aspectos e movimentos fora do normal, bem como hábitos noturnos contrários a tudo o que se conhecia. À noite os Gardner ficavam de sentinela — procurando em todas as direções por alguma coisa... embora não soubessem dizer o quê. Nessa altura todos reconheceram que Thaddeus estava certo em relação às árvores. A sra. Gardner viu os galhos inchados de um bordo a balançar no outro lado da janela com o céu enluarado ao fundo. Sem dúvida os galhos estavam se mexendo, e não havia vento. Devia ser a seiva. A estranheza havia tomado conta de tudo o que nascia da terra. Mesmo assim, não foi nenhum dos Gardner quem fez a descoberta seguinte. A familiaridade os havia tornado indiferentes, e o que não conseguiam ver foi vislumbrado por um tímido vendedor de máquinas para serraria de Bolton que chegou certa noite sem conhecer as lendas do campo. O relato que fez mereceu um breve parágrafo na *Gazette*, e foi nesse jornal que todos os fazendeiros, inclusive Nahum, tomaram conhecimento do ocorrido. Fazia uma noite escura e as lamparinas da charrete estavam fracas, mas ao redor de uma certa fazenda no vale, que todos reconheceram como a propriedade de Nahum, a escuridão era menos densa. Uma luminosidade tênue parecia emanar da vegetação, da grama, das folhas e das flores, e em um dado momento um pedaço de matéria fosforescente deu a impressão de fazer um movimento furtivo no pátio próximo ao celeiro.

Até esse ponto a grama permanecia inalterada e as vacas eram criadas na pastagem junto da casa, porém no fim de maio o leite começou a estragar. Nahum levou as vacas para as terras mais altas e o problema acabou. Pouco tempo mais tarde essa mudança na grama e nas folhas tornou-se visível a olho nu. Tudo o que antes era viçoso começou a ficar cinzento e tornou-se extremamente quebradiço. Ammi era a única pessoa que ainda visitava a propriedade, mas as visitas ficavam cada vez mais esparsas. Quando a escola fechou, os Gardner viram-se isolados do mundo, e às vezes pediam a Ammi que resolvesse certos assuntos na cidade. Todos os membros da família estavam com a saúde física e mental deteriorada, e assim ninguém se surpreendeu quando veio a notícia de que a sra. Gardner havia enlouquecido.

Aconteceu em junho, mais ou menos quando a queda do meteoro fez um ano; a pobre mulher vociferava a respeito de coisas indescritíveis que pairavam no ar. Nos delírios não havia um único substantivo específico — apenas verbos e pronomes. As coisas moviam-se, transformavam-se e esvoaçavam, e os ouvidos da mulher captavam o ritmo de impulsos que não eram propriamente sons. Algo fora levado — a sra. Gardner se dizia parasitada por alguma coisa — algo que não devia existir prendia-se ao corpo da mulher — alguém precisava manter aquilo longe — tudo se mexia à noite — inclusive as paredes e as janelas. Nahum não a mandou para o hospício do condado e preferiu mantê-la em casa enquanto não oferecesse riscos a si mesma e aos outros. Nem quando a expressão da sra. Gardner mudava Nahum esboçava qualquer reação. Mas, quando os garotos começaram a ficar com medo e Thaddeus quase desmaiou com certas caretas da mãe, Nahum decidiu trancá-la no sótão. Em julho a mulher havia parado de falar e andava apenas de quatro, e antes que o mês acabasse Nahum teve a bizarra impressão de que ela cintilava no escuro, como sem dúvida fazia a vegetação próxima.

Pouco antes os cavalos haviam fugido. Alguma coisa os acordou à noite, e os relinchos e os coices na estrebaria foram terríveis. Nada parecia capaz de acalmar os animais, e quando Nahum abriu a porta da estrebaria todos saíram a galope como cervos assustados. Levou quase uma semana para que todos os quatro fossem encontrados, e mesmo assim reapareceram em um estado deplorável. Algo de muito errado havia acontecido, e todos precisaram ser sacrificados. Nahum pegou um cavalo emprestado de Ammi para continuar o trabalho na fenação, porém o animal se recusava a chegar perto do celeiro. O cavalo refugava, empacava e relinchava, e no fim o único jeito foi deixá-lo no pátio enquanto os homens empurravam a pesada carreta até o celeiro para terminar o serviço. Durante todo esse tempo a vegetação ficava cada vez mais cinzenta e mais quebradiça. Até as flores que antes exibiam estranhos matizes haviam ficado acinzentadas, e as frutas nasciam cinzentas e miúdas e insossas. Os ásteres e as virgáureas cresciam cinzentos e distorcidos, e as rosas e canelas-de-velha e malvaíscos-silvestres do pátio tinham um aspecto tão blasfemo que Zenas, o filho mais velho de Nahum, decidiu cortar todas as flores. Os estranhos insetos morreram por essa época, bem como as abelhas que haviam deixado as caixas e ido para os bosques.

Em setembro toda a vegetação começou a se desmanchar em um pó cinzento, e Nahum temia que as árvores morressem antes que o veneno fosse extraído do solo. A esposa sofria com terríveis crises histéricas, e Nahum e os filhos viviam em constante tensão. Passaram a evitar as pessoas, e quando a escola reabriu os garotos não voltaram às aulas. Mas foi Ammi, em uma das raras visitas, o primeiro a notar que a água do poço não estava boa. Tinha um gosto vil que não era nem fétido nem salgado, e Ammi sugeriu ao amigo que cavasse outro poço em terras mais altas para ter água enquanto o solo não voltasse ao normal. Mas Nahum ignorou o alerta, pois havia se acostumado a coisas estranhas e desagradáveis. Ele e os filhos continuaram a usar a água contaminada, bebendo da mesma forma desatenta e mecânica como faziam as refeições parcas e mal preparadas e executavam as tarefas ingratas e monótonas ao longo daqueles dias sem perspectiva. Todos pareciam resignados, como se andassem em outro mundo entre fileiras de guardiões sem nome rumo a um destino previsível e inexorável.

Thaddeus enlouqueceu em setembro após uma visita ao poço. Tinha levado um balde e voltou de mãos vazias, gritando e agitando os braços, e por vezes sucumbindo a risadas estúpidas ou sussurros nervosos enquanto falava sobre "as cores que andam por lá". Dois casos na família eram um fardo e tanto, mas Nahum enfrentou tudo com bravura. Deixou o filho à solta por mais uma semana, quando o garoto começou a tropeçar nas coisas e a se machucar; então o trancou em uma peça no sótão, em frente ao aposento da mãe. Os gritos que lançavam um para o outro por trás das portas fechadas eram terríveis, em especial para o pequeno Merwin, que imaginava ouvir a mãe e o irmão conversando em uma língua estranha ao mundo que conhecemos. A imaginação de Merwin era muito fértil, e a inquietude do garoto piorou depois que o irmão e companheiro de brincadeiras foi trancafiado.

Quase ao mesmo tempo os animais começaram a morrer. As galinhas ficavam acinzentadas e logo morriam, revelando uma carne seca de odor nauseante quando eram cortadas. Os porcos engordavam muito além do normal e de repente começavam a sofrer transformações horrendas que ninguém conseguia explicar. A carne ficava imprestável, e Nahum já não sabia mais o que fazer. Nenhum veterinário do campo chegava perto da fazenda, e o veterinário de Arkham não escondeu a perplexidade. Os porcos ficavam com o corpo cinzento e quebradiço e começavam a se desmanchar antes de morrer, e os olhos e focinhos exibiam alterações bastante singulares. A situação era inexplicável, pois esses animais nunca haviam comido a vegetação contaminada. Então algo atacou as vacas. Certas áreas no corpo dos animais se ressequiam ou encolhiam ao extremo, e colapsos e desintegrações atrozes tornaram-se comuns. Nos últimos estágios — pois o resultado era sempre a morte —, observava-se o mesmo aspecto cinzento e quebradiço que afetava os porcos. Não havia dúvida quanto à existência de um veneno, pois todos os casos aconteceram em um celeiro fechado e tranquilo. Nenhuma mordida de outras criaturas poderia ter trazido um vírus, pois que animal consegue atravessar obstáculos sólidos? Só poderia ser uma doença natural — mas que doença seria capaz de provocar tamanhos estragos, ninguém se arriscava a dizer. Quando chegou a época da colheita não havia um único animal na fazenda, uma vez que os porcos, vacas e galinhas estavam mortos e os cães tinham fugido. Os cães, que eram três, haviam todos desaparecido juntos durante a noite para nunca mais reaparecer. Os cinco gatos haviam ido embora algum tempo atrás, mas essa partida mal foi percebida, uma vez que parecia não haver mais ratos e apenas a sra. Gardner estimava os graciosos felinos.

No dia 19 de outubro Nahum entrou cambaleando na casa de Ammi com notícias pavorosas. A morte havia chegado para o pobre Thaddeus no quartinho do sótão de maneira indescritível. Nahum foi até os fundos da fazenda e cavou uma sepultura no jazigo da família para enterrar o que havia encontrado. Nada poderia ter entrado no sótão a partir do lado de fora, pois a pequena janela gradeada e a fechadura da porta estavam intactas; tudo se deu como no celeiro. Ammi e a esposa consolaram o homem como podiam, mas estremeceram ao fazê-lo. O terror em forma bruta parecia se abater sobre os Gardner e sobre tudo em que tocavam, e a mera presença de um membro da família em casa era como um sopro de regiões inominadas e inomináveis. Ammi acompanhou Nahum até em casa com grande relutância e fez o que pôde a fim de acalmar o choro histérico do pequeno Merwin. Zenas não precisou de consolo. Nos últimos tempos, não fazia mais nada além de olhar para o vazio e obedecer às ordens do pai; segundo Ammi, era um destino piedoso. De vez em quando os gritos de Merwin eram respondidos a meia-voz no sótão, e em resposta a um olhar intrigado Nahum explicou que a esposa ficava mais fraca a cada dia que passava. Quando a noite estava prestes a cair, Ammi foi embora; pois nem a amizade era capaz de mantê-lo naquele lugar quando a vegetação começava a cintilar e as árvores davam a impressão de balançar com ou sem vento. Ammi teve a sorte de ser pouco imaginativo. Naquela situação, tinha os pensamentos um tanto desordenados; mas se tivesse a capacidade de relacionar e analisar todos os portentos que o cercavam, sem dúvida o homem teria enlouquecido de vez. Voltou para casa ao entardecer, com os gritos da louca e do garoto perturbado a ecoar-lhe nos ouvidos.

Três dias mais tarde Nahum irrompeu na cozinha de Ammi pela manhã e, na ausência do amigo, balbuciou para a aterrorizada sra. Pierce mais uma história desesperadora. Dessa vez fora o pequeno Merwin. Estava desaparecido. Tinha saído à noite com uma lamparina e um balde para buscar água e não voltou mais. O garoto havia passado dias fora de si e mal sabia o que estava fazendo. Gritava por qualquer motivo. No fim soltou um grito desesperado no pátio e, antes que o pai conseguisse chegar à porta, simplesmente desapareceu. Não se viu mais o brilho da lamparina que levava consigo, e tampouco havia pistas do garoto. Na hora Nahum pensou que a lamparina e o balde também houvessem desaparecido; mas, quando o dia raiou e o homem retornou da busca noturna pelos bosques e campos, encontrou coisas muito curiosas próximas ao poço. Havia um amontoado de ferro esmagado e aparentemente derretido que sem dúvida era a lamparina; enquanto uma alça e argolas de ferro distorcido, fundidas em uma coisa só, pareciam indicar os resquícios do balde. Porém não havia mais nada. Nahum não sabia o que pensar, a sra. Pierce ficou estupefata e Ammi, depois de chegar em casa e ouvir a história, não teve nenhum palpite a oferecer. Merwin havia desaparecido e não adiantaria nada avisar os vizinhos, pois a essa altura todos evitavam os Gardner. Tampouco adiantaria avisar os moradores de Arkham, que davam risada de tudo. Thad havia partido, e agora Mernie também. Algo estava se insinuando cada vez mais à espera de ser ouvido e sentido e escutado. Nahum não resistiria por muito tempo, e assim pediu a Ammi que cuidasse da esposa e de Zenas se ainda estivessem vivos quando se fosse. Aquilo devia ser algum tipo de condenação; mas Nahum não conseguia entender por quê, uma vez que sempre havia trilhado os caminhos do Senhor.

Ammi passou mais de duas semanas sem ver Nahum; e então, preocupado com o que poderia ter acontecido, venceu o medo e fez uma visita à propriedade dos Gardner. Não havia fumaça na grande chaminé, e por um instante o visitante temeu o pior. O aspecto de toda a fazenda era chocante — grama seca e cinzenta por toda a parte, trepadeiras esfarelando-se nas vetustas paredes e empenas e grandes árvores nuas erguendo as garras em direção ao cinzento céu de outubro com uma malevolência intencional que Ammi atribuiu a uma discreta mudança na inclinação dos galhos. Mas Nahum estava vivo. Estava fraco, deitado em um sofá sob o teto baixo da cozinha, porém consciente e ainda capaz de dar ordens simples a Zenas. O recinto estava frio como um túmulo; e, enquanto Ammi tremia a olhos vistos, o anfitrião pediu com voz rouca a Zenas que buscasse mais lenha. A lenha era uma necessidade premente, pois o nicho da lareira estava vazio e apagado, com uma nuvem de fuligem rodopiando ao sabor do vento gélido que soprava pela chaminé. No mesmo instante Nahum perguntou se a lenha extra havia deixado o amigo mais confortável, e então Ammi percebeu o que havia acontecido. A amarra mais forte havia rebentado, e a mente do infeliz fazendeiro foi motivo de ainda mais tristeza.

Por mais que perguntasse, Ammi não conseguia obter nenhuma informação coerente sobre o paradeiro de Zenas. "No poço — ele mora no poço" era tudo o que o transtornado pai conseguia dizer. Em um lampejo, o visitante pensou na esposa desvairada e mudou a linha do interrogatório. "Nabby? Ora, aqui está ela!" foi a resposta do pobre Nahum, e então Ammi percebeu que teria de procurar sozinho. Após deixar o amigo entregue a delírios inofensivos no sofá, Ammi pegou as chaves penduradas em um prego ao lado da porta e subiu os degraus estalejantes que levavam até o sótão. O ar lá em cima era abafado e nauseante, e não se ouvia nenhum som de nenhuma direção. Das quatro portas à vista, apenas uma estava trancada, e Ammi tentou abri-la com várias das chaves que havia pegado. A terceira chave fez a fechadura girar, e depois de alguns movimentos desajeitados Ammi conseguiu abrir a porta branca e baixa.

O interior do cômodo estava escuro, pois a janela era pequena e ficava obscurecida pelas rústicas grades de madeira; e Ammi não conseguia ver nada nas tábuas largas do assoalho. O fedor era insuportável, e antes de proceder foi necessário voltar a um dos cômodos anteriores para retornar com os pulmões repletos de ar respirável. Ao entrar, Ammi viu alguma coisa escura em um canto, e quando enxergou com mais clareza não conseguiu sufocar um grito. Enquanto gritava, Ammi imaginou ver uma nuvem eclipsar a janela por alguns instantes, e no momento seguinte teve a impressão de perceber uma odiosa corrente de vapor a roçar-lhe a pele. Estranhas cores dançaram ante seus olhos; e se aquele horror não o houvesse entorpecido, Ammi teria pensado no glóbulo do meteoro, destruído pelo martelo de geólogo, e na mórbida vegetação que havia brotado na primavera. Da maneira como foi, pensou apenas na monstruosidade blasfema que o confrontava e que sem dúvida havia compartilhado o inefável destino que se abatera sobre o jovem Thaddeus e os animais da fazenda.

Porém o mais terrível a respeito daquele horror era que continuava a se mexer devagar enquanto se esfarelava.

Ammi não quis me dar muitos detalhes sobre essa cena, mas o vulto no canto não voltou a aparecer na história como algo dotado de movimento. Existem coisas que não devem ser ditas, e às vezes o que se faz em nome da simples humanidade é julgado com crueldade pela lei. Compreendi que quando abandonou o sótão não havia nada se mexendo lá dentro, e que deixar qualquer coisa capaz de movimento para trás seria uma monstruosidade suficiente para condenar qualquer um ao tormento eterno. Qualquer outra pessoa além de um fazendeiro endurecido teria desmaiado ou enlouquecido, mas Ammi atravessou a porta em pleno domínio das faculdades e trancou o segredo maldito atrás de si. Ainda restava Nahum; seria preciso alimentar o amigo e levá-lo a um lugar onde pudesse receber os cuidados necessários.

Enquanto começava a descer a escada sombria, Ammi escutou um baque no andar de baixo. Pensou ter ouvido um grito abafado e lembrou-se com nervosismo do vapor sufocante que lhe havia roçado a pele naquele pavoroso cômodo no andar de cima. Que presença haveriam despertado o grito e a chegada de um visitante? Paralisado por um temor indefinido, Ammi escutou outros sons vindos do andar de baixo. Sem dúvida havia o rumor de um objeto pesado sendo arrastado, e o ruído detestável de algo pegajoso, como uma espécie de sucção demoníaca e impura. Com a capacidade associativa levada ao extremo, nenhum motivo racional foi necessário para que o homem pensasse no que tinha visto no alto da escada. Deus misericordioso! Que mundo onírico e quimérico teria adentrado? Ammi não teve coragem para avançar nem retroceder, e assim permaneceu tremendo na curva sombria da escada. Até os mais ínfimos detalhes da cena ficaram gravados a ferro na memória. Os sons, a expectativa de algo tenebroso, a escuridão, a altura dos degraus estreitos e — Deus do céu!... a tênue e inconfundível luminosidade de todos os objetos de madeira ao redor; degraus, painéis, detalhes torneados e vigas!

Foi então que Ammi escutou um relincho frenético do cavalo, seguido de imediato por rumores que denunciavam uma fuga desesperada. No momento seguinte já não era mais possível ouvir o cavalo nem a charrete, e tudo o que restou àquele homem assustado foi permanecer na escada sombria tentando adivinhar o que estava acontecendo. Mas isso não foi tudo. Houve um outro som lá fora. Uma espécie de chapinhar líquido — água — deve ter sido o poço. Ammi havia deixado Hero lá perto, e uma roda da charrete devia ter raspado no bocal e derrubado uma pedra. Uma fosforescência pálida continuava a emanar da odiosa madeira antiga. Meu Deus! Como a casa era velha! A maior parte fora construída antes de 1670, e a mansarda por volta de 1730.

Um leve arranhão no assoalho do térreo soou de maneira distinta, e Ammi crispou os dedos em volta de um pesado bastão que por algum motivo havia pegado no sótão. Depois de tomar coragem, terminou a descida e avançou determinado em direção à cozinha. No entanto, não chegou a completar o trajeto, pois o que procurava não estava mais lá. Apenas uma coisa veio a seu encontro. Se havia rastejado ou sido arrastada por uma força externa, Ammi não saberia dizer; mas trazia a morte em si. Não havia se passado mais de meia hora, porém o colapso, a contaminação cinzenta e a desintegração eram irreversíveis. A coisa tinha uma pavorosa textura quebradiça e desprendia farelos secos. Ammi viu-se incapaz de tocar naquilo, mas olhou horrorizado em direção à paródia do que tinha sido um rosto. "O que foi, Nahum — o que foi?", sussurrou, e os lábios rachados e tumefactos conseguiram rouquejar uma derradeira resposta.

"Nada... nada... a cor... ela queima... fria e molhada... mas queima... passô todo esse tempo no poço... Eu vi... uma fumaça... que nem as flor da primavera passada... o poço brilhava de noite... O Thad e o Mernie e o Zenas... tudo vivo... sugano a vida de todo o resto... naquela pedra... só pode tê vino co'aquela pedra... envenenô toda a fazenda... eu não sei por quê... aquela cousa redonda que os professor da faculdade tiraro da pedra... eles quebraro... era da mesma cor... a mesma cousa, que nem as flor e as planta... devia de tê mais... as semente... as semente... elas crescero... Eu só fui vê essa semana... deve de tê se apoderado do Zenas... ele era um rapaz forte, cheio de vida... mas a cousa acaba com a sua mente e depois pega você... queima você... na água do poço... você tinha razão sobre o... veneno na água... O Zenas nunca voltô do poço... não conseguiu saí... aquilo arrasta você... você sabe que a cousa tá vino atrás, mas não adianta... Eu mesmo vi aquilo várias vez desde que o Zenas foi levado... onde tá a Nabby, Ammy?... não ando bem da cabeça... não sei quando foi a última vez que dei de comê a ela... a cousa vai pegá ela se a gente não tomá cuidado... só que a cor... de noite às vez o rosto dela fica daquela cor... queima e suga... e veio de algum lugar onde as cousa não são que nem aqui... foi um dos professor que disse... ele tinha razão... cuidado, Ammi, porque ainda não acabô... a cousa vai sugá a vida..."

Isso foi tudo. O vulto parou de falar porque se desmanchou. Ammi estendeu uma toalha de mesa vermelha e branca por cima do que havia restado e saiu cambaleando pela porta dos fundos em direção ao campo. Subiu a encosta até a pastagem de dez acres e voltou para casa aos tropeços pela estrada ao norte e pelos bosques. Não conseguiria passar na frente do poço de onde o cavalo havia fugido. Ammi tinha olhado pela janela e constatado que não havia nenhuma pedra faltando no bocal do poço. Neste caso, a charrete em fuga não havia deslocado nada — o chapinhar fora alguma outra coisa — algo que entrou no poço depois de acabar com o pobre Nahum...

Quando Ammi chegou em casa, descobriu que o cavalo e a charrete haviam voltado sozinhos, para grande preocupação da esposa. Depois de acalmá-la sem oferecer explicações, Ammi partiu rumo a Arkham e notificou às autoridades o ocaso da família Gardner. Não forneceu detalhes; apenas registrou a morte de Nahum e de Nabby, uma vez que a de Thaddeus era de conhecimento público, e mencionou que a causa parecia ser a mesma estranha doença que havia matado os animais. Também declarou que Merwin e Zenas haviam desaparecido. Houve um longo interrogatório na delegacia, e no fim Ammi foi obrigado a levar três policiais até a propriedade dos Gardner, e também o delegado, o legista e o veterinário que havia tratado os animais doentes. O fazendeiro obedeceu a contragosto, pois o entardecer ficava cada vez mais escuro e ele temia a chegada da noite naquele lugar amaldiçoado, embora sentisse um certo conforto ao ver-se rodeado de tantas pessoas.

Os seis homens partiram em uma carruagem, seguindo a charrete de Ammi, e chegaram à propriedade assolada pela peste por volta das quatro horas. Por mais que os policiais estivessem acostumados a ocorrências horripilantes, ninguém permaneceu indiferente ao que encontraram no sótão e sob a toalha de mesa vermelha e branca no andar de baixo. O aspecto geral da fazenda era terrível o bastante por conta da desolação cinzenta, mas aqueles dois objetos esfarelados ultrapassavam qualquer limite. Ninguém se atrevia a olhá-los de perto, e o próprio legista admitiu que havia pouco a examinar. Mas as amostras poderiam ser analisadas, claro, e assim não tardou em colhê-las — e foi assim que um desdobramento muito intrigante ocorreu no laboratório da universidade para onde duas ampolas de pó foram enfim levadas. No espectroscópio, as duas amostras exibiram um espectro desconhecido no qual muitas das impressionantes faixas coincidiam de maneira exata com aquelas observadas no estranho meteoro durante o ano anterior. A emissão desse espectro cessou dentro de um mês, ao fim do qual o pó revelou uma composição de fosfatos alcalinos e carbonatos.

Ammi não teria falado nada sobre o poço se imaginasse que os homens da polícia fossem investigá-lo naquele momento. O sol estava quase se pondo, e ele ansiava por estar longe da propriedade. Mesmo assim, não conseguiu conter um olhar nervoso em direção ao bocal de pedra junto da enorme cegonha, e ao ser questionado por um detetive Ammi reconheceu que Nahum temia alguma coisa naquela área — a ponto de jamais ter ido atrás de Merwin ou de Zenas. Ao ouvir essa resposta os policiais resolveram esvaziar e investigar o poço no mesmo instante, e Ammi esperou tremendo enquanto os baldes de água estagnada subiam pela corda e eram despejados na terra encharcada. Os homens fungaram enojados ao sentir o cheiro daquele fluido, e no fim da operação taparam o nariz para se proteger do fedor. O trabalho não demorou tanto quanto imaginaram a princípio, uma vez que o nível da água estava baixo ao extremo. Não há por que descrever em detalhe a descoberta que fizeram. Merwin e Zenas estavam lá dentro — ao menos em parte, pois restavam pouco mais do que dois esqueletos. Também havia um pequeno cervo e um cão no mesmo estado, bem como alguns ossos de animais menores. O lodo e a viscosidade no fundo do poço pareciam borbulhar de maneira inexplicável, e um homem que desceu com uma longa vara descobriu que podia enfiá-la a qualquer profundidade na lama sem encontrar nenhum obstáculo sólido.

Como a noite começava a cair, lamparinas foram trazidas da casa. Depois, quando ficou claro que o poço não revelaria mais nada, todos entraram para conferenciar na sala enquanto a luz intermitente da meia-lua espectral dançava pálida sobre a desolação cinzenta lá fora. Os homens estavam francamente perplexos com o caso e não conseguiam encontrar nenhum elemento comum que relacionasse a estranha mudança na vegetação, a moléstia desconhecida que atacava pessoas e animais e as mortes inexplicáveis de Merwin e Zenas no poço contaminado. Todos conheciam os boatos que circulavam pelo campo, mas ninguém acreditava que algo contrário às leis naturais pudesse ter ocorrido. Sem dúvida o meteoro tinha envenenado o solo, mas a doença de pessoas e animais que não haviam consumido nada cultivado naquele solo era outro assunto. Seria a água do poço? Muito provavelmente. Talvez fosse uma boa ideia analisá-la. Mas que loucura teria levado os dois garotos a se jogarem no poço? Aqueles gestos desesperados apresentavam uma estranha semelhança — e os restos mortais revelaram que ambos haviam sofrido com a morte cinza e quebradiça. Por que tudo estava cinza e quebradiço?

Foi o legista, sentado próximo a uma janela com vista para o pátio, quem primeiro notou a luminosidade ao redor do poço. A noite havia caído, e todo aquele terreno abominável parecia tremeluzir com algo mais do que o luar intermitente; mas essa nova cintilação era algo claro e distinto, e parecia emanar do poço negro como o tênue facho de uma lanterna para refletir-se nas pequenas poças d'água formadas pelo esvaziamento dos baldes. A cor era muito peculiar, e enquanto todos os homens reuniam-se ao redor da janela Ammi teve um violento sobressalto. Aquele estranho facho de miasma espectral não lhe era desconhecido. Já tinha visto aquela cor antes, e estremeceu ao ponderar o significado daquela aparição. Ele a tinha visto no glóbulo quebradiço encontrado no interior do aerólito dois verões atrás, na bizarra vegetação da primavera e talvez por um breve instante naquela mesma manhã, ao olhar para a pequena janela gradeada do terrível cômodo no sótão onde coisas indescritíveis haviam acontecido. A cor havia brilhado por um instante e a seguir uma odiosa corrente de vapor frio roçou-lhe a pele — e então o pobre Nahum foi tomado por algo daquela cor. No fim Ammi explicou — disse que aquilo vinha do glóbulo e das plantas. Depois vieram a fuga no pátio e o chapinhar no poço — e agora o poço eructava noite adentro um insidioso facho pálido com o mesmo matiz demoníaco.

Ammi demonstrou ter uma mente alerta ao ponderar um detalhe essencialmente científico mesmo nesse momento de tensão. Ficou intrigado ao perceber que havia recebido a mesma impressão de um vapor vislumbrado à luz do dia com o céu da manhã ao fundo e de uma exalação noturna vista como uma névoa fosforescente com a paisagem negra e malograda ao fundo. Algo não estava certo — era contra a natureza —, e então ele pensou nas terríveis palavras ditas pelo amigo no momento extremo. "Veio de algum lugar onde as cousa não são que nem aqui... foi um dos professor que disse..."

De repente os três cavalos no pátio, amarrados a duas arvorezinhas definhadas à beira da estrada, começaram a relinchar e a escarvar o chão em um verdadeiro frenesi. O cocheiro disparou em direção à porta para tentar fazer alguma coisa, mas Ammi deteve-o com a mão trêmula. "Não saia", sussurrou. "A gente não pode fazê nada contra isso que tá aconteceno. O Nahum disse que alguma cousa vivia no poço e sugava a vida de tudo. Ele disse que essa cousa saiu de uma bola que nem a que a gente viu naquela pedra de meteoro que caiu vai fazê um ano agora em junho. Suga e queima, disse ele; é uma nuvem de cor que nem aquela luz lá fora, que os siores mal pode vê e não sabe explicá o que é. O Nahum achava que aquilo se alimenta de tudo que existe e que fica mais forte a cada instante que passa. Ele me disse que só foi vê essa semana. Deve de sê uma cousa de algum lugar distante no céu, como dissero os pesquisador da universidade sobre o meteoro no ano passado. O jeito que aquilo tem e a manera como funciona não são obra de Deus. É alguma cousa do além."

Os homens pararam sem saber o que fazer enquanto a luz do poço tornava-se mais intensa e os cavalos amarrados escarvavam e relinchavam num frenesi cada vez maior. Foi um momento pavoroso, com o terror à espreita na casa antiga e amaldiçoada, quatro conjuntos de restos mortais — dois da casa e dois do poço — no galpão logo atrás e aquele facho de iridescência desconhecida e profana a emanar das profundezas lodosas à frente. Ammi deteve o cocheiro por instinto, sem lembrar que não havia sofrido nenhum tipo de consequência após o roçar frio daquele vapor cromático no sótão, mas pode ter sido melhor assim. Ninguém jamais saberá o que estava à solta naquela noite; e embora a blasfêmia do além não tivesse atacado nenhum humano com a sanidade perfeita até então, não há como saber o que poderia ter feito naquele derradeiro instante, com as forças aumentadas e os sinais repletos de intenção que em breve exibiria sob o céu enluarado oculto pelas nuvens.

Um dos investigadores arfou de repente na janela. Os outros o encararam e em seguida viraram o rosto em direção ao céu, onde por um mero acaso o homem havia fixado o olhar. Não havia necessidade de palavras. As incertezas que permeavam os boatos do campo desfizeram-se no mesmo instante, e é por conta dos sussurros mais tarde trocados pelos integrantes do grupo que em Arkham ninguém fala sobre aqueles dias estranhos. Faz-se necessário esclarecer de antemão que não ventava àquela hora da noite. Uma rajada soprou logo depois, mas naquele instante não havia vento algum. Até os ramos secos dos erísimos, malogrados e cinzentos, e as franjas no tejadilho da carruagem permaneciam imóveis. E, no entanto, em meio à calmaria herética os elevados galhos nus de todas as árvores ao redor se mexiam. Pulsavam em um ritmo mórbido e espasmódico, erguendo as garras em uma loucura convulsiva e epiléptica na direção das nuvens enluaradas; arranhavam impotentes o ar contaminado, como que açuladas por uma ligação extraterrena e incorpórea com horrores subterrâneos a retorcer-se e a debater-se sob as raízes negras.

Por alguns instantes, nenhum dos homens se atreveu a respirar. Então uma nuvem mais negra encobriu a lua, e a silhueta dos galhos em movimento desapareceu por um instante. Nesse ponto ouviu-se um único grito saído de todas as gargantas; abafado pelo espanto, porém rouco e quase uniforme. O terror não havia desaparecido com a silhueta, e em um pavoroso momento de escuridão mais profunda os observadores vislumbraram, na copa das árvores, a convulsão de milhares de pontos de luminosidade tênue e profana a colmar os galhos como o Fogo de São Telmo ou as chamas que desceram sobre a cabeça dos apóstolos no Pentecostes. Era uma constelação monstruosa de luz sobrenatural, como um enxame de vaga-lumes necrófagos inchados a executar uma sarabanda demoníaca acima de um pântano maldito; e tinha a mesma cor do invasor sem nome que Ammi havia aprendido a reconhecer e a temer. O facho de fosforescência que emanava do poço tornava-se cada vez mais intenso e despertava na imaginação dos homens uma sensação de catástrofe e anormalidade que ultrapassava em muito qualquer imagem concebível pelo intelecto consciente. O facho já não apenas *brilhava*, mas antes *se derramava*; e ao sair do poço aquela torrente amorfa de matiz indefinível parecia fluir direto rumo ao céu.

O veterinário estremeceu e caminhou até a porta da frente para acrescentar-lhe mais uma tranca de metal. Ammi não tremia menos e, incapaz de controlar a voz, precisou cutucar os companheiros e apontar com o dedo quando desejou chamar a atenção para a crescente luminosidade das árvores. Os relinchos e a agitação dos cavalos haviam se transformado em um pesadelo, mas não havia vivalma no grupo que se aventurasse a sair da antiga casa naquele instante, por maiores que fossem as recompensas prometidas. Com o passar do tempo as árvores começaram a brilhar mais forte, enquanto os galhos incansáveis pareciam contorcer-se para assumir uma posição cada vez mais vertical. A madeira da cegonha também brilhava, e nesse instante um dos policiais apontou em silêncio para os galpões de madeira e as caixas de abelha próximas ao muro de pedra a oeste. Haviam começado a brilhar, embora os veículos dos visitantes dessem a impressão de permanecer incólumes. Então houve uma grande comoção e um rumor na estrada e, enquanto Ammi apagava a lamparina para ver melhor, todos perceberam que a parelha de tordilhos frenéticos havia quebrado a árvore que servia de moirão e fugido com a carruagem.

O choque serviu para soltar algumas línguas, e houve uma troca de sussurros constrangidos. "Essa coisa se espalha por toda a matéria orgânica ao redor", balbuciou o legista. Ninguém respondeu, mas o homem que estivera no poço deu a entender que poderia ter despertado alguma coisa intangível com a vara. "Foi horrível", acrescentou. "O poço não tinha fundo. Apenas lodo e bolhas e uma sensação de algo à espreita." O cavalo de Ammi continuava a escarvar e a relinchar em volume ensurdecedor na estrada lá fora, e por pouco não abafou a voz trêmula do dono enquanto este balbuciava algumas reflexões confusas. "Essa cousa veio daquela pedra... deve de tê crescido lá embaxo... e pegô tudo que era vivo... se alimentô do corpo e da alma... O Thad e o Mernie, o Zenas e a Nabby... o Nahum foi o último... todos eles bebero daquela água... a cousa foi se apoderano... e veio de algum lugar do além, onde as cousa não são como aqui... e agora tá voltano pra casa..."

Nesse ponto, quando a coluna de cor desconhecida iluminou-se em um clarão repentino e começou a desenhar vultos fantásticos que mais tarde cada espectador descreveria de maneira distinta, o pobre Hero emitiu um som que nenhum homem jamais tinha ouvido e jamais tornaria a ouvir de um cavalo. Todos os que estavam na sala de teto baixo taparam os ouvidos, e o horror e a náusea levaram Ammi a desviar o olhar da janela. Não há palavras capazes de descrever — quando Ammi tornou a olhar para a rua, o pobre animal estava reduzido a um corpo inerte, estirado no chão entre os varões partidos da charrete. Este foi o fim de Hero, enterrado no dia seguinte. Mas naquele instante não havia tempo para se lamentar, pois logo um dos investigadores indicou com um gesto que algo terrível estava presente na sala. Na falta da luz emitida pela lamparina, ficou evidente que um tênue brilho fosforescente emanava de todo o cômodo. Reluzia nas tábuas do assoalho e no tapete vermelho, e cintilava nos caixilhos das janelas com pequenas vidraças. Subia e descia pelas vigas expostas, coruscava nas estantes e no consolo e infectava até mesmo as portas e a mobília. O brilho ficava mais forte a cada instante, e logo ficou evidente que quaisquer seres vivos saudáveis precisariam abandonar a casa.

Ammi levou os companheiros até a porta dos fundos e guiou-os pelos campos até a pastagem de dez acres. Todos caminharam aos tropeções, como em um sonho, sem coragem de olhar para trás enquanto não chegassem a um terreno mais elevado. Estavam felizes com o caminho, pois não teriam conseguido sair pela porta da frente, junto do poço. Foi ruim o bastante passar pelo celeiro e pelos galpões cintilantes e pelas silhuetas distorcidas e diabólicas das árvores que resplandeciam no pomar; mas graças aos céus apenas os galhos mais altos se contorciam com maior fúria. A lua escondeu-se atrás de nuvens muito escuras enquanto o grupo atravessava a rústica ponte sobre Chapman's Brook, e a partir de então todos seguiram às apalpadelas em direção ao pasto aberto.

Quando olharam para trás, em direção ao vale e à distante propriedade dos Gardner, defrontaram-se com uma visão horripilante. Toda a fazenda refulgia com a horrenda mistura de cores desconhecidas; as árvores, as construções e até mesmo a grama e as ervas que pouco tempo atrás não haviam sofrido a mutação completa para o cinza quebradiço e letal. Todos os galhos se erguiam em direção ao céu, colmados por línguas de um fogo maldito, e rastros luminosos daquelas chamas monstruosas arrastavam-se em direção às cumeeiras da casa, do celeiro e dos galpões. Era uma cena digna das visões de Fuseli, e por todo o cenário reinava aquele caos de luminescência amorfa, aquele arco-íris extraterreno e adimensional de veneno críptico emanado do poço — pulsando, palpitando, escoando, avançando, cintilando, escorrendo e borbulhando na malignidade suprema de um cromatismo sideral irreconhecível.

Então, sem nenhum aviso, aquela coisa odiosa disparou verticalmente em direção ao céu como um foguete ou um meteoro, sem deixar nenhum rastro, e desapareceu em um curioso rasgo circular nas nuvens antes que qualquer um dos homens tivesse oportunidade de arfar ou de soltar um grito. Nenhum dos observadores jamais há de esquecer aquela visão, e Ammi ficou olhando pasmo para a constelação de Cygnus, com Deneb a cintilar acima das outras estrelas, onde a cor desconhecida se dissolveu na Via Láctea. Mas no instante seguinte teve o olhar chamado de volta à Terra por um estalo no vale distante. Nada mais. Apenas o estalo de madeira quebrando e rachando — sem explosão alguma, como vários outros membros do grupo confirmaram mais tarde. De qualquer modo, o resultado foi o mesmo, pois em um instante febril e caleidoscópico irrompeu da fazenda condenada e maldita um cataclismo eruptivo de centelhas e substâncias sobrenaturais, que ofuscou a visão dos presentes e lançou em direção ao zênite uma nuvem explosiva de fragmentos coloridos e fantásticos renegados pelo universo que conhecemos. Em meio aos vapores que tornavam a se adensar, os fragmentos seguiram a horrenda morbidez desaparecida e, no instante seguinte, desapareceram também. Para trás e para baixo restaram apenas trevas para onde os homens não ousaram retornar, e por toda a parte havia um vento de intensidade crescente que parecia descer em rajadas negras e geladas do espaço interestelar. Aquilo uivava e ululava e açoitava os campos e os bosques retorcidos em um insano frenesi cósmico, e logo o abalado grupo percebeu que não adiantaria esperar que a lua revelasse o que havia sobrado na propriedade de Nahum.

Tomados de um espanto profundo demais para sequer arriscar teorias, os sete homens trêmulos fizeram a longa e difícil caminhada até Arkham pela estrada norte. Ammi estava pior do que os companheiros e insistiu para que fizessem uma parada na sua cozinha em vez de seguir direto para a cidade. Não queria atravessar sozinho os bosques noctíferos e açoitados pelo vento que o separavam de casa. Ammi sofreu um choque adicional em relação aos demais integrantes da companhia e ficou para sempre marcado por um medo constante que não ousou sequer mencionar por muitos anos a seguir. Enquanto os demais observadores na colina tempestuosa mantiveram os olhares fixos na estrada, por um instante Ammi voltou o rosto para trás em direção ao ensombrecido vale da desolação que nos últimos tempos servira de morada ao astroso Nahum. E, daquele lugar malogrado e longínquo, viu algo se erguer devagar, apenas para afundar mais uma vez no ponto de onde o grande horror amorfo havia disparado rumo ao céu. Era apenas uma cor — mas não uma cor nativa da Terra ou do nosso céu. Desde que reconheceu aquela cor e soube que aquele último resquício tênue ainda devia estar à espreita no interior do poço, Ammi nunca mais foi o mesmo.

Jamais voltaria a se aproximar da propriedade. Mais de meio século se passou desde o horror, porém Ammi nunca mais esteve lá e há de ficar satisfeito quando a nova represa apagar a existência do lugar. Eu também ficarei satisfeito, pois a maneira como a luz do sol trocou de cor ao redor da boca do poço abandonado me perturbou. Espero que as águas sejam profundas — e mesmo assim jamais hei de bebê-las. Acho que jamais vou retornar ao interior de Arkham. Três dos homens que estavam com Ammi voltaram à propriedade na manhã seguinte para ver as ruínas à luz do dia, mas não havia ruínas de fato.

Apenas os tijolos da chaminé, as pedras do porão, alguns destroços minerais e metálicos aqui e acolá e o bocal daquele poço nefando. A não ser pelo cavalo morto de Ammi, que foi transportado e enterrado, e a charrete que em seguida lhe devolveram, todos os outros organismos vivos haviam desaparecido. Restaram apenas cinco acres quiméricos de um deserto cinzento, e nada mais cresceu por lá desde então. Até hoje o panorama se estende sob o céu como uma grande mancha corroída por ácido em meio aos campos e bosques, e os poucos que se atreveram a vê-lo a despeito das lendas rurais chamaram-no de "descampado maldito".

As lendas rurais são estranhas. E podem ficar ainda mais estranhas quando os homens da cidade e os químicos da universidade interessam-se a ponto de analisar a água daquele poço abandonado ou o fino pó cinzento que nenhum vento parece dispersar. Os botânicos também deviam estudar a flora adoecida na região próxima, pois assim poderiam esclarecer se de fato a peste está se espalhando como os fazendeiros dizem — devagar, à taxa de três ou quatro centímetros por ano. Dizem que a cor das plantas ao redor parece irregular na primavera, e que certas coisas selvagens deixam estranhas pegadas na neve alva do inverno. A neve parece nunca se acumular no descampado maldito como em outros lugares. Os cavalos — os poucos que ainda restam nessa época motorizada — ficam arredios no silêncio do vale; e os caçadores não podem contar com os cães no entorno do pó cinzento.

Dizem que as influências mentais também são muito nocivas. Muitos enlouqueceram nos anos que sucederam a morte de Nahum, sempre incapazes de fugir. Logo todas as pessoas de mente sadia abandonaram a região, e apenas os estrangeiros tentaram viver nas antigas casas decrépitas. Mesmo assim, não conseguiram permanecer lá; e às vezes me pergunto que compreensão além da nossa podem ter obtido graças aos fantásticos e bizarros encantamentos que sussurram. Os sonhos que os visitam à noite, segundo afirmam, são sempre horríveis naquele terreno grotesco; e sem dúvida a mera visão daquele domínio sombrio é suficiente para instigar devaneios mórbidos. Nenhum viajante escapa à sensação de estranheza nas profundezas dos vales, e os artistas sempre estremecem ao pintar bosques densos cujo mistério reside não apenas no olhar, mas também no espírito. Eu mesmo tenho uma certa curiosidade relativa à impressão que tive durante a caminhada solitária que fiz antes de ouvir a história de Ammi. Com a chegada do crepúsculo, senti o desejo vago de que nuvens encobrissem o céu, pois uma estranha inquietude motivada pela vastidão celeste se havia instilado em minha alma.

Não me peça para explicar. Eu não sei — isso é tudo. Não havia ninguém além de Ammi que pudesse responder minhas perguntas; pois os moradores de Arkham recusam-se a falar sobre aqueles dias estranhos, e todos os três professores que viram o aerólito e o glóbulo colorido estão mortos. E houve outros glóbulos — pode ter certeza. Um deve ter encontrado alimento e escapado, e outro provavelmente ficou para trás. Não há dúvida de que ainda hoje habita o fundo do poço — sei que havia algo de errado com a luz do sol que vi acima daquele poço miasmático. Os rústicos dizem que a praga se espalha três ou quatro centímetros por ano, então pode ser que continue se alimentando e crescendo. Mesmo assim, qualquer prole demoníaca que esteja por lá deve estar amarrada a alguma coisa, pois de outra forma não tardaria a espalhar-se. Será que estaria presa às raízes das árvores que erguem as garras rumo ao céu? Uma das lendas que correm em Arkham versa sobre carvalhos intumescidos que brilham e balançam de maneira anormal à noite.

O que pode ser, só Deus sabe. Em termos de matéria, imagino que a coisa descrita por Ammi possa ser chamada de gás, mas esse gás obedecia a leis estranhas ao nosso cosmo. Não era fruto dos mundos e dos sóis que fulguram nos telescópios e nas chapas fotográficas dos nossos observatórios. Não era um sopro dos céus cujos movimentos e dimensões os nossos astrônomos medem ou julgam demasiado vastos para medir. Era apenas uma cor que caiu do espaço — o pavoroso mensageiro de reinos informes que transcendem a Natureza tal como a conhecemos; de reinos cuja mera existência atordoa os nossos pensamentos e entorpece-nos com os negros abismos siderais que descortina ante o nosso olhar frenético.

Duvido que Ammi tenha mentido para mim e não acredito que o relato tenha origem em alucinações causadas pela loucura, conforme haviam me prevenido na cidade. Algo terrível chegou aos vales e às colinas naquele meteoro, e algo terrível — embora eu não saiba em que proporção — permanece lá. Para mim vai ser uma alegria ver as águas chegarem. Nesse meio-tempo, espero que nada aconteça com Ammi. A visão que teve da coisa foi completa demais — e as consequências foram insidiosas. Por que nunca conseguiu ir embora? E a exatidão com que lembrava das últimas palavras de Nahum — "O Zenas nunca voltô do poço... não conseguiu saí... aquilo arrasta você... você sabe que a cousa tá vino atrás, mas não adianta...". Ammi é um homem bom — quando a equipe da represa começar as obras eu preciso escrever para o engenheiro-chefe e pedir que fique de olho nele. Eu detestaria pensar no velho fazendeiro como a monstruosidade cinzenta, retorcida e quebradiça que insiste em atormentar meu sono.

Nas montanhas da loucura

I.

Vejo-me obrigado a falar porque os homens de ciência recusaram-se a seguir os meus conselhos sem saber por quê. É muito a contragosto que revelo as razões que tenho para me opor à possível invasão da Antártida — acompanhada de uma ampla busca por fósseis e projetos de perfurar e derreter vários pontos da ancestral calota polar em grande escala —, e reluto ainda mais porque o meu alerta pode ser em vão. Dúvidas em relação aos fatos reais, tais como os revelo, são inevitáveis; contudo, se eu suprimisse o que talvez pareça extravagante e inacreditável não restaria nada. As fotografias terrestres e aéreas mantidas em segredo até agora contarão a meu favor, pois são particularmente vívidas e detalhadas. Mesmo assim, podem ter a veracidade posta em xeque devido aos grandes requintes concebíveis em farsas bem tramadas. Os desenhos a tinta, é claro, serão descartados como simples embustes, não obstante a estranheza da técnica que há de suscitar comentários e perplexidade entre os especialistas em arte.

No fim, nada me resta senão confiar no juízo e no renome dos poucos líderes científicos que gozam, por um lado, do pensamento independente necessário para analisar a execranda capacidade persuasiva dos meus dados à luz de certos ciclos míticos primordiais e deveras espantosos; e, pelo outro, de influência suficiente para impedir o mundo exploratório como um todo de levar a cabo qualquer plano brusco e demasiado ambicioso na região daquelas montanhas da loucura. É uma lástima que homens de reputação obscura como eu e meus colegas, ligados apenas a uma pequena universidade, tenham poucas chances de causar impressão em assuntos de natureza singularmente bizarra ou controversa.

Também conta contra nós o fato de não sermos, em sentido estrito, especialistas nas áreas com as quais acabamos envolvidos. Como geólogo, meu objetivo com a Expedição da Universidade do Miskatonic era apenas coletar espécimes de rocha e de solo em grandes profundezas nas diversas partes do continente antártico com o auxílio da notável perfuratriz concebida pelo prof. Frank H. Pabodie, do departamento de engenharia. Eu não tinha a intenção de conduzir trabalhos pioneiros em nenhuma outra área; mas nutria a esperança de que o uso do novo dispositivo mecânico em diferentes pontos ao longo de rotas conhecidas pudesse revelar materiais até então inalcançados pelos métodos comuns de coleta. A perfuratriz de Pabodie, como o público soube a partir dos nossos relatórios, era uma máquina única e radical graças à leveza, à portabilidade e à capacidade de combinar o princípio da perfuração artesiana convencional com o princípio da perfuração circular a fim de vencer em pouco tempo estratos de dureza variável. A ponta de aço, as hastes articuladas, o motor a gasolina, a torre desmontável de madeira, os apetrechos para dinamitação, os cabos elétricos, o trado para o carreamento dos detritos e a tubulação seccionada para as perfurações com doze centímetros de calibre e até trezentos metros de profundidade formavam, somados a todos os acessórios necessários, uma carga total que podia ser transportada em três trenós puxados por sete cães cada um, graças à esplêndida liga de alumínio de que quase todos os objetos metálicos eram feitos. Quatro grandes aviões Dornier, desenhados especialmente para voos nas excepcionais altitudes necessárias à exploração do platô antártico e dotados de sistemas de partida rápida e de aquecimento para o combustível criados por Pabodie, podiam transportar todo o grupo da expedição desde a base estabelecida nos arredores da Grande Barreira de Gelo até diversos pontos no interior do continente, onde podíamos servir-nos dos cães.

Planejávamos cobrir a maior área possível durante uma estação antártica — ou até mais, se necessário —, trabalhando principalmente nas cordilheiras e no platô ao sul do Mar de Ross; regiões exploradas em diferentes graus por Shackleton, Amundsen, Scott e Byrd. Devido às frequentes mudanças de acampamento, feitas de avião e envolvendo distâncias grandes a ponto de ter alguma importância geológica, esperávamos descobrir uma riqueza de material sem precedentes; em especial no estrato pré-cambriano, do qual tão poucos espécimes antárticos haviam sido coletados. Também pretendíamos obter a maior variedade possível das rochas fossilíferas superiores, uma vez que os primórdios da vida no reino inóspito do gelo e da morte são de suma importância para o nosso conhecimento relativo ao passado da Terra. Sabemos que em outras épocas o continente antártico teve um clima temperado e até mesmo tropical, e que abrigou uma fauna e uma flora das quais os liquens, os animais marinhos, os aracnídeos e os pinguins do extremo norte são simples remanescências; e esperávamos ampliar a variedade, a precisão e os detalhes relativos a esses dados. Quando uma perfuração revelava resquícios fossilíferos, aumentávamos o buraco com dinamite para obter espécimes com o tamanho e as condições adequadas.

Nossas perfurações, cuja profundidade variava conforme as características do solo ou da rocha no estrato superior, estavam limitadas a superfícies expostas ou quase expostas — no mais das vezes localizadas em encostas e elevações em razão da calota de gelo sólido com espessura de um e meio a três quilômetros que recobre as regiões inferiores. Não tínhamos tempo a perder perfurando simples glaciações, embora Pabodie tivesse desenvolvido um método para enterrar eletrodos de cobre em perfurações próximas e assim derreter áreas limitadas de gelo com a corrente de um dínamo a gasolina. É esse plano — que só poderíamos levar a efeito de maneira experimental em uma expedição como a nossa — que a futura Expedição Starkweather-Moore pretende seguir, a despeito dos alertas que fiz desde o nosso retorno da Antártida.

O público conhece a Expedição da Miskatonic graças aos frequentes relatórios que enviávamos para o *Arkham Advertiser* e para a Associated Press, e também aos artigos que eu e Pabodie publicamos mais tarde. Estávamos em quatro professores da universidade — Pabodie, Lake, do departamento de biologia, Atwood, do departamento de física (e também meteorologista), e eu, representando o departamento de geologia e encarregado de chefiar o grupo — e contávamos com o auxílio de dezesseis assistentes; sete alunos de pós-graduação da Miskatonic e nove hábeis mecânicos. Dos dezesseis, doze eram capacitados como pilotos de avião, e dentre esses somente dois não eram competentes operadores de rádio. Oito entendiam de navegação com bússola e sextante, bem como Pabodie, Atwood e eu. Além do mais, nossos dois navios — antigos baleeiros de madeira, reforçados para a navegação em águas geladas e dotados de vapor extra — dispunham de tripulação completa. A Fundação Nathaniel Derby Pickman, com o auxílio de algumas contribuições especiais, financiou a expedição; assim, os preparativos foram planejados com todo o cuidado apesar da ausência de grande publicidade. Os cães, os trenós, as máquinas, os materiais do acampamento e as peças ainda desmontadas dos nossos cinco aviões foram entregues em Boston, onde nossos navios foram carregados. Estávamos muito bem equipados para o nosso objetivo, e em todos os assuntos relativos às provisões, ao regime, ao transporte e às construções do acampamento beneficiamo-nos do excelente exemplo deixado por muitos predecessores recentes e excepcionalmente brilhantes. Foram o número e o renome desses predecessores que levaram a nossa expedição — por maior que fosse — a ser tão pouco notada pelo mundo em geral.

Conforme os jornais noticiaram, zarpamos do porto de Boston no dia 2 de setembro de 1930; descemos pelo litoral, atravessamos o canal do Panamá e paramos nas ilhas Samoa e em Hobart, na Tasmânia, onde nos abastecemos com os últimos suprimentos. Nenhum dos integrantes da expedição havia estado antes nas regiões polares, e portanto depositávamos muita confiança nos capitães — J. B. Douglas, no comando do brigue *Arkham* e responsável pelo grupo marítimo, e Georg Thorfinnssen, no comando da barca *Miskatonic* — ambos baleeiros veteranos nas águas antárticas. Enquanto deixávamos o mundo habitado para trás, o sol descia cada vez mais baixo ao norte e permanecia cada vez mais tempo acima do horizonte a cada dia que passava. Próximo ao paralelo 62° de latitude Sul avistamos os primeiros icebergs — objetos de superfície plana com lados verticais —, e antes de adentrar o Círculo Polar Antártico no dia 20 de outubro, com as devidas cerimônias, já enfrentávamos problemas com o gelo. A temperatura cada vez mais baixa começou a preocupar-me um bocado após a nossa longa viagem pelos trópicos, mas tentei reunir forças para os rigores ainda maiores que estavam à nossa espera. Em muitas ocasiões os curiosos fenômenos atmosféricos foram motivo de grande encantamento para mim; entre os efeitos mais impressionantes estava uma miragem muito vívida — a primeira que vi — nas quais icebergs distantes surgiam como as muralhas de fortalezas cósmicas inimagináveis.

Avançando em meio ao gelo, que por sorte não era muito extenso nem muito compacto, voltamos a navegar em águas abertas ao chegar na latitude 67° Sul, longitude 175° Leste. Na manhã do dia 26 de outubro, um forte clarão apareceu ao sul, e antes do meio-dia sentimos um arrepio de emoção ao vislumbrar a vasta e sobranceira cordilheira nevada que assomava e encobria todo o panorama à frente. Por fim havíamos encontrado o posto avançado do enorme continente desconhecido e do críptico universo da morte gélida. Os picos eram sem dúvida a Cordilheira do Almirantado descoberta por Ross, e assim teríamos a tarefa de dar a volta no Cabo Adare e descer a costa oeste da Terra de Vitória até chegar ao local planejado para a nossa base, na orla do Estreito de McMurdo junto ao pé do vulcão Erebus na latitude 77° 9' Sul.

O último trecho da viagem foi vívido e instigante, com enormes picos inóspitos assomando o tempo inteiro a oeste enquanto o sol baixo do meio-dia boreal ou o sol ainda mais baixo que roça o horizonte austral à meia-noite derramava os tênues raios rubros por sobre a neve branca, o gelo e os cursos d'água azulados e os pequenos trechos negros nas encostas de granito exposto. Pelos cumes desolados sopravam furiosas rajadas intermitentes do terrível vento antártico, cujas cadências por vezes traziam vagas sugestões de um assovio musical primitivo e semissenciente, com notas em várias frequências que, por alguma razão mnemônica subconsciente, pareciam-me inquietantes e até mesmo agourentas. Algo no panorama fez-me pensar nas estranhas e inquietantes pinturas asiáticas de Nicholas Roerich e nas descrições ainda mais estranhas e inquietantes do infame platô de Leng, mencionado no temível *Necronomicon* do árabe louco Abdul Alhazred. Mais tarde, lamentei ter examinado esse livro monstruoso na biblioteca da universidade.

No dia 7 de novembro, após perder de vista a cordilheira a oeste, passamos pela Ilha Franklin; e no dia seguinte divisamos os cones do Monte Erebus e do Monte Terror na Ilha de Ross, logo à frente, com a longa fileira dos Montes

Parry mais além. A leste estendia-se a linha baixa e branca da Grande Barreira de Gelo, que se erguia perpendicularmente a uma altura de sessenta metros, como os penhascos rochosos de Quebec, e marcava o fim da navegação rumo ao sul. À tarde entramos no Estreito de McMurdo e mantivemo-nos ao largo, protegidos pelo fumegante Monte Erebus. O pico escoriáceo sobranceava a quase três mil e novecentos metros no céu oriental, como uma gravura japonesa do sagrado Monte Fuji; e mais além se erguia o vulto branco e fantasmagórico do Monte Terror, um vulcão extinto com três mil e trezentos metros de altitude. Nuvens de fumaça saíam do Erebus a intervalos regulares, e um dos assistentes — um jovem brilhante chamado Danforth — apontou o que parecia ser lava no alto da encosta nevada; e acrescentou que a montanha, descoberta em 1840, sem dúvida havia inspirado Poe quando, sete anos mais tarde, escreveu sobre

— As lavas que rolam no solo
Sulfúreas correntes do Yaanek
Nos inóspitos climas do polo —
Gemem e rolam do Monte Yaanek
Nos domínios boreais do polo.

Danforth era um grande leitor de livros bizarros e havia falado um bocado a respeito de Poe. Eu mesmo fiquei interessado na cena antártica da única história longa de Poe — a perturbante e enigmática *Narrativa de Arthur Gordon Pym*. Na orla inóspita e na elevada barreira de gelo mais ao fundo, miríades de grotescos pinguins grasnavam e batiam as asas; enquanto gordas focas apareciam na água, nadando ou repousando nos enormes fragmentos de gelo que deslizavam vagarosamente ao redor.

Usando pequenos botes, vencemos a difícil travessia e chegamos à Ilha de Ross nas primeiras horas do dia 9, levando um cabo de cada navio e preparando-nos para descarregar os equipamentos por meio de um sistema de boia-calção. Nossas sensações logo ao pisar no solo antártico foram pungentes e complexas, embora nesse ponto em particular as expedições lideradas por Scott e por Shackleton houvessem nos precedido. Nosso acampamento na orla congelada ao pé da encosta vulcânica era apenas provisório; o quartel-general ficava a bordo do *Arkham*. Descarregamos todo o equipamento de perfuração, os cães, os trenós, as barracas, as provisões, os tanques de gasolina, o aparelho experimental para derreter o gelo, as câmeras comuns e aéreas, as peças dos aviões e outros acessórios, incluindo três pequenas estações de rádio portáteis (além daquelas nos aviões) capazes de manter contato com o equipamento do *Arkham* de qualquer lugar do continente antártico que pudéssemos visitar. O equipamento do navio, capaz de se comunicar com o mundo exterior, transmitiria boletins de notícias para a poderosa estação de rádio do *Arkham Advertiser* em Kingsport Head, Massachusetts. Planejávamos terminar nosso trabalho em um único verão antártico; mas, caso a tarefa se mostrasse além das nossas capacidades, passaríamos o inverno no *Arkham* e mandaríamos a *Miskatonic* para o norte antes que as águas congelassem a fim de buscar suprimentos para mais um verão.

Não me parece necessário repetir o que os jornais mencionaram sobre o início dos trabalhos: a escalada do Monte Erebus; as escavações bem-sucedidas em diversos pontos da Ilha de Ross e a singular velocidade com que o aparato de Pabodie as executava, mesmo em camadas de rocha sólida; os testes preliminares do equipamento para derreter o gelo; a perigosa subida à Grande Barreira, com trenós e suprimentos; e a montagem de cinco enormes aviões no acampamento situado no alto da Barreira. Nossa equipe em terra — vinte homens e cinquenta e cinco cães do Alasca — gozava de saúde extraordinária, embora até esse ponto não houvéssemos sofrido com temperaturas demasiado baixas nem tempestades de vento. Durante a maior parte do tempo o termômetro oscilava entre −18° e −7° ou −4°, e nossa experiência com os invernos da Nova Inglaterra havia nos preparado para rigores como esses. O acampamento na Barreira era semipermanente e funcionava como armazém temporário de gasolina, provisões, dinamite e outros suprimentos. Apenas quatro aviões eram necessários para carregar o material da expedição; o quinto, tripulado por um piloto e dois homens dos navios, permanecia no armazém temporário como meio de resgatar-nos a partir do *Arkham* caso todos os aviões exploradores fossem perdidos. Mais tarde, quando não estávamos usando os aviões para transportar material, empregávamos um ou dois para fazer o transporte da equipe entre o armazém temporário e outra base permanente no grande platô que se estende mil ou mil e cem quilômetros ao sul, além da geleira Beardmore. Apesar dos relatos quase unânimes sobre as ventanias e tempestades formidáveis que descem do platô, resolvemos dispensar qualquer base intermediária; arriscamo-nos em nome da economia e da provável eficácia do plano.

Notícias transmitidas pelo rádio fizeram menção ao emocionante voo de quatro horas sem escalas que a nossa esquadrilha fez através da barreira de gelo no dia 21 de novembro, em meio aos enormes picos que se erguiam no oeste e aos silêncios inexplorados que ecoavam o som dos motores. O vento foi um obstáculo apenas moderado, e nossos radiogoniômetros ajudaram-nos a atravessar a densa névoa com a qual nos deparamos. Quando a colossal elevação assomou à nossa frente entre as latitudes 83° e 84°, sabíamos ter chegado à geleira Beardmore, a maior geleira de vale no mundo, e também que o mar congelado estava dando lugar a um litoral inóspito e montanhoso. Por fim entrávamos de fato no ancestral mundo branco entregue à morte através dos éons no sul absoluto; e no instante mesmo em que nos demos conta, avistamos o pico do Monte Nansen no leste distante, erguendo-se a mais de quatro mil e quinhentos metros.

O estabelecimento da base sul acima da geleira, na latitude 86°7', longitude 174°23' Leste, e as perfurações e dinamitações espantosamente rápidas e eficazes realizadas em diversos pontos durante as viagens de trenó e os breves voos de aviões entraram para os anais da história; bem como a escalada árdua e triunfante do Monte Nansen empreendida por Pabodie e dois alunos de pós-graduação — Gedney e Carroll — nos dias 13 a 15 de dezembro. Estávamos a cerca de dois mil e quinhentos metros acima do nível do mar e, quando perfurações experimentais revelaram chão sólido sob uma camada de neve e gelo de apenas quatro metros em certos pontos, fizemos amplo uso do pequeno aparato derretedor e das perfuratrizes e dos explosivos em diversos locais onde nenhum outro explorador havia pensado em coletar espécimes minerais. Os granitos pré-cambrianos e os arenitos Beacon assim obtidos confirmaram a nossa suspeita de que o platô tinha uma composição idêntica à maior parte do continente a oeste, embora esta diferisse um pouco das regiões a leste abaixo da América do Sul — que, segundo pensávamos na época, formariam um continente menor e independente graças a uma junção congelada do Mar de Ross com o Mar de Weddell, embora Byrd tenha desmentido a hipótese desde então.

Em certos arenitos, dinamitados e cinzelados depois que as perfurações revelaram-lhes a natureza, encontramos marcas e fragmentos fósseis de extraordinário interesse — em especial samambaias, algas marinhas, trilobitas, crinoides e moluscos como lingulídeos e gastrópodes —, sendo que todos pareciam ter desempenhado um papel importante na história primordial da região. Também havia uma estranha formação triangular estriada com cerca de trinta centímetros no diâmetro máximo que Lake montou a partir de três fragmentos de ardósia trazidos por uma explosão em grande profundidade. Os fragmentos foram colhidos em um ponto mais a oeste, próximo à Cordilheira da Rainha Alexandra; e Lake, como biólogo, parecia ver na estranha marca algo particularmente enigmático e instigante, embora o meu olhar geológico visse pouco mais do que alguns efeitos ondulatórios bastante comuns em rochas sedimentares. Uma vez que a ardósia não passa de uma formação metamórfica contra a qual um estrato sedimentar é pressionado, e uma vez que a simples pressão causa distorções em quaisquer marcas preexistentes, não vi qualquer motivo para espanto na depressão estriada.

No dia 6 de janeiro de 1931, Lake, Pabodie, Danforth, todos os seis alunos, quatro mecânicos e eu voamos por cima do Polo Sul em dois dos grandes aviões e fomos obrigados a fazer uma aterrissagem forçada por conta de uma ventania que por sorte não evoluiu para uma tempestade. Este foi, conforme os jornais noticiaram, apenas um dentre vários voos de observação nos quais tentávamos registrar novas características topográficas em áreas ainda inexploradas. Nossos primeiros voos foram um tanto decepcionantes neste aspecto, embora tenham nos oferecido magníficos exemplos das fantásticas miragens existentes nas regiões polares, das quais a viagem pelo mar já havia oferecido uma pequena amostra. Montanhas longínquas pairavam no céu como cidades encantadas, e muitas vezes todo aquele mundo branco dissolvia-se no panorama de ouro, prata e matizes escarlate que remetia aos sonhos de Dunsany e a uma expectativa aventureira enfeitiçada pelo sol baixo da meia-noite. Em dias nublados enfrentávamos problemas consideráveis para voar, pois nessas condições a terra nevada e o céu fundiam-se em um vazio opalescente sem horizonte visível que marcasse a junção entre os dois.

No fim resolvemos pôr em prática o plano original de voar oitocentos quilômetros para o leste com todos os quatro aviões exploradores e estabelecer uma nova sub-base em um ponto que, segundo a nossa concepção equivocada, ficaria na menor divisão continental. Amostras geológicas colhidas por lá seriam desejáveis para fins de comparação. Nossa saúde permanecia excelente; o suco de limão compensava a dieta constante de comida salgada e enlatada, e as temperaturas quase sempre acima de dezoito graus negativos permitiam-nos dispensar as peles mais pesadas. Estávamos em pleno verão, e com a pressa e o cuidado necessários poderíamos concluir os trabalhos até março e evitar o tédio de um inverno passado na longa noite antártica. Muitas tempestades de vento implacáveis haviam nos assolado vindas do oeste, porém evitamos maiores estragos graças à engenhosidade de Atwood, que concebeu abrigos rudimentares para os aviões e quebra-ventos feitos com pesados blocos de neve e sugeriu que reforçássemos as instalações do acampamento principal com neve. Nossa boa estrela e nossa eficiência pareciam quase sobrenaturais.

O mundo exterior conhecia o nosso plano e foi devidamente informado quanto à estranha e obstinada insistência de Lake para que fizéssemos uma viagem de exploração a oeste — ou, a bem dizer, a noroeste — antes da mudança definitiva para a nova base. Dava a impressão de ter refletido muito, e com radical ousadia, a respeito da marca triangular estriada na ardósia; e de nela ter percebido certas contradições relativas à Natureza e aos períodos geológicos que lhe aguçaram a curiosidade ao máximo e assim o incitaram a empreender mais perfurações e dinamitações na formação a oeste de onde os fragmentos exumados haviam saído. Lake tinha a estranha convicção de que a marca seria o rastro deixado por algum organismo volumoso, desconhecido e absolutamente inclassificável em estágio evolutivo avançado, ainda que a rocha pertencesse a uma época suficientemente remota — o período Cambriano, ou mesmo Pré-Cambriano — para excluir não apenas a possibilidade de vida altamente evoluída, mas a de qualquer forma de vida além dos organismos unicelulares ou no máximo dos trilobitas. Os fragmentos com as estranhas marcas deviam ter entre quinhentos milhões e um bilhão de anos.

II.

Penso que a imaginação popular reagiu com entusiasmo aos boletins de rádio sobre a partida de Lake em direção ao noroeste, rumo a regiões jamais tocadas por passos humanos ou exploradas pela imaginação humana; embora não tenhamos feito menção a suas desvairadas esperanças de revolucionar toda a biologia e toda a geologia. As expedições de trenó e as escavações preliminares feitas com Pabodie e cinco outros entre 11 e 18 de janeiro — marcadas pela perda de dois cães em uma capotagem durante a travessia de uma das grandes cristas de gelo — revelaram cada vez mais ocorrências da ardósia arqueana; e até mesmo eu me interessei pela singular profusão de marcas fósseis no substrato inconcebivelmente ancestral. As marcas, contudo, pertenciam a formas de vida muito primitivas que não encerravam nenhum grande paradoxo a não ser a ocorrência de formas de vida em rochas pré-cambrianas, como parecia ser o caso; assim, não percebi bom senso algum no pedido de Lake para que fizéssemos um interlúdio em nosso programa — um interlúdio que precisaria dos quatro aviões, de inúmeros homens e de todo o aparato mecânico da expedição. No fim, não vetei o plano; mas decidi que não acompanharia a expedição a noroeste, por mais que Lake tenha solicitado os meus conhecimentos geológicos. Enquanto estavam longe, permaneci na base com Pabodie e cinco homens para tratar dos planos relativos à mudança em direção ao leste. Como parte dos preparativos, um dos aviões havia começado a levar um grande suprimento de gasolina para o Estreito de McMurdo; mas esse transporte podia esperar. Mantive um trenó e nove cães, pois seria arriscado ficar sem nenhum meio de transporte, ainda que apenas temporariamente, no mundo desabitado de uma morte que perdura através dos éons.

A subexpedição de Lake rumo ao desconhecido, como todos hão de recordar, enviava os próprios boletins a partir dos transmissores de ondas curtas nos aviões; que por sua vez eram captados, ao mesmo tempo, pelo nosso equipamento na base ao sul e pelo *Arkham* no Estreito de McMurdo, de onde eram retransmitidos para o mundo exterior em ondas de até cinquenta metros. A partida foi no dia 22 de janeiro, às quatro horas da manhã; e a primeira mensagem que recebemos chegou apenas duas horas mais tarde, quando Lake falou em aterrissar para derreter a camada de gelo e começar uma pequena escavação em um ponto situado a quatrocentos e oitenta quilômetros de distância. Seis horas depois, uma segunda mensagem eufórica falou a respeito de um trabalho digno de castor, graças ao qual um poço fora cavado e dinamitado, culminando assim na descoberta de fragmentos de ardósia com diversas marcas similares à que havia causado o espanto original.

Três horas mais tarde um rápido boletim anunciou a retomada do voo apesar dos fortes ventos contrários; e, quando enviei uma mensagem protestando contra mais este risco, Lake respondeu de maneira um tanto lacônica que o novo espécime fazia qualquer risco valer a pena. Percebi que o entusiasmo estava prestes a transformar-se em motim, e que eu não teria como impedir que Lake pusesse o sucesso de toda a expedição em perigo; mas era terrível pensar que haveria de embrenhar-se cada vez mais fundo naquela traiçoeira e sinistra imensidão branca de tempestades e mistérios desconhecidos que se estendia por cerca de dois mil e quatrocentos quilômetros até o litoral conhecido apenas em parte da Terra da Rainha Mary e da Terra de Knox.

Passada mais uma hora e meia chegou uma mensagem duplamente eufórica do avião de Lake, que por pouco não operou a inversão dos meus sentimentos e fez com que eu desejasse estar na expedição.

"22h05. Em pleno voo. Após a nevasca, divisamos à nossa frente uma cordilheira maior do que qualquer outra vista até hoje. Talvez se equipare ao Himalaia, a dizer pela altura do platô. Latitude provável 76°15', longitude 113°10' Leste. Vai até onde a vista alcança para os dois lados. Suspeita de dois cones fumegantes. Todos os cumes pretos e nenhum coberto de neve. A ventania impede a navegação."

Logo a seguir eu, Pabodie e os homens ficamos com a respiração suspensa junto do receptor. A simples ideia daquela titânica barreira montanhosa a mil e cem quilômetros de distância exacerbou o nosso espírito aventureiro; e muito nos alegrou saber que a descoberta tocara à nossa expedição, embora não a nós próprios. Meia hora depois Lake fez outro contato.

"O avião de Moulton foi obrigado a aterrissar no platô junto aos sopés, mas ninguém se feriu e talvez o estrago tenha conserto. Vamos transferir o essencial para os outros três na hora de retornar ou se outros deslocamentos forem necessários, mas por ora não há necessidade de mais voos longos. As montanhas ultrapassam a capacidade da imaginação. Farei um voo de reconhecimento no avião de Carroll, com toda a carga em terra. Os senhores não fazem ideia do que estamos vendo. Os picos mais altos devem passar de dez mil metros. O Everest perdeu a vez. Atwood fará as medições com o teodolito enquanto eu e Carroll encarregamo-nos do voo de reconhecimento. O mais provável é que eu estivesse errado quanto aos cones, pois as formações parecem estratificadas. Talvez sejam de ardósia pré-cambriana misturada a outros estratos. Estranhos efeitos no horizonte — seções de cubos regulares grudadas aos cumes mais altos. Panorama maravilhoso à luz fúlgida do sol baixo. Como a terra de mistérios em um sonho ou o portal para um mundo desconhecido de maravilhas inexploradas. Queria que o senhor estivesse aqui para estudar."

Ainda que em termos técnicos fosse hora de dormir, nenhum de nós pensou por um instante sequer em ir para a cama. O mesmo deve ter acontecido no Estreito de McMurdo, onde o armazém temporário e o *Arkham* recebiam as mensagens; pois o cap. Douglas enviou uma mensagem felicitando a todos pela importante descoberta, e Sherman, o responsável pelo armazém, repetiu as felicitações. Evidentemente lamentamos o avião danificado; mas torcemos para que o estrago pudesse ser consertado sem grandes dificuldades. Às onze da noite chegou outra mensagem de Lake.

"Eu e Carroll estamos sobrevoando os sopés mais altos. Não nos atrevemos a explorar os picos superiores com este tempo, porém mais tarde vamos tentar. A subida foi medonha e é difícil voar a esta altitude, mas o esforço vale a pena. A cordilheira é maciça, então não consigo ver mais além. Os picos mais altos ultrapassam o Himalaia e são muito esquisitos. A cordilheira parece ser composta de ardósia pré-cambriana, com sinais de vários outros estratos sublevados. Enganei-me quanto ao vulcanismo. Estende-se para os dois lados até onde a vista alcança. A neve cessa por volta dos seis mil e quinhentos metros de altitude. Estranhas formações nas montanhas mais elevadas. Grandes blocos cúbicos atarracados com lados perfeitamente verticais e linhas retangulares de muralhas verticais atarracadas, como os antigos castelos asiáticos engastados em rocha nas pinturas de Roerich. Impressionantes de longe. Voamos até chegar mais perto, e Carroll chegou a cogitar que sejam formados por partes separadas, mas a impressão deve ser resultado das intempéries. Muitas extremidades apresentam desgastes e erosão, como se houvessem passado milhões de anos expostas a tempestades e mudanças climáticas. Algumas partes, e em especial as mais altas, parecem feitas de uma rocha mais clara do que qualquer outro estrato visível nas encostas, o que indica uma origem cristalina. Durante um voo rasante avistamos inúmeras bocas de caverna, algumas de contorno muito regular, quadrado ou em semicírculo. O senhor precisa vir investigar. Acho que vi uma formação quadrada no alto de um cume. A altura parece ser entre nove mil e dez mil metros. Estamos a seis mil e quinhentos em um frio de rachar. O vento uiva e assovia enquanto atravessa os desfiladeiros e entra e sai das cavernas, mas até agora não ofereceu riscos ao voo."

Por mais meia hora Lake teceu comentários intermináveis e manifestou a intenção de escalar alguns cumes a pé. Respondi que eu o acompanharia assim que ele pudesse mandar um avião, e que Pabodie e eu haveríamos de traçar o melhor plano para a gasolina — onde e como concentrar o suprimento em vista da mudança na expedição. Sem dúvida as operações de Lake, bem como as atividades aeronáuticas, exigiriam o transporte de uma grande quantidade de combustível até a nova base que ele pretendia estabelecer no pé das montanhas; e talvez o voo a leste não pudesse ser realizado ainda naquela estação. Assim, chamei o cap. Douglas e pedi que descarregasse a maior quantidade possível dos navios e transportasse-a para o topo da Barreira com a única matilha que nos restava. Teríamos de percorrer um caminho em linha reta através da região desconhecida entre Lake e o Estreito de McMurdo.

Mais tarde, Lake entrou em contato para dizer que seria propício manter o acampamento onde o avião de Moulton fora obrigado a aterrissar, e onde os reparos já estavam em andamento. O manto de gelo era muito fino, com o chão escuro visível aqui e acolá, e o plano era derreter o gelo e detonar o solo naquele exato ponto antes de empreender qualquer escalada ou viagem de trenó. Falou sobre a majestade inefável do cenário e sobre a estranha sensação de estar abrigado pela fileira de vastos pináculos silenciosos a erguer-se como uma muralha que tocava o céu nos confins do mundo. As observações feitas com o teodolito de Atwood determinaram que os cinco picos mais altos tinham entre nove mil cento e cinquenta e dez mil trezentos e sessenta metros de altura. O panorama arrasado pelo vento sem dúvida foi motivo de perturbação para Lake, pois sugeria a existência de rajadas prodigiosas, mais violentas do que tudo o que havíamos encontrado até então. O acampamento localizava-se a pouco mais de oito quilômetros do ponto onde os sopés mais altos erguiam-se de repente. Quase flagrei uma nota de alarme subconsciente naquelas palavras — transmitidas através de um vazio glacial de mil e cem quilômetros — quando Lake pediu que todos abandonassem a nova região o mais depressa possível. Estava prestes a descansar após um dia inteiro de pressa, esforço e resultados quase sem precedentes.

Na manhã seguinte tive uma conversa a três pelo rádio com Lake e o cap. Douglas; combinamos que um dos aviões de Lake voaria até a minha base para buscar-me — com Pabodie e outros cinco homens — e transportar todo o combustível que pudesse. O restante, a depender da nossa decisão quanto à viagem a leste, poderia esperar mais alguns dias, uma vez que Lake tinha gasolina suficiente para as necessidades imediatas do acampamento e das perfuratrizes. Cedo ou tarde a antiga base sul teria de ser reabastecida; porém, se adiássemos a viagem a leste, não tornaríamos a usá-la antes do verão seguinte, e nesse meio-tempo Lake precisaria despachar um avião para explorar uma rota direta entre as novas montanhas e o Estreito de McMurdo.

Pabodie e eu preparamo-nos para fechar a base por um período curto ou longo, conforme o caso. Se passássemos o inverno na Antártida, o mais provável seria voar direto da base de Lake para o *Arkham* sem retornar. Algumas das nossas tendas cônicas já estavam reforçadas com blocos de neve endurecida, e então resolvemos completar o serviço estabelecendo um vilarejo esquimó completo. Graças a um generoso estoque de barracas, Lake dispunha de tudo o que a base poderia precisar mesmo após a nossa chegada. Enviei uma mensagem dizendo que Pabodie e eu estaríamos prontos para a jornada em direção ao norte após um dia de trabalho e uma noite de descanso.

Não pudemos manter o ritmo do trabalho após as quatro horas da tarde, no entanto; por volta desse horário, Lake começou a enviar mensagens absolutamente extraordinárias e eufóricas. Seu dia de trabalho havia começado de maneira nada auspiciosa, pois um reconhecimento aéreo das superfícies rochosas quase expostas revelou uma ausência total dos estratos arqueanos e primordiais que procurava e que, ademais, formavam parte importante dos pináculos colossais que avultavam a uma distância tentadora do acampamento. As rochas avistadas pareciam ser arenitos jurássicos e comancheanos e xistos permianos e triássicos, com ocorrências esparsas de afloramentos negros e reluzentes que sugeriam um carvão duro e rico em ardósia. Lake ficou um tanto desanimado, pois esperava encontrar amostras com mais de quinhentos milhões de anos. Acreditava que, para redescobrir o veio de ardósia arqueana no qual havia encontrado as estranhas marcas, teria de fazer uma longa viagem de trenó desde os sopés até as encostas mais íngremes das gigantescas montanhas.

Mesmo assim, estava decidido a fazer perfurações locais de acordo com o programa geral da expedição; e assim montou a perfuratriz e pôs cinco homens a trabalhar consigo enquanto os outros terminavam de montar o acampamento e consertar os estragos no avião. A rocha mais macia à vista — um arenito encontrado a cerca de quatrocentos metros do acampamento — foi escolhida como local das primeiras extrações; e a perfuratriz fez excelente progresso sem que muitas detonações suplementares fossem necessárias. Por volta de três horas mais tarde, logo após a primeira detonação de grandes proporções, os gritos da equipe de perfuração fizeram-se ouvir; e o jovem

Gedney — que atuava como capataz — chegou correndo ao acampamento com a espantosa notícia.

A equipe tinha encontrado uma caverna. No início da perfuração o arenito havia dado vez a um veio de calcário comancheano repleto de minúsculos fósseis de cefalópodes, corais, equinoides e espiríferos, com sugestões ocasionais de esponjas silicosas e ossos de vertebrados marinhos — estes últimos, provavelmente teleósteos, tubarões e ganoides. Por si só a descoberta era importante, uma vez que havia revelado os primeiros fósseis coletados pela expedição; mas quando logo depois a perfuratriz atravessou o estrato em um ponto que parecia ser uma formação oca, uma nova e ainda mais intensa onda de entusiasmo tomou conta dos escavadores. Uma grande explosão revelou o segredo oculto pela superfície; e então, através de uma abertura irregular com talvez um metro e meio de largura por um de espessura, surgiu aos pés dos ávidos pesquisadores uma formação calcária erodida pelas águas subterrâneas que corriam em um mundo tropical extinto mais de cinquenta milhões de anos atrás.

A camada oca não tinha mais de dois metros ou dois metros e meio de profundidade, mas estendia-se em todas as direções e apresentava uma leve corrente de ar que sugeria um amplo sistema de galerias subterrâneas. O chão e o teto ostentavam inúmeras estalactites e estalagmites de grandes proporções, algumas das quais se tocavam para formar uma coluna; porém o mais importante era o enorme depósito de conchas e ossos que em certos trechos chegava a obstruir a passagem. Arrastada desde florestas ignotas com samambaias arbóreas e fungos mesozoicos, e florestas de cicadófitas do período Terciário, palmeiras e angiospermas primitivas, a miscelânea óssea continha mais exemplares do Cretáceo, do Eoceno e de outras espécies animais do que um paleontólogo seria capaz de contar ou classificar em um ano inteiro. Moluscos, exoesqueletos crustáceos, peixes, anfíbios, répteis, pássaros e mamíferos primitivos — grandes e pequenos, conhecidos e desconhecidos. Não admira que Gedney tenha voltado para o acampamento aos gritos, nem que todos os presentes tenham abandonado o serviço e corrido o mais depressa possível em meio ao frio enregelante até o ponto em que a torre assinalava o recém-descoberto portal de acesso a segredos recônditos da Terra e a éons desaparecidos.

Depois de apaziguar o primeiro ímpeto da curiosidade, Lake tratou de escrever uma mensagem na caderneta e pediu ao jovem Moulton que voltasse correndo ao acampamento a fim de transmiti-la por rádio. Foi a primeira notícia que recebi sobre a descoberta, na qual se mencionavam conchas primitivas, ossos de ganoides e placodermes, resquícios de labirintodontes e tecodontes, grandes fragmentos cranianos de mosassauros, vértebras e couraças de dinossauros, dentes e ossos das asas de pterodáctilos, fragmentos de arqueoptérix, dentes de tubarões do Mioceno, crânios de pássaros primitivos e crânios, vértebras e outros ossos de mamíferos primitivos como paleotérios, xifodontes, dinocerados, hiracotérios, oreodontes e titanotérios. Não havia nenhum animal mais recente como o mastodonte, o elefante, o camelo verdadeiro, o cervo e as espécies bovinas; e assim Lake concluiu que os últimos depósitos remontavam ao período Oligoceno, e que o estrato oco permanecera ressequido, morto e inacessível durante pelo menos trinta milhões de anos.

Por outro lado, a predominância de formas de vida muito primitivas era singular ao extremo. Embora a formação calcária, a dizer pela incrustação de fósseis típicos como as *Ventriculites*, remontasse sem dúvida ao Comancheano e não a períodos anteriores, os fragmentos soltos na cavidade rochosa incluíam uma surpreendente quantidade de organismos característicos de períodos mais antigos — como peixes rudimentares, moluscos e corais típicos do Siluriano ou do Ordoviciano. A conclusão inevitável era que, naquela parte do mundo, houvera uma espantosa e única continuidade entre as formas de vida de trezentos milhões de anos atrás e aquelas de apenas trinta milhões de anos atrás. Até que ponto essa continuidade estendera-se após o Oligoceno, quando a caverna fora bloqueada, estava além de qualquer especulação. De qualquer modo, a chegada do terrível período glacial no Pleistoceno cerca de quinhentos mil anos atrás — um mero ontem comparado à idade da caverna — deve ter posto fim a todas as formas de vida primitivas que lograram sobreviver no local.

Lake não se deu por satisfeito com a primeira mensagem, mas escreveu e despachou através da neve um segundo boletim que chegou ao acampamento antes que Moulton pudesse retornar. Depois, Moulton ocupou-se do rádio em um dos aviões; e assim transmitiu para mim — e para que o *Arkham* retransmitisse para o mundo exterior — os frequentes pós-escritos que Lake enviava através de uma série de mensageiros. Quem acompanhou as notícias dos jornais há de recordar a euforia que os relatos feitos naquela tarde causaram entre os homens de ciência — relatos que, passado todo esse tempo, levaram enfim à organização da mesma Expedição Starkweather-Moore que ora tento angustiosamente impedir. Talvez seja melhor reproduzir as mensagens de Lake na íntegra, tal como foram enviadas e traduzidas a partir da taquigrafia a lápis por McTighe, o operador da nossa base.

> Fowler fez uma descoberta de suma importância nos fragmentos de arenito e calcário coletados após as detonações. Diversas marcas triangulares estriadas como aquelas na ardósia arqueana, provando que a fonte sobreviveu desde seiscentos milhões de anos atrás até o período Comancheano sem grandes alterações morfológicas ou redução de tamanho. No máximo, as marcas comancheanas parecem mais primitivas ou decadentes. Enfatizar a importância da descoberta na imprensa. Se-

rá para a biologia o que Einstein foi para a matemática e a física. Alinha-se ao meu trabalho anterior e expande as conclusões. Parece indicar, conforme eu suspeitava, que na Terra houve um ou mais ciclos de vida orgânica anteriores às mais antigas células arqueozoicas conhecidas. Evoluiu e especializou-se há pelo menos um bilhão de anos, quando o planeta ainda era jovem e não podia ser habitado por quaisquer formas de vida ou estruturas protoplásmicas normais. Cabe perguntar quando, onde e como se deu esse desenvolvimento.

Mais tarde. Ao examinar os fragmentos esqueléticos de grandes sáurios marinhos e terrestres e de mamíferos primitivos, encontrei singulares ferimentos ou danos à estrutura óssea que não podem ser atribuídos a predadores ou animais carnívoros de qualquer período. São de dois tipos — perfurações retas e profundas e possíveis incisões cortantes. Um ou dois casos de ossos arrancados. Poucos espécimes afetados. Solicitei lanternas elétricas ao acampamento. Pretendo ampliar a área de busca subterrânea cortando estalactites.

Ainda mais tarde. Encontrei um fragmento muito peculiar de pedra-sabão com cerca de quinze centímetros de largura por quatro de espessura estranho a todas as formações locais visíveis. Esverdeado, porém sem indícios quanto ao período de formação. Superfície curiosamente lisa e regular. Formato de estrela de cinco pontas com as extremidades quebradas e sinais de outras divisões em ângulos agudos no centro da superfície. Pequena depressão lisa no centro da superfície contínua. Estou curioso quanto à origem e às alterações climáticas sofridas. Talvez um estranho caso de erosão aquática. Carroll, ao examiná-la com uma lupa, acha que consegue perceber outras marcas de relevância geológica. Grupos de pontinhos em padrões regulares. Os cães estão irrequietos e parecem odiar a pedra-sabão. Preciso verificar se exala algum odor específico. Enviarei mais notícias assim que Mills trouxer as lanternas e explorarmos a área subterrânea.

22h15. Descoberta importante. Às 21h45, durante o trabalho no subsolo, Orrendorf e Watkins encontraram o fóssil monstruoso de uma criatura desconhecida em forma de barril; provavelmente um vegetal, ou então um espécime gigante de radiado marinho desconhecido. Tecido preservado por sais minerais. Resistente como o couro, embora apresente espantosa flexibilidade em certas partes. Marcas de pedaços quebrados nas laterais e extremidades. Um metro e oitenta de ponta a ponta, um metro de diâmetro central e trinta centímetros de diâmetro nas extremidades. Parece um barril com cinco protuberâncias em vez de aduelas. Fraturas laterais, como que de ramificações menores, estão presentes no equador das protuberâncias. Nos sulcos entre as protuberâncias encontram-se formações curiosas. São cristas ou asas que abrem e fecham como leques. Todas muito danificadas à exceção de uma, que tem mais de dois metros de comprimento. A disposição das partes lembra certos monstros da mitologia antiga, e em especial as Coisas Ancestrais mencionadas no *Necronomicon*. Estas asas parecem ser membranosas e prendem-se à estrutura de um tubo glandular. Minúsculos orifícios visíveis na ponta das asas. As extremidades enrugadas do corpo não oferecem nenhum indício relativo à composição do interior ou às partes faltantes. Farei uma dissecação quando voltarmos ao acampamento. Não sei dizer ao certo se vegetal ou animal. Diversas características evidentes de primitividade extrema.

Toda a equipe foi encarregada de cortar estalactites e procurar novos espécimes. Mais ossos com marcas de ferimentos encontrados, mas estes terão de esperar. Problemas com os cães. Não suportam o novo espécime e provavelmente haveriam de despedaçá-lo se não os mantivéssemos afastados.

23h30. Atenção, Dyer, Pabodie, Douglas. O assunto é de alta — eu diria até transcendental — importância. O *Arkham* precisa retransmitir este comunicado à estação de Kingsport Head o mais rápido possível. O estranho espécime em forma de barril é a coisa arqueana responsável por deixar as marcas nas rochas. Mills, Boudreau e Fowler descobriram um grupo com outros treze em um ponto subterrâneo a doze metros da entrada. Também mais fragmentos de pedra-sabão arredondados e trabalhados — em formato de estrela, mas sem marcas de quebra a não ser em algumas das pontas. Quanto aos espécimes orgânicos, oito aparentam estar completos, com todas as partes. Todos foram trazidos à superfície, afastando os cães. Não suportam essas coisas. Prestem muita atenção à descrição e repitam-na para evitar qualquer mal-entendido. Os jornais precisam receber a informação exata.

Os objetos têm dois metros e quarenta centímetros de ponta a ponta. Torso em forma de barril de um metro e oitenta formado por cinco segmentos com diâmetro central de um metro e trinta centímetros nas extremidades. Cinza-escuro, flexível e extremamente resistente. Asas membranosas da mesma cor, com dois metros e dez centímetros de comprimento, estendem-se a partir dos sulcos entre os segmentos, embora estivessem recolhidas quando da descoberta. As asas apresentam estrutura tubular ou glandular, coloração cinza-clara e orifícios nas pontas. Bordas serrilhadas. Próximo ao equador, no vértice central de cada um dos cinco segmentos em forma de aduela, encontram-se cinco sistemas de braços ou tentáculos cinza-claros firmemente recolhidos junto ao torso, porém expansíveis até uma distância aproximada de um metro. Como os braços de um crinoide primitivo. Cada apêndice de oito centímetros de diâmetro divide-se após quinze centímetros em cinco subapêndices, cada um dos quais se divide após vinte centímetros em cinco pequenos tentáculos ou gavinhas de formato afunilado, o que resulta em um total de vinte e cinco tentáculos por apêndice.

No alto do torso um pescoço bulboso e primitivo de coloração cinza-clara com sugestões de guelras sustenta uma cabeça amarelada de cinco pontas em forma de estrela-do-mar coberta por cílios duros de oito centímetros em várias cores prismáticas. A cabeça é grossa e inchada, mede cerca de sessenta centímetros de ponta a ponta e apresenta projeções de tubos amarelados e flexíveis de oito centímetros em cada uma destas. A abertura no centro do topo é provavelmente uma cavidade respiratória. Na extremidade de cada tubo, protegido por uma membrana retrátil de coloração amarelada, encontra-se um globo vítreo de íris vermelha, sem dúvida um olho. Cinco tubos avermelhados um pouco mais longos saem dos ângulos internos da cabeça em formato de estrela-do-mar e terminam em intumescências da mesma cor que, ao serem pressionadas, abrem-se para revelar orifícios em forma de campânula com diâmetro máximo de cinco centímetros e revestidos de projeções brancas e afiadas como dentes. Possíveis bocas. Os tubos, os cílios e as pontas da cabeça em formato de estrela-do-mar estavam firmemente presos para baixo quando da descoberta, com os tubos e as pontas agarrados ao pescoço bulboso e ao torso. Flexibilidade surpreendente apesar da enorme resistência.

Na base do torso observa-se uma estrutura similar à cabeça, porém com funções distintas. Um pseudopescoço bulboso de coloração cinza-clara, sem evidências de guelras, sustenta uma estrutura esverdeada de cinco pontas em forma de estrela-do-mar. Os braços robustos e musculosos de um metro e vinte de comprimento têm dezoito centímetros de diâmetro na base e afunilam até cerca de seis centímetros na ponta. Cada ponta está ligada ao vértice de um triângulo membranoso esverdeado repleto de veias finas com vinte centímetros de comprimento e quinze de largura na extremidade. Este triângulo é a nadadeira, a barbatana ou o pseudópodo que deixou marcas nas rochas de um bilhão a cinquenta milhões ou sessenta milhões de anos atrás. Dos ângulos internos da estrutura em forma de estrela-do-mar saem tubos avermelhados de sessenta centímetros de comprimento com oito centímetros de diâmetro na base que afunilam até cerca de três centímetros na extremidade. Orifícios nas extremidades. Todas as partes extremamente resistentes e coriáceas, porém muito flexíveis. Braços de um metro e vinte centímetros de comprimento dotados de nadadeiras sem dúvida usadas para locomoção marinha ou de alguma outra espécie. Quando movidos, sugerem um tônus muscular impressionante. Quando da descoberta, todos esses apêndices estavam firmemente presos por cima do pseudopescoço e da base do torso, de maneira análoga aos apêndices na outra extremidade.

Ainda não sei ao certo se devo atribuir a descoberta ao reino animal ou vegetal, mas as chances de que seja um animal parecem maiores. O mais provável é que se trate de um estágio evolutivo muito avançado dos radiados, que no entanto conservou certas características primitivas. As semelhanças com os equinodermos são inconfundíveis, apesar de certas evidências contraditórias. As asas deixaram-me intrigado em vista do provável habitat marinho, mas talvez sirvam para a navegação aquática. A simetria apresenta um curioso caráter vegetal e na essência sugere uma estrutura orientada em função de uma base e de um topo em vez da típica estrutura animal com frente e costas. O período evolutivo fabulosamente primordial, anterior aos mais simples protozoários arqueanos conhecidos, dificulta quaisquer conjecturas relativas à origem.

Os espécimes completos apresentam uma semelhança tão pronunciada em relação a certas criaturas dos mitos antigos que a sugestão de uma existência ancestral fora da Antártida torna-se inevitável. Dyer e Pabodie leram o *Necronomicon* e viram os pesadelos que Clark Ashton Smith pintou baseado no texto, e assim hão de entender quando eu mencionar as Coisas Ancestrais que supostamente criaram toda a vida na Terra como resultado de uma zombaria ou de um equívoco. Os estudiosos acham que a crença deve ter origem em um mórbido tratamento criativo dispensado a certos radiados tropicais muito antigos. O mesmo em relação às coisas do folclore pré-histórico mencionadas por Wilmarth — ramificações dos cultos a Cthulhu etc.

Um amplo campo de estudos foi inaugurado. A dizer pelos demais espécimes encontrados, os depósitos devem remontar ao fim do Cretáceo ou ao início do Eoceno. Estavam sob enormes estalagmites. Escavá-los foi uma tarefa árdua, mas a resistência dos espécimes evitou quaisquer danos. O estado de preservação foi um milagre operado pelo calcário. Não encontramos mais nada por enquanto, mas as buscas serão retomadas mais tarde. O desafio agora é carregar catorze espécimes colossais até o acampamento sem a ajuda dos cães, que latem enfurecidos quando estão por perto. Com nove homens — três ficarão para cuidar dos cães — poderemos manejar os trenós sem grandes problemas, embora as rajadas de vento soprem com força. Precisamos estabelecer contato aéreo com o Estreito de McMurdo para começar o transporte do material. No entanto, ainda preciso dissecar uma dessas coisas antes de qualquer descanso. Quisera eu ter um laboratório de verdade aqui. Dyer devia dar um tapa na testa por haver tentado impedir a minha viagem a oeste. Primeiro, as maiores montanhas do mundo, e agora isto. Se essas criaturas não forem o ponto alto da expedição, sequer imagino o que possa ser. Estamos feitos no mundo científico. Meus parabéns, Pabodie, pelo equipamento que abriu a caverna. Agora será que o *Arkham* poderia retransmitir a descrição?

Pabodie e eu tivemos reações quase indescritíveis ao receber o relato, e nossos companheiros não ficaram para trás no entusiasmo. McTighe, que havia traduzido às pressas alguns dos pontos altos à medida que o equipamento receptor zumbia, transcreveu a mensagem na íntegra a partir da versão taquigrafada assim que o operador de Lake saiu do ar. Todos perceberam a importância histórica da descoberta, e mandei meus cumprimentos a Lake assim que o operador do *Arkham* terminou de retransmitir o trecho descritivo conforme o solicitado; e meu exemplo foi seguido por Sherman, do armazém temporário no Estreito de McMurdo, e pelo cap. Douglas do *Arkham*. Mais tarde, como chefe da expedição, acrescentei certos comentários a serem retransmitidos pelo *Arkham* ao mundo exterior. Descansar, é claro, seria absurdo em meio a tanta euforia; e o meu único desejo era chegar ao acampamento de Lake o mais depressa possível. Fiquei decepcionado ao saber que os ventos implacáveis das montanhas haviam tornado o deslocamento aéreo impossível.

Mesmo assim, passada uma hora e meia o meu interesse reavivou-se a ponto de afastar a decepção. Lake mandou outras mensagens e relatou que o transporte dos catorze grandes espécimes até o acampamento fora um sucesso. A empreitada foi extenuante, pois eram muito pesados;

mas nove homens haviam dado conta do serviço. Naquele instante, alguns membros da equipe estavam construindo um canil de neve a uma distância segura do acampamento, onde os cães poderiam ser alimentados com maior conveniência. Os espécimes foram todos colocados sobre a neve endurecida próxima ao acampamento, a não ser por aquele em que Lake fazia uma rústica tentativa de dissecação.

Essa dissecação mostrou-se uma tarefa mais árdua do que havia imaginado de início; pois mesmo com o calor de um fogão a gasolina na barraca-laboratório recém-montada, os tecidos enganosamente flexíveis do espécime escolhido — um dos mais robustos e intactos — não perderam nada da resistência mais do que coriácea. Lake não sabia ao certo como fazer as incisões necessárias sem valer-se de uma força que poderia destruir todas as sutilezas estruturais que buscava desvendar. Na verdade, dispunha de outros sete espécimes intactos; mas o número era demasiado pequeno para justificar qualquer desperdício, a não ser que a caverna mais tarde revelasse um estoque ilimitado. Assim, afastou o espécime e buscou outro que, embora apresentasse resquícios da estrutura em forma de estrela-do-mar nas duas extremidades, sofrera um grave esmagamento e apresentava uma ruptura parcial dos tecidos em um dos profundos sulcos no torso.

Os resultados, transmitidos às pressas pelo rádio, foram espantosos e intrigantes. Não se poderia esperar delicadeza ou precisão de um trabalho realizado com instrumentos que mal eram capazes de cortar o tecido anômalo, mas o pouco que se conseguiu bastou para deixar-nos todos confusos e perplexos. A biologia existente teria de ser completamente revisada, pois aquela coisa não era resultado de nenhum crescimento celular conhecido pela ciência. Mal havia indícios de fossilização e, apesar da idade de talvez quarenta milhões de anos, os órgãos internos estavam em perfeito estado de conservação. A estrutura coriácea, incorruptível e quase indestrutível, era um atributo inerente à organização daquela coisa, que pertencia a algum ciclo paleogêneo de evolução invertebrada muito além dos nossos poderes de especulação. A princípio, tudo o que Lake descobriu foram tecidos secos; mas, à medida que o calor da barraca promoveu o degelo, notou a presença de umidade orgânica e de um odor fétido no lado incólume da coisa. Não era sangue, mas um fluido espesso de coloração verde-escura que parecia desempenhar o mesmo papel. Quando Lake chegou a este ponto, todos os trinta e sete cães já estavam no canil ainda incompleto próximo ao acampamento; e mesmo à distância os animais começaram a latir furiosamente quando farejaram o odor acre e penetrante.

Em vez de oferecer respostas em relação à estranha entidade, a dissecação provisória aprofundou ainda mais o mistério. Todos os palpites relativos aos membros externos estavam corretos e, com base nessa evidência, não poderia haver muita dúvida quanto a classificá-la como um animal; mas a inspeção dos órgãos internos revelou tantas evidências vegetais que Lake viu-se mais uma vez às escuras. A criatura era dotada de sistema digestório e circulatório, e fazia a excreção através dos tubos avermelhados junto à base em forma de estrela-do-mar. À primeira vista, o aparelho respiratório parecia metabolizar oxigênio em vez do dióxido de carbono; e havia estranhos indícios de câmaras para o armazenamento de ar e de métodos para trocar a respiração através do orifício externo por no mínimo dois outros sistemas respiratórios completamente desenvolvidos — guelras e poros. A criatura era anfíbia e provavelmente adaptada a longos períodos de hibernação sem ar. Os órgãos vocais pareciam estar ligados ao sistema respiratório principal, mas exibiam anomalias muito além de qualquer explicação imediata. A fala articulada por meio de sílabas parecia quase inconcebível; mas assovios musicais emitidos em várias frequências eram muito prováveis. O sistema muscular apresentava um desenvolvimento quase sobrenatural.

O sistema nervoso era complexo e desenvolvido a ponto de provocar consternação em Lake. Embora muito primitiva e arcaica em certos aspectos, a coisa era dotada de um conjunto de gânglios centrais e nervos conectivos que revelavam um caso extremo de desenvolvimento especializado. Os cinco lóbulos cerebrais apresentavam uma evolução surpreendente; e havia sinais de um sistema sensorial, parcialmente servido pelos cílios duros na cabeça, que envolvia fatores estranhos a todos os outros organismos terrestres. Era provável que a entidade tivesse mais de cinco sentidos, o que impedia qualquer predição baseada em analogias com os hábitos de outros seres vivos. Lake imaginou que o organismo teria pertencido a uma criatura de grande sensibilidade organizada em várias funções diferentes no mundo ancestral; um tanto quanto as formigas e abelhas de hoje. Reproduzia-se como os criptógamos vegetais, e em especial como as pteridófitas; era dotado de esporângios na ponta das asas e sem dúvida evoluíra a partir de um talo ou de um protalo.

Mesmo assim, dar-lhe um nome neste ponto seria uma loucura consumada. Tinha o aspecto de um radiado, mas sem dúvida era algo mais. Era em parte vegetal, mas apresentava três quartos da estrutura animal. Os contornos simétricos e outros atributos ofereciam certeza quanto à origem marinha; porém a extensão das adaptações tardias permanecia incerta. As asas, afinal de contas, eram uma persistente sugestão de ambientes aéreos. Como a criatura poderia ter alcançado um estágio evolutivo complexo na Terra recém-nascida ainda a tempo de deixar marcas em rochas arqueanas estava tão além da capacidade humana que Lake chegou a pensar nos mitos primordiais sobre os Grandes Anciões que vieram das estrelas e criaram a vida na Terra como resultado de uma zombaria ou de um equívoco; e também nos relatos desvairados a respeito de criaturas cósmicas oriundas do espaço sideral feitos por um colega folclorista no departamento de inglês da Universidade do Miskatonic.

De fato, Lake chegou a considerar a possibilidade de que as marcas pré-cambrianas pertencessem a um antepassado menos desenvolvido dos espécimes descobertos; porém descartou a hipótese logo após examinar as qualidades estruturais avançadas dos fósseis mais antigos. Os contornos mais tardios davam sinais de decadência, não de maior evolução. O tamanho dos pseudópodos havia diminuído, e toda a morfologia apresentava um aspecto rústico e simplificado. Além do mais, os nervos e órgãos examinados davam mostras de regressão a partir de formas ainda mais complexas. Havia uma incidência surpreendente de partes atrofiadas e vestigiais. No geral, pouca coisa fora resolvida; e Lake recorreu à mitologia para encontrar um nome provisório — e, numa veia jocosa, referiu-se ao achado como "As Criaturas Ancestrais".

Por volta das duas e meia, após decidir que postergaria a conclusão dos trabalhos a fim de repousar um pouco, Lake cobriu o organismo dissecado com uma lona, saiu da barraca-laboratório e estudou os espécimes intactos com renovado interesse. O perene sol antártico havia começado a amaciar um pouco os tecidos, de maneira que as pontas da cabeça e os tubos de dois ou três exemplares davam sinais de querer se abrir; mas Lake não acreditou que houvesse qualquer risco de decomposição a quase vinte graus abaixo de zero. O que fez a seguir foi levar todos os espécimes intactos mais para perto uns dos outros e armar uma barraca sobressalente por cima, a fim de protegê-los dos raios diretos do sol. A medida também ajudaria a manter possíveis odores longe dos cães, cujas hostilidades começavam a ser um problema apesar da distância considerável e das muralhas de gelo cada vez mais altas que um grande número de homens apressava-se em erguer ao redor do canil. Fomos obrigados a prender as pontas da lona que recobria a barraca com pesados blocos de neve para mantê-la firme em meio ao vendaval que começava, pois as montanhas titânicas pareciam estar a ponto de mandar-nos rajadas impiedosas. As apreensões iniciais quanto aos súbitos ventos antárticos reavivaram-se e, sob a supervisão de Atwood, todas as precauções necessárias foram tomadas a fim de reforçar as barracas, o novo canil e os abrigos improvisados dos aviões com neve no lado que dava para as montanhas. Estes últimos abrigos, construídos com blocos sólidos de neve a intervalos esparsos, não haviam chegado sequer perto da altura ideal; e Lake enfim chamou todos os envolvidos em outras tarefas para ajudar neste trabalho.

Já passava das quatro horas quando Lake preparou-se para encerrar a transmissão e sugeriu que todos nós também descansássemos durante a pausa que a equipe faria quando as muralhas do abrigo estivessem um pouco mais altas. Travou uma animada conversa com Pabodie através do éter e repetiu os elogios às incríveis perfuratrizes que o haviam auxiliado na descoberta. Atwood também mandou saudações e elogios. Transmiti a Lake as minhas felicitações e reconheci que estivera certo quanto à viagem a oeste; e combinamos de fazer contato através do rádio às dez da manhã. Se os ventos tivessem amainado, Lake mandaria um avião buscar a equipe na minha base. Logo antes de me recolher, enviei uma última mensagem ao *Arkham* pedindo que moderassem o tom das notícias a serem retransmitidas para o mundo exterior, uma vez que o relatório completo parecia radical o bastante para despertar uma onda de incredulidade se não viesse acompanhado de provas substanciais.

III.

Nenhum de nós, segundo penso, dormiu um sono profundo ou restaurador naquela manhã; pois a emoção da descoberta de Lake e a crescente fúria do vento nos impediam. Mesmo em nosso acampamento, as rajadas eram tão violentas que não conseguíamos deixar de nos perguntar quão pior haveriam de ser no acampamento de Lake, situado diretamente sob os vastos picos desconhecidos que as engendravam e faziam-nas soprar. McTighe estava de pé às dez horas e tentou fazer contato com Lake no rádio, conforme o combinado, mas alguma interferência elétrica no ar tumultuoso a oeste parecia impedir a comunicação. Mesmo assim, logramos contatar o *Arkham*, e Douglas disse que tampouco havia conseguido falar com Lake. O capitão não sabia nada a respeito do vento, pois mal soprava no Estreito de McMurdo apesar da fúria constante em nosso acampamento.

Passamos o dia apreensivos, escutando o rádio e tentando estabelecer contato com Lake de tempos em tempos, porém sem sucesso. Por volta do meio-dia, uma ventania desvairada irrompeu do oeste e fez com que temêssemos pela segurança das nossas instalações; mas passado algum tempo o vento amainou e só tornou a soprar em intensidade moderada às duas da tarde. Depois das três tudo ficou quieto, e assim redobramos os nossos esforços para estabelecer contato com Lake. Ao pensar que dispunha de quatro aviões, todos equipados com um excelente transmissor de ondas curtas, não conseguíamos imaginar nenhum incidente capaz de avariar todos os equipamentos de uma só vez. Instaurou-se um silêncio pétreo; e ao pensar na força vertiginosa que o vento deveria ter atingido no ponto onde Lake estava, não conseguimos afastar as mais catastróficas suposições.

Às seis horas da tarde nossos temores haviam se tornado intensos e definitivos e, após uma deliberação via rádio com Douglas e Thorfinnssen, decidi tomar as providências necessárias a uma investigação. O quinto avião, que havíamos deixado no armazém temporário do Estreito de McMurdo com Sherman e outros dois marujos, estava em boas condições e pronto para decolar a qualquer momento; e tudo indicava que a própria emergência para a qual fora poupado abatia-se naquele mesmo instante sobre nós. Contatei Sherman pelo rádio e pedi que me recebesse na base com o avião e os dois marujos o mais depressa possível, uma vez que as condições atmosféricas eram altamente favoráveis. Logo discutimos quem faria parte da equipe de investigação; e decidimos que incluiríamos todos os homens, bem como o trenó e os cães que eu tinha comigo. Nem mesmo toda essa carga seria páreo para um dos imensos aviões construídos segundo as nossas especificações para o transporte de maquinário pesado. De vez em quando eu tentava contatar Lake pelo rádio, porém sem sucesso.

Sherman, com os marujos Gunnarsson e Larsen, decolou às sete e meia da manhã e relatou um voo tranquilo a partir de várias coordenadas. Era meia-noite quando chegaram à nossa base, e todos os homens discutiram o que fazer a seguir. Seria arriscado atravessar a Antártida em um único avião sem nenhuma base de apoio, mas ninguém se acovardou diante do que parecia ser uma necessidade premente. Às duas da manhã recolhemo-nos para um breve repouso depois de carregar parcialmente o avião, mas dentro de quatro horas estávamos todos de pé para terminar a carga e os preparativos de viagem.

Às sete e quinze do dia 25 de janeiro, começamos a voar para o norte sob o comando de McTighe com uma tripulação de dez homens, sete cães, um trenó, um suprimento de combustível e de provisões e outros itens que incluíam o equipamento de rádio do avião. A atmosfera estava clara e tranquila, e a temperatura, relativamente amena; esperávamos enfrentar poucos obstáculos para chegar à latitude e à longitude fornecidas por Lake. Nossas apreensões diziam respeito ao que poderíamos encontrar, ou não encontrar, ao fim da jornada; pois o silêncio continuava sendo a única resposta a todas as comunicações enviadas ao acampamento.

Até os menores incidentes ocorridos durante o voo de quatro horas e meia estão gravados para sempre na minha lembrança devido à posição crucial que ocupam na minha vida. A viagem marcou a minha perda, aos cinquenta e quatro anos, de toda paz e de todo o equilíbrio que a mente normal possui graças à nossa maneira corriqueira de conceber a Natureza externa e as leis da Natureza. A partir daquele ponto nós todos — mas em particular o aluno Danforth e eu — haveríamos de defrontar-nos com um mundo pavorosamente amplificado de horrores à espreita que nada pode apagar da nossa memória, e que evitaríamos compartilhar com a humanidade em geral se ao menos pudéssemos. Os jornais publicaram os boletins que enviamos a partir do avião, relatando a viagem sem escalas, as duas batalhas travadas contra as ventanias nas grandes altitudes, o vislumbre da superfície rachada onde Lake havia feito uma perfuração três dias atrás e a visão de um grupo dos estranhos cilindros de neve fofa descritos por Amundsen e Byrd enquanto cortávamos o vento pela infindável distância do platô congelado. Chegou um momento, porém, em que as nossas sensações já não podiam mais ser traduzidas em palavras que a imprensa fosse compreender; e um ponto mais além em que nos vimos de fato obrigados a adotar uma regra de censura.

O marujo Larsen foi o primeiro a divisar a linha irregular de cones e pináculos aziagos à nossa frente, e os gritos que deu levaram-nos todos às janelas da cabine. Apesar da nossa velocidade, as montanhas custavam a assomar; e assim soubemos que deviam estar infinitamente distantes, visíveis apenas graças à espantosa altura a que se erguiam. Aos poucos, no entanto, ergueram-se como maus presságios no céu ocidental; e permitiram-nos distinguir cumes de rocha nua, inóspita e escurecida, e captar a estranha sensação de fantasia que inspiravam quando vistos na luz avermelhada da Antártida com o provocante cenário e as iridescentes nuvens de cristais de gelo ao fundo. No geral, o espetáculo era marcado por uma sensação persistente de mistérios espantosos e revelações possíveis; como se aqueles coruchéus rústicos saídos de um pesadelo fossem as pilastras de uma terrível ponte em direção a esferas proibidas de sonho e a abismos insondáveis do tempo, do espaço e de dimensões remotas. Não pude afastar a impressão de que eram coisas malignas — montanhas da loucura cujas encostas mais ermas acabavam em um nefando abismo supremo. O fundo de nuvens agitadas e cintilantes trazia mais sugestões inefáveis de um *além* vago e etéreo do que de espaços terrenos; e conjurava pensamentos terríveis sobre a distância, o isolamento, a desolação e a morte que perdura através dos éons no inexplorado e desconhecido mundo antártico.

Foi o jovem Danforth quem chamou a nossa atenção para as curiosas regularidades no alto do panorama montanhoso — regularidades como os fragmentos de cubos perfeitos que Lake havia mencionado e que de fato justificavam a referência às sugestões oníricas de templos primordiais em ruínas no alto dos nebulosos pináculos orientais pintados de maneira tão estranha e sutil por Roerich. De fato havia algo digno de um Roerich a assombrar todo aquele continente extraterreno de mistérios montanhosos. Senti-me assim pela primeira vez em outubro, quando avistamos a Terra de Vitória, e naquele instante fui mais uma vez tomado pelo mesmo sentimento. Também fui invadido pela inquietante revelação de semelhanças míticas e arqueanas; de que aquele reino letal correspondia ao infame platô de Leng mencionado nas escrituras primitivas. Os mitólogos associam Leng à Ásia Central; porém a memória racial do homem — ou de seus predecessores — é longa, e pode ser que certas histórias tenham atravessado países e montanhas e templos de horror mais antigos do que a Ásia e mais antigos do que todos os mundos humanos conhecidos. Alguns místicos ousados insinuaram uma origem anterior ao Pleistoceno para os fragmentos dos Manuscritos Pnakóticos, e sugeriram que os devotos de Tsathoggua seriam tão estranhos à humanidade quanto o próprio Tsathoggua. Leng, onde quer que pudesse situar-se no tempo e no espaço, não era uma região da qual eu gostaria de me aproximar; tampouco me agradava a proximidade de um mundo que outrora tivesse engendrado as enigmáticas monstruosidades arqueanas descritas por Lake. Naquele instante arrependi-me de ter lido o execrando *Necronomicon* e conversado tanto com Wilmarth, o desconcertante folclorista erudito da universidade.

Esse estado de espírito sem dúvida exacerbou a minha reação à bizarra miragem que surgiu ante os nossos olhos no zênite opalescente enquanto aproximávamo-nos das montanhas e começávamos a discernir as ondulações cumulativas dos sopés. Eu havia presenciado dezenas de miragens polares nas semanas anteriores, muitas das quais me pareceram dotadas de uma vividez tão impressionante e fantástica quanto a ilusão à minha frente; mas esta última tinha uma qualidade completamente nova e obscura de simbolismo ameaçador, de maneira que estremeci quando o labirinto fremente de muralhas e torres e minaretes fabulosos emergiu dos perturbados vapores gélidos acima das nossas cabeças.

O efeito foi o de uma cidade ciclópica de arquitetura desconhecida ao homem e até mesmo à imaginação humana, com enormes agregações de cantaria negra que corporificavam perversões monstruosas das leis da geometria e atingiam os mais grotescos extremos de uma sinistra bizarria. Havia cones truncados com terraços e sulcos laterais, encimados aqui e acolá por altaneiros cilindros por vezes tumefactos e amiúde colmados por fileiras de estreitos discos protuberantes; e singulares construções planas que se debruçavam para além das beiradas e sugeriam pilhas de incontáveis pranchas retangulares ou lâminas circulares ou estrelas de cinco pontas dispostas de maneira que cada uma avançasse um pouco mais do que a anterior. Havia fusões de cones e pirâmides erguendo-se solitárias ou sobranceando cilindros ou cubos ou cones truncados mais achatados e pirâmides, e eventuais coruchéus aciculados dispostos em grupos de cinco. Todas essas estruturas febris pareciam estar ligadas por pontes tubulares que conduziam de uma à outra em diversas alturas vertiginosas, e a escala insinuada pelo todo era opressiva e aterrorizante em virtude do absoluto gigantismo. O tipo genérico de miragem não era muito diferente das formas mais delirantes observadas e desenhadas pelo baleeiro ártico *Scoresby* em 1820; mas naquela hora e naquele lugar, com os obscuros e desconhecidos picos montanhosos erguendo-se majestosos à nossa frente, a anômala descoberta de um mundo ancestral nos pensamentos e a mortalha de um provável desastre a envolver a maior parte da nossa expedição, parecíamos todos ver naquilo a mácula de uma malignidade latente e de um portento infinitamente sinistro.

Senti-me aliviado quando a miragem começou a se dissipar, embora durante o processo os torreões e cones dignos de um pesadelo tenham assumido, por alguns instantes, formas distorcidas de horror ainda maior. Enquanto toda a miragem desfazia-se em turbilhão opalescente, voltamos o olhar mais uma vez em direção ao norte e percebemos que o fim da jornada não estava longe. As montanhas desconhecidas à nossa frente erguiam-se de maneira vertiginosa, como uma terrível muralha de gigantes; e as curiosas regularidades impunham-se com uma clareza impressionante mesmo sem o auxílio do binóculo. Neste ponto sobrevoávamos os sopés mais baixos, e conseguíamos ver, em meio à neve, ao gelo e ao solo exposto do enorme platô, certos pontos mais escuros que acreditamos ser o equipamento e as escavações de Lake. Os sopés mais altos erguiam-se a uma distância de oito a dez quilômetros adiante e formavam uma cordilheira quase à parte da medonha linha de picos mais altos que o Himalaia um pouco além. Por fim, Ropes — o aluno que havia rendido McTighe no comando — deu início aos procedimentos de aterrissagem fazendo uma curva para a esquerda, em direção ao ponto escuro cujas dimensões indicavam o acampamento. Durante a manobra, McTighe transmitiu a última mensagem não censurada que o mundo receberia da nossa expedição.

Todo mundo pôde ler os breves e insossos boletins enviados durante o restante da nossa estadia na Antártida. Horas após a aterrissagem, enviamos um cauteloso relato da tragédia que encontramos e, muito a contragosto, anunciamos o massacre de toda a equipe de Lake, promovido pelo vento formidável do dia anterior, ou da noite que o precedeu. Onze mortos, e o jovem Gedney desaparecido. O público relevou a ausência de detalhes ao imaginar o choque que esse triste evento deveria ter ocasionado, e acreditou em nós quando dissemos que as mutilações impostas pela ação do vento haviam deixado os corpos em condições impróprias para o transporte. Na verdade, orgulho-me ao ver que, mesmo em meio à tristeza, à confusão absoluta e ao horror que se apoderaram de nossas almas, pouco extrapolamos a verdade em relação a qualquer detalhe. A verdadeira importância do ocorrido estava naquilo que não nos atrevemos a contar — naquilo que sequer agora eu contaria, não fosse a necessidade de alertar outros quanto a terrores inomináveis.

O vento havia de fato promovido uma profunda devastação. A sobrevivência de toda a equipe, mesmo sem levar em conta o resto, seria um tanto incerta. A tempestade, com a fúria das partículas geladas em frenesi, deve ter ultrapassado qualquer outra coisa encontrada pela expedição até aquele ponto. O abrigo de um dos aviões — e todos foram encontrados em condições precárias — estava quase pulverizado; e a torre de perfuração distante estava reduzida a destroços. O metal exposto dos aviões e perfuratrizes em terra fora polido pelas vergastadas do vento, e duas das barracas menores haviam cedido apesar do reforço de neve. As superfícies de madeira expostas às rajadas estavam riscadas e com a tinta arrancada, e todos os rastros na neve haviam sido obliterados. Também é verdade que nenhum dos espécimes biológicos arqueanos encontrados apresentava condições de ser transportado por inteiro. Coletamos alguns minerais de uma enorme pilha desabada, dentre os quais vários fragmentos da pedra-sabão esverdeada com estranhos contornos de cinco pontas e tênues marcas de pontos agrupados que havia motivado tantas comparações incertas; e alguns fósseis, dentre os quais os ossos mais comuns dos espécimes curiosamente danificados.

Nenhum dos cães sobreviveu, pois o canil de neve construído às pressas nos arredores do acampamento desabou quase por completo. O vento poderia ter feito aquilo, embora o maior estrago no lado voltado para o acampamento, que não era de onde as rajadas haviam soprado, possa indicar uma agitação intensa ou uma tentativa de fuga por parte dos próprios animais. Todos os três trenós haviam desaparecido, e tentamos dizer a nós mesmos que o vento poderia tê-los soprado rumo ao desconhecido. O equipamento de perfuração e derretimento havia sofrido estragos graves demais para justificar qualquer tentativa de salvá-los, e assim os usamos para fechar o inquietante portal de acesso ao passado aberto por Lake. Da mesma forma, deixamos no acampamento os dois aviões mais avariados; pois a equipe restante tinha apenas quatro pilotos ao todo — Sherman, Danforth, McTighe e Ropes —, embora Danforth estivesse com os nervos abalados demais para pilotar. Recuperamos todos os livros, equipamentos científicos e outros objetos que pudemos encontrar, embora o vento houvesse levado muita coisa. As barracas sobressalentes e as peles estavam desaparecidas ou muito estragadas.

Foi por volta das quatro horas da tarde, depois que uma ampla busca aérea levou-nos a dar Gedney por perdido, que enviamos a nossa cautelosa mensagem para que o *Arkham* a retransmitisse; e acho que fizemos bem ao tratar do assunto em termos vagos e casuais. O máximo que dissemos sobre tumultos referia-se aos nossos cães, que demonstravam uma inquietação frenética perto dos espécimes biológicos, conforme o relato do pobre Lake levaria a esperar. Acho que não mencionamos as mostras dessa mesma inquietação que deram ao farejar as estranhas pedras-sabão esverdeadas e certos outros objetos na região devastada; objetos estes que incluíam instrumentos científicos, aviões e máquinas, no acampamento e no local da perfuração, cujas partes haviam sido afrouxadas, movidas ou de outra maneira alteradas por ventos sem dúvida imbuídos de curiosidade e ímpeto sem iguais.

Quanto aos catorze espécimes biológicos, fomos um tanto vagos. Dissemos que os remanescentes estavam todos danificados, porém mesmo assim eram suficientes para provar a descrição espantosamente precisa de Lake. Foi difícil manter as nossas emoções pessoais à parte — e não mencionamos números nem explicamos como havíamos encontrado as vítimas. Neste ponto havíamos combinado de não fazer nenhuma transmissão que sugerisse loucura da parte dos homens de Lake, embora parecesse loucura encontrar seis monstruosidades imperfeitas enterradas de pé com todo o cuidado em sepulturas nevadas de três metros de profundidade e cobertas por montes de cinco pontas com grupos de pontos dispostos exatamente como aqueles nas estranhas pedras-sabão esverdeadas do período Terciário ou Mesozoico. Os oito espécimes intactos mencionados por Lake pareciam ter sido levados pelo vento.

Também tomamos muito cuidado para não transtornar a paz de espírito do público; assim, Danforth e eu pouco falamos sobre a nossa pavorosa viagem às montanhas no dia seguinte. Foi a circunstância de que apenas um avião extremamente leve poderia atravessar uma cordilheira daquela altura que por sorte limitou a tripulação no voo de reconhecimento a nós dois. Quando retornamos à uma da manhã, Danforth estava à beira da histeria, porém manteve uma expressão admiravelmente serena. Não tive dificuldade em convencê-lo a não mostrar os nossos esboços e as demais coisas que trazíamos nos bolsos, não contar aos outros nada além do que havíamos combinado de transmitir para o mundo exterior e esconder os filmes fotográficos para que nós os revelássemos em segredo mais tarde; de modo que parte da minha história será novidade não apenas para o público em geral, mas também para Pabodie, McTighe, Ropes, Sherman e os outros. De fato, Danforth sabe guardar segredos melhor do que eu; pois viu — ou imaginou ter visto — algo que se recusa a contar até mesmo para mim.

Como todos sabem, nosso boletim trouxe a história de uma escalada árdua; a confirmação da teoria de Lake segundo a qual os grandes picos seriam compostos de ardósia arqueana e de outras dobras geológicas primordiais que não haviam sofrido mutações pelo menos desde a metade do Comancheano; um comentário enfadonho sobre a regularidade das formações cúbicas e das muralhas; a descoberta de que a boca das cavernas indicava veios calcários erodidos; a conjectura de que certas encostas e desfiladeiros talvez permitissem a travessia de toda a cordilheira por montanhistas veteranos; e uma observação de que no outro lado da misteriosa cordilheira encontra-se um imenso e sobranceiro superplatô tão antigo e imutável quanto as próprias montanhas — com seis mil metros de elevação e grotescas formações rochosas que se projetam através de uma fina camada de gelo e com baixos sopés graduais entre a superfície geral do platô e os precipícios íngremes dos mais altos picos.

Todos os dados apresentados eram verdadeiros e bastaram para satisfazer os homens no acampamento. Atribuímos a nossa ausência de dezesseis horas — um tempo mais longo do que o voo, a aterrissagem, o reconhecimento e a coleta de espécimes minerais exigia — a um longo período de condições climáticas adversas; e contamos a verdade sobre a aterrissagem nos sopés mais distantes. Por sorte a nossa história soou realística e prosaica o suficiente para não incitar o restante da equipe a repetir o voo. Se alguém houvesse tentado, eu precisaria recorrer a toda a minha persuasão para impedir — e não sei o que Danforth teria feito. Durante a nossa ausência, Pabodie, Sherman, Ropes, McTighe e Williamson trabalharam como castores nos dois aviões em melhor estado, preparando-os para voar mais uma vez apesar da inexplicável pane nos mecanismos.

Decidimos carregar todos os aviões na manhã seguinte e voltar para a antiga base o mais depressa possível. Embora indireta, essa ainda era a forma mais segura de chegar ao Estreito de McMurdo; pois um voo em linha reta através das mais desconhecidas infinitudes de um continente entregue à morte através dos éons traria inúmeros riscos adicionais. Não poderíamos continuar a exploração após a nossa trágica perda e a ruína do equipamento de perfuração; e as dúvidas e os horrores que nos circundavam — e que não ousávamos revelar — infundiam-nos o desejo de escapar daquele mundo de desolação austral e loucura iminente assim que tivéssemos a chance.

Como o público bem sabe, nosso retorno ao mundo não incluiu mais desastres. Todos os aviões chegaram à antiga base na noite do dia seguinte — 27 de janeiro — após um voo sem escalas em alta velocidade; e no dia 28 chegamos ao Estreito de McMurdo em duas etapas, com uma única escala muito breve por conta de um defeito no aerofólio ocasionado pela fúria do vento enquanto sobrevoávamos a barreira de gelo além do grande platô. Passados mais cinco dias o *Arkham* e o *Miskatonic*, com toda a tripulação e todo o equipamento a bordo, afastaram-se do gelo cada vez mais espesso e avançaram até o Mar de Ross com as zombeteiras montanhas da Terra de Vitória assomando no ocidente com o perturbado céu antártico ao fundo e transformando os uivos do vento em assovios musicais que me enregelaram os ossos. Menos de duas semanas mais tarde deixamos para trás o último resquício de território polar e demos graças aos céus por estarmos longe de um reino assombrado e amaldiçoado onde a vida e a morte, o espaço e o tempo fizeram alianças negras e blasfemas nas épocas desconhecidas desde que a matéria borbulhou e efervesceu pela primeira vez na crosta recém-arrefecida.

Desde o nosso retorno, trabalhamos sem descanso para desencorajar as explorações antárticas, e mantivemos certas dúvidas e palpites em segredo com impressionante unidade e lealdade. Nem mesmo o jovem Danforth, que sofreu um colapso nervoso, revelou coisa alguma para os médicos — de fato, como já afirmei, Danforth imagina ter visto algo que se recusa a contar até mesmo para mim, embora eu ache que o desabafo poderia fazer bem a seu estado mental. Assim poderia explicar e aliviar certas angústias, embora talvez a visão não tenha passado de um delírio provocado por um choque anterior. Essa é a impressão que tenho após os raros momentos irrefletidos em que Danforth sussurra coisas desconexas para mim — coisas que repudia com veemência assim que se recompõe.

Será um trabalho árduo manter outras expedições longe do interminável sul congelado, e alguns de nossos esforços podem trazer prejuízos diretos à nossa causa se despertarem atenção indevida. Desde o início deveríamos ter pensado que a curiosidade humana é perene, e que os resultados anunciados pela nossa expedição seriam capazes de lançar outros aventureiros na antiga busca ao desconhecido. Os relatórios sobre as monstruosidades biológicas enviados por Lake acirraram os ânimos de naturalistas e paleontólogos; no entanto, fomos sensatos o bastante para não mostrar as partes que retiramos dos espécimes enterrados nem as fotografias dos espécimes nas condições em que os encontramos. Também nos furtamos a mostrar os mais enigmáticos dentre os ossos com cicatrizes e as pedras-sabão esverdeadas; enquanto Danforth e eu encarregamo-nos de ocultar as fotografias e esboços feitos no superplatô no outro extremo da cordilheira, bem como as coisas amassadas que alisamos, examinamos em profundo terror e trouxemos de volta em nossos bolsos. Mas agora a expedição Starkweather-Moore está se mobilizando com uma organização muito superior à da nossa equipe. Se não forem dissuadidos, chegarão ao núcleo mais profundo da Antártida para derreter o gelo e perfurar o solo e acabarão libertando aquilo que pode ser o fim do mundo que conhecemos. Assim, vejo-me enfim obrigado a quebrar o silêncio — até mesmo em relação àquela coisa suprema e inominável para além das montanhas da loucura.

IV.

É apenas tomado por hesitação e repugnância enormes que permito à lembrança voltar ao acampamento de Lake e ao que de fato encontramos por lá — e também àquela outra coisa para além da terrível parede montanhosa. Sinto-me constantemente tentado a pular os detalhes e oferecer apenas insinuações em vez de fatos concretos e deduções inelutáveis. Assim, espero que me seja lícito passar depressa pelo restante; o restante que diz respeito ao horror no acampamento. Falei sobre o terreno devastado pelo vento, os abrigos danificados, o maquinário fora de lugar, as várias perturbações dos cães, os trenós sumidos e outros itens desaparecidos, as mortes de homens e cães, o sumiço de Gedney e os seis espécimes biológicos enterrados de maneira insana, com texturas estranhamente intactas apesar de todos os danos estruturais, vindos de um mundo sepulto há quarenta milhões de anos. Não lembro se mencionei que, ao descobrir os corpos dos cães, percebemos que um estava faltando. Não pensamos muito sobre o assunto até mais tarde — e, a bem dizer, só eu e Danforth pensamos.

As coisas que venho guardando para mim dizem respeito aos corpos e a certos detalhes sutis que podem ou não conferir uma lógica incrível e horrenda ao caos aparente. Na época, tentei evitar que os homens pensassem sobre os detalhes; pois seria muito mais simples — muito mais normal — atribuir tudo a um surto de loucura da parte de alguns homens na equipe de Lake. A dizer pelo que encontramos, o demoníaco vento da montanha deve ter se mostrado suficiente para levar qualquer um à loucura no centro de todo o mistério e de toda a desolação da Terra.

O que coroava a anormalidade da situação, no entanto, era o estado dos corpos — de homens e cães. Todos haviam tomado parte em algum terrível conflito, e estavam esquartejados e mutilados de maneira absolutamente inexplicável e demoníaca. As mortes, até onde pudemos determinar, haviam decorrido em função de estrangulamento ou laceração. Os cães sem dúvida haviam começado a escaramuça, pois o estado do precário canil dava indícios de um arrombamento a partir de dentro. A instalação fora construída a uma certa distância do acampamento por conta do ódio que os animais sentiam pelos infernais organismos arqueanos, mas o cuidado parecia ter sido em vão. Vendo-se abandonados em meio à ventania monstruosa e protegidos apenas por frágeis paredes de altura insuficiente, os cães devem ter corrido em pânico — não sabemos se por causa do próprio vento ou de algum outro odor sutil exalado pelos espécimes saídos de um pesadelo. Os espécimes, claro, estavam protegidos sob a lona de uma barraca; mas o baixo sol antártico havia batido na lona por muito tempo, e Lake tinha dito que o calor fazia com que os tecidos estranhamente intactos e resistentes das criaturas relaxassem e se expandissem. Talvez o vento tenha arrancado a lona protetora e arrastado as criaturas, assim tornando manifestas suas qualidades olfatórias mais pungentes, apesar da incrível antiguidade a que remontavam.

O que quer que tenha sido, no entanto, foi algo horrendo e repugnante. Talvez seja melhor deixar as reservas de lado e narrar o pior de uma vez por todas — embora acompanhado de uma opinião categórica, baseada em observações de primeira mão e nas mais rígidas deduções minhas e de Danforth, segundo a qual o desaparecido Gedney não era de forma alguma responsável pelos horrores que encontramos. Eu afirmei que os corpos haviam sofrido mutilações terríveis. Devo agora acrescentar que alguns haviam sofrido incisões e subtrações estranhas e desumanas, feitas a sangue-frio. O mesmo sucedeu aos cães e aos homens. Os corpos mais saudáveis e mais gordos, fossem bípedes ou quadrúpedes, tiveram os tecidos mais sólidos removidos como que por um hábil açougueiro; e os contornos das incisões vinham polvilhados com o sal retirado das provisões saqueadas nos aviões — o que conjurava as mais horrendas associações. A coisa havia se passado em um dos rústicos abrigos para os aviões de onde a aeronave fora arrastada, e os ventos subsequentes apagaram todos os rastros capazes de fornecer uma teoria plausível. Retalhos, arrancados das roupas das vítimas humanas, não ofereciam nenhuma pista. Seria inútil mencionar a impressão sutil de certos rastros tênues em um canto protegido do abrigo em ruínas — porque esta impressão não dizia respeito a pegadas humanas, mas estava claramente misturada aos comentários sobre rastros fósseis que o pobre Lake vinha fazendo nas semanas anteriores. Era preciso tomar cuidado com a própria imaginação ao pé daquelas sobranceiras montanhas da loucura.

Conforme expliquei, Gedney e um dos cães haviam desaparecido. Quando chegamos ao terrível abrigo, demos pela falta de dois cães e dois homens; mas a barraca de dissecação relativamente intacta onde entramos depois de investigar as monstruosas sepulturas tinha algo mais a nos revelar. A barraca não estava nas condições em que Lake a havia deixado, uma vez que as partes cobertas da monstruosidade primordial não estavam na mesa improvisada. De fato, já havíamos percebido que uma das seis coisas imperfeitas e enterradas de maneira insana — a que exalava um odor particularmente odioso — deveria corresponder às partes reunidas da entidade que Lake havia tentado analisar. Em cima e ao redor da mesa havia outras coisas espalhadas, e não demoramos até perceber que eram as partes resultantes da cuidadosa — embora estranha e canhestra — dissecação de um homem e de um cão. Preservarei os sentimentos dos sobreviventes omitindo a identidade do homem. Os instrumentos anatômicos de Lake tinham desaparecido, mas descobrimos indícios de que haviam sido limpos. O fogão a gasolina também havia sumido, mas ao redor do lugar onde tinha estado encontramos uma grande quantidade de fósforos descartados. Enterramos os restos humanos ao lado dos outros dez homens, e os restos caninos com os outros trinta e cinco cães. Quanto às estranhas manchas na mesa do laboratório e à mixórdia de livros ilustrados manuseados com desleixo e espalhados ao redor, estávamos confusos demais para fazer qualquer especulação.

Esses foram os principais horrores do acampamento, mas outras coisas pareciam igualmente enigmáticas. O desaparecimento de Gedney, do cão, dos oito espécimes biológicos intactos, dos três trenós e de certos instrumentos, de livros técnicos e científicos ilustrados, materiais de escrita, lanternas elétricas e baterias, mantimentos e combustível, aquecedores, barracas sobressalentes, casacos de pele e outros itens estava muito além de qualquer conjectura razoável; assim como os borrões de tinta em certos pedaços de papel e as curiosas evidências de manuseio e experimentação inexplicáveis ao redor dos aviões e de todos os demais equipamentos mecânicos no acampamento e no local da perfuração. Os cães pareciam abominar o maquinário desordenado. Havia também a bagunça na despensa, o desaparecimento de certos mantimentos e o cômico amontoado de latas, abertas das maneiras mais inusitadas e nos lugares mais improváveis. A profusão de fósforos intactos, quebrados ou queimados constituía outro enigma menor; assim como as duas ou três lonas e casacos de pele que encontramos no chão com cortes peculiares e inesperados, possivelmente resultantes de esforços canhestros para adaptá-los a formas inimagináveis. O descaso com os corpos humanos e caninos e o insano sepultamento dos espécimes arqueanos danificados estavam todos de alguma forma ligados a essa aparente loucura destruidora. Para uma eventualidade como a presente, tivemos o cuidado de fotografar todas as principais evidências da insana desordem que encontramos no acampamento; e usaremos as fotografias para reforçar nossos apelos contra a partida da Expedição Starkweather-Moore.

Nossa primeira providência depois de encontrar os corpos no abrigo foi fotografar e abrir a fileira de sepulturas insanas com os montes de neve de cinco pontas. Não pudemos deixar de perceber a semelhança entre os pavorosos montes com grupos de pontos e a descrição que o pobre Lake fizera das estranhas pedras-sabão esverdeadas; e quando encontramos as pedras na grande pilha mineral vimos que a semelhança era de fato muito estreita. Note-se que o contorno geral parecia sugerir de maneira abominável a cabeça de estrela-do-mar observada nas entidades arqueanas; e concordamos que a sugestão deve ter exercido uma forte influência sobre as mentes fragilizadas da abalada equipe de Lake. Nosso primeiro vislumbre das entidades sepultadas foi um instante terrível que remeteu os meus pensamentos — bem como os de Pabodie — de volta a alguns dos chocantes mitos primordiais que havíamos lido e escutado. Todos concordamos que a simples visão e a presença contínua daquelas coisas — juntamente com a opressiva solidão polar e o demoníaco vento da montanha — devem ter contribuído para levar a equipe de Lake à loucura.

Pois a loucura — centrada em Gedney, por ser o único possível sobrevivente — foi a única explicação oferecida de maneira espontânea por todos os que se pronunciaram; embora eu não seja ingênuo a ponto de negar que todos possam ter nutrido suspeitas fantásticas que a sanidade impediu de formar-se por completo. Sherman, Pabodie e McTighe fizeram um voo abrangente por todo o território próximo à tarde, varrendo o horizonte com binóculos em busca de Gedney e dos objetos desaparecidos; porém nada foi encontrado. A equipe relatou que a titânica barreira da cordilheira estendia-se até onde a vista alcançava para ambos os lados, sem nenhuma diminuição na altura ou na estrutura essencial. Em alguns dos cumes, no entanto, os cubos regulares e as muralhas pareciam ainda mais marcantes e mais simples; e apresentavam semelhanças fantásticas às ruínas de montanhas asiáticas pintadas por Roerich. A distribuição das enigmáticas bocas de caverna nos pináculos de rocha nua parecia mais ou menos regular até onde se podia ver a cordilheira.

Apesar de todos os horrores predominantes, ainda dispúnhamos de fervor científico e espírito de aventura suficientes para indagar-nos a respeito do reino desconhecido para além daquelas misteriosas montanhas. Segundo os nossos cautelosos relatos, fomos descansar à meia-noite após o nosso dia de terror e perplexidade; mas não sem esboçar o plano de um ou mais voos de altitude para atravessar a cordilheira em um avião leve equipado com uma câmera aérea e instrumentos geológicos a partir da manhã seguinte. Ficou decidido que Danforth e eu faríamos o primeiro, e acordamos às sete horas prontos para o voo; mas os fortes ventos — mencionados no rápido boletim que enviamos ao mundo exterior — atrasaram nossa decolagem quase até as nove horas.

Já tive ocasião de repetir a história vaga que contamos aos homens no acampamento — e que retransmitimos ao mundo exterior — após o nosso retorno dezesseis horas mais tarde. Agora tenho o terrível dever de expandir este relato completando as piedosas lacunas com pistas do que realmente vimos no oculto mundo trasmontano — pistas das revelações que enfim levaram Danforth a um colapso nervoso. Como eu queria convencê-lo a dizer uma palavra franca a respeito da coisa que imagina ter visto — ainda que não passe de ilusão nervosa — e que talvez tenha sido a gota d'água; mas Danforth recusa-se terminantemente. Tudo o que posso fazer é repetir os sussurros desconexos que ouvi a respeito daquilo que o pôs a gritar enquanto o avião cruzava os céus em meio ao desfiladeiro torturado pelo vento após o choque real e tangível do qual partilhei. Eis o meu último apelo. Se os indícios evidentes quanto à sobrevivência de horrores ancestrais que ora revelo não forem suficientes para evitar que outros se envolvam na exploração profunda da Antártida — ou ao menos impedi-los de penetrar muito fundo na superfície do supremo deserto glacial de segredos proibidos e desolação amaldiçoada pelos éons —, a responsabilidade por males inomináveis e talvez imensuráveis não será minha.

Danforth e eu, depois de estudar as anotações feitas por Pabodie no voo à tarde e de conferir as medições com um sextante, calculamos que o desfiladeiro mais baixo por onde poderíamos passar estendia-se um pouco à direita, era visível a partir do acampamento e situava-se entre sete mil e sete mil e trezentos metros acima do nível do mar. Foi rumo a esse ponto que decolamos em nosso voo exploratório. O acampamento, localizado em sopés que se erguiam em um elevado platô continental, estava a cerca de três mil e seiscentos metros de altitude; de modo que o aumento real na altitude não era tão grande quanto talvez pareça. Não obstante, estávamos perfeitamente conscientes do ar rarefeito e do frio intenso à medida que subíamos; pois, em virtude das condições de visibilidade, fomos obrigados a deixar as janelas da cabine abertas. Todos vestíamos as nossas peles mais pesadas.

Enquanto aproximávamo-nos dos formidáveis picos, que pairavam obscuros e sinistros acima da linha de neve cortada por uma fenda e por geleiras intersticiais, percebíamos cada vez melhor as curiosas formações regulares que se agarravam às encostas; e mais uma vez pensamos nas estranhas pinturas asiáticas de Nicholas Roerich. Os primitivos estratos rochosos desgastados pelo tempo corroboravam todos os relatórios enviados por Lake e provavam que aqueles pináculos nevados vinham dominando o panorama desde uma época surpreendentemente antiga na história da Terra — talvez por mais de cinquenta milhões de anos. Seria inútil tentar adivinhar o quão mais altos poderiam ter sido outrora; porém tudo naquela estranha região sugeria influências atmosféricas obscuras, desfavoráveis à mudança e calculadas para retardar o processo climático habitual de erosão rochosa.

No entanto, foi a profusão de cubos regulares, muralhas e bocas de caverna nas encostas o que mais nos fascinou e perturbou. Estudei-os com um binóculo e tirei várias fotografias aéreas enquanto Danforth pilotava; e por vezes eu o rendia nos controles — embora os meus conhecimentos de aviação fossem um tanto amadores — a fim de permitir que usasse o binóculo. Não tivemos dificuldade para ver que boa parte do material que compunha aquelas coisas era um quartzito arqueano de coloração clara, diferente de todas as outras formações visíveis na superfície ao redor; nem que aquela regularidade era extrema e espantosa em um grau que o pobre Lake mal havia conseguido sugerir.

Conforme ele havia nos dito, as extremidades haviam sofrido desabamentos e desgastes ao longo de incontáveis éons de exposição às intempéries; mas a robustez e a dureza sobrenaturais do material haviam-nas salvado da obliteração. Muitas partes, em especial aquelas mais próximas das encostas, pareciam feitas da mesma substância que compunha a superfície rochosa ao redor. O arranjo geral lembrava as ruínas de Machu Picchu, nos Andes, e as muralhas ancestrais de Kish, escavadas por uma Expedição conjunta do Museu Field e da Universidade de Oxford em 1929; e tanto Danforth como eu em certos momentos tínhamos a mesma impressão de *blocos ciclópicos separados* que Lake tinha atribuído a Carroll, que o acompanhou durante o voo. Como explicar a existência daquelas coisas naquele lugar estava francamente além das minhas capacidades, e como geólogo senti que eu havia aprendido uma lição de humildade. Formações ígneas muitas vezes apresentam estranhas regularidades — como a famosa Calçada dos Gigantes na Irlanda —, mas aquela cordilheira estupenda, apesar das suspeitas iniciais de Lake em relação a cones fumegantes, era sem dúvida de origem não vulcânica na estrutura visível.

As curiosas bocas das cavernas, ao redor das quais a concentração de estranhas formações parecia mais abundante, traziam mais um enigma — ainda que um enigma menor — em virtude da regularidade dos contornos. Muitas vezes, conforme Lake havia informado no relatório, apresentavam um formato quadrado ou semicircular; como se os orifícios naturais tivessem sido trabalhados de maneira a atingir um maior grau de simetria por mãos envoltas em mistério. A quantidade e a ampla distribuição das formações eram muito impressionantes, e sugeriam que toda a região fosse perpassada por galerias subterrâneas resultantes da dissolução do estrato calcário. Os vislumbres que tivemos não penetravam muito fundo, mas pudemos ver que as cavernas não apresentavam estalactites ou estalagmites. As encostas na proximidade imediata das aberturas pareciam invariavelmente lisas e regulares; e Danforth achou que as fissuras e lascas impostas pelo clima formavam desenhos um tanto singulares. Impressionado como estava pelos horrores e estranhezas que havíamos descoberto no acampamento, sugeriu que as lascas apresentavam uma vaga semelhança com os inexplicáveis grupos de pontos salpicados nas ancestrais pedras-sabão esverdeadas e replicados de maneira pavorosa nos montes de neve nascidos da loucura e erguidos sobre as seis monstruosidades enterradas.

Ganhamos altitude ao voar por cima dos sopés mais altos e em direção ao desfiladeiro relativamente baixo que havíamos escolhido. À medida que avançávamos, dirigimos o olhar para baixo em direção à neve e ao gelo que cobriam a rota por terra, imaginando se poderíamos ter nos lançado à empreitada com o equipamento mais simples de outras épocas. Para nossa relativa surpresa, percebemos que o terreno era muito menos acidentado do que se poderia esperar; e que, apesar das fendas e de outros pontos difíceis, não poderia deter os trenós de um Scott, de um Shackleton ou de um Amundsen. Algumas das geleiras pareciam conduzir a desfiladeiros expostos ao vento por um tempo incomum, e quando chegamos ao desfiladeiro escolhido descobrimos que não era exceção.

Nossos sentimentos de expectativa enquanto preparávamo-nos para dar a volta na crista e vislumbrar um mundo inexplorado mal se deixam escrever no papel, embora não tivéssemos motivo para suspeitar que as regiões para além da cordilheira fossem diferentes daquelas já vistas e atravessadas. O toque de mistério perverso na barreira de montanhas e no convidativo mar de céu opalescente vislumbrado por entre os cumes era um assunto demasiado sutil e tênue para ser descrito em palavras. Antes, pareciam repletos de vago simbolismo psicológico e indefiníveis associações estéticas — algo relacionado a poesias e pinturas exóticas, e a mitos arcaicos à espreita em tomos proibidos e execrandos. Até mesmo o vento carregava um traço peculiar de malignidade consciente; e por um instante tive a impressão de que o som composto incluía um bizarro uivo ou assovio musical com notas em várias frequências enquanto a rajada soprava para dentro e para fora das onipresentes e ressonantes cavernas. Havia uma sugestão difusa de repulsa reminiscente nesse som, tão complexa e inefável quanto qualquer outra dessas impressões sombrias.

Nesse ponto, após uma ascensão gradual, o aneroide marcava uma altitude de sete mil cento e oitenta e cinco metros; e havíamos deixado a região de neves perenes muito abaixo de nós. No alto havia apenas encostas escuras e nuas e o princípio de geleiras irregulares — porém com aqueles cubos, muralhas e cavernas insinuantes a acrescentar-lhes um portento sobrenatural, onírico e fantástico. Ao olhar para a cordilheira de pináculos sobranceiros, imaginei ter visto aquele mencionado pelo pobre Lake, com uma muralha exatamente no cume. A montanha parecia estar perdida nos meandros de uma estranha névoa antártica; uma névoa, talvez, como aquela responsável por sugerir a Lake a presença de vulcões. O desfiladeiro assomou à nossa frente, liso e açoitado pelo vento em meio a ásperas e malignas colunatas. Mais além estendia-se um céu ataviado com vapores rodopiantes e iluminado pelo baixo sol polar — o céu daquele reino longínquo jamais observado por olhos humanos.

Mais alguns metros de altitude e poderíamos contemplar aquele reino. Danforth e eu, incapazes de falar a não ser gritando em meio aos uivos e assovios do vento que varava o desfiladeiro e somava-se ao rumor dos motores, trocávamos olhares um tanto eloquentes. Então, depois de subir mais alguns metros, enfim olhamos para o outro lado da divisão rumo aos segredos insondados de uma Terra primitiva de estranheza absoluta.

V.

Recordo que nós dois gritamos ao mesmo tempo em um misto de espanto, surpresa, terror e descrença em nossos próprios sentidos quando finalmente atravessamos o desfiladeiro e vimos o que se escondia do outro lado. Para mim parece claro que devemos ter criado alguma teoria natural em nosso subconsciente a fim de preparar nossas faculdades para aquele momento. Provavelmente imaginamos coisas como as grotescas pedras castigadas pelas intempéries no Jardim dos Deuses no Colorado, ou nas fantásticas rochas simétricas escavadas pelo vento no deserto do Arizona. Talvez tenhamos até mesmo cogitado avistar uma miragem como a que tínhamos encontrado na manhã anterior ao nos aproximar daquelas montanhas da loucura. O fato é que devemos ter recorrido a alguma explicação racional quando nossos olhos varreram o interminável platô vergastado pelas tempestades e captaram o labirinto quase infinito de rochas colossais, regulares e geometricamente eurrítmicas que erguiam as cristas desabadas e lascadas acima de uma camada glacial que não passava de doze ou quinze metros nas partes mais espessas, ainda que em outros pontos fosse visivelmente mais fina.

O efeito da visão monstruosa foi indescritível, pois alguma violação demoníaca das leis naturais parecia certa desde o princípio. Em um platô de antiguidade infernal, a seis mil metros de altitude, exposto a condições climáticas fatais desde uma época pré-humana ocorrida a não menos de quinhentos mil anos atrás, estendia-se quase até os limites da visão um emaranhado de pedras ordenadas que apenas o desespero da razão ameaçada poderia atribuir a qualquer causa que não fosse consciente e artificial. Havíamos descartado, por força do pensamento científico, qualquer teoria em que os cubos e muralhas não figurassem como resultado de processos naturais. Como poderia ser de outra forma, uma vez que a humanidade mal se diferenciava dos grandes símios na época em que a região sucumbiu ao atual reinado da perene morte glacial?

No entanto, o ímpeto da razão parecia abalado de maneira irremediável, pois o labirinto ciclópico de blocos cúbicos, curvos e angulosos era dotado de características que afastavam toda a possibilidade de refúgio. Aquela, sem dúvida alguma, era a cidade blasfema vislumbrada na miragem, porém em uma realidade crua, objetiva e inelutável. O portento, afinal, tinha uma base física — havia um estrato horizontal de cristais de gelo em suspensão, e a surpreendente remanescência da pedra havia projetado a própria imagem até o outro lado das montanhas de acordo com as simples leis da reflexão. Esse vulto havia sofrido distorções e exageros, e apresentava características ausentes na fonte; mas naquele instante, quando nos defrontamos com a fonte, pensamos que era ainda mais horrenda e ameaçadora do que a imagem distante que havia projetado.

Apenas o incrível e sobrenatural volume das colossais torres e muralhas de pedra havia protegido aquela monstruosidade da aniquilação completa nas centenas de milhares — talvez milhões — de anos passados em meio às rajadas de uma região inóspita. "Corona Mundi... Pináculo do mundo..." Toda sorte de epítetos fantásticos surgia em nossos lábios enquanto, tomados pela vertigem, olhávamos para baixo em direção ao inacreditável espetáculo. Mais uma vez pensei nos quiméricos mitos primordiais que haviam me assombrado com tanta persistência desde o primeiro vislumbre da morte no mundo antártico — no demoníaco platô de Leng, nos Mi-Go, ou Abomináveis Homens das Neves dos Himalaias, nos Manuscritos Pnakóticos repletos de insinuações pré-humanas, no culto a Cthulhu, no *Necronomicon* e nas lendas hiperbóreas do amorfo Tsathoggua e das crias estelares ainda mais temíveis associadas a essa semientidade.

A coisa estendia-se por quilômetros incontáveis em todas as direções e apresentava variações de espessura quase desprezíveis; a bem dizer, enquanto nossos olhares seguiam-na para a direita e para a esquerda junto à base dos sopés graduais que a separavam da base da montanha em si, chegamos à conclusão de que não enxergávamos variação alguma a não ser por uma pequena interrupção à esquerda do desfiladeiro por onde havíamos chegado. Havíamos chegado, graças ao mais puro acaso, a uma parte limitada de um todo com extensão incalculável. Os sopés apresentavam um número menor das grotescas estruturas de pedra, o que estabelecia uma ligação entre a terrível cidade e os familiares cubos e muralhas que sem dúvida formavam postos avançados da montanha. Estas últimas, bem como as estranhas bocas das cavernas, eram tão abundantes no interior como no exterior das montanhas.

O inominável labirinto de pedra consistia, na maior parte, em muralhas de gelo cristalino medindo entre três e quarenta e cinco metros de altura e um metro e meio a três metros de espessura. As muralhas eram compostas de prodigiosos blocos de ardósia negra primordial, xisto e arenito — alguns blocos chegavam a medir um metro e vinte por um e oitenta por dois metros e quarenta —, embora em muitos pontos fossem escavadas em um leito sólido e irregular de ardósia pré-cambriana. As construções apresentavam dimensões um tanto desiguais; havia inúmeras galerias de grande extensão bem como estruturas menores e independentes. As formas predominantes eram cones, pirâmides e terraços; embora também houvesse cilindros perfeitos, cubos perfeitos, aglomerações de cubos e outras formas retangulares, e uma singular distribuição de edifícios com um plano horizontal de cinco pontas que sugeria de maneira rústica as fortificações modernas. Os construtores haviam feito uso hábil e constante do princípio do arco, e no esplendor de outrora talvez houvesse cúpulas na cidade.

Todo o emaranhado sofrera os estragos monstruosos causados pelas intempéries, e a superfície glacial de onde as torres erguiam-se estava repleta de blocos desabados e ruínas imemoriais. Nos pontos em que a glaciação era transparente, pudemos ver as partes mais baixas de pilhas gigantes, e notamos pontes de cantaria preservadas no gelo que ligavam diferentes torres em várias alturas acima do solo. Nas muralhas expostas, pudemos detectar os pontos irregulares onde aquelas pontes e também outras ainda mais altas haviam existido. Um exame mais atento revelou incontáveis janelas; algumas fechadas com venezianas feitas de madeira petrificada, embora muitas outras causassem uma impressão sinistra e ameaçadora quando escancaradas. Muitas das ruínas, é claro, estavam sem o teto e apresentavam extremidades superiores irregulares, ainda que erodidas pelo vento; ao passo que outras, de formato mais acentuadamente cônico ou piramidal, ou ainda protegidas por estruturas próximas mais altas, mantinham o contorno intacto apesar dos desabamentos e lascas onipresentes. Com o binóculo, conseguimos distinguir o que pareciam ser esculturas decorativas arranjadas em faixas horizontais — esculturas que exibiam o curioso grupo de pontos cuja presença nas ancestrais pedras-sabão naquele instante assumiu um significado muito mais profundo.

Em diversos pontos as construções estavam totalmente em ruínas e o manto de gelo profundamente fendido como resultado de vários processos geológicos. Em outros, o trabalho em pedra estava desgastado até o nível da glaciação. Um longo trecho que se estendia desde o interior do platô até uma rachadura junto aos sopés a cerca de um quilômetro e meio à esquerda do desfiladeiro que tínhamos atravessado não apresentava nenhuma construção; e o mais provável, segundo concluímos, seria que representasse o curso de algum grande rio que, no período Terciário — milhões de anos atrás — havia atravessado a cidade em direção a um prodigioso abismo subterrâneo na barreira da cordilheira. Sem dúvida era acima de tudo uma região de cavernas, pélagos e mistérios subterrâneos muito além da compreensão humana.

Ao recordar as nossas sensações e lembrar da nossa estupefação ao vislumbrar a monstruosa remanescência de éons que julgávamos ser anteriores à humanidade, espanta-me termos conseguido manter qualquer resquício de equilíbrio.

Claro que sabíamos que alguma coisa — a cronologia, a teoria científica ou a nossa própria consciência — estava terrivelmente errada; mas conseguimos manter compostura suficiente para pilotar o avião, observar diversas coisas em detalhe e tirar uma série de fotografias que ainda podem ser muito úteis para nós e para o mundo em geral. No meu caso, os hábitos científicos de longa data podem ter ajudado; pois, acima da perplexidade e da sensação de ameaça, ardia o vivo desejo de compreender melhor aquele segredo ancestral — de saber que criaturas haviam construído e vivido naquele lugar gigantesco, e que relação com o mundo da época ou de outras épocas uma concentração de vidas tão singular poderia ter mantido.

Aquela não era uma cidade comum. Deveria ter sido o núcleo primário e o centro de algum capítulo arcaico e inacreditável da história da Terra, cujas ramificações periféricas, recordadas apenas de maneira nebulosa nos mais obscuros e distorcidos mitos, haviam desaparecido por completo em meio ao caos das convulsões terrenas muito antes de qualquer raça humana conhecida emergir dos símios. Lá estava uma megalópole paleogênea diante da qual as fabulosas cidades de Atlântida e Lemúria, Commoriom e Uzuldaroum e Olathoë no país de Lomar seriam coisas recentes pertencentes ao hoje — nem sequer ao ontem; uma megalópole que entraria para o rol de blasfêmias pré-humanas mencionadas apenas aos sussurros, como Valúsia, R'lyeh, Ib no país de Mnar e a Cidade Sem Nome da Arábia Deserta. Enquanto voávamos acima daquele emaranhado de torres titânicas escavadas em rocha nua, minha imaginação por vezes desvencilhava-se de todas as amarras e perdia-se no reino das associações fantásticas — chegando até mesmo a forjar elos entre aquele mundo perdido e alguns dos meus sonhos mais desvairados relativos ao horror insano no acampamento.

O tanque de combustível do avião estava cheio apenas em parte a fim de mantê-lo o mais leve possível, e portanto deveríamos ter cautela em nossas explorações. Mesmo assim, percorremos uma vasta extensão de chão — ou, antes, de ar — após descermos até um nível onde os ventos tornaram-se quase irrelevantes. Não parecia haver limite para a cordilheira nem para o comprimento da terrível cidade de pedra que bordejava os sopés interiores. Os oitenta quilômetros de voo em todas as direções não exibiam nenhuma alteração significativa no labirinto de rocha e de cantaria que se erguia como um cadáver através do gelo eterno. Havia, no entanto, certas irregularidades altamente chamativas, como os entalhes no cânion onde o largo rio outrora havia cortado os sopés e corrido em direção à foz na cordilheira maciça. Os promontórios na entrada do curso d'água haviam sido transformados em colunatas ciclópicas; e algo a respeito do formato de barril ornado com protuberâncias despertou lembranças vagas, confusas e odiosas tanto em Danforth como em mim.

Também nos deparamos com vários espaços abertos em forma de estrela-do-mar — sem dúvida esplanadas públicas; e percebemos diversas ondulações no terreno. Em geral, os pontos onde escarpas íngremes se erguiam haviam sido escavados e transformados em edifícios de pedra; mas havia pelo menos duas exceções. Uma estava muito deteriorada para revelar o que em outras épocas repousava sobre o pináculo, mas a outra ainda ostentava um fantástico monumento cônico escavado na rocha sólida e vagamente similar àquele que se encontra na famosa Tumba da Serpente no ancestral vale de Petra.

Voando rumo ao interior do continente, descobrimos que a largura da cidade não era infinita, embora o comprimento ao longo dos sopés parecesse interminável. Após cinquenta quilômetros as grotescas construções de pedra começaram a ficar mais escassas, e passados outros quinze quilômetros chegamos a uma desolação ininterrupta, sem qualquer vestígio de interferência senciente. O curso do rio para além da cidade parecia marcado por uma larga faixa de superfície afundada, enquanto a terra assumia um caráter mais acidentado e dava a impressão de um suave aclive à medida que sumia nas névoas do ocidente.

Até esse ponto ainda não havíamos feito nenhuma aterrissagem, mas abandonar o platô sem uma tentativa de entrar nas estruturas monstruosas seria inconcebível. Assim, decidimos encontrar um lugar plano nos sopés mais próximos do desfiladeiro, onde aterrissamos e preparamo-nos para uma exploração a pé. Embora o suave aclive das encostas estivesse em parte coberto por escombros, um voo em baixa altitude revelou um grande número de possíveis locais para a aterrissagem. Após escolher aquele mais próximo ao desfiladeiro, porquanto no voo seguinte mais uma vez atravessaríamos a cordilheira maciça para retornar ao acampamento, ao meio-dia e meia descemos em um campo nevado plano e sólido, sem nenhum obstáculo e muito bem adaptado a uma decolagem suave e favorável mais tarde.

Não pareceu necessário proteger o avião com uma barricada de neve por um tempo tão curto e em um local imune às rajadas de vento; apenas nos certificamos de que os esquis de pouso estivessem bem guardados e que as partes vitais do mecanismo ficassem ao abrigo do frio. Para a jornada a pé, deixamos para trás as peles mais pesadas e levamos conosco um equipamento que consistia em uma bússola portátil, uma câmera fotográfica de mão, provisões leves, volumosos cadernos e papéis, um martelo de geólogo e um cinzel, sacos para a coleta de espécimes, rolos de corda e poderosas lanternas elétricas com baterias sobressalentes; equipamento este colocado no avião para que, se acaso a chance surgisse, pudéssemos fazer uma aterrissagem, tirar fotografias a partir do solo, fazer desenhos e esboços topográficos e obter espécimes de rocha de alguma encosta nua, afloramento ou caverna. Por sorte tínhamos um suprimento extra de papel que decidimos rasgar, colocar em um saco e usar segundo o antigo princípio da trilha para demarcar a nossa rota em quaisquer labirintos recônditos que pudéssemos explorar. O expediente poderia ser usado caso encontrássemos um sistema de cavernas com correntes de ar suaves o bastante para permitir a adoção de um método mais simples e mais rápido que o método habitual de fazer marcas na rocha durante uma primeira exploração.

Ao avançar pela neve endurecida em direção ao espantoso labirinto de pedra que assomava à nossa frente com os matizes opalinos do ocidente ao fundo, tivemos uma impressão quase tão intensa de estar diante de um portento como a que havíamos sentido ao nos aproximar do desfiladeiro quatro horas atrás. Verdade que havíamos adquirido uma certa familiaridade visual com aquele incrível segredo oculto pela barreira dos pináculos; no entanto, o prospecto de efetivamente transpor as muralhas primordiais erguidas por seres conscientes talvez um milhão de anos atrás — antes de qualquer humanidade conhecida — revestia-se de espanto e de terror latente por força das anomalias cósmicas que sugeria. Embora o ar rarefeito naquela altitude formidável tornasse nosso progresso mais difícil do que o habitual, tanto Danforth como eu resistíamos bem e sentíamo-nos à altura de praticamente qualquer obstáculo que pudesse surgir. Foram necessários poucos passos até que nos defrontássemos com uma ruína desgastada até o nível da neve, enquanto cinquenta ou setenta metros adiante havia uma enorme muralha de cinco pontas com o contorno preservado que se erguia a uma altura irregular de cerca de três metros. Dirigimo-nos a esta última; e quando enfim conseguimos tocar nos blocos ciclópicos, sentimos que havíamos estabelecido uma ligação sem precedentes e quase blasfema com éons consignados ao esquecimento e em geral interditos à nossa espécie.

A muralha, que tinha formato de estrela e media talvez noventa metros de ponta a ponta, era construída com blocos irregulares de arenito jurássico com cerca de um metro e oitenta por dois metros e quarenta de superfície.

Havia uma fileira de seteiras ou janelas em arco com cerca de um metro e vinte de largura por um metro e meio de altura dispostas em intervalos regulares ao longo das pontas e ângulos internos da estrela, com a base a cerca de um metro e vinte da superfície congelada. Olhando através das frestas, pudemos ver que a espessura total da cantaria era de um metro e meio, que não existiam partições internas e que havia resquícios de entalhes ou baixos-relevos nas paredes internas; fatos que já havíamos antecipado no voo rasante por cima daquela muralha e de outras semelhantes. Embora suspeitássemos da existência de níveis mais baixos, todos os resquícios dessas coisas encontravam-se totalmente obscurecidos pela profunda camada de neve e de gelo naquele ponto.

Esgueiramo-nos para dentro de uma janela e em vão tentamos decifrar os desenhos quase apagados nas paredes internas, mas não tentamos perturbar o chão congelado. Nossos voos de reconhecimento haviam indicado que muitas construções na cidade poderiam estar menos invadidas pelo gelo e que talvez pudéssemos descobrir interiores desobstruídos que nos levassem ao verdadeiro nível térreo se entrássemos em uma das estruturas que ainda conservavam o telhado. Antes de abandonarmos a muralha tivemos o cuidado de fotografá-la e de estudar, tomados pela mais absoluta perplexidade, o trabalho feito sem argamassa na cantaria ciclópica. Desejamos que Pabodie estivesse conosco, pois graças a seus conhecimentos de engenharia ele poderia ter nos ajudado a entender como aqueles blocos titânicos teriam sido manipulados na época incrivelmente remota em que a cidade fora construída.

A descida de oitocentos metros até a cidade, com o vento uivando uma selvageria inútil em meio aos picos que se alçavam ao céu em segundo plano, ficou para sempre gravada na minha lembrança. Além de mim e de Danforth, qualquer outra pessoa só poderia conceber aqueles fenômenos ópticos em pesadelos fantásticos. Entre nós e os tumultuosos vapores do ocidente estendia-se o monstruoso emaranhado de torres escavadas em pedra negra; as formas incríveis e bizarras impressionavam-nos a cada novo ângulo de visão. Era uma miragem na solidez da pedra, e se não fosse pelas fotografias eu ainda questionaria a existência daquelas coisas. O estilo do trabalho em cantaria era idêntico ao da muralha que havíamos examinado; mas as formas extravagantes das construções urbanas transcendiam qualquer tentativa de descrição.

As próprias fotografias não ilustram mais do que um ou dois estágios da bizarria infinita, da variedade infindável, da opulência sobrenatural e do exotismo absolutamente extraterreno. Havia formas geométricas para as quais Euclides mal poderia encontrar um nome — cones irregulares e truncados de todas as maneiras possíveis; terraços com toda sorte de desproporções intrigantes; postes com singulares avultamentos bulbosos; colunas partidas dispostas em estranhos grupos; e conjuntos de cinco pontas ou cinco protuberâncias imbuídos de uma insanidade grotesca. Ao chegar mais perto, pudemos ver através de certas partes transparentes do manto de gelo e perceber algumas das pontes de pedra tubulares que ligavam as estruturas em vários níveis. Não parecia haver ruas organizadas, sendo a única estrada larga um trecho aberto a cerca de um quilômetro e meio à esquerda, onde o antigo rio sem dúvida havia atravessado a cidade em direção às montanhas.

Nossos binóculos mostraram que grupos de pontos e faixas horizontais em esculturas quase obliteradas eram muito frequentes no exterior, e quase pudemos imaginar como seria o aspecto da cidade em épocas passadas — embora a maioria dos telhados e das torres houvesse perecido. O todo formava um complexo emaranhado de ruelas e becos; todos cânions profundos, que em alguns casos mal passavam de túneis devido à cantaria sobranceira e às pontes em arco que os encimavam. Espraiada abaixo de nós, a cidade assomou como uma fantasia onírica que tivesse por fundo a névoa do ocidente, através de cuja extremidade setentrional o baixo e rubro sol antártico do início da tarde esforçava-se por refulgir; e quando por um instante o sol encontrava uma obstrução mais densa e por breves instantes mergulhava o cenário em trevas, o efeito era o de uma sutil ameaça que não tenho a pretensão de conseguir representar. Até mesmo os discretos uivos e assovios do vento que não sentíamos nos grandes desfiladeiros montanhosos atrás de nós assumiram uma nota de malignidade ainda mais pungente. O último estágio da nossa descida até a cidade foi excepcionalmente íngreme e abrupto, e um afloramento rochoso no local onde o declive se acentuava levou-nos a pensar que um terraço artificial outrora havia existido naquele ponto. Debaixo da geleira, acreditamos que devia haver um lance de escadas ou algo parecido.

Quando enfim mergulhamos na cidade labiríntica, cambaleando em meio à cantaria desabada e afastando-nos da proximidade opressiva e da altura vertiginosa das onipresentes paredes lascadas e prestes a ruir, nossas sensações mais uma vez acirraram-se a tal ponto que só posso admirar-me com a compostura que conseguimos manter. Danforth estava com os nervos à flor da pele e começou a especular de maneira um tanto insultuosa a respeito do horror no acampamento — uma atitude que ressenti ainda mais porque eu me via obrigado a concordar com certas conclusões que pareciam inevitáveis em face de muitas características inerentes à remanescência daquela antiguidade saída de um pesadelo. As especulações também afetaram o juízo do meu colega; pois a certa altura — no local onde uma ruela tomada por escombros fazia uma curva abrupta — insistiu que havia descoberto indícios de certas marcas no chão que em nada lhe agradavam; enquanto em outros pontos deteve-se a fim de escutar um discreto som imaginário vindo de um ponto indefinível — um assovio musical abafado, segundo disse, não muito diferente do som produzido pelo vento nas cavernas, mas por algum motivo inexplicável ainda mais perturbador. A incessante repetição das *cinco pontas* na arquitetura circunjacente e nos poucos arabescos distinguíveis nas paredes parecia carregada de sugestões obscuras e sinistras às quais não tínhamos como escapar; e instilavam-nos uma terrível certeza subconsciente relativa às entidades primevas que haviam construído e habitado aquele lugar profano.

Mesmo assim, nosso ímpeto científico e aventureiro não se deu por vencido; e seguimos mecanicamente o plano de coletar espécimes de todos os diferentes tipos de rocha presentes no trabalho em cantaria. Buscávamos um conjunto abrangente a fim de tirar conclusões precisas em relação à idade do lugar. Nada nas muralhas externas dava a impressão de ser posterior ao Jurássico e ao Comancheano, e em todo o lugar não havia um único fragmento de rocha formada após o Plioceno. Tivemos a certeza absoluta de estar vagando em meio a uma morte que havia reinado por pelo menos quinhentos mil anos.

Avançávamos por aquele labirinto crepuscular ensombrecido pela cantaria detendo-nos a cada abertura para examinar os interiores e buscar possíveis rotas de ingresso. Algumas estavam além do nosso alcance, enquanto outras conduziam a ruínas invadidas pelo gelo tão destelhadas e inóspitas quanto a muralha na encosta. Uma delas, embora espaçosa e convidativa, parecia levar a um abismo sem fundo e sem nenhum meio visível de descida. De vez em quando tínhamos a chance de estudar a madeira petrificada de uma veneziana remanescente e ficávamos impressionados com a fabulosa antiguidade sugerida pela textura ainda visível. Aquelas coisas remontavam a gimnospermas e coníferas do Mesozoico — em especial a cicadófitas do Cretáceo — e a palmeiras e angiospermas primitivas do período Terciário. Nada mais recente do que o Plioceno pôde ser encontrado. Quanto à disposição das venezianas — cujas extremidades sugeriam a antiga presença de estranhas dobradiças havia muito desaparecidas —, o uso parecia ter sido muito variado; algumas se localizavam no exterior e outras no interior das profundas seteiras. Pareciam estar incrustadas na rocha e assim ter sobrevivido à desintegração dos antigos suportes provavelmente metálicos.

Passado algum tempo chegamos a uma fileira de janelas — nas projeções de um descomunal cone de cinco protuberâncias com o ápice ainda intacto — que levava até um vasto e bem preservado recinto com assoalho em pedra; porém estavam a uma altura muito grande para que nos facultassem descer sem uma corda. Tínhamos um rolo conosco, mas não queríamos empreender uma descida de seis metros a não ser em caso de absoluta necessidade — em especial no ar rarefeito do platô, onde grandes exigências são feitas ao mecanismo do coração. O enorme recinto deveria ter sido uma espécie de salão, e nossas lanternas elétricas iluminaram esculturas marcantes, distintas e um tanto surpreendentes, dispostas nas paredes em amplas faixas horizontais separadas por frisos igualmente amplos de arabescos convencionais. Prestamos muita atenção ao lugar, planejando entrar por lá a não ser que encontrássemos outro acesso mais fácil ao interior.

Por fim, no entanto, encontramos a abertura que procurávamos; uma arcada com cerca de um metro e oitenta de largura por três de altura, marcando o fim da antiga ponte aérea que havia funcionado como via de acesso cerca de um metro e meio acima do nível da glaciação. As arcadas, é claro, eram repletas de andares superiores; e neste caso um dos andares encontrava-se preservado. A construção que adentramos consistia em uma série de terraços regulares à nossa esquerda, em direção ao ocidente. Do outro lado da ruela, onde se abria uma outra arcada, havia um cilindro decrépito sem janelas e com um curioso volume cerca de três metros acima da abertura. O interior estava mergulhado na mais completa escuridão, e a arcada parecia dar para um poço de vazio incomensurável.

Pilhas de escombros facilitavam ainda mais o acesso à construção à esquerda, mas hesitamos por um instante antes de aproveitar a chance tão desejada. Embora houvéssemos transposto aquele emaranhado de mistério arcaico, um novo ímpeto seria necessário para conduzir-nos ao interior de uma construção que remontava a um fabuloso mundo ancestral cuja natureza revelava-nos cada vez mais facetas de horror. No fim, contudo, demos o salto necessário; e cambaleamos ao longo dos escombros para atravessar a seteira. O piso à nossa frente era composto de grandes placas de ardósia e parecia formar a saída de um longo e alto corredor com paredes esculpidas.

Após observar as várias arcadas internas que saíam do corredor e perceber a provável complexidade das galerias interiores, decidimos recorrer ao sistema da trilha de papel para o desbravamento do terreno. Até aquele momento as nossas bússolas, somadas a frequentes lances de olho em direção à vasta cordilheira entre as torres às nossas costas, haviam bastado para nos orientar; mas desse ponto em diante um substituto artificial seria necessário. Assim, reduzimos o papel sobressalente a pedaços de tamanho razoável, pusemo-los em um saco a ser carregado por Danforth e preparamo-nos para usá-los com a maior parcimônia que a cautela nos facultasse. O método provavelmente evitaria que nos perdêssemos, uma vez que não parecia haver vento encanado no interior da cantaria primordial. Caso algum vento soprasse, ou então nos víssemos privados de nosso estoque de papel, sem dúvida poderíamos recorrer ao método mais seguro, embora mais tedioso, de fazer marcas nas rochas.

Era impossível imaginar o tamanho do território que havíamos desbravado sem nos pormos à prova. A ligação estreita e frequente entre diferentes construções parecia sugerir que poderíamos atravessar de uma para outra em pontes localizadas abaixo do gelo a não ser nos pontos obstruídos por desabamentos locais e fraturas geológicas, pois apenas uma glaciação moderada parecia ter invadido as descomunais construções. Quase todas as áreas de gelo transparente haviam revelado janelas submersas completamente fechadas, como se a cidade tivesse se mantido nesse estado uniforme até que a camada glacial cristalizasse a parte inferior para todo o sempre. Na verdade, a impressão era de que o lugar havia sido fechado e abandonado de maneira deliberada em um éon obscuro e remoto, e não acometida de repente por uma calamidade súbita ou mesmo por um declínio gradual. Será que a chegada do gelo fora prevista e a população sem nome havia se retirado em massa em busca de uma morada que não estivesse fadada ao ocaso? As condições fisiográficas exatas relativas à formação do manto de gelo naquele ponto teriam de esperar uma solução mais tardia. Estava claro que não fora um evento súbito. Talvez a pressão de neves acumuladas houvesse desencadeado o processo; e talvez uma enchente do rio, ou o rompimento de um antigo dique glacial na grande cordilheira, tivesse ajudado a criar as singulares condições observáveis. A imaginação era capaz de fantasiar praticamente qualquer coisa em relação àquele lugar.

VI.

Seria muito dificultoso oferecer um relato detalhado e consecutivo de nossas andanças pelas galerias cavernosas de cantaria primeva entregues à morte através dos éons; por aquele monstruoso covil de segredos ancestrais que então ecoava, pela primeira vez após épocas incontáveis, o som de passos humanos. A afirmação é particularmente verdadeira porque boa parte do drama e da revelação tinha origem em um simples exame dos onipresentes entalhes nas paredes. As fotografias que tiramos à luz das lanternas oferecem provas contundentes de tudo o que estamos divulgando, e lastimo não termos levado mais filmes conosco. Da maneira como aconteceu, fizemos esboços grosseiros de certas características relevantes depois que os filmes acabaram.

A construção em que havíamos entrado apresentava tamanho e complexidade enormes, e ofereceu-nos uma amostra impressionante da arquitetura daquele passado geológico inominado. As partições internas eram menos volumosas do que as paredes externas, mas encontravam-se em ótimo estado de conservação nos níveis mais baixos. Meandros labirínticos, envolvendo diferenças irregulares entre os níveis distintos, eram uma característica de todo o conjunto; e sem dúvida acabaríamos perdidos logo no início se não fosse pela trilha de papel rasgado que deixamos para trás. Decidimos começar pelos andares superiores, mais decrépitos, e assim subimos pelo labirinto a uma distância de aproximadamente trinta metros até o ponto em que a mais alta fileira de aposentos abria-se em meio à neve e às ruínas para o céu polar. A subida deu-se pelas íngremes rampas ou planos inclinados com frisos transversais que por toda parte faziam as vezes de escada. Os aposentos que encontramos apresentavam todas as formas e proporções imagináveis — desde estrelas de cinco pontas até triângulos e cubos perfeitos. Seria razoável dizer que na média os aposentos mediam nove por nove metros e tinham seis metros de altura, embora existissem alguns recintos muito maiores. Depois de proceder a um exame minucioso das regiões superiores e do nível glacial, fomos descendo de andar em andar rumo à parte submersa, onde logo percebemos estar em um labirinto constante de câmaras e passagens interligadas que provavelmente conduziam a áreas ilimitadas muito além daquele edifício em particular. O volume e o gigantismo ciclópico de todo o cenário ao redor aos poucos tornaram-se opressivos; e havia uma vaga sugestão de algo profundamente inumano em todas as formas, dimensões, proporções, decorações e nuances arquitetônicas daquele blasfemo trabalho em cantaria arcaica. Logo percebemos, a partir do que os entalhes nos revelaram, que a monstruosa cidade tinha milhões de anos.

Ainda não sabemos explicar os princípios de engenharia usados para estabelecer o equilíbrio aberrante e o encaixe anômalo entre as enormes massas rochosas, mas está claro que o princípio do arco foi amplamente utilizado. Nos aposentos que visitamos não foi encontrado um único objeto móvel, circunstância esta que corroborou nossa suspeita de que a cidade tenha sido abandonada de acordo com um plano. A principal característica decorativa era o sistema quase universal de escultura nas paredes, que em geral ocupava todo o espaço do chão ao teto com faixas horizontais contínuas de um metro de largura intercaladas com faixas de largura idêntica ocupadas por arabescos geométricos. Havia exceções à regra, mas essa preponderância era marcante. Muitas vezes, contudo, surgia uma série de cartuchos lisos com estranhos grupos de pontos entalhados ao longo de uma das faixas com arabescos.

A técnica, conforme percebemos, era madura, sofisticada e exibia o mais alto grau de refinamento estético, embora fosse absolutamente estranha a qualquer tradição artística conhecida na história da raça humana. Na delicadeza da execução, nenhuma escultura que eu tivesse visto seria páreo. Os mais ínfimos detalhes da vegetação elaborada e da vida animal estavam representados com uma vividez impressionante, apesar da imponente escala dos entalhes; e os desenhos mais convencionais eram legítimas maravilhas da execução rebuscada. Os arabescos evidenciavam o amplo uso de princípios matemáticos e consistiam em curvas de simetria obscura e ângulos inspirados pela noção de cinco. As faixas pictóricas seguiam uma tradição altamente formalizada e envolviam um tratamento deveras singular da perspectiva; mas eram dotadas de um ímpeto artístico capaz de nos comover, apesar do abismo de vastos períodos geológicos que nos separava. O método dependia de uma singular justaposição da seção transversal com a silhueta bidimensional, e revelava uma psicologia analítica muito além de qualquer raça da antiguidade conhecida. Seria inútil tentar comparar essa arte com qualquer outra exposta em nossos museus. Os que virem as nossas fotografias provavelmente descobrirão os equivalentes mais próximos em certas concepções grotescas dos mais ousados futuristas.

O traçado dos arabescos consistia em linhas em baixo-relevo entalhadas a uma profundidade de dois e meio a cinco centímetros nas paredes. Quando encontrávamos cartuchos com grupos de pontos — sem dúvida inscrições em algum alfabeto desconhecido e primordial —, a depressão na superfície lisa era de cerca de quatro centímetros, e os pontos eram entalhados um centímetro mais fundo. As faixas pictóricas eram em baixo-relevo e tinham o plano de fundo cerca de cinco centímetros mais fundo do que a superfície original da parede. Em alguns exemplares descobrimos vestígios de uma antiga coloração, ainda que éons incontáveis tivessem obliterado e banido para sempre os pigmentos outrora aplicados na maioria dos objetos. Quanto mais estudávamos a técnica maravilhosa, mais nos tomávamos de admiração por aquelas coisas. Por trás das estritas convenções, era possível captar a observação minuciosa e precisa e a habilidade técnica dos artistas; e, a bem da verdade, as próprias convenções simbolizavam e acentuavam a essência ou a diferenciação vital de cada objeto delineado. Também sentimos que afora essas obras-primas reconhecíveis havia outras espreitando além do alcance de nossas percepções. Certos toques esparsos faziam vagas sugestões de símbolos e estímulos latentes aos quais outra conformação mental e emocional, somada a um aparato sensorial diferente ou mais completo, teria atribuído significados profundos e pungentes.

As esculturas sem dúvida retratavam a vida na época

desaparecida em que foram criadas e representavam uma grande quantidade de acontecimentos históricos. Foi a aberrante mentalidade histórica da raça primitiva — uma circunstância fortuita que operou, por simples coincidência, como um verdadeiro milagre em nosso favor — que transformou os entalhes em itens tão esclarecedores e levou-nos a privilegiar a fotografia e a transcrição dos objetos em detrimento de quaisquer outras considerações. Em certos aposentos o arranjo predominante variava conforme a presença de mapas topográficos, mapas celestes e outros desenhos científicos em grande escala — o que corroborava de maneira ingênua e terrível tudo o que havíamos deduzido a partir dos frisos e lambris pictóricos. Ao insinuar a revelação feita pelo conjunto das nossas descobertas, só me resta esperar que o relato não desperte uma curiosidade maior do que a cautela e a sanidade naqueles que me derem crédito. Seria uma tragédia se outras pessoas fossem atraídas para aquele reino de morte e de horror pelo alerta que pretende desencorajá-las.

As esculturas nas paredes eram interrompidas por altas janelas e enormes passagens com três metros e meio de altura que, em alguns casos, haviam preservado as tábuas petrificadas — polidas e repletas de entalhes intrincados — das portas e venezianas. Todos os acessórios metálicos tinham desaparecido havia muito tempo, mas algumas das portas ainda estavam no lugar e precisaram ser forçadas para que nos deslocássemos de um recinto ao outro. Esquadrias com inusitadas vidraças transparentes — na maior parte elípticas — haviam sobrevivido em alguns pontos, embora em número pequeno. Também havia uns quantos nichos de grande magnitude, em geral vazios, mas por vezes contendo algum objeto bizarro de pedra-sabão verde que estava quebrado ou então fora considerado insignificante demais para justificar o transporte. Outras aberturas sem dúvida tinham alguma relação com as instalações mecânicas de outrora — aquecimento, iluminação e afins — sugeridas em inúmeros entalhes. Os tetos em geral eram lisos, mas por vezes apareciam decorados com pedra-sabão verde e outros azulejos em grande parte desabados. Alguns pisos também eram revestidos de azulejos similares, embora a pedra nua predominasse.

Conforme já tive ocasião de dizer, todos os móveis estavam ausentes; mas as esculturas davam uma noção clara dos estranhos dispositivos que outrora haviam enchido os ecoantes salões tumulares. Acima da camada de gelo a maior parte do piso estava coberta de detritos, ruínas e escombros; porém mais para baixo a situação se amenizava. Em algumas das câmaras e passagens inferiores havia pouco além de grãos de poeira e incrustações antigas, enquanto certas áreas tinham o aspecto sinistro e imaculado de um ambiente recém-varrido. Claro, nos pontos onde havia rachaduras e desabamentos, os níveis inferiores estavam tão obstruídos quanto os superiores. Uma esplanada central — como em outras estruturas avistadas a partir do avião — impedia que a escuridão completa tomasse conta do lugar, de modo que raras vezes precisávamos recorrer às lanternas elétricas nos aposentos superiores a não ser para examinar os detalhes nas esculturas. Abaixo da calota polar, no entanto, a penumbra se adensava; e em muitas partes do meândrico piso térreo a escuridão era quase absoluta.

Para se ter uma ideia rudimentar dos nossos pensamentos e sensações quando adentramos o labirinto escavado em cantaria inumana entregue ao silêncio dos éons é necessário invocar um caos perturbador de disposições anímicas, memórias e impressões fugidias. A suprema antiguidade e a mortífera desolação do lugar seriam o bastante para assoberbar qualquer pessoa sensível, porém a esses fatores somavam-se o horror inexplicável no acampamento e as súbitas revelações feitas pelas terríveis esculturas que nos rodeavam. Quando nos deparamos com uma escultura intacta, na qual nenhuma ambiguidade interpretativa poderia subsistir, um breve exame bastou para revelar-nos a horrenda verdade — e seria ingênuo dizer que Danforth e eu não a havíamos concebido, por mais que tenhamos nos furtado a sequer insinuá-la um para o outro. Naquele instante acabaram-se as nossas misericordiosas dúvidas quanto à natureza dos seres que haviam construído e habitado a monstruosa cidade morta milhões de anos atrás, quando os ancestrais do homem ainda eram mamíferos primitivos e enormes dinossauros vagavam pelas estepes tropicais da Europa e da Ásia.

Até esse ponto seguíamos aferrados a uma alternativa desesperada e insistíamos — cada um para si — que a onipresença daqueles motivos de cinco pontas simbolizava apenas uma exaltação cultural ou religiosa do objeto arqueano natural que havia corporificado a qualidade que representava; tal como os motivos de Creta exaltavam o touro sagrado, os do Egito o escaravelho, os de Roma o lobo e a águia e os de várias tribos selvagens a imagem de um animal totêmico. Porém logo nos vimos privados até mesmo desse refúgio solitário, e assim fomos obrigados a encarar a enlouquecedora revelação que o leitor destas páginas sem dúvida antecipou há muito tempo. Ainda hoje, mal consigo traçar as linhas no papel, mas talvez não seja necessário.

As coisas que construíram e habitaram aquele pavoroso templo de cantaria na época dos dinossauros não eram dinossauros, porém algo muito mais temível. Os dinossauros eram criaturas novas e relativamente descerebradas — mas os construtores da cidade eram sábios e antigos, e haviam deixado resquícios em rochas que mesmo na época já haviam sido assentadas cerca de um bilhão de anos atrás... rochas assentadas antes que a vida na Terra houvesse criado os mais simples grupos celulares... rochas assentadas antes que a vida na Terra existisse em qualquer forma. Eram os próprios criadores e escravizadores dessa vida, e sem nenhuma sombra de dúvida a inspiração para os demoníacos mitos primordiais augurados em obras como os Manuscritos Pnakóticos e o *Necronomicon*. Eram os Grandes Anciões que haviam descido das estrelas quando a Terra ainda era jovem — os seres cuja substância uma evolução alienígena havia moldado e cujos poderes nosso planeta jamais havia engendrado. E pensar que apenas um dia antes Danforth e eu tínhamos visto fragmentos daquela milenar substância fossilizada... e que o pobre Lake e toda a equipe tinham visto a forma completa das criaturas...

Com certeza seria impossível relatar em ordem todos os estágios pelos quais passamos enquanto descobríamos o que hoje sabemos sobre esse capítulo monstruoso da vida anterior à humanidade. Após o primeiro choque de revelação inelutável fomos obrigados a fazer uma parada a fim de nos restabelecer, e só começamos nossa exploração sistemática às três horas da tarde. As esculturas na construção em que entramos remontavam a um período mais recente — talvez dois milhões de anos atrás — conforme revelaram as características geológicas, biológicas e astronômicas; e constituíam uma arte que parecia decadente em comparação aos espécimes que descobrimos nas construções mais antigas depois de atravessar algumas pontes sob a camada de gelo. Um prédio escavado em rocha sólida parecia remontar a quarenta ou cinquenta milhões de anos atrás — ao baixo Eoceno ou ao alto Cretáceo — e continha baixos-relevos de qualidade artística insuperável se comparados a tudo que encontramos, salvo por uma assombrosa exceção. Concordamos que aquela era a estrutura doméstica mais antiga que havíamos atravessado.

Se não fosse o auxílio oferecido pelas lanternas eu me furtaria a mencionar o que encontrei e o que inferi, por medo de ser trancafiado como um louco. Claro, as partes infinitamente antigas da história contada pelo quebra-cabeça — representando a vida de seres pré-terrenos com cabeça em formato de estrela-do-mar em outros planetas, em outras galáxias e em outros universos — podem ser interpretadas como a mitologia fantástica desses próprios seres; no entanto, essas partes às vezes trazem desenhos e diagramas tão próximos às mais recentes descobertas da matemática e da astrofísica que mal sei o que pensar. Que outros me julguem quando virem as fotografias que pretendo divulgar.

Não havia um único conjunto de esculturas que contasse mais do que uma fração da história; tampouco encontramos os vários estágios históricos na ordem apropriada. Alguns dos enormes recintos abrigavam conjuntos escultóricos independentes, enquanto em outros casos uma crônica sequencial era contada ao longo de uma série de câmaras e corredores. Os melhores mapas e diagramas estavam localizados nas paredes de um pavoroso abismo que se estendia abaixo do substrato mais antigo — uma caverna com cerca de sessenta metros de largura e dezoito metros de altura que sem dúvida fora uma espécie de centro educacional. Havia muitas repetições instigantes do mesmo material em cômodos e construções diferentes, uma vez que certos capítulos da experiência e certas fases históricas vividas pela raça sem dúvida haviam sido motivos caros a diferentes artistas ou habitantes. Às vezes, no entanto, diferentes versões do mesmo tema mostravam-se úteis para a compreensão de detalhes controversos e para o preenchimento de lacunas.

Ainda me espanto ao ver o quanto descobrimos no curto tempo ao nosso dispor. Claro, ainda hoje temos apenas uma ideia rudimentar do todo; e muitas conclusões vieram apenas mais tarde, a partir de um estudo das fotografias e dos esboços que fizemos. Talvez tenha sido esse estudo — as memórias revividas e as impressões vagas somadas à sensibilidade geral e ao suposto vislumbre de um horror derradeiro cuja essência recusa-se a revelar até mesmo para mim — a causa imediata do estado de colapso em que Danforth hoje se encontra. No entanto, tinha de ser assim; pois não podíamos divulgar nosso alerta de maneira inteligente sem informações completas, e a divulgação do alerta é uma necessidade premente. Certas influências duradouras naquele mundo antártico ignoto de tempo desordenado e estranhas leis naturais exigem que quaisquer avanços na exploração sejam desencorajados.

VII.

A história completa, até onde pudemos decifrá-la, em breve será publicada em um periódico oficial da Universidade do Miskatonic. Aqui, ofereço apenas um esboço desorganizado e confuso dos detalhes mais importantes. Mito ou não, as esculturas faziam referência à chegada daqueles seres com cabeça em forma de estrela-do-mar vindos do espaço cósmico a uma Terra ainda jovem e desabitada — e também à chegada de muitas outras entidades alienígenas que de tempos em tempos desbravam os confins do espaço. As criaturas pareciam capazes de atravessar o éter interestelar voando em enormes asas membranosas — uma estranha confirmação de histórias relativas ao folclore das colinas que ouvi há muito tempo de um colega antiquário. Viveram por um longo período no fundo do mar, construindo cidades fantásticas e travando batalhas terríveis contra adversários inominados graças a dispositivos complexos que empregavam princípios de energia desconhecidos. Sem dúvida o desenvolvimento científico e mecânico das criaturas ultrapassava o conhecimento da humanidade de hoje, embora utilizassem saberes mais amplos e elaborados apenas quando necessário. Algumas das esculturas sugeriam que houvessem passado por um estágio de vida mecanizada em outros planetas, porém desistido ao perceber que os resultados eram emocionalmente insatisfatórios. A rigidez quase sobrenatural da organização e a singeleza das necessidades naturais tornavam as criaturas particularmente aptas a viver em grandes altitudes sem os frutos mais especializados da indústria artificial e sem precisar sequer de roupas, a não ser pela ocasional proteção contra os elementos.

Foi no fundo do mar, a princípio no intuito de obter alimento e mais tarde para outros fins, que primeiro criaram a vida na Terra — usando as substâncias disponíveis de acordo com métodos conhecidos havia muito tempo. Os experimentos mais elaborados vieram depois da aniquilação de vários inimigos cósmicos. Haviam feito a mesma coisa em outros planetas; e criaram não apenas os alimentos necessários, mas também certos aglomerados protoplásmicos multicelulares capazes de moldar os tecidos em toda sorte de órgãos temporários quando sujeitos à sugestão hipnótica — escravos ideais para desempenhar o trabalho pesado na comunidade. Esses aglomerados viscosos eram sem dúvida o que Abdul Alhazred chamava aos sussurros de "shoggoths" no terrível *Necronomicon*, embora nem mesmo o árabe louco tenha insinuado que tais criaturas existissem na Terra, a não ser nos sonhos dos que mascassem uma certa erva alcaloide. Após sintetizar as formas mais simples de alimento e criar um bom estoque de shoggoths, os Anciões com cabeça de estrela permitiram que outros grupos celulares evoluíssem para formar as mais variadas formas de vida animal e vegetal; porém sempre extirpando quaisquer presenças indesejáveis.

Com a ajuda dos shoggoths, cujas expansões eram capazes de erguer pesos prodigiosos, as pequenas e baixas cidades submarinas transformaram-se em vastos e imponentes labirintos de pedra, como aqueles que mais tarde ergueram-se até a superfície. Na verdade, os Anciões já tinham habitado a terra em outras partes do universo, e provavelmente mantinham inúmeras tradições de construção em solo firme. Enquanto estudávamos a arquitetura de todas as cidades paleogêneas esculpidas em pedra, incluindo aquela cujos longos corredores entregues à morte através dos éons nós galgávamos, percebemos uma estranha coincidência que ainda não tentamos explicar sequer para nós mesmos. As partes mais altas das construções, que na cidade ao redor sem dúvida haviam sido arruinadas pelas intempéries havia muito tempo, apareciam em contornos marcantes nos baixos-relevos; e exibiam vastos agrupamentos de coruchéus aciculados, frágeis remates nos ápices de cones e pirâmides e fileiras de finos discos horizontais protuberantes a encimar cilindros. Foi exatamente o que vimos na monstruosa e agourenta miragem, projetada por uma cidade morta cujo panorama estivera ausente por dezenas e centenas de milhares de anos, que surgiu ante o nosso olhar incrédulo do outro lado das inexploradas montanhas da loucura quando nos aproximamos pela primeira vez do malfadado acampamento de Lake.

Quanto à vida dos Anciões, tanto no fundo do mar como após a migração para a terra, inúmeros tomos podiam ser escritos. Os que habitavam águas rasas continuaram a fazer amplo uso dos olhos na extremidade dos cinco tentáculos cefálicos principais e a praticar a arte da escultura e da escrita como de costume — sendo a escrita executada com um estilete em superfícies de cera à prova d'água. Os que habitavam as profundezas oceânicas, embora usassem um curioso organismo fosforescente para obter luz, suplementavam a visão com sentidos especiais que operavam graças aos cílios prismáticos que tinham na cabeça — sentidos que conferiam aos Anciões uma independência parcial da luz em caso de emergência. As formas da escultura e da escrita sofreram singulares mudanças ao longo da descida, incorporando o que pareciam ser processos de revestimento químico — provavelmente destinados a fixar a fosforescência — que os baixos-relevos não puderam esclarecer. As criaturas moviam-se no mar em parte nadando — com os braços laterais crinoides — e em parte agitando o grupo de tentáculos inferiores, onde estavam localizados os pseudópodos. Por vezes davam longos saltos com o uso concomitante de dois ou mais pares das asas membranosas. No solo firme em geral valiam-se dos pseudópodos, mas de vez em quando subiam a grandes alturas e percorriam longas distâncias voando. Os inúmeros tentáculos delgados em que os braços crinoides dividiam-se eram delicados, flexíveis, robustos e dotados de coordenação neuromuscular precisa, o que garantia habilidade e destreza absolutas em todas as operações artísticas e manuais.

A resistência daquelas coisas era quase inacreditável. Mesmo as pressões terríveis dos mais profundos abismos oceânicos mostravam-se incapazes de machucá-los. Poucos espécimes pareciam morrer a não ser como resultado de violência, e os cemitérios eram um tanto limitados. Descobrir que as criaturas enterravam os mortos na vertical e cobriam-nos com montes de cinco pontas despertou pensamentos que exigiram uma pausa e um tempo para que Danforth e eu nos recompuséssemos após a revelação feita pelas esculturas. As criaturas multiplicavam-se por esporulação — como as pteridófitas vegetais, segundo Lake havia imaginado —, porém, em virtude da resistência e da longevidade prodigiosas, e da consequente ausência de necessidade, não estimulavam o desenvolvimento de novos protalos em grande escala, salvo quando tinham novas regiões a colonizar. Os indivíduos jovens atingiam a maturidade em pouco tempo e recebiam uma educação muito além de tudo o que podemos imaginar. A vida intelectual e estética das criaturas apresentava um altíssimo grau de desenvolvimento e produziu um sólido conjunto de costumes e instituições que pretendo descrever em detalhe na minha monografia. Estes variavam de acordo com o habitat terrestre ou marinho, mas compartilhavam os mesmos fundamentos e a mesma essência.

Embora fossem, como os vegetais, capazes de extrair nutrientes de substâncias inorgânicas, as criaturas preferiam alimentos orgânicos e particularmente os de origem animal. Consumiam exemplares crus da vida marinha quando no mar, porém em terra cozinhavam as iguarias. Caçavam e criavam animais — e abatiam-nos com armas afiadas que deixaram estranhas marcas em certos ossos fósseis encontrados pela nossa expedição. Resistiam muito bem a todas as temperaturas normais; e em estado natural podiam viver na água até o ponto de congelamento. Durante a grande glaciação do Pleistoceno, no entanto — ocorrida quase um milhão de anos atrás —, os habitantes em terra precisaram recorrer a medidas extraordinárias, como por exemplo o aquecimento artificial; mas por fim o frio letal parece tê-los obrigado a voltar para o mar. Segundo a lenda, durante os voos pré-históricos através do espaço cósmico as criaturas tinham absorvido substâncias químicas que as haviam tornado quase independentes de comida, ar e condições climáticas apropriadas; porém na época da grande glaciação o método fora esquecido. De qualquer forma, não poderiam manter-se nesse estado artificial por muito tempo sem sofrer as consequências.

Como apresentassem estrutura semivegetal e portanto não acasalassem, os Anciões não tinham as bases biológicas necessárias ao estágio familiar da vida mamífera; mas parecem ter organizado grandes moradias baseadas no princípio da ocupação confortável do espaço e — segundo deduzimos a partir das ocupações e coabitantes representados nas esculturas — da associação por afinidade mental. Concentravam a mobília no centro dos enormes salões, deixando todas as paredes livres para o tratamento decorativo. A iluminação, no caso dos habitantes terrestres, era obtida através de um dispositivo que apresentava prováveis características eletroquímicas. Na terra e no mar, usavam curiosas mesas, cadeiras e sofás de estrutura cilíndrica — pois repousavam e dormiam em pé, com os tentáculos abaixados —, e também suportes para os conjuntos articulados de superfícies pontilhadas que formavam seus livros.

O sistema de governo era sem dúvida complexo e provavelmente socialista, embora as esculturas não ofereçam nenhuma certeza a esse respeito. Havia um amplo comércio local e entre diferentes cidades; objetos de cinco pontas, achatados e repletos de inscrições funcionavam como dinheiro. Provavelmente as menores dentre as várias pedras-sabão encontradas por nós fossem unidades dessa moeda. Embora a cultura fosse em grande parte urbana, havia uma agricultura limitada e uma pecuária bem desenvolvida. A mineração e uma atividade industrial limitada também eram praticadas. As viagens eram comuns, mas a migração permanente era bastante rara a não ser pelos grandes movimentos de expansão da raça. Para a locomoção individual nenhum meio externo era necessário, uma vez que os Anciões pareciam capazes de alcançar enormes velocidades em terra, no ar e na água. Objetos, no entanto, eram transportados por animais de carga — shoggoths nas profundezas do mar e uma curiosa variedade de vertebrados primitivos no período mais tardio de existência terrena.

Esses vertebrados, bem como uma infinitude de outras formas de vida — animais e vegetais, marítimas, terrestres e aéreas —, eram produto de uma evolução desgovernada que agia sobre as células vitais produzidas pelos Anciões, porém escapavam ao raio de atenção das criaturas. Assim, desenvolveram-se sem nenhum empecilho, pois não entraram em conflito com os seres dominantes. As formas de vida inconvenientes eram sistematicamente exterminadas. Achamos curioso encontrar, em algumas das últimas e mais decadentes esculturas, a figura de um cambaleante mamífero primitivo, usado em terra ora como alimento, ora como um divertido bufão dotado de inconfundíveis rasgos símios e humanos. Durante a construção das cidades em terra, as enormes pedras das torres mais altas em geral eram içadas por pterodáctilos de grande envergadura, pertencentes a uma espécie até então desconhecida pela paleontologia.

A persistência com que os Anciões sobreviveram a várias mudanças geológicas e a inúmeras convulsões da crosta terrestre era quase milagrosa. Embora poucas ou nenhuma das primeiras cidades pareçam ter sobrevivido ao período Arqueano, não houve interrupção alguma na civilização ou na transmissão de registros históricos. O lugar de chegada à Terra foi o Oceano Antártico, e pelo que tudo indica as criaturas chegaram pouco depois que a matéria formadora da lua foi arrancada do Pacífico Sul. De acordo com os mapas esculpidos, todo o globo estava debaixo d'água, com cidades de pedra espalhadas cada vez mais longe do Antártico à medida que os éons passavam. Outro mapa exibia uma vasta extensão de terra seca ao redor do Polo Sul, onde é evidente que algumas das criaturas estabeleceram colônias experimentais, ainda que os centros urbanos tenham sido transferidos para as profundezas oceânicas mais próximas. Mapas mais tardios, que mostram a rachadura e a movimentação dessa massa terrestre, bem como o arrasto de certas outras partes em direção ao norte, corroboram de maneira exemplar as teorias da deriva continental recentemente propostas por Taylor, Wegener e Joly.

O surgimento de novas terras no Pacífico Sul trouxe acontecimentos de grande magnitude. Algumas das cidades marinhas foram irremediavelmente destruídas, mas essa não foi a pior desventura. Uma outra raça — uma raça terrena de criaturas com corpos em forma de polvo e provavelmente correspondente à fabulosa prole ancestral de Cthulhu — logo desceu a partir da infinitude cósmica e precipitou uma guerra monstruosa que por algum tempo levou os Anciões de volta ao mar — um golpe devastador em vista das colônias cada vez mais numerosas em terra firme. Mais tarde a paz foi restabelecida, e as novas terras foram dadas à prole de Cthulhu enquanto os Anciões ficaram com o mar e as terras mais antigas. Novas cidades terrestres foram estabelecidas — a maior delas no Antártico, pois a região da chegada à Terra era sagrada. A partir de então, o Antártico tornou a ser o centro da civilização dos Anciões, e todas as cidades lá construídas pela prole de Cthulhu foram arrasadas. De repente as terras do Pacífico afundaram mais uma vez, levando junto a temível cidade de pedra de R'lyeh e todos os polvos cósmicos; e mais uma vez os Anciões reinaram supremos sobre a Terra, a não ser por um temor obscuro sobre o qual evitavam falar. Em uma época mais tardia as cidades pontilhavam todas as áreas terrestres e aquáticas do globo — daí a minha sugestão, na monografia a ser publicada em breve, para que os arqueólogos façam perfurações sistemáticas com o aparato desenvolvido por Pabodie em certas regiões muito afastadas.

A tendência dominante ao longo do tempo foi da água para a terra; um movimento encorajado pelo surgimento de novas massas terrestres, embora o oceano jamais tenha sido abandonado de todo. Outra razão para o movimento rumo à terra foi a dificuldade em criar e controlar os shoggoths dos quais toda a vida marinha dependia. Com o passar do tempo, conforme as esculturas confessavam cheias de tristeza, a arte de criar vida a partir da matéria inorgânica foi esquecida; e então os Anciões precisaram recorrer à moldagem das formas já existentes. Em terra, os grandes répteis mostraram-se muito adaptados; mas os shoggoths do mar, que se reproduziam por fissão e haviam adquirido um perigoso grau de inteligência, passaram a representar um problema formidável.

Os shoggoths sempre haviam sido controlados pelas sugestões hipnóticas dos Anciões, e assim modelavam a resistente plasticidade de seus corpos em diversos órgãos e membros temporários; mas a partir desse ponto começaram a exercer os poderes de modelagem corpórea de forma independente, adotando várias formas imitativas sugeridas por hipnoses passadas. Ao que tudo indica, as criaturas desenvolveram um cérebro bastante estável cujos impulsos independentes e por vezes obstinados ecoavam a vontade dos Anciões sem necessariamente lhe obedecer. As imagens esculpidas desses shoggoths instilaram horror e repulsa em Danforth e em mim. Em geral apareciam como entidades amorfas compostas de uma substância gelatinosa que parecia um aglutinado de bolhas; e tinham em média cinco metros de diâmetro quando em formato de esfera. A verdade, no entanto, é que apresentavam forma e volume em constante mutação; estendiam apêndices e formavam órgãos temporários de visão, audição e fala como os de seus criadores, de maneira espontânea ou como resultado de sugestão hipnótica.

Os shoggoths parecem ter ficado intratáveis por volta do período Permiano, cerca de cento e cinquenta milhões de anos atrás, quando uma verdadeira guerra foi deflagrada pelos Anciões marinhos no intuito de subjugá-los mais uma vez. Os retratos da guerra e das decapitações levadas a cabo pelo shoggoths, que em geral também deixavam a vítima envolvida em uma substância viscosa, eram imbuídos de uma qualidade temível, não obstante o abismo de eras incontáveis que nos separava. Os Anciões empregaram curiosas armas de perturbação molecular contra as entidades rebeldes, e por fim obtiveram uma vitória completa. Desse ponto em diante as esculturas mostravam o período em que os shoggoths foram domesticados e treinados por Anciões que brandiam armas tal como os cavalos selvagens do oeste americano foram domesticados pelos caubóis. Embora durante a rebelião os shoggoths tenham se mostrado capazes de viver fora d'água, a transição não foi incentivada; pois a utilidade das criaturas em terra seria pouco compatível com o trabalho de controlá-las.

Durante o período Jurássico os Anciões defrontaram-se com novos invasores vindos do espaço sideral — dessa vez seres meio fungoides e meio crustáceos oriundos de um planeta identificável como o remoto e recém-descoberto Plutão; seres com certeza idênticos àqueles que figuram em certas lendas contadas aos sussurros no norte e conhecidos no Himalaia como Mi-Go, ou Abomináveis Homens das Neves. A fim de combater essas criaturas os Anciões tentaram, pela primeira vez desde a chegada à Terra, aventurar-

-se mais uma vez no éter planetário; mas a despeito de todas as preparações tradicionais, descobriram-se incapazes de abandonar a atmosfera terrestre. Qualquer que tenha sido o segredo das viagens interestelares, estava perdido para a raça das criaturas. No fim os Mi-Go expulsaram os Anciões de todas as terras ao norte, embora não dispusessem de meios para investir contra o fundo do mar. Aos poucos começou o lento recuo da raça ancestral em direção ao habitat antártico originário.

Era curioso perceber nas batalhas representadas que tanto a prole de Cthulhu como os Mi-Go pareciam ser compostos de matéria ainda mais estranha a tudo o que conhecemos do que a substância dos Anciões. As criaturas eram capazes de sofrer transformações e reintegrações impossíveis aos adversários, e portanto davam a impressão de ter saído de abismos ainda mais remotos do espaço sideral. Os Anciões, a não ser pela anormal resistência e pelas características vitais peculiares, eram seres estritamente materiais, e devem ter se originado no *continuum* do espaço-tempo; enquanto as fontes primordiais das outras criaturas somente podem ser imaginadas com a respiração suspensa. Tudo isso, claro, se aceitarmos que as anomalias e ligações extraterrenas atribuídas aos inimigos invasores não sejam pura mitologia. Talvez os Anciões tenham criado uma estrutura cósmica a fim de justificar as eventuais derrotas sofridas, uma vez que o orgulho e o interesse histórico sem dúvida formavam o elemento mais importante no aparato psicológico da raça. É interessante notar que os anais deixados pelas criaturas silenciem a respeito de muitas raças potentes e desenvolvidas de seres cujas culturas e cidades sobranceiras são mencionadas de maneira persistente em certas lendas obscuras.

As mudanças sofridas pela Terra ao longo dos vários períodos geológicos figuravam com impressionante vividez em muitos dos mapas e cenas entalhados em pedra. Em certos casos a ciência atual precisará ser revista, enquanto em outros certas deduções ousadas recebem uma confirmação magnífica. Como eu disse, a hipótese de Taylor, Wegener e Joly segundo a qual todos os continentes são fragmentos de uma massa terrestre antártica original que se rachou em virtude da força centrífuga e deslizou sobre uma superfície tecnicamente viscosa no interior da terra — uma hipótese sugerida por evidências como os contornos complementares da África e da América do Sul e pela maneira como as grandes cordilheiras se erguem — recebe uma notável confirmação dessa fonte singular.

Mapas que sem dúvida mostravam o mundo carbonífero de cem milhões de anos atrás exibiam falhas significantes e abismos que mais tarde haveriam de separar a África dos reinos outrora contínuos da Europa (na época a Valúsia da infernal lenda primeva), da Ásia, das Américas e do continente antártico. Outras representações — sendo a mais importante uma relacionada à fundação, ocorrida cinquenta milhões de anos atrás, da vasta cidade morta que nos rodeava — exibiam os contornos de todos os continentes atuais. No mais recente espécime — que remontava talvez ao Plioceno —, um mundo próximo ao de hoje aparecia claramente delineado, apesar das ligações do Alasca com a Sibéria, da América do Norte com a Europa através da Groenlândia e da América do Sul com o continente antártico através da Terra de Graham. No mapa carbonífero, todo o globo — tanto o fundo dos oceanos como as massas terrestres fendidas — trazia símbolos das vastas cidades de pedra erguidas pelos Anciões, porém nos mapas mais recentes o retorno gradual em direção ao Mar Antártico era muito claro. O espécime do Plioceno não mostrava nenhuma cidade em terra a não ser no continente antártico e no extremo da América do Sul, tampouco quaisquer cidades oceânicas ao norte do paralelo cinquenta de latitude Sul. O conhecimento e o interesse relacionados ao mundo setentrional, a não ser por um estudo dos litorais feito provavelmente durante longos voos executados graças às asas membranosas que se abriam como leques, haviam se reduzido a zero entre os Anciões.

A destruição das cidades pelo surgimento das montanhas, a separação centrífuga dos continentes, as convulsões sísmicas das profundezas oceânicas e outras causas naturais eram assunto de inúmeros registros; e era curioso observar que o número de reocupações decrescia à medida que as eras passavam. A vasta megalópole defunta que se estendia ao nosso redor parecia ter sido o último grande centro da raça; um lugar construído no início do Cretáceo depois que um terremoto de proporções titânicas obliterou uma predecessora ainda mais vasta e não muito distante. Aquela região parecia ser o ponto mais sagrado de todos, o local onde os primeiros Anciões haviam se fixado no fundo de um mar primordial. A nova cidade — cujas várias características reconhecíamos nas esculturas, ainda que se estendesse em todas as direções por mais de cento e cinquenta quilômetros ao longo da cordilheira e além de todos os limites do nosso reconhecimento aéreo — parecia abrigar certas pedras sagradas usadas na construção da primeira cidade submarina que, mais tarde, foram impelidas em direção à luz da superfície após longas épocas passadas em meio ao colapso geral do substrato.

VIII.

Naturalmente, Danforth e eu estudamos com vivo interesse e uma sensação muito pessoal de espanto tudo o que dizia respeito às circunjacências imediatas do distrito onde nos encontrávamos. O material, é claro, apresentava-se em grande abundância; e no emaranhado nível térreo da cidade tivemos a sorte de encontrar uma casa de uma época muito tardia cujas paredes, embora um pouco danificadas por uma fenda próxima, continham esculturas decadentes que narravam a história da região para muito além do período representado no mapa do Plioceno que forneceu o nosso último vislumbre do mundo anterior à humanidade. Foi este o último lugar examinado em detalhe, pois sentimos que nos havia dado um novo objetivo imediato.

Com certeza estávamos em um dos mais estranhos, mais inexplicáveis e mais terríveis confins do globo terrestre. Dentre todas as regiões existentes, aquela era infinitamente a mais antiga; e vimo-nos tomados pela convicção de que o pavoroso terreno elevado devia efetivamente ser o fabuloso platô de Leng, que até mesmo o ensandecido autor do *Necronomicon* relutou em discutir. A enorme cordilheira era incrivelmente longa — começava como uma pequena serra na altura da Terra de Luitpold, na costa do Mar de Weddell, e atravessava quase todo o continente. A parte mais alta estendia-se em um imponente arco a partir da latitude 82°, longitude 60° Leste até a latitude 70°, longitude 115° Leste, com o lado côncavo voltado para o nosso acampamento e o lado convexo situado na região do extenso litoral congelado visto por Wilkes e Mawson no Círculo Antártico.

Porém até os mais monstruosos exageros da natureza davam a impressão de uma inquietante proximidade. Eu já disse que esses picos são mais altos até do que o Himalaia, porém as esculturas impedem-me de afirmar que sejam os mais altos na face da Terra. Essa honra sinistra permanece reservada a algo que metade das esculturas hesitava em representar, enquanto a outra metade fazia insinuações repletas de evidente repulsa e apreensão. Parece ter havido uma parte das antigas terras — a primeira parte a erguer-se das águas depois que a lua se desprendeu da Terra e os Anciões desceram das estrelas — que passou a ser evitada por conta de associações obscuras a um mal inefável. As cidades construídas por lá ruíram precocemente e acabaram desertas. Então, quando o primeiro grande terremoto fez a região estremecer durante o período Comancheano, uma pavorosa fileira de picos ergueu-se de repente em meio aos mais terríveis rumores e ao caos — e assim surgiram as mais elevadas e mais terríveis montanhas da Terra.

Se a escala das esculturas estivesse correta, essas coisas abomináveis devem ter ultrapassado em muito os doze mil metros de altura — espantosamente maiores até mesmo do que as pavorosas montanhas da loucura que havíamos atravessado. Pareciam estender-se desde a latitude 77°, longitude 70° Leste, até a latitude 70°, longitude 100° Leste — menos de quinhentos quilômetros de distância da cidade morta, de maneira que poderíamos ter vislumbrado os temíveis picos no ocidente longínquo se não fosse pela tênue névoa opalescente. O extremo setentrional também deve ser visível a partir do extenso litoral do Círculo Antártico na Terra da Rainha Maria.

Alguns dos Anciões, na época da decadência, haviam feito estranhas preces para as montanhas; mas nenhuma criatura jamais se aproximou delas ou atreveu-se a descobrir o que havia do outro lado. Nenhum olhar humano as tinha fixado, e ao analisar as emoções suscitadas pelos entalhes rezei para que ninguém jamais as visse. Existem colinas protetoras ao longo do litoral mais além — a Terra da Rainha Maria e a Terra do Kaiser Wilhelm —, e agradeço aos céus por ninguém ter obtido sucesso na escalada. Já não sou mais tão cético quanto eu costumava ser em relação a velhas histórias e velhos temores, e não rio mais dos artistas primordiais que às vezes acreditavam ver relâmpagos prenhes de significado que se detinham em cada um dos cumes sobranceiros e um brilho inexplicável que irradiava dos terríveis pináculos durante toda a longa noite polar. Pode haver um significado deveras real e deveras monstruoso nos antigos sussurros pnakóticos a respeito de Kadath na Desolação Gelada.

Mas o terreno imediato não era menos estranho, ainda que não sofresse com maldições inefáveis. Logo após a fundação da cidade, a grande cordilheira tornou-se o centro dos principais templos, e muitos entalhes mostravam as grotescas e fantásticas torres que haviam furado o céu onde então víamos apenas muralhas e cubos agarrados à rocha. Ao longo das eras as cavernas apareceram e foram transformadas em anexos dos templos. Com a chegada de épocas ainda mais recentes, todos os veios de calcário na região foram erodidos pelas águas subterrâneas, e assim as montanhas, os sopés e as planícies transformaram-se em uma verdadeira rede de cavernas e galerias interligadas. Muitas esculturas gráficas retratavam as explorações nas profundezas da terra e a descoberta final do soturno mar estígio que se ocultava nas entranhas do planeta.

O enorme pélago noctífero fora sem dúvida alguma escavado pelo grande rio que corria desde as horríveis montanhas sem nome a oeste, que em outras épocas fazia uma curva na base da serra dos Anciões e corria ao lado da cordilheira até desaguar no Oceano Índico, entre a Terra de Budd e a Terra de Totten no litoral de Wilkes. Com o passar do tempo, a água erodiu a base calcária da montanha no ponto onde o rio fazia a curva até que as insidiosas correntes se juntassem às águas subterrâneas para escavar um abismo ainda mais profundo. Por fim, o enorme volume de água desembocou nas colinas ocas e deixou seco o leito que outrora corria em direção ao oceano. Grande parte da cidade mais tardia que encontramos fora construída em cima do antigo leito. Os Anciões, cientes do que havia ocorrido e sempre dispostos a dar vazão ao senso artístico, haviam transformado em colunatas esculpidas os promontórios nos sopés onde o grande fluxo começava a descida rumo às trevas eternas.

O rio, em outras épocas atravessado por opulentas pontes de pedra, era claramente aquele cujo antigo curso tínhamos avistado durante o voo de reconhecimento. A posição do rio nos diferentes entalhes da cidade possibilitou que nos orientássemos em relação à cena tal como havia sido em vários estágios da história milenar daquele local entregue à morte através dos éons; e assim pudemos esboçar um mapa feito às pressas mas bastante detalhado das principais características — esplanadas, construções importantes e similares — para servir de guia às futuras expedições. Não tardou para que nos sentíssemos capazes de reconstruir, em nossa fantasia, toda a glória da cidade um ou dez ou cinquenta milhões de anos atrás, pois as esculturas mostravam-nos exatamente qual era o aspecto das construções e montanhas e esplanadas e subúrbios e paisagens, bem como o da exuberante vegetação terciária. O lugar deve ter ostentado uma beleza maravilhosa e mística, e enquanto eu pensava a respeito quase esqueci do suor frio causado pelo sentimento de opressão sinistra com que a antiguidade inumana e a magnitude e a morte e o crepúsculo glacial da cidade haviam sufocado e atormentado o meu espírito. No entanto, de acordo com certas esculturas os habitantes da cidade haviam se defrontado com o jugo de um terror opressivo; pois havia um gênero de cena sombria e recorrente em que os Anciões eram representados encolhidos de pavor diante de algum objeto — jamais retratado nos murais — localizado no grande rio e impelido pelas águas através de ondulantes florestas de cicadófitas rematadas por trepadeiras desde as terríveis montanhas a oeste.

Foi apenas na casa mais tardia com os entalhes decadentes que obtivemos o prenúncio relativo ao desastre final que precipitou o abandono da cidade. Sem dúvida deve ter havido muitas esculturas da mesma antiguidade em outro lugar, apesar das energias e aspirações minguantes em um período de inquietude e incerteza; a bem dizer, descobrimos evidências muito convincentes da existência de outras logo a seguir. Esse foi o primeiro e único conjunto com o qual tivemos contato direto. Pretendíamos continuar a exploração mais tarde; pois, como eu disse, as circunstâncias ditavam outro curso de ação imediata. Mesmo assim, haveria um limite — pois quando toda a esperança de uma longa ocupação futura mostrou-se frustrada, os Anciões não poderiam ter feito outra coisa senão abandonar de vez os adornos escultóricos. O golpe de misericórdia, é claro, foi a chegada da glaciação que outrora enfeitiçou a maior parte da terra e que jamais abandonou os malfadados polos — a glaciação que, no outro extremo do mundo, pôs fim às terras fabulosas de Lomar e da Hiperbórea.

Seria difícil determinar com precisão quando essa tendência começou na Antártida. Hoje se acredita que os períodos glaciais tenham começado cerca de quinhentos mil anos no passado, mas nos polos esse flagelo terrível deve ter começado muito antes. Todas as estimativas quantitativas são ao menos em parte resultado de adivinhações; porém é muito provável que as esculturas decadentes tenham sido feitas há menos de um milhão de anos e que o efetivo abandono da cidade estivesse completo muito antes do início do Pleistoceno — quinhentos mil anos atrás — conforme os cálculos feitos em relação à superfície total da Terra.

Nas esculturas decadentes havia sinais de vegetação mais escassa por toda a parte, e também de uma vida rural menos intensa da parte dos Anciões. As casas apareciam equipadas com aquecedores, e os viajantes de inverno agasalhavam-se com tecidos protetores. Então descobrimos uma série de cartuchos (estando os grupos contínuos muitas vezes interrompidos nessas esculturas mais tardias) que retratavam a constante migração rumo aos mais próximos refúgios de calor — enquanto uns fugiam para as cidades submarinas saídos da orla longínqua, outros arrastavam-se em meio à rede de galerias calcárias nas colinas ocas em direção ao abismo negro de águas subterrâneas.

No fim, o abismo próximo aparentava ter recebido a maior parte da colonização. Parte do motivo, sem dúvida, foi a sacralidade histórica da região; porém outros fatores determinantes devem ter sido a oportunidade de seguir usando os grandes templos nas montanhas perpassadas por galerias subterrâneas e de manter a enorme cidade terrestre como residência de verão e base de acesso a diversas minas. A ligação entre as antigas e as novas moradas tornou-se ainda mais eficaz graças à implementação de vários desníveis e outras melhorias ao longo das rotas comunicantes, que incluíam a abertura de numerosos túneis entre a metrópole ancestral e o abismo negro — túneis com um declive acentuado cujas entradas desenhamos com o maior cuidado, segundo as nossas mais ponderadas estimativas, no mapa que estávamos preparando. Era evidente que pelo menos dois túneis localizavam-se a uma distância razoável do ponto onde nos encontrávamos; pois ambos ficavam no extremo montanhoso da cidade, um a menos de quinhentos metros do antigo leito do rio e o outro talvez a duas vezes essa distância na direção contrária.

O abismo, ao que tudo indicava, tinha projeções de terreno seco em certos pontos; mas os Anciões construíram a nova cidade debaixo d'água — sem dúvida movidos pela certeza de um calor mais uniforme. A profundidade do mar oculto aparenta ter sido enorme, pois assim o calor interno da Terra poderia garantir a habitação por um período indefinido. As criaturas não parecem ter enfrentado dificuldades para adaptar-se em caráter temporário — e por fim em caráter permanente — à vida submarina; afinal, jamais haviam permitido que as guelras atrofiassem. Muitas esculturas mostravam que sempre haviam feito visitas frequentes aos parentes submarinos em toda parte e também que tinham o hábito de banhar-se nas profundezas do grande rio. A escuridão nas profundezas da Terra tampouco seria obstáculo para uma raça acostumada às longas noites antárticas.

Por mais decadente que fosse o estilo, as esculturas tardias adquiriam uma qualidade verdadeiramente épica ao retratar a construção da nova cidade nas cavernas subaquáticas. Os Anciões adotaram métodos científicos;

extraíram rochas insolúveis do coração das montanhas perpassadas por galerias subterrâneas e empregaram trabalhadores experientes da cidade submarina mais próxima para executar a construção segundo os melhores procedimentos conhecidos. Os trabalhadores levaram consigo tudo o que era necessário para cuidar da nova empresa — tecidos de shoggoth a fim de criar carregadores de pedras e outros animais de carga para a cidade nas cavernas e outras matérias protoplásmicas a serem transformadas em organismos fosforescentes a fim de prover iluminação.

Enfim uma poderosa metrópole ergueu-se no fundo do mar estígio; a arquitetura em muito lembrava a da cidade em terra, e a execução do trabalho evidenciava pouca decadência em virtude do elemento matemático preciso inerente às operações arquitetônicas. Os shoggoths recém-criados atingiram um tamanho enorme e desenvolveram uma inteligência bastante singular, e apareciam recebendo e executando ordens com uma rapidez fabulosa. Pareciam conversar com os Anciões imitando-lhes a voz — uma espécie de assovio musical com notas em várias frequências, se a dissecação efetuada pelo pobre Lake estava correta — e receber mais ordens faladas do que sugestões hipnóticas em relação às épocas anteriores. Mesmo assim, eram admiravelmente mantidos sob controle. Os organismos fosforescentes providenciavam luz com grande eficácia e sem dúvida compensavam a perda das familiares auroras polares da fantástica noite glacial.

A arte e a decoração ainda eram praticadas, embora sofressem com uma certa decadência. Os Anciões parecem ter notado esse declínio; e em muitos casos anteciparam a política de Constantino, o Grande, transplantando para a nova morada certos blocos particularmente vistosos de escultura antiga retirados da cidade terrestre, tal como o imperador, em uma época de declínio bastante similar, privou a Grécia e a Ásia das obras de arte mais vistosas para conferir à nova capital bizantina esplendores maiores do que seu povo seria capaz de criar. Sem dúvida o transporte dos blocos esculpidos não se deu em maior escala porque no início a cidade terrestre não foi abandonada por completo. Na época do abandono completo — que deve ter ocorrido antes que o Pleistoceno polar alcançasse um estágio muito avançado — os Anciões talvez estivessem satisfeitos com a arte decadente — ou então deixaram de reconhecer os méritos superiores dos entalhes mais antigos. Seja como for, o fato era que as ruínas entregues ao silêncio dos éons ao nosso redor não tinham sofrido um saque escultural completo; muito embora todas as melhores estátuas avulsas, bem como outros artigos, tivessem sido levados.

Os cartuchos e os lambris decadentes que contavam essa história eram, como eu já disse, os mais tardios que encontramos em nossa busca limitada. Deixaram-nos com uma imagem de Anciões que andavam de um lado para outro entre a cidade terrestre no verão e a cidade da caverna marinha no inverno, por vezes estabelecendo comércio com cidades submarinas mais afastadas da costa antártica. O destino inelutável da cidade terrestre deve ter se revelado ao redor dessa época, pois as esculturas exibiam diversos sinais da aproximação maligna do frio. A vegetação era cada vez mais escassa, e as terríveis neves do inverno não mais se derretiam por completo sequer em pleno verão. Os rebanhos de sáurios estavam quase todos mortos, e os mamíferos estavam em situação precária. Para lidar com o mundo da superfície, tornou-se necessário adaptar alguns dos shoggoths amorfos e resistentes ao frio à vida terrestre; algo que os Anciões até então relutavam em fazer. O grande rio estava morto, e águas mais rasas haviam perdido a maioria dos habitantes a não ser pelas focas e baleias. Todos os pássaros haviam voado para longe, à exceção dos enormes e grotescos pinguins.

Resta-nos apenas imaginar o que ocorreu a seguir. Por quanto tempo a cidade na caverna teria sobrevivido? Estaria ainda hoje lá nas profundezas, como um cadáver pétreo em meio às trevas eternas? Teriam as águas subterrâneas enfim congelado? A que destino haviam sido entregues as cidades submarinas do mundo extraterreno? Será que os Anciões teriam se aventurado em direção ao norte para além da insidiosa calota polar? A geologia moderna não conhece indício algum desse movimento. Seria possível que os terríveis Mi-Go ainda representassem uma ameaça nas extraterrenas terras do norte? Alguém poderia saber ao certo o que poderia e o que não poderia subsistir até o dia de hoje nos abismos noctíferos e inexplorados das mais profundas águas da Terra? Aquelas coisas pareciam capazes de suportar qualquer pressão — e às vezes os homens do mar fisgam objetos estranhos. Será que a teoria da baleia assassina teria de fato explicado as cicatrizes vorazes e misteriosas nas focas antárticas observadas na geração passada por Borchgrevink?

Os espécimes descobertos pelo pobre Lake não poderiam ser explicados assim, pois a localização geológica demonstrava que tinham vivido no que deve ter sido uma época muito remota na história da cidade terrestre. De acordo com a localização, não poderiam ter menos de trinta milhões de anos; e pensamos que na época a cidade da caverna, e a bem dizer a própria caverna, ainda não poderiam existir. As criaturas teriam recordado uma cena mais antiga, com a exuberante vegetação do período Terciário por toda a parte — uma jovem cidade terrestre cercada de artes florescentes e atravessada por um grande rio que corria para o norte ao longo da base das poderosas montanhas em direção a um oceano tropical longínquo.

Mesmo assim, não conseguíamos parar de pensar naqueles espécimes — em especial nos oito ainda intactos que sumiram do acampamento brutalmente atacado de Lake. Havia algo de anormal a respeito de tudo aquilo — as estranhas ocorrências que vínhamos tentando a todo custo atribuir à loucura — aqueles túmulos pavorosos — a quantidade e a *natureza* do material desaparecido — Gedney — a resistência extraterrena daquelas monstruosidades arcaicas e as singulares abominações que as esculturas relacionavam à raça... Danforth e eu tínhamos visto um bocado nas últimas horas e estávamos preparados para acreditar e manter sigilo em relação a muitos segredos incríveis e aterrorizantes da Natureza primordial.

IX.

Conforme tive ocasião de dizer, nosso estudo das esculturas decadentes provocou uma mudança em nosso objetivo imediato. A mudança, é claro, dizia respeito às avenidas cinzeladas do obscuro mundo interior, cuja existência havíamos ignorado até então, embora logo estivéssemos desejosos de encontrá-las e explorá-las. A partir das proporções evidentes nas esculturas, deduzimos que uma caminhada descendente com cerca um quilômetro e meio por qualquer um dos túneis próximos haveria de levar-nos aos confins de vertiginosos penhascos ensombrecidos que dominavam o grande abismo, de onde saíam as estradas aprimoradas pelos Anciões que levavam à orla rochosa do oceano recôndito e noctífero. Contemplar a realidade concreta do fabuloso pélago era uma tentação que parecia irresistível uma vez que a descobrimos — embora percebêssemos que seria necessário começar a jornada de imediato se quiséssemos fazê-la durante a nossa primeira incursão.

Eram oito horas da noite, e não dispúnhamos de baterias sobressalentes o bastante para deixar nossas lanternas arderem para sempre. Tínhamos nos dedicado com tanto afinco aos exames e aos esboços sob a camada de gelo que nosso estoque de baterias fora submetido a pelo menos cinco horas de uso quase ininterrupto; e apesar da fórmula seca especial, a bateria só funcionaria por cerca de outras quatro — embora, ao manter uma desligada salvo no caso de passagens particularmente interessantes ou difíceis, pudéssemos estender essa margem a níveis seguros. Não havia condições de ficar sem iluminação no interior das catacumbas ciclópicas; a fim de empreender a viagem pelo abismo, teríamos de abandonar a decifração dos entalhes nas paredes. Claro que pretendíamos retornar ao lugar para dias e talvez semanas dedicados ao estudo e à fotografia — pois a curiosidade tinha vencido o horror havia muito tempo —, mas naquele momento precisávamos nos apressar. Nosso suprimento de papel estava longe de ser ilimitado, e relutávamos em sacrificar os cadernos ou os papéis de rascunho sobressalentes a fim de aumentá-lo; mas acabamos por nos desfazer de um grande caderno. Se tudo mais desse errado, poderíamos recorrer às marcas na rocha — e ainda seria possível, mesmo no caso de nos perdermos, retornar à luz do dia por uma ou outra passagem se houvesse tempo suficiente para a tentativa e o erro. Enfim nos pusemos a caminhar, cheios de expectativa, rumo ao túnel mais próximo.

De acordo com os entalhes segundo os quais havíamos desenhado o nosso mapa, o acesso não poderia estar a muito mais de quatrocentos metros do ponto onde nos encontrávamos; e ao longo do caminho havia sólidas construções que pareciam ser exploráveis a partir dos níveis subglaciais. A abertura em si parecia estar no nível subterrâneo — no ângulo mais próximo aos sopés — de uma enorme estrutura pública de cinco pontas e talvez relacionada a alguma cerimônia, que tentamos identificar a partir do voo exploratório sobre as ruínas. Não conseguimos lembrar de nenhuma estrutura similar avistada durante o voo e assim concluímos que as partes superiores haviam sido gravemente danificadas ou mesmo totalmente destruídas pela fenda glacial que avistamos. Nesta última hipótese era provável que o túnel estivesse obstruído, e assim teríamos de recorrer ao outro mais próximo — aquele que ficava a menos de um quilômetro e meio em direção ao norte. O curso do rio impedia-nos de tentar o acesso por qualquer um dos túneis mais ao sul para essa jornada; e de fato, se os dois acessos mais próximos estivessem obstruídos, talvez as nossas baterias não resistissem à tentativa em mais um túnel ao norte — localizado a cerca de um quilômetro e meio além da nossa segunda opção.

À medida que galgávamos os nebulosos meandros do labirinto com o auxílio do mapa e da bússola — atravessando salões e corredores em todos os estágios de ruína e de preservação, subindo rampas, cruzando portas elevadas e pontes e tornando a descer, encontrando passagens obstruídas por pilhas de escombros, apressando-nos ao longo de trechos preservados e surpreendentemente imaculados, tomando rotas erradas e refazendo o percurso (e nestes casos recolhendo a trilha de papel que havíamos deixado) e de vez em quando chegando ao fundo de uma escavação aberta por onde filtrava a luz do sol —, sentimo-nos inúmeras vezes tentados pelos entalhes nas paredes ao longo do caminho. Muitos devem ter retratado acontecimentos de enorme relevância histórica, e apenas o prospecto de revê-los em outra ocasião fez com que nos resignássemos a deixá-los para trás. Por vezes reduzíamos a marcha e acendíamos a segunda lanterna. Se tivéssemos mais filmes, com certeza teríamos feito breves pausas a fim de registrar certos baixos-relevos em foto, porém os demorados esboços manuais estavam fora de cogitação.

Mais uma vez encontro-me num ponto em que a tendência a hesitar ou a sugerir em vez de afirmar é quase irresistível. No entanto, é necessário revelar todo o restante a fim de justificar meu objetivo ao desencorajar quaisquer explorações futuras. Estávamos prestes a nos deparar com o suposto local de entrada do túnel — após cruzar uma ponte do segundo andar em direção ao que parecia ser a extremidade de uma muralha pontuda e descer até um corredor em ruínas particularmente rico em esculturas tardias com evidentes propósitos ritualísticos — quando, por volta das oito e meia da noite, o apurado olfato jovem de Danforth deu-nos o primeiro indício de algo fora do comum. Se houvéssemos levado um cão, imagino que o animal teria dado o alerta com maior antecedência. A princípio não sabíamos dizer o que havia de errado com o ar puro que havíamos respirado até então, mas passados alguns segundos nossas memórias reagiram de modo bastante pronunciado. Peço licença para tentar pôr o ocorrido em palavras sem estremecer. Havia um certo odor — e este odor guardava uma semelhança vaga, sutil e inconfundível com o cheiro nauseante que havíamos sentido ao abrir o insano túmulo do horror dissecado pelo pobre Lake.

Evidente que na hora a revelação não foi tão clara como agora parece. Havia várias explicações possíveis, e trocamos uns quantos sussurros indecisos. O mais importante, no entanto, foi que não recuamos sem antes investigar melhor; pois tendo chegado tão longe não nos deixaríamos intimidar por nada menos do que um desastre iminente. De qualquer modo, nossas suspeitas eram insanas demais para que acreditássemos. Coisas como aquelas não acontecem em um mundo normal. O puro instinto irracional deve ter nos levado a atenuar o facho da única lanterna acesa — pois já não nos sentíamos tentados pelas sinistras e decadentes esculturas que nos espreitavam ameaçadoramente das paredes — e a reduzir nossa marcha a um cauteloso andar na ponta dos pés enquanto cruzávamos passagens cada vez mais atulhadas de escombros e destroços.

Os olhos e o nariz de Danforth provaram ser mais aguçados do que os meus, pois foi ele quem primeiro notou a estranha aparência dos destroços quando atravessamos várias arcadas obstruídas que levavam a câmaras e corredores no andar térreo. O lugar não dava a impressão de incontáveis milênios de abandono, e quando aos poucos intensificamos o facho da lanterna percebemos que um certo trecho apresentava indícios de movimentação recente. A natureza irregular dos escombros escondia quaisquer marcas definidas, mas as superfícies mais lisas sugeriam o arrastamento de objetos pesados. Em um dado ponto imaginamos ter encontrado rastros paralelos, como os de criaturas em plena corrida. A descoberta nos levou a parar outra vez.

E foi durante essa pausa que sentimos — dessa vez em simultâneo — um outro odor vindo de um ponto mais à frente. Paradoxalmente, era um odor ao mesmo tempo menos e mais apavorante — menos apavorante no sentido intrínseco, porém infinitamente aterrorizante naquele lugar e naquelas circunstâncias... a não ser, é claro, que Gedney... Pois o odor era o simples e familiar odor de gasolina — gasolina comum.

A partir deste ponto, deixo aos psicólogos quaisquer explicações relativas às nossas motivações para agir. Soubemos naquele instante que uma terrível extensão dos horrores perpetrados no acampamento havia se arrastado para o tenebroso cemitério dos éons, e a partir de então não pudemos mais duvidar da existência de circunstâncias inefáveis — presentes ou ao menos recentes — muito próximas a nós. No fim deixamos que a curiosidade abrasadora — ou a ansiedade — ou a auto-hipnose — ou vagos pensamentos relativos ao nosso dever para com Gedney — ou sabe-se lá o quê — impelisse-nos adiante. Em um sussurro, Danforth tornou a mencionar o rastro que imaginou ter visto em uma curva nas ruínas mais acima; e também o discreto assovio musical — revestido de um significado extraordinário à luz dos relatórios feitos por Lake sobre a dissecação, apesar da semelhança com os ecos produzidos pela boca das cavernas em meio à ventania nos picos — que imaginou ter escutado logo a seguir nas profundezas desconhecidas aos nossos pés. Eu, por minha vez, sussurrei alguma coisa a respeito das condições em que encontramos o acampamento — a respeito do que havia desaparecido e de como a loucura de um sobrevivente único poderia ter concebido o inconcebível — uma jornada desvairada através das monstruosas montanhas e um mergulho na cantaria primordial inexplorada —

Porém não logramos convencer um ao outro, e sequer a nós próprios, de nada muito definido. Tínhamos desligado a lanterna e estávamos parados, e mal percebemos que um fio de luz da superfície evitava que a escuridão fosse absoluta. Depois que o instinto nos impeliu adiante, passamos a nos guiar usando lampejos ocasionais da lanterna. Os destroços revirados haviam causado uma impressão da qual não conseguíamos nos desvencilhar, e o cheiro de gasolina tornou-se mais intenso. Cada vez mais ruínas se apresentavam aos nossos olhos e impediam o avanço dos nossos pés, e em um dado ponto vimos que o caminho à frente estava prestes a acabar. Estávamos corretos em nossa impressão pessimista relativa à fenda avistada durante o voo. Nosso túnel não tinha saída, e sequer poderíamos chegar ao nível subterrâneo que franqueava acesso ao abismo.

Os rápidos lampejos da lanterna nas paredes cobertas de entalhes grotescos ao longo dos corredores bloqueados em que nos encontrávamos revelavam várias passagens em vários estágios de obstrução; e de uma delas o odor de gasolina — abafando quase por completo aquele outro odor sutil — tresandava de modo bastante pronunciado. Enquanto fixávamos o olhar, tivemos a certeza de que uma discreta limpeza dos escombros fora efetuada havia não muito tempo naquela abertura em particular. Qualquer que fosse o horror à espreita, acreditamos que uma via de acesso direto estava claramente manifesta. Creio que ninguém se surpreenderá ao saber que aguardamos um tempo considerável antes de esboçar o movimento seguinte.

Mesmo assim, quando nos aventuramos ao interior da arcada obscura, nossa primeira impressão foi de anticlímax. Em meio ao entulho da cripta esculpida — um cubo perfeito com cerca de seis metros de lado — não havia nenhum objeto prontamente discernível; e por instinto procuramos, ainda que em vão, uma passagem mais além. Em um segundo momento, porém, a visão aguçada de Danforth distinguiu um ponto onde os destroços espalhados pelo chão haviam sido mexidos; e ligamos as duas lanternas na potência máxima. Embora a luz tenha nos revelado algo simples e corriqueiro, resisto a fazer este relato por conta das implicações que encerra. Era um espaço plano improvisado em meio aos destroços, sobre o qual repousavam vários objetos espalhados sem nenhum critério aparente, e em um dos cantos uma quantidade razoável de gasolina parecia ter sido derramada ainda a tempo de deixar um forte odor mesmo na altitude extrema do superplatô. Em outras palavras, aquilo só poderia ser uma espécie de acampamento — um acampamento feito por seres exploradores que, como nós, viram-se obrigados a voltar devido à obstrução no caminho até o abismo.

Permita-me ser claro. Os objetos espalhados vinham todos do acampamento de Lake e consistiam em latas abertas de maneira tão inusitada quanto as que encontramos no acampamento devassado, vários fósforos gastos, três livros ilustrados com manchas algo curiosas, um tinteiro vazio e a caixa de papelão correspondente, uma caneta-tinteiro quebrada, fragmentos de peles e de lona, uma bateria usada com panfleto de instruções, um cartão que acompanhava o aquecedor da nossa tenda e um sortimento de papéis amassados. A descoberta já parecia ruim o bastante, mas quando abrimos os papéis amassados e vimos o que escondiam, sentimos que havíamos nos defrontado com o pior. No acampamento, havíamos descoberto papéis com manchas inexplicáveis que podiam ter nos preparado, porém a revelação nas profundezas obscuras de criptas anteriores à humanidade em uma cidade saída de um pesadelo era quase mais do que poderíamos suportar.

Um Gedney enlouquecido poderia ter feito os grupos de pontos que imitava aqueles encontrados nas pedras-

-sabão esverdeadas, bem como os pontos que encontramos nos insanos montes de cinco pontas erguidos sobre as sepulturas; e poderia ter feito esboços apressados e grosseiros — com variável nível de precisão — que exibissem os contornos das partes vizinhas à cidade e traçassem o caminho desde um ponto circular representado fora da nossa rota anterior — um ponto que identificamos como sendo uma enorme torre cilíndrica que aparecia em certos entalhes e um vasto abismo circular avistado durante o voo de reconhecimento — até a estrutura de cinco pontas onde nos encontrávamos e a boca do túnel lá dentro. Repito que poderia ter feito os esboços; pois o material diante de nós fora sem dúvida compilado da mesma forma que o nosso, a partir das esculturas tardias em algum lugar do labirinto glacial, embora não a partir das mesmas que havíamos visto e usado. Porém o suposto borra-tintas jamais poderia ter executado os esboços com uma técnica estranha e segura de si que talvez superasse, a despeito da pressa e do desleixo, qualquer uma das esculturas decadentes das quais haviam sido copiados — a técnica característica e inconfundível dos próprios Anciões no antigo esplendor da cidade morta.

Há quem possa dizer que Danforth e eu somos loucos por não ter fugido nesse instante, uma vez que as nossas conclusões — não obstante o evidente desvario — estavam a essa altura completas e apresentavam um caráter que não preciso sequer descrever àqueles que leram o meu relato até este ponto. Talvez estivéssemos loucos — pois eu não disse que aqueles picos atrozes eram montanhas da loucura? Mesmo assim, julgo perceber algo no mesmo espírito — embora de forma menos extrema — nos homens que perseguem bestas mortíferas embrenhados nas selvas africanas no intuito de fotografá-las ou estudar seus hábitos. Ainda que estivéssemos meio paralisados de terror, em nosso espírito ardia a chama do espanto e da curiosidade que triunfou no final.

É claro que não pretendíamos encarar aquilo — ou aqueles — que sabíamos ter estado lá, mas sentimos que já haveriam se afastado. Naquele ponto, teriam encontrado o acesso vicinal ao pélago e ido ao encontro de quaisquer fragmentos noctíferos do passado que talvez espreitassem no abismo supremo — o abismo supremo em que jamais haviam posto os olhos. Ou, se porventura o acesso também estivesse bloqueado, teriam seguido rumo ao norte em busca de outro. Lembramos que eram ao menos em parte independentes da luz.

Ao recordar aquele momento, mal consigo lembrar que forma exata as nossas emoções assumiram — que mudança de objetivo imediato acirrou a tal ponto a nossa expectativa. Não pretendíamos de maneira alguma encontrar o que temíamos — mas não nego que podemos ter nutrido um desejo oculto e inconsciente de entrever certas coisas a partir de um lugar a salvo de quaisquer olhares. Não me parece correto dizer que abdicamos o desejo de vislumbrar o abismo, embora um novo objetivo houvesse se apresentado sob a forma do grande local circular indicado nos esboços amassados que encontramos. De pronto nós o reconhecemos como a monstruosa torre cilíndrica representada nas mais antigas esculturas, que no entanto aparecia como uma prodigiosa abertura circular vista de cima. Algo no tratamento dispensado à imagem até mesmo naqueles diagramas traçados às pressas levou-nos a imaginar que os níveis subglaciais ainda pudessem representar alguma característica de singular importância. Talvez exibissem maravilhas arquitetônicas ainda ocultas aos nossos olhares. A torre remontava a tempos imemoriais segundo as esculturas em que aparecia — a bem dizer, fora uma das primeiras construções na cidade. As esculturas, caso se encontrassem preservadas, teriam uma importância simbólica indiscutível. Além do mais, naquela situação a torre poderia oferecer uma conveniente ligação com o mundo da superfície — um caminho mais curto do que aquele que desbravávamos com tanta cautela e por onde os outros exploradores provavelmente teriam descido.

No fim, o que fizemos foi examinar os terríveis esboços — que confirmavam os nossos quase à perfeição — e tomar o curso indicado em direção ao local circular; o curso que os nossos predecessores sem nome deviam ter atravessado duas vezes antes de nós. O outro portal do abismo estaria logo além. Não é necessário relatar a jornada — durante a qual continuamos a deixar uma econômica trilha de papel —, que apresentou as mesmas peculiaridades do caminho usado para chegar até o beco sem saída; a única diferença era uma tendência maior a permanecer no nível térreo e até mesmo a descer rumo os corredores subterrâneos. De vez em quando podíamos discernir certas marcas perturbadoras em meio aos destroços ou ao entulho sob os nossos pés; e após deixarmos o cheiro de gasolina para trás, mais uma vez percebemos — quase que em um espasmo — aquele odor mais terrível e mais persistente. Depois que o caminho se afastou do nosso curso original, por vezes varríamos as paredes com o brilho furtivo da lanterna; e em praticamente todas as ocasiões percebemos as esculturas quase onipresentes que parecem ter constituído um importante veículo estético para os Anciões.

Por volta das nove e meia da noite, enquanto atravessávamos um corredor em arco com um piso cada vez mais congelado que parecia localizar-se um pouco abaixo do nível térreo e com um teto que baixava à medida que avançávamos, percebemos a forte luz do sol refulgindo mais à frente e pudemos desligar a lanterna. Tínhamos a impressão de estar chegando ao enorme sítio circular, e de que não podíamos estar muito afastados da superfície. O corredor terminava em um arco excepcionalmente baixo para aquelas ruínas megalíticas, mas pudemos ver bastante coisa antes de emergir do outro lado. Mais além se estendia um prodigioso espaço circular — com sessenta metros de diâmetro — repleto de destroços e de várias outras arcadas obstruídas semelhantes àquela que estávamos prestes a atravessar. As paredes — onde havia espaço — tinham recebido entalhes bastante ousados que formavam uma espiral de proporções heroicas; e exibiam, a despeito da erosão causada pelos elementos em um local aberto, um esplendor artístico muito além de qualquer outra coisa que houvéssemos encontrado até então. O chão repleto de entulho estava coberto por uma espessa camada de gelo, e imaginamos que o verdadeiro fundo estivesse a uma profundidade considerável.

Porém o objeto que mais chamava a atenção no local era a titânica rampa de pedra que, evitando as arcadas por meio de uma acentuada curva para fora em direção à superfície, subia em espiral pela estupenda parede cilíndrica como se fosse a contraparte interna dos ornatos que em outras épocas haviam escalado as monstruosas torres ou zigurates da antiga Babilônia. Apenas a velocidade do voo e a perspectiva que fazia a espiral desaparecer contra a parede interna da torre haviam nos impedido de notar essa característica ainda no ar, e assim nos levaram a procurar outro caminho para o nível subglacial. Pabodie talvez pudesse ter explicado que tipo de engenharia mantinha a estrutura no lugar, mas a nós restavam apenas a admiração e o espanto. Enxergamos mísulas e colunas robustas aqui e acolá, mas o que vimos não parecia adequado à função exercida. Aquela coisa estava extraordinariamente bem conservada até o alto da torre — uma circunstância notável em vista da exposição aos elementos —, e o abrigo oferecido tinha feito muito pela proteção das bizarras e perturbadoras esculturas cósmicas nas paredes.

Quando chegamos ao espantoso brilho tênue no interior do monstruoso cilindro — um monumento de cinquenta milhões de anos e sem dúvida a estrutura de antiguidade mais primordial em que pusemos os olhos — notamos que as laterais atravessadas pela rampa subiam de modo vertiginoso a uma altura de dezoito metros. Ao relembrar o nosso voo de reconhecimento, pudemos estimar a espessura da glaciação externa em cerca de doze metros, uma vez que o abismo hiante avistado em pleno ar estava no topo de um monte com cerca de seis metros de cantaria desabada com três quartos da própria circunferência protegidos graças às colossais paredes curvas de uma fileira de ruínas mais elevadas. Segundo as esculturas, a torre original havia se erguido no centro de uma esplanada circular; e talvez atingisse cento e cinquenta ou cento e oitenta metros de altura, com fileiras de discos horizontais próximas ao topo e uma carreira de coruchéus aciculados ao longo da borda superior. A maior parte dos blocos de cantaria havia desabado para o lado de fora — uma coincidência oportuna, pois de outra forma a rampa poderia ter desabado e assim todo o interior estaria obstruído. Percebemos que a rampa apresentava um desgaste profundo, enquanto todas as arcadas no fundo pareciam ter sido parcialmente desobstruídas havia não muito tempo.

Levamos não mais do que um instante para concluir que aquela era de fato a rota por onde aqueles outros haviam descido, e que seria a rota natural para a nossa própria subida apesar da longa trilha de papéis que havíamos deixado para trás. A entrada da torre não ficava mais longe dos sopés e do nosso avião do que o grande prédio com terraços por onde havíamos entrado, e qualquer avanço da exploração subglacial que pudéssemos empreender naquela viagem ficaria restrito aos arredores. É estranho, mas ainda estávamos considerando viagens futuras — mesmo depois de tudo o que tínhamos visto e deduzido. Então, quando seguimos o nosso rumo em meio aos destroços do enorme recinto, deparamo-nos com uma cena que se sobrepôs a todos os outros assuntos.

Era um arranjo de três trenós dispostos com todo o cuidado no ângulo mais distante da parte inferior da rampa, que até então havia permanecido oculta à nossa visão. Lá estavam — os três trenós que haviam sumido do acampamento de Lake —, abalados por um uso excessivo que devia ter incluído trajetos forçados por longas extensões de pedra nua e destroços, bem como um tanto de transporte manual nos pontos de navegação impossível. Os trenós haviam sido carregados e afivelados com esmero, e continham objetos bastante familiares — o fogão a gasolina, latas de combustível, estojos de instrumentos, latas de provisões, lonas sem dúvida repletas de livros e outras repletas de conteúdos menos evidentes — tudo retirado do equipamento de Lake. Depois do que havíamos encontrado na outra câmara, estávamos em certa medida preparados para essa descoberta. O choque maior veio quando demos um passo à frente e abrimos uma das lonas cuja silhueta havia nos instilado uma singular inquietação. Parece que Lake não era o único interessado em coletar espécimes típicos; pois lá estavam mais dois, ambos congelados, em perfeito estado de preservação, com bandagens adesivas cobrindo ferimentos no pescoço e enrolados com evidente cuidado a fim de evitar maiores danos. Eram os corpos do jovem Gedney e do cão desaparecido.

X.

Muitas pessoas talvez nos considerem frios e loucos por termos pensado no túnel rumo ao norte logo após nossa descoberta funesta, e não tenho a pretensão de afirmar que teríamos revivido esses pensamentos se não por força de uma circunstância específica que nos influenciou e desencadeou toda uma nova série de especulações. Tornamos a cobrir o corpo do pobre Gedney com a lona e ficamos parados em uma espécie de perplexidade muda até que certos sons atingissem a nossa consciência — os primeiros sons desde a nossa descida, quando deixamos para trás o descampado onde o vento da montanha entoava lamentos sutis em meio às alturas sobrenaturais. Por mais familiares e prosaicos que fossem, no longínquo reino da morte aqueles sons revestiam-se de um caráter mais inesperado e mais exasperante do que quaisquer ruídos grotescos ou fabulosos poderiam apresentar — pois mais uma vez perturbavam todas as nossas noções de harmonia cósmica.

Se ainda fosse um resquício daquele bizarro assovio musical com notas em várias frequências que o relatório de Lake nos havia levado a esperar das criaturas — e que, de fato, nossa imaginação sobrecarregada vinha percebendo em cada uivo do vento desde que abandonamos o horror no acampamento —, ao menos haveria uma espécie de congruência infernal com a região entregue à morte através dos éons que nos rodeava. A voz de outras épocas pertence apenas ao cemitério de outras épocas. O que aconteceu, no entanto, foi que o barulho fez desabarem todas as nossas convicções mais profundas — toda a nossa concepção da Antártida como um deserto de gelo tão absoluta e irrevogavelmente desprovido até mesmo dos mais rudimentares vestígios de vida natural quanto o disco estéril da lua. O que escutamos não foi a nota formidável e a blasfêmia sepulta de uma terra ancestral a partir de cuja dureza sobrenatural um sol polar renegado por eras sem fim havia evocado uma resposta monstruosa. Não; foi algo revestido de uma normalidade tão zombeteira e de uma trivialidade tão inconfundível que estremecemos ao concebê-lo naquele lugar, onde tais coisas não deviam estar presentes. Para ser breve — foi apenas o grasnado estridente de um pinguim.

O som abafado emergiu dos recônditos subglaciais quase em frente ao corredor por onde havíamos chegado — regiões na exata direção do outro túnel rumo à vastidão do abismo. A presença de um pássaro aquático naquela direção — na superfície de um mundo que por eras havia se resumido a uma longa e uniforme ausência de vida — só poderia levar a uma única conclusão; portanto a nossa primeira reação foi verificar a realidade objetiva do som. De fato, a ocorrência se repetiu; e por vezes parecia vir de mais de uma garganta. Em busca da origem dos sons, entramos por uma arcada de onde muitos destroços haviam sido retirados; e retomamos o desbravamento de novos territórios — com um novo suprimento de papel retirado com inegável repulsa de uma das lonas nos trenós — deixando a luz do dia para trás.

À medida que o chão congelado dava vez ao entulho, discernimos curiosos rastros ainda muito visíveis; e em certo momento Danforth encontrou uma marca cuja descrição seria desnecessária ao extremo. O caminho indicado pelos grasnados dos pinguins era exatamente o mesmo ditado pelo mapa e pela bússola como rota de acesso à entrada do túnel mais ao norte, e regozijamo-nos ao perceber que uma estrada sem pontes no nível térreo e no subterrâneo parecia desobstruída. O túnel, segundo o mapa, deveria começar no nível subterrâneo de uma imponente estrutura piramidal que durante o voo de reconhecimento deixou-nos com a vaga impressão de estar notavelmente bem conservada. Ao longo do caminho uma única lanterna revelava a costumeira profusão de entalhes, mas não paramos a fim de examiná-los.

De repente um vulto branco assomou à nossa frente, e então ligamos a segunda lanterna. É estranho notar a que ponto a nova missão nos havia levado a esquecer quaisquer temores relativos às coisas que poderiam estar à espreita nos arredores. Os outros haviam deixado o equipamento no grande espaço circular, e portanto deviam ter feito planos de retornar após a jornada em direção ou até mesmo ao interior do abismo; porém nesse ponto abandonamos toda a cautela, como se jamais houvessem existido. O vulto branco e cambaleante tinha um metro e oitenta de altura, mas tivemos a impressão de perceber quase de imediato que não era um dos outros. Estes últimos eram maiores e mais escuros e, segundo os entalhes, locomoviam-se na superfície terrena com movimentos rápidos e confiantes, apesar da estranheza do aparato tentacular marítimo. Mesmo assim, seria inútil negar que aquela coisa branca tenha nos instilado um profundo terror. Por um instante vimo-nos tomados de um terror primitivo quase mais intenso do que o pior de nossos medos racionais em relação àqueles outros. Fomos ofuscados por um anticlímax quando o vulto branco entrou por uma arcada lateral à nossa esquerda para juntar-se a outros dois exemplares da mesma espécie, que o chamavam com notas estridentes. Era apenas um pinguim — embora fosse uma espécie colossal, maior do que todos os pinguins-reis conhecidos, e monstruosa na combinação de albinismo com a quase ausência de olhos.

Depois de seguir aquela coisa ao longo da arcada e apontar o facho das duas lanternas em direção ao distraído e indiferente grupo de três, vimos que todos eram albinos desprovidos de olhos pertencentes à mesma espécie desconhecida e gigante. A estatura dos pássaros nos fez pensar em alguns dos pinguins arcaicos representados nas esculturas dos Anciões, e não tardamos a concluir que aqueles espécimes pertenciam à mesma linhagem — e que sem dúvida haviam sobrevivido graças a algum refúgio em regiões internas mais quentes, onde a escuridão perpétua havia destruído a pigmentação e atrofiado os olhos das criaturas até transformá-los em meras frestas inúteis. Não duvidamos por um instante sequer que habitassem o vasto abismo que procurávamos; e esse indício de calor e de clima habitável no interior do pélago despertou a veia mais curiosa e perturbadora da nossa fantasia.

Refletimos também sobre o que teria levado aqueles três pássaros a se aventurar tão longe do habitat natural. O silêncio e as condições predominantes na grande cidade morta evidenciavam que o lugar não era palco de uma colônia sazonal, e a manifesta indiferença do trio em relação à nossa presença fazia parecer estranha a ideia de que a passagem daqueles outros pudesse tê-los assustado. Seria possível que os outros tivessem perpetrado agressões ou tentado aumentar o estoque de carne? Perguntamo-nos se o odor pungente que os cães tanto haviam detestado poderia causar antipatia semelhante nos pinguins; afinal, estava claro que os pássaros ancestrais tinham mantido excelentes relações com os Anciões — uma relação amistosa que deve ter subsistido nas profundezas do abismo enquanto ainda restavam Anciões. Após lamentar — em um paroxismo do velho espírito científico — a impossibilidade de fotografar aquelas criaturas anômalas, nós os deixamos entregues aos próprios grasnados e avançamos rumo ao abismo que sabíamos estar ao nosso alcance e cuja direção exata vinha indicada pelos rastros ocasionais dos pinguins.

Pouco tempo depois uma abrupta descida por um longo e baixo corredor desprovido de portas e de esculturas levou-nos por fim ao que imaginávamos ser a entrada do túnel. Passamos mais dois pinguins e ouvimos outros logo adiante. Então o corredor acabou em um amplo espaço aberto que nos fez prender a respiração — um perfeito hemisfério invertido, sem dúvida a grande profundidade subterrânea, medindo trinta metros de diâmetro por quinze de altura, com arcadas baixas em todas as direções exceto uma, onde havia um cavernoso nicho preto em arco que perturbava a simetria da cripta até uma altura de quase cinco metros. Era a entrada do grande abismo.

No vasto hemisfério, cujo teto côncavo fora entalhado por um artista exímio porém decadente de maneira a representar a abóbada celeste, alguns pinguins albinos cambaleavam — forasteiros, porém forasteiros indiferentes e cegos. O túnel negro estendia-se a uma distância indefinível por um declive acentuado, e a entrada tinha adornos grotescos nas jambas e nos lintéis. No limiar daquela boca críptica, pensamos ter sentido um sopro de ar um pouco mais quente e talvez até um resquício de vapor; e imaginamos que entidades, além dos pinguins, o ilimitado vazio aos nossos pés e as galerias contínuas entre a terra e as titânicas montanhas poderiam ocultar. Também imaginamos que os vestígios de fumaça no topo da montanha suspeitados pelo pobre Lake, bem como a estranha névoa que nós mesmos havíamos percebido ao redor do pico colmado pelas muralhas, pudessem ser causados por uma tortuosa evaporação das águas em regiões ainda inexploradas do núcleo terrestre.

Ao entrar, percebemos que a largura do túnel — ao menos no trecho inicial — era de aproximadamente cinco metros para cada lado; com as laterais, o chão e a arcada do teto construídos na tradicional cantaria megalítica. As laterais tinham decorações esparsas de cartuchos ornados com desenhos convencionais em um estilo tardio e decadente; e tanto as esculturas como a construção em si pareceram extraordinariamente bem conservadas. O chão estava quase limpo, a não ser por uma pequena quantidade de detritos com rastros que sinalizavam a saída dos pinguins e a entrada daqueles outros. Quanto mais avançávamos, maior o calor; de modo que logo precisamos desabotoar nossas pesadas vestimentas. Imaginamos se haveria manifestações ígneas mais abaixo, e se as águas daquele oceano ensombrecido seriam quentes. Após um breve intervalo o trabalho em cantaria dava lugar à rocha nua, embora o túnel mantivesse as mesmas proporções e apresentasse o mesmo aspecto de regularidade entalhada. Em certos pontos o declive variável era tão acentuado que ranhuras no chão faziam-se necessárias. Em muitas ocasiões notamos pequenas galerias laterais ausentes em nossos diagramas; nenhuma capaz de dificultar o nosso retorno, e todas muito bem-vindas como refúgios possíveis caso nos defrontássemos com entidades indesejadas ao retornar do abismo. O odor indescritível daquelas coisas era muito peculiar. Sem dúvida foi uma temeridade suicida aventurar-se por aquele túnel nas condições em que nos encontrávamos, porém em certas pessoas os encantos do desconhecido são mais fortes do que o senso comum imagina — e a bem dizer não foi outro o motivo que nos levou à extraterrena desolação polar. Vimos diversos pinguins ao longo do caminho e especulamos sobre a distância que teríamos de percorrer. Os entalhes nos haviam levado a prever uma descida íngreme com cerca de um quilômetro e meio até o abismo, mas nossas perambulações anteriores haviam nos mostrado que em termos de escala os mapas não eram muito confiáveis.

Após cerca de quatrocentos metros aquele cheiro inominável acentuou-se ao extremo mais uma vez, e começamos a prestar estreita atenção às várias aberturas laterais pelas quais passávamos. Não havia vapores visíveis como na entrada, mas o fato devia-se com certeza à ausência do ar frio contrastante. A temperatura subia depressa, e não ficamos surpresos ao encontrar um perturbador amontoado de material familiar. Eram peles e lonas retiradas do acampamento de Lake, mas não nos detivemos para estudar as formas bizarras em que os materiais haviam sido cortados. Logo além deste ponto percebemos um evidente aumento no tamanho e no número das galerias laterais, e concluímos estar na região densamente perpassada por túneis subterrâneos sob os mais altos sopés. O cheiro indescritível veio acompanhado de outro odor um pouco menos fétido — de que natureza não saberíamos dizer, embora tenhamos pensado em organismos pútridos e talvez em fungos subterrâneos desconhecidos. A seguir deparamo-nos com uma expansão surpreendente do túnel para a qual os entalhes não nos haviam preparado — o alargamento e o alteamento de uma elevada caverna elíptica de aspecto natural e de chão plano, com cerca de vinte metros de comprimento por quinze de largura e muitas passagens laterais enormes que avançavam em direção a trevas enigmáticas.

Embora a caverna parecesse natural, uma inspeção com as duas lanternas sugeriu que houvesse se formado a partir da destruição artificial de várias paredes entre galerias adjacentes. As paredes eram ásperas, e a elevada abóbada do teto estava repleta de estalactites; mas o piso de rocha sólida fora alisado segundo métodos artificiais e estava livre de destroços, detritos e até mesmo de pó em um grau efetivamente fora do comum. A não ser pelo corredor em que estávamos, o mesmo se aplicava ao piso de todas as enormes galerias que dele partiam; e a singularidade da circunstância era tanta que não pudemos senão cogitar em vão. O novo e curioso miasma que veio suplementar o cheiro indescritível era pungente ao extremo nesse trecho, a ponto de destruir quaisquer resquícios do outro. Algo a respeito daquele lugar de chão polido e quase brilhante inspirou-nos maior estupefação e maior horror do que todas as coisas monstruosas encontradas até então.

A regularidade da passagem logo à nossa frente, somada à maior proporção de excrementos de pinguim no local, impedia qualquer confusão relativa ao curso correto em meio à pletora de cavernas igualmente enormes. Mesmo assim, resolvemos demarcar o nosso caminho com papel rasgado para o caso de enfrentarmos alguma dificuldade mais adiante; pois rastros na poeira, é claro, não poderiam ser esperados a partir daquele ponto. Quando voltamos a explorar a passagem, lançamos o facho da lanterna nas paredes do túnel — e detivemos o passo no mesmo instante, espantados com a mudança suprema e radical que se havia operado nos entalhes daquele trecho. Havíamos percebido, é claro, a grande decadência na escultura dos Anciões durante a época da escavação dos túneis; e de fato havíamos notado a execução artística inferior dos arabescos logo às nossas costas. Porém, na seção mais profunda além da caverna, notava-se uma mudança repentina que transcendia qualquer explicação — uma mudança não apenas de mera qualidade, mas também de natureza intrínseca, envolvendo uma degradação tão profunda e tão calamitosa da execução artística que nada no ritmo do declínio observado até então poderia ter nos levado a esperá-la.

Essas novas obras degeneradas eram rústicas, chamativas e desprovidas de qualquer acabamento mais detalhado. Os frisos apresentavam entalhes de profundidade exagerada e estavam dispostos de maneira a seguir a linha geral dos cartuchos esparsos nas seções anteriores, mas as partes em relevo não alcançavam o nível da superfície geral. Danforth imaginou que pudesse ser um segundo entalhe — uma espécie de palimpsesto formado após a obliteração de um desenho prévio. A obra tinha um caráter puramente decorativo e convencional; e consistia em espirais e ângulos rústicos que tentavam, de maneira grosseira, seguir a quíntica tradição matemática dos Anciões, porém mais como uma paródia do que como um perpetuamento dessa tradição. Não conseguimos afastar o pensamento de que algum elemento sutil mas de profunda estranheza fora acrescentado à técnica — um elemento, segundo imaginou Danforth, responsável por aquela substituição manifestamente laboriosa. Apresentava semelhanças e ao mesmo tempo profundas dessemelhanças em relação a tudo o que nos havíamos acostumado a reconhecer como sendo a arte dos Anciões; e o tempo inteiro eu me lembrava de outras coisas híbridas como as canhestras esculturas palmirenas feitas à moda romana. Que outros também houvessem percebido aqueles entalhes foi-nos sugerido pela presença de uma bateria de lanterna caída próximo a um dos desenhos mais característicos.

Como não podíamos dedicar muito tempo ao estudo, seguimos em frente após um breve golpe de vista; mas a intervalos frequentes projetávamos os fachos das lanternas nas paredes a fim de ver se descobríamos outras mudanças decorativas. Não encontramos nada, embora os entalhes aparecessem apenas a intervalos esparsos por conta das numerosas bocas dos túneis laterais de chão liso. Víamos e escutávamos um número menor de pinguins, mas imaginamos ter captado a vaga impressão de um coro infinitamente distante dos pássaros em algum recôndito nas entranhas da Terra. O novo e inexplicável odor atingiu uma intensidade abominável, e mal conseguíamos notar a presença do outro cheiro indescritível. Lufadas de vapor mais adiante prometiam um maior contraste de temperatura e a relativa proximidade às noturnais escarpas marítimas do grande abismo. Então, de repente, defrontamo-nos com certas obstruções no chão polido à nossa frente — obstruções que com certeza não eram pinguins — e ligamos a segunda lanterna após nos certificarmos de que os objetos permaneciam imóveis.

XI.

Mais uma vez chego a um ponto em que sinto dificuldade para prosseguir. Hoje eu deveria estar endurecido; porém certas experiências e sugestões deixam feridas profundas que não cicatrizam jamais e resultam em uma sensibilidade ainda maior a quaisquer reminiscências do horror original. Vimos, como eu disse, certas obstruções no chão polido à nossa frente; e posso acrescentar que quase no mesmo instante o nosso olfato foi acossado por uma curiosa intensificação do estranho miasma preponderante, claramente misturado ao fedor indescritível daqueles outros que haviam chegado antes de nós. A luz da segunda lanterna não deixou restar dúvida quanto à natureza das obstruções, e só nos atrevemos a chegar mais perto quando conseguimos ver, mesmo à distância, que eram tão incapazes de nos fazer mal quanto os seis espécimes achados nas monstruosas sepulturas cobertas por montes de cinco pontas no acampamento de Lake.

De fato, estavam tão incompletos quanto a maioria dos que havíamos encontrado — embora a poça de espesso líquido verde-escuro que se acumulava ao redor demonstrasse que aquela incompletude era muito mais recente. Parecia haver apenas quatro, embora os relatórios de Lake sugerissem não menos do que oito criaturas no grupo que nos havia precedido. Encontrá-las naquele estado foi algo totalmente inesperado, e pusemo-nos a imaginar que tipo de embate monstruoso teria ocorrido na escuridão subterrânea.

Pinguins, se atacados em grupo, retaliam com bicadas ferozes; e nossos ouvidos asseguravam-nos quanto à presença de uma colônia mais além. Será que aqueles outros teriam perturbado a morada dos pássaros e suscitado uma perseguição assassina? Não era o que as obstruções sugeriam, pois bicos de pinguim aplicados contra os resistentes tecidos dissecados por Lake dificilmente poderiam explicar os danos terríveis que nosso olhar aos poucos começava a distinguir. Além do mais, os enormes pássaros cegos haviam nos parecido singularmente pacatos.

Teria então havido uma escaramuça entre aqueles outros, e seriam os quatro espécimes faltantes os responsáveis? Neste caso, onde estariam? Próximos a ponto de constituir uma ameaça iminente? Tomados de ansiedade, pusemo-nos a examinar algumas passagens laterais à medida que continuávamos a nossa aproximação lenta e francamente hesitante. Independentemente do motivo, o conflito sem dúvida havia assustado os pinguins e desencadeado as andanças fora do perímetro habitual. Portanto, o confronto devia ter ocorrido próximo à colônia audível a duras penas no precipício insondável mais abaixo, uma vez que não havia sinais de que aquele fosse o habitat natural dos pássaros. Cogitamos que talvez se tratasse de uma pavorosa briga ocorrida durante uma fuga, na qual os espécimes mais fracos tentavam chegar aos trenós quando foram abatidos pelos algozes. Era possível imaginar o demoníaco embate travado entre as criaturas monstruosas sem nome enquanto saíam do abismo negro em meio a nuvens de pinguins frenéticos que grasnavam e cambaleavam ao redor.

Admito que nos aproximamos das incompletas obstruções estiradas no chão com vagareza e relutância.

Quem dera que, em vez de nos aproximarmos, tivéssemos corrido às pressas para longe daquele túnel blasfemo de chão polido e viscoso, repleto de esculturas degeneradas a troçar e a zombar das coisas que haviam suplantado — corrido antes de ver o que vimos, e antes que os nossos pensamentos ardessem com aquilo que jamais nos permitirá respirar com tranquilidade outra vez!

Nossas duas lanternas estavam voltadas para os objetos prostrados, de modo que não tardamos a perceber o fator dominante na incompletude. Por mais mutilados, esmagados, retorcidos e lacerados que estivessem, o ferimento em comum era a decapitação total. A cabeça tentaculada em forma de estrela-do-mar fora removida de todos os espécimes; e ao nos aproximar notamos que a remoção parecia ser antes o resultado de uma sucção ou de um arrancamento infernal do que de qualquer outra forma mais corriqueira de corte. A sânie nauseabunda formava uma poça esverdeada cada vez maior; mas o odor pútrido era em parte abafado por aquele fedor mais recente e mais estranho, que lá tresandava com maior pungência do que em qualquer outro ponto da nossa rota. Apenas quando chegamos perto das obstruções estiradas pudemos associar o segundo miasma inexplicável a uma fonte imediata — e assim que o fizemos Danforth, recordando certas esculturas muito vívidas que retratavam a história dos Anciões no Permiano, há cento e cinquenta milhões de anos, soltou um grito torturado cuja histeria ecoou pelo corredor arcaico ornado com os malignos entalhes em palimpsesto.

Por pouco eu mesmo não ecoei o grito; pois também havia testemunhado as esculturas primordiais e sentido uma repulsiva admiração pela forma como o artista de nome ignorado sugeria a substância viscosa descoberta ao lado de certos Anciões prostrados na incompletude — mortos e reduzidos a um atroz estado de decapitação pelos temíveis shoggoths durante a grande guerra da ressujeição. As esculturas pareciam infames e dignas de um pesadelo mesmo ao representar eventos transcorridos em eras passadas e ancestrais; pois os shoggoths e os horrores que perpetravam não deveriam ser vistos por olhos humanos nem retratados por quaisquer outros seres vivos. O autor louco do *Necronomicon* havia jurado, embora com certo nervosismo, que nenhum daqueles seres fora criado neste planeta e que apenas sonhadores drogados eram capazes de concebê-los. Protoplasmas amorfos e zombeteiros capazes de refletir quaisquer formas e órgãos e processos — aglutinações viscosas de células borbulhantes — esferoides borrachudos de cinco metros com infinita capacidade plástica e dúctil — escravos de sugestões hipnóticas, construtores de cidades — cada vez mais ressentidos, cada vez mais argutos, cada vez mais anfíbios, cada vez mais miméticos — meu Deus! Que loucura havia levado até mesmo os Anciões a usar e a esculpir aquelas criaturas?

A seguir, quando eu e Danforth avistamos a brilhante e iridescente viscosidade negra que se grudava aos corpos decapitados e trescalava a fetidez suprema daquele novo odor desconhecido cuja origem apenas uma imaginação doentia poderia conceber — se grudava aos corpos e reluzia com menos intensidade em uma parte lisa da amaldiçoada parede reesculpida onde havia *vários grupos de pontos* — foi então que compreendemos as profundezas mais recônditas do pavor cósmico. Não era medo dos quatro espécimes desaparecidos — pois tínhamos motivo suficiente para crer que não fariam mal algum. Pobres demônios! Afinal de contas, não eram criaturas malévolas. Eram apenas os homens de uma outra época e de uma outra esfera do ser. A Natureza pregou-lhes uma peça infernal — a mesma que seguirá pregando em outros que, por força da loucura, da insensatez ou da crueldade humana, possam surgir em meio aos horrores da morta ou adormecida devastação polar —, e esse foi o retorno trágico que os aguardou.

Não eram sequer selvagens — pois de fato o que haviam feito? Um despertar terrível no frio de uma época desconhecida — talvez um ataque de quadrúpedes peludos que latiam em frenesi e uma defesa atordoada contra os agressores e os igualmente frenéticos símios brancos com uma estranha parafernália... pobre Lake, pobre Gedney, pobres Anciões! Foram cientistas até o fim — pois acaso fizeram algo que não teríamos feito na mesma situação? Meu Deus, que inteligência, que persistência! Foi um confronto prodigioso, similar apenas ao dos familiares e antepassados que haviam descoberto coisas apenas um pouco menos incríveis! Radiados, plantas, monstros, crias estelares — não importa o que tenham sido, eram homens!

Atravessaram os picos nevados em cujas encostas outrora haviam celebrado cultos e andado em meio às samambaias. Encontraram a cidade morta sob a influência de uma maldição e leram sobre os últimos dias de existência tal como havíamos feito. Tentaram alcançar os semelhantes ainda vivos em profundezas fabulosas às quais nunca tinham se aventurado — e o que encontraram? Todos esses pensamentos ocorreram em uníssono a Danforth e a mim quando desviamos o rosto daqueles vultos decapitados cobertos de viscosidade e olhamos em direção às abomináveis esculturas em palimpsesto e aos grupos pontilhados de viscosidade ainda fresca na parede ao lado — olhamos e entendemos o que deveria ter triunfado e sobrevivido na submersa cidade ciclópica do abismo noctífero rodeado de pinguins, que naquele momento expeliu um trêmulo sopro de névoa pálida e sinistra como que em resposta ao grito histérico de Danforth.

O choque ante o reconhecimento da decapitação e da viscosidade monstruosa reduziu-nos a estátuas mudas e imóveis, e foi apenas em conversas posteriores que descobrimos a verdadeira identidade dos nossos pensamentos naquele instante. Tivemos a impressão de passar éons nesse estado, mas na verdade não passaram mais do que dez ou quinze segundos. A odiosa névoa pálida revoluteou como se fosse impelida adiante por algum volume que avançasse mais atrás — e então veio um som que pôs a perder muito do que havíamos decidido, e ao fazê-lo quebrou o feitiço e permitiu que corrêssemos como loucos para além dos confusos pinguins grasnantes, ao longo dos corredores megalíticos tomados pelo gelo, até o grande círculo aberto e para o alto da arcaica rampa espiralada em uma busca instintiva e frenética pela sanidade do ar exterior e pela luz do dia.

Conforme dei a entender, o novo som pôs a perder muito do que havíamos decidido; pois era o que a dissecação feita pelo pobre Lake nos havia levado a atribuir às criaturas que pouco tempo atrás tínhamos dado por mortas. Mais tarde Danforth afirmou ter sido aquele o mesmo som que percebeu de forma infinitamente abafada no ponto além da curva no nível supraglacial; e sem dúvida guardava uma semelhança pavorosa com os assovios do vento que havíamos escutado perto das altaneiras cavernas montanhosas. Mesmo correndo o risco de parecer infantil, disponho-me a acrescentar um outro detalhe — embora apenas por conta da maneira impressionante como a impressão de Danforth ecoou a minha. A leitura em comum foi o que nos levou a fazer essa interpretação, embora Danforth tenha mencionado estranhas ideias relativas a certas fontes ocultas que Poe talvez possa ter consultado enquanto escrevia *Arthur Gordon Pym* um século atrás. Todos devem recordar que nessa narrativa fantástica existe uma palavra de significado desconhecido, embora terrível e prodigioso, ligada à Antártida e eternamente gritada pelos gigantes pássaros espectrais que habitam os recônditos dessa região maligna. "*Tekeli-li! Tekeli-li!*" Essa foi a palavra exata que imaginamos ter ouvido nas vibrações do som repentino emitido por trás da névoa branca — o insidioso assovio musical com notas em várias frequências singulares.

Estávamos em plena fuga antes que três notas ou sílabas fossem pronunciadas, embora soubéssemos que a destreza dos Anciões permitiria que um eventual sobrevivente do massacre despertado pelo grito e disposto a dar caçada alcançasse-nos em instantes. No entanto, tínhamos a vaga esperança de que uma conduta não agressiva e uma demonstração de inteligência pudessem levar a criatura a poupar-nos em caso de captura, ainda que por mera curiosidade científica. Afinal de contas, se não tivesse o que temer, não teria por que nos fazer mal. Uma vez que qualquer tentativa de nos escondermos seria um recurso ocioso naquela circunstância, usamos a lanterna para dar um rápido lance de olhos para trás e notamos que a névoa estava se dissipando. Poderíamos ver, enfim, um espécime vivo e completo daqueles outros? Mais uma vez escutamos o insidioso assovio musical — "*Tekeli-li! Tekeli-li!*".

Então, ao perceber que de fato estávamos deixando o nosso perseguidor para trás, ocorreu-nos que a entidade pudesse estar ferida. Mesmo assim, não podíamos correr riscos, pois a aproximação era sem dúvida uma reação ao grito de Danforth, e não uma fuga motivada por qualquer outra entidade. A relação temporal era próxima demais para admitir dúvidas. Quanto à localização do pesadelo menos concebível e menos mencionável — aquela fétida e inavistada montanha de protoplasma viscoso cuja raça havia conquistado o abismo e enviado pioneiros a terra para reesculpir e arrastar-se pelos subterrâneos das colinas — não fazíamos a menor ideia; e sentimos uma profunda aguilhoada ao ter de abandonar um Ancião provavelmente ferido — talvez o único sobrevivente — aos perigos de uma recaptura e de um destino inominável.

Graças aos céus não diminuímos a marcha. A névoa revoluteante parecia mais densa e seguia à frente com velocidade cada vez maior, enquanto os pinguins às nossas costas grasnavam e gritavam e davam sinais de um pânico surpreendente em vista da confusão relativamente pequena quando os passamos. Mais uma vez escutamos o sinistro assovio em várias frequências — "*Tekeli-li!*

Tekeli-li!". Havíamos nos enganado. A coisa não estava ferida, mas havia apenas detido o passo ao encontrar os corpos dos semelhantes mortos e a demoníaca inscrição viscosa logo acima. Jamais descobriríamos o que dizia a mensagem infernal — mas as sepulturas no acampamento de Lake haviam dado mostras da importância que atribuíam aos mortos. Logo a nossa lanterna revelou a ampla caverna onde vários caminhos convergiam mais adiante, e sentimo-nos aliviados ao deixar aquelas mórbidas esculturas em palimpsesto — que se faziam sentir mesmo sem que as víssemos — para trás.

Outro pensamento despertado pela aproximação da caverna foi a possibilidade de despistar a criatura em nosso encalço em meio à confusa junção das imensas galerias. Havia diversos pinguins albinos no espaço aberto, e parecia claro que o temor despertado pela entidade que se aproximava era extremo a ponto de desafiar qualquer explicação. Se naquele ponto reduzíssemos a luminosidade da lanterna ao mínimo necessário e mantivéssemos o facho apontado para a frente, os grasnados e os movimentos assustados dos enormes pássaros em meio à névoa talvez abafassem os nossos passos, ocultassem o nosso rumo verdadeiro e de algum modo levassem o nosso perseguidor a seguir uma pista falsa. Em meio à turbulenta e espiralante neblina, o chão baço e repleto de entulho no túnel principal, apesar do evidente contraste em relação aos mórbidos subterrâneos polidos em outras partes, não seria uma característica muito notável; sequer — pelo menos segundo as nossas estimativas — para os sentidos especiais que, embora de maneira imperfeita, tornavam os Anciões independentes de luz em casos de emergência. Para dizer a verdade, também estávamos um pouco temerosos de perder o nosso próprio caminho na pressa. Tínhamos resolvido continuar sempre adiante em direção à cidade morta; pois as consequências de perder o caminho nas desconhecidas galerias dos sopés eram inconcebíveis.

Nossa sobrevivência e nosso retorno à superfície são provas suficientes de que a coisa deve ter entrado na galeria errada enquanto nós seguimos pelo caminho acertado. Só os pinguins não poderiam ter nos salvado, porém somados à névoa parecem ter contribuído de maneira decisiva. Um destino benigno foi o que manteve os vapores revoluteantes densos o bastante no momento crucial, pois o tempo inteiro a névoa se transformava e ameaçava desaparecer. De fato, os vapores dissiparam-se por um breve momento antes que deixássemos o nauseabundo túnel reesculpido e emergíssemos na caverna; e tivemos um primeiro vislumbre da entidade que se aproximava quando lançamos um último olhar temeroso para trás antes de reduzirmos o facho da lanterna e juntarmo-nos aos pinguins para escapar da perseguição. Se o destino que nos protegia era benigno, aquele que nos propiciou esse vislumbre era algo infinitamente oposto; pois àquele relance momentâneo pode ser atribuída pelo menos a metade dos horrores que nos assombram desde então.

O motivo que nos levou a olhar para trás talvez não tenha sido mais do que o instinto imemorial do perseguido de avaliar a natureza e a rota do perseguidor; ou talvez tenha sido uma tentativa automática de responder uma questão subconsciente levantada por um dos nossos sentidos. Durante a fuga, com todas as nossas faculdades centradas no escape, não estávamos em condições de observar e analisar detalhes; porém as nossas células cerebrais devem ter analisado a mensagem transmitida pelo olfato. Só mais tarde percebemos do que se tratava — pois o afastamento da viscosidade fétida que cobria aquelas obstruções decapitadas e a concomitante aproximação da entidade perseguidora não haviam provocado a alteração olfativa esperada. Na proximidade daquelas coisas prostradas, o novo e inexplicável miasma era preponderante; mas naquela altura deveria ter dado vez ao fedor inominável associado àqueles outros. Porém não foi o que sucedeu — pois o novo e insuportável cheiro pareceu surgir em estado puro, e tornava-se mais e mais pungente a cada instante que passava.

Então olhamos para trás — ao mesmo tempo, segundo parece; embora não haja dúvidas de que o movimento incipiente de um tenha provocado a imitação do outro. Apontamos o facho das duas lanternas na potência máxima em direção à névoa momentaneamente atenuada; talvez movidos por um desejo primitivo de ver o quanto pudéssemos, ou em uma tentativa menos primitiva mas também inconsciente de atordoar a entidade antes que apagássemos a luz e desviássemos dos pinguins frenéticos rumo ao centro do labirinto. Gesto desafortunado! Nem o próprio Orfeu nem a esposa de Ló pagaram mais caro ao olhar para trás. E mais uma vez aquele assovio pavoroso em várias frequências — "*Tekeli-li! Tekeli-li!*".

Hoje me disponho a ser franco — embora eu não consiga ser direto — em relação ao que vimos; embora na época tenhamos sentido que não poderíamos discutir o assunto sequer um com o outro. Jamais as palavras que chegam ao leitor serão capazes de sequer insinuar o horror da visão. Nossa consciência sofreu um abalo tão profundo que me admiro ao perceber que conseguimos apagar as lanternas como havíamos planejado e seguir pelo túnel correto em direção à cidade morta. Apenas o instinto deve ter nos salvado — talvez mais do que a razão seria capaz; mas, se assim foi, pagamos um alto preço. A razão que nos resta sem dúvida é pouca. Danforth sofreu um colapso total, e a minha primeira lembrança em relação ao restante da jornada é ouvi-lo entoar uma fórmula histérica na qual apenas eu, dentre todos os homens, seria capaz de ver mais do que a algaravia dos loucos. Os ecos em falsete reverberavam em meio aos grasnados dos pinguins; reverberavam pelas arcadas à frente e — graças a Deus — pelas arcadas então desertas às nossas costas. Danforth não poderia ter começado aquilo durante a fuga — pois de outra forma não teríamos corrido às cegas e hoje não estaríamos vivos. Estremeço ao pensar no que a menor diferença na reação nervosa poderia ter causado.

"South Station — Washington — Park Street — Kendall — Central — Harvard..." O coitado estava recitando as estações do túnel que ia de Boston a Cambridge em nossa tranquila terra natal a milhares de quilômetros, na Nova Inglaterra, porém em mim o ritual não despertava sentimentos de irrelevância nem de pertencimento ao lar. Despertava apenas horror, pois eu conhecia precisamente a monstruosa e nefasta analogia sugerida. Quando olhamos para trás, esperávamos ver — se a névoa estivesse tênue o bastante — o avanço de uma entidade terrível; porém havíamos formado uma ideia bastante clara dessa entidade. O que vimos, no entanto — pois a névoa maligna de fato estava mais tênue — foi algo distinto ao extremo, incomensuravelmente mais atroz e detestável. Era a total e absoluta corporificação da "coisa que não devia existir" mencionada pelo romancista fantástico, cuja analogia mais compreensível seria a de um enorme trem nos subterrâneos do metrô visto a partir da plataforma — a enorme dianteira negra emergindo como um colosso das profundezas subterrâneas infinitas, constelado por estranhas luzes coloridas e ocupando toda a prodigiosa escavação como um pistão ocupa um cilindro.

Mas não estávamos em uma plataforma de metrô. Estávamos nos trilhos enquanto a coluna plástica de fétida iridescência negra espremia-se ao mesmo tempo que escorria para a frente como que em uma fístula de cinco metros, ganhando velocidade blasfema e arrastando diante de si uma nuvem espessa e revoluteante do pálido vapor abissal. Era uma coisa medonha, indescritível, maior do que qualquer trem de metrô — um aglomerado informe de bolhas protoplásmicas dotadas de tênue luminosidade com miríades de olhos temporários que surgiam e desapareciam como pústulas de luz esverdeada por toda a dianteira que avançou para cima de nós, esmagando os pinguins e deslizando pelo chão reluzente que aquilo e outras entidades semelhantes haviam privado de todo o entulho. Mesmo nessa hora escutamos o quimérico e zombeteiro grito — "*Tekeli-li! Tekeli-li!*". E por fim lembramos que os demoníacos shoggoths — tendo recebido a vida, o pensamento e a configuração orgânica dos Anciões, e não dispondo de linguagem alguma salvo aquela expressa pelos grupos de pontos — *tampouco dispunham de voz, salvo pela imitação dos opressores de outrora.*

XII.

Danforth e eu temos lembranças de emergir no grande hemisfério entalhado e de refazer o caminho pelos aposentos e corredores ciclópicos da cidade morta; porém são apenas fragmentos oníricos que não envolvem nenhuma lembrança referente à volição, aos detalhes ou aos esforços físicos empreendidos. Foi como se flutuássemos em um mundo ou em uma dimensão de névoa, onde não existissem o tempo, as relações causais nem as direções. A luz cinzenta no interior do vasto espaço circular fez com que nos recompuséssemos um pouco; mas não chegamos perto dos trenós nem tornamos a olhar na direção de Gedney e do cão. Os dois repousam em um estranho e titânico mausoléu, e espero que o fim do planeta encontre-os em um repouso imperturbado.

Foi enquanto subíamos a imensa rampa em espiral que sentimos pela primeira vez a falta de ar e a exaustão terrível que a nossa corrida no platô de ar rarefeito havia produzido; mas nem sequer o medo do colapso foi capaz de deter-nos antes que reencontrássemos a normalidade no reino exterior do céu e do sol. Tivemos um sentimento vagamente apropriado ao deixar para trás aquelas épocas soterradas; pois à medida que seguíamos o nosso arquejante caminho pelo cilindro de dezoito metros de altura em cantaria primordial, vislumbramos às nossas costas uma procissão contínua das esculturas heroicas feitas segundo a técnica mais antiga e mais pura da raça extinta — uma despedida dos Anciões, escrita cinquenta milhões de anos atrás.

Quando enfim chegamos ao topo, vimo-nos no alto de um enorme monte de blocos desabados; as paredes curvas da cantaria erguiam-se a oeste nas partes mais altas, e os picos sobranceiros das enormes montanhas revelavam-se além das estruturas mais arruinadas em direção ao leste. O baixo sol antártico da meia-noite lançava desde o horizonte austral um olhar flamejante que atravessava as frestas das ruínas irregulares, e a antiguidade e a morte da cidade digna de um pesadelo pareceram-nos ainda mais impressionantes em contraste com outras coisas relativamente comuns e familiares como o cenário polar. O céu era uma massa tumultuosa e opalescente de tênues vapores gélidos, e o frio enregelava-nos as entranhas. Exaustos, apoiamos no chão as bolsas de equipamento às quais havíamos nos agarrado como que por instinto durante a fuga desesperada e em seguida reabotoamos nossas pesadas vestes para a cambaleante descida monte abaixo e para a caminhada através do labirinto de pedra imemorial como os éons em direção aos sopés onde o nosso avião aguardava. Em relação ao que nos havia posto em fuga na escuridão dos recônditos e arcaicos pélagos terrestres, não dissemos sequer uma palavra.

Em menos de quinze minutos encontramos a encosta íngreme em direção aos sopés — que parecia ter sido um antigo terraço — por onde havíamos descido, e pudemos enxergar o vulto sombrio do avião em meio às ruínas esparsas na encosta logo à frente. No meio da subida, fizemos uma pausa a fim de recobrar o fôlego e voltamo-nos mais uma vez para trás a fim de observar o fantástico emaranhado paleogêneo de incríveis formas em pedra que se descortinava a nossos pés — um traçado místico com o ocidente desconhecido ao fundo. Enquanto descansávamos, notamos que a névoa matinal havia se dissipado no céu longínquo; os incessantes vapores gélidos haviam subido em direção ao zênite, onde contornos zombeteiros pareciam estar prestes a executar um desenho bizarro que no entanto temiam exibir como algo definido ou conclusivo.

Logo divisamos, na brancura suprema do horizonte atrás da grotesca cidade velada, uma fantástica e difusa linha de pináculos violeta cujos picos aciculados delineavam uma silhueta onírica contra os tons róseos do céu ocidental. O platô ancestral inclinava-se em direção às alturas cintilantes, com o antigo curso do rio de outrora a cortá-lo como uma listra de sombra irregular. Por um instante perdemos o fôlego ao contemplar a cósmica beleza extraterrena da cena, e a seguir um horror vago tornou a instilar-se em nossas almas. Aquela linha violeta não poderia ser outra coisa que não as terríveis montanhas da terra proibida — os picos mais altos da Terra e a origem de todo o mal terreno; abrigos de horrores inomináveis e segredos arqueanos; evitadas e adoradas por aqueles que temeram esculpi-las; inacessíveis a todas as criaturas da Terra, porém visitadas por relâmpagos sinistros e estranhos raios que cruzavam as planícies da noite polar — sem dúvida o arquétipo desconhecido da temível Kadath na Desolação Gelada além do abominável platô de Leng, mencionado com relutância nas blasfemas lendas primordiais. Fomos os primeiros seres humanos a vê-las — e peço a Deus que sejamos também os últimos.

Se as figuras e os mapas esculpidos na cidade pré-humana estivessem corretos, aquelas crípticas montanhas violeta não deviam estar a menos de quinhentos quilômetros de distância; e mesmo assim uma vaga essência fantástica sobranceava as remotas alturas nevadas, como a extremidade serrilhada de um monstruoso planeta alienígena prestes a orbitar céus desconhecidos. A altura das montanhas, portanto, deve ter sido formidável e transcendido em muito quaisquer medidas conhecidas — suficiente para elevá-las aos tênues estratos atmosféricos povoados pelos espectros gasosos que certos aviadores destemidos mal viveram para mencionar aos sussurros após quedas inexplicáveis. Enquanto eu as contemplava, pensei com certo nervosismo nas sugestões esculpidas do que o grande rio de outrora havia arrastado desde as encostas amaldiçoadas em direção à cidade — e perguntei-me quanta prudência e quanta loucura não teriam motivado os temores dos Anciões que as entalharam com tamanha relutância. Lembrei-me de que o extremo setentrional devia ficar próximo da Terra da Rainha Maria, onde naquele exato instante a expedição de Sir Douglas Mawson sem dúvida trabalhava a menos de mil e quinhentos quilômetros de distância; e desejei que nenhum destino infausto concedesse a Sir Douglas e aos demais membros da equipe um vislumbre do que poderia ocultar-se além da cordilheira litorânea. Eis os pensamentos que em parte contribuíram para o meu estado precário naquele instante — e Danforth parecia estar em condições ainda piores.

Antes de atravessarmos a grande ruína em forma de estrela e chegarmos ao avião, no entanto, nossos temores centraram-se na cordilheira menor porém impressionante cuja silhueta estendia-se à nossa frente. A partir daqueles sopés as encostas negras e cravejadas de ruínas erguiam-se de modo pavoroso e ameaçador tendo por fundo o oriente, o que mais uma vez nos fez recordar as estranhas pinturas asiáticas de Nicholas Roerich; e quando pensamos nas infernais galerias que as perpassavam, e nas entidades amorfas que poderiam ter aberto caminhos fétidos até as ocas alturas escavadas do mais sobranceiro pináculo, não conseguimos conceber sem pavor a ideia de mais uma vez passar ao lado das sugestivas cavernas voltadas ao céu onde o vento produzia sons que lembravam um maligno assovio musical com notas em várias frequências. Para agravar a situação, notamos resquícios evidentes de névoa ao redor de vários cumes — como o pobre Lake deve ter feito quando se enganou a respeito do vulcanismo — e lembramos com trepidação da névoa que havíamos despistado pouco tempo antes; e também do blasfemo e horripilante abismo de onde todos aqueles vapores emanavam.

Tudo estava bem com o avião, e com certa falta de jeito vestimos as peles mais grossas para levantar voo. Danforth não teve dificuldades para dar a partida no motor, e fizemos uma decolagem suave por cima da cidade de pesadelo. Abaixo de nós a primordial cantaria ciclópica estendia-se como havia feito na primeira vez em que a avistamos — em uma época tão recente e ao mesmo tempo infinitamente remota —, e logo começamos a ganhar altitude e a fazer manobras para experimentar a força do vento antes de atravessar o desfiladeiro. Em um nível mais alto deve ter havido grandes tumultos atmosféricos, pois as nuvens de cristais de gelo que pairavam no zênite faziam toda sorte de movimentos fantásticos; mas aos sete mil e trezentos metros — a altitude necessária para a travessia do desfiladeiro — encontramos condições bastante razoáveis. Enquanto nos aproximávamos dos cumes protuberantes o estranho assovio do vento mais uma vez tornou-se manifesto, e pude ver que as mãos de Danforth tremiam nos controles. Por menos experiência que eu tivesse, imaginei que naquele momento eu talvez fosse um piloto mais adequado para efetuar a perigosa travessia entre os pináculos; e quando sinalizei a minha disposição em assumir o comando, Danforth não protestou. Tentei assenhorar-me da minha compostura e da minha habilidade como piloto e fixei o olhar no céu vermelho à frente, entre as muralhas do desfiladeiro — recusando-me terminantemente a prestar atenção aos sopros dos vapores montanhosos e desejando que eu tivesse os ouvidos tapados com cera, como os homens de Ulisses na costa das Sereias, para manter o inquietante assovio do vento longe dos meus pensamentos.

Danforth, no entanto, rendido da pilotagem e com os nervos sujeitos a uma tensão perigosa, não conseguia parar quieto. Percebi movimentos agitados e bruscos quando olhava para trás em direção à cidade que se afastava no horizonte, para a frente em direção aos picos infestados de cavernas e repletos de incrustações cúbicas, para o lado em direção ao inóspito mar de sopés nevados cobertos de muralhas e para cima, em direção ao céu turbulento e coalhado de nuvens grotescas. No instante em que eu tentava manobrar em segurança através do desfiladeiro, os gritos ensandecidos do meu colega quase nos precipitaram ao desastre quando deitaram por terra a minha compostura e levaram-me a executar movimentos caóticos nos controles. Um segundo mais tarde a minha determinação triunfou e levamos a travessia a bom termo — mas temo que Danforth nunca mais seja o mesmo.

Disse eu que Danforth recusou-se a me descrever o horror final que o levou a esse paroxismo de insanidade — um horror que julgo ser a principal causa do colapso a que sucumbiu. Trocamos breves fragmentos de conversa aos gritos em meio aos assovios do vento e aos ruídos do motor quando chegamos ao lado seguro da cordilheira e começamos a descida em direção ao acampamento, porém o assunto era em grande parte relacionado ao pacto de silêncio feito enquanto nos preparávamos para abandonar a cidade de pesadelo. Certas coisas não se prestavam ao conhecimento público e a discussões levianas — e hoje eu não faria este relato se não fosse a necessidade de impedir a Expedição Starkweather-Moore, bem como outras, a qualquer custo. É absolutamente necessário, para a paz e a segurança da humanidade, que certos recônditos obscuros e mortos e certas profundezas inexploradas da Terra permaneçam em paz; de outro modo, as abominações que dormem talvez despertem para uma nova vida, e então os blasfemos pesadelos remanescentes podem arrastar-se e deslizar para longe dos negros covis em busca de novas e maiores conquistas.

Tudo o que Danforth deu a entender foi que o horror final era uma miragem. Segundo disse, não foi nada relacionado aos cubos e às cavernas das ecoantes, vaporosas e labirínticas montanhas da loucura que atravessamos; mas um único vislumbre fantástico e demoníaco, entre as tumultuosas nuvens no zênite, daquilo que se escondia além das montanhas a oeste que os Anciões tinham evitado e temido. O mais provável é que tenha sido uma alucinação causada pelas tensões que havíamos enfrentado e pela miragem avistada na morta cidade trasmontana próximo ao acampamento de Lake no dia anterior; mas a impressão de Danforth foi tão real que o homem até hoje sofre com as consequências.

Em certas ocasiões, falou aos sussurros coisas desconexas e irrefletidas sobre "o fosso negro", "as paredes entalhadas", "os proto-shoggoths", "os sólidos sem janela de cinco dimensões", "o cilindro inominável", "o antigo farol", "Yog-Sothoth", "a gelatina branca primordial", "a cor que caiu do espaço", "as asas", "os olhos na escuridão", "a escada para a lua", "o original, o eterno e o imortal" e outros conceitos bizarros; mas ao recobrar o juízo repudia tudo e atribui essas noções às curiosas e macabras leituras feitas durante a juventude. Na verdade, Danforth foi um dos poucos que se atreveu a ler na íntegra o carcomido exemplar do *Necronomicon* guardado a sete chaves na biblioteca da universidade.

Quando atravessamos a cordilheira, as alturas celestes sem dúvida estavam um tanto vaporosas e tumultuosas; e embora eu não tenha avistado o zênite, posso imaginar que os redemoinhos descritos pelos cristais de gelo tenham assumido formas um tanto estranhas. A imaginação, conhecendo a vividez com que cenas distantes por vezes podem ser refletidas, refratadas e ampliadas por essas camadas de nuvens turbulentas, não teria dificuldade em providenciar o restante — e é claro que Danforth não fez alusão a nenhum desses horrores específicos enquanto a memória não teve chance de recorrer às leituras de outrora. Seria impossível ver tanta coisa em um olhar momentâneo.

Na hora, os gritos que deu limitaram-se à repetição de uma única palavra insana de origem evidente:

"*Tekeli-li! Tekeli-li!*"

Henry James

A outra volta do parafuso

Tradução de

PAULO HENRIQUES BRITTO

Posfácio de

DAVID BROMWICH

Nesta trama de horror e suspense, Henry James conta a história da jovem filha de um pároco que, iniciando-se na carreira de professora, aceita mudar-se para uma propriedade em Bly, Essex, nos arredores de Londres. Seu patrão é o tio e tutor de duas crianças adoráveis, Flora e Miles, cujos pais morreram na Índia, e deseja que a narradora (que nunca é nomeada) seja a governanta da casa em que moram. Ao chegar a Essex, a mulher percebe que duas aparições, atribuídas a antigos criados já mortos, assombram o lugar. O triunfo íntimo da protagonista, mais que desvendar o mistério, consiste em vencer o silêncio imposto pela diferença de condição social entre ela e seus pequenos alunos.

Desde que a novela *A outra volta do parafuso* foi publicada, sucessivas gerações de leitores, críticos e artistas têm se inspirado na maestria narrativa desta trama de horror e suspense, repleta do que há "de mais insólito, revoltante, horrendo, doloroso". A tradução de Paulo Henriques Britto para esta edição reconstitui com precisão a elegante contundência do original inglês.

LEIA MAIS PENGUIN-COMPANHIA

CLÁSSICOS

Angela Carter

A menina do capuz vermelho e outras histórias de dar medo

Tradução de

LUCIANO VIEIRA MACHADO

Durante o início da década de 1990, a escritora inglesa Angela Carter coletou em dois volumes contos de fadas do mundo inteiro, tendo concluído a segunda coletânea pouco antes de morrer. Nesta edição, a Penguin-Companhia selecionou alguns dos mais célebres (e assustadores) contos de Carter, num breve painel do folclore mundial e das tradições narrativas dos mais variados povos.

Há poucas fadas nessas histórias, e o leitor também terá dificuldades em encontrar príncipes encantados e caçadores que salvam o dia no último momento. Escritos numa época em que fábulas não eram destinadas a crianças, os contos dão lugar a uma série de tias malévolas, esposas traiçoeiras, irmãs excêntricas e perigosas feiticeiras.

Por terem sido registrados em papel pela primeira vez nos últimos duzentos ou trezentos anos, eles oferecem um retrato do dia a dia no mundo pré-industrializado, das dinâmicas sociais e de outros detalhes que com o tempo se perderam. Mais que isso, na tradição das histórias italianas reunidas por Italo Calvino, oferecem um registro precioso de algumas matrizes que posteriormente acabaram assimiladas pela literatura ocidental.

LEIA MAIS PENGUIN-COMPANHIA

CLÁSSICOS

Charles Dickens

Oliver Twist

Tradução de
PAULO HENRIQUES BRITTO
Introdução de
SANDRA GUARDINI VASCONSELOS
Apêndice por
GEORGE ORWELL

Um clássico que marcou muitas gerações de leitores e que foi adaptado diversas vezes ao cinema e ao teatro, *Oliver Twist* ganha uma nova tradução feita a partir do estabelecimento de texto que reproduz a serialização folhetinesca na qual o romance foi originalmente publicado.

Oliver Twist, personagem que dá nome ao livro, é um pobre órfão que passa por uma série de provações e busca sobreviver na crueldade das ruas londrinas. De início, é aliciado por um grupo de ladrões, mas procura se esquivar da criminalidade e preservar a pureza neste mundo corrompido.

Mais do que a saga de um garoto esfomeado, Dickens constrói um panorama da sociedade vitoriana nos seus aspectos mais sórdidos e muitas vezes ignorados. A edição traz, ainda, uma nova introdução de Sandra Guardini Vasconcelos e um paratexto crítico da obra do autor escrito por George Orwell.

Miguel de Cervantes

Novelas exemplares

Tradução e posfácio
ERNANI SSÓ
Posfácios de
MARIA AUGUSTA DA COSTA VIEIRA
SILVIA MASSIMINI FELIX

Entre a publicação do primeiro e do segundo volume de *Dom Quixote*, lançaram-se as doze novelas aqui agrupadas, nas quais Cervantes mesclou diferentes formas textuais do período, como a picaresca, os romances pastoris, a mourisca, entre outros para compor textos únicos com sua habilidade.

Imerso no humor único que caracteriza sua escrita, Cervantes dá voz a figuras à margem da sociedade que se envolvem em aventuras picarescas, como os lendários trapaceiros Rinconete e Cortadillo, além de mulheres sagazes que ousam lutar para garantir sua segurança frente a um sistema que não as reconhecia, e até dois cães tagarelas que revelam uma visão crítica da sociedade.

O resultado é um clássico que alia sátira, peripécias desvairadas, reflexão e inovação literária. As *Novelas exemplares* são uma excelente porta de entrada para o universo cervantino, que ocupa um espaço de centro na literatura universal e segue inigualável.

Esta obra foi composta por Alexandre Pimenta em Sabon e impressa em ofsete pela Geográfica sobre papel Pólen Natural da Suzano S.A. para a Editora Schwarcz em agosto de 2025